# JOSÉ SARAMAGO
OBRAS COMPLETAS 2

- ENSAIO SOBRE A CEGUEIRA
- ENSAIO SOBRE A LUCIDEZ
- QUE FAREI COM ESTE LIVRO?
- IN NOMINE DEI
- DON GIOVANNI OU O DISSOLUTO ABSOLVIDO

COMPANHIA DAS LETRAS

Copyright © 2014 by Herdeiros de José Saramago

*A editora manteve a grafia vigente em Portugal, observando as regras do Acordo Ortográfico da Língua Portuguesa de 1990.*

Capa:
*Alceu Chiesorin Nunes*

Projeto Gráfico:
*Alceu Chiesorin Nunes e Bruno Romão*

Revisão:
*Francisco José Couto*
*Fátima Couto*
*Eduardo Russo*

---

Dados Internacionais de Catalogação na Publicação (CIP)
(Câmara Brasileira do Livro, SP, Brasil)

---

Saramago, José, 1922-2010.
  Obras completas, 2 / José Saramago. — São Paulo : Companhia das Letras, 2014.

  ISBN 978-85-359-2517-3

  1. Literatura portuguesa 2. Saramago, José, 1922-2010 I. Título.

14-11071                                              CDD-869

---

Índice para catálogo sistemático:
1. Saramago, José : Obras completas :
Literatura portuguesa 869

2014

Todos os direitos desta edição reservados à
EDITORA SCHWARCZ S.A.
Rua Bandeira Paulista, 702, cj. 32
04532-002 — São Paulo — SP
Telefone: (11) 3707-3500
Fax: (11) 3707-3501
www.companhiadasletras.com.br
www.blogdacompanhia.com.br

# SUMÁRIO

Carta do editor .................................................. 7

Ensaio sobre a cegueira (1995) .......................... 9

Ensaio sobre a lucidez (2004) ........................ 371

Que farei com este livro? (1980) .................... 741

In nomine Dei (1993) ..................................... 995

Don Giovanni ou
O dissoluto absolvido (2005) ...................... 1139

Sobre o autor ............................................... 1241

## CARTA DO EDITOR

Qualquer coisa que se diga a respeito da literatura de José Saramago, será pouco. Como toda grande obra do gênero, o segredo não está tão somente no que é dito, mas na forma de se dizer. Neste sentido, todas as obras-primas da literatura universal — entre as quais se encontram, quase em sua totalidade, os livros de Saramago — são sempre profundos mergulhos na alma humana, além de desafios renovados, linha a linha, à nossa capacidade de expressão.

Por isso Saramago é um escritor exemplar. Seus textos partem de uma fantasia, literalmente de uma faísca, um pequeno detalhe, que só tem lógica no mundo da literatura. A partir deste acaso da imaginação, o autor coloca em questão, de maneira mordaz, a sociedade em que vivemos e a linguagem praticada pelos homens. A faísca transposta para o papel, ou mesmo para as telas, questiona as próprias palavras — a forma limitada em que as usamos em nosso dia a dia. A aposta que José Saramago faz não é só em um mundo mais justo, mas também em um mundo mais livre. É como se estivesse a dizer, seguidamente, que um, sem o outro, não pode existir.

Assim, um escritor em busca profunda pela justiça social acaba por nos propor a liberdade como melhor mecanismo de alcançá-la. Não há mensagem literária mais genuína do que esta. Chegado a subverter parábolas bíblicas, José Saramago bem que poderia ter escrito: "e no começo fez-se a liberdade". Lendo a sua obra ficamos com vontade de fazer da liberdade também o nosso fim.

Felizes são os homens e mulheres que editam e leem José Saramago. (Que sorte a vida me deu.)

*Luiz Schwarcz*

# Ensaio sobre a Cegueira

*A Pilar*
*A minha filha Violante*

*Se podes olhar, vê. Se podes ver, repara.*

LIVRO DOS CONSELHOS

O disco amarelo iluminou-se. Dois dos automóveis da frente aceleraram antes que o sinal vermelho aparecesse. Na passadeira de peões surgiu o desenho do homem verde. A gente que esperava começou a atravessar a rua pisando as faixas brancas pintadas na capa negra do asfalto, não há nada que menos se pareça com uma zebra, porém assim lhe chamam. Os automobilistas, impacientes, com o pé no pedal da embraiagem, mantinham em tensão os carros, avançando, recuando, como cavalos nervosos que sentissem vir no ar a chibata. Os peões já acabaram de passar, mas o sinal de caminho livre para os carros vai tardar ainda alguns segundos, há quem sustente que esta demora, aparentemente tão insignificante, se a multiplicarmos pelos milhares de semáforos existentes na cidade e pelas mudanças sucessivas das três cores de cada um, é uma das causas mais consideráveis dos engorgitamentos da circulação automóvel, ou engarrafamentos, se quisermos usar o termo corrente.

O sinal verde acendeu-se enfim, bruscamente os carros arrancaram, mas logo se notou que não tinham arrancado todos por igual. O primeiro da fila do meio está parado, deve haver ali um problema mecânico qualquer, o acelerador solto, a alavanca da caixa de velocidades que se encravou, ou uma avaria do sistema hidráulico, blocagem dos travões, falha do circuito elétrico, se é que não se lhe acabou simplesmente a gasolina, não seria a primeira vez que se dava o caso. O novo ajuntamento de peões que está a formar-se nos passeios vê o condutor do automóvel imobilizado a esbracejar por trás do para-brisas, enquanto os carros atrás dele buzinam frenéticos. Alguns condutores já saltaram para a rua, dispostos a empurrar o automóvel empanado para onde não fique a estorvar o trânsito, batem furiosamente nos vidros fechados, o homem que está lá dentro vira a cabeça para eles, a um lado, a outro, vê-se que grita qualquer coisa, pelos movimentos da boca percebe-se que repete uma palavra, uma não, duas, assim é realmente, consoante se vai ficar a saber quando alguém, enfim, conseguir abrir uma porta, Estou cego.

Ninguém o diria. Apreciados como neste momento é possível, apenas de relance, os olhos do homem parecem sãos, a íris apresenta-se nítida, luminosa, a esclerótica branca, compacta como porcelana. As pálpebras arregaladas, a pele crispada da cara, as sobrancelhas de repente revoltas, tudo isso, qualquer o pode verificar, é que se descompôs pela angústia. Num movimento rápido, o que estava à vista desapareceu atrás dos punhos fechados do homem, como se ele ainda quisesse reter no interior do cérebro a última imagem recolhida, uma luz vermelha, redonda, num semáforo. Estou cego, estou cego, repetia com desespero enquanto o ajudavam a sair do carro, e as lágrimas, rompendo, tornaram mais brilhantes os olhos que ele dizia estarem mortos. Isso passa, vai ver que isso passa, às vezes são nervos, disse uma mulher. O semáforo já tinha mudado de cor, alguns transeuntes curiosos aproximavam-se do grupo, e os condutores lá de trás, que não sabiam o que estava a acontecer, protestavam contra o que julgavam ser um acidente de trânsito vulgar, farol partido, guarda-lamas amolgado, nada que justificasse a confusão, Chamem a polícia, gritavam, tirem daí essa lata. O cego implorava, Por favor, alguém que me leve a casa. A mulher que falara de nervos foi de opinião que se devia chamar uma ambulância, transportar o pobrezinho ao hospital, mas o cego disse que isso não, não queria tanto, só pedia que o encaminhassem até à porta do prédio onde morava, Fica aqui muito perto, seria um grande favor que me faziam. E o carro, perguntou uma voz. Outra voz respondeu, A chave está no sítio, põe-se em cima do passeio. Não é preciso, interveio uma terceira voz, eu tomo conta do carro e acompanho este senhor a casa. Ouviram-se murmúrios de aprovação. O cego sentiu que o tomavam pelo braço, Venha, venha comigo, dizia-lhe a mesma voz. Ajudaram-no a sentar-se no lugar ao lado do condutor, puseram-lhe o cinto de segurança, Não vejo, não vejo, murmurava entre o choro, Diga-me onde mora, pediu o outro. Pelas janelas do carro espreitavam caras vorazes, gulosas da novidade. O cego ergueu as mãos diante dos olhos, moveu-as, Nada, é como se estivesse no meio de um nevoeiro, é como se tivesse caído num mar de leite, Mas a cegueira não é assim, disse o outro, a cegueira dizem que é negra, Pois eu vejo tudo branco, Se calhar a mulherzinha tinha razão, pode ser coisa de nervos, os nervos são o diabo, Eu bem sei o que é, uma desgraça, sim, uma desgraça, Diga-me onde mora, por favor, ao mesmo tempo ouviu-se o arranque do motor. Balbuciando, como se a falta de visão lhe tivesse enfraquecido a memória, o cego deu uma direcção, depois disse, Não sei como lhe hei de agradecer, e o outro respondeu, Ora, não tem importância, hoje por si, amanhã por mim, não sabemos para o que estamos guardados, Tem razão, quem me diria, quando saí de casa esta manhã, que estava para me acontecer uma fatalidade como esta. Estranhou que continuassem parados, Por que é que não andamos, perguntou, O sinal está no vermelho, respondeu o outro, Ah, fez o cego, e pôs-se a chorar outra vez. A partir de agora deixara de poder saber quando o sinal estava vermelho.

Tal como o cego havia dito, a casa ficava perto. Mas os passeios estavam todos ocupados por automóveis, não encontraram espaço para arrumar o carro, por isso foram obrigados a ir procurar sítio numa das ruas transversais. Ali, como por causa da estreiteza do passeio a porta do assento ao lado do condutor ia ficar a pouco mais de um palmo da parede, o cego, para não passar pela angústia de arrastar-se de um assento ao outro, com a alavanca da caixa de velocidades e o volante a atrapalhá-lo, teve de sair primeiro. Desamparado, no meio da rua, sentindo que o chão lhe fugia debaixo dos pés, tentou conter a aflição que lhe subia pela garganta. Agitava as mãos à frente da cara, nervosamente, como se nadasse naquilo a que chamara um mar de leite, mas a boca já se lhe abria para lançar um grito de socorro, foi no último momento que a mão do outro lhe tocou de leve no braço, Acalme-se, eu levo-o. Foram andando muito devagar, com o medo de cair o cego arrastava os pés, mas isso fazia-o tropeçar nas irregularidades da calçada, Tenha paciência, já estamos quase a chegar, murmurava o outro, e um pouco mais adiante perguntou, Está alguém em sua casa que possa tomar conta de si, e o cego respondeu, Não sei, a minha mulher ainda não deve ter vindo do trabalho, eu hoje é que calhei sair mais cedo, e logo me sucede isto, Verá que não vai ser nada, nunca ouvi dizer que alguém tivesse ficado cego assim de repente, Que eu até me gabava de não usar óculos, nunca precisei, Então, já vê. Tinham chegado à porta do prédio, duas mulheres da vizinhança olharam curiosas a cena, vai ali aquele vizinho levado pelo braço, mas nenhuma delas teve a ideia de perguntar, Entrou-lhe alguma coisa para os olhos, não lhes ocorreu, e tão-pouco ele lhes poderia responder, Sim, entrou-me um mar de leite. Já dentro do prédio, o cego disse, Muito obrigado, desculpe o transtorno que lhe causei, agora eu cá me arranjo, Ora essa, eu subo consigo, não ficaria descansado se o deixasse aqui. Entraram dificilmente no elevador apertado, Em que andar mora, No terceiro, não imagina quanto lhe estou agradecido, Não me agradeça, hoje por si, Sim, tem razão, amanhã por si. O elevador parou, saíram para o patamar, Quer que o ajude a abrir a porta, Obrigado, isso eu acho que posso fazer. Tirou do bolso um pequeno molho de chaves, tateou-as, uma por uma, ao longo do denteado, disse, Esta deve de ser, e, apalpando a fechadura com as pontas dos dedos da mão esquerda, tentou abrir a porta, Não é esta, Deixe-me cá ver, eu ajudo-o. A porta abriu-se à terceira tentativa. Então o cego perguntou para dentro, Estás aí. Ninguém respondeu, e ele, Era o que eu dizia, ainda não veio. Levando as mãos adiante, às apalpadelas, passou para o corredor, depois voltou-se cautelosamente, orientando a cara na direção em que calculava encontrar-se o outro, Como poderei agradecer-lhe, disse, Não fiz mais que o meu dever, justificou o bom samaritano, não me agradeça, e acrescentou, Quer que o ajude a instalar-se, que lhe faça companhia enquanto a sua mulher não chega. O zelo pareceu de repente suspeito ao cego, evidentemente não iria deixar entrar em casa uma pessoa desconhecida que, no fim de contas, bem poderia estar a tramar, naquele preciso momento, como haveria de reduzir, atar e amordaçar o infeliz cego sem defesa, para depois deitar a mão ao que encontrasse de valor. Não é preciso, não se incomode, disse, eu fico bem, e repetiu enquanto ia fechando a porta lentamente, Não é preciso, não é preciso.

Suspirou de alívio ao ouvir o ruído do elevador descendo. Num gesto maquinal, sem se lembrar do estado em que se encontrava, afastou a tampa do ralo da porta e espreitou para fora. Era como se houvesse um muro branco do outro lado. Sentia o contacto do aro metálico na arcada supraciliar, roçava com as pestanas a minúscula lente, mas não os podia ver, a insondável brancura cobria tudo. Sabia que estava na sua casa, reconhecia-a pelo odor, pela atmosfera, pelo silêncio, distinguia os móveis e os objetos só de tocar-lhes, passar-lhes os dedos por cima, ao de leve, mas era também como se tudo isto estivesse já a diluir-se numa espécie de estranha dimensão, sem direções nem referências, sem norte nem sul, sem baixo nem alto. Como toda a gente provavelmente o fez, jogara algumas vezes consigo mesmo, na adolescência, ao jogo do E se eu fosse cego, e chegara à conclusão, ao cabo de cinco minutos com os olhos fechados, de que a cegueira, sem dúvida alguma uma terrível desgraça, poderia, ainda assim, ser relativamente suportável se a vítima de tal infelicidade tivesse conservado uma lembrança suficiente, não só das cores, mas também das formas e dos planos, das superfícies e dos contornos, supondo, claro está, que a dita cegueira não fosse de nascença. Chegara mesmo ao ponto de pensar que a escuridão em que os cegos viviam não era, afinal, senão a simples ausência da luz, que o que chamamos cegueira era algo que se limitava a cobrir a aparência dos seres e das coisas, deixando-os intactos por trás do seu véu negro. Agora, pelo contrário, ei-lo que se encontrava mergulhado numa brancura tão luminosa, tão total, que devorava, mais do que absorvia, não só as cores, mas as próprias coisas e seres, tornando-os, por essa maneira, duplamente invisíveis.

Ao mover-se em direção à sala de estar, e apesar da prudente lentidão com que avançava, deslizando a mão hesitante ao longo da parede, fez cair ao chão uma jarra de flores de que não estava à espera. Tinha-se esquecido dela, ou então fora a mulher que a deixara ali quando saiu para o emprego, com a intenção de colocá-la depois em lugar adequado. Baixou-se para avaliar a gravidade do desastre. A água espalhara-se pelo chão encerado. Quis recolher as flores, mas não pensou nos vidros partidos, uma lasca longa, finíssima, espetou-se-lhe num dedo, e ele tornou a lacrimejar de dor, de abandono, como uma criança, cego de brancura no meio duma casa que, com o declinar da tarde, já começava a escurecer. Sem largar as flores, sentindo o sangue a escorrer, torceu-se todo para tirar o lenço do bolso e, como pôde, envolveu o dedo. Depois, apalpando, tropeçando, contornando os móveis, pisando cautelosamente para não enfiar os pés nos tapetes, alcançou o sofá onde ele e a mulher viam a televisão. Sentou-se, pôs as flores em cima das pernas, e, com muito cuidado, desenrolou o lenço. O sangue, pegajoso ao tato, perturbou-o, pensou que devia ser porque não podia vê-lo, o seu sangue tornara-se numa viscosidade sem cor, em algo de certo modo alheio que apesar disso lhe pertencia, mas como uma ameaça de si contra si mesmo. Devagarinho, apalpando levemente com a mão boa, procurou a delgada esquírola de vidro, aguda como uma espada minúscula, e, fazendo pinça com as unhas do polegar e do indicador, conseguiu extraí-la inteira. Tornou a envolver no lenço o dedo maltratado, com força para estancar o sangue, e, rendido, exausto, reclinou-se no sofá. Um minuto mais tarde, por uma dessas não raras desistências do corpo, que escolhe, para renunciar, certos momentos de angústia ou de desespero, quando, se por a exclusiva lógica se governasse, todos os seus nervos deveriam estar despertos e tensos, entrou-lhe uma espécie de quebranto, mais sonolência do que sono autêntico, mas tão pesada como ele. Imediatamente sonhou que estava a jogar o jogo do E se eu fosse cego, sonhava que fechava e abria os olhos muitas vezes, e que, de cada vez, como se estivesse a regressar de uma viagem, encontrava à sua espera, firmes e inalteradas, todas as formas e cores, o mundo como o conhecia. Por debaixo desta certeza tranquilizadora percebia, contudo, o remoer surdo de uma dúvida, talvez se tratasse de um sonho enganador, um sonho de que teria de acordar mais cedo ou mais tarde, sem saber, nesse momento, que realidade estaria à sua espera. Depois, se tal palavra tem algum sentido aplicada a um quebrantamento que não durou mais que uns instantes, e já naquele estado de meia vigília que vai preparando o despertar, considerou seriamente que não estava bem manter-se numa tal indecisão, acordo, não acordo, acordo, não acordo, sempre chega uma altura em que não há outro remédio que arriscar, Eu que faço aqui, com estas flores em cima das pernas e os olhos fechados, que parece que estou com medo de os abrir, Que fazes tu aí, a dormir, com essas flores em cima das pernas, perguntava-lhe a mulher.

Não esperara pela resposta. Ostensivamente, pusera-se a recolher os restos da jarra e a enxugar o soalho, enquanto ia resmungando, com uma irritação que não procurava dissimular, Bem o poderias ter feito tu, em lugar de te deitares para aí a dormir, como se não fosse nada contigo. Ele não falou, protegia os olhos por trás das pálpebras apertadas, subitamente agitado por um pensamento, E se eu abro os olhos e vejo, perguntava-se, tomado por uma ansiosa esperança. A mulher aproximou-se, reparou no lenço manchado de sangue, o seu agastamento apagou-se num instante, Pobrezinho, como foi que te aconteceu isto, perguntava compadecida, enquanto desfazia a improvisada atadura. Então ele, com todas as suas forças, desejou ver a mulher ajoelhada aos seus pés, ali, como sabia que estava, e depois, já certo de que a não veria, abriu os olhos, Até que enfim que acordaste, meu dorminhoco, disse ela, sorrindo. Fez-se um silêncio, e ele disse, Estou cego, não te vejo. A mulher ralhou, Deixa-te de brincadeiras estúpidas, há coisas com que não devemos brincar, Quem me dera que fosse uma brincadeira, a verdade é que estou mesmo cego, não vejo nada, Por favor, não me assustes, olha para mim, aqui, estou aqui, a luz está acesa, Sei que aí estás, ouço-te, toco-te, calculo que tenhas acendido a luz, mas eu estou cego. Ela começou a chorar, agarrou-se a ele, Não é verdade, dize-me que não é verdade. As flores tinham escorregado para o chão, sobre o lenço manchado, o sangue recomeçara a pingar do dedo ferido, e ele, como se por outras palavras quisesse dizer Do mal o menos, murmurou, Vejo tudo branco, e logo deixou aparecer um sorriso triste. A mulher sentou-se ao lado dele, abraçou-o muito, beijou-o com cuidado na testa, na cara, suavemente nos olhos, Verás que isso passa, tu não estavas doente, ninguém fica cego assim, de um momento para outro, Talvez, Conta-me como foi, o que sentiste, quando, onde, não, ainda não, espera, a primeira coisa que temos de fazer é falar com um médico dos olhos, conheces algum, Não conheço, nem tu nem eu usamos óculos, E se te levasse ao hospital, Para olhos que não veem, não deve haver serviços de urgência, Tens razão, o melhor é irmos diretamente a um médico, vou procurar na lista dos telefones, um que tenha consultório perto daqui. Levantou-se, ainda perguntou, Notas alguma diferença, Nenhuma, disse ele, Atenção, vou apagar a luz, já me dirás, agora, Nada, Nada, quê, Nada, vejo sempre o mesmo branco, para mim é como se não houvesse noite.

Ele ouvia a mulher passar rapidamente as folhas da lista telefónica, fungando para segurar as lágrimas, suspirando, dizendo enfim, Este deve servir, oxalá nos possa atender. Marcou um número, perguntou se era do consultório, se o senhor doutor estava, se podia falar com ele, não, não, o senhor doutor não me conhece, é por causa de um caso muito urgente, sim, por favor, compreendo, então digo-lho a si, mas peço-lhe que transmita ao senhor doutor, é que o meu marido ficou cego de repente, sim, sim, como lhe estou a dizer, de repente, não, não é doente do senhor doutor, o meu marido não usa óculos, nunca usou, sim, tinha uma ótima vista, como eu, eu também vejo bem, ah, muito obrigada, eu espero, eu espero, sim, senhor doutor, sim, de repente, diz que vê tudo branco, não sei como foi, nem tive tempo de lhe perguntar, acabo de chegar a casa e encontrei-o neste estado, quer que lhe pergunte, ah, quanto lhe agradeço, senhor doutor, vamos imediatamente, imediatamente. O cego levantou-se, Espera, disse a mulher, deixa-me curar primeiro esse dedo, desapareceu por uns momentos, voltou com um frasco de água oxigenada, outro de mercurocromo, algodão, uma caixinha de pensos rápidos. Enquanto o tratava perguntou-lhe, Onde foi que deixaste o carro, e subitamente, Mas tu, assim como estás, não podias conduzir, ou já estavas em casa quando, Não, foi na rua, quando estava parado num sinal vermelho, uma pessoa fez o favor de me trazer, o carro ficou aí na rua ao lado, Bom, então descemos, esperas à porta que eu o vou buscar, onde foi que puseste as chaves, Não sei, ele não mas devolveu, Ele, quem, O homem que me trouxe a casa, foi um homem, Tê-las-á largado por aí, vou ver, Não vale a pena procurares, ele não entrou, Mas as chaves têm de estar em algum sítio, O mais certo foi ter-se ele esquecido, levou-as sem se dar conta, Era mesmo isto o que nos faltava, Usa as tuas, depois logo se vê, Bem, vamos, dá-me cá a mão. O cego disse, Se vou ter de ficar assim, acabo com a vida, Por favor, não digas disparates, para infelicidade já basta o que nos sucedeu, Eu é que estou cego, não tu, tu não podes saber o que me sucedeu, O médico vai pôr-te bom, verás, Verei.

Saíram. Em baixo, no vestíbulo da escada, a mulher acendeu a luz e sussurrou-lhe ao ouvido, Espera-me aqui, se algum vizinho aparecer fala-lhe com naturalidade, diz que estás à minha espera, olhando para ti ninguém pensará que não vês, escusamos de estar já a dar notícia da nossa vida, Sim, mas não te demores. A mulher saiu a correr. Nenhum vizinho entrou ou saiu. Por experiência, o cego sabia que a escada só estaria iluminada enquanto se ouvisse o mecanismo do contador automático, por isso ia premindo o disparador de cada vez que se fazia silêncio. A luz, esta luz, para ele, tornara-se em ruído. Não entendia por que se demorava a mulher tanto, a rua era ali ao lado, uns oitenta, cem metros, Se nos atrasamos muito, o médico vai-se embora, pensou. Não pôde evitar um gesto maquinal, levantar o punho esquerdo e baixar os olhos para ver as horas. Apertou os lábios como se o tivesse traspassado uma súbita dor, e agradeceu à sorte não ter aparecido naquele momento um vizinho, pois ali mesmo, à primeira palavra que ele lhe dirigisse, se teria desfeito em lágrimas. Um carro parou na rua, Até que enfim, pensou, mas ato contínuo estranhou o barulho do motor, Isto é diesel, isto é um táxi, disse, e carregou uma vez mais no botão da luz. A mulher vinha a entrar, nervosa, transtornada, O santinho do teu protetor, a boa alma, levou-nos o carro, Não pode ser, não deves ter visto bem, Claro que vi bem, eu vejo bem, as últimas palavras saíram-lhe sem ela querer, Tinhas-me dito que o carro estava na rua ao lado, emendou, e não está, ou então deixaram-no noutra rua, Não, não, foi nessa, tenho a certeza, Pois então levou sumiço, Nesse caso, as chaves, Aproveitou-se da tua desorientação, da aflição em que estavas, e roubou-nos, E eu que nem o quis deixar entrar em casa, por medo, se tivesse ficado a fazer-me companhia até tu chegares, não poderia ter roubado o carro, Vamos, temos o táxi à espera, juro-te que era capaz de dar um ano de vida para que esse malandro cegasse também, Não fales tão alto, E lhe roubassem tudo quanto tenha, Pode ser que apareça, Ah, pois, amanhã bate-nos aí à porta a dizer que foi uma distração, a pedir desculpa, e a saber se estás melhorzinho.

    Mantiveram-se calados até ao consultório do médico. Ela procurava afastar do pensamento o roubo do carro, apertava carinhosamente as mãos do marido entre as suas, enquanto ele, com a cabeça baixa para que o motorista não pudesse ver-lhe os olhos pelo retrovisor, não parava de perguntar-se como era possível que tão grande desgraça lhe estivesse a acontecer a ele, A mim, porquê. Aos ouvidos chegavam-lhe os ruídos do trânsito, uma ou outra voz mais alta quando o táxi parava, também às vezes sucede, ainda dormimos e já os sons exteriores vão repassando o véu da inconsciência em que ainda estamos envolvidos, como num lençol branco. Como num lençol branco. Abanou a cabeça suspirando, a mulher tocou-lhe ao de leve na face, maneira de dizer Sossega, estou aqui, e ele deixou pender a cabeça para o ombro dela, sem se importar com o que pensaria o motorista, Estivesses tu como eu, e não poderias ir aí a guiar, pensou infantilmente, e, sem reparar no absurdo do enunciado, congratulou-se por, em meio do seu desespero, ter sido ainda capaz de formular um raciocínio lógico. Ao sair do táxi, auxiliado discretamente pela mulher, parecia calmo, mas, à entrada do consultório, onde iria conhecer a sua sorte, perguntou-lhe num murmúrio que tremia, Como estarei eu quando sair daqui, e abanou a cabeça como quem já nada espera.

A mulher informou a empregada da receção de que era a pessoa que há meia hora tinha telefonado por causa do marido, e ela fê-los passar a uma pequena sala onde outros doentes esperavam. Havia um velho com uma venda preta num dos olhos, um rapazinho que parecia estrábico acompanhado por uma mulher que devia de ser a mãe, uma rapariga nova de óculos escuros, duas outras pessoas sem sinais particulares à vista, mas nenhum cego, os cegos não vão ao oftalmologista. A mulher guiou o marido para uma cadeira livre, e, por não sobrar outro assento, ficou de pé ao lado dele, Vamos ter de esperar, murmurou-lhe ao ouvido. Ele percebeu porquê, ouvira vozes dos que ali se encontravam, agora afligia-o uma preocupação diferente, pensava que quanto mais o médico tardasse a examiná-lo, mais profunda a cegueira se tornaria, e portanto incurável, sem remédio. Mexeu-se na cadeira, inquieto, ia comunicar as suas apreensões à mulher, mas nesse momento a porta abriu-se e a empregada disse, Os senhores, por favor, passem, e dirigindo-se aos outros doentes, Foi ordem do senhor doutor, o caso deste senhor é urgente. A mãe do rapaz estrábico protestou que o direito é o direito, e que ela estava em primeiro lugar, e à espera há mais de uma hora. Os outros doentes apoiaram-na em voz baixa, mas nenhum deles, nem ela própria, acharam prudente insistir na reclamação, não fosse o médico ficar ressentido e depois pagar-se da impertinência fazendo-os esperar ainda mais, tem-se visto. O velho do olho vendado foi magnânimo, Deixem-no lá, coitado, aquele vai bem pior do que qualquer de nós. O cego não o ouviu, já iam a entrar no gabinete do médico, e a mulher dizia, Muito obrigada pela sua bondade, senhor doutor, é que o meu marido, e tendo dito interrompeu-se, em verdade ela não sabia o que realmente sucedera, sabia apenas que o marido estava cego e lhes tinham roubado o carro. O médico disse, Sentem-se, por favor, ele próprio foi ajudar o paciente a acomodar-se, e depois, tocando-lhe na mão, falou diretamente para ele, Conte-me lá então o que se passa consigo. O cego explicou que estando dentro do carro, à espera de que o sinal vermelho mudasse, tinha ficado subitamente sem ver, que umas pessoas acudiram a ajudá-lo, que uma mulher de idade, pela voz devia ser, dissera que aquilo se calhar eram nervos, e que depois um homem o acompanhara a casa porque ele sozinho não podia valer-se, Vejo tudo branco, senhor doutor. Não falou do roubo do automóvel.

O médico perguntou-lhe, Nunca lhe tinha acontecido antes, quero dizer, o mesmo de agora, ou parecido, Nunca, senhor doutor, eu nem sequer uso óculos, E diz-me que foi de repente, Sim, senhor doutor, Como uma luz que se apaga, Mais como uma luz que se acende, Nestes últimos dias tinha sentido alguma diferença na vista, Não, senhor doutor, Há, ou houve, algum caso de cegueira na sua família, Nos parentes que conheci ou de quem ouvi falar, nenhum, Sofre de diabetes, Não, senhor doutor, De sífilis, Não, senhor doutor, De hipertensão arterial ou intracraniana, Da intracraniana não sei, do mais sei que não sofro, lá na empresa fazem-nos inspeções, Deu alguma pancada violenta na cabeça, hoje ou ontem, Não, senhor doutor, Quantos anos tem, Trinta e oito, Bom, vamos lá então observar esses olhos. O cego abriu-os muito, como para facilitar o exame, mas o médico tomou-o por um braço e foi instalá-lo por trás de um aparelho que alguém com imaginação poderia ver como um novo modelo de confessionário, em que os olhos tivessem substituído as palavras, com o confessor a olhar diretamente para dentro da alma do pecador, Apoie aqui o queixo, recomendou, mantenha os olhos abertos, não se mexa. A mulher aproximou-se do marido, pôs-lhe a mão no ombro, disse, Verás como tudo se irá resolver. O médico subiu e baixou o sistema binocular do seu lado, fez girar parafusos de passo finíssimo, e principiou o exame. Não encontrou nada na córnea, nada na esclerótica, nada na íris, nada na retina, nada no cristalino, nada na mácula lútea, nada no nervo ótico, nada em parte alguma. Afastou-se do aparelho, esfregou os olhos, depois recomeçou o exame desde o princípio, sem falar, e quando outra vez terminou tinha na cara uma expressão perplexa, Não lhe encontro qualquer lesão, os seus olhos estão perfeitos. A mulher juntou as mãos num gesto de alegria e exclamou,

Eu bem te tinha dito, eu bem te tinha dito, tudo se ia resolver. Sem lhe dar atenção, o cego perguntou, Já posso tirar o queixo, senhor doutor, Claro que sim, desculpe, Se os meus olhos estão perfeitos, como diz, então por que estou eu cego, Por enquanto não lhe sei dizer, vamos ter de fazer exames mais minuciosos, análises, ecografia, encefalograma, Acha que tem alguma coisa a ver com o cérebro, É uma possibilidade, mas não creio, No entanto o senhor doutor diz que não encontra nada de mau nos meus olhos, Assim é, Não percebo, O que quero dizer é que se o senhor está de facto cego, a sua cegueira, neste momento, é inexplicável, Duvida que eu esteja cego, Que ideia, o problema está na raridade do caso, pessoalmente, em toda a minha vida de médico, nunca me apareceu nada assim, e atrevo-me mesmo a dizer que em toda a história da oftalmologia, Acha que tenho cura, Em princípio, porque não lhe encontro lesões de qualquer tipo nem malformações congénitas, a minha resposta deveria ser afirmativa, Mas pelos vistos não o é, Só por cautela, só porque não quero dar-lhe esperanças que depois venham a mostrar-se sem fundamento, Compreendo, Pois é, E deverei seguir algum tratamento, tomar algum remédio, Por enquanto não lhe receitarei nada, seria estar a receitar às cegas, Aí está uma expressão apropriada, observou o cego. O médico fez que não ouvira, afastou-se do banco giratório em que se tinha sentado para a observação, e, mesmo de pé, escreveu numa folha de receita os exames e análises que considerava necessários. Entregou o papel à mulher, Aqui tem, minha senhora, volte cá com o seu marido quando tiver os resultados, se entretanto houver alguma modificação no estado dele, telefone-me, A consulta, senhor doutor, Paga à empregada da receção. Acompanhou-os à porta, balbuciou uma frase de confiança, do género Vamos a ver, vamos a ver, é preciso não desesperar, e quando se encontrou de novo só entrou no pequeno quarto de banho anexo e ficou a olhar-se no espelho durante um longo minuto, Que será isto, murmurou. Depois regressou ao gabinete, chamou a empregada, Mande entrar o seguinte.

Nessa noite o cego sonhou que estava cego.

Ao oferecer-se para ajudar o cego, o homem que depois roubou o carro não tinha em mira, nesse momento preciso, qualquer intenção malévola, muito pelo contrário, o que ele fez não foi mais que obedecer àqueles sentimentos de generosidade e altruísmo que são, como toda a gente sabe, duas das melhores características do género humano, podendo ser encontradas até em criminosos bem mais empedernidos do que este, simples ladrãozeco de automóveis sem esperança de avanço na carreira, explorado pelos verdadeiros donos do negócio, que esses é que se vão aproveitando das necessidades de quem é pobre. No fim das contas, estas ou as outras, não é assim tão grande a diferença entre ajudar um cego para depois o roubar e cuidar de uma velhice caduca e tatebitate com o olho posto na herança. Foi só quando já estava perto da casa do cego que a ideia se lhe apresentou com toda a naturalidade, exatamente, assim se pode dizer, como se tivesse decidido comprar um bilhete de lotaria só por ter visto o cauteleiro, não teve nenhum palpite, comprou a ver o que dali saía, conformado de antemão com o que a volúvel fortuna lhe trouxesse, algo ou coisa nenhuma, outros diriam que agiu segundo um reflexo condicionado da sua personalidade. Os céticos acerca da natureza humana, que são muitos e teimosos, vêm sustentando que se é certo que a ocasião nem sempre faz o ladrão, também é certo que o ajuda muito. Quanto a nós, permitir-nos-emos pensar que se o cego tivesse aceitado o segundo oferecimento do afinal falso samaritano, naquele derradeiro instante em que a bondade ainda poderia ter prevalecido, referimo-nos o oferecimento de lhe ficar a fazer companhia enquanto a mulher não chegasse, quem sabe se o efeito da responsabilidade moral resultante da confiança assim outorgada não teria inibido a tentação criminosa e feito vir ao de cima o que de luminoso e nobre sempre será possível encontrar mesmo nas almas mais perdidas. Plebeiamente concluindo, como não se cansa de ensinar-nos o provérbio antigo, o cego, julgando que se benzia, partiu o nariz.

A consciência moral, que tantos insensatos têm ofendido e muitos mais renegado, é coisa que existe e existiu sempre, não foi uma invenção dos filósofos do Quaternário, quando a alma mal passava ainda de um projeto confuso. Com o andar dos tempos, mais as atividades da convivência e as trocas genéticas, acabámos por meter a consciência na cor do sangue e no sal das lágrimas, e, como se tanto fosse pouco, fizemos dos olhos uma espécie de espelhos virados para dentro, com o resultado, muitas vezes, de mostrarem eles sem reserva o que estávamos tratando de negar com a boca. Acresce a isto, que é geral, a circunstância particular de que, em espíritos simples, o remorso causado por um mal feito se confunde frequentemente com medos ancestrais de todo o tipo, donde resulta que o castigo do prevaricador acaba por ser, sem pau nem pedra, duas vezes o merecido. Não será possível, portanto, neste caso, deslindar que parte dos medos e que parte da consciência afligida começaram a apoquentar o ladrão assim que pôs o carro em marcha. Sem dúvida nunca poderia ser tranquilizador ir sentado no lugar de alguém que segurava com as mãos este mesmo volante no momento em que cegou, que olhou através deste para-brisas e de repente ficou sem ver, não é preciso ser-se dotado de muita imaginação para que tais pensamentos façam acordar a imunda e rastejante besta do pavor, aí está ela já a levantar a cabeça. Mas era também o remorso, expressão agravada duma consciência, como antes foi dito, ou, se quisermos descrevê-lo em termos sugestivos, uma consciência com dentes para morder, que estava a pôr-lhe diante dos olhos a imagem desamparada do cego quando fechava a porta, Não é preciso, não é preciso, dissera o coitado, e daí para o futuro não seria capaz de dar um passo sem ajuda.

O ladrão redobrou de atenção ao trânsito para impedir que pensamentos tão assustadores lhe ocupassem por inteiro o espírito, sabia bem que não podia permitir-se o mais pequeno erro, a mais pequena distração. A polícia andava por ali, bastava que algum deles o mandasse parar, Faça favor, a carta e o livrete, outra vez a cadeia, a dureza da vida. Usava de todo o cuidado em obedecer aos semáforos, em caso algum avançar com o vermelho, respeitar o amarelo, esperar com paciência que saia o verde. A certa altura apercebeu-se de que tinha começado a olhar as luzes de um modo que se estava a tornar obsessivo. Passou então a regular a velocidade do carro de maneira a ter sempre por diante um sinal verde, mesmo que para o conseguir tivesse de aumentar a velocidade ou, pelo contrário, reduzi-la ao ponto de irritar os condutores que vinham de trás. Por fim, desorientado, tenso a mais não poder, acabou por enfiar o carro por uma rua transversal secundária onde sabia não haver semáforos, e arrumou-o quase sem olhar, que lá bom condutor era ele. Sentia-se à beira de um ataque de nervos, por estas exatas palavras o havia pensado, Estou aqui estou a ter um ataque de nervos. Abafava-se dentro do automóvel. Desceu os vidros dos dois lados, mas o ar de fora, se se movia, não refrescou a atmosfera interior. Que faço, perguntou. O barracão aonde deveria levar o carro ficava longe, numa povoação fora da cidade, com o estado de espírito em que se encontrava nunca conseguiria lá chegar, Apanha-me aí um polícia, ou tenho um desastre, e ainda é pior, murmurou. Pensou então que o melhor seria sair do automóvel por um bocado, arejar as ideias, Talvez me limpe os aranhiços da cabeça, lá porque o tipo ficou cego não quer dizer que a mim me suceda o mesmo, isto não é uma gripe que se pega, dou uma volta ao quarteirão e já me passa. Saiu, nem valia a pena fechar o carro, daí a nada estaria de volta, e afastou-se. Ainda não tinha andado trinta passos quando cegou.

No consultório, o último paciente a ser atendido foi o velho de bom génio, aquele que dissera tão boas palavras sobre o pobre diabo que cegara de repente. Ia só para combinar a data da operação a uma catarata que lhe aparecera no único olho que lhe restava, a venda preta tapava uma ausência, não tinha nada que ver com o caso de agora, São mazelas que vêm com a idade, dissera-lhe o médico tempos atrás, quando estiver madura tiramo-la, depois nem vai reconhecer o mundo em que vivia. Quando o velho da venda preta saiu e a enfermeira disse que não havia mais pacientes na sala de espera, o médico pegou na ficha do homem que aparecera cego, leu-a uma vez, duas vezes, pensou durante alguns minutos e finalmente ligou o telefone para um colega, com quem teve a seguinte conversação, Queres saber, tive hoje um caso estranhíssimo, um homem que perdeu totalmente a visão de um instante para outro, o exame não mostrou qualquer lesão percetível nem indícios de malformações de nascença, diz ele que vê tudo branco, uma espécie de brancura leitosa, espessa, que se lhe agarra aos olhos, estou a tentar exprimir o melhor possível a descrição que fez, sim, claro que é subjetivo, não, o homem é novo, trinta e oito anos, tens notícia de algum caso semelhante, leste, ouviste falar, bem me parecia, por agora não lhe vejo solução, para ganhar tempo mandei-lhe fazer umas análises, sim, podemos observá-lo juntos um destes dias, depois do jantar vou passar os olhos pelos livros, rever bibliografia, talvez encontre uma pista, sim, bem sei, a agnosia, a cegueira psíquica, poderia ser, mas então tratar-se-ia do primeiro caso com estas características, porque não há dúvida de que o homem está mesmo cego, a agnosia, sabemo-lo, é a incapacidade de reconhecer o que se vê, pois, também pensei nisso, a possibilidade de se tratar de uma amaurose, mas lembra-te do que comecei por te dizer, esta cegueira é branca, precisamente o contrário da amaurose, que é treva total, a não ser que exista por aí uma amaurose branca, uma treva branca, por assim dizer, sim, já sei, foi coisa que nunca se viu, de acordo, amanhã telefono-lhe, digo-lhe que queremos examiná-lo os dois. Terminada a conversa, o médico recostou-se na cadeira, deixou-se ficar assim uns minutos, depois levantou-se, despiu a bata em movimentos cansados, lentos. Foi à casa de banho para lavar as mãos, mas desta vez não perguntou ao espelho, metafisicamente, Que será aquilo, recuperara o espírito científico, o facto de a agnosia e a amaurose se encontrarem identificadas e definidas com precisão nos livros e na prática, não significava que não viessem a surgir variantes, mutações, se a palavra é adequada, e esse dia parecia ter chegado. Há mil razões para que o cérebro se feche, só isto, e nada mais, como uma visita tardia que encontrasse cerrados os seus próprios umbrais. O oftalmologista tinha gostos literários e sabia citar a propósito.

À noite, depois do jantar, disse à mulher, Apareceu-me no consultório um estranho caso, poderia tratar-se de uma variante da cegueira psíquica ou da amaurose, mas não consta que tal coisa se tivesse verificado alguma vez, Que doenças são essas, a amaurose e a outra, perguntou a mulher. O médico deu uma explicação acessível a um entendimento normal, que satisfez a curiosidade dela, depois foi buscar à estante os livros da especialidade, uns antigos, do tempo da faculdade, outros recentes, alguns de publicação recentíssima, que ainda mal tivera tempo de estudar. Procurou nos índices, a seguir, metodicamente, pôs-se a ler tudo o que ia encontrando sobre a agnosia e a amaurose, com a impressão incómoda de saber-se intruso num domínio que não era o seu, o misterioso território da neurocirurgia, acerca do qual não possuía mais do que umas luzes escassas. Noite dentro, afastou os livros que estivera a consultar, esfregou os olhos fatigados e reclinou-se na cadeira. Nesse momento a alternativa apresentava-se-lhe com toda a clareza. Se o caso fosse de agnosia, o paciente estaria vendo agora o que sempre tinha visto, isto é, não teria ocorrido nele qualquer diminuição da acuidade visual, simplesmente o cérebro ter-se-ia tornado incapaz de reconhecer uma cadeira onde estivesse uma cadeira, quer dizer, continuaria a reagir corretamente aos estímulos luminosos encaminhados pelo nervo ótico, mas, para usar uns termos comuns, ao alcance de gente pouco informada, teria perdido a capacidade de saber que sabia e, mais ainda, de dizê-lo. Quanto à amaurose, aí, nenhuma dúvida. Para que efetivamente o caso fosse esse, o paciente teria de ver tudo negro, ressalvando-se, já se sabe, o uso de tal verbo, ver, quando de trevas absolutas se tratava. O cego afirmara categoricamente que via, ressalve-se também o verbo, uma cor branca uniforme, densa, como se se encontrasse mergulhado de olhos abertos num mar de leite. Uma amaurose branca, além de ser etimologicamente uma contradição, seria também uma impossibilidade neurológica, uma vez que o cérebro, que não poderia então perceber as imagens, as formas e as cores da realidade, não poderia da mesma maneira, para dizê-lo assim, cobrir de branco, de um branco contínuo, como uma pintura branca sem tonalidades, as cores, as formas e as imagens que a mesma realidade apresentasse a uma visão normal, por muito problemático que sempre seja falar, com efetiva propriedade, de uma visão normal. Com a consciência claríssima de se encontrar metido num beco onde aparentemente não havia saída, o médico abanou a cabeça com desalento e olhou em redor. A mulher já se tinha retirado, lembrava-se vagamente de que ela se aproximara um momento e lhe dera um beijo no cabelo, Vou-me deitar, devia ter dito, a casa estava agora silenciosa, em cima da mesa os livros espalhados, Que será isto, pensou, e de súbito sentiu medo, como se ele próprio fosse cegar no instante seguinte e já o soubesse. Susteve a respiração e esperou. Nada sucedeu. Sucedeu um minuto depois, quando juntava os livros para os arrumar na estante. Primeiro percebeu que tinha deixado de ver as mãos, depois soube que estava cego.

O mal da rapariga dos óculos escuros não era de gravidade, tinha apenas uma conjuntivite das mais simples, que o tópico ligeiramente receitado pelo médico iria resolver em poucos dias, Já sabe, durante esse tempo só tira os óculos para dormir, dissera-lhe. O gracejo levava muitos anos de uso, é mesmo de supor que viesse passando de geração em geração de oftalmologistas, mas o efeito repetia-se de cada vez, o médico sorria ao dizê-lo, sorria o paciente ao ouvi-lo, e neste caso valia a pena, porque a rapariga tinha os dentes bonitos e sabia como mostrá-los. Por natural misantropia ou demasiadas deceções na vida, qualquer cético comum, conhecedor dos pormenores da vida desta mulher, insinuaria que a bonitez do sorriso não passava de uma artimanha de ofício, afirmação maldosa e gratuita, porque ele, o sorriso, já tinha sido assim nos tempos não muito distantes em que a mulher fora menina, palavra em desuso, quando o futuro era uma carta fechada e a curiosidade de abri-la ainda estava por nascer. Simplificando, pois, poder-se-ia incluir esta mulher na classe das denominadas prostitutas, mas a complexidade da trama das relações sociais, tanto diurnas como noturnas, tanto verticais como horizontais, da época aqui descrita, aconselha a moderar qualquer tendência para juízos perentórios, definitivos, balda de que, por exagerada suficiência nossa, talvez nunca consigamos livrar-nos. Ainda que seja evidente o muito que de nuvem há em Juno, não é lícito, de todo, teimar em confundir com uma deusa grega o que não passa de uma vulgar massa de gotas de água pairando na atmosfera. Sem dúvida, esta mulher vai para a cama a troco de dinheiro, o que permitiria, provavelmente, sem mais considerações, classificá-la como prostituta de facto, mas, sendo certo que só vai quando quer e com quem quer, não é de desdenhar a probabilidade de que tal diferença de direito deva determinar cautelarmente a sua exclusão do grémio, entendido como um todo. Ela tem, como a gente normal, uma profissão, e, também como a gente normal, aproveita as horas que lhe ficam para dar algumas alegrias ao corpo e suficientes satisfações às necessidades, as particulares e as gerais. Se não se pretender reduzi-la a uma definição primária, o que finalmente se deverá dizer dela, em lato sentido, é que vive como lhe apetece e ainda por cima tira daí todo o prazer que pode.

Fizera-se noite quando saiu do consultório. Não tirou os óculos, a iluminação das ruas incomodava-a, em particular a dos anúncios. Entrou numa farmácia a comprar o medicamento que o médico tinha receitado, decidiu não se dar por achada quando o empregado que a atendia falou do injusto que é andarem certos olhos cobertos por vidros escuros, observação que, além de ser impertinente em si mesma, um ajudante de farmácia, imagine-se, contrariava a sua convicção de que os óculos escuros lhe conferiam um ar de capitoso mistério, capaz de provocar o interesse dos homens que passam, e eventualmente retribuí-lo, se não se desse, hoje, a circunstância de haver alguém à sua espera, um encontro de que tinha razões para esperar boas coisas, tanto no que se referia à satisfação material como às outras satisfações. O homem com quem ia estar era já seu conhecido, não se tinha importado quando ela avisou que não poderia tirar os óculos, ordem, aliás, que o médico ainda não dera, e até lhe achou graça, era uma novidade. À saída da farmácia, a rapariga chamou um táxi, deu o nome de um hotel. Recostada no assento, prelibava já, se o termo é próprio, as distintas e múltiplas sensações do gozo sensual, desde o primeiro e sábio roçar dos lábios, desde a primeira carícia íntima, até às sucessivas explosões de um orgasmo que iria deixá-la exausta e feliz, como se estivesse a ser crucificada, salvo seja, numa girândola ofuscante e vertiginosa. Razões portanto temos para concluir que a rapariga dos óculos escuros, se o parceiro soube cumprir cabalmente, em tempo e em técnica, a sua obrigação, paga sempre por adiantado e em dobro o que depois vem a cobrar. Em meio destes pensamentos, sem dúvida porque tinha acabado de pagar uma consulta, ela perguntou-se se não seria boa altura para subir, já a partir de hoje, o que, com risonho eufemismo, costumava designar por seu justo nível de compensação.

Mandou parar o táxi um quarteirão antes, misturou-se com as pessoas que seguiam na mesma direção, como que deixando-se levar por elas, anónima e sem nenhuma culpa notória. Entrou no hotel com ar natural, atravessou o vestíbulo para o bar. Chegara adiantada alguns minutos, portanto devia esperar, a hora do encontro havia sido combinada com precisão. Pediu um refresco, que tomou sossegadamente, sem pôr os olhos em ninguém, não queria ser confundida com uma caçadora de homens vulgar. Um pouco mais tarde, como uma turista que sobe ao quarto a descansar depois de ter passado a tarde nos museus, dirigiu-se ao ascensor. A virtude, quem o ignorará ainda, sempre encontra escolhos no duríssimo caminho da perfeição, mas o pecado e o vício são tão favorecidos da fortuna que foi ela chegar e abrirem-se-lhe as portas do elevador. Saíram dois hóspedes, um casal idoso, ela passou para dentro, premiu o botão do terceiro andar, trezentos e doze era o número que a esperava, é aqui, bateu discretamente à porta, dez minutos depois estava nua, aos quinze gemia, aos dezoito sussurrava palavras de amor que já não tinha necessidade de fingir, aos vinte começava a perder a cabeça, aos vinte e um sentiu que o corpo se lhe despedaçava de prazer, aos vinte e dois gritou, Agora, agora, e quando recuperou a consciência disse, exausta e feliz, Ainda vejo tudo branco.

Ao ladrão do automóvel levou-o um polícia a casa. Não podia o circunspecto e compadecido agente de autoridade imaginar que conduzia um empedernido delinquente pelo braço, não para o impedir de escapar-se, como em outra ocasião teria sido, mas simplesmente para o que o pobre homem não tropeçasse e caísse. Em compensação, já nos é muito fácil imaginar o susto que levou a mulher do ladrão quando, abrindo a porta, se encontrou pela frente com um polícia de uniforme que trazia filado, assim lhe pareceu, um decaído prisioneiro, a quem, a avaliar pela triste cara que trazia, devia ter sucedido algo pior que ser preso. Por um instante, primeiro pensou a mulher que o seu homem havia sido apanhado em flagrante delito e que o polícia estava ali para passar busca à casa, ideia esta, por outro lado, e por muito paradoxal que pareça, bastante tranquilizadora, considerando que o marido só roubava automóveis, objetos que, pelo seu tamanho, não podem ser escondidos debaixo da cama. Não durou muito a dúvida, o polícia disse, Este senhor está cego, tome conta dele, e a mulher, que deveria ter ficado aliviada porque o agente, afinal, vinha apenas de acompanhante, percebeu a dimensão da fatalidade que lhe entrava em casa quando um marido desfeito em lágrimas lhe caiu nos braços dizendo o que já sabemos.

A rapariga dos óculos escuros também foi levada a casa de seus pais por um polícia, mas o picante das circunstâncias em que a cegueira, no seu caso, se declarara, uma mulher nua aos gritos num hotel, alvorotando os hóspedes, enquanto o homem que estava com ela tentava escapulir-se enfiando atabalhoadamente as calças, moderava, de certa maneira, o dramatismo óbvio da situação. A cega, corrida de vergonha, sentimento em tudo compatível, por muito que rosnem os prudentes fingidos e os virtuosos falsos, com os mercenários exercícios amatórios a que se dedicava, após os gritos lancinantes que começou a soltar ao compreender que a perda da visão não era uma nova e imprevista consequência do prazer, mal ousava chorar e lamentar-se quando, com maus modos, vestida a trouxe-mouxe, quase aos empurrões, a levaram para fora do hotel. O polícia, em tom que seria sarcástico se não fosse simplesmente grosseiro, quis saber, depois de lhe ter perguntado onde morava, se ela dispunha de dinheiro para o táxi, Nestes casos o Estado não paga, avisou, procedimento a que, anote-se à margem, não se poderá negar uma certa lógica, porquanto estas pessoas pertencem ao número das que não pagam imposto sobre os seus imorais réditos. Ela acenou afirmativamente, mas, estando cega, imagine-se, pensou que o polícia poderia não ter visto o gesto e murmurou, Sim, tenho, e, de si para si, acrescentou, Antes não o tivesse, palavras que nos hão de parecer fora de propósito, mas que, se atentarmos nas circunvoluções do espírito humano, onde não existem caminhos curtos e retos, acabam, essas palavras, por tornar-se absolutamente límpidas, o que ela queria dizer era que tinha sido castigada por causa do seu mau porte, da sua imoralidade, ora aí está. Dissera à mãe que não iria jantar a casa, e afinal chegaria muito a tempo, ainda antes do pai.

Diferente foi o que se passou com o oftalmologista, não só porque se encontrava em casa quando o atacou a cegueira, mas porque, sendo médico, não iria entregar-se de mãos atadas ao desespero, como fazem aqueles que do seu corpo só sabem quando lhes dói. Mesmo numa situação como esta, angustiado, tendo pela frente uma noite de ansiedade, ainda foi capaz de recordar o que Homero escreveu na Ilíada, poema da morte e do sofrimento, mais do que todos, Um médico, só por si, vale alguns homens, palavras que não deveremos entender como expressão diretamente quantitativa, mas sim maiormente qualitativa, como não tardará a certificar-se. Teve a coragem de se deitar sem acordar a mulher, nem sequer quando ela, murmurando meio adormecida, se moveu na cama para o sentir mais próximo. Horas e horas acordado, o pouco que conseguiu dormir foi de puro esgotamento. Desejava que a noite não acabasse para não ter de anunciar, ele cujo ofício era curar as mazelas dos olhos alheios, Estou cego, mas ao mesmo tempo queria que chegasse rapidamente a luz do dia, com estas exatas palavras o pensou, A luz do dia, sabendo que não a iria ver. Na verdade um oftalmologista cego não poderia servir para muito, mas competia-lhe a ele informar as autoridades sanitárias, avisá-las do que poderia estar a tornar-se em catástrofe nacional, nada mais nada menos que um tipo de cegueira desconhecido até agora, com todo o aspeto de ser altamente contagioso, e que, pelos vistos, se manifestava sem a prévia existência de atividades patológicas anteriores de carácter inflamatório, infecioso ou degenerativo, como pudera verificar no cego que o fora procurar ao consultório, ou como no seu próprio caso se confirmaria, uma miopia leve, um leve astigmatismo, tudo tão ligeiro que havia decidido, por enquanto, não usar lentes corretoras. Olhos que tinham deixado de ver, olhos que estavam totalmente cegos, encontravam-se no entanto em perfeito estado, sem qualquer lesão, recente ou antiga, adquirida ou de origem. Recordou o exame minucioso que fizera ao cego, como as diversas partes do olho acessíveis ao oftalmoscópio se apresentavam sãs, sem sinal de alterações mórbidas, situação muito rara nos trinta e oito anos que o homem dissera ter, e até em menos idade. Aquele homem não devia estar cego, pensou, esquecido por momentos de que ele próprio também o estava, a tal ponto pode uma pessoa chegar em abnegação, e isto não é coisa de agora, lembremo-nos do que disse Homero, ainda que por palavras que pareceram diferentes.

Fingiu que dormia quando a mulher se levantou. Sentiu o beijo que ela lhe deu na testa, muito suave, como se não quisesse acordá-lo do que julgava ser um sono profundo, talvez tivesse pensado, Coitado, deitou-se tarde, a estudar aquele extraordinário caso do homenzinho cego. Sozinho, como se estivesse a ser lentamente garrotado por uma nuvem espessa que lhe carregasse sobre o peito e lhe entrasse pelas narinas cegando-o por dentro, o médico deixou sair um gemido breve, consentiu que duas lágrimas, Serão brancas, pensou, lhe inundassem os olhos e se derramassem pelas fontes, de um lado e do outro da cara, agora compreendia o medo dos seus pacientes quando lhe diziam, Senhor doutor, parece-me que estou a perder a vista. Ao quarto chegavam os pequenos ruídos domésticos, a mulher não tardaria aí para ver se ele continuava a dormir, estavam-se a fazer horas de ir para o hospital. Levantou-se com cuidado, às apalpadelas procurou e enfiou o roupão, entrou na casa de banho, urinou. Depois virou-se para onde sabia que estava o espelho, desta vez não perguntou Que será isto, não disse Há mil razões para que o cérebro humano se feche, só estendeu as mãos até tocar o vidro, sabia que a sua imagem estava ali a olhá-lo, a imagem via-o a ele, ele não via a imagem. Ouviu a mulher entrar no quarto, Ah, já estás levantado, disse ela, e ele respondeu, Estou. Logo a seguir sentiu-a ao seu lado, Bons dias, meu amor, ainda se saudavam com palavras de carinho depois de tantos anos de casados, e então ele disse, como se os dois estivessem a representar uma peça e esta fosse a sua deixa, Acho que não irão ser muito bons, tenho qualquer coisa na vista. Ela só deu atenção à última parte da frase, Deixa-me ver, pediu, examinou-lhe os olhos com atenção, Não vejo nada, a frase estava evidentemente trocada, não pertencia ao papel dela, ele era quem tinha de pronunciá-la, mas disse-a mais simplesmente, assim, Não vejo, e acrescentou, Suponho que fui contagiado pelo doente de ontem.

Com o tempo e a intimidade, as mulheres dos médicos acabam também por entender algo de medicina, e esta, em tudo tão próxima do marido, aprendera o bastante para saber que a cegueira não se propaga por contágio, como uma epidemia, a cegueira não se pega só por olhar um cego alguém que o não é, a cegueira é uma questão privada entre a pessoa e os olhos com que nasceu. Em todo o caso, um médico tem a obrigação de saber o que diz, para isso está a faculdade, e se este aqui, além de se ter declarado cego, admite abertamente ter sido contagiado, quem é agora a mulher para duvidar, por muito de médico que fosse. Compreende-se, portanto, que a pobre senhora, perante a irrefragável evidência, acabasse por reagir como qualquer esposa comum, duas já conhecemos nós, abraçando-se ao marido, oferecendo as naturais mostras de aflição, E agora, que vamos fazer, perguntava entre lágrimas, Avisar as autoridades sanitárias, o ministério, é o mais urgente, se se trata realmente duma epidemia é preciso tomar providências, Mas uma epidemia de cegueira foi coisa que nunca se viu, alegou a mulher, querendo agarrar-se a esta derradeira esperança, Também nunca se viu um cego sem motivos aparentes para o ser, e neste momento já há pelo menos dois. Mal acabara de pronunciar a última palavra, o rosto transformou-se-lhe. Empurrou a mulher quase com violência, ele próprio recuou, Afasta-te, não te chegues a mim, posso contagiar-te, e logo a seguir, batendo na cabeça com os punhos fechados, Estúpido, estúpido, médico idiota, como é que não pensei, uma noite inteira juntos, devia ter ficado no escritório, com a porta fechada, e mesmo assim, Por favor, não fales dessa maneira, o que tiver de ser será, anda, vem, vou-te preparar o pequeno-almoço, Deixa-me, deixa-me, Não deixo, gritou a mulher, que queres fazer, andar aí aos tombos, a chocar contra os móveis, à procura do telefone, sem olhos para encontrar na lista os números de que precisas, enquanto eu assisto tranquilamente ao espetáculo, metida numa redoma de cristal à prova de contaminações. Agarrou-o pelo braço com firmeza e disse, Vamos, meu querido.

Ainda era cedo quando o médico acabou de tomar, imaginemos com que gosto, a chávena de café e a torrada que a mulher teimou em preparar-lhe, cedo de mais para encontrar já nos seus lugares de trabalho as pessoas a quem deveria informar. A lógica e a eficácia mandavam que a sua participação do que estava a acontecer fosse feita diretamente o mais depressa possível a um alto cargo responsável do ministério da Saúde, mas não tardou a mudar de ideias quando percebeu que apresentar-se apenas como um médico que tinha uma informação importante e urgente a comunicar não era suficiente para convencer o funcionário médio com quem, por fim, depois de muitos rogos, a telefonista condescendera em pô-lo em contacto. O homem quis saber de que se tratava antes de o passar ao superior imediato, e estava claro que qualquer médico com sentido de responsabilidade não iria pôr-se a anunciar o surgimento de uma epidemia de cegueira ao primeiro subalterno que lhe aparecesse pela frente, o pânico seria imediato. Respondia de lá o funcionário, O senhor declara-me que é médico, se quer que lhe diga que acredito, pois sim, acredito, mas eu tenho as minhas ordens, ou me diz de que se trata, ou não dou seguimento, É um assunto confidencial, Assuntos confidenciais não se tratam por telefone, o melhor será vir cá pessoalmente, Não posso sair de casa, Quer dizer que está doente, Sim, estou doente, disse o cego depois de uma hesitação, Nesse caso o que você deverá fazer é chamar um médico, um médico autêntico, retorquiu o funcionário, e, encantado com o seu próprio espírito, desligou o telefone.

A insolência atingiu o médico como uma bofetada. Só passados alguns minutos teve serenidade bastante para repetir à mulher a grosseria com que fora tratado. Depois, como se acabasse de descobrir algo que estivesse obrigado a saber desde muito antes, murmurou, triste, É desta massa que nós somos feitos, metade de indiferença e metade de ruindade. Ia perguntar, duvidoso, E agora, quando compreendeu que tinha estado a perder tempo, que a única forma de fazer chegar a informação aonde convinha, por via segura, seria falar com o diretor clínico do seu próprio serviço hospitalar, de médico para médico, sem burocratas pelo meio, ele que se encarregasse depois de pôr a maldita engrenagem oficial a funcionar. A mulher fez a ligação, sabia de memória o número do telefone do hospital. O médico identificou-se quando responderam, depois disse rapidamente, Bem, muito obrigado, sem dúvida a telefonista perguntara, Como está, senhor doutor, é o que dizemos quando não queremos dar parte de fraco, dissemos, Bem, e estávamos a morrer, a isto chama o vulgo fazer das tripas coração, fenómeno de conversão visceral que só na espécie humana tem sido observado. Quando o diretor veio ao telefone, Então, que se passa, o médico perguntou-lhe se estava só, se não havia gente por perto que pudesse ouvir, da telefonista não havia que recear, tinha mais que fazer que escutar conversas sobre oftalmopatias, a ela apenas a ginecologia lhe interessava. O relato do médico foi breve mas completo, sem rodeios, sem palavras a mais, sem redundâncias, e feito com uma secura clínica que, tendo em conta a situação, chegou a surpreender o diretor, Mas você está mesmo cego, perguntou, Totalmente cego, Em todo o caso, poderia tratar-se de uma coincidência, poderia não ter havido realmente, no seu exato sentido, um contágio, De acordo, o contágio não está demonstrado, mas aqui não foi o caso de cegar ele e cegar eu, cada qual em sua casa, sem nos termos visto, o homem apareceu-me cego na consulta e eu ceguei poucas horas depois, Como é que poderemos encontrar esse homem, Tenho o nome e a direção no consultório, Vou lá mandar alguém imediatamente, Um médico, Sim, um colega, claro, Não lhe parece que deveríamos comunicar ao ministério o que se está a passar, Por enquanto acho prematuro, pense no alarme público que iria causar uma notícia destas, com mil diabos, a cegueira não se pega, A morte também não se pega, e apesar disso todos morremos, Bom, deixe-se estar em casa enquanto eu trato do assunto, depois mando-o buscar aí, quero observá-lo, Lembre-se de que se estou cego foi por ter observado um cego, Não há a certeza, Há, pelo menos uma boa presunção de causa e efeito, Sem dúvida, contudo ainda é demasiado cedo para tirarmos conclusões, dois casos isolados não têm significado estatístico, Salvo se nesta altura já somos mais do que dois, Compreendo o seu estado de espírito, mas devemos defender-nos de pessimismos que podem vir a verificar-se infundados, Obrigado, Voltarei a falar consigo, Até logo.

Meia hora depois, tinha o médico, desajeitadamente, com a ajuda da mulher, acabado de fazer a barba, tocou o telefone. Era outra vez o diretor clínico, mas a voz, agora, estava mudada, Temos aqui um rapaz que também cegou de repente, vê tudo branco, a mãe diz que esteve ontem com o filho no seu consultório, Suponho que o pequeno sofre de estrabismo divergente do olho esquerdo, Sim, Não há dúvida, é ele, Começo a estar preocupado, a situação é mesmo séria, O ministério, Sim, claro, vou imediatamente falar com a direção do hospital. Passadas umas três horas, quando o médico e a mulher almoçavam em silêncio, ele tenteando com o garfo os pedacinhos de carne que ela lhe cortara, o telefone tornou a tocar. A mulher foi atender, voltou logo, Tens de ir tu, é do ministério. Ajudou-o a levantar-se, guiou-o até ao escritório e deu-lhe o telefone. A conversa foi rápida. O ministério queria saber a identidade dos pacientes que tinham estado no dia anterior no consultório, o médico respondeu que as fichas clínicas respetivas continham todos os elementos de identificação, o nome, a idade, o estado civil, a profissão, a morada, e terminou declarando-se ao dispor para acompanhar a pessoa ou pessoas que fossem recolhê-los. Do outro lado o tom foi cortante, Não precisamos. O telefone mudou de mão, a voz que saiu dele era diferente, Boas tardes, fala o ministro, em nome do Governo venho agradecer o seu zelo, estou certo de que graças à prontidão com que agiu vamos poder circunscrever e controlar a situação, entretanto faça-nos o favor de permanecer em casa. As palavras finais foram pronunciadas com expressão formalmente cortês, porém não deixavam qualquer dúvida sobre o facto de serem uma ordem. O médico respondeu, Sim, senhor ministro, mas a ligação já tinha sido cortada.

Poucos minutos depois, outra vez o telefone. Era o diretor clínico, nervoso, atropelando as palavras, Acabei agora mesmo de saber que a polícia tem informação de dois casos de cegueira súbita, Polícias, Não, um homem e uma mulher, a ele encontraram-no na rua a gritar que estava cego, e ela estava num hotel quando cegou, uma história de cama, parece, É necessário averiguar se se trata também de doentes meus, sabe como eles se chamam, Não me disseram, Do ministério já falaram comigo, irão ao consultório recolher as fichas, Que situação complicada, Diga-mo a mim. O médico largou o telefone, levou as mãos aos olhos, ali as deixou ficar como se quisesse defendê-los de piores males, enfim exclamou surdamente, Estou tão cansado, Dorme um pouco, eu levo-te até à cama, disse a mulher, Não vale a pena, seria incapaz de adormecer, além disso o dia não acabou, algo vai ter de suceder ainda.

Eram quase seis horas quando o telefone tocou pela última vez. O médico estava sentado ao lado, levantou o auscultador, Sim, sou eu, disse, ouviu com atenção o que estava a ser-lhe comunicado e só acenou ligeiramente a cabeça antes de desligar. Quem era, perguntou a mulher, O ministério, vem uma ambulância buscar-me dentro de meia hora, Era isso que esperavas que sucedesse, Sim, mais ou menos, Para onde te levam, Não sei, suponho que para um hospital, Vou-te preparar a mala, escolher a roupa, o costume, Não é uma viagem, Não sabemos o que é. Levou-o com cuidado até ao quarto, fê-lo sentar-se na cama, Deixa-te estar aí tranquilo, eu trato de tudo. Ouviu-a mover-se de um lado para outro, abrir e fechar gavetas e armários, tirar roupas e logo arrumá-las na mala colocada no chão, mas o que ele não podia ver foi que, além da sua própria roupa, haviam sido postas na mala umas quantas saias e blusas, um par de calças, um vestido, uns sapatos que só podiam ser de mulher. Pensou vagamente que não iria precisar de tanta coisa, mas calou-se porque não era o momento de falar de insignificâncias. Ouviu-se o estalido dos fechos, depois a mulher disse, Pronto, a ambulância já pode vir. Levou a mala para junto da porta da escada, recusando o auxílio do marido, que dizia, Deixa-me ajudar-te, isso eu posso fazer, não estou tão inválido assim. Depois foram sentar-se num sofá da sala, a esperar. Tinham as mãos dadas, e ele disse, Não sei quanto tempo iremos estar separados, e ela respondeu, Não te preocupes.

Esperaram quase uma hora. Quando a campainha da porta soou, ela levantou-se e foi abrir, mas no patamar não havia ninguém. Atendeu ao telefone interno, Muito bem, ele desce já, respondeu. Voltou para o marido e disse-lhe, Que esperam em baixo, têm ordem expressa de não subir, Pelos vistos o ministério está mesmo assustado, Vamos. Desceram no elevador, ela ajudou o marido a transpor os últimos degraus, depois a entrar na ambulância, voltou à escada para buscar a mala, içou-a sozinha e empurrou-a para dentro. Finalmente subiu e sentou-se ao lado do marido. O condutor da ambulância protestou do banco da frente, Só posso levá-lo a ele, são as ordens que tenho, a senhora saia. A mulher, calmamente, respondeu, Tem de me levar também a mim, ceguei agora mesmo.

A lembrança tinha saído da cabeça do próprio ministro. Era, por qualquer lado que se examinasse, uma ideia feliz, senão perfeita, tanto no que se referia aos aspetos meramente sanitários do caso como às suas implicações sociais e aos seus derivados políticos. Enquanto não se apurassem as causas, ou, para empregar uma linguagem adequada, a etiologia do mal-branco, como, graças à inspiração de um assessor imaginativo, a malsonante cegueira passaria a ser designada, enquanto para ele não fosse encontrado o tratamento e a cura, e quiçá uma vacina que prevenisse o aparecimento de casos futuros, todas as pessoas que cegaram, e também as que com elas tivessem estado em contacto físico ou em proximidade direta, seriam recolhidas e isoladas, de modo a evitarem-se ulteriores contágios, os quais, a verificarem-se, se multiplicariam mais ou menos segundo o que matematicamente é costume denominar-se progressão por quociente. Quod erat demonstrandum, concluiu o ministro. Em palavras ao alcance de toda a gente, do que se tratava era de pôr de quarentena todas aquelas pessoas, segundo a antiga prática, herdada dos tempos da cólera e da febre amarela, quando os barcos contaminados ou só suspeitos de infeção tinham de permanecer ao largo durante quarenta dias, até ver. Estas mesmas palavras, Até ver, intencionais pelo tom, mas sibilinas por lhe faltarem outras, foram pronunciadas pelo ministro, que mais tarde precisou o seu pensamento, Queria dizer que tanto poderão ser quarenta dias como quarenta semanas, ou quarenta meses, ou quarenta anos, o que é preciso é que não saiam de lá. Agora falta decidir onde os iremos meter, senhor ministro, disse o presidente da comissão de logística e segurança, nomeada rapidamente para o efeito, que deveria encarregar-se do transporte, isolamento e suprimento dos pacientes, De que possibilidades imediatas dispomos, quis saber o ministro, Temos um manicómio vazio, devoluto, à espera de que se lhe dê destino, umas instalações militares que deixaram de ser utilizadas em consequência da recente reestruturação do exército, uma feira industrial em fase adiantada de acabamento, e há ainda, não conseguiram explicar-me porquê, um hipermercado em processo de falência, Na sua opinião, qual deles serviria melhor aos fins que temos em vista, O quartel é o que oferece melhores condições de segurança, Naturalmente, Tem porém um inconveniente, ser demasiado grande, tornaria difícil e dispendiosa a vigilância dos internados, Estou a ver, Quanto ao hipermercado, haveria que contar, provavelmente, com impedimentos jurídicos vários, questões legais a ter em conta, E a feira, A feira, senhor ministro, creio ser preferível não pensar nela, Porquê, A indústria não gostaria com certeza, estão ali investidos milhões, Nesse caso, resta o manicómio, Sim, senhor ministro, o manicómio, Pois então que seja o manicómio, Aliás, a todas as luzes, é o que apresenta melhores condições, porque, a par de estar murado em todo o seu perímetro, ainda tem a vantagem de se compor de duas alas, uma que destinaremos aos cegos propriamente ditos, outra para os suspeitos, além de um corpo central que servirá, por assim dizer, de terra de ninguém, por onde os que cegarem transitarão para irem juntar-se aos que já estavam cegos, Vejo aí um problema, Qual, senhor ministro, Vamos ser obrigados a pôr lá pessoal para orientar as transferências, e não acredito que possamos contar com voluntários, Não creio que seja necessário, senhor ministro, Explique lá, No caso de um dos suspeitos de infeção cegar, como é natural que lhe suceda mais cedo ou mais tarde, tenha o senhor ministro por certo que os outros, os que ainda conservarem a vista, põem-no de lá para fora no mesmo instante, Tem razão, Tal como não permitiriam a entrada de um cego que se tivesse lembrado de mudar de sítio, Bem pensado, Obrigado, senhor ministro, podemos então mandar avançar, Sim, tem carta branca.

A comissão agiu com rapidez e eficácia. Antes que anoitecesse já tinham sido recolhidos todos os cegos de que havia notícia, e também um certo número de presumíveis contagiados, pelo menos aqueles que fora possível identificar e localizar numa rápida operação de rastreio exercida sobretudo nos meios familiar e profissional dos atingidos pela perda da visão. Os primeiros a serem transportados para o manicómio desocupado foram o médico e a mulher. Havia soldados de guarda. O portão foi aberto à justa para eles passarem, e logo fechado. Servindo de corrimão, uma corda grossa ia do portão à porta principal do edifício, Andem um pouco para o lado direito, há aí uma corda, ponham-lhe a mão e sigam em frente, sempre em frente, até aos degraus, os degraus são seis, avisou um sargento. No interior a corda abria-se em duas, um ramo para a esquerda, outro para a direita, o sargento gritara, Atenção, o vosso lado é o direito. Ao mesmo tempo que ia arrastando a mala, a mulher guiava o marido para a camarata que se encontrava mais perto da entrada. Era comprida como uma enfermaria antiga, com duas filas de camas que tinham sido pintadas de cinzento, mas donde a tinta já há muito começara a cair. As cobertas, os lençóis e as mantas eram da mesma cor. A mulher levou o marido para o fundo da camarata, fê-lo sentar-se em uma das camas, e disse-lhe, Não saias daqui, vou ver como é isto. Havia mais camaratas, corredores longos e estreitos, gabinetes que deviam ter sido de médicos, sentinas encardidas, uma cozinha que ainda não perdera o cheiro de má comida, um grande refeitório com mesas de tampos forrados de zinco, três celas acolchoadas até à altura de dois metros e forradas de cortiça daí para cima. Por trás do edifício havia uma cerca abandonada, com árvores mal cuidadas, os troncos davam a ideia de terem sido esfolados. Por toda a parte se via lixo. A mulher do médico voltou para dentro. Num armário que estava meio aberto encontrou camisas de forças. Quando voltou a juntar-se ao marido, perguntou-lhe, És capaz de imaginar aonde nos trouxeram, Não, ela ia a acrescentar A um manicómio, mas ele antecipou-se-lhe, Tu não estás cega, não posso consentir que fiques aqui, Sim, tens razão, não estou cega, Vou pedir-lhes que te levem para casa, dizer-lhes que os enganaste para ficar comigo, Não vale a pena, de lá não te ouvem, e ainda que te ouvissem não fariam caso, Mas tu vês, Por enquanto, o mais certo é cegar também um dia destes, ou daqui a um minuto, Vai-te embora, por favor, Não insistas, aliás aposto que os soldados nem me deixariam pôr um pé nos degraus, Não te posso obrigar, Pois não, meu amor, não podes, fico para te ajudar, e aos outros que aí venham, mas não lhes digas que eu vejo, Quais outros, Com certeza não crês que vamos ser os únicos, Isto é uma loucura, Deve de ser, estamos num manicómio.

 Os outros cegos chegaram juntos. Tinham-nos apanhado nas suas casas, um após outro, o do automóvel, primeiro de todos, o ladrão que o roubou, a rapariga dos óculos escuros, o garotinho estrábico, este não, a este foram-no buscar ao hospital aonde a mãe o levou. A mãe não vinha com ele, não tivera a astúcia da mulher do médico, declarar que estava cega sem o estar, é uma criatura simples, incapaz de mentir, mesmo para seu bem. Entraram na camarata aos tropeções, apalpando o ar, aqui não havia corda que os guiasse, teriam de aprender à custa das próprias dores, o rapazinho chorava, chamava pela mãe, e era a rapariga dos óculos escuros quem fazia por sossegá-lo, Já vem, já vem, dizia-lhe, e como trazia os óculos postos tanto podia estar cega como não, os outros moviam os olhos para um lado e para outro, e nada viam, ao passo que ela, com aqueles óculos, só porque dizia Já vem, já vem, era como se estivesse mesmo a ver entrar pela porta dentro a mãe desesperada. A mulher do médico chegou a boca ao ouvido do marido e sussurrou, Entraram quatro, uma mulher, dois homens e um garoto, Os homens, que aspeto têm eles, perguntou o médico em voz baixa. Ela descreveu-os, e ele, A esse não o conheço, o outro, pelo retrato, tem todo o ar de ser o cego que foi ao consultório, O pequeno tem estrabismo, e a mulher vem de óculos escuros, parece bonita, Estiveram lá os dois. Por causa dos ruídos que faziam enquanto procuravam sítio onde se sentissem seguros, os cegos não ouviram esta troca de palavras, deviam pensar que não havia ali outros como eles, e não tinham perdido a vista há tanto tempo que se lhes avivasse o sentido da audição por cima do que é normal. Por fim, como se tivessem chegado à conclusão de que não valia a pena trocar o certo pelo duvidoso, sentou-se cada um na cama com que tinha tropeçado, por assim dizer, muito perto um do outro os dois homens, mas não o sabiam. Em voz baixa, a rapariga continuava a consolar o rapazinho, Não chores, vais ver que a tua mãe não se demora. Fez-se depois um silêncio, e então a mulher do médico disse de modo que se ouvisse ao fundo da camarata, onde era a porta, Aqui, estamos duas pessoas, quantos são vocês. A inesperada voz fez sobressaltar os recém-vindos, mas os dois homens continuaram calados, quem respondeu foi a rapariga, Acho que somos quatro, estamos este menino e eu, Quem mais, por que não falam os outros, perguntou a mulher do médico, Estou eu, murmurou, como se lhe custasse pronunciar as palavras, uma voz de homem, E eu, resmungou por sua vez, contrariada, outra voz masculina. A mulher do médico disse consigo mesma, Comportam-se como se temessem dar-se a conhecer um ao outro. Via-os crispados, tensos, de pescoço estendido como se farejassem algo, mas, curiosamente, as expressões eram semelhantes, um misto de ameaça e de medo, porém o medo de um não era o mesmo que o medo do outro, como também não o eram as ameaças. Que haverá entre eles, pensou.

Nesse instante ouviu-se uma voz forte e seca, de alguém, pelo tom, habituado a dar ordens. Vinha de um altifalante fixado por cima da porta por onde tinham entrado. A palavra Atenção foi pronunciada três vezes, depois a voz começou, O Governo lamenta ter sido forçado a exercer energicamente o que considera ser seu direito e seu dever, proteger por todos os meios as populações na crise que estamos a atravessar, quando parece verificar-se algo de semelhante a um surto epidémico de cegueira, provisoriamente designado por mal-branco, e desejaria poder contar com o civismo e a colaboração de todos os cidadãos para estancar a propagação do contágio, supondo que de um contágio se trata, supondo que não estaremos apenas perante uma série de coincidências por enquanto inexplicáveis. A decisão de reunir num mesmo local as pessoas afetadas, e, em local próximo, mas separado, as que com elas tiveram algum tipo de contacto, não foi tomada sem séria ponderação. O Governo está perfeitamente consciente das suas responsabilidades e espera que aqueles a quem esta mensagem se dirige assumam também, como cumpridores cidadãos que devem de ser, as responsabilidades que lhes competem, pensando que o isolamento em que agora se encontram representará, acima de quaisquer outras considerações pessoais, um ato de solidariedade para com o resto da comunidade nacional. Dito isto, pedimos a atenção de todos para as instruções que se seguem, primeiro, as luzes manter-se-ão sempre acesas, será inútil qualquer tentativa de manipular os interruptores, não funcionam, segundo, abandonar o edifício sem autorização significará morte imediata, terceiro, em cada camarata existe um telefone que só poderá ser utilizado para requisitar ao exterior a reposição de produtos de higiene e limpeza, quarto, os internados lavarão manualmente as suas roupas, quinto, recomenda-se a eleição de responsáveis de camarata, trata-se de uma recomendação, não de uma ordem, os internados organizar-se-ão como melhor entenderem, desde que cumpram as regras anteriores e as que seguidamente continuamos a enunciar, sexto, três vezes ao dia serão depositadas caixas de comida na porta da entrada, à direita e à esquerda, destinadas, respetivamente, aos pacientes e aos suspeitos de contágio, sétimo, todos os restos deverão ser queimados, considerando-se restos, para este efeito, além de qualquer comida sobrante, as caixas, os pratos e os talheres, que estão fabricados de materiais combustíveis, oitavo, a queima deverá ser efetuada nos pátios interiores do edifício ou na cerca, nono, os internados são responsáveis por todas as consequências negativas dessas queimas, décimo, em caso de incêndio, seja ele fortuito ou intencional, os bombeiros não intervirão, décimo primeiro, igualmente não deverão os internados contar com nenhum tipo de intervenção do exterior na hipótese de virem a verificar-se doenças entre eles, assim como a ocorrência de desordens ou agressões, décimo segundo, em caso de morte, seja qual for a sua causa, os internados enterrarão sem formalidades o cadáver na cerca, décimo terceiro, a comunicação entre a ala dos pacientes e a ala dos suspeitos de contágio far-se-á pelo corpo central do edifício, o mesmo por onde entraram, décimo quarto, os suspeitos de contágio que vierem a cegar transitarão imediatamente para a ala dos que já estão cegos, décimo quinto, esta comunicação será repetida todos os dias, a esta mesma hora, para conhecimento dos novos ingressados. O Governo e a Nação esperam que cada um cumpra o seu dever. Boas noites.

No primeiro silêncio que se seguiu ouviu-se a voz clara do rapazinho, Quero a minha mãe, mas as palavras foram articuladas sem expressão, como um mecanismo repetidor automático que antes tivesse deixado em suspenso uma frase e agora, fora de tempo, a soltasse. O médico disse, As ordens que acabámos de ouvir não deixam dúvidas, estamos isolados, mais isolados do que provavelmente já alguém esteve, e sem esperança de que possamos sair daqui antes que se descubra o remédio para a doença, Eu conheço a sua voz, disse a rapariga dos óculos escuros, Sou médico, médico oftalmologista, É o médico que eu consultei ontem, é a sua voz, Sim, e você, quem é, Tinha uma conjuntivite, suponho que ainda cá está, mas agora, cega por cega, já não deve ter importância, E esse pequeno que está consigo, Não é meu, eu não tenho filhos, Examinei ontem um rapazinho estrábico, eras tu, perguntou o médico, Era sim senhor, a resposta do rapaz saiu com um tom de despeito, de quem não gostara que se mencionasse o seu defeito físico, e tinha razão, que tais defeitos, estes e outros, só por deles se falar, passam logo de mal percetíveis a mais do que evidentes. Há ainda alguém que eu conheça, tornou a perguntar o médico, estará por acaso aqui o homem que foi ontem ao meu consultório acompanhado pela esposa, o homem que cegou de repente quando ia no automóvel, Sou eu, respondeu o primeiro cego, Há ainda outra pessoa, diga quem é, por favor, obrigaram-nos a viver juntos não sabemos por quanto tempo, portanto é indispensável que nos conheçamos uns aos outros. O ladrão do carro resmungou entredentes, Sim, sim, julgou que isto ia bastar para confirmar a sua presença, mas o médico insistiu, A voz é de pessoa relativamente nova, você não é o doente idoso, o da catarata, Não senhor doutor, não sou, Como foi que cegou, Ia na rua, E que mais, Mais nada, ia na rua e ceguei. O médico abria a boca para perguntar se a cegueira deste também era branca, mas calou-se, para quê, que adiantava, fosse qual fosse a resposta, e branca ou negra a cegueira, dali não sairiam. Estendeu a mão vacilante para a mulher e encontrou a mão dela no caminho. Ela veio beijar-lhe a face, ninguém mais poderia ver esta fronte murcha, a boca apagada, os olhos mortos, como de vidro, assustadores porque pareciam ver e não viam, Também a minha vez chegará, pensou, quando, talvez neste mesmo instante, sem me dar tempo a acabar o que estou a dizer-me, em qualquer momento, como eles, ou talvez acorde cega, cegarei ao fechar os olhos para dormir, julgando que apenas adormeci.

Olhou os quatro cegos, estavam sentados nas camas, aos pés a pouca bagagem que tinham podido trazer, o rapazito com a sua mochila escolar, os outros com malas, pequenas, como se fossem de fim de semana. A rapariga dos óculos escuros conversava em voz baixa com o garoto, na fila do outro lado, próximos, apenas com uma cama vazia de permeio, o primeiro cego e o ladrão do carro enfrentavam-se sem o saberem. O médico disse, Todos ouvimos as ordens, aconteça o que acontecer, uma coisa sabemos, ninguém vos virá ajudar, por isso seria conveniente que nos começássemos a organizar já, porque não vai tardar muito que esta camarata esteja cheia de gente, esta e as outras, Como sabe que há outras camaratas, perguntou a rapariga, Andámos um pouco por aí antes de virmos para esta, ficava mais perto da porta de entrada, explicou a mulher do médico, enquanto apertava o braço do marido para lhe recomendar cuidado. Disse a rapariga, O melhor seria que o senhor doutor ficasse de responsável, sempre é médico, Um médico para que serve, sem olhos nem remédios, Mas tem a autoridade. A mulher do médico sorriu, Acho que deverias aceitar, se os mais estiverem de acordo, claro está, Não creio que seja boa ideia, Porquê, Por enquanto só estamos aqui estes seis, mas amanhã de certeza seremos mais, virá gente todos os dias, seria apostar no impossível contar que estivessem dispostos a aceitar uma autoridade que não tinham escolhido e que, ainda por cima, nada teria para lhes dar em troca do seu acatamento, e isto ainda é supor que reconheceriam uma autoridade e uma regra, Então vai ser difícil viver aqui, Teremos muita sorte se só for difícil. A rapariga dos óculos escuros disse, A minha intenção era boa, mas realmente o senhor doutor tem razão, cada um vai puxar para o seu lado.

Fosse movido por estas palavras ou porque não pudesse mais aguentar a fúria, um dos homens pôs-se bruscamente de pé, Este tipo é que é o culpado da nossa infelicidade, tivesse eu olhos e agora mesmo dava cabo dele, vociferou, enquanto apontava na direção em que julgava estar o outro. O desvio não era grande, mas o dramático gesto resultou cómico porque o dedo espetado, acusador, designava uma inocente mesa de cabeceira. Tenha calma, disse o médico, numa epidemia não há culpados, todos são vítimas, Se eu não tivesse sido a boa pessoa que fui, se não o tivesse ajudado a chegar a casa, ainda teria os meus ricos olhos, Quem é você, perguntou o médico, mas o acusador não respondeu, já parecia contrariado por ter falado. Então ouviu-se a voz do outro homem, Levou-me a casa, é verdade, mas depois aproveitou-se do meu estado para me roubar o carro, É falso, não roubei nada, Roubou, sim senhor, roubou, Se alguém lhe palmou o carro, não fui eu, o pago que recebi pela minha boa ação foi ficar cego, além disso onde é que estão as testemunhas, sempre quero ver, A discussão não resolve nada, disse a mulher do médico, o carro está lá fora, vocês estão cá dentro, o melhor é fazerem as pazes, lembrem-se de que vamos viver aqui juntos, Quem não viverá com ele, bem eu sei, disse o primeiro cego, os senhores farão o que quiserem, eu vou para outra camarata, não fico ao pé de um malandro como este que foi capaz de roubar um cego, queixa-se ele de que cegou por minha causa, pois que cegasse, ao menos ainda há justiça no mundo. Agarrou na mala e, arrastando os pés para não tropeçar, apalpando com a mão livre, passou para a coxia que separava as duas filas de catres, Onde são as camaratas, perguntou, mas não chegou a ouvir a resposta, se alguém lha deu, porque de repente caiu-lhe em cima uma confusão de braços e pernas, o ladrão do carro cumpria como podia a ameaça de tirar desforra do causador dos seus males. Qual de baixo, qual de cima, rolaram no espaço apertado, esbarrando uma e outra vez contra os pés das camas, enquanto, novamente assustado, o rapazinho estrábico recomeçava a chorar e a gritar pela mãe. A mulher do médico agarrou o marido por um braço, sabia que sozinha não poderia acabar com a briga, e levou-o pela coxia até onde se debatiam, resfolgando, os lutadores furiosos. Guiou as mãos do marido, ela própria tomou à sua conta o cego que encontrou mais a jeito, e com grande esforço conseguiram separá-los. Estão a comportar-se estupidamente, ralhou o médico, se a vossa ideia é fazer disto um inferno, continuem que vão por bom caminho, mas lembrem-se de que estamos entregues a nós próprios, socorros de fora, nenhuns, ouviram o que foi dito, Ele roubou-me o carro, lamuriou o primeiro cego, mais combalido de golpes que o outro, Deixe lá, agora tanto lhe faz, disse a mulher do médico, você já não podia servir-se dele quando lho roubaram, Pois sim, mas era meu, e este ladrão levou-mo, não sei para onde, O mais provável, disse o médico, é que o seu carro esteja no sítio onde este homem cegou, O senhor doutor é um tipo esperto, sim senhor, não há dúvidas, disse o ladrão. O primeiro cego fez um movimento como para soltar-se das mãos que o seguravam, mas sem forçar, como se tivesse compreendido que nem a indignação, ainda que justificada, lhe restituiria o carro, nem o carro lhe restituiria os olhos. Mas o ladrão ameaçou, Se julgas que não te vai suceder nada, estás muito enganado, roubei-te o carro, sim, fui eu que o roubei, mas tu a mim roubaste-me a vista dos olhos, a saber qual de nós dois foi mais ladrão, Acabem com isso, protestou o médico, todos aqui estamos cegos e não nos queixamos nem acusamos ninguém, Com o mal dos outros posso eu bem, respondeu o ladrão, desdenhoso, Se quiser ir para outra camarata, disse o médico ao primeiro cego, a minha mulher poderá guiá-lo, ela orienta-se melhor do que eu, Mudei de ideia, prefiro ficar nesta. O ladrão escarneceu, O que o menino tem é medo de ficar sozinho, não vá aparecer-lhe por lá um papão que eu conheço, Basta, gritou o médico, impaciente, Ó doutorzinho, rosnou o ladrão, olhe que aqui somos todos iguais, a mim o senhor não me dá ordens, Não lhe estou a dar ordens, só lhe digo que deixe esse homem em paz, Pois sim, pois sim, mas cuidadinho comigo, que eu não sou bom de assoar quando me chega a mostarda ao nariz, amigo como os que mais são, mas inimigo como são poucos. Com gestos e movimentos agressivos, o ladrão procurou a cama em que tinha estado sentado, empurrou a mala para debaixo dela, depois anunciou, Vou-me deitar, pelo tom foi como se tivesse querido avisar, Virem-se para lá que eu vou-me despir. A rapariga dos óculos escuros disse ao rapazinho estrábico,

E tu vais também para a cama, ficas aqui deste lado, se precisares de alguma coisa de noite, chamas-me, Quero fazer chichi, pediu o garoto. Ouvindo-o, todos sentiram uma súbita e urgente vontade de urinar, pensaram, por estas ou outras palavras, E agora isto como se resolve, o primeiro cego apalpou debaixo da cama, a ver se haveria por ali um bacio, mas ao mesmo tempo desejando que não houvesse porque lhe daria vergonha urinar na presença doutras pessoas, não podiam vê-lo, é certo, mas o ruído do mijo é indiscreto, indisfarçável, os homens, ao menos, podem usar de um truque que não está ao alcance das mulheres, nisso têm eles mais sorte. O ladrão sentara-se na cama, agora dizia, Merda, onde é que se mija nesta casa, Tento na língua, há aqui uma criança, protestou a rapariga dos óculos escuros, Pois sim, minha rica, mas, ou encontras um sítio, ou a tua criancinha não tardará a mijar-se pelas pernas abaixo. Disse a mulher do médico, Talvez eu possa dar com as retretes, lembro-me de ter sentido aí um cheiro, Eu vou consigo, disse a rapariga dos óculos escuros, segurando já na mão do rapazinho, Acho melhor irmos todos, observou o médico, assim ficaremos a conhecer o caminho quando precisarmos, Bem te entendo, isto pensou o ladrão do carro, mas não se atreveu a dizê-lo em voz alta, o que tu não queres é que a tua mulherzinha tenha de levar-me a mijar de cada vez que me apeteça. O pensamento, pelo segundo sentido implícito, provocou-lhe uma pequena ereção que o surpreendeu, como se o facto de estar cego devesse ter tido como consequência a perda ou a diminuição do desejo sexual, Bom, pensou, afinal não se perdeu tudo, entre mortos e feridos alguém escapará, e, alheando-se da conversa, começou a fantasiar. Não lhe deram tempo, o médico já dizia, Fazemos uma fila, a minha mulher vai adiante, cada um põe a mão no ombro do da frente, assim não haverá perigo de nos perdermos. Disse o primeiro cego, Eu com esse não vou, referia-se obviamente a quem o roubara.

Ou fosse por se procurarem, ou fosse por se evitarem, mal conseguiam mexer-se na coxia estreita, tanto mais que a mulher do médico tinha também de proceder como se estivesse cega. Por fim, a fila lá ficou ordenada, atrás da mulher do médico ia a rapariga dos óculos escuros com o rapazinho estrábico pela mão, depois o ladrão, de cuecas e camisola interior, a seguir o médico, e no fim, a salvo de agressões por agora, o primeiro cego. Avançavam muito devagar, como se não se fiassem de quem os guiava, com a mão livre iam tenteando o ar, procurando à passagem o apoio de algo sólido, uma parede, a ombreira duma porta. Colocado atrás da rapariga dos óculos escuros, o ladrão, estimulado pelo perfume que se desprendia dela e pela lembrança da ereção recente, decidiu usar as mãos com maior proveito, uma acariciando-lhe a nuca por baixo dos cabelos, a outra, direta e sem cerimónias, apalpando-lhe o seio. Ela sacudiu-se para escapar ao desaforo, mas ele tinha-a bem agarrada. Então a rapariga jogou com força uma perna atrás, num movimento de coice. O salto do sapato, fino como um estilete, foi espetar-se no grosso da coxa nua do ladrão, que deu um berro de surpresa e de dor. Que se passa, perguntou a mulher do médico olhando para trás, Fui eu que tropecei, respondeu a rapariga dos óculos escuros, parece que magoei quem vinha depois de mim. O sangue aparecia já entre os dedos do ladrão que, gemendo e praguejando, tentava apurar os efeitos da agressão, Estou ferido, esta gaja não vê onde põe os pés, E você não vê onde põe as mãos, respondeu secamente a rapariga. A mulher do médico compreendeu o que se tinha passado, primeiro sorriu, mas logo viu que a ferida apresentava mau aspeto, o sangue escorria pela perna do pobre diabo, e ali não tinham água oxigenada, nem mercurocromo, nem pensos, nem ligaduras, nenhum desinfetante, nada. A fila tinha-se desfeito, o médico perguntava, Onde é que está ferido, Aqui, Aqui, onde, Na perna, não está a ver, a gaja espetou-me com um salto do sapato, Tropecei, não tive a culpa, repetiu a rapariga, mas imediatamente explodiu, exasperada, Este safado estava-me a apalpar, quem é que ele imaginava que eu sou. A mulher do médico interveio, Agora o que é preciso é lavar essa ferida e ligá-la, E onde é que há água, perguntou o ladrão, Na cozinha, na cozinha há água, mas não precisamos ir todos, o meu marido e eu levamos este senhor, os outros esperam aqui, nós não nos demoramos, Quero fazer chichi, disse o rapaz, Aguenta um bocadinho, voltamos já. A mulher do médico sabia que deveria virar uma vez à direita e uma vez à esquerda, depois seguir por um corredor comprido que fazia um ângulo reto, a cozinha era ao fundo. Passados poucos minutos fez de conta que se tinha enganado, parou, voltou atrás, depois exclamou, Ah, já me lembro, a partir daí foram diretamente à cozinha, não se podia perder mais tempo, a ferida sangrava com abundância. Ao princípio a água veio suja, foi preciso esperar que aclarasse. Estava morna, choca, como se tivesse estado a apodrecer no interior dos canos, mas o ferido recebeu-a com um suspiro de alívio. O ferimento tinha mau aspeto. E agora, como vamos ligar-lhe a perna, perguntou a mulher do médico. Debaixo de uma mesa havia uns quantos panos sujos que deviam ter servido de esfregões, mas seria uma imprudência grave servirem-se deles como ligadura, Aqui não parece haver nada, disse, enquanto fingia andar à procura, Mas eu não posso ficar neste estado, senhor doutor, o sangue não para, por favor ajude-me, e desculpe se há bocado fui malcriado consigo, lamentava-se o ladrão, Estamos a ajudá-lo, é o que estamos a fazer, disse o médico, e depois, Dispa a camisola, não há outro meio. O ferido resmungou que lhe fazia falta, mas tirou-a. Rapidamente, a mulher do médico fez com ela um rolo, passou-o ao redor da coxa, apertou com força e conseguiu, com as pontas formadas pelas alças e pela fralda, atar um nó tosco. Não eram movimentos que um cego pudesse executar facilmente, mas ela não quis perder tempo com mais simulações, já bastava fingir ter-se perdido. Ao ladrão pareceu-lhe ver ali algo anormal, o médico, segundo a lógica, mesmo não sendo mais do que um oftalmologista, é que deveria ter-lhe posto a ligadura, mas o consolo de saber-se tratado sobrepôs-se às dúvidas, em todo o caso vagas, que durante um momento lhe roçaram a consciência. Coxeando ele, voltaram para onde os outros estavam, e ali a mulher do médico viu imediatamente que o rapazito estrábico não pudera aguentar e urinara nas calças. Nem o primeiro cego nem a rapariga dos óculos tinham dado pelo que sucedera. Aos pés do garoto alargava-se um charco de urina, as bainhas das calças ainda pingavam. Mas, como se nada se tivesse passado, a mulher do médico disse, Vamos lá então à procura dessas retretes. Os cegos moveram os braços à frente da cara, buscando-se uns aos outros, não a rapariga dos óculos escuros, que declarou logo que não queria ir à frente do descarado que a tinha apalpado, enfim reconstituiu-se a fila trocando o ladrão e o primeiro cego de lugares, com o médico colocado entre eles. O ladrão coxeava mais, arrastava a perna. O torniquete incomodava-o e a ferida latejava com tanta força que era como se o coração tivesse mudado de lugar e se encontrasse agora no fundo do buraco. A rapariga dos óculos escuros levava outra vez o rapazito pela mão, mas ele afastava-se o mais que podia para o lado, com medo de que alguém desse pelo seu descuido, como o médico, que fungou, Cheira aqui a urina, e a mulher achou que devia confirmar a impressão, Sim, realmente há um cheiro, não podia dizer que vinha das retretes porque ainda estavam longe delas, e, tendo de comportar-se como se fosse cega, tão-pouco podia pôr a descoberto que o odor vinha das calças molhadas do rapaz.

Estiveram de acordo, tanto mulheres como homens, quando chegaram às retretes, que deveria ser o garoto o primeiro a aliviar-se, mas os homens acabaram por entrar juntos, sem distinção de urgências ou de idades, o mictório era coletivo, num sítio como este tinha de ser, as sentinas também. As mulheres ficaram à porta, diz-se que aguentam melhor, mas tudo tem os seus limites, daí a momentos a mulher do médico sugeriu, Talvez haja outras retretes, porém a rapariga dos óculos escuros disse, Por mim, posso esperar, E eu também, disse a outra, depois houve um silêncio, depois começaram a falar, Como foi que cegou, Como todos, deixei de ver de repente, Estava em casa, Não, Então foi quando saiu do consultório do meu marido, Mais ou menos, Que quer dizer mais ou menos, Que não foi logo logo a seguir, Sentiu alguma dor, Dor não senti, quando abri os olhos estava cega, Eu não, Não quê, Não tinha os olhos fechados, cegei no momento em que o meu marido entrou na ambulância, Teve sorte, Quem, O seu marido, assim poderão estar juntos, Nesse caso também eu tive sorte, Pois teve, E a senhora, é casada, Não, não sou, e a partir de agora acho que já ninguém se casará mais, Mas esta cegueira é tão anormal, tão fora do que a ciência conhece, que não poderá durar sempre, E se fôssemos ficar assim para o resto da vida, Nós, Toda a gente, Seria horrível, um mundo todo de cegos, Não quero nem imaginar.

O rapazinho estrábico foi o primeiro a sair da retrete, nem precisava ter entrado. Trazia as calças enroladas até meio da perna e tinha descalçado as meias. Disse, Já estou aqui, a mão da rapariga dos óculos escuros moveu-se logo em direção à voz, não acertou à primeira nem à segunda, à terceira encontrou a mão vacilante do rapaz. Daí a pouco apareceu o médico, logo a seguir o primeiro cego, um deles perguntou, Onde estão, a mulher do médico segurava já um braço do marido, o outro braço foi tocado e agarrado pela rapariga dos óculos escuros. O primeiro cego, durante alguns segundos, não teve quem o amparasse, depois alguém lhe pôs a mão num ombro. Estamos todos, perguntou a mulher do médico, O da perna ficou a satisfazer outra necessidade, respondeu o marido. Então a rapariga dos óculos escuros disse, Talvez haja outras retretes, começo a estar aflita, desculpem, Vamos procurar, disse a mulher do médico, e afastaram-se de mão dada. Passados uns dez minutos regressaram, tinham encontrado um gabinete de consulta onde havia um anexo higiénico. O ladrão já saíra da retrete, queixava-se de frio e de dores na perna. Refizeram a fila pela mesma ordem em que tinham vindo e, com menos trabalho que antes e nenhum acidente, voltaram à camarata. Com habilidade, sem o parecer, a mulher do médico ajudou-os a alcançar a cama em que haviam estado. Fora ainda da camarata, como se se tratasse de algo já óbvio para todos, lembrou que a maneira mais fácil de encontrar cada um o seu sítio era contar as camas a partir da entrada, As nossas, disse, são as últimas do lado direito, a dezanove e a vinte. O primeiro a avançar pela coxia foi o ladrão. Estava quase nu, tinha tremuras, queria aliviar a perna dolorida, razões bastantes para que lhe dessem a primazia. Foi indo de cama em cama, apalpando o chão à procura da mala, e quando a reconheceu disse em voz alta, Cá está, e acrescentou, Catorze, De que lado, perguntou a mulher do médico, Esquerdo, respondeu, outra vez vagamente surpreendido, como se ela devesse sabê-lo sem ter de perguntar. O primeiro cego foi a seguir. Sabia que a sua cama era a segunda a contar do ladrão, do mesmo lado. Já não tinha medo de dormir perto dele, com a perna em tão mísero estado, a julgar pelos queixumes e suspiros, o outro mal se poderia mexer. Disse quando chegou, Dezasseis, esquerdo, e deitou-se vestido. Então a rapariga dos óculos escuros pediu em voz baixa, Ajudem-nos a ficar perto dos senhores, em frente, do outro lado, aí estaríamos bem. Avançaram juntos os quatro e rapidamente se instalaram. Passados minutos o rapazito estrábico disse, Tenho fome, e a rapariga dos óculos escuros murmurou, Amanhã, amanhã comemos, agora vais dormir. Depois abriu a mala de mão, procurou o frasquinho que comprara na farmácia. Tirou os óculos, inclinou a cabeça para trás e, com os olhos muito abertos, guiando uma mão com a outra, fez pingar o colírio. Nem todas as gotas caíram nos olhos, mas a conjuntivite, assim tão bem tratada, não tardará a curar-se.

Tenho de abrir os olhos, pensou a mulher do médico. Através das pálpebras fechadas, quando por várias vezes acordou durante a noite, percebera a mortiça claridade das lâmpadas que mal iluminavam a camarata, mas agora parecia-lhe notar uma diferença, uma outra presença luminosa, poderia ser o efeito do primeiro lusco-fusco da madrugada, poderia ser já o mar de leite a afogar-lhe os olhos. Disse a si mesma que ia contar até dez e que no fim da contagem descerraria as pálpebras, duas vezes o disse, duas vezes contou, duas vezes não as abriu. Ouvia a respiração profunda do marido na cama ao lado, o ressonar de alguém, Como estará a perna daquele, perguntou-se, mas sabia que neste momento não se tratava de uma compaixão verdadeira, o que queria era fingir outra preocupação, o que queria era não ter de abrir os olhos. Abriram-se no instante seguinte, simplesmente, não porque o tivesse decidido. Pelas janelas, que começavam a meia altura da parede e terminavam a um palmo do teto, entrava a luz baça e azulada do amanhecer. Não estou cega, murmurou, e logo alarmada se soergueu na cama, podia tê-la ouvido a rapariga dos óculos escuros que ocupava o catre defronte. Dormia. Na cama ao lado, a que se encostava à parede, o rapazinho dormia também, Fez como eu, pensou a mulher do médico, deu-lhe o lugar mais protegido, bem fracas muralhas seríamos, só uma pedra no meio do caminho, sem outra esperança que a de tropeçar nela o inimigo, inimigo, que inimigo, aqui ninguém nos virá atacar, podíamos ter roubado e assassinado lá fora que não nos viriam prender, nunca aquele que roubou o carro esteve tão seguro da sua liberdade, tão longe estamos do mundo que não tarda que comecemos a não saber quem somos, nem nos lembrámos sequer de dizer-nos como nos chamamos, e para quê, para que iriam servir-nos os nomes, nenhum cão reconhece outro cão, ou se lhe dá a conhecer, pelos nomes que lhes foram postos, é pelo cheiro que identifica e se dá a identificar, nós aqui somos como uma outra raça de cães, conhecemo-nos pelo ladrar, pelo falar, o resto, feições, cor dos olhos, da pele, do cabelo, não conta, é como se não existisse, eu ainda vejo, mas até quando. A luz variou um pouco, não podia ser a noite a voltar atrás, seria o céu a cobrir-se de nuvens, a atrasar a manhã. Da cama do ladrão veio um gemido, Se a ferida infetou, pensou a mulher do médico, não temos nada para o tratar, nenhum recurso, o mais pequeno acidente, nestas condições, pode dar em tragédia, provavelmente é disso mesmo que eles estão à espera, que acabemos aqui uns atrás dos outros, morrendo o bicho acaba-se a peçonha. A mulher do médico levantou-se da cama, debruçou-se para o marido, ia acordá-lo, mas não teve coragem para arrancá-lo ao sono e saber que continuava cego. Descalça, pé ante pé, foi até à cama do ladrão. Tinha os olhos abertos, fixos. Como se sente, sussurrou a mulher do médico. O ladrão moveu a cabeça na direção da voz e disse, Mal, a perna dói-me muito, ela ia a dizer-lhe, Deixe-

-me ver, mas calou-se a tempo, que imprudência, ele é que não se lembrou de que ali não havia mais do que cegos, procedeu sem pensar, como o teria feito ainda há poucas horas, lá fora, se um médico lhe dissesse Mostre lá isso, e levantou a manta. Mesmo naquela penumbra, quem tivesse alguma serventia de olhos podia ver o colchão empapado de sangue, o buraco negro da ferida com os bordos inchados. A atadura deslaçara-se. A mulher do médico baixou cuidadosamente a manta, depois, com um gesto leve e rápido, passou a mão pela testa do homem. A pele, seca, ardia. A luz variou outra vez, foram as nuvens que se afastaram. A mulher do médico voltou para o seu catre, mas já não se deitou. Olhava o marido que murmurava sonhando, os vultos dos outros debaixo dos cobertores cinzentos, as paredes sujas, as camas vazias à espera, e serenamente desejou estar cega também, atravessar a pele visível das coisas e passar para o lado de dentro delas, para a sua fulgurante e irremediável cegueira.

De súbito, vindo do exterior da camarata, provavelmente do átrio que separava as duas alas frontais do edifício, ouviu-se um ruído de vozes violentas, Fora, fora, Saiam, Desapareçam, Aqui não podem ficar, Têm de cumprir as ordens. O tumulto cresceu, diminuiu, uma porta fechou-se com estrondo, agora só se ouvia algum soluço de aflição, o barulho inconfundível de alguém que acaba de tropeçar. Na camarata estavam todos acordados. Viravam a cabeça para o lado da entrada, não precisavam ver para saber que eram cegos os que iam entrar. A mulher do médico levantou-se, por sua vontade iria ajudar os recém-chegados, dizer-lhes uma palavra simpática, guiá-los até aos catres, informar, Tome nota, este é o sete do lado esquerdo, este é o quatro do lado direito, não se engane, sim, aqui estamos seis, viemos ontem, sim, fomos os primeiros, os nomes, que importa os nomes, um, acho que roubou, outro, que foi roubado, há uma rapariga misteriosa de óculos escuros que põe colírio nos olhos para se tratar de uma conjuntivite, como sei eu, estando cega, que são escuros os óculos, ora, o meu marido é oftalmologista e ela foi ao consultório, sim, ele também cá está, tocou a todos, ah é verdade, há o rapazito que é estrábico. Não se mexeu, só disse ao marido, Estão a chegar. O médico saiu da cama, a mulher ajudou-o a vestir as calças, não tinha importância, ninguém podia ver, nesse momento começaram a entrar os cegos, eram cinco, três homens e duas mulheres. O médico disse, levantando a voz, Tenham calma, não se precipitem, aqui somos seis pessoas, vós quantos sois, há lugar para todos. Eles não sabiam quantos eram, é certo que se tinham tocado uns aos outros, às vezes de encontrão, enquanto eram empurrados da ala esquerda para esta, mas não sabiam quantos eram. E não traziam bagagem. Quando lá na camarata acordaram cegos, e começaram por isso a lamentar-se, os outros puseram-nos logo fora sem contemplações, sem lhes darem ao menos tempo para se despedirem de algum parente ou amigo que com eles estivesse. Disse a mulher do médico, O melhor será que se vão numerando e dizendo cada um quem é. Parados, os cegos hesitaram, mas alguém tinha de principiar, dois dos homens falaram simultaneamente, sempre acontece, os dois se calaram, e foi o terceiro quem começou, Um, fez uma pausa, parecia que ia a dizer o nome, mas o que disse foi, Sou polícia, e a mulher do médico pensou, Não disse como se chama, também saberá que aqui não tem importância. Já outro homem se apresentava, Dois, e seguiu o exemplo do primeiro, Sou motorista de táxi. O terceiro homem disse, Três, sou ajudante de farmácia. Depois, uma mulher, Quatro, sou criada de hotel, e a última, Cinco, sou empregada de escritório. É a minha mulher, a minha mulher, gritou o primeiro cego, onde estás, diz-me onde estás, Aqui, estou aqui, dizia ela chorando e caminhando trémula pela coxia, com os olhos arregalados, as mãos lutando contra o mar de leite que por eles entrava. Mais seguro, ele avançou para ela, Onde estás, onde estás, agora murmurava como se rezasse. Uma mão encontrou a outra, no instante seguinte estavam abraçados, eram um corpo só, os beijos procuravam os beijos, às vezes perdiam-se no ar porque não sabiam onde estavam as faces, os olhos, a boca. A mulher do médico agarrou-se ao marido, soluçando, como se também o tivesse reencontrado, mas o que dizia era, Que desgraça a nossa, que fatalidade. Então ouviu-se a voz do rapazinho estrábico a perguntar, Também está cá a minha mãe. Sentada na cama dele, a rapariga dos óculos escuros murmurou, Há de vir, não te preocupes, que ela há de vir.

Aqui, a verdadeira casa de cada um é o sítio onde dorme, por isso não se deverá estranhar que o primeiro cuidado dos recém-chegados tenha sido escolher a cama, tal como na outra camarata tinham feito, quando ainda tinham olhos para ver. No caso da mulher do primeiro cego não podia haver dúvidas, o seu lugar próprio e natural era ao lado do marido, na cama dezassete, deixando a dezoito de permeio, como um espaço vazio a separá-la da rapariga dos óculos escuros. Também não surpreenderá que busquem todos estar juntos o mais possível, há por aqui muitas afinidades, umas que já são conhecidas, outras que agora mesmo se revelarão, por exemplo, o ajudante de farmácia foi quem vendeu o colírio à rapariga dos óculos escuros, no táxi do motorista foi o primeiro cego ao médico, este que disse ser polícia encontrou o ladrão cego a chorar como uma criança perdida, e quanto à criada do hotel, foi ela a primeira pessoa a entrar no quarto quando a rapariga dos óculos escuros desatou aos gritos. É contudo certo que nem todas estas afinidades se tornarão explícitas e conhecidas, seja por falta de ocasião, seja porque nem se imaginou que pudessem existir, seja por uma simples questão de sensibilidade e tato. A criada do hotel não sonhará que está aqui a mulher a quem viu nua, do ajudante de farmácia se sabe que atendeu outros clientes que levavam óculos escuros postos e que compraram colírios, ao polícia ninguém cometerá a imprudência de denunciar a presença de um tipo que roubou um automóvel, o motorista juraria que nestes últimos dias não transportou nenhum cego no seu táxi. Naturalmente, o primeiro cego já disse à mulher, em voz sussurrada, que um dos internados é o patife que lhes levou o carro, Imagina tu a coincidência, mas, como entretanto tinha sabido que o pobre diabo está mal do ferimento da perna, teve a generosidade de acrescentar, Basta para o seu castigo. E ela, por causa da grande tristeza de estar cega e da grande alegria de ter recuperado o marido, a alegria e a tristeza podem andar unidas, não são como a água e o azeite, nem se lembrou do que tinha dito dois dias antes, que daria um ano de vida para que o malandro, palavra sua, cegasse. E se alguma última sombra de rancor ainda lhe andava a turvar o espírito, de certeza se dissipou quando o ferido gemeu lastimosamente, Senhor doutor, por favor, ajude-me. Deixando-se guiar pela mulher, o médico tocava-lhe delicadamente os bordos da ferida, nada mais podia fazer, nem mesmo valia a pena lavá-la, a infeção tanto poderia ter como origem a estocada profunda de um tacão de sapato que tinha estado em contacto com o solo nas ruas e aqui dentro, como de agentes patogénicos com grande probabilidade existentes na água choca, meio morta, saída de canalizações antigas e em mau estado. A rapariga dos óculos, que se tinha levantado ao ouvir o gemido, veio-se chegando devagar, contando as camas. Inclinou-se para a frente, estendeu a mão, que roçou a cara da mulher do médico, e depois, tendo alcançado, sem saber como, a mão do ferido, que queimava, disse pesarosa, Peço-lhe perdão, a culpa foi toda minha, não era preciso fazer o que fiz, Deixe lá, respondeu o homem, são coisas que acontecem na vida, eu também fiz o que não devia ser feito.

Quase cobrindo as últimas palavras, ouviu-se a voz áspera do altifalante, Atenção, atenção, avisa-se que a comida foi posta à entrada, assim como os produtos de higiene e limpeza, saem os cegos primeiro a recolher, a ala dos contaminados será informada quando for a sua altura, atenção, atenção, a comida foi posta à entrada, saem primeiro os cegos, os cegos primeiro. Confundido pela febre, o ferido não percebeu todas as palavras, julgou que estavam a mandá-los sair, que a reclusão tinha terminado, e fez um movimento para levantar-se, mas a mulher do médico reteve-o, Aonde vai, Não ouviu, perguntou ele, disseram que saíssem os cegos, Sim, mas foi para irmos recolher a comida. O ferido fez, Ah, desalentado, e sentiu outra vez a dor a revolver-lhe as carnes. Disse o médico, Fiquem aqui, eu irei, Vou contigo, disse a mulher. Quando iam a sair da camarata, um dos que tinham vindo da outra ala perguntou, Quem é este, a resposta veio do primeiro cego, É médico, um médico dos olhos, Esta é das melhores que ouvi na vida, disse o motorista, logo nos havia de ter saído na rifa o único médico que não nos vai servir para nada, Também nos saiu na rifa um motorista que não nos levará a parte nenhuma, ripostou com sarcasmo a rapariga dos óculos escuros.

A caixa com a comida estava no átrio. O médico pediu à mulher, Guia-me até à porta de entrada, Para quê, Vou dizer-lhes que temos aqui uma pessoa com uma infecção grave e que não há remédios, Lembra-te do aviso, Sim, mas talvez que perante um caso concreto, Duvido, Eu também, mas a nossa obrigação é tentar. No patamar exterior a luz do dia estonteou a mulher, e não porque fosse demasiado intensa, no céu estavam passando nuvens escuras, talvez estivesse para chover, Em tão pouco tempo perdi o costume da claridade, pensou. No mesmo instante um soldado gritava-lhes do portão, Alto, voltem já para trás, tenho ordens para disparar, e logo, no mesmo tom, apontando a arma, Nosso sargento, estão aqui uns gajos que querem sair, Não queremos sair, negou o médico, O meu conselho é que realmente não queiram, disse o sargento enquanto se aproximava, e, assomando por trás das grades do portão, perguntou, Que se passa, Uma pessoa que se feriu numa perna apresenta uma infecção declarada, necessitamos imediatamente antibióticos e outros medicamentos, As ordens que tenho são muito claras, sair, não sai ninguém, entrar, só comida, Se a infecção se agravar, que será o mais certo, o caso pode rapidamente tornar-se fatal, Isso não é comigo, Então comunique com os seus superiores, Olhe lá, ó ceguinho, quem lhe vai comunicar uma coisa a si sou eu, ou você e essa voltam agora mesmo para donde vieram, ou levam um tiro, Vamos, disse a mulher, não há nada a fazer, eles nem têm culpa, estão cheios de medo e obedecem a ordens, Não quero acreditar que isto esteja a acontecer, é contra todas as regras de humanidade, É melhor que acredites, porque nunca te encontraste diante de uma verdade tão evidente, Ainda aí estão, gritou o sargento, vou contar até três, se às três não tiverem desaparecido da minha vista podem ter como certo que não chegarão a entrar, uuum, dooois, trêêês, ora aí está, foram palavras abençoadas, e para os soldados, Nem que fosse um irmão meu, não explicou a quem se referia, se ao homem que viera pedir os medicamentos ou ao outro da perna infetada. Dentro, o ferido quis saber se iam deixar entrar remédios, Como sabe que fui pedir remédios, perguntou o médico, Calculei, o senhor é médico, Tenho muita pena, Isso quer dizer que os remédios não vêm, Sim, Ah, bem.

A comida tinha sido calculada à justa para cinco pessoas. Havia garrafas de leite e bolachas, porém quem calculara as rações tinha-se esquecido dos copos, pratos também não havia, nem talheres, viriam provavelmente com a comida do almoço. A mulher do médico foi dar de beber ao ferido, mas ele vomitou. O motorista protestou que não gostava de leite, quis saber se não haveria café. Alguns, depois de terem comido, tornaram a deitar-se, o primeiro cego levou a mulher a conhecer os sítios, foram os únicos que saíram da camarata. O ajudante de farmácia pediu licença para falar com o senhor doutor, gostaria que o senhor doutor lhe dissesse se tinha, sobre a doença, uma opinião formada, Não creio que se lhe possa chamar, em sentido próprio, uma doença, começou por precisar o médico, e depois, simplificando muito, resumiu o que investigara nos livros antes de ter cegado. Algumas camas adiante, o motorista escutava com atenção, e quando o médico terminou o seu relato, disse de lá, Aposto que o que sucedeu foi terem-se entupido os canais que vão dos olhos até aos miolos, Forte besta, resmungou indignado o ajudante de farmácia, Quem sabe, o médico sorriu sem querer, na verdade os olhos não são mais do que umas lentes, umas objetivas, o cérebro é que realmente vê, tal como na película a imagem aparece, e se os canais se entupiram, como disse aquele senhor, É o mesmo que um carburador, se a gasolina não conseguir lá chegar, o motor não trabalha e o carro não anda, Nada mais simples, como vê, disse o médico ao ajudante de farmácia. E quanto tempo acha o senhor doutor que ainda vamos continuar aqui, perguntou a criada do hotel, Pelo menos enquanto estivermos sem poder ver, E isso quanto tempo será, Francamente, não penso que alguém o saiba, E é uma coisa passageira, ou vai ser para sempre, Quem me dera a mim sabê-lo. A criada suspirou e disse passados uns momentos, Eu também gostava de saber o que sucedeu àquela rapariga, Que rapariga, perguntou o ajudante de farmácia, A do hotel, que impressão me fez, ali no meio do quarto, nua como veio ao mundo, só tinha uns óculos escuros postos, e a gritar que estava cega, o mais certo foi ela ter-me pegado a cegueira. A mulher do médico olhou, viu a rapariga tirar os óculos devagar, a disfarçar o movimento, depois meteu-os debaixo do travesseiro, enquanto perguntava ao rapazinho estrábico, Queres outra bolacha. Pela primeira vez, desde que aqui entrara, a mulher do médico sentiu-se como se estivesse por trás de um microscópio a observar o comportamento de uns seres que não podiam nem sequer suspeitar da sua presença, e isto pareceu-lhe subitamente indigno, obsceno, Não tenho o direito de olhar se os outros não me podem olhar a mim, pensou. Com a mão trémula, a rapariga punha algumas gotas do seu colírio. Assim sempre poderia dizer que não eram lágrimas o que lhe estava escorrendo dos olhos.

Quando horas depois o altifalante anunciou que se podia ir recolher a comida do almoço, o primeiro cego e o motorista declararam-se voluntários para uma missão em que de facto os olhos não eram indispensáveis, bastava o tato. As caixas estavam longe da porta que ligava o átrio ao corredor, para encontrá-las tiveram de caminhar de gatas, varrendo o chão adiante com um braço estendido, enquanto o outro fazia de terceira pata, e só não tiveram dificuldade em regressar à camarata porque a mulher do médico havia tido a ideia, que cuidadosamente justificou aduzindo a sua própria experiência, de rasgar em tiras um cobertor, fazendo com elas uma espécie de corda, uma ponta da qual estaria sempre presa ao puxador exterior da porta da camarata, enquanto a outra seria atada de cada vez ao tornozelo de quem tivesse de sair para ir buscar a comida. Foram os dois homens, vieram os pratos e os talheres, mas os alimentos continuavam a ser para cinco, o mais provável é que o sargento que comandava o piquete da guarda não soubesse que havia ali mais seis cegos, uma vez que de fora do portão, mesmo estando atento ao que estivesse a acontecer no lado de dentro da porta principal, só por casualidade, na sombra do átrio, se veriam passar as pessoas de uma ala para a outra. O motorista ofereceu-se para ir reclamar a comida que faltava, e foi sozinho, não quis companhia, Que não somos cinco, somos onze, gritou para os soldados, e o mesmo sargento respondeu de lá, Descansem, que hão de ser muitos mais, disse-o num tom que devia ter parecido chocarreiro ao motorista, se tivermos em conta as palavras que este disse quando voltou para a camarata, Era como se estivesse a gozar comigo. Repartiram a comida, cinco rações divididas por dez, porquanto o ferido continuava a não querer comer, só pedia água, que lhe molhassem a boca, por favor. A pele dele escaldava. Como não podia suportar muito tempo o contacto e o peso da manta sobre a ferida, de vez em quando descobria a perna, mas o frio ar da camarata obrigava-o, daí a nada, a tapar-se novamente, e nisto levava as horas. Gemia a intervalos regulares, com uma espécie de arranco sufocado, como se a dor, constante, firme, subitamente tivesse crescido antes que ele a pudesse agarrar e suster no limite do suportável.

A meio da tarde entraram mais três cegos, expulsos da outra ala. Um deles era a empregada do consultório, que a mulher do médico reconheceu logo, e os outros, assim o tinha determinado o destino, eram o homem que estivera com a rapariga dos óculos escuros no hotel e aquele polícia grosseiro que a levou a casa. Só tiveram tempo para alcançar as camas e sentar-se nelas, ao acaso, a empregada do consultório chorava desesperadamente, os dois homens calavam-se, como se ainda não pudessem perceber o que lhes sucedera. Subitamente, ouviu-se, vindo da rua, uma confusão de gritos, ordens dadas aos berros, uma vozearia revolta. Os cegos da camarata viraram todos a cara para o lado da porta, à espera. Não podiam ver, mas sabiam o que iria acontecer nos minutos seguintes. A mulher do médico, sentada na cama, ao lado do marido, disse em voz baixa, Tinha de ser, o inferno prometido vai principiar. Ele apertou-lhe a mão e murmurou, Não te afastes, daqui em diante nada poderás fazer. Os gritos tinham diminuído, agora ouviam-se ruídos confusos no átrio, eram os cegos, trazidos em rebanho, que esbarravam uns nos outros, comprimiam-se no vão das portas, uns poucos perderam o sentido e foram parar a outras camaratas, mas a maioria, aos tropeções, agarrados em cachos ou disparados um a um, agitando aflitivamente as mãos em jeito de quem está a afogar-se, entraram na camarata em turbilhão, como se viessem a ser empurrados de fora por uma máquina arroladora. Uns quantos caíram, foram pisados. Apertados na coxia estreita, os cegos, aos poucos, iam-se desbordando para os espaços entre os catres, e aí, como barco que em meio do temporal logrou enfim entrar no porto, tomavam posse do seu fundeadouro pessoal, que era a cama, e protestavam que já não cabia mais ninguém, que os atrasados fossem procurar noutro sítio. Lá do fundo, o médico gritou que havia mais camaratas, mas os poucos que ficaram sem cama tinham medo de perder-se no labirinto que imaginavam, salas, corredores, portas fechadas, escadas que só se revelariam no último momento. Por fim, compreenderam que não poderiam continuar ali e, buscando penosamente a porta por onde haviam entrado, aventuraram-se no desconhecido. Como que procurando um último e ainda seguro refúgio, os cegos do segundo grupo, o de cinco, tinham podido ocupar os catres que, entre eles e os do primeiro grupo, tinham ficado vazios. Só o ferido ficou isolado, sem proteção, na cama catorze, lado esquerdo.

Um quarto de hora depois, tirando uns choros, umas queixas, uns rumores discretos de arrumação, a calma, não a tranquilidade, voltou à camarata. Todos os catres estavam agora ocupados. A tarde chegava ao fim, as lâmpadas mortiças pareceram ganhar força. Então ouviu-se a voz seca do altifalante. Tal como fora anunciado no primeiro dia, estavam a ser repetidas as instruções sobre o funcionamento das camaratas e as regras a que os internados deveriam obedecer, O Governo lamenta ter sido forçado a exercer energicamente o que considera ser seu direito e seu dever, proteger por todos os meios as populações na crise que estamos a atravessar, etc., etc. Quando a voz se calou, levantou-se um coro indignado de protestos, Estamos fechados, Vamos morrer aqui todos, Não há direito, Onde estão os médicos que nos tinham prometido, isto era novidade, as autoridades tinham prometido médicos, assistência, talvez mesmo a cura completa. O médico não disse que se precisassem de um médico o tinham ali a ele. Nunca mais o diria. A um médico não bastam as mãos, um médico cura com fármacos, drogas, compostos químicos, combinações disto e daquilo, e aqui não há rasto deles, nem a esperança de os conseguir. Não tinha sequer olhos para notar uma palidez, para observar um rubor da circulação periférica, quantas vezes, sem necessidade de mais minuciosos exames, esses sinais exteriores equivaliam a uma história clínica completa, ou a coloração das mucosas e dos pigmentos, com altíssima probabilidade de acerto, Desta não escapas. Como os catres próximos estavam todos ocupados, a mulher já não podia ir-lhe contando o que se passava, mas ele percebia o ambiente carregado, tenso, a roçar já a aspereza de um conflito, que se havia criado desde a chegada dos últimos cegos. Até a atmosfera da camarata parecia ter-se tornado mais espessa, rolando cheiros grossos e lentos, com súbitas correntes nauseabundas, Como será isto dentro de uma semana, perguntou-se, e teve medo de imaginar que dali a uma semana ainda estariam encerrados neste lugar, Supondo que não haverá dificuldades com o abastecimento de comida, e não é certo que não as haja, duvido, por exemplo, que a gente lá de fora saiba em cada momento quantos vamos sendo aqui, a questão é como irão resolver-se os problemas da higiene, já não falo de como nos lavaremos, cegos de poucos dias e sem ajuda de ninguém, e se os duches funcionarão e por quanto tempo, falo do resto, dos restos, um só entupimento das sentinas, um só que seja, e isto transforma-se numa cloaca. Esfregou a cara com as mãos, sentiu a aspereza da barba de três dias, É preferível assim, espero que não tenham a má ideia de nos mandarem lâminas nem tesouras. Tinha dentro da mala tudo quanto necessitaria para fazer a barba, mas estava consciente de que seria um erro fazê-lo, E onde, onde, não aqui na camarata, no meio de toda esta gente, é certo que ela poderia barbear-me, mas não tardaria que os outros se apercebessem e estranhassem haver alguém capaz de prestar estes cuidados, e lá dentro, nos duches, aquela confusão, meu Deus, a falta que os olhos nos fazem, ver, ver, ainda que não fosse mais que umas vagas sombras, estar diante de um espelho, olhar uma mancha escura difusa e poder dizer, Ali está a minha cara, o que tiver luz não me pertence.

Os protestos cessaram pouco a pouco, alguém vindo de outra camarata apareceu a perguntar se havia um resto de comida, quem lhe respondeu foi o motorista de táxi, Nem migalha, e o ajudante de farmácia, para mostrar boa vontade, adoçou a negativa perentória, Pode ser que ainda venha. Não viria. A noite fechou-se completamente. De fora, nem comida, nem palavras. Ouviram-se gritos na camarata ao lado, depois fez-se silêncio, se alguém chorava fazia-o baixinho, o choro não atravessava as paredes. A mulher do médico foi ver como se encontrava o doente, Sou eu, disse-lhe, e levantou cuidadosamente a manta. A perna tinha um aspeto assustador, inchada toda por igual desde a coxa, e a ferida, um círculo negro com laivos arroxeados, sanguinolentos, alargara-se muito, como se a carne tivesse sido repuxada de dentro. Desprendia um cheiro ao mesmo tempo fétido e adocicado. Como se sente, perguntou a mulher do médico, Obrigado por cá ter vindo, Diga-me como se sente, Mal, Tem dores, Sim, e não, Explique melhor, Dói-me, mas é como se a perna não fosse minha, está como separada do corpo, não lhe sei explicar, é uma impressão esquisita, como se estivesse aqui deitado a ver a perna a doer-me, Isso é da febre, Será, Agora faça por dormir. A mulher do médico pôs-lhe a mão na testa, depois fez o movimento de retirar-se, mas não teve tempo nem de dar as boas-noites, o doente agarrou-a por um braço e puxou-a para si, obrigando-a a aproximar a cara, Eu sei que a senhora vê, disse numa voz muito baixa. A mulher do médico estremeceu de surpresa, e murmurou, Está enganado, aonde é que foi buscar essa ideia, vejo tanto como qualquer dos que aqui estão, Não me queira enganar a senhora, eu bem sei que vê, mas esteja descansada que não digo a ninguém, Durma, durma, Não tem confiança em mim, Tenho, Não se fia da palavra de um gatuno, Já lhe disse que tenho confiança, Então por que não me diz a verdade, Amanhã falamos, agora durma, Pois sim, amanhã, se lá chegar, Não devemos pensar o pior, Eu penso, ou então é a febre que está a pensar por mim. A mulher do médico voltou para junto do marido e sussurrou-lhe ao ouvido, A ferida tem um aspeto horrível, será gangrena, Em tão pouco tempo, não me parece provável, Seja como for, está muito mal, E nós aqui, disse o médico numa voz de propósito audível, não chega estarmos cegos, é como se nos tivessem atado de pés e mãos. Da cama catorze, lado esquerdo, o doente respondeu, A mim não me há de atar ninguém, senhor doutor.

As horas foram passando, um após outro os cegos adormeceram. Alguns tinham tapado a cabeça com a manta, como se desejassem que a escuridão, uma autêntica, uma negra escuridão, pudesse apagar definitivamente os sóis embaciados em que os seus olhos se haviam tornado. As três lâmpadas, suspensas do teto alto, fora do alcance, derramavam sobre os catres uma luz suja, amarelada, que nem era capaz de produzir sombras. Quarenta pessoas dormiam ou tentavam desesperadamente adormecer, algumas suspiravam e murmuravam em sonhos, talvez vissem no sonho aquilo com que sonhavam, talvez dissessem, Se isto é um sonho, não quero acordar. Os relógios de todos eles estavam parados, tinham-se esquecido de lhes dar corda ou acharam que já não valia a pena, só o da mulher do médico continuava a trabalhar. Passava das três da madrugada. Adiante, muito lentamente, apoiando-se nos cotovelos, o ladrão do carro soergueu o tronco. Não sentia a perna, só a dor estava lá, o resto deixara de pertencer-lhe. Estava rígida a articulação do joelho. Rolou o corpo para o lado da perna sã, que deixou pender para fora da cama, depois, com as mãos juntas por debaixo da coxa, tentou mover no mesmo sentido a perna ferida. Como uma matilha de lobos acordados subitamente, as dores correram em todas as direções para logo a seguir voltarem à cratera soturna em que se alimentavam. Apoiando-se nas mãos, foi arrastando aos poucos o corpo pelo colchão, na direção da coxia. Quando alcançou o alçado dos pés da cama, teve de descansar. Respirava com dificuldade, como se sofresse de asma, a cabeça oscilava-lhe sobre os ombros, mal podia suster-se neles. Ao cabo de uns minutos, a respiração tornou-se mais regular, e ele começou a levantar-se lentamente, apoiado na perna boa. Sabia que a outra de nada lhe iria servir, que teria de arrastá-la atrás de si lá aonde fosse. Sentiu uma tontura, um tremor irreprimível atravessou-lhe o corpo, o frio e a febre fizeram-lhe entrechocar os dentes. Amparando-se aos ferros das camas, passando de uma para outra como uma laçadeira, foi avançando entre os adormecidos. Puxava, como um saco, a perna ferida. Ninguém deu por ele, ninguém lhe perguntou, Aonde vai você a estas horas, se alguém o tivesse feito sabia como haveria de responder, Vou mijar, diria, o que não queria era que fosse a mulher do médico a chamá-lo, a ela não poderia enganar, mentir-lhe, teria de lhe dizer a ideia que levava na cabeça, Não posso continuar aqui a apodrecer, reconheço que o seu marido fez o que estava ao seu alcance, mas quando eu tinha de roubar um carro não ia pedir a outro que o roubasse por mim, agora é o mesmo, eu é que lá tenho de ir, quando eles me virem neste estado perceberão logo que estou mal, metem-me numa ambulância e levam-me ao hospital, de certeza que há hospitais só para cegos, um mais não lhes faz diferença, depois tratam-me da perna, curam-me, ouvi dizer que é o que se faz com os condenados à morte, se têm uma apendicite operam-nos e só depois é que os matam, para que morram com saúde, cá por mim, se quiserem, podem depois tornar a trazer-me para aqui, que não me importa. Avançou mais, cerrando os dentes para não gemer, só não pôde reprimir um soluço de agonia quando, chegado ao extremo da fila, se desequilibrou. Errara a contagem das camas, esperava que houvesse ainda uma, e era já o vazio. Caído no chão, não se mexeu até ter a certeza de que ninguém tinha acordado com o barulho da queda. Depois achou que a posição convinha perfeitamente a um cego, se avançasse de gatas poderia encontrar com mais facilidade o caminho. Foi-se arrastando assim até alcançar o átrio, aí parou para pensar no procedimento que deveria seguir, se seria melhor chamar da porta, se acercar-se à grade, aproveitando a corda que tinha servido de corrimão e que de certeza ainda lá estaria. Sabia muito bem que se chamasse dali a pedir ajuda o mandariam imediatamente voltar para trás, mas a alternativa de ter como único socorro, depois do que, apesar do apoio sólido das camas, havia sofrido, uma corda bamba, oscilante, fê-lo duvidar. Passados uns minutos julgou ter encontrado a solução, Vou andando de gatas, pensou, ponho-me debaixo da corda, de vez em quando levanto a mão para ver se vou no bom caminho, isto é o mesmo que roubar um carro, sempre se encontra a maneira. De súbito, sem que ele contasse, a consciência acordou e censurou-o asperamente por ter sido capaz de roubar o automóvel a um pobre cego, Se agora estou nesta situação, argumentou ele, não foi por lhe ter roubado o carro, mas por ter ido acompanhá-lo a casa, esse é que foi o meu grande erro. Não estava a consciência para debates casuísticos, as suas razões eram simples e claras, Um cego é sagrado, a um cego não se rouba, Tecnicamente falando, não o roubei, nem ele tinha o carro no bolso, nem eu lhe apontei uma pistola à cara, defendeu-se o acusado, Deixa-te de sofismas, resmungou a consciência, e vai lá aonde tens de ir.

O ar frio da madrugada refrescou-lhe a cara. Que bem se respira cá fora, pensou. Pareceu-lhe notar que a perna lhe doía muito menos, porém isto não o surpreendeu, já antes, por mais que uma vez, acontecera o mesmo. Estava no patamar exterior, não tardaria em chegar aos degraus, Vai ser o mais complicado, pensou, descer com a cabeça para a frente. Levantou um braço para certificar-se de que a corda estava lá, e avançou. Tal como previra, não era fácil passar de um degrau para outro, sobretudo por causa da perna, que não o ajudava, e a prova teve-a logo, quando, a meio da escada, por ter uma das mãos resvalado num degrau, o corpo descaiu todo para um lado e foi arrastado pelo peso morto da maldita perna. As dores voltaram instantaneamente, com as serras, com as brocas, com os martelos, nem ele soube como conseguiu não gritar. Durante longos minutos ficou estendido de bruços, com a cara assente no chão. Um vento rápido, rasteiro, fê-lo tiritar. Não trazia no corpo mais que a camisa e as cuecas. A ferida estava, toda ela, em contacto com a terra, e ele pensou, Pode infetar-se, era um pensamento estúpido, não se lembrou de que a vinha arrastando assim desde a camarata, Bom, não tem importância, eles vão tratar-me antes que ela se infete, pensou depois, para tranquilizar-se, e pôs-se de lado para melhor alcançar a corda. Não a encontrou logo. Tinha-se esquecido de que ficara em posição perpendicular a ela quando rebolou pela escada, mas o instinto fê-lo permanecer onde estava. Depois foi o raciocínio que o orientou a sentar-se e a mover-se lentamente até tocar com os rins no primeiro degrau, e foi com um sentimento exultante de vitória que sentiu a aspereza da corda na mão levantada. Provavelmente foi também esse sentimento que o levou a descobrir, logo a seguir, a maneira de se deslocar sem que a ferida roçasse no chão, pôr-se de costas para onde estava o portão e, usando os braços como muletas, como faziam dantes os estropiados das pernas, deslocar, em pequenos movimentos, o corpo sentado. Para trás, sim, porque, neste caso como em outros, puxar era bem mais fácil que empurrar. A perna, assim, não sofria tanto, além de que o suave declive do terreno, descaindo em direção à saída, ajudava. Quanto à corda, não havia perigo de a perder, quase que lhe tocava com a cabeça. Perguntava-se se ainda lhe faltaria muito para chegar ao portão, não era o mesmo ir por seu pé, melhor ainda se pelos dois, e avançar às arrecuas, em deslocações de meio palmo ou menos. Esquecido, por um instante, de que estava cego, virou a cabeça como para certificar-se do que lhe faltava percorrer e encontrou na sua frente a mesma brancura sem fundo. Será noite, será dia, perguntou-se, bom, se fosse dia já me teriam visto, além disso só houve um pequeno-almoço e foi há muitas horas. Assombrava-o o espírito lógico que estava descobrindo na sua pessoa, a rapidez e o acerto dos raciocínios, via-se a si mesmo diferente, outro homem, e se não fosse este azar da perna estaria disposto a jurar que nunca em toda a sua vida se sentira tão bem. As costas bateram na parte inferior, chapeada, do portão. Chegara. Metido na guarita para proteger-se do frio, ao soldado de sentinela tinha-lhe parecido ouvir uns ligeiros ruídos que não conseguira identificar, de todo o modo não pensou que pudessem vir de dentro, teria sido o ramalhar breve das árvores, uma ramagem que o vento fizesse roçar de leve na grade. Outro ruído lhe chegou de súbito aos ouvidos, mas este foi diferente, uma pancada, um choque, para ser mais preciso, não podia ser obra de vento. Nervoso, o soldado saiu da guarita engatilhando a espingarda automática e olhou na direção do portão. Não viu nada. O ruído, porém, voltara, mais forte, agora era como o de unhas raspando numa superfície rugosa. A chapa do portão, pensou. Deu um passo para a tenda de campanha onde o sargento dormia, mas reteve-o o pensamento de que se desse falso alarme teria de ouvir das boas, os sargentos não gostam que os acordem, mesmo quando haja motivo. Tornou a olhar para o portão e esperou, tenso. Muito devagar, no intervalo entre dois ferros verticais, como um fantasma, começou a aparecer uma cara branca. A cara de um cego. O medo fez gelar o sangue do soldado, e foi o medo que o fez apontar a arma e disparar uma rajada à queima-roupa.

O estrondear sacudido das detonações fez surgir quase imediatamente de dentro das tendas, meio vestidos, os soldados que compunham o piquete encarregado da guarda do manicómio e de quem lá fora posto dentro. O sargento já estava no comando, Que raio foi isto, Um cego, um cego, balbuciou o soldado, Onde, Ali, e apontou o portão com o cano da arma, Não vejo lá nada, Estava ali, eu vi-o. Os soldados tinham acabado de equipar-se e esperavam alinhados, de espingardas na mão. Acendam o projetor, ordenou o sargento. Um dos soldados subiu à plataforma do veículo. Segundos depois o foco deslumbrante iluminou o portão e a frontaria do edifício. Não há ninguém, sua besta, disse o sargento, e dispunha-se a proferir mais umas quantas amenidades militares do mesmo estilo quando viu que por debaixo do portão estava alastrando, sob a luz violenta, uma poça negra. Deste-lhe cabo do canastro, disse. Depois, lembrando-se das rigorosas ordens que lhe haviam sido dadas, gritou, Cheguem-se para trás, isto pega-se. Os soldados recuaram, medrosos, mas continuaram a olhar a poça de sangue que lentamente se espalhava pelos intervalos entre as pedras miúdas do passeio. Achas que o gajo está morto, perguntou o sargento, Tem de estar, apanhou com a rajada em cheio na cara, respondeu o soldado, agora contente pela óbvia demonstração da sua boa pontaria. Neste momento, outro soldado gritou nervosamente, Nosso sargento, nosso sargento, olhe para ali. No patamar exterior da escada, de pé, iluminados pela luz branca do holofote, viam-se uns quanto cegos, mais de uma dezena, Não avancem, berrou o sargento, se dão um passo que seja estoiro com todos. Nas janelas dos prédios em frente, algumas pessoas acordadas pelos disparos olhavam assustadas através das vidraças. Então o sargento gritou, Quatro homens daí que venham buscar o corpo. Porque não se podiam ver nem contar, foram seis os cegos que se moveram, Eu disse quatro, berrou o sargento histericamente. Os cegos tocaram-se, tornaram a tocar-se, ficaram dois deles. Os outros começaram a andar ao longo da corda.

Temos de ver se há por aqui alguma pá ou alguma enxada, seja o que for que possa servir para cavar, disse o médico. Era manhã, tinham trazido com grande esforço o cadáver para a cerca interior, puseram-no no chão, entre o lixo e as folhas mortas das árvores. Agora era preciso enterrá-lo. Só a mulher do médico sabia o estado em que se encontrava o morto, a cara e o crânio rebentados pela descarga, três buracos de balas no pescoço e na região do esterno. Também sabia que em todo o edifício não havia nada com que se pudesse abrir uma cova. Percorrera toda a área que lhes tinha sido destinada e não encontrara mais que uma vara de ferro. Ajudaria, mas não era suficiente. E vira, por trás das janelas fechadas do corredor que seguia ao longo da ala reservada aos suspeitos de contágio, mais baixas deste lado da cerca, rostos atemorizados, de pessoas à espera da sua hora, do momento inevitável em que teriam de dizer às outras Ceguei, ou quando, se tivessem tentado ocultar-lhes o sucedido, as denunciasse um gesto errado, um mover de cabeça à procura duma sombra, um tropeção injustificado em quem tem olhos. Tudo isto também o sabia o médico, a frase que lançara fazia parte do disfarce combinado por ambos, a partir de agora a mulher já poderia dizer, E se pedíssemos aos soldados que nos atirassem cá para dentro uma pá, A ideia é boa, experimentemos, e todos estiveram de acordo, que sim, que era uma boa ideia, só a rapariga dos óculos escuros não pronunciou palavra sobre esta questão de enxada ou pá, todo o seu falar, por enquanto, eram lágrimas e lamentos, A culpa foi minha, chorava ela, e era verdade, não se podia negar, mas também é certo, se isso lhe serve de consolação, que se antes de cada ato nosso nos puséssemos a prever todas as consequências dele, a pensar nelas a sério, primeiro as imediatas, depois as prováveis, depois as possíveis, depois as imagináveis, não chegaríamos sequer a mover-nos de onde o primeiro pensamento nos tivesse feito parar. Os bons e os maus resultados dos nossos ditos e obras vão-se distribuindo, supõe-se que de uma forma bastante uniforme e equilibrada, por todos os dias do futuro, incluindo aqueles, infindáveis, em que já cá não estaremos para poder comprová-lo, para congratular-nos ou pedir perdão, aliás, há quem diga que isso é que é a imortalidade de que tanto se fala, Será, mas este homem está morto e é preciso enterrá-lo. Foram portanto o médico e a mulher a parlamentar, a rapariga dos óculos escuros, inconsolada, disse que ia com eles. Por dor da consciência. Mal apareceram à vista, na entrada da porta, um soldado gritou-lhes, Alto, e como se temesse que a intimação verbal, ainda que enérgica, não fosse acatada, disparou um tiro para o ar. Assustados, recuaram para a proteção da sombra do átrio, por trás das madeiras grossas da porta aberta. Depois a mulher do médico avançou sozinha, donde estava podia ver os movimentos do soldado e resguardar-se a tempo, se fosse necessário, Não temos com que enterrar o morto, disse, precisamos de uma pá. Ao portão, mas do lado oposto onde o cego tinha caído, apareceu outro militar. Sargento era, mas não o de antes, Que querem, gritou, Precisamos de uma pá, ou uma enxada, Não há cá disso, ponham-se a andar, Temos de enterrar o corpo, Não enterrem, deixem-no aí a apodrecer, Se o deixarmos fica a contaminar a atmosfera, Pois que contamine e vos faça bom proveito, A atmosfera não está parada, tanto está aqui como vai para aí. A pertinência do argumento obrigou o militar a refletir. Tinha vindo substituir o outro sargento, que cegara e fora imediatamente levado para onde estavam a ser concentrados os enfermos pertencentes às forças armadas de terra. Escusado será dizer que a aviação e a marinha dispunham também, cada uma, das suas próprias instalações, mas estas de menor tamanho e importância, por serem mais reduzidos os efetivos destas armas. A mulher tem razão, reconsiderou o sargento, num caso como este não há dúvida de que todos os cuidados são poucos. Como prevenção, dois soldados, munidos de máscaras antigases, já haviam despejado sobre o sangue dois garrafões inteiros de amónia, cujos últimos vapores ainda faziam lacrimejar o pessoal e lhes picavam as mucosas da garganta e do nariz. O sargento declarou, enfim, Vou ver o que se pode arranjar, E a comida, aproveitou a mulher do médico a ocasião para recordar-lhe, A comida ainda não chegou, Só do nosso lado já há mais de cinquenta pessoas, temos fome, o que estão a mandar não chega para nada, Isso da comida não é com o exército, Alguém tem de resolver a situação, o governo comprometeu-se a alimentar-nos, Voltem lá para dentro, não quero ver ninguém nessa porta, A enxada, ainda gritou a mulher do médico, mas o sargento tinha-se ido embora. A manhã estava em meio quando se ouviu a voz do altifalante na camarata, Atenção, atenção, os internados alegraram-se, pensaram que era o anúncio da comida, mas não, tratava-se da enxada, Alguém que a venha buscar, mas nada de grupos, só sai uma pessoa, Vou eu, que já falei com eles antes, disse a mulher do médico. Logo que saiu ao patamar exterior viu a enxada. Pela posição e pela distância a que se encontrava, mais perto do portão do que da escada, devia ter sido atirada de fora, Não me posso esquecer de que estou cega, pensou a mulher do médico, Onde está, perguntou, Desce a escada, que já te irei guiando, respondeu o sargento, muito bem, agora anda na direção em que estás, assim, assim, alto, vira-te um pouco para a direita, não, para a esquerda, menos, menos do que isso, agora em frente, se não te desviares vais dar com o nariz mesmo em cima dela, quente, a escaldar, merda, eu disse que não te desviasses, frio, frio, está a aquecer outra vez, quente, cada vez mais quente, pronto, agora dá meia-volta que eu torno a guiar-te, não quero que fiques para aí como uma burra à nora, às voltas, e me venhas parar ao portão, Não estejas tão preocupado, pensou ela, irei daqui à porta em linha reta, no fim de contas tanto faz, ainda que ficasses a desconfiar de que não estou cega, a mim que me importa, não virás cá dentro buscar-me. Pôs a enxada ao ombro, como um cavador que vai ao seu trabalho, e caminhou na direção da porta sem se desviar um passo, Nosso sargento, já viu aquilo, exclamou um dos soldados, até parece ela que tem olhos, Os cegos aprendem depressa a orientar-se, explicou, convicto, o sargento.

Foi trabalhoso abrir a cova. A terra estava dura, calcada, havia raízes a um palmo do chão. Cavaram à vez o motorista, os dois polícias e o primeiro cego. Perante a morte, o que se espera da natureza é que perçam os rancores a força e o veneno, é certo que se diz que o ódio velho não cansa, e disso não faltam provas na literatura e na vida, mas isto aqui, no fundo, a bem dizer, não era ódio, e de velho nada, pois que vale o roubo de um automóvel ao lado do morto que o tinha roubado, e menos ainda no mísero estado em que se encontra, que não são precisos olhos para saber que esta cara não tem nariz nem boca. Não puderam cavar mais fundo que três palmos. Fosse o morto gordo e ter-lhe--ia ficado de fora a barriga, mas o ladrão era magro, um autêntico pau de virar tripas, pior depois do jejum destes dias, a cova bastaria para dois como ele. Não houve orações. Podia-se pôr-lhe uma cruz, lembrou ainda a rapariga dos óculos escuros, foi o remorso que a fez falar, mas ninguém ali tinha notícia do que o falecido pensara em vida dessas histórias de Deus e da religião, o melhor era calar, se é que outro procedimento tem justificação perante a morte, além disso, leve-se em consideração que fazer uma cruz é muito menos fácil do que parece, sem falar do tempo que ela se iria aguentar, com todos estes cegos que não veem onde põem os pés. Voltaram à camarata. Nos sítios mais frequentados, desde que não seja em campo aberto, como a cerca, a gente já não se perde, com um braço esticado à frente e uns dedos a mover-se como antenas de insetos chega-se a toda a parte, é mesmo provável que nos cegos mais dotados não tarde a desenvolver-se aquilo a que chamamos visão frontal. A mulher do médico, por exemplo, é extraordinário como ela consegue movimentar-se e orientar-se por este verdadeiro quebra-cabeças de salas, desvãos e corredores, como sabe virar uma esquina no ponto exato, como para diante de uma porta e a abre sem hesitação, como não precisa ir contando as camas até chegar à sua. Agora está sentada na cama do marido, conversa com ele, baixinho como de costume, vê-se que são pessoas de educação, e têm sempre alguma coisa para dizer um ao outro, não são o mesmo que o outro casal, o primeiro cego e a mulher, depois daquelas comovedoras efusões do reencontro quase não têm falado, é que, neles, provavelmente, tem podido mais a tristeza de agora do que o amor de antes, com o tempo hão de habituar-se. Quem não se cansa a repetir que tem fome é o rapazito estrábico, apesar de a rapariga dos óculos escuros, praticamente, ter tirado a comida à sua boca para a dar a ele. Há muitas horas que o mocinho não pergunta pela mãe, mas decerto voltará a sentir-lhe a falta depois de ter comido, quando o corpo se encontrar liberto das brutidões egoístas que resultam da simples, porém imperiosa, necessidade de manter-se. Fosse por causa do que acontecera de madrugada, fosse por motivos alheios à nossa vontade, a verdade é que não tinham chegado a ser trazidas as caixas com a refeição da manhã. Agora está-se a aproximar a hora do almoço, é quase uma hora no relógio que a mulher do médico disfarçadamente acaba de consultar, não deverá portanto estranhar-se que a impaciência dos sucos gástricos tenha decidido uns quantos cegos, tanto desta ala como da outra, a irem esperar no átrio a chegada da comida, e isto por duas excelentes razões, a pública, de uns, porque desta maneira se ganharia tempo, a reservada, de outros, porque é sabido que quem chega primeiro melhor se serve. Ao todo, não serão menos de dez os cegos atentos ao ruído que o portão exterior fará ao ser aberto, aos passos dos soldados que hão de trazer as abençoadas caixas. Por sua vez, temerosos de uma súbita cegueira que pudesse resultar da proximidade imediata dos cegos que esperavam no átrio, os contagiados da ala esquerda não se atreveram a sair, mas alguns deles estão a espreitar pela frincha da porta, ansiosos por que chegue a sua vez. O tempo foi passando. Cansados de esperar, alguns cegos tinham-se sentado no chão, mais tarde dois ou três regressaram às camaratas. Foi pouco depois que se ouviu o ranger inconfundível do portão. Excitados, os cegos, atropelando-se uns aos outros, começaram a mover-se para onde, pelos sons de fora, calculavam que estava a porta, mas, de súbito, tomados por uma vaga inquietação que não iriam ter tempo de definir e explicar, pararam e logo confusamente retrocederam, enquanto começavam já a perceber-se distintamente os passos dos soldados que traziam a comida e da escolta armada que os acompanhava.

Ainda sob a impressão produzida pelo trágico acontecimento da noite, os soldados que transportavam as caixas haviam combinado que não as iriam deixar ao alcance das portas que davam para as alas, como mais ou menos tinham feito antes, largá-las-iam no átrio, e adeus, passem bem, Os gajos que lá se avenham, disseram. A ofuscação produzida pela forte luz do exterior e a transição brusca para a penumbra do átrio impediram-nos, no primeiro momento, de ver o grupo de cegos. Viram-nos logo a seguir. Soltando berros de medo, largaram as caixas no chão e saíram como loucos pela porta fora. Os dois soldados da escolta, que esperavam no patamar, reagiram exemplarmente perante o perigo. Dominando, só Deus sabe como e porquê, um legítimo medo, avançaram até ao limiar da porta e despejaram os carregadores. Os cegos começaram a cair uns sobre os outros, caindo recebiam ainda no corpo balas que já eram um puro desperdício de munição, foi tudo tão incrivelmente lento, um corpo, outro corpo, parecia que nunca mais acabavam de cair, como às vezes se vê nos filmes e na televisão. Se ainda estamos em tempo de ter um soldado de dar contas das balas que dispara, estes poderão jurar sobre a bandeira que procederam em legítima defesa, e por acréscimo também em defesa dos seus camaradas desarmados que iam em missão humanitária e de repente se viram ameaçados por um grupo de cegos numericamente superior. Recuaram em desatinada correria para o portão, cobertos pelas espingardas que os outros soldados do piquete tremulamente apontavam por entre os ferros, como se os cegos vivos que ficaram estivessem a ponto de fazer uma surtida vingadora. Lívido de susto, um dos que tinham disparado dizia, Eu lá dentro não volto nem que me matem, e de facto não voltou. De um momento para o outro, nesse mesmo dia, já perto do fim da tarde, à hora de render, passou a ser mais um cego entre os cegos, o que lhe valeu foi ser da tropa, porque, se não, teria ficado logo ali, a fazer companhia aos cegos paisanos, colegas daqueles a quem havia desfeito a tiros, e Deus sabe o que lhe fariam. O sargento ainda disse, Isto o melhor era deixá-los morrer à fome, morrendo o bicho acabava-se a peçonha. Como sabemos, não falta por aí quem o tenha dito e pensado muitas vezes, felizmente um resto precioso de sentido de humanidade fez dizer a este, A partir de agora deixamos as caixas a meio caminho, eles que as venham buscar, mantemo-los debaixo de olho, e ao menor movimento suspeito, fogo. Dirigiu-se ao posto de comando, ligou o microfone e, juntando as palavras o melhor que soube, recorrendo à lembrança doutras semelhantes escutadas em ocasiões mais ou menos parecidas, disse, O exército lamenta ter sido obrigado a reprimir pelas armas um movimento sedicioso responsável pela criação duma situação de risco iminente, da qual não teve culpa direta ou indireta, e avisa que a partir de hoje os internados passarão a recolher a comida fora do edifício, ficando desde já prevenidos de que sofrerão as consequências no caso de se manifestar qualquer tentativa de alteração da ordem, como aconteceu agora e a noite passada tinha acontecido. Fez uma pausa, sem saber muito bem como conviria terminar, tinha-se esquecido das palavras próprias, certamente as havia, só soube repetir, Não tivemos culpa, não tivemos culpa.

Dentro do edifício, o fragor dos disparos, atroadoramente repercutidos no espaço limitado do átrio, havia causado pavor. Nos primeiros momentos pensou-se que os soldados iam irromper pelas camaratas dentro varrendo à bala tudo o que encontrassem pela frente, o governo mudara de ideias, optara pela liquidação física em massa, houve quem se metesse debaixo das camas, alguns, de puro medo, não se mexeram, uns quantos talvez tenham pensado que era melhor assim, para pouca saúde mais vale nenhuma, se uma pessoa tem de acabar, que seja depressa. Os primeiros a reagir foram os contagiados. Tinham começado por fugir quando se desatou a fuzilaria, mas depois o silêncio animou-os a voltar, e outra vez se aproximaram da porta que dava acesso ao átrio. Viram os corpos amontoados, o sangue sinuoso alastrando lentamente no chão lajeado, como se estivesse vivo, e as caixas da comida. A fome empurrou-os para fora, estava ali o ansiado alimento, é verdade que era destinado aos cegos, o deles seria trazido a seguir, de acordo com o regulamento, mas agora o regulamento que se lixasse, ninguém nos vê, e candeia que vai adiante alumia duas vezes, já o disseram os antigos de todos os tempos e lugares, e os antigos não eram pecos nestas coisas. Porém, a fome só teve força para os fazer avançar três passos, a razão interpôs-se e avisou-os de que o perigo estava ali à espera dos imprudentes, naqueles corpos sem vida, sobretudo naquele sangue, quem poderia saber que vapores, que emanações, que venenosos miasmas não estariam já a desprender-se da carne esfacelada dos cegos. Estão mortos, não podem fazer nada, disse alguém, a intenção era tranquilizar-se a si mesmo e aos outros, mas foi pior havê-lo dito, era verdade que os cegos estavam mortos, que não podiam mover-se, reparem, não se mexem nem respiram, mas quem nos diz a nós que esta cegueira branca não será precisamente um mal do espírito, e se o é, ponhamos por hipótese, nunca os espíritos daqueles cegos estiveram tão soltos como agora estão, fora dos corpos, e portanto mais livres de fazerem o que quiserem, sobretudo o mal, que, como todo o mundo sabe, sempre foi o mais fácil de fazer. Mas as caixas da comida, ali expostas, atraíam os olhos irresistivelmente, são deste calibre as razões do estômago, não atendem a nada, mesmo quando é para seu bem. De uma das caixas derramava-se um líquido branco que lentamente se ia aproximando da toalha de sangue, por todos os visos devia ser leite, é uma cor que não engana. Mais corajosos, ou mais fatalistas, nem sempre a distinção é fácil, dois dos contagiados avançaram, e já estavam quase a tocar com as mãos gulosas na primeira caixa quando no vão da porta que dava para a outra ala apareceram uns quantos cegos. Pode tanto a imaginação, e em circunstâncias mórbidas como esta parece que pode tudo, que, para aqueles dois que tinham ido de fossado, foi como se os mortos, de repente, se tivessem levantado do chão, tão cegos como antes, sem dúvida, mas muito mais daninhos, porque sem dúvida os estaria incitando o espírito de vingança. Recuaram prudentemente e em silêncio para a entrada da sua ala, podia ser que os cegos começassem por ocupar-se dos mortos, que assim mandavam a caridade e o respeito, ou, quando não, que deixassem ficar, por não a terem visto, alguma das caixas, pequena que fosse, na verdade os contagiados não eram muitos ali, talvez a melhor solução até fosse essa, pedir-lhes Por favor, tenham dó, deixem ao menos uma caixinha para nós, se calhar eles não vão trazer hoje mais comida, depois do que sucedeu. Os cegos moviam-se como cegos que eram, às apalpadelas, tropeçando, arrastando os pés, não obstante, como se estivessem organizados, souberam repartir as tarefas eficazmente, alguns deles, patinhando no sangue pegajoso e no leite, começaram logo a retirar e transportar os cadáveres para a cerca, outros ocuparam-se das caixas, uma por uma, as oito que tinham sido largadas pelos soldados. Entre os cegos havia uma mulher que dava a impressão de estar ao mesmo tempo em toda a parte, ajudando a carregar, fazendo como se guiasse os homens, coisa evidentemente impossível para uma cega, e, fosse por acaso ou de propósito, por mais que uma vez virou a cara para o lado da ala dos contagiados, como se os pudesse ver ou lhes percebesse a presença. Em pouco tempo o átrio ficou vazio, sem outros sinais que a mancha grande do sangue, e outra pequena tocando-a, branca, do leite que se entornara, mais do que isto só os rastos cruzados dos pés, pegadas vermelhas ou simplesmente húmidas. Os contagiados fecharam resignadamente a porta e foram à procura de migalhas, era tanto o desalento que um deles foi ao ponto de dizer, e isto mostra bem como se encontravam desesperados, Se vamos ter mesmo de ficar cegos, se é esse o nosso destino, mais valia irmos já para lá, ao menos tínhamos de que comer, Talvez os soldados ainda tragam a nossa parte, disse alguém, Você fez a tropa, perguntou outro, Não, Bem me queria a mim parecer.

Tendo em conta que os mortos pertenciam a uma e a outra, reuniram-se os ocupantes da primeira e da segunda camaratas, com o objetivo de decidir se comiam primeiro e enterravam depois os cadáveres, ou ao contrário. Ninguém parecia interessado em saber quem tinha morrido. Cinco deles haviam-se instalado na segunda camarata, ignora-se se já se conheciam de antes ou, no caso de que não, se tinham tido tempo e disposição para trocarem apresentações e desabafos. A mulher do médico não se lembrava de tê-los visto quando chegaram. Aos restantes quatro, sim, a esses conhecia-os, tinham dormido com ela, por assim dizer, debaixo do mesmo teto, embora de um deles não soubesse mais do que isso, e como o poderia saber, um homem que se respeite não se vai pôr a falar de assuntos íntimos à primeira pessoa que lhe apareça, como ter estado num quarto de hotel a fazer amor com uma rapariga de óculos escuros, a qual, por sua vez, se é desta aqui que se trata, nem lhe passa pela cabeça que esteve e está ainda tão perto de quem a fez ver tudo branco. O motorista do táxi e os dois polícias eram os outros mortos, três homens robustos, capazes de cuidar de si, cujas profissões consistiam, ainda que de distinto modo, em cuidar dos outros, e afinal aí estão, ceifados cruelmente na força da vida, à espera de que lhes deem destino. Vão ter de esperar que estes que ficaram acabem de comer, não por causa do costumado egoísmo dos vivos, mas porque alguém lembrou sensatamente que enterrar nove corpos naquele chão duro e com uma única enxada era trabalho que, pelo menos, duraria até à hora do jantar. E como não seria admissível que os voluntários dotados de bons sentimentos estivessem a trabalhar enquanto os mais enchiam a barriga, foi decidido deixar os mortos para depois. A comida vinha em porções individuais, portanto fácil de distribuir, toma tu, toma tu, até se acabar. Mas a ansiedade de uns quantos cegos menos esclarecidos veio a complicar o que em normais circunstâncias teria sido cómodo, embora um juízo sereno e isento nos aconselhe a admitir que os excessos que se deram tiveram alguma razão de ser, bastará recordar, por exemplo, que não se podia saber, à partida, se a comida iria chegar para todos. Na verdade, qualquer pessoa compreenderá que não é fácil contar cegos nem repartir rações sem olhos que os possam ver, a elas e a eles. Acresce que alguns ocupantes da segunda camarata, com mais do que censurável desonestidade, quiseram fazer crer que eram em maior número do que o eram de facto. Valeu, como sempre, para isso está ela ali, a mulher do médico. Algumas palavras ditas a tempo sempre foram capazes de resolver dificuldades que um discurso profuso não faria mais do que agravar. Mal-intencionados e de mau carácter foram também aqueles que não só intentaram, mas conseguiram, receber comida duas vezes. A mulher do médico apercebeu-se do condenável ato, mas achou prudente não denunciar o abuso. Não queria nem pensar nas consequências que resultariam da revelação de que não estava cega, o mínimo que lhe poderia acontecer seria ver-se transformada em serva de todos, o máximo talvez fosse converterem-na em escrava de alguns. A ideia, em que ao princípio se falara, de designar um responsável por cada camarata, poderia, sabe-se lá, ajudar a resolver estes apertos e outros por desgraça ainda piores, sob condição, porém, de que a autoridade desse responsável, certamente frágil, certamente precária, certamente posta em causa a cada momento, fosse claramente exercida a bem de todos e como tal reconhecida pela maioria. Se não o conseguirmos, pensou, acabaremos por matar-nos aqui uns aos outros. Prometeu a si mesma que falaria destes delicados assuntos ao marido e continuou a repartir as rações.

Uns por indolência, outros por terem o estômago delicado, não apeteceu a ninguém, depois de comer, ir praticar no ofício de coveiro. Quando o médico, porque pela profissão se considerava mais obrigado que os de mais, disse pouco à vontade, Vamos lá então enterrar aqueles, não se apresentou um só voluntário. Estendidos nas camas, os cegos o que queriam era que os deixassem levar a bom termo a breve digestão, alguns adormeceram imediatamente, e não havia de que estranhar, depois dos sustos e sobressaltos por que tinham passado, o corpo, apesar de tão parcamente alimentado, abandonava-se à moleza da química digestiva. Mais tarde, já perto do crepúsculo, quando as lâmpadas mortiças, pela sucessiva diminuição da luz natural, pareceram ganhar alguma força, ao mesmo tempo mostrando, de fracas que eram, o pouco para que podiam servir, o médico, acompanhado da mulher, convenceu dois dos homens da sua camarata a acompanharem-no à cerca, quanto mais não fosse, disse, para darem balanço ao trabalho que teria de ser feito e separarem os corpos já rígidos, uma vez que ficara decidido que cada camarata enterraria os seus. A vantagem de que gozavam estes cegos era o que se poderia chamar a ilusão da luz. Na verdade, tanto lhes fazia que fosse de dia ou de noite, crepúsculo da manhã ou crepúsculo da tarde, silente madrugada ou rumorosa hora meridiana, os cegos sempre estavam rodeados duma resplandecente brancura, como o sol dentro do nevoeiro. Para estes, a cegueira não era viver banalmente rodeado de trevas, mas no interior de uma glória luminosa. Quando o médico cometeu o deslize de dizer que iam separar os corpos, o primeiro cego, que era um dos que tinham concordado em ajudá-lo, quis que lhe explicassem como poderiam reconhecê-los, pergunta lógica de cego que deixou o médico embaraçado. Desta vez a mulher pensou que não deveria acudir em seu auxílio, denunciar-se-ia se o fizesse. O médico saiu-se airosamente da dificuldade pelo método radical do passo em frente, isto é, reconhecendo o erro, A gente, disse no tom de quem sorri de si próprio, habitua-se tanto a ter olhos, que ainda julga que os pode usar quando já não lhe servem de nada, de facto só sabemos que se encontram aqui quatro dos nossos, o motorista de táxi, os dois polícias e um outro que também connosco estava, portanto a solução é pegar ao acaso em quatro destes corpos, enterrá-los como deve de ser, e assim cumprimos a nossa obrigação. O primeiro cego concordou, o companheiro também, e novamente, revezando-se, começaram a abrir as covas. Não viriam a saber estes auxiliares, por cegos serem, que os cadáveres enterrados, sem exceção, foram precisamente aqueles de que, duvidando, tinham estado a falar, e nem será preciso dizer como trabalhou aqui o que pareceu acaso, a mão do médico, guiada pela mão da mulher, agarrava uma perna ou um braço, e ele só tinha de dizer, Este. Quando já tinham enterrado dois corpos, apareceram finalmente, vindos da camarata, três homens com disposição de ajudar, o mais provável seria que o não fizessem se alguém lhes tivesse dito que era já noite fechada. Psicologicamente, mesmo estando um homem cego, temos de reconhecer que há uma grande diferença entre cavar sepulturas à luz do dia e depois de o sol desaparecer. No momento em que entravam na camarata, suados, sujos de terra, sentindo ainda nas narinas o primeiro cheiro adocicado da corrupção, a voz do altifalante repetia as instruções conhecidas. Não houve qualquer referência ao que se tinha passado, não se falou de tiros nem de mortos à queima-roupa. Avisos como aquele de Abandonar o edifício sem prévia autorização significará morte imediata, ou Os internados enterrarão sem formalidades o cadáver na cerca, tomavam agora, graças à dura experiência da vida, mestra suprema de todas as disciplinas, pleno sentido, enquanto aquele que prometia caixas com comida três vezes ao dia se tornava em grotesco sarcasmo ou ironia mais difícil de suportar ainda. Quando a voz se calou, o médico, sozinho, porque começava a conhecer os cantos à casa, foi até à porta da outra camarata para informar, Os nossos já estão enterrados, Se enterraram uns, também podiam ter enterrado os outros, respondeu de dentro uma voz de homem, O combinado foi que cada camarata enterraria os mortos que lhe pertencessem, contámos quatro e enterrámo-los, Está bem, amanhã trataremos dos de aqui, disse outra voz masculina, e depois, mudando de tom, Não veio mais comida, perguntou, Não, respondeu o médico, Mas o altifalante diz que três vezes ao dia, Duvido que venham a cumprir sempre a promessa, Então será preciso racionar os alimentos que vierem chegando, disse uma voz de mulher, Parece-me uma boa ideia, se quiserem falaremos amanhã, De acordo, disse a mulher. Já o médico se retirava quando ouviu a voz do homem que primeiro tinha falado, A saber quem é que manda aqui. Parou à espera de que alguém respondesse, fê-lo a mesma voz feminina, Se não nos organizarmos a sério, mandarão a fome e o medo, já é uma vergonha que não tenhamos ido com eles enterrar os mortos, Por que é que não os vai enterrar você, já que é tão esperta e tão sentenciosa, Sozinha não posso, mas estou pronta para ajudar, Não vale a pena discutirmos, interveio a segunda voz de homem, amanhã de manhã trataremos disso. O médico suspirou, a convivência ia ser difícil. Encaminhava-se já para a camarata quando sentiu uma forte necessidade de evacuar. No sítio onde se encontrava, não tinha a certeza de ser capaz de chegar às latrinas, mas decidiu aventurar-se. Esperava que alguém, ao menos, tivesse tido a lembrança de levar para lá o papel higiénico que viera com as caixas da comida. Enganou-se no caminho duas vezes, angustiado porque a necessidade apertava cada vez mais, e já estava nas últimas instâncias da urgência quando pôde enfim baixar as calças e agachar-se na retrete turca. O fedor asfixiava. Tinha a impressão de haver pisado uma pasta mole, os excrementos de alguém que não acertara com o buraco da retrete ou que resolvera aliviar-se sem querer saber mais de respeitos. Tentou imaginar como seria o lugar onde se encontrava, para ele era tudo branco, luminoso, resplandecente, que o eram as paredes e o chão que não podia ver, e absurdamente achou-se a concluir que a luz e a brancura, ali, cheiravam mal. Vamos endoidecer de horror, pensou. Depois quis limpar-se, mas não havia papel. Apalpou a parede atrás de si, onde deveriam estar os suportes dos rolos ou os pregos em que, à falta de melhor, se teriam espetado uns bocados de papel qualquer. Nada. Sentiu-se infeliz, desgraçado a mais não poder, ali com as pernas arqueadas, amparando as calças que roçavam no chão nojento, cego, cego, cego, e, sem poder dominar-se, começou a chorar silenciosamente. Tenteando, deu alguns passos e foi esbarrar com a parede fronteira. Estendeu um braço, estendeu o outro, enfim encontrou uma porta. Ouviu os passos arrastados de alguém que devia andar também à procura das sentinas, que tropeçava, Onde será esta merda, murmurava numa voz neutra, como se, no fundo, lhe fosse indiferente sabê-lo. Passou a dois palmos sem se aperceber da presença doutra pessoa, mas não tinha importância, a situação não chegou a tornar-se indecente, sê-lo-ia realmente, um homem naquela figura, descomposto, mas, no último instante, movido por um desconcertante sentimento de pudor, o médico tinha subido as calças. Depois baixou-as, quando calculou que estaria sozinho, mas não foi a tempo, sabia que estava sujo, sujo como não se lembrava de ter estado alguma vez na vida. Há muitas maneiras de tornar-se animal, pensou, esta é só a primeira delas. Porém, não se podia queixar muito, ainda tinha quem não se importasse de o limpar.

Deitados nos catres, os cegos esperavam que o sono tivesse dó da sua tristeza. Discretamente, como se houvesse perigo de que os outros pudessem ver o mísero espetáculo, a mulher do médico tinha ajudado o marido a assear-se o melhor possível. Agora havia um silêncio dorido, de hospital, quando os doentes dormem, e sofrem dormindo. Sentada, lúcida, a mulher do médico olhava as camas, os vultos sombrios, a palidez fixa de um rosto, um braço que se moveu a sonhar. Perguntava-se se alguma vez chegaria a cegar como eles, que razões inexplicáveis a teriam preservado até agora. Num gesto cansado, levou as mãos à cara para afastar o cabelo, e pensou, Vamos todos cheirar mal. Nesse momento principiaram a ouvir-se uns suspiros, uns queixumes, uns gritinhos primeiro abafados, sons que pareciam palavras, que deveriam sê-lo, mas cujo significado se perdia no crescendo que as ia transformando em grito, em ronco, por fim em estertor. Alguém protestou lá do fundo, Porcos, são como os porcos. Não eram porcos, só um homem cego e uma mulher cega que provavelmente nunca saberiam um do outro mais do que isto.

Um estômago que trabalha em falso acorda cedo. Alguns dos cegos abriram os olhos quando a manhã ainda vinha longe, e no seu caso não foi tanto por culpa da fome, mas porque o relógio biológico, ou lá como se costuma chamar-lhe, já se lhes estava desregulando, supuseram eles que era dia claro, então pensaram, Deixei-me dormir, e logo compreenderam que não, aí estava o ressonar dos companheiros, que não dava lugar a equívocos. Ora, é dos livros, mas muito mais da experiência vivida, que quem madruga por gosto ou quem por necessidade teve de madrugar, tolera mal que outros, na sua presença, continuem a dormir à perna solta, e com dobrada razão no caso de que estamos falando, porque há uma grande diferença entre um cego que esteja a dormir e um cego a quem não serviu de nada ter aberto os olhos. Estas observações de tipo psicologístico, pela sua finura aparentemente sem cabimento perante a dimensão extraordinária do cataclismo que o relato se vem esforçando por descrever, servem unicamente para explicar por que estavam acordados tão cedo os cegos todos, a alguns, como foi dito ao princípio, sacudiu-os de dentro o estômago exigente, mas a outros arrancou-os do sono a impaciência nervosa dos madrugadores, que não se pejaram de fazer mais ruído que o inevitável e tolerável em ajuntamentos de caserna e camarata. Aqui não há só gente discreta e bem-educada, alguns são uns mal-desbastados que se aliviam matinalmente de escarros e ventosidades sem olhar a quem está, verdade seja que no mais do dia obram pela mesma conformidade, por isto a atmosfera se vai tornando cada vez mais pesada, e não há nada a fazer, a única abertura é a porta, às janelas não se lhes pode chegar, do altas que estão.

Deitada ao lado do marido, o mais juntos que podiam estar, por causa da estreiteza da cama, mas também por gosto, quanto lhes havia custado, no meio da noite, guardar o decoro, não fazer como aqueles a quem alguém tinha chamado porcos, a mulher do médico olhou o relógio. Marcava duas horas e vinte e três minutos. Firmou melhor a vista, viu que o ponteiro dos segundos não se movia. Tinha-se esquecido de dar corda ao maldito relógio, ou maldita ela, maldita eu, que nem sequer esse dever tão simples tinha sabido cumprir, ao cabo de apenas três dias de isolamento. Sem poder dominar-se, desatou num choro convulsivo, como se lhe tivesse acabado de suceder a pior das desgraças. O médico pensou que a mulher cegara, que acontecera o que tanto temia, desatinado esteve quase a perguntar Cegaste, foi no último instante que lhe ouviu o murmúrio, Não é isso, não é isso, e depois, num lento sussurro, quase inaudível, tapadas as cabeças de ambos com a manta, Estúpida de mim, não dei corda ao relógio, e continuou a chorar, inconsolável. Da sua cama do outro lado da coxia, a rapariga dos óculos escuros levantou-se e, guiada pelos soluços, aproximou-se de braços estendidos, Está aflita, precisa de alguma coisa, ia perguntando à medida que avançava, e tocou com as duas mãos nos corpos deitados. A discrição mandava que imediatamente as retirasse, e essa ordem deu-lha o cérebro com certeza, mas as mãos não obedeceram, apenas tornaram mais subtil o contacto, nada mais que um leve roce da epiderme na manta grosseira e tépida. Precisa de alguma coisa, tornou a perguntar a rapariga, e, agora sim, as mãos já se retiraram, já se levantaram, perderam-se na brancura estéril, no desamparo. Ainda soluçando, a mulher do médico saiu da cama, abraçou-se à rapariga, Não é nada, foi uma tristeza que me entrou de repente, disse, Se a senhora, que é tão forte, está a desanimar, então é porque não temos mesmo salvação, queixou-se a rapariga. Mais calma, a mulher do médico pensava, olhando-a de frente, Já quase não se lhe notam vestígios da conjuntivite, que pena não poder dizer-lho, ela ficaria contente. Provavelmente, sim, ficaria contente, embora um tal contentamento fosse absurdo, não tanto por estar ela cega, mas porque toda a gente ali o estava também, de que servirá ter os olhos límpidos, e belos, como estes são, se não há ninguém para os ver. A mulher do médico disse, Todos temos os nossos momentos de fraqueza, ainda o que nos vale é sermos capazes de chorar, o choro muitas vezes é uma salvação, há ocasiões em que morreríamos se não chorássemos, Não temos salvação, repetiu a rapariga dos óculos escuros, Quem sabe, esta cegueira não é igual às outras, assim como veio, assim poderá desaparecer, Já viria tarde para os que morreram, Todos temos de morrer, Mas não teríamos de ser mortos, e eu matei uma pessoa, Não se acuse, foram as circunstâncias, aqui todos somos culpados e inocentes, muito pior fizeram os soldados que nos estão a guardar, e até esses poderão alegar a maior de todas as desculpas, o medo, Que mais dava que o pobre homem me apalpasse, agora ele estaria vivo e eu não teria no corpo nem mais nem menos do que tenho, Não pense mais nisso, descanse, tente dormir. Acompanhou-a até à cama, Vá, deite-se, A senhora é muito boa, disse a rapariga, depois, baixando a voz, Não sei que fazer, está a chegar-me o período e não trouxe pensos, Esteja tranquila, eu tenho. As mãos da rapariga dos óculos escuros buscaram onde agarrar-se, mas foi a mulher do médico que suavemente as prendeu nas suas, Descanse, descanse. A rapariga fechou os olhos, ficou assim um minuto, teria talvez adormecido, se não fosse a altercação que de repente se armou, alguém que tinha ido às retretes e no regresso encontrou a cama ocupada, não tinha sido por mal, o outro levantara-se para o mesmo fim, cruzaram-se os dois no caminho, está claro que a nenhum deles lhe ocorreu dizer Veja lá agora se se engana na cama quando voltar. De pé, a mulher do médico olhava para os dois cegos que discutiam, notou que não faziam gestos, que quase não moviam o corpo, depressa haviam aprendido que só a voz e o ouvido tinham agora alguma utilidade, é certo que não lhes faltavam braços, que podiam brigar, lutar, vir às mãos, como se costuma dizer, mas uma cama trocada não valia tanto, todos os enganos da vida fossem como este, bastava que se pusessem de acordo, A dois é a minha, a três é a sua, que fique entendido de uma vez para sempre, Se não fôssemos cegos, este engano não teria acontecido, Tem razão, o mal é sermos cegos. A mulher do médico disse ao marido, O mundo está todo aqui dentro.

Nem todo. A comida, por exemplo, estava lá fora e tardava. De uma camarata e da outra, alguns homens tinham ido postar-se no átrio, à espera de que a ordem soasse no altifalante. Mexiam os pés, nervosos, impacientes. Sabiam que iam ter de sair à cerca exterior para recolherem as caixas que os soldados, cumprindo-se o prometido, deixariam no espaço entre o portão e a escada, e temiam que houvesse ali um truque, uma armadilha, Quem nos diz que não vão disparar contra nós, Depois do que já fizeram, são bem capazes disso, Não podemos fiar-nos, Eu não vou lá fora, Nem eu, Alguém terá de ir, se quisermos comer, Não sei se mais vale morrer de um tiro, ou se ir morrendo de fome aos poucos, Eu vou, Eu também, Não é preciso irmos todos, Os soldados podem não gostar, Ou assustar-se, julgar que queremos fugir, por causa disso, se calhar, é que mataram aquele da perna, Temos que nos decidir, Toda a cautela é pouca, lembrem-se do que sucedeu ontem, nove mortos sem mais nem menos, Os soldados tiveram medo de nós, E eu tenho medo deles, O que eu gostava de saber é se eles também cegam, Eles, quem, Os soldados, Na minha opinião, até deviam de ser os primeiros. Todos estiveram de acordo, sem contudo se perguntarem porquê, faltou alguém ali que desse a boa razão, Porque assim não poderiam disparar. O tempo passava, passava, e o altifalante mantinha-se calado. Vocês já trataram de enterrar os vossos, perguntou um cego da primeira camarata para dizer alguma coisa, Ainda não, Começam a cheirar, infetam para aí tudo, Pois que infetem e que cheirem, pela parte que me toca não tenciono mexer uma palha enquanto não tiver comido, já dizia o outro que primeiro come-se, depois é que se lava a panela, O costume não é esse, o teu ditado está errado, em geral depois dos enterros é que se come e se bebe, Pois comigo é ao contrário. Passados uns minutos disse um destes cegos, Estou aqui a matutar numa coisa, Em quê, Em como iremos dividir a comida, Como foi feito antes, sabemos quantos somos, contam-se as rações, cada um recebe a sua parte, é a maneira mais simples e mais justa, Não deu resultado, houve quem ficasse a fazer cruzes na boca, E também houve quem tivesse comido a dobrar, A divisão foi mal feita, Será sempre mal feita se não houver respeito e disciplina, Se tivéssemos cá alguém que visse ao menos um bocadinho, Ora, arranjaria logo uma estrangeirinha para ficar com a maior parte para ele, Já lá dizia o outro que na terra dos cegos quem tem um olho é rei, Deixa lá o outro, Este não é o mesmo, Aqui nem os zarolhos se salvariam, Como eu entendo, a melhor solução seria dividir em partes iguais a comida pelas camaratas, depois cada uma governava-se com o que tivesse recebido, Quem é que falou, Fui eu, Eu, quem, Eu, De que camarata é você, Da segunda, Estava-se mesmo a ver, a grande esperteza, como têm menos gente convinha-lhes, passavam a comer mais do que nós, que temos a camarata completa, Só disse por ser mais fácil, O outro também dizia que quem parte e reparte e não fica com a melhor parte, ou é tolo, ou no partir não tem arte, Merda, acabe lá com o que diz o outro, os ditados põem-me nervoso, O que devíamos fazer era levar a comida toda para o refeitório, cada camarata eleger três para fazer a divisão, com seis pessoas a contar não haveria perigo de enganos nem de trafulhices, E como vamos nós saber que estão a falar verdade quando os outros disserem na nossa camarata somos tantos, Estamos a lidar com gente honesta, E isso, também foi dito pelo outro, Não, isto digo eu, Ó cavalheiro, o que nós somos de verdade aqui é pessoas com fome.

Como se tivesse estado todo este tempo à espera da palavra de código, da deixa, do abre-te sésamo, ouviu-se enfim a voz do altifalante, Atenção, atenção, os internados têm autorização para virem recolher a comida, mas cuidado, se alguém se aproximar demasiado do portão receberá um primeiro aviso verbal, no caso de não voltar imediatamente para trás, o segundo aviso será uma bala. Os cegos avançaram devagar, alguns, mais confiantes, a direito para onde pensavam que devia estar a porta, os outros, menos seguros das suas incipientes capacidades de orientação, preferiram ir deslizando ao longo da parede, assim não haveria engano possível, quando chegassem ao canto só tinham de seguir a parede em ângulo reto, aí estaria a porta. Imperativa, impaciente, a voz do altifalante repetiu a chamada. A mudança de tom, notória mesmo para quem não tivesse sobra de motivos de desconfiança, assustou os cegos. Um deles declarou, Eu não saio daqui, o que eles querem é apanhar-nos lá fora para depois nos matarem a todos, Eu também não saio, disse outro, Nem eu, reforçou um terceiro. Estavam parados, irresolutos, alguns queriam sair, mas o medo ia tomando conta de todos. A voz ouviu-se outra vez, Se dentro de três minutos ninguém aparecer para levar as caixas da comida, retiramo-las. A ameaça não venceu o temor, só o empurrou para as últimas cavernas da mente, como um animal perseguido que vai ficar à espera duma ocasião para atacar. Receosos, tentando cada qual esconder-se atrás doutro, os cegos foram saindo para o patamar da escada. Não podiam ver que as caixas não se encontravam junto ao corrimão, que era onde esperavam encontrá-las, não podiam saber que os soldados, com medo do contágio, se tinham recusado a aproximar-se sequer da corda a que se haviam agarrado todos os cegos que ali havia. As caixas da comida estavam juntas, empilhadas, mais ou menos no sítio onde a mulher do médico recolhera a enxada. Avancem, avancem, mandou o sargento. De modo confuso, os cegos procuravam pôr-se em fila para poderem avançar ordenadamente, mas o sargento gritou-lhes, As caixas não estão aí, larguem a corda, larguem-na, desloquem-se para a direita, a vossa, a vossa, estúpidos, não é preciso ter olhos para saber de que lado está a mão direita. O aviso foi dado a tempo, alguns cegos de espírito rigoroso tinham entendido a ordem à letra, se era a direita, logicamente teria de ser a direita de quem falava, por isso tentavam passar por debaixo da corda para irem à procura das caixas sabe Deus onde. Em circunstâncias diferentes, o grotesco espetáculo teria feito rir à gargalhada o mais sisudo dos observadores, era de morrer, uns quantos cegos a avançarem de gatas, de cara rente ao chão como suínos, um braço adiante rasoirando o ar, enquanto outros, talvez com medo de que o espaço branco, fora da proteção do teto, os engolisse, se mantinham desesperadamente aferrados à corda e apuravam o ouvido, à espera da primeira exclamação que assinalaria o achamento das caixas. A vontade dos soldados era apontar as armas e fuzilar deliberadamente, friamente, aqueles imbecis que se moviam diante dos seus olhos como caranguejos coxos, agitando as pinças trôpegas à procura da perna que lhes faltava. Sabiam o que no quartel tinha sido dito essa manhã pelo comandante do regimento, que o problema dos cegos só poderia ser resolvido pela liquidação física de todos eles, os havidos e os por haver, sem contemplações falsamente humanitárias, palavras suas, da mesma maneira que se corta um membro gangrenado para salvar a vida do corpo, A raiva de um cão morto, dizia ele, de modo ilustrativo, está curada por natureza.

A alguns soldados, menos sensíveis às belezas da linguagem figurada, custou-lhes a entender que a raiva do cão tivesse algo que ver com os cegos, mas a palavra de um comandante de regimento, também figuradamente falando, vale quanto pesa, ninguém chega tão alto na vida militar sem ter razão em tudo quanto pensa, diz e faz. Um cego tinha finalmente esbarrado com as caixas, gritava abraçado a elas, Estão aqui, estão aqui, se este homem vier algum dia a recuperar a vista, de certeza não anunciará com mais alegria a estupenda boa nova. Em poucos segundos estavam os cegos restantes atropelados em cima das caixas, braços e pernas à mistura, a puxar cada um para seu lado, disputando a primazia, levo eu, quem leva sou eu. Os que se tinham deixado estar agarrados à corda estavam nervosos, agora o seu medo era outro, o de virem a ficar, por castigo da sua preguiça ou cobardia, excluídos da repartição dos alimentos Ah, vocês não quiseram andar no chão de cu para o ar, sujeitos a levar um tiro, pois então não comem, lembrem-se do que dizia o outro, quem não arrisca não petisca. Empurrado por este pensamento decisivo, um deles largou a corda e foi, de braços no ar, na direção do tumulto, A mim não me vão deixar de fora, mas as vozes calaram-se de repente, ficaram só uns ruídos de arrastamento, umas interjeições abafadas, uma massa dispersa e confusa de sons, que vinham de todos os lados e de nenhum. Parou, indeciso, quis regressar à segurança da corda, mas o sentido de orientação falhou-lhe, não há estrelas no céu branco, agora o que se ouvia era a voz do sargento a dar instruções aos das caixas para voltarem à escada, porém o que ele dizia só tinha sentido para esses, para poder chegar aonde se quer, tudo depende de onde se esteja. Já não havia cegos agarrados à corda, a eles bastara-lhes fazer o caminho ao contrário, e agora esperavam no patamar da escada a chegada dos outros. O cego desgarrado não se atrevia a mover-se donde estava. Angustiado, deu um grande grito, Ajudem-me, por favor, não sabia que os soldados o tinham na mira da espingarda, à espera de que ele pisasse a linha invisível por onde se passava da vida à morte. Vais ficar aí, ó cegueta, perguntou o sargento, mas na sua voz havia um certo nervosismo, a verdade é que não partilhava da opinião do seu comandante, Quem me diz a mim que amanhã não me bate este azar à porta, quanto aos soldados já se sabe, dá-se-lhes uma ordem e matam, dá-se-lhes outra e morrem, Só disparam à minha voz, gritou o sargento. Estas palavras fizeram compreender ao cego o perigo em que estava. Pôs-se de joelhos, implorou, Por favor, ajudem-me, digam-me por onde devo ir, Vem andando, ceguinho, vem andando, disse de lá um soldado em tom falsamente amigável, o cego levantou-se, deu três passos, mas estacou outra vez, o tempo do verbo pareceu-lhe suspeito, vem andando não é vai andando, vem andando está a dizer-te que por aqui, por aqui mesmo, nesta direção, chegarás aonde te estão a chamar, ao encontro da bala que substituirá em ti uma cegueira por outra. Foi uma iniciativa por assim dizer criminosa de um soldado de mau carácter, que o sargento imediatamente reduziu com dois berros sucessivos, Alto, Meia-volta, seguidos de uma severa chamada à ordem do desobediente, pelos vistos pertencente àquela espécie de pessoas a quem não se pode pôr uma espingarda nas mãos. Animados pela benevolente intervenção do sargento, os cegos que tinham alcançado o patamar da escada levantaram uma algazarra fortíssima que veio a servir de polo magnético ao desorientado invisual. Já seguro de si, avançou em linha reta, Continuem, continuem, dizia, enquanto os cegos aplaudiam como se estivessem a assistir a um longo, vibrante e esforçado esprinte. Foi recebido com abraços, não era o caso para menos, diante das adversidades, tanto as provadas quanto as previsíveis, é que se conhecem os amigos.

Não durou muito a confraternização. Aproveitando-se do alvoroço, alguns dos cegos tinham-se escapulido com umas quantas caixas, as que conseguiram transportar, maneira evidentemente desleal de prevenir hipotéticas injustiças de distribuição. Os de boa-fé, que sempre os há por mais que se lhes diga, protestaram, indignados, que assim não se podia viver, Se não podemos confiar uns nos outros, aonde é que vamos parar, perguntavam uns, retoricamente, ainda que cheios de razão, O que esses malandros estão a pedir é uma boa sova, ameaçavam outros, não era verdade que a tivessem pedido, mas todos entenderam o que aquele falar queria dizer, expressão, esta, levemente melhorada de um barbarismo que só espera ser perdoado pelo facto de vir tão a propósito. Já recolhidos ao átrio, os cegos puseram-se de acordo, como sendo essa a mais prática maneira de resolver a primeira parte da delicada situação que se tinha criado, em dividir igualmente pelas duas camaratas as caixas que haviam ficado, por sorte em número par, e criar uma comissão, também ela paritária, de investigação, com vista a recuperar as caixas perdidas, quer dizer, roubadas. Gastaram algum tempo a debater, como já se estava a tornar costume, o antes e o depois, isto é, se se devia comer primeiro e investigar a seguir, ou o contrário, tendo prevalecido a opinião de que o mais conveniente, havidas em conta as muitas horas que já levavam de jejum forçado, seria começar por confortar o estômago e proceder depois às averiguações, E não se esqueçam de que têm de enterrar os vossos, disse um dos da primeira camarata, Ainda não os matámos e já queres que os enterremos, respondeu um gracioso da segunda, jogando jovialmente com as palavras. Todos riram. Porém, não tardou a saber-se que os patifes não se encontravam nas camaratas. À porta de uma e da outra tinham estado sempre cegos à espera de que a comida chegasse, e estes foram os que disseram que de facto tinham ouvido passar nos corredores gente que parecia levar muita pressa, mas nas camaratas ali ninguém entrara, e muito menos com caixas de comida, isso podiam jurar. Alguém lembrou que o modo mais seguro de identificar os fulanos seria que todos quantos ali estavam fossem ocupar as respetivas camas, obviamente as que ficassem vazias seriam as dos ladravetes, portanto o que havia a fazer era esperar que eles voltassem lá de onde se tinham escondido, a lamber os beiços, e cair-lhes em cima, para que aprendessem a respeitar o sagrado princípio da propriedade coletiva. Proceder de conformidade com a sugestão, aliás oportuna e de um entranhado espírito de justiça, tinha porém o grave inconveniente de pospor, não se podia prever para quando, o desejado e a estas horas já frio pequeno-almoço, Comemos primeiro, disse um dos cegos, e a maioria achou que sim, o melhor era que comessem primeiro. Por desgraça, só o pouco que lhes tinha ficado depois do roubo infame. A essa hora, num lugar escondido das vetustas e arruinadas edificações, estariam os gatunos a empanturrar-se de rações duplas e triplas de um rancho que, inesperadamente, aparecia melhorado, composto de café com leite, frio com efeito, bolachas e pão com margarina, enquanto a gente honrada não tinha outro recurso que satisfazer-se com duas ou três vezes menos, e não de tudo. Ouviu-se lá fora, ouviram-no alguns da primeira ala, enquanto melancolicamente trincavam a sua água e sal, o altifalante chamando os contagiados a que fossem recolher a sua parte de comida. Um dos cegos, decerto influenciado pela atmosfera malsã deixada pelo delito cometido, teve uma inspiração, Se os esperássemos no átrio, eles levariam um valente susto só de nos verem, talvez deixassem cair uma ou duas caixas, mas o médico disse que não lhe parecia isso bem, seria uma injustiça, castigar quem não tinha culpa. Quando todos acabaram de comer, a mulher do médico e a rapariga dos óculos escuros levaram para o jardim as caixas de cartão, os recipientes vazios do leite e do café, os copos de papel, enfim, tudo o que não era para comer, Temos de queimar o lixo, disse depois a mulher do médico, acabar com este horrível mosquedo.

Sentados nas camas, cada um na sua, os cegos puseram-se à espera de que regressassem ao rebanho as cabras tresmalhadas, Cabrões é o que eles são, comentou uma voz grossa, sem adivinhar que respondia à pastoril reminiscência de quem não tem culpa de não saber dizer as coisas doutra maneira. Mas os meliantes não apareciam, deviam desconfiar, decerto havia entre eles um tão perspicaz como o daqui que teve a ideia da sova. Os minutos iam passando, um ou outro cego tinha-se deitado, algum adormecera já. Que isto, meus senhores, é comer e dormir. Bem vistas as coisas, nem se está mal de todo. Desde que a comida não venha a faltar, sem ela é que não se pode viver, é como estar num hotel. Ao contrário, que calvário seria o de um cego lá fora, na cidade, sim, que calvário. Andar aos tombos pelas ruas, todos a fugirem dele, a família apavorada, com medo de se aproximar, amor de mãe, amor de filho, histórias, se calhar faziam-me o mesmo que me fazem aqui, fechavam-me num quarto e punham-me o prato à porta por muito favor. Olhando a situação a frio, sem preconceitos nem ressentimentos que sempre obscurecem o raciocínio, havia que reconhecer que as autoridades tiveram visão quando decidiram juntar cegos com cegos, cada qual com seu igual, que é a boa regra da vizinhança, como os leprosos, não há dúvida, aquele médico lá ao fundo está no certo quando diz que nos temos de organizar, a questão, de facto, é de organização, primeiro a comida, depois a organização, ambas são indispensáveis à vida, escolher umas quantas pessoas disciplinadas e disciplinadoras para dirigirem isto, estabelecer regras consensuadas de convivência, coisas simples, varrer, arrumar e lavar, disso não nos podemos queixar, até nos mandaram sabão, detergentes, manter a cama feita, o fundamental é não perdermos o respeito por nós próprios, evitar conflitos com os militares que cumprem com o seu dever vigiando-nos, para mortos já temos que baste, perguntar quem é que conhece aqui histórias que queira contar ao serão, histórias, fábulas, anedotas, tanto faz, imagine-se a sorte que seria saber alguém a Bíblia de cor, repetíamos tudo desde a criação do mundo, o importante é que nos ouçamos uns aos outros, pena não haver um rádio, a música sempre foi uma grande distração, e íamos acompanhando as notícias, por exemplo, se se descobrisse a cura da nossa doença, a alegria que não seria aqui.

Então aconteceu o que tinha de acontecer. Ouviram-se tiros na rua. Vêm-nos matar, gritou alguém, Calma, disse o médico, devemos ser lógicos, se quisessem matar-nos era cá dentro que viriam disparar, não lá fora. Tinha razão o médico, foi o sargento quem deu a ordem de disparar para o ar, não foi um soldado que de repente tivesse cegado quando estava com o dedo no gatilho, compreende-se que não houvesse outra maneira de enquadrar e manter em respeito os cegos que saíam aos tropeções dos autocarros, o ministério da Saúde tinha avisado o ministério do Exército, Vamos despachar quatro camionetas deles, E isso dá quantos, Uns duzentos, Onde é que se vai meter toda essa gente, as camaratas destinadas aos cegos são as três da ala direita, segundo informação que temos, a lotação total é de cento e vinte, e já lá estão sessenta ou setenta, menos uma dúzia que tivemos de matar, O caso tem remédio, ocupam-se as camaratas todas, Sendo assim os contaminados vão ficar em contacto direto com cegos, O mais provável é que, mais tarde ou mais cedo, esses venham a cegar também, aliás, tal como a situação está, suponho que contaminados já estaremos todos, de certeza não há uma só pessoa que não tenha estado à vista de um cego, Se um cego não vê, pergunto eu, como poderá ele transmitir o mal pela vista, Meu general, esta deve de ser a doença mais lógica do mundo, o olho que está cego transmite a cegueira ao olho que vê, já se viu coisa mais simples, Temos aqui um coronel que acha que a solução era ir matando os cegos à medida que fossem aparecendo, Mortos em vez de cegos não alteraria muito o quadro, Estar cego não é estar morto, Sim, mas estar morto é estar cego, Bom, então vão ser uns duzentos, Sim, E que fazemos aos condutores dos autocarros, Metam-nos também lá dentro. Nesse mesmo dia, ao fim da tarde, o ministério do Exército chamou o ministério da Saúde, Quer saber a novidade, aquele coronel de quem lhe falei cegou, A ver agora que pensará ele da ideia que tinha, Já pensou, deu um tiro na cabeça, Coerente atitude, sim senhor, O exército está sempre pronto a dar o exemplo.

    O portão fora aberto de par em par. Levado pelos hábitos do quartel, o sargento mandou formar em coluna de cinco de fundo, mas os cegos não conseguiam atinar com a conta certa, umas vezes eram de mais, outras vezes de menos, acabaram todos por amontoar-se à entrada, como civis que eram, sem nenhuma ordem, não se lembraram sequer de mandar adiante as mulheres e as crianças, como nos outros naufrágios. Há que dizer, antes que se nos esqueça, que nem todos os disparos haviam sido feitos para o ar, um dos condutores dos autocarros recusara-se a ir com os cegos, protestou que via perfeitamente, o resultado, três segundos depois, foi dar razão ao ministério da Saúde quando dizia que estar morto é estar cego. O sargento deu as ordens já conhecidas, Sigam em frente, em cima há uma escada com seis degraus, seis, quando lá chegarem subam devagar, se alguém ali tropeça nem quero pensar no que poderá suceder, a única recomendação que faltou foi a de seguir a corda, mas isto compreende-se, se a usassem nunca mais acabariam de entrar, Atenção, recomendava o sargento, tranquilizado porque já estavam todos do lado de dentro do portão, há três camaratas à direita e três à esquerda, cada camarata tem quarenta camas, as famílias que não se separem, evitem os atropelos, contem-se à entrada, peçam aos que já lá estão que vos ajudem, tudo vai correr bem, acomodem-se, tranquilos, tranquilos, a comida vem depois.

    O que não estaria bem seria imaginar que estes cegos, em tal quantidade, vão ali como carneiros ao matadouro, balindo como de costume, um pouco apertados, é certo, mas essa sempre foi a sua maneira de viver, pelo com pelo, bafo com bafo, cheiro com cheiro. Aqui vão uns que choram, outros que gritam de medo ou de raiva, outros que praguejam, algum soltou uma ameaça terrível e inútil, Se um dia vos apanho, supõe-se que se referia aos soldados, arranco-vos os olhos. Inevitavelmente, os primeiros a chegar à escada tiveram de parar, era preciso tentear com o pé a altura e a profundidade do degrau, a pressão dos que vinham atrás fez cair à frente dois ou três, felizmente não passou disso, apenas umas canelas esfoladas, o conselho do sargento tinha valido por uma bênção. Uma parte deles já entrou no átrio, mas duzentas pessoas não se arrumam com essa facilidade, de mais a mais cegas e sem guia, acrescendo a esta circunstância, já de si suficientemente penosa, o facto de nos encontrarmos num edifício antigo, de distribuição pouco funcional, não basta dizer um sargento que apenas sabe do seu ofício, São três camaratas de cada lado, há que ver é como é isto cá dentro, uns vãos de portas tão estreitos que mais parecem gargalos, uns corredores tão loucos como os outros ocupantes da casa, começam não se sabe porquê, acabam não se sabe onde, e não chega a saber-se o que querem. Por instinto, a vanguarda dos cegos tinha-se dividido em duas colunas, deslocando-se ao longo das paredes, de um lado e do outro, à procura de uma porta por onde entrar, método seguro, sem dúvida, supondo que não há móveis atravessados no caminho. Mais tarde ou mais cedo, com jeito e paciência, os novos hóspedes acabarão por acomodar-se, porém não antes que se decida a batalha que acabou de travar-se entre as primeiras linhas da coluna da esquerda e os contaminados que desse lado vivem. Era de esperar. O que havia sido combinado, havia mesmo um regulamento elaborado pelo ministério da Saúde, era que essa ala ficaria reservada para os contaminados, e se era verdade que se podia prever, com altíssimo grau de probabilidade, que todos eles acabariam por cegar, verdade era também, em obediência à pura lógica, que enquanto eles não tivessem cegado não se poderia jurar que efetivamente estavam destinados a cegar. Está pois uma pessoa tranquilamente sentada em sua casa, confiada em que, apesar dos exemplos em contrário, ao menos no seu caso tudo venha a resolver-se em bem, e de repente vê que avança em sua direção justamente um bando ululante daqueles a quem mais teme. No primeiro momento, os contaminados pensaram que se tratava de um grupo de iguais a eles, apenas mais numeroso, mas o engano pouco durou, aquela gente vinha mesmo cega, Aqui não podem entrar, esta ala é só nossa, não é para cegos, vocês pertencem ao outro lado, gritaram os que estavam de guarda à porta. Alguns cegos tentaram dar meia-volta e procurar outra entrada, para eles tanto fazia esquerda como direita, mas a massa dos que continuavam a afluir do exterior empurrava-os inexoravelmente. Os contaminados defendiam a porta a soco e a pontapé, os cegos respondiam como podiam, não viam os adversários, mas sabiam donde lhes vinham as pancadas. No átrio não podiam caber duzentas pessoas, nem nada que se parecesse, por isso não tardou muito que a porta que dava para a cerca, apesar de bastante larga, ficasse completamente entupida, como se a obstruísse um rolhão, nem para trás nem para diante, os que estavam dentro, comprimidos, espalmados, tentavam proteger-se escoicinhando, dando cotoveladas nos vizinhos que os sufocavam, ouviam-se gritos, crianças cegas que choravam, mulheres cegas que desmaiavam, enquanto os muitos que não tinham conseguido entrar empurravam cada vez mais, atemorizados pelos berros dos soldados, que não entendiam por que estavam aqueles idiotas ainda ali. Um momento terrível foi quando se produziu um refluxo violento da gente que forcejava por livrar-se da confusão, do perigo iminente de esmagamento, ponhamo-nos nós no lugar dos soldados, de repente veem sair de repelão uma quantidade dos que já tinham entrado, pensaram logo o pior, que os cegos iam voltar para trás, lembremo-nos dos precedentes, podia ter acontecido ali uma carnificina. Felizmente, o sargento esteve mais uma vez à altura da crise, deu ele próprio um tiro para o ar, de pistola, só para chamar a atenção, e gritou pelo altifalante, Calma, recuem um pouco os que estão na escada, desafoguem-se, não empurrem, ajudem-se uns aos outros. Era pedir de mais, lá dentro a luta continuava, mas o átrio, aos poucos, foi-se despejando graças a um deslocamento mais numeroso de cegos para a porta da ala direita, ali eram acolhidos por cegos que não se importaram de os encaminhar para a terceira camarata, livre até agora, e para as camas que da segunda ainda estavam vagas. Por um momento pareceu que a batalha se iria resolver a favor dos contaminados, não tanto por serem eles os mais fortes e os que mais vista tinham, mas porque os cegos, tendo percebido que a entrada do outro lado estava desimpedida, romperam o contacto, como diria o sargento nas suas preleções quarteleiras de estratégia e de tática elementar. Porém, não durou muito a alegria dos defensores. Da porta da ala direita começaram a chegar vozes anunciando que já não havia ali mais lugares, que todas as camaratas estavam cheias, houve mesmo cegos que vieram novamente de empurrão para o átrio, exatamente na altura em que, desfeito o rolhão humano que até aí atravancava a entrada principal, os cegos que ainda estavam fora, e que eram muitos, puderam avançar e acolher-se ao teto debaixo do qual, a salvo das ameaças dos soldados, iriam passar a viver. O resultado destas duas deslocações, praticamente simultâneas, foi reacender-se a peleja à entrada da ala esquerda, outra vez golpes, outra vez clamores, e, como se fosse isto pouco, uns quantos cegos desarvorados, que tinham encontrado e forçado a porta do átrio que dava acesso direto à cerca interior, desataram aos gritos de que ali havia mortos. Imagina-se o pavor. Recuaram esses como puderam, Há ali mortos, há ali mortos, repetiam, como se os próximos a morrer fossem eles, em um segundo o átrio voltou a ser o remoinho furioso dos piores momentos, depois a massa humana desviou-se num impulso súbito e desesperado para a ala esquerda, levando tudo à sua frente, desfeita a resistência dos contaminados, muitos que já tinham deixado de o ser, outros que, correndo como loucos, tentavam ainda escapar à negra fatalidade. Em vão corriam. Um após outro, todos foram cegando, com os olhos de repente afogados na hedionda maré branca que inundava os corredores, as camaratas, o espaço inteiro. Lá fora, no átrio, na cerca, arrastavam-se os cegos desamparados, doridos de golpes uns, pisados outros, eram sobretudo os anciãos, as mulheres e as crianças de sempre, seres em geral ainda ou já com poucas defesas, milagre foi não terem saído disto muitos mais mortos para enterrar. Pelo chão, espalhados, além de alguns sapatos que perderam os pés, há sacos, malas, cestos, a derradeira riqueza de cada um, agora para sempre perdida, quem vier aos achados dirá que o que lá leva é seu.

Um velho com uma venda preta num dos olhos veio da cerca. Ou também perdeu a bagagem, ou não a trouxe. Tinha sido o primeiro a tropeçar nos mortos, mas não gritou. Deixou-se ficar com eles, ao lado deles, à espera de que voltassem a paz e o silêncio. Durante uma hora esperou. Agora é a sua vez de procurar abrigo. Devagar, com os braços estendidos, buscou o caminho. Encontrou a porta da primeira camarata da ala direita, ouviu vozes que vinham de dentro, então perguntou, Há aqui uma cama para mim.

A chegada de tantos cegos pareceu trazer pelo menos uma vantagem. Pensando bem, duas, sendo a primeira de uma ordem por assim dizer psicológica, na verdade é muito diferente estar à espera, em cada momento, de que se nos apresentem novos inquilinos, e ver que o prédio finalmente se encontra cheio, que a partir de agora passou a ser possível estabelecer e manter com os vizinhos relações estáveis, duradouras, não perturbadas, como sucedia até aqui, por sucessivas interrupções e interposições de recém-chegados que nos obrigavam a reconstituir continuamente os canais de comunicação. A segunda vantagem, esta de ordem prática, direta e substancial, foi terem as autoridades de fora, civis e militares, compreendido que uma coisa tinha sido fornecer alimentos para duas ou três dúzias de pessoas, mais ou menos tolerantes, mais ou menos predispostas, pelo seu pequeno número, a resignar-se perante ocasionais falhas ou atrasos da comida, e outra coisa era agora a repentina e complexa responsabilidade de sustentar duzentos e quarenta seres humanos de todos os jeitos, procedências e feitios em matéria de humor e temperamento. Duzentos e quarenta, note-se, e é um modo de dizer, porque são pelo menos vinte os cegos que não conseguiram encontrar um catre e dormem no chão. Em todo o caso, reconheça-se que não é o mesmo terem de comer trinta pessoas daquilo que a dez deveria caber, e distribuir por duzentos e sessenta o alimento destinado a duzentos e quarenta. A diferença quase não se nota. Ora, foi a assunção consciente desta acrescida responsabilidade, e talvez, hipótese nada despicienda, o temor de que viessem a desencadear-se novos tumultos, que determinou a mudança de procedimento das autoridades no sentido de mandar vir a comida a tempo e a horas, e nas quantidades certas. Evidentemente, após a pugna, a todos os títulos lastimosa, a que tivemos de assistir, não poderia ser fácil nem isenta de conflitos localizados a acomodação de tantos cegos, bastará que nos recordemos daqueles infelizes contaminados que antes ainda viam e agora não veem, dos casais divididos e dos filhos perdidos, dos lamentos dos pisados e atropelados, alguns duas e três vezes, dos que andam à procura dos seus queridos bens e não os encontram, seria preciso ser-se de todo insensível para esquecer, como se nada fosse, as aflições da pobre gente. Contudo, o que se não pode negar é que o anúncio da chegada do almoço foi, para todos, um bálsamo reconfortante. E se é inegável que a recolha de tão grandes quantidades de comida e a sua distribuição por tantas bocas, devido à falta de uma organização adequada aos fins e de uma autoridade capaz de impor a necessária disciplina, deu origem a novas desinteligências, devemos reconhecer que o ambiente mudou muito, para melhor, quando em todo o antigo manicómio não se ouviu mais que o ruído de duzentas e sessenta bocas mastigando. Quem depois vai limpar tudo isto, é questão por enquanto sem resposta, só lá mais para o fim da tarde o altifalante voltará a recitar as regras de boa conduta que deverão ser observadas para o bem de todos, e então se verá que grau de acatamento irão elas merecer aos que acabam de chegar. Já não é pouco que os ocupantes da segunda camarata da ala direita se tenham decidido, enfim, a enterrar os seus mortos, pelo menos deste cheiro ficámos nós livres, ao cheiro dos vivos, mesmo fétido, será mais fácil habituarmo-nos.

Quanto à primeira camarata, talvez por ser a mais antiga e portanto estar há mais tempo em processo e seguimento de adaptação ao estado de cegueira, um quarto de hora depois de os seus ocupantes terem acabado de comer já não se via um papel sujo no chão, um prato esquecido, um recipiente pingando. Tudo havia sido recolhido, as coisas menores metidas dentro das maiores, as mais sujas metidas dentro das menos sujas, como o determinaria uma regulamentação de higiene racionalizada, tão atenta à maior eficácia possível na recolha dos restos e detritos como à economia do esforço necessário para realizar esse trabalho. A mentalidade que forçosamente haverá de determinar comportamentos sociais deste tipo não se improvisa nem nasce por geração espontânea. No caso em exame parece ter tido uma influência decisiva a ação pedagógica da cega do fundo da camarata, aquela que está casada com o oftalmologista, tanto ela se tem cansado a dizer-nos, Se não formos capazes de viver inteiramente como pessoas, ao menos façamos tudo para não viver inteiramente como animais, tantas vezes o repetiu, que o resto da camarata acabou por transformar em máxima, em sentença, em doutrina, em regra de vida, aquelas palavras, no fundo simples e elementares. Provavelmente, um tal estado de espírito, propício ao entendimento das necessidades e das circunstâncias, foi o que contribuiu, ainda que de forma colateral, para o benévolo acolhimento que ali foi encontrar o velho da venda preta quando assomou à porta e perguntou para dentro, Há uma cama para mim. Por um feliz acaso, obviamente prometedor de consequências no futuro, havia uma cama, a única, vá-se lá saber por que teria ela sobrevivido, por assim dizer, à invasão, naquela cama tinha o ladrão de automóveis sofrido indizíveis dores, talvez por isso lhe tenha ficado uma aura de sofrimento que fez afastar a gente. São disposições do destino, mistérios dos arcanos, guardado está o bocado, e este acaso não foi o primeiro, longe disso, basta reparar que a esta camarata vieram ter todos os pacientes da vista que se encontravam no consultório quando o primeiro cego lá apareceu, então ainda se pensava que daí não passaria. Baixinho, como de costume, para não descobrir o segredo da sua presença ali, a mulher do médico sussurrou ao ouvido do marido, Talvez tenha sido também teu doente, é um homem de idade, calvo, de cabelos brancos, e traz uma venda preta num dos olhos, lembro-me de que falaste dele, Que olho, O esquerdo, Deve de ser ele. O médico avançou para a coxia e disse, levantando um pouco a voz, Gostaria de poder tocar a pessoa que acabou de se juntar a nós, peço-lhe que venha andando nesta direção, eu irei ao seu encontro. Toparam-se a meio caminho, os dedos com os dedos, como duas formigas que deveriam reconhecer-se pelos manejos das antenas, não será assim neste caso, o médico pediu licença, com as mãos tenteou a cara do velho, encontrou rapidamente a venda, Não há dúvida, era o último que nos faltava aqui, o paciente da venda preta, exclamou, Que quer dizer, quem é o senhor, perguntou o velho, Sou, era o seu oftalmologista, lembre-se, estivemos a combinar a data da sua operação à catarata, Como foi que me reconheceu, Sobretudo pela voz, a voz é a vista de quem não vê, Sim, a voz, também estou a reconhecer a sua, quem nos diria, senhor doutor, agora já não é preciso que me opere, Se há remédio para isto, precisamos ambos dele, Recordo-me de o senhor doutor me ter dito que depois de operado nem iria reconhecer o mundo em que vivia, nesta altura sabemos quanta razão tinha, Quando foi que cegou, Ontem à noite, E já o trouxeram, O medo lá fora é tal que não tarda que comecem a matar as pessoas quando perceberem que elas cegaram, Aqui já liquidaram dez, disse uma voz de homem, Encontrei-os, respondeu o velho da venda preta simplesmente, Eram de outra camarata, os nossos enterrámo-los logo, acrescentou a mesma voz, como se terminasse um relatório. A rapariga dos óculos escuros tinha-se aproximado, Lembra-se de mim, levava uns óculos escuros postos, Lembro-me bem, apesar da minha catarata lembro-me de que era muito bonita, a rapariga sorriu, Obrigada, disse, e voltou para o seu lugar. Disse de lá, Está aqui também aquele menino, Quero a minha mãe, disse a voz do rapazito, como cansada de um choro remoto e inútil. E eu sou o primeiro que cegou, disse o primeiro cego, estou com a minha mulher, E eu sou a empregada do consultório, disse a empregada do consultório. A mulher do médico disse, Só falta que me apresente eu, e disse quem era. Então o velho, como para retribuir o acolhimento, anunciou, Tenho um rádio, Um rádio, exclamou a rapariga dos óculos escuros batendo as palmas, música, que bom, Sim, mas é um rádio pequeno, de pilhas, e as pilhas não duram sempre, lembrou o velho, Não me diga que vamos ter de ficar aqui para sempre, disse o primeiro cego, Para sempre, não, para sempre é sempre demasiado tempo, Dará para ouvir as notícias, observou o médico, E um bocadinho de música, insistiu a rapariga dos óculos escuros, Nem todos gostariam das mesmas músicas, mas todos estamos com certeza interessados em saber como estão as coisas lá fora, o melhor é poupar o rádio, Também acho, disse o velho da venda preta. Tirou o pequeno aparelho do bolso exterior do casaco e ligou-o. Pôs-se à procura das estações emissoras, mas a sua mão, ainda pouco segura, perdia facilmente o ajuste do comprimento de onda, ao princípio não se ouviram mais que ruídos intermitentes, fragmentos de músicas e de palavras, enfim a mão ganhou firmeza, a música tornou-se reconhecível, Deixe estar só um bocadinho, pediu a rapariga dos óculos escuros, as palavras ganharam clareza, Não são notícias, disse a mulher do médico, e depois, como uma ideia que lhe tivesse ocorrido de repente, Que horas serão isto, perguntou, mas já sabia que ninguém poderia responder-lhe. O ponteiro de sintonização continuava a extrair ruídos da pequena caixa, depois fixou-se, era uma canção, uma canção sem importância, mas os cegos foram-se aproximando devagar, não se empurravam, paravam logo que sentiam uma presença à sua frente e ali se deixavam ficar, a ouvir, com os olhos muito abertos na direção da voz que cantava, alguns choravam, como provavelmente só os cegos podem chorar, as lágrimas correndo simplesmente, como de uma fonte. A canção chegou ao fim, o locutor disse, Atenção, ao terceiro sinal serão quatro horas. Uma das cegas perguntou, rindo, Da tarde, ou da madrugada, e foi como se o riso lhe doesse. Disfarçadamente, a mulher do médico acertou o relógio e deu-lhe corda, as quatro eram as da tarde, ainda que, na verdade, a um relógio tanto lhe faz, vai da uma às doze, o mais são ideias dos humanos. Que barulhinho é este, perguntou a rapariga dos óculos escuros, parecia, Fui eu, ouvi que diziam na rádio que eram quatro horas e dei corda ao meu relógio, foi um desses movimentos automáticos que fazemos tantas vezes, adiantou-se a mulher do médico. Depois pensou que não tinha valido a pena arriscar-se assim, bastar-lhe-ia olhar o pulso dos cegos que tinham entrado nesse dia, algum havia de ter o relógio a funcionar. Tinha-o o próprio velho da venda preta, como nesse momento reparou, e as horas dele estavam certas. Então o médico pediu, Fale-nos de como está a situação lá fora. O velho da venda preta disse, Pois sim, mas o melhor é que me sente, não me posso ter de pé. Desta vez aos três e quatro em cada cama, de companhia, os cegos acomodaram-se o melhor que puderam, fizeram silêncio, e então o velho da venda preta contou o que sabia, o que vira com os seus próprios olhos enquanto os tivera, o que ouvira dizer durante os poucos dias que decorreram entre o começo da epidemia e a sua própria cegueira.

Logo nas primeiras vinte e quatro horas, disse, se era verdadeira a notícia que correu, houve centenas de casos, todos iguais, todos manifestando-se da mesma maneira, a rapidez instantânea, a ausência desconcertante de lesões, a brancura resplandecente do campo visual, nenhuma dor antes, nenhuma dor depois. No segundo dia falou-se de haver uma certa diminuição no número de novos casos, passou-se das centenas às dezenas, e isso levou o Governo a anunciar prontamente que, de acordo com as mais razoáveis perspetivas, a situação não tardaria a estar sob controlo. A partir deste ponto, salvo alguns soltos comentários que não puderam ser evitados, o relato do velho da venda preta deixará de ser seguido à letra, sendo substituído por uma reorganização do discurso oral, orientada no sentido da valorização da informação pelo uso de um correto e adequado vocabulário. É motivo desta alteração, não prevista antes, a expressão sob controlo, nada vernácula, empregada pelo narrador, a qual por pouco o ia desqualificando como relator complementar, importante, sem dúvida, pois sem ele não teríamos maneira de saber o que se passou no mundo exterior, como relator complementar, dizíamos, destes extraordinários acontecimentos, quando se sabe que a descrição de quaisquer factos só tem a ganhar com o rigor e a propriedade dos termos usados. Voltando ao assunto, excluiu o Governo, portanto, a hipótese, primeiramente ventilada, de que o país se encontrasse sob a ação de uma epidemia sem precedentes conhecidos, provocada por um agente mórbido ainda não identificado, de efeito instantâneo, com ausência total de sinais prévios de incubação ou de latência. Tratar-se-ia, pois, de acordo com a nova opinião científica e a consequente e atualizada interpretação administrativa, de uma casual e desafortunada concomitância temporal de circunstâncias também por enquanto não averiguadas e em cuja exaltação patogénica já era possível, acentuava o comunicado do Governo, a partir do tratamento dos dados disponíveis, que indicam a proximidade de uma clara curva de resolução, observar indícios tendenciais de esgotamento. Um comentador de televisão teve o rasgo de encontrar a metáfora justa quando comparou a epidemia, ou fosse lá o que fosse, a uma flecha lançada para o alto, a qual, ao atingir o acúmen da ascensão, se detém um momento, como suspensa, e logo começa a descrever a obrigatória curva descendente, que, querendo-o Deus, com esta invocação regressava o comentador à trivialidade das trocas humanas e à epidemia propriamente dita, a gravidade tratará de acelerar, até que desapareça o terrível pesadelo que nos atormenta, meia dúzia de palavras estas que constantemente apareciam nos distintos meios de comunicação social, os quais sempre acabavam por formular o piedoso voto de que os infelizes cegos viessem a recuperar em breve a visão perdida, prometendo-lhes, entretanto, a solidariedade de todo o corpo social organizado, tanto o oficial quanto o privado. Num passado remoto, razões e metáforas semelhantes haviam sido traduzidas pelo impertérrito otimismo da gente do comum em ditérios como este, Não há bem que sempre dure, nem mal que ature, ou, em versão literária, Assim como não há bem que dure sempre, também não há mal que sempre dure, máximas supremas de quem teve tempo para aprender com os baldões da vida e da fortuna, e que, transportadas para a terra dos cegos, deverão ser lidas como segue, Ontem vimos, hoje não vemos, amanhã veremos, com uma ligeira entoação interrogativa no terço final da frase, como se a prudência, no último instante, tivesse decidido, pelo sim, pelo não, acrescentar a reticência de uma dúvida à esperançadora conclusão.

Desgraçadamente, não tardou a demonstrar-se a inanidade de tais votos, as expectativas do Governo e as previsões da comunidade científica foram simplesmente por água abaixo. A cegueira estava alastrando, não como uma maré repentina que tudo inundasse e levasse à sua frente, mas como uma infiltração insidiosa de mil e um buliçosos regatinhos que, tendo vindo a empapar lentamente a terra, de repente a afogam por completo. Perante o alarme social, já a ponto de tomar o freio nos dentes, as autoridades promoveram à pressa reuniões médicas, sobretudo de oftalmologistas e neurologistas. Por causa do tempo que fatalmente levaria a organizar, não se chegou a convocar o congresso que alguns preconizavam, mas em compensação não faltaram os colóquios, os seminários, as mesas-redondas, uns abertos ao público, outros celebrados à porta fechada. O efeito conjugado da patente inutilidade dos debates e os casos de algumas cegueiras súbitas ocorridas em meio das sessões, com o orador a gritar, Estou cego, estou cego, levaram os jornais, a rádio e a televisão, quase todos, a deixarem de ocupar-se de tais iniciativas, excetuando-se o discreto e a todos os títulos louvável comportamento de certos órgãos de comunicação que, vivendo à custa de sensacionalismos de todo o tipo, das graças e desgraças alheias, não estavam dispostos a perder nenhuma ocasião que aparecesse de relatar ao vivo, com a dramaticidade que a situação justificava, a cegueira súbita, por exemplo, de um catedrático de oftalmologia.

A prova da progressiva deterioração do estado de espírito geral deu-a o próprio Governo, alterando por duas vezes, em meia dúzia de dias, a sua estratégia. Primeiro, tinha acreditado ser possível circunscrever o mal recorrendo ao encerramento dos cegos e dos contaminados em uns quantos espaços discriminados, como o manicómio em que nos encontramos. Logo, o inexorável crescimento dos casos de cegueira levou alguns membros influentes do Governo, receosos de que a iniciativa oficial não chegasse para as encomendas, donde resultariam pesados custos políticos, a defender a ideia de que deveria competir às famílias guardar em casa os seus cegos, não os deixando sair à rua, a fim de não complicarem o já difícil trânsito nem ofenderem a sensibilidade das pessoas que ainda viam com os olhos que tinham e que, indiferentes a opiniões mais ou menos tranquilizadoras, acreditavam que o mal-branco se propagava por contacto visual, como o mau-olhado. Com efeito, não era legítimo esperar uma reação diferente de alguém que, ocupado com os seus pensamentos, tristes, neutros, ou alegres, se ainda os há destes, via de repente transformar-se a expressão de uma pessoa que vinha andando na sua direção, desenharem-se-lhe no rosto os sinais todos do terror absoluto, e logo o grito inevitável, Estou cego, estou cego. Não havia nervos que resistissem. O pior é que as famílias, sobretudo as menos numerosas, rapidamente se tornaram em famílias completas de cegos, deixando portanto de haver quem os pudesse guiar e guardar, e deles proteger a comunidade de vizinhos com boa vista, e estava claro que não podiam esses cegos, por muito pai, mãe e filho que fossem, cuidar uns dos outros, ou teria de suceder-lhes o mesmo que aos cegos da pintura, caminhando juntos, caindo juntos e juntos morrendo.

Perante esta situação, o Governo não teve outro remédio que fazer marcha atrás em acelerado, ampliando os critérios que estabelecera sobre lugares e espaços requisitáveis, do que resultou a utilização imediata e improvisada de fábricas abandonadas, templos sem culto, pavilhões desportivos e armazéns vazios, Desde há dois dias que se falava em montar acampamentos de barracas de campanha, acrescentou o velho da venda preta. Ao princípio, muito ao princípio, algumas organizações caritativas ainda ofereceram voluntários para irem tratar dos cegos, fazer-lhes as camas, limpar-lhes as retretes, lavar-lhes a roupa, preparar-lhes a comida, esses cuidados mínimos sem os quais a vida depressa se torna insuportável, até para os que veem. Os pobres queridos cegavam imediatamente, mas ao menos ficava para a história a beleza do gesto. Algum desses veio para aqui, perguntou o velho da venda preta, Não, respondeu a mulher do médico, não veio ninguém, Se calhar foi boato, E a cidade, e os transportes, perguntou o primeiro cego, lembrando-se do seu próprio carro e do motorista de táxi que o tinha levado ao consultório e que ajudara a enterrar, Os transportes estão num caos, respondeu o velho da venda preta, e passou aos pormenores, aos casos e aos acidentes. Quando pela primeira vez sucedeu cegar um condutor de autocarro, em andamento e em plena via pública, as pessoas, apesar dos mortos e feridos causados pelo desastre, não deram grande atenção, pela mesma razão, isto é, a força do costume, que levou o diretor de relações públicas da empresa transportadora a declarar, sem mais, que o desastre fora ocasionado por uma falha humana, sem dúvida lamentável, mas, pensando bem, tão imprevisível como teria sido um enfarte mortal em pessoa que nunca tivesse sofrido do coração. Os nossos empregados, explicou o diretor, tal como as mecânicas e os sistemas elétricos dos nossos autocarros, são periodicamente sujeitos a revisões de um extremo rigor, como o confirma, em direta e clara relação de causa e efeito, a baixíssima percentagem de acidentes, no cômputo geral, em que estiveram envolvidos, até hoje, veículos da nossa companhia. A profusa explicação saiu nos jornais, mas as pessoas tinham mais em que pensar do que preocuparem-se com um simples desastre de autocarro, afinal de contas não teria sido pior se se lhe tivessem partido os travões. Aliás, foi essa, dois dias depois, a autêntica causa de outro acidente, mas, assim está o mundo feito, que tem a verdade muitas vezes de disfarçar-se de mentira para chegar aos seus fins, a voz que correu foi ter cegado o condutor. Não houve maneira de convencer o público do que efetivamente acontecera, e o resultado não tardou a ver-se, de um momento para outro as pessoas deixaram de servir-se dos autocarros, diziam que antes queriam cegar elas que morrerem por terem cegado outros. Um terceiro acidente, logo a seguir, pelo mesmo motivo, implicando um veículo que não levava passageiros, deu azo a comentários como este, de tom sabidamente popular, Olha se eu ia lá dentro. Nem podiam imaginar, os que assim falavam, quanta razão tinham. Por causa da cegueira simultânea dos dois pilotos, não tardou que um avião comercial se despedaçasse e incendiasse quando tomava terra, morrendo todos os passageiros e tripulantes, apesar de, neste caso, se encontrarem em perfeito estado tanto a mecânica como a eletrónica, conforme viria a revelar o exame da caixa negra, única sobrevivente. Uma tragédia destas dimensões não era o mesmo que um vulgar acidente de autocarro, a consequência foi perderem as últimas ilusões aqueles que ainda as tinham, daí em diante não se ouviu mais um ruído de motor, nenhuma roda, grande ou pequena, rápida ou lenta, voltou a pôr-se em movimento. Aquelas pessoas que antes costumavam queixar-se das dificuldades cada vez maiores do trânsito, peões que à primeira vista pareciam não levar rumo certo porque os automóveis, parados ou andando, constantemente lhes cortavam o caminho, condutores que, depois de terem dado mil e três voltas até conseguirem descobrir um local onde arrumar enfim o carro, se tornavam em peões e passavam a protestar pelas mesmas razões deles depois de terem andado a reclamar pelas suas, todos eles deveriam estar agora satisfeitos, salvo pela circunstância manifesta de que, não havendo mais quem se atrevesse a conduzir um veículo, nem que fosse para ir daqui ali, os automóveis, os camiões, as motos, até as bicicletas, tão discretas, se espalhavam caoticamente por toda a cidade, abandonados onde quer que o medo tivesse tido mais força que o sentido de propriedade, como era símbolo de uma grotesca evidência aquela grua com um automóvel meio levantado, suspenso do eixo dianteiro, provavelmente o primeiro a cegar tinha sido o condutor da grua. Má para toda a gente, a situação, para os cegos, era catastrófica, uma vez que, segundo a expressão corrente, não podiam ver aonde iam nem onde punham os pés. Dava lástima vê-los esbarrar nos carros abandonados, um após outro, esfolando as canelas, alguns caíam e choravam, Está aí alguém que me ajude a levantar, mas também os havia, brutos de desespero ou por natureza, que praguejavam e repeliam a mão benemérita que acudira a auxiliá-los, Deixe lá que a sua vez também lhe há de chegar, então a compassiva pessoa assustava-se, fugia, perdia-se na espessura do nevoeiro branco, subitamente consciente do risco em que a sua bondade a tinha feito incorrer, quem sabe se para ir cegar uns metros adiante.

Assim estão as coisas lá fora, rematou o velho da venda preta, e ainda eu não sei tudo, só falo do que pude ver com os meus próprios olhos, aqui interrompeu-se, fez uma pausa e corrigiu, Com os meus olhos, não, porque só tinha um, agora nem esse, isto é, tenho um mas não me serve, Nunca lhe perguntei por que não usava um olho de vidro, em vez de trazer a pala, E para que o quereria eu, faça o favor de me dizer, perguntou o velho da venda preta, É o costume, por causa da estética, além disso é muito mais higiénico, tira-se, lava-se e põe-se, como as dentaduras, Sim senhor, diga-me então cá como seria hoje se todos os que se encontram agora cegos tivessem perdido, digo materialmente perdido, ambos os olhos, de que lhes serviria andarem agora com dois olhos de vidro, De facto, não serviria de nada, Acabando nós todos cegos, como parece ir suceder, para que queremos a estética, e quanto à higiene, diga-me o senhor doutor que espécie de higiene poderá haver aqui, Provavelmente, só num mundo de cegos as coisas serão o que verdadeiramente são, disse o médico, E as pessoas, perguntou a rapariga dos óculos escuros, As pessoas também, ninguém lá estará para vê-las, Tive uma ideia, disse o velho da venda preta, vamos a um jogo para passar o tempo, Como é que se pode jogar sem ver o que se joga, perguntou a mulher do primeiro cego, Não será bem um jogo, é só dizer cada um de nós exatamente o que estava a ver no momento em que cegou, Pode ser inconveniente, lembrou alguém, Quem não quiser entrar no jogo, não entra, o que não vale é inventar, Dê o exemplo, disse o médico, Dou sim senhor, disse o velho da venda preta, ceguei quando estava a ver o meu olho cego, Que quer dizer, É muito simples, senti como se o interior da órbita vazia estivesse inflamado e tirei a venda para certificar-me, foi nesse momento que ceguei, Parece uma parábola, disse uma voz desconhecida, o olho que se recusa a reconhecer a sua própria ausência, Eu, disse o médico, tinha estado a consultar em casa uns tratados de oftalmologia, precisamente por causa do que está a acontecer, o último que vi foi as minhas mãos sobre um livro, A minha última imagem foi diferente, disse a mulher do médico, o interior duma ambulância quando ajudava o meu marido a entrar, O meu caso já eu o tinha contado ao senhor doutor, disse o primeiro cego, tinha parado num semáforo, a luz estava vermelha, havia gente a atravessar a rua de um lado para o outro, foi então que fiquei cego, depois aquele que morreu no outro dia levou-me a casa, a cara não lha vi, claro, Quanto a mim, disse a mulher do primeiro cego, a última coisa que me lembro de ter visto foi o meu lenço, estava em casa a chorar, levei o lenço aos olhos e nesse instante ceguei, Eu, disse a empregada do consultório, tinha acabado de entrar no elevador, estendi a mão para carregar no botão e de repente fiquei sem ver, imagine-se a minha aflição, ali fechada, sozinha, não sabia se devia subir ou descer, não achava o botão que abria a porta, O meu caso, disse o ajudante de farmácia, foi mais simples, ouvi dizer que havia pessoas a cegarem, então pensei como seria se eu cegasse também, fechei os olhos a experimentar e quando os abri estava cego, Parece outra parábola, falou a voz desconhecida, se queres ser cego, sê-lo-ás. Ficaram calados. Os outros cegos tinham voltado para as suas camas, o que não era pequeno trabalho, porque se é verdade que sabiam os números que lhes cabiam, só começando a contar de um dos extremos, de um para cima ou de vinte para baixo, podiam ter a certeza de chegar aonde queriam. Quando o murmúrio da enumeração, monótono como uma ladainha, se extinguiu, a rapariga dos óculos escuros contou o que lhe sucedera, Estava no quarto de um hotel, tinha um homem em cima de mim, neste ponto calou-se, sentiu vergonha de dizer o que fazia ali, que vira tudo branco, mas o velho da venda preta perguntou, E viu tudo branco, Sim, respondeu ela, Talvez a sua cegueira não seja como a nossa, disse o velho da venda preta. Só faltava a criada do hotel, Estava a fazer uma cama, uma certa pessoa tinha ali cegado, levantei e estendi o lençol branco na minha frente, entalei-o nos lados como se deve, e quando com as duas mãos o alisava, foi nessa altura que deixei de ver, lembro-me de como alisava o lençol, devagarinho, era o de baixo, rematou, como se isso tivesse alguma importância particular. Já todos contaram a sua última história do tempo em que viam, perguntou o velho da venda preta, Conto eu a minha, se não há mais ninguém, disse a voz desconhecida, Se houver, falará a seguir, diga lá, O último que eu vi foi um quadro, Um quadro, repetiu o velho da venda preta, e onde estava, Tinha ido ao museu, era uma seara com corvos e ciprestes e um sol que dava a ideia de ter sido feito com bocados doutros sóis, Isso tem todo o aspeto de ser de um holandês, Creio que sim, mas havia também um cão a afundar-se, já estava meio enterrado, o infeliz, Quanto a esse, só pode ser de um espanhol, antes dele ninguém tinha pintado assim um cão, depois dele ninguém mais se atreveu, Provavelmente, e havia uma carroça carregada de feno, puxada por cavalos, a atravessar uma ribeira, Tinha uma casa à esquerda, Sim, Então é de inglês, Poderia ser, mas não creio, porque havia lá também uma mulher com uma criança ao colo, Crianças ao colo de mulheres é do mais que se vê em pintura, De facto, tenho reparado, O que eu não entendo é como poderiam encontrar-se em um único quadro pinturas tão diferentes e de tão diferentes pintores, E estavam uns homens a comer, Têm sido tantos os almoços, as merendas e as ceias na história da arte, que só por essa indicação não é possível saber quem comia, Os homens eram treze, Ah, então é fácil, siga, Também havia uma mulher nua, de cabelos louros, dentro de uma concha que flutuava no mar, e muitas flores ao redor dela, Italiano, claro, E uma batalha, Estamos como no caso das comidas e das mães com crianças ao colo, não chega para saber quem pintou, Mortos e feridos, É natural, mais tarde ou mais cedo todas as crianças morrem, e os soldados também, E um cavalo com medo, Com os olhos a quererem saltar-lhe das órbitas, Tal e qual, Os cavalos são assim, e que outros quadros havia mais nesse seu quadro, Não cheguei a sabê-lo, ceguei precisamente quando estava a olhar para o cavalo. O medo cega, disse a rapariga dos óculos escuros, São palavras certas, já éramos cegos no momento em que cegámos, o medo nos cegou, o medo nos fará continuar cegos, Quem está a falar, perguntou o médico, Um cego, respondeu a voz, só um cego, é o que temos aqui. Então perguntou o velho da venda preta, Quantos cegos serão precisos para fazer uma cegueira. Ninguém lhe soube responder. A rapariga dos óculos escuros pediu-lhe que ligasse o rádio, talvez dessem notícias. Deram-nas mais tarde, entretanto estiveram a ouvir um pouco de música. Em certa altura apareceram à porta da camarata uns quantos cegos, um deles disse, Que pena não ter trazido a guitarra. As notícias não foram animadoras, corria o rumor de estar para breve a formação de um governo de unidade e salvação nacional.

Quando ao princípio os cegos daqui ainda se contavam pelos dedos, quando bastavam duas ou três palavras trocadas para que os desconhecidos se convertessem em companheiros de infortúnio, e com mais três ou quatro se perdoavam mutuamente todas as faltas, algumas delas bem graves, e se o perdão não podia ser completo, era só ter a paciência de esperar uns dias, bem se viu quantas ridículas aflições tiveram de sofrer os infelizes, de cada vez que o corpo lhes exigiu qualquer daqueles urgentes alívios que costumamos designar por satisfação de necessidades. Apesar disso, e embora sabendo que são raríssimas as educações perfeitas e que mesmo os mais discretos recatos têm os seus pontos débeis, há que reconhecer que os primeiros cegos trazidos a esta quarentena foram capazes, com maior ou menor consciência, de levar com dignidade a cruz da natureza eminentemente escatológica do ser humano. Mas agora, ocupados como se encontram todos os catres, duzentos e quarenta, sem contar os cegos que dormem no chão, nenhuma imaginação, por muito fértil e criadora que fosse em comparações, imagens e metáforas, poderia descrever com propriedade o estendal de porcaria que por aqui vai. Não é só o estado a que rapidamente chegaram as sentinas, antros fétidos, como deverão ser, no inferno, os desaguadoiros das almas condenadas, é também a falta de respeito de uns ou súbita urgência de outros que, em pouquíssimo tempo, tornaram os corredores e outros lugares de passagem em retretes que começaram por ser de ocasião e se tornaram de costume. Os descuidados ou urgidos pensavam, Não tem importância, ninguém me vê, e não iam mais longe. Quando se tornou impossível, em qualquer sentido, chegar aonde estavam as sentinas, os cegos passaram a usar a cerca como lugar para todos os desafogos e descomposições corporais. Os que eram delicados por natureza ou por educação levavam todo o santíssimo dia a encolher-se, aguentavam conforme podiam à espera da noite, presumia-se que seria noite quando nas camaratas havia mais gente a dormir, e então lá iam, agarrados à barriga ou apertando as pernas, à procura de três palmos de chão limpo, se os havia entre um contínuo tapete de excrementos mil vezes pisados, e ainda por cima com perigo de se perderem no espaço infinito da cerca, onde não existiam outros sinais orientadores que as poucas árvores cujos troncos tinham podido sobreviver à mania exploratória dos antigos loucos, e também as pequenas lombas, já quase rasas, que mal cobriam os mortos. Uma vez ao dia, sempre ao fim da tarde, como um despertador regulado para a mesma hora, a voz do altifalante repetia as conhecidas instruções e proibições, insistia nas vantagens de um uso regular dos produtos de limpeza, recordava que havia um telefone em cada camarata para requisitar os suprimentos necessários, quando faltassem, mas o que ali verdadeiramente se necessitava era um poderoso jorro de mangueira que levasse à frente toda a merda, depois uma brigada de canalizadores que viessem reparar os autoclismos, pô-los a funcionar, depois água, água em quantidade, para levar aos canos de esgoto o que ao esgoto deveria ir, depois, por favor, olhos, uns simples olhos, uma mão capaz de nos conduzir e guiar, uma voz que me diga, Por aqui. Estes cegos, se não lhes acudirmos, não tardarão a transformar-se em animais, pior ainda, em animais cegos. Não o disse a voz desconhecida, aquela que falou dos quadros e das imagens do mundo, está a dizê-lo, por outras palavras, noite alta, a mulher do médico, deitada ao lado do seu marido, cobertas as cabeças com a mesma manta, Há que dar remédio a este horror, não aguento, não posso continuar a fingir que não vejo, Pensa nas consequências, o mais certo é que depois tentem fazer de ti uma escrava, um pau-mandado, terás de atender a todos e a tudo, exigir-te-ão que os alimentes, que os laves, que os deites e os levantes, que os leves daqui para ali, que os assoes e lhes seques as lágrimas, gritarão por ti quando estiveres a dormir, insultar-te-ão se tardares, E tu, como queres tu que continue a olhar para estas misérias, tê-las permanentemente diante dos olhos, e não mexer um dedo para ajudar, O que fazes já é muito, Que faço eu, se a minha maior preocupação é evitar que alguém se aperceba de que vejo, Alguns irão odiar-te por veres, não creias que a cegueira nos tornou melhores, Também não nos tornou piores, Vamos a caminho disso, vê tu só o que se passa quando chega a altura de distribuir a comida, Precisamente, uma pessoa que visse poderia tomar a seu cargo a divisão dos alimentos por todos os que estão aqui, fazê-lo com equidade, com critério, deixaria de haver protestos, acabariam essas disputas que me põem louca, tu não sabes o que é ver dois cegos a lutarem, Lutar foi sempre, mais ou menos, uma forma de cegueira, Isto é diferente, Farás o que melhor te parecer, mas não te esqueças daquilo que nós somos aqui, cegos, simplesmente cegos, cegos sem retóricas nem comiserações, o mundo caridoso e pitoresco dos ceguinhos acabou, agora é o reino duro, cruel e implacável dos cegos, Se tu pudesses ver o que eu sou obrigada a ver, quererias estar cego, Acredito, mas não preciso, cego já estou, Perdoa-me, meu querido, se tu soubesses, Sei, sei, levei a minha vida a olhar para dentro dos olhos das pessoas, é o único lugar do corpo onde talvez ainda exista uma alma, e se eles se perderam, Amanhã vou dizer-lhes que vejo, Oxalá não venhas a ter de arrepender-te, Amanhã lhes direi, fez uma pausa e acrescentou, Se não tiver eu finalmente entrado também nesse mundo.

Ainda não foi desta vez. Quando de manhã acordou, muito cedo, como costumava, os seus olhos viam tão distintamente como antes. Todos os cegos da camarata dormiam. Pensou em como haveria de comunicar-lhes, se convocá-los a todos e anunciar-lhes a novidade, talvez fosse preferível fazê-lo de uma maneira discreta, sem alarde, dizer, por exemplo, como se não quisesse dar demasiada importância ao caso, Imaginem, quem havia de pensar que eu ia conservar a vista no meio de tantos que cegaram, ou então, talvez mais conveniente, fazer de conta que havia estado realmente cega e que de repente recuperara a visão, era até uma maneira de lhes dar alguma esperança, Se ela passou a ver, diriam uns aos outros, talvez nós também, mas igualmente poderia suceder que lhe dissessem Se assim é, então saia, vá-se embora, em tal caso responderia que não podia ir-se dali sem o marido, e uma vez que o Exército não deixava sair da quarentena nenhum cego, não tinham mais remédio que consentir que ficasse. Alguns cegos estavam a remexer-se nos catres, como todas as manhãs aliviavam-se dos gases, mas a atmosfera não se tornou por isso mais nauseabunda, o nível de saturação já deveria ter sido atingido. Não era só o cheiro fétido que vinha das latrinas em lufadas, em exalações que davam vontade de vomitar, era também o odor acumulado de duzentas e cinquenta pessoas, cujos corpos, macerados no seu próprio suor, não podiam nem saberiam lavar-se, que vestiam roupas em cada dia mais imundas, que dormiam em camas onde não era raro haver dejeções. De que poderiam servir os sabões, as lixívias, os detergentes por aí esquecidos, se os duches, muitos deles, estavam entupidos ou soltos das canalizações, se os escoadouros devolviam a água suja, que alastrava para fora dos balneários, empapando as tábuas do chão dos corredores, infiltrando-se pelas frinchas das lajes. Em que loucura estou eu a pensar em meter-me, duvidou então a mulher do médico, mesmo que eles não exigissem que eu os servisse, e nada é menos certo, eu própria não aguentaria sem me pôr aí a lavar, a limpar, quanto tempo me durariam as forças, isto não é trabalho para uma pessoa sozinha. A sua afoiteza, que antes parecera tão firme, começava a esboroar-se, a cair aos bocados perante a realidade abjeta que lhe invadia as narinas e lhe ofendia os olhos, agora que tinha chegado o momento de passar das palavras aos atos. Sou cobarde, murmurou exasperada, para isto mais valia estar cega, não andaria com veleidades de missionária. Tinham-se levantado três cegos, um deles era o ajudante de farmácia, iam tomar posições no átrio para recolherem a quota-parte de comida que cabia à primeira camarata. Não se podia afirmar, se justamente olhos faltavam, que a repartição fosse feita a olho, embalagem mais, embalagem menos, pelo contrário, dava pena ver como se enganavam ao contar e voltavam ao princípio, algum de carácter mais desconfiado queria saber exatamente o que levavam os outros, acabava sempre por haver discussões, um que outro empurrão, um sopapo às cegas, como tinha de ser. Na camarata já toda a gente estava acordada, pronta para receber o seu quinhão, com a experiência haviam estabelecido ali um modo bastante cómodo de fazer a distribuição, começavam por levar a comida toda para o fundo da camarata, onde estavam os catres do médico e da mulher e os da rapariga dos óculos escuros e do rapazinho que chamava pela mãe, e aí é que a iam buscar, aos dois de cada vez, principiando pelas camas mais perto da entrada, um direito um esquerdo, dois direito dois esquerdo, e assim sucessivamente, sem zangas nem atropelos, demorava mais, é certo, mas a tranquilidade compensava a espera. Os primeiros, isto é, aqueles que tinham a comida logo ali, ao alcance da mão, eram os últimos a servirem-se, exceto o rapazinho estrábico, claro está, que sempre acabava de comer antes que a rapariga dos óculos escuros recebesse o seu quinhão, do que vinha a resultar que uma parte do que devia ser dela terminava invariavelmente no estômago do mocinho. Os cegos estavam todos de cabeça virada para o lado da porta, à espera de ouvirem os passos dos companheiros, o rumor inseguro, inconfundível, de quem traz carga, mas o som que de súbito se ouviu não foi esse, antes mais parecia que vinham correndo ligeiros, se tal proeza era possível tratando-se de pessoas que não podiam ver onde punham os pés. E contudo não ocorreria dizer outra coisa quando eles apareceram ofegantes à porta, Que se terá passado lá fora para assim terem vindo, a correr, e aí estavam os três a quererem entrar ao mesmo tempo para dar a inesperada notícia, Não nos deixaram trazer a comida, disse um, e os outros repetiram, Não nos deixaram, Quem, os soldados, perguntou uma voz qualquer, Não, os cegos, Que cegos, aqui somos todos cegos, Não sabemos quem eles sejam, disse o ajudante de farmácia, mas penso que devem ser dos que vieram todos juntos, os últimos que chegaram, E como foi isso de não vos deixarem trazer a comida, perguntou o médico, até agora não tinha havido qualquer problema, Eles dizem que isso acabou, a partir de hoje quem quiser comer terá de pagar. Os protestos saltaram de todos os lados na camarata, Não pode ser, Tirarem-nos a nossa comida, Cambada de gatunos, Uma vergonha, cegos contra cegos, nunca esperei ter de viver para ver uma coisa destas, Vamo-nos queixar ao sargento. Alguém mais decidido propôs que se juntassem todos para irem reclamar o que lhes pertencia, Não será fácil, foi a opinião do ajudante de farmácia, eles são muitos, fiquei com a impressão de serem um grupo grande, e o pior é que estão armados, Armados, como, Paus pelo menos têm eles, ainda me dói este braço da pancada que levei, disse um dos outros, Vamos tentar resolver isto às boas, disse o médico, vou com vocês falar com essa gente, deve haver aqui um mal-entendido, Pois sim, senhor doutor, eu alinho, disse o ajudante de farmácia, mas, pelos modos deles, duvido muito de que consiga convencê-los, Seja como for, temos de lá ir, não podemos ficar-nos assim, Vou contigo, disse a mulher do médico. Saiu o pequeno grupo da camarata, menos o que se queixava do braço, esse achou que já tinha cumprido a obrigação e ficou a contar aos outros a arriscada aventura, a comidinha ali a dois passos, e uma muralha de corpos a defendê-la, Com paus, insistia.

Avançando juntos, como uma pinha, romperam caminho por entre os cegos das outras camaratas. Quando alcançaram o átrio, a mulher do médico compreendeu logo que nenhuma conversação diplomática iria ser possível, e que provavelmente não o seria nunca. No meio do átrio, rodeando as caixas da comida, um círculo de cegos armados de paus e de ferros de cama, apontados para a frente como baionetas ou lanças, fazia frente ao desespero dos cegos que os cercavam e que, em desajeitados intentos, forcejavam por penetrar na linha defensiva, alguns, com a esperança de encontrarem uma aberta, um postigo deixado mal fechado por descuido, aparavam os golpes nos braços levantados, outros arrastavam-se de gatas até esbarrarem com as pernas dos adversários, que os recebiam com pontoadas nos lombos e pontapés. Porrada de cego, se costuma dizer. Não faltavam ao quadro os protestos indignados, os gritos furiosos, Exigimos a nossa comida, Reclamamos o direito ao pão, Malandros, O que isto é, é uma grande sacanagem, Parece impossível, houve mesmo um ingénuo ou distraído que disse, Chame-se a polícia, talvez ali os houvesse, polícias, a cegueira, já se sabe, não olha a mesteres e ofícios, mas um polícia cego não é o mesmo que um cego polícia, e quanto aos dois que conhecíamos, esses estão mortos e, com muito trabalho, enterrados. Impelida pela esperança absurda de uma autoridade que viesse restaurar no manicómio a paz perdida, fortalecer a justiça, devolver a tranquilidade, uma cega chegou-se conforme pôde à porta principal e gritou para os ares, Ajudem-nos, que estes estão a querer roubar-nos a comida. Os soldados fizeram de conta que não tinham ouvido, as ordens que o sargento recebera de um capitão que por ali havia passado em visita de inspeção eram perentórias, claríssimas, Se eles se matarem uns aos outros, melhor, menos ficam. A cega esgoelava-se como as loucas de antigamente, quase louca ela também, mas de pura aflição. Por fim, percebendo a inutilidade dos seus apelos, calou-se, virou-se para dentro a soluçar e, sem se dar conta de por onde ia, apanhou na cabeça desprotegida com uma cacetada que a derrubou. A mulher do médico quis correr a levantá-la, mas a confusão era tal que não pôde dar nem dois passos. Os cegos que tinham vindo reclamar a comida começavam já a recuar desbaratados, perdida de todo a orientação tropeçavam uns nos outros, caíam, levantavam-se, tornavam a cair, alguns nem o tentavam, desistiam, deixavam-se ficar prostrados no chão, exaustos, míseros, torcidos de dores, com a cara no lajedo. Então a mulher do médico, aterrorizada, viu um dos cegos quadrilheiros tirar do bolso uma pistola e levantá-la bruscamente ao ar. O disparo fez soltar-se do teto uma grande placa de estuque que foi cair sobre as cabeças desprevenidas, aumentando o pânico. O cego gritou, Quietos todos aí, e calados, se alguém se atreve a levantar a voz, faço fogo a direito, sofra quem sofrer, depois não se queixem. Os cegos não se mexeram. O da pistola continuou, Está dito e não há volta atrás, a partir de hoje seremos nós a governar a comida, ficam todos avisados, e que ninguém tenha a ideia de ir lá fora buscá-la, vamos pôr guardas nesta entrada, sofrerão as consequências de qualquer tentativa de ir contra as ordens, a comida passa a ser vendida, quem quiser comer, paga, Pagamos como, perguntou a mulher do médico, Eu disse que não queria que ninguém falasse, berrou o da pistola, agitando a arma à sua frente, Alguém terá de falar, precisamos saber como deveremos proceder, aonde vamos buscar a comida, se vamos todos juntos ou um de cada vez, Esta está-se a armar em esperta, comentou um dos do grupo, se lhe deres um tiro é uma boca a menos a comer, Visse-a eu, e já tinha uma bala na barriga. Depois, dirigindo-se a todos, Voltem imediatamente para as camaratas, já, já, quando tivermos levado a comida para dentro diremos o que têm de fazer, E o pagamento, tornou a mulher do médico, quanto nos vai custar um café com leite e uma bolacha, A gaja está mesmo a pedir poucas, disse a mesma voz, Deixa-a comigo, disse o outro, e mudando de tom, Cada camarata nomeará dois responsáveis, esses ficam encarregados de recolher os valores, todos os valores, seja qual for a sua natureza, dinheiro, joias, anéis, pulseiras, brincos, relógios, o que lá tiverem, e levam tudo para a terceira camarata do lado esquerdo, que é onde nós estamos, e se querem um conselho de amigo, que não lhes passe pela cabeça tentarem enganar-nos, já sabemos que alguns de vocês vão esconder uma parte do que tiverem de valioso, mas digo-lhes que será uma péssima ideia, se não nos parecer suficiente o que entregarem, simplesmente não comem, entretenham-se a mastigar as notas de banco e a trincar os brilhantes. Um cego da segunda camarata lado direito perguntou, E como fazemos, entregamos tudo de uma vez, ou vamos pagando conforme o que formos comendo, Pelos vistos não me expliquei bem, disse o da pistola rindo-se, primeiro pagam, depois é que comem, e, quanto ao resto, pagar segundo o que comessem, isso iria exigir uma contabilidade muito complicada, o melhor é levarem tudo de uma vez e nós veremos que quantidade de comida merecem, mas ficam mais uma vez avisados, livrem-se de esconder qualquer coisa porque lhes sairá muito caro, e para não dizerem que não procedemos com lealdade, tomem nota de que depois de entregarem o que têm faremos uma inspeção, ai de vocês se encontrarmos nem que seja uma moeda, e agora toda a gente fora daqui, rápido. Levantou o braço e disparou outro tiro. Caiu mais um bocado de estuque. E tu, disse o da pistola, não me hei de esquecer da tua voz, Nem eu da tua cara, respondeu a mulher do médico.

Ninguém pareceu reparar no absurdo de dizer uma cega que não se vai esquecer de uma cara que não viu. Os cegos já tinham recuado o mais depressa que podiam, à procura das portas, em pouco tempo estavam os da primeira camarata a dar conhecimento da situação aos companheiros, Pelo que ouvimos, não creio que possamos, por agora, fazer mais do que obedecer, disse o médico, devem ser muitos, e o pior é que têm armas, Nós também as podíamos arranjar, disse o ajudante de farmácia, Sim, uns paus arrancados das árvores, se ainda ficaram alguns ramos à altura do braço, uns ferros das camas, que mal teríamos forças para manejar, enquanto eles dispõem, pelo menos, de uma arma de fogo, Eu não dou o que me pertence a esses filhos de uma puta cega, disse alguém, Nem eu, ajuntou outro, Isto, ou damos todos, ou não dá nenhum, disse o médico, Não temos alternativa, disse a mulher, além disso, a regra, aqui dentro, vai ter de ser a mesma que nos impuseram lá fora, quem não quiser pagar, que não pague, está no seu direito, mas nesse caso não comerá, o que não pode é estar a alimentar-se à custa dos outros, Daremos todos e daremos tudo, disse o médico, E quem não tiver nada para dar, perguntou o ajudante de farmácia, Esse, sim, comerá do que os outros derem, é justo o que alguém disse, de cada um segundo as suas possibilidades, a cada um segundo as suas necessidades. Fez-se uma pausa, e o velho da venda preta perguntou, A quem designaremos então como responsáveis, Eu escolho o senhor doutor, disse a rapariga dos óculos escuros. Não foi preciso prosseguir a votação, a camarata estava toda de acordo. Teremos de ser dois, recordou o médico, há alguém que se disponha, perguntou, Eu, se mais ninguém se apresenta, disse o primeiro cego, Muito bem, comecemos então a recolha, precisamos de um saco, uma bolsa, uma pequena mala, qualquer destas coisas serve, Posso despejar isto, disse a mulher do médico, e logo começou a esvaziar uma bolsa onde tinha reunido uns quantos produtos de beleza e outras miudezas, quando não podia imaginar as condições em que estava destinada a viver. No meio dos frascos, caixas e tubos vindos doutro mundo, havia uma tesoura comprida, de pontas finas. Não se lembrava de a ter posto ali, mas ali estava. A mulher do médico levantou a cabeça. Os cegos esperavam, o marido tinha ido até à cama do primeiro cego, conversava com ele, a rapariga dos óculos escuros dizia ao rapazinho estrábico que a comida já não tardava, no chão, empurrado para trás da mesa de cabeceira, como se a rapariga dos óculos escuros ainda tivesse querido, com um pueril e inútil pudor, ocultá-lo das vistas de quem não via, estava um penso higiénico manchado de sangue. A mulher do médico olhava a tesoura, tentava pensar por que razão a estaria olhando assim, assim como, assim, mas não encontrava nenhuma razão, realmente que razão poderia achar-se numa simples tesoura comprida, deitada nas mãos abertas, com as suas duas folhas niqueladas e as pontas agudas e brilhantes, Já a tens, perguntava de lá o marido, Já a tenho, respondeu, e estendeu o braço que segurava a bolsa vazia enquanto o outro braço se movia para trás das costas, a esconder a tesoura, Que se passa, perguntou o médico, Nada, respondeu a mulher, como poderia igualmente ter respondido Nada que tu possas ver, deves é ter estranhado a minha voz, foi só isso, nada mais. Juntamente com o primeiro cego, o médico adiantou-se para este lado, tomou a bolsa nas mãos vacilantes e disse, Vão preparando o que têm, vamos começar a recolher. A mulher desafivelou o relógio, fez o mesmo ao do marido, tirou os brincos, um pequeno anel com rubis, o fio de ouro que trazia ao pescoço, a aliança de casamento, a do marido, não deram grande trabalho a retirar, Temos os dedos mais finos, pensou, foi deitando tudo para dentro da bolsa, depois o dinheiro que tinham trazido de casa, umas quantas notas de diferentes valores, algumas moedas, Está tudo, disse, Tens a certeza, perguntou o médico, procura bem, De valor, era o que tínhamos. A rapariga dos óculos escuros já reunira os seus bens, não variavam muito, a mais só havia duas pulseiras, a menos uma aliança de casamento. A mulher do médico esperou que o marido e o primeiro cego voltassem as costas, que a rapariga dos óculos escuros se debruçasse para o rapazinho estrábico, Faz de conta que sou a tua mãe, dizia, pago por mim e por ti, e então recuou até à parede do fundo. Ali, como ao longo das outras paredes, havia grandes pregos espetados que deviam ter servido aos loucos para neles dependurarem sabe-se lá que tesouros e manias. Escolheu o mais alto a que podia chegar, e enfiou nele a tesoura. Depois sentou-se na cama. Devagar, o marido e o primeiro cego iam andando na direção da porta, paravam para recolher, de um lado e do outro, o que cada um tinha para entregar, alguns protestavam que estavam a ser vergonhosamente roubados, e era uma pura verdade, outros desfaziam-se do que possuíam com uma espécie de indiferença, como se pensassem que, vistas bem as coisas, não há no mundo nada que em sentido absoluto nos pertença, outra não menos transparente verdade. Quando chegaram à porta da camarata, terminada a coleta, o médico perguntou, Entregámos tudo, responderam-lhe que sim umas quantas vozes resignadas, houve quem tivesse ficado calado, a seu tempo saberemos se foi para não mentir. A mulher do médico levantou os olhos para onde a tesoura estava. Estranhou vê-la tão alto, dependurada por uma das argolas ou olhais, como se não tivesse sido ela própria quem a tinha posto lá, depois, de si para consigo, considerou que havia sido uma excelente ideia trazê-la, agora já poderia aparar a barba do seu homem, torná-lo mais apresentável, uma vez que, já se sabe, nas condições em que vivemos é impossível um homem barbear-se normalmente. Quando olhou outra vez na direção da porta, os dois homens já haviam desaparecido na sombra do corredor, a caminho da terceira camarata lado esquerdo, aonde tinham ordem de ir pagar a comida. A de hoje, a de amanhã também, talvez a de toda a semana, E depois, a pergunta não tinha resposta, tudo quanto possuíamos vai ali.

Contra o costume, os corredores estavam desimpedidos, em geral não era assim, quando se saía das camaratas não se fazia mais que tropeçar, esbarrar e cair, os agredidos praguejavam, largavam palavrões grosseiros, os agressores respondiam no mesmo tom, porém ninguém dava importância, uma pessoa tem de desabafar de qualquer maneira, mormente se está cego. À frente deles havia um rumor de passos e de vozes, deviam de ser os emissários doutra camarata que iam à mesma obrigação. Que situação a nossa, senhor doutor, disse o primeiro cego, já não nos bastava estarmos cegos, viemos cair nas garras de uns cegos ladrões, até parece sina minha, primeiro foi o do carro, agora estes que roubam a comida, e ainda por cima de pistola, A diferença é essa, a arma, Mas os cartuchos não duram sempre, Nada dura sempre, contudo, neste caso, talvez fosse de desejar que sim, Porquê, Se os cartuchos vierem a acabar, será porque alguém os disparou, e nós já temos mortos de sobra, Estamos numa situação insustentável, É insustentável desde que aqui entrámos, e apesar disso vamo-nos aguentando, O senhor doutor é otimista, Otimista não sou, mas não posso imaginar nada pior do que o que estamos a viver, Pois eu estou desconfiado de que não há limites para o mau, para o mal, Talvez tenha razão, disse o médico, e depois, como se estivesse a falar consigo mesmo, Alguma coisa vai ter de suceder aqui, conclusão esta que comporta uma certa contradição, ou há afinal algo pior do que isto, ou daqui para diante tudo vai melhorar, ainda que pela amostra o não pareça. Pelo caminho percorrido, pelas esquinas que viraram, estavam a aproximar-se da terceira camarata. Nem o médico, nem o primeiro cego tinham aqui vindo alguma vez, mas a construção das duas alas, logicamente, obedecera a uma estrita simetria, quem conhecesse bem a ala direita facilmente se poderia orientar na ala esquerda, e vice-versa, bastava virar à esquerda num lado quando no outro tivesse de virar à direita. Ouviram vozes, deviam ser os que tinham vindo à frente, Temos de esperar, disse o médico em voz baixa, Porquê, Os de dentro quererão saber exatamente o que estes trazem, para eles tanto faz, como já comeram não têm pressa, Não deve faltar muito para a hora do almoço, Mesmo que pudessem ver, a estes não lhes serviria de nada sabê-lo, nem relógios já têm. Um quarto de hora depois, minuto mais, minuto menos, a troca acabou. Os dois homens passaram diante do médico e do primeiro cego, pela conversa percebia-se que levavam comida, Cuidado, não deixes cair, dizia um, e o outro murmurava, O que eu não sei é se vai chegar para todos, Apertamos o cinto. Deslizando a mão pela parede, com o primeiro cego logo atrás de si, o médico avançou até que os dedos tocaram no alizar da porta, Somos da primeira camarata lado direito, anunciou para dentro. Fez menção de dar um passo, mas a perna chocou contra um obstáculo. Percebeu que era uma cama atravessada, ali posta a fazer as vezes de um balcão de negócio, Estão organizados, pensou, isto não nasceu de um improviso. Ouviu vozes, passos, Quantos serão, a mulher falara-lhe de uns dez, mas não era de excluir que fossem bastantes mais, certamente nem todos estavam no átrio quando tinham ido deitar a mão à comida. O da pistola era o chefe, era sua a voz chocarreira que dizia, Ora vamos lá ver as riquezas que nos traz a primeira camarata lado direito, e depois, em tom mais baixo, falando para alguém que devia estar muito perto, Toma nota. O médico ficou perplexo, isto que significa, ele disse Toma nota, portanto há aqui alguém que pode escrever, portanto há alguém que não está cego, já são dois os casos, Temos de nos acautelar, pensou, amanhã o tipo pode estar ao pé de nós sem que dêmos por ele, este pensamento do médico diferia em pouco daquilo que o primeiro cego estava a pensar, Com a pistola e um espião, estamos lixados, nunca mais podemos levantar a cabeça. O cego de dentro, capitão dos ladrões, já tinha aberto a bolsa, com mãos hábeis ia retirando, apalpando e identificando os objetos, o dinheiro, sem dúvida distinguia pelo tato o que era ouro do que o não era, pelo tato também o valor das notas e das moedas, é fácil quando se tem experiência, foi só passados alguns minutos que o ouvido distraído do médico começou a perceber um ruído inconfundível de picotagem, que imediatamente identificou, ali ao lado encontrava-se alguém a escrever em alfabeto braille, também anagliptografia chamado, ouvia-se o som ao mesmo tempo surdo e nítido do ponteiro ao perfurar o papel grosso e bater contra a chapa metálica do tabuleiro inferior. Havia portanto um cego normal entre os cegos delinquentes, um cego como todos aqueles a quem dantes se dava o nome de cegos, evidentemente tinha sido apanhado na rede com os de mais, não era a altura de pôr-se o caçador a averiguar, Você é dos cegos modernos ou dos antigos, explique-nos lá de que maneira não vê. Que sorte estes tiveram, além de lhes ter saído na rifa um escriturário, também poderão aproveitá-lo como guia, um cego com treino de cego é outra coisa, vale o que pesa em ouro. O inventário continuava, uma vez ou outra o da pistola pedia a opinião do contabilista, Que achas disto, e ele interrompia o registo para dar um parecer, dizia Pechisbeque, caso em que o da pistola comentava, Muitos assim, e não comem, ou É bom, e então o comentário passava a ser, Não há nada como lidar com gente honesta. No fim, foram colocadas três caixas em cima da cama, Levam isto, disse o da pistola. O médico contou-as, Três não chegam, disse, recebíamos quatro quando a comida era só para nós, no mesmo instante sentiu o frio do cano da pistola no pescoço, para cego não tinha sido má a pontaria, Mando tirar uma caixa de cada vez que reclamares, agora desanda, levas essas e dás graças a Deus por ainda poderes comer. O médico murmurou, Está bem, agarrou em duas caixas, o primeiro cego tomou conta da outra, e, mais devagar agora porque levavam carrego, refizeram o caminho que os levaria à camarata. Quando chegaram ao átrio, onde não parecia que houvesse alguém, o médico disse, Não voltarei a ter uma oportunidade assim, Que quer dizer, perguntou o primeiro cego, Ele encostou-me a pistola ao pescoço, podia ter-lha arrancado das mãos, Seria arriscado, Não tanto quanto parece, eu sabia onde a pistola estava, ele não podia saber onde estavam as minhas mãos, Ainda assim, Tenho a certeza, naquele momento o mais cego dos dois era ele, foi pena eu não ter pensado, ou então pensei, mas não tive a coragem, E depois, perguntou o primeiro cego, Depois, quê, Vamos supor que realmente conseguia tirar-lhe a arma, o que não acredito é que fosse capaz de a usar, Se tivesse a certeza de que poderia resolver a situação, sim, Mas não tem a certeza, Não, de facto não tenho, Então vale mais que as armas estejam do lado deles, pelo menos enquanto não nos atacarem com elas, Ameaçar com uma arma já é atacar, Se lhe tivesse tirado a pistola, a verdadeira guerra já teria começado, e o mais provável é que nem de lá tivéssemos saído, Tem razão, disse o médico, irei fazer de conta que pensei em tudo isso, O senhor doutor tem é de lembrar-se daquilo que me disse há bocado, Que foi que eu disse, Que alguma coisa vai ter de suceder, Sucedeu, e não aproveitei, Outra coisa será, não esta.

Quando entraram na camarata e tiveram de apresentar o pouco que traziam para pôr na mesa, houve quem achasse que a culpa era deles, por não terem reclamado e exigido mais, para isso é que tinham sido nomeados representantes do coletivo. Então o médico explicou o que se havia passado, falou do cego escriturário, dos modos insolentes do cego da pistola, da pistola também. Os descontentes baixaram o tom, acabaram por concordar que sim senhor, a defesa dos interesses da camarata estava bem entregue. Distribuiu-se enfim a comida, houve quem não deixasse de lembrar aos impacientes que o pouco sempre é melhor do que o nada, além disso, pela hora que devia ser, o almoço já não demoraria, O mal é se nos acontece o mesmo que ao cavalo daquele, que morreu quando já se tinha desabituado de comer, disse alguém. Os outros sorriram palidamente, e um disse, Não seria má ideia, se é certo que o cavalo, quando morre, não sabe que vai morrer.

O velho da venda preta tinha entendido que o rádio portátil, tanto pela fragilidade da sua estrutura como pela informação conhecida sobre o tempo da sua vida útil, se encontrava excluído da lista dos valores que tinham de entregar como pagamento da comida, considerando que o funcionamento do aparelho dependia, em primeiro lugar, de ter ou não ter pilhas dentro, e, em segundo lugar, do tempo que elas durassem. Pelo som roufenho das vozes que ainda saíam da pequena caixa, era evidente que não haveria muito mais a esperar dela. Decidiu por isso o velho da venda preta não repetir as audições gerais, e também porque os cegos da terceira camarata lado esquerdo poderiam aparecer por ali com uma opinião diferente, não por causa do valor material do aparelho, praticamente nulo a curto prazo, como ficou demonstrado, mas pelo seu valor de uso no imediato, que esse é sem dúvida altíssimo, sem falar na hipótese plausível de haver pilhas lá onde pelo menos há uma pistola. Disse pois o velho da venda preta que passaria a escutar as notícias debaixo da manta da cama, com a cabeça toda tapada, e que se houvesse alguma novidade interessante, logo avisaria. A rapariga dos óculos escuros ainda lhe pediu que a deixasse ouvir de vez em quando um bocadinho de música, Só para não perder a lembrança, justificou, mas ele foi inflexível, dizia que o importante era saber o que se ia passando lá fora, quem quisesse música que a ouvisse dentro da sua própria cabeça, para alguma coisa boa nos haverá de servir a memória. Tinha razão o velho da venda preta, a música do rádio já arranhava como só uma má recordação é capaz de arranhar, por isso mantinha-o no mínimo volume sonoro possível, à espera de que as notícias chegassem. Então, espevitava um pouco o som e apurava o ouvido para não perder uma sílaba. Depois, com palavras suas, resumia as informações e transmitia-as aos vizinhos próximos. Assim, de cama em cama, as notícias iam lentamente dando a volta à camarata, desfiguradas de cada vez que passavam de um recetor ao recetor seguinte, diminuída ou agravada desta maneira a importância das informações, consoante o grau pessoal de otimismo e pessimismo próprio de cada emissor. Até que chegou o momento em que as palavras se calaram e o velho da venda preta se achou sem ter que dizer. E não foi porque o rádio se tivesse avariado ou as pilhas esgotado, a experiência da vida e das vidas tem cabalmente demonstrado que ao tempo não há quem o governe, parecia esta maquineta que pouco iria durar e afinal alguém teve de calar-se antes dela. Ao longo de todo este primeiro dia vivido sob a pata dos cegos malvados, o velho da venda preta tinha estado a ouvir e a passar notícias, rebatendo por sua conta a óbvia falsidade dos otimistas vaticínios oficiais, e agora, já adiantada a noite, com a cabeça enfim fora da manta, aplicava o ouvido à ronqueira em que a débil alimentação elétrica do rádio transformava a voz do locutor, quando de súbito o ouviu gritar, Estou cego, depois o ruído de algo chocando violentamente contra o microfone, uma sequência precipitada de rumores confusos, exclamações, e de repente o silêncio. A única estação de rádio que ali dentro o aparelho tinha podido captar calara-se. Durante muito tempo ainda o velho da venda preta manteve o ouvido pegado à caixa agora inerte, como se estivesse à espera do regresso da voz e da continuação do noticiário. Porém, adivinhava, sabia que ela não tornaria mais. O mal-branco não cegara apenas o locutor. Como um rastilho, atingira rápida e sucessivamente quantos se encontravam na estação. Então o velho da venda preta deixou cair o rádio no chão. Os cegos malvados, se viessem aí ao cheiro de joias escondidas, encontrariam confirmada a razão, se em tal coisa haviam pensado, por que não tinham, eles próprios, incluído os rádios portáteis na lista dos objetos de valor. O velho da venda preta puxou a manta para cima da cabeça para poder chorar à vontade.

Aos poucos, sob a luz amarelada e suja das lâmpadas débeis, a camarata foi entrando num sono profundo, reconfortados os corpos pelas três refeições do dia, como antes raramente havia sucedido. A continuarem assim as coisas, acabaremos, uma vez mais, por ter de chegar à conclusão de que mesmo nos males piores é possível achar-se uma porção de bem suficiente para que os levemos, aos ditos males, com paciência, o que, transportado para a presente situação, significa que, contrariamente às primeiras e inquietantes previsões, a concentração dos alimentos em uma única entidade rateadora e distribuidora tinha, afinal, os seus aspetos positivos, por muito que se queixassem alguns idealistas que teriam preferido continuar a lutar pela vida pelos seus próprios meios, mesmo tendo de passar por causa dessa teimosia alguma fome. Descuidados do dia de amanhã, esquecidos de que quem paga adiantado, sempre acaba mal servido, a maioria dos cegos, em todas as camaratas, dormiam a sono solto. Os outros, cansados de buscar sem resultado uma saída honrosa para os vexames sofridos, foram, pouco a pouco, adormecendo também, sonhando com a esperança de uns dias melhores do que estes, mais livres, se não mais fartos. Na primeira camarata lado direito só a mulher do médico não dormia. Deitada na sua cama, pensava no que o marido tinha contado, quando por um momento julgou que entre os cegos ladrões estava alguém que via, alguém que eles poderiam vir a usar como espião. Era curioso que depois não tivessem voltado a falar do assunto, como se ao médico, o que faz o hábito, não lhe tivesse ocorrido que a sua própria mulher continuava a ver. Pensou-o ela, mas calou-se, não quis pronunciar as palavras óbvias, Isso que, afinal, ele não poderá fazer, posso fazê-lo eu, O quê, perguntaria o médico, fingindo não compreender. Agora, com os olhos fitos na tesoura pendurada na parede, a mulher do médico estava a perguntar-se a si mesma, De que me serve ver. Servira-lhe para saber do horror mais do que pudera imaginar alguma vez, servira-lhe para ter desejado estar cega, nada senão isso. Com um movimento cauteloso sentou-se na cama. Na sua frente dormiam a rapariga dos óculos escuros e o rapazinho estrábico. Reparou que as duas camas estavam muito próximas, a rapariga tinha empurrado a sua, certamente para estar mais perto do rapaz, se ele precisasse de consolo, de que lhe enxugassem as lágrimas pela falta de uma mãe perdida. Como foi que não me lembrei, pensou, podia já ter unido as nossas camas, dormiríamos juntos, sem estar eu com a constante preocupação de ele poder cair da cama. Olhou o marido, que dormia pesadamente, num sono de pura exaustão. Não chegara a dizer-lhe que tinha trazido a tesoura, que um dia destes lhe haveria de aparar a barba, é trabalho que até um cego é capaz de fazer, desde que não chegue demasiado as lâminas à pele. Dera a si mesma uma boa justificação para não lhe falar da tesoura, Depois vinham-me aí os homens todos, não fazia outra coisa que cortar barbas. Rodou o corpo para fora, assentou os pés no chão, procurou os sapatos. Quando ia calçá-los, deteve-se, olhou-os fixamente, depois abanou a cabeça e, sem ruído, tornou a pousá-los. Passou para a coxia entre as camas e começou a andar lentamente em direção à porta da camarata. Os pés descalços sentiram a imundície pegajosa do chão, mas ela sabia que lá fora, nos corredores, seria muito pior. Ia olhando a um lado e a outro, a ver se havia algum cego acordado, embora estar um ou mais deles vigilando, ou a camarata toda, não tivesse qualquer importância, desde que não fizesse ruído, e mesmo que o fizesse, sabemos a quanto obrigam as necessidades do corpo, que não escolhem horas, enfim, o que ela não queria era que o marido despertasse e desse pela ausência a tempo ainda de perguntar-lhe Aonde vais, que é, provavelmente, a pergunta que os homens mais fazem às suas mulheres, a outra é Onde estiveste. Uma das cegas estava sentada na cama, com as costas apoiadas na cabeceira baixa, o olhar vazio lançado para a parede da frente, sem conseguir chegar-lhe. A mulher do médico parou um momento, como se duvidasse em tocar aquele fio invisível que pairava no ar, como se um simples contacto o pudesse destruir irremediavelmente. A cega levantou um braço, devia ter percebido alguma leve vibração da atmosfera, depois deixou-o cair desinteressada, já lhe bastava não poder dormir por causa do ressonar dos vizinhos. A mulher do médico continuou a andar, cada vez mais depressa, à medida que se aproximava da porta. Antes de seguir em direção ao átrio, olhou ao longo do corredor que levava às outras camaratas deste lado, lá mais para diante, às sentinas, e finalmente, à cozinha e ao refeitório. Havia cegos deitados junto às paredes, daqueles que à chegada não foram capazes de conquistar uma cama, ou porque no assalto se deixaram ficar para trás, ou porque lhes faltaram forças para disputá-la e vencer na luta. A dez metros, um cego estava deitado em cima de uma cega, ele enganchado entre as pernas dela, faziam-no o mais discretamente que podiam, eram dos discretos em público, mas não seria preciso ter o ouvido muito apurado para saber em que se ocupavam, muito menos quando um e outro já não puderam reprimir os ais e os gemidos, alguma palavra inarticulada, que são os sinais de que tudo aquilo está prestes a acabar. A mulher do médico ficou parada a olhá-los, não por inveja, tinha o seu marido e a satisfação que ele lhe dava, mas por causa de uma impressão doutra natureza, para a qual não encontrava nome, poderia ser um sentimento de simpatia, como se estivesse a pensar em dizer-lhes Não liguem a estar eu aqui, também sei o que isso é, continuem, poderia ser um sentimento de compaixão Ainda que esse instante de gozo supremo pudesse durar-vos a vida inteira, nunca os dois que sois poderíeis chegar a ser um só. O cego e a cega descansavam agora, já separados, um ao lado do outro, mas continuavam de mãos dadas, eram novos, talvez fossem namorados, tinham ido ao cinema e ali cegaram, ou um acaso milagroso os juntou aqui, e, sendo assim, como foi que se reconheceram, ora essa, pelas vozes, claro está, não é só a voz do sangue que não precisa de olhos, o amor, que dizem ser cego, também tem a sua palavra a dizer. O mais provável, porém, é que os tivessem apanhado ao mesmo tempo, nesse caso aquelas mãos entrelaçadas não são de agora, estão assim desde o princípio.

A mulher do médico suspirou, levou as mãos aos olhos, necessitou fazê-lo porque estava a ver mal, mas não se assustou, sabia que eram só lágrimas. Depois continuou o seu caminho. Chegando ao átrio, aproximou-se da porta que dava para a cerca exterior. Olhou para fora. Por detrás do portão havia uma luz, sobre ela a silhueta negra de um soldado. Do outro lado da rua, os prédios estavam todos às escuras. Saiu para o patamar. Não havia perigo. Mesmo que o soldado se apercebesse do vulto, só dispararia se ela, tendo descido a escada, se aproximasse, depois de um aviso, daquela outra linha invisível que era, para ele, a fronteira da sua segurança. Habituada já aos rumores contínuos da camarata, a mulher do médico estranhou o silêncio, um silêncio que parecia estar a ocupar o espaço de uma ausência, como se a humanidade, toda ela, tivesse desaparecido, deixando apenas uma luz acesa e um soldado a guardá-la, a ela e a um resto de homens e de mulheres que a não podiam ver. Sentou-se no chão, com as costas apoiadas na ombreira da porta, na mesma posição em que vira a cega da camarata, e olhando em frente como ela. A noite estava fria, o vento soprava ao longo da fachada do edifício, parecia impossível que ainda houvesse vento no mundo, que fosse negra a noite, não o dizia por si, pensava, sim, nos cegos para quem o dia durava sempre. Sobre a luz apareceu uma outra silhueta, devia de ser o render da guarda, Sem novidade, estaria a dizer o soldado que irá para a tenda dormir o resto da noite, não imaginavam eles o que se estava a passar por detrás daquela porta, provavelmente o barulho dos tiros nem tinha chegado cá fora, uma pistola comum não faz muito ruído. Uma tesoura ainda menos, pensou a mulher do médico. Não se perguntou inutilmente de onde lhe viera um tal pensamento, apenas se surpreendeu com a lentidão dele, como a primeira palavra tinha tardado tanto a aparecer, o vagar das seguintes, e como depois achou que o pensamento já lá se encontrava antes, onde quer que fosse, e só as palavras lhe faltavam, assim como um corpo que procurasse, na cama, o côncavo que havia sido preparado para ele pela simples ideia de deitar-se. O soldado chegou-se ao portão, apesar de estar em contraluz percebe-se que olha para este lado, deve ter dado pelo vulto imóvel, por enquanto não há luz bastante para ver que é só uma mulher sentada no chão, com os braços envolvendo as pernas e o queixo apoiado nos joelhos, então o soldado aponta o foco de uma lanterna para este lado, já não pode haver dúvidas, é uma mulher que está a erguer-se com um movimento tão lento como antes havia sido o pensamento, mas isto não o pode saber o soldado, o que ele sabe é que tem medo daquela figura que parece não acabar mais de levantar-se, num momento pergunta-se se deve dar o alarme, noutro decide que não, afinal é só uma mulher e está longe, em todo o caso, pelo sim pelo não, aponta-lhe preventivamente a arma, mas para o fazer teve de largar a lanterna, nesse movimento o foco luminoso deu-lhe em cheio nos olhos, como uma queimadura instantânea ficou-lhe na retina uma impressão de deslumbramento. Quando a visão se restabeleceu, a mulher tinha desaparecido, agora esta sentinela não poderá dizer a quem a vier render, Sem novidade.

A mulher do médico já está na ala do lado esquerdo, no corredor que a levará à terceira camarata. Também aqui há cegos a dormirem no chão, mais do que na ala direita. Caminha sem fazer ruído, lentamente, sente o chão viscoso pegar-se-lhe aos pés. Olha para dentro das duas primeiras camaratas, e vê o que esperava ver, os vultos deitados sob as mantas, um cego que também não consegue adormecer e o diz com voz desesperada, ouve o ressonar entrecortado de quase todos. Quanto ao cheiro que tudo isto desprende, não o estranha, não há outro em todo o edifício, é o cheiro do seu próprio corpo, das roupas que veste. Ao dobrar a esquina para a parte do corredor que dá acesso à terceira camarata, deteve-se. Há um homem à porta, outra sentinela. Tem um cajado na mão, faz com ele movimentos lentos, a um lado e a outro, como para intercetar a passagem de alguém que pretendesse aproximar-se. Aqui não há cegos a dormirem no chão, o corredor está desimpedido. O cego da porta continua no seu vaivém uniforme, parece ele que não se cansa, mas não é assim, passados uns minutos muda o cajado de mão e recomeça. A mulher do médico avançou rente à parede do outro lado, tendo o cuidado de não roçar por ela. O arco que o cajado descreve não chega sequer ao meio do corredor largo, dá vontade de dizer que esta sentinela faz guarda com uma arma descarregada. A mulher do médico está agora exatamente em frente do cego, pode ver a camarata por trás dele. As camas não estão todas ocupadas. Quantos serão, pensou. Avançou um pouco mais, quase até ao limite de alcance do cajado, e aí parou, o cego tinha virado a cabeça para o lado onde ela estava, como se tivesse percebido algo anormal, um suspiro, um estremecimento do ar. Era um homem alto, de mãos grandes. Primeiro esticou para a frente o braço que segurava o cajado, varreu com gestos rápidos o vazio diante de si, deu depois um passo breve, durante um segundo a mulher do médico temeu que ele estivesse a vê-la, que só procurasse por onde seria melhor atacá-la, Aqueles olhos não estão cegos, pensou, alarmada. Sim, claro que estavam cegos, tão cegos como os de quantos viviam debaixo destes tetos, entre estas paredes, todos, todos, exceto ela. Em voz baixa, quase num sussurro, o homem perguntou, Quem está aí, não gritou como as sentinelas de verdade Quem vem lá, a resposta boa deveria ser Gente de paz, e ele remataria Passe de largo, não foi assim que as coisas se passaram, só abanou a cabeça como se respondesse a si mesmo Que disparate, aqui não pode haver ninguém, a estas horas está tudo a dormir. Apalpando com a mão livre, recuou para junto da porta, e, tranquilizado pelas suas próprias palavras, deixou pender os braços. Tinha sono, há muito tempo que estava à espera de que um dos companheiros o viesse render, mas para isso era preciso que o outro, à voz interior do dever, acordasse por si mesmo, que ali não havia despertadores nem meio nenhum de os usar. Cautelosamente, a mulher do médico chegou-se à outra ombreira da porta e olhou para dentro. A camarata não estava cheia. Fez uma contagem rápida, pareceu-lhe que deviam ser uns dezanove ou vinte. Ao fundo viu umas quantas caixas de comida empilhadas, outras em cima das camas desocupadas, Era de esperar, eles não distribuem a comida toda que vão recebendo, pensou. O cego pareceu ficar outra vez inquieto, mas não fez qualquer movimento para investigar. Os minutos passavam. Ouviu-se uma tosse violenta, de fumador, vinda de dentro. O cego virou a cabeça ansioso, enfim poderia ir dormir. Nenhum dos que estavam deitados se levantou. Então o cego, lentamente, como se tivesse medo de que o viessem surpreender em delito flagrante de abandono de posto ou infringindo de uma vez só todas as regras por que estão obrigadas a reger-se as sentinelas, sentou-se na borda da cama que tapava a entrada. Ainda cabeceou durante uns momentos, mas depois deixou-se ir no rio do sono, o mais certo foi ter pensado ao afundar-se, Não tem importância, ninguém me vê. A mulher do médico tornou a contar os que dormiam lá dentro, Com este são vinte, ao menos levava dali uma informação certa, não tinha sido inútil a excursão noturna, Mas terá sido apenas para isto que vim cá, perguntou a si mesma, e não quis procurar a resposta. O cego dormia com a cabeça apoiada à ombreira da porta, o cajado escorregara sem ruído para o chão, ali estava um cego desarmado e sem colunas para derrubar. Deliberadamente, a mulher do médico quis pensar que este homem era um ladrão de comida, que roubava o que a outros pertencia de justiça, que tirava à boca de crianças, mas apesar de o pensar não chegou a sentir desprezo, nem sequer uma leve irritação, só uma estranha piedade diante do corpo descaído, da cabeça inclinada para trás, do pescoço alongado de veias grossas. Pela primeira vez desde que saíra da camarata teve um arrepio de frio, parecia que as lajes do chão lhe estavam a gelar os pés, como se os queimassem, Oxalá não seja isto febre, pensou. Não seria, seria só uma fadiga infinita, uma vontade de enrolar-se sobre si mesma, os olhos, ah, sobretudo os olhos, virados para dentro, mais, mais, mais, até poderem alcançar e observar o interior do próprio cérebro, ali onde a diferença entre o ver e o não ver é invisível à simples vista. Devagar, ainda mais devagar, arrastando o corpo, voltou para trás, para o lugar aonde pertencia, passou ao lado de cegos que pareciam sonâmbulos, sonâmbula ela também para eles, nem tinha de fingir que estava cega. Os cegos enamorados já não estavam de mãos dadas, dormiam deitados de lado, encolhidos para conservarem o calor, ela na concha formada pelo corpo dele, afinal, reparando melhor, tinham-se dado as mãos, o braço dele por cima do corpo dela, os dedos entrelaçados. Lá dentro, na camarata, a cega que não conseguia dormir continuava sentada na cama, à espera de que a fadiga do corpo fosse tal que acabasse por render a resistência obstinada da mente. Todos os outros pareciam dormir, alguns com a cabeça tapada, como se ainda estivessem à procura de uma escuridão impossível. Sobre a mesa de cabeceira da rapariga dos óculos escuros, via-se o frasquinho de colírio. Os olhos já estavam curados, mas ela não o sabia.

Se o cego encarregado de escriturar os ilícitos ganhos da camarata dos malvados tivesse decidido, por efeito de uma iluminação esclarecedora do seu duvidoso espírito, passar-se para este lado com os seus tabuleiros de escrever, o seu papel grosso e o seu punção, certamente andaria agora ocupado a redigir a instrutiva e lamentável crónica do mau passadio e outros muitos sofrimentos destes novos e espoliados companheiros. Começaria por dizer que lá de onde tinha vindo, não só os usurpadores haviam expulsado da camarata os cegos honrados, para ficarem donos e senhores eles de todo o espaço, como haviam, ainda por cima, proibido aos ocupantes das outras duas camaratas da ala esquerda o acesso e a serventia das respetivas instalações sanitárias, como se lhes chama. Comentaria que o resultado imediato da infame prepotência fora ter afluído toda aquela aflita gente às sentinas deste lado, com consequências fáceis de imaginar a quem não se tenha esquecido do estado em que tudo isto já se encontrava antes. Faria constar que não se pode andar pela cerca interior sem tropeçar em cegos escoando as suas diarreias ou retorcendo-se com a angústia de tenesmos que tinham prometido muito e afinal não resolviam nada, e, sendo um espírito observador, não deixaria, a propósito, de registar a patente contradição entre o pouco que se ingeria e o muito que se eliminava, desta maneira ficando por ventura demonstrado que a célebre relação de causa e efeito, tantas vezes citada, não é, pelo menos de um ponto de vista quantitativo, sempre de fiar. Também diria que enquanto a estas horas a camarata dos malvados deverá estar já atulhada de caixas de comida, aqui os desgraçados não tarda que se vejam reduzidos a apanhar migalhas do chão imundo. Não se esqueceria o cego contabilista de condenar, na sua dupla qualidade de parte no processo e cronista dele, o procedimento criminoso dos cegos opressores, que preferem deixar que se estrague a comida a dá-la a quem dela tão precisado está, pois se é certo que alguns daqueles alimentos podem durar umas semanas sem perder a virtude, outros, em particular os que vêm cozinhados, se não são comidos logo, em pouco tempo estão azedos ou cobertos de bolores, portanto imprestáveis para seres humanos, se estes o são ainda. Mudando de assunto, mas não de tema, escreveria o cronista, com grande mágoa de coração, que as doenças daqui não são apenas as do trato digestivo, ou seja por carência de ingestão suficiente, ou seja por mórbida descomposição do ingerido, para cá não vieram apenas pessoas saudáveis, ainda que cegas, inclusive algumas destas, que pareciam trazer saúde para dar e vender, estão agora, como as outras, sem se poderem levantar dos pobres catres, derrubadas por umas gripes fortíssimas que entraram não se sabe como. E não se encontra em nenhuma parte das cinco camaratas uma aspirina que possa baixar esta febre e aliviar esta dor de cabeça, em pouco tempo acabou o que ainda havia, rebuscado até ao forro das malinhas de mão das senhoras. Renunciaria o cronista, por circunspeção, a fazer um relato discriminativo de outros males que estão afligindo muitas das quase trezentas pessoas postas em tão desumana quarentena, mas não poderia deixar de mencionar, pelo menos, dois casos de cancro bastante adiantados, que não quiseram as autoridades ter contemplações humanitárias na hora de caçar os cegos e trazê-los para aqui, disseram mesmo que a lei quando nasce é igual para todos e que a democracia é incompatível com tratamentos de favor. Médicos, em tanta gente, assim quis a má sorte, não há mais do que um, ainda por cima oftalmologista, aquele que menos falta nos fazia. Chegando a este ponto, o cego contabilista, cansado de descrever tanta miséria e dor, deixaria cair sobre a mesa o punção metálico, buscaria com a mão trémula o bocado de pão duro que havia deixado a um lado enquanto cumpria a sua obrigação de cronista do fim dos tempos, mas não o encontraria, porque outro cego, de tanto lhe pôde valer o olfato nesta necessidade, o tinha roubado. Então, renegando o gesto fraterno, o abnegado impulso que o tinha feito acudir a este lado, decidiu o cego contabilista que o melhor, se ainda ia a tempo, seria regressar à terceira camarata lado esquerdo, ao menos, lá, por muito que se lhe esteja revolvendo o espírito de honesta indignação contra as injustiças dos malvados, não passará fome.

 Disto realmente se trata. De cada vez que os encarregados de ir buscar a comida tornam às camaratas com o pouco que lá lhes foi entregue, rebentam, furiosos, os protestos. Há sempre alguém que propõe uma ação coletiva organizada, uma manifestação maciça, apresentando como argumento valedor a tantas vezes verificada força expansiva do número, sublimada na afirmação dialética de que as vontades, em geral apenas adicionáveis umas às outras, também são muito capazes, em certas circunstâncias, de multiplicar-se entre si, até ao infinito. Porém, não tardava que os ânimos acalmassem, bastava que alguém, mais prudente, com a simples e objetiva intenção de ponderar as vantagens e os riscos da ação proposta, lembrasse aos entusiastas os efeitos mortais que costumam ter as pistolas, Os que forem adiante, diziam, sabem o que lá têm à espera, e quanto aos de trás, o melhor é nem imaginar o que sucederá no caso muito provável de nos assustarmos ao primeiro disparo, seremos mais a morrer esborrachados do que a tiros. Como solução intermédia, foi decidido numa das camaratas, e dessa decisão passaram palavra às outras, que mandariam a buscar a comida, não os já escarmentados emissários do costume, mas um grupo nutrido deles, maneira esta obviamente imprópria, umas dez ou doze pessoas, as quais tratariam de expressar, coralmente, o descontentamento de todos. Pediram-se voluntários, mas, talvez por efeito das conhecidas advertências dos cautelosos, em nenhuma camarata foram tantos os que se apresentaram para a missão. Graças a Deus, esta evidente mostra de fraqueza moral deixou de ter qualquer importância, e mesmo de ser motivo de vergonha, quando, dando razão à prudência, houve conhecimento do resultado da expedição organizada pela camarata que tivera a ideia. Os oito corajosos que se atreveram foram incontinente corridos a cacete, e se é verdade que apenas uma bala foi disparada, não o é menos que esta não levava a pontaria tão alta como as primeiras, a prova está em que os reclamantes juraram depois tê-la ouvido assobiar pertíssimo das cabeças. Se já tinha havido aqui intenção assassina, talvez o venhamos a saber mais tarde, por ora conceda-se ao atirador o benefício da dúvida, isto é, ou aquele tiro não passou realmente de um aviso, ainda que mais a sério, ou o chefe dos malvados se equivocou acerca da altura dos manifestantes, por imaginá-los mais baixos, ou então, suposição esta inquietante, o equívoco terá sido imaginá-los ele mais altos do que o eram de facto, caso em que a intenção de matar passaria a ter de ser inevitavelmente considerada. Deixando agora de parte estas miúdas questões, e atendendo aos interesses gerais, que são os que contam, foi uma autêntica providência, mesmo que tenha sido apenas uma casualidade, terem-se anunciado os reclamantes como delegados da camarata número tantos. Assim, só ela teve de jejuar por castigo durante três dias, e com muita sorte, que podiam ter-lhes cortado os víveres para sempre, como é justo que suceda a quem ousa morder a mão que lhe dá de comer. Não tiveram pois outro remédio os da camarata insurreta, durante esses três dias, do que andar de porta em porta a implorar a esmola de uma côdea de pão, pelas alminhas, se possível adubado com algum conduto, não morreram de fome, é certo, mas tiveram de ouvir do bom e do bonito, Com ideias dessas bem podem vocês limpar as mãos à parede, Se tivéssemos ido na vossa conversa, em que situação estaríamos agora, mas pior do que tudo foi quando lhes disseram, Tenham paciência, tenham paciência, não há palavras mais duras de ouvir, antes o insulto. E quando os três dias do castigo acabaram e se acreditou que ia nascer um dia novo, viu-se que a punição da infeliz camarata, aquela onde se albergavam todos os quarenta cegos insurretos, afinal não tinha terminado, pois a comida, que até aí mal tinha chegado para vinte, passara a ser tão pouca que nem a dez conseguiria matar a fome. Pode-se portanto imaginar a revolta, a indignação, e também, doa a quem doer, factos são factos, o medo das camaratas restantes, que já se viam assaltadas pelos necessitados, divididas, elas, entre os deveres clássicos da humana solidariedade e a observância do velho e não menos clássico preceito de que a caridade bem entendida por nós próprios é que terá de começar.

Estavam as coisas neste ponto quando veio ordem dos malvados para que lhes fossem entregues mais dinheiro e objetos valiosos, porquanto, consideravam eles, a comida fornecida já havia ultrapassado o valor do pagamento inicial, aliás, segundo eles afirmavam, generosamente calculado por alto. Responderam aflitas as camaratas que não lhes tinha ficado nos bolsos nem um único centavo, que todos os bens recolhidos haviam sido pontualmente entregues, e que, argumento este em verdade vergonhoso, não seria de todo equânime qualquer decisão que deliberadamente ignorasse as diferenças de valor das distintas contribuições, isto é, em palavras simples, não estava bem que fosse o justo a pagar pelo pecador, e que portanto não se deviam cortar os alimentos a quem, provavelmente, ainda teria um saldo a seu favor. Nenhuma das camaratas, evidentemente, conhecia o valor do que fora entregue pelas restantes, mas cada uma achava que tinha razões para ainda continuar a comer quando às de mais já se lhes tivesse acabado o crédito. Felizmente, graças ao que os conflitos latentes morreram à nascença, os malvados foram terminantes, a ordem era para ser cumprida por toda a gente, se tinha havido diferenças na avaliação ficavam no segredo da contabilidade do cego escriturário. Nas camaratas, a discussão foi acesa, áspera, algumas vezes chegou à violência. Suspeitavam alguns que certos egoístas e mal-intencionados haviam escondido parte dos seus valores na altura da recolha, e portanto tinham andado a comer à custa de quem honestamente se tinha despojado de tudo em benefício da comunidade. Alegavam outros, recuperando para uso pessoal o que até aí fora uma argumentação coletiva, que aquilo que haviam entregado, só por si, daria para continuarem a comer ainda por muitos dias, em lugar de terem de estar ali a sustentar parasitas. A ameaça que os cegos malvados tinham feito ao princípio, de virem passar revista às camaratas e punir os infratores, acabou por ser executada dentro de cada uma, cegos bons contra cegos maus, malvados também. Não se encontraram riquezas estupendas, mas ainda foram descobertos uns quantos relógios e anéis, tudo mais de homem que de mulher. Quanto aos castigos da justiça interna, não passaram de uns safanões ao acaso, uns débeis socos mal dirigidos, o que mais se ouviu foram insultos, alguma frase pertencente a uma antiga retórica acusatória, por exemplo, Até eras capaz de roubar a tua própria mãe, imagine-se, como se uma ignomínia assim, e outras de ainda maior consideração, para virem a ser cometidas, tivessem de esperar o dia em que toda a gente cegasse e, por ter perdido a luz dos olhos, perdesse o farol do respeito. Os cegos malvados receberam o pagamento com ameaças de duras represálias, que por fortuna depois não cumpriram, supôs-se que por esquecimento, quando o certo é que andavam já com outra ideia na cabeça, como não tardará a saber-se. Tivessem eles executado as ameaças, e mais injustiças viriam agravar a situação, acaso com consequências dramáticas imediatas, porquanto duas das camaratas, para ocultarem o delito de retenção de que eram culpadas, se apresentaram em nome de outras, carregando as camaratas inocentes com culpas que não eram suas, alguma até tão honesta que tudo havia entregado no primeiro dia. Felizmente, para não estar com mais trabalhos, o cego contabilista resolvera escriturar à parte, em uma só folha de papel, as diferentes novas contribuições, e foi o que a todos valeu, tanto inocentes como culpados, porque de certeza a irregularidade fiscal lhe teria saltado aos olhos se as tivesse levado às respetivas contas.

Passada uma semana, os cegos malvados mandaram recado de que queriam mulheres. Assim, simplesmente, Tragam-nos mulheres. Esta inesperada, ainda que não de todo insólita, exigência causou a indignação que é fácil imaginar, os aturdidos emissários que vieram com a ordem voltaram logo lá para comunicar que as camaratas, as três da direita e as duas da esquerda, sem exceção dos cegos e cegas que dormiam no chão, haviam decidido, por unanimidade, não acatar a degradante imposição, objetando que não se podia rebaixar a esse ponto a dignidade humana, neste caso feminina, e que se na terceira camarata lado esquerdo não havia mulheres, a responsabilidade, se a havia, não lhes poderia ser assacada. A resposta foi curta e seca, Se não nos trouxerem mulheres, não comem. Humilhados, os emissários regressaram às camaratas com a ordem, Ou vão lá, ou não nos dão de comer. As mulheres sozinhas, as que não tinham parceiro, ou não o tinham fixo, protestaram imediatamente, não estavam dispostas a pagar a comida dos homens das outras com o que tinham entre pernas, uma delas teve mesmo o atrevimento de dizer, esquecendo o respeito que devia ao seu sexo, Eu sou muito senhora de lá ir, mas o que ganhar é para mim, e se me apetecer fico a viver com eles, assim tenho cama e mesa garantida. Por estas inequívocas palavras o disse, mas não passou aos atos subsequentes, lembrou-se a tempo do mau bocado que iria ser se tivesse de aguentar sozinha o furor erótico de vinte machos desenfreados que, pela urgência, pareciam estar cegos de cio. Porém, esta declaração, assim levianamente proferida na segunda camarata lado direito, não caiu em cesto roto, um dos emissários, com particular sentido de ocasião, deitou-lhe logo a mão para propor que se apresentassem voluntárias ao serviço, tendo em conta que o que se faz de moto próprio custa em geral menos do que o que tem de fazer-se por obrigação. Só um derradeiro cuidado, uma última prudência o impediram de rematar o apelo citando o conhecido provérbio Quem corre por gosto, não cansa. Mesmo assim, os protestos explodiram mal ele acabou de falar, saltaram as fúrias de todos os lados, sem dó nem piedade os homens foram moralmente arrasados, apelidados de chulos, de proxenetas, de chupistas, de vampiros, de exploradores, de alcoviteiros, conforme a cultura, o meio social e o estilo pessoal das justamente indignadas mulheres. Algumas delas declararam-se arrependidas de terem cedido, por pura generosidade e compaixão, às solicitações sexuais de companheiros de infortúnio que tão mal agora lhes agradeciam, querendo empurrá-las para a pior das sortes. Os homens procuraram justificar-se, que não era bem assim, que não dramatizassem, que diabo, falando é que a gente se entende, foi só porque o costume manda pedir voluntários em situações difíceis e perigosas, como esta sem dúvida o é, Estamos todos em risco de morrer à fome, vocês e nós. Acalmaram-se algumas das mulheres, deste modo chamadas à razão, mas uma das outras, subitamente inspirada, lançou uma nova acha à fogueira quando perguntou, irónica, E o que é que vocês fariam se eles, em vez de pedirem mulheres, tivessem pedido homens, o que é que fariam, contem lá para a gente ouvir. As mulheres rejubilaram, Contem, contem, gritavam em coro, entusiasmadas por terem encostado os homens à parede, apanhados na sua própria ratoeira lógica de que não poderiam escapar, agora queriam ver até onde ia a tão apregoada coerência masculina, Aqui não há maricas, atreveu-se um homem a protestar, Nem putas, retorquiu a mulher que fizera a pergunta provocadora, e ainda que as haja, pode ser que não estejam dispostas a sê-lo aqui por vocês. Incomodados, os homens encolheram-se, conscientes de que só haveria uma resposta capaz de dar satisfação às vingativas fêmeas, Se eles pedissem homens, nós iríamos, mas nem um deles teve a coragem de pronunciar estas breves, explícitas e desinibidas palavras, e tão perturbados ficaram que nem se lembraram de que não haveria grande perigo em dizê-las, uma vez que aqueles filhos de puta não queriam desafogar-se com homens, mas com mulheres.

Ora, aquilo que nenhum homem pensou, pareceu que o pensaram as mulheres, não devia ter outra explicação o silêncio que pouco a pouco se foi instalando na camarata onde se deram estes confrontos, como se tivessem compreendido que, para elas, a vitória na peleja verbal não se distinguia da derrota que inevitavelmente viria depois, porventura nas restantes camaratas não terá sido diferente o debate, porquanto é sabido que as razões humanas se repetem muito e as sem-razões também. Aqui, quem proferiu a sentença final foi uma mulher já de cinquenta anos que tinha consigo a mãe velha e nenhum outro modo de lhe dar de comer, Eu vou, disse, não sabia que estas palavras eram o eco das que na primeira camarata lado direito haviam sido ditas pela mulher do médico, Eu vou, nesta camarata daqui as mulheres são poucas, talvez por isso os protestos não foram tão numerosos nem tão veementes, estava a rapariga dos óculos escuros, estava a mulher do primeiro cego, estava a empregada do consultório, estava a criada do hotel, estava uma que não se sabe quem seja, estava a que não podia dormir, mas esta era tão infeliz, tão desgraçada, que o melhor seria deixá-la em paz, da solidariedade das mulheres não tinham por que beneficiar só os homens. O primeiro cego começara por declarar que mulher sua não se sujeitaria à vergonha de entregar o corpo a desconhecidos em troca do que fosse, que nem ela o quereria nem ele o permitiria, que a dignidade não tem preço, que uma pessoa começa por ceder nas pequenas coisas e acaba por perder todo o sentido da vida. O médico perguntou-lhe então que sentido da vida via ele na situação em que todos ali se encontravam, famintos, cobertos de porcaria até às orelhas, roídos de piolhos, comidos de percevejos, espicaçados de pulgas, Também eu não quereria que a minha mulher lá fosse, mas esse meu querer não serve de nada, ela disse que está disposta a ir, foi a sua decisão, sei que o meu orgulho de homem, isto a que chamamos orgulho de homem, se é que depois de tanta humilhação ainda conservamos algo que mereça tal nome, sei que vai sofrer, já está a sofrer, não o posso evitar, mas é provavelmente o único recurso, se queremos viver, Cada qual procede segundo a moral que tem, eu penso assim e não tenciono mudar de ideias, retorquiu agressivo o primeiro cego. Então a rapariga dos óculos escuros disse, Os outros não sabem quantas mulheres há aqui, portanto você poderá ficar com a sua para seu exclusivo gasto, que nós os alimentaremos, a si e a ela, sempre quero ver como se irá sentir de dignidade depois, como lhe vai saber o pão que nós lhe trouxermos, A questão não é essa, começou o primeiro cego a responder, a questão é, mas ficou com a frase no ar, na verdade não sabia qual era a questão, tudo quanto ele havia dito antes não passava de umas quantas opiniões avulsas, nada mais que opiniões, pertencentes a outro mundo, não a este, o que ele deveria, isso sim, era levantar as mãos ao céu e agradecer a sorte de poderem ficar-lhe, por assim dizer, as vergonhas em casa, em vez de ter de suportar o vexame de saber-se sustentado pelas mulheres dos outros. Pela mulher do médico, para ser preciso e exato, porque, quanto às restantes, excetuando a rapariga dos óculos escuros, solteira e livre, de cuja vida dissipada já temos mais do que suficiente informação, se elas tinham maridos, não se encontravam ali. O silêncio que se seguiu à frase interrompida pareceu ficar à espera de que alguém aclarasse definitivamente a situação, por isso não tardou muito que falasse quem tinha de falar, foi ela a mulher do primeiro cego, que disse sem que a voz lhe tremesse, Sou tanto como as outras, faço o que elas fizerem, Só fazes o que eu mandar, interrompeu o marido, Deixa-te de autoridades, aqui não te servem de nada, estás tão cego como eu, É uma indecência, Está na tua mão não seres indecente, a partir de agora não comas, foi esta a cruel resposta, inesperada em pessoa que até hoje se mostrara dócil e respeitadora do seu marido. Ouviu-se uma brusca risada, era a criada do hotel, Ai, come, come, que há de ele fazer, coitado, de repente o riso converteu-se em choro, as palavras mudaram, Que havemos nós de fazer, disse, era quase uma pergunta, uma mal resignada pergunta para que não existia resposta, como um desalentado abanar de cabeça, tanto assim que a empregada do consultório não fez mais do que repeti-la, Que havemos nós de fazer. A mulher do médico levantou os olhos para a tesoura dependurada na parede, pela expressão deles dir-se-ia que estava a fazer-lhe a mesma pergunta, salvo se o que procuravam era uma resposta à pergunta que ela lhe devolvia, Que queres fazer comigo.

Porém, cada coisa chegará no tempo próprio, não é por muito ter madrugado que se há de morrer mais cedo. Os cegos da terceira camarata lado esquerdo são pessoas organizadas, já decidiram que vão começar pelo que têm de mais perto, pelas mulheres das camaratas da sua ala. A aplicação do método rotativo, palavra mais do que justa, apresenta todas as vantagens e nenhum inconveniente, em primeiro lugar, porque permitirá saber, em qualquer momento, o que foi feito e o que está por fazer, é como olhar um relógio e dizer do dia que passa, Vivi desde aqui até aqui, falta-me tanto ou tão pouco, em segundo lugar, porque quando a volta das camaratas estiver concluída, o regresso ao princípio trará uma indiscutível aragem de novidade, sobretudo para os de memória sensorial mais curta. Folguem portanto as mulheres das camaratas da ala direita, com o mal das minhas vizinhas posso eu bem, palavras que nenhuma disse, mas que todas pensaram, na verdade ainda está por nascer o primeiro ser humano desprovido daquela segunda pele a que chamamos egoísmo, bem mais dura que a outra, que por qualquer coisa sangra. Há que dizer, ainda, que duplamente estão estas mulheres folgando, assim são os mistérios da alma humana, pois a ameaça, de todos os modos próxima, da humilhação a que irão ser sujeitas, acordou e exacerbou, dentro de cada camarata, apetites sensuais que a continuação da convivência havia debilitado, era como se os homens estivessem pondo nas mulheres desesperadamente a sua marca antes que lhas levassem, era como se as mulheres quisessem encher a memória de sensações experimentadas voluntariamente para melhor se poderem defender da agressão daquelas que, podendo ser, recusariam. É inevitável perguntar, tomando como exemplo a primeira camarata lado direito, como foi resolvida a questão da diferença de quantidades de homens e de mulheres, mesmo descontando os incapazes do sexo masculino, que os há, como deve ser o caso do velho da venda preta e de outros, desconhecidos, velhos ou novos, que por isto ou por aquilo não disseram nem fizeram nada que interessasse ao relato. Já foi dito que são sete as mulheres nesta camarata, incluindo a cega das insónias e a que não se sabe quem seja, e que os casais normalmente constituídos não são mais do que dois, o que deixaria de fora uma desequilibrada quantidade de homens, o rapazinho estrábico ainda não conta. Acaso noutras camaratas haverá mais mulheres do que homens, mas uma regra não escrita, que o uso fez aqui nascer e depois tornou lei, manda que todas as questões devam ser resolvidas dentro das camaratas em que tenham sido suscitadas, a exemplo do que ensinavam os antigos, cuja sabedoria nunca nos cansaremos de louvar, Fui a casa da vizinha, envergonhei-me, voltei para a minha, remediei-me. Darão portanto as mulheres da primeira camarata lado direito remédio às necessidades dos homens que vivem debaixo do seu mesmo teto, com exceção da mulher do médico, que, vá-se lá saber porquê, ninguém se atreveu a solicitar, por palavras ou mão estendida. Já a mulher do primeiro cego, depois do passo em frente que tinha sido a abrupta resposta dada ao marido, fez, embora discretamente, o que fizeram as outras, como ela própria avisara. Há porém resistências contra as quais não podem nem razão nem sentimento, como foi o caso da rapariga dos óculos escuros, a quem o ajudante de farmácia, por mais que se tivesse multiplicado em argumentos, por mais que se desfizesse em súplicas, não conseguiu render, pagando assim a falta de respeito que cometera ao princípio. Esta mesma rapariga, entenda as mulheres quem puder, que é a mais bonita de todas as que aqui se encontram, a de corpo mais bem feito, a mais atraente, a que todos passaram a desejar quando correu a voz do que valia, foi afinal, numa noite destas, meter-se por sua própria vontade na cama do velho da venda preta, que a recebeu como chuva de Verão e cumpriu o melhor que podia, bastante bem para a idade, ficando por esta via demonstrado, mais uma vez, que as aparências são enganadoras, e que não é pelo aspeto da cara e pela presteza do corpo que se conhece a força do coração. Toda a gente na camarata compreendeu que tinha sido por pura caridade que a rapariga dos óculos escuros se fora oferecer ao velho da venda preta, mas houve ali homens, dos sensíveis e sonhadores, que, tendo já antes gozado dela, se puseram a devanear, a pensar que não deveria haver melhor prémio neste mundo que encontrar-se um homem estendido na sua cama, sozinho, imaginando impossíveis, e perceber que uma mulher vem levantar as cobertas muito devagar e por debaixo delas se insinua, roçando lentamente o corpo ao longo do corpo, até ficar quieta enfim, em silêncio, à espera de que o ardor dos sangues apazigue o súbito tremor da pele sobressaltada. E tudo isto por nada, só porque ela o quis. São fortunas que não andam por aí ao desbarato, às vezes é preciso ser-se velho e levar uma venda preta a tapar uma órbita definitivamente cega. Ou então, certas coisas o melhor é deixá-las sem explicação, dizer simplesmente o que aconteceu, não interrogar o íntimo das pessoas, como foi daquela vez que a mulher do médico tinha saído da cama para ir aconchegar o rapazinho estrábico que se havia destapado. Não se deitou logo. Encostada à parede do fundo, no espaço estreito entre as duas fileiras de catres, olhava desesperada a porta no outro extremo, aquela por onde tinham entrado num dia que já parecia distante e que não levava agora a parte alguma. Assim estava quando viu o marido levantar-se e, de olhos fixos, como um sonâmbulo, dirigir-se à cama da rapariga dos óculos escuros. Não fez um gesto para o deter. De pé, sem se mexer, viu como ele levantava as cobertas e depois se deitava ao lado dela, como a rapariga despertou e o recebeu sem protesto, como as duas bocas se buscaram e encontraram, e depois o que tinha de suceder sucedeu, o prazer de um, o prazer do outro, o prazer de ambos, os murmúrios abafados, ela disse, Ó senhor doutor, e estas palavras podiam ter sido ridículas e não o foram, ele disse, Desculpa, não sei o que me deu, de facto tínhamos razão, como poderíamos nós, que apenas vemos, saber o que nem ele sabe. Deitados no catre estreito, não podiam imaginar que estavam a ser observados, o médico decerto que sim, subitamente inquieto, estaria dormindo a mulher, perguntou-se, andaria aí pelos corredores como todas as noites, fez um movimento para voltar à sua cama, mas uma voz disse, Não te levantes, e uma mão pousou-se no seu peito com a leveza de um pássaro, ele ia falar, talvez repetir que não sabia o que lhe tinha dado, mas a voz disse, Se não disseres nada compreenderei melhor. A rapariga dos óculos escuros começou a chorar, Que infelizes nós somos, murmurava, e depois, Eu também quis, eu também quis, o senhor doutor não tem culpa, Cala-te, disse suavemente a mulher do médico, calemo-nos todos, há ocasiões em que as palavras não servem de nada, quem me dera a mim poder também chorar, dizer tudo com lágrimas, não ter de falar para ser entendida. Sentou-se na borda da cama, estendeu o braço por cima dos dois corpos, como para cingi-los no mesmo amplexo, e, inclinando-se toda para a rapariga dos óculos escuros, murmurou-lhe baixinho ao ouvido, Eu vejo. A rapariga ficou imóvel, serena, apenas perplexa porque não sentia nenhuma surpresa, era como se já o soubesse desde o primeiro dia e só não tivesse querido dizê-lo em voz alta por ser um segredo que não lhe pertencia. Girou a cabeça um pouco e sussurrou por sua vez ao ouvido da mulher do médico, Eu sabia, não sei se tenho a certeza, mas acho que sabia, É um segredo, não o podes dizer a ninguém, Esteja descansada, Tenho confiança em ti, Pode tê-la, antes queria morrer que enganá-la, Deves tratar-me por tu, Isso não, não sou capaz. Murmuravam ao ouvido, ora uma, ora outra, tocando com os lábios o cabelo, o lóbulo da orelha, era um diálogo insignificante, era um diálogo profundo, se podem estar juntos estes contrários, uma pequena conversa cúmplice que parecia não conhecer o homem deitado entre as duas, mas que o envolvia numa lógica fora do mundo das ideias e realidades comuns. Depois a mulher do médico disse ao marido, Deixa-te ficar um pouco mais, se queres, Não, vou para a nossa cama, Então ajudo-te. Ergueu-se para lhe deixar os movimentos livres, contemplou por um instante as duas cabeças cegas, pousadas lado a lado no travesseiro encardido, as caras sujas, os cabelos emaranhados, só os olhos resplandecendo inutilmente. Ele levantou-se devagar, buscando apoio, depois ficou parado ao lado da cama, indeciso, como se de súbito tivesse perdido a noção do lugar onde se encontrava, então ela, como sempre havia feito, agarrou-lhe um braço, mas agora o gesto tinha um sentido novo, nunca ele necessitara tanto que o guiassem como neste momento, porém não poderia saber até que ponto, só as duas mulheres o souberam verdadeiramente, quando a mulher do médico tocou com a outra mão a face da rapariga e ela impulsivamente lha tomou para a levar aos lábios. Pareceu ao médico que ouvia chorar, um som quase inaudível, como só pode ser o de umas lágrimas que vão deslizando lentamente até às comissuras da boca e aí se somem para recomeçarem o ciclo eterno das inexplicáveis dores e alegrias humanas. A rapariga dos óculos escuros ia ficar só, ela era a que devia ser consolada, por isso a mão da mulher do médico tardou tanto a desprender-se.

No dia seguinte, à hora do jantar, se uns míseros pedaços de pão duro e carne bafienta mereciam tal nome, apareceram à porta da camarata três cegos vindos do outro lado, Quantas mulheres têm vocês aqui, perguntou um deles, Seis, respondeu a mulher do médico, com a boa intenção de deixar de fora a cega das insónias, mas ela emendou em voz apagada, Somos sete. Os cegos riram, Ó diabo, disse um, então vocês vão ter de trabalhar muito esta noite, e outro sugeriu, Talvez fosse melhor ir buscar reforço à camarata a seguir, Não vale a pena, disse o terceiro cego, que sabia aritmética, praticamente são três homens para cada mulher, elas aguentam. Riram todos outra vez, e o que tinha perguntado quantas mulheres havia deu a ordem, Quando acabarem vão ter connosco, e acrescentou, Isto é se quiserem comer amanhã e dar de mamar aos vossos homens. Diziam estas palavras em todas as camaratas, mas continuavam a divertir-se tanto com a chalaça como no dia em que a tinham inventado. Torciam-se de riso, davam patadas, batiam com os grossos paus no chão, um deles preveniu subitamente, Eh, se alguma de vocês está com o sangue, não a queremos, ficará para a próxima vez, Nenhuma está com o sangue, disse serenamente a mulher do médico, Então preparem-se, e não se demorem, estamos à vossa espera. Viraram costas e desapareceram. A camarata ficou em silêncio. Um minuto depois, disse a mulher do primeiro cego, Não posso comer mais, era quase nada o que tinha na mão, e não o conseguia comer, Nem eu, disse a cega das insónias, Nem eu, disse aquela que não se sabe quem seja, Eu já acabei, disse a criada de hotel, Eu também, disse a empregada do consultório, Eu vomitarei na cara do primeiro que se chegar a mim, disse a rapariga dos óculos escuros. Estavam todas levantadas, trémulas e firmes. Então a mulher do médico disse, Eu vou à frente. O primeiro cego tapou a cabeça com a manta, como se isso servisse para alguma coisa, cego já ele estava, o médico atraiu a mulher a si e, sem falar, deu-lhe um rápido beijo na testa, que mais podia ele fazer, aos outros homens tanto se lhes devia dar, não tinham nem direitos nem obrigações de marido sobre nenhuma das mulheres que ali iam, por isso ninguém poderá vir a dizer-lhes, Corno consentidor é duas vezes corno. A rapariga dos óculos escuros foi pôr-se atrás da mulher do médico, depois, sucessivamente, a criada do hotel, a empregada do consultório, a mulher do primeiro cego, aquela que não se sabe quem seja, e enfim a cega das insónias, uma fila grotesca de fêmeas malcheirosas, com as roupas imundas e andrajosas, parece impossível que a força animal do sexo seja assim tão poderosa, ao ponto de cegar o olfato, que é o mais delicado dos sentidos, não faltam mesmo teólogos que afirmam, embora não por estas exatas palavras, que a maior dificuldade para chegar a viver razoavelmente no inferno é o cheiro que lá há. Devagar, guiadas pela mulher do médico, cada uma com a mão no ombro da seguinte, as mulheres começaram a caminhar. Estavam todas descalças porque não queriam perder os sapatos no meio das aflições e angústias por que iam passar. Quando chegaram ao átrio de entrada, a mulher do médico encaminhou-se para a porta, devia querer saber se ainda haveria mundo. Ao sentir a frescura do ar, a criada do hotel lembrou assustada, Não podemos sair, os soldados estão lá fora, e a cega das insónias disse, Mais valia, em menos de um minuto estaríamos mortas, era como deveríamos estar, todas mortas, Nós, perguntou a empregada do consultório, Não, todas, todas as que nos encontramos aqui, ao menos teríamos a melhor das razões para estarmos cegas. Nunca pronunciara tantas palavras seguidas desde que a trouxeram. A mulher do médico disse, Vamos, só quem tiver de morrer morrerá, a morte escolhe sem avisar. Passaram a porta que dava acesso à ala esquerda, enfiaram-se pelos compridos corredores, as mulheres das duas primeiras camaratas poderiam, se quisessem, falar-lhes daquilo que as esperava, mas estavam encolhidas nas suas camas como bestas espancadas, os homens não se atreviam a tocar-lhes, nem sequer tentavam aproximar-se, que elas punham-se aos gritos.

No último corredor, lá ao fundo, a mulher do médico viu um cego que estava de sentinela, como de costume. Ele devia ter ouvido os passos arrastados, deu um aviso, Já aí vêm, já aí vêm. De dentro saíram gritos, relinchos, risadas. Quatro cegos afastaram rapidamente a cama que servia de barreira à entrada, Depressa, meninas, entrem, entrem, estamos todos aqui como uns cavalos, vão levar o papo cheio, dizia um deles. Os cegos rodearam-nas, tentavam apalpá-las, mas recuaram logo, aos tropeções, quando o chefe, o que tinha a pistola, gritou, O primeiro a escolher sou eu, já sabem. Os olhos de todos aqueles homens buscavam ansiosamente as mulheres, alguns estendiam as mãos ávidas, se de fugida tocavam em uma delas sabiam enfim para onde olhar. No meio da coxia, entre as camas, as mulheres eram como os soldados em parada à espera de que lhes venham passar revista. O chefe dos cegos, de pistola na mão, aproximou-se, tão ágil e despachado como se com os olhos que tinha pudesse ver. Pôs a mão livre na cega das insónias, que era a primeira, apalpou-a por diante e por detrás, as nádegas, as mamas, o entrepernas. A cega começou aos gritos e ele empurrou-a, Não vales nada, puta. Passou à seguinte, que era aquela que não se sabe quem seja, agora apalpava com as duas mãos, tinha metido a pistola no bolso das calças, Olhem que esta não é nada má, e logo se foi à mulher do primeiro cego, depois à empregada do consultório, depois à criada do hotel, exclamou, Rapazes, estas gajas são mesmo boas. Os cegos relincharam, deram patadas no chão, Vamos a elas que se faz tarde, berraram alguns, Calma, disse o da pistola, deixem-me ver primeiro como são as outras. Apalpou a rapariga dos óculos escuros e deu um assobio, Olá, saiu-nos a sorte grande, deste gado ainda cá não tinha aparecido. Excitado, enquanto continuava a apalpar a rapariga, passou à mulher do médico, assobiou outra vez, Esta é das maduras, mas tem jeito de ser também uma rica fêmea. Puxou para si as duas mulheres, quase se babava quando disse, Fico com estas, depois de as despachar passo-as a vocês. Arrastou-as para o fundo da camarata, onde se amontoavam as caixas de comida, os pacotes, as latas, uma despensa que poderia abastecer um regimento. As mulheres, todas elas, já estavam a gritar, ouviam-se golpes, bofetadas, ordens, Calem-se, suas putas, estas gajas são todas iguais, sempre têm de pôr-se aos berros, Dá-lhe com força, que se calará, Deixem-nas chegar à minha vez e já vão ver como pedem mais, Despacha-te daí, não aguento um minuto. A cega das insónias uivava de desespero debaixo de um cego gordo, as outras quatro estavam rodeadas de homens com as calças arriadas que se empurravam uns aos outros como hienas em redor de uma carcaça. A mulher do médico encontrava-se junto ao catre para onde tinha sido levada, estava de pé, com as mãos convulsas apertando os ferros da cama, viu como o cego da pistola puxou e rasgou a saia da rapariga dos óculos escuros, como desceu as calças e, guiando-se com os dedos, apontou o sexo ao sexo da rapariga, como empurrou e forçou, ouviu os roncos, as obscenidades, a rapariga dos óculos escuros não dizia nada, só abriu a boca para vomitar, com a cabeça de lado, os olhos na direção da outra mulher, ele nem deu pelo que estava a acontecer, o cheiro do vómito só se nota quando o ar e o resto não cheiram ao mesmo, enfim o homem sacudiu-se todo, deu três sacões violentos como se cravasse três espeques, resfolegou como um cerdo engasgado, acabara. A rapariga dos óculos escuros chorava em silêncio. O cego da pistola retirou o sexo que ainda vinha a pingar e disse com voz vacilante, enquanto estendia o braço para a mulher do médico, Não tenhas ciúmes, já vou tratar de ti, e depois subindo o tom, Eh, rapazes, podem vir buscar esta, mas tratem-na com carinho, que ainda posso precisar dela. Meia dúzia de cegos avançaram de rebolão pela coxia, deitaram mãos à rapariga dos óculos escuros, levaram-na quase de rastos, Primeiro eu, primeiro eu, diziam todos. O cego da pistola tinha-se sentado na cama, o sexo flácido estava pousado na beira do colchão, as calças enroladas aos pés. Ajoelha-te aqui, entre as minhas pernas, disse. A mulher do médico ajoelhou-se. Chupa, disse ele, Não, disse ela, Ou chupas, ou bato-te, e não levas comida, disse ele, Não tens medo de que to arranque à dentada, perguntou ela, Podes experimentar, tenho as mãos no teu pescoço, estrangulava-te antes que chegasses a fazer-me sangue, respondeu ele. Depois disse, Estou a reconhecer a tua voz, E eu a tua cara, És cega, não me podes ver, Não, não te posso ver, Então por que dizes que reconheces a minha cara, Porque essa voz só pode ter essa cara, Chupa, e deixa-te de conversa fina, Não, Ou chupas, ou na tua camarata nunca mais entrará uma migalha de pão, vai lá dizer-lhes que se não comerem é porque te recusaste a chupar-me, e depois volta para me contares o que sucedeu. A mulher do médico inclinou-se para diante, com as pontas de dois dedos da mão direita segurou e levantou o sexo pegajoso do homem, a mão esquerda foi apoiar-se no chão, tocou nas calças, tateou, sentiu a dureza metálica e fria da pistola, Posso matá-lo, pensou. Não podia. Com as calças assim como estavam, enrodilhadas aos pés, era impossível chegar ao bolso onde a arma se encontrava. Não o posso matar agora, pensou. Avançou a cabeça, abriu a boca, fechou-a, fechou os olhos para não ver, começou a chupar.

Amanhecia quando os cegos malvados deixaram ir as mulheres. A cega das insónias teve de ser levada dali em braços pelas companheiras, que mal se podiam, elas próprias, arrastar. Durante horas haviam passado de homem em homem, de humilhação em humilhação, de ofensa em ofensa, tudo quanto é possível fazer a uma mulher deixando-a ainda viva. Já sabem, o pagamento é em géneros, digam aos homenzinhos que lá têm que venham buscar as sopas, escarnecera à despedida o cego da pistola. E acrescentou, chocarreiro, Até à vista, meninas, vão-se preparando para a próxima sessão. Os outros cegos repetiram mais ou menos em coro, Até à vista, alguns disseram gajas, alguns disseram putas, mas notava-se-lhes a fadiga da libido na pouca convicção das vozes. Surdas, cegas, caladas, aos tombos, apenas com vontade suficiente para não largarem a mão da que seguia à frente, a mão, não o ombro, como quando tinham vindo, certamente nenhuma saberia responder se lhe perguntassem, Por que vão vocês de mãos dadas, tinha calhado assim, há gestos para que nem sempre se pode encontrar uma explicação fácil, algumas vezes nem a difícil pôde ser encontrada. Quando atravessaram o átrio, a mulher do médico olhou para fora, lá estavam os soldados, havia também uma camioneta que devia andar a fazer a distribuição da comida pelas quarentenas. Nesse preciso momento a cega das insónias foi-se abaixo das pernas, literalmente, como se lhas tivesssem decepado de um golpe, foi-se-lhe também o coração abaixo, nem acabou a sístole que tinha começado, finalmente ficámos a saber por que não podia esta cega dormir, agora dormirá, não a acordemos. Está morta, disse a mulher do médico, e a sua voz não tinha nenhuma expressão, se era possível uma voz assim, tão morta como a palavra que dissera, ter saído de uma boca viva. Levantou em braços o corpo subitamente desconjuntado, as pernas ensanguentadas, o ventre espancado, os pobres seios descobertos, marcados com fúria, uma mordedura num ombro, Este é o retrato do meu corpo, pensou, o retrato do corpo de quantas aqui vamos, entre estes insultos e as nossas dores não há mais do que uma diferença, nós, por enquanto, ainda estamos vivas. Para onde a levamos, perguntou a rapariga dos óculos escuros, Agora para a camarata, mais tarde a enterraremos, disse a mulher do médico.

Os homens esperavam à porta, só faltava o primeiro cego, que tornara a tapar a cabeça com a manta ao perceber que vinham as mulheres, e o rapazinho estrábico, que dormia. Sem nenhuma hesitação, sem precisar de contar as camas, a mulher do médico foi deitar a cega das insónias no catre que lhe pertencera. Não se importou com a possível estranheza dos outros, afinal toda a gente ali sabia que ela era a cega que melhor conhecia os cantos à casa. Está morta, repetiu, Como foi, perguntou o médico, mas a mulher não lhe respondeu, a pergunta dele poderia ser apenas o que parecia significar, Como foi que ela morreu, mas também poderia ser Que vos fizeram lá, ora, nem para uma nem para outra deveria haver resposta, ela morreu, simplesmente, não importa de quê, perguntar de que morreu alguém é estúpido, com o tempo a causa esquece, só uma palavra fica, Morreu, e nós já não somos as mesmas mulheres que daqui saímos, as palavras que elas diriam, já não as podemos dizer nós, e quanto às outras, o inominável existe, é esse o seu nome, nada mais. Vão buscar a comida, disse a mulher do médico. O acaso, o fado, a sorte, o destino, ou lá como se chame exatamente o que tantos nomes tem, estão feitos de pura ironia, nem de outro modo se entenderia por que foram precisamente os maridos de duas destas mulheres os escolhidos para representarem a camarata e recolherem os alimentos, quando ninguém imaginava que o preço pudesse vir a ser o que acabara de ser pago. Podiam ter sido outros homens, solteiros, livres, sem uma honra conjugal a defender, mas logo tiveram de ser estes, com certeza não vão querer agora envergonhar-se a estender a mão da esmola aos brutos e malvados que lhes violaram as mulheres. Disse-o o primeiro cego, com todas as letras duma firme decisão, Vá quem quiser, eu não vou, Eu irei, disse o médico, Eu vou consigo, disse o velho da venda preta, A comida não será muita, mas olhe que pesa, Para transportar o pão que como ainda me chegam as forças, O que mais pesa sempre é o pão dos outros, Não terei o direito de me queixar, o peso da parte dos outros é o que pagará o meu alimento. Imaginemos, não o diálogo, que esse já aí ficou, mas os homens que o sustentaram, estão ali frente a frente como se se pudessem ver, que neste caso nem é impossível, basta que a memória de cada um deles faça emergir da deslumbrante brancura do mundo a boca que está articulando as palavras, e depois, como uma lenta irradiação a partir desse centro, o restante das caras irá aparecendo, uma de homem velho, outro não tanto, não se diga que é cego quem ainda assim seja capaz de ver. Quando eles se afastaram para irem cobrar o salário da vergonha, como o primeiro cego protestara com retórica indignação, a mulher do médico disse às outras mulheres, Fiquem aqui, eu já volto. Sabia o que queria, não sabia se o encontraria. Queria um balde ou alguma coisa que lhe fizesse as vezes, queria enchê-lo de água, ainda que fétida, ainda que apodrecida, queria lavar a cega das insónias, limpá-la do sangue próprio e do ranho alheio, entregá-la purificada à terra, se tem ainda algum sentido falar de purezas de corpo neste manicómio em que vivemos, que às da alma, já se sabe, não há quem lhes possa chegar.

Nas compridas mesas do refeitório havia cegos deitados. De uma torneira mal fechada, por cima de uma pia de despejos, corria um fio de água. A mulher do médico olhou em redor à procura do balde, do recipiente, mas não viu nada que pudesse servir. Um dos cegos estranhou a presença, perguntou, Quem anda aí. Ela não respondeu, sabia que não seria bem recebida, ninguém lhe diria Queres água, pois leva-a, e se é para lavar uma falecida, toda a que precisares. Pelo chão, espalhados, havia sacos de plástico, dos da comida, grandes alguns. Pensou que deviam estar rotos, depois pensou que usando dois ou três, metidos uns nos outros, seria pouca a água perdida. Agiu rapidamente, os cegos já desciam das mesas, perguntavam, Quem está aí, ainda mais alarmados quando ouviram o ruído da água a correr, avançaram naquela direção, a mulher do médico foi desviar e empurrar uma mesa para que não pudessem aproximar-se, voltou depois ao saco, a água corria lentamente, desesperada forçou o manípulo, então, como se a tivessem libertado duma prisão, a água jorrou com força, esparrinhou violentamente e cobriu-a dos pés à cabeça. Os cegos assustaram-se e recuaram, pensaram que um cano tinha rebentado, e mais razão tiveram para pensá-lo quando a água entornada lhes chegou de inundação aos pés, não podiam saber que fora despejada pelo estranho que tinha entrado, foi o caso de ter a mulher compreendido que não iria poder com tanto peso. Torceu e enrolou a boca do saco, lançou-o para as costas, e, como pôde, correu para fora dali.

Quando o médico e o velho da venda preta entraram na camarata com a comida, não viram, não podiam ver, sete mulheres nuas, a cega das insónias estendida na cama, limpa como nunca estivera em toda a sua vida, enquanto outra mulher lavava, uma por uma, as suas companheiras, e depois a si própria.

Ao quarto dia, os malvados tornaram a aparecer. Vinham chamar ao pagamento do imposto de serviço as mulheres da segunda camarata, mas detiveram-se por um momento à porta da primeira a perguntar se as mulheres daqui já estavam restabelecidas dos assaltos eróticos da outra noite, Uma noite bem passada, sim senhores, exclamou um deles lambendo os beiços, e outro confirmou, Estas sete valeram por catorze, é certo que uma não era grande coisa, mas no meio daquela confusão quase nem se notava, têm sorte estes gajos, se são bastante homens para elas, Melhor que não sejam, assim elas levarão mais vontade. Do fundo da camarata, a mulher do médico disse, Já não somos sete, Fugiu alguma, perguntou a rir um do grupo, Não fugiu, morreu, Ó diabo, então vocês terão de trabalhar mais na próxima vez, Não se perdeu muito, não era grande coisa, disse a mulher do médico. Desconcertados, os mensageiros não atinaram como responder, o que tinham acabado de ouvir parecia-lhes indecente, algum deles terá mesmo chegado a pensar que no fim de contas as mulheres são todas umas cabras, que falta de respeito, falar de uma tipa nestes termos, só porque não tinha as mamas no seu lugar e era fraca de nádegas. A mulher do médico olhava-os, parados à entrada da porta, indecisos, movendo o corpo como bonecos mecânicos. Reconhecia-os, tinha sido violada pelos três. Por fim, um deles bateu com o pau no chão, Vamos embora, disse. As pancadas e os avisos, Afastem-se, afastem-se, somos nós, foram diminuindo ao longo do corredor, houve depois um silêncio, rumores confusos, as mulheres da segunda camarata estavam a receber a ordem de se apresentarem depois do jantar. Soaram novamente as pancadas no chão, Afastem-se, afastem-se, os vultos dos três cegos passaram no enquadramento da porta, desapareceram.

A mulher do médico, que antes tinha estado a contar uma história ao rapazinho estrábico, levantou o braço e, sem ruído, retirou a tesoura do prego. Disse ao rapaz, Depois te contarei o resto da aventura. Ninguém da camarata lhe havia perguntado por que tinha ela falado da cega das insónias com aquele desdém. Passado algum tempo, descalçou os sapatos e foi dizer ao marido, Não me demoro, volto já. Encaminhou-se para a porta, Aí parou e ficou à espera. Dez minutos depois apareceram no corredor as mulheres da segunda camarata. Eram quinze. Algumas choravam. Não vinham em fila, mas aos grupos, ligados uns aos outros por tiras de pano, pelo aspeto rasgadas dos cobertores. Quando acabaram de passar, a mulher do médico seguiu-as. Nenhuma delas se apercebeu de que levavam companhia. Sabiam o que as esperava, a notícia dos vexames não era segredo para ninguém, nem verdadeiramente havia neles nada de novo, o mais certo é o mundo ter começado assim. O que as aterrorizava não era tanto a violação, mas a orgia, a desvergonha, a previsão da noite terrível, quinze mulheres esparramadas nas camas e no chão, os homens a ir de umas para outras, resfolegando como porcos, O pior de tudo é se eu vou sentir prazer, isto pensava-o uma das mulheres. Quando entraram no corredor por onde se chegava à camarata do destino, o cego de sentinela deu o alerta, Já as ouço, já aí vêm. A cama que servia de cancela foi afastada rapidamente, uma a uma as mulheres entraram, Eram tantas, exclamou o cego da contabilidade, e ia contando com entusiasmo, Onze, doze, treze, catorze, quinze, quinze, são quinze. Foi atrás da última, metia-lhe as mãos sôfregas por baixo das saias, Esta já cá canta, esta já é minha, dizia. Tinham deixado de fazer a revista, a avaliação prévia dos dotes físicos das fêmeas. Realmente, se estavam todas condenadas ali a passar pelo mesmo, não valia a pena gastar o tempo e esfriar a concupiscência com escolhas de alturas e medições de busto e ancas. Já as levavam para as camas, já as despiam aos repelões, não tardou que se ouvissem os costumados choros, as súplicas, as implorações, mas as respostas, quando as havia, não variavam, Se queres comer, abre as pernas. E elas abriam as pernas, a algumas mandava-se-lhes que usassem a boca, como aquela que estava de cócoras entre os joelhos do chefe destes malvados, essa não dizia nada. A mulher do médico entrou na camarata, deslizou devagar entre as camas, mas nem esses cuidados precisava ter, ninguém a ouviria ainda que tivesse vindo de tamancos, e se, no meio da balbúrdia, algum cego lhe tocasse e se apercebesse de que se tratava de uma mulher, o pior que lhe poderia suceder seria ter de juntar-se às outras, nem se daria por isso, numa situação como esta não é fácil notar a diferença que há entre quinze e dezasseis.

A cama do chefe dos malvados continuava a ser a do fundo da camarata, onde se amontoavam as caixas de comida. Os catres ao lado do seu tinham sido retirados, o homem gostava de mexer-se à vontade, não ter de tropeçar nos vizinhos. Ia ser simples matá-lo. Enquanto lentamente avançava pela estreita coxia, a mulher do médico observava os movimentos daquele que não tardaria a matar, como o gozo o fazia inclinar a cabeça para trás, como já parecia estar a oferecer-lhe o pescoço. Devagar, a mulher do médico aproximou-se, rodeou a cama e foi colocar-se por trás dele. A cega continuava no seu trabalho. A mão levantou lentamente a tesoura, as lâminas um pouco separadas para penetrarem como dois punhais. Nesse momento, o último, o cego pareceu dar por uma presença, mas o orgasmo retirara-o do mundo das sensações comuns, privara-o de reflexos, Não chegarás a gozar, pensou a mulher do médico, e fez descer violentamente o braço. A tesoura enterrou-se com toda a força na garganta do cego, girando sobre si mesma lutou contra as cartilagens e os tecidos membranosos, depois furiosamente continuou até ser detida pelas vértebras cervicais. O grito mal se ouviu, podia ser o ronco animal de quem estivesse a ejacular, como a outros já estava sucedendo, e talvez o fosse, na verdade, ao mesmo tempo que um jato de sangue lhe regava em cheio a cara, a cega recebia na boca a descarga convulsiva do sémen. Foi o grito dela que alarmou os cegos, de gritos tinham experiência de sobra, mas este não era como os outros. A cega gritava, não percebia o que tinha acontecido, mas gritava, este sangue viera donde, provavelmente, sem saber como, havia feito o que chegara a pensar, arrancar-lhe o pénis à dentada. Os cegos deixavam as mulheres, vinham-se aproximando às apalpadelas, Que é que se passa, por que estás a gritar dessa maneira, perguntavam, mas agora a cega tinha uma mão sobre a boca, alguém lhe murmurara ao ouvido, Cala-te, e depois sentiu que a puxavam suavemente para trás, Não digas nada, era uma voz de mulher, e isto acalmou-a, se tanto se pode dizer em tais aflições. O cego das contas vinha à frente, foi ele o primeiro a tocar no corpo que caíra atravessado na cama, a percorrê-lo com as mãos, Está morto, exclamou daí a um momento. A cabeça pendia para o outro lado do catre, o sangue ainda saía em borbotões, Mataram-no, disse. Os cegos pararam interditos, não podiam acreditar no que ouviam, Mataram-no como, quem foi que o matou, Fizeram-lhe um rasgão enorme na garganta, deve ter sido a puta da mulher que estava com ele, temos de apanhá-la. Moveram-se outra vez os cegos, mais devagar agora, como se tivessem medo de ir ao encontro da lâmina que lhes matara o chefe. Não podiam ver que o cego da contabilidade metia precipitadamente as mãos nas algibeiras do morto, que encontrava a pistola e um pequeno saco de plástico com uma dezena de cartuchos. A atenção de todos foi de súbito distraída pelo alarido das mulheres, já postas de pé, em pânico, querendo sair dali, mas algumas tinham perdido a noção de onde estava a porta da camarata, foram na direção errada e esbarraram com os cegos, e estes julgaram que elas os atacavam, então a confusão dos corpos atingiu a culminância de um delírio. Quieta, ao fundo, a mulher do médico esperava a ocasião para escapar-se. Mantinha a cega firmemente agarrada, com a outra mão empunhava a tesoura, pronta a desferir a primeira punhalada se algum homem se aproximasse. Por enquanto, o espaço livre naquele sítio favorecia-a, mas ela sabia que não podia demorar-se ali. Umas quantas mulheres tinham encontrado finalmente a porta, outras lutavam para livrar-se de mãos que as prendiam, alguma ainda tentava esganar o inimigo e acrescentar um morto ao morto. O cego das contas gritou com autoridade aos seus, Calma, tenham calma, vamos já resolver este assunto, e com a intenção de dar mais convencimento à ordem disparou um tiro para o ar. O resultado foi precisamente o contrário do que esperava. Surpreendidos por perceberem que a pistola já estava noutras mãos e que portanto iam ter um novo chefe, os cegos deixaram de lutar com as cegas, desistiram de tentar dominá-las, um deles via-se que desistira mesmo de tudo porque já havia sido estrangulado. Foi nesta altura que a mulher do médico decidiu avançar. Desferindo golpes à esquerda e à direita, foi abrindo caminho. Agora eram os cegos que gritavam, que se atropelavam, que subiam uns por cima dos outros, quem tivesse ali olhos para ver perceberia que, comparada com esta, a primeira confusão tinha sido uma brincadeira. A mulher do médico não queria matar, só queria sair o mais depressa possível, sobretudo não deixar atrás de si nenhuma cega. Provavelmente este não vai sobreviver, pensou quando cravou a tesoura num peito. Ouviu-se outro tiro, Vamos, vamos, dizia a mulher do médico empurrando à sua frente as cegas que encontrava no caminho. Ajudava-as a levantarem-se, repetia, Depressa, depressa, e agora era o cego da contabilidade que gritava lá do fundo, Agarrem-nas, não as deixem fugir, mas era demasiado tarde, já iam todas no corredor, fugiam aos tombos, meio vestidas, segurando os trapos como podiam. Parada à entrada da camarata, a mulher do médico gritou com fúria, Lembrem-se do que eu no outro dia disse, que não me esqueceria da cara dele, e daqui em diante pensem no que vos digo agora, que também não me esquecerei das vossas, Hás de pagar-mas, ameaçou o cego da contabilidade, tu e as tuas amigas, mais os cabrões dos homens que lá tendes, Não sabes quem eu sou nem donde vim, És da primeira camarata do outro lado, disse um dos que tinham ido chamar as mulheres, e o cego das contas acrescentou, A voz não engana, basta que pronuncies uma palavra ao pé de mim e estás morta, O outro também tinha dito isso, e aí o tens, Mas eu não sou um cego como ele, como vocês, quando vocês cegaram já eu conhecia tudo do mundo, Da minha cegueira não sabes nada, Tu não és cega, a mim não me enganas, Talvez eu seja a mais cega de todos, já matei, e tornarei a matar se for preciso, Antes disso morrerás de fome, a partir de hoje acabou-se a comida, nem que venham cá todas oferecer numa bandeja os três buracos com que nasceram, Por cada dia que estivermos sem comer por vossa culpa, morrerá um dos que aqui se encontram, basta que ponham um pé fora desta porta, Não conseguirás, Conseguiremos, sim, a partir de agora seremos nós a recolher a comida, vocês comam do que cá têm, Filha da puta, As filhas das putas não são homens nem são mulheres, são filhas das putas, já ficaste a saber o que valem as filhas das putas. Furioso, o cego da contabilidade disparou um tiro na direção da porta. A bala passou entre as cabeças dos cegos, sem atingir nenhum, e foi cravar-se na parede do corredor. Não me apanhaste, disse a mulher do médico, e tem cuidado, se te acabam as munições, há outros aí que também querem ser chefes.

Afastou-se, deu uns quantos passos ainda firmes, depois avançou ao longo da parede do corredor, quase a desmaiar, de repente os joelhos dobraram-se, e caiu redonda. Os olhos nublaram-se-lhe, Vou cegar, pensou, mas logo compreendeu que ainda não ia ser desta vez, eram só lágrimas o que lhe cobria a visão, lágrimas como nunca as tinha chorado em toda a sua vida, Matei, disse em voz baixa, quis matar e matei. Virou a cabeça na direção da porta da camarata, se os cegos viessem aí não seria capaz de defender-se. O corredor estava deserto. As mulheres tinham desaparecido, os cegos, ainda assustados pelos disparos e muito mais pelos cadáveres dos seus, não se atreviam a sair. Pouco a pouco foram regressando as forças. As lágrimas continuavam a correr, mas lentas, serenas, como diante de um irremediável. Levantou-se a custo. Tinha sangue nas mãos e na roupa, e subitamente o corpo exausto avisou-a de que estava velha, Velha e assassina, pensou, mas sabia que se fosse necessário tornaria a matar, E quando é que é necessário matar, perguntou-se a si mesma enquanto ia andando na direção do átrio, e a si mesma respondeu, Quando já está morto o que ainda é vivo. Abanou a cabeça, pensou, E isto que quer dizer, palavras, palavras, nada mais. Continuava sozinha. Aproximou-se da porta que dava para a cerca. Por entre as grades do portão distinguiu mal o vulto do soldado que estava de sentinela, Ainda há gente lá fora, gente que vê. Um ruído de passos atrás de si fê-la estremecer, São eles, pensou, e virou-se rapidamente com a tesoura pronta. Era o marido. As mulheres da segunda camarata tinham vindo a gritar pelo caminho o que acontecera no outro lado, que uma mulher tinha morto à facada o chefe dos malvados, que houvera tiros, o médico não perguntou quem era a mulher, só poderia ser a sua, dissera ao rapazinho estrábico que depois lhe contaria o resto da aventura, e agora como estaria, provavelmente morta também, Estou aqui, disse ela, e foi para ele, e abraçou-o, sem reparar que o manchava de sangue, ou reparando, não tinha importância, até hoje têm partilhado tudo.

Que foi que se passou, perguntou o médico, disseram que foi morto um homem, Sim, matei-o eu, Porquê, Alguém teria de o fazer, e não havia mais ninguém, E agora, Agora estamos livres, eles sabem o que os espera se quiserem outra vez servir-se de nós, Vai haver luta, guerra, Os cegos estão sempre em guerra, sempre estiveram em guerra, Tornarás a matar, Se tiver de ser, dessa cegueira já não me livrarei, E a comida, Viremos nós buscá-la, duvido que eles se atrevam a vir até aqui, pelo menos nestes próximos dias terão medo de que lhes suceda o mesmo, que uma tesoura lhes atravesse o pescoço, Não soubemos resistir como deveríamos quando eles apareceram com as primeiras exigências, Pois não, tivemos nós medo, e o medo nem sempre é bom conselheiro, e agora vamo-nos, será conveniente, para maior segurança, que barriquemos a porta das camaratas pondo camas sobre camas, como eles fazem, se alguns de nós tivermos de dormir no chão, paciência, antes isso do que morrer de fome.

Nos dias seguintes perguntaram-se se não seria isso que lhes iria acontecer. Ao princípio não estranharam, desde o princípio que estavam habituados, falhas nas entregas da comida sempre as havia, os cegos malvados tinham razão quando diziam que os militares às vezes se atrasavam, mas a essa razão pervertiam-na logo quando, em tom jocoso, afirmavam que por isso não tinham tido mais remédio que impor um racionamento, são as penosas obrigações de quem governa. No terceiro dia, quando já não se conseguiria encontrar nas camaratas uma côdea, uma migalha, a mulher do médico, com alguns companheiros, saiu à cerca e perguntou, Olá, que atraso é este, que se passa com a comida, já vão dois dias passados que não comemos. O sargento, outro, não o de antes, veio à grade para declarar que a responsabilidade não era do Exército, ali não se tirava o pão da boca a ninguém, que a honra militar nunca o permitiria, se não havia comida é porque não havia comida, e vocês não deem um passo, o primeiro que avançar já sabe a sorte que o espera, as ordens não mudaram. Assim intimados, voltaram para dentro, e falaram uns com os outros, E agora, que fazemos, se não nos trazem de comer, Pode ser que tragam amanhã, Ou depois de amanhã, Ou quando já não nos pudermos mexer, Devíamos sair, Não chegaríamos nem ao portão, Se tivéssemos vista, Se tivéssemos vista não nos teriam metido neste inferno, Como estará a vida lá fora, Talvez que os tipos não se importem de nos dar comida se a lá formos pedir, afinal se falta para nós também há de vir a faltar para eles, Por isso mesmo não nos dariam a que têm, E antes que ela se lhes acabe teremos nós morrido de fome, Que podemos fazer então. Estavam sentados no chão, sob a luz amarelada da única lâmpada do átrio, mais ou menos formando um círculo, o médico e a mulher do médico, o velho da venda preta, entre outros homens e mulheres dois ou três de cada camarata, tanto da ala esquerda como da ala direita, e então, sendo este mundo dos cegos o que é, sucedeu o que sempre há de suceder, um dos homens disse, O que eu sei é que não estaríamos nesta situação se não fosse terem-lhes matado o chefe, que importância teria irem lá as mulheres duas vezes por mês a dar-lhes o que deu para dar-se a natureza, pergunto. Houve quem achasse graça à reminiscência, houve quem disfarçasse o riso, a alguma voz de protesto não a deixou falar o estômago, e o mesmo homem insistiu, Quem teria sido o da façanha gostava eu de saber, As mulheres que estavam lá nessa altura juram que não foi nenhuma delas, O que devíamos fazer era tomar a justiça nas nossas mãos e levá-lo ao castigo, Desde que soubéssemos quem é, Dizíamos-lhes aqui está o tipo que vocês procuram, agora deem-nos a comida, Desde que soubéssemos quem é. A mulher do médico baixou a cabeça, pensou, Têm razão, se alguém aqui morrer de fome a culpa será minha, mas depois, dando voz à cólera que sentia subir dentro de si contradizendo esta aceitação da sua responsabilidade, Mas que sejam estes os primeiros a morrer para que a minha culpa pague a culpa deles. Depois pensou, levantando os olhos, E se agora lhes dissesse que fui eu que matei, entregar-me-iam sabendo que me entregavam a uma morte certa. Fosse por efeito da fome ou porque o pensamento subitamente a seduziu como um abismo, variou-lhe a cabeça uma espécie de aturdimento, o corpo moveu-se-lhe para diante, a boca abriu-se para falar, mas nesse momento alguém lhe agarrou e apertou o braço, olhou, era o velho da venda preta, que disse, Mataria com as minhas mãos quem a si próprio se denunciasse, Porquê, perguntaram da roda, Porque se a vergonha ainda tem algum significado neste inferno em que nos puseram a viver e que nós tornámos em inferno do inferno, é graças a essa pessoa que teve a coragem de ir matar a hiena ao covil da hiena, Pois sim, mas não será a vergonha que nos virá encher o prato, Quem quer que sejas, estás certo no que dizes, sempre houve quem enchesse a barriga com a falta de vergonha, mas nós, que já nada temos, a não ser esta última e não merecida dignidade, ao menos que ainda sejamos capazes de lutar pelo que de direito nos pertence, Que queres dizer com isso, Que tendo começado por mandar as mulheres e comido à custa delas como pequenos chulos de bairro, é agora a altura de mandar os homens, se ainda os temos aqui, Explica-te, mas primeiro diz-nos donde és, Da primeira camarata do lado direito, Fala, É muito simples, vamos buscar a comida pelas nossas próprias mãos, Eles têm armas, Que se saiba só têm uma pistola, e os cartuchos não vão durar-lhes sempre, Com os que têm morrerão alguns de nós, Outros já morreram por menos, Não estou disposto a perder a vida para que os mais fiquem cá a gozar, Também estarás disposto a não comer se alguém vier a perder a vida para que tu comas, perguntou sarcástico o velho da venda preta, e o outro não respondeu.

À entrada da porta que dava para as camaratas da ala direita apareceu uma mulher que estivera a ouvir escondida. Era a que tinha recebido na cara o jorro de sangue, aquela em cuja boca o morto ejaculara, aquela ao ouvido de quem a mulher do médico tinha dito, Cala-te, e agora está esta mulher pensando, Daqui onde estou, sentada no meio destes, não te posso dizer cala-te, não me denuncies, mas sem dúvida reconheces a minha voz, é impossível que a tenhas esquecido, a minha mão esteve sobre a tua boca, o teu corpo contra o meu corpo, e eu disse cala-te, agora chegou o momento de saber verdadeiramente a quem salvei, de saber quem és, por isso vou falar, por isso vou dizer em voz alta e clara para que possas acusar-me, se é esse o teu destino e o meu destino, já o digo, Não irão apenas os homens, irão também as mulheres, voltaremos ao lugar onde nos humilharam para que da humilhação nada fique, para que possamos libertar-nos dela da mesma maneira que cuspimos o que nos lançaram à boca. Disse e ficou à espera, até que a mulher falou, Aonde tu fores, eu irei, foi isto o que disse. O velho da venda preta sorriu, pareceu um sorriso feliz, e talvez o fosse, não é a ocasião para lho perguntar, mais interessante é reparar na expressão de estranheza dos outros cegos, como se alguma coisa lhes tivesse passado por cima das cabeças, um pássaro, uma nuvem, uma primeira e tímida luz. O médico segurou a mão da mulher, depois perguntou, Ainda há quem esteja aqui a pensar em descobrir quem matou aquele, ou estaremos de acordo em que a mão que o foi degolar era a mão de todos nós, mais exatamente, a mão de cada um de nós. Ninguém respondeu. A mulher do médico disse, Dêmos-lhes ainda um prazo, esperemos até amanhã, se os soldados não trouxerem comida, então avançamos. Levantaram-se, dividiram-se, uns para o lado direito, outros para o lado esquerdo, imprudentemente não tinham pensado que algum cego da camarata dos malvados poderia ter estado à escuta, felizmente o diabo nem sempre está atrás da porta, este ditado veio muito a propósito. Fora de todo o propósito veio o altifalante, nos últimos tempos uns dias falava, outros não, mas sempre à mesma hora, como prometera, de certeza havia no transmissor um sistema de relógio que no instante preciso fazia entrar em movimento a fita gravada, a razão por que algumas vezes havia falhado não a viremos a conhecer, são assuntos do mundo exterior, em todo o caso bastante sérios, porquanto o resultado foi baralhar-se o calendário, a chamada conta dos dias, que alguns cegos, maníacos por natureza, ou amantes da ordem, que é uma forma moderada de mania, tinham tentado levar escrupulosamente dando nozinhos num cordel, faziam-no aqueles que não se fiavam da memória, como quem fosse escrevendo um diário. Agora era a hora que vinha fora de tempo, devia ter-se avariado o mecanismo, um relé torcido, uma soldadura solta, oxalá a gravação não vá voltar infinitamente ao princípio, era só o que nos estava a faltar, sobre cegos, loucos. Pelos corredores, pelas camaratas, como um derradeiro e inútil aviso, ressoava a voz autoritária, O Governo lamenta ter sido forçado a exercer energicamente o que considera ser seu direito e seu dever, proteger por todos os meios as populações na crise que estamos a atravessar, quando parece verificar-se algo de semelhante a um surto epidémico de cegueira, provisoriamente designado por mal-branco, e desejaria poder contar com o civismo e a colaboração de todos os cidadãos para estancar a propagação do contágio, supondo que de contágio se trata, supondo que não estamos apenas perante uma série de coincidências por enquanto inexplicáveis. A decisão de reunir num mesmo local as pessoas afetadas, e, em local próximo, mas separado, as que com elas tiveram algum tipo de contacto, não foi tomada sem séria ponderação. O Governo está perfeitamente consciente das suas responsabilidades e espera que aqueles a quem esta mensagem se dirige assumam, como cumpridores cidadãos que devem de ser, as responsabilidades que lhes competem, pensando também que o isolamento em que agora se encontram representará, acima de quaisquer outras considerações, um ato de solidariedade para com o resto da comunidade nacional. Dito isto, pedimos a atenção de todos para as instruções que se seguem, primeiro, as luzes manter-se-ão sempre acesas, será inútil qualquer tentativa de manipular os interruptores, não funcionam, segundo, abandonar o edifício sem autorização significará morte imediata, repito, morte imediata, terceiro, em cada camarata existe um telefone que só poderá ser utilizado para requisitar ao exterior a reposição de produtos de higiene e limpeza, quarto, os internados lavarão manualmente as suas roupas, quinto, recomenda-se a eleição de responsáveis de camarata, trata-se de uma recomendação, não de uma ordem, os internados organizar-se-ão como melhor entenderem, desde que cumpram as regras anteriores e as que seguidamente continuamos a enunciar, sexto, três vezes ao dia serão depositadas caixas de comida na porta da entrada, à direita e à esquerda, destinadas, respetivamente, aos pacientes e aos suspeitos de contágio, sétimo, todos os restos deverão ser queimados, considerando-se restos, para este efeito, além da comida sobrante, as caixas, os pratos e os talheres, que estão fabricados de materiais combustíveis, oitavo, a queima deverá ser efetuada nos pátios interiores do edifício ou na cerca, nono, os internados são responsáveis por quaisquer consequências negativas dessas queimas, décimo, em caso de incêndio, seja ele fortuito ou intencional, os bombeiros não intervirão, décimo primeiro, igualmente não deverão os internados contar com qualquer tipo de intervenção do exterior na hipótese de virem a verificar-se doenças entre eles, assim como a ocorrência de desordens ou agressões, décimo segundo, em caso de morte, seja qual for a sua causa, os internados enterrarão sem formalidades o cadáver na cerca, décimo terceiro, a comunicação entre a ala dos pacientes e a ala dos suspeitos de contágio far-se-á pelo corpo central do edifício, o mesmo por onde entraram, décimo quarto, os suspeitos de contágio que vierem a cegar transitarão imediatamente para a ala dos que já estão cegos, décimo quinto, esta comunicação será repetida todos os dias, a esta mesma hora, para conhecimento dos novos ingressados. O Governo, neste momento as luzes apagaram-se e o altifalante calou-se. Indiferente, um cego deu um nó no cordel que tinha nas mãos, depois tentou contá-los, os nós, os dias, mas desistiu, havia nós sobrepostos, cegos, por assim dizer. A mulher do médico disse ao marido, Apagaram-se as luzes, Alguma lâmpada que se fundiu, não admira, depois de permanecerem acesas há tantos dias, Apagaram-se todas, o problema foi lá fora, Agora também tu ficaste cega, Esperarei que nasça o sol. Saiu da camarata, atravessou o átrio, olhou para fora. Esta parte da cidade encontrava-se às escuras, o projetor do exército estava apagado, deviam tê-lo ligado à rede geral, e agora, pelos vistos, acabara-se a energia.

No dia seguinte, uns mais cedo, outros mais tarde, porque o sol não nasce ao mesmo tempo para todos os cegos, muitas vezes depende da finura do ouvido de cada um, começaram a juntar-se nos degraus exteriores do edifício homens e mulheres vindos das diversas camaratas, com exceção, já se sabe, da dos malvados, que a esta hora já deverão estar a tomar o pequeno-almoço. Esperavam o ruído do portão ao ser aberto, o guincho agudo dos gonzos por untar, os sons que anunciavam a chegada da comida, depois as vozes do sargento de serviço, Não saiam daí, que ninguém se aproxime, o arrastar dos pés dos soldados, o rumor surdo das caixas ao serem largadas no chão, a retirada em acelerado, novamente o ranger do portão, enfim a autorização, Já podem vir. Esperaram até que a manhã se fez meio-dia e o meio-dia tarde. Ninguém, nem sequer a mulher do médico, quis perguntar pela comida. Enquanto não fizessem a pergunta não ouviriam o temido não, e enquanto ele não fosse dito continuariam a ter a esperança de ouvirem palavras como estas, Está a chegar, está a chegar, tenham paciência, aguentem a fome mais um bocadinho.

Alguns, por muito que o quisessem, não puderam aguentar, como se de repente tivessem adormecido desmaiaram ali mesmo, valeu-lhes a mulher do médico, parecia impossível como esta mulher conseguia dar fé de tudo quanto se passava, devia ser dotada de um sexto sentido, uma espécie de visão sem olhos, graças a isso é que os pobres infelizes não se ficaram ali a cozer ao sol, levaram-nos logo de charola para dentro, e com tempo, água e palmadinhas na cara todos acabaram por sair do delíquio. Mas era inútil contar com estes para a guerra, não poderiam nem com uma gata pelo rabo, modo de dizer muito antigo que se esqueceu de explicar por que extraordinária razão é mais fácil levar pelo rabo uma gata que um gato. Finalmente disse o velho da venda preta, A comida não veio, a comida não virá, vamos pela comida. Levantaram-se sabe Deus como e foram reunir-se na camarata mais afastada da fortaleza dos malvados, para imprudência já bastou a do outro dia. Dali mandaram escutas à outra ala, logicamente cegos que viviam lá, conheciam melhor os sítios, Ao primeiro movimento suspeito, venham avisar. A mulher do médico foi com eles e trouxe uma informação pouco animadora, Barricaram a entrada com quatro camas sobrepostas, Como soubeste que eram quatro, perguntou alguém, Não foi difícil, apalpei-as, Não deram por ti, Não creio, Que fazemos, Vamos lá, tornou a dizer o velho da venda preta, vamos ao que estava decidido, ou é isso, ou ficamos condenados a uma morte lenta, Alguns morrerão mais depressa se formos, disse o primeiro cego, Quem vai morrer, está já morto e não o sabe, Que temos de morrer, sabemo-lo desde que nascemos, Por isso, de uma certa maneira, é como se já tivéssemos nascido mortos, Deixem-se de conversas inúteis, disse a rapariga dos óculos escuros, eu sozinha não posso lá ir, mas se agora começamos a dar o dito por não dito, então deito-me na cama e deixo-me morrer, Só morrerá quem tenha os dias contados, ninguém mais, disse o médico, e, alçando a voz, perguntou, Quem está decidido a ir, ponha a mão no ar, é o que acontece a quem não pensa duas vezes antes de abrir a boca para falar, que adiantava pedir que se levantassem as mãos, se ali não havia ninguém para as contar, assim o criam em geral, e depois dizer, Somos treze, caso em que de certeza uma nova discussão principiaria para apurar o que, à luz da lógica, seria mais correto, se pedir que se apresentasse outro voluntário que quebrasse o enguiço por excesso, ou se evitá-lo por defeito, tirando à sorte aquele que deveria sair. Alguns tinham levantado a mão com pouca convicção, num movimento que traía a hesitação e a dúvida, quer pela consciência do perigo a que se iam expor, quer porque se tivessem apercebido do absurdo da ordem. O médico riu, Que disparate, pedir-lhes que ponham a mão no ar, vamos proceder de uma maneira diferente, que se retirem os que não possam ou não queiram ir, os restantes ficam para combinarmos a ação. Houve remexidas, passos, murmúrios, suspiros, pouco a pouco foram saindo os débeis e os timoratos, a ideia do médico tivera tanto de excelente como de generosa, assim será menos fácil saber quem tinha estado e deixara de estar. A mulher do médico contou os que ficaram, eram dezassete, contando com ela e o marido. Da primeira camarata lado direito estavam o velho da venda preta, o ajudante de farmácia, a rapariga dos óculos escuros, e eram todos homens os voluntários das outras camaratas, com exceção daquela mulher que dissera Aonde tu fores, eu irei, essa também está aqui. Alinharam-se ao longo da coxia, o médico contou-os, Dezassete, somos dezassete, Somos poucos, disse o ajudante de farmácia, assim não iremos conseguir, A frente de ataque, se posso usar esta linguagem que mais parece de militar, terá de ser estreita, disse o velho da venda preta, o que nos espera é a largura de uma porta, acho que só complicaríamos se fôssemos mais, Atirariam ao monte, concordou alguém, e todos pareceram ficar contentes por afinal serem poucos.

O armamento era o que já conhecemos, os ferros retirados das camas, que tanto teriam serventia de alavanca como de lança, consoante se tratasse de entrarem em combate os sapadores ou as tropas de assalto. O velho da venda preta, que pelos vistos algumas lições de tática devia ter aprendido na sua juventude, lembrou a conveniência de se manterem sempre juntos e virados na mesma direção, por ser essa a única forma de não se agredirem uns aos outros, e que deviam avançar em silêncio absoluto para que o ataque beneficiasse do efeito da surpresa, Descalcemo-nos, disse, Depois vai ser difícil encontrar cada um os seus sapatos, disse alguém, e outro comentou, Os sapatos que sobrarem é que irão ser os verdadeiros sapatos de defunto, com a diferença de que neste caso, ao menos, sempre haverá quem os aproveite, Que história de sapatos de defunto é essa, É um dito, estar à espera de sapatos de defunto significava estar à espera de coisa nenhuma, Porquê, Porque os sapatos com que os mortos eram enterrados eram feitos de cartão, também é certo que seriam suficientes, as almas não têm pés, que se saiba, Outro ponto ainda, interrompeu o velho da venda preta, seis de nós, os seis que se sentirem com mais ânimo, quando lá chegarmos, empurrarão com toda a força as camas para dentro, de modo a podermos entrar todos, Sendo assim, teremos de largar os ferros, Acho que não será preciso, até podem ajudar, se os usarem em posição vertical. Fez uma pausa, depois disse, com uma nota sombria na voz, Sobretudo que não nos separemos, se nos separamos somos homens mortos, E mulheres, disse a rapariga dos óculos escuros, não te esqueças das mulheres, Tu também vais, perguntou o velho da venda preta, preferiria que não fosses, E porquê, pode saber-se, És muito nova, Aqui dentro a idade não conta, nem o sexo, portanto não te esqueças das mulheres, Não, não me esqueço, a voz com que o velho da venda preta disse estas palavras parecia pertencer a outro diálogo, as seguintes já estavam no seu lugar, Pelo contrário, quem dera que alguma de vocês pudesse ver o que nós não vemos, levar-nos pelo caminho certo, guiar a ponta dos nossos ferros contra a garganta dos malvados, tão certeiramente como o fez a outra, Seria pedir demasiado, uma vez não são vezes, além disso, quem nos diz que não ficou por lá morta, pelo menos não houve notícias dela, lembrou a mulher do médico, As mulheres ressuscitam umas nas outras, as honradas ressuscitam nas putas, as putas ressuscitam nas honradas, disse a rapariga dos óculos escuros. Depois disto houve um grande silêncio, para as mulheres ficara tudo dito, os homens teriam de procurar as palavras, e de antemão sabiam que não seriam capazes de encontrá-las.

Saíram em fila, os seis mais fortes à frente, como tinha ficado combinado, entre eles estavam o médico e o ajudante de farmácia, depois vinham os outros, armado cada qual com o seu ferro de cama, uma brigada de lanceiros esquálidos e maltrapilhos, quando atravessavam o átrio um deles deixou escapar das mãos o ferro, que atroou no lajedo como uma rajada de metralha dispersa, se os malvados ouviram o barulho e perceberam ao que vamos, estamos perdidos. Sem dar aviso a ninguém, nem mesmo ao marido, a mulher do médico correu à frente, olhou ao longo do corredor, depois, devagarinho, rente à parede, foi-se aproximando da entrada da camarata, aí pôs-se à escuta, as vozes dentro não pareciam alarmadas. Trouxe rapidamente a informação, e o avanço recomeçou. Apesar da lentidão e do silêncio com que a hoste se movia, os ocupantes das duas camaratas que antecediam o bastião dos malvados, sabedores do que estava para acontecer, chegavam-se às portas para melhor poderem ouvir o alarido iminente da batalha, e alguns deles, mais nervosos, excitados pelo cheiro de uma pólvora que ainda estava por queimar, decidiram no último momento acompanhar o grupo, uns poucos voltaram atrás para se armarem, já não eram dezassete, tinham, pelo menos, duplicado, o reforço não agradaria com certeza ao velho da venda preta, mas ele não chegou a saber que comandava dois regimentos em vez de um. Pelas poucas janelas que davam para o pátio interior entrava uma última claridade, cinzenta, moribunda, que declinava rapidamente, já a resvalar para o poço negro e profundo que ia ser esta noite. Tirando a tristeza irremediável causada pela cegueira de que inexplicavelmente continuavam a padecer, os cegos, valha-lhes isso ao menos, estavam a salvo das deprimentes melancolias produzidas por estas e semelhantes alterações atmosféricas, comprovadamente responsáveis de inúmeros atos de desespero no tempo remoto em que as pessoas tinham olhos para ver. Quando alcançaram a porta da camarata maldita, a obscuridade era já tal que a mulher do médico não pôde ver que não eram quatro, mas oito, as camas que formavam a barreira, entretanto duplicada como os atacantes, porém com piores consequências imediatas para eles, como não tardará a certificar-se. A voz do velho da venda preta soou em grito, Agora, foi a ordem, não se lembrou do clássico Ao assalto, ou lembrou-se, mas lá lhe teria parecido ridículo tratar com tanta consideração militar uma barreira de catres infetos, inçados de pulgas e percevejos, com os seus colchões apodrecidos de suor e urina, as mantas como esfregões, já não cinzentas, mas de todas as cores de que pode vestir-se a repugnância, isto sabia-o de antes a mulher do médico, não que o pudesse ver agora, se nem sequer se apercebera do reforço da barricada. Os cegos avançaram como arcanjos rodeados do seu próprio resplendor, embateram no obstáculo com os ferros ao alto, como haviam sido instruídos, mas as camas não se mexeram, é certo que as forças destes fortes em pouco superariam as dos débeis que vinham atrás e mal já podiam segurar as lanças, como alguém que levou uma cruz às costas e agora tem de esperar que o subam a ela. O silêncio desaparecera, gritavam os de fora, começaram os de dentro a gritar, provavelmente ninguém o terá notado até hoje, como são absolutamente terríveis os gritos dos cegos, parecem eles que estão a gritar sem saberem porquê, queremos dizer-lhes que se calem e logo acabamos nós a gritar também, só nos falta sermos cegos, mas o dia lá virá. Estavam nisto, uns a gritar porque atacavam, outros a gritar porque se defendiam, quando os do lado de fora, desesperados por não terem conseguido arredar as camas, largaram os ferros no chão de qualquer maneira, e, todos à uma, ao menos aqueles que conseguiram meter-se no espaço do vão da porta, e os que não couberam faziam força nas costas dos da frente, puseram-se a empurrar, a empurrar, e parecia que iam alcançar a vitória, as camas já se tinham mesmo movido um poucochinho, quando de repente, sem prévio aviso ou ameaça, se ouviram três disparos, era o cego da contabilidade a fazer pontaria baixa. Dois dos atacantes tombaram feridos, os outros recuaram precipitadamente de atropelo, tropeçavam nos ferros e caíam, como loucas as paredes do corredor multiplicavam os gritos, também se gritava nas outras camaratas. A obscuridade tornara-se quase completa, não era possível saber quem tinha sido atingido pelas balas, claro que se poderia perguntar cá de longe, Vocês quem são, mas não parecia próprio, aos feridos há que tratá-los com respeito e consideração, chegar-se a eles caridosamente, pôr-lhes a mão na testa, salvo se foi aí que a bala, por um infeliz acaso, os alcançou, depois perguntar-lhes em voz baixa como se sentem, dizer-lhes que não vai ser nada, que já vêm aí os maqueiros, e enfim dar-lhes água, mas só se não estiverem feridos no ventre, como expressamente se recomenda no manual de primeiros socorros. Que fazemos agora, perguntou a mulher do médico, estão lá dois caídos no chão. Ninguém lhe perguntou como sabia ela que eram dois, afinal os disparos tinham sido três, sem contar com o efeito dos ricochetes, se chegou a havê-los. Temos de ir buscá-los, disse o médico, O risco é grande, observou sucumbido o velho da venda preta, que vira como a sua tática de assalto tinha resultado em desastre, se eles percebem que há gente tornam a disparar, fez uma pausa e acrescentou suspirando, Mas temos de lá ir, eu por mim estou pronto, Eu também vou, disse a mulher do médico, o perigo será menor se nos aproximarmos de rastos, o que é preciso é encontrá-los depressa, antes que lá de dentro tenham tempo de reagir, E eu vou também, disse a mulher que havia declarado no outro dia Aonde tu fores, eu irei, de tantos que ali estavam ninguém se lembrou de dizer que era facílimo averiguar quem eram os feridos, atenção, feridos ou mortos, por enquanto ainda não se sabe, bastava que todos fossem dizendo, Eu vou, Eu não vou, os que tivessem ficado calados eram os tais.

Puseram-se pois os quatro voluntários a rastejar, as duas mulheres ao centro, um homem de cada lado, calhou assim, não o fizeram por cortesia masculina ou por um instinto cavalheiresco de proteção das damas, a verdade é que tudo irá depender do ângulo de tiro, se o cego da contabilidade disparar outra vez. Enfim, talvez não venha a suceder nada, o velho da venda preta havia tido uma ideia antes de se irem, acaso melhor do que as primeiras, que estes companheiros aqui se pusessem a falar muito alto, inclusive a gritar, ainda por cima razões não lhes faltam, de maneira a cobrirem o inevitável ruído de ir e voltar, e também o do que pelo meio vier a acontecer, sabe Deus quê. Em poucos minutos chegaram os socorristas ao seu destino, souberam-no quando ainda nem tinham tocado nos corpos, o sangue por cima do qual se iam arrastando era como um mensageiro que lhes tivesse vindo dizer Eu era a vida, atrás de mim já não há nada, Meu Deus, pensou a mulher do médico, quanto sangue, e era verdade, um charco, as mãos e a roupa pegavam-se ao chão como se as tábuas e o lajedo estivessem cobertos de visco. A mulher do médico soergueu-se sobre os cotovelos e continuou a avançar, os outros tinham feito o mesmo. Estendendo os braços alcançaram enfim os corpos. Os companheiros continuavam a fazer lá atrás todo o barulho que podiam, agora eram como carpideiras em transe. As mãos da mulher do médico e do velho da venda preta aferraram-se aos tornozelos de um dos caídos, por sua vez o médico e a outra mulher tinham agarrado um braço e uma perna do segundo, agora tratava-se de puxá-los, de saírem rapidamente da linha de fogo. Não era fácil, para isso precisariam erguer-se um pouco, pôr-se de gatas, era a única forma de conseguir usar eficazmente as poucas forças que ainda lhes restavam. A bala partiu, mas desta vez não atingiu ninguém. O medo fulminante não os fez fugir, pelo contrário, deu-lhes a porção de energia que fazia falta. Um instante depois já estavam a salvo, tinham-se chegado o mais que podiam à parede do lado da porta da camarata, só um tiro muito enviesado teria possibilidade de alcançá-los, mas era duvidoso que o cego da contabilidade fosse perito em balísticas, mesmo destas elementares. Tentaram levantar os corpos, mas desistiram. Não podiam fazer mais do que arrastá-los, com eles vinha, já meio seco, como trazido por uma rasoira, o sangue derramado, e outro, ainda fresco, que continuava a manar dos ferimentos. Quem são, perguntaram os que estavam à espera, Como é que se pode saber, se não vemos, disse o velho da venda preta, Não podemos continuar aqui, disse alguém, se eles se decidem a fazer uma surtida vamos ter muito mais que dois feridos, disse alguém, Ou mortos, disse o médico, pelo menos não estou a sentir-lhes o pulso. Carregaram com os corpos ao longo do corredor como um exército em retirada, chegados ao átrio fizeram alto, e aí se diria que tinham resolvido acampar, mas a verdade dos factos é outra, o que aconteceu foi esvaírem-se-lhes de todo as forças, aqui me fico, não posso mais. É tempo de reconhecer que há de parecer surpreendente que os cegos malvados, antes tão prepotentes e agressivos, tão facilmente e com tanto gosto brutais, agora não façam mais do que defender-se, levantando barricadas e disparando lá de dentro à mão salva, como se tivessem medo de ir à luta em campo aberto, cara a cara, olhos nos olhos. Como todas as coisas na vida, também esta tem a sua explicação, e vem a ser que depois da trágica morte do primeiro chefe se havia relaxado na camarata o espírito da disciplina e o sentido da obediência, o grande erro do cego da contabilidade foi ter pensado que bastava apoderar-se da pistola para ter com ela o poder no bolso, ora o resultado foi precisamente ao contrário, cada vez que faz fogo sai-lhe o tiro pela culatra, por outras palavras, cada bala disparada é uma fração de autoridade que vai perdendo, estamos para ver o que acontecerá quando as munições se lhe acabarem de todo. Assim como o hábito não faz o monge, também o cetro não faz o rei, esta é uma verdade que convém não esquecer. E se é certo que o cetro real o anda a empunhar agora o cego da contabilidade, apetece dizer que o rei, apesar de morto, apesar de enterrado na própria camarata, e mal, apenas em três palmos de chão, continua a ser lembrado, pelo menos nota-se-lhe pelo cheiro a fortíssima presença. Entretanto nasceu a lua. Pela porta do átrio que dá para a cerca exterior entra uma difusa claridade que cresce pouco a pouco, os corpos que estão no chão, mortos dois deles, os outros vivos ainda, vão lentamente ganhando volume, desenho, traços, feições, todo o peso de um horror sem nome, então a mulher do médico compreendeu que não tinha qualquer sentido, se o havia tido alguma vez, continuar com o fingimento de ser cega, está visto que aqui já ninguém se pode salvar, a cegueira também é isto, viver num mundo onde se tenha acabado a esperança. Podia portanto dizer quem eram os mortos, este é o ajudante de farmácia, este é aquele que disse que os cegos atirariam ao monte, ambos tiveram razão de certo modo, e escusam de perguntar-me como sei quem eles são, a resposta é simples, Vejo. Alguns dos que ali estavam já o sabiam e tinham-se calado, outros andavam desde há tempos com suspeitas e agora viam-nas confirmadas, inesperado foi o alheamento dos restantes, e contudo, pensando melhor, talvez o não devamos estranhar, noutra altura a revelação teria sido causa de um enorme alvoroço, de uma comoção sem freio, que sorte a tua, como foi que conseguiste escapar ao universal desastre, que nome têm as gotas que pões nos olhos, dá-me a direção do teu médico, ajuda-me a sair desta prisão, neste momento já tanto fazia, na morte a cegueira é igual para todos. O que não podiam era continuar ali, sem defesas de nenhuma espécie, até os ferros das camas lá tinham ficado, os punhos não serviriam de nada. Orientados pela mulher do médico, arrastaram os cadáveres para o patamar exterior e ali os deixaram ficar à lua, sob a alvura leitosa do astro, brancos por fora, negros enfim por dentro. Voltemos para as camaratas, disse o velho da venda preta, veremos mais tarde o que se poderá organizar. Disse, e foram palavras loucas de que ninguém fez caso. Não se dividiram por grupos de origem, foram-se encontrando e reconhecendo pelo caminho, uns para a ala esquerda, outros para a ala direita, vieram juntas até aqui a mulher do médico e aquela que tinha dito Aonde tu fores, eu irei, não era esta a ideia que levava agora na cabeça, bem pelo contrário, mas não quis falar dela, as juras nem sempre se cumprem, umas vezes foi por fraqueza, outras vezes por causa duma força superior com que não tínhamos contado.

Passou uma hora, subiu a lua, a fome e o temor afastam o sono, ninguém dorme nas camaratas. Mas esses não são os únicos motivos. Ou seja por causa da excitação da recente batalha, ainda que tão desastrosamente perdida, ou por algo indefinível que percorra o ar, os cegos estão inquietos. Ninguém se atreve a sair para os corredores, mas o interior de cada camarata é como uma colmeia só povoada de zângãos, bichos zumbidores, como se sabe, pouco dados à ordem e ao método, não há registo de alguma vez terem feito pela vida ou de se preocuparem, um mínimo que fosse, com o futuro, ainda que no caso dos cegos, infeliz gente, seria injusto acusá-los de aproveitadores ou de chupistas, aproveitadores de que migalha, chupistas de que refresco, há que ter cuidado com as comparações, não vão elas sair levianas. Porém, não há regra que não tenha a sua exceção, e esta não faltou aqui, na pessoa de uma mulher que, mal entrou na camarata, a segunda do lado direito, se pôs a remexer nos seus trapos até encontrar um pequeno objeto que apertou na palma da mão, como se o quisesse esconder da vista dos outros, os velhos hábitos custam a esquecer, mesmo quando chega um momento em que já os julgávamos de todo perdidos. Aqui, onde deveria ter sido um por todos e todos por um, pudemos ver como cruelmente tiraram os fortes o pão da boca aos débeis, e agora esta mulher, tendo-se lembrado de que trouxera um isqueiro na malinha de mão, se em tanto desconcerto o não perdera, foi ansiosamente por ele e ciosamente o está a esconder, como se fosse condição da sua própria sobrevivência, não pensa que talvez um destes seus companheiros de infortúnio tenha por aí um último cigarro, que não pode fumar por lhe faltar o pequeno lume necessário. Nem já iria a tempo de pedi-lo. A mulher saiu sem dizer palavra, nem adeus, nem até logo, segue pelo corredor deserto, passa rente à porta da primeira camarata, ninguém de dentro deu por ela ter passado, atravessa o átrio, a lua descendo traçou e pintou um tanque de leite nas lajes do chão, agora a mulher está na outra ala, outra vez um corredor, o seu destino é ao fundo, em linha reta, não tem nada que enganar. Além disso, percebe umas vozes a chamá-la, maneira só figurada de dizer, o que lhe chega aos ouvidos é a algazarra dos malvados da última camarata, estão a festejar o vencimento da batalha comendo do bom e bebendo do fino, passe o exagero intencional, não esqueçamos que tudo na vida é relativo, comem e bebem simplesmente do que há, e viva o velho, bem gostariam os outros de meter-lhe o dente, mas não podem, entre eles e o prato há uma barricada de oito camas e uma pistola carregada. A mulher está de joelhos à entrada da camarata, mesmo junto às camas, puxa devagar os cobertores para fora, depois levanta-se, faz o mesmo na que está por cima, ainda na terceira, à quarta não lhe alcança o braço, não importa, os rastilhos estão preparados, agora é só chegar-lhes o fogo. Ainda se recorda de como deverá regular o isqueiro para produzir uma chama comprida, já aí a tem, um pequeno punhal de lume, vibrante como a ponta duma tesoura. Começa pela cama de cima, a labareda lambe trabalhosamente a sujidade dos tecidos, enfim pega, agora a cama do meio, agora a cama de baixo, a mulher sentiu o cheiro dos seus próprios cabelos chamuscados, deve ter cuidado, ela é a que deita fogo à pira, não a que nela deve morrer, ouve os gritos dos malvados lá dentro, foi nesse momento que pensou, E se eles têm água, se vão conseguir apagar, desesperada meteu-se debaixo da primeira cama, passeou o isqueiro ao comprido do colchão, aqui, além, então de repente as chamas multiplicaram-se, transformaram-se numa única cortina ardente, um jorro de água ainda passou através delas, foi cair sobre a mulher, porém inutilmente, já era o seu próprio corpo o que estava a alimentar a fogueira. Como vai aquilo lá por dentro, ninguém pode arriscar-se a entrar, mas a imaginação para alguma coisa nos há de servir, o fogo anda a saltar velozmente de cama em cama, quer deitar-se em todas ao mesmo tempo, e consegue-o, os malvados gastaram sem critério nem proveito a pouca água que ainda tinham, tentam agora alcançar as janelas, mal equilibrados sobem às cabeceiras das camas a que o fogo ainda não chegou, mas de repente o fogo já lá está, eles resvalam, caem, e o fogo já lá está, com a ardência do calor as vidraças começam a estalar, a estilhaçar-se, o ar fresco entra silvando e atiça o incêndio, ah, sim, não estão esquecidos, os gritos de raiva e medo, os uivos de dor e agonia, aí fica feita a menção, note-se, em todo o caso, que irão sendo cada vez menos, a mulher do isqueiro, por exemplo, está calada há muito tempo.

A estas alturas já os outros cegos estão a fugir espavoridos para os corredores cheios de fumo, Há fogo, há fogo, gritam, e aqui se pode observar ao vivo como têm sido mal pensados e organizados estes ajuntamentos humanos de asilo, hospital e manicómio, repare-se em como cada um dos catres, só por si, com a sua armação de ferros bicudos, pode tornar-se em uma mortal armadilha, vejam-se as consequências terríveis de haver uma só porta em camaratas que levam quarenta pessoas, fora as que dormem no chão, se o fogo chega lá primeiro e lhes tapa a saída, não escapa ninguém. Felizmente, como a história humana tem mostrado, não é raro que uma coisa má traga consigo uma coisa boa, fala-se menos das coisas más trazidas pelas coisas boas, assim andam as contradições do nosso mundo, merecem umas mais consideração do que outras, neste caso a boa coisa foi precisamente terem as camaratas uma única porta, graças a isto é que o fogo que queimou os malvados se demorou por lá tanto tempo, se a confusão não se tornar maior, talvez não tenhamos que lamentar a perda doutras vidas. Evidentemente, muitos destes cegos estão a ser pisados, empurrados, esmurrados, é o efeito do pânico, um efeito natural, pode-se dizer, a natureza animal é mesmo assim, também a vegetal se comportaria de igual maneira se não tivesse todas aquelas raízes a prendê-la ao chão, e que bonito seria poder ver as árvores do bosque a fugir ao incêndio. O refúgio da parte interior da cerca foi bem aproveitado por cegos que tiveram a ideia de abrir as janelas existentes nos corredores e que davam para ela. Saltaram, tropeçaram, caíram, choram e gritam, mas por ora estão a salvo, tenhamos esperança de que o fogo, quando fizer desmoronar-se o telhado e atirar por ares e ventos um vulcão de labaredas e tições a arder, não se lembre de propagar-se às copas das árvores. Na outra ala o medo anda pelo mesmo, a um cego basta cheirar-lhe a fumo e logo imagina que o lume está mesmo ao lado dele, o que não será sendo verdade, em pouco tempo o corredor ficou entupido de gente, se não houver quem ponha alguma ordem nisto, vamos ter tragédia. Num momento alguém se recorda de que a mulher do médico ainda tem uns olhos que veem, onde está ela, pergunta-se, ela que nos diga o que se passa, por onde deveremos ir, onde está, estou aqui, só agora é que consegui sair da camarata, a culpa foi do rapazinho estrábico que ninguém conseguia saber onde se tinha metido, agora já está aqui, agarro-o com força pela mão, teriam de arrancar-me o braço para que eu o largasse, com a outra mão seguro a mão do meu marido, e depois vem a rapariga dos óculos escuros, e depois o velho da venda preta, onde está um está outro, e depois o primeiro cego, e depois a mulher dele, todos juntos, apertados como uma pinha, que, espero bem, nem este calor há de abrir. Entretanto uns quantos cegos daqui tinham seguido o exemplo dos da outra ala, saltaram para a cerca interior, não podem ver que a maior parte do edifício do outro lado é já uma fogueira, mas sentem na cara e nas mãos o bafo ardente que vem de lá, por enquanto o telhado ainda se aguenta, as folhas das árvores vão-se encarquilhando devagar. Então alguém gritou, Que é que estamos aqui a fazer, por que é que não saímos, a resposta, vinda do meio deste mar de cabeças, só precisou de quatro palavras, Estão lá os soldados, mas o velho da venda preta disse, Antes morrer de um tiro que queimados, parecia a voz da experiência, por isso talvez não tenha sido propriamente ele a falar, talvez pela boca dele tenha falado a mulher do isqueiro, que não teve a sorte de ser apanhada por uma última bala disparada pelo cego da contabilidade. Disse então a mulher do médico, Deixem-me passar, vou falar aos soldados, eles não podem deixar-nos morrer assim, os soldados também têm sentimentos. Graças à esperança de que os soldados tivessem de facto sentimentos, pôde abrir-se no aperto um estreito canal, por onde a mulher do médico avançou com dificuldade levando atrás de si os seus. O fumo tapava-lhe a visão, em pouco tempo estaria tão cega como os outros. No átrio mal se podia romper. As portas que davam para a cerca tinham sido rebentadas, os cegos que ali se haviam refugiado aperceberam-se rapidamente de que o sítio não era seguro, queriam sair, empurravam, mas os do outro lado resistiam, faziam finca-pé conforme podiam, por enquanto neles ainda era mais forte o medo de aparecerem à vista dos soldados, mas quando as forças cedessem, quando o fogo se aproximasse, o velho da venda preta tinha razão, mais valeria morrer de um tiro. Não foi preciso esperar tanto, a mulher do médico conseguira enfim sair para o patamar, praticamente vinha meio despida, por ter ambas as mãos ocupadas não se pudera defender dos que queriam juntar-se ao pequeno grupo que avançava, apanhar, por assim dizer, o comboio em andamento, os soldados iam ficar de olho arregalado quando ela lhes aparecesse pela frente com os seios meio descobertos. Já não era o luar que iluminava o espaço amplo e vazio que ia até ao portão, mas o clarão violento do incêndio. A mulher do médico gritou, Por favor, pela vossa felicidade, deixem-nos sair, não disparem. Ninguém respondeu de lá. O holofote continuava apagado, nenhum vulto se movia. Ainda a medo, a mulher do médico desceu dois degraus, Que se passa, perguntou o marido, mas ela não respondeu, não podia acreditar. Desceu os restantes degraus, caminhou em direção ao portão, puxando sempre atrás de si o rapazinho estrábico, o marido e companhia, já não havia dúvidas, os soldados tinham-se ido embora, ou levaram-nos, cegos também eles, cegos todos por fim.

Então, para simplificar, aconteceu tudo ao mesmo tempo, a mulher do médico anunciou em altas vozes que estavam livres, o telhado da ala esquerda veio-se abaixo com medonho estrondo, esparrinhando labaredas por todos os lados, os cegos precipitaram-se para a cerca gritando, alguns não conseguiram, ficaram lá dentro, esmagados contra as paredes, outros foram pisados até se transformarem numa massa informe e sanguinolenta, o fogo que de repente alastrou fará de tudo isto cinzas. O portão está aberto de par em par, os loucos saem.

Diz-se a um cego, Estás livre, abre-se-lhe a porta que o separava do mundo, Vai, estás livre, tornamos a dizer-lhe, e ele não vai, ficou ali parado no meio da rua, ele e os outros, estão assustados, não sabem para onde ir, é que não há comparação entre viver num labirinto racional, como é, por definição, um manicómio, e aventurar-se, sem mão de guia nem trela de cão, no labirinto dementado da cidade, onde a memória para nada servirá, pois apenas será capaz de mostrar a imagem dos lugares e não os caminhos para lá chegar. Postados diante do edifício que já arde de uma ponta à outra, os cegos sentem na cara as ondas vivas do calor do incêndio, recebem-nas como algo que de certo modo os resguarda, tal como as paredes tinham sido antes, ao mesmo tempo, prisão e segurança. Mantêm-se juntos, apertados uns contra os outros, como um rebanho, nenhum deles quer ser a ovelha perdida porque de antemão sabem que nenhum pastor os irá procurar. O fogo vai decrescendo aos poucos, a lua já ilumina outra vez, os cegos começam a desassossegar-se, não podem continuar ali, Eternamente, disse um deles. Alguém perguntou se era dia ou era noite, a razão da incongruente curiosidade soube-se logo, Quem sabe se não nos virão trazer a comida, pode ter havido uma confusão, um atraso, outras vezes aconteceu, Mas os soldados não estão cá, Isso não quer dizer nada, podem ter-se ido embora por deixarem de ser precisos, Não percebo, Por exemplo, porque deixou de haver contágio, Ou porque se descobriu o remédio para a nossa doença, Era bom, era, Que fazemos, Eu fico aqui até ser dia, E como saberás tu que é dia, Pelo sol, pelo calor do sol, Se o céu não estiver encoberto, Tantas horas hão de passar que alguma vez há de ser dia. Exaustos, muitos dos cegos tinham-se sentado no chão, outros, ainda mais debilitados, deixaram-se simplesmente cair, uns quantos haviam desmaiado, é provável que o fresco da noite os faça voltar a si, mas podemos ter por certo que na hora de levantar-se o acampamento não se levantarão alguns destes míseros, aguentaram até aqui, são como aquele corredor de maratona que se foi abaixo três metros antes da meta, no fim das contas o que está claro é que todas as vidas se acabam antes de tempo. Sentaram-se também, ou deitaram-se, os cegos que ainda esperam que os soldados, ou outros por eles, a cruz vermelha é uma hipótese, lhe tragam a comida e os outros confortos necessários à vida, o desengano, para estes, chegará um pouco mais tarde, é a única diferença. E se alguém aqui acreditou que foi descoberta a cura da nossa cegueira, nem por isso parece mais contente.

Por outras razões pensou a mulher do médico, e disse-o aos seus, que seria melhor esperar que a noite acabasse, O mais urgente, agora, é encontrar comida, e às escuras não iria ser fácil, Tens alguma ideia de onde estamos, perguntou o marido, Mais ou menos, Longe de casa, Bastante. Os outros quiseram saber também a que distância estariam as suas casas, disseram as moradas, e a mulher do médico foi aproximadamente explicando, o rapazinho estrábico é que não conseguiu lembrar-se, não admira, há já tempo que deixou de pedir a mãe. Se forem de casa em casa, da que está mais perto à que está mais distante, a primeira será a da rapariga dos óculos escuros, a segunda a do velho da venda preta, depois a da mulher do médico, e finalmente a do primeiro cego. Irão sem dúvida seguir este itinerário porque a rapariga dos óculos escuros já pediu que a levem, quando for possível, a sua casa, Não sei como estarão os meus pais, disse, esta sincera preocupação mostra como são afinal infundados os preconceitos dos que negam a possibilidade da existência de sentimentos fortes, incluindo o sentimento filial, nos casos, infelizmente abundantes, de comportamentos irregulares, mormente no plano da moralidade pública. A noite refrescou, ao incêndio já não lhe resta grande coisa para queimar, o calor que ainda se desprende do braseiro não chega para aquecer os cegos transidos que se encontram mais longe da entrada, como é o caso da mulher do médico e do seu grupo. Estão sentados juntinhos, as três mulheres e o rapaz no meio, os três homens em redor, quem os visse diria que já nasceram assim, é verdade que parecem um corpo só, com uma só respiração e uma única fome. Um após outro, foram adormecendo, um sono leve de que tiveram de acordar algumas vezes porque havia cegos que, saindo do seu próprio torpor, se levantavam e vinham tropeçar sonambulamente neste acidente humano, um deles houve que se deixou ficar, tanto fazia dormir ali como noutro sítio. Quando o dia nasceu, só umas ténues colunas de fumo subiam dos escombros, mas nem essas duraram muito, porque daí a pouco começou a chover, uma chuvinha miúda, uma simples poalha, é certo, mas desta vez persistente, ao princípio nem conseguia chegar ao chão esbraseado, transformava-se logo em vapor, porém, com a continuação, já se sabe, água mole em brasa viva tanto dá até que apaga, a rima que a ponha outro. Alguns destes cegos não o são apenas dos olhos, também o são do entendimento, nem de outro modo se explicaria o raciocínio tortuoso que os levou a concluir que a desejada comida, estando a chover, não viria. Não houve maneira de convencê-los de que a premissa estava errada e que, portanto, errada tinha de estar também a conclusão, não serviu de nada dizer-lhes que ainda não eram horas do pequeno-almoço, desesperados atiraram-se para o chão a chorar, Não vem, está a chover, não vem, repetiam, tivesse ainda aquela lastimável ruína umas condições de habitabilidade mínimas, que voltaria a ser o manicómio que foi antes.

O cego que de noite se deixara ficar depois de ter tropeçado não pôde levantar-se. Enroscado sobre si mesmo, como se tivesse querido proteger o derradeiro calor do ventre, não se moveu apesar da chuva que começara a cair mais grossa. Está morto, disse a mulher do médico, e nós é melhor irmo-nos daqui enquanto ainda temos alguma força. Levantaram-se a custo, cambaleando, com vertigens, agarrando-se uns aos outros, depois dispuseram-se em fila, à frente a dos olhos que veem, logo os que tendo olhos não veem, a rapariga dos óculos escuros, o velho da venda preta, o rapazinho estrábico, a mulher do primeiro cego, o marido dela, o médico vai no fim. O caminho que tomaram leva ao centro da cidade, mas não é essa a intenção da mulher do médico, o que ela quer é encontrar rapidamente um sítio onde possa deixar abrigados os que vêm atrás de si e ir sozinha à procura de comida. As ruas estão desertas, por ser ainda cedo, ou por causa da chuva, que cai cada vez mais forte. Há lixo por toda a parte, algumas lojas têm as portas abertas, mas a maioria delas estão fechadas, não parece que haja gente dentro, nem luz. A mulher do médico pensou que seria uma boa ideia deixar os companheiros numa destas lojas, tomando muita atenção ao nome da rua, ao número da porta, não fosse perdê-los ao voltar. Parou, disse à rapariga dos óculos escuros, Esperem-me aqui, não se mexam, foi espreitar a porta envidraçada de uma farmácia, pareceu-lhe ver lá dentro uns vultos deitados, bateu no vidro, uma das sombras mexeu-se, tornou a bater, outros vultos se moveram lentamente, houve uma pessoa que se levantou virando a cara para donde vinha o ruído, Estão todos cegos, pensou a mulher do médico, mas não compreendeu por que se encontravam estes aqui, talvez fossem a família do farmacêutico, mas, se assim era, por que não estavam eles em sua própria casa, com mais conforto que o chão duro, salvo se guardavam o estabelecimento, contra quem, e menos sendo estas mercadorias o que são, que tanto podem salvar como matar. Afastou-se dali, um pouco adiante olhou para o interior doutra loja, viu mais pessoas deitadas, mulheres, homens, crianças, algumas pareciam estar a preparar-se para sair, uma delas veio até à porta, estendeu o braço para fora e disse, Está a chover, Muito, foi a pergunta de dentro, Sim, temos de esperar a ver se abranda, o homem, era um homem, estava a dois passos da mulher do médico, não tinha dado pela presença dela, por isso sobressaltou-se quando ouviu dizer, Bons dias, perdera-se o costume de dar os bons dias, não só porque dias de cegos, propriamente falando, nunca seriam bons, mas também porque ninguém poderia estar inteiramente certo de que os dias não fossem tardes ou noites, e se agora, numa aparente contradição com o que acaba de ser explicado, estas pessoas estão a acordar mais ou menos ao mesmo tempo que a manhã, é porque algumas cegaram só há poucos dias e ainda não perderam de todo o sentido da sucessão dos dias e das noites, do sono e da vigília. O homem disse, Está a chover, e depois, Quem é você, Não sou daqui, Anda à procura de comida, Sim, há quatro dias que não comemos, E como sabe que são quatro dias, É um cálculo, Está sozinha, Estou com o meu marido e uns companheiros, Quantos são, Ao todo, sete, Se estão a pensar em ficar connosco, tirem daí o sentido, já somos muitos, Só estamos de passagem, Donde vêm, Estivemos internados desde que a cegueira começou, Ah, sim, a quarentena, não serviu de nada, Por que diz isso, Deixaram-nos sair, Houve um incêndio e nesse momento percebemos que os soldados que nos vigiavam tinham desaparecido, E saíram, Sim, Os vossos soldados devem ter sido dos últimos a cegar, toda a gente está cega, Toda a gente, a cidade toda, o país, Se alguém ainda vê, não o diz, cala-se, Por que é que não vive na sua casa, Porque não sei onde ela está, Não sabe, E você, sabe onde está a sua, Eu, a mulher do médico ia responder que precisamente se dirigia para lá com o marido e os companheiros, era só o tempo de comerem alguma coisa para recuperar forças, mas no mesmo instante viu com toda a clareza a situação, agora, alguém que estando cego tivesse saído de casa, só por milagre a conseguiria reencontrar, não era o mesmo que dantes, quando os cegos daquele tempo podiam sempre contar com a ajuda de um passante, fosse para atravessar uma rua, fosse para retomar o caminho certo no caso de se terem desviado inadvertidamente da rota habitual, Só sei que está longe daqui, disse, Mas não é capaz de lá chegar, Não, Ora aí tem, o mesmo me sucede a mim, o mesmo sucede a todos, vocês os que estiveram na quarentena têm muito que aprender, não sabem como é fácil ficar sem casa, Não compreendo, Os que andam em grupo, como nós, como quase toda a gente, quando temos de procurar comida somos obrigados a ir juntos, é a única maneira de não nos perdermos uns dos outros, e como vamos todos, como ninguém ficou a guardar a casa, o mais certo, supondo que tínhamos conseguido dar com ela, é estar já ocupada por outro grupo que também não tinha podido encontrar a sua casa, somos uma espécie de nora às voltas, ao princípio houve algumas lutas, mas não tardámos a perceber que nós, os cegos, por assim dizer, não temos praticamente nada a que possamos chamar nosso, a não ser o que levarmos no corpo, A solução estaria em viver dentro duma loja de comidas, ao menos enquanto elas durassem não seria preciso sair, Quem o fizesse, o mínimo que lhe poderia acontecer era nunca mais ter um minuto de sossego, digo o mínimo porque ouvi falar do caso de uns que o tentaram, fecharam-se, trancaram as portas, mas o que não puderam foi fazer desaparecer o cheiro da comida, juntaram-se fora os que queriam comer, e como os de dentro não abriram, pegou-se fogo à loja, foi remédio santo, eu não vi, contaram-me, de toda a maneira foi remédio santo, que eu saiba ninguém mais se atreveu, E não se vive nas casas, nos andares, Sim, vive-se, mas tanto faz, pela minha casa já deve ter passado uma quantidade de gente, não sei se algum dia conseguirei dar com ela, além disso, nesta situação, é muito mais prático dormir nas lojas térreas, nos armazéns, escusamos de andar a subir e a descer escadas, Já não chove, disse a mulher do médico, Já não chove, repetiu o homem para dentro. A estas palavras levantaram-se os que ainda estavam deitados, recolheram os pertences, mochilas, pequenas malas, sacos de pano e de plástico, como se partissem em expedição, e era verdade, iam caçar comida, um a um foram saindo da loja, a mulher do médico reparou que estavam bem abrigados, é certo que as cores das roupas não jogavam umas com as outras, que as calças ou eram tão curtas que deixavam as canelas à mostra, ou tão compridas que tinham de levar dobras em baixo, mas o frio não entraria com estes, alguns dos homens usavam gabardina ou sobretudo, duas das mulheres levavam casacos compridos de peles, guarda-chuvas é que não se viam, provavelmente pelo incómodo que dão, sempre as varetas a ameaçar os olhos. O grupo, umas quinze pessoas, afastou-se. Ao longo da rua outros grupos apareciam, pessoas isoladas também, encostados às paredes havia homens a aliviar a urgência matinal da bexiga, as mulheres preferiam o resguardo dos automóveis abandonados. Amolecidos pela chuva, os excrementos, aqui e além, alastravam na calçada.

A mulher do médico voltou para junto dos seus, recolhidos por instinto debaixo do toldo duma pastelaria donde saía um cheiro de natas azedas e outras podridões, Vamos, disse, encontrei um abrigo, e conduziu-os à loja donde os outros tinham saído. O recheio do estabelecimento estava intacto, a mercadoria não era das de comer ou de vestir, havia frigoríficos, máquinas de lavar, tanto as de roupa como as de louça, fogões comuns e de micro-ondas, batedoras, espremedores, aspiradores, varinhas mágicas, as mil e uma invenções eletrodomésticas destinadas a tornar mais fácil a vida. A atmosfera estava carregada de maus cheiros, tornando absurda a brancura invariável dos objetos. Descansem aqui, disse a mulher do médico, eu vou à procura de comida, não sei onde a encontrarei, perto, longe, não sei, esperem com paciência, há grupos lá fora, se alguém quiser entrar digam que o sítio está ocupado, será o bastante para que se vão embora, é o costume, Vou contigo, disse o marido, Não, é melhor que vá sozinha, temos de saber como se está a viver agora, pelo que ouvi dizer toda a gente deve ter cegado, Então, disse o velho da venda preta, é como se continuássemos no manicómio, Não há comparação, podemos mover-nos à vontade, e a comida há de resolver-se, não iremos morrer de fome, também tenho de arranjar roupas, estamos reduzidos a farrapos, a mais necessitada era ela, pouco menos do que nua da cintura para cima. Beijou o marido, sentiu nesse momento como uma dor no coração, Por favor, aconteça o que acontecer, mesmo que alguém queira entrar não deixem este sítio, e se forem postos fora, apesar de que não creio que tal aconteça, mas é só para prevenir todas as hipóteses, deixem-se ficar perto da porta, juntos, até que eu chegue. Olhou-os com os olhos rasos de lágrimas, ali estavam, dependiam dela como as crianças pequenas dependem da mãe, Se eu lhes falto, pensou, não lhe ocorreu que lá fora todos estavam cegos, e viviam, teria ela própria de cegar também para compreender que uma pessoa se habitua a tudo, sobretudo se já deixou de ser pessoa, e mesmo se não chegou a tanto, ali está aquele rapazinho estrábico, por exemplo, que já nem pela mãe pergunta. Saiu para a rua, olhou e fixou o número da porta, o nome da loja, agora tinha de ver como se chamava a rua, naquela esquina, não sabia até onde a iria levar a busca da comida, e que comida, podia ser já três portas à frente ou trezentas, não podia perder-se, não haveria ninguém a quem perguntar o caminho, os que antes viam estavam cegos, e ela, que podia ver, não saberia onde estava. O sol tinha rompido, brilhava nas poças de água formadas entre o lixo, via-se melhor a erva que crescia entre as pedras da calçada. Havia mais gente fora. Como se orientarão eles, perguntou-se a mulher do médico. Não se orientavam, caminhavam rente aos prédios com os braços estendidos para a frente, continuamente esbarrravam uns nos outros como as formigas que vão no carreiro, mas quando tal sucedia não se ouviam protestos, nem precisavam falar, uma das famílias despegava-se da parede, avançava ao comprido da que vinha em direção contrária, e assim seguiam e continuavam até ao próximo encontro. De vez em quando paravam, farejavam à entrada das lojas, a sentir se vinha cheiro de comida, qualquer que fosse, depois prosseguiam o seu caminho, viravam uma esquina, desapareciam da vista, daí a pouco surgia dali outro grupo, não traziam ar de haver encontrado o que buscavam. A mulher do médico podia mover-se mais rapidamente, não perdia tempo a entrar nas lojas para saber se eram de comestíveis, mas depressa se lhe tornou claro que não iria ser fácil abastecer-se em quantidade, as poucas mercearias que encontrou pareciam ter sido devoradas por dentro, eram como cascas vazias.

Já se tinha afastado muito de onde havia deixado o marido e os companheiros, cruzando e recruzando ruas, avenidas, praças, quando se encontrou diante de um supermercado. Lá dentro o aspeto não era diferente, prateleiras vazias, escaparates derrubados, pelo meio vagueavam os cegos, a maior parte deles de gatas, varrendo com as mãos o chão imundo, esperando encontrar ainda algo que se pudesse aproveitar, uma lata de conserva que tivesse resistido às pancadas com que tentaram abri-la, um pacote qualquer, do que fosse, uma batata, mesmo pisada, um naco de pão, mesmo feito pedra. A mulher do médico pensou, Apesar de tudo, algo haverá, isto é enorme. Um cego levantou-se do chão a queixar-se, um caco de garrafa tinha-se-lhe espetado num joelho, o sangue corria-lhe já pela perna. Os cegos do grupo rodearam-no, Que foi, que foi, e ele disse, Um vidro, no joelho, Qual, O esquerdo, uma das cegas agachou-se, Cuidado, não seja que haja por aqui mais vidros, tenteou, apalpou para distinguir uma perna da outra, Cá está, disse, ainda o tens espetado, um dos cegos pôs-se a rir, Pois se está espetado aproveita, e os outros riram também, sem diferença de mulheres e homens. Fazendo pinça com o polegador e o indicador, é um gesto natural que não precisa aprendizagem, a cega extraiu o vidro, depois atou o joelho com um trapo que rebuscou no saco que trazia ao ombro, enfim contribuiu com o seu próprio gracejo para o bom humor geral, Nada a fazer, passou-lhe depressa o espeto, todos riram, e o ferido retorquiu, Quando estiveres com precisão, podemos experimentar a ver o que mais espeta, de certeza que não há neste grupo esposos e esposas, uma vez que ninguém se mostrou escandalizado, será tudo gente de costumes abertos e uniões livres, salvo se estes justamente são esposa e esposo, daí a confiança, mas em verdade não o parecem, em público não falariam nestes termos. A mulher do médico olhou em redor, o que ainda houvesse de aproveitável estava a ser disputado no meio de socos que quase sempre se perdiam no ar e empurrões que não escolhiam entre amigos e adversários, sucedendo às vezes que o objeto da peleja se lhes escapava das mãos e jazia no chão, à espera de que alguém viesse tropeçar nele, Aqui não me safo, pensou, usando uma palavra que não fazia parte do seu vocabulário corrente, uma vez mais se demonstrando que a força e a natureza das circunstâncias influem muito no léxico, haja vista aquele militar que disse merda quando o intimaram a render-se, por este modo absolvendo do delito de má educação futuros desabafos em situações menos perigosas. Aqui não me safo, tornou a pensar, e já se dispunha a sair quando outro pensamento lhe acudiu como uma providência, Num estabelecimento destes deve haver um armazém, não digo um armazém grande, que esse estará noutro local, longe provavelmente, mas uma reserva de certos produtos de mais consumo. Excitada pela ideia pôs-se à procura de uma porta fechada que a pudesse levar à caverna dos tesouros, mas todas estavam abertas, e lá dentro a mesma devastação, os mesmos cegos rebuscando o mesmo lixo. Finalmente, num corredor obscuro, onde a luz do dia mal penetrava, viu o que lhe pareceu ser um monta-cargas. As portas metálicas estavam fechadas, e ao lado havia uma outra porta, lisa, das que deslizam em calhas, A cave, pensou, os cegos que chegaram até aqui deram com o caminho tapado, deviam ter percebido que se tratava de um elevador, mas ninguém se lembrou de que o normal era que houvesse também uma escada, para quando faltasse a energia elétrica, por exemplo, como era o caso agora. Empurrou a porta corrediça e recebeu quase simultaneamente duas poderosas impressões, primeira, a da escuridão profunda por onde teria de descer para chegar à cave, e logo, o cheiro inconfundível das coisas que são para comer, mesmo quando estiverem fechadas em recipientes a que chamamos herméticos, é que a fome sempre teve um olfato finíssimo, daqueles que atravessam todas as barreiras, como os cães. Voltou rapidamente atrás para apanhar do lixo os sacos de plástico de que precisaria para transportar a comida, ao mesmo tempo que a si mesma ia perguntando, Sem luz, como vou eu saber o que devo levar, encolheu os ombros, a preocupação era estúpida, a dúvida, agora, tendo em conta o estado de debilidade em que se encontrava, deveria ser se iria ter forças para carregar com os sacos cheios, repetir o caminho todo por onde viera, neste momento entrou-lhe no espírito um medo horrível, o de não conseguir regressar aonde o marido estava à sua espera, sabia o nome da rua, disso não se tinha esquecido, mas haviam sido tantas as voltas que dera, o desespero paralisou-a, depois, lentamente, como se o cérebro imóvel se tivesse posto enfim em movimento, viu-se a si mesma inclinada sobre um mapa da cidade, buscando com a ponta do dedo o itinerário mais curto, como se tivesse duas vezes olhos, uns que a olhavam vendo o mapa, outros que viam o mapa e o caminho. O corredor continuava deserto, era uma sorte, por causa do nervosismo, da descoberta que fizera, tinha-se esquecido de fechar a porta. Fechou-a agora cuidadosamente atrás de si, para achar-se mergulhada numa escuridão total, tão cega como os cegos que estavam lá fora, a diferença era só na cor, se efetivamente são cores o branco e o negro. Roçando-se pela parede, começou a descer a escada, se este lugar não fosse o segredo que é, e alguém viesse a subir do fundo, teriam de proceder como tinha visto na rua, despegar-se um deles da segurança do encosto, avançar roçando-se pela imprecisa substância do outro, talvez por um instante temer absurdamente que a parede não continuasse do lado de lá, Estou a perder o juízo, pensou, e tinha razões para isso, a descer como ia por um buraco tenebroso, sem luz nem esperança de a ver, até onde, estes armazéns subterrâneos em geral não são altos, primeiro lanço da escada, Agora sei o que é ser-se cego, segundo lanço da escada, Vou gritar, vou gritar, terceiro lanço da escada, as trevas são como uma pasta grossa que se lhe colou à cara, os olhos transformaram-se em bolas de breu, Que é que está diante de mim, e logo a seguir outro pensamento, ainda mais assustador, E como encontrarei depois a escada, um desequilíbrio súbito obrigou-a a baixar-se para não cair desamparada, quase a perder a consciência balbuciou, Está limpo, referia-se ao chão, parecia-lhe admirável, um chão limpo. Pouco a pouco começou a voltar a si, sentia umas dores surdas no estômago, não que fossem elas novidade, mas neste momento era como se não existisse no seu corpo nenhum outro órgão vivo, lá estariam, mas não queriam dar sinal de si, o coração, sim, o coração ressoava como um tambor imenso, sempre a trabalhar às cegas na escuridão, desde a primeira de todas as trevas, o ventre onde o formaram, até à última, essa onde parará. Tinha ainda na mão os sacos de plástico, não os largara, agora só terá de enchê-los, tranquilamente, um armazém não é lugar para fantasmas e dragões, aqui não há mais que escuridão, e a escuridão não morde nem ofende, quanto à escada hei de encontrá-la, nem que tenha de dar a volta inteira a este buraco. Decidida, ia levantar-se, mas lembrou-se de que estava tão cega como os cegos, melhor seria fazer como eles, avançar de gatas até encontrar algo pela frente, prateleiras carregadas de comida, seja o que for, desde que se possa comer tal qual está, sem cozeduras nem preparações de cozinha, que o tempo não vai para fantasias.

O medo voltou, sub-reptício, mal ela avançou alguns metros, talvez estivesse enganada, talvez ali mesmo à sua frente, invisível, um dragão a esperasse de boca aberta. Ou um fantasma de mão estendida, para a levar ao mundo terrível dos mortos que nunca acabam de morrer porque sempre vem alguém ressuscitá-los. Depois, prosaicamente, com uma infinita, resignada tristeza, pensou que o sítio onde estava não era um depósito de comidas, mas uma garagem, pareceu-lhe mesmo sentir o cheiro da gasolina, a este ponto pode iludir-se o espírito quando se rende aos monstros que ele próprio criou. Então, a sua mão tocou em algo, não os dedos viscosos do fantasma, não a língua ardente e a goela do dragão, o que ela sentiu foi o contacto de um metal frio, uma superfície vertical lisa, adivinhou, sem saber que era esse o nome, que se tratava do montante de uma armação de prateleiras. Calculou que devia haver outras armações iguais a esta, paralelas, como era o costume, tratava-se agora de saber onde estavam os produtos alimentícios, não aqui, que este cheiro não engana, é de detergentes. Sem pensar mais nas dificuldades que iria ter para encontrar a escada, começou a percorrer as prateleiras, apalpando, cheirando, agitando. Havia embalagens de cartão, garrafas de vidro e de plástico, frascos pequenos, médios e grandes, latas que seriam de conservas, recipientes vários, tubos, bolsas, bisnagas. Ao acaso encheu um dos sacos, Será tudo de comer, perguntava-se, inquieta. Passou a outras prateleiras, e na segunda delas o inesperado aconteceu, a mão cega, que não podia ver aonde ia, tocou e fez cair umas pequenas caixas. O ruído que fizeram, ao chocarem contra o solo, quase fez parar o coração da mulher do médico, São fósforos, pensou. Trémula de excitação, baixou-se, passeou as mãos sobre o chão, encontrou, este é um cheiro que não se confunde com nenhum outro, e o ruído dos pauzinhos quando agitamos a caixa, o deslizar da tampa, a aspereza da lixa exterior, que é onde o fósforo está, o raspar da cabeça do palito, enfim a deflagração da pequena chama, o espaço ao redor, uma difusa esfera luminosa como um astro através da névoa, meu Deus, a luz existe e eu tenho olhos para a ver, louvada seja a luz. A partir de agora a colheita seria fácil. Começou pelas caixas de fósforos, e foi um saco quase cheio, Não é preciso levá-las todas, dizia-lhe a voz do bom senso, mas ela não deu atenção ao bom senso, depois as trémulas chamas dos fósforos foram mostrando as prateleiras, para cá, para lá, em pouco tempo os sacos ficaram cheios, o primeiro teve de ser despejado porque não continha nada que prestasse, os outros levavam já riqueza suficiente para comprar a cidade, nem há que estranhar a diferença dos valores, basta que nos lembremos de que houve um dia um rei que quis trocar o seu reino por um cavalo, que não daria ele se estivesse a morrer de fome e lhe acenassem com estes sacos de plástico. A escada está ali, o caminho é a direito. Antes, porém, a mulher do médico senta-se no chão, abre uma embalagem de chouriço, uma outra de fatias de pão negro, uma garrafa de água, e, sem remorso, come. Se não comesse agora não teria forças para levar a carga aonde faz falta, ela é a provedora. Quando acabou, enfiou os sacos nos braços, três de cada lado, e com as mãos levantadas à frente foi acendendo fósforos até alcançar a escada, depois penosamente a subiu, a comida ainda não passou do estômago, precisa de tempo para chegar aos músculos e aos nervos, neste caso, o que melhor se tem aguentado ainda é a cabeça. A porta corrediça deslizou sem ruído, E se está alguém no corredor, tinha pensado a mulher do médico, que faço. Não havia ninguém, mas ela tornou a perguntar-se, Que faço. Poderia, quando chegasse à saída, voltar-se para dentro e gritar, Há comida ao fundo do corredor, uma escada que leva ao armazém da cave, aproveitem, deixei a porta aberta. Poderia fazê-lo, mas não o fez. Ajudando-se com o ombro, fechou a porta, dizia a si mesma que o melhor era calar, imagine-se o que aconteceria, os cegos a correrem para lá como loucos, seria como no manicómio quando se declarou o incêndio, rolariam pelas escadas abaixo, pisados e esmagados pelos que viessem atrás, que cairiam também, não é a mesma coisa pôr o pé num degrau firme ou num corpo resvaladiço. E quando a comida se acabar poderei voltar por mais, pensou. Passou os sacos para as mãos, respirou fundo e avançou pelo corredor. Não a veriam, mas o cheiro do que comera, O chouriço, que estúpida fui, seria como um rasto vivo. Cerrou os dentes, apertou com toda a força as asas dos sacos, Tenho de correr, disse. Lembrou-se do cego ferido no joelho por um caco, Se me sucede o mesmo a mim, se não reparo e ponho o pé num vidro, talvez nos tenhamos esquecido de que esta mulher está sem sapatos, não teve ainda tempo de ir às sapatarias, como fazem os cegos da cidade, que apesar de infelizes invisuais, podem escolher o calçado pelo tato. Tinha de correr, e correu. Ao princípio tentara esgueirar-se entre os grupos de cegos, procurando não lhes tocar, mas isso obrigava-a a ir devagar, a parar algumas vezes para escolher o caminho, o bastante para ir desprendendo de si uma aura de cheiro, porque não só as auras perfumadas e etéreas são auras, daí a nada estava um cego a gritar, Quem é que está aqui a comer chouriço, palavras não eram ditas a mulher do médico atirou os cuidados para trás das costas e lançou-se numa correria desarvorada, atropelando, empurrando, derrubando, num salve-se quem puder merecedor de severa crítica, pois não é assim que se tratam pessoas cegas, para infelicidade já lhes basta.

Estava a chover torrencialmente quando alcançou a rua, Melhor assim, pensou, ofegando, com as pernas a tremer, vai sentir-se menos o cheiro. Alguém tinha deitado a mão ao último farrapo que mal a tapava da cintura para cima, agora ia de peitos descobertos, por eles, lustralmente, palavra fina, lhe escorria a água do céu, não era a liberdade guiando o povo, os sacos, felizmente cheios, pesam demasiado para os levar levantados como uma bandeira. Tem isto seu inconveniente, já que as excitantes fragrâncias vão viajando à altura do nariz dos cães, como podiam eles faltar, agora sem donos que os cuidem e alimentem, é quase uma matilha que segue a mulher do médico, oxalá um destes bichos não se lembre de adiantar o dente para experimentar a resistência do plástico. Com uma chuva destas, que pouco lhe falta para dilúvio, seria de esperar que as pessoas estivessem recolhidas, à espera de que o tempo estiasse. Não é assim, porém, por toda a parte há cegos de boca aberta para as alturas, matando a sede, armazenando água em todos os recantos do corpo, e outros cegos, mais previdentes, e sobretudo mais sensatos, sustentam nas mãos baldes, tachos e panelas, e levantam-nos ao céu generoso, é bem certo que Deus dá a nuvem conforme a sede. Não tinha ocorrido à mulher do médico a probabilidade de que das torneiras das casas poderia não estar a sair sequer uma gota do precioso líquido, é o defeito da civilização, habituamo-nos à comodidade da água encanada, posta ao domicílio, e esquecemo-nos de que para que tal suceda tem de haver pessoas que abram e fechem válvulas de distribuição, estações de elevação que necessitam de energia elétrica, computadores para regular os débitos e administrar as reservas, e para tudo faltam os olhos. Também os faltam para ver este quadro, uma mulher carregada com sacos de plástico, andando por uma rua alagada, entre lixo apodrecido e excrementos humanos e de animais, automóveis e camiões largados de qualquer maneira e atravancando a via pública, alguns com as rodas já cercadas de erva, e os cegos, os cegos, de boca aberta, abrindo também os olhos para o céu branco, parece impossível como pode chover de um céu assim. A mulher do médico vai lendo os letreiros das ruas, lembra-se de uns, de outros não, e chega um momento em que compreende que se desorientou e perdeu. Não há dúvida, está perdida. Deu uma volta, deu outra, já não reconhece nem as ruas nem os nomes delas, então, desesperada, deixou-se cair no chão sujíssimo, empapado de lama negra, e, vazia de forças, de todas as forças, desatou a chorar. Os cães rodearam-na, farejam os sacos, mas sem convicção, como se já lhes tivesse passado a hora de comer, um deles lambe-lhe a cara, talvez desde pequeno tenha sido habituado a enxugar prantos. A mulher toca-lhe na cabeça, passa-lhe a mão pelo lombo encharcado, e o resto das lágrimas chora-as abraçada a ele. Quando enfim levantou os olhos, mil vezes louvado seja o deus das encruzilhadas, viu que tinha diante de si um grande mapa, desses que os departamentos municipais de turismo espalham no centro das cidades, sobretudo para uso e tranquilidade dos visitantes, que tanto querem poder dizer aonde foram como precisam saber onde estão. Agora, estando toda a gente cega, parece fácil dar por mal empregado o dinheiro que se gastou, afinal há é que ter paciência, dar tempo ao tempo, já devíamos ter aprendido, e de uma vez para sempre, que o destino tem de fazer muitos rodeios para chegar a qualquer parte, só ele sabe o que lhe terá custado trazer aqui este mapa para dizer a esta mulher onde está. Não estava tão longe quanto cria, apenas se tinha desviado noutra direção, só terás de seguir por esta rua até uma praça, aí contas duas ruas para a esquerda, depois viras na primeira à direita, é essa a que procuras, do número não te esqueceste. Os cães foram ficando para trás, alguma coisa os distraiu pelo caminho, ou estão muito habituados ao bairro e não querem deixá-lo, só o cão que tinha bebido as lágrimas acompanhou quem as chorara, provavelmente este encontro da mulher e do mapa, tão bem preparado pelo destino, incluía também um cão. O certo é que entraram juntos na loja, o cão das lágrimas não estranhou ver pessoas estendidas no chão, tão imóveis que pareciam mortas, estava habituado, às vezes deixavam-no dormir no meio delas, e quando era hora de se levantarem, quase sempre estavam vivas. Acordem, se estão a dormir, trago comida, disse a mulher do médico, mas primeiro tinha fechado a porta, não fosse ouvi-la alguém que passasse na rua. O rapazinho estrábico foi o primeiro a levantar a cabeça, não pôde fazer mais do que isso, a fraqueza não deixava, os outros tardaram um pouco mais, estavam a sonhar que eram pedras, e ninguém ignora quanto é profundo o sono delas, um simples passeio ao campo o demonstra, ali estão dormindo, meio enterradas, à espera não se sabe de que despertar. Tem, porém, a palavra comida poderes mágicos, mormente quando o apetite aperta, até o cão das lágrimas, que não conhece linguagem, se pôs a abanar o rabo, o instintivo movimento fê-lo recordar-se que ainda não tinha feito aquilo a que estão obrigados os cães molhados, sacudirem-se com violência, respingando quanto estiver ao redor, neles é fácil, trazem a pele como se fosse um casaco. Água benta da mais eficaz, descida diretamente do céu, os salpicos ajudaram as pedras a transformarem-se em pessoas, enquanto a mulher do médico participava na operação de metamorfose abrindo um após outro os sacos de plástico. Nem tudo cheirava ao que continha, mas o perfume de uma bucha de pão duro já seria, falando elevadamente, a própria essência da vida. Estão todos enfim despertos, têm as mãos trémulas, as caras ansiosas, é então que o médico, tal como sucedera antes ao cão das lágrimas, se lembra de quem é, Cuidado, não convém comer muito, pode fazer-nos mal, O que nos faz mal é a fome, disse o primeiro cego, Atende ao que diz o senhor doutor, repreendeu a mulher, e o marido calou-se, pensando com uma sombra de rancor, Ele nem de olhos entende, quanto mais, injustas palavras estas, se tivermos em conta que o médico não está menos cego que os outros, a prova é que nem deu por que a mulher vinha nua da cintura para cima, foi ela quem lhe pediu o casaco para se tapar, os outros cegos olharam na sua direção, mas era tarde de mais, tivessem olhado antes.

Enquanto comiam, a mulher narrou as suas aventuras, de tudo quanto lhe acontecera e fizera só não disse que tinha deixado a porta do armazém fechada, não estava muito segura das razões humanitárias que a si própria tinha dado, em compensação contou o episódio do cego que havia espetado o vidro no joelho, todos riram com gosto, todos não, o velho da venda preta não fez mais do que um sorriso cansado, e o rapazinho estrábico só tinha ouvidos para o ruído que fazia mastigando. O cão das lágrimas recebeu a sua parte, que pronto pagou ladrando furiosamente quando alguém de fora veio sacudir a porta com violência. Quem quer que fosse, não insistiu, falava-se de andarem cães raivosos por aí, para raiva já me basta esta de não ver onde ponho os pés. A tranquilidade voltou, e foi então, quando já tinha sossegado em todos a primeira fome, que a mulher do médico contou a conversa que havia tido com o homem que saíra desta mesma loja para ver se estava a chover. Depois concluiu, Se o que ele me disse é verdade, não podemos ter a certeza de encontrar as nossas casas como as deixámos, não sabemos sequer se conseguiremos entrar nelas, falo daqueles que se esqueceram de levar as chaves quando saíram, ou que as perderam, nós, por exemplo, não as temos, ficaram no incêndio, seria impossível encontrá-las agora no meio dos escombros, pronunciou a palavra e foi como se estivesse a ver as chamas a envolverem a tesoura, queimando primeiro o sangue seco que ainda houvesse nela, depois mordendo-lhe o fio, as pontas agudas, embotando-os, e aos poucos tornando-os rombos, brandos, moles, informes, não se acredita que isto pudesse ter perfurado a garganta de alguém, quando o fogo acabar o seu trabalho será impossível, na massa única do metal fundido, distinguir onde está a tesoura e onde estão as chaves, As chaves, disse o médico, tenho-as eu, e, introduzindo dificilmente três dedos num bolsinho das esfarrapadas calças, rente ao cós, extraiu de dentro uma pequena argola com três chaves, Como é que as tens tu, se eu as tinha posto na minha mala de mão, que lá ficou, Tirei-as, tive medo de que pudessem perder-se, achei que estavam mais seguras andando sempre comigo, e era também uma maneira de acreditar que um dia havíamos de voltar para casa, É bom termos as chaves, mas pode ser que nos encontremos com a porta arrombada, Podem nem o ter o tentado, sequer. Por momentos haviam-se esquecido dos outros, mas agora era preciso saber, de todos eles, o que se tinha passado com as suas chaves, a primeira a falar foi a rapariga dos óculos escuros, Os meus pais ficaram em casa quando a ambulância me foi buscar, não sei o que lhes terá sucedido depois, a seguir falou o velho da venda preta, Eu estava em casa quando ceguei, bateram à porta, a dona da casa foi dizer-me que estavam ali uns enfermeiros à minha procura, não era altura para pensar em chaves, só faltava a mulher do primeiro cego, mas esta disse, Não sei, não me lembro, sabia, lembrava-se, não queria era confessar que quando de repente se viu cega, expressão absurda, mas enraizada, que não temos conseguido evitar, saíra de casa aos gritos, chamando pelas vizinhas, as que ainda estavam no prédio guardaram-se bem de acudir-lhe, e ela, que tão firme e capaz se tinha mostrado quando a infelicidade caiu sobre o marido, comportava-se agora desvairadamente, abandonando a casa com a porta escancarada, nem ao menos teve a ideia de pedir que a deixassem voltar atrás, só um minuto, o tempo de fechar a porta e volto já. Ao rapazinho estrábico ninguém lhe perguntou pela chave da casa, se o pobre menino nem conseguiu ainda lembrar-se de onde mora. Então a mulher do médico tocou levemente na mão da rapariga dos óculos escuros, Começamos pela tua casa, que é a que está mais perto, mas antes precisamos encontrar roupas e sapatos, não podemos andar por aí nesta figura, sujos e rotos. Fez um movimento para se levantar, porém reparou que o rapazinho estrábico, já reconfortado, repleto, voltara a adormecer. Disse, descansemos então, durmamos um pouco, logo mais tarde iremos ver o que nos espera. Despiu a saia molhada, depois, para aquecer-se, chegou-se para o marido, o mesmo fizeram o primeiro cego e a mulher, És tu, perguntara ele, ela lembrava-se da casa e sofria, não disse Consola-me, mas foi como se o tivesse pensado, o que não se sabe é que sentimento terá levado a rapariga dos óculos escuros a pôr um braço sobre o ombro do velho da venda preta, mas o certo é que o fez, e assim ficaram, ela dormindo, mas ele não. O cão foi deitar-se à porta, atravessando-se na passagem, é um animal áspero e intratável quando não tem de enxugar lágrimas.

Vestiram-se e calçaram-se, o que ainda não acharam foi maneira de lavar-se, mas já fazem uma grande diferença dos outros cegos, as cores das roupas, não obstante a relativa escassez da oferta, porque, como se costuma dizer, a fruta está muito escolhida, combinam bem umas com as outras, é a vantagem de ter connosco alguém que nos aconselha, Veste tu isto, que vai melhor com essas calças, as riscas não jogam com as pintas, pormenores assim, aos homens, provavelmente, tanto se lhes daria tambor como caixa de rufo, mas quer a rapariga dos óculos escuros, quer a mulher do primeiro cego, fizeram questão de saber que cores e que padrões levavam postos, desta maneira, com a ajuda da imaginação, poderão ver-se a si mesmas. Quanto ao calçado, todos concordaram que a comodidade deveria passar à frente da beleza, nada de tirinhas e tacões altos, nada de calfes e polimentos, com o estado em que as ruas estão seria um disparate, o que vai bem são umas botas de borracha, totalmente impermeáveis, de cano pelo meio da perna, fáceis de enfiar e desenfiar, não há melhor para andar nos lamaçais. Infelizmente não se encontraram botas deste modelo para todos, o rapazinho estrábico, por exemplo, não havia tamanho que lhe servisse, ficavam-lhe os pés a nadar lá dentro, por isso teve de contentar-se com uns sapatos de desporto sem finalidade definida, Que coincidência, diria a mãe dele, lá onde esteja, a alguém que lhe tivesse ido contar o sucedido, é exatamente o que o meu filho teria escolhido se pudesse ver. O velho da venda preta, que tinha os pés mais para o grande do que para o pequeno, resolveu o problema pondo-se uns sapatos de basquetebol, dos especiais, para jogadores de dois metros e extremidades na proporção. É verdade que vai agora um tanto ridículo, parece que leva umas pantufas brancas, mas estes ridículos são dos que duram pouco, em menos de dez minutos os sapatos já estarão sujíssimos, é como tudo na vida, deem tempo ao tempo, e ele se encarrega de resolver.

Deixou de chover, não há cegos de boca aberta. Andam por aí, não sabem o que hão de fazer, vagueiam pelas ruas, mas nunca por muito tempo, andar ou estar parado vem a dar no mesmo para eles, tirando procurar comida não têm outros objetivos, a música acabou, nunca houve tanto silêncio no mundo, os cinemas e os teatros só servem a quem ficou sem casa e já desistiu de a procurar, algumas salas de espetáculos, as maiores, tinham sido usadas para as quarentenas quando o governo, ou o que dele ia sucessivamente ficando, ainda cria que o mal-branco poderia ser atalhado com instrumentos e truques que de tão pouco tinham servido no passado contra a febre amarela e outros pestíferos contágios, porém isso acabou-se, aqui nem foi preciso um incêndio. Quanto aos museus, é uma autêntica dor de alma, de cortar o coração, toda aquela gente, gente, digo bem, todas aquelas pinturas, todas aquelas esculturas sem terem diante de si uma pessoa a quem olhar. Do que estão os cegos da cidade à espera, não se sabe, estariam à espera da cura se ainda acreditassem nela, mas essa esperança perderam-na quando se tornou público que a cegueira não tinha poupado ninguém, que não ficara uma única vista sã para olhar pela lente de um microscópio, que tinham sido abandonados os laboratórios, onde não restava às bactérias outra solução, se queriam sobreviver, que devorarem-se umas às outras. Ao princípio, muitos dos cegos, acompanhados por parentes por enquanto com vista e espírito de família, ainda acorreram aos hospitais, mas lá só encontraram médicos cegos tomando o pulso a doentes que não viam, auscultando-os por trás e pela frente, que era tudo quanto podiam fazer, para isso ainda tinham os ouvidos. Depois, apertados pela fome, os doentes, os que ainda podiam andar, começaram a fugir dos hospitais, vinham morrer na rua, ao abandono, as famílias, se ainda as tinham, por onde andariam, e depois, para que os enterrassem, não bastava que alguém fosse tropeçar neles por acaso, tinham de começar a cheirar mal, e, mesmo assim, só se tivessem morrido em sítio de passagem. Não admira que os cães sejam tantos, alguns já se parecem com hienas, as malhas do pelo são como as da podridão, correm por aí com os quartos traseiros encolhidos, como se tivessem medo de que os mortos e devorados recobrassem vida para lhes fazerem pagar a vergonha de morderem em quem não se podia defender. Como está o mundo, tinha perguntado o velho da venda preta, e a mulher do médico respondeu, Não há diferença entre o fora e o dentro, entre o cá e o lá, entre os poucos e os muitos, entre o que vivemos e o que teremos de viver, E as pessoas, como vão, perguntou a rapariga dos óculos escuros, Vão como fantasmas, ser fantasma deve ser isto, ter a certeza de que a vida existe, porque quatro sentidos o dizem, e não a poder ver,

Há muitos carros por aí, perguntou o primeiro cego, que não pode esquecer que lhe roubaram o seu, É um cemitério. Nem o médico nem a mulher do primeiro cego fizeram perguntas, para quê, se as respostas seriam a condizer com estas. Ao rapazinho estrábico basta-lhe a satisfação de levar calçados os sapatos com que sempre sonhou, nem chega para o entristecer o facto de não poder vê-los. Por esta razão, provavelmente é que não vai como um fantasma. E tão pouco mereceria que lhe chamassem hiena o cão das lágrimas que segue a mulher do médico, não anda ao cheiro de carne morta, acompanha uns olhos que ele bem sabe estarem vivos.

A casa da rapariga dos óculos escuros não está longe, mas a estes esfomeados de uma semana só agora é que as forças começam a voltar-lhes, por isso caminham tão devagar, para descansar não têm outro remédio que sentarem-se no chão, não valeu a pena ter tido tantos cuidados com a escolha das cores e do desenho, se em tão pouco tempo as roupas já estão a ficar imundas. A rua onde mora a rapariga dos óculos escuros, além de curta, é estreita, o que explica que não se encontrem aqui automóveis, passar podia-se, em direção única, mas não ficava espaço para estacionar, estava proibido. Que também não houvesse pessoas, não era de estranhar, em ruas assim não são raros os momentos do dia em que não se vê vivalma, Que número tem o teu prédio, perguntou a mulher do médico, É o sete, moro no segundo esquerdo. Uma das janelas estava aberta, noutro tempo seria sinal quase certo de haver pessoas em casa, agora tudo era duvidoso. Disse a mulher do médico, Não vamos todos, subimos só nós duas, vocês esperem em baixo. Percebia-se que a porta da rua tinha sido forçada, via-se distintamente que o encaixe do trinco estava torcido, uma comprida lasca de madeira separara-se quase por completo do batente. A mulher do médico não falou disto. Deixou seguir à frente a rapariga, ela conhecia o caminho, tanto lhe fazia a penumbra em que a escada estava imersa. Com o nervosismo da pressa, a rapariga dos óculos escuros tropeçou duas vezes, mas achou que o melhor era rir-se de si mesma, Imagina tu, uma escada que eu dantes era capaz de subir e descer de olhos fechados, as frases feitas são assim, não têm sensibilidade para as mil subtilezas do sentido, esta, por exemplo, ignora a diferença entre fechar os olhos e ser cego. No patamar do segundo andar, a porta buscada estava fechada. A rapariga dos óculos escuros deslizou a mão pelo alizar até que encontrou o botão da campainha, Não há luz, lembrou-lhe a mulher do médico, e estas três palavras, que não faziam mais do que repetir o que toda a gente sabia, ouviu-as a rapariga como o anúncio de uma má notícia. Bateu à porta, uma vez, duas vezes, três vezes, a terceira com violência, aos murros, chamava, Mãezinha, paizinho, e ninguém vinha abrir, os diminutivos carinhosos não abalavam a realidade, ninguém lhe veio dizer, Minha querida filha, até que enfim chegaste, já pensávamos que nunca mais te veríamos, entra, entra, e esta senhora é tua amiga, que entre, que entre também, a casa está um bocadinho desarrumada, não repare, a porta continuava fechada, Não está ninguém, disse a rapariga dos óculos escuros, e desatou-se a chorar encostada à porta, a cabeça sobre os antebraços cruzados, como se com todo o corpo estivesse a implorar uma desesperada piedade, não tivéssemos nós aprendido o suficiente do complicado que é o espírito humano, e estranharíamos que queira tanto a seus pais, ao ponto destas demonstrações de dor, uma rapariga de costumes tão livres, embora não esteja longe quem já afirmou que não existe nem existiu nunca qualquer contradição entre isto e aquilo. A mulher do médico quis consolá-la, mas tinha pouco para dizer, sabe-se que permanecerem as pessoas por muito tempo nas suas casas se tornou praticamente impossível, Podemos perguntar aos vizinhos, sugeriu, se há alguns, Sim, vamos perguntar, disse a rapariga dos óculos escuros, mas não havia nenhuma esperança na sua voz. Começaram por bater à porta da casa do outro lado do patamar, donde também ninguém respondeu. No andar de cima as duas portas estavam abertas. As casas tinham sido saqueadas, os armários da roupa estavam vazios, nos lugares de guardar comida não ficara nem sombra dela. Havia sinais de ter passado por ali gente há pouco tempo, certamente um grupo errante, como mais ou menos o eram agora todos, sempre indo de casa em casa, de ausência em ausência.

Desceram ao primeiro andar, a mulher do médico bateu com os nós dos dedos na porta mais próxima, houve um silêncio expectante, depois uma voz rouca perguntou, desconfiada, Quem está aí, a rapariga dos óculos escuros adiantou-se, Sou eu, a vizinha do segundo andar, estou à procura dos meus pais, sabe onde eles estão, que foi que lhes aconteceu, perguntou. Ouviram-se passos arrastados, a porta abriu-se e apareceu uma velha magríssima, só a pele sobre os ossos, esquálida, de enormes cabelos brancos desgrenhados. Uma mistura nauseante de cheiros bafientos e de uma indefinível podridão fez recuar as duas mulheres. A velha arregalava os olhos, tinha-os quase brancos, Não sei nada dos teus pais, vieram buscá-los no dia a seguir a terem-te levado a ti, nessa altura eu ainda via, Há mais alguém no prédio, De vez em quando ouço subir e descer a escada, mas é gente de fora, desses que só dormem, E os meus pais, Já te disse que não sei nada deles, E o seu marido, e o seu filho, e a sua nora, Também os levaram, E a si não, porquê, Porque me tinha escondido, Onde, Imagina, na tua casa, Como é que conseguiu entrar, Pelas traseiras, pela escada de salvação, parti um vidro e abri a porta por dentro, a chave estava na fechadura, E como é que tem podido, desde então, viver sozinha na sua casa, perguntou a mulher do médico, Quem é que há mais aqui, sobressaltou-se a velha virando a cabeça, É uma amiga minha, anda no meu grupo, disse a rapariga dos óculos escuros, E não é só a questão de estar sozinha, a comida, como foi que se arranjou para conseguir comida durante todo este tempo, insistiu a mulher do médico, É que eu não sou parva, cá me vou governando, Se não quiser, não diga, era só uma curiosidade, Digo, digo, o primeiro que fiz foi ir a todas as casas do prédio recolher a comida que houvesse, a que era de estragar comi-a logo, a outra guardei-a, Ainda tem alguma, perguntou a rapariga dos óculos escuros, Não, essa já se acabou, respondeu a velha com uma súbita expressão de desconfiança nos olhos cegos, modo de dizer que nestas situações sempre ocorre empregar, mas que em verdade nada tem de rigoroso, porque os olhos, os olhos propriamente ditos, não têm qualquer expressão, nem mesmo quando foram arrancados, são dois berlindes que estão para ali inertes, as pálpebras, as pestanas, e as sobrancelhas também, é que têm de encarregar-se das diversas eloquências e retóricas visuais, porém a fama têm-na os olhos, Então de que está a viver agora, perguntou a mulher do médico, A morte anda aí pelas ruas, mas nos quintais a vida não acabou, disse a velha misteriosamente, Que quer dizer, Os quintais têm couves, têm coelhos, têm galinhas, também há flores, mas essas não se podem comer, E como faz, É conforme, umas vezes apanho umas couves, outras vezes mato um coelho ou uma galinha, Crus, Ao princípio acendia uma fogueira, depois habituei-me à carne crua, e os talos das couves são doces, fiquem descansadas que de fome não morrerá a filha da minha mãe. Recuou dois passos, quase se sumiu na escuridão da casa, só os olhos brancos brilhavam, e disse de lá, Se quiseres ir à tua casa, entra, dou-te passagem. A rapariga dos óculos escuros ia dizer que não, muito obrigada, não vale a pena, para quê, se os meus pais não estão lá, mas subitamente sentiu o desejo de ver o seu quarto, ver o meu quarto, que estupidez, se estou cega, ao menos passar as mãos pelas paredes, pela colcha da cama, pela almofada onde descansava a minha louca cabeça, pelos móveis, talvez na cómoda ainda esteja a jarra de flores de que se lembrava, se a velha não a atirou ao chão, de raiva de não se poderem comer. Disse, Então, se me dá licença, aproveito o oferecimento, é muita bondade da sua parte, Entra, entra, mas já sabes que comida não vais lá encontrar, e a que eu tenho é pouca para mim, além disso a ti não te serve, não deves gostar de carne crua, Não se preocupe, nós temos comida, Ah, têm comida, nesse caso, em paga do favor, deixem-me ficar alguma, Deixaremos, fique descansada, disse a mulher do médico. Tinham passado já o corredor, o fedor tornara-se insuportável. Na cozinha, mal iluminada pela escassa luz de fora, havia peles de coelho pelo chão, penas de galinha, ossos, e, sobre a mesa, num prato sujo de sangue ressequido, pedaços de carne irreconhecíveis, como se tivessem sido mastigados muitas vezes, E os coelhos, e as galinhas, o que é que comem, perguntou a mulher do médico, Couves, ervas, restos, disse a velha, Restos, de quê, De tudo, até de carne, Não nos diga que as galinhas e os coelhos comem carne, Os coelhos ainda não, mas as galinhas ficam doidas de satisfação, os animais são como as pessoas, acabam por habituar-se a tudo. A velha movia-se com segurança, sem tropeçar, afastou uma cadeira do caminho como se a estivesse a ver, depois apontou a porta que dava para a escada de salvação, Por ali, tenham cuidado, não escorreguem, o corrimão não está muito firme, E a porta, perguntou a rapariga dos óculos escuros, A porta é só empurrar, a chave tenho-a eu, está por aí, É minha, ia dizer a rapariga, mas no mesmo instante pensou que esta chave não lhe serviria para nada se os pais, ou alguém por eles, tivessem levado consigo as outras, as da frente, não podia estar a pedir a esta vizinha que a deixasse passar de todas as vezes que quisesse entrar e sair. Sentiu um leve aperto no coração, seria porque ia entrar em sua casa, seria por saber que os pais não estariam lá, seria porquê.

A cozinha estava limpa e arrumada, o pó sobre os móveis não era excessivo, outra vantagem do tempo chuvoso, além de ter feito crescer as couves e as ervas, de facto, os quintais, vistos de cima, tinham parecido à mulher do médico selvas em miniatura, Andarão à solta os coelhos, perguntou-se, de certeza que não, continuariam a viver nas coelheiras, à espera da mão cega que lhes traria as folhas de couve e que depois os há de filar pelas orelhas e tirar de lá a espernear, enquanto a outra mão prepara o golpe cego que lhes desnocará as vértebras junto ao crânio. A memória da rapariga dos óculos escuros tinha-a levado pelo interior da casa, como a velha do andar de baixo também não tropeçou nem duvidou, a cama dos pais estava por fazer, deviam tê-los vindo buscar de madrugada, sentou-se ali a chorar, a mulher do médico veio sentar-se ao lado dela, disse-lhe, Não chores, que outras palavras se podem dizer, as lágrimas que sentido têm quando o mundo perdeu todo o sentido. No quarto da rapariga, sobre a cómoda, havia uma jarra de vidro com flores já secas, a água evaporara-se, foi para lá que as mãos cegas se dirigiram, os dedos roçaram as pétalas mortas, como a vida é frágil, se a abandonam. A mulher do médico abriu a janela, olhou para a rua, lá estavam todos, sentados no chão, pacientemente esperando, o cão das lágrimas foi o único que levantou a cabeça, deu-lhe aviso o subtil ouvido. O céu, outra vez coberto, começava a escurecer, a noite vinha chegando. Pensou que hoje não precisariam de andar à procura de um abrigo para dormirem, ficariam aqui, A velha não vai gostar que lhe passemos todos pela casa, murmurou. Neste momento, a rapariga dos óculos escuros tocava-lhe no ombro, dizia, As chaves estavam postas na fechadura, não as levaram. A dificuldade, se o era, estava portanto resolvida, não teriam de suportar o mau humor da velha do primeiro andar, Vou descer a chamá-los, a noite não tarda, que bom, ao menos hoje podemos dormir numa casa, debaixo do teto duma casa, disse a mulher do médico, Vocês ficam na cama dos meus pais, Veremos depois isso, Aqui quem manda sou eu, estou na minha casa, Tens razão, será como queres, a mulher do médico abraçou a rapariga, depois desceu a buscar a companhia. Pela escada acima, falando animados, de vez em quando tropeçando nos degraus apesar de o guia ter dito, São dez em cada lanço, parecia que vinham de visita. O cão das lágrimas seguia-os tranquilamente, como se fosse coisa de toda a vida. No patamar, a rapariga dos óculos escuros olhava para baixo, é o costume quando sobe alguém, seja para saber de quem se trata, se não é pessoa conhecida, seja para festejar com palavras de acolhimento, se são amigos, neste caso nem era preciso ter olhos para saber quem chegava, Entrem, entrem, ponham-se à vontade. A velha do primeiro andar tinha aparecido a espreitar à porta, julgou que o tropel fosse de um desses bandos que aparecem para dormir, nisto não errava, perguntou, Quem vem lá, e a rapariga dos óculos escuros respondeu de cima, É o meu grupo, a velha ficou confusa, como é que ela tinha podido chegar ao patamar, compreendeu logo a seguir e irritou-se consigo mesma por não se ter lembrado de procurar e recolher as chaves das portas da frente, era como se estivesse a perder os direitos de propriedade de um prédio de que, desde há meses, era única habitante. Não encontrou melhor maneira de compensar a súbita frustração que dizer, abrindo a porta, Olhem que têm de me dar a comida, não se façam esquecidos. E como nem a mulher do médico nem a rapariga dos óculos escuros, uma ocupada em guiar os que chegavam, outra em recebê-los, lhe responderam, gritou destemperada, Ouviram, muito mal fez, porque o cão das lágrimas, que nesse momento exato passava diante dela, saltou a ladrar-lhe furioso, a escada atroava toda com o alarido, foi mão de santo, a velha deu um berro de susto e meteu-se atropeladamente em casa, atirando com a porta, Quem é esta bruxa, perguntou o velho da venda preta, são coisas que se dizem quando não sabemos ter olhos para nós próprios, vivesse ele como ela tem vivido, e queríamos ver quanto lhe durariam os modos civilizados.

Não havia comida senão a que traziam nos sacos, a água tinham de poupá-la até à última gota, e a respeito de iluminação foi muita sorte terem encontrado duas velas no armário da cozinha, ali guardadas para acudir a ocasionais faltas de energia e que a mulher do médico acendeu em seu próprio benefício, os outros não precisavam, já tinham uma luz dentro das cabeças, tão forte que os cegara. Não dispunham os companheiros de mais do que este pouco, e contudo veio a ser uma festa de família, daquelas, raras, onde o que é de cada um, é de todos. Antes de se sentarem à mesa, a rapariga dos óculos escuros e a mulher do médico desceram ao andar de baixo, foram cumprir a promessa, se não seria mais exato dizer que foram satisfazer a exigência, de pagar com comida a passagem por aquela alfândega. A velha recebeu-as queixosa, resmungona, o maldito do cão que só por um milagre a não tinha devorado, Muita comida devem vocês ter para poderem sustentar uma fera assim, insinuou, como se esperasse, por meio deste recriminatório reparo, suscitar nas duas emissárias o que chamamos remorsos de consciência, realmente, diriam uma à outra, não seria humano deixar morrer à fome uma pobre velha enquanto um bruto animal se alimenta à tripa forra. Não voltaram atrás as duas mulheres para irem buscar mais comida, a que lhe levaram já era uma generosa porção, se tivermos em conta as difíceis circunstâncias da vida atual, e assim inesperadamente o entendeu a velha do andar de baixo, no fim das contas menos malvada do que parecia, que foi dentro buscar-lhes a chave das traseiras da casa, dizendo depois para a rapariga dos óculos escuros, Toma, é a tua chave, e, como se isto fosse pouco, ainda murmurou, ao fechar a porta, Muito obrigada. Maravilhadas subiram as duas mulheres, afinal a bruxa tinha sentimentos, Não era má pessoa, ter ficado sozinha é que deve ter-lhe dado cabo do juízo, comentou a rapariga dos óculos escuros sem parecer pensar no que dizia. A mulher do médico não respondeu, decidiu guardar a conversa para mais tarde, e foi quando todos os outros já estavam deitados, e alguns dormindo, sentadas as duas na cozinha como mãe e filha a ganharem forças para o resto dos arranjos da casa, que a mulher do médico perguntou, E tu, que vais fazer agora, Nada, fico aqui, à espera de que os meus pais voltem, Sozinha e cega, À cegueira já me habituei, E à solidão, Terei de habituar-me, a vizinha de baixo também vive só, Queres converter-te naquilo que ela é, alimentar-te de couves e de carne crua, enquanto durarem, nestes prédios por aqui parece não viver mais ninguém, serão duas a odiar-se com medo de que a comida se acabe, cada talo que apanharem estarão a roubá-lo à boca da outra, tu não viste essa pobre mulher, da casa só sentiste o cheiro, digo-te que nem lá onde vivemos era tão repugnante, Mais tarde ou mais cedo todos vamos ser como ela, e depois acabamos, não haverá mais vida, Por enquanto ainda vivemos, Escuta, tu sabes muito mais do que eu, ao pé de ti não passo duma ignorante, mas o que penso é que já estamos mortos, estamos cegos porque estamos mortos, ou então, se preferes que diga isto doutra maneira, estamos mortos porque estamos cegos, dá no mesmo, Eu continuo a ver, Felizmente para ti, felizmente para o teu marido, para mim, para os outros, mas não sabes se continuarás a ver, no caso de vires a cegar tornar-te-ás igual a nós, acabaremos todos como a vizinha de baixo, Hoje é hoje, amanhã será amanhã, é hoje que tenho a responsabilidade, não amanhã, se estiver cega, Responsabilidade de quê, A responsabilidade de ter olhos quando os outros os perderam, Não podes guiar nem dar de comer a todos os cegos do mundo, Deveria, Mas não podes, Ajudarei no que estiver ao meu alcance, Bem sei que o farás, se não fosses tu talvez já não estivesse viva, E agora não quero que morras, Devo ficar, é a minha obrigação, esta é a minha casa, quero que os meus pais me encontrem se voltarem, Se voltarem, tu mesma o disseste, e falta saber se então eles ainda serão os teus pais, Não compreendo, Disseste que a vizinha de baixo tinha sido boa pessoa, Coitada, Coitados dos teus pais, coitada de ti, quando se encontrarem, cegos de olhos e cegos de sentimentos, porque os sentimentos com que temos vivido e que nos fizeram viver como éramos, foi de termos olhos que nasceram, sem olhos os sentimentos vão tornar-se diferentes, não sabemos como, não sabemos quais, tu dizes que estamos mortos porque estamos cegos, aí está, Amas o teu marido, Sim, como a mim mesma, mas se eu cegar, se depois de cegar deixar de ser quem tinha sido, quem serei então para poder continuar a amá-lo, e com que amor, Dantes, quando víamos, também havia cegos, Poucos em comparação, os sentimentos em uso eram os de quem via, portanto os cegos sentiam com os sentimentos alheios, não como cegos que eram, agora, sim, o que está a nascer são os autênticos sentimentos dos cegos, e ainda vamos no princípio, por enquanto ainda vivemos da memória do que sentíamos, não precisas ter olhos para saberes como a vida já é hoje, se a mim me dissessem que um dia mataria tomá-lo-ia como ofensa, e contudo matei, Que queres então que eu faça, Vem comigo, vem para nossa casa, E eles, O que vale para ti, vale para eles, mas é sobretudo a ti que eu quero, Porquê, Eu própria me pergunto porquê, talvez porque te tenhas tornado como minha irmã, talvez porque o meu marido se deitou contigo, Perdoa-me, Não é crime para necessitar perdão, Sugar-te-emos o sangue, seremos como parasitas, Já não faltavam quando víamos, e quanto ao sangue, para alguma coisa há de ele servir, além de sustentar o corpo que o transporta, e agora vamos dormir, que amanhã é outra vida.

Outra vida, ou a mesma. O rapazito estrábico, quando acordou, quis ir à retrete, estava com diarreia, alguma coisa que lhe caiu mal na fraqueza, mas logo se viu que não era possível lá entrar, pelos vistos a velha do andar de baixo tinha andado a servir-se de todas as retretes do prédio até não as poder usar mais, só por um extraordinário acaso nenhum dos sete, ontem, antes de irem deitar-se, precisou de dar satisfação a urgências do baixo-ventre, senão já o saberiam. Agora todos as sentiam, e acima de todos o pobre do rapaz que já não podia segurar-se mais, de facto, por muito que nos custe reconhecê-lo, estas realidades sujas da vida também têm de ser consideradas em qualquer relato, com a tripa em sossego qualquer um tem ideias, discutir, por exemplo, se existe uma relação direta entre os olhos e os sentimentos, ou se o sentido de responsabilidade é a consequência natural de uma boa visão, mas quando a aflição aperta, quando o corpo se nos desmanda de dor e angústia, então é que se vê o animalzinho que somos. O quintal, exclamou a mulher do médico, e tinha razão, se não fosse tão cedo já lá iríamos encontrar a vizinha do andar de baixo, é tempo de deixarmos de chamar-lhe velha, como pejorativamente temos feito, já lá estaria, dizíamos, agachada, rodeada de galinhas, porquê, quem fez a pergunta com certeza não sabe o que são galinhas. Agarrado à barriga, amparado pela mulher do médico, o rapazito estrábico desceu as escadas em ânsias, muito conseguiu ele aguentar até aqui, coitado, não se lhe peça mais, nos últimos degraus já o esfíncter tinha desistido de resistir à pressão interna, imaginem-se as consequências. Entretanto, os outros cinco vinham descendo conforme podiam a escada de salvação, nome a propósito, se algum pudor ainda lhes ficara do tempo que tinham vivido em quarentena, era hora de perdê-lo. Espalhados pelo quintal, gemendo de esforço, sofrendo de um resto de inútil vergonha, fizeram o que tinha de ser feito, também a mulher do médico, mas essa chorava olhando-os, chorava por todos eles, que nem parece que isso podem já, o seu próprio marido, o primeiro cego e a mulher, a rapariga dos óculos escuros, o velho da venda preta, este garoto, via-os acocorados sobre as ervas, entre os caules nodosos das couves, com as galinhas à espreita, o cão das lágrimas também descera, era mais um. Limparam-se como puderam, pouco e mal, a uns punhados de ervas, a uns cacos de tijolo, aonde o braço conseguiu alcançar, em algum caso foi pior a emenda. Tornaram a subir a escada de salvação, calados, a vizinha do primeiro andar não lhes apareceu a perguntar quem eram, donde vinham, para onde iam, estaria ainda a dormir da boa digestão da ceia, e, quando entraram em casa, primeiro não souberam de que falar, depois a rapariga dos óculos escuros disse que não podiam ficar naquele estado, é verdade que não havia água para se lavarem, pena que não estivesse a chover torrencialmente, como ontem tinha chovido, sairiam outra vez ao quintal, mas agora nus e sem vergonha, receberiam na cabeça e nos ombros a água generosa do céu, senti-la-iam escorrer pelo dorso e pelo peito, pelas pernas, poderiam recolhê-la nas mãos enfim limpas e por essa taça dá-la a beber a um sedento, quem fosse não importava, acaso os lábios tocariam levemente a pele antes de encontrarem a água, e, sendo a sede muita, sofregamente iriam recolher no côncavo as últimas gotas, acordando assim, quem sabe, uma outra secura. À rapariga dos óculos escuros, como outras vezes se tem observado, o que a perde é a imaginação, do que havia ela de lembrar-se numa situação como esta, trágica, grotesca, desesperada. Apesar de tudo, não lhe falta um certo sentido prático, a prova foi ter ido abrir o armário do seu quarto, depois o dos pais, trouxe de lá uns quantos lençóis e toalhas, Limpemo-nos a isto, disse, é melhor do que nada, e não há dúvida de que foi uma boa ideia, quando se sentaram para comer sentiam-se outros.

Foi à mesa que a mulher do médico expôs o seu pensamento, Chegou a altura de decidirmos o que devemos fazer, estou convencida de que toda a gente está cega, pelo menos comportavam-se como tal as pessoas que vi até agora, não há água, não há eletricidade, não há abastecimentos de nenhuma espécie, encontramo-nos no caos, o caos autêntico deve de ser isto, Haverá um governo, disse o primeiro cego, Não creio, mas, no caso de o haver, será um governo de cegos a quererem governar cegos, isto é, o nada a pretender organizar o nada, Então não há futuro, disse o velho da venda preta, Não sei se haverá futuro, do que agora se trata é de saber como poderemos viver neste presente, Sem futuro, o presente não serve para nada, é como se não existisse, Pode ser que a humanidade venha a conseguir viver sem olhos, mas então deixará de ser humanidade, o resultado está à vista, qual de nós se considerará ainda tão humano como antes cria ser, eu, por exemplo, matei um homem, Mataste um homem, espantou-se o primeiro cego, Sim, o que mandava do outro lado, espetei-lhe uma tesoura na garganta, Mataste para vingar-nos, para vingar as mulheres tinha de ser uma mulher, disse a rapariga dos óculos escuros, e a vingança, sendo justa, é coisa humana, se a vítima não tiver um direito sobre o carrasco, então não haverá justiça, Nem humanidade, acrescentou a mulher do primeiro cego, Voltemos à questão, disse a mulher do médico, se continuarmos juntos talvez consigamos sobreviver, se nos separarmos seremos engolidos pela massa e destroçados, Disseste que há grupos organizados de cegos, observou o médico, isso significa que estão a ser inventadas maneiras novas de viver, não é forçoso que acabemos destroçados, como prevês, Não sei até que ponto estarão realmente organizados, só os vejo andarem por aí à procura de comida e de sítio para dormir, nada mais, Regressámos à horda primitiva, disse o velho da venda preta, com a diferença de que não somos uns quantos milhares de homens e mulheres numa natureza imensa e intacta, mas milhares de milhões num mundo descarnado e exaurido, E cego, acrescentou a mulher do médico, quando começar a tornar-se difícil encontrar água e comida, o mais certo é que estes grupos se desagreguem, cada pessoa pensará que sozinha poderá sobreviver melhor, não terá de repartir com outros, o que puder apanhar é seu, de ninguém mais, Os grupos que por aí existem devem ter chefes, alguém que mande e organize, lembrou o primeiro cego, Talvez, mas neste caso tão cegos estão os que mandem como os que forem mandados, Tu não estás cega, disse a rapariga dos óculos escuros, por isso tens sido a que manda e organiza, Não mando, organizo o que posso, sou, unicamente, os olhos que vocês deixaram de ter, Uma espécie de chefe natural, um rei com olhos numa terra de cegos, disse o velho da venda preta, Se assim é, então deixem-se guiar pelos meus olhos enquanto eles durarem, por isso o que proponho é que, em lugar de nos dispersarmos, ela nesta casa, vocês na vossa, tu na tua, continuemos a viver juntos, Podemos ficar aqui, disse a rapariga dos óculos escuros, A nossa casa é maior, Supondo que não esteja ocupada, recordou a mulher do primeiro cego, Quando lá chegarmos o saberemos, se assim for voltaremos para aqui, ou iríamos ver a vossa, ou a tua, acrescentou dirigindo-se ao velho da venda preta, e ele respondeu, Não tenho casa minha, vivia sozinho num quarto, Não tens família, perguntou a rapariga dos óculos escuros, Nenhuma, Nem mulher, nem filhos, nem irmãos, Ninguém, Se os meus pais não aparecerem, ficarei tão sozinha como tu, Eu fico contigo, disse o rapazinho estrábico, mas não acrescentou Se a minha mãe não aparecer, não pôs essa condição, estranho comportamento, ou não será tão estranho assim, a gente nova conforma-se rapidamente, têm a vida toda por diante. Que decidem, perguntou a mulher do médico, Vou com vocês, disse a rapariga dos óculos escuros, só te peço que ao menos uma vez por semana me acompanhes até aqui, para o caso de os meus pais terem voltado, Deixas as chaves com a vizinha de baixo, Não tenho outro remédio, ela não pode levar mais do que já levou, Destruirá, Depois de eu ter estado aqui, talvez não, Nós também vamos com vocês, disse o primeiro cego, só gostaríamos, o mais cedo que seja possível, de passar pela nossa casa, para saber o que aconteceu, Passaremos, claro está, Pela minha não vale a pena, já vos disse o que ela era, Mas virás connosco, Sim, com uma condição, à primeira vista há de parecer escandaloso que alguém anteponha condições a um favor que lhe querem fazer, mas certos velhos são assim, sobra-lhes em orgulho o que lhes vai faltando em tempo, Que condição é essa, perguntou o médico, Quando estiver a converter-me numa carga insuportável, peço que mo digam, e se, por amizade ou compaixão, decidirem calar-se, espero eu ter ainda suficiente juízo na cabeça para fazer o que devo, E isso que será, pode saber-se, perguntou a rapariga dos óculos escuros, Retirar-me, afastar-me, desaparecer, como os elefantes faziam dantes, ouvi dizer que nos últimos tempos não era assim, nenhum conseguia chegar a velho, Tu não és precisamente um elefante, Também já não sou precisamente um homem, Sobretudo se começares a dar respostas de criança, retorquiu a rapariga dos óculos escuros, e esta conversa ficou por aqui.

Os sacos de plástico vão muito mais leves do que tinham vindo, nem admira, a vizinha do primeiro andar também comeu deles, duas vezes comeu, primeiro ontem à noite, e hoje lhe deixaram mais alguns alimentos quando lhe pediram que ficasse com as chaves e as guardasse até que aparecessem os legítimos donos delas, questão de adoçar-lhe a boca, que do carácter dela já temos suficiente notícia, e isto sem falar do que o cão das lágrimas também tem vindo a comer, só um coração de pedra teria sido capaz de fingir indiferença diante daqueles olhos suplicantes, e a propósito, onde se meteu o cão, não está na casa, pela porta não saiu, só pode estar no quintal, foi a mulher do médico certificar-se, e assim era de facto, o cão das lágrimas estava a devorar uma galinha, tão rápido tinha sido o ataque que nem um sinal de alarme teve tempo de dar, mas se a velha do primeiro andar tivesse olhos e andasse com as galinhas contadas, não se sabe, de raiva, que destino seria o das chaves. Entre a consciência de haver cometido um delito e a percepção de que a criatura humana a quem protegia se ia embora, o cão das lágrimas só duvidou um instante, imediatamente se pôs a escarvar no chão mole, e antes que a velha do primeiro andar assomasse ao patamar da escada de salvação a farejar a fonte dos ruídos que lhe estavam entrando em casa, ficava enterrada a carcaça da galinha, disfarçado o crime, reservado para outra ocasião o remorso. O cão das lágrimas esgueirou-se pela escada acima, roçou como um sopro as saias da velha, que nem se apercebeu do perigo que acabara de passar por ela, e foi pôr-se ao lado da mulher do médico, donde anunciou aos ares a proeza cometida. A velha do primeiro andar, ouvindo ladrar com tamanha ferocidade, temeu, mas sabemos quão demasiado tarde, pela segurança da sua despensa, e gritou esticando o pescoço para cima, Esse cão tem de estar preso, não vá matar-me aí alguma galinha, Fique descansada, respondeu a mulher do médico, o cão não tem fome, já comeu, e nós vamo-nos embora agora mesmo, Agora, repetiu a velha, e houve na sua voz um quebramento como de pena, era como se estivesse a querer ser entendida de um modo muito diferente, por exemplo Vão-me deixar aqui sozinha, porém não pronunciou uma palavra mais, só aquele Agora que nem pedia resposta, os duros de coração também têm os seus desgostos, o desta mulher foi tal que depois não quis abrir a porta para despedir-se dos desagradecidos a quem tinha dado passagem franca pela sua casa. Ouviu-os descer a escada, falavam uns com os outros, diziam, Cuidado, não tropeces, Põe a mão no meu ombro, Segura-te ao corrimão, são palavras de sempre, mas agora mais comuns neste mundo de cegos, o que lhe pareceu estranho foi ouvir uma das mulheres dizer, Aqui está tão escuro que não consigo ver, que a cegueira desta mulher não fosse branca já era, só por si, surpreendente, mas que ela não pudesse ver por estar escuro, que poderia isto significar. Quis pensar, fez força, mas a cabeça esvaída não ajudou, daí a pouco estava a dizer consigo mesma, Ouvi mal, foi o que foi. Na rua, a mulher do médico lembrou-se do que tinha dito, devia dar mais atenção ao seu falar, mover-se como quem tem olhos, podia, Mas as palavras têm de ser de cego, pensou.

Reunidos no passeio, dispôs os companheiros em duas filas de três, na primeira colocou o marido e a rapariga dos óculos escuros, com o rapazinho estrábico ao meio, na segunda fila o velho da venda preta e o primeiro cego, um de cada lado da outra mulher. Queria tê-los a todos perto de si, não na frágil fila indiana do costume, que essa a todo o momento podia romper-se, bastava que se cruzassem no caminho com um grupo mais numeroso ou mais brutal, e seria como no mar um paquete a cortar em duas uma falua que se lhe tivesse metido à frente, conhecem-se as consequências de tais acidentes, naufrágio, destroços, gente afogada, inúteis gritos de socorro na vastidão, o paquete já lá vai adiante, nem se apercebeu do abalroamento, assim aconteceria com estes, um cego aqui, outro além, perdidos nas desordenadas correntes dos outros cegos, como as ondas do mar que não se detêm e não sabem aonde vão, e a mulher do médico sem saber, também ela, a quem deverá acudir primeiro, deitando a mão ao marido, talvez ao rapazinho estrábico, mas perdendo a rapariga dos óculos escuros, os outros dois, o velho da venda preta, muito longe, a caminho do cemitério dos elefantes. O que está a fazer agora é a passar à volta de todos e de si própria uma corda de tiras de pano entrançadas, feita enquanto os outros dormiam, Não se agarrem a ela, disse, agarrem-na, sim, com toda a força que tiverem, não a larguem em caso algum, seja o que for que aconteça. Não deviam caminhar demasiado juntos para não tropeçarem uns nos outros, mas teriam de sentir a proximidade dos seus vizinhos, o contacto se fosse possível, só um deles não precisava preocupar-se com estas novas questões de tática de progressão no terreno, esse era o rapazinho estrábico, que ia no meio, protegido por todos os lados. Nenhum dos nossos cegos se lembrou de perguntar como é que vão navegando os outros grupos, se também andam assim atados, por este ou outros processos, mas a resposta seria fácil, pelo que se tem podido observar, os grupos, em geral, salvo o caso de algum mais coeso por razões que lhe são próprias e que não conhecemos, vão perdendo e ganhando aderentes ao longo do dia, há sempre um cego que se tresmalha e se perde, outro que foi apanhado pela força da gravidade e vai de arrasto, pode ser que o aceitem, pode ser que o expulsem, depende do que traga consigo. A velha do primeiro andar abriu devagar a janela, não quer que se saiba que tem esta fraqueza sentimental, mas da rua não sobe nenhum ruído, já se foram, deixaram este sítio por onde quase ninguém passa, a velha deveria de estar contente, desta maneira não terá de dividir com os outros as suas galinhas e os seus coelhos, deveria de estar e não está, dos olhos cegos saem-lhe duas lágrimas, pela primeira vez perguntou se tinha alguma razão para continuar a viver. Não achou resposta, as respostas não vêm sempre que são precisas, e mesmo sucede muitas vezes que ter de ficar simplesmente à espera delas é a única resposta possível.

Pelo caminho que levavam passariam a dois quarteirões da casa onde o velho da venda preta tinha o seu quarto de homem só, mas já tinham decidido que seguiriam adiante, comida não há lá, de roupas não necessita, os livros não pode lê-los. As ruas estão cheias de cegos que andam à cata de comida. Entram e saem das lojas, de mãos vazias entram, de mãos vazias saem quase sempre, depois discutem entre eles a necessidade ou a vantagem de deixarem este bairro e irem ao rabisco noutras partes da cidade, o grande problema é que, tal como estão as coisas, sem água corrente, sem energia elétrica, com as garrafas de gás vazias, e mais o perigo de fazer fogueiras dentro das casas, não se pode cozinhar, isto supondo que saberíamos aonde ir buscar o sal, o azeite, os temperos, na hipótese de querer preparar uns pratos com alguns vestígios dos sabores à antiga, que se houvesse hortaliças só com uma fervura nos daríamos por satisfeitos, o mesmo quanto à carne, além dos coelhos e galinhas de sempre, serviriam os cães e os gatos que se deixassem apanhar, mas, como a experiência é realmente a mestra da vida, até estes animais, antes domésticos, aprenderam a desconfiar dos afagos, agora caçam em grupo e em grupo se defendem de ser caçados, e como graças a Deus continuam a ter olhos, sabem melhor como esquivar-se, e atacar, se é preciso. Todas estas circunstâncias e razões têm levado a concluir que os melhores alimentos para os humanos são os de conserva, não só porque em muitos casos já vêm cozinhados, prontos para serem consumidos, mas também pela facilidade do transporte e comodidade da utilização. É certo que em todas as latas, frascos e embalagens várias que contêm este tipo de alimentos se menciona a data a partir da qual o seu consumo se torna inconveniente, e até, em certos casos, perigoso, mas a sabedoria popular não tardou em pôr em circulação um dito de alguma maneira irrespondível, simétrico de outro que já deixou de se usar, olhos que não veem, coração que não sente, dizia-se, agora os olhos que não veem gozam de um estômago insensível, por isso se comem tantas porcarias por aí. À frente do seu grupo, a mulher do médico dá mentalmente balanço à comida que ainda têm, chegará, se tanto, para uma refeição, sem contar com o cão, mas ele que se governe pelos seus próprios meios, aqueles que tão bem lhe serviram para filar a galinha pelo pescoço e cortar-lhe a voz e a vida. Tem em casa, se bem se recorda, e se ninguém lá entrou, uma quantidade razoável de conservas, o adequado para um casal, mas aqui são sete pessoas a comer, a reserva pouco irá durar, mesmo que lhe seja aplicado um severo racionamento básico. Amanhã, por estes dias, terá de voltar ao armazém subterrâneo do supermercado, terá de resolver se irá sozinha ou pedirá ao marido que a acompanhe, ou ao primeiro cego, que é mais novo e mais ágil, a escolha é entre a possibilidade de recolha de uma maior quantidade de comida e a rapidez da ação, incluindo, não esquecer, as condições da retirada. O lixo nas ruas, que parece ter-se duplicado desde ontem, os excrementos humanos, meio liquefeitos pela chuva violenta os de antes, pastosos ou diarreicos os que estão a ser eliminados agora mesmo por estes homens e estas mulheres enquanto vamos passando, saturam de fedor a atmosfera, como uma névoa densa através da qual só com grande esforço é possível avançar. Numa praça rodeada de árvores, com uma estátua ao centro, uma matilha de cães devora um homem. Devia ter morrido há pouco tempo, os membros não estão rígidos, nota-se quando os cães os sacodem para arrancar ao osso a carne filada pelos dentes. Um corvo saltita à procura de uma aberta para chegar-se também à pitança. A mulher do médico desviou os olhos, mas era tarde de mais, o vómito subiu-lhe irresistível das entranhas, duas vezes, três vezes, como se o seu próprio corpo, ainda vivo, estivesse a ser sacudido por outros cães, a matilha da desesperação absoluta, aqui cheguei, quero morrer aqui. O marido perguntou, Que tens, os outros, unidos pela corda, acercaram-se mais, de súbito assustados, Que aconteceu, Caiu-te mal a comida, Alguma coisa que estava estragada, Eu não sinto nada, Nem eu. Ainda bem para eles, só podiam ouvir a agitação dos bichos, um repentino e insólito crocito de corvo, na confusão um dos cães mordera-o numa asa, de passagem, sem má intenção, então a mulher do médico disse, Não pude evitar, desculpem-me, é que estão aqui uns cães a comer outro cão, Estão a comer o nosso cão, perguntou o rapazinho estrábico, Não, o nosso, como tu dizes, está vivo, anda de volta deles, mas não se aproxima, Depois da galinha que comeu, não deverá ter muita fome, disse o primeiro cego, Já estás melhor, perguntou o médico, Já, vamo-nos embora, E o nosso cão, tornou o rapazinho estrábico a perguntar, O cão não é nosso, só tem andado connosco, provavelmente vai ficar com estes agora, teria andado com eles antes, tornou a encontrar os amigos, Quero fazer caca, Aqui, Estou muito aflito, dói-me a barriga, queixou-se o rapaz. Aliviou-se ali mesmo, como lhe foi possível, a mulher do médico ainda vomitou uma vez, mas as suas razões eram outras. Atravessaram depois a larga praça e, quando chegaram à sombra das árvores, a mulher do médico olhou para trás. Tinham aparecido mais cães, havia já disputa sobre o que restava do corpo. O cão das lágrimas vinha aí, com o focinho rente ao chão como se estivesse a seguir um rasto, questão de costume, porque desta vez o simples olhar bastava para encontrar aquela a quem procura.

A caminhada continuou, a casa do velho da venda preta já ficou para trás, agora seguem por uma extensa avenida, com altos e luxuosos edifícios de um lado e do outro. Os automóveis, aqui, são de preço, amplos e cómodos, por isso se veem tanto cegos a dormir dentro deles, e a julgar pela aparência, uma enorme limusina foi mesmo transformada em residência permanente, provavelmente por ser mais fácil regressar a um carro do que a uma casa, os ocupantes deste devem de fazer como se fazia lá na quarentena para encontrar a cama, ir apalpando e contando os automóveis a partir da esquina, vinte e sete, lado direito, já estou em casa. O edifício à porta do qual a limusina se encontra é um banco. O carro trouxe o presidente do conselho de administração à reunião plenária semanal, a primeira que se realizava desde que se tinha declarado a epidemia de mal-branco, e não houve tempo depois para levá-lo à garagem subterrânea, onde esperaria o fim dos debates. O condutor cegou quando o presidente ia a entrar no edifício, pela porta principal, como gostava, ainda deu um grito, estamos a falar do condutor, mas ele, estamos a falar do presidente, já não o ouviu. Aliás, a reunião não seria tão plenária quanto a sua designação presumia, nos últimos dias tinham cegado alguns dos membros do conselho. O presidente não chegou a abrir a sessão, cuja ordem de trabalhos previa precisamente a discussão e tomada de medidas para o caso de virem a cegar todos os membros do conselho de administração efetivos e suplentes, e nem sequer pôde entrar na sala de reuniões porque quando o ascensor o levava ao décimo quinto andar, exatamente entre o nono e o décimo, faltou a corrente elétrica, para nunca mais. E como uma desgraça nunca vem só, no mesmo instante cegaram os eletricistas que se ocupavam da manutenção da rede interna de energia e consequentemente também do gerador, modelo antigo, não automático, que andava há tempos para ser substituído, o resultado, como antes se disse, foi ter ficado o ascensor parado entre o nono e o décimo andares. O presidente viu cegar o ascensorista que o acompanhava, ele próprio perdeu a vista uma hora depois, e como a energia não voltou e os casos de cegueira dentro do banco se multiplicaram nesse dia, o mais certo é que os dois ainda lá estejam, mortos, escusado será dizê-lo, fechados num túmulo de aço, e por isso felizmente a salvo de cães devoradores.

Não havendo testemunhas, e se as houve não consta que tenham sido chamadas a estes autos para nos relatarem o que se passou, é compreensível que alguém pergunte como foi possível saber que estas coisas sucederam assim e não doutra maneira, a resposta a dar é a de que todos os relatos são como os da criação do universo, ninguém lá esteve, ninguém assistiu, mas toda a gente sabe o que aconteceu. A mulher do médico tinha perguntado, Que se terá passado com os bancos, não era que lhe importasse muito, apesar de ter confiado as suas economias a um deles, fez a pergunta por simples curiosidade, apenas porque o pensou, nada mais, nem esperava que lhe respondessem, por exemplo, assim, No princípio, Deus criou os céus e a terra, a terra era informe e vazia, as trevas cobriam o abismo, e o Espírito de Deus movia-se sobre a superfície das águas, em vez disto o que sucedeu foi o velho da venda preta dizer enquanto seguiam avenida abaixo, Pelo que pude saber quando ainda tinha um olho para ver, no princípio foi o diabo, as pessoas, com o medo de ficarem cegas e desmunidas, correram aos bancos para retirarem os seus dinheiros, achavam que deviam acautelar o futuro, e isto há que compreendê-lo, se alguém sabe que não vai poder trabalhar mais, o único remédio, pelo tempo que elas durarem, é recorrer às economias feitas no tempo da prosperidade e das previsões de largo alcance, supondo que a pessoa tivera de facto a prudência de ir acumulando as poupanças grão a grão, o resultado da fulminante corrida foi terem falido em vinte e quatro horas alguns dos principais bancos, o governo interveio a pedir que se acalmassem os ânimos e a apelar para a consciência cívica dos cidadãos, terminando a proclamação com a declaração solene de que assumiria todas as responsabilidades e deveres decorrentes da situação de calamidade pública que se vivia, mas o parche não conseguiu aliviar a crise, não só porque as pessoas continuavam a cegar, mas também porque as que ainda viam só pensavam em salvar o seu rico dinheiro, por fim, era inevitável, os bancos, falidos ou não, fecharam as portas e pediram proteção policial, não lhes serviu de nada, entre a multidão que se juntava aos gritos diante dos bancos havia também polícias à paisana que reclamavam o que tanto lhes tinha custado a ganhar, alguns, para poderem manifestar-se à vontade, haviam até avisado o comando de que estavam cegos, deram portanto baixa, e os outros, os ainda fardados e ativos, de armas apontadas às massas insatisfeitas, de repente deixavam de ver o ponto de mira, estes, se tinham dinheiro no banco, perdiam todas as esperanças e ainda por cima eram acusados de terem pactuado com o poder estabelecido, mas o pior veio depois, quando os bancos se viram assaltados por hordas furiosas de cegos e não cegos, porém desesperados todos, aqui já não se tratava de apresentar pacificamente no balcão um cheque à cobrança, dizer ao empregado, Quero retirar o meu saldo, mas de deitar a mão ao que se pudesse, ao dinheiro do dia, o que tivesse sido deixado nas gavetas, em algum cofre descuidadamente aberto, num saquinho de trocos à antiga, como os usavam as avós da geração mais velha, não se pode imaginar o que aquilo foi, os grandes e sumptuosos átrios das sedes, as pequenas dependências de bairro, assistiram a cenas em verdade aterradoras, e não há que esquecer o pormenor das caixas automáticas, arrombadas e saqueadas até à última nota, no mostrador de algumas, enigmaticamente, apareceu uma mensagem de agradecimento por ter sido escolhido este banco, as máquinas são de facto estúpidas, se não seria mais exato dizer que estas traíram os seus senhores, enfim, todo o sistema bancário se veio abaixo num sopro, como um castelo de cartas, e não porque a posse do dinheiro tivesse deixado de ser apreciada, a prova está em que quem o tem não o quer largar da mão, alegam esses que não se pode prever o que será o dia de amanhã, também a pensar nisso estarão certamente os cegos que se instalaram nos subterrâneos dos bancos, onde se encontram os cofres-fortes, à espera de um milagre que lhes abra de par em par as pesadas portas de aço-níquel que os separam da riqueza, só saem de lá para procurarem comida e água ou para satisfazerem as outras necessidades do corpo, e logo regressam ao seu posto, têm palavras de passe e sinais de dedos para que nenhum estranho possa introduzir-se no reduto, claro que vivem na escuridão mais absoluta, mas tanto faz, para esta cegueira tudo é branco. O velho da venda preta veio narrando estes tremendos acontecimentos de banca e finança enquanto atravessavam vagarosamente a cidade, com algumas paragens para que o rapazinho estrábico pudesse apaziguar os tumultos insofríveis do intestino, e apesar do tom verídico que soube imprimir à apaixonante descrição, é lícito suspeitar da existência de certos exageros no seu relato, a história dos cegos que vivem nos subterrâneos, por exemplo, como a teria sabido ele se não conhece a palavra de passe nem o truque do polegar, em todo o caso deu para ficarmos com uma ideia.

Declinava o dia quando chegaram enfim à rua onde moram o médico e a mulher. Não se distingue das outras, há imundícies por toda a parte, bandos de cegos que vagam à deriva, e, pela primeira vez, mas foi por mera casualidade que não as encontraram antes, enormes ratazanas, duas, com que não ousam atrever-se os gatos que por aqui andam vadiando, porque são quase do tamanho deles e com certeza muito mais ferozes. O cão das lágrimas olhou uns e outros com a indiferença de quem vive noutra esfera de emoções, isto se diria se não fosse ele o cão que continua a ser, mas um animal dos humanos. À vista dos sítios conhecidos, a mulher do médico não fez a melancólica reflexão do costume, a que consiste em dizer, Como o tempo passa, ainda no outro dia fomos felizes aqui, a ela o que a chocou foi a deceção, inconscientemente acreditara que, por ser a sua, encontraria a rua limpa, varrida, asseada, que os seus vizinhos estariam cegos dos olhos, mas não do entendimento, Que estupidez a minha, disse em voz alta, Porquê, que se passa, perguntou o marido, Nada, fantasias, Como o tempo passa, a casa como estará, disse ele, Já falta pouco para o sabermos. As forças eram escassas, por isso subiram a escada muito devagar, parando em cada patamar, É no quinto, dissera a mulher do médico. Iam como podiam, cada um por si, o cão das lágrimas ora adiante ora atrás, como se tivesse nascido para cão de rebanho, com ordem de não perder nenhuma ovelha. Havia portas abertas, vozes no interior, o nauseabundo cheiro de sempre saindo em baforadas, por duas vezes apareceram cegos no limiar olhando com olhos vagos, Quem vem aí, perguntaram, a mulher do médico reconheceu um deles, o outro não era do prédio, Vivíamos aqui, limitou-se a responder. Na cara do vizinho perpassou uma expressão também de reconhecimento, mas não perguntou, É a esposa do senhor doutor, talvez diga lá dentro quando se recolher, Os do quinto andar voltaram. Ao vencer o último lanço da escada, antes mesmo de pousar o pé no patamar, já a mulher do médico anunciava, Está fechada. Havia indícios de tentativas de arrombamento, mas a porta resistira. O médico meteu a mão num bolso interior do seu casaco novo e tirou as chaves. Ficou com elas no ar, à espera, mas a mulher guiou-lhe suavemente a mão em direção à fechadura.

Tirante o pó doméstico, que se aproveita das ausências das famílias para docemente se pôr a embaciar a superfície dos móveis, diga-se a propósito que são essas as únicas ocasiões que ele tem para descansar, sem agitações de espanador ou de aspirador, sem correrias de crianças que desencadeiam turbilhões atmosféricos à passagem, a casa estava limpa, e desarrumação era só a esperada quando se teve de sair precipitadamente. Ainda assim, enquanto naquele dia esperavam as chamadas do ministério e do hospital, a mulher do médico, com um espírito de previdência semelhante ao que leva as pessoas sensatas a resolverem em vida os seus assuntos, para que não venha a dar-se, depois da morte, a aborrecida necessidade de recorrer a arrumações violentas, lavou a louça, fez a cama, ordenou a casa de banho, não ficou o que se chama uma perfeição, mas na verdade teria sido crueldade exigir-lhe mais, com aquelas mãos a tremer e os olhos afogados de lágrimas. Foi portanto a uma espécie de paraíso que chegaram os sete peregrinos, e tão forte foi esta impressão, a que, sem demasiada ofensa do rigor do termo, poderíamos chamar transcendental, que se detiveram à entrada, como tolhidos pelo inesperado cheiro da casa, e era simplesmente o cheiro duma casa fechada, noutro tempo teríamos corrido a abrir todas as janelas, Para arejar, diríamos, hoje o bom seria tê-las calafetadas para que a podridão de fora não pudesse entrar. A mulher do primeiro cego disse, Vamos sujar-te tudo, e tinha razão, se entrassem com aqueles sapatos cobertos de lama e de merda, em um instante se tornaria o paraíso inferno, segundo lugar este, consoante afirmam autoridades, em que o cheiro pútrido, fétido, nauseabundo, pestilento, é o que mais custa a suportar às almas condenadas, não as tenazes ardentes, os caldeirões de pez a ferver e outros artefactos de forja e cozinha. Desde épocas imemoriais que o costume das donas de casa tinha sido dizer, Entrem, entrem, ora essa, não tem importância, o que se suja limpa-se, mas esta, tanto quanto os seus convidados, sabe donde vem, sabe que no mundo em que vive o que está sujo sujar-se-á ainda mais, por isso lhes pede e agradece que se descalcem no patamar, é certo que os pés também não estão limpos, mas não há comparação, as toalhas e os lençóis da rapariga dos óculos escuros para algo serviram, levaram a maior. Entraram pois descalços, a mulher do médico procurou e encontrou um saco grande de plástico onde meteu todos os sapatos, com vista a uma lavagem, não sabia quando nem como, depois levou-o para a varanda, o ar de fora não piorará por isso. O céu começava a escurecer, havia nuvens carregadas, Quem dera que chovesse, pensou. Com uma ideia clara do que era preciso fazer, voltou aos companheiros. Estavam na sala, quietos, de pé, apesar de tão cansados não se tinham atrevido a procurar um assento, só o médico percorria vagamente os móveis com as mãos, deixava-lhes sinais na superfície, era a primeira limpeza que começava, alguma desta poeira já lá vai agarrada às pontas dos dedos. A mulher do médico disse, Dispam-se todos, não podemos ficar como estamos, as nossas roupas estão quase tão sujas como os sapatos, Despir-nos, perguntou o primeiro cego, aqui, uns diante dos outros, não acho bem, Se quiserem, posso pôr cada um de vocês numa parte da casa, respondeu ironicamente a mulher do médico, assim não haverá vergonhas, Eu dispo-me aqui mesmo, disse a mulher do primeiro cego, só tu é que me podes ver, e ainda que assim não fosse, não me esqueço de que já me viste pior do que nua, o meu marido é que tem a memória fraca, Não sei que interesse possa haver em lembrar assuntos desagradáveis que já lá vão, resmungou o primeiro cego, Se fosses mulher e tivesses estado onde nós estivemos, pensarias doutra maneira, disse a rapariga dos óculos escuros começando a despir o rapazinho estrábico. O médico e o velho da venda preta já estavam nus da cintura para cima, agora desapertavam as calças, o velho da venda preta disse ao médico, que estava ao seu lado, Deixa-me apoiar em ti para desenfiar as pernas. Eram tão ridículos, os pobres, aos pulinhos, que quase davam vontade de chorar. O médico desequilibrou-se, arrastou consigo na queda o velho da venda preta, felizmente ambos tomaram o caso a rir, e agora dava ternura vê-los ali, com os corpos manchados de todas as sujidades possíveis, os sexos como empastados, pelos brancos, pelos negros, nisto veio acabar a respeitabilidade de uma idade avançada e de uma profissão tão meritória. A mulher do médico foi ajudá-los a levantarem-se, daqui a pouco já tudo estará escuro, ninguém terá motivo para se sentir envergonhado, Haverá velas em casa, perguntou-se, a resposta foi lembrar-se de que tinha em casa duas relíquias da iluminação, uma antiga candeia de azeite, com três bicos, e um velho candeeiro de petróleo, dos de chaminé de vidro, por hoje a candeia servirá, azeite tenho, a torcida improvisa-se, amanhã irei à procura de petróleo por essas lojas de drogaria, será muito mais fácil encontrá-lo do que uma lata de conserva, Sobretudo se não a procurar nas drogarias, pensou, surpreendendo-se consigo mesma por, nesta situação, ser ainda capaz de gracejar. A rapariga dos óculos estava a despir-se lentamente, de um modo que dava a ideia de que sempre lhe havia de restar, por mais que se destapasse, uma última peça de roupa encobridora, não se percebe a que vêm agora estes recatos, porém, se a mulher do médico estivesse mais perto veria como à rapariga se lhe está ruborizando o rosto, apesar de o ter tão sujo, entenda as mulheres quem puder, a uma chegaram-lhe de repente os pudores depois de ter andado a deitar-se por aí com homens que mal conhecia, a outra sabemos que seria muito capaz de dizer-lhe ao ouvido, com toda a tranquilidade do mundo, Não tenhas vergonha, ele não te pode ver, referir-se-ia ao seu próprio marido, claro está, que não nos esquecemos de como a descarada o foi tentar à cama, isto, no fundo, mulheres, quem não as conhecer que as compre. Talvez, no entanto, a razão seja outra, há aqui mais dois homens nus, e um deles recebeu-a na sua cama.

A mulher do médico recolheu as roupas deixadas no chão, calças, camisas, um casaco, camisolas, blusões, alguma roupa interior, pegajosa de imundície, a esta nem uma barrela de um mês lhe restituiria a limpeza, fez de tudo um braçado, Fiquem aqui, disse, eu já volto. Levou a roupa para a varanda, como tinha feito com os sapatos, ali por sua vez se despiu, olhando a cidade negra sob o céu pesado. Nem uma pálida luz nas janelas, nem um reflexo desmaiado nas fachadas, o que ali estava não era uma cidade, era uma extensa massa de alcatrão que ao arrefecer se moldara a si mesma em formas de prédios, telhados, chaminés, morto tudo, apagado tudo. O cão das lágrimas apareceu na varanda, desassossegado, mas agora não havia choros para enxugar, o desespero era todo dentro, os olhos estavam secos. A mulher do médico sentiu frio, lembrou-se dos outros, ali no meio da sala, nus, à espera não saberiam de quê. Entrou. Tinham-se tornado em simples contornos sem sexo, manchas imprecisas, sombras a perderem-se na sombra, Mas para eles, não, pensou, eles diluem-se na luz que os rodeia, é a luz que não os deixa ver. Vou acender uma luz, disse, neste momento estou quase tão cega como vocês, Já há eletricidade, perguntou o rapazinho estrábico, Não, vou acender uma candeia de azeite, Que é uma candeia, tornou a perguntar o rapaz, Depois te mostro. Buscou num dos sacos de plástico uma caixa de fósforos, foi à cozinha, sabia onde tinha guardado o azeite, não precisava de muito, rasgou de um pano de secar a louça uma tira para fazer de torcida, depois voltou à sala, onde a candeia estava, ia ser útil pela primeira vez desde que a fabricaram, ao princípio não parecia ir ser este o seu destino, mas nenhum de nós, candeias, cães ou humanos, sabe, ao princípio, tudo para que tinha vindo ao mundo. Uma após outra, sobre os bicos da candeia, atearam-se, trémulas, três pequenas amêndoas luminosas que de vez em quando se estiravam até parecer que a parte superior das chamas iria perder-se no ar, depois recolhiam-se a si mesmas, como que se tornavam densas, sólidas, umas pequenas pedras de luz. A mulher do médico disse, Agora já vejo, vou buscar-vos roupa limpa, Mas nós estamos sujos, lembrou a rapariga dos óculos escuros. Tanto ela como a mulher do primeiro cego tapavam com as mãos o peito e o púbis, Não é por mim, pensou a mulher do médico, é porque a luz da candeia está a olhar para elas. Depois disse, Melhor será ter roupa limpa no corpo sujo do que levar roupa suja no corpo limpo. Pegou na candeia e foi rebuscar nas gavetas das cómodas, nos roupeiros, daí a poucos minutos voltou, trazia pijamas, batas, saias, blusas, vestidos, calças, camisolas, o necessário para cobrir com decência sete pessoas, é verdade que não eram todas da mesma estatura, mas na magreza pareciam gémeas. A mulher do médico ajudou-os a vestirem-se, o rapazinho estrábico ficou com uns calções do médico, desses de levar à praia e ao campo e que nos tornam a todos crianças. Agora já podemos sentar-nos, suspirou a mulher do primeiro cego, guia-nos por favor, não sabemos onde pôr-nos.

A sala é igual a toda as salas, tem uma pequena mesa ao centro, ao redor há sofás que chegam para todos, neste, aqui, sentam-se o médico e a mulher, mais o velho da venda preta, naquele a rapariga dos óculos escuros e o rapazinho estrábico, no outro a mulher do primeiro cego e o primeiro cego. Estão exaustos. O rapazinho adormeceu logo, com a cabeça no colo da rapariga dos óculos escuros, não se lembrou mais da candeia. Passou-se assim uma hora, aquilo era como uma felicidade, sob a luz suavíssima os próprios rostos encardidos pareciam lavados, brilhavam os olhos dos que não dormiam, o primeiro cego procurou a mão da mulher e apertou-a, por este gesto se observa quanto o descanso do corpo pode contribuir para a harmonia dos espíritos. Disse então a mulher do médico, Daqui a pouco comeremos alguma coisa, mas antes conviria que nos puséssemos de acordo sobre a maneira como iremos aqui viver, sosseguem, não vou repetir o discurso do altifalante, para dormir há espaços suficientes, temos dois quartos que ficam para os casais, nesta sala podem dormir os outros, cada um em seu sofá, amanhã terei de sair à procura de comida, está-se a acabar a que temos, seria útil que um de vocês fosse comigo, para me ajudar a trazer, mas também para começarem a aprender os caminhos para casa, a reconhecer as esquinas, um destes dias posso eu adoecer, ou cegar, estou sempre à espera de que aconteça, nesse caso terei de aprender de vocês, outro assunto, para as necessidades estará um balde na varanda, bem sei que não é agradável ir lá fora, com a chuva que tem caído e o frio que faz, em todo o caso é melhor assim do que termos a casa a cheirar mal, não nos esqueçamos do que foi a nossa vida durante o tempo que estivemos internados, descemos todos os degraus da indignidade, todos, até atingirmos a abjeção, embora de maneira diferente pode suceder aqui o mesmo, lá ainda tínhamos a desculpa da abjeção dos de fora, agora não, agora somos todos iguais perante o mal e o bem, por favor, não me perguntem o que é o bem e o que é o mal, sabíamo-lo de cada vez que tivemos de agir no tempo em que a cegueira era uma exceção, o certo e o errado são apenas modos diferentes de entender a nossa relação com os outros, não a que temos com nós próprios, nessa não há que fiar, perdoem-me a preleção moralística, é que vocês não sabem, não o podem saber, o que é ter olhos num mundo de cegos, não sou rainha, não, sou simplesmente a que nasceu para ver o horror, vocês sentem-no, eu sinto-o e vejo-o, e agora ponto final na dissertação, vamos comer. Ninguém fez perguntas, o médico só disse, Se eu voltar a ter olhos, olharei verdadeiramente os olhos dos outros, como se estivesse a ver-lhes a alma, A alma, perguntou o velho da venda preta, Ou o espírito, o nome pouco importa, foi então que, surpreendentemente, se tivermos em conta que se trata de pessoa que não passou por estudos adiantados, a rapariga dos óculos escuros disse, Dentro de nós há uma coisa que não tem nome, essa coisa é o que somos.

A mulher do médico tinha já posto na mesa alguma da pouca comida que restava, depois ajudou-os a sentarem-se, disse, Mastiguem devagar, ajuda a enganar o estômago. O cão das lágrimas não veio pedir comida, estava habituado a jejuar, além disso deve ter pensado que não tinha o direito, depois do banquete da manhã, de tirar um pouco que fosse à boca da mulher que tinha chorado, os outros parecem não ter para ele muita importância. No meio da mesa, a candeia de três bicos esperava que a mulher do médico desse a explicação que havia prometido, aconteceu no fim de comerem, Dá-me cá as tuas mãos, disse ela ao rapazinho estrábico, depois guiou-lhas devagar, ao mesmo tempo que ia dizendo, Isto é a base, redonda, como vês, e isto a coluna que sustenta a parte superior, o depósito do azeite, aqui, cuidado não te queimes, estão os bicos, um, dois, três, deles saem as torcidas, umas tirinhas de pano que chupam o azeite de dentro, chega-se-lhes um fósforo e elas ficam a arder até o azeite se acabar, são umas luzes fraquinhas, mas dá para vermos, Eu não vejo, Um dia hás de ver, nesse dia dou-te a candeia de presente. De que cor é, Nunca viste nenhum objeto de latão, Não sei, não me lembro, que é o latão, O latão é amarelo, Ah. O rapazinho estrábico refletiu um pouco, Agora vai perguntar pela mãe, pensou a mulher do médico, mas enganou-se, o rapaz só disse que queria água, tinha muita sede, Terás de esperar até amanhã, não temos água em casa, nesse mesmo instante lembrou-se de que sim havia água, uns cinco litros ou mais de preciosa água, o conteúdo intacto do depósito do autoclismo, não podia ser pior do que a que tinham bebido durante a quarentena. Cega na escuridão, foi à casa de banho, às apalpadelas levantou a tampa do autoclismo, não podia ver se realmente haveria água, havia, disseram-lho os dedos, buscou um copo, mergulhou-o, com todo o cuidado o encheu, a civilização tinha regressado às primitivas fontes de chafurdo. Quando entrou na sala, todos continuavam sentados nos seus lugares. A candeia iluminava os rostos que para ela se voltavam, era como se estivesse a dizer-lhes, Estou aqui, vejam-me, aproveitem, olhem que esta luz não vai durar sempre. A mulher do médico aproximou o copo dos lábios do rapazinho estrábico, disse, Aqui tens a água, bebe devagar, devagar, saboreia, um copo de água é uma maravilha, não falava para ele, não falava para ninguém, simplesmente comunicava ao mundo a maravilha que é um copo de água. Onde a encontraste, é água da chuva, perguntou o marido, Não, é do autoclismo, E não tínhamos ainda um garrafão de água quando nos fomos daqui, perguntou ele de novo, a mulher exclamou, Sim, como foi que não me lembrei, um garrafão que estava em meio e outro que nem encetado estava, oh que alegria, não bebas, não bebas mais, isto dizia-o ao rapaz, vamos todos beber água pura, ponho os nossos melhores copos na mesa e vamos beber água pura. Agarrou desta vez na candeia e foi à cozinha, voltou com o garrafão, a luz entrava por ele, fazia cintilar a joia que tinha dentro. Colocou-o sobre a mesa, foi buscar os copos, os melhores que tinham, de cristal finíssimo, depois, lentamente, como se estivesse a oficiar um rito, encheu-os.

No fim, disse, Bebamos. As mãos cegas procuraram e encontraram os copos, levantaram-nos tremendo. Bebamos, repetiu a mulher do médico. No centro da mesa, a candeia era como um sol rodeado de astros brilhantes. Quando os copos foram pousados, a rapariga dos óculos escuros e o velho da venda preta estavam a chorar.

Foi uma noite inquieta. Vagos no princípio, imprecisos, os sonhos iam de dormente em dormente, colhiam daqui, colhiam dali, levavam consigo novas memórias, novos segredos, novos desejos, por isso é que os adormecidos suspiravam e murmuravam, Este sonho não é meu, diziam, mas o sonho respondia, Ainda não conheces os teus sonhos, foi desta maneira que a rapariga dos óculos escuros ficou a saber quem era o velho da venda preta que dormia ali a dois passos, desta maneira julgou ele saber quem ela era, apenas julgou, porque não chega serem recíprocos os sonhos para que sejam iguais. Começou a chover quando a madrugada clareava. O vento atirou contra as janelas uma bátega que soou como o estalido de mil chicotes. A mulher do médico acordou, abriu os olhos e murmurou, Como chove, depois tornou a fechá-los, no quarto continuava a ser noite cerrada, podia dormir. Não chegou a estar assim um minuto, despertou abruptamente com a ideia de que tinha algo para fazer, mas sem compreender ainda o que fosse, a chuva estava a dizer-lhe Levanta-te, que quereria a chuva. Devagar, para não acordar o marido, saiu do quarto, atravessou a sala de estar, parou um instante a olhar os que dormiam nos sofás, depois seguiu pelo corredor até à cozinha, sobre esta parte do prédio é que a chuva caía com mais força, empurrada pelo vento. Com a manga da bata que trazia posta limpou a vidraça embaciada da porta e olhou para fora. O céu era, todo ele, uma única nuvem, a chuva desabava em torrentes. No chão da varanda, amontoadas, estavam as roupas sujas que haviam despido, estava o saco de plástico com os sapatos que era preciso lavar. Lavar. O último véu do sono abriu-se subitamente, era isso o que tinha de fazer. Abriu a porta, deu um passo, ato contínuo a chuva encharcou-a da cabeça aos pés, como se estivesse debaixo duma cascata. Tenho de aproveitar esta água, pensou. Tornou a entrar na cozinha e, evitando o mais que podia os ruídos, começou a juntar alguidares, tachos, panelas, tudo o que pudesse recolher um pouco desta chuva que descia do céu em cordas, em cortinas que o vento fazia oscilar, que o vento ia empurrando por cima dos telhados da cidade como uma imensa e rumorosa vassoura. Transportou-os para fora, dispô-los ao longo da varanda, junto à grade, agora teria água para lavar as roupas imundas, os sapatos nojentos, Que não pare, que esta chuva não pare, murmurava enquanto buscava na cozinha os sabões, os detergentes, os esfregões, tudo o que pudesse servir para limpar um pouco, ao menos um pouco, esta sujidade insuportável da alma. Do corpo, disse, como para corrigir o metafísico pensamento, depois acrescentou, É o mesmo. Então, como se só essa tivesse de ser a conclusão inevitável, a conciliação harmónica entre o que tinha dito e o que tinha pensado, despiu de golpe a bata molhada, e, nua, recebendo no corpo, umas vezes a carícia, outras vezes a vergastada da chuva, pôs-se a lavar as roupas, ao mesmo tempo que a si própria. O rumorejar de águas que a rodeava impediu-a de perceber logo que deixara de estar sozinha. Na porta da varanda tinham aparecido a rapariga dos óculos escuros e a mulher do primeiro cego, que pressentimentos, que intuições, que vozes interiores as teriam despertado não se sabe, tão-pouco se sabe como conseguiram elas encontrar o caminho para aqui, não vale a pena procurar agora explicações, as conjeturas são livres. Ajudem-me, disse a mulher do médico quando as viu, Como, se não vemos, perguntou a mulher do primeiro cego, Tirem a roupa que têm vestida, quanta menos tivermos de secar depois, melhor, Mas nós não vemos, repetiu a mulher do primeiro cego, Tanto faz, disse a rapariga dos óculos escuros, faremos o que pudermos, E eu acabarei depois, disse a mulher do médico, limparei o que ainda tiver ficado sujo, e agora ao trabalho, vamos, somos a única mulher com dois olhos e seis mãos que há no mundo. Talvez no prédio em frente, por detrás daquelas janelas fechadas, alguns cegos, homens, mulheres, acordados pela violência das bátegas constantes, com a testa apoiada nas frias vidraças, recobrindo com o bafo da respiração o embaciamento da noite, recordem o tempo em que, assim, tal como estão agora, viam cair a chuva do céu. Não podem imaginar que estão além três mulheres nuas, nuas como vieram ao mundo, parecem loucas, devem de estar loucas, pessoas em seu perfeito juízo não se vão pôr a lavar numa varanda exposta aos reparos da vizinhança, menos ainda naquela figura, que importa que todos estejamos cegos, são coisas que não se devem fazer, meu Deus, como vai escorrendo a chuva por elas abaixo, como desce entre os seios, como se demora e perde na escuridão do púbis, como enfim alaga e rodeia as coxas, talvez tenhamos pensado mal delas injustamente, talvez não sejamos é capazes de ver o que de mais belo e glorioso aconteceu alguma vez na história da cidade, cai do chão da varanda uma toalha de espuma, quem me dera ir com ela, caindo interminavelmente, limpo, purificado, nu. Só Deus nos vê, disse a mulher do primeiro cego, que, apesar dos desenganos e das contrariedades, mantém firme a crença de que Deus não é cego, ao que a mulher do médico respondeu, Nem mesmo ele, o céu está tapado, só eu posso ver-vos, Estou feia, perguntou a rapariga dos óculos escuros, Estás magra e suja, feia nunca o serás, E eu, perguntou a mulher do primeiro cego, Suja e magra como ela, não tão bonita, mas mais do que eu, Tu és bonita, disse a rapariga dos óculos escuros, Como podes sabê-lo, se nunca me viste, Sonhei duas vezes contigo, Quando, A segunda foi esta noite, Estavas a sonhar com a casa porque te sentias segura e tranquila, é natural, depois de tudo por que passámos, no teu sonho eu era a casa, e como, para ver-me, precisavas de pôr-me uma cara, inventaste-a, Eu também te vejo bonita, e nunca sonhei contigo, disse a mulher do primeiro cego, O que só vem demonstrar que a cegueira é a providência dos feios, Tu não és feia, Não, de facto não o sou, mas a idade, Quantos anos tens, perguntou a rapariga dos óculos escuros, Vou-me chegando aos cinquenta, Como a minha mãe, E ela, Ela, quê, Continua a ser bonita, Já foi mais, É o que acontece a todos nós, sempre fomos mais alguma vez, Tu nunca foste tanto, disse a mulher do primeiro cego. As palavras são assim, disfarçam muito, vão-se juntando umas com as outras, parece que não sabem aonde querem ir, e de repente, por causa de duas ou três, ou quatro que de repente saem, simples em si mesmas, um pronome pessoal, um advérbio, um verbo, um adjetivo, e aí temos a comoção a subir irresistível à superfície da pele e dos olhos, a estalar a compostura dos sentimentos, às vezes são os nervos que não podem aguentar mais, suportaram muito, suportaram tudo, era como se levassem uma armadura, diz-se A mulher do médico tem nervos de aço, e afinal a mulher do médico está desfeita em lágrimas por obra de um pronome pessoal, de um advérbio, de um verbo, de um adjetivo, meras categorias gramaticais, meros designativos, como o são igualmente as duas mulheres mais, as outras, pronomes indefinidos, também eles chorosos, que se abraçam à da oração completa, três graças nuas sob a chuva que cai. São momentos que não podem durar eternamente, há mais de uma hora que estas mulheres aqui estão, é tempo de sentirem frio, Tenho frio, disse já a rapariga dos óculos escuros. Pela roupa não é possível fazer mais, os sapatos estão limpos da maior, agora é a altura de se lavarem estas mulheres, ensaboam o cabelo e as costas umas às outras, e riem como só riam as meninas que brincavam à cabra-cega no jardim, no tempo em que ainda não eram cegas. O dia amanheceu de todo, o primeiro sol ainda espreitou por cima do ombro do mundo antes de se esconder outra vez por trás das nuvens. Continua a chover, mas com menos força. As lavadeiras entraram na cozinha, secaram-se e esfregaram-se com os toalhões que a mulher do médico foi buscar ao armário da casa de banho, a pele delas cheira a detergente que tresanda, mas assim é a vida, quem não tem cão caça com gato, o sabonete desfez-se num abrir e fechar de olhos, ainda assim nesta casa parece haver de tudo, ou será porque sabem dar bom uso ao que têm, enfim cobriram-se, o paraíso era lá fora, na varanda, a bata da mulher do médico está feita uma sopa, mas ela pôs um vestido de ramagens e flores, deixado de parte há anos, que a tornou na mais bonita das três.

Quando entraram na sala de estar, a mulher do médico viu que o velho da venda preta estava sentado no sofá onde havia dormido. Tinha a cabeça entre as mãos, os dedos enfiados no matagal de cabelos brancos que ainda lhe povoam as fontes e a nuca, e estava imóvel, tenso, como se quisesse reter os pensamentos ou, pelo contrário, impedi-los de continuarem a pensar. Ouviu-as entrar, sabia de onde vinham, o que tinham estado a fazer, como haviam estado nuas, e se sabia tanto não era porque de repente lhe tivesse voltado a visão e ido, pé ante pé, como os outros velhos, espreitar não uma susana no banho, mas três, cego estivera, cego continuava, apenas assomara à porta da cozinha e de lá ouvira o que elas diziam na varanda, os risos, o ruído da chuva e das chapadas de água, respirara o cheiro do sabão, depois voltara para o seu sofá, a pensar que ainda existia vida no mundo, a perguntar se ainda haveria alguma parte dela para si. A mulher do médico disse, As mulheres já estão lavadas, agora é a vez dos homens, e o velho da venda preta perguntou, Ainda chove, Sim, chove, e há água nos alguidares que estão na varanda, Então prefiro lavar-me na casa de banho, dentro da tina, pronunciava a palavra como se estivesse a apresentar a sua certidão de idade, como se explicasse Sou do tempo em que não se dizia banheira, mas tina, e acrescentou, Se não te importas, claro, não quero sujar-te a casa, prometo que não entornarei água para o chão, enfim, farei todo o possível, Nesse caso vou levar-te os alguidares para a casa de banho, Eu ajudo, Posso levá-los sozinha, Tenho de servir para alguma coisa, não estou inválido, Vem, então. Na varanda, a mulher do médico puxou para dentro um alguidar quase cheio de água, Agarra daí, disse ao velho da venda preta guiando-lhe as mãos, Agora, levantaram o alguidar em peso, Ainda bem que vieste ajudar-me, afinal, eu sozinha não poderia, Conheces o ditado, Qual ditado, O trabalho do velho é pouco, mas quem o despreza é louco, Esse ditado não é assim, Bem sei, onde eu disse velho, é menino, onde eu disse despreza, é desdenha, mas os ditados, se quiserem ir dizendo o mesmo por ser preciso continuar a dizê-lo, têm de adaptar-se aos tempos, És um filósofo, Que ideia, só sou um velho. Despejaram o alguidar para a banheira, depois a mulher do médico abriu uma gaveta, lembrava-se de que tinha ainda um sabonete por usar. Pô-lo na mão do velho da venda preta, Vais ficar a cheirar bem, melhor do que nós, gasta à vontade, não te preocupes, faltará comida, mas sabonetes, por esses supermercados, não devem faltar, Obrigado, Tem cuidado, não escorregues, se quiseres chamo o meu marido para que te venha ajudar, Não, prefiro lavar-me sozinho, Como queiras, e tens aqui, repara, dá-me a tua mão, uma máquina de barbear, um pincel, se quiseres rapar essas barbas, Obrigado. A mulher do médico saiu. O velho da venda preta despiu o pijama que lhe tinha calhado em sorte na distribuição das roupas, depois, com muito cuidado, entrou na banheira. A água estava fria e era pouca, não chegava a ter um palmo de profundidade, que diferença entre recebê-la a jorros do céu, rindo, como as três mulheres, e este chapinhar triste. Ajoelhou-se no fundo da banheira, inspirou fundo, com as mãos em concha atirou contra o peito a primeira chapada de água, que quase lhe cortou a respiração. Molhou-se todo rapidamente para não ter tempo de arripiar-se, depois, por ordem, com método, começou a ensaboar-se, a esfregar-se energicamente partindo dos ombros, braços, peito e abdómen, o púbis, o sexo, o entrepernas, Estou pior que um animal, pensou, depois as coxas magras, até à casca de sujidade que lhe calçava os pés. Deixou ficar a espuma para que a ação de limpeza fosse mais prolongada, disse, Tenho de lavar a cabeça, e levou as mãos atrás para desatar a venda, Também precisas de um banho, desprendeu-a e deixou-a cair na água, agora sentia o corpo quente, molhou e ensaboou o cabelo, era um homem de espuma, branco no meio de uma imensa cegueira branca onde ninguém o poderia encontrar, se o pensou enganava-se, nesse momento sentiu que umas mãos lhe tocavam as costas, que iam recolher-lhe a espuma dos braços, do peito também, e depois lha espalhavam pelo dorso, devagar, como se, não podendo ver o que faziam, mais atenção tivessem de dar ao trabalho. Quis perguntar, Quem és, mas a língua travou-se-lhe, não foi capaz, agora o corpo arripiava-se, não de frio, as mãos continuavam a lavá-lo suavemente, a mulher não disse Sou a do médico, sou a do primeiro cego, sou a rapariga dos óculos escuros, as mãos acabaram a sua obra, retiraram-se, ouviu-se no silêncio o leve ruído da porta da casa de banho a fechar-se, o velho da venda preta ficou só, ajoelhado na banheira como se estivesse a implorar uma misericórdia qualquer, a tremer, a tremer, Quem teria sido, perguntava-se, a razão dizia-lhe que só poderia ter sido a mulher do médico, ela é a que vê, ela é a que nos tem protegido, cuidado e alimentado, não seria de estranhar que tivesse também esta discreta atenção, era o que a razão lhe dizia, mas ele não acreditava na razão. Continuava a tremer, não sabia se da comoção ou do frio. Procurou a venda no fundo da banheira, esfregou-a com força, espremeu-a, pô-la à volta da cabeça, com ela sentia-se menos nu. Quando entrou na sala de estar, enxuto, cheiroso, a mulher do médico disse, Já temos um homem limpo e barbeado, e depois, no tom de quem acaba de lembrar-se de algo que deveria ter sido feito e não o foi, Ficaste com as costas por lavar, que pena. O velho da venda preta não respondeu, só pensou que tivera razão em não acreditar na razão.

O pouco que havia para comer deram-no ao rapazinho estrábico, os outros teriam de esperar pelo reabastecimento. Havia na despensa umas compotas, uns frutos secos, açúcar, algum resto de bolachas, umas quantas tostadas secas, mas a estas reservas, e outras que se lhes fossem juntando, só recorreriam em caso de necessidade extrema, que a comida do dia a dia, dia a dia teria de ser ganha, se por pouca sorte a expedição regressasse de mãos vazias, então sim, duas bolachas a cada um, com uma colherinha de compota, Há de morango e de pêssego, qual preferem, três meias nozes, um copo de água, o luxo enquanto durar. A mulher do primeiro cego disse que também gostaria de ir ao rebusco da comida, três não eram de mais, mesmo sendo cegos dois deles serviriam para carregar, e além disso, se fosse possível, tendo em conta que não se encontravam tão longe assim, gostaria de ir ver como estaria a sua casa, se tinha sido ocupada, se fora gente conhecida, por exemplo, vizinhos do prédio a quem se lhes tivesse aumentado a família por terem vindo da província uns quantos parentes com a ideia de se salvarem da epidemia de cegueira que atacara a aldeia, é sabido que na cidade há sempre outros recursos. Saíram portanto os três, entrouxados no que em casa sobejara de roupas de vestir, que as outras, as que foram lavadas, vão ter de esperar o bom tempo. O céu continuava coberto, mas não ameaçava chuva. Arrastado pela água, sobretudo nas ruas mais inclinadas, o lixo fora-se juntando em pequenos montes, deixando limpos amplos troços de pavimento. Oxalá a chuva continue, o sol, nesta situação, seria o pior que poderia suceder-nos, disse a mulher do médico, podridão e maus cheiros já cá temos de sobra, Sentimo-los mais porque estamos lavados, disse a mulher do primeiro cego, e o marido concordou, embora suspeitasse de que tinha apanhado um resfriamento com o banho de água fria. Havia multidões de cegos nas ruas, aproveitavam a aberta para procurar alimento e satisfazer por aí as necessidades excretórias a que o pouco comer e o pouco beber ainda obrigavam. Os cães farejavam por toda a parte, escarvavam no lixo, algum levava na boca uma ratazana afogada, caso este raríssimo que só poderá ter explicação na abundância extraordinária das últimas chuvas, apanhou-a a inundação em mau sítio, de nada lhe serviu ser tão boa nadadora. O cão das lágrimas não se misturou com os antigos companheiros de matilha e caça, a sua escolha está feita, mas não é animal para ficar à espera de que o alimentem, já vem a mastigar não se sabe quê, estas montanhas de lixo encerram tesouros inimagináveis, tudo está em buscar, revolver e achar. Que revolver e buscar na memória vão ter também, quando a ocasião se apresentar, o primeiro cego e a mulher, agora que já aprenderam os quatro cantos, não da casa onde vivem, que tem muitos mais, mas da rua onde moram, as quatro esquinas que passarão a servir-lhes de pontos cardeais, aos cegos não lhes interessa saber onde está o oriente ou o ocidente, o norte ou o sul, o que eles querem é que as suas tenteantes mãos lhes digam se vão no bom caminho, antigamente, quando ainda eram poucos, costumavam usar bengalas brancas, o som dos contínuos golpes no chão e nas paredes era como uma espécie de cifra que ia identificando e reconhecendo a rota, mas, nos dias de hoje, sendo cegos todos, uma bengala dessas, no meio do retintim geral, seria pouco menos do que inútil, sem falar que, imerso na sua própria brancura, o cego poderia chegar a duvidar se levaria alguma coisa na mão. Os cães têm, como se sabe, além do que chamamos instinto, outros meios de orientação, é certo que, por serem míopes, não se fiam muito da vista, porém, como levam o nariz bem à frente dos olhos, chegam sempre aonde querem, neste caso, pelo sim pelo não, o cão das lágrimas alçou a perna nos quatro ventos principais, a aragem se encarregará de o guiar até casa se algum dia se perder. Enquanto iam andando, a mulher do médico olhava a um lado e a outro as ruas, à cata de comércios de víveres onde pudesse reabastecer a desfalcada despensa. A razia só não era completa porque em mercearias das antigas ainda se podia encontrar algum feijão ou algum grão-de-bico nas tulhas, são leguminosas que levam muito tempo a cozer, ele é a água, ele é o combustível, por isso o crédito que agora têm é tão escasso. Não era a mulher do médico particularmente dada à mania predicativa dos provérbios, em todo o caso, algo dessas ciências antigas lhe devia ter ficado na lembrança, a prova foi ter enchido de feijões e gravanços dois dos sacos de plástico que levavam, Guarda o que não presta, encontrarás o que é preciso, dissera-lhe uma avó, no fim das contas a água em que os pusesse de molho também serviria para cozê-los, e a que restasse da cozedura teria deixado de ser água para tornar-se caldo. Não é só na natureza que algumas vezes nem tudo se perde e algo se aproveita.

Por que carregavam eles os sacos dos feijões e dos grãos, mais o que iam podendo colher, quando ainda tinham tanto que andar antes de chegarem à rua onde moravam o primeiro cego e sua mulher, que aqui vão, é pergunta que só poderia sair da boca de quem na vida nunca soube o que são faltas. Para casa, nem que seja uma pedra, dissera aquela mesma avó da mulher do médico, só não pensou em acrescentar, Mesmo que seja preciso dar a volta ao mundo, essa era a proeza que eles estavam cometendo agora, iam para casa pelo caminho mais longo. Onde estamos, perguntou o primeiro cego, disse-lho a mulher do médico, para isso tinha olhos, e ele, Foi aqui que ceguei, na esquina onde está o semáforo, É mesmo nessa esquina que nos encontramos, Aqui, Exatamente aqui. Não quero nem lembrar-me do que passei, fechado no carro sem poder ver, as pessoas a berrarem cá fora, e eu desesperado, a gritar que estava cego, até que veio aquele e me levou a casa, Pobre homem, disse a mulher do primeiro cego, nunca mais roubará carros, Tanto nos custa a ideia de que temos de morrer, disse a mulher do médico, que sempre procuramos arranjar desculpas para os mortos, é como se antecipadamente estivéssemos a pedir que nos desculpem quando a nossa vez chegar, Tudo isto me continua a parecer um sonho, disse a mulher do primeiro cego, é como se sonhasse que estou cega, Quando eu estava em casa, à tua espera, também o pensei, disse o marido. Tinham deixado a praça onde o caso sucedera, agora subiam por umas ruas estreitas, labirínticas, a mulher do médico conhece mal estes sítios, mas o primeiro cego não se perde, vai orientando, ela anuncia os nomes das ruas e ele diz, Viramos à esquerda, viramos à direita, finalmente disse, É esta a nossa rua, o prédio está do lado esquerdo, mais ou menos ao meio, Que número tem, perguntou a mulher do médico, ele não se lembrava,

Ora esta, então não é que não me lembro, varreu-se-me da cabeça, disse, era um péssimo agoiro, se já nem sequer sabemos onde moramos, o sonho a tomar o lugar da memória, aonde iremos parar por este caminho. Vá lá que desta vez o caso não é grave, felizmente que a mulher do primeiro cego teve a ideia de vir na excursão, aí a temos já a dizer o número do prédio, evitou-se ter de recorrer ao que o primeiro cego estava a gabar-se de ser capaz de conseguir, reconhecer a porta pela magia do tato, como se levasse a varinha de condão da bengalinha, um toque, metal, outro toque, madeira, com mais três ou quatro chegaria ao desenho completo, não tenho dúvidas, é esta. Entraram, a mulher do médico à frente, Qual é o andar, perguntou, Terceiro, respondeu o primeiro cego, não andava com a memória tão afracada quanto havia parecido, umas coisas esquecem, é a vida, outras lembram, por exemplo, recordar-se de quando, já cego, por esta porta tinha entrado, Em que andar mora, perguntou-lhe o homem que ainda não tinha roubado o automóvel, Terceiro, respondeu, a diferença é não estarem agora a subir no elevador, vão pisando os degraus invisíveis duma escada que é ao mesmo tempo escura e luminosa, a falta que faz a eletricidade a quem não é cego, ou a luz do sol, ou um coto de vela, agora os olhos da mulher do médico já tiveram tempo de adaptar-se à penumbra, a meio caminho os que sobem esbarraram com duas mulheres que desciam, cegas dos andares superiores, talvez do terceiro, ninguém fez perguntas, de facto os vizinhos já não são o que dantes eram.

    A porta estava fechada. Como vamos fazer, perguntou a mulher do médico, Eu falo, disse o primeiro cego. Bateram uma vez, duas, três vezes, Não há ninguém, disse um destes no preciso momento em que a porta se abria, a demora não era de estranhar, um cego que esteja lá no fundo da casa não pode vir correndo atender a quem chamou, Quem é, deseja alguma coisa, perguntou o homem que apareceu, tinha um ar sério, educado, devia ser pessoa tratável. Disse o primeiro cego, Eu morava nesta casa, Ah, foi a resposta do outro, depois perguntou, Está mais alguém consigo, A minha mulher, e também uma amiga nossa, Como posso saber que esta casa era sua, É fácil, disse a mulher do primeiro cego, digo-lhe tudo quanto há aí dentro. O outro ficou calado uns segundos, depois disse, Entrem. A mulher do médico deixou-se ir atrás, ninguém aqui precisava de um guia. O cego disse, Estou sozinho, os meus foram à procura de comida, provavelmente deveria dizer as minhas, mas não creio que seja próprio, fez uma pausa e acrescentou, Embora pense que tinha obrigação de o saber, Que quer dizer, perguntou a mulher do médico, As minhas de que falava são a minha mulher e as minhas duas filhas, E por que deveria saber se é ou não próprio usar o possessivo no feminino, Sou escritor, supõe-se que devemos saber estas coisas. O primeiro cego sentiu-se lisonjeado, imaginem, um escritor instalado na minha casa, então entrou-lhe uma dúvida, se seria de boa educação perguntar ao outro como se chamava, provavelmente até o conhecia de nome, podia ser, até, que o tivesse lido, ainda estava neste balanço entre a curiosidade e a discrição quando a mulher fez a pergunta direta, Como se chama, Os cegos não precisam de nome, eu sou esta voz que tenho, o resto não é importante, Mas escreveu livros, e esses livros levam o seu nome, disse a mulher do médico, Agora ninguém os pode ler, portanto é como se não existissem. O primeiro cego achou que o rumo da conversa se estava a afastar demasiado da questão que mais lhe interessava, E como foi que veio ter à minha casa, perguntou, Como muitos outros que já não vivem onde viviam, encontrei a minha casa ocupada por pessoas que não quiseram saber de razões, pode-se dizer que fomos atirados pela escada abaixo, É longe a sua casa, Não, Fez mais alguma tentativa para recuperá-la, perguntou a mulher do médico, é frequente agora as pessoas irem de uma casa para outra, Tentei ainda duas vezes, E continuavam lá, Sim. E que pensa fazer depois de saber que esta casa é nossa, quis saber o primeiro cego, vai expulsar-nos como os outros lhe fizeram a si, Não tenho idade nem forças para tal, e, ainda que as tivesse, não creio que fosse capaz de recorrer a processos tão expeditivos como esse, um escritor acaba por ter na vida a paciência de que precisou para escrever, Irá, portanto, deixar-nos a casa, Sim, se não encontrarmos outra solução, Não vejo que outra solução possa ser encontrada. A mulher do médico já adivinhara qual ia ser a resposta do escritor, Você e a sua mulher, como a amiga que vos acompanha, vivem numa casa, suponho, Sim, exatamente em casa dela, Está longe, Não se pode dizer que esteja longe, Então, se mo permitem, tenho uma proposta a fazer-lhes, Diga, Que continuemos como estamos, neste momento ambos temos uma casa onde podemos viver, eu continuarei atento ao que se for passando com a minha, se um dia a encontrar desocupada mudo-me imediatamente para lá, o senhor fará o mesmo, virá aqui com regularidade, e quando a encontrar vazia, muda-se, Não tenho a certeza de que a ideia me agrade, Não esperava que lhe agradasse, mas duvido de que possa ser-lhe mais agradável a única alternativa que resta, Qual é ela, Recuperarem neste mesmo instante a casa que vos pertence, Mas, sendo assim, Exato, sendo assim iremos nós viver por aí, Não, isso nem pensar, interveio a mulher do primeiro cego, deixemos as coisas como estão, a seu tempo se verá, Ocorreu-me agora que ainda há uma outra solução, disse o escritor, E essa, perguntou o primeiro cego, Vivermos nós aqui como vossos hóspedes, a casa daria para todos, Não, disse a mulher do primeiro cego, continuaremos como até agora, a morar com esta nossa amiga, não preciso perguntar-te se estás de acordo, acrescentou para a mulher do médico, Nem eu responder-te, Fico obrigado a todos, disse o escritor, na verdade tinha estado todo este tempo à espera de que nos viessem reclamar a casa, Contentar-se com o que se vai tendo é o mais natural quando se está cego, disse a mulher do médico, Como foi que viveram desde que principiou a epidemia, Saímos do internamento há três dias, Ah, são dos que foram postos de quarentena, Sim, Foi duro, Seria dizer pouco, Horrível, O senhor é escritor, tem, como disse há pouco, obrigação de conhecer as palavras, portanto sabe que os adjetivos não nos servem de nada, se uma pessoa mata outra, por exemplo, seria melhor enunciá-lo assim, simplesmente, e confiar que o horror do ato, só por si, fosse tão chocante que nos dispensasse de dizer que foi horrível, Quer dizer que temos palavras a mais, Quero dizer que temos sentimentos a menos, Ou temo-los, mas deixámos de usar as palavras que os expressam, E portanto perdemo-los, Gostaria que me falassem de como viveram na quarentena, Porquê, Sou escritor, Era preciso ter lá estado, Um escritor é como outra pessoa qualquer, não pode saber tudo nem pode viver tudo, tem de perguntar e imaginar, Um dia talvez lhe conte como foi aquilo, poderá depois escrever um livro, Estou a escrevê-lo, Como, se está cego, Os cegos também podem escrever, Quer dizer que teve tempo de aprender o alfabeto braille, Não conheço o alfabeto braille, Como pode escrever, então, perguntou o primeiro cego, Vou mostrar-lhes. Levantou-se da cadeira, saiu, passado um minuto regressou, trazia na mão uma folha de papel e uma esferográfica, É a última página completa que tenho escrita, Não a podemos ver, disse a mulher do primeiro cego, Eu também não, disse o escritor, Então como é que pode escrever, perguntou a mulher do médico, olhando a folha de papel, onde, na meia-luz da sala, se distinguiam as linhas muito apertadas, sobrepostas em um e outro pontos, Pelo tato, respondeu sorrindo o escritor, não é difícil, coloca-se a folha de papel sobre uma superfície um pouco branda, como podem ser, por exemplo, outras folhas de papel, depois é só escrever, Mas, se não vê, disse o primeiro cego, A esferográfica é um bom instrumento de trabalho para escritores cegos, não serve para lhe dar a ler o que tenha escrito, mas serve para saber onde escreveu, basta que vá seguindo com o dedo a depressão da última linha escrita, ir assim andando até à aresta da folha, calcular a distância para a nova linha e continuar, é muito fácil, Noto que as linhas às vezes se sobrepõem, disse a mulher do médico, tomando-lhe delicadamente da mão a folha de papel, Como sabe, Eu vejo, Vê, recuperou a vista, como, quando, perguntou o escritor nervosamente, Suponho que sou a única pessoa que nunca a perdeu, E porquê, que explicação tem para isso, Não tenho nenhuma explicação, provavelmente nem a há, Isso significa que viu tudo o que se tem passado, Vi o que vi, não tive outro remédio, Quantas pessoas estiveram nessa quarentena, Cerca de trezentas, Desde quando, Desde o princípio, só saímos há três dias, como lhe disse, Creio que fui eu o primeiro a cegar, disse o primeiro cego, Deve ter sido horrível, Outra vez essa palavra, disse a mulher do médico, Desculpe-me, de repente parece-me ridículo tudo o que tenho andado a escrever desde que nós cegámos, a minha família e eu, Sobre que é, Sobre o que sofremos, sobre a nossa vida, Cada um deve falar do que sabe, e aquilo que não souber, pergunta, Eu pergunto-lhe a si, E eu lhe responderei, não sei quando, um dia. A mulher do médico tocou com a folha de papel na mão do escritor, Não se importa de me mostrar onde trabalha, o que está a escrever, Pelo contrário, venha comigo, Nós também podemos ir, perguntou a mulher do primeiro cego, A casa é vossa, disse o escritor, eu aqui só estou de passagem. No quarto de dormir havia uma pequena mesa, sobre ela um candeeiro apagado. A luz baça que entrava pela janela deixava ver, à esquerda, umas folhas em branco, outras, à mão direita, escritas, ao centro uma que estava em meio. Havia duas esferográficas novas ao lado do candeeiro. Aqui têm, disse o escritor. A mulher do médico perguntou, Posso, sem esperar a resposta pegou nas folhas escritas, umas vinte seriam, passou os olhos pela caligrafia miúda, pelas linhas que subiam e desciam, pelas palavras inscritas na brancura do papel, gravadas na cegueira, Estou de passagem, dissera o escritor, e estes eram os sinais que ia deixando ao passar. A mulher do médico pôs-lhe a mão no ombro, e ele com as suas duas mãos foi lá buscá-la, levou-a devagar aos lábios, Não se perca, não se deixe perder, disse, e eram palavras inesperadas, enigmáticas, não parecia que viessem a propósito.

Quando regressaram a casa, carregando alimentos bastantes para três dias, a mulher do médico, entremeando com as excitadas ajudas do primeiro cego e da mulher, contou o que se tinha passado. E à noite, como tinha de ser, leu para todos umas quantas páginas de um livro que havia ido buscar à biblioteca. O assunto não interessou ao rapazinho estrábico, que em pouco tempo adormeceu com a cabeça no colo da rapariga dos óculos escuros e os pés sobre as pernas do velho da venda preta.

Passados dois dias o médico disse, Gostava de saber o que se terá passado com o consultório, nesta altura não servimos para nada, nem ele, nem eu, mas talvez as pessoas voltem um dia a ter o uso dos olhos, os aparelhos ainda devem lá estar, à espera, Vamos quando quiseres, disse a mulher, agora mesmo, E podíamos aproveitar a saída para passarmos pela minha casa, se não se importarem, disse a rapariga dos óculos escuros, não é que eu pense que os meus pais tenham voltado, é só por um descargo de consciência, Também iremos à tua casa, disse a mulher do médico. Ninguém mais se quis juntar à expedição de reconhecimento dos domicílios, o primeiro cego e a mulher porque já sabiam com o que podiam contar, o velho da venda preta sabia-o igualmente, embora não pelas mesmas razões, e o rapazinho estrábico porque continuava a não se lembrar do nome da rua onde morara. O tempo estava claro, parecia que as chuvas tinham acabado, e o sol, ainda que pálido, já começava a sentir-se na pele, Não sei como poderemos continuar a viver se o calor apertar, disse o médico, todo este lixo a apodrecer por aí, os animais mortos, talvez mesmo pessoas, deve haver pessoas mortas dentro das casas, o mal é não estarmos organizados, devia haver uma organização em cada prédio, em cada rua, em cada bairro, Um governo, disse a mulher, Uma organização, o corpo também é um sistema organizado, está vivo enquanto se mantém organizado, e a morte não é mais do que o efeito de uma desorganização, E como poderá uma sociedade de cegos organizar-se para que viva, Organizando-se, organizar-se já é, de uma certa maneira, começar a ter olhos, Terás razão, talvez, mas a experiência desta cegueira só nos trouxe morte e miséria, os meus olhos, tal como o teu consultório, não serviram para nada, Graças aos teus olhos é que estamos vivos, disse a rapariga dos óculos escuros, Também o estaríamos se eu fosse cega, o mundo está cheio de cegos vivos, Eu acho que vamos morrer todos, é uma questão de tempo, Morrer sempre foi uma questão de tempo, disse o médico, Mas morrer só porque se está cego, não deve haver pior maneira de morrer, Morremos de doenças, de acidentes, de acasos, E agora morreremos também porque estamos cegos, quero dizer, morreremos de cegueira e de cancro, de cegueira e de tuberculose, de cegueira e de sida, de cegueira e de enfarte, as doenças poderão ser diferentes de pessoa para pessoa, mas o que verdadeiramente agora nos está a matar é a cegueira, Não somos imortais, não podemos escapar à morte, mas ao menos devíamos não ser cegos, disse a mulher do médico, Como, se esta cegueira é concreta e real, disse o médico, Não tenho a certeza, disse a mulher, Nem eu, disse a rapariga dos óculos escuros.

Não tiveram de forçar a porta, abriram-na normalmente, a chave encontrava-se no chaveiro pessoal do médico, que tinha ficado na casa quando foram levados para a quarentena. Aqui é a sala de espera, disse a mulher do médico, A sala onde eu estive, disse a rapariga dos óculos escuros, o sonho continua, mas não sei que sonho é, se o sonho de sonhar que estive naquele dia a sonhar que estou aqui cega, ou o sonho de ter estado sempre cega e vir sonhando ao consultório para me curar de uma inflamação dos olhos em que não havia nenhum perigo de cegueira, A quarentena não foi um sonho, disse a mulher do médico, Isso não foi, não, como não o foi termos sido violadas, Nem eu ter apunhalado um homem, Leva-me ao gabinete, eu posso lá chegar sozinho, mas leva-me tu, disse o médico. A porta estava aberta. A mulher do médico disse, Está tudo revolvido, papéis pelo chão, as gavetas do ficheiro foram levadas, Devem ter sido os do ministério, para não perderem tempo a procurar, Provavelmente, E os aparelhos, À vista, parecem-me estar em ordem, Valha-nos isso, ao menos, disse o médico. Avançou sozinho, com os braços estendidos, tocou a caixa das lentes, o oftalmoscópio, a secretária, depois disse, dirigindo-se à rapariga dos óculos escuros, Compreendo o que queres dizer quando falas de estares a viver um sonho. Sentou-se à secretária, pousou as mãos no tampo de vidro coberto de pó, depois disse, com um sorriso triste e irónico, como se se dirigisse a alguém que estivesse na sua frente, Pois não, senhor doutor, tenho muita pena, mas o seu caso não tem remédio, se quer que lhe dê um último conselho acolha-se ao dito antigo, tinham razão os que diziam que a paciência é boa para a vista, Não nos faças sofrer, disse a mulher, Desculpa-me, desculpa-me tu também, estamos no lugar onde dantes se faziam os milagres, agora nem sequer tenho as provas dos meus poderes mágicos, levaram-nas todas, O único milagre que podemos fazer será o de continuar a viver, disse a mulher, amparar a fragilidade da vida um dia após outro dia, como se fosse ela a cega, a que não sabe para onde ir, e talvez assim seja, talvez ela realmente não o saiba, entregou-se às nossas mãos depois de nos ter tornado inteligentes, e a isto a trouxemos, Falas como se também tu estivesses cega, disse a rapariga dos óculos escuros, De uma certa maneira, é verdade, estou cega da vossa cegueira, talvez pudesse começar a ver melhor se fôssemos mais os que veem, Temo que sejas como a testemunha que anda à procura do tribunal aonde a convocou não sabe quem e onde terá de declarar não sabe quê, disse o médico, O tempo está-se a acabar, a podridão alastra, as doenças encontram as portas abertas, a água esgota-se, a comida tornou-se veneno, seria esta a minha primeira declaração, disse a mulher do médico, E a segunda, perguntou a rapariga dos óculos escuros, Abramos os olhos, Não podemos, estamos cegos, disse o médico, É uma grande verdade a que diz que o pior cego foi aquele que não quis ver, Mas eu quero ver, disse a rapariga dos óculos escuros, Não será por isso que verás, a única diferença era que deixarias de ser a pior cega, e agora vamo-nos, não há mais que ver aqui, disse o médico.

No caminho para a casa da rapariga dos óculos escuros atravessaram uma grande praça onde havia grupos de cegos que escutavam os discursos doutros cegos, à primeira vista nem uns nem outros pareciam cegos, os que falavam viravam inflamadamente a cara para os que ouviam, os que ouviam viravam atentamente a cara para os que falavam. Proclamava-se ali o fim do mundo, a salvação penitencial, a visão do sétimo dia, o advento do anjo, a colisão cósmica, a extinção do sol, o espírito da tribo, a seiva da mandrágora, o unguento do tigre, a virtude do signo, a disciplina do vento, o perfume da lua, a reivindicação da treva, o poder do esconjuro, a marca do calcanhar, a crucificação da rosa, a pureza da linfa, o sangue do gato preto, a dormência da sombra, a revolta das marés, a lógica da antropofagia, a castração sem dor, a tatuagem divina, a cegueira voluntária, o pensamento convexo, o côncavo, o plano, o vertical, o inclinado, o concentrado, o disperso, o fugido, a ablação das cordas vocais, a morte da palavra, Aqui não há ninguém a falar de organização, disse a mulher do médico ao marido, Talvez a organização seja noutra praça, respondeu ele. Continuaram a andar. Um pouco adiante a mulher do médico disse, Há mais mortos no caminho do que é costume, É a nossa resistência que está a chegar ao fim, o tempo acaba-se, a água esgota-se, as doenças crescem, a comida torna-se veneno, tu o disseste antes, lembrou o médico, Quem sabe se entre estes mortos não estarão os meus pais, disse a rapariga dos óculos escuros, e eu aqui passando ao lado deles, e não os vejo, É um velho costume da humanidade, esse de passar ao lado dos mortos e não os ver, disse a mulher do médico.

A rua onde morara a rapariga dos óculos escuros parecia ainda mais abandonada. À porta do prédio estava o corpo de uma mulher. Morta, meio comida pelos animais vadios, felizmente que o cão das lágrimas hoje não quis vir, seria preciso dissuadi-lo de meter o seu próprio dente nesta carcaça. É a vizinha do primeiro andar, disse a mulher do médico, Quem, onde, perguntou o marido, Aqui mesmo, a vizinha do primeiro andar, o cheiro sente-se, Pobre criatura, disse a rapariga dos óculos escuros, por que terá ela vindo para a rua, se nunca saía, Talvez se tenha apercebido de que a morte estava a chegar, talvez não tenha podido suportar a ideia de ficar sozinha em casa, a apodrecer, disse o médico, E agora não vamos poder entrar, não tenho as chaves, Pode ser que os teus pais tenham voltado, que estejam em casa à tua espera, disse o médico, Não acredito, Tens razão em não acreditares, disse a mulher do médico, as chaves estão aqui. No côncavo da mão morta, meio aberta, pousada no chão, apareciam, brilhantes, luminosas, umas chaves. Talvez sejam as dela, disse a rapariga dos óculos escuros, Não creio, não tinha nenhum motivo para trazer as suas chaves aonde pensava ir morrer, Mas eu, estando cega, não as poderia ver, se foi essa a ideia dela, devolver-mas, para que eu pudesse entrar em casa, Não sabemos que pensamentos foram os seus quando decidiu trazer as chaves consigo, talvez tenha imaginado que tu virias a recuperar a vista, talvez tenha desconfiado de que houve algo de pouco natural, de demasiado fácil, na maneira como nos movemos quando cá estivemos, talvez me tenha ouvido dizer que a escada estava escura, que mal se podia ver, que eu mal a podia ver, ou então nada disto, delírio, demência, foi como se, com a razão perdida, lhe tivesse entrado a ideia fixa de te entregar as chaves, a única coisa que sabemos é que a vida se lhe acabou ao pôr o pé fora da porta. A mulher do médico recolheu as chaves, entregou-as à rapariga dos óculos escuros, depois perguntou, E agora que fazemos, vamos deixá-la aqui, Não podemos enterrá-la na rua, não temos com que levantar as pedras, disse o médico, Há o quintal, Será preciso subi-la até ao segundo andar e depois descê-la pela escada de salvação, É a única forma, Teremos forças para tanto, perguntou a rapariga dos óculos escuros, A questão não é se teremos ou não teremos forças, a questão é se iremos permitir-nos a nós próprios deixar aqui esta mulher, Isso não, disse o médico, Então as forças hão de arranjar-se. De facto, arranjaram-se, mas foi o cabo dos trabalhos transportar o cadáver degraus acima, e não pelo que pesasse, já pouco de natureza, e agora ainda menos, depois do que dele se tinham beneficiado os cães e os gatos, mas porque o corpo estava rígido, inteiriçado, custava a dar-lhe a volta nas curvas da estreita escada, para uma ascensão tão curta tiveram de descansar quatro vezes. Nem o ruído, nem as vozes, nem o cheiro de decomposição fizeram aparecer nos patamares outros habitantes do prédio, Era o que eu pensava, os meus pais não estão cá, disse a rapariga dos óculos escuros. Quando enfim chegaram à porta, estavam exaustos, e ainda lhes faltava atravessar a casa para o lado de trás, descer a escada de salvação, mas aí, com a ajuda dos santos, que sendo para baixo acodem todos, já melhor se levou o carrego, as voltas eram boas de dar por ser a escada a céu aberto, só houve que ter cuidado em não deixar escapar das mãos o corpo da pobre criatura, o trambolhão deixá-la-ia sem conserto, sem falar das dores, que depois da morte são piores.

O quintal estava como uma selva jamais explorada, as últimas chuvas tinham feito crescer abundantemente a erva e as plantas bravas trazidas pelo vento, não faltaria comida fresca aos coelhos que andavam por ali aos saltos, as galinhas governam-se mesmo em regime seco. Estavam sentados no chão, ofegantes, o esforço deixara-os arrasados, ali ao lado o cadáver descansava como eles, protegido pela mulher do médico, que ia enxotando as galinhas e os coelhos, eles só curiosos, de nariz a tremer, elas já de bico em baioneta, dispostas a tudo. Disse a mulher do médico, Antes de ter saído para a rua, lembrou-se de abrir a porta da coelheira, não quis que os coelhos morressem de fome, É bem certo que o difícil não é viver com as pessoas, o difícil é compreendê-las, disse o médico. A rapariga dos óculos escuros limpava as mãos sujas a um punhado de ervas que arrancara, a culpa era sua, tinha agarrado o cadáver por onde não deveria, é o que faz andar sem olhos. Disse o médico, Do que precisamos é de uma enxada, ou de uma pá, aqui se pode observar como o autêntico eterno retorno é o das palavras, agora regressaram estas, ditas pelas mesmas razões, primeiro foi o homem que roubou o automóvel, agora vai ser a velha que restituiu as chaves, depois de enterrados não se notarão as diferenças, salvo se as tiver guardado alguma memória. A mulher do médico subira a casa da rapariga dos óculos escuros para ir buscar um lençol limpo, teve de escolher entre os que se encontravam menos sujos, quando desceu era a festa das galinhas, os coelhos só remoíam a erva fresca. Coberto e envolvido o cadáver, a mulher foi à procura da pá ou enxada. Encontrou ambas num casinhoto onde havia outras ferramentas. Eu trato disto, disse, a terra está húmida, cava-se bem, vocês descansem. Escolheu um sítio onde não houvesse raízes, daquelas que é preciso cortar com golpes sucessivos da enxada, e não se julgue que se trata de uma tarefa fácil, as raízes têm manha, sabem aproveitar-se da moleza da terra para se esquivarem à pancada e amortecerem o efeito mortífero da guilhotina. Nem a mulher do médico, nem o marido, nem a rapariga dos óculos escuros, ela por estar entregue ao seu trabalho, eles por não lhes servirem de nada os olhos, deram pelo aparecimento dos cegos nas varandas circundantes, não muitos, não em todas, devia tê-los atraído o ruído da enxada, mesmo estando a terra mole é inevitável, sem esquecer que há sempre uma pequena pedra escondida que responde sonoramente ao golpe. Eram homens e mulheres que pareciam fluidos como espetros, podiam ser fantasmas assistindo por curiosidade a um enterro, apenas para recordarem como tinha sido no seu caso. A mulher do médico viu-os, enfim, quando, terminada a cova, aprumou os rins doloridos e levou o antebraço à fronte para enxugar o suor. Então, levada por um impulso irresistível, sem o ter pensado antes, gritou para aqueles cegos e para todos os cegos do mundo, Ressurgirá, note-se que não disse Ressuscitará, o caso não era para tanto, embora o dicionário esteja aí para afirmar, prometer ou insinuar que se trata de perfeitos e exatos sinónimos. Os cegos assustaram-se e meteram-se para dentro das casas, não percebiam por que fora dita uma tal palavra, além disso não deviam estar preparados para uma revelação destas, via-se que não eram frequentadores da praça dos anunciamentos mágicos, a cuja relação, para ficar completa, só tinha faltado acrescentar a cabeça do louva-a-deus e o suicídio do lacrau. O médico perguntou, Por que disseste ressurgirá, para quem falavas, Para uns cegos que apareceram aí nas varandas, assustei-me e devo tê-los assustado, E porquê essa palavra, Não sei, apareceu-me na cabeça e disse-a, Só te falta ires pregar à praça por onde passámos, Sim, um sermão sobre o dente do coelho e o bico da galinha, vem ajudar-me agora, por aqui, isso mesmo, pega-lhe pelos pés, eu levanto-a deste lado, cuidado, não me resvales tu para dentro da cova, isso, assim, baixa-a devagarinho, mais, mais, fiz a cova um pouco funda por causa das galinhas, quando se põem a esgaravatar nunca se sabe aonde podem chegar, já está. Serviu-se da pá para encher a cova, calcou bem a terra, compôs o montículo que sempre sobra da terra que voltou à terra, como se nunca tivesse feito outra coisa na vida. Finalmente, arrancou uma rama da roseira que crescia num canto do quintal e foi plantá-la na base do moimento, do lado da cabeça. Ressurgirá, perguntou a rapariga dos óculos escuros, Ela, não, respondeu a mulher do médico, mais necessidade teriam os que estão vivos de ressurgir de si mesmos, e não o fazem, Já estamos meio mortos, disse o médico, Ainda estamos meio vivos, respondeu a mulher. Foi guardar no casinhoto a pá e a enxada, passou uma vista de olhos pelo quintal para certificar-se de que tudo ficava em ordem, Que ordem, perguntou a si mesma, e a si mesma deu a resposta, A ordem que quer os mortos no seu lugar de mortos e os vivos no seu lugar de vivos, enquanto as galinhas e os coelhos alimentam uns e se alimentam de outros, Gostaria de deixar um sinal qualquer aos meus pais, disse a rapariga dos óculos, só para saberem que estou viva, Não quero tirar-te as ilusões, disse o médico, mas primeiro teriam eles de encontrar a casa, e isso é pouco provável, pensa que nunca conseguiríamos aqui chegar se não tivéssemos quem nos guiasse, Tem razão, e eu nem sequer sei se eles ainda estão vivos, mas, se não lhes deixo um sinal, qualquer coisa, sentir-me-ei como se os tivesse abandonado, Que há de ser, então, perguntou a mulher do médico, Algo que eles possam reconhecer pelo tato, disse a rapariga dos óculos escuros, o mau é que já não levo nada dos outros tempos no corpo. A mulher do médico olhava-a, ela estava sentada no primeiro degrau da escada de salvação, com as mãos abandonadas sobre os joelhos, angustiado o formoso rosto, os cabelos espalhados pelos ombros, Já sei que sinal lhes vais deixar, disse. Subiu rapidamente a escada, tornou a entrar na casa e voltou com uma tesoura e um pedaço de cordel, Que ideia é a tua, perguntou a rapariga dos óculos escuros, inquieta, ao sentir o rangido da tesoura a cortar-lhe o cabelo, Se os teus pais voltarem, encontrarão dependurada no puxador da porta uma madeixa, de quem poderia ela ser senão da filha, perguntou a mulher do médico, Dás-me vontade de chorar, disse a rapariga dos óculos escuros, e tão depressa o disse como o fez, com a cabeça descaída sobre os braços cruzados nos joelhos desafogou as suas mágoas, a saudade, a comoção pela lembrança que tivera a mulher do médico, depois percebeu, sem saber por que caminhos do sentimento lá tinha chegado, que também estava a chorar pela velha do primeiro andar, a comedora de carne crua, a bruxa horrível, a que com a sua mão morta lhe havia restituído as chaves da sua casa. E então a mulher do médico disse, Que tempos estes, já vemos invertida a ordem das coisas, um símbolo que quase sempre foi de morte a tornar-se em sinal de vida, Há mãos capazes desses e de outros maiores prodígios, disse o médico, Necessidade pode muito, meu querido, disse a mulher, e agora chega de filosofias e taumaturgias, dêmo-nos as mãos e vamos à vida. Foi a própria rapariga dos óculos escuros quem pendurou no puxador a madeixa de cabelo, Crês que os meus pais darão por ela, perguntou, O puxador da porta é a mão estendida de uma casa, respondeu a mulher do médico, e com esta frase de efeito, assim se diria, deram a visita por terminada.

Nessa noite houve novamente leitura e audição, não tinham outra maneira de se distraírem, lástima que o médico não fosse, por exemplo, violinista amador, que doces serenatas poderiam então ouvir-se neste quinto andar, os vizinhos invejosos diriam, Aqueles, ou lhes corre bem a vida, ou são uns inconscientes e julgam poder fugir à desgraça rindo-se da desgraça dos mais. Agora não há outra música senão a das palavras, e essas, sobretudo as que estão nos livros, são discretas, ainda que a curiosidade trouxesse a escutar à porta alguém do prédio, não ouviria mais do que um murmúrio solitário, este longo fio de som que poderá infinitamente prolongar-se, porque os livros do mundo, todos juntos, são como dizem que é o universo, infinitos. Quando a leitura terminou, noite dentro, o velho da venda preta disse, A isto estamos reduzidos, a ouvir ler, Eu não me queixo, poderia ficar assim para sempre, disse a rapariga dos óculos escuros, Nem eu me estou a queixar, só digo que apenas servimos para isto, para ouvir ler a história de uma humanidade que antes de nós existiu, aproveitamos o acaso de haver aqui ainda uns olhos lúcidos, os últimos que restam, se um dia eles se apagarem, não quero nem pensar, então o fio que nos une a essa humanidade partir-se-á, será como se estivéssemos a afastar-nos uns dos outros no espaço, para sempre, e tão cegos eles como nós, Enquanto puder, disse a rapariga dos óculos escuros, manterei a esperança, a esperança de vir a encontrar os meus pais, a esperança de que a mãe deste rapaz apareça, Esqueceste-te de falar da esperança de todos, Qual, A de recuperar a vista, Há esperanças que é loucura ter, Pois eu digo-te que se não fossem essas já eu teria desistido da vida, Dá-me um exemplo, Voltar a ver, Esse já conhecemos, dá-me outro, Não dou, Porquê, Não te interessa, E como sabes que não me interessa, que julgas tu conhecer de mim para decidires, por tua conta, o que me interessa e o que não me interessa, Não te zangues, não tive intenção de magoar-te, Os homens são todos iguais, pensam que basta ter nascido de uma barriga de mulher para saber tudo de mulheres, Eu de mulheres sei pouco, de ti nada, e quanto a homem, para mim, ao tempo que isso vai, agora sou um velho, e zarolho, além de cego, Não tens mais nada para dizeres contra ti, Muito mais, nem tu imaginas quanto a lista negra das autorrecriminações vai crescendo à medida que os anos passam, Nova sou eu, e já estou bem servida, Ainda não fizeste nada de verdadeiramente mau, Como podes sabê-lo, se nunca viveste comigo, Sim, nunca vivi contigo, Por que repetiste nesse tom as minhas palavras, Que tom, Esse, Só disse que nunca vivi contigo, O tom, o tom, não finjas que não compreendes, Não insistas, peço-te, Insisto, preciso saber, Voltamos às esperanças, Pois voltemos, O outro exemplo de esperança que me recusei a dar era esse, Esse, qual, A última autorrecriminação da minha lista, Explica-te, por favor, não entendo de charadas, O monstruoso desejo de que não venhamos a recuperar a vista, Porquê, Para continuarmos a viver assim, Queres dizer, todos juntos, ou tu comigo, Não me obrigues a responder, Se fosses só um homem poderias fugir à resposta, como todos fazem, mas tu mesmo disseste que és um velho, e um velho, se ter vivido tanto tem algum sentido, não deveria virar a cara à verdade, responde, Eu contigo, E por que queres tu viver comigo, Esperas que o diga diante de todos eles, Fizemos uns diante dos outros as coisas mais sujas, mais feias, mais repugnantes, com certeza não é pior o que tens para dizer-me, Já que o queres, então seja, porque o homem que eu ainda sou gosta da mulher que tu és, Custou assim tanto a fazer a declaração de amor, Na minha idade, o ridículo mete medo, Não foste ridículo, Esqueçamos isto, peço-te, Não tenciono esquecer nem deixar que esqueças, É um disparate, obrigaste-me a falar, e agora, E agora é a minha vez, Não digas nada de que te possas arrepender, lembra-te da lista negra, Se eu estiver a ser sincera hoje, que importa que tenha de arrepender-me amanhã, Cala-te, Tu queres viver comigo e eu quero viver contigo, Estás doida, Passaremos a viver juntos aqui, como um casal, e juntos continuaremos a viver se tivermos de nos separar dos nossos amigos, dois cegos devem poder ver mais do que um, É uma loucura, tu não gostas de mim, Que é isso de gostar, eu nunca gostei de ninguém, só me deitei com homens, Estás a dar-me razão, Não estou, Falaste de sinceridade, responde-me então se é mesmo verdade gostares de mim, Gosto o suficiente para querer estar contigo, e isto é a primeira vez que o digo a alguém, Também não mo dirias a mim se me tivesses encontrado antes por aí, um homem de idade, meio calvo, de cabelos brancos, com uma pala num olho e uma catarata no outro, A mulher que eu então era não o diria, reconheço, quem o disse foi a mulher que sou hoje, Veremos então o que terá para dizer a mulher que serás amanhã, Pões-me à prova, Que ideia, quem seria eu para pôr-te à prova, a vida é que decide essas coisas, Uma já ela decidiu.

Tiveram esta conversa frente a frente, os olhos cegos de um fitos nos olhos cegos do outro, os rostos encendidos e veementes, e quando, por tê-lo dito um deles e por o quererem os dois, concordaram que a vida tinha decidido que passassem a viver juntos, a rapariga dos óculos escuros estendeu as mãos, simplesmente para as dar, não para saber por onde ia, tocou as mãos do velho da venda preta, que a atraiu suavemente para si, e assim ficaram sentados os dois, juntos, não era a primeira vez, claro está, mas agora tinham sido ditas as palavras de recebimento. Nenhum dos outros fez comentários, nenhum deu parabéns, nenhum exprimiu votos de felicidade eterna, em verdade o tempo não está para festejos e ilusões, e quando as decisões são tão graves como esta parece ter sido, não surpreenderia até que alguém tivesse pensado que é preciso ser-se cego para comportar-se desta maneira, o silêncio ainda é o melhor aplauso. O que a mulher do médico fez foi estender no corredor uns quantos coxins dos sofás, suficientes para improvisar comodamente uma cama, depois levou para lá o rapazinho estrábico e disse-lhe, A partir de hoje passas a dormir aqui. Quanto ao que aconteceu na sala, tudo indica que nesta primeira noite terá ficado finalmente esclarecido o caso da mão misteriosa que lavou as costas do velho da venda preta naquela manhã em que correram tantas águas, todas elas lustrais.

No dia seguinte, ainda deitados, a mulher do médico disse ao marido, Temos pouca comida em casa, vai ser preciso dar uma volta, lembrei-me de ir hoje ao armazém subterrâneo do supermercado, aquele onde estive no primeiro dia, se até agora ninguém deu com ele poderemos abastecer-nos para uma ou duas semanas, Vou contigo, e dizemos a um ou dois deles que venham também, Prefiro que sejamos só nós, é mais fácil, e não haverá perigo de nos perdermos, Até quando conseguirás aguentar a carga de seis pessoas que não se podem valer, Aguentarei enquanto puder, mas é verdade que as forças já me estão a faltar, às vezes dou por mim a querer ser cega para tornar-me igual aos outros, para não ter mais obrigações do que eles, Habituámo-nos a depender de ti, se nos faltasses seria o mesmo que se nos tivesse atingido uma segunda cegueira, graças aos olhos que tens conseguimos ser um pouco menos cegos, Irei até onde for capaz, não posso prometer mais, Um dia, quando compreendermos que nada de bom e útil podemos já fazer pelo mundo, deveríamos ter a coragem de sair simplesmente da vida, como ele disse, Ele, quem, O afortunado de ontem, Tenho a certeza de que hoje não o diria, não há nada melhor para fazer mudar de opinião do que uma sólida esperança, Já lá a tem, oxalá lhe dure, Há na tua voz um tom que parece de contrariedade, Contrariedade, porquê, Como se tivessem levado algo que te pertencesse, Referes-te ao que aconteceu com a rapariga quando estivemos naquele lugar horrível, Sim, Lembra-te de que foi ela quem veio ter comigo, A memória engana-te, tu é que foste ter com ela, Tens a certeza, Não estava cega, Pois eu estaria disposto a jurar que, Jurarias falso, É estranho como a memória pode enganar-nos assim, Neste caso é fácil de perceber, mais nos pertence o que veio oferecer-se a nós do que aquilo que tivemos de conquistar, Nem ela me procurou depois, nem eu a procurei mais, Querendo, encontram-se na memória, para isso serve, Tens ciúmes, Não, não tenho ciúmes, nem mesmo os tive naquele dia, o que senti foi pena dela e de ti, e também de mim porque não vos podia valer, Como estamos de água, Mal. Depois da menos que frugal refeição da manhã, amenizada enfim por algumas alusões discretas e sorridentes aos acontecimentos da noite passada, convenientemente vigiadas as palavras pelo recato devido à presença de um menor, vão cuidado este, se nos lembrarmos das escandalosas cenas de que foi testemunha presencial na quarentena, saíram a mulher do médico e o marido para o trabalho, acompanhados desta vez pelo cão das lágrimas, que não quis ficar em casa.

O aspeto das ruas piorava a cada hora que ia passando. O lixo parecia multiplicar-se durante as horas noturnas, era como se do exterior, de algum país desconhecido onde ainda houvesse uma vida normal, viessem pela calada despejar aqui os contentores, não fosse estarmos em terra de cegos veríamos avançar pelo meio desta branca escuridão as carroças e os camiões fantasmas carregados de detritos, sobras, destroços, depósitos químicos, cinzas, óleos queimados, ossos, garrafas, vísceras, pilhas cansadas, plásticos, montanhas de papel, só não nos trazem restos de comida, nem sequer umas cascas de frutos com que pudéssemos ir enganando a fome, à espera daqueles dias melhores que sempre estão para chegar. A manhã vai ainda no princípio, mas o calor já se sente. O mau cheiro desprende-se da imensa lixeira como uma nuvem de gás tóxico, Não tarda que apareçam por aí umas quantas epidemias, voltou a dizer o médico, não escapará ninguém, estamos completamente indefesos, De um lado nos chove, do outro nos faz vento, disse a mulher, Nem sequer isso, a chuva ainda serviria para nos matar a sede, e o vento aliviar-nos-ia de uma parte deste fedor. O cão das lágrimas anda a farejar inquieto, demorou-se a pesquisar um certo monte de lixo, provavelmente havia escondido debaixo dele uma supina iguaria que agora não consegue encontrar, se estivesse sozinho não arredaria pé, mas a mulher que chorou já lá vai adiante, é seu dever ir atrás dela, nunca se sabe se não terá que enxugar outras lágrimas. É difícil caminhar. Em algumas ruas, sobretudo as mais inclinadas, o caudal das águas da chuva, transformadas em torrente, atirou automóveis contra automóveis, ou contra os prédios, arrombando portas, esvaziando montras, o chão está coberto de estilhaços de vidro grosso. Entalado entre dois carros, o corpo de um homem apodrece. A mulher do médico desvia os olhos. O cão das lágrimas aproxima-se, mas a morte intimida-o, ainda dá dois passos, de súbito o pelo encrespou-se-lhe, um uivo lacerante saiu-lhe da garganta, o mal deste cão foi ter-se chegado tanto aos humanos, vai acabar por sofrer como eles. Atravessaram uma praça onde havia grupos de cegos que se entretinham a escutar os discursos doutros cegos, à primeira vista não pareciam cegos nem uns nem outros, os que falavam viravam inflamadamente a cara para os que ouviam, os que ouviam viravam atentamente a cara para os que falavam. Proclamavam-se ali os princípios fundamentais dos grandes sistemas organizados, a propriedada privada, o livre câmbio, o mercado, a bolsa, a taxação fiscal, o juro, a apropriação, a desapropriação, a produção, a distribuição, o consumo, o abastecimento e o desabastecimento, a riqueza e a pobreza, a comunicação, a repressão e a delinquência, as lotarias, os edifícios prisionais, o código penal, o código civil, o código de estradas, o dicionário, a lista de telefones, as redes de prostituição, as fábricas de material de guerra, as forças armadas, os cemitérios, a polícia, o contrabando, as drogas, os tráficos ilícitos permitidos, a investigação farmacêutica, o jogo, o preço das curas e dos funerais, a justiça, o empréstimo, os partidos políticos, as eleições, os parlamentos, os governos, o pensamento convexo, o côncavo, o plano, o vertical, o inclinado, o concentrado, o disperso, o fugido, a ablação das cordas vocais, a morte da palavra. Aqui fala-se de organização, disse a mulher do médico ao marido, Já reparei, respondeu ele, e calou-se. Continuaram a andar, a mulher do médico foi consultar uma planta da cidade que havia numa esquina, como uma antiga cruz de caminhos. Estavam muito perto do supermercado, em algum destes sítios se deixou ela cair, a chorar, naquele dia em que se viu perdida, grotescamente ajoujada ao peso de sacos de plástico por fortuna cheios, valeu-lhe um cão para a consolar do desnorte e da angústia, este mesmo que aqui vai rosnando às matilhas que se chegam demasiado, como se estivesse a avisá-las, A mim não me enganam vocês, afastem-se para lá. Uma rua à esquerda, outra à direita, e a porta do supermercado aparece. Só a porta, isto é, está a porta, está o edifício todo, mas o que não se vê são pessoas a entrar e a sair, aquele formigueiro de gente que a todas as horas encontramos nestes estabelecimentos, que vivem do concurso das grandes multidões. A mulher do médico temeu o pior, e disse-o ao marido, Viemos demasiado tarde, já não deve haver lá dentro nem um quarto de bolacha, Por que dizes isso, Não vejo entrar nem sair ninguém, Pode ser que não tenham ainda descoberto a cave, Essa é a minha esperança. Tinham parado no passeio em frente do supermercado enquanto trocavam estas frases. Ao lado deles, como se estivessem à espera de que se acendesse num semáforo a luz verde, havia três cegos. A mulher do médico não reparou na cara que eles fizeram, de surpresa inquieta, de uma espécie de confuso temor, não viu que a boca de um deles se abriu para falar e logo se fechou, não notou o rápido encolher de ombros, Saberás por ti, supõe-se que é o que terá pensado este cego. Já no meio da rua, atravessando-a, a mulher do médico e o marido não puderam ouvir a observação do segundo cego, Por que terá ela dito que não via, que não via entrar e sair ninguém, e a resposta do terceiro cego, São maneiras de falar, ainda há bocado, quando tropecei, tu me perguntaste se eu não via onde punha os pés, é o mesmo, ainda não perdemos o costume de ver, Meu Deus, quantas vezes isto já foi dito, exclamou o primeiro cego.

A claridade do dia iluminava até ao fundo o amplo espaço do supermercado. Quase todos os escaparates estavam tombados, não havia mais do que lixo, vidros partidos, embalagens vazias, É singular, disse a mulher do médico, mesmo não se encontrando aqui nada de comida, não percebo por que não há pessoas a viver. O médico disse, De facto, não parece normal. O cão das lágrimas ganiu baixinho. Tinha outra vez o pelo eriçado. Disse a mulher do médico, Há aqui um cheiro, Sempre cheira mal, disse o marido, Não é isso, é o outro cheiro, o da putrefação, Algum cadáver que estará por aí, Não vejo nenhum, Então será impressão tua. O cão tornou a gemer. Que tem o cão, perguntou o médico, Está nervoso, Que fazemos, Vamos ver, se houver algum cadáver passamos de largo, a estas alturas os mortos já não nos metem medo, Para mim é mais fácil, não os vejo. Atravessaram o supermercado até à porta que dava acesso ao corredor por onde se chegaria ao armazém da cave. O cão das lágrimas seguiu-os, mas de vez em quando parava, gania a chamá-los, depois o dever obrigava-o a continuar. Quando a mulher do médico abriu a porta, o cheiro tornou-se mais intenso, Cheira mesmo mal, disse o marido, Deixa-te ficar aqui, que eu já volto. Avançou pelo corredor, cada vez mais escuro, e o cão das lágrimas seguiu-a como se o levassem de rastos. Saturado do fedor da putrefação, o ar parecia pastoso. A meio caminho, a mulher do médico vomitou, Que se terá passado aqui, pensava entre dois arrancos, e murmurou depois, uma e outra vez, estas palavras enquanto se ia aproximando da porta metálica que dava para a cave. Confundida pela náusea, não notara antes que havia ao fundo uma claridade difusa, muito leve. Agora sabia o que era aquilo. Pequenas chamas palpitavam nos interstícios das duas portas, a da escada e a do monta-cargas. Um novo vómito retorceu-lhe o estômago, tão violento que a atirou ao chão. O cão das lágrimas uivou longamente, lançou um grito que parecia não acabar mais, um lamento que ressoou no corredor como a última voz dos mortos que se encontravam na cave. O médico ouviu os vómitos, os arrancos, a tosse, correu conforme pôde, tropeçou e caiu, levantou-se e caiu, enfim apertou a mulher nos braços, Que aconteceu, perguntou, trémulo, ela só dizia, Leva-me daqui, leva-me daqui por favor, pela primeira vez desde que a cegueira chegara era ele quem guiava a mulher, guiava-a sem saber para onde, para qualquer parte longe destas portas, das chamas que não podia ver. Quando saíram do corredor, os nervos dela foram-se abaixo de golpe, o choro tornou-se convulsão, não há nenhuma maneira de enxugar lágrimas como estas, só o tempo e o cansaço as poderão reduzir, por isso o cão não se acercou, apenas buscava uma mão para lamber. Que aconteceu, tornou o médico a perguntar, que foi que viste, Estão mortos, conseguiu ela dizer entre soluços, Quem é que está morto, Eles, e não pôde continuar, Acalma-te, falarás quando puderes. Passados alguns minutos, ela disse, Estão mortos, Viste alguma coisa, abriste a porta, perguntou o marido, Não, só vi que havia fogos-fátuos agarrados às frinchas, estavam ali agarrados e dançavam, não se soltavam, Hidrogénio fosforado resultante da decomposição, Imagino que sim, Que terá sucedido, Devem ter dado com a cave, precipitaram-se pela escada abaixo à procura de comida, lembro-me de como era fácil escorregar e cair naqueles degraus, e se caiu um caíram todos, provavelmente nem conseguiram chegar aonde queriam, ou conseguiram-no e com a escada obstruída não puderam voltar, Mas tu disseste que a porta estava fechada, Fecharam-na com certeza os outros cegos, transformaram a cave num enorme sepulcro, e eu sou a culpada do que aconteceu, quando saí daqui a correr com os sacos suspeitaram de que se tratasse de comida e foram à procura, De uma certa maneira, tudo quanto comemos é roubado à boca de outros, e se lhes roubamos de mais acabamos por causar-lhes a morte, no fundo somos todos mais ou menos assassinos, Fraca consolação, O que não quero é que comeces a carregar-te a ti mesma de culpas imaginárias quando já mal vais conseguindo suportar a responsabilidade de sustentar seis bocas concretas e inúteis, Sem a tua boca inútil, como viveria eu, Continuarias a viver para sustentares as outras cinco que lá estão, A pergunta é por quanto tempo. Não será muito mais, quando se acabar tudo teremos de ir por esses campos à procura de comida, arrancaremos todos os frutos das árvores, mataremos todos os animais a que pudermos deitar a mão, se entretanto não começarem a devorar-nos aqui os cães e os gatos. O cão das lágrimas não se manifestou, o assunto não lhe dizia respeito, de alguma coisa lhe servia ter-se transformado nos últimos tempos em cão de lágrimas.

A mulher do médico mal podia arrastar os pés. O abalo tinha-a deixado sem forças. Quando saíram do supermercado, ela, desfalecida, ele, cego, ninguém saberia dizer qual dos dois ia a amparar o outro. Talvez por causa da intensidade da luz deu-lhe uma vertigem, pensou que ia perder a vista, mas não se assustou, era só um desmaio. Não chegou a cair, nem a perder completamente os sentidos. Precisava deitar-se, fechar os olhos, respirar pausadamente, se pudesse estar uns minutos tranquila, quieta, tinha a certeza de que as forças voltariam, e era necessário que voltassem, os sacos de plástico continuavam vazios. Não queria deitar-se sobre a imundície do passeio, voltar ao supermercado nem morta. Olhou em redor. No outro lado da rua, um pouco adiante, estava uma igreja. Haveria gente lá dentro, como em toda a parte, mas devia ser um bom sítio para descansar, pelo menos antigamente tinha sido assim. Disse ao marido, Preciso recuperar forças, leva-me para além, Além, onde, Desculpa, vai-me amparando, eu digo-te, Que é, Uma igreja, se me pudesse deitar um pouco ficaria como nova, Vamos lá. Entrava-se no templo por seis degraus, seis degraus, nota bem, que a mulher do médico venceu com grande custo, tanto mais que também tinha de guiar o marido. As portas estavam abertas de par em par, foi o que lhes valeu, um guarda-vento, mesmo que fosse dos mais singelos, teria sido, nesta ocasião, um obstáculo difícil de transpor. O cão das lágrimas parou indeciso no limiar. É que, apesar da liberdade de movimentos de que têm gozado os cães nos últimos meses, mantinha-se geneticamente incorporado no cérebro de todos eles a proibição que um dia, em remotos tempos, caiu sobre a espécie, a proibição de entrarem nas igrejas, provavelmente a culpa teve-a aquele outro código genético que lhes ordena marcar o terreno aonde quer que cheguem. Não serviram de nada os bons e leais serviços prestados pelos antepassados deste cão das lágrimas, quando lambiam asquerosas chagas de santos antes que como tal eles tivessem sido aprovados e declarados, misericórdia, portanto, das mais desinteressadas, porque bem sabemos que não é qualquer mendigo que consegue ascender à santidade, por muitas chagas que possa ter no corpo, e também na alma, aonde a língua dos cães não chega. Atreveu-se agora este a penetrar no sagrado recinto, a porta estava aberta, porteiro não havia, e, razão sobre todas forte, a mulher das lágrimas já entrou, nem sei como poderá ela arrastar-se, vai murmurando ao marido uma só palavra, Segura-me, a igreja está cheia, quase que não se encontra um palmo de chão livre, em verdade se poderia dizer que não há aqui uma pedra onde descansar a cabeça, valeu uma vez mais o cão das lágrimas, com dois rosnidos e duas investidas, tudo sem maldade, abriu um espaço onde se foi deixar cair a mulher do médico, rendendo o corpo ao desmaio, fechados enfim por completo os olhos. O marido tomou-lhe o pulso, está firme e regular, só um pouco longínquo, depois fez um esforço para levantá-la, não é boa esta posição, é preciso fazer voltar rapidamente o sangue ao cérebro, aumentar a irrigação cerebral, o melhor de tudo seria sentá-la, pôr-lhe a cabeça entre os joelhos, e confiar na natureza e na força da gravidade. Por fim, depois de alguns esforços falhados, conseguiu levantá-la. Passados minutos, a mulher do médico suspirou profundamente, moveu-se um quase nada, começava a voltar a si. Não te levantes ainda, disse-lhe o marido, deixa-te estar mais um pouco de cabeça baixa, mas ela sentia-se bem, não havia sinal de vertigem, os olhos já podiam entrever as lajes do chão, que o cão das lágrimas, graças às três enérgicas raspaduras que dera para deitar-se ele próprio, deixara aceitavelmente limpas. Levantou a cabeça para as colunas esguias, para as altas abóbadas, a comprovar a segurança e a estabilidade da circulação sanguínea, depois disse, Já me sinto bem, mas naquele mesmo instante pensou que tinha enlouquecido, ou que desaparecida a vertigem ficara a sofrer de alucinações, não podia ser verdade o que os olhos lhe mostravam, aquele homem pregado na cruz com uma venda branca a tapar-lhe os olhos, e ao lado uma mulher com o coração trespassado por sete espadas e os olhos também tapados por uma venda branca, e não eram só este homem e esta mulher que assim estavam, todas as imagens da igreja tinham os olhos vendados, as esculturas com um pano branco atado ao redor da cabeça, as pinturas com uma grossa pincelada de tinta branca, e estava além uma mulher a ensinar a filha a ler, e as duas tinham os olhos tapados, e um homem com um livro aberto onde se sentava um menino pequeno, e os dois tinham os olhos tapados, e um velho de barbas compridas, com três chaves na mão, e tinha os olhos tapados, e outro homem com o corpo cravejado de flechas, e tinha os olhos tapados, e uma mulher com uma lanterna acesa, e tinha os olhos tapados, e um homem com feridas nas mãos e nos pés e no peito, e tinha os olhos tapados, e outro homem com um leão, e os dois tinham os olhos tapados, e outro homem com um cordeiro, e os dois tinham os olhos tapados, e outro homem com uma águia, e os dois tinham os olhos tapados, e outro homem com uma lança dominando um homem caído, chavelhudo e com pés de bode, e os dois tinham os olhos tapados, e outro homem com uma balança, e tinha os olhos tapados, e um velho calvo segurando um lírio branco, e tinha os olhos tapados, e outro velho apoiado a uma espada desembainhada, e tinha os olhos tapados, e uma mulher com uma pomba, e as duas tinham os olhos tapados, e um homem com dois corvos, e os três tinham os olhos tapados, só havia uma mulher que não tinha os olhos tapados porque já os levava arrancados numa bandeja de prata. A mulher do médico disse para o marido, Não me acreditarás se eu te disser o que tenho diante de mim, todas as imagens da igreja estão com os olhos vendados, Que estranho, por que será, Como hei de eu saber, pode ter sido obra de algum desesperado da fé quando compreendeu que teria de cegar como os outros, pode ter sido o próprio sacerdote daqui, talvez tenha pensado justamente que uma vez que os cegos não poderiam ver as imagens, também as imagens deveriam deixar de ver os cegos, As imagens não veem, Engano teu, as imagens veem com os olhos que as veem, só agora a cegueira é para todos, Tu continuas a ver, Cada vez irei vendo menos, mesmo que não perca a vista tornar-me-ei mais e mais cega cada dia porque não terei quem me veja, Se foi o padre quem tapou os olhos das imagens, É só uma ideia minha, É a única hipótese que tem um verdadeiro sentido, é a única que pode dar alguma grandeza a esta nossa miséria, imagino esse homem a entrar aqui vindo do mundo dos cegos, aonde depois teria de regressar para cegar também, imagino as portas fechadas, a igreja deserta, o silêncio, imagino as estátuas, as pinturas, vejo-o ir de uma para outra, a subir aos altares e a atar os panos, com dois nós, para que não deslacem e caiam, a assentar duas mãos de tinta nas pinturas para tornar mais espessa a noite branca em que entraram, esse padre deve ter sido o maior sacrílego de todos os tempos e de todas as religiões, o mais justo, o mais radicalmente humano, o que veio aqui para declarar finalmente que Deus não merece ver. A mulher do médico não chegou a responder, alguém ao lado falou antes dela, Que conversa é essa, quem são vocês, Cegos como tu, disse ela, Mas eu ouvi-te dizer que vias, São maneiras de falar que custam a perder, quantas vezes ainda vai ser preciso dizê-lo, E que é isso de estarem as imagens com os olhos tapados, É verdade, E tu como o sabes, se estás cega, Também tu o ficarás a saber se fizeres como eu fiz, vai lá e toca-lhes com as mãos, as mãos são os olhos dos cegos, E por que foi que o fizeste, Pensei que para termos chegado ao que chegámos alguém mais teria de estar cego, E essa história de ter sido o padre da igreja quem tapou os olhos das imagens, conheci-o muito bem, seria incapaz de fazer tal coisa, Nunca se pode saber de antemão de que são capazes as pessoas, é preciso esperar, dar tempo ao tempo, o tempo é que manda, o tempo é o parceiro que está a jogar do outro lado da mesa, e tem na mão todas as cartas do baralho, a nós compete-nos inventar os encartes com a vida, a nossa, Falar de jogo numa igreja é pecado, Levanta-te, usa as tuas mãos, se duvidas do que digo, Juras-me que é verdade que as imagens têm os olhos tapados, Que jura é suficiente para ti, Jura pelos teus olhos, Juro duas vezes pelos olhos, pelos meus e pelos teus, É verdade, É verdade. A conversa estava a ser ouvida pelos cegos que se encontravam mais perto, e escusado seria dizer que não foi preciso esperar pela confirmação do juramento para que a notícia começasse a girar, a passar de boca em boca, num murmúrio que aos poucos foi mudando de tom, primeiro incrédulo, depois inquieto, outra vez incrédulo, o mau foi haver no ajuntamento umas quantas pessoas supersticiosas e imaginativas, a ideia de que as sagradas imagens estavam cegas, de que os seus misericordiosos ou sofredores olhares não contemplavam mais que a sua própria cegueira, tornou-se subitamente insuportável, foi o mesmo que terem vindo dizer-lhes que estavam rodeados de mortos-vivos, bastou ter-se ouvido um grito, e depois outro, e outro, logo o medo fez levantar toda a gente, o pânico empurrou-os para a porta, repetiu-se aqui o que já se sabe, como o pânico é muito mais rápido que as pernas que o têm de levar, os pés do fugitivo acabam por enrolar-se na corrida, muito mais se é cego, e ei-lo de repente no chão, o pânico diz-lhe Levanta-te, corre, que te vêm matar, bem o quisera ele, mas já outros correram e caíram também, é preciso ser-se dotado de muito bom coração para não desatar a rir diante deste grotesco emaranhado de corpos à procura de braços para libertar-se e de pés para escapar. Aqueles seis degraus lá fora vão ser como um precipício, mas, enfim, a queda não será grande, o costume de cair endurece o corpo, ter chegado ao chão, só por si, já é um alívio, Daqui não passarei, é o primeiro pensamento, e às vezes o último nos casos fatais. O que também não muda é aproveitarem-se uns do mal dos outros, como muito bem o sabem, desde o princípio do mundo, os herdeiros e os herdeiros dos herdeiros. A fuga desesperada desta gente fê-la deixar para trás os seus pertences, e quando a necessidade tiver vencido o medo e por eles voltarem, além do difícil problema que vai ser aclarar de modo satisfatório o que era meu e o que era teu, veremos que se sumiu parte da pouca comida que tínhamos, se calhar tudo isto foi uma cínica artimanha da mulher que disse que as imagens tinham os olhos tapados, a maldade de certas pessoas não tem limites, inventarem tais patranhas só para poderem roubar à pobre gente uns restos de comidas indecifráveis. Ora, a culpa teve-a o cão das lágrimas, ao ver livre a praça foi farejar por ali, pagou-se do seu trabalho, como era justo e natural, mas mostrou, por assim dizer, a entrada da mina, do que resultou terem saído da igreja a mulher do médico e o marido sem remorsos do furto, levando os sacos meio cheios. Se vierem a aproveitar metade do que apanharam poderão dar-se por satisfeitos, diante da outra metade dirão, Não sei como as pessoas podiam comer isto, mesmo quando a desgraça é comum a todos, sempre há uns que passam pior do que outros.

O relato destes acontecimentos, cada um no seu género,

deixou consternados e assombrados os companheiros, sendo de notar, contudo, que a mulher do médico, talvez por se lhe recusarem as palavras, não logrou comunicar-lhes o sentimento de horror absoluto que experimentara diante da porta do subterrâneo, aquele retângulo de pálidos e vacilantes lumes que dava para a escada por onde se chegaria ao outro mundo. Já as imagens de olhos vendados impressionaram fortemente, ainda que de diverso modo, a imaginação de todos, no primeiro cego e na mulher, por exemplo, notou-se um certo mal-estar, para eles tratava-se, principalmente, de uma indesculpável falta de respeito. Que todos eles, os humanos, se encontrassem cegos, era uma fatalidade de que não tinham a culpa, são desgraças de que ninguém está livre, mas ir, só por isso, tapar os olhos às santas imagens, parecia-lhes um atentado sem perdão possível, e se o cometeu o padre da igreja, pior ainda. O comentário do velho da venda preta foi assaz diferente, Percebo o choque que te terá causado, estou aqui a pensar numa galeria de museu, as esculturas todas com os olhos tapados, não porque o escultor não tivesse querido desbastar a pedra até chegar aonde estavam os olhos, mas tapados assim como dizes, com esses panos atados, como se uma cegueira só não bastasse, é curioso que uma venda como a minha não causa a mesma impressão, às vezes chega mesmo a dar um ar romântico à pessoa, e riu-se do que tinha dito e de si próprio. Quanto à rapariga dos óculos escuros, essa contentou-se com dizer que esperava não ter de ver em sonhos essa maldita galeria, de pesadelos já estava servida. Comeram do mau que havia, era o melhor que tinham, a mulher do médico disse que estava a tornar-se cada vez mais difícil encontrar comida, que talvez devessem sair da cidade e ir viver no campo, ali, pelo menos, os alimentos que apanhassem seriam mais sãos, e deve haver cabras e vacas à solta, podemos ordenhá-las, teremos leite, e há a água dos poços, podemos cozer o que quisermos, a questão está em encontrar um bom sítio, cada um deu depois a sua opinião, umas mais entusiastas do que outras, mas para todos era claro que a oportunidade apertava e obrigava, quem exprimiu um contentamento sem reticências foi o rapazinho estrábico, possivelmente por serem boas as suas recordações de férias. Depois de terem comido deitaram-se a dormir, faziam-no sempre, já no tempo da quarentena, quando a experiência lhes ensinou que corpo deitado aguenta realmente muita fome. À noite não comeram, só o rapazinho estrábico recebeu algo para entretenimento dos queixos e engano do apetite, os outros sentaram-se a ouvir ler o livro, ao menos o espírito não poderá protestar contra a falta de nutrimento, o mau é que a debilidade do corpo levava algumas vezes a distrair-se a atenção da mente, e não era por falta de interesse intelectual, não, o que acontecia era deslizar o cérebro para uma meia modorra, como um animal que se dispôs a hibernar, adeus mundo, por isso não era raro cerrarem estes ouvintes mansamente as pálpebras, punham-se a seguir com os olhos da alma as peripécias do enredo, até que um lance mais enérgico os sacudia do torpor, quando não era simplesmente o ruído do livro encadernado ao fechar-se de estalo, a mulher do médico tinha destas delicadezas, não queria dar a entender que sabia que o devaneador estava a dormir.

Neste suave embalo parecia ter entrado o primeiro cego, e contudo não era assim. É verdade que tinha os olhos fechados e que dava à leitura uma atenção mais do que vaga, mas a ideia de irem todos viver para o campo impedia-o de adormecer, parecia-lhe um grave erro afastar-se tanto da sua casa, por muito simpático que fosse o tal escritor convinha mantê-lo sob vigilância, aparecer por lá de vez em quando. Encontrava-se portanto bem desperto o primeiro cego, e se alguma outra prova fosse necessária, aí estaria a brancura ofuscante dos seus olhos, que provavelmente só o sono escurecia, mas nem disto se podia ter a certeza, uma vez que ninguém podia estar ao mesmo tempo dormindo e velando. Julgou o primeiro cego ter finalmente esclarecido esta dúvida quando de repente o interior das pálpebras se lhe tornou escuro, Adormeci, pensou, mas não, não tinha adormecido, continuava a ouvir a voz da mulher do médico, o rapazinho estrábico tossiu, então entrou-lhe na alma um grande medo, acreditou que tinha passado de uma cegueira a outra, que tendo vivido na cegueira da luz iria viver agora na cegueira da treva, o pavor fê-lo gemer, Que tens, perguntou-lhe a mulher, e ele respondeu estupidamente, sem abrir os olhos, Estou cego, como se essa fosse a última novidade do mundo, ela abraçou-o com carinho, Deixa lá, cegos estamos nós todos, que lhe havemos de fazer, Vi tudo escuro, julguei que tinha adormecido, e afinal não, estou acordado, É o que deverias fazer, dormir, não pensar nisso. O conselho aborreceu-o, ali estava um homem angustiado como só ele sabia, e a sua mulher não tinha mais nada para lhe dizer senão que fosse dormir. Irritado, já com a resposta azeda a sair-lhe da boca, abriu os olhos e viu. Viu e gritou, Vejo. O primeiro grito ainda foi o da incredulidade, mas com o segundo, e o terceiro, e quantos mais, foi crescendo a evidência, Vejo, vejo, abraçou-se à mulher como louco, depois correu para a mulher do médico e abraçou-a também, era a primeira vez que a via, mas sabia quem ela era, e o médico, e a rapariga dos óculos escuros, e o velho da venda preta, com este não poderia haver confusão, e o rapazinho estrábico, a mulher ia atrás dele, não o queria largar, e ele interrompia os abraços para abraçá-la a ela, agora voltara ao médico, Vejo, vejo, senhor doutor, não o tratou por tu como se tinha tornado quase regra nesta comunidade, explique, quem puder, a razão da súbita diferença, e o médico perguntava, Vê mesmo bem, como via antes, não há vestígio de branco, Nada de nada, até me parece que vejo ainda melhor do que via, e olhe que não é dizer pouco, nunca usei óculos. Então o médico disse o que todos estavam a pensar, mas que não ousavam pronunciar em voz alta, É possível que esta cegueira tenha chegado ao fim, é possível que comecemos todos a recuperar a vista, a estas palavras a mulher do médico começou a chorar, deveria estar contente e chorava, que singulares reações têm as pessoas, claro que estava contente, meu Deus, se é tão fácil de compreender, chorava porque se lhe tinha esgotado de golpe toda a resistência mental, era como uma criancinha que tivesse acabado de nascer e este choro fosse o seu primeiro e ainda inconsciente vagido. O cão das lágrimas veio para ela, este sabe sempre quando o necessitam, por isso a mulher do médico se agarrou a ele, não é que não continuasse a amar o seu marido, não é que não quisesse bem a todos quantos se encontravam ali, mas naquele momento foi tão intensa a sua impressão de solidão, tão insuportável, que lhe pareceu que só poderia ser mitigada na estranha sede com que o cão lhe bebia as lágrimas.

A alegria geral fora substituída pelo nervosismo, E agora, que vamos fazer, perguntara a rapariga dos óculos escuros, eu não conseguirei dormir depois do que sucedeu, Ninguém conseguirá, acho que deveríamos continuar aqui, disse o velho da venda preta, interrompeu-se como se ainda duvidasse, depois rematou, À espera. Esperaram. As três luzes da candeia iluminavam o círculo de rostos. Ao princípio ainda tinham conversado com animação, queriam saber exatamente como acontecera, se a mudança se dera só nos olhos ou se também sentira alguma coisa no cérebro, depois, pouco a pouco, as palavras foram esmorecendo, em certa altura o primeiro cego teve a lembrança de dizer à mulher que no dia seguinte iriam a casa, Mas eu ainda estou cega, respondeu ela, Não faz mal, eu guio-te, só quem ali se encontrava, e portanto ouviu com os seus próprios ouvidos, foi capaz de perceber como em tão simples palavras puderam caber sentimentos tão distintos como são os da proteção, do orgulho e da autoridade. O segundo a recuperar a vista, ia adiantada a noite, e já a candeia, no fim do azeite, bruxuleava, foi a rapariga dos óculos escuros. Tinha estado com os olhos abertos sempre, como se por eles é que a visão tivesse de entrar, e não renascer de dentro, de repente disse, Parece-me que estou a ver, era melhor ser prudente, nem todos os casos são iguais, costuma-se até dizer que não há cegueiras, mas cegos, quando a experiência dos tempos não tem feito outra coisa que dizer-nos que não há cegos, mas cegueiras. Aqui já são três os que veem, um mais fará maioria, mas ainda que a felicidade de voltar a ver não viesse a contemplar os restantes, a vida para estes passaria a ser muito mais fácil, não a agonia que foi até hoje, veja-se o estado a que aquela mulher chegou, está como uma corda que se partiu, como uma mola que não aguentou mais o esforço a que esteve continuamente sujeita. Talvez por isso foi a ela que a rapariga dos óculos escuros abraçou em primeiro lugar, então não soube o cão das lágrimas a qual delas acudir, porque tanto chorava uma como a outra. O segundo abraço foi para o velho da venda preta, agora iremos saber o que verdadeiramente valem palavras, comoveu-nos tanto no outro dia aquele diálogo de que saiu o formoso compromisso de viverem juntos estes dois, mas a situação mudou, a rapariga dos óculos escuros tem diante de si um homem velho que ela já pode ver, acabaram-se as idealizações emocionais, as falsas harmonias na ilha deserta, rugas são rugas, calvas são calvas, não há diferença entre uma pala preta e um olho cego, é o que ele lhe está a dizer por outros termos, Olha-me bem, sou eu a pessoa com quem disseste que irias viver, e ela respondeu, Conheço-te, és a pessoa com quem estou a viver, afinal há palavras que ainda valem mais do que tinham querido parecer, e este abraço tanto como elas. O terceiro a recuperar a vista, quando a manhã começava a clarear, foi o médico, agora já não podia haver dúvidas, recuperarem-na os outros era só uma questão de tempo. Passadas as naturais e previsíveis expansões, que, por delas ter ficado, com anterioridade, registo suficiente, não se vê agora necessidade de repetir, mesmo tratando-se de figuras principais deste vero relato, o médico fez a pergunta que tardava, Que se estará a passar lá fora, a resposta veio do próprio prédio onde estavam, no andar de baixo alguém saiu para o patamar aos gritos, Vejo, vejo, por este andar o sol vai nascer sobre uma cidade em festa.

De festa foi o banquete da manhã. O que estava sobre a mesa, além de ser pouco, repugnaria a qualquer apetite normal, a força dos sentimentos, como em momentos de exaltação sucede sempre, tinha ocupado o lugar da fome, mas a alegria servia-lhes de manjar, ninguém se queixou, mesmo os que ainda estavam cegos riam como se os olhos que já viam fossem os seus. Quando acabaram, a rapariga dos óculos escuros teve uma ideia, E se eu fosse pôr na porta da minha casa um papel a dizer que estou aqui, se os meus pais aparecerem poderão vir procurar-me, Leva-me contigo, quero saber o que está a acontecer lá fora, disse o velho da venda preta, E nós também saímos, disse para a mulher o que tinha sido primeiro cego, pode ser que o escritor já veja, que esteja a pensar em voltar para a casa dele, de caminho tratarei de descobrir algo que se coma, Eu farei o mesmo, disse a rapariga dos óculos escuros. Minutos depois, já sozinhos, o médico foi sentar-se ao lado da mulher, o rapazinho estrábico dormitava num canto do sofá, o cão das lágrimas, deitado, com o focinho sobre as patas dianteiras, abria e fechava os olhos de vez em quando para mostrar que continuava vigilante, pela janela aberta, apesar da altura a que estava o andar, entrava o rumor das vozes alteradas, as ruas deviam estar cheias de gente, a multidão a gritar uma só palavra, Vejo, diziam-na os que já tinham recuperado a vista, diziam-na os que de repente a recuperavam, Vejo, vejo, em verdade começa a parecer uma história doutro mundo aquela em que se disse, Estou cego. O rapazinho estrábico murmurava, devia de estar metido num sonho, talvez estivesse a ver a mãe, a perguntar-lhe, Vês-me, já me vês. A mulher do médico perguntou, E eles, e o médico disse, Este, provavelmente, estará curado quando acordar, com os outros não será diferente, o mais certo é que estejam agora mesmo a recuperar a vista, quem vai apanhar um susto, coitado, é o nosso homem da venda preta, Porquê, Por causa da catarata, depois de todo o tempo que passou desde que o examinei, deve estar como uma nuvem opaca, Vai ficar cego,

Não, logo que a vida estiver normalizada, que tudo comece a funcionar, opero-o, será uma questão de semanas, Por que foi que cegámos, Não sei, talvez um dia se chegue a conhecer a razão, Queres que te diga o que penso, Diz, Penso que não cegámos, penso que estamos cegos, Cegos que veem, Cegos que, vendo, não veem.

A mulher do médico levantou-se e foi à janela. Olhou para baixo, para a rua coberta de lixo, para as pessoas que gritavam e cantavam. Depois levantou a cabeça para o céu e viu-o todo branco, Chegou a minha vez, pensou. O medo súbito fê-la baixar os olhos. A cidade ainda ali estava.

# ENSAIO SOBRE A LUCIDEZ

*A Pilar, os dias todos*
*A Manuel Vázquez Montalbán, vivo*

*Uivemos, disse o cão.*

Livro das vozes

Mau tempo para votar, queixou-se o presidente da mesa da assembleia eleitoral número catorze depois de fechar com violência o guarda-chuva empapado e despir uma gabardina que de pouco lhe havia servido durante o esbaforido trote de quarenta metros desde o lugar onde havia deixado o carro até à porta por onde, com o coração a saltar-lhe da boca, acabava de entrar. Espero não ter sido o último, disse para o secretário que o aguardava um pouco recolhido, a salvo das bátegas que, atiradas pelo vento, alagavam o chão. Ainda falta o seu suplente, mas estamos dentro do horário, tranquilizou o secretário, A chover desta maneira será uma autêntica proeza se cá chegarmos todos, disse o presidente enquanto passavam à sala onde se realizaria a votação. Cumprimentou primeiro os colegas da mesa que atuariam como escrutinadores, depois os delegados dos partidos e seus respetivos suplentes. Teve o cuidado de usar para todos as mesmas palavras, não deixando transparecer na cara nem no tom de voz quaisquer indícios que permitissem perceber as suas próprias inclinações políticas e ideológicas. Um presidente, mesmo de uma assembleia eleitoral tão comum como esta, deverá guiar-se em todas as situações pelo mais estrito sentido de independência, ou, por outras palavras, guardar as aparências.

Além da humidade que tornava mais espessa a atmosfera, já de si pesada por ser interior a sala, apenas com duas janelas estreitas que davam para um pátio sombrio mesmo em dias de sol, o desassossego, empregando a comparação vernácula, cortava-se à faca. Teria sido preferível adiar as eleições, disse o delegado do partido do meio, p.d.m., desde ontem que está a chover sem parar, há derrubamentos e inundações por toda a parte, a abstenção, desta vez, vai subir em flecha. O delegado do partido da direita, p.d.d., fez um gesto concordante com a cabeça, mas considerou que a sua contribuição para a conversa deveria revestir a forma de um comentário cauteloso, Obviamente não minimizo esse risco, contudo penso que o acendrado espírito cívico dos nossos concidadãos, em tantas outras ocasiões demonstrado, é credor de toda a nossa confiança, eles são conscientes, oh sim, absolutamente conscientes, da transcendente importância destas eleições municipais para o futuro da capital. Dito isto, um e outro, o delegado do p.d.m. e o delegado do p.d.d., com ar meio cético, meio irónico, viraram-se para o delegado do partido da esquerda, p.d.e., curiosos de saber que espécie de opinião seria ele capaz de produzir. Nesse preciso instante, salpicando água por todos os lados, irrompeu na sala o suplente da presidência, e, como seria de esperar, visto que ficava completado o elenco da mesa da assembleia, o acolhimento foi, mais do que cordial, caloroso. Não chegámos portanto a conhecer o ponto de vista do delegado do p.d.e., porém, avaliando por alguns antecedentes conhecidos, é de presumir que não deixaria de exprimir-se segundo a linha de um claro otimismo histórico, numa frase como esta, por exemplo, Os votantes do meu partido são pessoas que não se amedrontam por tão pouco, não é gente para ficar em casa por causa de quatro míseros pingos de água que caem das nuvens. Na verdade, não eram quatro pingos míseros, eram baldes, eram cântaros, eram nilos, iguazús e iangtsés, mas a fé, abençoada seja ela para todo o sempre, além de arredar montanhas do caminho daqueles que do seu poder se beneficiam, é capaz de atrever-se às águas mais torrenciais e sair delas enxuta.

Constituiu-se a mesa, cada um no lugar que lhe competia, o presidente assinou o edital e ordenou ao secretário que fosse afixá-lo, como a lei determina, à porta do edifício, mas o mandado, dando prova de uma sensatez elementar, fez notar que o papel não se aguentaria na parede nem um minuto, em dois améns se lhe esborrataria a tinta, ao terceiro o levaria o vento. Coloque-o então dentro, aonde a chuva não o alcance, a lei é omissa neste particular, o importante é que o edital fique afixado e à vista. Perguntou à mesa se estava de acordo, todos disseram que sim, com a ressalva de ter requerido o delegado do p.d.d. que a decisão ficasse exarada na ata para prevenir impugnações. Quando o secretário voltou da sua húmida missão, o presidente perguntou-lhe como estava o tempo e ele respondeu, encolhendo os ombros, Na mesma, como a lesma, Há algum eleitor lá fora, Nem sombra dele. O presidente levantou-se e convidou os membros da mesa e os representantes dos partidos a acompanhá-lo na revista à câmara de voto, que se viu estar limpa de elementos que pudessem vir a desvirtuar a pureza das escolhas políticas que ali iriam ter lugar ao longo do dia. Cumprida a formalidade, voltaram aos seus lugares para examinar os cadernos de recenseamento, que também encontraram limpos de irregularidades, lacunas e suspeitas. Tinha chegado o momento grave em que o presidente destapa e exibe a urna perante os eleitores para que possam certificar-se de que está vazia, a fim de que amanhã, sendo necessário, sejam boas testemunhas de que nenhuma ação delituosa havia introduzido nela, pela calada da noite, os votos falsos que corromperiam a livre e soberana vontade política dos cidadãos, que não se repetiria aqui uma vez mais aquela histórica fraude a que se dá o pitoresco nome de chapelada, cuja, não o esqueçamos, tanto se poderá cometer antes como durante ou depois do ato, conforme a ocasião e a eficiência dos seus autores e cúmplices. A urna estava vazia, pura, imaculada, mas não havia na sala um só eleitor, um único para amostra, a quem pudesse ser exibida. Talvez algum deles ande por aí perdido, lutando com as enxurradas, suportando as chicotadas do vento, apertando contra o coração o documento que o acredita como cidadão com direito a votar, mas, tal como estão as coisas no céu, vai tardar muito a cá chegar, se é que não acaba por voltar para casa e deixar os destinos da cidade entregues àqueles que um automóvel preto vem deixar à porta e à porta depois virá recolher, cumprido o dever cívico de quem o ocupava no banco de trás.

Terminadas as operações de inspeção dos diversos materiais, manda a lei deste país que votem imediatamente o presidente, os vogais e os delegados dos partidos, assim como as respetivas suplências, desde que, claro está, estejam inscritos na assembleia eleitoral cuja mesa integram, como era o caso. Mesmo a fazer render o tempo, quatro minutos bastaram para que a urna recebesse os seus primeiros onze votos. E a espera, não havia outro remédio, começou. Ainda meia hora não tinha passado quando o presidente, inquieto, sugeriu a um dos vogais que fosse espreitar a ver se vinha alguém, se calhar apareceram eleitores, mas deram com o nariz na porta que o vento havia fechado, e logo se foram dali a protestar, se as eleições tinham sido adiadas, ao menos que tivessem a delicadeza de avisar a população pela rádio e pela televisão, que para informações dessas ainda servem.

Disse o secretário, Toda a gente sabe que uma porta que se feche atirada pelo vento faz um barulho de trinta mil demónios, e aqui não se ouviu nada. O vogal hesitou, irei não irei, mas o presidente insistiu, Vá, faça-me o favor, e tenha cuidado, não se molhe. A porta estava aberta, firme no seu calço. O vogal pôs a cabeça de fora, um instante foi suficiente para olhar a um lado e a outro, e logo para recolhê-la a escorrer como se a tivesse metido debaixo de um duche. Desejava proceder como um bom vogal, agradar ao seu presidente, e, sendo esta a primeira vez que havia sido chamado a funções, queria ser apreciado pela rapidez e eficiência nos serviços que tivesse de prestar, com o tempo e a experiência, quem sabe, alguma vez chegaria o dia em que também ele presidisse a uma assembleia de voto, voos mais altos que este têm cruzado o céu da providência e já ninguém se admira. Quando ele regressou à sala, o presidente, entre pesaroso e divertido, exclamou, Homem, não era preciso deixar-se molhar dessa maneira, Não tem importância, senhor presidente, disse o vogal enquanto enxugava o queixo à manga do casaco, Conseguiu ver alguém, Até onde os meus olhos alcançaram, ninguém, a rua é como um deserto de água. O presidente levantou-se, deu uns passos indecisos diante da mesa, foi até à câmara de voto, olhou para dentro e voltou. O delegado do p.d.m. tomou a palavra para recordar o seu prognóstico de que a abstenção dispararia em flecha, o delegado do p.d.d. pulsou outra vez a corda apaziguadora, os eleitores tinham todo o dia para votar, deviam estar à espera de que o temporal amainasse. Já o delegado do p.d.e. preferiu ficar calado, pensava na triste figura que estaria a fazer se tivesse deixado sair pela boca fora o que se dispunha a dizer no momento em que o suplente do presidente entrou na sala,

Quatro miseráveis gotas de água não é coisa que chegue para amedrontar os votantes do meu partido. O secretário, para quem todos olharam à espera, optou por apresentar uma sugestão prática, Creio que não seria má ideia telefonar ao ministério a pedir informações sobre como está a decorrer o ato eleitoral aqui e no resto do país, ficaríamos a saber se este corte de energia cívica é geral, ou se somos os únicos a quem os eleitores não vieram iluminar com os seus votos. Indignado, o delegado do p.d.d. levantou-se, Requeiro que fique exarado na ata o meu mais vivo protesto, como representante do partido da direita, contra os termos desrespeitosos e contra o inaceitável tom de chacota com que o senhor secretário acaba de se referir aos eleitores, esses que são os supremos valedores da democracia, esses sem os quais a tirania, qualquer das que existem no mundo, e são tantas, já se teria apoderado da pátria que nos deu o ser. O secretário encolheu os ombros e perguntou, Tomo nota do requerimento do senhor representante do p.d.d., senhor presidente, Opino que não será caso para tanto, o que se passa é que estamos nervosos, perplexos, desconcertados, e já se sabe que num estado de espírito assim é fácil dizer coisas que na realidade não pensamos, tenho a certeza de que o senhor secretário não quis ofender ninguém, ele próprio é um eleitor ciente das suas responsabilidades, a prova está em que, como todos os que nos encontramos aqui, arrostou com a intempérie para vir aonde o dever o chamava, no entanto, este reconhecimento sincero não me impede de rogar ao senhor secretário que se atenha ao cumprimento rigoroso da missão que lhe foi consignada, abstendo-se de qualquer comentário que possa chocar a sensibilidade pessoal e política das pessoas presentes. O delegado do p.d.d. fez um gesto seco que o presidente preferiu interpretar como de concordância, e o conflito não foi além, para o que fortemente contribuiu ter o representante do p.d.m. recordado a proposta do secretário, Na verdade, acrescentou, estamos aqui como náufragos no meio do oceano, sem vela nem bússola, sem mastro nem remo, e sem gasoil no depósito, Tem toda a razão, disse o presidente, vou ligar para o ministério. Havia um telefone numa mesa afastada e para lá se dirigiu levando a folha de instruções que lhe havia sido entregue dias antes e onde se encontravam, entre outras indicações úteis, os números telefónicos do ministério do interior.

A comunicação foi breve, Fala o presidente da mesa da assembleia de voto número catorze, estou muito preocupado, algo francamente estranho está a acontecer aqui, até este momento não apareceu um único eleitor a votar, já lá vai mais de uma hora que estamos abertos, e nem uma alma, sim senhor, claro, o temporal não há meio de parar, chuva, vento, inundações, sim senhor, continuaremos pacientes e a pé firme, claro, para isso viemos, nem é preciso dizer. A partir deste ponto o presidente não contribuiu para o diálogo com mais que uns quantos acenos de cabeça sempre concordantes, umas quantas interjeições abafadas e três ou quatro começos de frase que não chegou a terminar. Quando pousou o auscultador olhou para os colegas da mesa, mas na realidade não os via, era como se tivesse diante de si uma paisagem toda feita de salas vazias, de imaculados cadernos de recenseamento, com presidentes e secretários à espera, delegados de partidos a olharem desconfiados uns para os outros, deitando contas a quem poderá ganhar e a quem poderá perder com a situação, e lá longe algum vogal molhado e prestimoso regressando da entrada e informando que não vem ninguém. Que foi que responderam do ministério, perguntou o delegado do p.d.m., Não sabem que pensar, é natural que o mau tempo esteja a reter muita gente em casa, mas que em toda a cidade suceda praticamente o mesmo que aqui, para isso não encontram explicação, Por que diz praticamente, perguntou o delegado do p.d.d., Em algumas assembleias de voto, é certo que poucas, apareceram eleitores, mas a afluência é reduzidíssima, como nunca se viu, E no resto do país, perguntou o representante do p.d.e., não é só na capital que está a chover, É isso que desconcerta, há lugares onde chove tanto como aqui e apesar disso as pessoas estão a votar, como é lógico são mais numerosas nas regiões onde o tempo está bom, e por falar nisto, dizem que os serviços meteorológicos preveem melhoria do tempo para o final da manhã, Também pode acontecer que vá de mau a pior, lembrem-se do ditado, ao meio-dia carrega ou alivia, advertiu o segundo vogal, que até agora ainda não tinha aberto a boca. Fez-se um silêncio. Então o secretário enfiou a mão num dos bolsos exteriores do casaco, sacou de lá um telefone portátil e marcou um número. Enquanto esperava que o atendessem, disse, É mais ou menos como o que se conta da montanha e de maomé, uma vez que não podemos perguntar a eleitores que não conhecemos por que é que não vêm votar, fazemos a pergunta à família, que é conhecida, olá, viva, sou eu, sim, continuas aí, por que é que ainda não vieste votar, que está a chover sei-o eu, ainda tenho as perneiras das calças molhadas, sim, é verdade, desculpa, esqueci-me de que me tinhas dito que virias depois do almoço, claro, telefonei-te porque isto aqui está complicado, nem imaginas, se eu te disser que até agora não apareceu ninguém a pôr o voto, és capaz de não acreditar, bom, então cá te espero, um beijo. Desligou o telefone e comentou, irónico, Pelo menos um voto está garantido, a minha mulher virá à tarde. O presidente e os restantes membros da mesa entreolharam-se, saltava à vista que havia que seguir o exemplo, mas não menos que nenhum deles queria ser o primeiro, seria reconhecer que em rapidez de raciocínio e desembaraço quem leva a palma nesta assembleia eleitoral é o secretário. Ao vogal que tinha ido à porta ver se chovia não lhe custou muito a compreender que ainda teria de comer muito pão e muito sal antes de chegar à altura de um secretário como o que temos aqui, capaz, com a maior sem-cerimónia do mundo, de sacar um voto de um telefone portátil como um prestidigitador tiraria de uma cartola um coelho. Vendo que o presidente, retirado a um canto, falava para casa através do seu portátil, e que outros, utilizando os seus próprios aparelhos, discretamente, em sussurros, faziam o mesmo, o vogal da porta apreciou a honestidade dos colegas que, ao não usarem o telefone fixo ali colocado, em princípio, para uso oficial, nobremente economizavam dinheiro ao estado. O único dos presentes que por não ter telefone portátil tinha de resignar-se a esperar as notícias dos outros era o representante do p.d.e., devendo acrescentar-se, no entanto, que, vivendo sozinho na capital e tendo a família na província, o pobre homem não tem a quem chamar. Uma após outra as conversas foram terminando, a mais demorada é a do presidente, pelos vistos está a exigir à pessoa com quem fala que venha imediatamente, a ver como aquilo acaba, seja como for, ele é quem deveria ter falado em primeiro lugar, se o secretário decidiu passar-lhe à frente, bom proveito lhes faça, já vimos que o tipo pertence à espécie dos vivaços, respeitasse ele a hierarquia como nós a respeitamos e teria simplesmente transmitido a ideia ao seu superior. O presidente soltou o suspiro que se lhe havia entalado no peito, meteu o telefone no bolso e perguntou, Então, souberam alguma coisa. A pergunta, além de escusada, era, como diremos, um poucochinho desleal, em primeiro lugar porque saber, aquilo a que se chama saber, sempre alguma coisa se sabe, mesmo quando não sirva para nada, em segundo lugar porque era óbvio que o perguntante se estava a aproveitar da autoridade inerente ao cargo para eludir a sua obrigação, que seria inaugurar ele, em voz e pessoa, o intercâmbio de informações. Se ainda não nos esquecemos daquele suspiro e do ímpeto exigente que em certa altura da conversa nos pareceu notar nas suas palavras, lógico será pensar que o diálogo, supõe-se que do outro lado estaria uma pessoa de família, não foi tão plácido e instrutivo quanto o seu justificado interesse de cidadão e de presidente merecia, e que, sem serenidade para lançar-se a improvisos mal amanhados, se furta agora à dificuldade convidando os subordinados a expressar-se, o que, como também sabemos, é outra maneira, mais moderna, de ser chefe. O que disseram os membros da mesa e os delegados dos partidos, tirando o do p.d.e., que, falto de informações próprias, estava ali para ouvir, foi, ou que aos familiares não lhes apetecia nada apanhar uma molha e esperavam que o céu se resolvesse a escampar para animar a votação popular, ou então, como a mulher do secretário, pensavam vir votar durante o período da tarde. O vogal da porta era o único que se mostrava contente, via-se-lhe na cara a expressão complacente de quem tem motivos para orgulhar-se dos seus méritos, o que, ao ter de traduzir-se em palavras, veio a dar nisto, Da minha casa ninguém respondeu, só pode querer dizer que já vêm aí a caminho. O presidente foi sentar-se no seu lugar e a espera recomeçou.

Foi quase uma hora depois que entrou o primeiro eleitor. Contra a expectativa geral e desalento do vogal da porta, era um desconhecido. Deixou o guarda-chuva a escorrer à entrada da sala e, coberto por uma capa de plástico rebrilhante de água, calçando botas também de plástico, avançou para a mesa. O presidente levantara-se com um sorriso nos lábios, este eleitor, homem de idade avançada, mas ainda robusto, vinha anunciar o regresso à normalidade, à habitual fila de cumpridores cidadãos avançando lentamente, sem impaciência, conscientes, como havia dito o delegado do p.d.d., da transcendente importância destas eleições municipais. O homem entregou o bilhete de identidade e o cartão de eleitor ao presidente, este anunciou com voz vibrante, quase feliz, o número do cartão e o nome do seu possuidor, os vogais encarregados da descarga folhearam os cadernos de recenseamento, repetiram, quando os encontraram, nome e número, marcaram o sinal de visto, depois, sempre pingando água, o homem dirigiu-se à câmara de voto com o boletim, daí a pouco voltou com o papel dobrado em quatro, entregou-o ao presidente, que o introduziu com ar solene na urna, recebeu os documentos e retirou-se, levando o guarda-chuva. O segundo eleitor tardou dez minutos a aparecer, mas, a partir dele, se bem que a conta-gotas, sem entusiasmo, como folhas outonais desprendendo-se lentamente dos ramos, os boletins de voto foram caindo na urna. Por mais que o presidente e os vogais retardassem as operações de escrutínio, a fila não chegava a formar-se, havia, quando muito, três ou quatro pessoas a esperar a sua vez, e de três ou quatro pessoas nunca se fará, por muito que elas se esforcem, uma fila digna desse nome. Razão tinha eu, observou o delegado do p.d.m., a abstenção será terrível, maciça, depois disto ninguém se vai entender, a única solução está na repetição das eleições, Pode ser que o temporal remita, disse o presidente, e, olhando o relógio, murmurou como se rezasse, É quase meio-dia. Resoluto, aquele a quem temos dado o nome de vogal da porta levantou-se, Se o senhor presidente me dá licença, agora que não temos ninguém a votar, vou ver como está o tempo. Não tardou mais que um instante, foi no pé esquerdo e voltou no pé direito, novamente feliz, anunciando a boa notícia, Chove muito menos, quase nada, e já começam a ver-se claros no céu. Pouco faltou para que os membros da mesa e os delegados dos partidos se juntassem num abraço, mas a alegria foi de curta duração. O monótono gotejo de eleitores não se alterou, vinha um, vinha outro, vieram a esposa, a mãe e uma tia do vogal da porta, veio o irmão mais velho do delegado do p.d.d., veio a sogra do presidente, a qual, faltando ao respeito que se deve a um ato eleitoral, informou o abatido genro de que a filha só apareceria lá para o fim da tarde, Disse que estava a pensar em ir ao cinema, acrescentou cruelmente, vieram os pais do presidente suplente, vieram outros que não pertenciam a estas famílias, entravam indiferentes, saíam indiferentes, o ambiente só se animou um pouco quando apareceram dois políticos do p.d.d., e, minutos depois, um do p.d.m., como por encanto uma câmara de televisão saída do nada tomou imagens e voltou para o nada, um jornalista pediu licença para uma pergunta, Como está a decorrer a votação, e o presidente respondeu, Podia estar melhor, mas, agora que o tempo parece ter começado a mudar, estamos certos de que a afluência de eleitores aumentará, A impressão que temos recolhido em outras assembleias eleitorais da cidade é de que a abstenção vai ser muito alta desta vez, observou o jornalista, Prefiro ver as coisas com otimismo, ter uma visão positiva da influência da meteorologia no funcionamento dos mecanismos eleitorais, bastará que não chova durante a tarde para que consigamos recuperar o que o temporal desta manhã tentou roubar-nos. O jornalista saiu satisfeito, a frase era bonita, poderia dar, pelo menos, um subtítulo de reportagem. E, porque havia chegado a hora de dar satisfação ao estômago, os membros da mesa e os delegados dos partidos organizaram-se por turnos para, com um olho posto nos cadernos de recenseamento e outro na sanduíche, comerem ali mesmo.

Havia deixado de chover, mas nada fazia prever que as cívicas esperanças do presidente viessem a ser satisfatoriamente coroadas pelo conteúdo de uma urna em que os votos, até agora, mal chegavam para lhe atapetar o fundo. Todos os presentes pensavam o mesmo, a eleição já era um tremendo fracasso político. O tempo passava. Três horas e meia da tarde tinham soado no relógio da torre quando a esposa do secretário entrou para votar. Marido e mulher sorriram um ao outro com discrição, mas também com um toque subtil de indefiníveis cumplicidades, um sorriso que causou ao presidente da mesa uma incómoda crispação interior, talvez a dor da inveja por saber que nunca viria a ser parte num sorriso como aquele. Ainda continuava a doer-lhe numa prega qualquer da carne, num recesso qualquer do espírito, quando, trinta minutos depois, olhando o relógio, perguntava a si mesmo se a mulher sempre teria ido ao cinema.

Vai-me aparecer aqui, se é que aparece, à última hora, no último minuto, pensou. As maneiras de conjurar o destino são muitas e quase todas vãs, e esta, ter-se obrigado a pensar o pior confiando que viesse a suceder o melhor, sendo das mais vulgares, poderia ser uma tentativa merecedora de consideração, mas não irá dar resultado no caso presente porque de fonte digna de todo o crédito sabemos que a mulher do presidente da mesa foi de facto ao cinema e que, pelo menos até este momento, ainda não decidiu se virá votar. Felizmente, a já outras vezes invocada necessidade de equilíbrio que tem segurado o universo nos seus carris e os planetas nas suas trajetórias determina que sempre que se tire algo de um lado se ponha no outro algo que mais ou menos lhe corresponda, da mesma qualidade e na mesma proporção podendo ser, a fim de que não se acumulem as queixas por diferenças de tratamento. De outro modo não se compreenderia por que motivo, às quatro horas da tarde, precisamente a uma hora que não é tarde nem cedo, que não é carne nem peixe, os eleitores que até então se tinham deixado ficar na tranquilidade dos seus lares, parecendo ignorar abertamente o ato eleitoral, começaram a sair para a rua, a maioria pelos seus próprios meios, mas outros graças à benemérita ajuda de bombeiros e de voluntários porque os lugares onde moravam ainda se encontravam alagados e intransitáveis, e todos, todos, os sãos e os enfermos, aqueles por seu pé, estes em cadeiras de rodas, em macas, em ambulâncias, confluíam para as suas respetivas assembleias eleitorais como rios que não conhecem outro caminho que não seja o do mar. Às pessoas céticas, ou apenas desconfiadas, essas que só estão dispostas a acreditar nos prodígios de que esperam extrair algum proveito, haverá de parecer que a acima mencionada necessidade de equilíbrio está a ser descaradamente falseada na presente circunstância, que aquela artificiosa dúvida sobre se a mulher do presidente da mesa virá ou não votar é, a todos os títulos, demasiado insignificante do ponto de vista cósmico para que seja preciso compensá-la, numa cidade entre tantas do mundo terreno, com a movimentação inesperada de milhares e milhares de pessoas de todas as idades e condições sociais que, sem se terem posto previamente de acordo sobre as suas diferenças políticas e ideológicas, decidiram, enfim, sair de casa para irem votar. Quem desta maneira argumente esquece que o universo não só tem lá as suas leis, todas elas estranhas aos contraditórios sonhos e desejos da humanidade, e na formulação das quais não metemos mais prego e mais estopa que as palavras com que malamente as nomeamos, como também tudo nos vem convencendo de que as usa para objetivos que transcendem e sempre transcenderam a nossa capacidade de entendimento, e se, nesta particular conjuntura, a escandalosa desproporção entre algo que talvez, por enquanto ainda só talvez, venha a ser roubado à urna, isto é, o voto da supostamente antipática esposa do presidente, e a maré cheia de homens e de mulheres que já vêm a caminho, nos parece difícil de aceitar à luz da mais elementar justiça distributiva, manda a prudência que por algum tempo suspendamos qualquer juízo definitivo e acompanhemos com atenção confiante o desenvolver de uns sucessos que ainda mal principiaram a delinear-se. Precisamente o que, arrebatados de entusiasmo profissional e de imparável ansiedade informativa, já andam a fazer os jornalistas da imprensa, da rádio e da televisão, correndo de um lado a outro, metendo gravadores e microfones à cara das pessoas, perguntando

Que foi que o fez sair de casa às quatro horas para ir votar, não lhe parece incrível que toda a gente tenha descido à rua ao mesmo tempo, ouvindo respostas secas ou agressivas como Porque era a hora a que já tinha resolvido sair, Como cidadãos livres, entramos e saímos à hora que nos apetece, não temos de dar explicações a ninguém sobre as razões dos nossos atos, Quanto lhe pagam para fazer perguntas estúpidas, A quem importa a hora a que saio ou não saio de casa, Em que lei está escrito que tenho a obrigação de responder à pergunta, Só falo na presença do meu advogado. Também houve pessoas bem-educadas que responderam sem a repreensiva acrimónia dos exemplos que acabámos de dar, mas nem mesmo essas foram capazes de satisfazer a devoradora curiosidade jornalística, limitavam-se a encolher os ombros e a dizer, Tenho o maior respeito pelo seu trabalho e nada me agradaria mais que ajudá-lo a publicar uma boa notícia, infelizmente só posso dizer que olhei o relógio, vi que eram quatro horas e disse para a família Vamos, é agora ou nunca, Agora ou nunca, porquê, Pois aí é que está o busílis da questão, saiu-me a frase assim, Pense bem, puxe pela cabeça, Não vale a pena, pergunte a outra pessoa, talvez ela saiba, Já perguntei a cinquenta, E depois, Nenhuma me soube dar resposta, Então já vê, Mas não lhe parece uma estranha coincidência terem saído milhares de pessoas das suas casas à mesma hora para irem votar, Coincidência, com certeza, mas estranha, talvez não, Porquê, Ah, isso não sei. Os comentadores que nas várias televisões acompanhavam o processo eleitoral, dando palpites à falta de dados seguros de apreciação, inferindo do voo e do canto das aves a vontade dos deuses, lamentando que já não esteja autorizado o sacrifício de animais para nas suas vísceras ainda palpitantes decifrar os segredos do cronos e do fado, despertaram subitamente do torpor em que as perspetivas mais do que sombrias do escrutínio os haviam feito soçobrar e, certamente porque lhes parecia indigno da sua educativa missão desperdiçar tempo a discutir coincidências, lançaram-se como lobos ao extraordinário exemplo de civismo que a população da capital estava a dar ao país naquele momento, acudindo em massa às urnas quando o fantasma de uma abstenção sem paralelo na história da nossa democracia ameaçava gravemente a estabilidade não só do regime, mas também, muito mais grave, do sistema. Não ia tão longe em sustos a nota oficiosa emanada do ministério do interior, mas o alívio do governo era patente em cada linha. Quanto aos três partidos em liça, o da direita, o do meio e o da esquerda, esses, depois de deitarem rapidamente contas aos ganhos e perdas que resultariam de um tão inesperado movimento de cidadãos, tornaram públicas declarações congratulatórias nas quais, entre outras lindezas estilísticas do mesmo jaez, se afirmava que a democracia estava de parabéns. Também em termos semelhantes, mais ponto menos vírgula, se expressaram, com a bandeira nacional pendurada atrás, primeiro, o chefe do estado no seu palácio, depois o primeiro-ministro no seu palacete. À porta dos lugares de voto, as filas de eleitores, a três de fundo, davam a volta ao quarteirão até se perderem de vista.

Como os demais presidentes de mesa na cidade, este da assembleia eleitoral número catorze tinha clara consciência de que estava a viver um momento histórico único. Quando, já a noite ia muito avançada, depois de o ministério do interior ter prorrogado por duas horas o termo da votação, período a que foi preciso acrescentar mais meia hora para que os eleitores que se apinhavam dentro do edifício pudessem exercer o seu direito de voto, quando por fim os membros da mesa e os delegados dos partidos, extenuados e famintos, se encontraram diante da montanha de boletins que haviam sido despejados das duas urnas, a segunda requisitada de urgência ao ministério, a grandiosidade da tarefa que tinham por diante fê-los estremecer de uma emoção a que não hesitaremos em chamar épica, ou heroica, como se os manes da pátria, redivivos, se tivessem magicamente materializado naqueles papéis. Um desses papéis era da mulher do presidente. Veio trazida por um impulso que a obrigou a sair do cinema, passou horas numa fila que avançava com lentidão de caracol, e quando finalmente se encontrou em frente do marido, quando o ouviu pronunciar o seu nome, sentiu no coração algo que talvez fosse ainda a sombra de uma felicidade antiga, nada mais que a sombra, mas, mesmo assim, pensou que só por isso tinha valido a pena vir aqui. Passava da meia-noite quando o escrutínio terminou. Os votos válidos não chegavam a vinte e cinco por cento, distribuídos pelo partido da direita, treze por cento, pelo partido do meio, nove por cento, e pelo partido da esquerda, dois e meio por cento. Pouquíssimos os votos nulos, pouquíssimas as abstenções. Todos os outros, mais de setenta por cento da totalidade, estavam em branco.

O desconcerto, a estupefação, mas também a troça e o sarcasmo, varreram o país de lés a lés. Os municípios da província, onde a eleição havia decorrido sem acidentes nem sobressaltos, salvo um ou outro atraso ligeiro ocasionado pelo mau tempo, e que haviam obtido resultados que não se diferenciavam dos de sempre, uns tantos votantes certos, uns tantos abstencionistas empedernidos, nulos e brancos sem significado especial, esses municípios, que o triunfalismo centralista tinha humilhado quando se pavoneou perante o país como exemplo do mais lídimo civismo eleitoral, podiam agora devolver a bofetada à procedência e rir da estulta presunção de uns quantos senhores que julgam levar o rei na barriga só porque uma casualidade os fez ir viver na capital. As palavras Esses senhores, pronunciadas com um movimento de lábios que ressumbrava desdém em cada sílaba, para não dizer em cada letra, não se dirigiam às pessoas que, tendo permanecido em casa até às quatro horas, de repente acudiram a votar como se tivessem recebido uma ordem a que não haviam podido resistir, apontavam, sim, ao governo que embandeirara em arco antes de tempo, aos partidos que já tinham começado a jogar com os votos em branco como se fossem uma vinha por vindimar e eles os vindimadores, aos jornais e mais meios de comunicação social pela facilidade com que passam dos aplausos do capitólio às precipitações da rocha tarpeia, como se eles próprios não fossem uma parte ativa na preparação dos desastres.

Alguma razão tinham os zombadores da província, porém não tanta quanto criam. Por baixo da agitação política que percorre toda a capital como um rastilho de pólvora à procura da sua bomba percebe-se uma inquietação que evita manifestar-se em voz alta, salvo se se estiver entre pares, uma pessoa com os seus íntimos, um partido com o seu aparelho, o governo consigo mesmo, Que irá suceder quando a eleição for repetida, esta é a pergunta que todos vão fazendo em voz baixa, contida, segredada, para não despertar o dragão que dorme. Há quem opine que o melhor de tudo seria não espetar a vara nas costelas do bicho, deixar as coisas como estão, o p.d.d. no governo, o p.d.d. na câmara municipal, fazer de conta que não aconteceu nada, imaginar, por exemplo, que foi declarado o estado de exceção na capital e que por conseguinte se encontram suspensas as garantias constitucionais, e, passado um tempo, quando a poeira tiver assentado, quando o nefasto sucesso tiver entrado no rol dos pretéritos esquecidos, então, sim, preparar as novas eleições, principiando por uma bem estudada campanha eleitoral, rica de juramentos e promessas, ao mesmo tempo que se trataria de prevenir por todos os meios, e sem torcer o nariz a qualquer pequena ou média ilegalidade, a possibilidade de que se pudesse dar a repetição de um fenómeno que já mereceu de um reputadíssimo especialista nestas matérias a dura classificação de teratologia político-social. Também há os que expressam uma opinião diferente, protestam que as leis são sagradas, que o que está escrito é para se cumprir, doa a quem doer, e que se entramos pela vereda dos subterfúgios e pelo atalho dos arranjinhos por baixo da mesa iremos direitos ao caos e à dissolução das consciências, em suma, se a lei estipula que em caso de catástrofe natural as eleições devem ser repetidas oito dias depois, então que se repitam oito dias depois, isto é, já no próximo domingo, e seja o que deus quiser, que para isso está. Nota-se, no entanto, que os partidos, ao expressarem os seus pontos de vista, preferem não arriscar demasiado, dão uma no cravo, outra na ferradura, dizem que sim, mas que também. Os dirigentes do partido da direita, que está no governo e ocupa a câmara municipal, partem da convicção de que esse trunfo, indiscutível, dizem eles, lhes porá a vitória numa bandeja de prata, e assim adotaram uma tática de serenidade tingida de tato diplomático, confiando-se ao são critério do governo, a quem incumbe fazer cumprir a lei, Como é lógico e natural numa democracia consolidada, tal a nossa, remataram. Os do partido do meio também pretendem que a lei seja respeitada, mas reclamam do governo algo que de antemão sabem ser totalmente impossível satisfazer, isto é, o estabelecimento e a aplicação de medidas rigorosas que assegurem a normalidade absoluta do ato eleitoral, mas, sobretudo, imagine-se, dos seus respetivos resultados, De modo que nesta cidade, alegaram, não possa repetir-se o vergonhoso espetáculo que acabou de dar à pátria e ao mundo. Quanto ao partido da esquerda, depois de reunidos os seus máximos órgãos diretivos e após um longo debate, elaborou e tornou público um comunicado em que expressava a sua mais firme esperança de que o ato eleitoral que se avizinha irá fazer nascer, objetivamente, as condições políticas indispensáveis ao advento de uma nova etapa de desenvolvimento e amplo progresso social. Não juram que esperam ganhar as eleições e governar a câmara, mas subentende-se. À noite, o primeiro-ministro foi à televisão para anunciar ao povo que, de acordo com as leis vigentes, as eleições municipais serão repetidas no próximo domingo, iniciando-se, portanto, a partir das vinte e quatro horas de hoje, um novo período de campanha eleitoral com a duração de quatro dias, até às vinte e quatro horas de sexta-feira. O governo, acrescentou dando ao semblante uma expressão de gravidade e acentuando com intenção as sílabas fortes, confia em que a população da capital, novamente chamada a votar, saberá exercer o seu dever cívico com a dignidade e o decoro com que sempre o fez no passado, assim se dando por írrito e nulo o lamentável acontecimento em que, por motivos ainda não de todo aclarados, mas que já se encontram em adiantado curso de averiguação, o habitual esclarecido critério dos eleitores desta cidade se viu inesperadamente confundido e desvirtuado. A mensagem do chefe do estado fica para o encerramento da campanha, na noite de sexta-feira, mas a frase que a há de rematar já foi escolhida, Domingo, queridos compatriotas, será um bonito dia.

Foi realmente um bonito dia. Logo de manhã cedo, estando o céu que nos cobre e protege em todo o seu esplendor, com um sol de ouro flamejando em fundo de cristal azul, segundo as inspiradas palavras de um repórter da televisão, começaram os eleitores a sair de suas casas a caminho das respetivas assembleias de voto, não em massa cega como se tem dito que sucedeu há uma semana, mas, não obstante ir cada um por sua conta, com tanto apuro e diligência que ainda as portas não tinham sido abertas e já extensíssimas filas de cidadãos aguardavam a sua vez. Nem tudo, porém, desgraçadamente, era honesto e límpido nos tranquilos ajuntamentos. Não havia uma fila, uma só entre as mais de quarenta espalhadas por toda a cidade, em que não se encontrassem um ou mais espias com a missão de escutar e gravar os comentários dos circunstantes, convencidas como estavam as autoridades policiais de que uma espera prolongada, tal como nos consultórios médicos acontece, leve a soltarem-se as línguas mais cedo ou mais tarde, fazendo aparecer à luz, nem que seja com uma simples meia palavra, as intenções secretas que animam o espírito dos eleitores. Na sua grande maioria os espiões são profissionais, pertencem aos serviços secretos, mas também os há que tinham vindo do voluntariado, patriotas amadores de espionagem que se apresentaram por vocação de servir, sem remuneração, palavras, todas estas, que constam da declaração ajuramentada que haviam assinado, ou, e não eram poucos os casos, vindos também pelo mórbido prazer da denúncia. O código genético disso a que, sem pensar muito, nos temos contentado em chamar natureza humana, não se esgota na hélice orgânica do ácido desoxirribonucleico, ou adn, tem muito mais que se lhe diga e muito mais para nos contar, mas essa, por dizê-lo de maneira figurada, é a espiral complementar que ainda não conseguimos fazer sair do jardim de infância, apesar da multidão de psicólogos e analistas das mais diversas escolas e calibres que têm partido as unhas a tentar abrir-lhe os ferrolhos. Estas científicas considerações, por muito valiosas que já sejam e por muito prospetivas que venham a ser no futuro, não nos deverão, porém, fazer esquecer as inquietantes realidades de hoje, como a de que nos acabámos de aperceber agora mesmo, e é que não só estão ali os espiões, com cara de distraídos, a escutar e a gravar às escondidas o que se diz, como há também automóveis que deslizam suavemente ao longo da fila parecendo que andam à procura de um sítio onde estacionar, mas que levam lá dentro, invisíveis aos olhares, câmaras de vídeo de alta definição e microfones da última geração capazes de transferir para um quadro gráfico as emoções que aparentemente se ocultam no sussurrar diverso de um grupo de pessoas que creem, cada uma delas, estar a pensar noutra coisa. Gravou-se a palavra, mas também se desenhou a emoção. Já ninguém pode estar seguro. Até ao momento em que foram abertas as portas das secções de voto e as filas começaram a mover-se, os gravadores não haviam podido captar mais do que insignificantes frases, banalíssimos comentários sobre a beleza da manhã e a amena temperatura ou sobre o pequeno-almoço engolido à pressa, breves diálogos sobre a importante questão de como deixar os filhos em segurança enquanto as mães vinham votar, Ficou o pai a tomar conta, a única solução era revezar-nos, agora estou eu, depois virá ele, claro que teríamos preferido votar juntos, mas era impossível, e o que não tem remédio, já se sabe, remediado está, O nosso mais pequeno ficou com a irmã mais velha, que ainda não está em idade de votar, sim, este é o meu marido, Prazer em conhecer, Igualmente, Que linda manhã, Até parece ter sido feita de propósito, Algum dia teria de acontecer. Apesar da agudeza auditiva dos microfones que passavam e tornavam a passar, carro branco, carro azul, carro verde, carro vermelho, carro preto, com as antenas balouçando à aragem matutina, nada de explicitamente suspeito assomava a cabeça por baixo da pele de expressões tão inocentes e corriqueiras como estas, pelo menos na aparência. No entanto, não era preciso ser-se doutorado em suspicácia ou diplomado em desconfiança para perceber algo de particular nas duas últimas frases, a da manhã que parecia ter sido feita de propósito, e em especial a segunda, de que algum dia teria de acontecer, ambiguidades acaso involuntárias, acaso inconscientes, mas, por isso mesmo, potencialmente mais perigosas, que conviria contrastar com a análise minuciosa do tom em que as ditas palavras haviam sido proferidas, mas sobretudo com a gama de ressonâncias por elas geradas, referimo-nos aos subtons, sem a consideração dos quais, se acreditarmos em recentes teorias, o grau de compreensão de qualquer discurso oralmente expresso será sempre insuficiente, incompleto, limitado. Ao espião que casualmente ali se encontrava, assim como a todos os seus colegas, tinham sido dadas instruções preventivas muito precisas sobre como atuar em casos como este. Deveria não deixar-se distanciar do suspeito, deveria colocar-se em terceira ou quarta posição atrás dele na fila dos votantes, deveria, como dupla garantia, apesar da sensibilidade do gravador que leva escondido, fixar na memória o nome e o número de eleitor quando o presidente da mesa os declamasse em voz alta, deveria simular que se havia esquecido de algo e retirar-se discretamente da fila, sair para a rua, comunicar por telefone o ocorrido à central de informações e, por fim, voltar ao terreno de caça, tomando novamente lugar na fila. No mais rigoroso sentido dos termos, não se pode comparar esta ação a um exercício de tiro ao alvo, o que daqui se espera é que o azar, o destino, a sorte, ou como diabo se lhe queira chamar, faça pôr o alvo diante do tiro.

As informações choviam na central à medida que o tempo ia passando, porém em nenhum caso revelavam de uma forma clara e portanto futuramente irrebatível a intenção de voto do eleitor caçado, o mais que na lista se encontrava eram frases do tipo das acimas mencionadas, e até aquela que se afigurava mais suspeitosa, Algum dia teria de acontecer, perderia muito da sua aparente periculosidade se a restituíssem ao seu contexto, nada mais que uma conversa de dois homens sobre o recente divórcio de um deles, toda conduzida por meias palavras para não excitar a curiosidade das pessoas próximas, e que daquele modo havia concluído, com um tanto de rancoroso, com um tanto de resignado, mas que o trémulo suspiro saído do peito do homem que se divorciara, fosse a sensibilidade o melhor atributo do ofício de espia, deveria ter feito pender claramente para o quadrante da resignação. Que o espia não o tivesse considerado digno de nota, que o gravador não o tivesse captado, são falhas humanas e desacertos tecnológicos cuja simples eventualidade o bom juiz, sabendo o que são os homens e não ignorando o que são as máquinas, teria o dever de tomar em conta, mesmo que, e isso sim seria magnificamente justo, ainda que à primeira vista pudesse parecer escandaloso, não houvesse na matéria do processo o mais pequeno indício de não culpabilidade do acusado. Trememos só de pensar no que amanhã poderá suceder àquele inocente se o levam a interrogatório, Reconhece que disse à pessoa que estava consigo Algum dia teria de acontecer, Sim, reconheço, Pense bem antes de responder, a que se referia com essas palavras, Falávamos da minha separação, Separação, ou divórcio, Divórcio, E quais eram, quais são os seus sentimentos com respeito a esse tal divórcio, Creio que um pouco de raiva e um pouco de resignação, Mais raiva, ou mais resignação, Mais resignação, suponho, Não lhe parece, assim sendo, que o mais natural teria sido soltar um suspiro, em particular se estava a falar com um amigo, Não posso jurar que não tenha suspirado, não me lembro, Pois nós temos a certeza de que não suspirou, Como podem saber, se não estavam lá, E quem lhe disse a si que não estávamos lá, Talvez o meu amigo se recorde de me ouvir suspirar, é questão de lhe perguntarem, Pelos vistos a sua amizade por ele não é muito grande, Que quer dizer, Que chamar o seu amigo aqui é metê-lo em trabalhos, Ah, isso não, Muito bem, Posso ir-me embora, Que ideia a sua, homem, não se precipite, primeiro ainda terá de responder à pergunta que lhe tínhamos feito, Qual pergunta, Em que estava realmente a pensar quando disse ao seu amigo aquelas palavras, Já respondi, Dê-nos outra resposta, essa não serviu, Era a única que lhes podia dar porque é a verdadeira, Isso é o que julga, Só se me puser aqui a inventar, Faça-o, a nós não nos incomoda nada que invente as respostas que entender, com tempo e paciência, mais a aplicação adequada de certas técnicas, acabará por chegar à que pretendemos ouvir, Digam-me então qual é e acabemos com isto, Ah não, assim não teria graça nenhuma, que ideia faz de nós, meu caro senhor, nós temos uma dignidade científica a respeitar, uma consciência profissional a defender, para nós é muito importante que sejamos capazes de demonstrar aos nossos superiores que merecemos o dinheiro que nos pagam e o pão que comemos, Estou perdido, Não tenha pressa.

 À impressionante serenidade dos votantes nas ruas e dentro das secções de voto não correspondia uma idêntica disposição de ânimo nos gabinetes dos ministros nem nas sedes dos partidos. A questão que mais preocupa a uns e a outros é a quanto montará desta vez a abstenção, como se nela é que se encontrasse a porta de salvação para a difícil situação social e política em que o país se encontra mergulhado desde há uma semana. Uma abstenção razoavelmente alta, ou até mesmo acima da máxima verificada nas eleições anteriores, desde que não exagerasse, significaria que teríamos regressado à normalidade, à conhecida rotina dos eleitores que nunca acreditaram na utilidade do voto e primam pela contumácia na ausência, dos outros que preferiram aproveitar o bom tempo e ir passar o dia à praia ou ao campo com a família, ou daqueles que, sem nenhum outro motivo, salvo a invencível preguiça, se deixaram ficar em casa. Se a afluência às urnas, maciça como na eleição anterior, já mostrara, sem margem para qualquer dúvida, que a percentagem de abstenções viria a ser baixíssima, ou até mesmo praticamente nula, o que mais confundia as instâncias oficiais, o que estava a ponto de fazê-las perder a cabeça, era o facto de os eleitores, salvo escassas exceções, responderem com um silêncio impenetrável às perguntas dos encarregados das sondagens sobre como haviam votado, É só para efeitos estatísticos, não tem que se identificar, não tem que dizer como se chama, insistiam eles, mas nem assim puderam convencer os desconfiados votantes. Oito dias antes os jornalistas ainda tinham conseguido que lhes respondessem, é certo que em tom ora impaciente, ora irónico, ora desdenhoso, respostas que em realidade eram mais um modo de calar que outra coisa, mas ao menos tinham-se trocado palavras, um lado perguntava, o outro fazia de conta, nada que se parecesse com este espesso muro de silêncio, como um mistério de todos que todos tivessem jurado defender. A muita gente há de parecer assombrosa, para não dizer impossível de suceder, esta coincidência de procedimento entre tantos e tantos milhares de pessoas que não se conhecem, que não pensam da mesma maneira, que pertencem a classes ou níveis sociais diferentes, que, em suma, estando politicamente colocadas à direita, ao meio ou à esquerda, quando não em parte nenhuma, resolveram, cada uma por si, manter a boca fechada até à contagem dos votos, deixando para mais tarde o desvendamento do segredo. Isto foi o que, com muita esperança de acertar, quis o ministro do interior antecipar ao primeiro-ministro, isto foi o que o primeiro-ministro se apressou a transmitir ao chefe do estado, o qual, mais velho, com mais experiência e calejo, mais mundo visto e vivido, se limitou a responder em tom de sorna, Se eles não estão dispostos a falar agora, dê-me uma boa razão para que queiram falar depois. O balde de água fria do supremo magistrado da nação só não fez perder o ânimo ao primeiro-ministro e ao ministro do interior, só não os lançou às garras do desespero porque, em verdade, não tinham mais nada a que se agarrar, ainda que por tão pouco tempo. Não havia querido o ministro do interior informar que, por temor a possíveis irregularidades no ato eleitoral, previsão que os próprios factos, entretanto, se tinham encarregado de desmentir, havia mandado pôr de plantão em todas as secções de voto da cidade dois agentes à paisana de corporações policiais diferentes, ambos credenciados para inspecionar as operações de escrutínio, mas também encarregados, cada um deles, de manter debaixo de olho o colega, não fosse dar-se o caso de ali se esconder alguma cumplicidade honradamente militante, ou simplesmente negociada na lota das traições reles. Desta maneira, entre espias e vigilantes, entre gravadores e câmaras de vídeo, tudo parecia seguro e bem seguro, a coberto de qualquer maligna interferência que desvirtuasse a pureza do ato eleitoral, e agora, terminado o jogo, nada mais restava que cruzar os braços e esperar a sentença final das urnas. Quando na assembleia eleitoral número catorze, a cujo funcionamento tivemos a enorme satisfação de consagrar, como homenagem a esses dedicados cidadãos, um capítulo completo, sem omitir mesmo certos problemas íntimos da vida de alguns deles, quando em todas as assembleias restantes, do número um ao número treze, do número quinze ao número quarenta e quatro, os respetivos presidentes despejaram os votos nas compridas bancadas que haviam servido de mesas, um rumor impetuoso de avalancha atravessou a cidade. Era o prenúncio do terramoto político que não tardaria a produzir-se. Nas casas, nos cafés, nas tabernas e nos bares, em todos os lugares públicos onde houvesse uma televisão ou uma rádio, os habitantes da capital, mais tranquilos uns que outros, esperavam o resultado final do escrutínio. Ninguém confidenciava ao seu mais próximo como havia votado, os amigos mais chegados guardavam silêncio, as pessoas mais loquazes pareciam ter-se esquecido das palavras. Às dez horas da noite, finalmente, apareceu na televisão o primeiro-ministro. Vinha com o rosto demudado, de olheiras cavadas, efeito de uma semana inteira de noites mal dormidas, pálido apesar da maquilhagem tipo boa saúde. Trazia um papel na mão, mas quase não o leu, apenas lhe lançou um olhar de vez em quando para não perder o fio do discurso, Prezados concidadãos, disse, o resultado das eleições que hoje se realizaram na capital do país foi o seguinte, partido da direita, oito por cento, partido do meio, oito por cento, partido da esquerda, um por cento, abstenções, zero, votos nulos, zero, votos em branco, oitenta e três por cento. Fez uma pausa para levar aos lábios o copo de água que tinha ao lado e prosseguiu, O governo, reconhecendo que a votação de hoje veio confirmar, agravando-a, a tendência verificada no passado domingo e estando unanimemente de acordo sobre a necessidade de uma séria investigação das causas primeiras e últimas de tão desconcertantes resultados, considera, após ter consultado com sua excelência o chefe do estado, que a sua legitimidade para continuar em funções não foi posta em causa, não só porque a eleição agora concluída foi apenas local, mas igualmente porque reivindica e assume como sua imperiosa e urgente obrigação apurar até às últimas consequências os anómalos acontecimentos de que fomos, durante a última semana, além de atónitas testemunhas, temerários atores, e se, com o mais profundo pesar, pronuncio esta palavra, é porque aqueles votos em branco, que vieram desferir um golpe brutal contra a normalidade democrática em que decorria a nossa vida pessoal e coletiva, não caíram das nuvens nem subiram das entranhas da terra, estiveram no bolso de oitenta e três em cada cem eleitores desta cidade, os quais, por sua própria, mas não patriótica mão, os depuseram nas urnas. Outro gole de água, este mais necessário porque a boca se lhe tinha secado de repente, É tempo ainda de emendar o erro, não por meio de uma nova eleição, que no atual estado de coisas poderia ser, a mais de inútil, contraproducente, mas através do rigoroso exame de consciência a que, desde esta tribuna pública, convoco os habitantes da capital, todos eles, a uns para que melhor possam proteger-se da terrível ameaça que paira sobre as suas cabeças, aos outros, sejam eles culpados, sejam eles inocentes de intenção, para que se corrijam da maldade a que se deixaram arrastar sabe-se lá por quem, sob pena de se converterem no alvo direto das sanções previstas no estado de exceção cuja declaração, após consulta, amanhã mesmo, ao parlamento, para esse efeito reunido em sessão extraordinária, e obtida, como se espera, a sua unânime aprovação, o governo vai solicitar a sua excelência o chefe do estado. Mudança de tom, braços meio abertos, mãos levantadas à altura dos ombros, O governo da nação tem a certeza de interpretar a fraternal vontade de união de todo o resto do país, esse que com um sentido cívico credor de todos os elogios cumpriu com normalidade o seu dever eleitoral, vindo aqui, como pai amantíssimo, recordar à parte da população da capital que se desviou do reto caminho a lição sublime da parábola do filho pródigo, e dizer-lhe que para o coração humano não há falta que não possa ser perdoada, assim seja sincera a contrição, assim seja total o arrependimento. A última frase de efeito do primeiro-ministro, Honrai a pátria, que a pátria vos contempla, com rufos de tambores e berros de clarins, rebuscada nos sótãos da mais bolorenta retórica patrimonial, foi prejudicada por umas Boas noites que soaram a falso, é o que as palavras simples têm de simpático, não sabem enganar.

Nos lugares, casas, bares, tabernas, cafés, restaurantes, associações ou sedes políticas onde havia votantes do partido da direita, do partido do meio e mesmo do partido da esquerda, a comunicação do primeiro-ministro foi largamente comentada, embora, como é natural, de maneiras diferentes e com matizações diversas. Os mais satisfeitos com a performance, a eles pertence o termo bárbaro, não a quem esta fábula vem narrando, eram os do p.d.d., que, com ar entendido, piscando os olhos uns aos outros, se felicitavam pela excelência da técnica que o chefe havia empregado, essa que tem sido designada pela curiosa expressão de ora-o-pau-ora-a-cenoura, aplicada predominantemente aos asnos e às mulas nos tempos antigos, mas que a modernidade, com resultados mais do que apreciáveis, reaproveitou para uso humano. Alguns, no entanto, do tipo ferrabrás e mata-mouros, consideravam que o primeiro-ministro deveria ter terminado o discurso no ponto em que anunciou a declaração iminente do estado de exceção, que tudo o que disse depois era bem escusado, que com a canalha só a cacete, que se nos pomos aqui com paninhos quentes estamos lixados, que ao inimigo nem água, e outras fortes expressões de similar catadura. Os companheiros argumentavam que não seria tanto assim, que o chefe teria as suas razões, mas estes pacifistas, como sempre ingénuos, ignoravam que a destemperada reação dos intransigentes era uma manobra tática que tinha como objetivo manter desperta a veia combativa da militância. Para o que der e vier, havia sido a palavra de ordem. Já os do p.d.m., como oposição que eram, e estando embora de acordo quanto ao fundamental, isto é, a necessidade urgente de apurar responsabilidades e punir os faltosos, ou conspiradores, achavam desproporcionada a instauração do estado de exceção, de mais a mais sem se saber quanto tempo irá durar, e que, em última análise, era totalmente desprovido de sentido suspender direitos a quem não havia cometido outro crime que exercer precisamente um deles. Como irá terminar isto, perguntavam-se, se um cidadão qualquer se lembra de ir ao tribunal constitucional, Mais inteligente e patriótico seria, acrescentava-se, formar já um governo de salvação nacional com representação de todos os partidos, porque, existindo realmente uma situação de emergência coletiva, não é com o estado de sítio que ela se resolverá, o que aconteceu ao p.d.d. foi perder os estribos, não tarda que o vejamos cair do cavalo abaixo. Também os militantes do p.d.e. sorriam à possibilidade de que o seu partido viesse a participar num governo de coligação, mas, entretanto, o que mais os preocupava era descobrir uma interpretação do resultado eleitoral que conseguisse disfarçar a brutal queda de votos que o partido havia sofrido, pois que, alcançando os cinco por cento na última eleição realizada e tendo passado a dois e meio na primeira roda desta, se encontrava agora com a miséria de um por cento e um negro futuro por diante. O resultado da análise culminou na preparação de um comunicado em que se insinuaria que, não havendo razões objetivas que obrigassem a pensar que os votos em branco tinham pretendido atentar contra a segurança do estado ou contra a estabilidade do sistema, o correto seria presumir a casualidade de uma coincidência entre a vontade de mudança por aquela maneira manifestada e as propostas de progresso contidas no programa do p.d.e. Nada mais, tudo isto.

Houve também pessoas que se limitaram a desligar o aparelho de televisão quando o primeiro-ministro terminou e depois, enquanto não iam para a cama, se entretiveram a falar das suas vidas, e outras houve que passaram o resto do serão a rasgar e a queimar papéis. Não eram conspiradores, simplesmente tinham medo.

Ao ministro da defesa, um civil que não havia ido à tropa, tinha sabido a pouco a declaração do estado de exceção, o que ele tinha querido era um estado de sítio a sério, dos autênticos, um estado de exceção na mais exata aceção da palavra, duro, sem falhas de nenhum tipo, como uma muralha em movimento capaz de isolar a sedição para logo a esmagar num fulminante contra-ataque, Antes que a pestilência e a gangrena alastrem à parte ainda sã do país, preveniu. O primeiro-ministro reconheceu que a gravidade da situação era extrema, que a pátria havia sido vítima de um infame atentado contra os fundamentos básicos da democracia representativa, Eu chamar-lhe-ia antes uma carga de profundidade lançada contra o sistema, permitiu-se o ministro da defesa discordar, Assim é, mas penso, e o chefe do estado concorda com o meu ponto de vista, que, sem nunca perdermos de vista os perigos da conjuntura imediata, em ordem a variar os meios e os objetivos da ação em qualquer momento que o justifique, seria preferível que começássemos por servir-nos de métodos discretos, menos ostensivos, mas acaso mais eficazes que mandar o exército ocupar as ruas, fechar o aeroporto e instalar barreiras nas saídas da cidade, E que métodos vêm a ser esses, perguntou o ministro dos militares sem fazer o mínimo esforço para disfarçar a contrariedade, Nada que não conheça já, recordo-lhe que as forças armadas também têm os seus próprios serviços de espionagem, Aos nossos chamamos-lhes de contra-espionagem, Dá no mesmo, Sim, compreendo aonde quer chegar, Sabia que compreenderia, disse o primeiro-ministro ao mesmo tempo que fazia um sinal ao ministro do interior. Este tomou a palavra, Sem entrar aqui em certos pormenores da operação, que, como facilmente se entenderá, constituem matéria reservada, digamos mesmo top secret, o plano elaborado pelo meu ministério assenta, nas suas linhas gerais, numa ampla e sistemática ação de infiltração entre a população, a cargo de agentes convenientemente preparados, a qual possa levar-nos ao conhecimento das razões do ocorrido e habilitar-nos a tomar as medidas necessárias para liquidar o mal à nascença, À nascença, não diria eu, já o temos aí, observou o ministro da justiça, São maneiras de falar, respondeu com um leve tom de irritação o ministro do interior, que prosseguiu, É a altura de comunicar a este conselho, em absoluta e total confidencialidade, com perdão da redundância, que os serviços de espionagem que se encontram sob as minhas ordens, ou melhor, que dependem do ministério a meu cargo, não excluem a hipótese de que o sucedido tenha as suas verdadeiras raízes no exterior, que isto que estamos vendo seja só a ponta do icebergue de uma gigantesca conjura internacional de desestabilização, provavelmente de inspiração anarquista, a qual, por motivos que ainda ignoramos, teria escolhido o nosso país como sua primeira cobaia, Estranha ideia, disse o ministro da cultura, pelo menos até onde os meus conhecimentos alcançam, os anarquistas nunca se propuseram, mesmo que fosse só no campo da teoria, cometer ações dessas características e com esta envergadura, Possivelmente, acudiu sarcástico o ministro da defesa, porque os conhecimentos do caro colega ainda têm como referência temporal o idílico mundo dos seus avós, desde então, por muito estranho que possa parecer-lhe, as coisas mudaram bastante, houve uma época de niilismos mais ou menos líricos, mais ou menos sangrentos, mas o que temos hoje pela frente é terrorismo puro e duro, diverso nas suas caras e expressões, mas idêntico a si mesmo na sua essência, Cuidado com os exageros e extrapolações demasiado fáceis, interveio o ministro da justiça, parece-me arriscado, para não dizer abusivo, assimilar a terrorismo, ainda por cima com a classificação de puro e duro, o aparecimento de uns quantos votos em branco nas urnas, Uns quantos votos, uns quantos votos, balbuciou o ministro da defesa, quase paralisado de estupor, como é possível chamar-se uns quantos a oitenta e três votos em cada cem, digam-me, quando deveríamos compreender, ser conscientes de que cada voto daqueles foi como um torpedo abaixo da linha de flutuação, Talvez os meus conhecimentos sobre o anarquismo se encontrem desatualizados, não digo que não, disse o ministro da cultura, mas, tanto quanto julgo saber, embora esteja muito longe de me considerar um especialista em batalhas navais, os torpedos apontam sempre abaixo da linha de flutuação, aliás, suponho que não têm outro remédio, foram fabricados para isso mesmo. O ministro do interior levantou-se num repente como impelido por uma mola, ia defender da chocarreira frase o seu colega da defesa, denunciar talvez o défice de empatia política patente naquele conselho, mas o chefe do governo desferiu com a mão espalmada um golpe seco na mesa a reclamar silêncio e cortou, Os senhores ministros da cultura e da defesa poderão continuar lá fora o debate académico em que parecem tão empenhados, mas eu peço licença para recordar-lhes que se aqui nos encontramos reunidos, nesta sala que representa, ainda mais que o parlamento, o coração da autoridade e do poder democrático, é para que tomemos as decisões que haverão de salvar o país, esse é o nosso desafio, da mais grave crise com que teve de enfrentar-se ao longo de uma história de séculos, portanto, creio que, perante um tão tremendo repto, se deveriam calar, por indignos das nossas responsabilidades, os despautérios verbais e as questiúnculas de interpretação. Fez uma pausa, que ninguém se atreveu a interromper, depois prosseguiu, Entretanto, quero deixar muito claro ao senhor ministro da defesa que o facto de o chefe do governo se ter inclinado, nesta primeira fase do tratamento da crise, para a aplicação do plano traçado pelos serviços competentes do ministério do interior, isso não significa e nunca poderia significar que o recurso à declaração do estado de sítio tenha sido definitivamente posto de parte, tudo dependerá do rumo que os acontecimentos vierem a tomar, das reações da população da capital, do apalpar de pulso ao resto do país, do comportamento nem sempre previsível da oposição, em particular, neste caso, do p.d.e., que já tem tão pouco que perder que não se importará de apostar o que ainda lhe resta numa jogada de alto risco, Não creio que devamos preocupar-nos muito com um partido que acabou por não conseguir mais que um por cento dos votos, observou o ministro do interior encolhendo os ombros em sinal de desdém, Leu o comunicado deles, perguntou o primeiro-ministro, Naturalmente, ler comunicados políticos faz parte do meu trabalho, pertence às minhas obrigações, é certo que há quem pague a assessores para que lhe ponham a comida já mastigada no prato, mas eu pertenço à escola clássica, só me fio na minha cabeça mesmo que seja para equivocar-me, Está a esquecer-se de que os ministros, em última análise, são os assessores do chefe do governo, E é uma honra sê-lo, senhor primeiro-ministro, a diferença, a enorme diferença consiste em que nós já lhe trazemos a comida digerida, Bom, deixemos a gastronomia e a química dos processos digestivos, e regressemos ao comunicado do p.d.e., dê-me a sua opinião, que lhe pareceu, Trata-se de uma versão tosca, ingénua, do velho preceito que manda que te juntes ao teu inimigo se não foste capaz de vencê-lo, E aplicando ao caso presente, Aplicando ao caso presente, senhor primeiro-ministro, se os votos não são teus, arranja maneira de que o pareçam, Mesmo assim, convém que nos mantenhamos atentos, o truque poderá vir a ter algum efeito na parte da população mais virada para a esquerda, Que neste momento não sabemos bem qual seja, disse o ministro da justiça, verifico que não queremos reconhecer, em voz alta e de olhos nos olhos, que a grande maioria dos tais oitenta e três por cento são votantes nossos e do p.d.m., o que deveríamos era perguntar-nos por que votaram eles em branco, aí é que se encontra o grave da situação, e não nos sábios ou ingénuos argumentos do p.d.e., Realmente, se repararmos bem, respondeu o primeiro-ministro, a nossa tática não vem a ser muito diferente da que o p.d.e. está a usar, quer dizer, já que a maioria daqueles votos não são teus, faz de conta que também não pertencem aos teus adversários, Por outros termos, disse da esquina da mesa o ministro dos transportes e comunicações, andamos todos ao mesmo, Maneira talvez demasiado expedita de definir a situação em que nos encontramos, repare-se que falo de um ponto de vista estritamente político, mas não de todo destituída de sentido, disse o primeiro-ministro e encerrou o debate.

A rápida instauração do estado de exceção, como uma espécie de sentença salomónica ditada pela providência, veio cortar o nó górdio que os meios de comunicação social, particularmente os jornais, tinham andado a tentar desfazer com maior ou menor habilidade, com maior ou menor subtileza, mas sempre com o cuidado de que não se notasse demasiado a intenção, a partir do infausto resultado das primeiras eleições e, mais dramaticamente, das segundas. Por um lado, era seu dever, tão óbvio como elementar, condenar com energia tingida de indignação cívica, tanto nos seus próprios editoriais como em artigos de opinião encomendados adrede, o inesperado e irresponsável procedimento de um eleitorado que, enceguecido para os superiores interesses da pátria por uma estranha e funesta perversão, tinha enredado a vida política nacional de um modo jamais visto antes, empurrando-a para um beco tenebroso do qual nem o mais pintado lograva ver a saída. Por outro lado, havia que pesar e medir cuidadosamente cada palavra que se escrevia, ponderar suscetibilidades, dar, por assim dizer, dois passos em frente e um atrás, não fosse acontecer que os leitores se indispusessem com um jornal que tinha passado a tratá-los como traidores e mentecaptos depois de tantos anos de uma harmonia perfeita e assídua leitura. A declaração do estado de exceção, ao permitir ao governo assumir os poderes correspondentes e suspender de uma penada as garantias constitucionais, veio aliviar do incómodo peso e da ameaçadora sombra a cabeça de diretores e administradores. Com a liberdade de expressão e de comunicação condicionadas, com a censura a olhar por cima do ombro do redator, estava encontrada a melhor das desculpas e a mais completa das justificações, Nós bem desejaríamos, diriam eles, facilitar aos nossos estimados leitores a possibilidade, que também é um direito, de acederem a uma informação e a uma opinião isentas de interferências abusivas e intoleráveis restrições, especialmente em momentos tão delicados como os que estamos atravessando, mas a situação é esta, e não outra, só quem sempre viveu da honrada profissão de jornalista sabe quanto dói trabalhar praticamente vigiado durante as vinte e quatro horas do dia, além disso, e aqui para nós, quem tem a parte maior de responsabilidade do que está a acontecer são os eleitores da capital, não os outros, os da província, infelizmente, ainda por cima, e apesar de todos os nossos rogos, o governo não nos autoriza a fazer uma edição censurada para aqui e outra livre para o resto do país, ainda ontem um alto funcionário do ministério do interior nos dizia que a censura bem entendida é como o sol, quando nasce é para todos, para nós não é nenhuma novidade, já sabíamos que assim vai o mundo, mas sempre são os justos a pagar pelos pecadores. Não obstante todas estas precauções, tanto sobre a forma como sobre o conteúdo, cedo se tornou evidente que o interesse pela leitura dos jornais havia decaído muito. Movidos pela compreensível ansiedade de disparar e caçar em todas as direções, houve jornais que pensaram poder lutar contra o absentismo dos compradores salpicando as suas páginas de corpos despidos em novos jardins das delícias, quer femininos, quer masculinos, mistos ou sozinhos, isolados ou em parceria, sossegados ou em ação, mas os leitores, com a paciência esgotada por um fotomaton em que as variantes de cor e de feitio, além de mínimas e de reduzido efeito estimulante, já na mais remota antiguidade haviam sido consideradas como banais lugares-comuns da exploração da líbido, continuaram, pelo alheamento, pela indiferença e até mesmo pela náusea, a fazer descer tiragens e vendas. Também não viria a ter qualquer influência favorável no balanço quotidiano do deve e haver económico, irremediavelmente em maré baixa, a busca e a exibição de intimidades pouco asseadas, de escândalos e vergonhas de toda a espécie, a velha roda das virtudes públicas mascarando os vícios privados, o carrocel festivo dos vícios privados arvorados em virtudes públicas a que até há pouco tempo nunca haviam faltado não só os espectadores, como os candidatos a dar duas voltinhas. Realmente, parecia que a maior parte dos habitantes da capital estavam decididos a mudar de vida, de gostos e de estilo. O grande equívoco deles, como a partir de agora se começará a ver melhor, foi terem votado em branco. Já que tinham querido limpeza, iriam tê-la.

Essa era a firme disposição do governo e, particularmente, do ministério do interior. A escolha dos agentes, uns vindos da secreta, outros de corporações públicas, que iriam infiltrar-se sub-repticiamente no seio das massas, havia sido rápida e eficaz. Depois de revelarem, sob juramento, como demonstração do seu carácter exemplar de cidadãos, o nome do partido em que tinham votado e a natureza do voto expresso, depois de assinarem, também sob juramento, um documento em que manifestavam o seu mais ativo repúdio da peste moral que viera infetar uma importante parcela da população, a primeira atividade dos agentes, de ambos os sexos, note-se, para que não se diga, como de costume, que tudo o que é mau é obra do homem, organizados em grupos de quarenta como numa aula e orientados por monitores formados em discriminação, reconhecimento e interpretação de suportes eletrónicos gravados, quer de imagem quer de som, a primeira atividade, dizíamos, consistiu em desbastar a enorme quantidade de material recolhido pelos espias durante a segunda votação, tanto dos que se tinham insinuado nas filas a escutar como dos que, assestando câmaras de vídeo e microfones, passeavam nos carros, ao longo delas. Principiando por esta operação de rebusco nos intestinos informativos, proporcionava-se aos agentes, antes de se lançarem com entusiasmo e faro de perdigueiro à ação direta, ao trabalho de campo, uma base imediata de investigação à porta fechada, de cujo teor, páginas atrás, tivemos ocasião de adiantar um breve mas elucidativo exemplo, Frases simples, correntes, como as que se seguem, Em geral não costumo votar, mas hoje deu-me para aqui, A ver se isto vai servir para alguma coisa que valha a pena, Tantas vezes foi o cântaro à fonte, que por fim lá deixou ficar a asa, No outro dia também votei, mas só pude sair de casa às quatro, Isto é como a lotaria, quase sempre sai branco, Ainda assim, há que persistir, A esperança é como o sal, não alimenta, mas dá sabor ao pão, durante horas e horas estas e mil outras frases igualmente inócuas, igualmente neutras, igualmente inocentes de culpa, foram esmiuadas até à última sílaba, esfareladas, viradas do avesso, pisadas no almofariz sob o pilão das perguntas, Explique-me que cântaro é esse, Porque é que a asa se soltou na fonte, e não durante o caminho, ou em casa, Se não era seu costume votar, porque é que votou desta vez, Se a esperança é como o sal, que acha que deveria ser feito para que o sal fosse como a esperança, Como resolveria a diferença de cores entre a esperança, que é verde, e o sal, que é branco, Acha realmente que o boletim de voto é igual a um bilhete de lotaria, Que era o que estava a querer dizer quando disse a palavra branco, e novamente, Que cântaro é esse, Foi à fonte porque estava com sede, ou para encontrar-se com alguém, A asa do cântaro é símbolo de quê, Quando deita sal na comida, está a pensar que lhe deita esperança, Porque é que traz vestida uma camisa branca, Afinal, que cântaro era esse, um cântaro real, ou um cântaro metafórico, E o barro, que cor tinha, era preto, era vermelho, Era liso, ou levava desenhos, Tinha incrustações de quartzo, Sabe o que é o quartzo, Já ganhou algum prémio na lotaria, Porque é que na primeira votação só saiu de casa às quatro horas, quando já não chovia há mais de duas, Quem é a mulher que está ao seu lado nesta imagem, De que se riam com tanto gosto, Não lhe parece que um ato importante como é o de votar deveria merecer de todos os eleitores com sentido de responsabilidade uma expressão grave, séria, compenetrada, ou considera que a democracia dá vontade de rir, Ou talvez pense que dá vontade de chorar, Que lhe parece, de rir, ou de chorar, Fale-me novamente do cântaro, diga-me por que não pensou em tornar a pegar-lhe a asa, há colas próprias, Significará essa dúvida que a si também lhe falta uma asa, Qual, Gosta do tempo em que lhe calhou viver, ou teria preferido viver em outro, Voltemos ao sal e à esperança, que quantidade dela será conveniente pôr para não tornar intragável aquilo de que se estava à espera, Sente-se cansado, Quer ir para casa, Não tenha pressa, as pressas são péssimas conselheiras, uma pessoa não pensa bem nas respostas que vai dar, e as consequências daí resultantes podem ser as piores, Não, não está perdido, que ideia a sua, pelos vistos ainda não compreendeu que aqui dentro as pessoas não se perdem, acham-se, Esteja tranquilo, não estamos a ameaçá-lo, só queremos que não tenha pressa, nada mais. Chegados a este ponto, encantoada e rendida a presa, fazia-se-lhe então a pergunta fatal, Agora vai-me dizer como votou, isto é, a que partido deu o seu voto. Ora, havendo sido chamados ao interrogatório quinhentos suspeitos caçados nas filas dos eleitores, situação em que se poderia encontrar qualquer de nós vista a patente evanescência da matéria de uma acusação pobremente representada pelo tipo de frases de que demos convincente amostra, captadas pelos microfones direcionais e pelos gravadores, o lógico, tendo em consideração a relativa amplidão do universo questionado, seria que as respostas se distribuíssem, ainda que com uma pequena e natural margem de erro, na mesma proporção dos votos que haviam sido expressos, isto é, quarenta pessoas a declararem com orgulho que tinham votado no partido da direita, este que está no governo, um número igual condimentando a resposta com uma pitada de desafio para afirmarem ter votado na única oposição verdadeiramente digna desse nome, isto é, no partido do meio, e cinco, nada mais que cinco, acuadas, entaladas contra a parede, Votei no partido da esquerda, diriam firmes, mas ao mesmo tempo com o tom de quem se desculpa de uma teimosia que não está na sua mão evitar. O restante, aquele enorme resto de quatrocentas e quinze respostas, deveria ter dito, de acordo com a lógica modal das sondagens, Votei em branco. Esta resposta direta, sem ambiguidades de presunção ou prudência, seria a que dariam um computador ou uma máquina de calcular e seria a única que as suas inflexíveis e honestas naturezas, a informática e a mecânica, poderiam permitir-se, mas aqui estamos a tratar com humanos, e os humanos são universalmente conhecidos como os únicos animais capazes de mentir, sendo certo que se às vezes o fazem por medo, e às vezes por interesse, também às vezes o fazem porque perceberam a tempo que essa era a única maneira ao seu alcance de defenderem a verdade. A julgar pelas aparências, portanto, o plano do ministério do interior havia fracassado, e, de facto, naqueles primeiros instantes, a confusão entre os assessores foi vergonhosa e absoluta, parecia não ser possível encontrar uma forma de rodear o inesperado obstáculo, salvo se se ordenasse submeter a tratos toda aquela gente, o que, como é do conhecimento geral, não está bem visto nos estados democráticos e de direito suficientemente hábeis para alcançar os mesmos fins sem ter de recorrer a meios tão primários, tão medievais. Foi nesta complicada situação que o ministro do interior mostrou a sua envergadura política e a sua invulgar flexibilidade tática e estratégica, quem sabe se prenunciadora de mais altos destinos. Duas foram as decisões que tomou, e ambas importantes. A primeira, que mais tarde viria a ser denunciada como iniquamente maquiavélica, constante de nota oficial do ministério distribuída aos meios de comunicação social por intermédio da agência oficiosa estatal, consistiu num comovido agradecimento, em nome de todo o governo, aos quinhentos cidadãos exemplares que nos últimos dias se tinham vindo apresentar motu proprio às autoridades, oferecendo o seu leal apoio e toda a colaboração que lhes fosse requerida para o avanço das investigações em curso sobre os fatores de anormalidade verificados durante os dois últimos atos eleitorais. A par deste dever de elementar gratidão, o ministério, antecipando-se a perguntas, avisava as famílias de que não deveriam surpreender-se nem inquietar-se pela falta de notícias dos seus queridos ausentes, porquanto nesse mesmo silêncio, precisamente, estava a chave que poderia garantir a segurança pessoal deles, posto o grau máximo de segredo, vermelho/vermelho, que havia sido atribuído à delicada operação. A segunda decisão, para conhecimento e exclusivo uso interno, traduziu-se numa inversão total do plano anteriormente elaborado, o qual, como decerto estaremos lembrados, previa que a infiltração maciça de investigadores no seio das massas viesse a ser o meio por excelência que levaria à decifração do mistério, do enigma, da charada, do quebra-cabeças, ou como se lhe queira chamar, do voto em branco. A partir de agora os agentes passavam a trabalhar divididos em dois grupos numericamente desiguais, o mais pequeno para o trabalho de campo, do qual, verdade seja dita, já não se esperavam grandes resultados, o maior para prosseguir com o interrogatório das quinhentas pessoas retidas, não detidas, note-se bem, aumentando quando, como e quanto fosse necessário a pressão física e psicológica a que já estavam submetidas. Como o ditado antigo andara séculos a ensinar, Mais valem quinhentos pássaros na mão que quinhentos e um a voar. A confirmação não tardou. Quando, depois de muita habilidade diplomática, de muito rodear e muito tentear, o agente a trabalhar no campo, isto é, na cidade, lograva fazer a primeira pergunta, Quer dizer-me, por favor, em quem votou, a resposta que lhe davam, como um recado bem aprendido, era, palavra por palavra, o que se encontrava expresso na lei, Ninguém pode ser, sob qualquer pretexto, obrigado a revelar o seu voto nem ser perguntado sobre o mesmo por qualquer autoridade. E quando, em tom de quem não dá demasiada importância ao assunto, fazia a segunda pergunta, Desculpe esta minha curiosidade, por acaso não terá votado em branco, a resposta que ouvia restringia habilmente o âmbito da questão a uma simples questão académica, Não senhor, não votei em branco, mas se o tivesse feito estaria tanto dentro da lei como se tivesse votado em qualquer das listas apresentadas ou anulado o voto com a caricatura do presidente, votar em branco, senhor das perguntas, é um direito sem restrições, que a lei não teve outro remédio que reconhecer aos eleitores, está lá escrito com todas as letras, ninguém pode ser perseguido por ter votado em branco, em todo o caso, para sua tranquilidade, torno a dizer-lhe que não sou dos que votaram em branco, isto foi um falar por falar, uma hipótese académica, nada mais. Em situação normal, ouvir uma resposta destas duas ou três vezes não teria especial importância, apenas demonstraria que umas quantas pessoas neste mundo conhecem a lei em que vivem e fazem questão de que se saiba, mas ver-se obrigado a escutá-la, imperturbável, sem mover uma sobrancelha, cem vezes seguidas, mil vezes seguidas, como uma litania aprendida de cor, era mais do que podia suportar a paciência de alguém que, havendo sido industriado para uma tarefa de tanto melindre, se via incapaz de levá-la a cabo. Não é portanto de estranhar que a sistemática obstrução dos eleitores tivesse feito com que alguns dos agentes perdessem o domínio dos nervos e passassem ao insulto e à agressão, comportamentos estes, aliás, de que nem sempre saíam bem parados, considerando que atuavam sozinhos para não espantar a caça e que não era raro que outros eleitores, sobretudo em sítios dos chamados de má nota, aparecessem, com as consequências que facilmente se imaginam, a socorrer o ofendido. Os relatórios que os agentes transmitiam à central de operações eram desalentadoramente magros de conteúdo, nem uma única pessoa, nem uma só, havia confessado ter votado em branco, algumas delas faziam-se desentendidas, diziam que outro dia, com mais vagar, falariam, agora levavam muita pressa, antes que a loja feche, mas os piores de todos eram os velhos, que o diabo os carregasse, parecia que uma epidemia de surdez os havia encerrado a todos numa cápsula insonorizada, e quando o agente, com desconcertante ingenuidade, escrevia a pergunta num papel, os descarados diziam, ou que tinham partido os óculos, ou que não percebiam a caligrafia, ou que simplesmente não sabiam ler. Havia outros agentes, no entanto, mais hábeis, que tinham tomado a ideia da infiltração a sério, no seu significado exato, deixavam-se ver pelos bares, pagavam bebidas, emprestavam dinheiro a jogadores de póquer sem fundos, iam muito aos espetáculos desportivos, em particular ao futebol e ao basquetebol, que são os que mais se mexem nas bancadas, metiam conversa com os vizinhos, e, no caso do futebol, se o empate era daqueles sem golos chamavam-lhe, ó astúcia sublime, com subentendido na voz, resultado em branco, a ver no que dava. E o que dava era o mesmo que nada. Mais tarde ou mais cedo sempre acabaria por chegar o momento das perguntas, Quer dizer-me por favor em que partido votou, Desculpe esta minha curiosidade, por acaso não terá votado em branco, e então repetiam-se as respostas já conhecidas, ora a solo, ora em coro, Eu, que ideia, Nós, que fantasia, e imediatamente se aduziam as razões legais, com todos os seus artigos e alíneas, e com tal fluência expostas que parecia que os habitantes da cidade em idade de votar haviam passado, todos eles, por um curso intensivo sobre leis eleitorais, tanto nacionais como estrangeiras.

Com o passar dos dias, de um modo ao princípio quase impercetível, começou a notar-se que a palavra branco, como algo que se tivesse tornado obsceno ou mal soante, estava a deixar de ser utilizada, que as pessoas se serviam de rodeios ou de perífrases para substituí-la. De uma folha de papel branco, por exemplo, dizia-se que era desprovida de cor, uma toalha que toda a vida tinha sido branca passou a ser cor de leite, a neve deixou de ser comparada a um manto branco para tornar-se na maior carga alvacenta dos últimos vinte anos, os estudantes acabaram com aquilo de dizer que estavam em branco, simplesmente confessavam que não sabiam nada da matéria, mas o caso mais interessante de todos foi o súbito desaparecimento da adivinha com que, durante gerações e gerações, pais, avós, tios e vizinhos supuseram estimular a inteligência e a capacidade dedutiva das criancinhas, Branco é, galinha o põe, e isto aconteceu porque as pessoas, recusando-se a pronunciar a palavra, se aperceberam de que a pergunta era absolutamente disparatada, uma vez que a galinha, qualquer galinha de qualquer raça, nunca conseguirá, por mais que se esforce, pôr outra coisa que não sejam ovos. Parecia portanto que os altos destinos políticos prometidos ao ministro do interior haviam sido truncados à nascença, que a sua sorte, depois de quase ter tocado o sol, ia ser afogar-se mofinamente no helesponto, mas uma outra ideia, repentina como o raio que ilumina a noite, fê-lo levantar-se de novo. Nem tudo estava perdido. Mandou recolher às bases os agentes adstritos ao trabalho de campo, despediu sem contemplação os contratados a prazo, passou um raspanete aos secretas do quadro e deitou mãos à obra.

Estava claro que a cidade era uma termiteira de mentirosos, que os quinhentos que se encontravam em seu poder também mentiam com todos os dentes que tinham na boca, mas entre aqueles e estes havia uma diferença, enquanto uns ainda eram livres de entrar e sair de suas casas, e, esquivos, escorregadios como enguias, tanto apareciam como desapareciam, para mais tarde reaparecerem e outra vez se sumirem, lidar com os outros era a coisa mais fácil do mundo, bastava descer às caves do ministério, não estavam ali todos os quinhentos, não caberiam, distribuídos na sua maioria por outras unidades investigadoras, mas a meia centena deles mantidos em observação permanente deveria ser mais que bastante para um primeiro tratamento. Embora a fiabilidade da máquina tivesse sido posta em dúvida pelos especialistas da escola cética e alguns tribunais se recusassem a admitir como prova os resultados obtidos nos exames, o ministro do interior tinha esperança de que da utilização do aparelho poderia saltar ao menos alguma pequena chispa que o ajudasse a sair do escuro túnel onde as investigações tinham enfiado a cabeça. Tratava-se, como certamente já se percebeu, de fazer regressar à liça o famoso polígrafo, também conhecido como detetor de mentiras, ou, em termos mais científicos, aparelho que serve para registar em simultâneo várias funções psicológicas e fisiológicas, ou, com mais pormenor descritivo, instrumento registador de fenómenos fisiológicos cujo traçado é obtido eletricamente sobre uma folha de papel húmido impregnado de iodeto de potássio e amido. Ligado à máquina por um emaranhado de cabos, braçadeiras e ventosas, o paciente não sofre, só tem de dizer a verdade, toda a verdade e só a verdade, e, já agora, não crer, ele próprio, na asserção universal que desde o princípio dos tempos nos anda a atroar os ouvidos com a balela de que a vontade tudo pode, aqui está, para não irmos mais longe, um exemplo que flagrantemente o nega, pois essa tua estupenda vontade, por muito que te fies nela, por mais tenaz que se tenha mostrado até hoje, não poderá controlar as crispações dos teus músculos, estancar a sudação inconveniente, impedir a palpitação das pálpebras, disciplinar a respiração. No fim dir-te-ão que mentiste, tu negarás, jurarás que disseste a verdade, toda a verdade e só a verdade, e talvez seja certo, não mentiste, o que acontece é que és uma pessoa nervosa, de vontade forte, sim, mas como uma espécie de trémulo junco que a mínima aragem faz estremecer, tornarão a atar-te à máquina e então será muito pior, perguntar-te-ão se estás vivo e tu, claro está, responderás que sim, mas o teu corpo protestará, desmentir-te-á, o tremor do teu queixo dirá que não, que estás morto, e se calhar tem razão, talvez, antes de ti, o teu corpo saiba já que te vão matar. Não é natural que tal venha a suceder nas caves do ministério do interior, o único crime desta gente foi votar em branco, não teria importância de maior se tivessem sido só os do costume, mas foram muitos, foram demasiados, foram quase todos, que mais dá que seja um direito teu inalienável se te dizem que esse direito é para usar em doses homeopáticas, gota a gota, não podes vir por aí com um cântaro cheio a transbordar de votos brancos, por isso é que te caiu a asa, bem nos parecia a nós que havia algo de suspeito nessa asa, se aquilo que poderia levar muito sempre se satisfez com levar pouco, isso sim que é uma modéstia digna de todos os louvores, a ti o que te fez perder foi a ambição, pensaste que ias subir ao astro-rei e caíste de chapão nos dardanelos, recorda que dissemos o mesmo ao ministro do interior, mas ele pertence a outra raça de homens, os machos, os viris, os de barba dura, os que não curvam a cerviz, a ver agora como vais tu livrar-te do caçador de mentiras, que traços reveladores das tuas grandes e pequenas misérias irás deixar na tira de papel impregnado de iodeto de potássio e amido, vês, tu que te julgavas outra coisa, a isto pode ser reduzida a tão badalada suprema dignidade da pessoa humana, afinal tanto como um papel molhado.

Ora, um polígrafo não é uma máquina apetrechada com um disco que ande para trás e para diante e nos diga, consoante os casos, O sujeito mentiu, O sujeito não mentiu, se assim fosse não haveria nada mais fácil que ser juiz para condenar ou absolver, os comissariados de polícia ver-se--iam substituídos por departamentos de psicologia mecânica aplicada, os advogados, perdidos os clientes, desceriam os taipais dos cartórios, os tribunais ficariam entregues às moscas até que se lhes encontrasse outra serventia. Um polígrafo, íamos dizendo, não consegue ir a parte nenhuma sem ajuda, necessita ter ao seu lado um técnico habilitado que lhe interprete os riscos traçados no papel, mas isto não quer dizer que o dito técnico seja conhecedor da verdade, o que ele sabe é só aquilo que está diante dos seus olhos, que a pergunta feita ao paciente sob observação produziu o que poderíamos chamar, inovadoramente, uma reação alergográfica, ou, em palavras mais literárias mas não menos imaginativas, o desenho da mentira. Alguma coisa, no entanto, se teria ganho. Pelo menos seria possível proceder a uma primeira escolha, trigo para um lado, joio para outro, e restituir à liberdade, à vida familiar, descongestionando as instalações, aqueles sujeitos, enfim ilibados, que, sem que a máquina os desmentisse, tivessem respondido Não à pergunta Votou em branco. Quanto aos restantes, aqueles que carregassem na consciência a culpa de transgressões eleitorais, de nada lhes serviriam reservas mentais do tipo jesuítico ou espiritualistas introspeções do tipo zen, o polígrafo, implacável, insensível, denunciaria instantaneamente a falsidade, tanto fazendo que negassem haver votado em branco como afirmassem ter votado no partido tal ou tal. Pode-se, em circunstâncias favoráveis, sobreviver a uma mentira, mas não a duas. Porém, pelo sim, pelo não, o ministro do interior havia dado ordem de que, qualquer que viesse a ser o resultado dos exames, ninguém seria posto em liberdade por agora, Deixá-los estar, nunca se sabe até onde poderá chegar a malícia humana, disse ele. E tinha razão, o diabo do homem. Depois de muitas dezenas de metros de papel riscado, garatujado, em que haviam sido registados os tremores da alma dos sujeitos observados, depois de perguntas e respostas repetidas centenas de vezes, sempre as mesmas, sempre iguais, houve um agente do serviço secreto, rapaz ainda novo, pouco experiente em tentações, que se deixou cair com a inocência de um cordeiro acabado de nascer na provocação lançada por certa mulher, nova e bonita, que acabara de ser submetida ao exame do polígrafo e por ele havia sido classificada de fingida e falsa. Disse então a mata-hari, Esta máquina não sabe o que faz, Não sabe o que faz, porquê, perguntou o agente, esquecido de que o diálogo não fazia parte do trabalho de que havia sido encarregado, Porque nesta situação, com toda a gente posta sob suspeita, bastaria que se pronunciasse a palavra Branco, sem mais nada, sem sequer pretender saber se a pessoa tinha votado ou não, para provocar-lhe reações negativas, sobressaltos, angústias, mesmo que o examinado fosse a mais perfeita e mais pura personificação da inocência, Não acredito, não posso estar de acordo, retorquiu o agente, seguro de si, alguém que esteja em paz com a sua consciência não dirá nem mais nem menos que a verdade e portanto passará sem problemas a prova do polígrafo, Não somos robôs nem pedras falantes, senhor agente, disse a mulher, em toda a verdade humana há sempre algo de angustioso, de aflito, nós somos, e não estou a referir-me simplesmente à fragilidade da vida, somos uma pequena e trémula chama que a cada instante ameaça apagar-se, e temos medo, acima de tudo temos medo, Está enganada, eu não o tenho, treinaram-me para dominar o medo em todas as circunstâncias, e além disso, por natureza, não sou medricas, nem em pequeno o era, redarguiu o agente, Sendo assim, por que não experimentamos, propôs a mulher, deixe-se ligar à máquina e eu faço as perguntas, Está doida, sou um agente de autoridade, o suspeito é você, não eu, Sempre é certo que tem medo, Já lhe disse que não, Então ligue-se à máquina e mostre-me o que é um homem e a sua verdade. O agente olhou a mulher, que sorria, olhou o técnico, que se esforçava por disfarçar o sorriso, e disse, Muito bem, uma vez não são vezes, consinto em submeter-me à experiência. O técnico ligou os cabos, apertou as braçadeiras, ajustou as ventosas, Já está preparado para começar, quando quiserem. A mulher inspirou fundo, reteve o ar nos pulmões durante três segundos e soltou bruscamente a palavra, Branco. Não chegava a ser uma pergunta, não passava de uma exclamação, mas as agulhas moveram-se, riscaram o papel. Na pausa que se seguiu as agulhas não chegaram a parar por completo, continuaram a vibrar, a fazer pequenos traços, como se fossem ondulações causadas por uma pedra atirada à água. A mulher olhava-os, não ao homem atado, e depois, sim, voltando para ele os olhos, perguntou num tom de voz suave, quase meigo, Diga-me, por favor, votou em branco, Não, não votei em branco, nunca votei nem votarei em branco na minha vida, respondeu com veemência o homem. Os movimentos das agulhas foram rápidos, precipitados, violentos. Outra pausa. Então, perguntou o agente. O técnico tardava a responder, o agente insistiu, Então, que diz a máquina, A máquina diz que o senhor mentiu, respondeu confuso o técnico, É impossível, gritou o agente, eu disse a verdade, não votei em branco, sou um profissional do serviço secreto, um patriota que defende os interesses da nação, a máquina deve é estar avariada, Não se canse, não se justifique, disse a mulher, acredito que tenha dito a verdade, que não votou em branco nem votará, mas recordo-lhe que não era disso que se tratava, eu só pretendi demonstrar-lhe, e consegui, que não nos podemos fiar demasiado no nosso corpo, A culpa foi toda sua, pôs-me nervoso, Claro, a culpa foi minha, a culpa foi da eva tentadora, mas a nós ninguém nos veio perguntar se nos sentimos nervosos quando nos vemos atados a essa maquineta, O que vos põe nervosos é a culpa, Talvez, mas então vá lá dizer ao seu chefe por que é que, estando você inocente das nossas maldades, se portou como um culpado, Não tenho nada que dizer ao meu chefe, o que se passou aqui é como se nunca tivesse sucedido, respondeu o agente. Depois, dirigindo-se ao técnico, Dê-me esse papel, e já sabe, silêncio absoluto se não quiser vir a arrepender-se de ter nascido, Sim senhor, fique descansado, a minha boca não se abrirá, Eu também nada direi, acrescentou a mulher, mas ao menos explique lá ao ministro que as astúcias não serviram de nada, que nós todos continuaremos a mentir quando dissermos a verdade, que continuaremos a dizer a verdade quando estivermos a mentir, tal como ele, tal como você, agora imagine que eu lhe tinha perguntado se queria ir para a cama comigo, que responderia, que diria a máquina.

A frase predileta do ministro da defesa, Uma carga de profundidade lançada contra o sistema, parcialmente inspirada na inesquecível experiência de um histórico passeio submarino de meia hora em águas mansas, começou a ganhar força e a atrair as atenções quando os planos do ministro do interior, apesar de um ou outro pequeno êxito conseguido, porém sem significado apreciável no conjunto da situação, se revelaram impotentes para chegar ao fundamental, isto é, persuadir os habitantes da cidade, ou, com mais precisão nominativa, os degenerados, os delinquentes, os subversivos do voto em branco, a que reconhecessem os seus erros e implorassem a mercê, ao mesmo tempo penitência, de um novo ato eleitoral, aonde, no momento designado, acudiriam em massa a purgar os pecados de um desvario que jurariam não voltar a repetir. Tornara-se manifesta para todo o governo, com exceção dos ministros da justiça e da cultura, seu quê duvidosos, a necessidade urgente de dar uma nova volta de aperto à tarraxa, tanto mais que a declaração do estado de exceção, de que tanto se esperava, não havia produzido qualquer efeito percetível no sentido desejado, porquanto, não tendo os cidadãos deste país o saudável costume de exigir o regular cumprimento dos direitos que a constituição lhes outorgava, era lógico, era mesmo natural que não tivessem chegado a dar-se conta de que lhos haviam suspendido. Impunha-se, por conseguinte, a imposição de um estado de sítio a sério, que não fosse uma coisa para inglês ver, com recolher obrigatório, encerramento das salas de espetáculo, patrulhamento intensivo das ruas por forças militares, proibição de ajuntamentos de mais de cinco pessoas, interdição absoluta de entradas e saídas da cidade, procedendo-se em simultâneo ao levantamento das medidas restritivas, se bem que muito menos rigorosas, ainda em vigor no resto do país, a fim de que a diferença de tratamento, por ostensiva, tornasse mais pesada e explícita a humilhação que se infligiria à capital. O que pretendemos dizer-lhes, declarou o ministro da defesa, a ver se o percebem de uma vez para sempre, é que não são dignos de confiança e que como tal têm de ser tratados. Ao ministro do interior, forçado a disfarçar de qualquer maneira os fracassos dos seus serviços secretos, pareceu-lhe bem a declaração imediata do estado de sítio, e, para mostrar que continuava com algumas cartas na mão e não se tinha retirado do jogo, informou o conselho de que, após uma exaustiva investigação, em íntima colaboração com a interpol, se havia chegado à conclusão de que o movimento anarquista internacional, Se é que existe para algo mais que para escrever piadas nas paredes, deteve-se um instante à espera dos risos condescendentes dos colegas, depois do que, satisfeito com eles e consigo mesmo, terminou a frase, Não teve qualquer participação no boicote do ato eleitoral de que fomos vítimas, e que portanto se trata de uma questão meramente interna, Com perdão do reparo, disse o ministro dos negócios estrangeiros, esse advérbio meramente não me parece do mais apropriado, e devo mesmo recordar a este conselho de que já não são poucos os estados que me manifestaram a sua preocupação de que o que está a suceder aqui possa vir a atravessar as fronteiras e espalhar-se como uma nova peste negra, Branca, esta é branca, corrigiu com um sorriso pacificador o chefe do governo, E então, sim, rematou o ministro dos negócios estrangeiros, então poderemos, com muito mais propriedade, falar de cargas de profundidade contra a estabilidade do sistema democrático, não simplesmente, não meramente, num país, neste país, mas em todo o planeta. O ministro do interior sentia que se lhe estava a escapar o papel de figura principal a que os últimos acontecimentos o haviam alcandorado, e, para não perder de todo o pé, depois de ter agradecido e reconhecido com imparcial galhardia a justeza dos comentários do ministro dos negócios estrangeiros, quis mostrar que também ele era capaz das mais extremas subtilezas de interpretação semiológica, É interessante observar, disse, como os significados das palavras se vão modificando sem que nos apercebamos, como tantas vezes as utilizamos para dizer precisamente o contrário do que antes expressavam e que, de certo modo, como um eco que se vai perdendo, continuam ainda a expressar, Esse é um dos efeitos do processo semântico, disse lá do fundo o ministro da cultura, E isso que tem que ver com os votos em branco, perguntou o ministro dos negócios estrangeiros, Com os votos em branco, nada, mas com o estado de sítio, tudo, emendou triunfante o ministro do interior, Não percebo, disse o ministro da defesa, É muito simples, Será simples tudo o que você quiser, mas não percebo, Vejamos, vejamos, que significa a palavra sítio, já sei que a pergunta é retórica, não precisam de responder, todos sabemos que sítio significa cerco, significa assédio, não é verdade, Como até agora dois e dois têm sido quatro, Então, ao declararmos o estado de sítio é como se estivéssemos a dizer que a capital do país se encontra sitiada, cercada, assediada por um inimigo, quando a verdade é que esse inimigo, permita-se-me chamar-lhe desta maneira, não é fora que está, mas dentro. Os ministros olharam uns para os outros, o chefe do governo fez cara de desentendido e pôs-se a mexer nuns papéis. Mas o ministro da defesa ia triunfar na batalha sematológica, Há outra maneira de entender as coisas, Qual, Que os habitantes da capital, ao desencadearem a rebelião, suponho que não estou a exagerar dando o nome de rebelião ao que está a acontecer, foram por isso justamente sitiados, ou cercados, ou assediados, escolha o termo que mais lhe agradar, a mim é-me totalmente indiferente, Peço licença para recordar ao nosso caro colega e ao conselho, disse o ministro da justiça, que os cidadãos que decidiram votar em branco não fizeram mais que exercer um direito que a lei explicitamente lhes reconhece, portanto, falar de rebelião num caso como este, além de ser, como imagino, uma grave incorreção semântica, espero que me desculpem por estar penetrando num terreno em que não sou competente, é também, do ponto de vista legal, um completo despropósito, Os direitos não são abstrações, respondeu o ministro da defesa secamente, os direitos merecem-se ou não se merecem, e eles não os mereceram, o resto é conversa fiada, Tem toda a razão, disse o ministro da cultura, de facto os direitos não são abstrações, têm existência até mesmo quando não são respeitados, Ora, ora, filosofias, Tem alguma coisa contra a filosofia, senhor ministro da defesa, As únicas filosofias que me interessam são as militares, e ainda assim com a condição de que nos conduzam à vitória, eu, caros senhores, sou um pragmático de caserna, a minha linguagem, gostem dela ou não gostem, é pão pão, queijo queijo, mas, já agora, para que não me olhem como a um inferior em inteligência, apreciaria que se me explicasse, se não se trata de demonstrar que um círculo pode ser convertido num quadrado de área equivalente, como é que um direito não respeitado pode ter existência, Muito simples, senhor ministro da defesa, esse direito existe em potência no dever de que seja respeitado e cumprido, Com sermões cívicos, com demagogias dessas, digo-o sem ânimo de ofender, é que não vamos a parte nenhuma, estado de sítio em cima deles e já veremos se lhes dói ou não dói, Salvo se o tiro nos vier a sair pela culatra, disse o ministro da justiça, Não vejo como, Por enquanto também eu não, mas será só questão de esperar, ninguém se tinha atrevido a conceber que alguma vez, em algum lugar do mundo, pudesse suceder o que sucedeu no nosso país, e aí o temos, tal qual um nó cego que não se deixa desatar, temo-nos reunido ao redor desta mesa para tomar decisões que, não obstante as propostas aqui apresentadas como seguro remédio para a crise, até agora nada conseguiram, esperemos então, não tardaremos a conhecer a reação das pessoas ao estado de sítio, Não posso permanecer calado depois de ouvir isto, rompeu o ministro do interior, as medidas que tomámos foram unanimemente aprovadas por este conselho e, ao menos que eu recorde, nenhum dos presentes trouxe ao debate diferentes e melhores propostas, a carga da catástrofe, sim, chamar-lhe-ei catástrofe e chamar-lhe-ei carga, ainda que a alguns dos senhores ministros lhes pareça uma exageração minha e o estejam a demonstrar com esse arzinho de irónica suficiência, a carga da catástrofe, torno a dizer, temo-la levado, em primeiro lugar, como compete, o excelentíssimo chefe do estado e o senhor primeiro-ministro, e depois, com as responsabilidades inerentes aos cargos que ocupamos, o ministro da defesa e eu próprio, quanto aos demais, e estou a referir-me em particular ao senhor ministro da justiça e ao senhor ministro da cultura, se em certos momentos tiveram a bondade de iluminar-nos com as suas luzes, não dei eu por nenhuma ideia que valesse a pena considerar por mais tempo que o que levámos a escutá-la, As luzes com que, segundo as suas palavras, alguma vez terei bondosamente iluminado este conselho, não eram luzes minhas, eram as da lei, nada mais que da lei, respondeu o ministro da justiça, E no que à minha humilde pessoa respeita e à parte que me cabe nesta generosa distribuição de puxões de orelhas, disse o ministro da cultura, vista a miséria de orçamento que me dão não se me pode pedir mais, Agora percebo melhor o porquê dessa sua inclinação para os anarquismos, fuzilou o ministro do interior, mais cedo ou mais tarde sempre acaba por se sair com a piada.

O primeiro-ministro tinha chegado ao fim dos seus papéis. Tilintou de leve com a esferográfica no copo da água, a pedir atenção e silêncio, e disse, Não quis interromper o vosso interessante debate, com o qual, apesar de provavelmente vos ter parecido algo distraído, creio haver aprendido bastante, porque, como por experiência devemos saber, não se conhece nada melhor que uma boa discussão para descarregar as tensões acumuladas, em especial numa situação com as características que esta não cessa de mostrar, ao compreendermos que é necessário fazer alguma coisa e não vislumbramos o quê. Meteu uma pausa no discurso, fingiu consultar umas notas e continuou, Portanto, agora que já se encontram calmos, distendidos, com os ânimos menos inflamados, podemos, enfim, aprovar a proposta do senhor ministro da defesa, isto é, a declaração do estado de sítio por um período indeterminado e com efeitos imediatos a partir do momento em que seja tornada pública. Ouviu-se um murmúrio de assentimento mais ou menos geral, se bem que com variantes de tom cuja origem não foi possível identificar, apesar de o ministro da defesa ter feito passar os olhos numa rápida excursão panorâmica para surpreender qualquer discrepância ou algum mitigado entusiasmo. O primeiro-ministro prosseguiu, Infelizmente, a experiência também já nos ensinou que até as mais perfeitas e acabadas ideias podem fracassar quando chega a hora da sua execução, seja por hesitações de último momento, seja por desajuste entre aquilo de que se estava à espera e aquilo que realmente se obteve, seja porque se deixou fugir o domínio da situação num momento crítico, seja por uma lista de mil outras razões possíveis que não vale a pena estar a esmiuçar aqui nem teríamos tempo para examinar, por tudo isto torna-se indispensável ter sempre preparada e pronta para aplicar uma ideia substituta, ou complementar da anterior, que impeça, como neste caso poderia ocorrer, o surgimento de um vazio de poder, outra expressão, essa mais temível, é o poder na rua, de desastrosas consequências. Acostumados à retórica do primeiro-ministro, do tipo três passos em frente, dois à retaguarda, ou, como mais popularmente se diz, do jeito de fazes-que-andas-mas-não-andas, os ministros aguardavam com paciência a última palavra, a derradeira, a final, aquela que daria a explicação de tudo. Não aconteceu assim desta vez. O primeiro-ministro molhou novamente os lábios, limpou-os a um lenço branco que extraiu de uma algibeira interior do casaco, pareceu que ia consultar as suas notas, mas deixou-as de lado no último instante, e disse, Se os resultados do estado de sítio vierem a mostrar-se abaixo das expectativas, isto é, se tiverem sido incapazes de reconduzir os cidadãos à normalidade democrática, ao uso equilibrado, sensato, de uma lei eleitoral que, por imprudente desatenção dos legisladores, deixou as portas abertas àquilo a que, sem temor ao paradoxo, seria lícito classificar como um uso legal abusivo, então este conselho fica a saber desde já que o primeiro-ministro prevê a aplicação de uma outra medida que, além de reforçar no plano psicológico esta que acabámos de tomar, refiro-me, obviamente, à declaração de estado de sítio, poderia, estou convencido disso, reequilibrar só por si o perturbado fiel da balança política do nosso país e acabar de uma vez para sempre com o pesadelo em que temos estado mergulhados. Nova pausa, novo molhar de lábios, novo passar do lenço pela boca, e prosseguiu, Poder-se-á perguntar porquê, sendo assim, não a aplicamos imediatamente em lugar de desperdiçar tempo com a implantação de um estado de sítio que de antemão sabemos irá dificultar seriamente, em todos os aspetos, a vida da população da capital, tanto dos culpados como dos inocentes, sem dúvida a questão contém algo de pertinente, no entanto existem fatores importantes que não podemos deixar de ter em conta, alguns de natureza puramente logística, outros não, residindo o principal no efeito, que não será exagero imaginar traumático, que resultaria da introdução súbita dessa medida extrema, por isso penso que deveremos optar por uma sequência gradual de ações, sendo o estado de sítio a primeira delas. O chefe do governo mexeu outra vez nos papéis, mas não tocou no copo de água, Embora compreendendo a vossa curiosidade, disse, nada mais adiantarei sobre este assunto, salvo informar-vos de que fui recebido hoje de manhã em audiência por sua excelência o presidente da república, lhe expus a minha ideia e dele recebi inteiro e incondicional apoio. A seu tempo sabereis o resto. Agora, antes de encerrar esta produtiva reunião, rogo a todos os senhores ministros, e em especial aos da defesa e do interior, sobre cujos ombros pesará a complexidade das ações destinadas a impor e fazer cumprir a declaração de estado de sítio, que ponham a sua maior diligência e a sua maior energia neste desiderato. Às forças militares e às forças policiais, quer agindo no âmbito das suas áreas específicas de competência, quer em operações conjuntas, e observando sempre um rigoroso respeito mútuo, evitando conflitos de precedência que só prejudicariam os fins em vista, cabe a patriótica tarefa de reconduzir ao redil a grei tresmalhada, se me permitis que utilize esta expressão tão querida aos nossos antepassados e tão fundamente enraizada nas nossas tradições pastoris. E, lembrai-vos, tudo deveis fazer para que aqueles que, por enquanto, ainda não são mais que nossos adversários, não venham a transformar-se em inimigos da pátria. Que deus vos acompanhe e guie na vossa sagrada missão para que o sol da concórdia volte a iluminar as consciências e a paz restitua à convivência dos nossos concidadãos a harmonia perdida.

À mesma hora que o primeiro-ministro aparecia na televisão a anunciar o estabelecimento do estado de sítio invocando razões de segurança nacional resultantes da instabilidade política e social ocorrente, consequência, por sua vez, da ação de grupos subversivos organizados que reiteradamente haviam obstaculizado a expressão eleitoral popular, unidades da infantaria e da polícia militarizada, apoiadas por tanques e outros carros de combate, tomavam posições em todas as saídas da capital e ocupavam as estações de caminho de ferro. O aeroporto principal, a uns vinte e cinco quilómetros ao norte da cidade, encontrava-se fora da área específica de controlo do exército e portanto continuaria a funcionar sem mais restrições que as previstas em ocasiões de alerta amarelo, o que queria dizer que os turistas poderiam continuar a pousar e a levantar voo, mas as viagens dos naturais, embora não de todo proibidas, seriam firmemente desaconselhadas, salvo circunstâncias especiais, a examinar caso a caso. As imagens das operações militares, com a força imparável do direto, como dizia o repórter, invadiram as casas dos confundidos habitantes da capital. Ele eram os oficiais a dar ordens, ele eram os sargentos a berrar para as fazer cumprir, e eram os sapadores a instalar barreiras, e eram ambulâncias, unidades de transmissão, holofotes iluminando a estrada até à primeira curva, vagas de soldados saltando dos camiões e ocupando posições, armados até aos dentes, e equipados tanto para uma dura batalha imediata como para uma longa campanha de desgaste. As famílias cujos membros tinham as suas ocupações de trabalho ou de estudo na capital não faziam mais que abanar a cabeça perante a demonstração bélica e murmurar, Estão doidos, mas as outras, as que todas as manhãs mandavam um pai ou um filho à fábrica instalada em qualquer dos polígonos industriais que rodeavam a cidade e que todas as noites esperavam recebê-los de regresso, essas perguntavam-se como e de quê iriam viver a partir de agora, se não era permitido sair, nem entrar se podia. Pode ser que passem salvos-condutos aos que trabalham fora da periferia, disse um ancião reformado há tantos anos que ainda usava a linguagem dos tempos das guerras franco-prussianas ou outras de similar veterania. Porém, não estava de todo fora da razão o avisado velho, a prova é que logo no dia seguinte as associações empresariais se davam pressa em levar ao conhecimento do governo as suas fundadas inquietações, Embora apoiando sem reservas, e com um sentido patriótico a coberto de qualquer dúvida, as enérgicas medidas tomadas pelo governo, diziam, como um imperativo de salvação nacional que finalmente se vem opor à atividade deletéria de mal encapotadas subversões, permitimo-nos, não obstante, e com o máximo respeito, solicitar às instâncias competentes a urgente passagem de salvos-condutos aos nossos empregados e trabalhadores, sob pena, se tal providência não for posta em prática com a brevidade desejada, de graves e irreversíveis prejuízos para as atividades industriais e comerciais que desenvolvemos, com os subsequentes e inevitáveis danos para a economia nacional na sua totalidade. Na tarde desse mesmo dia, um comunicado conjunto dos ministérios da defesa, do interior e da economia veio precisar, ainda que expressando a compreensão e a simpatia do governo da nação para com as legítimas preocupações do patronato, que uma eventual distribuição dos salvos-condutos solicitados nunca poderia ser efetuada com a amplitude desejada pelas empresas, porquanto uma tal liberalidade por parte do governo inevitavelmente faria perigar a solidez e a eficácia dos dispositivos militares encarregados da vigilância da nova fronteira que rodeava a capital. No entanto, como mostra da sua abertura e disposição a obviar aos piores inconvenientes, o governo admitia a possibilidade de passar aqueles documentos aos gestores e quadros técnicos que viessem a ser declarados indispensáveis ao regular funcionamento das empresas, assumindo estas, porém, a inteira responsabilidade, inclusive do ponto de vista penal, pelas ações, dentro e fora da cidade, das pessoas selecionadas para beneficiar da regalia. Em qualquer caso, essas pessoas, no caso de vir a ser aprovado o plano, teriam de reunir-se cada manhã de dia útil em locais a designar, para dali, em autocarros escoltados pela polícia, serem transportadas às diversas saídas da cidade, donde, por sua vez, outros autocarros as levariam aos estabelecimentos fabris ou de serviços onde trabalhassem e de onde, ao fim do dia, haveriam de regressar. Todas as despesas resultantes destas operações, desde o fretamento de autocarros à remuneração devida à polícia pelos serviços de escolta, seriam integralmente suportadas pelas empresas, embora com alta probabilidade a deduzir nos impostos, decisão esta a ser tomada em devido tempo, após estudo de viabilidade a cargo do ministério das finanças. Pode-se imaginar que as reclamações não se ficaram por aqui. É um dado básico da experiência que as pessoas não vivem sem comer nem beber, ora, considerando que a carne vinha de fora, que o peixe vinha de fora, que de fora vinham as verduras, que de fora, enfim, vinha tudo, e que o que esta cidade, sozinha, produzia ou podia armazenar não daria para sobreviver nem uma semana, seria preciso pôr a funcionar sistemas de abastecimento mais ou menos semelhantes aos que proverão de técnicos e gestores as empresas, mas muito mais complexos, dado o carácter perecível de certos produtos. Sem esquecer os hospitais e as farmácias, os quilómetros de ligaduras, as montanhas de algodões, as toneladas de comprimidos, os hectolitros de injetáveis, as grosas de preservativos. E há que pensar ainda na gasolina e no gasóleo, levá-los às estações de serviço, salvo se a alguém do governo ainda vier a ocorrer a maquiavélica ideia de castigar duplamente os habitantes da capital, obrigando-os a andar à pata. Ao cabo de poucos dias o governo já tinha compreendido que um estado de sítio tem muito que se lhe diga, sobretudo se não há verdadeiramente intenção de matar os sitiados à fome, como era prática corrente no passado remoto, que um estado de sítio não é coisa que se improvise assim do pé para a mão, que é preciso saber muito bem aonde se pretende chegar e como, medir as consequências, avaliar as reações, ponderar os inconvenientes, calcular os ganhos e as perdas, que mais não seja para evitar o excesso de trabalho com que, de um dia para o outro, os ministérios se encontraram, desbordados por uma inundação incontível de protestos, reclamações e pedidos de esclarecimento, quase sempre sem saberem que resposta seria a melhor para cada caso, porquanto as instruções vindas de cima não tinham feito mais que contemplar os princípios gerais do estado de sítio, com total desprezo pela miuçalha burocrática dos pormenores de execução, que é por onde o caos invariavelmente penetra. Um aspeto interessante da situação, que a veia satírica e a costela burlona dos mais graciosos da capital não poderiam deixar escapar, era a circunstância de que o governo, sendo de facto et de jure o sitiante, era ao mesmo tempo um sitiado, não só porque as suas salas e antessalas, os seus gabinetes e corredores, as suas repartições e arquivos, os seus ficheiros e os seus carimbos, se encontravam situados no miolo da cidade, e de alguma maneira organicamente o constituíam, mas também porque uns quantos dos seus membros, pelo menos três ministros, alguns secretários e subsecretários, assim como um par de diretores-gerais, residiam nos arredores, isto para não falar daqueles funcionários que todas as manhãs e todas as tardes, num sentido e no outro, tinham de usar o comboio, o metro ou o autocarro se não dispunham de transporte próprio ou não queriam sujeitar-se às dificuldades do tráfego urbano. As histórias, que nem sempre eram contadas somente à boca pequena, exploravam o conhecido tema do caçador caçado, o ir-por-lã-e-vir-tosquiado, mas não se contentavam com essas pueris inocências, com esse humor de jardim infantil da belle époque, também criavam variantes caleidoscópicas, algumas delas radicalmente obscenas e, à luz do bom gosto mais elementar, condenavelmente escatológicas. Por desgraça, e com isto ficavam uma vez mais demonstrados o curto alcance e a debilidade estrutural de sarcasmos, motejos, zombarias, ridiculices, chascos, anedotas e mais piadas com que se pretende ferir um governo, nem o estado de sítio se levantava, nem os problemas de abastecimento se resolviam.

Passaram os dias, as dificuldades iam em crescendo contínuo, agravavam-se e multiplicavam-se, brotavam debaixo dos pés como tortulhos depois da chuva, mas a firmeza moral da população não parecia inclinada a rebaixar-se nem a renunciar àquilo que havia considerado justo e que expressara no voto, o simples direito a não seguir nenhuma opinião consensualmente estabelecida. Alguns observadores, em geral correspondentes de meios de comunicação estrangeiros enviados à pressa para cobrir o acontecimento, assim se diz na gíria da profissão, e portanto com pouco trato das idiossincrasias locais, comentaram com estranheza a ausência absoluta de conflitos entre as pessoas, apesar de se terem verificado, e logo provado como tais, ações de agentes provocadores que estariam a tentar criar situações de uma instabilidade tal que pudessem justificar, aos olhos da denominada comunidade internacional, o salto que até agora não havia sido dado, isto é, passar de um estado de sítio para um estado de guerra. Um dos comentadores levou a sua ânsia de originalidade ao ponto de interpretar o facto como um caso único, nunca visto na história, de unanimidade ideológica, o que, a ser verdade, faria da população da capital um interessantíssimo caso de monstruosidade política, digno de estudo. A ideia era, a todas as luzes, um perfeito disparate, nada tinha que ver com a realidade, aqui como em qualquer outro lugar do planeta as pessoas são diferentes umas das outras, pensam diferentemente, não são todas pobres nem todas ricas, e, quanto aos remediados, uns são-no mais, outros são-no menos. O único assunto em que, sem precisarem de debate prévio, estiveram de acordo, esse já o conhecemos, portanto não vale a pena voltarmos à vaca-fria. Ainda assim, é natural que se queira saber, e a pergunta foi muitas vezes feita, quer por jornalistas estrangeiros quer por nacionais, por que singulares motivos não se tinham dado até agora incidentes, brigas, tumultos, cenas de pugilato ou coisa pior entre os que haviam votado em branco e os outros. A questão mostra à saciedade a que ponto são importantes alguns conhecimentos elementares de aritmética para o cabal exercício da profissão de jornalista, bastaria que estes se tivessem lembrado de que as pessoas que votaram em branco representavam oitenta e três por cento da população da capital e que as restantes, todas somadas, não iam além de dezassete por cento, e ainda haveria que não esquecer a discutida tese do partido da esquerda, aquela de que o voto em branco e o seu próprio, falando por via de metáfora, são unha com carne, e que se os eleitores do p.d.e., esta conclusão já é da nossa lavra, não votaram todos em branco, embora seja evidente que muitos o fizeram na repetição do escrutínio, foi simplesmente porque lhes faltou a palavra de ordem. Ninguém acreditaria se disséssemos que dezassete se enfrentaram a oitenta e três, o tempo das batalhas ganhas com a ajuda de deus já passou. Outra curiosidade natural será a de querer saber-se o que sucedeu àquelas quinhentas pessoas apanhadas nas filas de votantes pelos espiões do ministério do interior, aquelas que sofreram depois tormentosos interrogatórios e tiveram de padecer a agonia de verem os seus segredos mais íntimos devassados pelo detetor de mentiras, e também, segunda curiosidade, o que andarão a fazer os agentes especializados dos serviços secretos e os seus auxiliares de graduação inferior. Sobre o primeiro ponto, não temos mais que dúvidas e nenhuma possibilidade de as aclarar. Há quem diga que os quinhentos reclusos continuam, de acordo com o conhecido eufemismo policial, a colaborar com as autoridades com vista ao esclarecimento dos factos, outros afirmam que estão a ser postos em liberdade, embora aos poucos de cada vez para não darem demasiado nas vistas, porém, os mais céticos admitem a versão de que os levaram a todos para fora da cidade, que se encontram em paradeiro desconhecido e que os interrogatórios, não obstante os nulos resultados até agora obtidos, continuam. Vá lá a saber-se quem terá razão. Quanto ao segundo ponto, esse sobre que andarão a fazer os agentes dos serviços secretos, aí sobram-nos as certezas. Como outros honrados e dignos trabalhadores, saem todas as manhãs de suas casas, palmilham a cidade de uma ponta à outra, à cata de indícios, e, quando lhes parece que o peixe estará disposto a picar, experimentam uma tática nova, a qual consiste em deixar-se de circunlóquios e perguntar de supetão a quem os escuta, Falemos francamente, como amigos, eu votei em branco, e você. Ao princípio, os interpelados limitavam-se a dar as respostas já conhecidas, que ninguém pode ser obrigado a revelar o seu voto, que ninguém pode ser perguntado sobre ele por qualquer autoridade, e se alguma vez algum deles teve a boa lembrança de exigir ao curioso impertinente que se identificasse, que declarasse ali mesmo e já em nome de que poder e autoridade tinha feito a pergunta, então assistiu-se ao regalador espetáculo de ver um agente do serviço secreto a meter os pés pelas mãos e retirar-se de rabo entre as pernas, porque, claro está, não cabe na cabeça de ninguém que ele se atrevesse a abrir a carteira para mostrar o cartão que, com fotografia, selo branco e faixa com as cores da bandeira, o acreditava como tal. Mas isto, como dissemos, foi ao princípio. A partir de certa altura, começou a correr a voz popular de que a melhor atitude, em situações como esta, seria não dar troco aos perguntadores, virar-lhes simplesmente as costas, ou, em casos extremos de insistência, exclamar alto e bom som Não me chateie, se não se preferisse, ainda mais simplesmente, e com mais eficácia resolutiva, mandá-los à merda. Naturalmente, as partes de serviço entregues pelos agentes da secreta aos seus superiores camuflavam estes desaires, escamoteavam estes reveses, contentando-se com insistir na obstinada e sistemática ausência de espírito de colaboração de que o setor populacional suspeito continuava a dar provas. Poderia pensar-se que esta ordem de coisas tinha chegado a um ponto em tudo semelhante àquele em que dois lutadores dotados de igual fortaleza, um empurrando daqui, outro empurrando dali, se era certo que não arredavam pé de onde o tinham posto, tão-pouco logravam avançar um dedo que fosse, e que, por conseguinte, só o esgotamento final de um deles acabaria por entregar a vitória ao outro. Na opinião do principal e mais direto responsável dos serviços secretos, o empate seria rapidamente desfeito se um dos lutadores recebesse a ajuda de outro lutador, o que, nesta situação concreta, se lograria pondo de parte, por inúteis, os processos persuasórios até então empregados e adotando sem qualquer reserva métodos dissuasórios que não excluíssem o uso da força bruta. Se a capital se encontra, por suas repetidas culpas, submetida ao estado de sítio, se às forças militares compete impor a disciplina e proceder em conformidade no caso de alteração grave da ordem social, se os altos comandos assumem a responsabilidade, sob palavra de honra, de não hesitar quando chegar a hora de tomar decisões, então os serviços secretos se encarregarão de criar os focos de agitação adequados que justificarão a priori a severidade de uma repressão que o governo, generosamente, tem desejado, por todos os meios pacíficos e, repita-se a palavra, persuasórios, evitar. Os insurretos não poderão vir depois com queixas, assim o tinham querido, assim o tiveram. Quando o ministro do interior foi com esta ideia ao gabinete restrito, ou de crise, que entretanto havia sido criado, o primeiro-ministro recordou-lhe que ainda dispunha de uma arma para resolver o conflito e que somente no improvável caso de ela vir a falhar tomaria em consideração não apenas o novo plano, como outros que entretanto surgissem. Se foi laconicamente, em quatro palavras, que o ministro do interior exprimiu o seu desacordo, Estamos a perder tempo, o ministro da defesa precisou de mais para garantir que as forças militares saberiam cumprir com o seu dever, Como fizeram sempre, sem olhar a sacrifícios, ao longo de toda a nossa história. A delicada questão ficou por ali, o fruto ainda parecia não estar maduro. Foi então que o outro lutador, farto de esperar, arriscou um passo em frente. Uma manhã as ruas da capital apareceram invadidas por gente que levava ao peito autocolantes com, vermelho sobre negro, as palavras, Eu votei em branco, das janelas pendiam grandes cartazes que declaravam, negro sobre vermelho, Nós votámos em branco, mas o mais arrebatador, o que se agitava e avançava sobre as cabeças dos manifestantes, era um rio interminável de bandeiras brancas que levaria um correspondente despistado a correr ao telefone para informar o seu jornal de que a cidade se havia rendido. Os altifalantes da polícia esgoelavam-se a berrar que não eram permitidos ajuntamentos de mais de cinco pessoas, mas as pessoas eram cinquenta, quinhentas, cinco mil, cinquenta mil, quem é que, numa situação destas, se vai pôr a contar de cinco em cinco. O comando da polícia queria saber se podia usar os gases lacrimogéneos e carregar com os camiões da água, o general da divisão norte se o autorizavam a mandar avançar os tanques, o general da divisão sul, aerotransportada, se haveria condições para lançar os paraquedistas, ou se, pelo contrário, o risco de que fossem cair em cima dos telhados o desaconselhava. A guerra estava, portanto, a ponto de estalar.

Foi então que o primeiro-ministro, perante o governo reunido em plenário e o chefe do estado a presidir, revelou o seu plano, Chegou a hora de partir a espinha à resistência, disse, deixemo-nos de ações psicológicas, de manobras de espionagem, de detetores de mentiras e outros artilúgios tecnológicos, uma vez que, apesar dos meritórios esforços do senhor ministro do interior, ficou demonstrada a incapacidade desses meios para resolver o problema, acrescento a propósito que considero também inadequada a intervenção direta das forças armadas visto o inconveniente mais que provável de um morticínio que é nossa obrigação evitar sejam quais forem as circunstâncias, o que em contrapartida a tudo isto vos trago aqui é nada mais e nada menos que uma proposta de retirada múltipla, um conjunto de ações que alguns talvez considerem absurdas, mas que tenho a certeza nos levarão à vitória total e ao regresso à normalidade democrática, a saber, e por ordem de importância, a retirada imediata do governo para outra cidade, que passará a ser a nova capital do país, a retirada de todas as forças do exército que ainda ali se encontram, a retirada de todas as forças policiais, com esta ação radical a cidade insurgente ficará entregue a si mesma, terá todo o tempo de que precisar para compreender o que custa ser segregada da sacrossanta unidade nacional, e quando não puder aguentar mais o isolamento, a indignidade, o desprezo, quando a vida lá dentro se tiver tornado num caos, então os seus habitantes culpados virão a nós de cabeça baixa a implorar o nosso perdão. O primeiro-ministro olhou em redor, É este o meu plano, disse, submeto-o ao vosso exame e à vossa discussão, mas, escusado seria dizê-lo, conto que seja aprovado por todos, os grandes males pedem grandes remédios, e se é verdade que o remédio que vos proponho é doloroso, o mal que nos ataca é simplesmente mortal.

Em palavras ao alcance da inteligência das classes menos ilustradas, mas não de todo inscientes da gravidade e diversidade de mazelas de toda a espécie que vêm ameaçando a já precária sobrevivência do género humano, o que o primeiro-ministro havia proposto era, nem mais nem menos, fugir ao vírus que tinha atacado a maior parte dos habitantes da capital e que, já que o pior sempre está esperando atrás da porta, talvez acabasse por infetar o que restava deles e até mesmo, quem sabe, todo o país. Não que ele próprio e o governo no seu conjunto tivessem receio de ser contaminados pela picadela do inseto subvertedor, avonde temos visto como não obstante alguns choques pessoais e certas ligeiríssimas diferenças de opinião, em todo o caso incidindo mais sobre os meios que sobre os fins, se tem mantido até agora inabalável a coesão institucional entre os políticos responsáveis pela gestão de um país sobre o qual, sem dizer água vai, caiu uma calamidade nunca vista na longa e desde sempre trabalhosa história dos povos conhecidos. Ao contrário do que certamente pensaram e terão posto a correr alguns mal-intencionados, não se tratava de uma fuga cobarde, mas antes de uma jogada estratégica de primeira ordem, sem paralelo na audácia, cujos resultados, prospetivamente, já quase se podiam alcançar com a mão, como um fruto na árvore. Agora só faltava que, para a perfeita coroação da obra, a energia posta na realização do plano estivesse à altura da firmeza dos propósitos. Em primeiro lugar haverá que decidir quem irá sair da cidade e quem nela ficará. Sairão, claro está, sua excelência o chefe do estado e todo o governo até ao nível de subsecretário, acompanhados pelos seus assessores mais chegados, sairão os deputados da nação para que não se veja interrompida a produção legislativa, sairão as forças do exército e da polícia, incluindo a de trânsito, mas a vereação municipal permanecerá em bloco com o seu respetivo presidente, permanecerão as corporações de bombeiros, não vá a cidade abrasar-se por algum descuido ou ato de sabotagem, também permanecerão os serviços de limpeza urbana por causa das epidemias, e, obviamente, serão garantidos o abastecimento de água e o fornecimento de energia elétrica, esses bens essenciais à vida. Quanto à comida, um grupo de especialistas em alimentação, também chamados nutricionistas, já havia sido encarregado de elaborar uma ementa de pratos mínimos que, sem reduzir a população à fome, lhe fizesse sentir que um estado de sítio levado às últimas consequências não é precisamente o mesmo que umas férias na praia. Aliás, o governo estava convencido de que as coisas não iriam chegar tão longe. Não passariam muitos dias antes que se apresentassem em qualquer dos postos militares à saída da capital os costumados parlamentários de bandeira branca alçada, a da rendição incondicional, não a da insurgência, que uma e outra tenham a mesma cor é uma coincidência realmente notável sobre a qual, por agora, não nos deteremos a refletir, mais adiante se verá se haverá motivos bastantes para a ela voltarmos.

Depois da reunião plenária do governo, a que supomos ter feito suficiente referência na última página do capítulo anterior, o gabinete ministerial restrito, o de crise, discutiu e tomou um ramalhete de decisões que a seu tempo serão trazidas à luz, se o desenvolvimento dos sucessos, entretanto, como cremos ter advertido já noutra ocasião, as não vier a converter em nulidades ou obrigar a substituir por outras, pois que, como convém ter sempre presente, se é certo que o homem põe, deus é o que dispõe, e têm sido poucas as ocasiões, nefastas quase todas, em que os dois, postos de acordo, dispuseram juntos. Uma das questões mais acesamente discutidas foi o procedimento da retirada do governo, quando e como deveria fazer-se, com discrição ou sem ela, com ou sem imagens de televisão, com ou sem bandas de música, com grinaldas nos carros, ou não, levando, ou não, a bandeira nacional a drapejar sobre o guarda-lamas, e um nunca acabar de pormenores para os quais foi necessário recorrer uma e muitas vezes ao protocolo do estado, que jamais, desde a fundação da nacionalidade, se tinha visto em semelhantes apuros. O plano de retirada a que finalmente se chegou era uma obra-prima de ação tática, consistindo basicamente numa bem estudada dispersão dos itinerários com vista a dificultar ao máximo concentrações de manifestantes acaso mobilizados para expressar o desgosto, o descontentamento ou a indignação da capital pelo abandono a que ia ser votada. Haveria um itinerário exclusivo para o chefe do estado, mas também para o primeiro-ministro e para cada um dos membros do gabinete ministerial, num total de vinte e sete percursos diferentes, todos sob a proteção do exército e da polícia, com carros de assalto nas encruzilhadas e ambulâncias na cauda dos cortejos, para o que desse e viesse. O mapa da cidade, um enorme painel iluminado sobre o qual se trabalhou arduamente durante quarenta e oito horas, com a participação de comandos militares e policiais especializados em rastreios, mostrava uma estrela vermelha de vinte e sete braços, catorze virados ao hemisfério norte, treze apontando ao hemisfério sul, com um equador que dividia a capital em duas metades. Por esses braços se haveriam de encanar os negros automóveis das entidades oficiais, rodeados de guarda-costas e olqui-tolquis, vetustos aparelhos ainda usados neste país, mas já com orçamento aprovado para modernização. Todas as pessoas que entravam nas diversas fases da operação, qualquer que fosse o grau da sua participação, tiveram de jurar segredo absoluto, primeiro com a mão direita posta sobre os evangelhos, depois sobre a constituição encadernada em marroquim azul, rematando o duplo compromisso com uma jura das fortes, recuperada da tradição popular, Que o castigo, se a este juramento falto, caia sobre a minha cabeça e sobre a cabeça dos meus descendentes, até à quarta geração. Assim calafetado o sigilo, marcou-se a data para daí a dois dias. A hora da saída, simultânea, isto é, a mesma para todos, seria as três da madrugada, quando só os insones graves dão voltas na cama e fazem promessas ao deus hipnose, filho da noite e irmão gémeo de tánatos, para que lhes acuda na aflição, derramando sobre as suas pisadas pálpebras o suave bálsamo das dormideiras. Durante as horas que ainda faltavam, os espias, regressados em massa ao campo de operações, não iriam fazer outra coisa que palmilhar em todos os sentidos as praças, avenidas, ruas e travessas da cidade, auscultando disfarçadamente o pulsar da população, sondando desígnios mal ocultos, juntando palavras ouvidas aqui e além, em ordem a perceber se algo haveria transpirado das decisões tomadas no conselho de ministros, em particular no que à iminente retirada do governo se referia, porquanto um espião realmente digno desse nome é obrigado a observar como princípio sagrado, como regra de ouro, como letra de decreto, nunca se fiar de juramentos, venham eles donde vierem, ainda que tenham sido feitos pela própria mãe que lhes deu o ser, e ainda menos quando em vez de um juramento tiverem sido dois, e menos ainda quando em vez de dois foram três. Neste caso, porém, não houve mais remédio que reconhecer, embora com certo sentimento de frustração profissional, que o segredo oficial havia sido bem guardado, convencimento empírico com o qual se veio a mostrar de acordo o sistema de computação central do ministério do interior, o qual, depois de muito espremer, coar e combinar, baralhando e tornando a dar os milhares de fragmentos de conversas captados, não encontrou um único sinal equívoco, um único indício suspeito, a ponta mínima de um fio capaz de trazer na outra ponta, ao puxar, qualquer funesta surpresa. As mensagens despachadas pelos serviços secretos ao ministério do interior eram, de modo soberano, tranquilizadoras, mas não somente essas, também as que a eficiente inteligência militar, a investigar por sua conta e à revelia dos seus competidores civis, ia remetendo aos coronéis da informação e da psico reunidos no ministério da defesa, poderiam haver coincidido com as primeiras naquela expressão que a literatura tornou clássica, Nada de novo na frente ocidental, exceto, claro está, o soldado que acaba de morrer. Desde o chefe do estado até ao último dos assessores não houve quem não deixasse sair do peito um suspiro de alívio. Graças a deus, a retirada iria fazer-se tranquilamente, sem causar excessivos traumas a uma população porventura já arrependida, em parte, de um comportamento sedicioso a todas as luzes inexplicável, mas que, apesar disso, numa mostra de civismo digna de todos os louvores e que augurava melhores dias, não parecia ter a intenção de hostilizar, quer por atos quer por palavras, os seus legítimos governantes e representantes neste momento de dolorosa, porém indispensável, separação. Assim se concluía de todos os informes e assim foi que aconteceu.

Às duas horas e trinta minutos da madrugada já toda a gente estava pronta para soltar as amarras que a prendiam ao palácio do presidente, ao palacete do chefe do governo e aos diversos edifícios ministeriais. Alinhados à espera os rebrilhantes automóveis pretos, defendidas as camionetas dos arquivos por seguranças armados até aos dentes, podiam cuspir dardos envenenados por incrível que pareça, em posição os batedores da polícia, de prevenção as ambulâncias, e lá dentro, nos gabinetes, abrindo e fechando ainda os últimos armários e gavetas, os governantes fugitivos, ou desertores, a quem em estilo elevado deveríamos chamar prófugos, compungidamente recolhiam as últimas recordações, uma fotografia de grupo, outra com dedicatória, um anel de cabelos, uma estatueta da deusa da felicidade, um apara-lápis do tempo da escola, um cheque devolvido, uma carta anónima, um lencinho bordado, uma chave misteriosa, uma caneta fora de uso com o nome gravado, um papel comprometedor, outro papel comprometedor, mas esse para o colega da secção ao lado. Umas quantas pessoas destas à beira das lágrimas, homens e mulheres que mal conseguiam dominar a emoção, perguntavam-se se algum dia regressariam aos lugares queridos que haviam sido testemunhas da sua ascensão na escala hierárquica, outras, a quem os fados não tinham ajudado tanto, sonhavam, apesar dos desenganos e injustiças, com mundos diferentes e novas oportunidades que os colocassem, finalmente, no lugar merecido. Às três horas menos quinze minutos, quando ao longo dos vinte e sete percursos já as forças do exército e da polícia se encontravam estrategicamente distribuídas, não esquecendo os carros de assalto que dominavam os cruzamentos principais, foi dada ordem de reduzir a intensidade da iluminação pública em toda a capital como maneira de cobrir a retirada, por muito que nos choque a crueza da expressão. Nas ruas por onde os automóveis e os camiões teriam de passar não se enxergava uma alma, uma só que fosse, vestida à paisana. Quanto ao resto da cidade, não variavam as informações continuamente recebidas, nenhum grupo, nenhum movimento suspeito, os notívagos que recolhiam a suas casas ou delas tinham saído não pareciam gente de temer, não levavam bandeiras ao ombro nem disfarçavam garrafas de gasolina com a ponta de um trapo a sair do gargalo, não faziam molinetes com cachaporras ou correntes de bicicleta, e se de algum se poderia jurar que não ia por caminho reto, isso não haveria que atribuí-lo a desvios de carácter político, mas sim a desculpáveis demasias alcoólicas. Às três horas menos três minutos os motores dos veículos que compunham as caravanas foram postos em marcha. Às três em ponto, como havia sido previsto, deu-se começo à retirada.

Então, ó surpresa, ó assombro, ó prodígio nunca visto, primeiro o desconcerto e a perplexidade, depois a inquietação, depois o medo, filaram as unhas nas gargantas do chefe do estado e do chefe do governo, dos ministros, secretários e subsecretários, dos deputados, dos seguranças dos camiões, dos batedores da polícia, e até, se bem que em menor grau, do pessoal das ambulâncias, por profissão habituado ao pior. À medida que os automóveis iam avançando pelas ruas, acendiam-se nas fachadas, umas após outras, de cima a baixo, as lâmpadas, os candeeiros, os focos, as lanternas de mão, os candelabros quando os havia, talvez mesmo alguma velha candeia de latão de três bicos, daquelas alimentadas a azeite, todas as janelas abertas e resplandecendo para fora, a jorros, um rio de luz como uma inundação, uma multiplicação de cristais feitos de lume branco, assinalando o caminho, apontando a rota da fuga aos desertores para que não se perdessem, para que não se extraviassem por atalhos. A primeira reação dos responsáveis pela segurança dos comboios foi pôr de lado todas as cautelas, mandar pisar os aceleradores a fundo, dobrar a velocidade, e assim mesmo se começou por fazer, com a alegria irreprimível dos motoristas oficiais, os quais, como é universalmente conhecido, detestam ir a passo de boi quando levam duzentos cavalos no motor. Não lhes durou muito a correria. A decisão, por brusca, por precipitada, como todas as que são fruto do medo, deu origem a que, praticamente em todos os percursos, ora um pouco mais à frente ora um pouco mais atrás, se produzissem pequenas colisões, em geral era o automóvel de trás a dar uma trombada no que o precedia, ditosamente sem consequências de maior gravidade para os passageiros, foi um sobressalto de susto e pouco mais, um hematoma na testa, um arranhão na cara, um jeito no pescoço, nada que baste para justificar amanhã uma medalha por ferimentos, cruz de guerra, coração púrpura ou qualquer engendro similar. As ambulâncias chegaram-se à frente, prestes o pessoal médico e de enfermagem correu a acudir aos feridos, a confusão era enorme, deplorável em todos os seus aspetos, paradas as caravanas, chamadas telefónicas pedindo informações sobre o que se estava a passar nos outros percursos, alguém a exigir em altos brados que lhe fizessem o ponto da situação, e ainda por cima estas fiadas de prédios iluminados como árvores de natal, só faltam os fogos de artifício e as rodas de cavalinhos, menos mal que não aparecem pessoas às janelas a gozar com o espetáculo que a rua lhes oferece grátis, a rir, a fazer chacota, apontando a dedo os carros abalroados. Subalternos de curtas vistas, daqueles para quem só o instante de agora interessa, como quase todos o são, certamente pensariam assim, pensá-lo-iam também, talvez, uns quantos subsecretários e assessores de escasso futuro, mas nunca por nunca ser um primeiro-ministro, e ainda menos tão previsor como este se tem manifestado. Enquanto o médico lhe pincelava o queixo com um antisséptico e interrogava os seus botões sobre se seria exceder-se nos cuidados aplicar ao ferido uma injeção antitetânica, o chefe do governo dava voltas à inquietação que lhe sacudira o espírito logo que os primeiros prédios se iluminaram. Sem dúvida era caso para desconcertar o mais fleumático dos políticos, sem dúvida era inquietante, desassossegador, mas pior, muito pior, era não ver ninguém naquelas janelas, como se as caravanas oficiais estivessem a fugir ridiculamente do nada, como se as forças do exército e da polícia, carros de assalto e camiões da água incluídos, tivessem sido desprezadas pelo inimigo e agora não tivessem a quem combater. Ainda um tanto atordoado pelo choque, mas já com o adesivo colado no queixo e tendo recusado com estoica impaciência a injeção antitetânica, o primeiro-ministro lembrou-se de súbito de que a sua primeira obrigação era ter telefonado ao chefe do estado, perguntar-lhe como se encontrava, interessar-se pela saúde da presidencial pessoa, e que tinha de fazê-lo agora mesmo, sem mais perda de tempo, não fosse o caso de ele, por maliciosa astúcia política, se antecipar, E apanhar-me com as calças na mão, murmurou sem pensar no significado literal da frase. Pediu ao secretário que fizesse a chamada, um outro secretário respondeu de lá, o secretário daqui disse que o senhor primeiro-ministro desejava falar ao senhor presidente, o secretário de lá disse um momento por favor, o secretário daqui passou o telefone ao primeiro-ministro, e este, como competia, esperou, Como estão por aí as coisas, perguntou o presidente, Umas quantas chapas amolgadas, nada de importância, respondeu o primeiro-ministro, Pois por aqui, nada, Não houve colisões, Só uns pequenos embates, Sem gravidade, espero, Sim, estas blindagens são à prova de bomba, Lamento que me obrigue a recordar-lhe, senhor presidente, que nenhuma blindagem de automóvel é à prova de bomba, Não precisava de mo dizer, sempre haverá uma lança para uma couraça, sempre haverá uma bomba para uma blindagem, Está ferido, Nem um arranhão. A cara de um oficial da polícia apareceu à janela do carro, fez sinal de que a viagem podia prosseguir, Já estamos outra vez a andar, informou o primeiro-ministro, Aqui quase não chegámos a parar, respondeu o chefe do estado, Senhor presidente, uma palavra, Diga, Não posso esconder-lhe que me sinto preocupado, agora muito mais que no dia da primeira eleição, Porquê, Estas luzes que se acenderam à nossa passagem e que, com toda a probabilidade, vão continuar a acender-se durante o resto do caminho, até sairmos da cidade, a ausência absoluta de pessoas, repare que não se distingue uma só alma nas janelas nem nas ruas, é estranho, muito estranho, começo a pensar que deverei admitir o que até agora recusava, que há uma intenção por trás disto, uma ideia, um objetivo pensado, as coisas estão a passar-se como se a população obedecesse a um plano, como se houvesse uma coordenação central, Não acredito, o meu caro primeiro-ministro sabe muito melhor do que eu que a teoria da conspiração anarquista não tinha qualquer ponta por onde se lhe pegasse, e que a outra teoria, de que um estado estrangeiro malvado estava empenhado numa ação desestabilizadora contra o nosso país, não valia mais que a primeira, Julgávamos que tínhamos a situação completamente controlada, que éramos donos e senhores da situação, e afinal saltaram-nos ao caminho com uma surpresa que nem o mais pintado pareceria capaz de imaginar, um perfeito golpe de teatro, tenho de reconhecê-lo, Que pensa fazer, Por agora, continuar com o plano que elaborámos, se as circunstâncias futuras aconselharem a introduzir-lhe alterações só o faremos depois de um exame exaustivo dos novos dados, seja como for, quanto ao fundamental, não prevejo que tenhamos de efetuar qualquer mudança, E na sua opinião o fundamental é, Discutimo-lo e chegámos a acordo, senhor presidente, isolar a população, deixá-los cozer a fogo lento, mais cedo ou mais tarde é inevitável que comecem a dar-se conflitos, os choques de interesses irão suceder-se, a vida tornar-se-á cada vez mais difícil, em pouco tempo o lixo invadirá as ruas, imagine, senhor presidente, o que será tudo isto se as chuvas voltarem, e, tão certo como eu ser primeiro-ministro, haverá graves problemas no abastecimento e distribuição dos alimentos, nós nos encarregaremos de os criar se assim se mostrar conveniente, Crê então que a cidade não poderá resistir por muito tempo, Assim é, além disso, há outro fator importante, talvez o mais importante de todos, Qual, Por muito que se tenha tentado e continue a tentar-se, nunca se há de conseguir que as pessoas pensem todas da mesma maneira, Desta vez até se diria que sim, Seria demasiado perfeito para poder ser verdadeiro, senhor presidente, E se existe realmente por aí, pelo menos há pouco tinha-o admitido como hipótese, uma organização secreta, uma máfia, uma camorra, uma cosa nostra, uma cia ou um kgb, A cia não é secreta, senhor presidente, e o kgb já não existe, A diferença não será grande, mas imaginemos algo assim, ou ainda pior, se é possível, mais maquiavélico, inventado agora para criar esta quase unanimidade à volta de, se quer que lhe diga, nem sei bem de quê, Do voto em branco, senhor presidente, do voto em branco, Até aí sou capaz de chegar por minha própria conta, o que me interessa é aquilo que não sei, Não duvido, senhor presidente, Continue, por favor, Embora eu seja obrigado a admitir, em teoria, sempre em teoria, a possibilidade da existência de uma organização clandestina decidida contra a segurança do estado e contra a legitimidade do sistema democrático, essas coisas não se fazem sem contactos, sem reuniões, sem células, sem aliciamentos, sem papéis, sim, sem papéis, o senhor presidente bem sabe que neste mundo é totalmente impossível fazer qualquer coisa sem papéis, e nós, a par de não termos uma só informação que seja sobre qualquer atividade das que acabei de mencionar, também não encontrámos, ao menos, uma simples folha de agenda que dissesse Avante, companheiros, le jour de gloire est arrivé, Não compreendo por que teria de ser em francês, Por aquilo da tradição revolucionária, senhor presidente, Que extraordinário país este nosso, onde sucedem coisas nunca antes vistas em nenhuma outra parte do planeta, Não precisarei de lhe recordar, senhor presidente, que não foi esta a primeira vez, Precisamente a isso me estava a referir, meu caro primeiro-ministro, É evidente que não há a menor probabilidade de uma relação entre os dois acontecimentos, É evidente que não, a única coisa que têm em comum é a cor, Para o primeiro não se encontrou até hoje uma explicação, E para este também a não temos, Lá chegaremos, senhor presidente, lá chegaremos, Se não dermos antes com a cabeça numa parede, Tenhamos confiança, senhor presidente, a confiança é fundamental, Em quê, em quem, diga-me, Nas instituições democráticas, Meu caro, reserve esse discurso para a televisão, aqui só nos ouvem os secretários, podemos falar com clareza. O primeiro-ministro mudou de conversa, Já estamos a sair da cidade, senhor presidente, Por este lado, também, Peço-lhe que olhe para trás, senhor presidente, por favor, Para quê, As luzes, Que têm as luzes, Continuam acesas, ninguém as apagou, E que conclusões quer que eu tire destas luminárias, Não sei bem, senhor presidente, o natural seria que as fossem apagando à medida que fôssemos avançando, mas não, aí estão elas, imagino que vistas do ar aparecerão como uma enorme estrela de vinte e sete braços, Pelos vistos, tenho um primeiro-ministro poeta, Não sou poeta, mas uma estrela é uma estrela é uma estrela, ninguém o pode negar, senhor presidente, E agora que vamos fazer, O governo não vai ficar de braços cruzados, ainda não se nos acabaram as munições, ainda temos setas na aljava, Espero que a pontaria não lhe falhe, Só precisarei de ter o inimigo ao meu alcance, Mas esse é precisamente o problema, não sabemos onde o inimigo está, nem sequer sabemos quem ele é, Há de aparecer, senhor presidente, é questão de tempo, eles não podem permanecer escondidos eternamente, Assim o tempo não nos falte, Havemos de encontrar uma solução, Já estamos a chegar à fronteira, continuaremos a conversa no meu gabinete, apareça logo, aí pelas seis da tarde, Sim senhor presidente, lá estarei.

A fronteira era igual em todas as saídas da cidade, uma pesada vedação amovível, um par de tanques, cada um no seu lado da estrada, umas quantas barracas, e soldados armados, metidos em uniformes de campanha e com as caras pintadas. Focos potentes iluminam o platô. O presidente saiu do automóvel, retribuiu com um gesto civil e meio displicente a impecável continência do oficial no comando, e perguntou, Como vão as coisas por aqui, Sem novidade, calma absoluta, senhor presidente, Alguém tentou sair, Negativo, senhor presidente, Suponho que estará a referir-se a veículos motorizados, a bicicletas, a carroças, a trotinetas, A veículos motorizados, sim senhor presidente, E pessoas a pé, Nem uma para amostra, Claro que já pensou que os fugitivos poderão não vir pela estrada, Sim senhor presidente, de toda a maneira não conseguirão atravessar, além das patrulhas convencionais que vigiam metade da distância que nos separa das duas saídas mais próximas, a um lado e a outro, dispomos de sensores eletrónicos que seriam capazes de dar sinal de um rato se os tivéssemos regulado para detetar pequenos corpos, Muito bem, conhece com certeza o que se diz nestas ocasiões, a pátria vos contempla, Sim senhor presidente, temos consciência da importância da nossa missão, Suponho que terão recebido instruções para o caso de haver tentativas de saída em massa, Sim senhor presidente, Quais são, Primeiro, dar voz de alto, Isso é óbvio, Sim senhor presidente, E se eles não fizerem alto, Se não fizerem alto disparamos para o ar, E se apesar disso avançarem, Então intervirá uma secção da polícia antidistúrbios que nos foi afetada, E ela como atuará, Aí é conforme, senhor presidente, ou lançam o gás lacrimogéneo, ou atacam com os carros da água, essas ações não são da competência do exército, Parece-me notar nas suas palavras um certo tom crítico, É que em minha opinião não são maneiras de fazer uma guerra, senhor presidente, Interessante observação, e se as pessoas não recuarem, É impossível que não recuem, senhor presidente, gases lacrimogéneos e água à pressão não há quem consiga aguentá-los, Mas imagine que sim, que ordens tem para uma hipótese dessas, Disparar às pernas, Porquê às pernas, Não queremos matar compatriotas nossos, Mas sempre poderá suceder, Sim senhor presidente, sempre poderá suceder, Tem família na cidade, Sim senhor presidente, Imagine que vê a sua mulher e os seus filhos à frente de uma multidão que avança, A família de um militar sabe como deve comportar-se em todas as situações, Suponho que sim, mas imagine, faça um esforço, As ordens são para se cumprirem, senhor presidente, Todas, Até hoje tenho a honra de haver cumprido todas as que me deram, E amanhã, Espero não ter que vir a dizer-lho, senhor presidente, Oxalá. O presidente deu dois passos para o carro, de repente perguntou, Tem a certeza de que a sua mulher não votou em branco, Poria as mãos no fogo, senhor presidente, Poria mesmo, É uma maneira de falar, quero dizer que tenho a certeza de que ela cumpriu o seu dever de eleitora, Votando, Sim, Mas isso não responde à minha pergunta, Pois não, senhor presidente, Então responda, Não posso, senhor presidente, Porquê, Porque a lei não mo permite, Ah. O presidente olhou demoradamente o oficial, depois disse, Até à vista, capitão, é capitão, não é, Sim senhor presidente, Boas noites, capitão, talvez voltemos a ver-nos, Boas noites, senhor presidente, Reparou que não lhe perguntei se tinha votado em branco, Reparei, sim, senhor presidente. O carro arrancou em grande velocidade. O capitão levou as mãos à cara. O suor escorria-lhe da testa.

As luzes começaram a apagar-se quando o último camião da tropa e a última furgoneta da polícia saíram da cidade. Um após outro, como quem se despede, foram desaparecendo os vinte e sete braços da estrela, ficando apenas a desenhar o impreciso roteiro das ruas desertas a escassa iluminação pública que ninguém se lembrou de fazer regressar ao normal de todas as noites. Saberemos até que ponto está a cidade viva quando os negrumes intensos do céu principiarem a dissolver-se na vagarosa maré de profundo azul que uma boa visão já seria capaz de distinguir subindo do horizonte, então ver-se-á se os homens e as mulheres que habitam os andares destes prédios saem para o seu trabalho, se os primeiros autocarros recolhem os primeiros passageiros, se as carruagens do metropolitano atroam velozmente os túneis, se as lojas abrem as suas portas e retiram os taipais, se os jornais chegam aos quiosques. A esta hora matutina, enquanto se lavam, vestem e tomam o café com leite de todas as manhãs, as pessoas ouvem a rádio a anunciar, excitadíssima, que o presidente, o governo e o parlamento abandonaram a cidade esta madrugada, que não há polícia na cidade e o exército se retirou, então ligam a televisão, que no mesmo tom lhes oferece a mesma notícia, e tanto uma como outra, rádio e televisão, com pequenos intervalos, vão informando que, sendo sete horas exatas, será transmitida uma importante comunicação do chefe do estado dirigida a todo o país e, em particular, como teria de ser, aos obstinados habitantes da cidade capital. Por enquanto os quiosques ainda não estão abertos, é inútil descer à rua para comprar o jornal, da mesma maneira que não vale a pena, se bem que alguns, mais modernos, já o tentaram, procurar na rede, a de internet, a previsível descompostura presidencial. O secretismo oficial, se é certo que, ocasionalmente, pode ser tocado pela peste da inconfidência, como ainda não há muitas horas ficou demonstrado com o concertado acender das luzes dos prédios, é no mais alto ponto escrupuloso sempre que nele se encontrarem envolvidas autoridades superiores, as quais, como é mais do que sabido, por um dá cá aquela palha, não só exigem rápidas e completas explicações aos faltosos, como de vez em quando lhes cortam as cabeças. Faltam dez minutos para as sete, a estas horas já muitas das pessoas que ainda preguiçam deveriam estar na rua a caminho dos empregos, mas um dia não são dias, é como se tivesse sido decretada tolerância de ponto para o funcionalismo público, e, no que às empresas particulares respeita, o mais provável é que a maior parte delas se mantenham fechadas o dia todo, a ver no que irá isto dar. Cautela e caldos de galinha nunca fizeram mal a quem tem saúde. A história mundial dos tumultos tem-nos mostrado que, quer se trate de uma alteração específica da ordem pública, quer de uma simples ameaça dela, os melhores exemplos de prudência são-nos em geral oferecidos pelo comércio e indústria com porta para a rua, atitude assustadiça que é nosso dever respeitar, uma vez que são estes os ramos de atividade profissional que mais têm que perder, e invariavelmente perdem, em estilhaçamentos de montras, assaltos, saqueios e sabotagens. Às sete horas menos dois minutos, com a expressão e a voz lutuosa que as circunstâncias impunham, os locutores de serviço às televisões e às rádios anunciaram finalmente que o chefe do estado iria falar à nação. A imagem seguinte, cenograficamente introdutória, mostrou uma bandeira nacional a mover-se extenuada, lânguida, preguiçosa, como se estivesse, a cada instante, à beira de resvalar desamparada do mastro. Estava de calmaria o dia em que lhe foram tirar o retrato, comentou alguém numa destas casas. A simbólica insígnia pareceu ressuscitar aos primeiros acordes do hino nacional, a aragem mole havia dado subitamente lugar a um vento enérgico que só poderia ter vindo do vasto oceano e das batalhas vencedoras, soprasse ele um pouquinho mais, com um pouquinho mais de força, e certamente veríamos aparecer valquírias cavalgando com heróis na garupa. Depois, sumindo-se ao longe, na distância, o hino levou a bandeira consigo, ou a bandeira levou consigo o hino, a ordem dos fatores é indiferente, e então o chefe do estado apareceu ao povo por trás de uma secretária, sentado, com os olhos severos fixos no teleponto. À sua direita, posta em sentido, a bandeira, não a outra, esta de interior, compunha discretamente as pregas. O presidente entrelaçou os dedos talvez para disfarçar uma contração involuntária, Está nervoso, disse o homem do comentário sobre a falta de vento, vamos a ver com que cara explicará a partida canalhesca que acabam de nos pregar. As pessoas que aguardavam a iminente demonstração oratória do chefe do estado não poderiam, nem por sombras, imaginar o esforço que aos assessores literários da presidência da república lhes havia custado preparar o discurso, não quanto ao arrazoado propriamente dito, que só teria de pulsar umas quantas cordas do alaúde estilístico, mas ao vocativo que, segundo a norma, o deveria abrir, as palavras padronizadas que, na generalidade dos casos, dão começo a arengas desta natureza. Na verdade, considerando a melindrosa matéria da comunicação, seria pouco menos que ofensivo dizer Queridos Compatriotas, ou Estimados Concidadãos, ou então, modo mais simples e mais nobre se a hora fosse de tanger com adequado tremolo o bordão do amor à pátria, Portugueeeesas, Portugueeeeeses, palavras estas que, apressamo-nos a esclarecer, só aparecem graças a uma suposição absolutamente gratuita, sem qualquer espécie de fundamento objetivo, a de que o teatro dos gravíssimos acontecimentos de que, como é nosso timbre, temos vindo a dar minuciosa notícia, seja acaso, ou acaso tivesse sido, o país das ditas portuguesas e dos ditos portugueses. Tratou-se de um mero exemplo ilustrativo, nada mais, do qual, apesar da bondade das nossas intenções, nos adiantamos a pedir desculpa, em especial porque se trata de um povo universalmente famoso por ter sempre exercido com meritória disciplina cívica e religiosa devoção os seus deveres eleitorais.

Ora, regressando à morada de que temos feito posto de observação, convém dizer que, ao contrário do que seria natural esperar, nenhum dos ouvintes, quer da rádio quer da televisão, reparou que da boca do presidente não saiu nenhum dos habituais vocativos, nem este, nem aquele, nem aqueloutro, talvez porque o pungente dramatismo das primeiras palavras atiradas ao éter, Falo-vos com o coração nas mãos, tivesse desaconselhado aos assessores literários do chefe do estado, por supérflua e inoportuna, a introdução de qualquer dos referidos estribilhos. De facto, há que reconhecer que seria de uma total incongruência principiar por dizer carinhosamente Estimados Concidadãos ou Queridos Compatriotas, como quem se dispõe a anunciar que a partir de amanhã baixará em cinquenta por cento o preço da gasolina, para logo a seguir atirar aos olhos da audiência trespassada de pavor uma sangrenta, escorregadia e ainda palpitante víscera. O que o presidente da república ia comunicar, adeus, adeus, até outro dia, já era do conhecimento de todos, mas compreende-se que as pessoas tivessem curiosidade de ver como iria ele descalçar a bota. Eis por conseguinte o discurso completo, a que só faltam, por intransponível impossibilidade de transcrição, a tremura da voz, a compunção do gesto, a aguinha ocasional de uma lágrima mal contida, Falo-vos com o coração nas mãos, falo-vos despedaçado pela dor de um afastamento incompreensível, como um pai abandonado pelos filhos a quem tanto amara, perdidos, perplexos, eles e eu, ante a sucessão de uns acontecimentos insólitos que vieram romper a sublime harmonia familiar. E não digais que fomos nós, que fui eu próprio, que foi o governo da nação, assim como os deputados eleitos, os que nos separámos do povo. É certo que nos retirámos essa madrugada para outra cidade que a partir de agora passará a ser a capital do país, é certo que decretámos para esta capital que foi e deixou de ser um rigoroso estado de sítio que, pela própria força das coisas, vai dificultar seriamente o funcionamento equilibrado de uma aglomeração urbana de tanta importância e com estas dimensões físicas e sociais, é certo que vos encontrais cercados, rodeados, confinados dentro do perímetro da cidade, que não podeis sair dela, que se o tentais sofrereis as consequências de uma imediata resposta pelas armas, mas o que não podereis nunca é dizer que a culpa a têm estes a quem a vontade popular, livremente expressa em sucessivas, pacíficas e leais disputas democráticas, confiou os destinos da nação para que a defendêssemos de todos os perigos internos e externos. Vós, sim, sois os culpados, vós, sim, sois os que ignominiosamente haveis desertado do concerto nacional para seguirdes o caminho torcido da subversão, da indisciplina, do mais perverso e diabólico desafio ao poder legítimo do estado de que há memória em toda a história das nações. Não vos queixeis de nós, queixai-vos antes de vós próprios, não destes que também pela minha voz falam, estes, ao governo me refiro, que uma e muitas vezes vos pediram, que digo eu, rogaram e imploraram que emendásseis a vossa maliciosa obstinação, cujo sentido último, apesar dos ingentes esforços de investigação postos em marcha pelas autoridades do estado, ainda hoje, desgraçadamente, se mantém impenetrável. Durante séculos e séculos fostes a cabeça do país e o orgulho da nação, durante séculos e séculos, quando em horas de crise nacional, de aflição coletiva, o nosso povo habituou-se a virar os olhos para este burgo, para estas colinas, sabendo que daqui lhe acudiria o remédio, a palavra consoladora, o rumo certo para o futuro. Haveis atraiçoado a memória dos vossos antepassados, eis a dura verdade que atormentará para todo o sempre a vossa consciência, eles ergueram, pedra a pedra, o altar da pátria, vós decidistes destruí-lo, que a vergonha caia pois sobre vós. Com toda a minha alma, quero acreditar que a vossa loucura será transitória, que não perdurará, quero pensar que amanhã, um amanhã que rezo aos céus não se faça esperar demasiado, o arrependimento penetrará docemente nos vossos corações e voltareis a congraçar-vos com a comunidade nacional, raiz de raízes, e com a legalidade, regressando, como o filho pródigo, à casa paterna. Agora sois uma cidade sem lei. Não tereis aqui um governo para vos impor o que deveis e o que não deveis fazer, como deveis e como não deveis comportar-vos, as ruas serão vossas, pertencem-vos, usai-as como vos apeteça, nenhuma autoridade aparecerá a cortar-vos o passo e a dar-vos o bom conselho, mas também, atentai bem no que vos digo, nenhuma autoridade virá proteger-vos de ladrões, violadores e assassinos, essa será a vossa liberdade, desfrutai dela. Talvez imagineis, ilusoriamente, que, entregados ao vosso alvedrio e aos vossos livres caprichos, sereis capazes de organizar melhor e melhor defender as vossas vidas que o que em favor delas nós havíamos feito com os métodos antigos e as antigas leis. Terrível equívoco o vosso. Antes cedo que tarde sereis obrigados a tomar chefes que vos governem, se é que não serão eles a irromper bestialmente do caos inevitável em que ireis cair, e impor-vos a sua lei. Então vos dareis conta da dimensão trágica do vosso engano. Talvez venhais a rebelar-vos como no tempo dos constrangimentos autoritários, como no ominoso tempo das ditaduras, mas, não tenhais ilusões, sereis reprimidos com igual violência, e não sereis chamados a votar porque não haverá eleições, ou talvez, sim, as haja, mas não serão isentas, limpas e honestas como as que haveis desprezado, e assim será até ao dia em que as forças armadas que, comigo e com o governo da nação, hoje decidiram abandonar-vos ao destino que havíeis escolhido, tenham de regressar para vos libertar dos monstros por vós próprios gerados. Todo o vosso sofrimento haverá sido inútil, vã toda a vossa teimosia, e então compreendereis, demasiado tarde, que os direitos só o são integralmente nas palavras com que tenham sido enunciados e no pedaço de papel em que hajam sido consignados, quer ele seja uma constituição, uma lei ou um regulamento qualquer, compreendereis, oxalá convencidos, que a sua aplicação desmedida, inconsiderada, convulsionaria a sociedade mais solidamente estabelecida, compreendereis, enfim, que o simples senso comum ordena que os tomemos como mero símbolo daquilo que poderia ser, se fosse, e nunca como sua efetiva e possível realidade. Votar em branco é um direito irrenunciável, ninguém vo-lo negará, mas, tal como proibimos às crianças que brinquem com o lume, também aos povos prevenimos de que vai contra a sua segurança mexer na dinamite. Vou terminar. Tomai a severidade dos meus avisos, não como uma ameaça, mas como um cautério para a infeta supuração política que haveis gerado no vosso seio e em que vos estais revolvendo. Voltareis a ver-me e a ouvir-me no dia em que tiverdes merecido o perdão que, apesar de tudo, estamos inclinados a conceder-vos, eu, vosso presidente, o governo que haveis elegido em melhores tempos, e a parte sã e pura do nosso povo, essa de que neste momento não sois dignos. Até esse dia, adeus, e que o senhor vos proteja. A imagem grave e compungida do chefe do estado desapareceu e em seu lugar tornou a surgir a bandeira hasteada. O vento agitava-a de cá para lá, de lá para cá, como uma tonta, ao mesmo tempo que o hino repetia os bélicos acordes e os marciais acentos que haviam sido compostos em eras passadas de imparável exaltação patriótica, mas que agora pareciam soar a rachado. Sim senhor, o homem falou bem, resumiu o mais velho da família, e há que reconhecer que tem toda a razão no que disse, as crianças não devem brincar com o lume porque depois é certo e sabido que mijam na cama.

As ruas, até aí praticamente desertas, fechado o comércio quase todo, quase vazios os autocarros que passavam, encheram-se de gente em poucos minutos. Os que tinham ficado em casa debruçavam-se às janelas para ver o concurso, palavra que não quer dizer que as pessoas caminhassem todas na mesma direção, eram antes como dois rios, um a subir, outro a descer, e acenava-se de um lado para o outro como se a cidade estivesse em festa, como se fosse feriado municipal, por ali não se viam ladrões nem violadores nem assassinos, ao contrário dos mal-intencionados prognósticos do presidente fugido. Em alguns andares dos prédios, aqui, além, estavam fechadas as janelas, com as persianas, quando as havia, melancolicamente descidas, como se um doloroso luto tivesse ferido as famílias que ali residiam. Nesses andares não se tinham acendido as alertas luzes da madrugada, quando muito os residentes teriam espreitado por trás das cortinas com um aperto no coração, ali vivia gente com ideias políticas muito firmes, pessoas que tendo votado, quer na primeira eleição quer na segunda, nas suas preferências de toda a vida, o partido da direita e o partido do meio, não tinham agora qualquer motivo para festejar, e, bem pelo contrário, temiam o desencadear de ataques da massa ignara que cantava e gritava nas ruas, o rebentar das sacrossantas portas do lar, a conspurcação das recordações de família, o saque das pratas, Cantem, cantem, que logo choram, diziam uns aos outros para dar-se coragem. Quanto aos votantes do partido da esquerda, aqueles que não estavam a aplaudir das janelas é porque tinham descido à rua, como facilmente se pode demonstrar, nesta em que nos encontramos, por uma bandeira que de vez em quando, a modos de tomar o pulso, assoma por cima do caudaloso rio de cabeças. Ninguém foi trabalhar. Os jornais esgotaram-se nos quiosques, todos eles traziam na primeira página a arenga do presidente, além de uma fotografia tirada no ato da leitura, provavelmente, a avaliar pela expressão dolorida do rosto, no momento em que ele dissera que estava a falar com o coração nas mãos. Poucos eram os que perdiam tempo a ler o que já sabiam, a quase todos o que acima de tudo interessava era informar-se do que pensavam os diretores dos jornais, os editorialistas, os comentadores, alguma entrevista de última hora. Os títulos de abertura atraíam a atenção dos curiosos, eram enormes, garrafais, outros, nas páginas interiores, de tamanho normal, mas todos pareciam ter nascido da cabeça de um mesmo génio da síntese titulativa, aquela que permite dispensar sem remorso a leitura da notícia que vem a seguir. Havia-os sentimentais como A Capital Amanheceu Órfã, irónicos como A Castanha Rebentou Na Boca Dos Provocadores ou O Voto Branco Saiu-Lhes Preto, pedagógicos como O Estado Dá Uma Lição À Capital Insurreta, vingativos como Chegou A Hora Do Ajuste De Contas, proféticos como Tudo Será Diferente A Partir De Agora ou A Partir De Agora Nada Será Igual, alarmistas como A Anarquia À Espreita ou Movimentações Suspeitas Na Fronteira, retóricos como Um Discurso Histórico Para Um Momento Histórico, bajuladores como A Dignidade Do Presidente Desafia A Irresponsabilidade Da Capital, bélicos como O

Exército Cerca A Cidade, objetivos como A Retirada Dos Órgãos De Poder Fez-Se Sem Incidentes, radicais como A Câmara Municipal Deve Assumir Toda A Autoridade, táticos como A Solução Está Na Tradição Municipalista. Referências à estrela maravilhosa, a dos vinte e sete braços de luz, foram poucas e mesmo essas metidas a trouxe-mouxe no meio das notícias, sem a graça atrativa de um título, ainda que fosse irónico, ainda que fosse sarcástico, do género E Ainda Se Queixam De Que A Eletricidade Está Cara. Alguns dos editoriais, se bem que aprovando a atitude do governo, Nunca as mãos lhes doam, exortava um deles, atreviam-se a expressar certas dúvidas sobre a alegada razoabilidade da proibição de sair da cidade imposta aos habitantes, É que, uma vez mais, para não variar, vão pagar os justos pelos pecadores, os honestos pelos malfeitores, aí temos o caso de dignas cidadãs e de dignos cidadãos que, tendo cumprido com requintado escrúpulo o seu dever de eleitores votando em qualquer dos partidos legalmente constituídos que ordenam o quadro de opções políticas e ideológicas em que a sociedade se reconhece de modo consensual, veem agora coartada a sua liberdade de movimentos por culpa de uma insólita maioria de perturbadores cuja única característica há quem diga que é não saberem o que querem, mas que, em nosso entender, o sabem muito bem e estão a preparar-se para o assalto final ao poder. Outros editoriais iam mais longe, reclamavam a abolição pura e simples do segredo de voto e propunham para o futuro, quando a situação se normalizasse, como por jeito ou por força terá de suceder algum dia, a criação de uma caderneta de eleitor, na qual o presidente da assembleia de voto, após conferir, antes de o introduzir na urna, o voto expresso, anotaria, para todos os efeitos legais, tanto os oficiais como os particulares, que o portador havia votado no partido tal ou tal, E por ser verdade e tê-lo comprovado, sob palavra de honra o assino. Se tal caderneta já existisse, se um legislador consciente da possibilidade do uso libertino do voto tivesse ousado dar este passo, articulando o fundo e a forma de um funcionamento democrático totalmente transparente, todas as pessoas que haviam votado no partido da direita ou no partido do meio estariam agora a fazer as malas para emigrar com destino à sua verdadeira pátria, essa que sempre tem abertos os braços para receber aqueles a quem mais facilmente pode apertar. Caravanas de automóveis e autocarros, de furgonetas e camiões de mudanças, levando arvoradas as bandeiras dos partidos e buzinando a compasso, pê dê dê, pê dê eme, não tardariam a seguir o exemplo do governo, a caminho dos postos militares da fronteira, sentados os meninos e as meninas com o rabo de fora das janelas, a gritar aos peões da insurreição, Vão pondo as barbas de molho, miseráveis traidores, Esperem-lhe pela pancada quando voltarmos, bandidos de merda, Filhos da grande puta que vos pariu, ou então, máximo insulto no vocabulário do jargão democrático, berrando, Indocumentados, indocumentados, indocumentados, e isto não seria verdade, porque todos aqueles contra quem gritavam também teriam em casa ou levariam no bolso a sua própria caderneta de eleitor, onde, ignominiosamente, como marcado a ferros, estaria escrito e carimbado Votou em branco. Só os grandes remédios são capazes de curar os grandes males, concluía seraficamente o editorialista.

A festa não durou muito. É certo que ninguém se decidiu a ir para o trabalho, mas a consciência da gravidade da situação não tardou a fazer baixar o tom às manifestações de alegria, havia mesmo quem se perguntasse, Alegres, porquê, se nos isolaram aqui como se fôssemos pestíferos em quarentena, com um exército de armas aperradas, prontas a disparar contra quem pretenda sair da cidade, façam-me o favor de dizer onde estão as razões para alegrias. E outros diziam, Temos de organizar-nos, mas não sabiam como se fazia isso, nem com quem, nem para quê. Alguns sugeriam que fosse um grupo falar com o presidente da câmara municipal, oferecer leal colaboração, explicar que as intenções das pessoas que haviam votado em branco não eram deitar abaixo o sistema e tomar o poder, que aliás não saberiam que fazer depois com ele, que se haviam votado como votaram era porque estavam desiludidos e não encontravam outra maneira de que se percebesse de uma vez até onde a desilusão chegava, que poderiam ter feito uma revolução, mas com certeza iria morrer muita gente, e isso não queriam, que durante toda a vida, pacientemente, tinham ido levar os seus votos às urnas e os resultados estavam à vista, Isto não é democracia nem é nada, senhor presidente da câmara. Houve quem fosse de opinião que deveriam ponderar melhor os factos, que seria preferível deixar à câmara municipal a responsabilidade de dizer a primeira palavra, se aparecemos lá com todas essas explicações e todas essas ideias vão pensar que há uma organização política detrás de tudo isto a mexer os cordelinhos, e nós somos os únicos a saber que não é verdade, repare-se que a situação deles também não é fácil, se o governo lhes deixou uma batata quente nas mãos, a nós não convém aquecê-la ainda mais, um jornal escreveu que a câmara deveria assumir toda a autoridade, que autoridade, com que meios, a polícia foi-se embora, não há sequer quem oriente o trânsito, com certeza não estamos à espera de que os vereadores venham para a rua executar o trabalho daqueles a quem antes davam ordens, já se fala por aí que os empregados dos serviços municipais de recolha do lixo vão entrar em greve, se isto é verdade, e não devemos surpreender-nos se tal vier a suceder, está claro que só poderá tratar-se de uma provocação, seja ela da iniciativa da própria câmara ou, como seria mais provável, a mando do governo, vão tratar de amargar-nos a vida de mil maneiras, temos de estar preparados para tudo, incluindo, ou principalmente, o que agora nos pareça impossível, o baralho têm-no eles, e as cartas na manga também. Outros, do tipo pessimista, apreensivo, achavam que não havia saída para a situação, que estavam condenados ao fracasso, isto vai ser como de costume, cada um por si e os mais que se lixem, a imperfeição moral do género humano, quantas vezes o temos dito, não é de hoje nem é de ontem, é histórica, vem do tempo da maria-cachucha, agora parecerá que estamos solidários uns com os outros, mas amanhã começaremos às turras, e logo o passo a seguir será a guerra aberta, a discórdia, a confrontação, enquanto eles lá fora gozam de palanque e fazem apostas sobre o tempo que conseguiremos resistir, vai ser bonito enquanto durar, sim senhor, mas a derrota é certa e garantida, de facto, sejamos razoáveis, a quem passaria pela cabeça que uma ação destas conseguisse levar a sua avante, pessoas a votarem maciçamente em branco sem que ninguém as tivesse mandado, só de loucos, por enquanto o governo ainda não saiu do seu desconcerto e está a tentar recuperar o fôlego, porém a primeira vitória já lá a têm, viraram-nos as costas e mandaram-nos à merda, que, na opinião deles, é o que merecemos, e há que contar também com as pressões internacionais, aposto que a esta hora os governos e os partidos em todo o mundo não pensam noutra coisa, eles não são estúpidos, percebem muito bem que isto pode tornar-se num rastilho de pólvora, pega-se fogo aqui e vai rebentar lá adiante, de todo o modo, já que para eles somos merda, então vamos sê-lo até ao fim, ombro com ombro, e desta merda que somos algo os salpicará a eles.

No dia seguinte confirmou-se o rumor, os camiões da limpeza urbana não saíram à rua, os recolhedores do lixo declararam-se em greve total e tornaram públicas umas reivindicações salariais que o porta-voz da câmara imediatamente acudiu a protestar serem de todo inaceitáveis, e muito menos nesta altura, disse, quando a nossa cidade se encontra a braços com uma crise sem precedentes e de desenlace altamente problemático. Na mesma linha de ação alarmista, um jornal que desde a sua fundação se tinha especializado no ofício de amplificador das estratégias e táticas governamentais, fossem quais fossem as suas cores partidárias, do meio, da direita e dos matizes intermédios, publicava um editorial assinado pelo diretor em que se admitia como muito provável que a rebeldia dos habitantes da capital viesse a terminar num banho de sangue se estes, como tudo fazia esperar, não viessem a depor a sua obstinação. Ninguém, dizia, se atreverá a negar que o governo levou a sua paciência a extremos impensáveis, mais não se lhe poderá pedir, ou então perder-se-ia, e talvez para sempre, aquele harmonioso binómio autoridade-obediência à luz do qual floresceram as mais felizes sociedades humanas e sem o qual, como a história amplamente o tem demonstrado, nem uma só delas teria sido exequível. O editorial foi lido, a rádio repetiu as passagens principais, a televisão entrevistou o diretor, e nisto se estava quando, meio-dia exato era, de todas as casas da cidade saíram mulheres armadas de vassouras, baldes e pás, e, sem uma palavra, começaram a varrer as testadas dos prédios em que viviam, desde a porta até ao meio da rua, onde se encontravam com outras mulheres que, do outro lado, para o mesmo fim e com as mesmas armas, haviam descido. Afirmam os dicionários que a testada é a parte de uma rua ou estrada que fica à frente de um prédio, e nada há de mais certo, mas também dizem, dizem-no pelo menos alguns, que varrer a sua testada significa afastar de si alguma responsabilidade ou culpa. Grande engano o vosso, senhores filólogos e lexicólogos distraídos, varrer a sua testada começou por ser precisamente o que estão a fazer agora estas mulheres da capital, como no passado também o haviam feito, nas aldeias, as suas mães e avós, e não o faziam elas, como o não fazem estas, para afastar de si uma responsabilidade, mas para assumi-la. Possivelmente foi pela mesma razão que ao terceiro dia saíram à rua os trabalhadores da limpeza. Não traziam uniformes, vestiam à civil. Disseram que os uniformes é que estavam em greve, não eles.

Ao ministro do interior, que havia sido o da ideia, não lhe assentou nada bem que os empregados dos serviços de recolha do lixo tivessem espontaneamente regressado ao trabalho, atitude que, na sua compreensão de ministro, mais do que uma demonstração de solidariedade com as admiráveis mulheres que tinham feito da limpeza da sua rua uma questão de honra, facto que nenhum observador imparcial teria dúvida em reconhecer, tocava, sim, as raias da cumplicidade criminosa. Mal lhe chegou a má notícia, ordenou por telefone ao presidente da câmara municipal que os responsáveis pelo desrespeito às ordens recebidas fossem imediatamente reduzidos à obediência, o que, traduzido em palavras claras, significava voltar à greve, sob pena, no caso de a insubordinação continuar, de processos disciplinares sumários, com todas as consequências punitivas previstas nas leis e nos regulamentos, desde suspensão de salário e exercício a despedimento cru e duro. O presidente da câmara respondeu-lhe que as coisas sempre parecem fáceis de resolver quando são vistas de longe, mas que quem está no terreno, quem tem de resolver os bicos de obra, a esses há que escutá-los com atenção antes de se passar às decisões, Por exemplo, senhor ministro, imagine que eu dou essa ordem aos homens, Não imagino, estou a dizer-lhe que o faça, Sim, senhor ministro, de acordo, mas permita-me então que seja eu a imaginar, imagino portanto que dei ordem para voltarem à greve e que eles me mandam pentear macacos, que faria o ministro se se encontrasse num caso destes, como os obrigaria a cumprir se estivesse no meu lugar, Em primeiro lugar, a mim ninguém me mandaria pentear macacos, em segundo lugar, não estou nem estarei nunca no seu lugar, sou ministro, não sou presidente de câmara, e, já que estou com a mão nesta massa, observo-lhe que esperaria desse presidente de câmara, não só a colaboração oficial e institucional a que por lei está comprometido e que me é naturalmente devida, como também um espírito de partido que, neste caso, mais me parece brilhar pela ausência, Com a minha colaboração oficial e institucional sempre o senhor ministro poderá contar, conheço as minhas obrigações, mas quanto ao espírito de partido, melhor é não falarmos, veremos o que dele restará quando esta crise chegar ao fim, Está a fugir ao problema, senhor presidente da câmara, Não estou, não senhor, senhor ministro, necessito é que me diga como devo fazer para obrigar os trabalhadores a voltarem à greve, É assunto seu, não meu, Agora é o meu prezado colega de partido que está a querer fugir ao problema, Em toda a minha vida política nunca fugi a um problema, Está a querer fugir a este, está a querer fugir à evidência de que não disponho de quaisquer meios para fazer cumprir a sua ordem, a não ser que pretenda que chame a polícia, se é esse o caso recordo-lhe que a polícia já cá não está, saiu da cidade com o exército, ambos levados pelo governo, além disso, convenhamos que seria grossa anormalidade usar a polícia para, a bem ou a mal, e mais a mal que a bem, convencer os trabalhadores a entrarem em greve, quando desde sempre ela foi usada para rebentá-la, por infiltrações e outros processos menos subtis, Estou assombrado, um membro do partido da direita não fala assim, Senhor ministro, daqui por algumas horas, quando a noite chegar, terei de dizer que é noite, seria estúpido ou cego se afirmasse que é dia, Que tem isso que ver com o assunto da greve, Queiramo-lo ou não, senhor ministro, é noite, noite cerrada, percebemos que está a suceder algo que vai muito para lá da nossa compreensão, que excede a nossa pobre experiência, mas estamos a agir como se se tratasse do mesmo pão cozido, feito com a farinha de sempre no forno do costume, e não é assim, Terei de pensar muito seriamente se não devo pedir-lhe que apresente a sua demissão, Se o fizer, tira-me um peso de cima, conte desde já com a minha mais profunda gratidão. O ministro do interior não respondeu logo, deixou passar alguns segundos para recuperar a calma, depois perguntou, Que acha então que deveríamos fazer, Nada, Por favor, meu caro, não se pode pedir a um governo que não faça nada numa situação como esta, Permita-me que lhe diga que numa situação como esta, um governo não governa, só parecerá governar, Não posso estar de acordo consigo, alguma coisa temos feito desde que isto começou, Sim, somos como um peixe filado no anzol, agitamo-nos, sacudimos a linha, damos esticões, mas não conseguimos compreender porquê um simples pedaço de arame recurvo foi capaz de nos prender e manter presos, talvez nos venhamos a soltar, não digo que não, mas arriscamo-nos a que o bucho vá agarrado ao anzol, Sinto-me realmente perplexo, Só há uma coisa a fazer, Qual, se agora mesmo acabou de dizer-me que não adianta fazer seja o que for, Rezar para que dê resultado a tática definida pelo primeiro-ministro, Que tática, Deixá-los cozer a fogo lento, disse ele, mas mesmo isso muito temo que venha a jogar contra nós, Porquê, Porque serão eles a orientar a cozedura, Então cruzamos os braços, Falemos seriamente, senhor ministro, estará o governo disposto a acabar com a farsa do estado de sítio, mandar avançar o exército e a aviação, pôr a cidade a ferro e fogo, ferir e matar dez ou vinte mil pessoas para dar um exemplo, e depois meter três ou quatro mil na prisão, acusando-as não se sabe de que crime quando precisamente crime não existe, Não estamos em guerra civil, o que queremos, simplesmente, é chamar as pessoas à razão, mostrar-lhes o engano em que caíram ou as fizeram cair, isso é o que falta averiguar, fazer-lhes perceber que um uso sem freio do voto em branco tornaria ingovernável o sistema democrático, Não parece que os resultados, até agora, tenham sido brilhantes, Levará o seu tempo, mas por fim as pessoas verão a luz, Não o sabia com essas tendências místicas, senhor ministro, Meu caro, quando as situações se complicam, quando se tornam desesperantes, agarramo-nos a tudo, estou até convencido de que alguns dos meus colegas de governo, se isso servisse de alguma coisa, não se importariam nada de ir de romeiros, de vela na mão, a fazer promessas ao santuário, Já que me fala disso, há aqui uns santuários de outro género aonde eu gostaria que o ministro do interior fizesse chegar uma velinha das suas, Explique-se, Diga por favor aos jornais e à gente da televisão e da rádio que não deitem mais gasolina na fogueira, se a sensatez e a inteligência nos faltam, arriscamo-nos a que tudo isto vá pelos ares, deve ter lido que o diretor do jornal do governo cometeu hoje a estupidez de admitir a possibilidade de que isto venha a terminar num banho de sangue, O jornal não é do governo, Se este comentário me é permitido, senhor ministro, teria preferido outro comentário seu, O homenzinho excedeu-se, passou as marcas, acontece sempre que se quer apresentar mais serviço que aquele que foi encomendado, Senhor ministro, Diga, Que faço finalmente com os empregados do serviço municipal de limpeza, Deixe-os trabalhar, dessa maneira a câmara municipal ficará bem vista aos olhos da população e isso poderá ser-nos útil no futuro, além do mais, há que reconhecer que a greve era só um dos elementos da estratégia, e de certeza não o de maior importância, Não seria bom para a cidade, nem agora nem no futuro, que a câmara municipal fosse utilizada como uma arma de guerra contra os seus munícipes, A câmara não pode ficar à margem de uma situação como esta, a câmara está neste país e não noutro, Não estou a pedir que nos deixem à margem da situação, o que peço é que o governo não ponha obstáculos ao exercício das minhas competências próprias, que em nenhum momento queira dar ao público a impressão de que a câmara municipal não passa de mais um instrumento da sua política repressiva, com perdão da palavra, em primeiro lugar porque não é verdade, e em segundo lugar porque não o será nunca, Temo não o compreender, ou compreendê-lo demasiado bem, Senhor ministro, um dia, não sei quando, a cidade voltará a ser a capital do país, É possível, não é certo, depende de até onde queiram chegar com a rebelião, Seja como for, é preciso que esta câmara municipal, comigo aqui ou com qualquer outro presidente, jamais possa ser olhada como cúmplice ou coautora, mesmo que apenas indiretamente, de uma repressão sangrenta, o governo que a ordene não terá outro remédio que aguentar-se com as consequências, mas a câmara, essa, é da cidade, não a cidade da câmara, espero ter sido suficientemente claro, senhor ministro, Tão claro que lhe vou fazer uma pergunta, Ao seu dispor, senhor ministro, Votou em branco, Repita, por favor, não ouvi bem, Perguntei-lhe se votou em branco, perguntei-lhe se era branco o voto que pôs na urna, Nunca se sabe, senhor ministro, nunca se sabe, Quando tudo isto terminar, espero vir a ter consigo uma longa conversa, Às suas ordens, senhor ministro, Boas tardes, Boas tardes, A minha vontade seria ir aí e dar-lhe um puxão de orelhas, Já não estou na idade, senhor ministro, Se alguma vez vier a ser ministro do interior, saberá que para puxões de orelhas e outras correções nunca houve limite de idade, Que não o ouça o diabo, senhor ministro, O diabo tem tão bom ouvido que não precisa que lhe digam as coisas em voz alta, Valha-nos então deus, Não vale a pena, esse é surdo de nascença.

Assim terminou a elucidativa e chispeante conversação entre o ministro do interior e o presidente da câmara municipal, depois de terem esgrimido, um e outro, pontos de vista, argumentos e opiniões que, com todas as probabilidades, terão desorientado o leitor, já duvidoso de que os dois interlocutores pertençam de facto, como antes pensava, ao partido da direita, aquele mesmo que, como poder, anda a praticar uma suja política de repressão, tanto no plano coletivo, submetida a cidade capital ao vexame de um estado de sítio ordenado pelo próprio governo do país, como no plano individual, interrogatórios duros, detetores de mentiras, ameaças e, sabe-se lá, torturas das piores, embora mande a verdade dizer que, se as houve, não poderemos testemunhar, não estávamos presentes, o que, reparando bem, não significa muito, porquanto também não estivemos presentes na travessia do mar vermelho a pé enxuto, e toda a gente jura que aconteceu. No que ao ministro do interior se refere, já deverá ter sido notado que na couraça de guerreiro indómito que, em surda competição com o ministro da defesa, se esforça por exibir, há como que uma falha subtil, ou, para falar popularmente, uma racha onde cabe um dedo. Não fora assim e não teríamos tido que assistir aos sucessivos fracassos dos seus planos, à rapidez e facilidade com que o gume da sua espada perde o fio, como neste diálogo se acabou de confirmar, que, tendo as entradas sido de leão, foram as saídas de sendeiro, para não dizer coisa pior, veja-se por exemplo a falta de respeito demonstrada ao afirmar taxativamente que deus é mouco de nascença. Quanto ao presidente da câmara municipal, usando as palavras do ministro do interior, alegra-nos verificar que viu a luz, não a que o dito ministro quer que os votantes da capital vejam, mas a que os ditos votantes em branco esperam que alguém comece a ver. O mais corrente neste mundo, nestes tempos em que às cegas vamos tropeçando, é esbarrarmos, ao virar a esquina mais próxima, com homens e mulheres na maturidade da existência e da prosperidade, que, tendo sido aos dezoito anos, não só as risonhas primaveras do estilo, mas também, e talvez sobretudo, briosos revolucionários decididos a arrasar o sistema dos pais e pôr no seu lugar o paraíso, enfim, da fraternidade, se encontram agora, com firmeza pelo menos igual, repoltreados em convicções e práticas que, depois de haverem passado, para aquecer e flexibilizar os músculos, por qualquer das muitas versões do conservadorismo moderado, acabaram por desembocar no mais desbocado e reacionário egoísmo. Em palavras não tão cerimoniosas, estes homens e estas mulheres, diante do espelho da sua vida, cospem todos os dias na cara do que foram o escarro do que são. Que um político do partido da direita, homem entre os quarenta e os cinquenta anos, depois de ter levado toda a sua vida sob o guarda-sol de uma tradição refrescada pelo ar condicionado da bolsa de valores e embalada pelo zéfiro vaporoso dos mercados, tenha tido a revelação, ou a simples evidência, do significado profundo da mansa insurgência da cidade que está encarregado de administrar, é algo digno de registo e merecedor de todos os agradecimentos, tão pouco habituados estamos a fenómenos desta singularidade.

Não terá passado sem reparo, por parte de leitores e ouvintes especialmente exigentes, a escassa atenção, escassa para não dizer nula, que o narrador desta fábula tem vindo a dar aos ambientes em que a ação descrita, por outro lado bastante lenta, decorre. Exceto o primeiro capítulo, em que ainda é possível observar umas quantas pinceladas adrede distribuídas sobre a assembleia eleitoral, e ainda assim limitadas a portas, lucernas e mesas, e também se excetuarmos a presença do polígrafo ou máquina de apanhar mentirosos, o resto, que já não é pouco, passou-se como se os figurantes do relato habitassem um mundo imaterial, alheios ao conforto ou ao desconforto dos lugares onde se encontravam, e unicamente ocupados em falar. A sala onde o governo do país, por mais que uma vez, acidentalmente com assistência e participação do chefe do estado, se reuniu para debater a situação e tomar as medidas necessárias à pacificação dos ânimos e à tranquilidade das ruas, terá com certeza uma grande mesa à volta da qual os ministros se sentavam em cómodas cadeiras estofadas, e em cima da qual era impossível que não houvesse garrafas de água mineral e copos a condizer, lápis e esferográficas de cores diversas, marcadores, relatórios, volumes de legislação, blocos de apontamentos, microfones, telefones, a parafernália do costume em lugares deste calibre. Haveria lustres suspensos do teto e apliques nas paredes, haveria portas almofadadas e janelas com cortinados, haveria alcatifas no chão, haveria quadros nas paredes e alguma tapeçaria antiga ou moderna, infalivelmente o retrato do chefe do estado, o busto da república, a bandeira da pátria. De nada disto se falou, de nada disto se falará no futuro. Mesmo aqui, no mais modesto se bem que amplo escritório do presidente da câmara municipal, com varanda para a praça e uma grande vista aérea da cidade na parede maior, não faltaria com que encher de substanciais descrições uma página ou duas, aproveitando ao mesmo tempo a dadivosa pausa para respirar fundo antes de enfrentarmos os desastres que aí vêm. Muito mais importante nos parece observar as rugas de apreensão que se cavaram na testa do presidente da câmara, talvez esteja a pensar que falou de mais, que deu ao ministro do interior a impressão, se não a certeza, de haver-se bandeado às hostes do inimigo, e que, com esta imprudência, terá comprometido, acaso sem remédio, a sua carreira política dentro e fora do partido. A outra possibilidade, tão remota como inimaginável, seria a de que as suas razões tivessem empurrado na boa direção o ministro do interior e o levassem a reconsiderar de alto a baixo as estratégias e as táticas com que o governo pensa acabar com a sedição. Vemo-lo abanar a cabeça, sinal seguro de que, depois de ter examinado rapidamente a hipótese, a pusera de parte por estupidamente ingénua e perigosamente irrealista. Levantou-se da cadeira onde havia permanecido sentado depois da conversa com o ministro e aproximou-se da janela. Não a abriu, correu um pouco a cortina e olhou para fora. A praça tinha o aspeto do costume, gente que passava, três pessoas sentadas num banco à sombra de uma árvore, os terraços dos cafés com os seus clientes, as vendedeiras de flores, uma mulher seguida por um cão, os quiosques de jornais, autocarros, automóveis, a paisagem de sempre. Vou sair, decidiu. Regressou à mesa e ligou para o chefe de gabinete, Necessito dar uma volta por aí, disse, comunique-o aos vereadores que se encontrarem no edifício, mas só no caso de perguntarem por mim, quanto ao resto, deixo-o nas suas mãos, Direi ao seu motorista que ponha o carro à porta, Faça-me esse favor, mas, já agora, avise-o de que não vou precisar dele, eu mesmo conduzirei, Ainda volta hoje à câmara, Espero que sim, avisá-lo-ei se resolver o contrário, Muito bem, Como está a cidade, Nada a assinalar de muito grave, não têm chegado à câmara notícias piores que as habituais, acidentes de trânsito, um ou outro engarrafamento, um pequeno incêndio sem consequências, um assalto frustrado a uma dependência bancária, Como se arranjaram eles, agora que estamos sem polícia, O assaltante era um pobre diabo, um amador, e a pistola, embora fosse autêntica, estava descarregada, Para onde o levaram, As pessoas que o desarmaram foram entregá-lo a um quartel de bombeiros, Para quê, se aí não há instalações para manter alguém detido, Em algum sítio tinham de ir pô-lo, E que aconteceu depois, Contaram-me que os bombeiros estiveram uma hora a dar-lhe bons conselhos e depois puseram-no em liberdade, Não podiam fazer outra coisa, Sim, senhor presidente, de facto não podiam fazer outra coisa, Diga à minha secretária que me avise quando o carro estiver à porta, Sim senhor. O presidente da câmara recostou-se na cadeira, à espera, cavadas outra vez as rugas da testa. Ao contrário das predições dos agoireiros, não se tinham dado durante estes dias nem mais roubos, nem mais violações, nem mais assassínios que antes. Parecia que a polícia, afinal, não fazia nenhuma falta à segurança da cidade, que a própria população, espontaneamente ou de maneira mais ou menos organizada, tinha tomado à sua conta as tarefas de vigilância. Este caso da agência bancária, por exemplo. O caso da agência bancária, pensou, nada significa, o homem devia estar nervoso, pouco seguro de si, era um novato, e os empregados do banco perceberam que dali não vinha perigo, mas amanhã poderá não ser assim, que estou eu a dizer, amanhã, hoje, agora mesmo, durante estes últimos dias houve crimes na cidade que obviamente vão ficar sem castigo, se não temos polícia, se os delinquentes não são presos, se não há investigação nem processo, se os juízes vão para casa e os tribunais não funcionam, é inevitável que a criminalidade aumente, parece que toda a gente está à espera de que a câmara municipal se encarregue do policiamento da cidade, pedem-no, exigem-no, protestam que sem segurança não haverá tranquilidade, e eu pergunto-me como, pedir voluntários, criar milícias urbanas, não me digam que vamos sair para a rua feito gendarmes de opereta, com uniformes alugados nos guarda-roupas de teatro, e as armas, onde estão as armas, e saber usá-las, e não é só, é ser capaz de usá-las, puxar de uma pistola e disparar, alguém imagina ver-me a mim, e aos vereadores, e aos funcionários da câmara, a perseguir pelos telhados o assassino da meia-noite e o violador das terças-feiras, ou nos salões da alta sociedade o ladrão de luva branca. O telefone deu sinal, era a secretária, Senhor presidente, já tem o seu carro à espera, Obrigado, disse, vou sair agora, não sei se ainda voltarei hoje, se surgir algum problema chame-me ao telefone móvel, Que tudo lhe corra bem, senhor presidente, Por que me diz isso, Nos tempos que correm é o mínimo que poderemos desejar uns aos outros, Posso fazer-lhe uma pergunta, Claro que sim, desde que eu tenha resposta para ela, Se não quiser, não responda, Estou à espera da pergunta, Em quem votou, Em ninguém, senhor presidente, Quer dizer que se absteve, Quero dizer que votei em branco, Em branco, Sim senhor presidente, em branco, E diz-mo assim, sem mais nem menos, Também mo perguntou sem mais nem menos, E isso parece que lhe deu a confiança suficiente para responder, Mais ou menos, senhor presidente, só mais ou menos, Se bem a entendo, também pensou que poderia ser um risco, Tinha esperança de que o não fosse, Afinal, como vê, teve razão em confiar, Quer dizer que não serei convidada a apresentar a minha demissão, Sossegue, durma em paz, Seria muito melhor que não precisássemos do sono para estar em paz, senhor presidente, Bem dito, Qualquer o diria, senhor presidente, não ganharei o prémio da academia com esta frase, Terá portanto de contentar-se com o meu aplauso, Dou-me por mais que compensada, Ficamos então assim, se houver necessidade chame-me ao telefone móvel, Sim senhor, Até amanhã, se não for até logo, Até logo, até amanhã, respondeu a secretária.

O presidente da câmara municipal arrumou sumariamente os documentos espalhados sobre a mesa de trabalho, na sua maioria eram já como se tivessem que ver com outro país e outro século, não com esta capital em estado de sítio, abandonada pelo seu próprio governo, cercada pelo seu próprio exército. Se os rasgasse, se os queimasse, se os atirasse para o cesto dos papéis, ninguém lhe viria pedir contas pelo que tinha feito, as pessoas agora têm coisas muito mais importantes em que pensar, a cidade, reparando bem, já não faz parte do mundo conhecido, tornou-se numa panela cheia de comida podre e de vermes, numa ilha empurrada para um mar que não é o seu, um lugar onde rebentou um perigoso foco de infeção e que, à cautela, foi posto em regime de quarentena, à espera de que a peste perca a virulência ou, por não ter mais a quem matar, acabe por se devorar a si mesma. Pediu ao contínuo que lhe trouxesse a gabardina, pegou na pasta dos assuntos a estudar em casa e desceu. O motorista, que estava à espera, abriu a porta do carro, Disseram-me que não precisa de mim, senhor presidente, Assim é, pode ir para casa, Então, até amanhã, senhor presidente, Até amanhã. É interessante como levamos todos os dias da vida a despedir-nos, dizendo e ouvindo dizer até amanhã, e, fatalmente, em um desses dias, o que foi último para alguém, ou já não está aquele a quem o dissemos, ou já não estamos nós que o tínhamos dito. Veremos se neste amanhã de hoje, a que também costumamos chamar o dia seguinte, encontrando-se uma vez mais o presidente da câmara e o seu motorista particular, serão eles capazes de compreender até que ponto é extraordinário, até que ponto foi quase um milagre terem dito até amanhã e verem que se cumpriu como certeza o que não havia sido mais que uma problemática possibilidade. O presidente da câmara entrou no carro. Ia dar uma volta pela cidade, olhar as pessoas à passagem, sem pressas, estacionando uma vez por outra e sair para caminhar um pouco a pé, escutar o que se dissesse, enfim, tomar o pulso à cidade, avaliar a força do febrão que se estava incubando. De leituras da infância recordava que um certo rei do oriente, não estava bem certo de que fosse rei ou imperador, o mais provável é que se tratasse do califa da época, saía disfarçado de vez em quando do seu palácio para ir misturar-se com o povinho, com a arraia-miúda, e ouvir o que de si se dizia no franco parlatório das ruas e das praças. Na verdade, não seria tão franco quanto isso porque naquele tempo, como sempre, também não haviam faltado espiões para tomarem nota das apreciações, das queixas, das críticas e de algum embrionário planeamento de conspiração. É regra invariável do poder que, às cabeças, o melhor será cortá-las antes que comecem a pensar, depois pode ser demasiado tarde. O presidente da câmara não é rei desta cidade cercada, e quanto ao vizir do interior, esse exilou-se para o outro lado da fronteira e está, a esta hora, seguramente, em reunião de trabalho com os seus colaboradores, iremos sabendo quais, e para quê. Por isso este presidente da câmara não necessita ir disfarçado com barba e bigode, a cara que leva posta no sítio da cara é a sua de sempre, apenas um pouco mais preocupada que de costume, como se tem notado pelas rugas da testa. Algumas pessoas reconhecem-no, mas são poucas as que o saúdam. Não se creia, porém, que os indiferentes ou os hostis são só aqueles que votaram de origem em branco, e por conseguinte veriam nele um adversário, também não poucos dos votantes do seu próprio partido e do partido do meio o olham com indisfarçada suspicácia, para não dizer mesmo declarada antipatia, Que andará este tipo a fazer aqui, pensarão, por que veio misturar-se à escumalha dos brancosos, devia era estar no seu trabalho a merecer o que lhe pagam, se calhar, como agora a maioria passou a ser outra, veio à caça de votos, se foi essa a ideia está bem tramado, que eleições não as vai haver aqui tão cedo, se eu fosse governo sei bem o que faria, dissolveria esta câmara e nomearia em seu lugar uma comissão administrativa decente, de absoluta confiança política. Antes de prosseguirmos este relato, convirá explicar que o emprego da palavra brancoso poucas linhas atrás não foi ocasional ou fortuito nem resultou de um erro de digitação no teclado do computador, e muito menos se tratou de um neologismo que o narrador teria ido a correr inventar para suprir uma falta. O termo existe, existe mesmo, pode ser encontrado em qualquer dicionário, o problema, se problema é, reside no facto de as pessoas estarem convencidas de que conhecem o significado da palavra branco e dos seus derivados, e portanto não perdem tempo a ir certificar-se à fonte, ou então padecem da síndroma de intelecto preguiçoso e por aí se ficam, não vão mais além, à bela descoberta. Não se sabe quem terá sido na cidade o curioso investigador ou casual achador, o certo é que a palavra se espalhou rapidamente e logo com o sentido pejorativo que a simples leitura já parece provocar. Embora não nos tivéssemos referido anteriormente ao facto, deplorável em todos os seus aspetos, os próprios meios de comunicação social, em particular a televisão estatal, já estão a empregar a palavra como se se tratasse de uma obscenidade das piores. Quando ela nos aparece escrita e somente a olhamos não se dá tanto por isso, mas se a ouvimos pronunciar, com aquele franzir enojado de lábios e aquele retintim de desprezo, é preciso ser-se dotado da armadura moral de um cavaleiro da távola redonda para não correr imediatamente, de baraço ao pescoço e túnica de penitente, dando punhadas no peito e renegando todos os velhos princípios e preceitos, Brancoso fui, brancoso não serei, que me perdoe a pátria, que me perdoe o rei. O presidente da câmara municipal, que nada terá que perdoar, uma vez que não é rei nem o será nunca, nem sequer candidato às próximas eleições, deixou de observar os transeuntes, procura agora indícios de desleixo, de abandono, de deterioramento, e, pelo menos à primeira vista, não os encontra. As lojas e os grandes armazéns estão abertos, ainda que não pareça que estejam a fazer negócio por aí além, os automóveis circulam sem mais impedimentos que um ou outro engarrafamento de pouca monta, à porta dos bancos não há filas de clientes inquietos, aquelas que sempre se formam em alturas de crise, tudo parece normal, nem um só roubo de esticão, nem uma só briga de tiros e navalhas, nada que não seja esta tarde luminosa, nem fria, nem quente, uma tarde que parece ter vindo ao mundo para satisfazer todos os desejos e acalmar todas as ansiedades. Mas não a preocupação ou, para ser mais literário, o desassossego interior do presidente da câmara. O que ele sente, e talvez, entre todas estas pessoas que passam, seja o único a senti-lo, é uma espécie de ameaça flutuando no ar, aquela que os temperamentos sensíveis percebem quando a massa de nuvens que tapa o céu se crispa à espera de que o trovão deflagre, quando uma porta rangeu no escuro e uma corrente de ar gelado nos veio tocar o rosto, quando um presságio maligno nos abriu as portas do desespero, quando uma risada diabólica nos dilacerou o delicado véu da alma. Nada de concreto, nada a respeito do qual se pudesse conversar com conhecimento de causa e objetividade, mas o certo é que o presidente da câmara tem de fazer um esforço enorme para não fazer parar a primeira pessoa que se cruze com ele e dizer-lhe, Tenha cuidado, não me pergunte tenho cuidado porquê, cuidado com quê, só lhe peço que tenha cuidado, pressinto que alguma coisa de mau está prestes a suceder, Se o senhor, que é presidente da câmara e tem responsabilidades, não sabe, como poderei sabê-lo eu, perguntar-lhe-iam, Não importa, o importante é que tenha cuidado, É alguma epidemia, Não creio, Um terramoto, Não nos encontramos numa região de sismos, nunca houve aqui terramotos, Uma inundação, uma cheia, Há muitos anos que o rio não sobe às margens, Então, Não lhe sei dizer, Vai-me desculpar a pergunta que lhe vou fazer, Já está desculpado mesmo antes de a ter feito, Por acaso o senhor presidente não terá, digo isto sem intenção de ofender, bebido um copo a mais, como deve saber o último é sempre o pior, Só bebo às refeições, e sempre com moderação, não sou um alcoólico, Sendo assim, não compreendo, Quando tiver sucedido, compreenderá, Quando tiver sucedido o quê, Aquilo que está para suceder. Perplexo, o interlocutor olhou à sua volta, Se é de um polícia que está à procura para me levar preso, disse o presidente da câmara, não se canse, todos se foram, Não estava à procura de um polícia, mentiu o outro, fiquei de me encontrar aqui com um amigo, sim, ali está ele, então até outro dia, senhor presidente, passe bem, eu, com toda a franqueza, se estivesse no seu lugar, ia para casa agora mesmo e deitava-me, dormindo a gente esquece tudo, Nunca me deito a esta hora, Para estar deitado todas as horas são boas, assim lhe diria o meu gato, Posso fazer-lhe também uma pergunta, Ora essa, senhor presidente, à vontade, Votou em branco, Anda a fazer um inquérito, Não, é só uma curiosidade, mas se não quiser, não responda. O homem hesitou um segundo, depois, sério, respondeu, Sim senhor, votei em branco, que eu saiba não é proibido, Proibido não é, mas veja o resultado. O homem parecia ter-se esquecido do amigo imaginário, Senhor presidente, eu, pessoalmente, não tenho nada contra si, sou até capaz de reconhecer que tem feito bom trabalho na câmara municipal, mas a culpa disso a que está a chamar resultado não é minha, votei como me apeteceu, dentro da lei, agora vocês que se amanhem, se acham que a batata escalda, soprem-lhe, Não se altere, eu só pretendi avisá-lo, Ainda estou para saber de quê, Mesmo querendo, não saberia explicar, Então tenho estado aqui a perder o meu tempo, Desculpe-me, tem o seu amigo à espera, Não tenho nenhum amigo à espera, só queria era ir-me embora, Então agradeço-lhe que tenha ficado um pouco mais, Senhor presidente, Diga, diga, não faça cerimónia, Se algo sou capaz de entender do que se passa na cabeça da gente, o que o senhor tem aí é um remorso de consciência, Remorso pelo que não fiz, Há quem afirme que esse é o pior de todos, o remorso de termos permitido que se fizesse, Talvez tenha razão, vou pensar nisso, seja como for, tenha cuidado, Terei, senhor presidente, e agradeço-lhe o aviso, Embora continuando a não saber de quê, Há pessoas que nos merecem confiança, É a segunda pessoa que mo diz hoje, Nesse caso pode dizer que já ganhou o dia, Obrigado, Até à vista, senhor presidente, Até à vista.

O presidente voltou atrás, ao sítio onde havia deixado o carro estacionado, ia satisfeito, pelo menos conseguira avisar uma pessoa, se ele passar palavra, em poucas horas toda a cidade estará alerta, pronta para o que der e vier, Não devo estar em meu juízo perfeito, pensou, é evidente que o homem nada dirá, não é parvo como eu, bem, não se trata de uma questão de parvoíce, que eu tenha sentido uma ameaça que sou incapaz de definir é coisa minha, não dele, o melhor que tenho a fazer é seguir o conselho que me deu, ir para casa, nunca terá sido perdido o dia em que fomos contemplados, ao menos, com um bom conselho. Entrou no carro e avisou dali o chefe de gabinete de que não voltaria à câmara municipal. Morava numa rua do centro, não longe da estação do metro de superfície que servia uma grande parte do setor leste da cidade. A mulher, médica cirurgiã, não estará em casa, hoje é o seu turno de piquete noturno no hospital, e, quanto aos dois filhos, o rapaz está no exército, possivelmente é um dos que estão a defender a fronteira com uma metralhadora pesada a postos e a máscara contra os gases pendurada ao pescoço, e a rapariga, no estrangeiro, trabalha como secretária e intérprete num organismo internacional, daqueles que vão instalar as suas monumentais e luxuosas sedes nas cidades mais importantes, politicamente falando, claro está. A ela, de alguma coisa lhe haverá servido ter um pai bem colocado no sistema oficial dos favores que se cobram e se pagam, que se fazem e se retribuem. Como até os melhores conselhos, na melhor das hipóteses, só se seguem em metade, o presidente da câmara não se deitou. Estudou os papéis que havia trazido, tomou decisões sobre alguns, a outros adiou-os para segundo exame. Quando a hora de jantar se aproximou, foi à cozinha, abriu o frigorífico, mas não encontrou nada que lhe despertasse o apetite. A mulher tinha pensado nele, não o deixaria passar fome, mas o esforço de pôr a mesa, aquecer a comida, lavar depois os pratos, parecia-lhe hoje sobre-humano. Saiu e foi a um restaurante. Já sentado à mesa, enquanto esperava que o servissem, telefonou à mulher, Como vai o teu trabalho, perguntou-lhe, Sem demasiados problemas, e tu como estás, Estou bem, só um pouco inquieto, Não te pergunto porquê, com esta situação, É algo mais, uma espécie de estremecimento interior, uma sombra, como um mau agouro, Não te conhecia supersticioso, Sempre chega a hora para tudo, Ouço ruído de vozes, onde estás, No restaurante, depois irei para casa, ou talvez passe antes por aí a ver-te, ser presidente da câmara abre muitas portas, Posso estar a operar, posso demorar-me, Bom, já o pensarei, um beijo, Outro, Grande, Enorme. O criado trouxe-lhe o prato, Aqui tem, senhor presidente, que lhe faça bom proveito. Estava a levar o garfo à boca quando uma explosão fez estremecer de alto a baixo o edifício, ao mesmo tempo que rebentavam em estilhaços os vidros de dentro e fora, mesas e cadeiras foram atiradas ao chão, havia pessoas a gritar e a gemer, algumas estavam feridas, outras aturdidas pelo choque, outras trémulas de susto. O presidente da câmara sangrava de um corte na cara causado por um pedaço de vidro. Era evidente que tinham sido atingidos pela onda expansiva do rebentamento. Deve ter sido na estação de metro, disse entre soluços uma mulher que tentava levantar-se. Apertando um guardanapo contra a ferida, o presidente da câmara correu para a rua. Os vidros estalavam-lhe debaixo dos pés, lá adiante erguia-se uma espessa coluna de fumo negro, pareceu-lhe mesmo ver um resplendor de incêndio, Aconteceu, é na estação, pensou. Tinha lançado fora o guardanapo ao compreender que levar a mão apertada contra a cara lhe entorpecia os movimentos, agora o sangue descia livremente pela face e pelo pescoço e ia empapar-se no colarinho. Perguntando-se a si mesmo se o serviço ainda funcionaria, parou um momento para marcar o número do telefone que atendia as emergências, mas o nervosismo da voz que lhe respondeu indicava que a notícia já era lá conhecida, Fala o presidente da câmara, rebentou uma bomba na estação principal do metro de superfície setor leste, mandem tudo o que puderem, os bombeiros, a proteção civil, escuteiros, se ainda se encontram, enfermeiros, ambulâncias, material de primeiros socorros, tudo o que tiverem ao vosso alcance, ah, outra coisa, se há alguma maneira de saber onde vivem agentes da polícia reformados, chamem-nos também, que venham ajudar, Os bombeiros já vão a caminho, senhor presidente, estamos a fazer todos os esforços para. Cortou a ligação e precipitou-se outra vez à carreira. Havia pessoas correndo ao seu lado, algumas, mais rápidas, passavam-lhe à frente, a ele pesavam-lhe as pernas, eram como chumbo, e parecia que os foles dos pulmões se recusavam a respirar o ar espesso e malcheiroso, e uma dor, uma dor que rapidamente se lhe fixara à altura da traqueia, aumentava a cada instante. A estação estava já a uns cinquenta metros, o fumo pardo, cinzento, iluminado pelo incêndio, subia em novelos furiosos. Quantos mortos estarão ali dentro, quem pôs esta bomba, perguntou-se o presidente da câmara. Ouviam-se já perto as sereias das viaturas dos bombeiros, os uivos aflitivos, mais de quem implora socorro do que de quem o vem trazer, eram cada vez mais agudos, de um momento para o outro vão irromper de uma destas esquinas. A primeira viatura apareceu quando o presidente da câmara abria caminho por entre o ajuntamento de pessoas que tinham corrido a ver o desastre, Sou o presidente, dizia, sou o presidente da câmara, deixem-me passar, por favor, e sentia-se dolorosamente ridículo ao repeti-lo uma e outra vez, consciente de que o facto de ser presidente não lhe abriria todas as portas, ali dentro, mesmo, para não ir mais longe, havia pessoas para quem se tinham fechado definitivamente as da vida. Em poucos minutos, grossos jorros de água estavam a ser projetados pelas aberturas do que antes haviam sido portas e janelas, ou subiam ao ar e iam molhar as estruturas superiores para tentar reduzir o perigo de que o fogo alastrasse. O presidente da câmara dirigiu-se ao chefe dos bombeiros, Que lhe parece isto, comandante, perguntou, Do pior que vi alguma vez, até tenho a impressão de que me cheira a fósforo, Não diga isso, não é possível, Será impressão minha, quem dera que esteja enganado. Nesse momento apareceu um carro de reportagem da televisão, logo apareceram outros, da imprensa, da rádio, agora o presidente da câmara, rodeado de projetores e microfones, responde às perguntas, Quantos mortos calcula que terá havido, De que informações dispõe já, Quantos feridos, Quantas pessoas queimadas, Quando pensa que a estação poderá voltar a funcionar, Há alguma suspeita de quem tenham sido os autores do atentado, Foi recebido algum aviso antes do rebentamento, Em caso afirmativo, quem o recebeu, e que medidas foram tomadas para evacuar a estação a tempo, Parece-lhe que se terá tratado de uma ação terrorista executada por algum grupo relacionado com o atual movimento de subversão urbana, Espera que venham a verificar-se mais atentados deste tipo, Como presidente da câmara municipal e única autoridade da cidade, quais são os meios de que dispõe para proceder às necessárias investigações. Quando a chuva de perguntas se interrompeu, o presidente da câmara deu a única resposta possível naquela circunstância, Algumas das questões ultrapassam as minhas competências, portanto não lhes posso responder, suponho, no entanto, que o governo não deverá tardar a fazer uma declaração oficial, quanto às questões restantes, só posso dizer que estamos a fazer tudo quanto é humanamente possível para acudir às vítimas, oxalá consigamos chegar a tempo, ao menos para algumas, Mas quantos mortos há, afinal, insistiu um jornalista, Quando pudermos entrar naquele inferno o saberemos, até esse momento poupe-me, por favor, a perguntas estúpidas. Os jornalistas protestaram que aquela não era uma maneira correta de tratar a comunicação social, que estavam ali a cumprir com o seu dever de informar e portanto tinham direito a que os respeitassem, mas o presidente da câmara cortou à nascença o discurso corporativo, Hoje houve um jornal que se atreveu a pedir um banho de sangue, ainda não foi desta vez, os queimados não sangram, só se transformam em torresmos, e agora deixem-me passar, por favor, não tenho mais nada a dizer, serão convocados quando dispusermos de informações concretas. Ouviu-se um murmúrio geral de desaprovação, lá atrás uma palavra desdenhosa, Quem julga ele que é, mas o presidente da câmara não fez nenhum esforço para averiguar donde viera o desacato, ele próprio não fizera mais que perguntar-se durante as últimas horas, Quem julgo eu que sou.

Duas horas depois o fogo foi declarado extinto, mais duas horas durou o rescaldo, mas ainda não era possível saber quantas pessoas tinham morrido. Umas trinta ou quarenta que com ferimentos de diversa gravidade haviam escapado aos piores efeitos da explosão por se encontrarem numa zona do átrio afastada do local do rebentamento, foram transportadas ao hospital. O presidente da câmara manteve-se ali até ao final do rescaldo, só aceitou retirar-se depois de o comandante dos bombeiros lhe ter dito, Vá descansar, senhor presidente, deixe o resto connosco, e faça algo a esse ferimento que tem na cara, não percebo como ninguém aqui deu por ele, Não tem importância, estavam ocupados em coisas mais sérias. Depois perguntou, E agora, Agora, procurar e retirar os cadáveres, alguns estarão despedaçados, a maior parte carbonizados, Não sei se poderei suportar, No estado em que o vejo, não suportará, Sou um cobarde, A cobardia nada tem que ver com isto, senhor presidente, eu desmaiei a primeira vez, Obrigado, faça o que puder, Apagar o último tição, o mesmo que nada, Pelo menos estará aqui. Sujo de fuligem, com a face negra de sangue coagulado, começou, penosamente, a caminhar em direção a casa. Doía-lhe o corpo todo, de ter corrido, da tensão nervosa, de ter estado tanto tempo de pé. Não valia a pena telefonar à mulher, a pessoa que de lá o atendesse com certeza diria, Lamento, senhor presidente, a senhora doutora está a operar, não pode vir ao telefone. De um lado e do outro da rua havia pessoas às janelas, mas ninguém o reconheceu. Um autêntico presidente de câmara transporta-se no seu carro oficial, tem um secretário para lhe levar a pasta dos documentos, três guarda-costas para lhe abrirem caminho, e aquele que ali vai é um vagabundo sujo e fedorento, um homem triste à beira das lágrimas, um fantasma a quem ninguém empresta um balde de água para lavar o lençol. O espelho do elevador mostrou-lhe a cara carbonizada que teria neste momento se se encontrasse no átrio da estação quando a bomba explodiu, Horror, horror, murmurou. Abriu a porta com as mãos trémulas e dirigiu-se à casa de banho. Retirou do armário a caixa de primeiros socorros, o maço de algodão, a água oxigenada, um desinfetante líquido iodado, pensos adesivos de tamanho grande. Pensou, O mais certo é isto precisar de uns pontos. A camisa estava manchada de sangue até ao cós das calças, Sangrei mais do que julgava. Despiu o casaco, desfez a custo o nó pegajoso da gravata, tirou a camisa. A camisola interior também estava suja de sangue, O que deveria era lavar-me, meter-me debaixo do duche, não, não pode ser, seria um disparate, a água arrastaria a crosta que cobre a ferida e o sangue voltaria a correr, disse em voz baixa, deveria, sim, deveria, deveria quê. A palavra era como um corpo morto que tivesse vindo atravessar-se no seu caminho, tinha de descobrir o que ela queria, levantar o cadáver. Os bombeiros e os auxiliares da proteção civil entram na estação. Levam macas, protegem as mãos com luvas, a maior parte deles nunca pegou num corpo queimado, agora irão saber o que custa. Deveria. Saiu da casa de banho, foi ao escritório, sentou-se à secretária. Pegou no telefone e marcou um número reservado. São quase três horas da madrugada. Uma voz respondeu, Gabinete do ministro do interior, quem fala, O presidente da câmara da capital, desejo falar com o senhor ministro, é urgentíssimo, se está em casa ponha-me em comunicação, Um momento, por favor. O momento durou dois minutos, Estou, Senhor ministro, há algumas horas explodiu uma bomba na estação do metro de superfície setor leste, ainda não se sabe quantas mortes terá causado, mas tudo indica que serão muitas, os feridos contam-se por três ou quatro dezenas, Já estou informado, Se só agora lhe telefono é porque estive todo o tempo no local, Fez muito bem. O presidente da câmara respirou fundo, perguntou, Não tem nada para me dizer, senhor ministro, A que se refere, Se tem alguma ideia acerca de quem pôs a bomba, Parece bastante claro, os seus amigos do voto em branco resolveram passar à ação direta, Não acredito, Quer acredite, quer não, a verdade é essa, É, ou vai ser, Entenda-o como quiser, Senhor ministro, o que se passou aqui foi um crime hediondo, Suponho que tem razão, assim se lhes costuma chamar, Quem pôs a bomba, senhor ministro, Você parece perturbado, aconselho-o a ir descansar, volte a telefonar-me quando for dia, mas nunca antes das dez da manhã, Quem pôs a bomba, senhor ministro, Que pretende insinuar, Uma pergunta não é uma insinuação, insinuação seria se eu lhe dissesse o que ambos estamos a pensar neste momento, Os meus pensamentos não têm por que coincidir com o que pensa um presidente de município, Coincidem desta vez, Cuidado, está a ir demasiado longe, Não estou a ir, já cheguei, Que quer dizer, Que estou a falar com quem tem direta responsabilidade no atentado, Está doido, Preferiria estar, Atrever-se a lançar suspeitas sobre um membro do governo, isto é inaudito, Senhor ministro, a partir deste momento deixo de ser presidente da câmara municipal desta cidade sitiada, Amanhã falaremos, de todo o modo tome já nota de que não aceito a sua demissão, Terá de aceitar o abandono, faça de conta que morri, Nesse caso aviso-o, em nome do governo, de que se arrependerá amargamente, ou nem terá tempo para arrepender-se, se não guardar sobre este assunto um silêncio absoluto, suponho que não lhe deverá custar muito, uma vez que me diz que está morto, Nunca imaginei que se pudesse estar tanto. O telefone foi desligado no outro lado. O homem que havia sido presidente da câmara municipal levantou-se e foi para o quarto de banho. Despiu-se e meteu-se debaixo do duche. A água quente desfez rapidamente a crosta que se formara sobre a ferida, o sangue começou a correr. Os bombeiros acabam de encontrar o primeiro corpo carbonizado.

Vinte e três mortos já contados, e não sabemos quantos ainda se irão descobrir debaixo dos escombros, vinte e três mortos pelo menos, senhor ministro do interior, repetia o primeiro-ministro batendo com a mão direita espalmada nos jornais abertos sobre a mesa, Os meios de comunicação social são praticamente unânimes em atribuir o atentado a algum grupo terrorista relacionado com a insurreição dos brancosos, senhor primeiro-ministro, Em primeiro lugar peço-lhe, como um grande favor, que não volte a pronunciar na minha presença a palavra brancoso, é só por uma questão de bom gosto, nada mais, e em segundo lugar explique-me o que significa, na sua boca, a expressão praticamente unânimes, Significa que há apenas duas exceções, estes dois pequenos jornais que não aceitam a versão que começou a correr e exigem uma investigação a fundo, Interessante, Veja, senhor primeiro-ministro, a pergunta deste. O primeiro-ministro leu em voz alta, Queremos Saber Donde Veio A Ordem, E este, menos direto, mas que aponta na mesma direção, Queremos A Verdade Doa A Quem Doer. O ministro do interior continuou, Não é alarmante, não creio que tenhamos de preocupar-nos, até é conveniente que estas dúvidas apareçam para que não se diga que é tudo a voz do amo, Quer então dizer que vinte e três ou mais mortos não o preocupam, Tratava-se de um risco calculado, senhor primeiro-ministro, À vista do que sucedeu, um risco muito mal calculado, Reconheço que também poderá ser considerado assim, Tínhamos pensado num artefacto não demasiado potente, que pouco mais causasse que um susto, Infelizmente algo terá falhado na cadeia de transmissão da ordem, Gostaria de ter a certeza de que foi essa a única razão, Tem a minha palavra, senhor primeiro-ministro, posso assegurar-lhe que a ordem foi corretamente dada, A sua palavra, senhor ministro do interior, Dou-lha pelo que valha, Sim, pelo que valha, Fosse como fosse, saberíamos que haveria mortos, Mas não vinte e três, Se tivessem sido só três não estariam menos mortos que estes, a questão não está no número, A questão também está no número, Quem quiser os fins terá de querer os meios, permita-me que lho recorde, Já ouvi essa frase muitas vezes, E esta não foi a última, mesmo que não seja da minha boca que a ouça na próxima vez, Senhor ministro do interior, nomeie imediatamente uma comissão de investigação, Para chegar a que conclusões, senhor primeiro-ministro, Ponha a comissão a funcionar, o resto ver-se-á depois, Muito bem, Providencie todo o auxílio necessário às famílias das vítimas, tanto dos falecidos como dos que se encontram hospitalizados, dê instruções à câmara municipal para que se encarregue dos enterros, No meio de toda esta confusão, esqueci-me de o informar de que o presidente da câmara se demitiu, Demitiu-se, porquê, Mais exatamente, abandonou o cargo, Demitir-se ou ter abandonado, é-me indiferente neste momento, pergunto é porquê, Chegou à estação logo após a explosão e os nervos foram-se-lhe abaixo, não aguentou o que viu, Nenhuma pessoa o aguentaria, eu não o aguentaria, imagino que o senhor ministro do interior também não, portanto terá de haver outro motivo para um abandono tão súbito como esse, Pensa que o governo tem responsabilidade no caso, não se limitou a insinuar a suspeita, foi mais do que explícito, Crê que tenha sido ele quem soprou a ideia a estes dois jornais, Com toda a franqueza, senhor primeiro-ministro, não creio, e olhe que bem me apeteceria carregá-lo com a culpa, Que vai fazer agora esse homem, A mulher é médica nos hospitais, Sim, conheço-a, Têm de que viver enquanto não encontrar uma colocação, E entretanto, Entretanto, senhor primeiro-ministro, se é isso que quer dizer, mantê-lo-ei debaixo da mais estrita vigilância, Que diabo se passou na cabeça desse homem, parecia-me de toda a confiança, membro leal do partido, excelente carreira política, um futuro, A cabeça dos seres humanos nem sempre está completamente de acordo com o mundo em que vivem, há pessoas que têm dificuldade em ajustar-se à realidade dos factos, no fundo não passam de espíritos débeis e confusos que usam as palavras, às vezes habilmente, para justificar a sua cobardia, Vejo-o conhecedor da matéria, foi das suas próprias experiências que lhe veio esse saber, Teria eu o cargo que desempenho no governo, este de ministro do interior, se tal me tivesse acontecido, Suponho que não, mas neste mundo tudo é possível, imagino que os nossos melhores especialistas em tortura também beijam os filhos quando chegam a casa, e alguns, se calhar, chegam mesmo a chorar no cinema, O ministro do interior não é exceção, sou um sentimental, Folgo em sabê-lo. O primeiro-ministro folheou lentamente os jornais, olhou as fotografias uma a uma com um misto de repugnância e apreensão, e disse, Deve querer saber por que não o demito, Sim senhor primeiro-ministro, tenho curiosidade em conhecer as suas razões, Se eu o fizesse, as pessoas iriam pensar uma destas duas coisas, ou que, independentemente da natureza e do grau de culpa, o considerava responsável direto do que havia sucedido, ou que, simplesmente, castigava a sua suposta incompetência por não ter previsto a eventualidade de um ato de violência deste tipo, abandonando a capital à sua sorte, Calculava que as razões fossem essas, conheço as regras do jogo, Evidentemente, uma terceira razão, possível, como tudo o é, mas improvável, estava fora de causa, Qual, A de que revelasse publicamente o segredo deste atentado, O senhor primeiro-ministro sabe melhor que ninguém que nenhum ministro do interior, em qualquer época e em qualquer país do mundo, abriu alguma vez a boca para falar das misérias, das vergonhas, das traições e dos crimes do seu ofício, portanto pode ficar descansado, também neste caso não serei uma exceção, Se vem a saber-se que aquela bomba foi mandada pôr por nós, daremos aos que votaram em branco a última razão que lhes faltava, É uma maneira de ver que, com perdão, me parece ofender a lógica, senhor primeiro-ministro, Porquê, E que, se me permite dizê-lo, não honra o habitual rigor do seu pensamento, Explique-se, É que, quer venha a saber-se, ou não, se eles passavam a ter razão, é porque já a tinham antes. O primeiro-ministro afastou os jornais da sua frente e disse, Tudo isto me faz recordar a velha história do aprendiz de feiticeiro, aquele que não soube conter as forças mágicas que tinha posto em movimento, Quem é, neste caso, em sua opinião, senhor primeiro-ministro, o aprendiz de feiticeiro, eles, ou nós,

Receio bem que ambos, eles meteram-se por um caminho que não tem saída e não pensaram nas consequências, E nós fomos atrás deles, Assim é, agora trata-se de saber qual será o próximo passo, No que ao governo respeita, nada mais que manter a pressão, é evidente que depois do que acaba de ocorrer não nos convém ir mais longe na ação, E eles, Se são certas as informações que me chegaram antes mesmo de vir para aqui estariam a preparar uma manifestação, Que pretendem eles conseguir com isso, as manifestações nunca serviram para nada, ou então nunca as autorizaríamos, Suponho que apenas querem protestar contra o atentado, e, no que se refere à autorização do ministério do interior, desta vez nem sequer têm de perder tempo a pedi--la, Sairemos alguma vez desta embrulhada, Isto não é assunto para feiticeiros, senhor primeiro-ministro, sejam eles diplomados ou aprendizes, mas no fim, como sempre, ganhará aquele que tiver mais força, Ganhará aquele que tiver mais força no derradeiro instante, e aí ainda não chegámos, a força que agora temos pode não ser suficiente nessa altura, Eu tenho confiança, senhor primeiro-ministro, um estado organizado não pode perder uma batalha destas, seria o fim do mundo, Ou o começo doutro, Não sei que deva pensar dessas palavras, senhor primeiro-ministro, Por exemplo, não pense em ir dizer por aí que o primeiro-ministro anda com ideias derrotistas, Nunca tal coisa me passaria pela cabeça, Ainda bem, Evidentemente, o senhor primeiro-ministro falava em teoria, Assim é, Se não precisa mais de mim, volto ao meu trabalho, O presidente disse-me que teve uma inspiração, Qual, Não quis explicar-se mais, aguarda os acontecimentos, Oxalá sirva para algo, É o chefe do estado, Isso mesmo queria eu dizer, Mantenha-me ao corrente, Sim senhor primeiro-ministro, Até logo, Até logo, senhor primeiro-ministro.

As informações chegadas ao ministério do interior eram corretas, a cidade preparava-se para uma manifestação. O número definitivo de mortos havia passado a trinta e quatro. Não se sabe de onde nem como, nasceu a ideia, logo aceite por toda a gente, de que os corpos não deveriam ser enterrados nos cemitérios como mortos normais, que as sepulturas deveriam ficar per omnia sæcula sæculorum no terreno ajardinado fronteiro à estação de metro. Contudo, algumas famílias, não muitas, conhecidas pelas suas convicções políticas de direita e inamovíveis da certeza de que o atentado havia sido obra de um grupo terrorista diretamente relacionado, como afirmavam os meios de comunicação social, com a conspiração contra o estado de direito, recusaram-se a entregar à comunidade os seus inocentes mortos, Estes, sim, inocentes de toda a culpa, clamavam, porque haviam sido em toda a sua vida cidadãos respeitadores do próprio e do alheio, porque haviam votado como os seus pais e avós, porque eram pessoas de ordem e agora vítimas mártires da violência assassina. Alegavam também, já noutro tom, talvez para que não parecesse demasiado escandalosa uma tal falta de solidariedade cívica, que possuíam os seus jazigos históricos e que era arraigada tradição da estirpe familiar que se mantivessem unidos, depois de mortos, também per omnia sæcula sæculorum, aqueles que, em vida, unidos sempre haviam vivido. O enterro coletivo não iria ser, portanto, de trinta e quatro cadáveres, mas de vinte e sete. Mesmo assim, há que reconhecer que era muita gente. Enviada não se sabe por quem, mas não certamente pela câmara municipal, que, como sabemos, estará sem mando até que o ministro do interior exare o necessário despacho de substituição, enviada por não se sabe quem, dizíamos, apareceu no jardim uma máquina enorme e cheia de braços, dessas chamadas polivalentes, como um gigante transformista, que arrancam uma árvore no tempo que leva a soltar um suspiro e que teriam sido capazes de abrir as vinte e sete covas em menos de um amém-jesus se os coveiros dos cemitérios, também eles apegados à tradição, não se tivessem apresentado para executar o trabalho artesanalmente, isto é, com enxada e pá. O que a máquina veio fazer foi precisamente arrancar meia dúzia de árvores que estorvavam, ficando o terreno, depois de bem calcado e aplanado a cilindro, como se para campo santo e descanso eterno tivesse sido criado de raiz, e logo foi, à máquina nos referimos, plantar noutro sítio as árvores e as suas sombras.

Três dias depois do atentado, manhã cedo, começaram as pessoas a sair para a rua. Iam caladas, graves, muitas levavam bandeiras brancas, todas um fumo branco no braço esquerdo, e não venham os protocolistas em exéquias dizer-nos que um sinal de luto não pode ser branco, quando estamos informados de que neste país já o foi, quando sabemos que para os chineses o foi sempre, e isto para não falarmos dos japoneses, que iriam agora todos de azul se o caso fosse com eles. Às onze horas a praça já estava cheia, mas ali não se ouvia mais que o imenso respirar de multidão, o surdo sussurro do ar entrando e saindo dos pulmões, inspirar, expirar, alimentando de oxigénio o sangue destes vivos, inspirar, expirar, inspirar, expirar, até que de repente, não completemos a frase, esse momento, para os que aqui vieram, sobreviventes, ainda está por chegar.

Viam-se inúmeras flores brancas, crisântemos em quantidade, rosas, lírios, jarros, alguma flor de cacto de translúcida alvura, milhares de malmequeres a quem se perdoava o botãozinho negro do centro. Alinhadas a vinte passos, as urnas foram subidas aos ombros de parentes e amigos dos falecidos, os que os tinham, levadas em andamento funerário até às covas, e depois, sob a orientação habilitada dos enterradores de profissão, paulatinamente descidas por cordas até tocarem com um som cavo no fundo. As ruínas da estação pareciam desprender ainda um cheiro de carne queimada. A não poucos há de parecer incompreensível que uma cerimónia tão comovedora, de tão pungente luto coletivo, não tivesse sido agraciada pelo influxo consolatório que teria resultado dos exercícios rituais de encomendação dos vários institutos religiosos implantados no país, por esta maneira se privando as almas dos defuntos do seu mais seguro viático e a comunidade dos vivos de uma demonstração prática de ecumenicidade que talvez pudesse contribuir para reconduzir ao aprisco a transviada população. O motivo da deplorável ausência só pode ser explicado pelo temor das diversas igrejas de se tornarem alvo de suspeitas de cumplicidade, ao menos táticas, que as estratégicas seriam muito mais graves, com a insurgência branca. Também não devem ser alheias a esta falta umas quantas chamadas telefónicas feitas pessoalmente pelo primeiro-ministro com mínimas variações sobre o mesmo tema, O governo da nação lamentaria que uma impensada assistência da vossa igreja ao ato fúnebre anunciado, se bem que espiritualmente justificada, viesse a ser considerada e em consequência explorada como apoio político, se não mesmo ideológico, ao obstinado e sistemático desacatamento que uma importante parte da população da capital tem vindo a opor à legítima e constitucional autoridade democrática. Foram portanto lhanamente laicos os enterros, o que não quer dizer que algumas silenciosas orações particulares, aqui e além, não tivessem subido aos diversos céus e lá acolhidas com benevolente simpatia. Ainda as covas se encontravam abertas, houve alguém, sem dúvida com a melhor das intenções, que se adiantou para pronunciar um discurso, mas o propósito foi imediatamente contestado pelos circunstantes, Nada de discursos, aqui cada um com o seu desgosto e todos com a mesma pena. E tinha razão quem deste claro modo se pronunciou. Além disso, se a ideia do frustrado orador era essa, seria impossível fazer ali de enfiada o elogio fúnebre de vinte e sete pessoas, entre homens e mulheres, e alguma criancinha ainda sem história. Que aos soldados desconhecidos não lhes façam nenhuma falta os nomes que usaram em vida para que todas as honras, as devidas e as oportunas, lhes sejam prestadas, bem está, se nisso quisermos convir, mas estes defuntos, na sua maioria irreconhecíveis, dois ou três deles por identificar, se alguma coisa ainda querem é que os deixemos em paz. Àqueles leitores pontilhosos, justamente preocupados com a boa ordenação do relato, que desejem saber por que não se fizeram as indispensáveis e já habituais provas de adn, só podemos dar como resposta honesta a nossa total ignorância, embora nos permitamos imaginar que aquela conhecidíssima e malbaratada expressão, Os nossos mortos, tão comum, de tão rotineiro consumo nas arengas patrióticas, teria sido aqui tomada à letra, isto é, sendo estes mortos, todos eles, pertença nossa, a nenhum deveremos considerar exclusivamente nosso, donde resulta que uma análise ao adn que levasse em conta todos os fatores, incluindo, em particular, os não biológicos, por muito que rebuscasse na hélice não conseguiria mais que confirmar uma propriedade coletiva que já antes não precisava de provas. Fortes motivos teve portanto aquele homem, se é que não foi antes uma mulher, quando disse, consoante acima ficou registado, Aqui, cada um com o seu desgosto e todos com a mesma pena. Entretanto, a terra foi empurrada para dentro das covas, distribuíram-se as flores equanimemente, aqueles que tinham razões para chorar foram abraçados e consolados pelos outros, se tal era possível sendo a dor tão recente. O ente querido de cada um, de cada família, está aqui, porém não se sabe exatamente onde, talvez nesta cova, talvez naquela, o melhor será que choremos sobre todas elas, estava com a verdade aquele pastor de ovelhas que disse, vá lá saber-se onde o teria aprendido, Não há maior respeito que chorar por alguém a quem não se conheceu.

O inconveniente destas digressões narrativas, ocupados como estivemos com intrometidos excursos, é acabar por descobrir, porém demasiado tarde, que, mal nos tínhamos precatado, os acontecimentos não esperaram por nós, que já lá vão adiante, e que, em lugar de havermos anunciado, como é elementar obrigação de qualquer contador de histórias que saiba do seu ofício, o que iria suceder, não nos resta agora outro remédio que confessar, contritos, que já sucedeu. Ao contrário do que tínhamos suposto, a multidão não se dispersou, a manifestação prossegue, e agora avança em massa, a toda a largura das ruas, em direção, segundo se está vozeando, ao palácio do chefe do estado. E no caminho fica-lhes, nem mais nem menos, a residência oficial do primeiro-ministro. Os jornalistas da imprensa, da rádio e da televisão que acompanham a cabeça da manifestação tomam nervosas notas, descrevem os sucessos via telefone às redações em que trabalham, desafogam, excitados, as suas inquietações profissionais e de cidadãos, Ninguém parece saber aqui o que se vai passar, mas temos motivos para temer que a multidão se esteja a preparar para tomar de assalto o palácio presidencial, não sendo de excluir, diríamos até, admitimo-lo como altamente provável, que venha a saquear a residência oficial do primeiro-ministro e todos os ministérios que encontre pela frente, não se trata de uma previsão apocalíptica fruto do nosso espanto, bastará olhar para os rostos descompostos de toda esta gente, vê-se que não há nenhum exagero em dizer que cada uma destas caras reclama sangue e destruição, e assim chegamos à lamentável conclusão, ainda que muito nos custe dizê-lo em voz alta e para todo o país, que o governo, que tão eficaz se tinha mostrado noutros apartados e por isso foi aplaudido pelos cidadãos honestos, atuou com uma censurável imprudência quando decidiu deixar a cidade abandonada aos instintos das multidões enfurecidas, sem a presença paternal e dissuasória dos agentes de autoridade na rua, sem polícia de choque, sem gases lacrimogéneos, sem carros da água, sem cães, enfim, sem freio, para que fique tudo dito em uma só palavra. O discurso da catástrofe anunciada atingiu o ponto mais alto do histerismo informativo à vista da residência do chefe do governo, um palacete burguês do estilo oitocentista tardio, aí os gritos dos jornalistas transformaram-se em alaridos, É agora, é agora, agora tudo pode acontecer, que a virgem santíssima nos proteja a todos, que os gloriosos manes da pátria, lá do empíreo aonde subiram, possam abrandar os corações coléricos desta gente. Tudo poderia acontecer, realmente, mas afinal nada aconteceu, salvo deter-se a manifestação, esta pequena parte que dela vemos, no cruzamento em que o palacete, com o seu jardinzinho à volta, ocupa uma das esquinas, o resto derramando-se pela calçada abaixo, pelos largos e ruas limítrofes, se ainda cá estivessem os aritméticos da polícia diriam que, ao todo, não eram mais que cinquenta mil pessoas, quando o número exato, o número autêntico, porque as contámos todas, uma por uma, era dez vezes maior.

Foi aqui, estando a manifestação parada e em absoluto silêncio, que um arguto repórter de televisão descobriu naquele mar de cabeças um homem que, apesar de levar um penso que lhe cobria quase metade da cara, ainda assim pôde reconhecer, e tanto mais facilmente quanto é certo que no primeiro relance de olhos havia tido a sorte de captar, fugidia, uma imagem da face sã, que, como se compreenderá sem dificuldade, tanto confirma o lado da ferida como é por ele confirmada. Arrastando atrás de si o operador de imagem, o repórter começou a abrir caminho por entre a multidão, dizendo para um lado e para outro, Com licença, com licença, deixem passar, abram campo, é muito importante, e logo, quando já se aproximava, Senhor presidente, senhor presidente, por favor, mas o que ia pensando não era tão cortês, Que raio veio fazer aqui este gajo. Os repórteres são em geral dotados de boa memória e este não tinha esquecido a afronta pública de que a corporação informativa fora vítima imerecida na noite da bomba por parte do presidente da câmara municipal. Agora iria ele saber como elas doíam. Meteu-lhe à cara o microfone e fez ao operador de imagem um sinal ao estilo de seita secreta que tanto poderia significar Grava como Esborracha-o, e que, na presente situação, provavelmente significaria uma e outra coisas, Senhor presidente, permita-me que lhe manifeste a minha estupefação por vir encontrá-lo aqui, Estupefação, porquê, Acabo agora mesmo de o dizer, por vê-lo numa manifestação destas, Sou um cidadão como outro qualquer, manifesto-me quando e como entenda, e muito mais agora que já não é necessário pedir autorização, Não é um cidadão qualquer, é o presidente da câmara municipal, Está enganado, há três dias deixei de ser presidente da câmara, pensei que a notícia já fosse conhecida, Que eu saiba, não, até agora não recebemos qualquer comunicação oficial sobre o assunto, nem da câmara, nem do governo, Suponho que não se está à espera de que eu convoque uma conferência de imprensa, Demitiu-se, Abandonei o cargo, Porquê, A única resposta que tenho para lhe dar é uma boca fechada, a minha, A população da capital quererá conhecer os motivos por que o seu presidente da câmara, Repito que já não o sou, Os motivos por que o seu presidente da câmara se incorporou a uma manifestação contra o governo, Esta manifestação não é contra o governo, é de pesar, as pessoas vieram enterrar os seus mortos, Os mortos já foram enterrados e, não obstante, a manifestação prossegue, que explicação tem para isso, Pergunte a estas pessoas, Neste momento é a sua opinião que me interessa, Vou aonde elas vão, nada mais, Simpatiza com os eleitores que votaram em branco, com os brancosos, Votaram como entenderam, a minha simpatia ou a minha antipatia nada têm que ver com o caso, E o seu partido, que dirá o seu partido quando tiver conhecimento de que participou na manifestação, Pergunte-lhe, Não teme que lhe venham a ser aplicadas sanções, Não, Porque está tão seguro disso, Pela muito simples razão de que já não estou no partido, Expulsaram-no, Abandonei-o, da mesma maneira que tinha abandonado o cargo de presidente da câmara municipal, Qual foi a reação do ministro do interior, Pergunte-lhe, Quem lhe sucedeu ou vai suceder no cargo, Investigue, Iremos vê-lo noutras manifestações, Apareça e logo saberá, Deixou a direita, onde fez toda a sua carreira política, e agora passou-se para a esquerda, Um dia destes espero compreender para onde me passei, Senhor presidente, Não me chame presidente, Desculpe, foi a força do hábito, confesso-lhe que me sinto desconcertado, Cuidado, o desconcerto moral, parto do princípio de que é moral o seu desconcerto, é o primeiro passo no caminho que leva à inquietação, daí para diante, como vocês tanto gostam de dizer, tudo pode acontecer, Estou confundido, não sei que hei de pensar, senhor presidente, Apague a gravação, os seus patrões poderão não gostar das últimas palavras que você disse, e não torne a chamar-me presidente, por favor, Já tínhamos desligado a câmara, Melhor para si, assim evita trabalhos, Diz-se que a manifestação irá agora ao palácio presidencial, Pergunte aos organizadores, Onde estão, quem são eles, Suponho que todos e ninguém, Tem de haver uma cabeça, isto não são movimentos que se organizem por si mesmos, a geração espontânea não existe, e muito menos em ações de massa com esta envergadura, Não tinha sucedido até hoje, Quer então dizer que não acredita que tenha sido espontâneo o movimento do voto em branco, É abusivo pretender inferir uma coisa da outra, Tenho a impressão de que sabe muito mais deste assunto do que quer fazer parecer, Sempre chega a hora em que descobrimos que sabíamos muito mais do que antes julgávamos, e agora deixe-me, vá à sua vida, procure outra pessoa a quem fazer perguntas, repare que o mar de cabeças já começou a mover-se, A mim o que me assombra é que não se ouça um grito, um viva, um morra, uma palavra de ordem que expresse o que a gente quer, só este silêncio ameaçador que causa arrepios na espinha, Reforme a sua linguagem de filme de terror, talvez, no fim de contas, as pessoas só se tenham cansado das palavras, Se as pessoas se cansam das palavras fico sem emprego, Não dirá em todo o dia de hoje coisa mais certa, Adeus, senhor presidente, De uma vez por todas, não sou presidente. A cabeça da manifestação tinha rodado um quarto de volta sobre si mesma, agora subia a íngreme calçada em direção a uma avenida comprida e larga ao fim da qual viraria à direita, recebendo no rosto, a partir daí, o afago da fresca aragem do rio. O palácio presidencial estava a uns dois quilómetros de distância, tudo por caminho chão. Os repórteres tinham recebido ordem para deixarem de acompanhar a manifestação e correrem a tomar posições em frente do palácio, mas a ideia geral, quer entre os profissionais que trabalhavam no terreno quer nos quartéis-generais das redações, era que, do ponto de vista do interesse informativo, a cobertura havia resultado em pura perda de tempo e de dinheiro, ou, querendo usar uma expressão mais forte, numa indecente patada nos tomates da comunicação social, ou, desta vez com delicadeza e finura, uma não merecida desconsideração. Estes gajos nem para manifestações servem, dizia-se, ao menos que atirem uma pedra, que queimem o chefe do estado em efígie, que partam umas quantas vidraças das janelas, que entoem um canto revolucionário daqueles de antigamente, qualquer coisa que mostre ao mundo que não estão mortos como aqueles a quem acabaram de enterrar. A manifestação não lhes premiou as esperanças. As pessoas chegaram e encheram a praça, estiveram meia hora a olhar em silêncio para o palácio fechado, depois dispersaram-se e, uns andando, outros nos autocarros, outros à boleia de desconhecidos solidários, foram para casa.

O que a bomba não tinha conseguido fazer, fê-lo a pacífica manifestação. Inquietos, assustados, os votantes indefetíveis dos partidos da direita e do meio, p.d.d. e p.d.m., reuniram os seus respetivos conselhos de família e decidiram, cada um em seu castelo, mas unânimes na deliberação, abandonar a cidade. Consideravam que a situação criada, uma nova bomba que amanhã poderia rebentar contra eles e as ruas impunemente tomadas pelo populacho, deveria levar o governo a convencer-se da necessidade de uma revisão dos rigorosos parâmetros que havia estabelecido para a aplicação do estado de sítio, em especial a escandalosa injustiça que representava fazer recair o mesmo duro castigo, sem distinção, sobre os firmes defensores da paz e sobre os declarados fautores da desordem. Para não se lançarem na aventura às cegas, alguns deles, com boas relações nas esferas do poder, aplicaram-se a sondar por telefone a disposição do governo quanto ao grau de probabilidade de uma autorização, expressa ou tácita, que permitisse a entrada no território livre daqueles que, com bastos motivos, já começavam a designar-se a si mesmos como encarcerados no seu próprio país. As respostas recebidas, no geral vagas e em alguns casos contraditórias, embora não dando para extrair conclusões seguras sobre o ânimo governamental na matéria, foram no entanto suficientes para que se admitisse como hipótese válida que, observadas certas condições, pactuadas certas compensações materiais, o êxito da evasão, ainda que relativo, ainda que não podendo contemplar todos os postulantes, era, pelo menos, concebível, quer dizer, podia-se alimentar alguma esperança. Durante uma semana, em absoluto segredo, o comité organizador das futuras caravanas de automóveis, formado em número igual por categorizados militantes de ambos os partidos e com a assistência de consultores delegados dos diversos institutos morais e religiosos da capital, debateu e finalmente aprovou um audacioso plano de ação que, em memória da famosa retirada dos dez mil, recebeu, por proposta de um erudito helenista do partido do meio, o nome de xenofonte. Três dias, não mais, foram dados às famílias candidatas à migração para que decidissem, de lápis em punho e lágrima ao canto do olho, sobre o que conviria levar e sobre o que teriam de deixar ficar. Sendo o género humano aquilo que sabemos, não poderiam faltar os caprichos egoístas, as distrações fingidas, os aleivosos apelos às sentimentalidades fáceis, as manobras de enganosa sedução, mas também houve casos de admiráveis renúncias, daquelas que ainda nos permitem pensar que se perseverarmos nesses e noutros gestos de meritória abnegação, acabaremos por cumprir com acrescimentos a nossa pequena parte no projeto monumental da criação. Foi a retirada fixada para a madrugada do quarto dia, e veio a calhar que seria uma noite de desatinada chuva, mas isso não seria uma contrariedade, antes pelo contrário, iria dar à coletiva migração um toque de gesta heroica para recordar e inscrever nos anais familiares como clara demonstração de que nem todas as virtudes da raça haviam sido perdidas. Não é a mesma coisa transportar-se uma pessoa num carro, tranquilamente, com a meteorologia em repouso, e ter de levar os limpa-vidros a trabalhar como doidos para afastar as toalhas de água que lhe caem do céu. Um problema grave, que seria minuciosamente debatido pela comissão, foi o que pôs em cima da mesa a questão de como iriam reagir à maciça fuga os praticantes do voto em branco, vulgarmente conhecidos como brancosos. É importante ter presente que muitas destas preocupadas famílias habitam em prédios onde também vivem inquilinos da outra margem política, os quais, numa atitude deploravelmente revanchista, poderiam, empregando um termo suave, dificultar a saída dos retirantes, se não mesmo, mais rudemente, impedi-la de todo. Furam-nos os pneus dos carros, dizia um, Levantam barricadas nos patamares, dizia outro, Encravam os elevadores, acudia um terceiro, Metem silicone nas fechaduras dos automóveis, reforçava o primeiro, Rebentam-nos o para-brisas, aventava o segundo, Agridem-nos quando pusermos um pé fora de casa, avisava o seguinte, Retêm o avô como refém, suspirou um outro de modo que levaria a pensar que inconscientemente o desejava. A discussão prosseguiu, cada vez mais acesa, até que alguém recordou que o comportamento de tantos milhares de pessoas ao longo de todo o percurso da manifestação havia sido, de qualquer ponto de vista, corretíssimo, Eu até diria exemplar, e por conseguinte não parecia haver razões para recear que as coisas fossem passar-se agora de maneira diferente, Ainda por cima estou convencido de que vai ser um alívio para eles verem-se livres de nós, Tudo isso está muito bem, interveio um desconfiado, os tipos são estupendos, maravilhosos de cordura e civismo, mas há algo aí de que lamentavelmente nos estamos a esquecer, De quê, Da bomba. Como já tinha ficado dito na página anterior, este comité, de salvação pública, como a alguém ocorreu chamar-lhe, nome aliás logo rebatido por mais do que justificadas razões ideológicas, era amplamente representativo, o que significa que naquela ocasião havia umas duas boas dezenas de pessoas sentadas ao redor da mesa. A perturbação foi digna de ver-se. Todos os outros assistentes baixaram a cabeça, depois um olhar repreensivo reduziu ao silêncio, para o resto da reunião, o temerário que parecia desconhecer uma regra de conduta básica em sociedade, a que ensina que é de má educação falar de corda em casa de enforcado. O embaraçoso incidente teve uma virtude, pôs toda a gente de acordo sobre a tese otimista que havia sido formulada. Os factos posteriores vieram a dar-lhe razão. Às três em ponto da madrugada do dia marcado, tal como o governo havia feito, as famílias começaram a sair de casa com as suas malas e as suas maletas, os seus sacos e os seus embrulhos, os seus gatos e os seus cães, algum cágado arrancado ao sono, algum peixinho japonês de aquário, alguma gaiola de periquitos, alguma arara no poleiro. Mas as portas dos outros inquilinos não se abriram, ninguém veio ao patamar para gozar o espetáculo da fuga, ninguém lançou piadas, ninguém insultou, e também não foi por estar a chover que ninguém foi debruçar-se às janelas para ver as caravanas em debandada. Naturalmente, sendo o barulho tanto, imagine-se, sair para a escada arrastando toda aquela tralha, os elevadores zumbindo a subir, zumbindo a descer, as recomendações, os súbitos alarmes, Cuidado com o piano, cuidado com o serviço de chá, cuidado com a salva de prata, cuidado com o retrato, cuidado com o avô, naturalmente, dizíamos, os inquilinos das outras casas tinham despertado, porém nenhum deles se levantou da cama para ir espreitar ao ralo da porta, apenas diziam uns para os outros enquanto se aconchegavam nos lençóis, Vão-se embora.

Regressaram quase todos. À semelhança do que havia dito há dias o ministro do interior quando teve de explicar ao chefe do governo as razões da diferença de potência entre a bomba que se tinha mandado colocar e a bomba que efetivamente viria a explodir, também no caso da migração se verificou uma gravíssima falha na cadeia de transmissão das ordens. Como a experiência não se tem cansado de nos demonstrar após exame ponderado de tantos casos e suas respetivas circunstâncias, não é infrequente que as vítimas tenham a sua quota-parte de responsabilidade nas desgraças que lhes caem em cima. De ocupados que tinham estado com as negociações políticas, nenhuma delas, no entanto, como não tardará a perceber-se, conduzida nos níveis decisórios mais apropriados a uma perfeita consecução do plano xenofonte, os atarefados notáveis do comité esqueceram-se, ou nem tal coisa lhes chegou a passar pela cabeça, de comprovar se a frente militar iria estar informada da evasão e, o que não era menos importante, pelos ajustes. Algumas famílias, meia dúzia se tanto, ainda conseguiram atravessar a linha em um dos postos fronteiriços, mas isso foi porque o jovem oficial que se encontrava no comando se tinha deixado convencer não só pelos reiterados protestos de fidelidade ao regime e de limpeza ideológica dos fugitivos, mas também pelas insistentes afirmações de que o governo era conhecedor da retirada e a aprovava. No entanto, para tirar-se das dúvidas que de súbito o assaltaram, telefonou a dois dos postos próximos, de onde os colegas tiveram a caridade de lhe recordar que as ordens dadas ao exército, desde o começo do bloqueio, eram de não deixar passar vivalma, mesmo que fosse para ir salvar o pai da forca ou dar à luz o menino na casa de campo. Angustiado por haver tomado uma decisão errada, que certamente iria ser considerada como desobediência flagrante e talvez premeditada às ordens recebidas, com conselho de guerra e a mais do que provável exautoração final, o oficial gritou que descessem imediatamente a barreira, bloqueando assim a quilométrica caravana de carros e furgonetas carregados até aos tejadilhos que pela estrada fora se alongava. A chuva continuava a cair. Escusado será dizer que, postos de súbito perante as suas responsabilidades, os membros do comité não se deixaram ficar de braços cruzados à espera de que o mar vermelho se lhes abrisse de par em par. De telefone móvel em punho puseram-se a acordar todas as pessoas influentes que em sua ideia pudessem ser arrancadas ao sono sem reagirem com excessiva irritação, e é bem possível que o complicado caso acabasse por se resolver da melhor maneira para os aflitos fugitivos se não fosse a intransigência feroz do ministro da defesa, que simplesmente resolveu pôr os pés à parede, Sem minha ordem ninguém passa, disse. Como certamente já se percebeu, o comité havia-se esquecido dele. Dir-se-á que um ministro de defesa não é tudo, que acima de um ministro de defesa se encontra um primeiro-ministro a quem o dito deve acatamento e respeito, que mais acima ainda está um chefe de estado a quem iguais, se não maiores, acatamento e respeito se devem, ainda que, verdade seja dita, no que a este concerne, na maioria dos casos apenas para inglês ver. E tanto assim é que, depois de uma dura batalha dialética entre o primeiro-ministro e o ministro da defesa, em que as razões de um lado e do outro esfogueteavam como tiros cruzados de balas tracejadoras, o ministro acabou por render-se. Contrariado, sim, de péssimo humor, sim, mas cedeu. Como é natural quererá saber-se que argumento decisivo, daqueles sem resposta, terá o primeiro-ministro utilizado para reduzir à obediência o recalcitrante interlocutor. Foi simples e foi direto, Meu caro ministro, disse, ponha-me essa cabeça a trabalhar, imagine as consequências amanhã se fechamos hoje as portas a pessoas que votaram em nós, Que eu me lembre, a ordem emanada do conselho de ministros foi a de não deixar passar ninguém, Felicito-o pela excelente memória, mas às ordens, de vez em quando, há que flexibilizá-las, sobretudo quando haja nisso conveniência, que é precisamente o que sucede agora, Não alcanço, Eu explico, amanhã, resolvido este bico de obra, esmagada a subversão e serenados os ânimos, convocaremos novamente eleições, é ou não é assim, É assim, Crê que poderemos ter a certeza de que aqueles a quem tivéssemos repelido tornariam a votar em nós, O mais provável é que não votassem, E nós precisamos desses votos, lembre-se de que o partido do meio nos anda a pisar os calcanhares, Compreendo, Sendo assim, dê as suas ordens, por favor, para que deixem passar as pessoas, Sim senhor. O primeiro-ministro desligou o telefone, olhou o relógio e disse à esposa, Parece que ainda poderei dormir uma hora e meia ou duas, e acrescentou, Desconfio que este tipo vai de mala aviada na próxima remodelação do governo, Não deverias consentir que te faltassem ao respeito, disse a cara-metade, Ninguém me falta ao respeito, minha querida, abusam é do meu bom feitio, isso sim, Vem a dar no mesmo, rematou ela, apagando a luz. O telefone voltou a tocar ainda não haviam passado cinco minutos. Era outra vez o ministro da defesa, Desculpe-me, não quereria cortar-lhe o merecido descanso, mas infelizmente não tenho outro remédio, Que há agora, Um pormenor em que não reparámos, Que pormenor, perguntou o primeiro-ministro, sem disfarçar o assomo de impaciência que lhe causou o plural, É simples, mas muito importante, Siga para a frente, não me faça perder tempo, Pergunto-me se poderemos ter a certeza de que toda aquela gente que quer entrar é do nosso partido, pergunto-me se devemos considerar suficiente que afirmem terem votado nas eleições, pergunto-me se entre as centenas de veículos parados nas estradas não haverá alguns com agentes da subversão preparados para infetar com a peste branca a parte ainda não contaminada do país. O primeiro-ministro sentiu um aperto de coração ao perceber que tinha sido apanhado em falso, Trata-se de uma possibilidade a ter em conta, murmurou, Precisamente por isso é que estou a telefonar, disse o ministro da defesa, dando outra volta ao parafuso. O silêncio que se sucedeu a estas palavras demonstrou uma vez mais que o tempo não tem nada que ver com o que dele nos dizem os relógios, essas maquinetas feitas de rodas que não pensam e de molas que não sentem, desprovidas de um espírito que lhes permitiria imaginar que cinco insignificantes segundos escandidos, o primeiro, o segundo, o terceiro, o quarto, o quinto, haviam sido uma agónica tortura para um lado e um remanso de sublime gozo para o outro. Com a manga do pijama às listas, o primeiro-ministro fez por secar a testa que se lhe tinha alagado de suor, depois, escolhendo cautelosamente as palavras, disse, De facto, o assunto está a exigir uma abordagem diferente, uma avaliação ponderada que dê a volta completa ao problema, afunilar os ângulos de exame é sempre um erro, Essa é também a minha opinião, Como está a situação neste momento, perguntou o primeiro-ministro, Muito nervosismo de parte a parte, em alguns postos foi mesmo preciso fazer disparos para o ar, Tem alguma sugestão a fazer-me como ministro da defesa, Em condições de manobra melhores que estas mandaria carregar, mas com todos aqueles automóveis a engarrafar as estradas é impossível, Carregar, como, Por exemplo, faria avançar os tanques, Muito bem, e quando os tanques tocassem com o focinho o primeiro carro, bem sei que os tanques não têm focinho, é só uma maneira de dizer, em sua opinião que acha que sucederia, O normal é as pessoas assustarem-se quando veem um tanque a avançar para elas, Mas, segundo acabo de ouvir da sua boca, as estradas estão entupidas, Sim senhor, Portanto não seria fácil ao carro da frente voltar para trás, Não senhor, seria até muito difícil, mas, de uma maneira ou outra, se não os deixamos entrar, terão de o fazer, Mas não na situação de pânico que um avanço de tanques com canhões apontados com certeza iria provocar, Sim, senhor, Em suma, não tem uma ideia para resolver a dificuldade, repisou o primeiro-ministro, já seguro de que havia retomado o comando e a iniciativa, Lamento ter que reconhecê-lo, senhor primeiro-ministro, Como quer que seja, agradeço-lhe ter chamado a minha atenção para um aspeto do caso que se me havia escapado, Podia ter acontecido a qualquer, Sim, a qualquer, sim, mas não deveria ter-me acontecido a mim, O senhor primeiro-ministro tem tantas coisas na cabeça, E agora vou ter mais esta, resolver um problema para o qual o senhor ministro da defesa não encontrou saída, Se assim o entender, ponho o meu cargo à disposição, Não creio ter ouvido o que disse, e não creio que o queira ouvir, Sim senhor primeiro-ministro. Houve outro silêncio, este muito mais breve, três segundos apenas, durante os quais o gozo sublime e a tortura agónica se aperceberam de que tinham trocado de assento. Outro telefone soou no quarto. A mulher atendeu, perguntou quem falava, depois segredou baixinho ao marido, ao mesmo tempo que tapava o bocal do telefone, É o do interior. O primeiro-ministro fez sinal de que esperasse, depois deu ordens ao ministro da defesa, Não quero mais tiros para o ar, quero sim a situação estabilizada enquanto não se tomam as medidas necessárias, faça-se saber às pessoas dos primeiros carros que o governo se encontra reunido a estudar a situação, que em pouco tempo espera apresentar propostas e diretrizes, que tudo se resolverá a bem da pátria e da segurança nacional, insista nestas palavras, Permito-me recordar-lhe, senhor primeiro-ministro, que os carros se contam por centenas, E quê, Não podemos levar essa mensagem a todos, Não se preocupe, desde que o saibam os primeiros em cada posto, eles se encarregarão de a fazer chegar, como um rastilho, ao fim da coluna, Sim senhor, Mantenha-me ao corrente, Sim senhor. A conversação seguinte, com o ministro do interior, iria ser diferente, Não perca tempo a dizer-me o que se passa, já estou informado, Talvez não lhe tenham dito que a tropa disparou, Não tornará a disparar, Ah, Agora o que é necessário é fazer voltar aquela gente para trás, Se o exército não o conseguiu, Não conseguiu nem podia conseguir, certamente não quererá que o ministro da defesa mande avançar os tanques, Claro que não, senhor primeiro-ministro, A partir deste momento, a responsabilidade passa a ser sua, A polícia não serve para estas situações e eu não tenho autoridade sobre o exército, Não estava a pensar nas suas polícias nem em nomeá-lo a si chefe do estado-maior general, Receio não compreender, senhor primeiro-ministro, Faça saltar da cama o seu melhor redator de discursos, ponha-o a trabalhar à vista, e entretanto despache à comunicação social a informação de que o ministro do interior falará pela rádio às seis horas, a televisão e os jornais ficam para depois, o importante neste caso é a rádio, São quase cinco horas, senhor primeiro-ministro, Não precisa de mo dizer, tenho relógio, Desculpe, só queria mostrar que o tempo é apertado, Se o seu escritor não for capaz de arrumar trinta linhas num quarto de hora, com ou sem sintaxe, melhor é pô-lo na rua, E que deverá ele escrever, Qualquer arrazoado que convença aquela gente a voltar para casa, que lhe inflame os brios patrióticos, diga que é um crime de lesa-pátria deixar a capital abandonada às mãos das hordas subversivas, diga que todos aqueles que votaram nos partidos que estruturam o atual sistema político, incluindo, como não se pode evitar referir, o partido do meio, nosso direto competidor, constituem a primeira linha de defesa das instituições democráticas, diga que os lares que deixaram desprotegidos serão assaltados e saqueados pelas quadrilhas insurretas, não diga que nós os assaltaremos se for necessário, Podíamos acrescentar que cada cidadão que decida regressar a casa, quaisquer que sejam a sua idade e a sua condição social, será considerado pelo governo como um fiel propagandista da legalidade, Propagandista não me parece muito apropriado, é demasiado vulgar, demasiado comercial, além disso, a legalidade já goza de suficiente propaganda, levamos o tempo todo a falar dela, Então, defensores, heraldos ou legionários, Legionários é melhor, e soa forte, marcial, defensores seria um termo sem tesura, daria uma ideia negativa, de passividade, heraldos cheira a idade média, ao passo que a palavra legionários sugere imediatamente ação combativa, ânimo atacante, ainda por cima, como sabemos, é um vocábulo de sólidas tradições, Espero que as pessoas que se encontram na estrada possam ouvir a mensagem, Meu caro, parece que o acordar demasiado cedo lhe obnubila a capacidade percetiva, eu apostaria o meu cargo de primeiro-ministro em como neste momento todos os rádios dos carros estão ligados, o que importa é que a notícia da comunicação ao país seja anunciada já e repetida minuto a minuto, O que eu temo, senhor primeiro-ministro, é que o estado de espírito de todas aquelas pessoas não esteja muito no sentido de se deixarem convencer, se lhes dizemos que vai ser lida uma comunicação do governo, o mais provável é pensarem que os autorizamos a passar, as consequências da deceção podem ser gravíssimas, É muito simples, o seu redator de arengas vai ter de justificar o pão que come e todo o mais que lhe pagamos, ele que se desenrasque com o léxico e a retórica, Se o senhor primeiro-ministro me permite manifestar uma ideia que me ocorreu mesmo agora, Manifeste lá, mas observo-lhe que estamos a perder tempo, já passam cinco minutos das cinco horas, A comunicação teria muito mais força persuasiva se fosse o senhor primeiro-ministro a fazê-la, Sobre isso não tenho a menor dúvida, Nesse caso, por que não, Porque me reservo para outra circunstância, uma que esteja à minha altura, Ah, sim, creio compreender, Repare, é uma mera questão de senso comum, ou, digamos, de graduação hierárquica, assim como seria ofensivo para a dignidade da suprema magistratura da nação pôr o chefe do estado a pedir a uns quantos condutores que desengarrafem as estradas, também este primeiro-ministro deverá ser protegido de tudo quanto possa trivializar o seu estatuto de superior responsável da governação, Estou a ver a ideia, Ainda bem, é sinal de que conseguiu despertar completamente, Sim senhor primeiro-ministro, E agora ao trabalho, o mais tardar às oito horas essas estradas têm de estar despejadas, a televisão que saia com os meios terrestres e aéreos de que dispõe, quero que o país inteiro veja a reportagem, Sim senhor, farei o que puder, Não fará o que puder, fará o que for necessário para que os resultados sejam os que acabo de lhe exigir. O ministro do interior não teve tempo para responder, o telefone havia sido desligado. Assim é que eu gosto de te ouvir falar, disse a mulher, Quando me chega a mostarda ao nariz, E que farás se ele não puder resolver o problema, Vai de mala aviada e com os trastes às costas, Como o da defesa, Exato, Não podes estar a demitir ministros como se fossem criadas de servir, São criadas de servir, Sim, mas depois não terás outro remédio que meter outras, Essa é uma questão a pensar com calma, A pensar, quê, Prefiro não falar disso agora, Sou a tua mulher, ninguém nos ouve, os teus segredos são os meus segredos, Quero dizer que, tendo em conta a gravidade da situação, a ninguém causaria surpresa que eu decidisse assumir as pastas da defesa e do interior, dessa maneira a situação de emergência nacional teria o seu reflexo nas estruturas e no funcionamento do governo, isto é, para uma coordenação total, uma centralização total, essa poderia ser a palavra de ordem, Seria um risco tremendo, ganhar tudo ou perder tudo, Sim, mas se conseguisse triunfar de uma ação subversiva que não teve paralelo em nenhum tempo e em nenhum lugar, uma ação subversiva que veio atingir o órgão mais sensível do sistema, o da representação parlamentar, então a história dar-me-ia um lugar inapagável, um lugar para sempre único, como salvador da democracia, E eu seria a mais orgulhosa das esposas, sussurrou a mulher, chegando-se serpentinamente a ele como se de repente tivesse sido tocada pela varinha mágica de uma voluptuosidade raras vezes observada, mistura de desejo carnal e entusiasmo político, mas o marido, consciente da gravidade da hora e fazendo suas as duras palavras do poeta, Porque te lanças aos pés/ das minhas botas grossas?/ Porque soltas agora o teu cabelo perfumado/ e abres traidoramente os teus braços macios?/ Eu não sou mais que um homem de mãos grossas/ e coração voltado para um lado/ que se for necessário/ pisar-te para passar/ te pisará, Bem sabes, arredou bruscamente para o lado a roupa da cama e disse, Vou acompanhar o desenrolar das operações no escritório, tu dorme, descansa. Passou pela cabeça da mulher o rápido pensamento de que, em situação tão crítica como a presente, quando um apoio moral valeria o seu peso em ouro se peso tivesse um apoio somente moral, o código, livremente aceite, das obrigações conjugais básicas, no capítulo de socorros mútuos, determinava que se levantasse imediatamente e fosse preparar, por suas próprias mãos, sem chamar a criada, um chá reconfortante com o seu competente adereço alimentício de bolos secos, porém, despeitada, frustrada, com a nascente volúpia já de todo desmaiada, virou-se para o outro lado e fechou firmemente os olhos, com a leve esperança de que o sono ainda fosse capaz de aproveitar os restos para com eles lhe organizar uma pequena fantasia erótica privada. Alheio às desilusões que havia deixado atrás de si, levando vestido sobre o pijama às riscas um roupão daqueles de seda ornamentado de motivos exóticos, com pavilhões chineses e elefantes dourados, o primeiro-ministro entrou no escritório, acendeu todas as luzes e, sucessivamente, pôs a funcionar o aparelho de rádio e a televisão. O ecrã da têvê mostrava ainda a mira fixa, era demasiado cedo para o início da emissão, mas em todas as estações de rádio já se falava animadamente do engarrafamento monstro das estradas, opinava-se extensamente sobre o que a todas as luzes parecia constituir uma tentativa maciça de evasão do desafortunado cárcere em que a capital por sua má cabeça se havia convertido, embora não faltassem também comentários à mais do que previsível consequência de que um tal entupimento circulatório, pela sua dimensão fora do comum, iria tornar impossível a passagem dos grandes camiões que todos os dias transportavam víveres para a cidade. Não sabiam ainda estes comentadores que os ditos camiões estavam retidos, por severa determinação militar, a três quilómetros da fronteira. Fazendo-se transportar em motos, os repórteres radialistas faziam perguntas ao longo das colunas de automóveis e furgonetas e confirmavam que efetivamente se tratava de uma ação coletiva organizada dos pés à cabeça, reunindo famílias inteiras, para escapar à tirania, à atmosfera irrespirável que as forças da subversão haviam imposto à capital. Alguns dos chefes de família queixavam-se da demora, Estamos aqui há quase três horas e a fila não se move um milímetro, outros protestavam que tinha havido traição, Garantiram-nos que poderíamos passar sem problemas, e aqui está o brilhante resultado, o governo pôs-se na alheta, foi para férias e deixou-nos entregues aos bichos, e agora que tínhamos a oportunidade de sair daqui não tem vergonha de nos fechar a porta na cara. Havia crises de nervos, crianças a chorar, anciãos pálidos de fadiga, homens exaltados a quem se tinham acabado os cigarros, mulheres exaustas que tentavam pôr alguma ordem no desesperado caos familiar. Os ocupantes de um dos carros tentaram dar meia-volta e regressar à cidade, mas foram obrigados a desistir perante a saraivada de insultos e impropérios que lhes caiu em cima, Cobardes, ovelhas negras, brancosos, cabrões de merda, infiltrados, traidores, filhos da puta, agora percebemos porque estavam aqui, vieram para desmoralizar as pessoas decentes, mas se pensam que os vamos deixar ir embora, o melhor é tirarem daí o sentido, se é preciso furam-se-lhes as rodas a ver se aprendem a respeitar o sofrimento alheio. O telefone tocou no escritório do primeiro-ministro, podia ser o ministro da defesa, ou o do interior, ou o presidente. Era o presidente, Que se passa, por que não fui eu informado em devido tempo da barafunda que está armada nas saídas da capital, perguntou, Senhor presidente, o governo tem a situação controlada, em pouco tempo o problema estará resolvido, Sim, mas eu deveria ter sido informado, deve-se-me essa atenção, Considerei, e assumo pessoalmente a responsabilidade da decisão, que não havia motivo para ir interromper o seu sono, de todo o modo propunha-me telefonar-lhe dentro de vinte minutos, meia hora, repito, assumo toda a responsabilidade, senhor presidente, Bom, bom, agradeço-lhe a intenção, mas, se não se desse o caso de a minha mulher ter o saudável costume de se levantar cedo, o chefe do estado ainda estaria a dormir enquanto o país arde, Não arde, senhor presidente, já foram tomadas todas as medidas convenientes, Não me diga que vai mandar bombardear as colunas de veículos, Como já deve ter tido tempo de saber, nunca foi esse o meu estilo, senhor presidente, Era uma maneira de falar, evidentemente nunca pensei que cometesse semelhante barbaridade, Não tarda que a rádio anuncie que o ministro do interior falará ao país às seis horas, aí está, aí está, já estão a dar o primeiro anúncio, e haverá outros, está tudo organizado, senhor presidente, Reconheço que já é alguma coisa, É o princípio do êxito, senhor presidente, estou convencido, firmemente convencido, de que vamos fazer com que toda aquela gente regresse em paz e em boa ordem às suas casas, E se não o conseguirem, Se não o conseguirmos, o governo demite-se, Não me venha para cá com esse truque, sabe tão bem como eu que, na situação em que o país se encontra, eu não poderia, mesmo que tivesse vontade disso, aceitar a sua demissão, Assim é, mas eu tinha de o dizer, Bom, agora que já estou acordado não se esqueça de me comunicar o que se for passando. As rádios insistiam, Interrompemos uma vez mais a emissão para informar que o ministro do interior fará às seis horas uma comunicação ao país, repetimos, às seis horas o ministro do interior fará uma comunicação ao país, repetimos, fará ao país uma comunicação o ministro do interior às seis horas, repetimos, uma comunicação ao país fará às seis horas o ministro do interior, a ambiguidade desta última fórmula não passou despercebida ao primeiro-ministro, que, durante uns quantos segundos, sorrindo aos seus pensamentos, se entreteve a imaginar como diabo conseguiria uma comunicação fazer um ministro do interior. Talvez pudesse ter chegado a alguma conclusão proveitosa para o futuro se de repente a mira fixa do televisor não se tivesse sumido do ecrã para dar vez à costumada imagem da bandeira a oscilar na ponta do mastro, preguiçosamente, como quem acabou de acordar, enquanto o hino fazia retumbar os seus trombones e os seus tambores, com algum trinado de clarinete pelo meio e alguns convincentes arrotos de bombardino. O locutor que apareceu vinha com o nó da gravata torcido e mostrava cara de poucos amigos, como se acabasse de ser vítima de uma ofensa que não estaria disposto a perdoar nem a esquecer tão cedo, Considerando a gravidade do momento político e social, disse, e atendendo ao sagrado direito da população do país a uma informação livre e plural, damos hoje início à nossa emissão antes da hora. Como muitos dos que nos escutam, acabámos de tomar conhecimento de que o ministro do interior falará pela rádio às seis horas, plausivelmente para expressar a atitude do governo perante o intento de saída da cidade por parte de muitos dos seus habitantes. Não crê esta televisão ter sido alvo de uma discriminação propositada e intencional, pensamos antes que só uma inexplicável desorientação, inesperada em personalidades políticas tão experimentadas como as que formam o atual governo da nação, levou a que esta televisão tivesse sido esquecida. Pelo menos, aparentemente. Argumentar-se-á talvez com a hora relativamente matutina a que a comunicação vai ser feita, mas os trabalhadores desta casa, em todo o seu longo historial, já deram provas suficientes de abnegação pessoal, de dedicação à causa pública e do mais estreme patriotismo para não serem agora relegados à humilhante condição de informadores de segunda mão. Temos confiança em que, até à hora prevista para a anunciada comunicação, ainda seja possível chegar a uma plataforma de acordo que, sem retirar aos nossos colegas da rádio pública o que já lhes foi concedido, restitua a esta casa o que por mérito próprio lhe pertence, isto é, o lugar e as responsabilidades de primeiro meio informativo do país. Enquanto aguardamos esse acordo, e esperamos ter notícias dele a qualquer momento, informamos que um helicóptero da televisão está levantando voo neste preciso instante para oferecer aos nossos telespectadores as primeiras imagens das enormes colunas de veículos que, no cumprimento de um plano de retirada a que, segundo já apurámos, foi dado o evocativo e histórico nome de xenofonte, se encontram imobilizadas nas saídas da capital. Felizmente, cessou há mais de uma hora a chuva que durante toda a noite fustigou as sacrificadas caravanas. Não falta muito para que o sol se erga do horizonte e rompa as sombrias nuvens. Oxalá que o seu aparecimento faça retirar as barreiras que, por motivos que não logramos compreender, ainda impedem que esses nossos corajosos compatriotas alcancem a liberdade. Que assim seja, para o bem da pátria. As imagens seguintes mostraram o helicóptero no ar, depois, apanhado de cima, o pequeno espaço do heliporto donde tinha acabado de descolar, e logo a primeira visão dos telhados e das ruas próximas. O chefe do governo pôs a mão direita em cima do telefone. Não chegou a esperar um minuto, Senhor primeiro-ministro, começou o ministro do interior, Já sei, não diga mais, cometemos um erro, Disse cometemos, Sim, cometemos, porque se um se equivocou e o outro não corrigiu, o erro é de ambos, Não tenho a sua autoridade nem a sua responsabilidade, senhor primeiro-ministro, Mas tem tido a minha confiança, Que quer então que faça, Falará na televisão, a rádio transmitirá em simultâneo e a questão fica arrumada, E deixamos sem resposta a impertinência dos termos e do tom com que os senhores da têvê trataram o governo, Recebê-la-ão a seu tempo, não agora, depois eu me encarregarei deles, Muito bem, Já tem a comunicação consigo, Sim senhor, quer que lha leia, Não vale a pena, reservo-me para o direto, Tenho de ir, estou quase na hora, Já sabem que vai lá, perguntou com estranheza o primeiro-ministro, Encarreguei o meu secretário de estado de negociar com eles, Sem o meu conhecimento, Sabe melhor do que eu que não tínhamos alternativa, Sem a minha aprovação, repetiu o primeiro-ministro, Recordo-lhe que tenho tido a sua confiança, foram palavras suas, além disso, se um errou e o outro corrigiu, o acerto é de ambos, Se às oito horas isto não estiver resolvido, aceitarei a sua imediata demissão, Sim senhor primeiro-ministro. O helicóptero voava baixo por cima de uma das colunas de carros, as pessoas acenavam na estrada, deviam estar a dizer umas às outras, É da televisão, é da televisão, e ser da televisão aquela passarola giratória era, para todos, a garantia segura de que o impasse estava a ponto de se resolver. Se a televisão veio, diziam, é um bom sinal. Não foi. Às seis horas em ponto, já com uma leve claridade rósea no horizonte, a voz do ministro do interior começou a ouvir-se nas rádios dos carros, Queridos compatriotas, queridas compatriotas, o país tem vivido nas últimas semanas aquela que é sem dúvida a mais grave crise de quantas a história do nosso povo regista desde o alvorecer da nacionalidade, nunca como agora foi tão imperiosa a necessidade de uma defesa à outrance da coesão nacional, alguns, uma minoria em comparação com a população do país, mal aconselhados, influenciados por ideias que nada têm que ver com o correto funcionamento das instituições democráticas vigentes e do respeito que se lhes deve, vêm-se comportando como inimigos mortais dessa coesão, é por isso que sobre a pacífica sociedade que temos sido paira hoje a ameaça terrível de um enfrentamento civil de consequências imprevisíveis para o futuro da pátria, o governo foi o primeiro a compreender a sede de liberdade expressada na tentativa de saída da capital levada a cabo por aqueles a quem sempre reconheceu como patriotas da mais pura água, esses que em circunstâncias das mais adversas têm atuado, quer pelo voto quer pelo exemplo da sua vida dia a dia, como autênticos e incorruptíveis defensores da legalidade, assim reconstituindo e renovando o melhor do velho espírito legionário, honrando, ao serviço do bem cívico, as suas tradições, ao virarem decididamente as costas à capital, sodoma e gomorra reunidas no nosso tempo, assim demonstraram um ânimo combativo merecedor de todos os louvores e que o governo reconhece, porém, tendo em consideração o interesse nacional na sua globalidade, o governo crê, e nesse sentido apela à reflexão daqueles a quem em particular me estou dirigindo, milhares de homens e mulheres que durante horas aguardaram com ansiedade a palavra esclarecedora dos responsáveis pelos destinos da pátria, o governo crê, repito, que a ação militante mais apropriada à circunstância presente consistirá na reintegração imediata desses milhares de pessoas na vida da capital, o regresso aos lares, bastiões da legalidade, quartéis da resistência, baluartes onde a memória impoluta dos avoengos vigia as obras dos seus descendentes, o governo, volto a dizer, crê que estas razões, sinceras e objetivas, expostas com o coração nas mãos, devem ser pesadas por aqueles que dentro dos seus carros estejam escutando esta comunicação oficial, por outro lado, e embora os aspetos materiais da situação sejam os que menos devam contar num cômputo em que só os valores espirituais predominam, o governo aproveita a oportunidade para revelar o seu conhecimento da existência de um plano de assalto e saque das casas abandonadas, o qual, aliás, segundo as últimas informações, já teria entrado em execução, como se conclui da nota que acaba de me ser entregue, até este momento, que saibamos, são já dezassete as casas assaltadas e saqueadas, observem, queridos compatriotas e queridas compatriotas, como os vossos inimigos não perdem tempo, tão poucas horas foram as que decorreram depois da vossa partida, e já os vândalos arrombam as portas dos vossos lares, já os bárbaros e selvagens saqueiam os vossos bens, está portanto na vossa mão evitar um desastre maior, consultai a vossa consciência, sabeis que o governo da nação está ao vosso lado, agora tereis de ser vós a decidir se estais ou não estais ao lado do governo da nação. Antes de desaparecer do ecrã, o ministro do interior ainda teve tempo para disparar um relance de olhos em direção à câmara, havia na sua cara segurança e também algo que se parecia muito a um desafio, mas era preciso estar metido no segredo destes deuses para interpretar com total correção aquele rápido olhar, não se enganou o primeiro-ministro, para ele foi o mesmo que se o ministro do interior lhe tivesse atirado cara a cara, O senhor, que tanto presume de táticas e de estratégias, não teria feito melhor. Assim era, tinha de reconhecê-lo, porém, ainda faltava ver que resultados sairiam dali. A imagem passara novamente para o helicóptero, apareceu outra vez a cidade, outra vez apareceram as infindáveis colunas de carros. Durante uns bons dez minutos nada se moveu. O repórter esforçava-se por encher o tempo, imaginava os conselhos de família no interior dos automóveis, louvava a comunicação do ministro, increpava os assaltantes das casas, exigia contra eles todos os rigores da lei, mas era patente que a inquietação o ia penetrando a pouco e pouco, estava mais que visto que as palavras do governo tinham caído em saco roto, não que ele, ainda à espera do milagre de último instante, ousasse dizê-lo, mas qualquer telespectador medianamente experimentado em decifrar audiovisuais teria de aperceber-se da aflição do pobre jornalista. Então deu-se o tão desejado, o tão ansiado prodígio, precisamente quando o helicóptero sobrevoava o final de uma coluna, o último carro da fila começou a dar meia-volta, logo seguido pelo que estivera à sua frente, e logo outro, e outro, e outro. O repórter deu um grito de entusiasmo, Caros telespectadores, estamos a assistir a um momento verdadeiramente histórico, acatando com exemplar disciplina o apelo do governo, numa manifestação de civismo que ficará inscrita em letras de ouro nos anais da capital, as pessoas iniciaram o seu regresso a casa, terminando portanto da melhor maneira o que poderia ter-se tornado numa convulsão, assim avisadamente o havia dito o senhor ministro do interior, de consequências imprevisíveis para o futuro da nossa pátria. A partir daqui, durante alguns minutos ainda, a reportagem passou a adotar uma tonalidade decididamente épica, transformando a retirada destes derrotados dez mil em vitoriosa cavalgada das valquírias, colocando wagner no lugar de xenofonte, tornando em odoríferos e ascendentes sacrifícios aos deuses do olimpo e do walhall a malcheirosa fumaça vomitada pelos tubos de escape. Nas ruas já havia brigadas de repórteres, tanto de jornais como de rádios, e todos tentavam deter por um instante os carros a fim de recolherem dos passageiros, ao vivo, na fonte direta, a expressão dos sentimentos que animavam os retornados na sua forçada volta a casa. Como era de esperar, encontravam de tudo, frustração, desalento, raiva, ânsia de revindicta, não saímos desta vez mas sairemos doutra, edificantes afirmações de patriotismo, exaltadas declarações de fidelidade partidária, viva o partido do centro, viva o partido do meio, maus cheiros, irritação por uma noite inteira sem pregar olho, tire para lá a máquina, não queremos fotografias, concordância e discordância quanto às razões apresentadas pelo governo, algum ceticismo sobre o dia de amanhã, temor a represálias, crítica à vergonhosa apatia das autoridades, Não há autoridades, lembrava o repórter, Pois aí é que está o problema, não há autoridades, mas o que principalmente se observava era uma enorme preocupação pela sorte dos haveres deixados nas casas a que os ocupantes dos carros só tinham pensado regressar quando a rebelião dos brancosos tivesse sido esmagada de vez, com certeza a esta hora as casas assaltadas já não são dezassete, quem sabe quantas mais terão sido já despojadas até à última alcatifa, até ao último jarrão. O helicóptero mostrava agora do alto como as colunas de automóveis e furgonetas, os que antes haviam sido os últimos eram agora os primeiros, se iam ramificando à medida que penetravam nos bairros próximos do centro, como a partir de certa altura já não era possível distinguir na confusão do tráfego aqueles que vinham daqueles que estavam. O primeiro-ministro ligou para o presidente, uma conversação expedita, pouco mais que mútuas congratulações,

Esta gente tem é água chilra nas veias, permitiu-se o chefe do estado desdenhar, estivesse eu num daqueles carros e juro-lhe que estoiraria com quantas barreiras me viessem pôr adiante, Ainda bem que é o presidente, ainda bem que não estava lá, disse o primeiro-ministro, sorrindo, Sim, mas se as coisas voltarem a complicar-se, então será a altura de pôr em prática a minha ideia, Que continuo sem saber qual seja, Um destes dias dir-lhe-ei, Conte com toda a minha melhor atenção, a propósito, vou convocar para hoje o conselho de ministros a fim de debatermos a situação, seria da maior utilidade que o senhor presidente estivesse presente se não tem obrigações mais importantes que satisfazer, Será questão de acertar as coisas, só tenho de ir cortar uma fita não sei onde, Muito bem, senhor presidente, mandarei informar o seu gabinete. Pensou o primeiro-ministro que já era mais que tempo de dizer uma palavra simpática ao ministro do interior, felicitá-lo pela eficácia da comunicação, que diabo, antipatizar com ele não é razão para não reconhecer que desta vez esteve à altura do problema que tinha para resolver. A mão já ia para o telefone quando uma súbita alteração na voz do repórter da televisão o fez olhar para o ecrã. O helicóptero descera quase quase a roçar os telhados, viam-se distintamente pessoas a saírem de alguns dos prédios, homens e mulheres que se deixavam ficar no passeio, como se estivessem à espera de alguém, Acabamos de ser informados, dizia alarmado o repórter, de que as imagens que os nossos telespectadores estão a ver, pessoas que saem dos prédios e esperam nos passeios, se estão repetindo neste momento por toda a cidade, não queremos pensar o pior, mas tudo indica que os habitantes destes prédios, evidentemente insurretos, se dispõem a impedir o acesso àqueles de quem até ontem foram vizinhos e a quem provavelmente acabaram de saquear as casas, se assim for, por muito que nos doa ter de o dizer aqui, haverá que pedir contas a um governo que mandou retirar da capital as corporações policiais, com o espírito angustiado perguntamos como se vai poder evitar, se tal é possível ainda, que corra sangue na confrontação física que manifestamente se aproxima, senhor presidente, senhor primeiro-ministro, digam-nos onde estão os polícias para defender pessoas inocentes dos bárbaros tratos que outras já se estão preparando para infligir-lhes, meu deus, meu deus, que irá acontecer, quase soluçava o repórter. O helicóptero mantinha-se imóvel, podia ver-se tudo quanto se passava na rua. Dois automóveis pararam diante do prédio. Abriram-se as portas, os ocupantes saíram. Então as pessoas que esperavam no passeio avançaram, É agora, é agora, preparemo-nos para o pior, berrou o repórter, rouco de excitação, então aquelas pessoas disseram algumas palavras que não puderam ser ouvidas, e, sem mais, começaram a descarregar os carros e a transportar para dentro dos prédios, à luz do dia, o que deles tinha saído sob a capa de uma negra noite de chuva. Merda, exclamou o primeiro-ministro, e deu um soco na mesa.

Em tão escassas letras, a escatológica interjeição, com uma potência expressiva que valia por um discurso completo sobre o estado da nação, resumiu e concentrou a profundidade da deceção que tinha vindo destroçar as forças anímicas do governo, em particular as daqueles ministros que, pela própria natureza das suas funções, tinham estado mais ligados às diferentes fases do processo político-repressivo da sedição, isto é, os responsáveis pelas pastas da defesa e do interior, os quais, de um momento para o outro, viram perder todo o luzimento dos bons serviços que, cada um em sua área própria, tinham prestado ao país durante a crise. Ao longo do dia, até à hora do início do conselho de ministros, se não mesmo durante ele, a suja palavra foi muitas vezes resmungada no silêncio do pensamento, e até, não havendo testemunhas por ali perto, atirada em voz alta ou murmurada como um incontível desabafo, merda, merda, merda. A nenhum deles, defesa e interior, mas também ao primeiro-ministro, e isto, sim, é imperdoável, lhes havia ocorrido meditar um pouco, nem sequer em estrito e desinteressado sentido académico, sobre o que poderia ter acontecido aos malogrados fugitivos quando regressassem às suas casas, no entanto, se se tivessem entregado a esse trabalho, o mais provável seria que se ficassem pela terrífica profecia do repórter do helicóptero que antes nos esquecemos de registar, Coitadinhos, dizia ele quase em lágrimas, aposto que vão ser massacrados, aposto que vão ser massacrados. Afinal, e não foi só naquela rua nem só naquele prédio que o maravilhoso caso se produziu, rivalizando com os mais nobres exemplos históricos de amor ao próximo, tanto da espécie religiosa como da profana, os caluniados e insultados brancosos desceram a ajudar os vencidos da facção adversária, cada um decidiu por sua conta e a sós com a sua consciência, não se deu fé de qualquer convocatória vinda de cima nem de palavra de ordem que fosse preciso aprender de cor, mas a verdade é que todos desceram a dar a ajuda que as suas forças permitiam, e então tinham sido eles quem havia dito, cuidado com o piano, cuidado com o serviço de chá, cuidado com a salva de prata, cuidado com o retrato, cuidado com o avô. Compreende-se portanto que se vejam tantas caras carrancudas ao redor da grande mesa do conselho, tanto sobrolho franzido, tanto olhar congestionado pela irritação e pela falta de sono, provavelmente quase todos estes homens teriam preferido que corresse algum sangue, não até ao ponto do massacre anunciado pelo repórter da televisão, mas algo que chocasse a sensibilidade da população de fora da capital, algo de que se pudesse falar em todo o país durante as próximas semanas, um argumento, um pretexto, uma razão mais para demonizar os malditos sediciosos. E também por isso se compreende que o ministro da defesa, torcendo os lábios, muito à boca pequena, tenha acabado de sussurrar ao ouvido do seu colega do interior, Que merda vamos fazer agora. Se alguém mais houve que tivesse dado pela pergunta, teve a inteligência de fingir-se desentendido, porque justamente para saber que merda iam fazer agora é que se tinham reunido ali e decerto não sairiam daquela sala com as mãos vazias.

A primeira intervenção foi do presidente da república, Meus senhores, disse, em minha opinião, e creio que nisto coincidiremos todos, estamos a viver o momento mais difícil e complexo desde que o primeiro ato eleitoral revelou a existência de um movimento subversivo de enorme envergadura que os serviços de segurança nacional não haviam detetado, e não é que o tenhamos descoberto nós, ele é que resolveu mostrar-se de cara descoberta, o senhor ministro do interior, cuja ação, por outra parte, sempre tem contado com o meu apoio pessoal e institucional, estará certamente de acordo comigo, o pior, porém, é que até hoje não demos um só passo efetivo no caminho para a solução do problema, e, talvez mais grave ainda, fomos obrigados a assistir, impotentes, ao genial golpe tático que foi pôr os sediciosos a ajudar os nossos votantes a meter os tarecos em casa, isto, meus senhores, só um cérebro maquiavélico podia tê-lo conseguido, alguém que se mantém escondido por trás da cortina e vai manipulando as marionetas a seu bel-prazer, sabemos todos que mandar aquela gente para trás foi para nós uma dolorosa necessidade, mas agora devemos preparar-nos para um mais que provável desencadear de ações que impulsem novas tentativas de retirada, não já de famílias inteiras, não já de espetaculares caravanas de automóveis, mas de pessoas isoladas ou de reduzidos grupos, e não pelas estradas, mas através dos campos, o senhor ministro da defesa dir-me-á que tem patrulhas no terreno, que tem sensores eletrónicos instalados ao longo da fronteira, e eu não me permitirei duvidar da eficácia relativa desses meios, porém, é meu parecer que uma contenção que se pretenda total só poderá ser conseguida pela construção de um muro a toda a volta da capital, um muro intransponível feito com placas de cimento, calculo que de uns oito metros de altura, obviamente apoiado pelo sistema de sensores eletrónicos já existente e reforçado por quantas barreiras de arame farpado venham a ser julgadas necessárias, estou firmemente convencido de que por ali ninguém passará, e se não digo nem uma mosca, permitam-me o chiste, não é tanto porque as moscas não pudessem passar, mas porque, tanto quanto posso deduzir do seu comportamento habitual, não têm nenhum motivo para voar tão alto. O presidente da república fez uma pausa para aclarar a voz, e terminou, O senhor primeiro-ministro é conhecedor da proposta que acabo de apresentar e decerto a submeterá em breve à discussão do governo, que, naturalmente, como lhe compete, decidirá sobre a conveniência e a praticabilidade da sua realização, quanto a mim, e isso me basta, não tenho dúvida de que lhe ireis dedicar todo o vosso saber. Ao redor da mesa passeou-se um murmúrio diplomático que o presidente da república interpretou como de tácita aprovação, ideia que obviamente corrigiria se se tivesse apercebido do que o ministro das finanças havia deixado escapar entredentes, E onde é que nós iríamos buscar o dinheiro que uma loucura destas custaria.

Após mover de um lado para outro, como era seu costume, os documentos dispostos na sua frente, o primeiro-ministro tomou a palavra, O senhor presidente da república, com o brilho e o rigor a que desde há muito nos tem habituado, acaba de traçar o retrato da difícil e complexa situação em que nos encontramos, portanto seria pura redundância da minha parte acrescentar à sua exposição uns quantos pormenores que, no fim de contas, só serviriam para acentuar as sombras do desenho, dito isto, e à vista dos recentes acontecimentos, considero que estamos necessitados de uma mudança radical de estratégia, a qual deverá dar particular atenção, entre todos os restantes fatores, à possibilidade de que na capital tenha nascido e possa vir a desenvolver-se um ambiente de certa pacificação social na sequência do gesto de inequívoca solidariedade, não duvido que maquiavélico, não duvido que determinado politicamente, de que o país inteiro foi testemunha nas últimas horas, leiam-se os comentários das edições especiais, todos elogiativos, por conseguinte, e em primeiro lugar, teremos de reconhecer que as tentativas para chamar os contestatários à razão fracassaram, uma por uma, estrondosamente, e que a causa do fracasso, pelo menos é essa a minha opinião, poderá ter sido a severidade dos meios repressivos de que nos temos servido, e em segundo lugar, se perseverarmos na estratégia até agora seguida, se intensificarmos a escalada de coações, e se a resposta dos contestatários continuar a mesma que tem sido até agora, isto é, nenhuma, teremos forçosamente de recorrer a medidas drásticas, de carácter ditatorial, como seria, por exemplo, retirar por tempo indeterminado os direitos civis à população da cidade, incluindo os nossos próprios votantes, para evitar favoritismos de identidade ideológica, aprovar para aplicação em todo o país, e a fim de evitar o alastramento da epidemia, uma lei eleitoral de exceção em que se equivalessem os votos em branco a votos nulos, e sei lá que mais. O primeiro-ministro fez uma pausa para beber um gole de água, e prosseguiu, Falei da necessidade de uma mudança de estratégia, porém não disse que a tivesse já definida e preparada para aplicação imediata, há que dar tempo ao tempo, deixar que o fruto amadureça e os ânimos apodreçam, devo confessar, até, que pessoalmente preferiria apostar por um período de certa distensão durante o qual trabalharíamos para extrair o maior proveito possível dos leves sinais de concórdia que parecem estar a emergir. Fez outra pausa, pareceu que ia prosseguir o discurso, mas só disse, Escutarei as vossas opiniões.

O ministro do interior levantou a mão, Noto que o senhor primeiro-ministro está confiado na ação persuasiva que os nossos votantes possam vir a exercer no espírito daqueles a quem, confesso que com estupefação, ouvi referir como meros contestatários, mas não me parece que tivesse falado da eventualidade contrária, a de que os partidários da subversão venham a confundir com as suas teorias deletérias os cidadãos respeitadores da lei, Tem razão, efetivamente não recordo haver aludido a essa eventualidade, respondeu o primeiro-ministro, mas, imaginando que tal caso se desse, nada viria modificar no fundamental, o pior que poderia suceder seria que os atuais oitenta por cento de pessoas que votaram em branco passassem a cem, a alteração quantitativa introduzida no problema não teria qualquer influência na sua expressão qualitativa, salvo, obviamente, pelo facto de estabelecer uma unanimidade. Que fazemos então, perguntou o ministro da defesa, Precisamente para isso é que estamos aqui, para analisar, ponderar e decidir, Incluindo, suponho, a proposta do senhor presidente da república, que desde já declaro apoiar com entusiasmo, A proposta do senhor presidente, pela dimensão da obra e pela diversidade das implicações que envolve, requer um estudo aturado de que deverá encarregar-se uma comissão ad hoc que para o efeito haverá que nomear, por outro lado, creio ser bastante evidente que o levantamento de um muro de separação não resolveria, no imediato, nenhuma das nossas dificuldades e infalivelmente viria criar outras, o senhor presidente conhece o meu pensamento sobre o assunto, e a lealdade pessoal e institucional que lhe devo não me permitiria silenciá-lo perante o conselho, o que não significa, torno a dizer, que os trabalhos da comissão não se iniciem o mais rapidamente possível, logo que se encontre instalada, antes de uma semana. Era visível a contrariedade do presidente da república, Sou presidente, não sou papa, portanto não presumo de nenhum tipo de infalibilidade, mas desejaria que a minha proposta fosse debatida com carácter de urgência, Eu mesmo o tinha dito antes, senhor presidente, acudiu o primeiro-ministro, dou-lhe a minha palavra de que em menos tempo do que imagina terá notícias do trabalho da comissão, Entretanto, andaremos para aqui às apalpadelas, às cegas, queixou-se o presidente. O silêncio foi daqueles que embotariam o gume da mais afiada das facas. Sim, às cegas, repetiu sem se aperceber do constrangimento geral. Do fundo da sala, ouviu-se a voz tranquila do ministro da cultura, Tal como há quatro anos. Rubro, como se tivesse sido ofendido por uma obscenidade brutal, inadmissível, o ministro da defesa levantou-se e, apontando um dedo acusador, disse, O senhor acaba de romper vergonhosamente um pacto nacional de silêncio que todos havíamos aceitado, Que eu saiba, não houve nenhum pacto, e muito menos nacional, há quatro anos já eu era bastante crescido, e não tenho a menor lembrança de que a população tivesse sido chamada a assinar um pergaminho em que se comprometesse a não pronunciar, nunca, uma só palavra sobre o facto de que durante algumas semanas estivemos todos cegos, Tem razão, pacto em sentido formal não houve, interveio o primeiro-ministro, mas todos pensámos, sem que para isso tivesse sido necessário pôr-nos de acordo e escrevê-lo num papel, que a terrível provação por que havíamos passado deveria, para a saúde do nosso espírito, ser considerada apenas como um pesadelo abominável, algo que tivesse existido como sonho, não como realidade, Em público, é possível, mas o senhor primeiro-ministro não quererá certamente convencer-me de que na intimidade do seu lar nunca se falou do acontecido, Que se tenha falado, ou não, pouco importa, na intimidade dos lares passam-se muitas coisas que não saem das suas quatro paredes, e, se me permite que lho diga, a alusão à ainda hoje inexplicável tragédia ocorrida entre nós há quatro anos foi uma manifestação de mau gosto que eu não esperaria de um ministro da cultura, O estudo do mau gosto, senhor primeiro-ministro, deveria ser um capítulo da história das culturas, e dos mais extensos e suculentos, Não me refiro a esse género de mau gosto, mas a outro, àquele a que também costumamos dar o nome de falta de tato, O que o senhor primeiro-ministro crê, pelos vistos, é algo parecido à ideia de que o que faz que a morte exista é o nome que tem, que as coisas não têm existência real se não tivermos um nome para lhes dar, Há inúmeras coisas de que desconheço o nome, animais, vegetais, instrumentos e aparelhos de todas as formas e tamanhos e para todas as serventias, Mas sabe que o têm, e isso dá-lhe tranquilidade, Estamos a afastar-nos do assunto, Sim senhor primeiro-ministro, afastamo-nos do assunto, eu só disse que há quatro anos estivemos cegos e agora digo que provavelmente cegos continuamos. A indignação foi geral, ou quase, os protestos saltavam, atropelavam-se, todos queriam intervir, até o ministro dos transportes, que, por ser dotado de uma voz estrídula, em geral falava pouco, dava agora trabalho às cordas vocais, Peço a palavra, peço a palavra. O primeiro-ministro olhou o presidente da república como a pedir-lhe conselho, mas tratava-se de puro teatro, o tímido movimento do presidente, qualquer que fosse o seu significado à nascença, foi morto pela mão levantada do seu chefe de governo, Tendo em atenção o tom emotivo e apaixonado que deixam prever as interpelações, o debate nada adiantaria, por isso não darei a palavra a nenhum dos senhores ministros, tanto mais que, talvez sem se dar conta, o senhor ministro da cultura acertou em cheio ao comparar a praga que estamos padecendo a uma nova forma de cegueira, Não fiz essa comparação, senhor primeiro-ministro, limitei-me a recordar que estivemos cegos e que, provavelmente, cegos continuamos a estar, qualquer extrapolação que não esteja logicamente contida na proposição inicial é ilegítima, Mudar de lugar as palavras representa, muitas vezes, mudar-lhes o sentido, mas elas, as palavras, ponderadas uma por uma, continuam, fisicamente, se assim posso exprimir-me, a ser exatamente o que haviam sido, e portanto, Nesse caso, permita-me que o interrompa, senhor primeiro-ministro, quero que fique claro que a responsabilidade das mudanças de lugar e de sentido das minhas é unicamente sua, eu não meti para aí prego nem estopa, Digamos que pôs a estopa e eu contribuí com o prego, e que a estopa e o prego juntos me autorizam a afirmar que o voto em branco é uma manifestação de cegueira tão destrutiva como a outra, Ou de lucidez, disse o ministro da justiça, Quê, perguntou o ministro do interior, que julgou ter ouvido mal, Disse que o voto em branco poderia ser apreciado como uma manifestação de lucidez por parte de quem o usou, Como se atreve, em pleno conselho do governo, a pronunciar semelhante barbaridade antidemocrática, deveria ter vergonha, nem parece um ministro da justiça, explodiu o da defesa, Pergunto-me se alguma vez terei sido tão ministro da justiça, ou de justiça, como neste momento, Com um pouco mais ainda me vai fazer acreditar que votou em branco, observou o ministro do interior ironicamente, Não, não votei em branco, mas pensá-lo-ei na próxima ocasião. Quando o burburinho escandalizado resultante desta declaração começou a diminuir, uma pergunta do primeiro-ministro fê-lo cessar de golpe, Está consciente do que acaba de dizer, Tão consciente que deposito nas suas mãos o cargo que me foi confiado, apresento a minha demissão, respondeu o que já não era nem ministro nem da justiça. O presidente da república empalidecera, parecia um trapo que alguém distraidamente tivesse deixado no espaldar da cadeira e depois esquecido, Nunca imaginei que teria de viver para ver o rosto da traição, disse, e pensou que a história não deixaria de registar a frase, pelo sim pelo não ele se encarregaria de lha fazer lembrar. O que até agora havia sido ministro da justiça levantou-se, inclinou a cabeça na direção do presidente e do primeiro-ministro e saiu da sala. O silêncio foi interrompido pelo súbito arrastar de uma cadeira, o ministro da cultura tinha-se levantado e anunciava lá do fundo com voz forte e clara, Peço a minha demissão, Ora essa, não me diga que, tal como o seu amigo acabou de nos prometer num momento de louvável franqueza, também o senhor o pensará na próxima ocasião, tentou ironizar o chefe do governo, Não creio que venha a ser preciso, já o havia pensado na última, Isso significa, Apenas aquilo que ouviu, nada mais, Queira retirar-se, Ia no caminho, senhor primeiro-ministro, se voltei atrás foi só para me despedir. A porta abriu-se, fechou-se, ficaram duas cadeiras vazias na mesa. E esta, hem, exclamou o presidente da república, ainda não nos tínhamos recomposto do primeiro choque, e apanhámos com nova bofetada, As bofetadas são outra coisa, senhor presidente, ministros que entram e ministros que saem, é o que mais se encontra na vida, disse o primeiro-ministro, de todo o modo, se o governo entrou aqui completo, completo sairá, eu assumo a pasta da justiça e o senhor ministro das obras públicas tomará conta dos assuntos da cultura, Temo que me falte a competência necessária, observou o aludido, Tem-na toda, a cultura, segundo não param de dizer-me algumas pessoas entendidas, é também obra pública, portanto ficará perfeitamente nas suas mãos. Tocou a campainha e ordenou ao contínuo que apareceu à porta, Retire essas cadeiras, depois, dirigindo-se ao governo, Vamos fazer uma pausa de quinze, vinte minutos, o senhor presidente e eu estaremos na sala ao lado.

Meia hora depois os ministros voltavam a sentar-se ao redor da mesa. Não se notavam as ausências. O presidente da república entrou trazendo na cara uma expressão de perplexidade, como se tivesse acabado de receber uma notícia cujo significado se encontrasse fora do alcance da sua compreensão. O primeiro-ministro, pelo contrário, parecia satisfeito com a sua pessoa. Não tardaria a saber-se porquê. Quando aqui chamei a vossa atenção para a necessidade urgente de uma mudança de estratégia, visto o falhanço de todas as ações delineadas e executadas desde o começo da crise, começou ele, estava longe de esperar que uma ideia capaz de nos levar com grandes probabilidades ao triunfo pudesse vir precisamente de um ministro que já não se encontra entre nós, refiro-me, como certamente já calculam, ao ex-ministro da cultura, graças a quem ficou uma vez mais provado quanto é conveniente examinar as ideias do adversário com vista a descobrir aquilo que nelas pode aproveitar às nossas. Os ministros da defesa e do interior trocaram olhares indignados, era só o que lhes faltava, ter de ouvir elogios à inteligência de um traidor renegado. Apressadamente, o ministro do interior rabiscou algumas palavras num papel que passou ao outro, O meu faro não me enganava, desconfiei dos tipos desde o princípio desta história, ao que o ministro da defesa respondeu pela mesma via e com os mesmos cuidados, Andámos a querer infiltrá-los, e afinal infiltraram-nos eles a nós. O primeiro-ministro continuava a expor as conclusões a que havia chegado partindo da sibilina declaração do ex-ministro da cultura sobre ter estado cego ontem e continuar cego hoje, O nosso equívoco, o nosso grande equívoco, cujas consequências estamos agora a pagar, foi precisamente essa tentativa de obliteração, não da memória, uma vez que todos poderíamos recordar o que se passou há quatro anos, mas da palavra, do nome, como se, conforme fez notar o ex-colega, para que a morte deixasse de existir bastasse não pronunciar o termo com que a designamos, Não lhe parece que estamos a fugir à questão principal, perguntou o presidente da república, precisamos de propostas concretas, objetivas, o conselho terá de tomar decisões importantes, Pelo contrário, senhor presidente, é esta justamente a questão principal, e é ela, se não estou em erro, que nos vai trazer de bandeja a possibilidade de resolver de uma vez um problema em que apenas temos conseguido, quando muito, aplicar pequenos remendos que não tardam a descoser-se e que deixam tudo na mesma, Não alcanço aonde quer chegar, explique-se, por favor, Senhor presidente, meus senhores, ousemos dar um passo em frente, substituamos o silêncio pela palavra, acabemos com este estúpido e inútil fingimento de que nada aconteceu antes, falemos abertamente sobre o que foi a nossa vida, se era vida aquilo, durante o tempo em que estivemos cegos, que os jornais recordem, que os escritores escrevam, que a televisão mostre as imagens da cidade tomadas depois de termos recuperado a visão, convençam-se as pessoas a falar dos males de toda a espécie que tiveram de suportar, falem dos mortos, dos desaparecidos, das ruínas, dos incêndios, do lixo, da podridão, e depois, quando tivermos arrancado os farrapos de falsa normalidade com que temos andado a querer tapar a chaga, diremos que a cegueira desses dias regressou sob uma nova forma, chamaremos a atenção da gente para o paralelo entre a brancura da cegueira de há quatro anos e o voto em branco de agora, a comparação é grosseira e enganosa, sou o primeiro a reconhecê-lo, e não faltará quem liminarmente a rejeite como uma ofensa à inteligência, à lógica e ao senso comum, mas é possível que muitas pessoas, e espero que depressa se venham a converter em esmagadora maioria, se deixem impressionar, que se perguntem diante do espelho se não estarão outra vez cegas, se esta cegueira, ainda mais vergonhosa que a outra, não os estará a desviar da direção correta, a empurrar para o desastre extremo que seria o desmoronamento talvez definitivo de um sistema político que, sem que nos tivéssemos apercebido da ameaça, transportava desde a origem, no seu núcleo vital, isto é, no exercício do voto, a semente da sua própria destruição ou, hipótese não menos inquietante, de uma passagem a algo completamente novo, desconhecido, tão diferente que, aí, criados como fomos à sombra de rotinas eleitorais que durante gerações e gerações lograram escamotear o que vemos agora ser um dos seus trunfos mais importantes, nós não teríamos com certeza lugar. Creio firmemente, continuou o primeiro-ministro, que a mudança estratégica de que necessitávamos está à vista, creio que a recondução do sistema ao statu quo ante está ao nosso alcance, porém, eu sou o primeiro-ministro deste país, não um vulgar vendedor de banha da cobra que vem prometer maravilhas, em todo o caso dir-vos-ei que, se não conseguirmos resultados em vinte e quatro horas, confio que começaremos a percebê-los antes que passem vinte e quatro dias, mas a luta será longa e trabalhosa, reduzir a nova peste branca à impotência exigirá tempo e custará muitos esforços, sem esquecer, ah, sem esquecer, a cabeça maldita da ténia, essa que se encontra escondida em qualquer parte, enquanto nós não a descobrirmos no interior nauseabundo da conspiração, enquanto nós não a arrancarmos para a luz e para o castigo que merece, o mortal parasita continuará a reproduzir os seus anéis e a minar as forças da nação, mas a última batalha ganhá-la-emos nós, a minha palavra e a vossa palavra, hoje e até à vitória final, serão o penhor dessa promessa. Arrastando as cadeiras, os ministros levantaram-se como um só homem, e, de pé, aplaudiram com entusiasmo. Finalmente, expurgado dos elementos perturbadores, o conselho era um bloco coeso, um chefe, uma vontade, um projeto, um caminho. Sentado no cadeirão, como à dignidade do seu cargo competia, o presidente da república aplaudia com as pontas dos dedos, assim deixando perceber, também pela severa expressão da sua cara, a contrariedade que lhe causara não ter sido objeto de uma referência, sequer mínima, no discurso do primeiro-ministro. Deveria saber com quem lidava. Quando o ruidoso estralejar das palmas já começava a esmorecer, o primeiro-ministro levantou a mão direita a pedir silêncio e disse, Toda a navegação necessita um comandante, e esse, na perigosa travessia a que o país foi desafiado, é e terá de ser o seu primeiro-ministro, mas ai do barco que não leve uma bússola capaz de guiá-lo pelo vasto oceano e através das procelas, ora, meus senhores, essa bússola que me guia a mim e ao barco, essa bússola que, em suma, nos vem guiando a todos, está aqui, ao nosso lado, sempre a orientar-nos com a sua vasta experiência, sempre a animar-nos com os seus sábios conselhos, sempre a instruir-nos com o seu exemplo ímpar, mil palmas portanto sejam dadas, e mil agradecimentos, a sua excelência o senhor presidente da república. A ovação foi ainda mais calorosa que a primeira, parecia não querer terminar, e não terminaria enquanto o primeiro-ministro continuasse a bater palmas, enquanto o relógio da sua cabeça não lhe dissesse, Basta, podes ficar por aí, ele já ganhou. Ainda dois minutos mais para confirmar a vitória, e, ao cabo deles, o presidente da república, com as lágrimas nos olhos, estava abraçado ao primeiro-ministro. Momentos perfeitos, e até mesmo sublimes, podem ocorrer na vida de um político, disse depois com a voz embargada pela comoção, mas, seja o que for que me reserve o dia de amanhã, juro-vos que este não se me apagará nunca da memória, será a minha coroa de glória nas horas felizes, o meu consolo nas horas amargas, de todo o coração vos agradeço, com todo o coração vos abraço. Mais aplausos.

Os momentos perfeitos, sobretudo quando raiam o sublime, têm o gravíssimo contra da sua curta duração, o que, por óbvio, dispensaria ser mencionado se não fosse a circunstância de existir uma contrariedade maior, que é não sabermos que fazer depois. Este embaraço, porém, reduz-se a quase nada no caso de se encontrar presente um ministro do interior. Mal o gabinete tinha reocupado o seu lugar, ainda com o ministro das obras públicas e cultura a enxugar uma lágrima furtiva, o do interior levantou a mão para pedir a palavra, Faça o favor, disse o primeiro-ministro, Como o senhor presidente da república tão emotivamente sublinhou, há na vida momentos perfeitos, verdadeiramente sublimes, e nós tivemos aqui o alto privilégio de desfrutar de dois deles, o do agradecimento do presidente e o da exposição do primeiro-ministro quando defendeu uma nova estratégia unanimemente aprovada pelos presentes e à qual me reportarei nesta intervenção, não para retirar o meu aplauso, longe de mim semelhante ideia, mas para ampliar e facilitar os efeitos dessa estratégia, se tanto pode pretender a minha modesta pessoa, refiro-me a ter dito o senhor primeiro-ministro que não conta obter resultados em vinte e quatro horas, mas que está certo de que eles começarão a surgir antes de decorridos vinte e quatro dias, ora, com todo o respeito, eu não creio que estejamos em condições de esperar vinte e quatro dias, ou vinte, ou quinze, ou dez, o edifício social apresenta brechas, as paredes oscilam, os alicerces tremem, em qualquer momento tudo pode vir abaixo, Tem algo para nos propor, além de descrever o quadro de um prédio a ameaçar ruína, perguntou o primeiro-ministro, Sim senhor, respondeu impassível o ministro do interior, como se não tivesse percebido o sarcasmo, Ilumine-nos, então, por favor, Antes de mais, devo esclarecer, senhor primeiro-ministro, que esta minha proposta não tem outra intenção senão complementar as que nos apresentou e aprovámos, não emenda, não corrige, não aperfeiçoa, é simplesmente outra coisa que espero possa vir merecer a atenção de todos, Adiante, deixe-se de rodeios, vá direito ao assunto, O que proponho, senhor primeiro-ministro, é uma ação rápida, de choque, com helicópteros, Não me diga que está a pensar em bombardear a cidade, Sim senhor, estou a pensar em bombardeá-la com papéis, Com papéis, Precisamente, senhor primeiro-ministro, com papéis, em primeiro lugar, por ordem de importância, teríamos uma proclamação assinada pelo senhor presidente da república e dirigida à população da capital, em segundo lugar, uma série de mensagens breves e eficazes que abram caminho e preparem os espíritos para as ações de efeito previsivelmente mais lento que o senhor primeiro-ministro preconizou, isto é, os jornais, a televisão, as recordações de vivências do tempo em que estivemos cegos, relatos de escritores, etc., a propósito, lembro que o meu ministério dispõe da sua própria equipa de redatores, pessoas muito treinadas na arte de convencer as pessoas, o que, segundo tenho entendido, só com muito esforço e por pouco tempo os escritores conseguem, A ideia parece-me excelente, interrompeu o presidente da república, mas evidentemente o texto terá de vir à minha aprovação, introduzirei as alterações que achar convenientes, de todo o modo acho bem, é uma ideia estupenda, que tem, além do resto, a enorme vantagem política de colocar a figura do presidente da república na primeira linha de combate, é uma boa ideia, sim senhor. O murmúrio de aprovação que se ouviu na sala mostrou ao primeiro-ministro que este lance havia sido ganho pelo ministro do interior, Assim se fará, tome as providências necessárias, disse, e, mentalmente, pôs-lhe outra nota negativa na página correspondente do caderno de aproveitamento escolar do governo.

A tranquilizadora ideia de que, mais tarde ou mais cedo, e antes mais cedo que mais tarde, o destino sempre acabará por abater a soberba, encontrou fragorosa confirmação no humilhante opróbrio sofrido pelo ministro do interior, que, crendo haver ganho in extremis o mais recente assalto na pugna pugilística que vem travando com o chefe do governo, viu irem por água abaixo os seus planos por efeito de uma inesperada intervenção do céu, que, à última hora, decidiu bandear-se para o lado do adversário. Em última análise, porém, e igualmente em primeira, segundo a opinião dos observadores mais atentos e abalizados, a culpa teve-a toda o presidente da república por haver demorado a aprovação do manifesto que, com a sua assinatura e para edificação moral dos habitantes da cidade, deveria ser lançado dos helicópteros. Durante os três dias seguintes à reunião do conselho de ministros a abóbada celeste mostrou-se ao mundo no seu magnificente traje de inconsútil azul, um tempo liso, sem pregas nem costuras, e sobretudo sem vento, perfeito para lançar papéis do ar e vê-los descer depois dançando o bailado dos elfos, até serem recolhidos por quem nas ruas passasse ou a elas saísse movido pela curiosidade de saber que novas ou mandadas lhe chegavam do alto. Durante esses três dias o manuseado texto afadigou-se em viagens de ida e volta entre o palácio presidencial e o ministério do interior, umas vezes mais profuso de razões, outras vezes mais conciso de conceitos, com palavras riscadas e substituídas por outras que logo sofreriam idêntica sorte, com frases desamparadas daquilo que as precedia e que não quadravam com o que vinha a seguir, quanta tinta gasta, quanto papel rasgado, a isto é que se chama o tormento da obra, a tortura da criação, é bom que se fique sabendo de uma vez. Ao quarto dia, o céu, cansado de esperar, vendo que lá em baixo as coisas não atavam nem desatavam, resolveu amanhecer tapado por um capote de nuvens baixas e escuras, das que costumam cumprir a chuva que prometem. Pela última hora da manhã começaram a cair umas gotículas esparsas, de vez em quando paravam, de vez em quando voltavam, um chuvisco aborrecido que, apesar das ameaças, parecia não ter muito mais para dar. Ficou neste chove não molha até ao meio da tarde, e de súbito, sem aviso, como quem se fartou de fingir o que não sentia, o céu abriu-se para dar passagem a uma chuva contínua, certa, monótona, intensa ainda que não violenta, daquelas que são capazes de estar chovendo assim uma semana inteira e que a agricultura em geral agradece. Não o ministério do interior. Supondo que o comando supremo da força aérea desse autorização para os helicópteros levantarem voo, o que por si só já seria altamente problemático, lançar papéis do ar com um tempo destes era mais do que caricato, e não só porque nas ruas andaria pouquíssima gente, e a pouca que houvesse estaria ocupada, principalmente, em molhar-se o menos possível, o pior seria cair o manifesto presidencial na lama do chão, ser engolido pelas sarjetas devoradoras, amolecer e desfazer-se nos charcos que as rodas dos automóveis, grosseiramente, levantam em sujos repuxos, em verdade, em verdade vos digo, só um fanático da legalidade e do respeito devido aos superiores se curvaria para levantar do ignominioso chapuz a explicação do parentesco entre a cegueira geral de há quatro anos e esta, maioritária, de agora. O vexame do ministro do interior foi ter de testemunhar, impotente, como, a pretexto de uma impostergável urgência nacional, o primeiro-ministro punha em movimento, ainda por cima com a forçada concordância do presidente da república, a maquinaria mediática que, englobando imprensa, rádio, televisão e todas as mais subexpressões escritas, auditivas e visualizáveis disponíveis, quer decorrentes quer concorrentes, haveria de convencer a população da capital de que, desgraçadamente, estava outra vez cega. Quando, dias depois, a chuva parou e os ares se vestiram outra vez de azul, só a teimosa e por fim já irritada insistência do presidente da república sobre o seu chefe de governo logrou que a postergada primeira parte do plano fosse cumprida, Meu caro primeiro-ministro, disse o presidente, tome boa nota de que não desisti nem penso desistir do que ficou decidido no conselho de ministros, continuo a considerar ser minha obrigação dirigir-me pessoalmente à nação, Senhor presidente, creia que não vale a pena, a ação de esclarecimento já se encontra em marcha, não tardaremos a obter resultados, Ainda que eles estejam para aparecer à volta da esquina depois de amanhã, quero que o meu manifesto seja lançado antes, Claro que depois de amanhã é uma maneira de dizer, Pois então melhor ainda, distribua-se o manifesto já, Senhor presidente, creia que, Aviso-o de que, se não o fizer, o responsabilizarei pela perda de confiança pessoal e política que desde logo se criará entre nós, Permito-me recordar, senhor presidente, que continuo a ter maioria absoluta no parlamento, a perda de confiança com que me ameaça seria algo de carácter meramente pessoal, sem qualquer repercussão política, Tê-la-á se eu for ao parlamento declarar que a palavra do presidente da república foi sequestrada pelo primeiro-ministro, Senhor presidente, por favor, isso não é verdade, É verdade suficiente para que eu o diga, no parlamento ou fora dele, Distribuir agora o manifesto, O manifesto e os outros papéis, Distribuir agora o manifesto seria redundante, Esse é o seu ponto de vista, não o meu, Senhor presidente, Se me chama presidente será porque me reconhece como tal, portanto faça o que lhe mando, Se põe a questão nesses termos, Ponho-a nestes termos, e mais lhe digo ainda, estou cansado de assistir às suas guerras com o ministro do interior, se ele não lhe serve, demita-o, mas se não quer ou não pode demiti-lo aguente-se, estou convencido de que se a ideia de um manifesto assinado pelo presidente tivesse saído da sua cabeça, provavelmente seria capaz de o mandar entregar porta a porta, Isso é injusto, senhor presidente, Talvez o seja, não digo que não, a gente enerva-se, perde a serenidade e acaba por dizer o que não queria nem pensava, Daremos então este incidente por encerrado, Sim, o incidente fica encerrado, mas amanhã de manhã quero esses helicópteros no ar, Sim senhor presidente.

Se esta acerba discussão não tivesse acontecido, se o manifesto presidencial e os mais papéis volantes tivessem, por desnecessários, terminado no lixo a sua breve vida, a história que estamos a contar seria, daqui para diante, completamente diferente. Não imaginamos com precisão como e em quê, só sabemos que seria diferente. Claro está que um leitor atento aos meandros do relato, um leitor daqueles analíticos que de tudo esperam uma explicação cabal, não deixaria de perguntar se a conversação entre o primeiro-ministro e o presidente da república foi metida aqui à última hora para dar pé à anunciada mudança de rumo, ou se, tendo que suceder porque esse era o seu destino e dela havendo resultado as consequências que não tardarão a conhecer-se, o narrador não teria tido outro remédio que pôr de lado a história que trazia pensada para seguir a nova rota que de repente lhe apareceu traçada na sua carta de navegação. É difícil dar a um tal isto ou aquilo uma resposta capaz de satisfazer totalmente esse leitor. Salvo se o narrador tivesse a insólita franqueza de confessar que nunca esteve muito seguro de como levar a bom termo esta nunca vista história de uma cidade que decidiu votar em branco e que, por conseguinte, a violenta troca de palavras entre o presidente da república e o primeiro--ministro, tão ditosamente terminada, foi para ele como ver cair a sopa no mel. Doutra maneira não se compreenderia que tivesse abandonado sem mais nem menos o trabalhoso fio da narrativa que vinha desenrolando para se meter em excursões gratuitas não sobre o que não foi, mas poderia ter sido, e sim sobre o que foi, mas poderia não ter sido. Referimo-nos, sem outros rodeios, à carta que o presidente da república recebeu três dias depois de os helicópteros terem feito chover sobre as ruas, praças, parques e avenidas da capital os papéis coloridos em que se explanavam as ilações dos escritores do ministério do interior sobre a mais do que provável conexão entre a trágica cegueira coletiva de há quatro anos e o desvario eleitoral de agora. A sorte do signatário foi ter a carta ido parar às mãos de um secretário escrupuloso, daqueles que vão ler a letra pequena antes de começarem a ler a grande, daqueles que são capazes de discernir entre troços mal alinhavados de palavras a minúscula semente que convém regar quanto antes, que mais não seja para saber no que dará. Eis o que dizia a carta, Excelentíssimo senhor presidente da república. Tendo lido com a merecida e devida atenção o manifesto que vossa excelência dirigiu ao povo e em particular aos habitantes da capital, com a plena consciência do meu dever como cidadão deste país e certo de que a crise em que a pátria está mergulhada exige de nós todos o zelo de uma contínua e estrita vigilância sobre tudo quanto de estranho se manifeste ou tenha manifestado à nossa vista, peço licença para trazer ao preclaro juízo de vossa excelência alguns factos desconhecidos que talvez possam ajudar a compreender melhor a natureza do flagelo que nos caiu em cima. Isto digo porque, embora não seja mais que um homem comum, creio, como vossa excelência, que alguma ligação terá de haver entre a recente cegueira de votar em branco e aquela outra cegueira branca que, durante semanas que não será possível esquecer, nos pôs a todos fora do mundo. Quero eu dizer, senhor presidente da república, que talvez esta cegueira de agora possa vir a ser explicada pela primeira, e as duas, talvez, pela existência, não sei se também pela ação, de uma mesma pessoa. Antes de prosseguir, porém, guiado como apenas estou sendo por um espírito cívico de que não permito que ninguém se atreva a duvidar, quero deixar claro que não sou um delator, nem um denunciante, nem um chivato, sirvo simplesmente a minha pátria na situação angustiosa em que se encontra, sem um farol que lhe ilumine o caminho para a salvação. Não sei, e como poderia eu sabê-lo, se a carta que estou escrevendo será bastante para acender essa luz, mas, repito, o dever é o dever, e neste momento vejo-me a mim mesmo como um soldado que dá um passo em frente e se apresenta como voluntário para a missão, e essa missão, senhor presidente da república, consiste em revelar, escrevo a palavra por ser a primeira vez que falo deste assunto a alguém, que há quatro anos, com a minha mulher, fiz casualmente parte de um grupo de sete pessoas que, como tantas outras, lutou desesperadamente por sobreviver. Parecerá que não estou a dizer nada que vossa excelência, por experiência própria, não tenha conhecido, mas o que ninguém sabe é que uma das pessoas do grupo nunca chegou a cegar, uma mulher casada com um médico oftalmologista, o marido estava cego como todos nós, mas ela não. Nessa altura fizemos uma jura solene de que jamais falaríamos do assunto, ela dizia que não queria que a vissem depois como um fenómeno raro, ter de sujeitar-se a perguntas e de submeter-se a exames agora que já todos havíamos recuperado a visão, o melhor seria esquecer, fazer de conta que nada se tinha passado. Respeitei o juramento até hoje, mas já não posso continuar calado. Senhor presidente da república, consinta que lhe diga que me sentiria ofendido se esta carta fosse lida como uma denúncia, embora por outro lado talvez o devesse ser, porquanto, e isso também o ignora vossa excelência, um crime de assassínio foi cometido naqueles dias precisamente pela pessoa de quem falo, mas isso é uma questão com a justiça, eu contento-me com cumprir o meu dever de patriota pedindo a superior atenção de vossa excelência para um facto até agora mantido em segredo e de cujo exame poderá, porventura, sair uma explicação para o ataque despiedado de que o sistema político vigente tem vindo a ser alvo, essa nova cegueira branca que, permito-me reproduzir aqui, humildemente, as próprias palavras de vossa excelência, atinge em cheio o coração dos fundamentos da democracia como nunca qualquer sistema totalitário tinha conseguido fazê-lo antes. Escusado seria dizer, senhor presidente da república, que estou ao dispor de vossa excelência ou da entidade que vier a ser encarregada de prosseguir uma investigação a todas as luzes necessária, para ampliar, desenvolver e completar as informações de que esta carta já é portadora. Juro que não me move qualquer animosidade contra a pessoa em causa, porém esta pátria que tem em vossa excelência o mais digno dos representantes está acima de tudo, essa é a minha lei, a única a que me acolho com a serenidade de quem acaba de cumprir o seu dever. Respeitosamente. Seguia-se a assinatura, e, em baixo, no lado esquerdo, o nome completo do signatário, a direção, o telefone, e também o número do bilhete de identidade e o endereço eletrónico.

O presidente da república pousou devagar a folha de papel sobre a mesa de trabalho e, depois de um breve silêncio, perguntou ao seu chefe de gabinete, Quantas pessoas têm conhecimento disto, Nenhuma mais além do secretário que abriu e registou a carta, É pessoa de confiança, Suponho que poderemos confiar nele, senhor presidente, é do partido, em todo o caso talvez fosse conveniente que alguém lhe fizesse perceber que a mais leve inconfidência da sua parte lhe poderia vir a custar muito caro, se o senhor presidente me permite a sugestão, esse aviso haveria que fazê-lo diretamente, Por mim, Não, senhor presidente, pela polícia, uma simples questão de eficácia, chama-se o homem à sede central, o agente mais bruto mete-o num gabinete de interrogatórios e prega-lhe um bom susto, Não tenho dúvidas quanto à bondade dos resultados, mas vejo aí uma grave dificuldade, Qual, senhor presidente, Antes que o caso chegue à polícia ainda terão de passar alguns dias, e entretanto o tipo dá com a língua nos dentes, conta à mulher, aos amigos, capaz mesmo de falar com um jornalista, em suma, entorna-nos o caldo, Tem razão, senhor presidente, a solução seria dar uma palavrinha urgente ao diretor da polícia, encarrego-me disso com todo o gosto, se quiser, Curto-circuitar a cadeia hierárquica do governo, saltar por cima do primeiro-ministro, é essa a sua ideia, Não me atreveria se o caso não fosse tão sério, senhor presidente, Meu caro, neste mundo, e outro não há, que nos conste, tudo acaba por saber-se, acredito em si quando me diz que o secretário lhe merece confiança, mas já não poderei dizer o mesmo do diretor da polícia, imagine que ele anda feito com o ministro do interior, hipótese aliás mais que provável, imagine o sarilho que daqui sairia, o ministro do interior a pedir contas ao primeiro-ministro por não poder pedi-las a mim, o primeiro-ministro a querer saber se pretendo sobrepor-me à sua autoridade e às suas competências, em poucas horas seria público o que pretendemos manter em segredo, Tem razão uma vez mais, senhor presidente, Não direi, como o outro, que nunca me engano e raramente tenho dúvidas, mas quase, quase, Que faremos então, senhor presidente, Traga-me aqui o homem, O secretário, Sim, esse que conhece a carta, Agora, Daqui a uma hora pode ser tarde de mais. O chefe do gabinete serviu-se do telefone interno para chamar o funcionário, Imediatamente ao gabinete do senhor presidente, rápido. Para percorrer os vários corredores e as várias salas costumam ser necessários pelo menos uns cinco minutos, mas o secretário apareceu à porta ao fim de três. Vinha ofegante e tremiam-lhe as pernas. Homem, não precisava de correr, disse o presidente fazendo um sorriso bondoso, O senhor chefe do gabinete disse que viesse rapidamente, senhor presidente, arquejou o homem, Muito bem, mandei chamá-lo por causa desta carta, Sim senhor presidente, Leu-a, claro, Sim senhor presidente, Recorda-se do que nela está escrito, Mais ou menos, senhor presidente, Não use esse género de frases comigo, responda à pergunta, Sim senhor presidente, recordo-me como se a tivesse acabado de ler neste momento, Acha que poderia fazer um esforço para se esquecer do que ela contém, Sim senhor presidente, Pense bem, deve saber que não é a mesma coisa fazer o esforço e esquecer, Não senhor presidente, não é a mesma coisa, Portanto, o esforço não deve bastar, será preciso algo mais, Empenho a minha palavra de honra, Estive quase tentado a repetir-lhe que não use esse género de frases, mas prefiro que me explique que significado real tem para si, no presente caso, isso a que romanticamente chama empenhar a palavra de honra, Significa, senhor presidente, a declaração solene de que de nenhuma maneira, suceda o que suceder, divulgarei o conteúdo da carta, É casado, Sim senhor presidente, Vou fazer-lhe uma pergunta, E eu responderei, Supondo que revelaria à sua mulher, e só a ela, a natureza da carta, considera que estaria, no sentido rigoroso do termo, a divulgá-la, refiro-me à carta, evidentemente, não à sua mulher, Não senhor presidente, divulgar é espalhar, tornar público, Aprovado, verifico com satisfação que os dicionários não lhe são estranhos, Não o diria nem à minha própria mulher, Quer dizer que não lhe contará nada, A ninguém, senhor presidente, Dá-me a sua palavra de honra, Desculpe, senhor presidente, agora mesmo, Imagine, esqueci-me de que já a havia dado, se tornar a varrer-se-me da memória o senhor chefe do gabinete se encarregará de mo recordar, Sim senhor, disseram as duas vozes ao mesmo tempo. O presidente guardou silêncio durante alguns segundos, depois perguntou, Suponhamos que vou ver o que escreveu no registo, pode evitar-me que me levante desta cadeira e dizer-me o que lá encontrarei, Uma única palavra, senhor presidente, Deve ter uma extraordinária capacidade de síntese para resumir em uma só palavra uma carta tão extensa como esta, Petição, senhor presidente, Quê, Petição, a palavra que está no registo, Nada mais, Nada mais, Mas assim não se poderá saber de que trata a carta, Foi justamente o que pensei, senhor presidente, que não convinha que se soubesse, a palavra petição serve para tudo. O presidente recostou-se comprazido, sorriu com todos os dentes ao prudente secretário e disse, Devia ter começado por aí, podia dispensar-se de empenhar algo tão sério como a palavra de honra, Uma cautela garante a outra, senhor presidente, Não está mal, não senhor, não está mal, mas de vez em quando dê uma vista de olhos ao registo, não seja o caso de alguém se lembrar de acrescentar alguma coisa à palavra petição, A linha está trancada, senhor presidente, Pode retirar-se, Às suas ordens, senhor presidente. Quando a porta se fechou, o chefe do gabinete disse, Tenho de confessar que não esperava que ele fosse capaz de tomar uma iniciativa destas, creio que acaba de nos dar a melhor prova de que é merecedor de toda a nossa confiança, Talvez da sua, disse o presidente, não da minha, Mas eu pensei, Pensou bem, meu caro, mas ao mesmo tempo pensou mal, a mais segura diferença que poderíamos estabelecer entre as pessoas não seria dividi-las em espertas e estúpidas, mas em espertas e demasiado espertas, com as estúpidas fazemos o que quisermos, com as espertas a solução é pô-las ao nosso serviço, ao passo que as demasiado espertas, mesmo quando estão do nosso lado, são intrinsecamente perigosas, não o conseguem evitar, o mais curioso é que com os seus atos estão constantemente a dizer-nos que tenhamos cuidado com elas, em geral não damos atenção aos avisos e depois aguentamos as consequências, Quer então dizer, senhor presidente, Quero dizer que o nosso prudente secretário, esse funâmbulo do registo capaz de transformar em simples petição uma carta tão inquietante como esta, não tardará a ser chamado à polícia para que lhe seja metido o susto que cá entre nós lhe havíamos prometido, ele mesmo o disse sem imaginar todo o alcance das palavras, uma cautela garante a outra, Tem sempre razão, senhor presidente, os seus olhos veem muito longe, Sim, mas o maior erro da minha vida como político foi permitir que me sentassem nesta cadeira, não percebi a tempo que os braços dela têm algemas, Consequência de o regime não ser presidencialista, Pois não, por isso pouco mais me deixam para fazer que cortar fitas e beijar criancinhas, Agora veio-lhe às mãos uma carta de trunfo, No momento em que a entregar ao primeiro-ministro, passa a ser dele, eu não terei sido mais que o carteiro, E no momento em que ele a entregar ao ministro do interior, passará a ser da polícia, a polícia é o que está no extremo da linha de montagem, Tem aprendido muito, Estou numa boa escola, senhor presidente, Sabe uma coisa, Sou todo ouvidos, Vamos deixar o pobre diabo em paz, se calhar, eu mesmo, quando chegar a casa, ou à noite entre os lençóis, contarei à minha mulher o que diz a carta, e você, meu caro chefe de gabinete, fará provavelmente o mesmo, a sua mulher olhará para si como para um herói, o maridinho querido que conhece os segredos e as malhas que o estado tece, que bebe do fino, que respira sem máscara o odor pútrido das sarjetas do poder, Senhor presidente, por favor, Não faça caso, julgo não ser tão mau como os piores, mas de vez em quando vem-me a consciência de que isso não basta, e então a alma dói-me muito mais do que seria capaz de lhe dizer, Senhor presidente, a minha boca está e estará fechada, E a minha também, e a minha também, mas há ocasiões em que me ponho a imaginar o que este mundo poderia ser se todos abríssemos as bocas e não as calássemos enquanto, Enquanto quê, senhor presidente, Nada, nada, deixe-me só.

Tinha passado menos de uma hora quando o primeiro-ministro, convocado de urgência ao palácio, entrou no gabinete. O presidente fez sinal de que se sentasse e pediu, enquanto lhe estendia a carta, Leia isto e diga-me o que lhe parece. O primeiro-ministro acomodou-se na cadeira e principiou a ler. Devia ir a meio da carta quando levantou a cabeça com uma expressão interrogativa, como quem teve dificuldade em perceber o que lhe acabaram de dizer, depois prosseguiu e, sem interrupções nem outras manifestações gestuais, concluiu a leitura. Um patriota carregado de boas intenções, disse, e ao mesmo tempo um canalha, Porquê um canalha, perguntou o presidente, Se o que aqui se narra é certo, se essa mulher, supondo que existiu, realmente não cegou e ajudou os outros seis naquela desgraça, não é de excluir a possibilidade de que o autor desta carta lhe deva a fortuna de estar vivo, quem sabe se os meus pais ainda o estariam hoje se tivessem tido a sorte de a encontrar, Diz-se aí que assassinou alguém, Senhor presidente, ninguém sabe ao certo quantas pessoas foram mortas durante aqueles dias, decidiu-se que todos os cadáveres encontrados resultavam de acidentes ou causas naturais e pôs-se uma pedra sobre o assunto, Até as pedras mais pesadas podem ser removidas, Assim é, senhor presidente, mas o meu parecer é deixar esta pedra onde está, imagino que não haja testemunhas presenciais do crime, e se naquele momento as houve não passaram de cegos entre cegos, seria um absurdo, um disparate, levar essa mulher a tribunal por um crime que ninguém viu cometer e cujo corpo de delito não existe, O autor da carta afirma que ela matou, Sim, mas não diz que foi testemunha do crime, além disso, senhor presidente, torno a dizer que a pessoa que escreveu essa carta é um canalha, Não vêm ao caso juízos morais, Bem o sei, senhor presidente, mas sempre se pode desabafar. O presidente pegou na carta, olhou para ela como se não a visse e perguntou, Que pensa fazer, Por mim, nada, respondeu o primeiro-ministro, este assunto não tem uma única ponta por onde se lhe pegue, Reparou que o autor da carta insinua a possibilidade de que haja relação entre o facto de essa mulher não ter cegado e a maciça votação em branco que nos empurrou para a difícil situação em que nos encontramos, Senhor presidente, algumas vezes não temos estado de acordo um com o outro, É natural, Sim, é natural, tão natural como eu não ter a menor dúvida de que a sua inteligência e o seu senso comum, que respeito, se recusam a aceitar a ideia de que uma mulher, pelo facto de não ter cegado há quatro anos, seja hoje a responsável por umas quantas centenas de milhares de pessoas, que nunca ouviram falar dela, terem votado em branco quando chamadas a umas eleições, Dito assim, Não há outra maneira de o dizer, senhor presidente, o meu parecer é que se arquive essa carta na secção dos escritos alucinados, que se deixe cair o assunto e continuemos a procurar soluções para os nossos problemas, soluções reais, não fantasias ou despeitos de um imbecil, Creio que tem razão, tomei demasiado a sério um chorrilho de tolices e fi-lo perder o seu tempo, pedindo-lhe que viesse falar comigo, Não tem importância, senhor presidente, o meu tempo perdido, se lhe quer chamar assim, foi mais do que compensado por termos chegado a acordo, Apraz-me muito reconhecê-lo e agradeço-lhe, Deixo-o entregue ao seu trabalho e regresso ao meu. O presidente da república ia a estender a mão para se despedir quando, bruscamente, o telefone tocou. Levantou o auscultador e ouviu a secretária, O senhor ministro do interior deseja falar-lhe, senhor presidente, Ponha-me em comunicação com ele. A conversação foi demorada, o presidente ia escutando, e, à medida que os segundos passavam, a expressão do seu rosto mudava, algumas vezes murmurou Sim, numa ocasião disse É um caso a estudar, e finalizou com as palavras Fale com o senhor primeiro-ministro. Pousou o auscultador, Era o ministro do interior, disse, Que queria esse simpático homem, Recebeu uma carta redigida nos mesmos termos e está decidido a iniciar investigações, Má notícia, Disse-lhe que falasse consigo, Eu ouvi, mas continua a ser uma má notícia, Porquê, Se conheço bem o ministro do interior, e creio que poucos o conhecerão tão bem como eu, a esta hora já falou com o diretor da polícia, Trave-o, Tentarei, mas temo bem que seja inútil, Use a sua autoridade, Para que me acusem de bloquear uma investigação sobre factos que afetam a segurança do estado, precisamente quando todos sabemos que o estado se encontra em grave perigo, é isso, senhor presidente, perguntou o primeiro-ministro, e acrescentou, O senhor seria o primeiro a retirar-me o seu apoio, o acordo a que chegámos não teria passado de uma ilusão, é já uma ilusão, uma vez que não serve para nada. O presidente fez um gesto afirmativo com a cabeça, depois disse, Há bocado, o meu chefe de gabinete, a propósito desta carta, saiu-se com uma frase bastante ilustrativa, Que foi que ele disse, Que a polícia é o que está no extremo da cadeia de montagem, Felicito-o, senhor presidente, tem um bom chefe de gabinete, no entanto seria conveniente avisá-lo de que há verdades de que não convém falar em voz alta, A sala está insonorizada, Isso não significa que não lhe tenham escondido por aqui alguns microfones, Vou mandar fazer uma inspeção, Em todo o caso, senhor presidente, rogo-lhe que acredite que, se vierem a encontrá-los, não fui eu que os mandei pôr, Boa piada, É uma piada triste, Lamento, meu caro, que as circunstâncias o tenham metido neste beco sem saída, Alguma saída terá, mas é certo que neste momento não a vejo, e voltar para trás é impossível. O presidente acompanhou o primeiro-ministro à porta, Estranho, disse, que o homem da carta não lhe tenha escrito também a si, Deve tê-lo feito, o que acontece é que, pelos vistos, os serviços de secretaria da presidência da república e do ministério do interior são mais diligentes que os do primeiro-ministro, Boa piada, Não é menos triste que a outra, senhor presidente.

A carta dirigida ao primeiro-ministro, sempre era certo que havia, tardou dois dias a chegar-lhe às mãos. Apercebeu-se ele imediatamente de que o encarregado de registá-la havia sido menos discreto que o da presidência da república, confirmando-se assim a solvência dos rumores que corriam desde há dois dias, os quais, por sua vez, ou eram resultado de uma inconfidência entre funcionários de escalão médio, ansiosos por demonstrar que bebiam do fino, isto é, que estavam no segredo dos deuses, ou tinham sido deliberadamente postos a correr pelo ministério do interior como maneira de cortar pela raiz qualquer eventual veleidade de oposição ou de simples dificultação simbólica à investigação policial por parte do primeiro-ministro. Restava ainda a suposição a que chamaremos conspirativa, isto é, que a conversa supostamente sigilosa entre o primeiro-ministro e o seu ministro do interior, ao entardecer do dia em que aquele foi chamado à presidência da república, tivesse sido muito menos reservada do que é lícito esperar de umas paredes acolchoadas, as quais, sabe-se lá, estariam ocultando uns quantos microfones da última geração, desses que só um perdigueiro eletrónico com o mais apurado pedigree consegue farejar e rastrear. Fosse como fosse, o mal já não tinha remédio, os segredos de estado estão realmente pela hora da amargura, não há quem os defenda. Tão consciente desta deplorável certeza está o primeiro-ministro, tão convencido da inutilidade do segredo, sobretudo quando já deixou de o ser, que, com o gesto de quem observasse o mundo de muito alto, como se dissesse Sei tudo, não me macem, dobrou devagar a carta e meteu-a num dos bolsos interiores do casaco, Veio diretamente da cegueira de há quatro anos, guardá-la-ei comigo, disse. O ar de escandalizada surpresa do chefe de gabinete fê-lo sorrir, Não se preocupe, meu caro, existem pelo menos duas cartas iguais a esta, sem falar das muitas e mais do que prováveis fotocópias que já por aí andarão circulando. A expressão da cara do chefe de gabinete tornou-se de repente desentendida, desatenta, como se não tivesse percebido bem o que tinha ouvido, ou como se a consciência lhe tivesse saltado de chofre ao caminho, acusando-o de qualquer antiga, quando não recentíssima, malfeitoria praticada. Pode retirar-se, chamá-lo-ei quando precisar, disse o primeiro-ministro, levantando-se da cadeira e dirigindo-se a uma das janelas. O ruído a abri-la cobriu o do fechar da porta. Dali pouco mais se via que uma sucessão de telhados baixos. Sentiu a nostalgia da capital, do tempo feliz em que os votos eram obedientes ao mando, do monótono passar das horas e dos dias entre a pequeno-burguesa residência oficial dos chefes de governo e o parlamento da nação, das agitadas e não raras vezes joviais e divertidas crises políticas que eram como fogachos de duração prevista e intensidade vigiada, quase sempre a fazer de conta, e com as quais se aprendia, não só a não dizer a verdade como a fazê-la coincidir ponto por ponto, quando fosse útil, com a mentira, da mesma maneira que o avesso, com toda a naturalidade, é o outro lado do direito. Perguntou a si mesmo se a investigação já teria principiado, deteve-se a especular sobre se os agentes que iriam participar na ação policial seriam daqueles que infrutiferamente haviam permanecido na capital com a missão de captar informações e despachar relatórios, ou se o ministro do interior teria preferido enviar para a missão gente da sua mais direta confiança, da que se encontra ao alcance da vista e à mão de semear, e, quem sabe, seduzida pelo aparatoso ingrediente de aventura cinematográfica que seria uma travessia clandestina do bloqueio, rastejando de punhal à cinta sob os arames farpados, enganando com insensibilizadores magnéticos os temíveis sensores eletrónicos, e surdindo do outro lado, no campo inimigo, rumo ao objetivo, como toupeiras dotadas de agilidade gatuna e óculos de visão noturna. Conhecendo o ministro do interior tão bem como conhecia, um pouco menos sanguinário que drácula, mas muito mais teatral que rambo, esta seria a modalidade de ação que mandaria adotar. Não se enganava. Escondidos num pequeno maciço florestal que quase bordeja o perímetro do cerco, três homens aguardam que a noite se torne madrugada. No entanto, nem tudo o que havia sido livremente fantasiado pelo primeiro-ministro à janela do seu gabinete corresponde à realidade que se oferece aos nossos olhos. Por exemplo, estes homens estão vestidos à paisana, não levam punhal à cinta, e a arma que trazem no coldre é simplesmente a pistola a que se dá o nome tranquilizador de regulamentar. Quanto aos temíveis insensibilizadores magnéticos, não se vê por aqui, entre a diversa aparelhagem, nada que sugira uma tão decisiva função, o que, pensando melhor, poderia apenas significar que os insensibilizadores magnéticos não têm, propositada e justamente, o aspeto de insensibilizador magnético. Não tardaremos a saber que, a uma hora combinada, os sensores eletrónicos neste troço da cerca permanecerão desligados durante cinco minutos, tempo considerado mais do que suficiente para que três homens, um a um, sem pressas nem precipitações, transponham a barreira de arame farpado, a qual, para esse fim, foi hoje adequadamente cortada para evitar rasgões nas calças e poupar a pele aos arranhões. Os sapadores do exército acudirão a repará-la antes que os róseos dedos da aurora agucem de novo, mostrando-as, as ameaçadoras puas por tão breve tempo inofensivas, e também os rolos enormes de arame estendidos ao longo da fronteira, para um lado e para outro. Os três homens já passaram, vai à frente o chefe, que é o mais alto, e em fila indiana atravessam um prado cuja humidade ressumbra e geme debaixo dos sapatos. Numa estrada arrabaldina secundária, a uns quinhentos metros dali, está esperando o automóvel que os vai levar pela calada da noite ao seu destino na capital, uma falsa empresa de seguros & resseguros que a falta de clientes, tanto locais como do exterior, ainda não logrou levar à falência. As ordens que estes homens receberam diretamente da boca do ministro do interior são claras e terminantes, Tragam-me resultados e eu não perguntarei por que meios os obtiveram. Não levam consigo nenhuma instrução escrita, nenhuma salvaguarda que os cubra e que possam exibir como defesa ou como justificação se algo vier a correr pior do que se espera, não estando excluída, portanto, a possibilidade de que o ministério os abandone simplesmente à sua sorte se cometerem alguma ação suscetível de prejudicar a reputação do estado e a pureza imaculada dos seus objetivos e processos. São, estes três homens, como um comando de guerra largado em território inimigo, aparentemente não se veem razões para pensar que vão arriscar ali as suas vidas, mas todos têm consciência dos melindres de uma missão que exige talento no interrogatório, flexibilidade na estratégia, rapidez na execução. Tudo em grau máximo. Não penso que venham a precisar de matar alguém, dissera o ministro do interior, mas se, numa situação extrema, considerarem que não há outra saída, não hesitem, eu me encarregarei de resolver o assunto com a justiça, Cuja pasta foi ultimamente assumida pelo senhor primeiro-ministro, atreveu-se o chefe do grupo a observar. O ministro do interior fez que não tinha percebido, limitou-se a olhar fixamente o importuno, que não teve outro remédio que desviar a vista. O automóvel já entrou na cidade, deteve-se numa praça para mudar de motorista, e finalmente, depois de dar trinta voltas para despistar qualquer improvável seguidor, foi deixá-los à porta do edifício de escritórios onde a empresa de seguros & resseguros se encontra instalada. O porteiro não apareceu a saber quem entrava a hora tão desacostumada para a rotina de um prédio de escritórios, é de supor que alguém com boas palavras o tenha vindo persuadir na tarde de ontem a ir para a cama cedo, aconselhando-o a não se separar dos lençóis, ainda que a insónia o impedisse de fechar os olhos. Os três homens subiram no ascensor até ao décimo quarto andar, meteram por um corredor à esquerda, depois outro à direita, um terceiro à esquerda, enfim chegaram ao escritório da providencial, s. a., seguros & resseguros, conforme qualquer pode ler no letreiro da porta, em letras pretas sobre uma chapa retangular de latão embaciado, fixada com cravos de cabeça em tronco de pirâmide, do mesmo metal. Entraram, um dos subordinados acendeu a luz, o outro fechou a porta e pôs a corrente de segurança. Entretanto o chefe dava uma volta pelas instalações, verificava ligações, conectava aparelhos, entrava na cozinha, nos quartos e nas casas de banho, abria a porta do compartimento destinado a arquivo, passava os olhos rapidamente pelas diversas armas ali guardadas ao mesmo tempo que respirava o cheiro familiar a metal e a lubrificante, amanhã inspecionará tudo isto, peça por peça, munição por munição. Chamou os auxiliares, sentou-se e mandou-os sentar, Esta manhã, às sete horas, disse, darão começo ao trabalho de seguimento do suspeito, notem que se lhe estou a chamar suspeito não é apenas para simplificar a comunicação entre nós, que se saiba não terá cometido nenhum crime, mas porque não convém, por razões de segurança, que o seu nome seja pronunciado, ao menos nestes primeiros dias, acrescento ainda que com esta operação, que espero não tenha de prolongar-se por mais de uma semana, o que pretendo em primeiro lugar é obter um quadro dos movimentos do suspeito na cidade, onde trabalha, por onde anda, com quem se encontra, isto é, a rotina de uma averiguação primária, o reconhecimento do terreno antes de passarmos à abordagem direta, Deixamos que ele se dê conta de que está a ser seguido, perguntou o primeiro auxiliar, Não nos quatro primeiros dias, mas depois, sim, quero sabê-lo preocupado, inquieto, Tendo escrito aquela carta deverá estar à espera de que alguém apareça a procurá-lo, Procurá-lo-emos nós quando chegar o momento, o que eu desejo, e vocês arranjem-se para que tal suceda, é levá-lo a temer que esteja a ser seguido por aqueles a quem denunciou, Pela mulher do médico, Pela mulher, não, claro, mas pelos seus cúmplices, esses do voto em branco, Não estaremos a andar depressa de mais, perguntou o segundo auxiliar, ainda não começámos o trabalho e já estamos aqui a falar de cúmplices, O que estamos a fazer é a traçar um esboço, um simples esboço e nada mais, quero colocar-me no ponto de vista do tipo que escreveu a carta e, de lá, tentar ver o que ele vê, Seja como for, uma semana de seguimento parece-me demasiado tempo, disse o primeiro auxiliar, se trabalharmos bem, ao fim de três dias temo-lo em ponto de rebuçado. O chefe franziu o sobrolho, ia insistir Uma semana, disse que será uma semana e será uma semana, mas lembrou-se do ministro do interior, não recordava se ele tinha expressamente reclamado resultados rápidos, mas, sendo esta a exigência que mais vezes é ouvida da boca de quem dirige, e não havendo motivo para pensar que o presente caso devesse ser uma exceção, muito pelo contrário, não mostrou mais relutância em concordar com o período de três dias do que aquela que é considerada normal na relação entre um superior e um subordinado, nas pouquíssimas vezes em que aquele que manda se vê obrigado a ceder às razões daquele que é mandado. Dispomos de fotografias de todos os adultos que residem no prédio, refiro-me, claro está, aos de sexo masculino, disse o chefe, e acrescentou escusadamente, Uma delas corresponde ao homem que procuramos, Enquanto não o tivermos identificado, nenhum seguimento poderá ter lugar, lembrou o primeiro auxiliar, Assim é, condescendeu o chefe, mas, seja como for, às sete horas estareis colocados estrategicamente na rua onde ele mora para seguir os dois homens que vos parecerem mais próximos do tipo de pessoa que escreveu a carta, por aí começaremos, para alguma coisa terão de servir a intuição, o faro policial, Posso dar a minha opinião, perguntou o segundo auxiliar, Fala, A avaliar pelo teor da carta, o tipo deve ser um rematado filho de puta, Significa isso, perguntou o primeiro auxiliar, que seguiremos os que tiverem cara de filho de puta, e acrescentou, A mim, a experiência tem-me ensinado que os piores filhos de puta são alguns que não têm aspeto de o serem, Realmente, teria sido muito mais lógico ir aos serviços de identificação e pedir uma cópia da fotografia que lá existe do tipo, ganhava-se tempo e poupava-se trabalho. O chefe decidiu cortar, Presumo que não estarão a pensar em ensinar o pai-nosso ao cura nem a salve-rainha à madre superiora, se não se ordenou essa diligência foi para não levantar curiosidades que poderiam fazer abortar a operação, Com sua licença, comissário, permito-me discrepar, disse o primeiro auxiliar, tudo indica que o tipo está ansioso por despejar o saco, creio mesmo que se soubesse onde nos encontramos estaria neste momento a bater àquela porta, Suponho que sim, respondeu o chefe contendo com dificuldade a irritação que lhe estava a produzir o que tinha todos os visos de crítica demolidora do plano de ação que trazia, mas a nós convém-nos conhecer o máximo a seu respeito antes de chegarmos ao contacto direto, Tenho uma ideia, disse o segundo auxiliar, Outra ideia, perguntou de mau modo o comissário, Garanto que esta é das boas, um de nós disfarça-se de vendedor de enciclopédias e dessa maneira poderá ver quem lhe apareça à porta, Esse truque do vendedor de enciclopédias já tem barbas brancas, disse o primeiro auxiliar, além disso, são geralmente as mulheres quem vem abrir a porta, seria uma excelente ideia se o nosso homem vivesse sozinho, mas, se mal não recordo o que vem escrito na carta, está casado, Bolas, exclamou o segundo auxiliar. Ficaram em silêncio, olhando uns para os outros, os dois subalternos conscientes de que o mais seguro agora seria esperar que o superior tivesse uma ideia própria. Em princípio, estariam dispostos a aplaudi-la mesmo que metesse água por todos os lados. O chefe sopesava tudo quanto havia sido dito antes, tentava encaixar as diversas sugestões umas nas outras com a esperança de que do casual ajuste das peças do puzzle pudesse surgir algo tão inteligente, tão holmesco, tão poirotiano, que obrigasse aqueles sujeitos às suas ordens a abrir a boca de puro pasmo. E, de repente, como se as escamas lhe tivessem caído dos olhos, viu o caminho, As pessoas, disse, salvo absoluta incapacidade física, não estão todo o tempo metidas em casa, saem para os seus empregos, para fazer compras, para passear, então a minha ideia consiste em entrarmos na casa onde o tipo mora quando lá não houver ninguém, a direção vem escrita na carta, gazuas não nos faltam, há sempre retratos em cima dos móveis, não seria difícil identificar o tipo no conjunto de fotografias e assim já o poderíamos seguir sem problemas, e para sabermos se não há gente em casa usaremos o telefone, amanhã averiguaremos o número pelas informações da companhia, também poderemos consultar a lista, uma coisa ou outra, tanto faz. Com esta infeliz maneira de terminar a frase, o chefe compreendia que o puzzle não tinha ajuste possível. Embora, como foi explicado antes, a disposição de ambos os subordinados tivesse sido de total benevolência para com os resultados da meditação do chefe, o primeiro auxiliar sentiu-se obrigado a observar, esforçando-se por usar um tom que não lhe melindrasse a suscetibilidade, Se não estou em erro, o melhor de tudo, conhecendo nós já a direção do tipo, seria ir bater-lhe à porta diretamente e perguntar a quem aparecesse Mora aqui Fulano de Tal, se fosse ele diria Sim senhor, sou eu, se fosse a mulher o mais provável seria que ela dissesse Vou chamar o meu marido, deste modo ficávamos logo com o pássaro na mão sem precisar de dar tantas voltas. O chefe levantou o punho cerrado como quem vai desferir um valente soco no tampo da mesa, mas no último instante travou a violência do gesto, baixou lentamente o braço e disse em voz que parecia declinar a cada sílaba, Examinaremos essa hipótese amanhã, agora vou dormir, boas noites. Dirigia-se já à porta do quarto que ocuparia durante o tempo que durasse a investigação quando ouviu o segundo auxiliar, que perguntava, Sempre começamos a operação às sete. Sem se virar, respondeu, A ação prevista fica suspensa até nova ordem, receberão instruções amanhã, quando eu tiver concluído a revisão das diretrizes que recebi do ministério e, se for caso disso, em ordem a agilizar o trabalho, procederei a todas as alterações que considerar convenientes. Deu outra vez as boas-noites, Boas noites, chefe, responderam os subordinados, e entrou no quarto. Mal a porta se fechou, o segundo auxiliar preparou-se para continuar a conversação, mas o outro levou rapidamente o dedo indicador aos lábios e abanou a cabeça, fazendo-lhe sinal para que não falasse. Foi ele o primeiro a arredar a cadeira e a dizer, Vou-me deitar, se ainda ficas tem cuidado quando fores a entrar, não me acordes. Ao contrário do chefe, estes dois homens, como subordinados que são, não têm direito a quarto individual, vão ambos dormir numa ampla divisão com três camas, uma espécie de pequena camarata que poucas vezes está completamente ocupada. A cama do meio é sempre a que menos serve. Quando, como neste caso, os agentes eram dois, utilizavam invariavelmente as camas laterais, e se era um só polícia a dormir aqui, era certo e sabido que também preferia dormir em uma delas, nunca na do centro, talvez porque lhe daria a impressão de estar cercado ou de ser levado sob prisão. Mesmo os polícias mais duros, mais coriáceos, e estes ainda não tiveram oportunidade para mostrar que o são, necessitam sentir-se protegidos pela proximidade de uma parede. O segundo auxiliar, que tinha percebido o recado, levantou-se e disse, Não, não fico, também vou dormir. Respeitando as patentes, primeiro um, depois o outro, passaram por uma casa de banho provida de todo o necessário ao asseio do corpo, como assim teria de ser, uma vez que em nenhum momento deste relato foi mencionado que os três polícias trouxessem consigo mais que uma pequena mala ou simples mochila com uma muda de roupa, escova de dentes e máquina de barbear. De surpreender seria que uma empresa batizada com o feliz nome de providencial não se preocupasse com facultar àqueles a quem temporariamente dava abrigo os artigos e os produtos de higiene indispensáveis à comodidade e ao bom desempenho da missão de que haviam sido encarregados. Meia hora depois os auxiliares estavam nas suas respetivas camas, enfiado cada um no pijama da ordem, com o distintivo da polícia sobre o coração. Afinal, o plano do ministério de planificador não tinha nada, disse o segundo auxiliar, É o que sempre sucede quando não se toma a precaução elementar de pedir a opinião das pessoas com experiência, respondeu o primeiro auxiliar, Ao nosso chefe não lhe falta experiência, disse o segundo auxiliar, se não a tivesse, não seria o que é hoje, Às vezes, estar demasiado próximo dos centros de decisão provoca miopia, encurta o alcance da vista, respondeu sabiamente o primeiro auxiliar, Quer dizer que se algum dia chegarmos a desempenhar um lugar de mando autêntico, como o chefe, também nos virá a suceder o mesmo, perguntou o segundo auxiliar, Não há, neste particular, nenhuma razão para que o futuro seja diferente do presente, respondeu com sageza o primeiro auxiliar. Quinze minutos depois ambos dormiam. Um roncava, o outro não.

Ainda não eram oito horas da manhã quando o chefe, já lavado, barbeado e de traje posto, entrou na sala onde o plano de ação do ministério, ou, para falar com precisão, do ministro do interior, logo malamente atirado para as pacientes costas da direção da polícia, havia sido feito em pedaços por dois subordinados, é verdade que com aplaudível discrição e apreciável respeito, e até com um leve toque de elegância dialética. Reconhecia-o sem qualquer dificuldade e não lhes guardava o menor rancor, pelo contrário, era claramente percetível o alívio que sentia. Com a mesma enérgica vontade com que tinha conseguido dominar um princípio de insónia que o obrigara a dar não poucas voltas na cama, assumia em pessoa o comando total das operações, cedendo generosamente a césar o que a césar não poderia ser negado, mas deixando bem claro que, no fim das contas, é a deus e à autoridade, seu outro nome, que todos os benefícios, mais tarde ou mais cedo, acabarão por reverter. Foi portanto um homem tranquilo, seguro de si, que os dois ensonados auxiliares vieram encontrar quando, minutos mais tarde, apareceram por sua vez na sala, ainda de roupão, com o distintivo da polícia, e pijama, e arrastando, lânguidos, os chinelos de quarto. O chefe calculara isto mesmo, previra que o primeiro ponto marcado seria seu, e já o tinha apontado no placar. Bons dias, rapazes, saudou em tom cordial, espero que tenham descansado, Sim senhor, disse um, Sim senhor, disse o outro, Vamos lá então ao pequeno-almoço, depois tratem de arranjar-se, talvez ainda consigamos apanhar o tipo na cama, seria divertido, a propósito, que dia é hoje, sábado, hoje é sábado, ninguém madruga ao sábado, vão ver que nos aparece à porta como vocês estão agora, de roupão e pijama, a chinelar pelo corredor, e em consequência com as defesas baixas, psicologicamente diminuído, depressa, depressa, quem é o valente que se apresenta como voluntário para preparar o pequeno-almoço, Eu, disse o segundo auxiliar, sabendo muito bem que não havia ali um terceiro auxiliar disponível. Numa situação diferente, isto é, se o plano do ministério, em vez de destroçado, tivesse sido aceite sem discussão, o primeiro ajudante ter-se-ia deixado ficar com o chefe para assentar e precisar, mesmo que tal não fosse realmente necessário, algum pormenor da diligência a que iam proceder, mas, assim, e ainda por cima reduzido, ele também, à inferioridade do chinelo de quarto, resolveu fazer um grande gesto de camaradagem e dizer, Vou ajudá-lo. O chefe assentiu, pareceu-lhe bem, e sentou-se a repassar algumas notas que tinha apontado antes de adormecer. Não haviam decorrido ainda quinze minutos quando os dois auxiliares reapareceram com os tabuleiros, a cafeteira, a leiteira, uma embalagem de bolos secos, sumo de laranja, iogurte, compota, não havia dúvida, mais uma vez o serviço de catering da polícia política não havia desmerecido da reputação conquistada em tantos anos de labor. Resignados a beber o café com leite frio ou a requentá-lo, os auxiliares disseram que se iam arranjar e que já voltavam, O mais depressa possível. De facto, parecia-lhes uma falta grave de consideração, estando o superior de fato e gravata, sentarem-se eles naquela figura, naquele desalinho, com a barba por fazer, os olhos piscos, o cheiro noturno e espesso dos corpos por lavar. Não foi preciso que o explicassem, a meia palavra que nem sempre basta sobrava neste caso. Naturalmente, sendo de paz o ambiente e repostos os ajudantes nos seus lugares, ao comissário não lhe custou nada dizer que se sentassem e partilhassem com ele o pão e o sal, Somos colegas de trabalho, estamos juntos na mesma barca, triste autoridade será aquela que necessite puxar dos galões a toda a hora para se fazer obedecer, quem me conhece sabe que não pertenço a esse número, sentem-se, sentem-se. Um tanto constrangidos os auxiliares sentaram-se, conscientes de que, diga-se o que se diga, havia algo de impróprio na situação, dois vagabundos a tomar o pequeno-almoço com uma pessoa que em comparação parecia um dândi, eles é que deveriam ter tirado o cu da cama cedo, e mais, deveriam ter a mesa posta e servida quando o chefe saísse do quarto, de roupão e pijama, se lhe apetecesse, mas nós, não, nós, vestidos e penteados como deus mandou, são estas pequenas rachas no verniz do comportamento, e não as revoluções aparatosas, que, com vagar, repetição e constância, acabam por arruinar o mais sólido dos edifícios sociais. Sábio é o antigo ditado que ensina, Se queres que te respeitem não lhes dês confiança, oxalá, para bem do serviço, que este chefe não tenha que se arrepender. Por enquanto mostra-se seguro da sua responsabilidade, não temos mais que ouvi-lo, A nossa expedição traz dois objetivos, um principal, outro secundário, o objetivo secundário, que despacho já para não perdermos tempo, é averiguar tudo quanto for possível, mas em princípio sem excessivo empenho, sobre o suposto crime cometido pela mulher que guiava o grupo de seis cegos de que se fala na carta, o objetivo principal, em cujo cumprimento aplicaremos todas as nossas forças e capacidades e para o qual utilizaremos todos os meios aconselháveis, quaisquer que tenham de ser, é averiguar se existe alguma relação entre essa mulher, de quem se diz ter conservado a vista quando todos nós andávamos por aí cegos, aos tombos, e a nova epidemia que é o voto em branco, Não será fácil encontrá-la, disse o primeiro auxiliar, Para isso é que aqui estamos, todos os intentos para descobrir as raízes do boicote falharam até agora e pode ser que a carta do tipo também não nos leve muito longe, mas pelo menos abre uma linha nova de investigação, Custa-me a acreditar que essa mulher esteja por trás de um movimento que abrange algumas centenas de milhares de pessoas e que, amanhã, se não se cortar o mal pela raiz, poderá vir a reunir milhões e milhões, disse o segundo agente, Tão impossível deveria ser uma coisa como a outra, mas, se uma delas sucedeu, a outra pode igualmente suceder, respondeu o chefe, e rematou fazendo cara de quem sabe mais do que o que está autorizado a dizer e sem imaginar até que ponto virá a ser verdade, Um impossível nunca vem só. Com esta feliz frase de fecho, perfeita chave de ouro para um soneto, chegou também o pequeno-almoço ao termo. Os auxiliares limparam a mesa e levaram as louças e o que restava da comida para cozinha, Agora vamo-nos arranjar, não tardamos nada, disseram,

Esperem, cortou o chefe, e depois, dirigindo-se ao primeiro auxiliar, Serve-te da minha casa de banho, se não nunca mais sairemos daqui. O agraciado corou de satisfação, a sua carreira tinha acabado de dar um grande passo em frente, ia mijar na retrete do chefe.

Na garagem subterrânea esperava-os um automóvel cujas chaves, no dia anterior, alguém viera deixar sobre a mesa de cabeceira do chefe, com uma breve nota explicativa em que se indicavam a marca, a cor, a matrícula e o lugar cativo onde o veículo havia sido deixado. Sem passar pelo porteiro, desceram até lá no elevador e encontraram imediatamente o carro. Eram quase dez horas. O chefe disse ao segundo auxiliar, que lhe abria a porta do banco de trás, Conduzes tu. O primeiro auxiliar sentou-se à frente, ao lado do condutor. A manhã estava agradável, com muito sol, o que serve para demonstrar à saciedade que os castigos de que o céu foi tão pródiga fonte no passado vieram perdendo força com o andar dos séculos, bons e justos tempos foram aqueles em que por uma simples e casual desobediência aos ditames divinos umas quantas cidades bíblicas eram fulminadas e arrasadas com todos os habitantes dentro. Aqui está uma cidade que votou em branco contra o senhor e não houve um raio que lhe caísse em cima e a reduzisse a cinzas como, por culpa de vícios muito menos exemplares, aconteceu a sodoma e a gomorra, e também a adnia e a seboyim, queimadas até aos alicerces, se bem que destas duas cidades não se fala tanto como das primeiras, cujos nomes, talvez pela sua irresistível musicalidade, ficaram para sempre no ouvido das pessoas. Hoje, tendo deixado de obedecer cegamente às ordens do senhor, os raios só caem onde lhes apetece, e já se tornou evidente e manifesto que não será possível contar com eles para reconduzir ao bom caminho a pecadora cidade do voto em branco. Para fazer-lhes as vezes enviou o ministério do interior três dos seus arcanjos, estes polícias que aqui vão, chefe e subalternos, a quem, de ora em diante, passaremos a designar pelas graduações oficiais correspondentes, que são, seguindo a escala hierárquica, comissário, inspetor e agente de segunda classe. Os dois primeiros vão observando as pessoas que passam na rua, nenhuma delas inocente, todas culpadas de algo, e perguntam-se se aquele velho de aspeto venerando, por exemplo, não será o grão-mestre das últimas trevas, se aquela rapariga abraçada ao namorado não encarnará a imorredoura serpente do mal, se aquele homem que avança cabisbaixo não estará a dirigir-se ao antro desconhecido onde se destilam os filtros que envenenaram o espírito da cidade. As preocupações do agente, que, pela sua condição de último subalterno, não tem a obrigação de sustentar pensamentos elevados nem de alimentar suspeitas abaixo da superfície das coisas, são mais de trazer por casa, como esta com que se vai atrever a interromper a meditação dos superiores, Com um tempo assim, o homem até pode ter ido passar o dia ao campo, Qual campo, quis saber o inspetor em tom irónico, O campo, qual há de ser, O autêntico, o verdadeiro, está do outro lado da fronteira, do lado de cá é tudo cidade. Era certo. O agente tinha perdido uma boa ocasião de estar calado, mas ganhara uma lição, a de que, por este caminho, nunca viria a sair da cepa torta. Concentrou-se na condução e jurou de si para si que só abriria a boca para responder a perguntas. Foi então que o comissário tomou a palavra, Seremos duros, implacáveis, não usaremos nenhuma das habilidades clássicas, como aquela, velha e caduca, do polícia mau que assusta e do polícia simpático que convence, somos um comando de operacionais, os sentimentos aqui não contam, imaginaremos que somos máquinas feitas para determinada tarefa e executá-la-emos simplesmente, sem olhar para trás, Sim senhor, disse o inspetor, Sim senhor, disse o agente, faltando ao seu juramento. O automóvel entrou na rua onde vive o homem que escreveu a carta, é aquele o prédio, o andar, o terceiro. Arrumaram o carro um pouco mais à frente, o agente abriu a porta para o comissário sair, o inspetor saiu pelo outro lado, o comando está completo, em linha de atiradores e de punhos cerrados, ação.

Agora vemo-los parados no patamar. O comissário faz sinal ao agente, este carrega no botão da campainha. Silêncio total do outro lado. O agente pensa, Querem ver que foi mesmo passar o dia ao campo, querem ver que eu tinha razão. Novo sinal, novo toque. Poucos segundos depois ouviu-se alguém, um homem, perguntar lá de dentro, Quem é. O comissário olhou o seu subordinado imediato, e este, enchendo a voz, soltou a palavra, Polícia, Um momento, por favor, disse o homem, tenho de me vestir. Quatro minutos passaram. O comissário fez o mesmo sinal, o agente tornou a carregar na campainha, desta vez sem levantar o dedo. Um momento, um momento, por favor, abro agora mesmo, tinha acabado de me levantar, as últimas palavras já foram ditas com a porta aberta por um homem vestido com calças e camisa, também de chinelos, Hoje é o dia dos chinelos, pensou o agente. O homem não parecia atemorizado, tinha na cara a expressão de alguém que vê chegar finalmente os visitantes que esperava, se alguma surpresa se notava devia ser a de que fossem tantos. O inspetor perguntou-lhe o nome, ele disse-o, e acrescentou, Queiram entrar, peço desculpa pela desarrumação da casa, não imaginei que aparecessem tão cedo, aliás estava convencido de que me chamariam a declarar, afinal vieram os senhores, suponho que é por causa da carta, Sim, por causa da carta, confirmou, sem mais, o inspetor, Passem, passem. O agente foi o primeiro, em alguns casos a hierarquia procede ao contrário, logo o inspetor, depois o comissário, no couce do cortejo. O homem avançou chinelando pelo corredor fora, Sigam-me, venham por aqui, abriu uma porta que dava para uma pequena sala de estar, disse, Sentem-se, por favor, se me dão licença vou calçar uns sapatos, isto não é maneira de receber visitas, Não somos precisamente aquilo a que se chama visitas, corrigiu o inspetor, Claro, é um modo de falar, Vá lá calçar os sapatos e não se demore, temos pressa, Não, não temos pressa, não temos mesmo nenhuma pressa, negou o comissário, que ainda não havia dito palavra. O homem olhou-o, agora sim, com um leve ar de susto, como se o tom com que o comissário falara estivesse fora do que havia sido combinado, e não achou nada melhor que dizer, Asseguro-lhe que pode contar com a minha inteira colaboração, senhor, Comissário, senhor comissário, disse o agente, Senhor comissário, repetiu o homem, e o senhor, Sou apenas um agente, não se preocupe. O homem voltou-se para o terceiro membro do grupo, substituindo a pergunta por um interrogativo levantar de sobrancelhas, mas a resposta veio-lhe do comissário, Este senhor é inspetor e meu imediato, e acrescentou, Agora vá calçar os sapatos, ficamos à sua espera. O homem saiu. Não se ouve outra pessoa, dá todo o ar de estar sozinho em casa, segredou o agente, O mais certo foi a mulher ter ido passar o dia ao campo, sorriu-se o inspetor. O comissário fez sinal para que se calassem, Eu farei as primeiras perguntas, disse, baixando a voz. O homem entrou, disse ao sentar-se, Com licença, como se não estivesse na sua casa, e logo, Aqui me têm, estou à vossa disposição. O comissário assentiu com benevolência, depois principiou, A sua carta, ou, melhor dizendo, as suas três cartas, porque foram três, Pensei que assim era mais seguro, podia extraviar-se alguma, explicou o homem, Não me interrompa, responda às perguntas quando eu lhas fizer, Sim senhor comissário, As suas cartas, repito, foram lidas com muito interesse pelos destinatários, especialmente no ponto em que diz que uma certa mulher não identificada cometeu há quatro anos um assassínio. Não havia nenhuma pergunta na frase, era simplesmente uma reiteração, por isso o homem deixou-se ficar em silêncio. Tinha no rosto uma expressão de confusão, de desconcerto, não percebia por que não ia o comissário direto ao cerne do assunto em vez de perder tempo com um episódio que só para escurecer as sombras de um retrato já de si inquietante havia sido evocado. O comissário fingiu não ter reparado, Conte-nos o que sabe desse crime, pediu. O homem conteve o impulso de recordar ao senhor comissário que o mais importante na carta não era isso, que o episódio do assassinato, comparado com a situação do país, era o de menos, mas não, não o faria, a prudência mandava que seguisse a música que o convidavam a dançar, mais adiante, com certeza, mudariam de disco, Sei que ela matou um homem, Viu, estava lá, perguntou o comissário, Não senhor comissário, mas ela própria o confessou, A si, A mim e a outras pessoas, Suponho que conhece o significado técnico da palavra confissão, Mais ou menos, senhor comissário, Mais ou menos não é bastante, ou conhece, ou não conhece, Nesse sentido que diz, não conheço, Confissão significa declaração dos próprios erros ou culpas, também pode significar reconhecimento da culpa ou acusação, por parte do arguido, perante a autoridade ou a justiça, acha que estas definições se ajustam rigorosamente ao caso, Rigorosamente, não, senhor comissário, Muito bem, continue, A minha mulher estava lá, a minha mulher foi testemunha da morte do homem, Que é lá, Lá, o antigo manicómio em que havíamos sido postos de quarentena, Suponho que a sua mulher também estava cega, Como já disse, a única pessoa que não cegou foi ela, Ela, quem, A mulher que matou, Ah, Estávamos numa camarata, O crime foi cometido aí, Não senhor comissário, noutra camarata, Então nenhuma das pessoas que ocupavam a sua se encontrava presente no lugar do crime, Só as mulheres, Porquê só as mulheres, É difícil de explicar, senhor comissário, Não se preocupe, temos tempo, Houve uns quantos cegos que tomaram o poder e impuseram o terror, O terror, Sim senhor comissário, o terror, Como foi isso, Apoderaram-se da comida, se queríamos comer tínhamos de pagar, E exigiram mulheres como pagamento, Sim senhor comissário, E então a tal mulher matou um homem, Sim senhor comissário, Matou-o, como, Com uma tesoura, Quem era esse homem, Era o que mandava nos outros cegos, Uma mulher valente, não há dúvida, Sim senhor comissário, Agora explique-nos por que motivo a denunciou, Eu não a denunciei, só falei do caso por vir a propósito, Não percebo, O que quis dizer na carta é que quem fez uma coisa podia fazer outra. O comissário não perguntou que coisa outra era essa, limitou-se a olhar para aquele a quem tinha chamado, em linguagem de marinharia, seu imediato, convidando-o a continuar o interrogatório. O inspetor tardou alguns segundos, Pode chamar aqui a sua mulher, perguntou, gostaríamos de falar com ela, A minha mulher não está, Quando voltará, Não volta, estamos divorciados, Desde há quanto tempo, Três anos, Vê algum inconveniente em dizer-nos por que se divorciaram, Motivos pessoais, Claro que teriam de ser pessoais, Motivos íntimos, Como em todos os divórcios. O homem olhou os insondáveis rostos que tinha na sua frente e compreendeu que não o deixariam em sossego enquanto não lhes dissesse o que queriam. Tossiu a limpar a garganta, cruzou e descruzou as pernas, Sou uma pessoa de princípios, começou, Estamos certos disso, saltou o agente sem se poder conter, quer dizer, estou certo disso, tive o privilégio de tomar conhecimento da sua carta. O comissário e o inspetor sorriram, o golpe era merecido. O homem olhou o agente com estranheza, como se não esperasse um ataque vindo daquele lado, e, baixando os olhos, continuou, Teve tudo que ver com os tais cegos, não pude suportar que a minha mulher se tivesse ido meter debaixo daqueles bandidos, durante um ano ainda aguentei a vergonha, mas por fim tornou-se-me insuportável, separei-me, divorciei-me, Uma curiosidade, creio ter-lhe ouvido que os outros cegos cediam a comida em paga das mulheres, disse o inspetor, Assim era, Suponho, portanto, que os seus princípios não lhe permitiram tocar no alimento que a sua mulher lhe trouxe depois de se ter ido meter debaixo daqueles bandidos, para usar a sua enérgica expressão. O homem baixou a cabeça e não respondeu. Compreendo a sua discrição, disse o inspetor, de facto trata-se de um assunto íntimo de mais para ser badalado diante de desconhecidos, desculpe-me, longe de mim a ideia de magoá-lo na sua sensibilidade. O homem olhou para o comissário como a implorar socorro, ao menos que lhe substituíssem a tortura da tenaz pelo castigo do torniquete. O comissário fez-lhe a vontade, usou o garrote, Na sua carta referiu-se a um grupo de sete pessoas, Sim senhor comissário, Quem eram, Além da mulher e do marido, Qual mulher, Aquela que não cegou, Aquela que os guiava, Sim senhor comissário, Aquela que para vingar as companheiras matou o chefe dos bandidos com uma tesoura, Sim senhor comissário, Prossiga, O marido era oftalmologista, Já o sabíamos, Também havia uma prostituta, Foi ela quem lhe disse que era prostituta, Que me lembre, não, senhor comissário, Como soube então que se tratava de uma prostituta, Pelos modos, os modos dela não enganavam, Ah, sim, os modos nunca enganam, continue, Estava ainda um velho que era cego de um olho e usava uma venda preta, e que depois foi viver com ela, Com ela, quem, Com a prostituta, E foram felizes, Disso não sei nada, Algo deverá saber, Durante o ano que nos demos pareceu-me que sim. O comissário contou pelos dedos, Ainda me falta um, disse, É certo, havia um garoto estrábico que se tinha perdido da família no meio da confusão, Quer dizer que se conheceram todos na camarata, Não senhor comissário, já nos tínhamos visto antes, Onde, No consultório do médico aonde a minha ex-mulher me levou quando ceguei, acho que fui eu a primeira pessoa a ficar cega, E contagiou os outros, toda a cidade, incluindo estas suas visitas de hoje, Não tive culpa, senhor comissário, Conhece os nomes dessas pessoas, Sim senhor comissário, De todas, Menos do garoto, dele, se o soube, não me lembro, Mas lembra-se dos outros, Sim senhor comissário, E das moradas,

Se não mudaram de casa nestes três anos, Claro, se não mudaram de casa nestes três anos. O comissário passou os olhos pela pequena sala, demorou-se no televisor como se esperasse dele uma inspiração, depois disse, Agente, passe o seu caderno de notas a este senhor e empreste-lhe a sua esferográfica para que ele escreva os nomes e as moradas das pessoas de quem tão amavelmente acabou de nos falar, menos do rapaz estrábico, que de todo o modo não valeria a pena. As mãos do homem tremiam quando recebeu a esferográfica e o caderno, continuaram a tremer enquanto escrevia, consigo mesmo ia dizendo que não havia motivo para se sentir assustado, que se os polícias aqui estavam era porque de alguma maneira ele próprio os tinha mandado vir, o que não conseguia compreender era por que não falavam dos votos em branco, da insurreição, da conspiração contra o estado, do autêntico e único motivo por que havia escrito a carta. Por causa da tremura das mãos as palavras liam-se mal, Posso usar outra folha, perguntou, As que quiser, respondeu o agente. A caligrafia começou a sair mais firme, a letra já não o envergonharia. Enquanto o agente recolhia a esferográfica e entregava o caderno de notas ao comissário, o homem perguntava-se que gesto, que palavra poderia atrair-lhe, nem que fosse no último instante, a simpatia dos polícias, a sua benevolência, a sua cumplicidade. De repente, lembrou-se, Tenho uma fotografia, exclamou, sim, creio que ainda a tenho, Que fotografia, perguntou o inspetor, Uma do grupo, tirada pouco depois de termos recuperado a vista, a minha mulher não a levou, disse que arranjaria uma cópia, que eu ficasse com ela para não perder a memória, Foram essas as suas palavras, perguntou o inspetor, mas o homem não respondeu, tinha-se posto de pé, ia sair da sala, foi então que o comissário ordenou, Agente, acompanhe esse senhor, se ele tiver dificuldade em achar a fotografia, trate de a encontrar, não volte sem ela. Demoraram poucos minutos. Aqui está, disse o homem. O comissário chegou-se a uma janela para ver melhor. Em fila, ao lado uns dos outros, emparceiravam-se os seis adultos, casal por casal. À direita estava o dono da casa, perfeitamente reconhecível, e a ex-mulher, à esquerda, sem sombra de dúvida, o velho da venda preta e a prostituta, ao meio, por exclusão de partes, uns que só poderiam ser a mulher do médico e o marido. Diante, ajoelhado como um jogador de futebol, o rapazinho estrábico. Junto à mulher do médico, um grande cão olhava em frente. O comissário fez um gesto ao homem para que se aproximasse, É ela, perguntou, apontando, Sim, senhor comissário, é ela, E o cão, Se quer, posso contar a história, senhor comissário, Não vale a pena, ela ma contará. O comissário saiu à frente, depois o inspetor, depois o agente. O homem que tinha escrito a carta ficou a vê-los descer a escada. O prédio não tem elevador nem se espera que o venha a ter algum dia.

Os três polícias deram uma volta de carro pela cidade a fazer tempo para o almoço. Não comeriam juntos. Arrumariam o automóvel próximo de uma zona de restaurantes e dispersar-se-iam, cada qual ao seu, para voltarem a encontrar-se noventa exatos minutos depois numa praça um pouco afastada, onde o comissário, por esta vez ao volante, iria recolher os seus subordinados. Evidentemente, ninguém por aqui sabe quem eles são, além disso, nenhum leva um P maiúsculo na testa, mas o senso comum e a prudência aconselham a que não andem a passear em grupo pelo centro de uma cidade por muitos motivos inimiga. É certo que vão ali três homens, e além adiante outros três, mas um rápido olhar bastará para perceber que se trata de gente normal, pertencente à vulgar espécie dos transeuntes, pessoas correntes, ao abrigo de qualquer suspeita, tanto a de serem representantes da lei, como a de serem perseguidos por ela. Durante o passeio de carro, o comissário quis conhecer as impressões que os dois subordinados haviam recolhido da conversa com o homem da carta, precisando, no entanto, que não estava interessado em escutar juízos morais, Que ele é um safado de marca maior, já o sabemos, portanto não vale a pena que percamos tempo à cata doutros qualificativos. O inspetor foi o primeiro a tomar a palavra para dizer que havia apreciado, sobretudo, a maneira como o senhor comissário tinha orientado o interrogatório, omitindo com superior habilidade qualquer referência à maldosa insinuação contida na carta, a de que a mulher do médico, dada a excecionalidade pessoal que havia manifestado quando da cegueira de há quatro anos, poderia ser causa ou de algum modo estar implicada na ação conspirativa que levou a capital a votar em branco. Foi notório, disse, o desconcerto do tipo, ele esperava que o assunto principal, se não único, da diligência da polícia, fosse esse, e afinal saíram-lhe os cálculos furados. Quase dava pena vê-lo, terminou. O agente concordou com a perceção do inspetor, notando, além disso, o estupendo que havia sido para o derrubamento das defesas do inquirido a alternância das perguntas, ora pelo senhor comissário ora pelo senhor inspetor. Fez uma pausa e, em voz baixa, acrescentou, Senhor comissário, é meu dever informá-lo de que usei a pistola quando me mandou ir com o homem, Usaste, como, perguntou o comissário, Encostei-lha às costelas, provavelmente ainda lá tem a marca do cano, E porquê, Pensei que a fotografia iria levar tempo a encontrar, que o tipo se aproveitaria da interrupção para inventar algum truque que empatasse a investigação, algo que obrigasse o senhor comissário a alterar a linha de interrogatório no sentido que a ele mais lhe conviesse, E agora que queres que faça, que te ponha uma medalha ao peito, perguntou o comissário, em tom escarninho, Ganhou-se tempo, senhor comissário, a fotografia apareceu num instante, E eu estou quase tentado a fazer-te desaparecer a ti, Peço desculpa, senhor comissário, Vamos a ver se não me esquecerei de te avisar quando te tiver desculpado, Sim senhor comissário, Uma pergunta, Às suas ordens, senhor comissário, Levavas a arma destravada, Não senhor comissário, ia travada, Travada porque te tinhas esquecido de a destravar, Não senhor comissário, juro, a pistola era só para assustar o tipo, E conseguiste assustá-lo, Sim, senhor comissário, Pelos vistos tenho de dar-te mesmo a medalha, e agora faz-me o favor de não te pores nervoso, não atropeles essa velhinha nem saltes o semáforo, se há algo em que não estou nada interessado é em dar explicações a um polícia, Não há polícia na cidade, senhor comissário, foi retirada quando se declarou o estado de sítio, disse o inspetor, Ah, agora compreendo, por isso estava a estranhar a tranquilidade. Seguiam ao longo de um jardim onde se viam crianças a brincar. O comissário olhou com um ar que parecia distraído, ausente, mas o suspiro que subitamente lhe saiu do peito mostrou que devia ter estado a pensar noutros tempos e noutros lugares. Depois de termos almoçado, disse, levam-me à base, Sim senhor comissário, disse o agente, Tem alguma ordem para nos dar, perguntou o inspetor, Passeiem, andem a pé pela cidade, entrem nos cafés e nas lojas, abram os olhos e os ouvidos, e regressem à hora de jantar, esta noite não sairemos, suponho que haverá latas de reserva na cozinha, Sim senhor comissário, disse o agente, E tomem nota de que amanhã trabalharemos isoladamente, o audaz condutor do nosso carro, o polícia da pistola, irá falar com a ex-mulher do homem da carta, o que vai sentado no lugar do morto visitará o velho da venda preta e a sua prostituta, eu reservo-me a mulher do médico e o marido, quanto à tática, seguiremos fielmente a que foi usada hoje, nenhuma menção ao assunto do voto em branco, nada de cair em debates políticos, encaminhem as perguntas às circunstâncias em que se deu o crime, à personalidade da sua suposta autora, façam-nos falar do grupo, de como se constituiu, se já se conheciam antes, que relações passaram a ter depois de terem recuperado a vista, que relações existem hoje, é provável que sejam amigos e queiram proteger-se uns aos outros, mas é natural que cometam erros se não se tiverem posto de acordo sobre o que deverão dizer e sobre o que lhes convirá calar, a nossa tarefa é ajudá-los a cometer esses erros, e, como a perorata já vai longa, apontem na memória o mais importante, que o nosso aparecimento, amanhã de manhã, nas casas dessas pessoas, deverá dar-se exatamente às dez e meia, não digo que se ponham a acertar os relógios porque isso só se usa nas fitas de comandos, o que temos é de evitar que os suspeitos possam passar palavra, avisar-se uns aos outros, e agora vamos ao almoço, ah, quando voltarem à base entrem pela garagem, na segunda-feira terei de me informar se o porteiro é de confiança. Uma hora e quarenta e cinco minutos mais tarde o comissário estava a recolher os ajudantes que o esperavam na praça, para logo os ir despejando, sucessivamente, primeiro o agente, depois o inspetor, em bairros diferentes, onde fariam por cumprir as ordens que haviam recebido, isto é, passear, entrar nos cafés e nas lojas, abrir os olhos e os ouvidos, em suma, farejar o crime. Regressarão à base para o anunciado jantar de lata e dormir, e quando o comissário lhes perguntar que novidades trazem, confessarão que nem uma única para amostra, que os habitantes desta cidade não serão certamente menos faladores que os de qualquer outra, mas não para o que mais lhes importaria ouvir. Tenham esperança, dirá, a prova de que existe uma conspiração está precisamente no facto de não se falar dela, o silêncio, neste caso, não contradiz, confirma. A frase não era dele, mas sim do ministro do interior, com quem, depois de entrar na providencial, s. a., havia mantido uma rápida conversação por telefone, a qual, embora a via fosse seguríssima, satisfez todos os preceitos da lei de secretismo oficial básico. Eis o resumo do diálogo, Boas tardes, fala papagaio-do-mar, Boas tardes, papagaio-do-mar, respondeu albatroz, Primeiro contacto com a fauna avícola local, receção sem hostilidade, interrogatório eficaz com a participação de gaivoto e gaivota, obtidos bons resultados, Substanciais, papagaio-do-mar, Muito substanciais, albatroz, conseguimos excelente fotografia do bando de pássaros, amanhã principiaremos o reconhecimento das espécies, Parabéns, papagaio-do-mar, Obrigado, albatroz, Ouça, papagaio-do-mar, À escuta, albatroz, Não se deixe enganar por ocasionais silêncios, papagaio-do-mar, se as aves estão caladas, isso não quer dizer que não se encontrem nos ninhos, é o tempo calmo que esconde a tempestade, não o contrário, acontece o mesmo com as conspirações dos seres humanos, o facto de não se falar delas não prova que não existam, compreendeu, papagaio-do-mar, Sim, albatroz, compreendi perfeitamente, Que vai fazer amanhã, papagaio-do-mar, Atacarei a águia-pesqueira, Quem é a águia--pesqueira, papagaio-do-mar, esclareça-me, A única que existe em toda a costa, albatroz, que se saiba nunca houve outra, Ah, sim, estou a compreender, Dê-me as suas ordens, albatroz, Cumpra rigorosamente as que lhe dei antes de partir, papagaio-do-mar, Serão rigorosamente cumpridas, albatroz, Mantenha-me ao corrente, papagaio-do-mar, Assim farei, albatroz. Depois de se certificar que os microfones estavam desligados, o comissário resmungou um desabafo, Que palhaçada ridícula, ó deuses da polícia e da espionagem, eu papagaio-do-mar, ele albatroz, só falta que comecemos a comunicar-nos por meio de guinchos e grasnidos, tempestade, pelo menos, já a temos. Quando enfim os subordinados chegaram, cansados de tanto calcorrear a cidade, perguntou-lhes se traziam novidades e eles responderam que não, que tinham posto todos os seus cuidados em ver e em escutar, mas infelizmente os resultados foram nulos, Esta gente fala como se não tivesse nada que esconder, disseram. Foi então que o comissário, sem citar a fonte, pronunciou a frase do ministro do interior acerca das conspirações e dos seus modos de se esconderem.

Na manhã seguinte, após tomarem o pequeno-almoço, comprovaram no mapa e no roteiro da cidade a localização das ruas que lhes interessavam. A mais próxima do edifício onde se encontra instalada a providencial, s. a. é a da ex-mulher do homem da carta, em tempos designado pelo nome de primeiro cego, na intermédia moram a mulher do médico com o marido, e na mais distante é que vivem o velho da venda preta e a prostituta. Oxalá estejam todos em casa. Como no dia anterior, desceram à garagem pelo elevador, em verdade, para clandestinos esta não é a melhor manobra, porque se é certo que até agora escaparam à bisbilhotice do porteiro, Quem serão estes pardais que nunca por aqui tinha visto, perguntar-se-ia ele, à curiosidade do encarregado da garagem não vão escapar, logo saberemos se com consequências. Desta vez conduzirá o inspetor, que vai para mais longe. O agente perguntou ao comissário se tinha alguma instrução especial a dar-lhe e recebeu como resposta que as instruções para ele eram todas gerais, nenhuma especial, Só espero que não faças asneiras e deixes a arma sossegada no coldre, Não sou pessoa para ameaçar uma mulher com uma pistola, senhor comissário, Depois me contarás, e não te esqueças, estás proibido de lhe bater à porta antes das dez e meia, Sim senhor comissário, Dá uma volta, toma um café se encontrares onde, compra o jornal, olha para as montras, penso que não te terás esquecido das lições que te deram na escola da polícia, Não senhor comissário, Muito bem, a tua rua é esta, salta, E onde nos iremos encontrar quando tivermos acabado o serviço, perguntou o agente, suponho que vamos precisar de fixar um ponto de reunião, é o problema de só haver uma chave da providencial, se eu, por exemplo, for o primeiro a terminar o interrogatório, não poderei recolher à base, Nem eu, disse o inspetor, É o que faz não nos terem fornecido telefones móveis, insistiu o agente, seguro da sua razão e confiando que a beleza da manhã dispusesse o superior à benevolência. O comissário deu-lhe razão, Por enquanto governar-nos-emos com a prata da casa, na eventualidade de a investigação o necessitar requisitarei outros meios, quanto às chaves, se o ministério autorizar o gasto, amanhã cada um de vocês terá a sua, E se não autorizar, Arranjarei maneira, E afinal em que ficamos sobre a questão do ponto de encontro, perguntou o inspetor, Pelo que já sabemos desta história, tudo indica que a minha diligência será a mais demorada, portanto venham ter aqui comigo, tomem nota da direção, veremos o efeito que causará no ânimo das pessoas interrogadas o aparecimento inesperado de mais dois polícias, Excelente ideia, senhor comissário, disse o inspetor. O agente contentou-se com um movimento afirmativo de cabeça, uma vez que não poderia expressar em voz alta o que pensava, isto é, que o mérito da ideia lhe pertencia, é certo que de um modo muito indireto e por caminho desviado. Tomou nota da direção no seu canhenho de investigador e saiu. O inspetor pôs o carro em movimento ao mesmo tempo que dizia, Ele esforça-se, coitado, essa justiça lhe devemos fazer, lembro-me de que ao princípio eu era como ele, tão ansioso estava por acertar em alguma coisa que só fazia disparates, já me cheguei a perguntar como foi que consegui ser promovido a inspetor, E eu ao que sou hoje, Também, senhor comissário, Também, também, meu caro, a massa de polícia é a mesma para todos, o resto é uma questão de mais ou menos sorte, De sorte e de saber, O saber, só por si, nem sempre é bastante, enquanto com sorte e tempo se alcança quase tudo, mas não me pergunte o que ela é porque não saberia como responder-lhe, o que tenho observado é que, muitas vezes, só por ter amigos nos sítios certos ou alguma fatura a cobrar se atinge o que se quer, Nem todos nasceram para ascender a comissários, Pois não, Aliás, uma polícia toda feita de comissários não funcionaria, Nem um exército todo feito de generais. Entraram na rua onde vive o médico oftalmologista. Deixa-me aqui, pediu o comissário, andarei os metros que faltam, Desejo-lhe sorte, senhor comissário, E eu a ti, Oxalá este assunto se resolva rapidamente, confesso-lhe que me sinto como se me encontrasse perdido no meio de um campo minado, Homem, tem calma, não há nenhum motivo para preocupação, olha para estas ruas, repara como a cidade está sossegada, tranquila, Pois é justamente isso o que me inquieta, senhor comissário, uma cidade como esta, sem autoridades, sem governo, sem vigilância, sem polícia, e ninguém parece importar-se, há aqui algo muito misterioso que não consigo entender, Para entender é que nos enviaram cá, temos o saber e espero que o resto não nos falte, A sorte, Sim a sorte, Boa sorte então, senhor comissário, Boa sorte, inspetor, e se essa fulana a quem chamam prostituta te lançar a flecha de um olhar sedutor ou te deixar ver metade da coxa, faz de conta que não percebes, concentra-te nos interesses da investigação, pensa na eminente dignidade da corporação de que somos servidores, Estará lá com certeza o velho da venda preta, e os velhos, segundo tenho ouvido de gente bem informada, são terríveis, disse o inspetor. O comissário sorriu, A mim, a velhice já me vem tocando, vamos a ver se ela me dará também tempo de me tornar terrível. Depois olhou o relógio, Já são dez e um quarto, espero que consigas chegar à hora ao teu destino, Desde que o senhor e o agente cumpram o horário não tem importância que eu chegue atrasado, disse o inspetor. O comissário despediu-se, Até logo, saiu do carro, e, mal assentou o pé no chão, como se ali mesmo tivesse um encontro marcado com a sua própria falta de discernimento, compreendeu que não tivera qualquer sentido fixar rigorosamente a hora a que deveriam bater à porta dos suspeitos, uma vez que eles, com um polícia dentro de casa, não teriam nem o sangue-frio nem a ocasião de telefonar aos amigos a avisá-los do suposto perigo, imaginando, ainda por cima, que fossem argutos, tão excecionalmente argutos que lhes pudesse ocorrer a ideia de que o facto de irem ser objeto da atenção policial significaria que esses amigos o seriam também, Além disso, pensava irritado o comissário, é claro, é óbvio que essas não são as únicas relações que têm, e, sendo assim, a quantos amigos teriam de telefonar cada um deles, a quantos, a quantos. Já não se limitava a pensar em silêncio, murmurava acusações, impropérios, insultos, Alguém que me diga como é que este imbecil conseguiu chegar a comissário, alguém que me diga como é que precisamente a este imbecil confiou o governo a responsabilidade de uma investigação da qual talvez venha a depender a sorte do país, alguém que me diga donde é que este imbecil tirou a estúpida ordem que deu aos seus subordinados, oxalá não estejam neste momento a rir-se de mim, o agente não creio, mas o inspetor é esperto, é mesmo muito esperto, embora à primeira vista pareça não se notar, ou então disfarça bem, o que, claro está, o torna duplamente perigoso, não há dúvida, tenho de usar de todo o cuidado com ele, tratá-lo com atenção, impedir que isto se espalhe, outros se têm visto em situações semelhantes e com resultados catastróficos, não sei quem foi que disse que o ridículo de um instante pode arruinar a carreira de uma vida. A implacável autoflagelação fez bem ao comissário. Vendo-o pisado, rebaixado ao rés da lama, a fria reflexão tomou a palavra para lhe demonstrar que a ordem não havia sido disparatada, muito pelo contrário, Imagina tu que não tinhas dado essas instruções, que o inspetor e o agente iam às horas que lhes apetecessem, um de manhã, outro à tarde, seria preciso que fosses tu imbecil de todo, imbecil rematado, para não preveres o que inevitavelmente sucederia, as pessoas que tivessem sido interrogadas de manhã apressar-se-iam a avisar as que o iriam ser à tarde, e quando este investigador da tarde fosse bater à porta dos suspeitos que lhe tinham sido destinados encontrar-se-ia pela frente com a barreira de uma linha de defesa que talvez não tivesse maneira de deitar abaixo, portanto, comissário és, comissário continuarás a ser, não só com o direito de quem sabe mais do ofício, mas também com a sorte de me teres aqui a mim, fria reflexão, para pôr as coisas nos seus lugares, a começar pelo inspetor, a quem não já terás de tratar com paninhos quentes, como era tua intenção, aliás, bastante cobarde, se não levas a mal que to diga. O comissário não levou a mal. Com todo este ir e vir, este pensar e tornar a pensar, atrasou-se no cumprimento da sua própria ordem, eram já onze horas menos quinze minutos quando levantou a mão para carregar no botão da campainha. O ascensor levara-o ao quarto andar, a porta é esta.

O comissário esperava que lhe perguntassem de dentro Quem é, mas a porta abrira-se simplesmente e uma mulher apareceu e disse, Faça favor. O comissário levou a mão ao bolso e mostrou o cartão de identificação, Polícia, disse, E que pretende a polícia das pessoas que vivem nesta casa, perguntou a mulher, Que respondam a algumas perguntas, Sobre que assunto, Não creio que um patamar de escada seja o lugar mais próprio para dar princípio a um interrogatório, Trata-se então de um interrogatório, perguntou a mulher, Minha senhora, ainda que eu só tivesse duas perguntas para lhe fazer, isso já seria um interrogatório, Vejo que aprecia a precisão de linguagem, Sobretudo nas respostas que me dão, Essa, sim, que é uma boa resposta, Não era difícil, serviu-ma de bandeja, Servir-lhe-ei outras, se vem à procura de alguma verdade, Procurar a verdade é o objetivo fundamental de qualquer polícia, Alegra-me ouvir dizê-lo com essa ênfase, e agora passe, o meu marido foi à rua comprar os jornais, não tardará, Se preferir, se achar mais conveniente, espero aqui fora, Que ideia, entre, entre, em que melhores mãos que as da polícia poderia alguém sentir-se seguro, perguntou a mulher. O comissário entrou, a mulher foi à frente e abriu-lhe a porta para uma sala de estar acolhedora onde se percebia uma atmosfera amigável e vivida, Queira sentar-se, senhor comissário, disse, e perguntou, Posso servir-lhe uma chávena de café, Muito obrigado, não aceitamos nada quando estamos de serviço, Claro, assim começam sempre as grandes corrupções, um café hoje, um café amanhã, ao terceiro já está tudo perdido, É um princípio nosso, minha senhora, Vou pedir-lhe que me satisfaça uma pequena curiosidade, Que curiosidade, Disse-me que é da polícia, mostrou-me o cartão que o acredita como comissário, mas, tanto quanto eu julgava saber até hoje, a polícia retirou-se da capital há já umas quantas semanas, deixando-nos entregues às garras da violência e do crime que por toda a parte campeiam, deverei então entender que a sua presença aqui significa que a nossa polícia regressou ao lar, Não minha senhora, não regressámos ao lar, para usar a sua expressão, continuamos no outro lado da linha divisória, Fortes devem ser então os motivos que o fizeram atravessar a fronteira, Sim, muito fortes, As perguntas que vem fazer têm que ver, naturalmente, com esses motivos, Naturalmente, Portanto devo esperar que elas sejam feitas, Assim é. Três minutos depois ouviu-se abrir a porta. A mulher saiu da sala e disse à pessoa que havia entrado, Imagina, temos uma visita, um comissário da polícia, nada mais nada menos, E desde quando se interessam os comissários da polícia por pessoas inocentes. As últimas palavras já foram ditas dentro da sala, o médico adiantara-se à mulher e interrogava assim o comissário, que respondeu, levantando-se da cadeira em que se havia sentado, Não há pessoas inocentes, quando não se é culpado de um crime, é-se culpado de uma falta, nunca falha, E nós, de que crime ou de que falta somos culpados ou acusados, Não tenha pressa, senhor doutor, comecemos por acomodar-nos, conversaremos melhor. O médico e a mulher sentaram-se num sofá e esperaram. O comissário guardou silêncio durante alguns segundos, de repente entrara-lhe uma dúvida sobre qual seria a melhor tática a seguir. Que, para não levantarem prematuramente a lebre, o inspetor e o agente se limitassem, de acordo com as instruções que lhes dera, a fazer perguntas sobre o assassínio do cego, bem estava, mas ele, comissário, tinha as vistas postas num objetivo bem mais ambicioso, averiguar se a mulher que se encontra diante de si, sentada ao lado do marido, tranquila como se, por nada dever, nada tivesse que temer, além de ser uma assassina, faz também parte da diabólica manobra que mantém humilhado o estado de direito, que o pôs de cabeça baixa e de joelhos. Não se sabe quem foi que no departamento oficial da cifra decidiu contemplar o comissário com o grotesco cognome de papagaio-do-mar, sem dúvida teria sido algum inimigo pessoal, porquanto o apodo mais justo e merecido seria o de alekhine, o grande mestre de xadrez por infelicidade já retirado do número dos vivos. A dúvida surgida dissipou-se como fumo e uma sólida certeza tomou o seu lugar. Observe-se com que sublime arte combinatória vai ele desenvolver os lances que o conduzirão, assim pelo menos o crê, ao xeque-mate final. Sorrindo com finura, disse, Aceitaria agora o café que teve a amabilidade de me oferecer, Recordo-lhe que os polícias não aceitam nada quando estão de serviço, respondeu, consciente do jogo, a mulher do médico, Os comissários têm autorização para infringir as regras sempre que o considerem conveniente, Quer dizer, útil aos interesses da investigação, Também poderia ser expressado dessa maneira, E não tem medo de que o café que lhe vou trazer seja já um passo no caminho da corrupção, Lembro-me de lhe ter ouvido que isso só acontece ao terceiro café, Não, o que eu disse é que com o terceiro café fica consumado de vez o processo corruptor, o primeiro abriu a porta, o segundo segurou-a para que o aspirante à corrupção entrasse sem tropeçar, o terceiro fechou-a definitivamente, Obrigado pelo aviso, que recebo como um conselho, ficar-me-ei então pelo primeiro café, Que será servido imediatamente, disse a mulher, e saiu da sala. O comissário olhou o relógio. Tem pressa, perguntou com intenção o médico, Não senhor doutor, não tenho pressa, só me estava perguntando se não terei vindo prejudicar o vosso almoço, Para almoçar, ainda é demasiado cedo, É que também me interrogava sobre quanto tempo tardarei a levar daqui as respostas que pretendo, Já sabe as respostas que pretende, ou pretende que as perguntas lhe sejam respondidas, perguntou o médico, e acrescentou, É que não é a mesma coisa, Tem razão, não é a mesma coisa, durante a breve conversa que tive a sós com a sua esposa, ela teve ocasião de perceber que aprecio a precisão da linguagem, vejo que é também o seu caso, Na minha profissão não é raro que os erros de diagnóstico resultem apenas de imprecisões de linguagem, Tenho estado a tratá-lo por senhor doutor, e não me perguntou como soube eu que é médico, Porque me parece tempo perdido perguntar a um polícia como soube ele o que sabe ou afirma saber, Bem respondido, sim senhor, a deus também ninguém lhe vai perguntar como foi que se fez omnisciente, omnipresente e omnipotente, Não me diga que os polícias são deus, Somos apenas os seus modestos representantes na terra, senhor doutor, Pensava que o fossem as igrejas e os sacerdotes, As igrejas e os sacerdotes são só a segunda linha.

A mulher entrou com o café, três chávenas numa bandeja, alguns bolos secos. Parece que neste mundo tudo tem de repetir-se, pensou o comissário, enquanto o paladar revivia os sabores do pequeno-almoço na providencial, s. a., Tomarei apenas o café, disse, muito obrigado. Quando pousou a chávena na bandeja, voltou a agradecer e acrescentou com um sorriso entendido, Excelente café, minha senhora, talvez venha a reconsiderar a decisão de não vir a tomar segundo. O médico e a mulher já haviam terminado. Nenhum deles tinha tocado nos bolos. O comissário extraiu de um bolso exterior do casaco o caderno de notas, aprontou a esferográfica, e deixou que a voz lhe saísse num tom neutro, sem expressão, como se não lhe interessasse realmente a resposta, Que explicação poderá dar-me, minha senhora, para o facto de não ter cegado há quatro anos, quando da epidemia. O médico e a mulher entreolharam-se surpreendidos, e ela perguntou, Como sabe que não ceguei há quatro anos, Agora mesmo, disse o comissário, o seu marido, com muita inteligência, considerou ser tempo perdido perguntar a um polícia como soube ele o que sabe ou afirma saber, Eu não sou o meu marido, E eu não tenho que desvelar, quer a si quer a ele, os segredos do meu ofício, sei que não cegou, e isso me basta. O médico fez um gesto como para intervir, mas a mulher pôs-lhe a mão no braço, Muito bem, agora diga-me, suponho que isso não será segredo, em que pode interessar à polícia que eu tenha estado cega ou não há quatro anos, Se tivesse cegado como toda a gente cegou, se tivesse cegado como eu próprio ceguei, pode ter a certeza de que não me encontraria aqui neste momento, Foi crime não ter cegado, perguntou ela, Não ter cegado não foi nem poderia ser crime, embora, já que me obriga a dizê-lo, a senhora tenha cometido um crime precisamente graças a não estar cega, Um crime, Um assassínio. A mulher olhou o marido como se estivesse a pedir-lhe um conselho, depois voltou-se rapidamente para o comissário e disse, Sim, é verdade, matei um homem. Não prosseguiu, manteve fixo o olhar, à espera. O comissário simulou que tomava uma nota no caderno, mas o que pretendia era somente ganhar tempo, pensar na jogada seguinte. Se a reação da mulher o havia desconcertado, não fora tanto pelo facto de haver confessado o assassínio, mas por se ter remetido ao silêncio logo a seguir, como se sobre tal assunto não houvesse mais nada para dizer. E na verdade, pensou, não é o crime que me interessa. Suponho que disporá de uma boa justificação para me dar, aventurou, A respeito de quê, perguntou a mulher, A respeito do crime, Não foi um crime, Que foi então, Um ato de justiça, Para aplicar a justiça existem os tribunais, Não podia ir queixar-me da ofensa à polícia, o senhor comissário acabou mesmo agora de dizer que, como toda a gente nessa altura, estava cego, Exceto a senhora, Sim, exceto eu, A quem matou, A um violador, a um ser repugnante, Está a dizer-me que matou alguém que a estava violando, Não a mim, a uma companheira, Cega, Sim, cega, E o homem também estava cego, Sim, Como foi que o matou, Com uma tesoura, Espetou-lha no coração, Não, na garganta, Olho para si e não lhe vejo cara de assassina, Não sou uma assassina, Matou um homem, Não era um homem, senhor comissário, era um percevejo. O comissário tomou outra nota e virou-se para o médico, E o senhor, onde se encontrava enquanto a sua mulher se entretinha a matar o percevejo, Na camarata do antigo manicómio onde nos haviam metido quando ainda pensavam que isolando os primeiros cegos que apareceram se impediria o alastramento da cegueira, Creio saber que é oftalmologista, Sim, tive o privilégio, se assim se lhe pode chamar, de atender na minha consulta a primeira pessoa que cegou, Um homem, ou uma mulher, Um homem, Foi parar à mesma camarata, Sim, como algumas outras pessoas que se encontravam no consultório, Pareceu-lhe bem que a sua mulher tivesse assassinado o violador, Pareceu-me necessário, Porquê, Não faria essa pergunta se lá tivesse estado, É possível, mas não estava, por isso torno a perguntar-lhe por que lhe pareceu necessário que a sua mulher matasse o percevejo, isto é, o violador da companheira, Alguém teria de fazê-lo, e ela era a única que podia ver, Só porque o percevejo era um violador, Não apenas ele, todos os outros que estavam na mesma camarata exigiam mulheres em troca de comida, ele era o chefe, A sua mulher também foi violada, Sim, Antes, ou depois da companheira, Antes. O comissário tomou mais uma nota no caderno, depois perguntou, Em seu entender, como oftalmologista, que explicação pode haver para o facto de a sua mulher não ter cegado, Em meu entender de oftalmologista, respondo que não há nenhuma explicação, Tem uma mulher muito singular, senhor doutor, Assim é, mas não somente por essa razão, Que aconteceu depois às pessoas que tinham sido internadas nesse tal antigo manicómio, Houve um incêndio, a maior parte delas devem ter morrido carbonizadas ou esmagadas pelos desabamentos, Como sabe que houve desabamentos, Muito simples, ouvimo-los quando já estávamos fora, E como foi que se salvaram o senhor e a sua mulher, Conseguimos escapar a tempo, Tiveram sorte, Sim, foi ela que nos guiou, A quem se refere quando diz nos, A mim e a algumas outras pessoas, as que haviam estado no consultório, Quem eram elas, O primeiro cego, esse a quem me referi antes, e a mulher, uma rapariga que padecia de conjuntivite, um homem de idade com uma catarata, um rapazinho estrábico acompanhado pela mãe, Foi a todos esses que a sua mulher ajudou a escapar do incêndio, Todos, menos a mãe do rapazinho, essa não estava no manicómio, tinha-se perdido do filho e só o voltou a encontrar semanas depois de termos recuperado a visão, Quem tomou conta do garoto nesse meio tempo, Nós, A sua mulher e o senhor, Sim, ela porque podia ver, os outros ajudávamos o melhor que podíamos, Quer dizer que viveram juntos, em comunidade, tendo a sua mulher como guia, Como guia e como provedora, Realmente tiveram sorte, repetiu o comissário, Assim se lhe pode chamar, Mantiveram relações com as pessoas do grupo depois da situação se ter normalizado, Sim, como era natural, E ainda as mantêm, Com exceção do primeiro cego, sim, Porquê essa exceção, Não era uma pessoa simpática, Em que sentido, Em todos, É demasiado vago, Admito que o seja, E não quer precisar, Fale com ele e faça o seu próprio juízo, Sabe onde moram, Quem, O primeiro cego e a mulher, Separaram-se, divorciaram-se, Têm relações com ela, Com ela, sim, Mas não com ele, Com ele, não, Porquê, Já lhe disse, não é uma pessoa simpática. O comissário voltou ao caderno de apontamentos e escreveu o seu próprio nome para não parecer que não havia aproveitado nada de tão extenso interrogatório. Ia passar ao lance seguinte, o mais problemático, o mais arriscado do jogo. Levantou a cabeça, olhou para a mulher do médico, abriu a boca para falar, mas ela antecipou-se, O senhor é comissário de polícia, veio, identificou-se como tal e tem estado a fazer-nos

.

toda a espécie de perguntas, mas, pondo de parte a questão do assassínio premeditado que cometi e que confessei, mas do qual não há testemunhas, umas porque morreram, todas porque estavam cegas, sem contar com o facto de que a ninguém importa hoje saber o que se passou há quatro anos numa situação de caos absoluto em que todas as leis se tornaram letra-morta, ainda estamos à espera de que nos diga o que é que o trouxe aqui, creio portanto que chegou a hora de pôr as cartas na mesa, deixe-se de rodeios e vá direito ao assunto que realmente interessa a quem o mandou a esta casa. Até este momento o comissário havia tido muito claro na sua cabeça o objetivo da missão de que fora encarregado pelo ministro do interior, nada mais que averiguar se haveria alguma relação entre o fenómeno do voto em branco e a mulher que tinha na sua frente, mas a interpelação dela, seca e direta, deixara-o desarmado, e, pior do que isso, com a súbita consciência do tremendo ridículo em que cairia se lhe perguntasse, de olhos baixos porque não teria coragem para a olhar cara a cara, Por acaso não será a senhora a organizadora, a responsável, a chefa do movimento subversivo que veio pôr o sistema democrático numa situação de perigo a que talvez não seja exagerado chamar mortal, Qual movimento subversivo, quereria ela saber, O do voto em branco, Está a dizer-me que o voto em branco é subversivo, tornaria ela a perguntar, Se for em quantidades excessivas, sim senhor, E onde é que isso está escrito, na constituição, na lei eleitoral, nos dez mandamentos, no regulamento de trânsito, nos frascos de xarope, insistiria ela, Escrito, escrito, não está, mas qualquer pessoa tem de perceber que se trata de uma simples questão de hierarquia de valores e de senso comum, primeiro estão os votos explícitos, depois vêm os brancos, depois os nulos, finalmente as abstenções, está-se mesmo a ver que a democracia ficará em perigo se uma destas categorias secundárias passar à frente da principal, se os votos estão aí é para que façamos deles um uso prudente, E eu sou a culpada do sucedido, É o que estou tratando de averiguar, E como foi que consegui levar a maioria da população da capital a votar em branco, metendo panfletos debaixo das portas, por meio de rezas e esconjuros à meia-noite, lançando um produto químico no abastecimento de água, prometendo o primeiro prémio da lotaria a cada pessoa, ou gastando a comprar votos o que o meu marido ganha no consultório, A senhora conservou a visão quando toda a gente estava cega e ainda não foi capaz ou recusa-se a explicar-me porquê, E isso torna-me agora culpada de conspiração contra a democracia mundial, É o que trato de averiguar, Pois então averigue e quando tiver chegado ao fim da investigação venha-me cá dizer, até lá não ouvirá da minha boca nem mais uma palavra. Ora isto, acima de tudo, era o que o comissário não queria. Preparava-se para dizer que não tinha mais perguntas a fazer neste momento, mas que no dia seguinte voltaria para prosseguir o interrogatório, quando a campainha da porta tocou. O médico levantou-se e foi ver quem chamava. Regressou à sala acompanhado do inspetor, Este senhor diz que é inspetor da polícia e que o senhor comissário lhe tinha dado ordem para vir aqui, Efetivamente assim é, disse o comissário, mas o trabalho, por hoje, está terminado, continuaremos amanhã à mesma hora, Recordo ao senhor comissário aquilo que nos disse, a mim e ao agente, atreveu-se o inspetor, mas o comissário interrompeu, O que eu tenha dito ou não dito não interessa para agora, E amanhã, viremos os três, Inspetor, a pergunta é impertinente, as minhas decisões são sempre tomadas no lugar próprio e na ocasião própria, a seu tempo o saberá, respondeu irritado o comissário. Virou-se para a mulher do médico e disse, Amanhã, tal como reclamou, não perderei tempo com circunlóquios, irei direito ao assunto, e o que tenho para lhe perguntar não lhe deve parecer mais extraordinário que a mim o facto de a senhora não ter perdido a vista durante a epidemia geral de cegueira branca de há quatro anos, eu ceguei, o inspetor cegou, o seu marido cegou, a senhora não, veremos se neste caso se confirma o antigo ditado que dizia Quem fez a panela fez o testo para ela, De panelas se trata então, senhor comissário, perguntou em tom irónico a mulher do médico, De testos, minha senhora, de testos, respondeu o comissário ao mesmo tempo que se retirava, aliviado por a adversária lhe ter fornecido a resposta para uma saída mais ou menos airosa. Tinha uma leve dor de cabeça.

Não almoçaram juntos. Fiel à sua tática de dispersão controlada, o comissário lembrou ao inspetor e ao agente, quando se separaram, que não deveriam repetir os restaurantes aonde tinham ido no dia anterior, e, da mesma maneira que o faria se fosse subordinado de si próprio, cumpriu disciplinadamente a ordem que havia dado. Também com espírito de sacrifício, porque o restaurante que acabou por escolher, das três estrelas que a ementa prometia, só lhe pôs uma no prato. Desta vez não houve um ponto de encontro, mas dois, no primeiro esperava o agente, no segundo estava o inspetor. Perceberam logo estes que o superior não estava de ânimo para conversas, provavelmente tinha-lhe corrido mal o encontro com o oftalmologista e a mulher. E dado que eles, por seu turno, das diligências que haviam executado não traziam resultados que se aproveitassem, a reunião para intercâmbio e exame das informações na providencial, s. a., seguros & resseguros, não se apresentava como uma navegação em mar de rosas. A esta tensão profissional tinha vindo juntar-se a insólita e preocupante pergunta que lhes fez o encarregado da garagem quando entraram com o carro, Os senhores, donde são. É certo que o comissário, honra lhe seja feita e à experiência do ofício, não perdeu os estribos, Somos da providencial, respondeu secamente, e logo, com mais secura ainda, Vamos arrumar onde devemos, no espaço que é pertença da empresa, portanto a sua pergunta, além de impertinente, é de má educação, Talvez seja impertinente e de má educação, mas eu, aos senhores, não me lembro de os ter visto por cá antes, É que, respondeu o comissário, além de ser mal-educado, tem péssima memória, estes meus colegas, por serem novos na empresa, é a primeira vez que vêm, mas eu já cá tenho estado, e agora afaste-se para o lado porque o condutor é um pouco nervoso e pode atropelá-lo sem querer. Arrumaram o carro e entraram no ascensor. Sem pensar na possibilidade de estar a cometer uma imprudência, o agente quis explicar que de nervoso não tinha nada, que nos exames feitos para entrar na polícia havia sido classificado como altamente tranquilo, mas o comissário, com um gesto brusco, reduziu-o ao silêncio. E agora, já sob a proteção das reforçadas paredes e dos insonorizados teto e soalho da providencial, s. a., fulminava-o sem piedade, Nem ao menos lhe passou pela cabeça, seu idiota, que pode haver microfones instalados no elevador, Senhor comissário, estou desolado, realmente não me lembrei, balbuciou o pobre, Amanhã não sai daqui, fica a guardar o local e aproveita o tempo para escrever quinhentas vezes Sou um idiota, Senhor comissário, por favor, Deixe, não faça caso, já sei que estou a exagerar, mas esse tipo da garagem irritou-me, temos andado nós a evitar servir-nos da porta da entrada para não dar nas vistas e agora sai-nos esta bisca, Talvez fosse conveniente fazer-lhe chegar um recado dos nossos, como se fez com o porteiro antes de chegarmos, sugeriu o inspetor, Seria contraproducente, o que era preciso era que ninguém tivesse dado por nós, Receio que já seja demasiado tarde para isso, senhor comissário, se os serviços dispusessem de outro local na cidade, o melhor ainda seria que nos transferíssemos para lá, Dispor, dispõem, mas, tanto quanto creio saber, não se encontra operativo, Podíamos experimentar, Não, não há tempo, e, além de que o ministério não ficaria nada contente com a ideia, este assunto tem de ser resolvido com toda a rapidez, com a máxima urgência, Permite-me que fale francamente, senhor comissário, perguntou o inspetor, Diga, Temo que nos tenham metido num beco sem saída, pior ainda, num vespeiro envenenado, Que é que o leva a pensar assim, Não saberei explicar, mas a verdade é que me sinto como se estivesse em cima de um barril de pólvora e com a mecha acesa, tenho a impressão de que isto vai estoirar de um momento para o outro. Ao comissário parecia-lhe estar a ouvir os seus próprios pensamentos, mas o posto que ocupava e a responsabilidade da missão não lhe consentiriam tergiversações ao reto caminho do dever, Não sou da sua opinião, disse, e com estas poucas palavras deu o assunto por encerrado.

Agora estavam sentados à mesa onde haviam tomado o pequeno-almoço nessa manhã, com os cadernos de apontamentos abertos, preparados para o brainstorm. Principia tu, ordenou o comissário ao agente, Logo que entrei na casa, disse ele, percebi que ninguém tinha avisado a mulher, Claro que não podiam, tínhamos combinado chegar todos às dez e meia, Eu atrasei-me um bocadinho, eram dez e trinta e sete quando bati à porta, confessou o agente, Isso agora já não interessa, segue para diante, não percamos tempo, Mandou-me entrar, perguntou-me se me podia oferecer um café, eu respondi-lhe que sim, não tinha importância, era como se estivesse ali de visita, então disse-lhe que tinha sido encarregado de investigar o que aconteceu há quatro anos no manicómio, mas aí pensei que o melhor seria não tocar de momento na questão do cego assassinado, por isso resolvi desviar o caso para as circunstâncias em que se havia produzido o incêndio, ela estranhou que quatro anos passados estivéssemos a voltar ao que toda a gente tinha querido esquecer, e eu disse que a ideia, agora, era registar o maior número possível de dados porque as semanas em que aquilo aconteceu não podiam ficar em branco na história do país, mas ela de parva não tinha nada, chamou-me logo a atenção para a incongruência, incongruência foi a palavra que usou, de ser precisamente na situação em que nos encontramos, com a cidade isolada e posta sob estado de sítio por causa do voto em branco, que alguém se tinha lembrado de averiguar o que havia sucedido quando da epidemia de cegueira branca, tenho que reconhecer, senhor comissário, que no primeiro momento fiquei mesmo atrapalhado, sem saber que responder, por fim lá consegui inventar uma explicação, e foi que a averiguação tinha sido decidida antes que acontecesse o do voto em branco, mas que se atrasou por problemas burocráticos e só agora tinha sido possível iniciá-la, então ela disse que das causas do incêndio nada sabia, teria sido uma coisa casual que até poderia ter acontecido antes, então perguntei-lhe como se tinha conseguido salvar, e aí ela começa-me a falar da mulher do médico elogiando-a de todas as maneiras, uma pessoa extraordinária como nunca havia conhecido outra na sua vida, em tudo fora do comum, tenho a certeza de que se não fosse por ela, não estaria aqui a conversar consigo, salvou-nos a todos, e não foi só por ter-nos salvo, fez mais, protegeu-nos, alimentou-nos, cuidou de nós, então eu perguntei-lhe a quem se referia aquele pronome pessoal, e ela mencionou, uma por uma, todas as pessoas de que já temos conhecimento, e no fim disse que também estava no grupo o seu então marido, mas que sobre ele não queria falar porque se encontravam divorciados desde há três anos, e isto foi tudo o que resultou da conversa, senhor comissário, a impressão com que saí de lá é que a mulher do médico deve ser a modos que uma espécie de heroína, uma alma grande. O comissário fez de conta que não percebera as últimas palavras. Fingindo-se desentendido não teria que repreender o agente por haver classificado como heroína e alma grande uma mulher que se encontra sob suspeita de estar implicada no pior dos crimes que, nas atuais circunstâncias, poderiam ser cometidos contra a pátria. Sentia-se cansado. E foi com voz surda, apagada, que pediu ao inspetor o relato do que se havia passado em casa da prostituta e do velho da venda preta, Se foi prostituta, não me parece que o seja ainda, Porquê, perguntou o comissário, Não tem nem os modos, nem os gestos, nem as palavras, nem o estilo, Você parece perceber muito de prostitutas, Não o creia, senhor comissário, apenas o trivial, alguma experiência direta, sobretudo muitas ideias feitas, Continue, Receberam-me corretamente, mas não me ofereceram café, Estão casados, Pelo menos, aliança no dedo tinham-na, E o velho, que tal lhe pareceu, É velho, e está tudo dito, Aí é que você se engana, dos velhos está tudo por dizer, o que acontece é que não se lhes pergunta nada, e então calam-se, Pois este não se calou, Melhor para ele, prossiga, Comecei por falar do incêndio, como fez aqui o colega, mas logo me apercebi de que por esse caminho não chegaria a nenhuma parte, então resolvi passar ao ataque frontal, falei de uma carta recebida na polícia em que se descrevem certos atos delituosos cometidos no manicómio antes do incêndio, como, por exemplo, um assassinato, e perguntei-lhes se sabiam algo a respeito do assunto, então ela disse-me que sim, que sabia, que ninguém mesmo o poderia saber melhor, uma vez que tinha sido a assassina, E disse qual foi a arma do crime, perguntou o comissário, Sim, uma tesoura, Cravada no coração, Não senhor comissário, na garganta, E que mais, Tenho de confessar que me deixou completamente desconcertado, Imagino, De repente passávamos a ter duas autoras para o mesmo crime, Continue, O que vem agora é um quadro pavoroso, O incêndio, Não senhor comissário, ela começou a descrever cruamente, quase com ferocidade, o que se passou com as mulheres violadas na camarata dos cegos, E ele, que fazia ele enquanto a mulher descrevia tudo isso, Olhava-me simplesmente a direito, de frente, com o seu único olho, como se estivesse a ver-me por dentro, Ilusão sua, Não senhor comissário, a partir de agora fiquei a saber que um olho vê melhor que dois porque, não tendo o outro para o ajudar, terá de fazer o trabalho todo, Talvez seja por isso que se diz que na terra dos cegos quem tem um olho é rei, Talvez, senhor comissário, Siga, continue, Quando ela se calou, ele tomou a palavra para dizer que não acreditava que o motivo da minha visita, foi esta a expressão que usou, consistisse em averiguar as causas de um incêndio de que já nada restava ou apurar as circunstâncias que haviam rodeado um assassínio que não poderia ser provado, e que, se não tinha nada mais para acrescentar que valesse a pena, fizesse o favor de me retirar, E você, Invoquei a minha autoridade de polícia, que tinha ido ali com uma missão e que a levaria até ao fim, custasse o que custasse, E ele, Respondeu que nesse caso eu deveria ser o único agente de autoridade em serviço na capital, uma vez que as corporações policiais tinham desaparecido há não sei quantas semanas, e que portanto me agradecia muito ter-me preocupado com a segurança do casal e, esperava ele, também de mais alguém, porquanto não podia acreditar que se tivesse enviado um polícia de propósito só por causa das duas pessoas que ali estavam, E depois, A situação tornara-se difícil, eu não podia ir mais longe, a única forma que encontrei para cobrir a retirada foi dizer que se preparassem para uma acareação, dado que, de acordo com as informações de que dispúnhamos, absolutamente fidedignas, não tinha sido ela quem havia assassinado o chefe da camarata dos cegos delinquentes, mas outra pessoa, uma mulher que já havia sido identificada, E eles, como reagiram, No primeiro momento pareceu-me que os tinha assustado, mas o velho recompôs-se imediatamente para dizer que ali, na sua casa, ou aonde quer que fossem, estaria também com eles um advogado que soubesse mais de leis que a polícia, Crê realmente que lhes meteu medo, perguntou o comissário, Pareceu-me que sim, mas claro que a certeza não a posso ter, Medo é possível que o tenham tido, em todo o caso não por si próprios, Por quem, então, senhor comissário, Pela verdadeira assassina, pela mulher do médico, Mas a prostituta, Não sei se temos o direito de continuar a chamar-lhe assim, inspector, Mas a mulher do velho da venda preta afirmou que foi ela quem matou, ainda que seja certo que a carta do outro tipo não é a ela a quem denuncia, mas à mulher do médico, Que foi, de facto, a verdadeira autora do crime, ela mesma mo confessou e confirmou. Nesta altura, era lógico esperarem o inspetor e o agente que o superior, uma vez que já entrara na matéria das suas averiguações pessoais, lhes fizesse um relato mais ou menos completo do que tinha ficado a saber depois da diligência, mas o comissário limitou-se a dizer que voltaria a casa dos suspeitos no dia seguinte para interrogá-los e que depois disso decidiria quais deveriam ser os passos seguintes, E nós, que serviço temos para amanhã, perguntou o inspetor, Operações de seguimento, nada mais que operações de seguimento, você ocupa-se da ex-mulher do tipo que escreveu a carta, não terá problemas, ela não o conhece, E eu, automaticamente e por exclusão de partes, disse o agente, ocupo-me do velho e da prostituta, Salvo que venhas a provar que ela realmente o seja, ou continue a ser se alguma vez o foi, o uso da palavra prostituta fica excluído das nossas conversas, Sim senhor comissário, E mesmo que o seja, arranjarás outra maneira de te referires a ela, Sim senhor comissário, usarei o nome, Os nomes foram passados ao meu caderno de notas, deixaram de estar no teu, O senhor comissário dir-me-á como ela se chama e dessa maneira acaba-se a prostituta, Não digo, trata-se de informação que por enquanto considero reservada, O nome dela, ou os de todos, perguntou o agente, De todos, Então assim não sei como lhe haverei de chamar, Podes chamar-lhe, por exemplo, a rapariga dos óculos escuros, Mas ela não levava óculos escuros, isso posso eu jurar, Toda a gente usou óculos escuros pelo menos uma vez na vida, respondeu o comissário levantando-se. De costas curvadas, dirigiu-se à parte do escritório que ocupava e fechou a porta. Aposto que vai comunicar com o ministério, pedir instruções, disse o inspetor, Que se passa com ele, perguntou o agente, Sente-se como nós, desconcertado, Parece que não acredita no que está a fazer, E tu, acreditas, Eu cumpro ordens, mas ele é o chefe, não pode estar a dar-nos sinais de desorientação, depois as consequências sofremo-las nós, quando a onda bate no rochedo, quem paga sempre é o mexilhão, Tenho muitas dúvidas sobre a propriedade dessa frase, Porquê, Porque os mexilhões parecem-me contentíssimos quando a água escorre por eles abaixo, Não sei, nunca ouvi rir os mexilhões, Pois não só riem, como dão gargalhadas, o barulho das ondas é que não deixa percebê-las, tem que se lhes chegar bem o ouvido, Nada disso é verdade, está a divertir-se à custa do agente de segunda classe, É uma maneira inofensiva de passar o tempo, não te zangues, Acho que há outra melhor, Qual, Dormir, estou cansado, vou-me deitar, O comissário pode precisar de ti, Para ir bater outra vez com a cabeça numa parede, não acredito, Deves ter razão, disse o inspetor, sigo-te o exemplo, vou também descansar um bocado, mas deixo aqui uma nota a dizer que nos chame no caso de precisar de algum de nós, Parece-me bem.

O comissário tirara os sapatos e tinha-se estendido em cima da cama. Estava de costas, com as mãos cruzadas atrás da nuca e olhava o teto como se esperasse que lá de cima lhe viesse algum conselho ou, se não tanto, ao menos aquilo a que geralmente chamamos uma opinião sem compromisso. Talvez porque fosse insonorizado, e portanto surdo, o teto não teve nada para lhe dizer, sem contar que, passando a maior parte do tempo sozinho, já havia perdido, praticamente, o dom da palavra. O comissário revivia a conversação que tivera com a mulher do médico e o marido, o rosto de um, o rosto do outro, o cão que se havia levantado rosnando ao vê-lo entrar e que tornara a deitar-se à voz da dona, uma candeia de latão amarelo com três bicos que lhe recordava uma igual que havia na casa dos pais, mas que tinha desaparecido ninguém soube como, misturava estas lembranças com o que acabara de escutar da boca do inspetor e do agente e perguntava a si mesmo que merda estava a fazer ali. Atravessara a fronteira no mais puro estilo de um detetive de cinema, convencera-se de que vinha resgatar a pátria de um perigo mortal, em nome desse convencimento dera aos seus subordinados ordens disparatadas que eles lhe tinham feito o favor de desculpar, tentara sustentar de pé uma periclitante montagem de suspeitas que se lhe vinha abaixo a cada minuto que passava, e agora perguntava-se, surpreendido por uma indefinida angústia que lhe comprimia o diafragma, que informação mais ou menos merecedora de crédito poderia, ele, papagaio-do-mar, inventar para transmitir a um albatroz que, a estas horas, já deveria estar a perguntar impaciente porque tardavam tanto as notícias. Que vou eu dizer-lhe, perguntou-se, que se confirmam as suspeitas sobre a águia-pesqueira, que o marido e os outros fazem parte da conspiração, ele então perguntará quem são esses outros, e eu direi que há um velho com uma venda preta a quem assentaria bem o nome de código de peixe-lobo, e uma rapariga de óculos escuros a quem poderíamos chamar peixe-gato, e a ex-mulher do tipo que escreveu a carta, e essa ficaria a chamar-se peixe-agulha, no caso de concordar com estas designações, albatroz. O comissário já se tinha levantado, agora falava pelo telefone vermelho, dizia, Sim, albatroz, estes que acabei de mencionar-lhe não são, efetivamente, peixes gordos, o que tiveram foi a sorte de encontrar a águia-pesqueira, que os protegeu, E essa águia-pesqueira, que tal a achou, papagaio-do-mar, Pareceu-me uma mulher decente, normal, inteligente, e se tudo o que os outros dizem dela é verdade, albatroz, e eu inclino-me a pensar que sim, então trata-se de uma pessoa absolutamente fora do comum, Tão fora do comum que foi capaz de matar um homem à tesourada, papagaio-do-mar, Segundo as testemunhas, tratava-se de um abominável violador, de um ser em todos os aspetos repugnante, albatroz, Não se deixe iludir, papagaio-do-mar, para mim está claro que essa gente se pôs de acordo para apresentar uma versão única dos acontecimentos no caso de algum dia vir a ser interrogada, tiveram quatro anos para combinar o plano, tal como eu vejo as coisas a partir dos dados que me está a dar e das minhas próprias deduções e intuições, aposto o que quiser em como esses cinco constituem uma célula organizada, provavelmente, mesmo, a cabeça da ténia de que falávamos há tempos, Nem eu nem os meus colaboradores ficámos com essa impressão, albatroz, Pois não vai ter outro remédio, papagaio-do-mar, se não passar a tê-la, Precisaríamos de provas, sem provas nada podemos fazer, albatroz, Encontrem-nas, papagaio-do-mar, procedam a uma busca rigorosa nas casas, Mas nós só podemos fazer buscas com autorização de um juiz, albatroz, Recordo-lhe que a cidade se encontra sob estado de sítio e que todos os direitos e garantias dos habitantes estão suspensos, papagaio-do-mar, E que fazemos se não encontrarmos provas, albatroz, Recuso-me a admitir que não as encontre, papagaio-do-mar, para comissário parece-me demasiado ingénuo, desde que me conheço como ministro do interior, as provas que não havia, afinal estavam lá, O que me está a pedir não é fácil nem agradável, albatroz, Não peço, ordeno, papagaio-do-mar, Sim, albatroz, em todo o caso peço licença para notar que não estamos perante um crime evidente, não há provas de que a pessoa a quem se decidiu considerar suspeita o seja na realidade, todos os contactos estabelecidos, todos os interrogatórios feitos, apontam, pelo contrário, para a inocência dessa pessoa, A fotografia que se faz a um detido, papagaio-do-mar, é sempre a de um presuntivo inocente, depois é que se vem a saber que o criminoso já lá estava, Posso fazer uma pergunta, albatroz, Faça-a que eu responderei, papagaio-do-mar, sempre fui bom a dar respostas, Que acontecerá se não se encontrarem provas da culpabilidade, O mesmo que aconteceria se não se encontrassem provas da inocência, Como devo entendê-lo, albatroz, Que há casos em que a sentença já está escrita antes do crime, Sendo assim, se entendi bem aonde quer chegar, rogo-lhe que me retire da missão, albatroz, Será retirado, papagaio-do-mar, prometo-lho, mas não agora nem a seu pedido, será retirado quando este caso ficar encerrado, e este caso só ficará encerrado graças ao seu meritório esforço e dos seus ajudantes, ouça-me bem, dou-lhe cinco dias, note bem, cinco dias, nem mais um, para me entregar toda a célula atada de pés e mãos, a sua águia-pesqueira e o marido, a quem não se chegou a dar nome, coitado, e os três peixinhos que agora apareceram, o lobo, o gato e a agulha, quero-os esmagados pela carga de provas de culpabilidade impossíveis de negar, ladear, contrariar ou refutar, isto é o que quero, papagaio-do-mar, Farei o que puder, albatroz, Fará exatamente o que acabei de lhe dizer, no entanto, para que não fique com más ideias a meu respeito, e sendo eu, como de facto sou, uma pessoa razoável, compreendo que precise de alguma ajuda para levar o seu trabalho a bom termo, Vai-me mandar outro inspetor, albatroz, Não, papagaio-do-mar, a minha ajuda será de outra natureza, mas tão eficaz, ou mais ainda, como se eu lhe despachasse daqui toda a polícia às minhas ordens, Não compreendo, albatroz, Será o primeiro a compreender quando o gongo soar, O gongo, O gongo do último assalto, papagaio-do-mar. A ligação foi cortada.

O comissário saiu do quarto quando o relógio marcava seis horas e vinte minutos. Leu o recado que o inspetor havia deixado sobre a mesa e escreveu por baixo dele, Tenho um assunto a tratar, esperem por mim. Desceu para a garagem, entrou no carro, pô-lo em marcha e dirigiu-se à rampa de saída. Aí parou e fez sinal ao encarregado para que se aproximasse. Ainda ressentido da troca de palavras e do mau tratamento recebido do inquilino da providencial, s. a., o homem, receoso, chegou-se à janela do carro e usou a fórmula habitual, Faça o favor de dizer, Há bocado fui um tanto violento consigo, Não tem importância, aqui acostumamo-nos a tudo, Não era minha intenção ofendê-lo, Nem creio que tivesse razão para isso, senhor, Comissário, sou comissário da polícia, aqui tem o meu crachá, Desculpe, senhor comissário, nunca eu poderia imaginar, e os outros senhores, O mais novo é agente, o outro é inspetor, Fiquei ciente, senhor comissário, e garanto-lhe que não o importunarei mais, mas era com a melhor das intenções, Temos estado aqui em trabalhos de investigação, mas terminámos o serviço, agora somos umas pessoas iguais a quaisquer outras, é como se estivéssemos em férias, ainda que, para seu sossego, o aconselho a usar da máxima discrição, lembre-se de que, pelo facto de estar em férias, um polícia nunca deixará de ser um polícia, está-lhe, por assim dizer, na massa do sangue, Compreendo muito bem, senhor comissário, mas, sendo assim, e se me autoriza a franqueza, teria sido preferível que não me tivesse dito nada, olhos que não veem, coração que não sente, quem não sabe é como quem não vê, Necessitava desabafar com alguém, e você é a pessoa que tinha mais à mão. O carro já começava a subir a rampa, mas o comissário ainda tinha algo mais para recomendar, Conserve a boca fechada, não seja que eu tenha de vir a arrepender-me do que lhe disse. Ter-se-ia arrependido com certeza se tivesse voltado atrás, pois encontraria o encarregado a falar ao telefone com ar de segredo, talvez a contar à mulher que tinha acabado de conhecer um comissário de polícia, talvez a informar o porteiro de quem são afinal os três homens de fato escuro que sobem diretamente da garagem ao andar onde se encontra a providencial, s. a., seguros & resseguros, talvez isto, talvez aquilo, o mais provável é que sobre esta chamada telefónica nunca venha a conhecer-se a verdade. Poucos metros adiante o comissário parou o carro junto do passeio, sacou do bolso exterior do casaco o caderno de apontamentos, folheou-o até chegar à página para onde transcrevera os nomes e as direções dos antigos companheiros do autor da carta delatora, depois consultou o roteiro e o mapa, e viu que a morada que lhe ficava mais próxima era a da ex-mulher do denunciante. Tomou nota também do percurso que teria de seguir para chegar a casa do velho da venda preta e da rapariga dos óculos escuros. Sorriu ao lembrar-se da confusão do agente quando lhe dissera que este nome assentaria na perfeição à mulher do velho da venda preta, Mas ela não levava óculos escuros, tinha respondido, desconcertado, o pobre agente de segunda classe. Não fui leal, pensou o comissário, devia ter-lhe mostrado a fotografia do grupo, a rapariga tem o braço direito caído ao longo do corpo e segura na mão uns óculos escuros, elementar meu caro watson, sim, mas para isso era preciso ter olhos de comissário. Pôs o carro em marcha. Um impulso o tinha obrigado a sair da providencial, s. a., um impulso o tinha feito dizer ao encarregado da garagem quem era, um impulso o está a levar agora a casa da divorciada, um impulso o levará a casa do velho da venda preta, e o mesmo impulso o conduziria depois a casa da mulher do médico se não lhes tivesse dito, a ela e ao marido, que voltará amanhã, à mesma hora, para continuar o interrogatório. Que interrogatório, pensou, dizer-lhe, por exemplo, a senhora é suspeita de ser a organizadora, a responsável, a dirigente máxima do movimento subversivo que veio pôr em grave perigo o sistema democrático, refiro-me ao movimento do voto em branco, não se faça de novas, e não perca tempo a perguntar-me se tenho provas do que afirmo, a senhora é quem terá de demonstrar a sua inocência, uma vez que as provas tenha a senhora a certeza de que hão de aparecer quando forem precisas, é só questão de inventar uma ou duas que sejam irrefutáveis, e ainda que não o pudessem ser completamente, as provas circunstanciais, mesmo que remotas, nos bastariam, como o facto incompreensível de a senhora não ter cegado há quatro anos quando toda a gente na cidade andava por aí aos tombos e a dar com o nariz nos candeeiros da rua, e antes que me responda que uma coisa nada tem que ver com a outra, eu digo-lhe que quem fez um cesto fará um cento, pelo menos é esta, ainda que expressada noutros termos, a opinião do meu ministro, que eu tenho obrigação de acatar mesmo que me doa o coração, que a um comissário não lhe dói o coração, diz a senhora, isso é o que julga, a senhora pode saber muito de comissários, mas garanto-lhe que deste não sabe nada, é certo que não vim aqui com o honesto propósito de apurar a verdade, é certo que da senhora se poderá dizer que já está condenada antes de ter sido julgada, mas este papagaio-do-mar, que é como me chama o meu ministro, tem uma dor no coração e não sabe como livrar-se dela, aceite o meu conselho, confesse, confesse mesmo que não tenha culpa, o governo dirá ao povo que foi vítima de um caso de hipnose coletiva nunca antes visto, que a senhora é um génio nessa arte, provavelmente as pessoas até irão achar graça e a vida voltará aos carris de sempre, a senhora passa uns anos na prisão, os seus amigos também lá irão se nós quisermos, e entretanto, já sabe, reforma-se a lei eleitoral, acaba-se com os votos em branco, ou então distribuem-se equitativamente por todos os partidos como votos de facto expressos, de maneira que a percentagem não sofra alteração, a percentagem, minha senhora, é o que conta, quanto aos eleitores que se abstiverem e não apresentem atestado médico uma boa ideia seria publicar-lhes os nomes nos jornais da mesma maneira que antigamente os criminosos eram exibidos na praça pública, atados ao pelourinho, se lhe falo assim é porque a senhora me cai bem, e para que veja até que ponto vai a minha simpatia, só lhe direi que a maior felicidade da minha vida, há quatro anos, tirando não ter perdido parte da família naquela tragédia, como desgraçadamente perdi, teria sido andar junto com o grupo que a senhora protegeu, nessa altura ainda não era comissário, era um inspetor cego, nada mais que um inspetor cego que depois de recuperar a vista estaria na fotografia com aqueles a quem a senhora salvou do incêndio, e o seu cão não me teria rosnado quando me viu aparecer aí, e se tudo isso e muito mais tivesse acontecido eu poderia declarar sob palavra de honra ao ministro do interior que ele está enganado, que uma experiência como aquela e quatro anos de amizade dão para conhecer bem uma pessoa, e afinal, veja lá, entrei em sua casa como um inimigo e agora não sei como sair dela, se sozinho para confessar ao ministro que falhei na minha missão, se acompanhado para a conduzir à prisão. Os últimos pensamentos já não foram do comissário, agora mais preocupado em encontrar um sítio para arrumar o carro do que em antecipar decisões sobre o destino de um suspeito e sobre o seu próprio. Consultou novamente o caderno de apontamentos e tocou a campainha do andar onde vive a ex-mulher do homem que escreveu a carta. Tocou outra vez, e outra, mas a porta não se abriu. Estendia a mão para fazer nova tentativa quando viu abrir-se uma janela do rés do chão e aparecer a cabeça enfeitada de rolos de uma mulher idosa, vestida com uma bata de trazer por casa, A quem procura, perguntou, Procuro a senhora que mora no primeiro andar direito, respondeu o comissário, Não está, por acaso até a vi sair, Sabe quando regressará, Não tenho ideia, se quer deixar-lhe algum recado, é só dizer-me, ofereceu-se a mulher, Muito obrigado, não vale a pena, voltarei outro dia. Não lhe passava pela cabeça ao comissário que a mulher dos rolos na cabeça pudesse ter ficado a pensar que, pelos vistos, à vizinha divorciada do primeiro andar direito lhe dera agora para receber visitas de homens, aquele que veio esta manhã, este já com idade de ser pai dela. O comissário deitou um olhar ao mapa aberto sobre o assento ao lado, pôs o carro em marcha e dirigiu-se ao segundo objetivo. Desta vez não apareceram vizinhas à janela. A porta da escada estava aberta, por isso pôde subir diretamente ao segundo andar, é aqui que moram o velho da venda preta e a rapariga dos óculos escuros, que estranha parceria, compreende-se que o desamparo da cegueira os tenha aproximado, mas haviam passado quatro anos, e se para uma mulher nova quatro anos não são nada, para um velho é como se contassem a dobrar. E continuam juntos, pensou o comissário. Tocou a campainha e esperou. Ninguém veio atender. Encostou o ouvido à porta e escutou. Silêncio do outro lado. Tocou mais uma vez por rotina, não por esperar que alguém lhe respondesse. Desceu a escada, entrou no carro e murmurou, Sei onde estão. Se tivesse o telefone direto no automóvel e ligasse para o ministro a dizer-lhe aonde ia, tinha a certeza de que ele responderia mais ou menos isto, Bravo, papagaio-do-mar, assim é que se trabalha, apanhe-me esses gajos com a boca na botija, mas tenha cautela, o melhor seria levar reforços, um homem isolado contra cinco facínoras dispostos a tudo, isso só se vê no cinema, além disso você não sabe caraté, não é do seu tempo, Esteja descansado, albatroz, não sei caraté, mas sei o que faço, Entre de pistola em punho, acagace-os, faça-os borrar-se de medo, Sim, albatroz, Vou já começar a tratar da sua condecoração, Não há pressa, albatroz, ainda nem sabemos se sairei vivo desta empresa, Ora, são favas contadas, papagaio-do-mar, deposito toda a minha confiança em si, eu bem sabia o que fazia quando o designei para essa missão, Sim, albatroz.

Os candeeiros das ruas acendem-se, o crepúsculo já vem deslizando pela rampa do céu, dentro em pouco principiará a noite. O comissário tocou à campainha, não há por que surpreender-se, a maior parte das vezes os polícias tocam à campainha, nem sempre arrombam as portas. A mulher do médico apareceu, Só o esperava amanhã, senhor comissário, agora não o posso atender, disse, estamos com visitas, Sei quem são as suas visitas, não as conheço pessoalmente, mas sei quem são, Não creio que seja razão suficiente para o deixar passar, Por favor, Os meus amigos nada têm que ver com o assunto que o trouxe aqui, Nem sequer a senhora sabe que assunto me trouxe aqui, e é já tempo de que o saiba, Entre.

Corre por aí a ideia de que a consciência de um comissário de polícia é no geral, por profissão e princípio, bastante acomodatícia, para não dizer resignada com o facto incontroverso, teórica e praticamente comprovado, de que o que tem de ser, tem de ser, e, além disso, tem toda a força de que necessita. Pode no entanto acontecer, embora, para falar verdade, não seja do que mais se vê, que um desses prestimosos funcionários públicos, por azares da vida e quando nada o faria esperar, se encontre entalado entre a cruz e a caldeirinha, isto é, entre aquilo que deveria ser e aquilo que não quereria ser. Para o comissário da providencial, s. a., seguros & resseguros, esse dia chegou. Não se tinha demorado mais que meia hora em casa da mulher do médico, mas esse pouco tempo foi suficiente para revelar ao estupefacto grupo ali reunido os tenebrosos fundos da sua missão. Disse que iria fazer tudo quanto estivesse ao seu alcance para desviar daquele lugar e daquelas pessoas as mais do que inquietantes atenções dos seus superiores, mas que não garantia que fosse capaz de o conseguir, disse que lhe haviam dado o curtíssimo prazo de cinco dias para concluir a investigação e que de antemão sabia que só lhe aceitariam um veredito de culpabilidade, e disse mais, dirigindo-se à mulher do médico, A pessoa a quem querem transformar em bode expiatório, com perdão da óbvia impropriedade da expressão, é a senhora, e também, por tabela, possivelmente, o seu marido, quanto aos restantes não creio que no imediato corram um perigo real, o seu crime, minha senhora, não foi ter assassinado aquele homem, o seu grande crime foi não ter cegado quando todos éramos cegos, o incompreensível pode ser desprezado, mas nunca o será se houver maneira de o usarem como pretexto. São três horas da madrugada, e o comissário dá voltas na cama, sem poder conciliar o sono. Faz mentalmente planos para o dia seguinte, repete-os obsessivamente e volta ao princípio, dizer ao inspetor e ao agente que, como estava previsto, irá a casa do médico para prosseguir o interrogatório da mulher, recordar-lhes a eles o serviço de que os havia encarregado, fazer o seguimento dos outros membros do grupo, mas nada disto, no ponto em que as coisas estão, tem já sentido, agora o que é preciso é empatar, entreter os acontecimentos, inventar para a investigação progressos e retrocessos que ao mesmo tempo alimentem e embaracem, sem que se perceba demasiado, os planos do ministro, esperar para ver, enfim, em que consiste a ajuda por ele prometida. Eram quase três horas e meia quando o telefone vermelho tocou. O comissário levantou-se de um salto, enfiou nos pés os chinelos com o distintivo da corporação e, meio trôpego, correu à mesa onde estava o aparelho. Antes mesmo de se sentar já estava pegando no auscultador e perguntando, Quem fala, Daqui, albatroz, foi a resposta do outro lado, Boas noites, albatroz, aqui papagaio-do-mar, Tenho instruções para si, papagaio-do-mar, faça o favor de tomar nota, Às suas ordens, albatroz, Hoje, às nove horas, da manhã, não da noite, estará uma pessoa à sua espera no posto seis-norte da fronteira, o exército foi avisado, não haverá qualquer problema, Devo entender que essa pessoa virá para me substituir, albatroz, Não há qualquer motivo para tal, papagaio-do-mar, a sua atuação tem sido bem conduzida e espero que assim continue até ao final do caso, Obrigado, albatroz, e as suas ordens são, Como disse, estará às nove horas da manhã uma pessoa à sua espera no posto seis-norte da fronteira, Sim, albatroz, já tinha tomado nota, Entregará a essa pessoa a fotografia de que me falou, aquela do grupo em que aparece a suspeita principal, entregar-lhe-á igualmente a lista de nomes e moradas que obteve e tem em seu poder. O comissário sentiu um súbito frio nas costas, Mas essa fotografia ainda é necessária à minha investigação, aventurou, Não creio que o seja tanto quanto diz, papagaio-do-mar, suponho mesmo que não precisa dela para nada, uma vez que, por si próprio ou por meio dos seus subordinados, já travou conhecimento com todos os componentes da quadrilha, Quererá dizer do grupo, albatroz, Uma quadrilha é um grupo, Sim, albatroz, mas nem todos os grupos são quadrilhas, Não o sabia tão preocupado com a correção das definições, vejo que faz bom uso dos dicionários, papagaio-do-mar, Peço que me desculpe tê-lo emendado, albatroz, ainda sinto a cabeça um pouco atordoada, Dormia, Não, albatroz, pensava no que tinha para fazer amanhã, Pois agora já sabe, a pessoa que estará à sua espera no posto-seis norte é um homem mais ou menos da sua idade e leva uma gravata azul com pintas brancas, calculo que não haverá muitas iguais nos postos militares de fronteira, Conheço-o, albatroz, Não conhece, não pertence ao serviço, Ah, Responderá à sua palavra de passe com a frase Oh não, o tempo sempre falta, E a minha, qual é, O tempo sempre chega, Muito bem, albatroz, as suas ordens serão cumpridas, às nove horas estarei na fronteira para esse encontro, Agora volte para a cama e durma bem o resto da noite, papagaio-do-mar, que eu vou fazer o mesmo, tenho estado a trabalhar até agora, Posso fazer-lhe uma pergunta, albatroz, Faça, mas não se alargue muito, Terá a fotografia algo que ver com a ajuda que me prometeu, Parabéns pela perspicácia, papagaio-do-mar, realmente não se lhe pode esconder nada, Portanto tem algo que ver, Sim, tem tudo que ver, mas não esperará que eu lhe diga de que maneira, se lho dissesse perder-se-ia o efeito de surpresa, Mesmo sendo eu o responsável direto das investigações, Exatamente, Quer então dizer que não tem confiança em mim, albatroz, Desenhe um quadrado no chão, papagaio-do-mar, e coloque-se lá dentro, no espaço delimitado pelos lados do quadrado confio em si, mas fora dele não tenho mais confiança que em mim mesmo, a sua investigação é o quadrado, contente-se com ele e com ela, Sim, albatroz, Durma bem, papagaio-do-mar, receberá notícias minhas antes que a semana acabe, Aqui estarei esperando-as, albatroz, Boas noites, papagaio-do-mar, Boas noites, albatroz. Apesar dos convencionais votos do ministro, o pouco de noite que restava não serviu de muito ao comissário. O sono não acabava por chegar, os corredores e as portas do cérebro estavam fechados, e lá dentro, rainha e senhora absoluta, governava a insónia. Para que pediu ele a fotografia, perguntou-se uma e outra vez, que quis ele dizer com a ameaça de que terei notícias suas antes que a semana termine, as palavras, uma por uma, não seriam bem de ameaça, mas o tom, sim, o tom era ameaçador, se um comissário, depois de levar a vida a interrogar pessoas de todo o tipo, termina por aprender a distinguir no emaranhado labiríntico das sílabas o caminho que o pode conduzir à saída, também será muito capaz de perceber as zonas de penumbra que cada palavra produz e leva atrás de si de cada vez que é pronunciada. Diga-se em voz alta a frase Antes que a semana se acabe terá notícias minhas, e ver-se-á como é fácil introduzir-lhe uma gota de insidioso temor, o odor pútrido do medo, a autoritária vibração do fantasma do pai. O comissário preferia pensar coisas tão tranquilizadoras como estas, Mas eu não tenho qualquer motivo para ter medo, faço o meu trabalho, cumpro as ordens que recebo, porém, lá no fundo da sua consciência, sabia que não era assim, que não estava a cumprir essas ordens porque não acreditava que a mulher do médico, pelo facto de não ter cegado há quatro anos, fosse agora a culpada de terem votado em branco oitenta e três por cento da população eleitora da capital, como se a primeira singularidade a tornasse automaticamente responsável da segunda. Nem ele acredita, pensou, a ele só lhe interessa um alvo qualquer a que apontar, se falhar este procurará outro, e outro, e outro, e tantos quantos forem necessários até acertar de vez, ou até que as pessoas a quem pretende convencer dos seus méritos acabem por se tornar, pela repetição, indiferentes aos métodos e processos usados. Num caso e no outro sempre haverá ganho a partida. Graças à gazua das divagações o sono tinha conseguido abrir uma porta, esgueirar-se por um corredor, e ato contínuo pôr o comissário a sonhar que o ministro do interior lhe havia pedido a fotografia para espetar com uma agulha os olhos da mulher do médico, ao mesmo tempo que cantarolava um encantamento de bruxedo, Cega não foste, cega serás, branco tiveste, negro verás, com este pico te pico, por diante e por detrás. Angustiado, encharcado em suor, sentindo que o coração lhe saltava disparado, o comissário despertou com os gritos da mulher do médico e as gargalhadas do ministro, Que sonho horroroso, balbuciou enquanto acendia a luz, que monstruosas coisas é capaz de gerar o cérebro. O relógio marcava as sete e meia. Fez contas ao tempo de que precisaria para chegar ao posto militar seis-norte e esteve quase tentado a agradecer ao pesadelo a atenção de tê-lo acordado. Levantou-se a custo, a cabeça pesava-lhe como chumbo, as pernas mais do que a cabeça, e, mal andando, arrastou-se até à casa de banho. Saiu de lá vinte minutos depois um pouco revigorado pelo duche, barbeado, pronto para o trabalho. Pôs uma camisa limpa, acabou de se vestir, Ele traz uma gravata azul com pintas brancas, pensou, e entrou na cozinha para aquecer uma chávena do café que sobejara da véspera. O inspetor e o agente ainda deviam estar a dormir, pelo menos não davam sinal de si. Mastigou com pouca vontade um bolo, ainda mordeu outro, depois voltou à casa de banho para lavar os dentes. Entrou no quarto, meteu num sobrescrito de tamanho médio a fotografia e a lista de nomes e moradas, esta depois de tê-la copiado para outro papel, e quando passou à sala percebeu rumores na parte da casa onde os subordinados dormiam. Não esperou por eles nem foi chamá-los à porta. Escreveu rapidamente, Tive de sair mais cedo, levo o carro, façam o seguimento que lhes mandei, concentrem-se nas mulheres, a do homem da venda preta e a ex do tipo da carta, almocem se puderem, estarei aqui ao fim da tarde, espero resultados. Ordens claras, informações precisas, assim pudesse ser tudo na dura vida deste comissário. Saiu da providencial, s. a., desceu à garagem. O encarregado já estava, deu-lhe os bons-dias e recebeu-os, ao mesmo tempo que se perguntava se o homem dormiria ali mesmo, Parece que não há horário de trabalho nesta garagem. Eram quase oito e trinta, Tenho tempo, pensou, em menos de meia hora estou lá, aliás não devo ser o primeiro a chegar, o albatroz foi muito explícito, muito claro, o homem estará à minha espera às nove horas, portanto posso chegar um minuto depois, ou dois, ou três, ao meio-dia se me apetecer. Sabia que não era assim, que só não devia chegar antes do homem com quem ia encontrar-se, Talvez seja porque os soldados de guarda ao posto seis-norte se ponham nervosos vendo gente parada do lado de cá da linha de separação, pensou enquanto acelerava para subir a rampa. Manhã de segunda-feira, mas o trânsito era reduzido, o comissário não demoraria nem vinte minutos a chegar ao posto seis-norte. E onde diabo está o posto seis-norte, perguntou de repente em voz alta. No norte está, evidentemente, mas o seis, onde estará metido o sacana do seis. O ministro dissera seis-norte com o ar mais natural deste mundo, como se se tratasse de um ilustre monumento da capital ou da estação de metro destruída pela bomba, lugares seletos da urbe que toda a gente tem a obrigação de conhecer, e a ele, estupidamente, não lhe tinha ocorrido perguntar, E isso onde fica, ó albatroz. Em um só momento a quantidade de areia dentro do depósito superior da ampulheta tinha-se tornado muito menor do que antes, os minúsculos grãos precipitavam-se velozmente para a abertura, cada qual a querer sair mais depressa que os demais, o tempo é igualzinho às pessoas, há ocasiões em que lhe custa arrastar as pernas, mas outras vezes corre como um gamo e salta como um cabrito, o que, se repararmos bem, não é dizer grande coisa, pois a chita, ou gato-pardo, é o mais veloz dos animais e a ninguém lhe passou alguma vez pela cabeça a ideia de dizer doutra pessoa Corre e salta como uma chita, talvez porque aquela primeira comparação venha dos tempos prestigiosos da baixa idade média, quando os cavaleiros iam de montaria e ainda nenhum tinha visto correr a chita ou havia tido notícia da sua existência. As linguagens são conservadoras, andam sempre com os arquivos às costas e aborrecem atualizações. O comissário encostara o carro de qualquer maneira, agora tinha o mapa da cidade desdobrado em cima do volante e, ansioso, procurava o lugar do posto seis--norte na periferia setentrional da capital. Seria relativamente fácil situá-lo se a cidade, salvo a exceção da forma em rombo ou losango, estivesse inscrita num paralelogramo, como, no frio dizer do albatroz, se encontra circunscrito o espaço da confiança que lhe merece, mas o contorno dela é irregular, e nos extremos, para um lado e para outro, já não se sabe se aquilo ainda é o norte ou é já o nascente ou o poente. O comissário olha o relógio e sente-se assustado como um agente de segunda classe à espera da repreensão do seu superior. Não vai conseguir chegar a tempo, é impossível. Faz um esforço para serenar e raciocinar. A lógica, Mas desde quando rege a lógica as decisões humanas, ordenaria que os postos tivessem sido numerados a partir do extremo ocidental do setor norte, seguindo o sentido dos ponteiros de um relógio, o recurso à ampulheta, evidentemente, não serve para estes casos. Talvez o raciocínio esteja errado, Mas desde quando rege o raciocínio as decisões humanas, ainda que não seja fácil responder à pergunta, sempre será melhor ter um remo que nenhum, além disso está escrito que barco parado não faz viagem, portanto o comissário traçou uma cruz onde lhe pareceu que deveria ser o seis e arrancou. Sendo o trânsito escasso e não se vislumbrando a sombra de um polícia nas ruas, a tentação de saltar quantos semáforos vermelhos lhe aparecessem pela frente era forte e o comissário não lhe resistiu. Não corria, voava, mal levantava o pé do acelerador, se tinha de travar era em derrapagem controlada, como via fazer àqueles acrobatas do volante que nos filmes em que há perseguições de automóvel obrigam os espectadores mais nervosos a dar pulinhos nas cadeiras. Nunca o comissário havia conduzido desta maneira, nunca desta maneira voltará a conduzir. Quando, passadas eram já as nove, chegou enfim ao posto seis-norte, o soldado que veio saber o que queria o agitado automobilista disse-lhe que aquele era o posto cinco-norte. O comissário soltou uma praga, ia dar a volta, mas emendou a tempo o precipitado gesto e perguntou para que lado estava o seis. O soldado apontou a direção do nascente e, para que não ficassem dúvidas, emitiu um som breve, Pralá. Felizmente, uma rua mais ou menos paralela à linha da fronteira abria-se naquele sentido, eram apenas três quilómetros, o caminho está livre, aqui nem semáforos há, o carro arrancou, acelerou, travou, fez uma curva arrebatada digna de prémio, estacou quase a tocar a linha amarela que cruzava a estrada, ali está, ali está o posto seis-norte. Junto à barreira, a uns trinta metros, esperava um homem de meia-idade, Afinal é bastante mais novo do que eu, pensou o comissário. Pegou no sobrescrito e saiu do carro. Não se via um único militar, deviam ter recebido ordens para se manterem recolhidos ou a olhar para outro lado enquanto durasse a cerimónia do reconhecimento e entrega. O comissário avançou. Levava o sobrescrito na mão e pensava, Não devo justificar o atraso, se eu dissesse Olá, bons dias, desculpe a demora, tive um problema com o mapa, imagine que o albatroz se esqueceu de me informar onde ficava o posto seis-norte, não é preciso ser muito inteligente para perceber que esta extensa e mal alinhada frase podia ser entendida pelo outro como uma senha falsa, e então, de duas uma, ou o homem chamava os militares para virem prender o embusteiro provocador, ou então sacava da pistola e ali mesmo, abaixo o voto branco, abaixo a sedição, morram os traidores, fazia sumária justiça. O comissário chegara à barreira. O homem olhou-o sem se mover. Tinha o polegar da mão esquerda enganchado no cinto, a mão direita metida na algibeira da gabardina, tudo demasiado natural para ser autêntico. Vem armado, traz pistola, pensou o comissário, e disse, O tempo sempre chega. O homem não sorriu, não pestanejou, disse, Oh não, o tempo sempre falta, e então o comissário entregou-lhe o sobrescrito, talvez agora dessem os bons-dias um ao outro, talvez conversassem uns minutos sobre a agradável manhã de segunda-feira que fazia, mas o outro limitou-se a dizer, Muito bem, agora pode retirar-se, eu me encarregarei de fazer chegar isto ao seu destino. O comissário entrou no carro, fez a inversão de marcha e arrancou para a cidade. Amargado, com um sentimento de absoluta frustração, tentava consolar-se imaginando a boa partida que teria sido entregar ao tipo um sobrescrito vazio e ficar depois à espera dos resultados. Despedindo raios de ira e coriscos de fúria, o ministro telefonaria imediatamente a pedir explicações e ele juraria por todos os santos da corte do céu, incluindo os que na terra ainda esperam canonização, que o sobrescrito levava lá dentro a fotografia e a lista de nomes e moradas, tal como lhe tinha sido ordenado, A minha responsabilidade, albatroz, cessou no momento em que o seu mensageiro, depois de largar a pistola que empunhava, sim, eu bem vi que tinha uma pistola, tirou a mão direita da algibeira da gabardina para pegar no sobrescrito, Mas o sobrescrito vinha vazio, abri-o eu, gritaria o ministro, Isso já não é da minha conta, albatroz, responderia com a serenidade de quem está em perfeita paz com a consciência, O que você quer, bem eu sei, tornaria o ministro a gritar, o que você quer é que eu não toque nem com um dedo no cabelo da sua protegida, Não é minha protegida, é uma pessoa inocente do crime de que a acusam, albatroz, Não me chame albatroz, albatroz era o seu pai, albatroz era a sua mãe, eu sou o ministro do interior, Se o ministro do interior deixou de ser albatroz, então o comissário de polícia também deixará de ser papagaio-do-mar, O mais certo é que o papagaio-do-mar vá deixar de ser comissário, Tudo pode acontecer, Sim, mandar-me hoje mesmo outra fotografia, está a ouvir o que lhe digo, Não a tenho, Mas vai tê-la, e até mais que uma, se fosse precisa, Como, Muito fácil, indo aonde elas estão, em casa da sua protegida e nas outras duas casas, com certeza não quererá você convencer-me de que a fotografia que desapareceu era exemplar único. O comissário abanou a cabeça, Ele não é parvo, não adiantaria nada entregar um sobrescrito vazio. Estava quase no centro da cidade, onde a animação era naturalmente maior, embora sem exageros, sem demasiado ruído. Via-se que as pessoas que encontrava pelo caminho levavam preocupações, mas, ao mesmo tempo, também pareciam tranquilas. O comissário fazia pouco caso da óbvia contradição, o facto de não poder explicar por palavras aquilo que percebia não significava que não o sentisse, que não o percebesse pelo sentir. Aquele homem e aquela mulher que ali vão, por exemplo, vê-se que gostam um do outro, que se querem bem, que se amam, vê-se que são felizes, agora mesmo sorriram, e, contudo, não só estão preocupados, como têm, apetece dizê-lo assim, a tranquila e clara consciência disso. Vê-se que o comissário também está preocupado, talvez esse motivo, seria apenas uma contradição mais, o tenha impelido a entrar nesta cafetaria para tomar um pequeno-almoço dos autênticos que o distraia e o faça esquecer o café requentado e o bolo resseco e duro da providencial, s. a., seguros & resseguros, agora acaba de encomendar um sumo fresco de laranja natural, torradas e um café a sério com leite. No céu esteja quem vos inventou, murmurou piedosamente para as torradas quando o empregado veio pôr-lhe o prato diante, envolvidas num guardanapo para não arrefecerem, à antiga usança. Pediu um jornal, as notícias da primeira página eram todas internacionais, de interesse local nada, salvo uma declaração do ministro dos negócios estrangeiros comunicando que o governo se preparava para consultar diversos organismos internacionais sobre a anómala situação da antiga capital, principiando pela organização das nações unidas e terminando no tribunal da haia, com passagem pela união europeia, pela organização de cooperação e desenvolvimento económico, pela organização dos países exportadores de petróleo, pelo tratado do atlântico norte, pelo banco mundial, pelo fundo monetário internacional, pela organização mundial do comércio, pela organização mundial da energia atómica, pela organização mundial do trabalho, pela organização meteorológica mundial e por alguns organismos mais, secundários ou ainda em fase de estudo, portanto não mencionados. O albatroz não deve estar nada satisfeito, parece que estão a querer tirar-lhe o chocolate da boca, pensou o comissário. Levantou os olhos do jornal como quem subitamente precisou de ver mais longe e disse consigo mesmo que talvez esta notícia fosse a causa da inesperada e instante exigência da fotografia, Nunca foi pessoa para deixar que lhe passem à frente, alguma jogada estará a preparar, e o mais provável é que seja das sujas ou sujíssimas, murmurou. Depois pensou que tinha todo o dia por sua conta, podia fazer o que muito bem entendesse. Havia marcado serviço, inútil serviço ele iria ser, ao inspetor e ao agente, escondidos a esta hora no vão de uma porta ou atrás de uma árvore, com certeza já estariam de plantão à espera de quem primeiro saísse de casa, sem dúvida o inspetor preferiria que fosse a rapariga dos óculos escuros, quanto ao agente, porque não haveria outra pessoa, teria de se contentar com a ex-mulher do fulano da carta. Ao inspetor, o pior que lhe poderia suceder seria que aparecesse o velho da venda preta, não tanto por aquilo que estão a pensar, seguir uma mulher nova e bonita é evidentemente mais atrativo que ir atrás de um velho, mas porque estes tipos que têm um só olho veem a dobrar, não têm outro que os distraia ou que teime em ver outra coisa, algo parecido com isto já o havíamos dito antes, mas às verdades há que repeti-las muitas vezes para que não venham, pobres delas, a cair no esquecimento. E eu que faço, perguntou-se o comissário. Chamou o empregado, a quem devolveu o jornal, pagou a conta e saiu. Quando se sentava ao volante lançou um olhar ao relógio, Dez e meia, pensou, é boa hora, exatamente a que tinha marcado para o segundo interrogatório. Pensara que a hora era boa, mas o que não saberia era dizer porquê nem para quê. Poderia, se quisesse, voltar à providencial, s. a., descansar até à hora do almoço, talvez mesmo dormir um pouco, compensar o sono perdido durante a maldita noite que tivera de sofrer, o penoso diálogo com o ministro, o pesadelo, os gritos da mulher do médico quando o albatroz lhe furava os olhos, mas a ideia de ir encerrar-se entre aquelas paredes soturnas pareceu-lhe repulsiva, não tinha nada que fazer ali, e ainda menos ocupar-se a passar em revista o depósito de armas e munições, como havia pensado à chegada e era, com firmeza de relatório escrito, sua obrigação de comissário. A manhã ainda conservava algo da luminosidade do amanhecer, o ar estava fresco, o melhor tempo que há para dar um passeio a pé. Saiu do carro e começou a caminhar. Foi até ao fim da rua, virou à esquerda e encontrou-se numa praça, atravessou-a, meteu por outra rua e chegou a outra praça, lembrava-se de ter estado ali há quatro anos, cego no meio de cegos, escutando oradores que também estavam cegos, os últimos ecos que ainda ali havia, se se pudesse ouvi-los, seriam os dos comícios políticos mais recentes que nestes lugares se haviam realizado, o do p.d.d. na primeira praça, o do p.d.m. na segunda, e quanto ao p.d.e., como se esse fosse o seu destino histórico, não tivera mais remédio que contentar-se com um descampado já quase fora de portas. O comissário andou e andou, e de súbito, sem perceber como havia chegado, encontrou-se na rua onde vivem o médico e a mulher, porém o seu pensamento não foi, É a rua em que ele mora. Abrandou o passo, seguiu pelo lado oposto, e estava talvez a uns vinte metros quando a porta do prédio se abriu e a mulher do médico saiu com o cão. Com um movimento instantâneo o comissário virou as costas, aproximou-se de uma montra e ficou a olhar, à espera, se ela viesse para este lado vê-la-ia refletida no vidro. Não veio. Cautelosamente, o comissário olhou na direção contrária, a mulher do médico já lá ia adiante, o cão sem trela caminhava ao seu lado. Então o comissário pensou que a devia seguir, que não lhe cairiam os parentes na lama se fizesse o que a esta hora andam a fazer o agente de segunda classe e o inspetor, que se eles calcorreavam a cidade atrás dos suspeitos, ele tinha a obrigação de fazer o mesmo por muito comissário que fosse, saberá deus aonde irá agora aquela mulher, provavelmente leva o cão para disfarçar, ou então a coleira do animal serve-lhe para transportar mensagens clandestinas, ditosos tempos aqueles em que os cães são-bernardo levavam ao pescoço barrilinhos de brande e com esse pouco quantas vidas que se julgavam perdidas foram salvas nos nevados alpes. A perseguição do suspeito, se assim lhe quisermos continuar a chamar, não foi longe. Num lugar recolhido do bairro, como uma aldeia esquecida no interior da cidade, havia um jardim um tanto abandonado, com grandes árvores de sombra, áleas de saibro e canteiros de flores, bancos rústicos pintados de verde, ao centro um lago onde uma escultura, representando uma figura feminina, inclinava para a água um cântaro vazio. A mulher do médico sentou-se, abriu a bolsa que trazia e tirou de dentro um livro. Enquanto não o abrisse e não começasse a leitura, o cão não se moveria dali. Ela levantou os olhos da página e ordenou, Vai, e ele foi correndo, foi aonde tinha de ir, lá aonde, como noutro tempo eufemisticamente se dizia, ninguém poderia ir por ele. O comissário olhava de longe, recordava a sua pergunta depois do pequeno-almoço, E eu que faço. Durante uns cinco minutos esperou a coberto da vegetação, foi uma sorte o cão não ter vindo para este lado, seria capaz de o reconhecer e fazer-lhe desta vez algo mais que rosnar. A mulher do médico não estava à espera de ninguém, tinha trazido simplesmente o seu cão à rua, como tantas pessoas. O comissário caminhou direito a ela fazendo ranger o saibro e deteve-se a poucos passos. Lentamente, como se lhe custasse separar-se da leitura, a mulher do médico ergueu a cabeça e olhou. No primeiro instante não pareceu tê-lo reconhecido, certamente por não esperar vê-lo ali, depois disse, Temos estado à sua espera, mas como não aparecia e o cão estava impaciente por sair trouxe-o à rua, o meu marido está em casa, poderá atendê-lo enquanto eu não chegar, isto no caso de não ter muita pressa, Não tenho pressa, Então vá andando, que eu já lá vou ter, é só dar tempo ao cão, ele não tem culpa nenhuma de que as pessoas tenham votado em branco, Se não se importa, já que a ocasião ajudou, preferiria conversar consigo aqui, sem testemunhas, E eu, se não estou enganada, creio que este interrogatório, para continuar a chamar-lhe assim, seria igualmente com o meu marido, tal como foi o primeiro, Não se trataria de um interrogatório, o caderno de notas não sairá do meu bolso, também não tenho um gravador escondido, além disso, confesso-lhe que a minha memória já não é o que era, esquece facilmente, sobretudo quando não lhe digo que registe o que ouve, Não sabia que a memória ouve, É o segundo ouvido, o de fora só serve para levar o som para dentro, Então que quer, Já lhe disse, gostaria de falar consigo, Sobre quê, Sobre o que se está a passar nesta cidade, Senhor comissário, estou-lhe muito grata por ter vindo ontem à tarde a minha casa e contar-nos, também aos meus amigos, que há pessoas no governo muito interessadas no fenómeno da mulher do médico que há quatro anos não cegou e agora, pelos vistos, é a organizadora duma conspiração contra o estado, ora, com toda a franqueza, a não ser que tenha alguma coisa mais para dizer-me sobre o assunto, não creio que valha a pena qualquer outra conversa entre nós, O ministro do interior exigiu-me que lhe fizesse chegar a fotografia em que a senhora está com o seu marido e com os seus amigos, esta manhã fui a um posto da fronteira para a entregar, Então sempre tinha alguma coisa para me dizer, em todo o caso era escusado ter-se dado ao trabalho de me seguir, ia diretamente a minha casa, já conhece o caminho, Não a segui, não estive escondido atrás de uma árvore ou a fingir que lia o jornal à espera de que saísse de casa para vir atrás de si, como agora estarão a fazer aos seus amigos o inspetor e o agente que participam comigo na investigação, se mandei que os seguissem foi para mantê-los ocupados, nada mais, Quer dizer que está aqui graças a uma coincidência, Exatamente, passava por acaso na rua e vi-a sair, É difícil acreditar que fosse o simples e puro acaso a trazê-lo à rua onde moro, Chame-lhe o que quiser, De todo o modo tratou-se, se prefere que lhe chame assim, de uma feliz casualidade, se não fosse ela ficaria eu sem saber que a fotografia se encontra nas mãos do seu ministro, Dir-lho-ia noutra ocasião, E para que a quer ele, se não é demasiada curiosidade da minha parte, Não sei, não mo disse, mas tenho a certeza de que não será para nada de bom, Então não vinha fazer-me o segundo interrogatório, perguntou a mulher do médico, Nem hoje, nem amanhã, nem nunca, se depender da minha vontade, já tenho o que precisava de saber desta história, Terá de explicar-se melhor, sente-se, não fique aí especado como aquela senhora do cântaro vazio. O cão apareceu de repente, saiu aos saltos, ladrando de trás de uns arbustos, e correu direito ao comissário, que instintivamente recuou dois passos, Não tenha medo, disse a mulher do médico segurando à passagem o animal pela coleira, ele não lhe vai morder, Como sabe que tenho receio dos cães, Não sou bruxa, observei-o quando esteve em minha casa, Nota-se assim tanto, Nota-se o bastante, tranquilo, a última palavra dirigiu-se ao cão, que deixara de ladrar e agora produzia na garganta um som rouco e contínuo, um rosnido ainda mais inquietante, de órgão mal afinado nas notas graves. É melhor que se sente para ele perceber que o senhor não me quer fazer mal. O comissário sentou-se com todas as cautelas, guardando a distância, Tranquilo é o nome dele, perguntou, Não, chama-se Constante, mas para nós e para os meus amigos é o cão das lágrimas, pusemos-lhe o nome de Constante por ser mais curto, Cão das lágrimas porquê, Porque há quatro anos eu chorava e este animal veio lamber-me a cara, No tempo da cegueira branca, Sim, no tempo da cegueira branca, este que aqui vê é o segundo prodígio daqueles miseráveis dias, primeiro a mulher que não cegou quando parece que tinha obrigação disso, depois o cão compassivo que lhe veio beber as lágrimas, Aconteceu isso realmente, ou estarei a sonhar, Aquilo que sonhamos também acontece realmente, senhor comissário, Oxalá que nem tudo, Tem algum motivo particular para dizer isso,

Não, foi só um falar por falar. O comissário mentia, a frase completa que não permitiu que lhe saísse da boca teria sido outra, Oxalá que o albatroz não venha a furar-te os olhos. O cão tinha-se aproximado quase a tocar com o focinho os joelhos do comissário. Olhava para ele e os seus olhos diziam, Não te faço mal, não tenhas medo, ela também não o teve naquele dia. Então o comissário estendeu a mão devagar e tocou-lhe na cabeça. Apetecia-lhe chorar, deixar que as lágrimas lhe escorregassem pela cara abaixo, talvez o prodígio se repetisse. A mulher do médico guardou o livro na bolsa e disse, Vamos, Aonde, perguntou o comissário, Almoçará connosco se não tem nada mais importante que fazer, Tem a certeza, De quê, De querer sentar-me à sua mesa, Sim, tenho a certeza, E não tem medo de que eu esteja a enganá-la, Com essas lágrimas nos olhos, não.

Quando o comissário chegou à providencial, s. a., eram passadas já as sete horas da tarde, encontrou os subordinados à sua espera. Via-se que não estavam satisfeitos. Que tal lhes correu o dia, que novidades me trazem, perguntou-lhes em tom animado, quase jovial, simulando um interesse que, como sabemos melhor que ninguém, não poderia sentir, Quanto ao dia, muito mal, quanto às novidades, pior ainda, respondeu o inspetor, Mais valia que tivéssemos ficado na cama a dormir, disse o agente, Expliquem-se, Em toda a minha vida não me lembro de alguma vez ter entrado numa investigação a tal ponto absurda e disparatada, principiou o inspetor. Ao comissário não lhe importaria manifestar o seu acordo, Não sabes tu da missa a metade, mas preferiu ficar calado. O inspetor prosseguiu, Eram dez horas quando cheguei à rua da mulher do tipo que escreveu a carta, Perdão, da ex-mulher, apressou-se o agente a corrigir, não é correto dizer ex-mulher neste caso, Porquê, Porque dizer ex-mulher significaria que a mulher tinha deixado de o ser, E não foi isso o que aconteceu precisamente, perguntou o inspetor, Não, a mulher continua a ser mulher, o que deixou de ser foi esposa, Bom, então deveria ter dito que às dez horas cheguei à rua da ex-esposa do tipo da carta, Precisamente, Esposa soa ridículo e pretensioso, quando apresentas a tua mulher a outra pessoa, com certeza não vais dizer aqui está a minha esposa. O comissário cortou a discussão, Guardem isso para outra altura, vamos ao que importa, O que importa, prosseguiu o inspetor, é que estive ali até quase ao meio-dia, e ela sem sair de casa, de certa maneira não estranhei muito, a organização da cidade está transtornada, há empresas que fecharam ou trabalham a meio horário, pessoas que não precisam de se levantar cedo, Quem me dera a mim, disse o agente, Mas finalmente saiu, ou não saiu, perguntou o comissário começando a impacientar-se, Saiu exatamente às doze e quinze minutos, Foi por alguma razão particular que disseste exatamente, Não senhor comissário, olhei o relógio como é natural, e lá estava, doze e quinze. Continua, Sempre com um olho nos táxis que passavam, não se desse o caso de ela entrar num e deixar-me no meio da rua com cara de parvo, segui-a, mas não tardei a perceber que, aonde quer que se dirigisse, iria a pé, E aonde foi, Agora vai-se rir, senhor comissário, Duvido, Caminhou mais de meia hora em passo rápido, nada fácil de acompanhar, como se fosse um exercício, e de repente, sem esperar, achei-me na rua onde moram o velho da venda preta e a tal gaja dos óculos escuros, a prostituta, Não é prostituta, inspetor, Se não é, foi, dá no mesmo, Dá no mesmo na tua cabeça, não na minha, e como é comigo que estás a falar e eu sou teu superior, utiliza as palavras de modo que eu possa entender-te, Nesse caso direi ex-prostituta, Diz mulher do velho da venda preta como há pouco disseste mulher do tipo da carta, como vês, estou a usar a tua argumentação, Sim senhor, Encontraste-te na rua, e depois, que aconteceu depois, Ela entrou no prédio onde vivem os outros, e lá ficou, E tu que fazias, perguntou o comissário ao agente, Estava escondido, quando ela entrou fui ter com o inspetor para combinarmos a estratégia, E então, Resolvemos trabalhar juntos enquanto fosse possível, disse o inspetor, e assentámos em como haveria que proceder se tivéssemos de separar-nos outra vez, E depois, Como eram horas de comer, aproveitámos a pausa, Foram almoçar, Não senhor comissário, ele tinha comprado duas sanduíches e deu-me uma, esse foi o nosso almoço. O comissário sorriu enfim, Mereces uma medalha, disse ao agente, que, posto em confiança, se atreveu a responder, Alguns a terão ganho por menos, senhor comissário, Não podes imaginar quanta razão tens, Então ponha-me a mim na lista. Sorriram os três, mas por pouco tempo, a cara do comissário tinha voltado a anuviar-se, Que aconteceu a seguir, perguntou, Eram duas horas e meia quando saíram todos, deviam ter almoçado juntos lá em casa, disse o inspetor, pusemo-nos logo alerta porque não sabíamos se o velho tinha carro, pelo menos não se serviu dele, talvez esteja a poupar gasolina, fomos atrás deles, se era trabalho fácil para um, imagine-se para dois, E onde acabou isso, Acabou num cinema, foram ao cinema, Verificaram se havia outra porta por onde pudessem ter saído sem que vocês dessem por isso, Havia uma, mas estava fechada, em todo o caso, à cautela disse-lhe a ele que ficasse a vigiar durante meia hora, Por ali não saiu ninguém, afirmou o agente. O comissário sentia-se cansado da comédia, Vamos ao resto, resumam-me o resto, ordenou com uma voz tensa. O inspetor olhou-o com surpresa, O resto, senhor comissário, é nada, saíram juntos quando o filme terminou, tomaram um táxi, nós tomámos outro, demos ao condutor a ordem clássica Polícia, siga aquele carro, era mais um passeio, a mulher do tipo da carta foi a primeira a sair, Onde, Na rua onde mora, já lhe tínhamos dito, senhor comissário, que não trazíamos novidades, depois o táxi foi levar os outros a casa, E vocês, que fizeram, Eu tinha ficado na primeira rua, disse o agente, Eu fiquei na segunda, disse o inspetor, E depois, Depois nada, nenhum deles voltou a sair, ainda estive ali quase uma hora, ao fim tomei um táxi, passei pela outra rua para recolher o colega e regressámos juntos aqui, tínhamos acabado de chegar, Um trabalho inútil, portanto, disse o comissário, Assim parece, disse o inspetor, mas o mais interessante é que esta história até não tinha começado nada mal, o interrogatório ao tipo da carta, por exemplo, valeu a pena, chegou mesmo a ser divertido, o pobre diabo que não sabia onde se havia de meter e acabou com o rabo entre as pernas, mas depois, não sei como, atascámo-nos, quero dizer, atascámo-nos nós, o senhor comissário deve saber alguma coisa mais, visto que pôde interrogar por duas vezes os suspeitos diretos, Quem são os suspeitos diretos, perguntou o comissário, Em primeiro lugar a mulher do médico, e depois o marido, para mim é muito claro, se compartem a cama também deverão compartir a culpa, Que culpa, O senhor comissário sabe-o tão bem como eu, Imaginemos que não sei, explica-mo tu, A culpa da situação em que nos achamos, Que situação, Os votos em branco, a cidade em estado de sítio, a bomba na estação de metro, Acreditas sinceramente no que estás a dizer, perguntou o comissário, Foi para isso que viemos, para investigar e capturar o culpado, Queres dizer, a mulher do médico, Sim senhor comissário, para mim as ordens do ministro do interior a esse respeito foram bastante explícitas, O ministro do interior não disse que a mulher do médico fosse culpada, Senhor comissário, eu não passo de um inspetor de polícia que talvez não chegue nunca a comissário, mas aprendi da experiência deste ofício que as meias palavras existem para dizer o que as inteiras não podem, Apoiarei a tua promoção a comissário quando se abrir a primeira vaga, mas, até lá, exige-me a verdade que te informe de que, para essa mulher do médico, a palavra, não meia, mas inteira, é a de inocência. O inspetor olhou de relance o agente a pedir-lhe auxílio, mas o outro tinha na cara a expressão absorta de quem acaba de ser hipnotizado, o que significava que com ele não se poderia contar. Cautelosamente, o inspetor perguntou, Quer o senhor comissário insinuar que nos iremos daqui de mãos a abanar, Também poderemos ir de mãos nos bolsos, se preferires esta expressão, E que assim nos apresentaremos diante do ministro, Se não há culpado, não o podemos inventar, Gostaria que me dissesse se essa frase é sua, ou se é do ministro, Não creio que seja do ministro, pelo menos não me lembro de lha ouvir alguma vez, Tão-pouco a ouvi eu desde que estou na polícia, senhor comissário, e com isto me calo, não abro mais a boca. O comissário levantou-se, olhou o relógio e disse, Vão jantar a um restaurante, praticamente não almoçaram, devem ter fome, mas não se esqueçam de trazer a fatura para eu visar, E o senhor, perguntou o agente, Eu comi bem, no entanto, se o apetite apertar sempre estarão aí o chá e as bolachas para as primeiras impressões. O inspetor disse, A minha consideração por si, senhor comissário, obriga-me a dizer-lhe que estou muito preocupado com a sua pessoa, Porquê, Nós somos subordinados, não nos pode acontecer nada pior que uma repreensão, mas o senhor comissário é responsável pelo êxito desta diligência e parece estar decidido a declarar que fracassou, Pergunto-te se dizer que um acusado está inocente é fracassar numa diligência, Sim, se a diligência foi desenhada para fazer de um inocente culpado, Ainda há pouco afirmavas a pés juntos que a mulher do médico era culpada, agora estás quase a ponto de jurar sobre os santos evangelhos que ela é inocente, Talvez o jurasse sobre os evangelhos, mas nunca em presença do ministro do interior, Compreendo, tens a tua família, a tua carreira, a tua vida, Assim é, senhor comissário, também lhes poderá acrescentar, se quiser, a minha falta de coragem, Sou humano como tu, não me permitiria ir tão longe, só te aconselho a tomares daqui por diante o nosso agente de segunda classe sob a tua proteção, tenho o pressentimento de que vocês irão precisar muito um do outro. O inspetor e o agente disseram, Então, até já, e o comissário respondeu, Comam bem, não tenham pressa. A porta fechou-se.

O comissário foi beber água à cozinha, depois entrou no quarto. A cama estava por fazer, no chão as peúgas usadas, uma aqui, outra ali, a camisa suja atirada ao acaso sobre uma cadeira, e isto sem ir ver como estará a casa de banho, é uma questão que a providencial, s. a., seguros & resseguros, terá de resolver mais cedo ou mais tarde, se sim ou não é compatível com a natural discrição que envolve o trabalho de um serviço secreto colocar ao dispor dos agentes que aqui vêm instalar-se uma assistente que seja, ao mesmo tempo, ecónoma, cozinheira e criada de quartos. O comissário puxou de repelão o lençol e a colcha, deu dois socos na almofada, enrolou a camisa e as peúgas e meteu-as numa gaveta, o aspeto desolador do quarto melhorou um pouco, mas, evidentemente, qualquer mão feminina teria feito melhor. Olhou o relógio, a hora era boa, o resultado já se iria saber. Sentou-se, acendeu o candeeiro de mesa e marcou o número. Ao quarto toque atenderam, Diga, Fala papagaio-do-mar, Daqui albatroz, diga, Venho dar parte das operações do dia, albatroz, Espero que tenha resultados satisfatórios a comunicar-me, papagaio-do-mar, Depende do que se considere satisfatório, albatroz, Não tenho tempo nem paciência para matizações mais ou menos subtis, papagaio-do-mar, vá direito ao que importa, Permita-me antes que lhe pergunte, albatroz, se a encomenda chegou ao seu destino, Qual encomenda, A encomenda das nove da manhã, posto militar seis-norte, Ah, sim, chegou em perfeito estado, vai ser-me muito útil, a seu tempo saberá quanto, papagaio-do-mar, agora conte-me o que fizeram aí hoje, Não há muito para dizer, albatroz, umas operações de seguimento e um interrogatório, Vamos por partes, papagaio-do-mar, que resultado tiveram esses seguimentos, Praticamente nenhuns, albatroz, Porquê, Aqueles a quem designaríamos como suspeitos de segunda linha tiveram, em todas as ocasiões do seguimento, um comportamento absolutamente normal, albatroz, E o interrogatório dos suspeitos de primeira linha, que, segundo creio recordar, tinha ficado a seu cargo, papagaio-do-mar, Em honra à verdade, Que foi que lhe ouvi, Em honra à verdade, albatroz, E a que propósito vem isso agora, papagaio-do-mar, É uma maneira como qualquer outra de começar a frase, albatroz, Então faça-me o favor de deixar de honrar a verdade e diga-me, simplesmente, se já se encontra em condições de afirmar, sem mais rodeios nem mais circunlóquios, que essa mulher do médico, cujo retrato tenho aqui diante de mim, é culpada, Confessou-se culpada de um assassínio, albatroz, Sabe perfeitamente que, por muitas razões, incluindo a falta do corpo de delito, não é isso o que nos interessa, Sim, albatroz, Então vá diretamente ao assunto e responda-me se pode afirmar que a mulher do médico tem responsabilidade no movimento organizado para o voto em branco, que talvez mesmo seja ela a cabeça de toda a organização, Não, albatroz, não o posso afirmar, Porquê, papagaio-do-mar, Porque nenhum polícia do mundo, e eu considero-me o último de todos eles, albatroz, encontraria o menor indício que lhe permitisse fundamentar uma acusação dessa natureza, Parece ter-se esquecido de que havíamos acordado em que plantaria as provas necessárias, papagaio--do-mar, E que provas poderiam ser essas num caso como este, albatroz, se me é permitida a pergunta, Isso não era nem é da minha conta, isso deixei-o ao seu critério, papagaio-do-mar, quando ainda tinha confiança em que seria capaz de levar a sua missão a bom termo, Chegar à conclusão de que um suspeito está inocente do crime que lhe é imputado parece-me o melhor dos termos para uma missão policial, albatroz, digo-o com todo o respeito, A partir deste momento dou por terminada a comédia dos nomes em cifra, você é um comissário da polícia e eu sou o ministro do interior, Sim senhor ministro, Para ver se nos entendemos de uma vez, vou formular de maneira diferente a pergunta que há pouco lhe fiz, Sim senhor ministro, Está disposto, à margem das suas convicções pessoais, a afirmar que a mulher do médico é culpada, responda sim ou não, Não senhor ministro, Mediu as consequências do que acaba de dizer, Sim senhor ministro, Muito bem, então tome nota das decisões que acabo eu de tomar, Estou a ouvir, senhor ministro, Dirá ao inspetor e ao agente de segunda classe que têm ordem de regressar amanhã de manhã, que às nove horas deverão estar no posto seis-norte da fronteira, onde os esperará a pessoa que os acompanhará aqui, um homem mais ou menos da sua idade com uma gravata azul de pintas brancas, eles que tragam o carro de que se têm servido para as deslocações e que deixa de ser aí necessário, Sim senhor ministro, Quanto a si, Quanto a mim, senhor ministro, Manter-se-á na capital até receber novas ordens, que certamente não tardarão, E a investigação, Você mesmo disse que não há nada que investigar, que a pessoa suspeita está inocente, É essa, de facto, a minha convicção, senhor ministro, Então tem o seu caso resolvido, não se poderá queixar, E que faço eu enquanto aqui estiver, Nada, não faça nada, passeie, distraia-se, vá ao cinema, ao teatro, visite os museus, se gosta, convide a jantar as suas novas amizades, o ministério paga, Não compreendo, senhor ministro, Os cinco dias que lhe dei para a investigação ainda não terminaram, talvez daqui até lá ainda se lhe acenda uma luz diferente na sua cabeça, Não creio, senhor ministro, Mesmo assim, cinco dias são cinco dias, e eu sou um homem de palavra, Sim senhor ministro, Boas noites, durma bem, comissário, Boas noites, senhor ministro.

    O comissário pousou o telefone. Levantou-se da cadeira e foi à casa de banho. Precisava de ver a cara do homem a quem tinham acabado de despedir sumariamente. A palavra não havia sido pronunciada, mas poderia ser destapada, letra por letra, em todas as outras, até naquelas que lhe tinham desejado um bom sono. Não estava surpreendido, conhecia de sobra o seu ministro do interior e sabia que iria pagar por não ter acatado as instruções que dele tinha recebido, as expressas, mas sobretudo as subentendidas, finalmente tão claras como as outras, mas surpreendia-o, isso sim, a serenidade da cara que via ao espelho, uma cara donde as rugas pareciam haver desaparecido, uma cara onde os olhos se haviam tornado límpidos e luminosos, a cara de um homem de cinquenta e sete anos, de profissão comissário de polícia, que acabava de passar pela prova do fogo e dela saíra como de um banho lustral. Era uma boa ideia, tomar um banho. Despiu-se e meteu-se debaixo do duche. Deixou correr a água à vontade, não tinha por que preocupar-se, o ministério pagaria a conta, depois ensaboou-se lentamente, e outra vez a água correu para levar-lhe do corpo o resto da sujidade, então a memória transportou-o às costas quatro anos para trás, quando todos eram cegos e vagueavam imundos e famintos pela cidade, dispostos a tudo por um resto de pão duro coberto de bolor, por qualquer coisa que pudesse ser ingerida, ao menos mastigada, de modo a enganar a fome com os seus pobres sucos, imaginou a mulher do médico a guiar pelas ruas, debaixo da chuva, o seu pequeno rebanho de desgraçados, seis ovelhas perdidas, seis pássaros caídos do ninho, seis gatitos cegos acabados de nascer, talvez em um daqueles dias, numa rua qualquer, tivesse esbarrado com eles, talvez por medo eles o tivessem repelido, talvez por medo os tivesse repelido ele, era o tempo do salve-se quem puder, rouba antes que te roubem a ti, bate antes que te batam a ti, o teu pior inimigo, segundo ensina a lei dos cegos, é sempre aquele de quem mais perto estiveres, Mas não é só quando não temos olhos que não sabemos aonde vamos, pensou. A água quente caía-lhe rumorosa sobre a cabeça e os ombros, escorregava-lhe pelo corpo abaixo e, limpa, desaparecia gorgolejando no escoadouro. Saiu do duche, enxugou-se à toalha de banho marcada com o brasão da polícia, recolheu a roupa que havia deixado pendurada no cabide e passou ao quarto. Vestiu roupa interior limpa, a última que lhe restava, o fato é que teria de ser o mesmo, para uma missão de apenas cinco dias não se contava que fosse preciso mais. Olhou o relógio, eram quase nove horas. Foi à cozinha, aqueceu água para o chá, meteu-lhe dentro o lúgubre saquinho de papel e esperou os minutos que as instruções de uso recomendavam. Os bolos pareciam feitos de granito com açúcar. Trincava-os com força, reduzia-os a pedaços mais cómodos de mastigar, depois lentamente desfazia-os. Bebia o chá a pequenos goles, ele preferia o verde, mas tinha de contentar-se com este, preto e quase sem sabor de tão velho que deveria ser, já eram demasiados os luxos que a providencial, s. a., seguros & resseguros, condescendia em facultar aos seus hóspedes de passagem. As palavras do ministro ressoavam-lhe sarcásticas nos ouvidos, Os cinco dias que lhe dei para a investigação ainda não terminaram, até lá passeie, distraia-se, vá ao cinema, o ministério paga, e perguntava-se que iria suceder depois, mandá-lo-iam regressar à central, alegando incapacidade para o serviço ativo sentá-lo-iam a uma secretária a ordenar papéis, um comissário rebaixado à baixa condição de manga de alpaca, esse iria ser o seu futuro, ou então reformavam-no compulsivamente e esqueciam-se dele para só voltarem a pronunciar o seu nome quando morresse e o riscassem do registo do pessoal. Acabou de comer, atirou o saquinho de papel húmido e frio para o caixote do lixo, lavou a chávena e, com o cutelo da mão, recolheu as migalhas que deixara cair na mesa. Fazia-o concentradamente para manter os pensamentos à distância, para só os deixar entrar um a um, depois de lhes ter perguntado o que traziam lá dentro, é que com os pensamentos todo o cuidado é pouco, alguns apresentam-se-nos com um arzinho de ingenuidade hipócrita e logo, mas demasiado tarde, manifestam o quão malvados que são. Olhou outra vez o relógio, dez menos um quarto, como o tempo passa. Foi da cozinha à sala, sentou-se num sofá e esperou. Acordou com o ruído da fechadura. O inspetor e o agente entraram, via-se que ambos vinham bem comidos e bem bebidos, porém, sem qualquer recriminável exagero. Deram as boas-noites, depois o inspetor, em nome dos dois, desculpou-se por terem chegado um pouco tarde. O comissário olhou o relógio, passava das onze, Tarde, não é, disse, o que acontece é que vão ter de levantar-se mais cedo do que provavelmente pensavam, Temos outro serviço, perguntou o inspetor, pondo um embrulho em cima da mesa, Se assim se lhe pode chamar. O comissário fez uma pausa, tornou a olhar o relógio e prosseguiu, Às nove da manhã terão de estar no posto militar seis-norte com todos os vossos pertences, Para quê, perguntou o agente, Foram desligados da missão de investigação que os trouxe aqui, Foi uma decisão sua, senhor comissário, perguntou o inspetor com expressão séria, Foi uma decisão do ministro, Porquê, Não mo disse, mas não se preocupem, estou convencido de que nada tem contra vocês, vai fazer-vos uma quantidade de perguntas, vocês saberão como responder, Quer isso dizer que o senhor comissário não vem connosco, perguntou o agente, Sim, eu fico, Vai continuar a investigação sozinho, A investigação está encerrada, Sem resultados concretos, Nem concretos nem abstratos, Então não percebo por que não nos acompanha, disse o inspetor, Ordem do ministro, permanecerei aqui até terminar o prazo de cinco dias que ele tinha dado, portanto até quinta-feira, E depois, Talvez ele vo-lo diga quando vos interrogar, Interrogar sobre quê, Sobre como a investigação correu, sobre como eu a conduzi, Mas se o senhor comissário acaba de nos dizer que a investigação foi encerrada, Sim, mas também é possível que se queira continuá-la por outros caminhos, de todo o modo não comigo, Não percebo nada, disse o agente. O comissário levantou-se, entrou no escritório e voltou com um mapa que estendeu em cima da mesa, para o que teve de afastar o embrulho um pouco para o lado. O posto seis-norte é aqui, disse pondo-lhe um dedo em cima, não se enganem, à vossa espera estará um homem que o ministro diz que tem mais ou menos a minha idade, mas que é bastante mais novo, identificá-lo-ão pela gravata que traz, azul e com pintas brancas, quando ontem me encontrei com ele tivemos de trocar um santo e senha, desta vez suponho que não será necessário, pelo menos o ministro nada me disse a esse respeito, Não compreendo, disse o inspector, É bastante claro, ajudou o agente, vamos ao posto seis-norte, O que não compreendo não é isso, o que não compreendo é porque nos vamos nós e o comissário fica, O ministro terá as suas razões, Os ministros têm-nas sempre, E nunca as comunicam. O comissário interveio, Não se cansem a discutir, a melhor atitude ainda será a de não pedir explicações e logo duvidar delas no improvável caso de que as tenham dado, quase sempre são mentirosas. Dobrou o mapa com todo o cuidado e, como se acabasse de lhe ocorrer, disse, Levam o carro, Também não fica com carro, perguntou o inspector, Não faltam na cidade autocarros e táxis, além disso, andar a pé faz bem à saúde, Cada vez percebo menos, Não há nada que perceber, meu caro, recebi ordens e cumpro-as, e vocês limitem-se a fazer o mesmo, quaisquer análises e considerações não alteram um milímetro a esta realidade. O inspetor empurrou o embrulho para a frente, Tínhamos trazido isto, disse, Que há aí dentro, O que nos puseram cá para o pequeno-almoço é quase tudo tão mau que resolvemos comprar uns bolos diferentes, frescos, um pouco de queijo, manteiga de qualidade, fiambre e pão de forma, Ou o levam, ou o deixam, disse o comissário sorrindo, Amanhã, se estiver de acordo, tomaremos o pequeno-almoço juntos e o que sobejar fica, sorriu também o inspetor. Tinham sorrido todos, o agente fazendo companhia aos outros, e agora estavam sérios os três e não sabiam que dizer. Por fim o comissário despediu-se, Vou-me deitar, dormi mal a noite passada, o dia foi agitado, começou com aquilo do posto seis-norte, Aquilo quê, senhor comissário, perguntou o inspetor, não sabemos o que foi fazer ao posto seis-norte, Sim, não vos informei, não tive ocasião, por ordem do ministro fui entregar a fotografia do grupo ao homem da gravata azul com pintas brancas, aquele mesmo que vocês irão encontrar amanhã, E para que quereria o ministro essa fotografia, Nas próprias palavras dele, a seu tempo o saberemos, Não me cheira a boa coisa. O comissário acenou a cabeça, como quem concorda, e continuou, Depois quis a casualidade que encontrasse na rua a mulher do médico, almocei em casa deles e para rematar tive esta conversa com o ministro, Apesar de toda a estima que temos por si, disse o inspetor, há uma coisa que jamais lhe perdoaremos, estou a falar em nome de nós dois porque já tínhamos conversado sobre o assunto, De que se trata, Nunca quis que fôssemos a casa dessa mulher,

Tu chegaste a entrar na casa dela, Sim, para ser imediatamente posto fora, É certo, reconheceu o comissário, Porquê, Porque tinha medo, Medo de quê, nós não somos nenhumas feras, Medo de que a obsessão de descobrir um culpado a todo o custo vos impedisse de ver realmente quem tinham na vossa frente, Tão pouca confiança lhe merecíamos, senhor comissário, Não se tratava de uma questão de confiança, de a ter ou não a ter, era antes como se tivesse encontrado um tesouro e o quisesse guardar só para mim, não, que ideia, não se tratava de uma questão de sentimentos, não era isso que provavelmente estarão a pensar, o que sucedeu foi que temi pela segurança daquela mulher, pensei que quanto menos pessoas a interrogassem, mais segura poderia estar, Em palavras mais simples e dando menos voltas à língua, com perdão do atrevimento, disse o agente, não teve confiança em nós, Sim, é verdade, confesso-o, não tive confiança, Não precisará de pedir que o desculpemos, disse o inspetor, já estava desculpado de antemão, sobretudo porque é possível que tivesse razão nos seus temores, possivelmente teríamos estragado tudo, teríamos avançado como um par de elefantes por uma loja de louça dentro. O comissário abriu o embrulho, tirou duas fatias de pão de forma, meteu-lhes dentro duas fatias de fiambre e sorriu a justificar-se, Confesso que tenho fome, só tomei um chá e quase parti os dentes naqueles malditos bolos. O agente foi à cozinha e trouxe uma lata de cerveja e um copo, Aqui tem, senhor comissário, assim o pão escorregará melhor. O comissário sentou-se a mastigar deliciado a sanduíche de fiambre, bebeu a cerveja como se estivesse a lavar a alma, e quando terminou disse, Agora sim, vou-me deitar, durmam vocês bem, obrigado pela ceia. Encaminhou-se para a porta que dava para o quarto, aí parou e voltou-se, Vou sentir a vossa falta, disse. Fez uma pausa e acrescentou, Não se esqueçam do que vos tinha dito quando foram jantar, A que se refere, senhor comissário, perguntou o inspetor, Que tenho o pressentimento de que vão precisar muito um do outro, não se deixem enganar com falinhas mansas nem com promessas de avanço rápido na carreira, o responsável do resultado a que esta investigação chegou sou eu e ninguém mais, não estarão a trair-me enquanto disserem a verdade, mas neguem-se a aceitar mentiras em nome de uma verdade que não seja a vossa, Sim senhor comissário, prometeu o inspetor, Ajudem-se, disse o comissário, e depois, É tudo quanto vos desejo, tudo quanto vos peço.

O comissário não quis aproveitar-se da pródiga munificência do ministro do interior. Não foi procurar distração a teatros e cinemas, não visitou museus, quando saía da providencial, s. a., seguros & resseguros, era só para almoçar e jantar, e, depois de ter pago a despesa no restaurante, deixava sempre as faturas em cima da mesa com a gorjeta. Não voltou a casa do médico nem tinha motivo para voltar ao jardim onde havia feito as pazes com o cão das lágrimas, Constante de seu onomástico oficial, e onde, de olhos nos olhos, espírito com espírito, tinha conversado com a sua dona sobre culpa e inocência. Também não foi espreitar o que andariam a fazer a rapariga dos óculos escuros e o velho da venda preta, ou a divorciada do que fora o primeiro cego. Quanto a este, autor da nojenta carta de denúncia e fautor de desgraças, não tinha dúvidas, passaria para o outro lado da rua se o encontrasse no caminho. Todo o resto do tempo, horas e horas seguidas, manhã e tarde, passava-o sentado ao lado do telefone, esperando, e, mesmo quando dormia, o ouvido velava. Tinha a certeza de que o ministro do interior acabaria por telefonar, ou então não se compreenderia por que havia ele querido esgotar, até aos últimos minutos, ou, com mais propriedade significativa, até às últimas fezes, os cinco dias do prazo que tinha marcado para a investigação. O mais natural seria que lhe desse ordem de regressar ao serviço para logo ajustar as contas em aberto, fosse reforma compulsiva ou fosse demissão, mas a experiência já lhe mostrara que o natural era simples de mais para a mente sinuosa do ministro do interior. Lembrava as palavras do inspetor, correntias, mas expressivas, Não me cheira a boa coisa, tinha ele dito quando lhe falou da fotografia que havia entregado ao homem da gravata azul com pintas brancas no posto militar seis-norte, e pensava que o essencial da questão deveria encontrar-se realmente ali, na fotografia, embora não fosse capaz de imaginar de que maneira nem para quê. Nesta espera lenta que tinha os seus limites à vista, que não seria, como é hábito dizer-se quando se quer enriquecer a comunicação, interminável, e com estes pensamentos, que muitas vezes não foram mais que uma continuada e irreprimível sonolência de que a consciência meio vigilante o arrancava de vez em quando em sobressalto, se passariam os três dias que faltavam para completar o prazo, terça-feira, quarta-feira, quinta-feira, três folhas de calendário que custavam a soltar-se da costura da meia-noite e que depois ficavam como que pegadas aos dedos, transformadas numa massa glutinosa e informe de tempo, numa parede mole que lhe resistia, mas ao mesmo tempo o sugava para o seu interior. Foi finalmente na quarta-feira, eram já onze horas e trinta minutos da noite, que o ministro telefonou. Não cumprimentou, não deu as boas-noites, não perguntou ao comissário como se encontrava de saúde e como se tinha dado com a solidão, não disse se já havia interrogado o inspetor e o agente, juntos ou separados, em conversa amena ou com severas ameaças, somente atirou como de passagem, como se não viesse a propósito, Imagino que lhe interessará ler os jornais de amanhã, Leio-os todos os dias, senhor ministro, Felicito-o, é um homem informado, mesmo assim recomendo-lhe vivamente que não deixe de ler estes de amanhã, vai apreciar, Assim farei, senhor ministro, E veja também o noticiário da televisão, não o perca por nada deste mundo, Não temos televisão na providencial, s. a., senhor ministro, É pena, no entanto parece-me bem, é melhor assim, para que não se lhes distraia o cérebro dos árduos problemas da investigação de que são encarregados, em todo o caso poderia ir visitar um qualquer desses seus recentes amigos, proponha-lhes que reúnam todo o grupo e desfrutem do espetáculo. O comissário não respondeu. Poderia ter perguntado qual passaria a ser a sua situação disciplinar a partir do dia seguinte, mas preferiu calar-se, se estava claro que a sua sorte se encontrava nas mãos do ministro, então que fosse ele a pronunciar a sentença, além disso tinha a certeza de que receberia uma frase seca como resposta, do tipo Não tenha pressa, amanhã o saberá. De súbito o comissário teve consciência de que o silêncio já durava mais do que aquilo que se poderia considerar como natural num diálogo ao telefone, maneira de comunicar em que as pausas ou descansos entre as frases são, em geral, breves ou brevíssimas. Não reagira à mal-intencionada sugestão do ministro do interior e isso não parecia que a ele lhe tivesse importado, mantinha-se silencioso como se estivesse a dar tempo ao interlocutor para pensar na resposta. O comissário pronunciou cautelosamente, Senhor ministro. Os impulsos elétricos levaram as duas palavras ao longo da linha, mas do outro extremo não veio sinal de vida. O albatroz tinha desligado. O comissário pousou o telefone no descanso e saiu do quarto. Foi à cozinha, bebeu um copo de água, não era a primeira vez que se apercebia de que falar com o ministro do interior lhe causava uma sede quase aflitiva, era como se durante todo o tempo da conversa tivesse estado a queimar-se por dentro e agora acudisse a apagar o seu próprio incêndio. Foi sentar-se no sofá da sala, mas não ficou ali muito tempo, o estado de meia letargia em que vivera estes três dias havia desaparecido, como que se desvanecera à primeira palavra do ministro, agora as coisas, essa vagueza a que costumamos dar o nome genérico e preguiçoso de coisas quando levaria demasiado tempo e ocuparia demasiado espaço a explicá-la ou simplesmente a defini-la, tinham começado a precipitar-se e não se deteriam mais até final, que final, e quando, e como, e onde. De algo tinha a certeza, não era necessário que se chamasse maigret, poirot ou sherlock holmes para saber o que os jornais publicariam no dia seguinte. A espera tinha acabado, o ministro do interior já não voltaria a telefonar, alguma ordem que ainda tivesse para dar chegaria por intermédio de um secretário ou diretamente do comando da polícia, cinco dias e cinco noites, não mais, tinham bastado para passar de comissário encarregado de uma difícil investigação a fantoche a que se havia partido a corda e atiravam ao lixo. Foi então que pensou que tinha ainda uma obrigação a cumprir. Procurou um nome na lista telefónica, conferiu a morada mentalmente e marcou o número. Respondeu-lhe a mulher do médico, Diga, Boas noites, sou eu, o comissário, desculpe estar a telefonar-lhe a esta hora da noite, Não tem importância, nunca vamos para a cama cedo, Recorda-se de que lhe disse, quando conversávamos no jardim, que o ministro do interior me havia exigido a fotografia do vosso grupo, Recordo, Pois tenho todas as razões para pensar que essa fotografia será publicada amanhã nos jornais e apresentada na televisão, Não lhe pergunto porquê, mas recordo-me de me ter dito que não seria para nada de bom que o ministro a tinha pedido, Sim, em todo o caso não esperava que a utilizasse desta maneira, Que pretende ele, Amanhã veremos o que os jornais fazem além de exibir a fotografia, mas imagino que a vão estigmatizar perante a opinião pública, De não haver cegado há quatro anos, Bem sabe que para o ministro é altamente suspeito que a senhora não tenha cegado quando toda a gente estava a perder a visão, agora esse facto tornou-se motivo mais que suficiente, desse ponto de vista, para a considerar responsável, no todo ou em parte, do que está a suceder, Refere-se ao voto em branco, Sim, ao voto em branco, É absurdo, é completamente absurdo, Aprendi neste ofício que os que mandam não só não se detêm diante do que nós chamamos absurdos, como se servem deles para entorpecer as consciências e aniquilar a razão, Que lhe parece que devamos fazer, Escondam-se, desapareçam, mas não o façam em casa dos vossos amigos, aí não estaríeis em segurança, não tardará muito que os ponham a eles sob vigilância, se não o estão já, Tem razão, mas, fosse como fosse, nunca nos permitiríamos pôr em risco a segurança de alguém que tivesse decidido acolher-nos, agora mesmo, por exemplo, estou a pensar se não terá feito mal em telefonar-nos, Não se preocupe, a linha é segura, no país não existem muitas tão seguras como esta, Senhor comissário, Diga, Há uma pergunta que gostaria de lhe fazer, mas não sei se me atreva, Pergunte, não duvide, Por que está a fazer isto por nós, por que nos ajuda, Simplesmente por causa de uma pequena frase que encontrei num livro, há muitos anos, e de que me tinha esquecido, mas que me regressou à memória num destes dias, Que frase, Nascemos, e nesse momento é como se tivéssemos firmado um pacto para toda a vida, mas o dia pode chegar em que nos perguntemos Quem assinou isto por mim, Realmente, são umas belas palavras, daquelas que fazem pensar, como se chama o livro, Tenho vergonha de confessar que sou incapaz de me recordar, Deixe lá, ainda que dele não possa recordar nada mais, nem mesmo o título, Nem sequer o nome do autor, Essas palavras, que, provavelmente, tal como se apresentam, ninguém as haveria dito antes, essas palavras tiveram a sorte de não se perderem umas das outras, tiveram quem as juntasse, quem sabe se o mundo não seria um pouco mais decente se soubéssemos como reunir umas quantas palavras que andam por aí soltas, Duvido que alguma vez as pobres desprezadas venham a encontrar-se, Também eu, mas sonhar é barato, não custa dinheiro, Vamos a ver o que esses jornais dirão amanhã, Vamos a ver, estou preparada para o pior, Seja o que for que vá resultar disto no imediato, pense no que lhe disse, escondam-se, desapareçam, Falarei com o meu marido, Oxalá ele a consiga convencer, Boas noites, e obrigada por tudo, Não há nada para agradecer, Tenha cuidado. Depois de desligar o telefone, o comissário perguntou-se se não teria sido uma estupidez afirmar, como se fosse coisa sua, que a linha era segura, que em todo o país não existiam muitas tão seguras como esta. Encolheu os ombros, murmurou, Que importa, nada é seguro, ninguém está seguro.

 Não dormiu bem, sonhou com uma nuvem de palavras que fugiam e se dispersavam enquanto ele as ia perseguindo com uma rede de caçar borboletas e lhes rogava Detenham-se, por favor, não se mexam, esperem aí por mim. Então, de repente, as palavras pararam e juntaram-se, amontoaram-se umas sobre as outras como um enxame de abelhas à espera de uma colmeia onde se deixassem cair, e ele, com uma exclamação de alegria, lançou a rede. Tinha apanhado um jornal. Fora um sonho mau, mas pior seria se o albatroz tivesse voltado para picar os olhos à mulher do médico. Despertou cedo. Arranjou-se sumariamente e desceu. Já não passava pela garagem, pela porta dos cavaleiros, agora saía pelo portal comum, a que se poderia chamar da peonagem, saudava o porteiro com um aceno de cabeça quando o via metido no seu nicho, dizia uma palavra se o encontrava fora, mais não era preciso, de alguma maneira estava ali de empréstimo, ele, não o porteiro. Os candeeiros das ruas ainda estavam acesos, as lojas ainda tardariam mais de duas horas a abrir. Procurou e encontrou um quiosque de venda de jornais, dos maiores, dos que receberiam os jornais todos, e ali se deixou ficar à espera. Felizmente não chovia. Os candeeiros apagaram-se deixando a cidade imersa por uns momentos numa derradeira e breve obscuridade, logo dissipada quando os olhos se acomodaram à mudança e a azulada claridade da primeira manhã baixou às ruas. O camião da distribuição chegou, descarregou os pacotes e continuou a sua rota. O empregado do quiosque começou a abri-los e a arrumar os jornais segundo a quantidade de exemplares recebidos, da esquerda para a direita, do maior para o menor. O comissário aproximou-se, deu os bons dias, disse, Dê-me todos. Enquanto o empregado lhos enfiava dentro de um saco de plástico, olhou a fila, com exceção dos dois últimos todos traziam a fotografia na primeira página por baixo de enormes parangonas. A manhã começava bem para o quiosque, um cliente curioso e de posses, e o resto do dia, adiantamos já, não irá ser diferente, todos os jornais se vão vender, com exceção daqueles dois montinhos da direita, donde não serão comprados mais que os do costume. O comissário já não estava ali, tinha corrido a apanhar um táxi que aparecera na esquina próxima, e agora, nervosamente, depois de dar a direção da providencial, s. a. e pedir desculpa pela curteza do trajeto, tirava os jornais do saco, desdobrava-os. Além da fotografia do grupo, com uma seta assinalando a mulher do médico, havia ao lado, metida num círculo, uma ampliação da cara. E os títulos eram, a negro e a vermelho, Descoberto Finalmente O Rosto Da Conspiração, Esta Mulher Não Cegou Há Quatro Anos, Resolvido O Enigma Do Voto Em Branco, A Investigação Policial Dá Os Primeiros Frutos. A ainda escassa luz e a trepidação do carro sobre o empedrado da calçada não permitiam a leitura da letra pequena. Em menos de cinco minutos o táxi parava à porta do edifício. O comissário pagou, deixou o troco na mão do motorista e entrou rapidamente. Como um sopro, passou pelo porteiro sem lhe dirigir a palavra, meteu-se no elevador, o nervosismo quase o fazia bater os pés de impaciência, vamos, vamos, mas a maquinaria, que levava toda a vida a subir e a descer gente, a ouvir conversas, monólogos inacabados, fragmentos de canções mal trauteadas, algum incontido suspiro, algum perturbado murmúrio, fazia de conta que nada disso era com ela, tanto tempo para cima, tanto tempo para baixo, como o destino, se tem muita pressa vá pela escada. O comissário meteu enfim a chave à porta da providencial, s. a., seguros & resseguros, acendeu a luz e precipitou-se para a mesa onde tinha estendido o mapa da cidade e onde tomara o último pequeno-almoço com os seus ajudantes ausentes. Tremiam-lhe as mãos. Forçando-se a ir devagar, a não saltar linhas, palavra a palavra, leu uma após outra as notícias dos quatro jornais que publicavam a fotografia. Com pequenas mudanças de estilo, com ligeiras diferenças de vocabulário, a informação era igual em todos e sobre ela poderia calcular-se uma espécie de média aritmética muito provavelmente ajustada à fonte original, elaborada pelos assessores de escrita do ministério do interior. A prosa primeva rezaria mais ou menos assim, Quando pensávamos que o governo havia deixado entregue à ação do tempo, a esse tempo que tudo desgasta e tudo reduz, o trabalho de circunscrever e secar o tumor maligno inopinadamente nascido na capital do país sob a abstrusa e aberrante forma de uma votação em branco que, como é do conhecimento dos nossos leitores, excedeu largamente a de todos os partidos políticos democráticos juntos, eis que chega à nossa redação a mais inesperada e grata das notícias. O génio investigador e a persistência do instituto policial, substanciados nas pessoas de um comissário, de um inspetor e de um agente de segunda classe cujos nomes, por razões de segurança, não estamos autorizados a revelar, lograram trazer à luz o que é, com altíssima probabilidade, a cabeça da ténia cujos anéis têm mantido paralisada, e atrofiando-a perigosamente, a consciência cívica da maioria dos habitantes desta cidade em idade de votar. Uma certa mulher, casada com um médico oftalmologista e que, assombro dos assombros, foi, segundo testemunhos dignos de suficiente crédito, a única pessoa que há quatro anos escapou à terrível epidemia que fez da nossa pátria um país de cegos, essa mulher é considerada pela polícia como a provável culpada da nova cegueira, felizmente limitada por esta vez ao âmbito da ex-capital, que veio introduzir na vida política e no nosso sistema democrático o mais perigoso germe da perversão e da corrupção. Só um cérebro diabólico, como no passado o foram os dos maiores criminosos da história da humanidade, poderia ter concebido o que, segundo fonte fidedigna, mereceu a sua excelência o senhor presidente da república o expressivo qualificativo de torpedo disparado abaixo da linha de flutuação contra a majestosa nave da democracia. Assim é. Se vier a provar-se, sem o mais ligeiro resquício de dúvida, como tudo indica, que a tal mulher do médico é culpada, então os cidadãos respeitadores da ordem e do direito exigirão que o máximo rigor da justiça caia sobre a sua cabeça. E veja-se como são as coisas. Esta mulher, que, vista a singularidade do seu caso de há quatro anos, poderia constituir um importantíssimo elemento de estudo para a nossa comunidade científica, e que, como tal, seria merecedora de um lugar de relevo no historial clínico da especialidade de oftalmologia, será agora apontada à execração pública como inimiga da sua pátria e do seu povo. É motivo para dizer que mais lhe valeria ter cegado.

A última frase, claramente ameaçadora, soava já como uma condenação, o mesmo que se estivesse escrito Mais valia não teres nascido. O primeiro impulso do comissário foi telefonar à mulher do médico, perguntar-lhe se já havia lido os jornais, confortá-la no pouco que fosse possível, mas deteve-o a ideia de que as probabilidades de que o telefone dela estivesse sob escuta tinham passado a ser, da noite para a manhã, de cem em cem. Quanto aos telefones da providencial, s. a., o vermelho ou o cinzento, desses nem valia a pena falar, estão diretamente ligados à rede particular do estado. Folheou os outros dois jornais, não publicavam uma única palavra sobre o assunto. Que devo fazer agora, perguntou em voz alta. Voltou à notícia, releu-a, achara estranho que nela não se identificassem as pessoas que apareciam na imagem, especialmente a mulher do médico e o marido. Foi então que reparou na legenda da fotografia, redigida nestes termos, A suspeita está assinalada por uma seta. Ao que parece, embora não exista ainda confirmação total deste dado, a mulher do médico tomou o grupo sob a sua proteção durante a epidemia de cegueira. Segundo fontes oficiais, a identificação completa destas pessoas encontra-se em fase adiantada e deverá ser tornada pública amanhã. O comissário murmurou, Se calhar andam a querer saber onde mora o rapaz, como se isso lhes servisse de alguma coisa. Depois, refletindo, À primeira vista a publicação da fotografia, sem vir acompanhada doutras medidas, parece não ter qualquer sentido, uma vez que todos eles, como eu próprio aconselhei, poderão aproveitar para desaparecerem da paisagem, mas o ministro adora o espetáculo, uma caça ao homem bem sucedida dar-lhe-ia maior peso político, mais influência no governo e no partido, e quanto às outras medidas, o mais provável é que as casas destas pessoas já estejam a ser vigiadas durante as vinte e quatro horas do dia, o ministério teve suficiente tempo para infiltrar agentes na cidade e montar o respetivo esquema. Nada disto, porém, por muito certo que estivesse, lhe dava resposta à pergunta Que devo fazer agora. Podia telefonar para o ministério do interior usando o pretexto de querer saber, uma vez que já estamos em quinta-feira, que decisão havia sido tomada sobre a sua situação disciplinar, mas seria inútil, tinha a certeza de que o ministro não o atenderia, um secretário qualquer viria dizer-lhe que se pusesse em contacto com o comando da polícia, os tempos do palreio entre o albatroz e o papagaio-do-mar terminaram, senhor comissário. Que faço então, tornou a perguntar, deixar-me ficar aqui a apodrecer até que alguém se lembre de mim e mande retirar o cadáver, tentar sair da cidade quando é mais do que provável que tenham sido dadas rigorosas ordens a todos os postos da fronteira para que não me deixem passar, que faço. Olhou novamente a fotografia, o médico e a mulher ao centro, a rapariga dos óculos escuros e o velho da venda preta à esquerda, o tipo da carta e a mulher à direita, o rapazinho estrábico ajoelhado como um jogador de futebol, o cão sentado aos pés da dona. Releu a legenda, A identificação completa deverá ser tornada pública amanhã, deverá ser tornada pública, amanhã, amanhã, amanhã. Nesse momento uma súbita determinação veio e se apoderou dele, mas já no momento seguinte a cautela lhe protestava que seria uma rematada loucura, Prudente, dizia, é não despertar o dragão que dorme, estúpido é aproximar-se dele quando está acordado. O comissário levantou-se da cadeira, deu duas voltas à sala, tornou à mesa onde estavam os jornais, olhou outra vez a cabeça da mulher do médico metida numa circunferência branca que já era como um laço de forca, a esta hora metade da cidade está a ler os jornais e a outra metade sentou-se diante da televisão para ouvir o que vai dizer o locutor do primeiro noticiário ou escuta a voz da rádio avisando que o nome da mulher será tornado público amanhã, e não só o nome, também a morada, para que toda a população fique a saber onde tinha ido a maldade fazer o ninho. Então o comissário foi buscar a máquina de escrever e trouxe-a para esta mesa. Dobrou os jornais, arredou-os para um lado e sentou-se a trabalhar. O papel de que se servia tinha o timbre da providencial, s. a., seguros & resseguros, e poderia, não já amanhã, mas seguramente depois de amanhã, vir a ser apresentado pela acusação do estado como prova da sua segunda culpabilidade, isto é, utilizar material de escrita da administração pública para seu próprio uso, com as circunstâncias agravantes da natureza reservada desse material e das características conspirativas dessa utilização. O que o comissário estava a escrever ali era nada mais nada menos que um relato pormenorizado dos acontecimentos dos últimos cinco dias, desde a madrugada de sábado, quando com os seus dois auxiliares tinha atravessado clandestinamente o bloqueio da capital, até ao dia de hoje, até este momento em que lhe escrevo. Como é óbvio, a providencial, s. a. dispõe de uma fotocopiadora, mas ao comissário não lhe parece da melhor educação ir entregar a carta original a uma pessoa, e a uma segunda pessoa uma simples e desqualificada cópia, por muito que as mais modernas técnicas de reprografia nos assegurem de que nem os olhos de um falcão seriam capazes de perceber a diferença entre uma e outra. O comissário pertence à segunda geração mais velha das que ainda comem pão neste mundo, conserva por isso um resto de respeito pelas formas, o que significa que, terminada a primeira carta, começou, atentamente, a copiá-la para uma nova folha de papel. Cópia irá ser, sem nenhuma dúvida, mas não da mesma maneira. Terminado o trabalho, dobrou e introduziu cada carta em seu sobrescrito igualmente timbrado, fechou-os e escreveu os endereços respetivos. É certo que a entrega será feita em mão própria, mas os destinatários compreenderão, nada mais que pela discreta elegância do gesto, que as cartas que lhes estão chegando da firma providencial, s. a., seguros & resseguros, tratam de assuntos importantes e merecedores de toda a atenção informativa.

Agora o comissário vai sair outra vez. Guardou as duas cartas num dos bolsos interiores do casaco, vestiu a gabardina, embora a meteorologia esteja do mais ameno que se poderia desejar nesta altura do ano, conforme aliás pôde comprovar de visu abrindo a janela e olhando as esparsas e lentas nuvens brancas que passavam lá em cima. É possível que outra forte razão também tivesse pesado, na verdade a gabardina, sobretudo na modalidade trincheira, com cinto, é uma espécie de sinal distintivo dos detetives da era clássica, pelo menos desde que raymond chandler criou a figura de marlowe, a tal ponto que ver passar um sujeito com um chapéu de aba derrubada na cabeça e a gola da gabardina levantada, e imediatamente proclamar que ali vai humphrey bogart dardejando obliquamente o seu olhar penetrante entre a fímbria da gola e a fímbria do chapéu, é ciência ao alcance fácil de qualquer leitor de livros de polícias e ladrões apartado morte. Este comissário não usa chapéu, vai de cabeça descoberta, assim o tem determinado a moda de uma modernidade que aborreceu o pitoresco e, como se costuma dizer, dispara a matar antes de perguntar se ainda está vivo. Já desceu no elevador, já passou pelo porteiro que lhe fez um aceno de dentro do nicho, e agora está na rua para cumprir os três objetivos da manhã, a saber, tomar o seu atrasado pequeno-almoço, passar pela rua onde vive a mulher do médico e levar as cartas aos seus destinos. O primeiro resolve-o nesta cafetaria, um copo de café com leite, umas torradas com manteiga, não tão macias e untuosas como as do outro dia, mas não nos admiremos, a vida é assim mesmo, umas coisas que se ganham, outras que se perdem, e para esta das torradas com manteiga já são pouquíssimos os cultores, tanto no que toca ao preparar como ao consumir. Perdoadas sejam estas banalíssimas considerações gastronómicas a um homem que leva no bolso uma bomba. Já comeu, já pagou, agora caminha em passo largo em direção ao segundo objetivo. Demorou quase vinte minutos a lá chegar. Atrasou o andamento quando entrou na rua, tomou o ar de quem vai de passeio, sabe que se há polícias de vigia o mais provável é que o reconheçam, mas isso não lhe importa. Se algum destes o vir e informar do que viu o seu chefe direto, e se este passar a informação ao superior imediato, e este ao diretor da polícia, e este ao ministro do interior, é certo e sabido que o albatroz grasnará com o seu mais cortante tom de voz, Não vale a pena que me venham contar aquilo que já sei, digam-me o que preciso de saber, isto é, que é que esse comissário de má morte anda a tramar. A rua está mais concorrida que de costume. Há pequenos grupos em frente do prédio onde a mulher do médico mora, são pessoas que vivem neste bairro e que, movidas por uma bisbilhotice em certos casos inocente, mas de mau agoiro em outros, vieram, de jornal na mão, ao lugar onde habita a acusada, a quem mais ou menos conhecem de vista ou de ocasional trato, dando-se a inevitável coincidência de que dos olhos de algumas delas tem cuidado o saber do marido oftalmologista. O comissário já viu onde estão os vigias, um deles tinha-se juntado a um dos grupos mais numerosos, o outro, encostado com simulada indolência a uma parede, lê uma revista de desportos como se para ele não existisse, no mundo das letras, nada que pudesse ter maior importância. Que esteja a ler uma revista e não um jornal, tem fácil explicação, uma revista, sendo proteção suficiente, rouba muito menos espaço ao campo visual de um vigilante e mete-se rapidamente no bolso se de repente for necessário ir atrás de alguém. Os polícias sabem estas coisas, ensinam-lhas desde o jardim de infância. Ora, acontece que estes aqui não estão ao corrente das tormentosas relações entre o comissário que ali vem e o ministério de que dependem, por isso pensam que ele também faz parte da operação e veio verificar se tudo se encontra em conformidade com os planos. Não é de estranhar. Embora em certos níveis da corporação já se tenha começado a murmurar que o ministro não está satisfeito com o trabalho do comissário, e a prova disso está em ter mandado regressar os ajudantes, deixando-o a ele em pousio, outros dizem stand by, a murmuração ainda não chegou às camadas mais inferiores a que estes agentes pertencem. Há que esclarecer, no entanto, e antes que esqueça, que os ditos murmuradores não têm qualquer ideia precisa sobre o que o comissário veio fazer à capital, o que serve para demonstrar que o inspetor e o agente, lá onde agora se encontrem, têm mantido a boca calada. O interessante, porém sem nada de divertido, foi ver como os polícias se aproximaram com ar conspirativo do comissário para lhe segredarem pelo canto da boca, Sem novidade. O comissário assentiu com a cabeça, olhou as janelas do quarto andar e afastou-se, pensando, Amanhã, quando os nomes e as moradas forem publicados, haverá aqui muito mais gente. Pouco adiante viu passar um táxi livre e chamou-o. Entrou, deu os bons-dias e, tirando os sobrescritos do bolso, leu as direções e perguntou ao motorista, Qual destas fica mais perto, A segunda, Leve-me lá então, por favor. No banco ao lado do condutor havia um jornal dobrado, aquele que tinha posto por cima da notícia, em letras de sangue, o impactante título de Descoberto Finalmente O Rosto Da Conspiração. O comissário sentia-se tentado a perguntar ao motorista qual era a sua opinião sobre a sensacional notícia publicada nos jornais de hoje, mas desistiu da ideia com medo de que um tom demasiado inquisitivo da voz lhe denunciasse o ofício, A isto se chama, pensou, sofrer de uma excessiva consciência da sua própria deformação profissional. Foi o condutor quem entrou na matéria, Eu não sei o que o senhor pensa, mas essa história da mulher que dizem não ter cegado parece-me uma aldrabice de marca maior inventada para vender jornais, se eu fiquei cego, se todos ficámos cegos, como é que essa mulher continuou a ver, é uma balela que não entra na cabeça de ninguém, E isso que dizem de ser ela a causadora do voto branco, Essa é outra, uma mulher é uma mulher, não se mete nessas coisas, ainda se fosse um homem, vá que não vá, poderia ser, agora uma mulher, pffff, Já veremos como isto acabará, Quando à história se lhe acabar o sumo, inventarão logo outra, é o que sempre sucede, nem o senhor imagina quantas coisas se aprendem agarrado a este volante, e ainda lhe vou dizer mais uma coisa, Diga, diga, Ao contrário do que toda a gente julga, o espelho retrovisor não serve só para controlar os carros que vêm atrás, também serve para ver a alma dos passageiros, aposto que nunca tinha pensado nisto, Deixa-me assombrado, realmente nunca pensei, Pois é como lhe digo, este volante ensina muito. Depois de semelhante revelação o comissário achou mais prudente deixar cair a conversa. Só quando o motorista parou o carro e disse, Cá estamos, se animou a perguntar se aquilo do espelho retrovisor e da alma se aplicava a todos os carros e a todos os condutores, mas o motorista foi perentório, Só nos táxis, meu caro senhor, só nos táxis.

O comissário entrou no edifício, dirigiu-se ao balcão da receção e disse, Bons dias, represento a firma providencial, s. a., seguros & resseguros, desejaria falar com o senhor diretor, Se o assunto que o traz aqui é de seguros, talvez fosse mais aconselhável falar com um administrador, Em princípio, sim, tem toda a razão, mas o que me trouxe ao vosso jornal não é de natureza somente técnica, portanto seria indispensável que pudesse falar diretamente com o senhor diretor, O senhor diretor não está no jornal, suponho que não virá antes do meio da tarde, Com quem lhe parece então que deverei falar, qual é a pessoa mais indicada, Creio que o chefe de redação, Sendo assim, peço-lhe o favor de me anunciar, lembre-se, a firma providencial, s. a., seguros & resseguros, Não quer dizer-me o seu nome, Providencial bastará, Ah, compreendo, a firma tem o seu nome, Exatamente. A rececionista fez a chamada, explicou o caso e disse, após ter desligado, Já o vêm buscar, senhor Providencial. Poucos minutos depois apareceu uma mulher, Sou secretária do chefe da redação, queira fazer o favor de me acompanhar. Seguiu-a por um corredor, ia sossegado, tranquilo, mas, de repente, sem prevenir, a consciência do temerário passo que estava a ponto de dar cortou-lhe a respiração como se tivesse sido golpeado em cheio no diafragma. Ainda estava a tempo de voltar atrás, dar uma desculpa qualquer, que maçada, esqueci-me de um documento importantíssimo sem o qual não poderei falar com o senhor chefe da redação, mas não era verdade, o documento estava ali, no bolso interior do casaco, o vinho foi servido, comissário, agora não terás mais remédio que bebê-lo. A secretária fê-lo passar a uma saleta modestamente mobilada, uns sofás usados que para aqui tinham vindo a fim de terminarem em razoável paz a sua longa vida, sobre uma mesa ao centro uns quantos jornais, uma estante com livros mal arrumados, Faça o favor de se sentar, o senhor chefe da redação pede-lhe que espere um pouco, neste momento encontra-se ocupado, Muito bem, esperarei, disse o comissário. Era a sua segunda oportunidade. Se saísse daqui, se desandasse o caminho que o trouxe a esta armadilha, ficaria a salvo, como alguém que tendo visto a sua própria alma num espelho retrovisor achou que ela é uma insensata, que as almas não podem andar por aí a arrastar as pessoas aos piores desastres, mas, pelo contrário, deveriam apartá-las deles, e comportar-se bem, porque as almas, se saem do corpo, quase sempre estão perdidas, não sabem para onde ir, não é só atrás do volante de um táxi que se aprendem estas coisas. O comissário não saiu, já era tempo de que o vinho servido, etc., etc. O chefe da redação entrou, Peço-lhe desculpa de o ter feito esperar tanto, mas tinha um assunto entre mãos e não podia deixá-lo a meio, Não tenho nada que desculpar, e agradeço-lhe que me tenha recebido, Diga-me então, senhor Providencial, em que lhe posso ser útil, ainda que me pareça, pelo que me comunicaram, que o assunto é mais da competência da administração. O comissário levou a mão ao bolso e tirou o primeiro sobrescrito, Agradecer-lhe-ia que lesse a carta que vem aí dentro, Agora, perguntou o chefe da redação, Sim, por favor, mas antes é meu dever informá-lo de que não me chamo Providencial, No entanto o nome, Quando tiver lido compreenderá. O chefe da redação rasgou o sobrescrito, desdobrou a folha de papel e começou a ler. Suspendeu a leitura logo às primeiras linhas, olhou perplexo o homem que tinha na sua frente, como se lhe perguntasse se não seria mais sensato ficarem por ali. O comissário fez-lhe um gesto para que prosseguisse. Até ao fim o chefe da redação não levantou mais a cabeça, pelo contrário, parecia que se ia afundando a cada palavra, que não poderia regressar à superfície com a sua mesma cara de chefe de redação depois de ter visto as pavorosas criaturas que habitam a profundidade abissal. Foi um homem transtornado que olhou finalmente o comissário e disse, Desculpe a rudeza da pergunta, quem é o senhor, O meu nome está aí a assinar a carta, Sim, bem vejo, há aqui um nome, mas um nome não é mais que uma palavra, não explica nada sobre quem é a pessoa, Preferiria não ter de lho dizer, mas compreendo perfeitamente que necessite sabê-lo, Nesse caso, diga, Não enquanto não me derem a vossa palavra de honra de que a carta virá a ser publicada, Na ausência do diretor não estou autorizado a assumir esse compromisso, Disseram-me na receção que o diretor só virá à tarde, Da facto, assim é, ao redor das quatro, Então voltarei a essa hora, no entanto quero que fique ciente desde já que trago comigo uma carta em tudo igual a essa e que entregarei ao respetivo destinatário no caso de o assunto não vos interessar, Uma carta dirigida a outro jornal, imagino, Sim, mas não a nenhum daqueles que publicaram a fotografia, Compreendo, em todo o caso não pode ter a certeza de que esse outro jornal esteja disposto a aceitar os riscos que inevitavelmente resultariam da divulgação dos factos que descreve, Não tenho nenhuma certeza, aposto em dois cavalos e arrisco-me a perder em ambos, Creio que se arriscará a muito mais no caso de ganhar, Tal como os senhores, se se decidirem a publicar. O comissário levantou-se, Virei às quatro e um quarto, Aqui tem a sua carta, uma vez que não há ainda um acordo entre nós não posso nem devo ficar com ela, Obrigado por me ter evitado pedir-lha. O chefe da redação serviu-se do telefone da saleta para chamar a secretária, Acompanha este senhor à saída, disse, e toma nota de que voltará às quatro e um quarto, estarás ali para o receber e acompanhar ao gabinete da direção, Sim senhor. O comissário disse, Então, até logo, o outro respondeu, Até logo, apertaram-se as mãos. A secretária abriu a porta para deixar passar o comissário, Queira seguir-me, senhor Providencial, disse, e já no corredor, Se me permite a observação, é a primeira vez que encontro na minha vida uma pessoa com esse apelido, nem imaginava que pudesse existir, Agora já sabe, Deve ser bonito uma pessoa chamar-se Providencial, Porquê, Por isso mesmo, por ser providencial, Essa é realmente a melhor das respostas. Tinham chegado à receção, Estarei aqui à hora combinada, disse a secretária, Obrigado, Até logo, senhor Providencial, Até logo.

O comissário olhou o relógio, ainda não era uma hora da tarde, cedo de mais para almoçar, além disso, não sentia nenhum apetite, as torradas com manteiga e o café continuavam a fazer-se lembrar no estômago. Tomou um táxi e mandou seguir para o jardim onde na segunda-feira se havia encontrado com a mulher do médico, uma primeira ideia não tem por que ser seguida para todo o sempre ao pé da letra. Não pensava voltar ao jardim, mas aqui o temos. Seguirá depois a pé como um comissário de polícia que anda tranquilamente a fazer a sua ronda, verá como estará a rua de afluência de gentio e talvez ainda troque umas quantas impressões profissionais com os dois vigilantes. Atravessou o jardim, parou por um momento a olhar a estátua da mulher com o cântaro vazio, Deixaram-me aqui, parecia ela dizer, e hoje não sirvo para mais que contemplar estas águas mortas, houve uma época, quando a pedra de que sou feita ainda era branca, em que um manancial jorrava dia e noite deste cântaro, nunca me disseram donde tanta água provinha, eu apenas estava aqui para inclinar o cântaro, agora nem uma gota escorre por ele, e tão-pouco vieram dizer-me por que se acabou. O comissário murmurou, É como a vida, minha filha, começa não se sabe para quê e termina não se sabe porquê. Molhou as pontas dos dedos da mão direita e levou-as à boca. Não pensou que o gesto pudesse ter qualquer significado, porém, alguém que estivesse de parte a olhar para ele juraria que havia beijado aquela água que nem limpa estava, verde de limosidades, com vasa no fundo do tanque, impura como a vida. O relógio não avançara muito, teria tempo para sentar-se a uma destas sombras, mas não o fez. Repetiu o caminho que havia percorrido com a mulher do médico, entrou na rua, o espetáculo havia mudado por completo, agora mal se pode avançar, já não são pequenos grupos, mas um enorme ajuntamento que impede o trânsito dos automóveis, parece que todos os moradores nas proximidades saíram das suas casas para vir presenciar qualquer anunciada aparição. O comissário chamou os dois agentes ao portal de um prédio e perguntou-lhes se tinha ocorrido alguma novidade durante a sua ausência. Disseram-lhe que não, que ninguém havia saído, que as janelas tinham estado sempre fechadas, e contaram que duas pessoas desconhecidas, um homem e uma mulher, haviam subido ao quarto andar para perguntar se os da casa precisavam de alguma coisa, mas de dentro responderam-lhes que não e agradeceram o cuidado. Nada mais, perguntou o comissário, Que nós saibamos, nada mais, respondeu um dos agentes, o relatório vai ser fácil de escrever. Disse-o a tempo, cortou as asas à imaginação do comissário, já desdobradas, a levá-lo pela escada acima, a tocar a campainha, a anunciar-se, Sou eu, e logo a entrar, a narrar os últimos acontecimentos, as cartas que havia escrito, a conversa com o chefe de redação do jornal, e depois a mulher do médico dir-lhe-ia Almoce connosco, e ele almoçaria, e o mundo estaria em paz. Sim, em paz, e os agentes escreveriam no relatório, Esteve connosco um comissário que subiu ao quarto andar e só desceu uma hora depois, não nos disse nada sobre o que lá se passou, o que ficámos foi com a impressão de que já vinha almoçado. O comissário foi comer a outro sítio, pouca coisa e sem dar nenhuma atenção ao prato que lhe tinham posto diante, às três horas encontrava-se outra vez no jardim a olhar para a estátua da mulher com o cântaro inclinado como quem ainda estivesse esperando o milagre do renovo das águas. Três horas e meia dadas levantou-se do banco onde se sentara e foi andando a pé para o jornal. Tinha tempo, não precisava de utilizar um táxi em que, mesmo sem o querer, não poderia impedir-se de se olhar no espelho retrovisor, o que sabia da sua alma já lhe bastava e não tinha a certeza de que não lhe saísse do espelho algo de que não gostaria. Ainda não eram quatro e um quarto quando entrou no jornal. A secretária já estava na receção, O senhor diretor espera-o, disse. Não acrescentou as palavras senhor Providencial, talvez lhe tivessem dito que afinal o nome não era esse e agora se sentisse ofendida pelo logro em que de boa-fé a tinham feito cair. Passaram pelo corredor de antes, mas desta vez foram até ao fundo, aí viraram, na segunda porta à direita há um pequeno letreiro que diz Direção. A secretária bateu discretamente, de dentro responderam, Entre. Ela passou primeiro e segurou a porta para que o comissário entrasse. Obrigado, por enquanto não precisamos mais de si, disse o chefe da redação à secretária, que imediatamente saiu. Agradeço-lhe ter acedido a falar comigo, senhor diretor, começou o comissário, Com toda a franqueza lhe confesso já que prevejo as maiores dificuldades para uma divulgação eficaz do assunto que o senhor chefe da redação me resumiu, de todo o modo, escusado seria dizê-lo, terei o maior gosto em conhecer o documento completo, Aqui está, senhor diretor, disse o comissário entregando-lhe o sobrescrito, Sentemo-nos, disse o diretor, e deem-me dois minutos, por favor. A leitura não o fez vergar tanto a cabeça como acontecera com o chefe da redação, mas era sem dúvida um homem confuso e preocupado quando levantou os olhos, Quem é o senhor, perguntou, sem saber que o chefe da redação tinha feito a mesma pergunta, Se o seu jornal aceitar tornar público o que aí está, saberão quem sou, se não aceitar, recuperarei a carta e ir-me-ei embora sem uma palavra mais, salvo para lhes agradecer o tempo que perderam comigo, Informei o meu diretor de que o senhor tem uma carta igual a esta para entregar noutro jornal, disse o chefe da redação, Exatamente, respondeu o comissário, tenho-a aqui, e será entregue ainda hoje se não chegarmos a acordo, é absolutamente necessário que isto se publique amanhã, Porquê, Porque amanhã talvez consiga ir ainda a tempo de impedir que seja cometida uma injustiça, Refere-se à mulher do médico, Sim senhor diretor, pretende-se, de qualquer maneira, fazer dela o bode expiatório da situação política em que o país se encontra, Mas isso é um disparate, Não mo diga a mim, diga-o antes ao governo, diga-o ao ministério do interior, diga-o aos seus colegas que escrevem o que lhes mandam. O diretor trocou um olhar com o chefe da redação e disse, Como deve calcular, ser-nos-ia impossível publicar a sua declaração tal qual se encontra redigida, com todos esses pormenores, Porquê, Não se esqueça de que estamos a viver em estado de sítio, a censura tem os olhos postos em cima da imprensa, em particular de um jornal como o nosso, Publicar isto equivaleria a ter o jornal fechado nesse mesmo dia, disse o chefe da redação, Então não há nada a fazer, perguntou o comissário, Poderemos tentar, mas não temos a certeza de que dê resultado, Como, tornou o comissário a perguntar. Depois de uma nova e rápida troca de olhares com o chefe da redação, o diretor disse, É a altura de o senhor nos dizer de uma vez quem é, há um nome na carta, é certo, mas nada nos diz que não seja falso, o senhor pode, muito simplesmente, ser um provocador enviado aqui pela polícia para nos pôr à prova e comprometer, não estou dizendo que o seja, note bem, o que quero é deixar claro que não há nenhuma maneira de continuarmos esta conversa se o senhor não se identificar agora mesmo. O comissário meteu a mão no bolso, tirou a carteira, Aqui tem, disse, e entregou ao diretor o seu cartão de comissário da polícia. A expressão da cara do diretor passou instantaneamente da reserva à estupefação, Quê, o senhor é comissário da polícia, perguntou, Comissário da polícia, repetiu pasmado o chefe da redação a quem o diretor passara o documento, Sim, foi a serena resposta, e agora creio que já poderemos prosseguir a conversação, Se me permite a curiosidade, perguntou o diretor, que é que o levou a dar um passo destes, Razões minhas, Diga-me ao menos uma para que eu me convença de que não estou a sonhar, Quando nascemos, quando entramos neste mundo, é como se firmássemos um pacto para toda a vida, mas pode acontecer que um dia tenhamos de nos perguntar Quem assinou isto por mim, eu perguntei e a resposta é esse papel, Está consciente do que poderá vir a suceder-lhe, Sim, tive tempo suficiente para pensar nisso. Houve um silêncio, que o comissário rompeu, Disseram que se poderia tentar, Tínhamos pensado num pequeno truque, disse o diretor, e fez sinal ao chefe da redação para que continuasse, A ideia, disse este, seria publicar, em termos obviamente diferentes, sem as retóricas de mau gosto, o que por aí saiu hoje, e na parte final entremeá-lo com a informação que nos trouxe, não será fácil, em todo o caso não me parece impossível, é uma questão de habilidade e sorte, Tratar-se-ia de apostar na distração ou mesmo na preguiça do funcionário da censura, acrescentou o diretor, rezar para que ele pense que uma vez que já conhece a notícia não merece a pena continuar a leitura até ao fim, Quantas probabilidades teríamos a nosso favor, perguntou o comissário, Falando francamente, não muitas, reconheceu o chefe da redação, teremos de contentar-nos com as possibilidades, E se o ministério do interior quiser saber qual foi a vossa fonte da informação, Começaremos por acolher-nos ao segredo profissional, embora isso de pouco nos vá servir em situação de estado de sítio, E se insistirem, e se ameaçarem, Então, por muito que nos custe, não teremos outro remédio que revelá-la, seremos punidos, evidentemente, mas a carga mais pesada das consequências irá cair sobre a sua cabeça, disse o diretor, Muito bem, respondeu o comissário, agora que já todos sabemos com o que poderemos contar, sigamos para a frente, e se rezar serve para alguma coisa, então eu rezarei para que os leitores não façam o mesmo que esperamos venha a ser feito pelo censor, isto é, que os leitores leiam a notícia até ao fim, Amém, disseram em coro o diretor e o chefe da redação.

Passava um pouco das cinco horas quando o comissário saiu. Poderia ter aproveitado o táxi que nesse preciso momento largava uma pessoa à porta do jornal, mas preferiu caminhar. Curiosamente, sentia-se leve, desanuviado, como se lhe tivessem extraído de um órgão vital o corpo estranho que a pouco e pouco o vinha carcomendo, a espinha na garganta, o prego no estômago, o veneno no fígado. Amanhã todas as cartas do baralho estarão em cima da mesa, o jogo de esconde-esconde terminará, porquanto não tem a menor dúvida de que o ministro, no caso de a notícia chegar a sair à luz, e, mesmo não saindo, lhe seja comunicada, saberá contra quem apontar imediatamente o dedo acusador. A imaginação parecia disposta a ir mais além, chegou mesmo a dar um primeiro e inquietante passo, mas o comissário segurou-a pelo pescoço, Hoje é hoje, minha senhora, amanhã já veremos, disse. Tinha decidido voltar à providencial, s. a., sentiu que de repente as pernas lhe pesavam, os nervos frouxos eram como um elástico que tivesse permanecido esticado demasiado tempo, uma urgente necessidade de fechar os olhos e dormir. Apanho o primeiro táxi que apareça, pensou. Ainda teve de andar bastante, os táxis passavam ocupados, um nem sequer ouviu que o chamavam, e finalmente, quando já mal conseguia arrastar os pés, um escaler de socorro recolheu o náufrago a ponto de afogar-se. O elevador içou-o caridosamente até ao décimo quarto andar, a porta deixou-se abrir sem resistência, o sofá recebeu-o como a um amigo querido, daí a poucos minutos o comissário, de pernas estendidas, dormia a sono solto, ou com o sono dos justos, como também era costume dizer no tempo em que se acreditava que eles existissem. Aconchegado no maternal regaço da providencial, s. a., seguros & resseguros, cujo sossego fazia justiça aos nomes e atributos que lhe haviam sido conferidos, o comissário dormiu uma boa hora, ao cabo da qual despertou, assim pelo menos lhe pareceu, com nova energia. Espreguiçando-se sentiu na algibeira interior do casaco o segundo sobrescrito, aquele que não tinha chegado a ser entregue, Talvez tenha cometido um erro apostando tudo em um único cavalo, pensou, mas rapidamente compreendeu que lhe teria sido impossível manter duas vezes a mesma conversação, ir de um jornal ao outro para contar a mesma história e, pela repetição, desgastar-lhe a veracidade, O que está, está, pensou, não adianta dar-lhe outras voltas. Entrou no quarto e viu brilhar a luz intermitente do gravador. Alguém tinha telefonado e havia deixado mensagem. Carregou no botão, primeiro saiu a voz do telefonista, depois a do diretor da polícia, Queira tomar nota de que amanhã, às nove horas, repito, às nove, não às vinte e uma, estarão à sua espera no posto seis-norte o inspetor e o agente de segunda classe que trabalharam aí consigo, devo dizer-lhe que, além de a sua missão ter caducado por incapacidade técnica e científica do respetivo responsável, a sua presença na capital passou a ser considerada inconveniente, quer pelo ministério do interior quer por mim próprio, resta-me acrescentar que o inspetor e o agente são oficialmente responsáveis por trazê-lo à minha presença, podendo dar-lhe ordem de prisão se resistir. O comissário ficou parado a olhar fixamente o gravador, e depois, devagar, como quem se está despedindo de alguém que já vai longe, estendeu a mão e carregou no botão de apagar. Logo, entrou na cozinha, tirou o sobrescrito do bolso, empapou-o em álcool e, dobrando-o em forma de V invertido dentro do lava-louças, pegou-lhe fogo. Um jorro de água levou as cinzas pelo cano abaixo. Feito isto regressou à sala, acendeu todas as luzes e dedicou-se à leitura compassada dos jornais, dando atenção especial àquele a que ou a quem, de alguma maneira, tinha deixado entregue o seu destino. Chegando a hora, foi ver ao frigorífico se poderia preparar com o que lá houvesse algo parecido a um jantar, mas desistiu, a raridade, ali, não era sinónimo nem de frescura nem de qualidade, Deveriam pôr aqui um frigorífico novo, pensou, este já deu o que tinha a dar. Saiu, comeu rapidamente no primeiro restaurante que encontrou no caminho e regressou à providencial, s. a. Tinha de levantar-se cedo no dia seguinte.

O comissário estava acordado quando o telefone tocou. Não se levantou para ir atender, tinha a certeza de que seria alguém da direção da polícia a recordar-lhe a ordem de se apresentar às nove horas, atenção, às nove, não às vinte e uma, no posto militar seis-norte. O mais provável é que não voltem a telefonar, e facilmente se compreenderá porquê, na sua vida profissional, e quem sabe se também na vida particular, os polícias fazem grande consumo do processo mental a que chamamos dedução, também conhecido por inferência lógica do raciocínio, Se ele não responde, diriam, será porque já vem a caminho. Quanto se enganavam. É certo que o comissário já saiu da cama, é certo que entrou na casa de banho para os convenientes alívios e asseios do corpo, é certo que se vestiu e vai sair, mas não para mandar parar o primeiro táxi que lhe apareça e dizer ao motorista que o olha expectante pelo espelho retrovisor, Leve-me ao posto seis-norte, Posto seis-norte, desculpe, não tenho ideia de onde isso fica, deverá ser alguma rua nova, É um posto militar, posso indicar-lho se tem por aí um mapa. Não, este diálogo não acontecerá jamais, nem agora nem nunca, o que o comissário vai fazer é comprar os jornais, a pensar nisso é que foi ontem cedo para a cama, não para descansar o que necessitava e chegar a tempo ao encontro no posto seis-norte. Os candeeiros da rua estão acesos, o empregado do quiosque acaba de levantar os taipais, começa a colocar as revistas da semana, e quando termina este trabalho, como um sinal, os candeeiros apagam-se e o camião da distribuição aparece. O comissário aproxima-se quando o empregado ainda está a arrumar os jornais pela ordem que já conhecemos, mas, desta vez, de um dos de menos venda veem-se quase tantos exemplares como dos de maior tiragem habitual. Ao comissário pareceu-lhe o augúrio bom, porém a esta agradável sensação de esperança sucedeu-se imediatamente um violento choque, os títulos dos primeiros jornais da fila eram sinistros, inquietantes, e todos em vermelho intenso, Assassina, Esta Mulher Matou, Outro Crime Da Mulher Suspeita, Um Assassinato Há Quatro Anos. No outro extremo, o jornal onde o comissário esteve ontem perguntava, Que Mais Nos Falta Saber. O título era ambíguo, tanto podia significar isto como aquilo, e igualmente os seus contrários, mas o comissário preferiu vê-lo como se fosse uma pequena lanterna posta à saída do vale das sombras para lhe guiar os passos aflitos. Dê-me todos, disse. O empregado do quiosque sorriu ao mesmo tempo que pensava que, pelos vistos, tinha ganho um bom cliente para o futuro e entregou-lhe o saco de plástico com os jornais dentro. O comissário girou um olhar em redor à procura de táxi, em vão esperou quase cinco minutos, por fim decidiu-se a ir andando até à providencial, s. a., já sabemos que não é longe daqui, mas a carga pesa, nada menos que um saco de plástico a abarrotar de palavras, mais fácil seria levar o mundo às costas. Quis porém a sorte que, tendo metido por uma rua estreita com a intenção de atalhar caminho, se lhe deparasse um modesto café à antiga, desses que abrem cedo porque o proprietário não tem mais nada que fazer e onde os clientes entram para se certificarem de que as coisas, ali, continuam nos seus lugares de sempre e o sabor do bolo de arroz emana da eternidade. Sentou-se a uma mesa, pediu um café com leite, perguntou se faziam torradas, com manteiga, claro, margarina nem cheirá-la. Veio o café com leite, e era apenas passável, mas as torradas tinham chegado diretamente das mãos daquele alquimista que só não descobriu a pedra filosofal porque não conseguiu transpor a fase da putrefação. Já abrira o jornal que mais o interessava hoje, fê-lo mal acabara de se sentar, e um relance de olhos lhe bastou para perceber que o ardil havia dado resultado, o censor tinha-se deixado enganar pela confirmação do que já conhecia, sem lhe passar pela cabeça que há que ter o máximo cuidado com aquilo que se julga saber, porque por detrás se encontra escondida uma cadeia interminável de incógnitas, a última das quais, provavelmente, não terá solução. Fosse como fosse, não valia a pena alimentar grandes ilusões, o jornal não irá estar durante todo o dia nos quiosques, podia mesmo imaginar o ministro do interior a brandi-lo possesso de fúria e a gritar, Apreendam-me esta merda imediatamente, averiguem-me quem foi que divulgou estas informações, a última parte da frase havia acudido ao discurso por arrastamento automático, de mais sabia ele que só de uma pessoa poderia ter saído a inconfidência e a traição. Foi então que o comissário decidiu que iria fazer a ronda dos quiosques até onde as forças lhe alcançassem para verificar se o jornal se estava vendendo muito ou pouco, para ver a cara das pessoas que o compravam e se diretamente iam à notícia ou se se deixavam perder em futilidades. Passou uma rápida vista de olhos pelos quatro jornais grandes. Grosseiramente elementar, mas eficaz, o trabalho de intoxicação do público prosseguia, dois e dois são quatro e sempre serão quatro, se ontem fizeste aquilo, hoje fizeste isto, e quem tiver o atrevimento de duvidar que uma coisa tenha forçosamente de levar a outra está contra a legalidade e a ordem. Agradecido, pagou a conta e saiu. Principiou pelo quiosque onde ele próprio havia comprado os jornais e teve a satisfação de ver que a pilha que lhe interessava já estava bastante mais baixa. Interessante, não, perguntou ao empregado, está a vender-se muito, Parece que alguma rádio falou num artigo que aí vem, Uma mão lava a outra e as duas lavam o rosto, disse misteriosamente o comissário, Tem razão, respondeu o empregado, sem ver a relação. Para não perder tempo à procura dos quiosques, o comissário indagava em cada um onde ficava o seguinte mais próximo, e talvez por causa do seu aspeto respeitável sempre lhe davam a informação, mas percebia-se claramente que cada um desses empregados teria gostado de lhe perguntar Que tem lá o outro que eu não tenha aqui. Passaram horas, já o inspetor e o agente, lá no posto seis-norte, se cansaram de esperar e pediram instruções à direção da polícia, já o diretor informou o ministro, já o ministro deu conhecimento da situação ao chefe do governo, já o chefe do governo lhe respondeu, O problema não é meu, é seu, resolva-o. Então aconteceu o que se esperava, chegando ao décimo quiosque, o comissário não encontrou o jornal. Pediu-o a fazer de conta que era comprador, mas o empregado disse, Chegou tarde, levaram-nos todos há menos de cinco minutos, Levaram-nos, porquê, Andam a recolhê-los em toda a parte, Recolhê-los, É outra maneira de dizer apreendê-los, E porquê, que trazia o jornal para que o apreendessem, Era alguma coisa que tinha que ver com a mulher da conspiração, veja aí nesses, agora parece que matou um homem, Não poderá arranjar-me um jornal, seria um grande favor, Não tenho, e mesmo que tivesse não lho venderia, Porquê, Quem me diz a mim que o senhor não é um polícia que anda por aqui a ver se caímos na esparrela, Tem toda a razão, coisas piores se têm visto neste mundo, disse o comissário, e afastou-se. Não se queria ir meter na providencial, s. a., seguros & resseguros, para escutar a chamada da manhã e certamente algumas outras que exigiriam saber por onde raio andava ele, por que motivo não respondia ao telefone, por que não tinha cumprido a ordem que lhe haviam dado de estar às nove horas no posto seis-norte, mas a verdade é que não tem aonde ir, diante da casa da mulher do médico deverá haver agora um mar de pessoas a gritar, uns a favor, outros contra, o mais provável é que sejam todos a favor, os outros estão em minoria, decerto não vão querer arriscar-se a ser desfeiteados ou coisa pior. Também não poderá ir ao jornal que publicou a notícia, se não há polícias vestidos à civil na entrada da porta, estarão por ali perto, não poderá nem telefonar porque as comunicações se encontram com certeza sob escuta, e ao pensar isto compreendeu, enfim, que também a providencial, s. a., seguros & resseguros, estará vigiada, que os hotéis foram avisados, que não existe nesta cidade uma só alma que o possa acolher, ainda que o quisesse. Adivinha que o jornal recebeu a visita da polícia, adivinha que o diretor foi forçado, pelas boas ou pelas más, a revelar a identidade da pessoa que havia fornecido as subversivas informações publicadas, talvez até tenha caído na fraqueza de mostrar a carta com o timbre da providencial, s. a., escrita de punho e letra pelo comissário em fuga. Sentia-se cansado, arrastava os pés, tinha o corpo banhado em suor, apesar do calor não ser para tanto. Não podia andar todo o dia por estas ruas a fazer horas sem saber para quê, de súbito sentiu um desejo enorme de ir ao jardim da mulher do cântaro inclinado, sentar-se na borda do tanque, afagar a água verde com as pontas dos dedos e levá-los à boca. E depois, que irei fazer depois disso, perguntou. Depois, nada, voltar ao labirinto das ruas, desorientar-se, perder-se e tornar atrás, caminhar, caminhar, comer sem apetite, só para conseguir aguentar de pé o corpo, entrar num cinema por duas horas, distrair-se a ver as aventuras de uma expedição a marte no tempo em que ainda lá existiam homenzinhos verdes, e sair piscando os olhos à luz brilhante da tarde, pensar em entrar noutro cinema e gastar outras duas horas a navegar vinte mil léguas no submarino do capitão nemo, e logo desistir da ideia porque algo de estranho tinha acontecido na cidade, estes homens e estas mulheres que andam a distribuir uns pequenos papéis que as pessoas param a ler e logo guardam no bolso, agora mesmo acabaram de entregar um ao comissário, e é a fotocópia do artigo do jornal apreendido, aquele que tem o título de Que Mais Nos Falta Saber, aquele que nas entrelinhas conta a verdadeira história dos cinco dias, então o comissário não consegue reprimir-se, e ali mesmo, como uma criança, desata num choro convulsivo, uma mulher da sua idade vem perguntar-lhe se se sente mal, se precisa de ajuda, e ele só pode acenar que não, que está bem, que não se preocupe, muito obrigado, e, como o acaso às vezes faz bem as coisas, alguém de um andar alto deste prédio lança um punhado de papéis, e outro, e outro, e cá em baixo as pessoas levantam os braços para agarrá-los, e os papéis descem, adejam como pombos, e um deles descansou por um momento no ombro do comissário e resvalou para o chão. Afinal, ainda nada está perdido, a cidade tomou o assunto nas suas mãos, pôs centenas de máquinas fotocopiadoras a trabalhar, e agora são grupos animados de raparigas e de rapazes que andam a meter os papéis nas caixas de correio ou a entregá-los às portas, alguém pergunta se é publicidade e eles respondem que sim senhor, e da melhor que há. Estes felizes sucessos deram uma alma nova ao comissário, como por um passe de magia, da branca, não da negra, fizeram-lhe desaparecer a fadiga, é outro homem este que avança por estas ruas, é outra a cabeça que vai pensando, vendo claro o que antes era obscuro, emendando conclusões que antes pareciam de ferro e agora se desfazem entre os dedos que as apalpam e ponderam, por exemplo, não é nada provável que a providencial, s. a., seguros & resseguros, sendo como é uma base reservada, tenha sido posta sob vigilância, colocar ali polícias à espreita poderia dar ocasião a que se levantassem suspeitas sobre a importância e o significado do local, o que, por outro lado, não seria tão grave como isso, levava-se a providencial, s. a. para outro sítio e o caso ficava resolvido. Esta nova e negativa conclusão relançou sombras de tempestade sobre o ânimo do comissário, mas a conclusão seguinte, ainda que não tranquilizadora em todos os seus aspetos, serviu, ao menos, para lhe resolver o grave problema da habitação ou, por outras palavras, a dúvida de saber aonde iria dormir esta noite. O caso explica-se em poucas palavras. Que o ministério do interior e a direção da polícia tivessem visto com mais do que justificado desagrado como os contactos com o seu funcionário haviam sido por ele unilateralmente cortados, isso não quer dizer que lhes deixasse de interessar saber por onde andava e onde poderia ser encontrado em caso de imperiosa necessidade. Se o comissário tivesse resolvido perder-se nesta cidade, se se fosse esconder em alguma tenebrosa alfurja como por via de regra o fazem os foragidos e os homiziados, seria realmente o cabo dos trabalhos conseguir dar com ele, em particular se tivesse chegado a estabelecer uma rede de cumplicidades entre os meios da subversão, operação que, por outro lado, pela sua complexidade, não se monta em meia dúzia de dias, que tantos são os que levamos passados aqui. Logo, nada de mandar vigiar as duas entradas da providencial, s. a., deixar, pelo contrário, o caminho livre para que a querença natural, que não é só característica dos touros, faça regressar o lobo ao fojo, o papagaio-do-mar ao buraco da rocha. Cama conhecida e acolhedora poderá, portanto, ter ainda o comissário, supondo que não o virão acordar a meio da noite, aberta a porta por subtis gazuas e rendido ele à ameaça de três pistolas apontadas. É bem verdade que, como algumas vezes já teremos dito, há ocasiões tão nefastas na vida que quando de um lado nos chove, do outro nos faz vento, precisamente nesta situação se encontra o comissário, obrigado a escolher entre passar mal a noite debaixo de uma árvore do jardim, à vista da mulher do cântaro, como um vagabundo, ou confortavelmente agasalhado pelas mantas já murchas e pelos lençóis amarrotados da providencial, s. a., seguros & resseguros. Afinal, a explicação não foi tão sucinta quanto havíamos prometido acima, porém, como esperamos que se compreenda, não poderíamos abandonar sem a devida ponderação nenhuma das variáveis em causa, minudenciando com imparcialidade os diversos e contraditórios fatores de segurança e de risco, para enfim concluirmos por aquilo que desde o princípio já deveríamos saber, que não vale a pena que corras a bagdad para evitar o encontro que te tinham marcado em samarra. Posto tudo na balança e desistindo de gastar mais tempo com a aferição dos pesos até ao último miligrama, até à última possibilidade, até à última hipótese, o comissário tomou um táxi para a providencial, s. a., era isto já o fim da tarde, quando as sombras refrescam o passeio em frente e o som da água caindo nos tanques ganha alento e se torna subitamente percetível para surpresa de quem passa. Não se vê um único papel abandonado nas ruas. Apesar de tudo, nota-se que o comissário vai um tanto apreensivo e na verdade não lhe faltam as razões. Que o seu próprio raciocínio e os conhecimentos adquiridos ao longo do tempo sobre as manhas policiais o tenham levado a concluir que nenhum perigo estará à sua espreita na providencial, s. a. ou o virá assaltar esta noite, não quer dizer que samarra não esteja onde tem de estar. Esta reflexão levou o comissário a levar a mão à pistola e a pensar, Pelo sim, pelo não, aproveito o tempo da subida do elevador para a engatilhar. O táxi parou, Chegámos, disse o motorista, e foi nesse instante que o comissário viu, pegada ao para-brisas, uma fotocópia do artigo. Apesar do medo, as suas angústias e os seus temores tinham valido a pena. O átrio do prédio estava deserto, o porteiro ausente, o cenário era perfeito para o crime perfeito, a punhalada direta ao coração, o baque surdo do corpo caindo sobre o lajedo, a porta que se fecha, o automóvel com chapas falsas que se aproxima e parte levando o assassino, não há nada mais simples que matar e ser morto. O elevador estava em baixo, não precisava chamá-lo. Agora sobe, vai deixar a sua carga no décimo quarto andar, ali dentro uma sequência de inconfundíveis estalidos diz que uma arma está pronta para disparar. No corredor não se vê vivalma, a esta hora os escritórios já estão fechados. A chave deslizou suavemente na fechadura, quase sem ruído a porta deixou-se abrir. O comissário empurrou-a com as costas, acendeu a luz e agora vai percorrer todas as dependências, abrir os armários onde possa caber uma pessoa, espreitar debaixo das camas, afastar as cortinas. Ninguém. Sentia-se vagamente ridículo, um ferrabrás de pistola em punho apontando ao nada, mas o seguro, dizem, morreu de velho, deve sabê-lo bem esta providencial, s. a., sendo não só de seguros, mas também de resseguros. No quarto a luz do gravador está acesa, a indicação é de que há duas chamadas, talvez uma seja do inspetor a pedir-lhe que tenha cuidado, outra será de um secretário do albatroz, ou são ambas do diretor da polícia, desesperado pela traição de um homem de confiança e preocupado quanto ao seu próprio futuro, embora a responsabilidade da escolha não tenha sido sua. O comissário pôs diante de si o papel com os nomes e endereços do grupo, a que tinha acrescentado o número do telefone do médico, e marcou. Ninguém atendeu. Tornou a marcar. Marcou uma terceira vez, mas agora, como se fosse um sinal, deixou que soassem três toques e desligou. Marcou quarta vez e enfim responderam, Diga, disse secamente a mulher do médico, Sou eu, o comissário, Ah, boas noites, temos estado à espera de que nos telefonasse, Como têm passado, Nada bem, em vinte e quatro horas conseguiu-se fazer de mim uma espécie de inimigo público número um, Lamento a parte que tive para que isso tivesse acontecido, Não foi o senhor quem escreveu o que saiu nos jornais, Sim, até aí não cheguei, Talvez o que saiu publicado hoje num deles e os milhares de cópias que se distribuíram ajudem a esclarecer este absurdo, Oxalá, Não parece muito esperançado, Esperanças, tenho-as, naturalmente, mas vai levar tempo, a situação não se resolverá de uma hora para a outra, Não podemos continuar a viver assim, fechados nesta casa, estamos como numa prisão, Fiz o que estava ao meu alcance, é tudo quanto lhe posso dizer, Não vai voltar aqui, A missão de que me tinham encarregado terminou, recebi ordem para regressar, Espero que nos tornemos a ver alguma vez, e em dias mais felizes, se ainda os houver, Pelos vistos perderam-se pelo caminho, Quem, Os dias felizes, Vai-me deixar ainda mais desanimada do que já estava, Há pessoas que continuam de pé mesmo quando são derrubadas, e a senhora é uma delas, Pois nesta altura bem gostaria eu que me ajudassem a levantar, Lamento não estar em condições de lhe dar essa ajuda, Desconfio que ajudou muito mais do que quer que se saiba, É só uma impressão sua, lembre-se de que está a falar com um polícia, Não me esqueci, mas o certo é que deixei de o considerar como tal, Obrigado por essas palavras, agora só me resta despedir-me até um dia, Até um dia, Tenha cuidado, O mesmo digo eu, Boas noites, Boas noites. O comissário pousou o telefone. Tinha diante de si uma longa noite e nenhuma maneira de a passar a não ser dormindo, se a insónia não vier meter-se na cama com ele. Amanhã, provavelmente, virão buscá-lo. Não se apresentou no posto seis-norte como lhe tinham ordenado, por isso virão buscá-

-lo. Talvez uma das chamadas que apagou dissesse isso mesmo, talvez o avisassem de que os enviados para o prender estarão aqui às sete horas da manhã e de que qualquer intento de resistência só tornaria irremediável o mal já feito. E, claro, não precisarão de gazuas para entrar porque trarão a chave. O comissário devaneia. Tem ao alcance da mão um arsenal de armas prontas para disparar, poderá resistir até ao último cartucho, ou, pelo menos, vá lá, até à primeira cápsula de gás lacrimogéneo que lhe lançarem para dentro da fortaleza. O comissário devaneia. Sentou-se na cama, depois deixou-se cair para trás, fechou os olhos e implorou ao sono que não tardasse, Bem sei que a noite ainda mal começou, pensava, que ainda há alguma claridade no céu, mas quero dormir como parece que dorme a pedra, sem os enganos do sonho, encerrado para sempre num bloco de pedra negra, ao menos, por favor, se mais não puder ser, até de manhã, quando me vierem acordar às sete horas. O sono ouviu-lhe o desolado chamamento, veio a correr e deixou-se estar por ali uns instantes, depois retirou-se para que ele se despisse e metesse na cama, mas logo regressou, não tardou quase nada, para durante toda a noite permanecer ao seu lado, afugentando os sonhos para longe, para a terra dos fantasmas, lá onde, unindo o fogo com a água, nascem e se multiplicam.

Eram nove horas dadas quando o comissário despertou. Não estava a chorar, sinal de que os invasores não haviam utilizado os gases lacrimogéneos, não tinha os pulsos algemados nem pistolas apontadas à cabeça, quantas vezes nos vêm os temores amargurar a vida e afinal não tinham fundamento nem razão de ser. Levantou-se, fez a barba, asseou-se como de costume e saiu com a ideia posta no café onde na véspera havia tomado o pequeno-almoço. De passagem comprou os jornais, Já pensava que hoje não viria, disse o empregado do quiosque com a cordialidade de um conhecido, Falta aqui um, notou o comissário, Não saiu hoje, e a distribuidora não sabe quando voltará a publicar-se, talvez para a semana, parece que lhe caíram em cima com uma multa das pesadas, E porquê, Por causa do artigo, aquele de que se fizeram aquelas cópias, Ah, bom, Aqui tem o seu saco, hoje só leva cinco, vai ter menos que ler. O comissário agradeceu e foi à procura do café. Já não se lembrava de onde estava a rua e o apetite aumentava a cada passo, pensar nas torradas fazia-lhe crescer a água na boca, desculpemos a este homem o que à primeira vista há de parecer uma deplorável gulodice imprópria da sua idade e da sua condição, mas há que recordar que ontem já levava o estômago vazio quando foi para a cama. Encontrou finalmente a rua e o café, agora está sentado à mesa, enquanto espera passa os olhos pelos jornais, eis os títulos, em negro e vermelho, para que fiquemos com uma ideia aproximada dos conteúdos respetivos, Nova Ação Subversiva Dos Inimigos Da Pátria, Quem Pôs A Funcionar As Fotocopiadoras, Os Perigos Da Informação Oblíqua, De Onde Saiu O Dinheiro Para Pagar As Fotocópias. O comissário comeu lentamente, saboreando até à última migalha, incluso o café com leite está melhor que o da véspera, e quando chegou ao final da refeição, estando o corpo já refeito, recordou-lhe o espírito que desde ontem se encontrava em dívida com o jardim e com o lago, com a água verde e com a mulher do cântaro inclinado, Tanto desejo de lá ir, e afinal não foste, Pois agora mesmo irei, respondeu o comissário. Pagou, juntou os jornais e pôs-se a caminho. Poderia ter tomado um táxi, mas preferiu ir a pé. Não tinha mais nada que fazer e era uma maneira de gastar o tempo. Quando chegou ao jardim foi sentar-se no banco onde havia estado com a mulher do médico e conhecera de verdade o cão das lágrimas. Dali via o lago e a mulher do cântaro inclinado. Debaixo da árvore fazia ainda um pouco de fresco. Tapou as pernas com as abas da gabardina e acomodou-se suspirando de satisfação. O homem da gravata azul com pintas brancas veio por trás e disparou-lhe um tiro na cabeça.

Duas horas depois o ministro do interior dava uma conferência de imprensa. Vinha de camisa branca e gravata preta, e trazia na cara uma expressão compungida, de profundo pesar. A mesa estava coberta de microfones e tinha por único ornamento um copo de água. Atrás, como sempre pendurada, a bandeira da pátria meditava. Senhoras e senhores, boas tardes, disse o ministro, convoquei-vos aqui para vos comunicar a infausta notícia da morte do comissário que havia sido encarregado por mim de averiguar a rede conspirativa cuja cabeça dirigente, como sabeis, já foi denunciada. Infelizmente não se tratou de um falecimento natural, mas sim de um homicídio deliberado e com premeditação, obra, sem dúvida, de um profissional da pior delinquência se tivermos em consideração que uma só bala foi suficiente para consumar o atentado. Escusado seria dizer que imediatamente todos os indícios apontaram a que se tenha tratado de uma nova ação criminosa dos elementos subversivos que continuam, na nossa antiga e infeliz capital, a minar a estabilidade do correto funcionamento do sistema democrático, e, portanto, operando friamente contra a integridade política, social e moral da nossa pátria. Não creio ser necessário sublinhar que o exemplo de dignidade suprema que acaba de nos ser oferecido pelo comissário assassinado deverá ser objeto, para todo o sempre, não só do nosso total respeito, como também da nossa mais profunda veneração, porquanto o seu sacrifício lhe veio outorgar, a partir deste dia, a todos os títulos funesto, um lugar de honra no panteão dos mártires da pátria que, lá do além onde se encontram, têm em nós continuamente postos os olhos. O governo da nação, que aqui estou representando, soma-se ao luto e ao desgosto de quantos conheceram a extraordinária figura humana que acabámos de perder, e ao mesmo tempo assegura a todos os cidadãos e cidadãs deste país que não desanimará na luta que vem travando contra a maldade dos conspiradores e a irresponsabilidade daqueles que os apoiam. Ainda duas notas mais, a primeira para vos dizer que o inspetor e o agente de segunda classe que colaboravam na investigação com o comissário assassinado haviam sido, a pedido deste, retirados da missão para salvaguarda das suas vidas, a segunda para informar que ao homem íntegro, ao exemplar servidor da pátria que desgraçadamente acabámos de perder, o governo examinará todas as possibilidades legais de que muito em breve lhe seja concedida, com carácter excecional e a título póstumo, a mais alta condecoração com que a pátria distingue os seus filhos e filhas que mais a honraram. Hoje, minhas senhoras e meus senhores, é um dia triste para as pessoas de bem, mas as nossas responsabilidades exigem que clamemos sursum corda, isto é, corações ao alto. Um jornalista levantou a mão para fazer uma pergunta, mas o ministro do interior já se retirava, na mesa só tinha ficado o copo de água intacto, os microfones gravavam o silêncio respeitoso que se deve aos defuntos, e a bandeira, lá atrás, prosseguia, incansável, a sua meditação. As duas horas seguintes passou-as o ministro a elaborar com os seus assessores mais chegados um plano de ação imediata que consistiria, basicamente, em fazer regressar de maneira sub-reptícia à cidade uma parte importante dos efetivos policiais, os quais, por agora, trabalhariam vestidos à civil, sem nenhum sinal exterior que denunciasse a corporação a que pertenciam. Assim implicitamente se reconhecia que havia sido um erro gravíssimo deixar a antiga capital sem vigilância. Não é demasiado tarde para emendar a mão, disse o ministro. Neste preciso momento entrou um secretário, vinha comunicar que o primeiro-ministro desejava falar imediatamente com o ministro do interior e lhe pedia que fosse ao seu gabinete. O ministro murmurou que o chefe do governo bem poderia ter escolhido outra ocasião, mas não teve outro remédio que obedecer à ordem. Deixou os assessores a dar os últimos retoques logísticos no plano e saiu. O automóvel, com batedores à frente e atrás, levou-o ao edifício onde se encontrava instalada a presidência do conselho, nisto tardou dez minutos, aos quinze o ministro entrava no gabinete do chefe do governo, Boas tardes, senhor primeiro-ministro, Boas tardes, faça o favor de se sentar, Chamou-me exatamente quando estava a trabalhar num plano de retificação da decisão que tomámos de retirar a polícia da capital, penso que lho poderei trazer amanhã, Não traga, Porquê, senhor primeiro-ministro, Porque não vai ter tempo, O plano está praticamente terminado, só lhe faltam uns pequenos retoques, Receio que não me tenha compreendido, quando digo que não vai ter tempo, quero dizer que amanhã já não será ministro do interior, Quê, a interjeição saiu assim, explosiva e pouco respeitosa, Ouviu perfeitamente o que disse, não precisa que lho repita, Mas, senhor primeiro-ministro, Poupemo-nos a um diálogo inútil, as suas funções cessaram a partir deste momento, É uma violência imerecida, senhor primeiro-ministro, e, permita-me que lho diga, uma estranha e arbitrária maneira de compensar os serviços que tenho prestado ao país, tem de haver uma razão, e espero que ma dê, para esta destituição brutal, brutal, sim, não retiro a palavra, Os seus serviços durante a crise foram uma fiada contínua de erros que me dispenso de enumerar, sou capaz de compreender que a necessidade faz lei, que os fins justificam os meios, mas sempre com a condição de que os fins sejam alcançados e a lei da necessidade se cumpra, e o senhor não cumpriu nem alcançou nenhum, agora mesmo esta morte do comissário, Foi assassinado pelos nossos inimigos, Não me venha com árias de ópera, por favor, já ando nisto há demasiado tempo para acreditar em histórias da carochinha, esses inimigos de quem fala tinham, pelo contrário, todos os motivos para fazer do comissário o seu herói e nenhum para o matar, Senhor primeiro-ministro, não havia outra saída, aquele homem tinha-se tornado num elemento perigoso, Ajustaríamos contas com ele mais tarde, não agora, essa morte foi uma estupidez sem desculpa, e agora, como se ainda fora pouco, temos essas manifestações nas ruas, Insignificantes, senhor primeiro-ministro, as minhas informações, As suas informações não valem nada, metade da população já está na rua e a outra metade não tardará, Tenho a certeza de que o futuro me dará razão, senhor primeiro-ministro, De pouco lhe há de servir se o presente lha nega, e agora ponto final, queira retirar-se, esta conversação chegou ao fim, Devo transmitir os assuntos em curso ao meu sucessor, Mandar-lhe-ei alguém para tratar disso, Mas o meu sucessor, O seu sucessor sou eu, quem já é ministro da justiça também pode ser ministro do interior, fica tudo em casa, eu me encarregarei.

Às dez horas da manhã deste dia em que estamos, dois polícias à paisana subiram ao quarto andar e tocaram à campainha. Veio abrir-lhes a mulher do médico, que perguntou, Quem são os senhores, que querem, Somos agentes da polícia e trazemos ordem de levar o seu marido para um interrogatório, não vale a pena que se canse a dizer-nos que saiu, a casa encontra-se vigiada, por isso não temos dúvidas de que ele esteja aqui, Não há qualquer razão para que tenham de interrogá-lo, a acusada de todos os crimes, pelo menos até agora, tenho sido eu, Esse assunto não é da nossa conta, as ordens que recebemos são estritas, levar o médico, não a mulher do médico, portanto, se não quiser que entremos à força, vá chamá-lo, e já agora prenda esse cão, não vá acontecer-lhe algum acidente. A mulher fechou a porta. Abriu-a outra vez pouco depois, o marido vinha com ela, Que desejam, Levá-lo para um interrogatório, já o tínhamos dito à sua mulher, não vamos levar o resto do dia a repeti-lo, Trazem credenciais, um mandado, Mandado não é necessário, a cidade está sob estado de sítio, quanto às credenciais, aqui estão os nossos cartões, veja se lhe servem, Terei de mudar primeiro de roupa, Um de nós acompanha-o, Têm medo de que eu fuja, de que me suicide, Só cumprimos ordens, nada mais. Um dos polícias entrou, a demora dentro não foi grande. Eu vou com o meu marido aonde ele for, disse a mulher, Já lhe disse que a senhora não vai, a senhora fica, não me obrigue a ser desagradável, Não pode ser mais que o que está a ser, Ai posso, posso, nem imagina até que ponto, e para o médico, Vai algemado, estenda as mãos, Peço-lhe que não me ponha isso, por favor, dou-lhe a minha palavra de honra de que não tentarei escapar, Vamos, estenda as mãos e deixe-se de palavras de honra, muito bem, assim é melhor, vai mais seguro. A mulher abraçou-se ao marido, beijou-o a chorar, Não me deixam ir contigo, Fica sossegada, verás que antes da noite já estarei em casa, Vem depressa, Virei, meu amor, virei. O ascensor começou a descer.

Às onze horas o homem da gravata azul com pintas brancas subiu ao terraço de um prédio quase fronteiro às traseiras daquele em que vivem a mulher do médico e o marido. Leva uma caixa de madeira envernizada, de forma retangular. Dentro há uma arma desmontada, um fuzil automático com mira telescópica, que não será utilizada porque a uma distância destas é impossível que um bom atirador possa falhar o alvo. Também não usará o silenciador, mas, neste caso, por motivos de ordem ética, ao homem da gravata azul com pintas brancas sempre lhe pareceu uma grosseira deslealdade para com a vítima o uso de tal aparelho. A arma já está montada e carregada, com cada peça no seu lugar, um instrumento perfeito para o fim a que se destina. O homem da gravata azul com pintas brancas escolhe o sítio donde disparará e põe-se à espera. É uma pessoa paciente, leva nisto muitos anos e sempre faz bem o seu trabalho. Mais cedo ou mais tarde a mulher do médico terá de vir à varanda. No entanto, para o caso de a espera se prolongar demasiado, o homem da gravata azul com pintas brancas traz consigo outra arma, uma fisga comum, dessas que atiram pedras e se especializaram em estilhaçar vidraças. Não há ninguém que ouça partirem-lhe um vidro e não venha correndo a ver quem foi o vândalo infantil. Passou uma hora, e a mulher do médico ainda não apareceu, tem estado a chorar, a pobre, mas agora virá respirar um pouco, não abre uma janela das que dão para a rua porque sempre há gente a olhar, prefere as traseiras, muito mais tranquilas desde que existe a televisão. A mulher aproxima-se da grade de ferro, põe-lhe as mãos em cima e sente a frescura do metal. Não podemos perguntar-lhe se ouviu os dois tiros sucessivos, jaz morta no chão e o sangue desliza e goteja para a varanda de baixo. O cão veio a correr lá de dentro, fareja e lambe a cara da dona, depois estica o pescoço para o alto e solta um uivo arripiante que outro tiro imediatamente corta. Então um cego perguntou, Ouviste alguma coisa, Três tiros, respondeu outro, Mas havia também um cão aos uivos, Já se calou, deve ter sido o terceiro tiro, Ainda bem, detesto ouvir os cães a uivar.

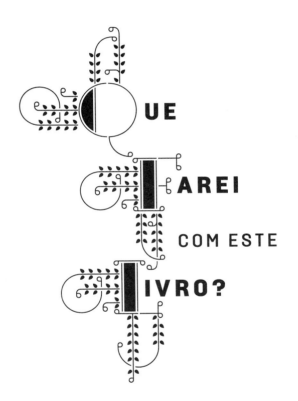

# SUMÁRIO

Que farei com este livro?..............................745

A noite ...................................................... 845

A segunda vida de
Francisco de Assis........................................919

# Que farei com este livro?

*Canção, neste desterro viverás,*
*Voz nua e descoberta,*
*Até que o tempo em eco te converta.*

Camões

# Personagens

LUÍS GONÇALVES DA CÂMARA, jesuíta, confessor do rei D. Sebastião
MARTIM GONÇALVES DA CÂMARA, secretário de Estado
CARDEAL D. HENRIQUE, inquisidor-mor, tio de D. Sebastião
D. CATARINA DE ÁUSTRIA, avó de D. Sebastião, viúva de D. João III
1º FIDALGO
2º FIDALGO
DIOGO DO COUTO, soldado da Índia, futuro cronista e autor de *O Soldado Prático*
ANA DE SÁ, mãe de Luís de Camões
LUÍS DE CAMÕES
3º FIDALGO
FRADE
4º FIDALGO
MIGUEL DIAS, fidalgo do Paço
D. SEBASTIÃO
D. FRANCISCA DE ARAGÃO, dama do Paço
D. VASCO DA GAMA, 3º conde de Vidigueira
D. MARIA DE ATAÍDE, condessa de Vidigueira
FREI MANUEL DA ENCARNAÇÃO, confessor dos condes de Vidigueira

DAMIÃO DE GÓIS, cronista, guarda-mor da Torre do Tombo
CRIADO
OUTRO FRADE
FREI BARTOLOMEU FERREIRA, dominicano, censor de
   *Os Lusíadas*
ANTÓNIO GONÇALVES, impressor
SERVENTE

A ação decorre em Almeirim e Lisboa, entre Abril de 1570 e Março de 1572, ou, com menor rigor cronológico, mas maior exatidão factual, entre a chegada de Luís de Camões a Lisboa, vindo da Índia e Moçambique, e a publicação da primeira edição de *Os Lusíadas*.

# Primeiro ato

*PRIMEIRO QUADRO*

*Corte em Almeirim, Abril de 1570. Padre Luís Gonçalves da Câmara, jesuíta e confessor do rei; Martim Gonçalves da Câmara, secretário de Estado, irmão de Luís Gonçalves da Câmara.*

LUÍS DA CÂMARA: Más lembranças havereis deixado lá por Coimbra, irmão, de tempo em que fostes reitor da Universidade, para desta maneira vos caluniarem, e a mim de caminho. Algum inimigo será, ou invejoso da vossa fortuna, que é o mesmo que inimigo. Muita razão tinham os antigos quando diziam ser a inveja a mais direita estrada da inimizade.

MARTIM DA CÂMARA: De cães que ladrem e línguas que maldigam, ninguém se livra, muito menos se for confessor de el-rei, como vós, ou secretário de Estado, como eu. Esse é o tributo que os poderosos sempre tiveram de pagar. Deixai correr, se a intriga não for a mais.

LUÍS DA CÂMARA: Confiado vos vejo.

MARTIM DA CÂMARA: E eu a vós por de mais preocupado. Com vossa licença, irmão, são simples migalhas isso que vos apoquenta. E quem vos disse que esse papel foi escrito na Universidade?

LUÍS DA CÂMARA: Ninguém, nem eu o declarei formalmente. Porém, em Coimbra foram os pasquins espalhados, não em Lisboa. Onde a galinha canta, aí pôs o ovo. *(Lê.)* "El-rei nosso senhor, por fazer mercê a Luís Gonçalves e a Martim Gonçalves, e aos padres da Companhia, há por bem de não casar estes quatro anos, e de estar com eles abarregado." *(Martim da Câmara ri.)* Folgo de vos ver tão contente, Martim. Em vosso lugar, teria talvez mais comedimento. Achais bem que o meu e o vosso nome, e a Companhia de Jesus, corram assim a lama das ruas?

MARTIM DA CÂMARA: Perdoai, meu irmão. Nem sempre posso acompanhar-vos em gravidade e sisudez.

LUÍS DA CÂMARA: Que muito conviriam a vosso serviço.

MARTIM DA CÂMARA: Perdoai outra vez. Bem sabeis como vos respeito e amo. Não vos devo menos que a nosso pai. Dele recebi a vida, de vós a fortuna, este meu cargo no Paço, a autoridade que tenho no reino. É a vossa grande bondade que às vezes me permite esquecer a diferença que fazem as nossas idades, e quanto maior é a vossa sabedoria que a minha ignorância. Mas a veneração que vos devo e por vós tenho, essa não a esqueço nunca.

LUÍS DA CÂMARA: Não quis censurar-vos, Martim. E como haveis falado das idades que temos, e da diferença que elas fazem, digo-vos que isso mesmo me preocupa. Estou velho, não espero viver muito mais, mas desejaria, quando fosse Deus servido chamar-me à sua presença, deixar-vos firme neste governo.

MARTIM DA CÂMARA: Tenho a confiança de el-rei.

LUÍS DA CÂMARA: Tendes. E muitos ódios na corte. Desenganai-vos, irmão, se enganado andais. No dia em que eu morrer, ou se antes disso Sua Alteza me preferir outro confessor, a vossa posição estará em grande perigo. Sabeis como a rainha nos tem em pouca estima. Já vos esquecestes dos trabalhos que tivemos para evitar que fosse colocado junto de el-rei, por seu confessor, um padre doutra ordem, um dominicano ou um agostinho? Se não contássemos, do nosso lado, com a influência do cardeal-infante, a Companhia de Jesus teria sido posta de parte, e perderia, neste caso, um dos seus triunfos maiores: ser confessora e conselheira de el-rei. *(Pausa.)* E se eu não fosse o confessor, não seríeis vós o secretário de Estado.

MARTIM DA CÂMARA: Isso que dizeis faz-me pensar se afinal não terá sido mais alta a mão que escreveu ou mandou escrever o pasquim que em Coimbra se publicou. Também a avó de el-rei nosso senhor nos acusa, a mim, a vós e à Companhia, de desviarmos Sua Alteza do casamento. E Deus sabe que tal não é verdade.

LUÍS DA CÂMARA: Será meia verdade. El-rei não quer casar, à Companhia não convém que el-rei case tão cedo. Casando el-rei, quem sabe se continuaria a ouvir-nos, ainda que tão pouco?

MARTIM DA CÂMARA: Terá então sido D. Catarina?

LUÍS DA CÂMARA: Não vou tão longe, irmão. A avó de el-rei nunca escondeu o seu pensamento, não precisaria de que mãos assalariadas o exprimissem em imundos papéis.

MARTIM DA CÂMARA: Poderia querer virar o povo contra nós.

LUÍS DA CÂMARA: Talvez. Estaremos precavidos. Ainda que tanto erra aquele que de todos se fia como aquele que de tudo se receia.

MARTIM DA CÂMARA: El-rei haverá de casar um dia.

LUÍS DA CÂMARA: Assim será, para felicidade do reino. Mas cada coisa tem seu tempo.

MARTIM DA CÂMARA: Outros reis casaram bem mais cedo.

LUÍS DA CÂMARA: El-rei casará, torno a dizer, não nos dê isso cuidado.

MARTIM DA CÂMARA: Estais preocupado, padre Luís Gonçalves da Câmara.

LUÍS DA CÂMARA: Não são mais os meus cuidados do que os vossos, Martim.

MARTIM DA CÂMARA: Então são muitos. Sabeis, como eu, que o mal não está em não haver el-rei casado até agora. Sua Alteza que idade tem? Dezasseis anos. Um dia destes acorda de manhã e diz: quero escolher noiva. E Portugal terá a sua rainha.

LUÍS DA CÂMARA: Quisesse Deus que fosse tudo tão fácil como dizeis.

MARTIM DA CÂMARA: Vejo que vos aproximais de mim. E como não ousareis dar os passos que faltam, dir-vos-ei eu que não é casar ou não casar el-rei que vos preocupa.

LUÍS DA CÂMARA: Que é, então?

MARTIM DA CÂMARA: Terei de ser eu a declarar as palavras que a vossa língua recusa, padre Luís Gonçalves da Câmara? Rainha de Portugal, haveremos talvez, não creio é que dê ela filhos que de el-rei possam ser. *(Pausa.)* Perdoai se vos escandalizei.

LUÍS DA CÂMARA: Um confessor nunca se escandaliza. Sabeis o que haveis dito?

MARTIM DA CÂMARA: E vós, meu irmão, parece-vos bem que estejamos a jogar o jogo das escondidas?
LUÍS DA CÂMARA: Não vos entendo.
MARTIM DA CÂMARA: Entendeis, entendeis. Mesmo sendo eu secretário de Estado, e como vós pertencente à Companhia de Jesus, não invoco as razões e o interesse do reino para descobrir segredos de confissão. Somente vos quero perguntar se tendes a certeza de que do ajuntamento de el-rei com uma mulher, sua legítima ou barregã, poderão vir a nascer filhos. E também vos pergunto se estais seguro de que tal ajuntamento se possa carnalmente fazer.
LUÍS DA CÂMARA: Da vossa parte, é muito perguntar, senhor secretário de Estado.
MARTIM DA CÂMARA: E da vossa, pouco responder, senhor confessor de el-rei.
LUÍS DA CÂMARA: Que quereis que vos diga? São perguntas que eu próprio tenho feito em meu pensamento.
MARTIM DA CÂMARA: E que respostas vos dá ele?
LUÍS DA CÂMARA: Tenho tentado não as ouvir.
MARTIM DA CÂMARA: Isso me basta.
LUÍS DA CÂMARA: Deus fará o milagre para salvar-se o reino.
MARTIM DA CÂMARA: Grande, sem dúvida, é o poder de Deus, mas para que o homem pudesse empunhar a espada, foi preciso que o mesmo Deus lhe desse mãos. Ora, as mãos é com o homem que nascem, não lhe vêm depois. Esse milagre não o pode Deus fazer.
LUÍS DA CÂMARA: Tende tento na vossa língua, Martim Gonçalves. A Deus nada é impossível.
MARTIM DA CÂMARA: Exceto emendar a sua própria obra.
LUÍS DA CÂMARA: Calai-vos.

MARTIM DA CÂMARA: Sim, meu irmão.

LUÍS DA CÂMARA: Tivesse aqui ouvidos o Santo Ofício e nem eu vos poderia livrar de processo. *(Pausa.)* Que notícias vêm de Lisboa?

MARTIM DA CÂMARA: Nem melhores, nem piores. A peste não dá sinais de querer retirar-se, e agora, com estes primeiros calores de Abril, temo que redobre. Já morreram mais de cinquenta mil pessoas, geralmente do povo miúdo.

LUÍS DA CÂMARA: Nosso Senhor receba as suas almas e nos defenda a nós da contagião.

MARTIM DA CÂMARA: Amém. Aqui, em Almeirim, os ares são frescos e lavados, não chegará cá a pestilença. Lisboa está fechada, é como um caldeirão de brasas. Em não tendo mais que consumir, apagam-se a si próprias.

LUÍS DA CÂMARA: Ficam as cinzas.

MARTIM DA CÂMARA: Ficam as cinzas. *(Pausa.)* Sua Alteza sai amanhã a montear.

LUÍS DA CÂMARA: Gentil caçador é el-rei, e ardoroso. Em todo o reino não tem quem se lhe compare.

MARTIM DA CÂMARA: Hoje, a manhã esteve de névoa. É de manhãs assim que el-rei mais gosta. É o seu maior prazer, cavalgar às cegas.

LUÍS DA CÂMARA: Sim, manhãs de nevoeiro.

## SEGUNDO QUADRO

*Mesmo tempo, mesmo lugar. D. Henrique, cardeal-infante, tio de D. Sebastião, inquisidor-mor; D. Catarina de Áustria, avó de D. Sebastião, viúva de D. João III.*

CARDEAL: Há quantos anos vos ouço eu dizer que estais fatigada da governação? Agora vos aborrece também a corte? Não sois a única a enfadar-se da corte. E se caístes em desentendimento com Sua Alteza, não é isso de hoje nem de ontem, que eu saiba. Enfim, dessa vontade de vos instalardes em Castela para o resto dos vossos dias, não me dareis razões que me convençam.

D. CATARINA: Não é do governo do reino que me queixo. Foram cuidados que sempre detestei, mas que me não ocupam já. Que me aborreça a corte, é verdade. Porém, como dizeis, não sou a única. Quanto a desentendimentos com el-rei, não penso que sejam eles de maior monta que os vossos próprios.

CARDEAL: Porquê, então, essa vontade de sairdes de Portugal?

D. CATARINA: Que faço eu aqui? El-rei não me ouve.

CARDEAL: El-rei não ouve ninguém.

D. CATARINA: Ouve os Câmaras, o confessor que vós lhe impusestes, o secretário de Estado a quem o mesmo confessor logo abriu as portas do paço e os segredos do reino.

CARDEAL: Antes fosse como afirmais. O que vosso neto, el-rei nosso senhor, estima nos Câmaras, é terem-no aliviado do fardo de governar. Nada mais. Vede o que se passa no Conselho de Estado. Queixai-vos de que não vos ouve el-rei. E eu, que direi? Eu, que, como vós, fui regente do reino, eu cardeal e inquisidor-mor, eu tio de Sua Alteza e seu orientador na primeira idade? Vosso neto dá mais atentos ouvidos aos seus íntimos e privados do que a mim, a vós e aos Câmaras, todos juntos. Receio bem...

D. CATARINA: Que receais?

CARDEAL: Que, pelo caminho que o reino vai tomando, ainda o veremos como homem perdido em noite e descampado. Então se verá que falsos ou verdadeiros guias o irão tomar pela mão, e aonde o levam.

D. CATARINA: Por essas culpas não terei eu que responder.

CARDEAL: Vós é que o dizeis. Fala-se muito de casar ou não casar el-rei, se é el-rei que não quer casar ou não lho consentem...

D. CATARINA: Sois boa testemunha dos meus esforços para que tal casamento se faça.

CARDEAL: É verdade. E apraz-me essa vossa diligência. Mas não devo calar que me desagrada a constância com que teimais na aproximação de Portugal e Castela.

D. CATARINA: Sempre foi meu parecer que assim se defenderiam melhor os interesses de ambos os reinos.

CARDEAL: Seja o parecer vosso ou de el-rei D. Filipe, não esqueçais que Portugal é uma panela de barro. Não lhe convém encostar-se demasiado à panela de ferro que Castela é. Conheceis o conto...

D. CATARINA: Conheço. Mas igualmente sei que muito importa ao fraco chegar-se à fortaleza de um protetor, como sempre fazem os pequenos que querem tirar benefício da benignidade dos grandes.

CARDEAL: Falais como castelhana orgulhosa que nunca deixastes de ser. Há quatro séculos que Portugal é reino independente e soberano. Quereis vê-lo agora submetido?

D. CATARINA: Vejo que haveis confundido o sentido das minhas palavras. Não falo de submeter-se Portugal a Castela. Falo, sim, de reconhecer o fraco a sua fraqueza e ter a prudência de escolher defensor. Antes que venha a ser tarde de mais.

CARDEAL: Portugal não precisa de quem o defenda, nem é somente este reino. É a África e a Índia, é o Brasil.

D. CATARINA: África, Índia e Brasil têm o amo que em Portugal hoje governa. Assim continuará a ser se vier a ser outro o amo.

CARDEAL: São perigosas essas vossas palavras.

D. CATARINA: Falo do que poderá vir a acontecer, não daquilo que desejo. Ao contrário do que adivinho ser vosso pensamento, é meu firme voto que Portugal guarde a sua independência. Mas, se um dia a perder, não será a Índia que lha virá restituir.

CARDEAL: Tendes razão. De memória de homens, nunca se viu o conquistado acudir em defesa do conquistador. *(Pausa.)* Deveríamos juntar as nossas duas vontades. *(Pausa.)* Porém, não consigo afastar certos cuidados. É verdade que ambos dizemos querer que case Sua Alteza, para tranquilidade do povo e garantia da permanência do trono e da dinastia, mas sobre este último ponto não estou tão seguro de que seja essa a vossa intenção profunda.

D. CATARINA: Muito é o que suspeitais de mim, senhor cardeal.

CARDEAL: Sois tia de el-rei de Castela.

D. CATARINA: Castelhana orgulhosa, dissestes.

CARDEAL: Castelhana, e basta.

D. CATARINA: Dei nove filhos a meu marido e senhor, e esses filhos nasceram portugueses.

CARDEAL: Má era a casta para que nenhum deles tivesse sobrevivido.

D. CATARINA: Ofendeis-me, senhor cardeal.

CARDEAL: Um cardeal não poderá ofender nunca uma rainha. Deus manda-me que fale claro. O sangue da casa de Áustria não trouxe nenhum bem a Portugal.

D. CATARINA: Devo-vos o respeito que o vosso ministério impõe. Vede vós se me deveis a mim alguma coisa.

CARDEAL: Senhora, à mulher que sois peço perdão pela rudeza das minhas palavras. Mas a rainha terá de ouvi-las e conformar-se com a verdade que há nelas.

D. CATARINA: Mulher e rainha, dei infantes à casa real portuguesa. Cumpri o meu dever.

CARDEAL: Todos morreram.

D. CATARINA: El-rei vem da mesma linhagem, meu neto. Não se perdeu portanto a descendência.

CARDEAL: Vosso neto descuida as obrigações que Deus lhe confiou.

D. CATARINA: Fostes vós o seu educador.

CARDEAL: Eduquei-o para governar um povo, não para desbaratar o tempo em montarias. Eduquei-o no temor de Deus e da sua palavra, não para os excessos de religião em que se compraz e que o seu múnus real não necessita. Eduquei-o para que escutasse o conselho dos de maior experiência e idade, não para se rodear de insensatos que o distraem da governança e o incitam a aventuras de conquista que nenhum bem trarão a Portugal.

D. CATARINA: Não tendes portanto que censurar-me. Maligno foi, no vosso dizer, o sangue dos Áustrias. Que quereis que pense do sangue de Avis que há em meu neto e em vós?

CARDEAL: Senhora, não nos fatiguemos mais com recriminações.

D. CATARINA: Tomei o vosso primeiro exemplo, também posso tomar esse, se quiserdes.

CARDEAL: Pressinto que grandes desgraças cairão sobre Portugal se a tempo nos não precavermos. Quereria ter-vos do meu lado, não com os inimigos do reino.

D. CATARINA: Sossegai, que não me vereis com eles. *(Pausa.)* Quem sabe se morreremos antes que sucedam as calamidades que temeis? Deus disporá. Não depende de mim nem de vós o destino do reino. Há em Portugal um rei.

CARDEAL: Há.

D. CATARINA: Não pareceis dizê-lo de boa mente.

CARDEAL: A mim mesmo pergunto quem governa realmente o reino. El-rei D. Sebastião, ou o desvario daqueles que o arrastam, adulando-o. Ou será el-rei o cego e transviado?

D. CATARINA: Que não saiba el-rei o que foi agora dito.

CARDEAL: Saberá se lho disserdes, e eu saberei que lho dissestes.
D. CATARINA: Sou velha, senhor inquisidor-geral, não sou louca.
CARDEAL: Ambos somos velhos. Talvez todos sejamos loucos.
D. CATARINA: A peste, em Lisboa, continua?
CARDEAL: Continua.

## TERCEIRO QUADRO

*Mesmo tempo, mesmo lugar. Antecâmara. Fidalgos, escudeiros, frades, despachadores, moços. Movimento compassado, ambiente de religiosidade e resguardo. 1º Fidalgo, 2º Fidalgo. Diogo do Couto.*

1º FIDALGO: Está aí Diogo do Couto, que veio da Índia e já requereu falar a el-rei. Tendes dele boa lembrança?
2º FIDALGO: Em Goa o conheci.
1º FIDALGO: Pelo modo como respondeis, qualquer diria que o não estimais. Estou enganado?
2º FIDALGO: Sim e não.
1º FIDALGO: Fazei-me a mercê de vos explicardes melhor.
2º FIDALGO: Diogo do Couto é homem arrebatado que parece ter feito um dia juramento de só dizer o que toma por verdades, ainda que delas se doam os ouvidos de quem perto dele estiver. *(Outro tom.)* Não que eu tenha querela com a verdade. A verdade é timbre de bom nascimento, só os vilões mentem, e de mouros e judeus todos, mas viciosa conversação será aquela que esquecer, entre gente bem nascida e de sangue limpo, as conveniências do lugar e os interesses da ocasião. Diogo

do Couto não respeita as conveniências nem obedece aos interesses.

1º FIDALGO: Conhecei-lo por bom soldado?

2º FIDALGO: Serviu comigo, não tenho que dizer. De boas armas é, e também letrado.

1º FIDALGO: De que coisas quererá ele informar el-rei?

2º FIDALGO: Não se contentará com requerer despacho dos seus serviços na Índia. Se não variou do que foi, mais queixas trouxe, e acusações, do que cravo e canela. Não lhe chegariam paióis dobrados. Dirá que a Índia se perde, que por maus governos se vai de pernas acima, e não poupará nem vice-reis nem capitães.

1º FIDALGO: Não são esses recados que el-rei goste de ouvir. Em má hora veio Diogo do Couto.

2º FIDALGO: A Índia está ganha, viva por si, que bem pode, para serviço de el-rei e benefício do reino. Outras batalhas chamam agora Portugal.

1º FIDALGO: E bem mais perto. Com a ponta duma lança se chega a Marrocos.

2º FIDALGO: El-rei levará essa lança.

1º FIDALGO: Muito terá então de esperar Diogo do Couto.

2º FIDALGO: Esperará a sua vez, que não é desembarcar da nau em Cascais, vir a galope direito a Almeirim, entrar logo no paço e dar-lhe el-rei despacho antes que aos outros pretendentes. A Índia não tem pressa. Quem mais veio, se o sabeis?

1º FIDALGO: Veio António Ferrão. E também ouvi dizer que chegaram António Cabral e Duarte de Abreu. *(Entra Diogo do Couto.)* Eis o homem.

DIOGO DO COUTO: *(Dirigindo-se ao 2º Fidalgo.)* Bem contente estou por vos vir encontrar em tal tempo e ocasião. Agora creio que sendo vós testemunha de meus serviços e trabalhos, decerto serei bem recebido e despachado. Outros favores não peço, se são favores declarar a verdade e ter despacho de onze anos que servi na Índia.

2º FIDALGO: Em vós não vejo eu outra diferença do que a desses anos que dizeis. Aqui estava eu dizendo a Sua Mercê, que sobre vós me perguntava, o bom soldado que sois, e letrado.

DIOGO DO COUTO: Não faltam felizmente a Portugal soldados bons e bons letrados, todos eles melhores do que este vosso servidor. Faltará, sim, bondade a quem tenha por ofício reconhecer os sacrifícios de uns e os talentos de todos.

1º FIDALGO: Vejo que continuais a merecer bem a vossa reputação.

DIOGO DO COUTO: Que reputação?

1º FIDALGO: A de falar franco.

DIOGO DO COUTO: *(Para o 2º Fidalgo.)* Também de meus defeitos falava Vossa Mercê?

2º FIDALGO: Também, se defeitos lhes chamais.

DIOGO DO COUTO: Tanta é a gente que mo tem dito, que não estar Vossa Mercê de acordo com ela seria o maior espanto desta minha viagem. Afinal, muito é o que se diz quando estamos ausentes ou de costas voltadas. Servem as palavras para isto: tão certas são para errar, como erradas para acertar.

2º FIDALGO: Gracioso discurso, que mais me parece de subtil escolar do que de soldado.

DIOGO DO COUTO: Muito mal de espírito venho encontrar a corte se com tão pouco se contenta. Comigo veio de Moçambique Luís Vaz que mais formosas razões vos saberia dizer.

1º FIDALGO: Quem é Luís Vaz?
DIOGO DO COUTO: Perguntais sincero?
1º FIDALGO: Nunca tal nome ouvi.
DIOGO DO COUTO: Luís Vaz de Camões, escudeiro.
1º FIDALGO: Por minha fé, não sei.
DIOGO DO COUTO: *(Para o 2º Fidalgo.)* E vós, que na Índia estivestes?
2º FIDALGO: Luís Vaz? Luís Vaz de Camões? Sempre me lastimei desta minha má retentiva. *(Pausa.)* É homem de quem de todo me não lembro.
DIOGO DO COUTO: Bem verdade, e muito geral, é não haver melhor memória que a do nome, títulos, feição e mercês dos poderosos. Assim fica entendido que não saibais vós de Luís Vaz. Poeta é, o maior que há em Portugal, e sem outros bens que o seu engenho. *(Em voz mais alta.)* Senhores, quem, de entre vós, fidalgos, religiosos, despachadores, moços de câmara e mais quem esteja, conhece Luís de Camões? *(Silêncio geral.)*

## *QUARTO QUADRO*

*Lisboa, Mouraria, casa de Luís de Camões, princípio de Maio de 1570. Ana de Sá, Diogo do Couto, Luís de Camões.*

DIOGO DO COUTO: *(Falando de fora.)* Luís Vaz mora nesta casa?
ANA DE SÁ: *(Abrindo a porta.)* Nesta mesma. Vós, quem sois?
DIOGO DO COUTO: Diogo do Couto, amigo e companheiro de vosso filho, para vos servir.
ANA DE SÁ: Vós sois Diogo do Couto? Entrai. E não repareis na pobreza da casa, que é de mulher velha e viúva. E, se não fica mal dizer, só desde há duas semanas mãe outra vez.
DIOGO DO COUTO: Senhora, de casas pobres falais com homem de muita experiência que não viveu em palácios, ou quando neles habitou não foi em salas e aposentos principais. Tal como vosso filho.
ANA DE SÁ: Sentai-vos, sentai-vos. Deixai que olhe bem o rosto do amigo do meu Luís.
DIOGO DO COUTO: Outros tem.
ANA DE SÁ: Mas nenhum melhor do que vós. *(Outro tom.)*

Porém não devo ser injusta para quantos, com tão grande generosidade, restituíram o filho aos braços de sua mãe ao cabo de dezassete anos. Dezassete anos que esperei aqui por ele, sem notícias, ou tão poucas, pensando se estaria morto, se por lá me teria ficado, nessas terras estranhas donde nenhum bem nos veio nunca, e já não virá.

DIOGO DO COUTO: Não gostais da Índia?

ANA DE SÁ: Que é a Índia?

DIOGO DO COUTO: Senhora, que pergunta a vossa. Não cuidava eu, quando desembarquei, que alguém me pusesse em Lisboa questão de tanta dificuldade. Que resposta vos hei de dar?

ANA DE SÁ: Vós o sabereis.

DIOGO DO COUTO: Sei o que é a Índia agora. Vem de lá a especiaria, a seda, todas essas riquezas que chegam ao reino.

ANA DE SÁ: Da Índia sabeis certamente muito mais do que isso.

DIOGO DO COUTO: Tendes razão. A Índia será, ou cuido que já o é, uma doença de Portugal. Queira Deus que não mortal doença.

ANA DE SÁ: Senhor Diogo do Couto, eu não sei ler. Luís Vaz trouxe aí muitos papéis...

DIOGO DO COUTO: Papéis ilustres, que os conheço.

ANA DE SÁ: Aí se senta os dias a corrigir, a ler em voz alta. Muito do que diz não sei entender, é tudo um falar de deuses e deusas, nomes de terras e mares desconhecidos, prodígios, coisas nunca vistas, quem, neste bairro da Mouraria, seria capaz de imaginar o mundo assim?

DIOGO DO COUTO: O mundo tem ainda muito mais que ver e admirar.

ANA DE SÁ: Há dias pedi-lhe que me lesse uma passagem mais clara, que pudesse chegar melhor ao meu entendimento, e ele pôs-se a olhar para mim com um ar muito grave, e depois de procurar leu-me a fala do velho que esteve na partida das naus para a Índia. Estais lembrado?

DIOGO DO COUTO: Como do meu próprio nome. Ó glória de mandar, ó vã cobiça dessa vaidade a que chamamos fama...

ANA DE SÁ: Esses versos escreveu-os Luís Vaz na Índia, não foi?

DIOGO DO COUTO: Decerto.

ANA DE SÁ: Então, quando vós dizeis que a Índia será uma doença de Portugal, estais declarando doutro modo aquilo que meu filho disse nas oitavas que me leu. É assim que eu entendo.

DIOGO DO COUTO: Discreta sois.

ANA DE SÁ: Zombais de uma pobre velha ignorante. Tive tempo para pensar no meu filho, nessas terras e nessas viagens. Dezassete anos a pensar são muitos pensamentos. Outra vez vos digo obrigada, senhor Diogo do Couto, por mo terdes trazido.

DIOGO DO COUTO: Como está Luís Vaz?

ANA DE SÁ: Como vos responderei? Vejo-o diferente do que foi, é o meu filho e é também outro homem. Em que praia ou mar ficou o mancebo galhardo que daqui partiu, que privações e desgostos o tornaram tão melancólico, que misérias mais custosas de suportar que esta pobreza costumada?

DIOGO DO COUTO: A Índia...

ANA DE SÁ: Não falta quem de lá volte rico.

DIOGO DO COUTO: É de não ter vindo rico Luís Vaz que vos queixais?

ANA DE SÁ: É de não ter vindo contente, e não estar nas minhas mãos o seu contentamento. Não lho pode dar sua mãe, se alguém pode.

DIOGO DO COUTO: Senhora Ana de Sá...

ANA DE SÁ: Sabeis o meu nome? Devia ter-vo-lo dito. Mas eu sou apenas a mãe do meu filho.

DIOGO DO COUTO: De Moçambique ao reino, navegámos cinco meses. Vede o tempo que nos sobejou, a Luís Vaz e a mim, para conversarmos de nossas vidas.

ANA DE SÁ: Falou-vos de mim, meu filho?

DIOGO DO COUTO: Falou.

ANA DE SÁ: E que dizia?

DIOGO DO COUTO: Não saberia eu agora repeti-lo palavra por palavra. Mas entendi que muito vos amava.

ANA DE SÁ: Assim será. É justo e natural que um filho ame a sua mãe. Porém, Luís Vaz tem uma estranha natureza, ou trouxe-a dessas paragens. O meu alegre Luís que foi, vive calado hoje, como se tivesse um colar de ferro apertado na garganta, quase não me fala.

DIOGO DO COUTO: Tende paciência. Luís Vaz é homem orgulhoso. Sabe o valor dos papéis que escreveu, dos seus versos, do seu grande poema, mas haveria de querer trazer também outros bens e veio de mãos vazias. Sabeis como o encontrei em Moçambique, vivendo da ajuda de alguns...

ANA DE SÁ: E para poder tornar ao reino pagaram os seus amigos, além da passagem, duzentos cruzados de dívida...

DIOGO DO COUTO: Isso sabeis?

ANA DE SÁ: Não é meu filho tão orgulhoso que o escondesse. Ou terá sido por orgulho que mo disse.

DIOGO DO COUTO: Atrás do dia velho, vem o dia novo. Luís Vaz publicará os seus versos, terá a proteção da corte, o favor de el-rei. Em todo o reino não há poeta maior.

ANA DE SÁ: Assim tenha vida. Se de tão longe regressou, de tantos perigos, para vir morrer por esta peste que todos os dias mata famílias inteiras, é porque não há justiça no céu. *(Som de sineta que passa.)*

DIOGO DO COUTO: A justiça...

ANA DE SÁ: Agora todos os dias rezo à Virgem Santíssima e lhe digo: Mãe dos homens, se meu filho morre, se a mim me conservaste a vida para o ver morrer a ele, esquece-te de Ana de Sá, porque aos teus pés nunca mais ajoelharei.

DIOGO DO COUTO: Senhora, sossegai.

ANA DE SÁ: Senhor Diogo do Couto, se eu tivesse outro filho desabafaria com ele estas coisas que me pesam no coração. Vós sois como irmão de Luís Vaz. Ainda bem que viestes e eu pude falar.

DIOGO DO COUTO: Aonde foi ele?

ANA DE SÁ: Disse que ia a São Domingos praticar com os frades.

DIOGO DO COUTO: Se tarda, voltarei outro dia.

ANA DE SÁ: Quem sabe se haverá outro dia? Melhor é ficardes. *(Apura o ouvido.)* Estais servido. Ouço-lhe os passos.

DIOGO DO COUTO: Não ouço nada.

ANA DE SÁ: Dezassete anos à espera do meu filho, senhor Diogo do Couto, deram-me o ouvido mais fino do mundo. *(Levanta-se, abre a porta, Luís de Camões está no limiar.)*

LUÍS DE CAMÕES: Quando será, minha mãe, que me dareis tempo de abrir eu a porta?

ANA DE SÁ: Se vieres pelos ares voando, como os anjos, talvez que te não ouça. Está aí Diogo do Couto.

LUÍS DE CAMÕES: Diogo.
DIOGO DO COUTO: Luís Vaz. *(Abraçam-se demoradamente.)* Cheguei hoje da corte, vim saber notícias de ti. E enquanto esperava, estive conversando com a senhora Ana de Sá. Proveitosa conversa foi ela.
ANA DE SÁ: É lisonjeiro, o teu amigo.
LUÍS DE CAMÕES: Tudo se poderá dizer de Diogo do Couto, mas lisonjeiro, não.
DIOGO DO COUTO: Quando a verdade for lisonjeira, não é à verdade que devemos deitar culpas.
ANA DE SÁ: Estais combinados ambos para me fazerdes corar de confusão. Conversai lá, enquanto eu vou tratar da ceia. Luís, comerá Diogo do Couto contigo? Não temos hoje mais do que sardinhas cozidas.
DIOGO DO COUTO: Outro dia virei com mais tempo, e sardinhas poderão ser. Mas hoje não. Tenho encontro com o capitão da nau em que fizemos viagem.
ANA DE SÁ: O vosso prato, senhor Diogo do Couto, estará sempre na mesa. Com o que houver.
DIOGO DO COUTO: Beijo-vos as mãos pela mercê. *(Ana de Sá retira-se.)* Bem afortunado és, Luís Vaz, por tal mãe.
LUÍS DE CAMÕES: Não me lembro que assim fosse quando parti para a Índia. Ou então era eu que não tinha olhos que a vissem. *(Sorri.)* É certo que já nesse tempo me faltava este.
DIOGO DO COUTO: Que vida fazes?
LUÍS DE CAMÕES: Esta. Como do que não trouxe nem ganho, durmo na cama que cá deixei, passeio por Lisboa, converso com os frades. Quem na Mouraria me conhece, reconhece-me por esta pala. Mas se perto de mim estiver outro torto, não se sabe quem é Luís de Camões.

DIOGO DO COUTO: De amargurado falas.

LUÍS DE CAMÕES: Não o creias. Numa cidade que morre de peste, pesam bem pouco as amarguras dos vivos. Ainda agora me dizia em São Domingos frei João da Silva que para essas covas se atiram todos os dias quarenta, cinquenta defuntos. Ouves a sineta da galera dos mortos? Vê lá onde ficam as tristezas de Luís de Camões.

DIOGO DO COUTO: Devias sair de Lisboa, levar tua mãe.

LUÍS DE CAMÕES: E para onde iríamos? Minha mãe diz que a peste está no fim, que o céu já tem o seu carregamento de almas completo. E que desta casa não sai. E eu, se escapei de pelouros e bombardas, de flechas e cutiladas, decerto não voltei a Lisboa para morrer de peste. Primeiro, há de o meu livro ser publicado.

DIOGO DO COUTO: Tens escrito?

LUÍS DE CAMÕES: Corrijo, faço obra de remendão.

DIOGO DO COUTO: E novos versos?

LUÍS DE CAMÕES: Nada que mereça sair da manada dos enjeitados. Olho para dentro de mim e vejo-me seco e vazio. Durante a viagem, pensei que se me abririam as fontes quando arribasse a Lisboa. Ver a cidade fechada, atribulada de doença e em tão grande mortandade... Que pode um poeta compor?

DIOGO DO COUTO: Talvez destes mesmos dias de peste...

LUÍS DE CAMÕES: Estranha ideia, essa.

DIOGO DO COUTO: Se sobre as guerras fazem os poetas belos versos, porque não hão de fazê-los magníficos sobre as pestes?

LUÍS DE CAMÕES: Não se usa.

DIOGO DO COUTO: Tu já usaste. Lembra-te daquelas oitavas em que falas da podridão das gengivas dos marinheiros, e do cheiro pestilento, e de se lhes retalharem as carnes como em mortos que eram já. É a peste.

LUÍS DE CAMÕES: Singular homem tu és, Diogo do Couto. Quem sabe se não seria justo e necessário escrever isso, e não só finezas da alma e alvoroços do coração?

DIOGO DO COUTO: Só tu o poderás fazer. Assim o quisesses...

LUÍS DE CAMÕES: Não creio que o faça. *(Mudando de tom.)* E tu, que vieste fazer a Lisboa? Mais seguro estarias em Almeirim, longe da pestilença.

DIOGO DO COUTO: Disse-to já. Tenho de falar com o capitão da nau. E também te queria avisar de que se espera não tarde muito a corte a vir a Lisboa. Não será para amanhã, por enquanto ainda a peste anda acesa, mas dá tu atenção ao regresso de el-rei, e assim que haja notícia de ter chegado a corte, vai lá, leva a tua obra e pede por ela.

LUÍS DE CAMÕES: Estou desacostumado dos usos da corte. Folgaria de ser como tu, que de usos aceitas todos e nenhum. Mas lá irei. Não há nada que mais deseje no mundo que ver o meu livro publicado. E tu, já recebeste despacho?

DIOGO DO COUTO: Desacostumado estás, em verdade. E devias sabê-lo, que na Índia é ainda menor a diligência. Àquelas portas ganha cabelos brancos quem os tiver escuros. Senta-se um homem ainda neto naqueles escanos e vem despachado avô. *(Mudando de tom.)* Em Almeirim, os ares são puros, mas a peste também por lá anda.

LUÍS DE CAMÕES: Que queres dizer?

DIOGO DO COUTO: Não menos do que disse. El-rei rodeia-se de frades e privados, não quer saber doutros conselhos, e Deus sabe que estes não são bons. Todo o seu sonho é conquistar Marrocos, vencer o Turco, libertar os Santos

Lugares. A rainha inclina-se para Castela, está-lhe no sangue, o cardeal opõe-se, mas ninguém sabe ao certo o que quer o cardeal. Na Índia não pensávamos que o reino fosse esta barca sem leme nem mastro.

LUÍS DE CAMÕES: Tanto e tão mal encontraste em tão pouco tempo?

DIOGO DO COUTO: Não me acreditas? O tempo dirá se me engano.

LUÍS DE CAMÕES: E el-rei? Como é el-rei? Quando parti para a Índia, ainda ele não era nascido.

DIOGO DO COUTO: El-rei... El-rei é uma criança de dezasseis anos. Gosta de caçar e montear, arrenega do governo do reino, reza mais do que a rei convém. Mas é corajoso. Diz-se que só tem medo de uma coisa, do casamento. Falar-lhe em casar é o mesmo que falar-lhe em morte. É robusto de corpo, louro. Aí tens el-rei. Ah, é verdade. Descai-lhe o beiço.

LUÍS DE CAMÕES: Amargurado estás, digo-te eu agora.

DIOGO DO COUTO: Luís Vaz, este rei não basta sequer para Portugal, como pode chegar para tão grande sonho de conquista? Deixámos a confusão da Índia, pior está Portugal.

LUÍS DE CAMÕES: Este rei... É o rei que temos, e as coisas que sonha são grandes, como dizes.

DIOGO DO COUTO: Os melhores sonhos são os que se fazem com os olhos abertos, não os da cegueira. Perdoa-me, Luís Vaz.

LUÍS DE CAMÕES: Julgas-me melindroso a esse ponto? Deve-se falar de corda em casa de enforcado.

DIOGO DO COUTO: E de loucura em casa de orates.

LUÍS DE CAMÕES: Vai tão longe o mal?

DIOGO DO COUTO: Julgarás por ti quando à corte fores.
LUÍS DE CAMÕES: Julgarei.
ANA DE SÁ: *(Entrando.)* A ceia está pronta. O senhor Diogo do Couto fica para comer?
DIOGO DO COUTO: Saio já. Dê-me Vossa Mercê licença de que me retire. Breve nos veremos, Luís Vaz. *(Sai.)*
ANA DE SÁ: É um homem direito e bom, Diogo do Couto. Deverás cuidar dele como se fosse teu irmão.
LUÍS DE CAMÕES: Diogo do Couto é meu irmão.
ANA DE SÁ: *(Depois de ir dentro.)* Aqui tens a ceia.
LUÍS DE CAMÕES: E vós, minha mãe, não comeis?
ANA DE SÁ: Comi lá dentro, enquanto estivestes conversando.
LUÍS DE CAMÕES: É verdade?
ANA DE SÁ: É.

*(Luís de Camões come em silêncio. Em silêncio, e de pé, Ana de Sá assiste. Depois leva o prato. Não regressa. Luís de Camões reflete, levanta-se, vai mexer nos seus papéis, colhe alguns, lê vagamente.)*

LUÍS DE CAMÕES: *(Lendo e acentuando progressivamente a ênfase.)* Dai-me uma fúria grande e sonorosa,/ E não de agreste avena ou frauta ruda,/ Mas de tuba canora e belicosa,/ Que o peito acende e a cor ao gesto muda;/ Dai-me igual canto aos feitos da famosa/ Gente vossa, que a Marte tanto ajuda:/ Que se espalhe e se cante no Universo,/ Se tão sublime preço cabe em verso. *(Falando como se pensasse.)* Aqui é que deverá entrar a dedicatória... A dedicatória a el-rei... *(Lendo outra vez.)* E vós, Tágides minhas... *(Fala.)* Diogo do Couto vê em tudo sombras, é o seu feitio... Grandes coisas são estas que sonha el-rei... *(Torna a ler.)* E vós, Tágides minhas... *(Fala.)* Um verso, para começar, que emparelhasse com este, um vocativo... *(Começa a ouvir-se a sineta da galera dos mortos de peste.)* E vós, ó bem nascida segurança... Sim, isto será... *(Senta-se à mesa, puxa pena, papel e tinta e começa a escrever. A sineta vai aumentando de intensidade.)* E vós, ó bem nascida segurança/ Da Lusitana antiga liberdade,/ E não menos certíssima esperança... *(Vai diminuindo o tom, enquanto diminui também o toque da sineta e a luz baixa.)*

## QUINTO QUADRO

*Corte em Lisboa. Junho de 1570, sala do Paço. A frequentação costumada de frades, fidalgos e moços. Dos fidalgos, alguns vestem já roupas sóbrias, outros ainda trajam luxuosamente: tem poucas semanas a pragmática sobre o luxo.*

3º FIDALGO: Pelos santos evangelhos, digo-vos que de muita bondade é esta pragmática. Bem se determinou el-rei mandando pôr cobro aos gastos de sumptuária que se faziam em panos e adereços, e que haveriam de servir para se perderem as almas enquanto se não viesse a perder o reino.

FRADE: Isso que dizeis é santo. Gaste cada um não mais que os rendimentos que tiver, e com o que sobrar compre bens de raiz e prata chã, que esses, ao menos, não se rompem nem perdem o seu valor. Se muito pensassem os fidalgos nos luxos do trajar, pouco pensariam nas guerras que vai ser mister fazer.

4º FIDALGO: *(Que traja com alguma ostentação.)* Ainda não tive tempo de mudar o guarda-roupa de minha casa para cumprir as ordens de el-rei, cujas, por estas barbas, acato e seguirei.

3º FIDALGO: Mais diligente fui do que vós. Em uma semana, não mais, todos os de minha casa passaram a vestir com modéstia.

4º FIDALGO: Porventura estaríeis vós mais provido de bens para em tão pouco tempo terdes podido reformar por inteiro o vosso guarda-roupa. Ou não seriam as vossas galas tantas, para sem pena delas vos despedirdes?

3º FIDALGO: Querereis explicar-vos por palavras claras?

4º FIDALGO: São muito claras as palavras, tanto no seu dizer como no seu sentido.

FRADE: Senhores, questionar sobre tal matéria, não é para gente de razão e bom nascimento. Olhai antes que alegre está o céu por ver que segue a nobreza de Portugal o santíssimo exemplo da Igreja. Ricas e poderosas são as nossas ordens em terras, pessoas e outros bens, e contudo vede como nós, servos de Deus, vestimos pobremente. Que é melhor para a alma? Trajar o corpo sedas e cetins, ou alargar domínios, os vossos e os do reino?

3º FIDALGO: Tendes razão.

4º FIDALGO: Boa razão tendes.

FRADE: Ora pois, e não torneis a enfadar-vos, que com os enfados da nobreza sofre a fazenda de el-rei e entristece a Igreja.

4º FIDALGO: Por estas barbas...

3º FIDALGO: Pelos santos evangelhos... *(Integram-se no conjunto.)*
*(Entra Luís de Camões, traz papéis debaixo do braço. Disfarça o embaraço pisando com certa arrogância. Há quem o olhe com alguma curiosidade, há quem não repare sequer nele. Apenas um dos presentes, Miguel Dias, se aproxima.)*

MIGUEL DIAS: Enganam-me os meus olhos, ou vós sois Luís Vaz?

LUÍS DE CAMÕES: Não vos enganam. Muito mais me engana este que me resta, se não me diz quem sois vós.

MIGUEL DIAS: No tempo da nossa mocidade, chamáveis-me Miguel Dias. Diz-vos este nome alguma coisa?

LUÍS DE CAMÕES: Miguel Dias. Ora já me lembro. Folgo de vos ver.

MIGUEL DIAS: Vindes para despachar os vossos negócios? Por Duarte de Abreu soube que desembarcastes da nau *Santa Clara*.

LUÍS DE CAMÕES: A isso vim, como todos os soldados que da Índia chegam. E também por causa destes meus papéis.

MIGUEL DIAS: Que coisas são esses escritos, se não é confiado perguntar? Mas será talvez matéria de segredo...

LUÍS DE CAMÕES: Mal me será se nisso se tornar. O que aqui trago é uma obra que escrevi em oitava rima sobre as navegações que fez D. Vasco da Gama à Índia e sobre os feitos dos portugueses desde o princípio.

MIGUEL DIAS: Excelente é a intenção. Não o será menos o resultado.

LUÍS DE CAMÕES: Assim espero. Mas não me cabe a mim dizê-lo. Sabe-se o que se diz de quem a si próprio se elogia.

MIGUEL DIAS: Já em vossa mocidade cultiváveis as musas. Mas agora subiu o vosso pensamento a mais alto lugar.

LUÍS DE CAMÕES: Prouvera que não caia desasado.

*(Entra Martim Gonçalves da Câmara.)*

MIGUEL DIAS: Este é Martim Gonçalves da Câmara, secretário de Estado. Vinde comigo. *(Aproximam-se.)* Martim Gonçalves, está aqui Luís Vaz de Camões que veio da Índia para requerer despacho de seus serviços.

MARTIM DA CÂMARA: Folgo de vos conhecer, senhor Luís Vaz, mas havereis de falar com os despachadores que têm encargo de serem juízes dessas satisfações.

LUÍS DE CAMÕES: Assim farei, senhor secretário de Estado. Perdoai a Miguel Dias ter cortado o vosso passo para abrir caminho ao meu. Vivi dezassete anos na Índia, desacostumei-me dos usos, estou como lavrador da Beira diante do palácio dos Estaus. Foi Deus, decerto, que pôs aqui Miguel Dias e vos trouxe a vós em tão breve tempo.

MIGUEL DIAS: Todos somos instrumentos da vontade divina. E porque se acabou a minha parte neste movimento, deixo-vos, que tem Luís Vaz outro assunto a tratar convosco. *(Afasta-se.)*

MARTIM DA CÂMARA: Não poderei demorar-me. El-rei não tarda aí para o Conselho de Estado. Que desejais?

LUÍS DE CAMÕES: Trago para publicar uma obra em oitava rima...

MARTIM DA CÂMARA: Já tendes o parecer do Santo Ofício?

LUÍS DE CAMÕES: Há dois meses apenas que desembarquei, senhor Martim da Câmara.

MARTIM DA CÂMARA: A hora não é conveniente para falarmos, e também o lugar. El-rei vem aí...

LUÍS DE CAMÕES: Sua Alteza passará por esta sala?

MARTIM DA CÂMARA: Sim, passará.

LUÍS DE CAMÕES: Dizei-lhe uma palavra em meu favor, rogo-vos essa mercê. Dizei-lhe que neste meu livro canto os feitos dos portugueses na Índia, dizei-lhe que...

MARTIM DA CÂMARA: Senhor Luís Vaz, eu farei por vós o que puder, desde que não vá contra os interesses de el-rei e do reino. Porém, tereis de esperar o tempo e a oportunidade.

Vai reunir-se agora o Conselho de Estado, amanhã sairá el-rei para Santarém, vede vós se terei tão cedo ocasião para tratar dos vossos negócios. Sobre os vossos serviços na Índia, já vos disse, falai com os despachantes.

LUÍS DE CAMÕES: Poderei ver passar el-rei?

MARTIM DA CÂMARA: Por certo que sim, se aqui estais.

LUÍS DE CAMÕES: Beijo-vos as mãos pela mercê. Não gasteis mais do vosso tempo comigo.

*(Martim Gonçalves da Câmara retira-se. Aproxima-se Miguel Dias.)*

MIGUEL DIAS: Afinal, serviu-se bem Deus de mim para vos servir bem a vós?

LUÍS DE CAMÕES: Quem sabe? Se Deus escreve direito por linhas tortas, espero que não se perca na falta de direiteza destas.

MIGUEL DIAS: Continuarei a ser hoje o vosso custódio. Está ali alguém a quem deveis falar.

LUÍS DE CAMÕES: Quem é esse?

MIGUEL DIAS: O conde de Vidigueira, terceiro conde do título, que, como seu avô, também se chama Vasco da Gama. Talvez vos dê boa proteção...

LUÍS DE CAMÕES: Custódio me sois, mas agora não milagroso. Sua Mercê voltou-nos as costas, conversa com dois frades...

MIGUEL DIAS: E el-rei vem entrando.

*(Entra D. Sebastião, acompanhado da rainha D. Catarina, do cardeal D. Henrique, do padre Luís da Câmara, de Martim da Câmara e mais personagens da corte e do Conselho de Estado. O conde de Vidigueira junta-se ao séquito, em lugar principal. Quando D. Sebastião se aproxima, Luís de Camões adianta-se.)*

LUÍS DE CAMÕES: *(Pondo um joelho no chão.)* Alteza... *(Há um movimento de surpresa, um murmúrio, o cortejo para, Martim da Câmara vem à frente.)* Servi dezassete anos na Índia...

MARTIM DA CÂMARA: Senhor Luís Vaz... *(Agitação no séquito da rainha.)*

LUÍS DE CAMÕES: Neste livro que aqui vedes tenho escrito os feitos dos vossos antepassados e as navegações dos portugueses, do povo de que sois senhor.

MARTIM DA CÂMARA: Senhor Luís Vaz de Camões, afastai-vos, deixai passar Sua Alteza. Estais a importunar el-rei. Como foi que vos atrevestes?

LUÍS DE CAMÕES: Permiti, senhor, que vos leia, e que as ouça a corte, algumas oitavas, estas que não há muitos dias compus, a dedicatória a Vossa Alteza. Sabereis...

*(D. Sebastião, que tem ouvido indiferente, avança para o outro lado e retira-se, levando atrás de si todo o séquito, incluindo a figuração que estivera presente desde o princípio da cena. Luís de Camões permanece como estava, com um joelho em terra, segurando os papéis abertos. Não repara que uma mulher, antes de sair, se voltara para trás, a olhá-lo. Põe-se de pé. Parece acordar.)*

## SEXTO QUADRO

*Casa de Luís de Camões, Junho de 1570. Ana de Sá, Francisca de Aragão, Luís de Camões.*

ANA DE SÁ: Quem bate? *(Levanta-se do banco baixo em que está costurando e vai abrir.)* A quem procurais?

FRANCISCA DE ARAGÃO: A Luís Vaz de Camões. Está em casa?

ANA DE SÁ: Está. Entre Vossa Mercê. Meu filho esteve a escrever nos seus livros todo o dia. Deitou-se há migalho para descansar.

FRANCISCA DE ARAGÃO: Dorme?

ANA DE SÁ: Dormirá. E se dormir, é a vossa visita de tanta urgência que o acorde?

FRANCISCA DE ARAGÃO: Será muito proveitoso aos interesses de vosso filho que eu lhe fale. Sois a mãe de Luís Vaz?

ANA DE SÁ: Ana de Sá, para vos servir. E vós, quem sois?

FRANCISCA DE ARAGÃO: D. Francisca de Aragão, dama da rainha.

ANA DE SÁ: É a rainha quem vos manda? Trazeis um recado do paço? Meu filho foi lá há dois dias...

FRANCISCA DE ARAGÃO: Não trago recado do paço. Sou eu o meu recado.

ANA DE SÁ: Que nome dissestes?

FRANCISCA DE ARAGÃO: Francisca de Aragão. Conheci o vosso filho há muitos anos.

ANA DE SÁ: Lembro-me do vosso nome...

FRANCISCA DE ARAGÃO: Há filhos que amam tanto suas mães que não podem calar a elas os amores que têm por outras mulheres. Ama-vos assim Luís Vaz?

ANA DE SÁ: Se o que dissestes é realmente medida de muito amor, vim agora a saber o amor de meu filho. Mas, vós, que lhe quereis, depois de tantos anos? Luís Vaz não é aquele moço formoso que partiu para a Índia...

FRANCISCA DE ARAGÃO: Também nós já não somos as mulheres que o vimos partir.

ANA DE SÁ: Vós sois formosa. Eu sou a mãe.

FRANCISCA DE ARAGÃO: Senhora Ana de Sá, devo falar ao vosso filho. Estou em vossa casa. Não posso ir eu despertá-lo, se é verdade que dorme, mas imaginai o que sinto no meu coração, sabendo-o tão perto, e vós que não vos decidis a ir chamá-lo.

ANA DE SÁ: Outra vez vos digo que Luís Vaz já não é o moço formoso que partiu para a Índia. Talvez que os vossos olhos se recusem a reconhecê-lo.

FRANCISCA DE ARAGÃO: Sei como está vosso filho. Vi-o no paço.

ANA DE SÁ: E ele, viu-vos?

FRANCISCA DE ARAGÃO: Não.

ANA DE SÁ: Dos dois, vai ser ele o mais afortunado. Sois bela, senhora D. Francisca de Aragão, mas olhai se convosco vem a meu filho a desfortuna.

FRANCISCA DE ARAGÃO: Tivesse eu todo o bem do mundo, e ele seria de Luís Vaz. Por favor, ide acordá-lo.

ANA DE SÁ: Irei. *(Sai.)*

*(Francisca de Aragão fica sozinha. Aproxima-se da mesa, mexe nos papéis espalhados, tenta ler, depois abandona-os, fica a olhar a porta por onde Luís de Camões vai entrar.)*

LUÍS DE CAMÕES: Senhora.

FRANCISCA DE ARAGÃO: Luís Vaz. Luís Vaz, tão contente estou de vos ver.

LUÍS DE CAMÕES: E eu a vós, senhora.

*(Nem um nem outro sabem que mais dizer. A insustentável tensão é quebrada por Francisca de Aragão que corre para Luís de Camões e se abraça a ele.)*

FRANCISCA DE ARAGÃO: Oh, Luís.

LUÍS DE CAMÕES: Passou muito tempo.

FRANCISCA DE ARAGÃO: Quando vos vi no paço, sem esperar, não tinha ouvido falar do vosso regresso....

LUÍS DE CAMÕES: Vistes-me no paço? Quando?

FRANCISCA DE ARAGÃO: Eu acompanhava a rainha.

LUÍS DE CAMÕES: Ah.

FRANCISCA DE ARAGÃO: Foi uma loucura, Luís Vaz. Onde tendes vivido para acreditar que el-rei vos ouviria, ali, na passagem para o Conselho?

LUÍS DE CAMÕES: E noutra ocasião, e noutro lugar, ouvirá? Terá Luís de Camões de pôr os dois joelhos em terra para que lhe ouçam os versos?

FRANCISCA DE ARAGÃO: Sofri por vós. Pudesse eu, e teria voltado atrás, para apertar-vos nos meus braços, como faço agora.

LUÍS DE CAMÕES: É muita bondade a vossa.

FRANCISCA DE ARAGÃO: Bondade?

LUÍS DE CAMÕES: Ou compaixão?

FRANCISCA DE ARAGÃO: Não sois vós homem por quem se tenha compaixão. *(Em voz baixa.)* Amor sei eu que vos tive, e grande.

LUÍS DE CAMÕES: Passou muito tempo.

FRANCISCA DE ARAGÃO: É verdade. Porém, quando vos vi, foi como se a roda do tempo tivesse desandado vinte anos para trás e eu estivesse outra vez nos vossos braços. Apertavam-me eles então com muito mais força, Luís Vaz.

LUÍS DE CAMÕES: Perderam o vigor que tinham.

FRANCISCA DE ARAGÃO: A força dos braços é no coração que nasce.

LUÍS DE CAMÕES: Senhora...

FRANCISCA DE ARAGÃO: Francisca é o meu nome...

LUÍS DE CAMÕES: Francisca, seja. Voltei da Índia sem riqueza nem esperança de a ter, e com a saúde perdida. Durante dezassete anos sofri além-mar o que além-mar em geral se sofre, mais a parte que só a mim me cabia. Trouxe papéis com versos, é tudo quanto tenho.

FRANCISCA DE ARAGÃO: Quero ler esses versos.

LUÍS DE CAMÕES: Para quê?

FRANCISCA DE ARAGÃO: De vós, sei o que éreis. Mais me dirão agora os versos de quem sois hoje, do que vós narrando-me esses dezassete anos em outros dezassete.

LUÍS DE CAMÕES: Nem eu duraria tanto, senhora.

FRANCISCA DE ARAGÃO: Francisca.

LUÍS DE CAMÕES: Francisca.

FRANCISCA DE ARAGÃO: Se durareis ou não, Deus sabe. Agora estamos ambos vivos. Luís, eu sinto que posso amar-vos outra vez.

LUÍS DE CAMÕES: Este cego?
FRANCISCA DE ARAGÃO: Já o éreis quando vos amei.
LUÍS DE CAMÕES: Este homem sem fortuna?
FRANCISCA DE ARAGÃO: Esse coração.
LUÍS DE CAMÕES: Oh, Francisca, sou um homem que amou muitas mulheres, e a cada uma muito amou. Amei-vos a vós...
FRANCISCA DE ARAGÃO: Acabai.
LUÍS DE CAMÕES: Amei-vos num tempo melhor do que este. Ainda não sabíamos então que a velhice existia.
FRANCISCA DE ARAGÃO: E agora?
LUÍS DE CAMÕES: Eu estou velho.
FRANCISCA DE ARAGÃO: Eu não o serei nunca.
LUÍS DE CAMÕES: Essa palavra me faria enamorar de vós outra vez.
FRANCISCA DE ARAGÃO: Enamorai-vos.
LUÍS DE CAMÕES: Na guerra, no campo de batalha, vemos cair um companheiro, parece às vezes a ferida ligeira, e se o queremos ajudar a erguer-se, os membros desfalecem-lhe, é um corpo morto que mais tarde teremos de enterrar. Outras vezes julgamos que é mortal o golpe, que não há esperança, passamos adiante e contamo-nos um a menos, mas olhamos para o lado e vemos que ele se levantou por suas próprias forças e continua o combate, mesmo deixando atrás de si o sangue. Assim são os amores. Julgamo-los vivos e estão mortos, julgamo-los mortos e estão vivos.
FRANCISCA DE ARAGÃO: Enamorai-vos.
LUÍS DE CAMÕES: Não tenho nada para vos dar.
FRANCISCA DE ARAGÃO: Enamorai-vos. Não terá de dar mais quem der o amor.

LUÍS DE CAMÕES: Não é nas grandes fogueiras que mais nos queimamos. Dessas, fugimos. É no lume que julgávamos apagado.

FRANCISCA DE ARAGÃO: Todos nos queimamos. Também eu amei outros homens, e muito a cada um. É a minha natureza. E este tempo de hoje sei eu que não será diferente daquele em que fui amada por vós, se o que o meu coração sentir for igual.

LUÍS DE CAMÕES: É igual?

FRANCISCA DE ARAGÃO: Amanhã o saberei. O tempo irá dizer.

LUÍS DE CAMÕES: Olhai bem, Francisca. Não vamos fugir a cuidados.

FRANCISCA DE ARAGÃO: Mas porém a que cuidados? *(Reflete.)* Aí tendes. Glosai-me este mote.

LUÍS DE CAMÕES: Que mote?

FRANCISCA DE ARAGÃO: "Mas porém a que cuidados?" Pelas glosas que dele fizerdes saberei se me ireis ter amor.

LUÍS DE CAMÕES: Falais seriamente?

FRANCISCA DE ARAGÃO: Muito seriamente.

LUÍS DE CAMÕES: Então farei por que não digam tão de mais que vos enganem a vós, nem tão de menos que me iludam a mim. Lá vos mandarei as glosas.

FRANCISCA DE ARAGÃO: E agora, Luís Vaz, basta de falar de amores. Os passados passaram já, os futuros farão mais do que falar. Vou amar-vos outra vez, mas agora tratemos dos vossos negócios.

LUÍS DE CAMÕES: Não estão bem encaminhados...

FRANCISCA DE ARAGÃO: Terão caminho. Copiai-me a vossa obra das navegações, eu falarei à rainha, arranjarei modo de fazer chegar uma palavra ao rei, tenho alguma influência no paço. Fidalgos haverá decerto que se interessarão por vós. A vossa grande navegação terminou, chegastes a bom porto, vereis que tudo irá mudar.

LUÍS DE CAMÕES: Que ânimo tendes.

FRANCISCA DE ARAGÃO: Não era eu assim quando me conhecestes? Quem sabe se só não me reconhecíeis assim? E outra coisa fareis, essa vos compete, falar ao conde de Vidigueira, a D. Vasco da Gama, é muito em prol da sua casa que o vosso livro seja publicado. Ele vos dará proteção.

LUÍS DE CAMÕES: Tendes a certeza?

FRANCISCA DE ARAGÃO: É o seu dever, honrar a memória do avô.

LUÍS DE CAMÕES: Queira Deus ouvir-vos.

FRANCISCA DE ARAGÃO: Ouvirá. E agora, Luís, deixai-me partir. Vou contente.

LUÍS DE CAMÕES: Posso beijar-vos?

FRANCISCA DE ARAGÃO: Desde quando pede Luís de Camões um beijo? Deveis beijar-me.

*(Sai. Luís de Camões sorri. Está num sonho diferente. Entra Ana de Sá.)*

ANA DE SÁ: Que te queria essa dama da rainha?

LUÍS DE CAMÕES: *(Abanando a cabeça como diante do inacreditável.)* Francisca...

## SÉTIMO QUADRO

*Palácio do conde de Vidigueira. D. Vasco da Gama, a condessa D. Maria de Ataíde, Luís de Camões, frei Manuel da Encarnação, aias, moços de câmara.*

CONDE DE VIDIGUEIRA: *(A quem um criado veio dar um recado em voz baixa.)* Trá-lo cá. *(Para a condessa.)* Vem aí Luís Vaz de Camões saber a resposta à sua carta. *(Para os outros.)* Não vos retireis, que o negócio é de pouca monta e nenhum segredo...

LUÍS DE CAMÕES: *(À entrada.)* Senhor conde... *(Faz vénia, depois repete-a na direção da condessa.)* Senhora condessa...

CONDE DE VIDIGUEIRA: Entrai, senhor Luís Vaz.

LUÍS DE CAMÕES: Recebi o vosso recado, senhor conde. Vossa Mercê mandou-me chamar, aqui estou... Posso esperar que tenhais lido a minha carta e as oitavas que juntei?

CONDE DE VIDIGUEIRA: Li a carta e os mais papéis que vieram com ela. Dizei por claro o que pretendeis.

LUÍS DE CAMÕES: Senhor conde, a carta pedia a vossa proteção para as oitavas que por cópia estão em vossas mãos e para as irmãs delas que em minha casa ficaram. Disse-vos que é uma obra composta sobre os feitos dos portugueses e a navegação para a Índia, em que esteve vosso avô como capitão-mor.

CONDE DE VIDIGUEIRA: Decerto não quereis contar-me a história da minha família. *(Risos das aias.)*

LUÍS DE CAMÕES: Não poderia ser essa a minha intenção. Vossa Mercê mandou que por claro me explicasse.

CONDE DE VIDIGUEIRA: Mas não para vos ouvir repetir a carta nem os versos. Abreviemos.

LUÍS DE CAMÕES: Espero a resposta de Vossa Mercê.

CONDE DE VIDIGUEIRA: Por escrito a receberíeis, mas em atenção à memória de meu avô e de meu pai, a quem sucedi nesta casa da Vidigueira, mandei-vos chamar. Pedis proteção na vossa carta. Que proteção é a que esperais?

LUÍS DE CAMÕES: A que for justa para a minha obra e digna da memória do vosso antepassado.

CONDE DE VIDIGUEIRA: Pondes a vossa obra adiante da memória de meu avô?

LUÍS DE CAMÕES: Foi por essa ordem que saíram as palavras da minha boca. Vossa Mercê não pode fazer outros juízos.

CONDE DE VIDIGUEIRA: Dizeis-me, a mim, conde de Vidigueira e almirante da Índia, que não posso fazer outros juízos? Sois muito confiado, senhor Luís Vaz.

LUÍS DE CAMÕES: Senhor conde, eu direi, se vos aprouver, que a proteção que espero de vós é a que for justa para a memória de vosso avô e digna da minha obra.

D. MARIA DE ATAÍDE: Tarde veio a emenda e retorcida. É remendar seda com burel.

LUÍS DE CAMÕES: Eu, senhora condessa, de panos de vestir não sei mais do que estes que trago, que não são burel nem seda.

D. MARIA DE ATAÍDE: Altivo me saiu quem de tanta proteção diz precisar.
LUÍS DE CAMÕES: Deixei de o ser quando a pedi.
CONDE DE VIDIGUEIRA: Senhor Luís Vaz, esta matéria não requer mais alongada conversação. Se é dinheiro que quereis da minha casa, se dinheiro quereis...
LUÍS DE CAMÕES: Dedicam-se as obras aos protetores delas...
CONDE DE VIDIGUEIRA: Se é dinheiro...
LUÍS DE CAMÕES: Vossa Mercê mo recusará se o não quiser dar.
CONDE DE VIDIGUEIRA: Recuso.
LUÍS DE CAMÕES: Senhor Conde, a impressão da minha obra em que louvo e canto o primeiro conde de Vidigueira, vosso avô, terá então de sair da minha bolsa, que veio vazia da Índia. Da Índia trouxeram muitos outros a bolsa cheia. Talvez venha a pedir-lhes auxílio a eles, mas pensei que vos faria injúria não começando por vós...
CONDE DE VIDIGUEIRA: Sois poeta e bem falante, senhor Luís Vaz. Ficai com a glória do vosso bem falar e bem escrever, que a casa da Vidigueira não precisa de quem lhe cante as glórias, ou pagará a encomenda que fizer para lhas cantarem. E eu não me lembro de vos ter encomendado este trabalho. *(Entrega os papéis a Luís de Camões, que os recebe.)* Podeis retirar-vos.
LUÍS DE CAMÕES: Aonde irá morrer o conde de Vidigueira? Na hora de morrerdes, quem sabe se antes de mim, bom será que vos lembreis dessas palavras. É a última ocasião que tereis de pedir perdão a Deus por tê-las dito. Senhora condessa... *(Sai.)*
D. MARIA DE ATAÍDE: Cego seja do outro olho o vilão ruim.

VOZES DIVERSAS: Cego seja, cego seja.

CONDE DE VIDIGUEIRA: Calai-vos! Luís Vaz não é vilão. *(Silêncio. Murmurando.)* Aonde irá morrer o conde de Vidigueira?...

D. MARIA DE ATAÍDE: Deixai esses agoiros. Que vos pareceu o atrevimento, frei Manuel da Encarnação?

FREI MANUEL DA ENCARNAÇÃO: Perdoemos ao louco o seu pouco juízo.

D. MARIA DE ATAÍDE: Olhai. Dos papéis que trouxe Luís de Camões ainda ficou este aqui.

*(O conde de Vidigueira faz um gesto cansado com a mão. A condessa, num repente furioso, rasga o papel em quatro e lança os bocados para o chão. Aias e moços precipitam-se, disputam os fragmentos, e rasgam-nos em bocadinhos cada vez mais pequenos, atirando-os ao ar.)*

FIM DO PRIMEIRO ATO

# Segundo ato

*PRIMEIRO QUADRO*

*Casa de Damião de Góis, no sítio do Castelo. Fevereiro de 1571. Durante algum tempo, a cena está deserta. Ouve-se música da época. Depois entram Damião de Góis, Luís de Camões e Diogo do Couto. Camões e Couto amparam discretamente Damião de Góis. Mais tarde virá Francisca de Aragão.*

DAMIÃO DE GÓIS: Deus vos pague, meus amigos. *(Senta-se.)* Porém, não me julgueis tão sem forças que não seja capaz, em minha casa, de andar sem ajudas. Mas padecem os velhos de uma certa fraqueza que principalmente os acomete quando estão presentes ombros fortes e corações novos. Assentaremos que afinal fraqueza não será, mas antes a brandura que a idade traz à alma.

LUÍS DE CAMÕES: Diogo do Couto é moço. Eu é que já estou no caso de se me embrandecer a alma, mas a estes ombros e a este coração podereis sempre, senhor Damião de Góis, confiar isso que dizeis ser vossa fraqueza. Ainda que em vós só vejo a sabedoria, e não debilidade e vagueza do espírito.

DAMIÃO DE GÓIS: Se nos lançássemos em torneios de finezas, estou que seríeis o vencedor. Porém, antes de passarmos adiante na nossa conversação, protesto que estejais vós em idade de vos embrandecer a alma, como dissestes. E ainda que a idade tivésseis, a fraqueza não. Quem, como vós, escreveu aquela obra de tanta excelência...

LUÍS DE CAMÕES: Não parece que na corte sejam muitas as vozes para fazerem coro com a vossa nesse juízo.

DIOGO DO COUTO: Vai para um ano que Luís Vaz chegou a Lisboa, e tem vivido de esperanças e desespero. Senhor Damião de Góis, que desvairamento é este, que reino temos? Nunca em Portugal se escreveu um livro assim, e ninguém o agradece.

DAMIÃO DE GÓIS: Comemos, bebemos, folgámos honestamente, falemos agora de algumas coisas graves. Mas antes vá Diogo do Couto fechar a janela, porque a este sol de Fevereiro sobeja-lhe em luz o que lhe falta em calor, e também a porta, por causa do que a Portugal também sobeja e do que a Portugal falta. *(Diogo do Couto executa.)*

LUÍS DE CAMÕES: Enigmático estais hoje, senhor Damião de Góis.

DIOGO DO COUTO: Que é isso que sobeja e falta a Portugal?

DAMIÃO DE GÓIS: Falta a Portugal espírito livre, sobeja espírito derrubado. Falta a Portugal alegria, sobejam lágrimas. Falta a Portugal tolerância, sobeja prepotência.

LUÍS DE CAMÕES: Por isso mandastes fechar a porta em vossa própria casa?

DAMIÃO DE GÓIS: Por isso foi. Ainda que muitas vezes aconteça fecharem-se as portas como as bocas, tarde de mais.

DIOGO DO COUTO: Senhor Damião de Góis, por mercê, rogo-vos que vos expliqueis.

DAMIÃO DE GÓIS: Falemos primeiramente do livro de Luís Vaz, ainda que tudo venha a ser o mesmo falar. Que passos destes?

LUÍS DE CAMÕES: Fui a Martim Gonçalves da Câmara, que me fez promessas de modo como as promessas costumam ser feitas. Ajoelhei-me aos pés de el-rei, porque acreditei inocentemente que ali, diante da corte, posto o meu livro à vista de todos, Sua Alteza daria exemplo de benevolência e me falaria. Ainda não sei, até hoje, como é a voz de el-rei D. Sebastião. Pedi a proteção de D. Vasco da Gama e sofri grande vexação de que não falarei, nem mesmo diante de vós, senhor Damião de Góis, nem a ti, Diogo do Couto. E se a um e a outro a não relato, vede se poderei dizê-la a mais alguém.

DIOGO DO COUTO: Nem sequer a D. Francisca de Aragão?

LUÍS DE CAMÕES: Diogo do Couto, não pergunto a razão escondida da tua pergunta, se há alguma escondida razão. Prefiro pensar que se estás falando dessa senhora, é só porque eu te disse ter ela mostrado grande empenho em mover em meu favor o paço.

DAMIÃO DE GÓIS: Se não me enganam os ouvidos, estais querelando.

LUÍS DE CAMÕES: Enganam-vos os vossos ouvidos, sim. Diogo do Couto fez uma pergunta, e eu respondi. Não nascerá o dia que nos veja em discórdia.

DIOGO DO COUTO: Assim é. E se na minha pergunta vistes malícia, não é a malícia minha, mas das vozes do paço.

LUÍS DE CAMÕES: Que dizem as vozes do paço?

DIOGO DO COUTO: O paço diz o que Luís Vaz não quis confiar ao seu amigo Diogo do Couto. Salvo se mente o paço, e então não teria realmente Luís Vaz matéria que confiasse a Diogo do Couto.

DAMIÃO DE GÓIS: Quereis que me retire e vos deixe conversando?

LUÍS DE CAMÕES: Far-me-íeis injúria, senhor Damião de Góis. Sou vosso parente, e com ouvirdes estas coisas não sofre a vossa honra nem a minha. Porém poderá sofrer a da pessoa de quem falamos.

DIOGO DO COUTO: Perdoa-me, Luís Vaz. Da minha boca não se ouvirá uma palavra mais. *(Retira-se para a janela.)*

LUÍS DE CAMÕES: Melhor é assim. De proveito apenas restou ficardes vós a saber já, senhor Damião de Góis, aquilo que seguidamente vos iria dizer. Que a senhora D. Francisca de Aragão, dama da rainha, pediu por mim no paço.

DAMIÃO DE GÓIS: E os resultados?

LUÍS DE CAMÕES: Nenhuns até hoje, que eu o saiba.

DAMIÃO DE GÓIS: Eu mesmo me irei interessar pelo vosso livro. O cardeal-infante tem-me em grande estima, e é fidalgo da sua casa e seu tesoureiro meu genro Luís de Castro, a quem vos recomendarei com muita instância. Posto isto, e sem que saiamos da matéria, como vos disse, observemos agora, ou lancemo-nos um pouco a adivinhar, as dificuldades que tendes encontrado, todos esses entraves e obstáculos à publicação do vosso livro. Dai-me vós também atenção, Diogo do Couto. Sem dúvida que Lisboa é linda, vista dessa janela, mas estas questões importam muito a vosso amigo Luís Vaz.

LUÍS DE CAMÕES: Apostemos que mesmo ali não perde Diogo do Couto uma palavra do que dizemos.

DIOGO DO COUTO: Zombais ambos de mim?

LUÍS DE CAMÕES: *(Indo para Diogo do Couto.)* Vem cá, Diogo. Ouçamos agora Damião de Góis. Do mais falaremos depois, quando nos retirarmos, e eu te darei satisfação. Não saberás das vozes do paço a inteira verdade, mas da minha própria boca.

DAMIÃO DE GÓIS: Sentai-vos, enfim, e guardai lá os vossos segredos. O livro que escrevestes, Luís Vaz, e com estas primeiras palavras já vou entrando nas coisas graves que tinha para vos dizer, sendo tão excelente obra como Diogo do Couto declara e eu confirmo, lembra-me uma barca onde muita gente quereria ser levada desde que nela não se transportasse mais ninguém. E como todos põem esta condição, está a barca parada no porto.

LUÍS DE CAMÕES: Explicai-vos melhor.

DAMIÃO DE GÓIS: Explico já. Quando chegastes da Índia, era o vosso livro como hoje é? Não precisais responder. Tive aqui em minha casa o manuscrito, li-o com grande cuidado e atenção, mas de tanto não precisaria para distinguir, nas diferenças de tinta, os acrescentamentos escritos estando vós já em Portugal e por causa do que cá viestes encontrar.

LUÍS DE CAMÕES: Assim é. Lembrai-vos que de el-rei eu não sabia mais do que existir. Em Lisboa é que escrevi a dedicatória...

DAMIÃO DE GÓIS: Que mais?

LUÍS DE CAMÕES: O final do canto quinto, também do sétimo, algumas oitavas do canto nono, outras no canto décimo...

DIOGO DO COUTO: E, se bem te conheço, ainda escreverás, se não foi escrito já, o bastante para amanhã se saber que os parentes de Vasco da Gama não cuidaram de honrar, como deviam, o fundador da casa da Vidigueira.

LUÍS DE CAMÕES: Escrito está, não duvides.

DAMIÃO DE GÓIS: O que trouxestes da Índia, Luís Vaz, foi a história do antigo Portugal, mais a grande navegação. Tudo isso que acrescentastes são casos dos nossos dias de agora, deste tempo em que não sabemos para onde Portugal vai.

DIOGO DO COUTO: Vai para um profundo poço.

LUÍS DE CAMÕES: Não irá.

DAMIÃO DE GÓIS: El-rei, se fosse um soberano dado a leituras, haveria de estimar ler as oitavas que lhe dedicais no princípio da obra, as grandes conquistas ali profetizadas. Mas cuido que justamente essas oitavas não agradam ao cardeal D. Henrique, a quem inquietam aventuras. Porém, o mesmo cardeal haverá entendido, não que eu o saiba de ciência certa, mas presumo, haverá o cardeal-infante entendido que exaltando vós os portugueses e a história dos seus reis, boa contrariedade será o vosso livro para as intenções que é dito serem as de D. Catarina, que muito quereria aproximar Portugal de Castela.

LUÍS DE CAMÕES: Senhor Damião de Góis, olhai que me perco entre tanto querer e não querer.

DAMIÃO DE GÓIS: Não vos disse eu logo que o vosso livro é barca onde cada qual quer viajar sem companhia?

LUÍS DE CAMÕES: Deixais-me confundido.

DAMIÃO DE GÓIS: Sem dúvida são melhores os caminhos retos, mas esses não os há na vida das nações nem nos interesses dos paços e dinastias. A vossa obra será publicada, Luís Vaz, mas só quando, claramente, a balança pender para um lado ou para o outro.

LUÍS DE CAMÕES: Porém, o livro não será diferente do que é.

DAMIÃO DE GÓIS: A diferença estará nos olhos que o lerem.

E a parte que ficar vencedora fará que seja o livro lido com os olhos que mais lhe convierem.

DIOGO DO COUTO: E a parte vencida, que fará?

DAMIÃO DE GÓIS: Ficará esperando a sua vez de ler e fazer ler doutra maneira.

LUÍS DE CAMÕES: Eu sei o que escrevi.

DAMIÃO DE GÓIS: Sabereis, não o duvido. Mas também eu sabia o que escrevera na segunda parte do meu livro *Sobre a fé, costumes e religião dos Etíopes,* e não cuidei que tivesse o Santo Ofício motivos para determinar que ele fosse apreendido na alfândega de Lisboa.

DIOGO DO COUTO: Quando se deu tal caso?

DAMIÃO DE GÓIS: Há uns trinta anos. Estava eu então na Europa. Escrevi ao cardeal D. Henrique e ele respondeu-me que o motivo da apreensão fora ter eu posto argumentos mais fortes na boca do embaixador do Prestes João do que na do bispo com quem ele disputava sobre questões de fé. Eu sabia o que tinha escrito, o Santo Ofício soube o que leu. Faz o carpinteiro uma nau, não tarda que lhe venham dizer que é caravela.

LUÍS DE CAMÕES: Haverá o meu livro de sofrer tratos tais?

DAMIÃO DE GÓIS: Não o duvideis. Vedes agora as coisas graves que eu tinha para vos dizer do vosso livro, e por que mandei a Diogo do Couto que fechasse a porta? Vedes enfim o que falta e sobeja a Portugal?

DIOGO DO COUTO: Senhor Damião de Góis, vós que vivestes tantos anos em países estrangeiros, vós que tivestes amizade com tantos e tão iluminados espíritos da Europa, por que foi que tornastes ao reino?

DAMIÃO DE GÓIS: Por tristeza de cá não estar. Por vaidade de pensar que cá me quisessem muito.

DIOGO DO COUTO: E querem-vos?
DAMIÃO DE GÓIS: Sou o guarda-mor da Torre do Tombo.
LUÍS DE CAMÕES: Não o dizeis contente.
DAMIÃO DE GÓIS: Luís Vaz, não me tardam aí os setenta anos. Que é estar contente nesta minha idade? Prouvera a Deus que ao menos esse contentamento me não falte até ao fim. Gosto da vida, gosto de ter amigos, gosto dos livros, da música, da filosofia, das artes da pintura e da escultura, gosto dos bons vinhos e da boa comida.
DIOGO DO COUTO: Nem pareceis português.
DAMIÃO DE GÓIS: Nenhum português o é mais do que eu.
DIOGO DO COUTO: Vede o que são os casos dos homens. Vós viajastes pela Europa e aqui tornastes no entardecer da vossa vida. Luís Vaz voltou da Índia e decerto cá ficará. Eu com ele vim, mas o mais seguro é que à Índia torne.
LUÍS DE CAMÕES: Não mo tinhas dito.
DIOGO DO COUTO: Talvez porque não o tivesse pensado antes. Nunca tal vos aconteceu? Não ter pensado numa coisa e ela de repente cair sobre nós, não se sabe donde veio, é assim como estar o sol brilhando e vir uma nuvem escura, não a tínhamos visto. É como no momento de travar-se a batalha, os pressentimentos que nessa hora tomam posse de nós.
LUÍS DE CAMÕES: Da Índia não tens falado bem.
DIOGO DO COUTO: De Portugal não vejo motivo para falar melhor. A ave que foi pôr em Goa os ovos da desgraça, daqui levantou voo.

*(Batem à porta. Ligeiro sobressalto de todos.)*

DAMIÃO DE GÓIS: Entrai. *(Entra um criado.)* Que queres?
CRIADO: A senhora D. Francisca de Aragão está aí para falar com o senhor Luís Vaz de Camões.
DIOGO DO COUTO: Tem o relógio boas horas.

DAMIÃO DE GÓIS: Quereis vós, Luís Vaz, ir receber a senhora D. Francisca de Aragão? Sois meu parente, esta casa é vossa, sereis o anfitrião.

LUÍS DE CAMÕES: Irei, decerto. *(Sai.)*

DAMIÃO DE GÓIS: Luís Vaz mais parecia um mancebo ruborizado de timidez diante da dama dos seus pensamentos e devoções.

DIOGO DO COUTO: Não o digais em modo que ele ouça. Responderia que dos seus rubores de mancebo se não recorda já, e que estes de agora não os permitiria a velhice, que é o seu estado.

DAMIÃO DE GÓIS: Velho estará, se quiser, mas corou. *(Riem ambos.)*

LUÍS DE CAMÕES: *(Entrando com D. Francisca pela mão.)* Boas novas me trouxe a vossa visita, senhor Damião de Góis.

DAMIÃO DE GÓIS: Para vós ela foi, Luís Vaz.

FRANCISCA DE ARAGÃO: Mas para todos a boa nova. Dizei.

LUÍS DE CAMÕES: Dizei vós, que a mereceis.

FRANCISCA DE ARAGÃO: Enfim se quebraram as resistências no paço. Pode Luís Vaz levar o seu manuscrito ao Santo Ofício, e em tempo conveniente lhe estará garantido o alvará para imprimissão. Fui a casa de Luís Vaz, e a senhora Ana de Sá me disse que se encontrava aqui. Morais tão alto, senhor Damião de Góis.

DAMIÃO DE GÓIS: Deste sítio do Castelo vê-se bem Lisboa. Por fim pendeu um prato da balança.

FRANCISCA DE ARAGÃO: Que dizeis?

DIOGO DO COUTO: Luís Vaz vos explicará depois. Foi conversação que tivemos aqui. Alvíssaras mereceis, senhora. Eu, que mais nenhumas posso, beijo-vos as mãos pela mercê, com tanta gratidão como se fosse o beneficiado.

DAMIÃO DE GÓIS: E eu acompanho Diogo do Couto.

FRANCISCA DE ARAGÃO: E vós, Luís Vaz, que me dais?

LUÍS DE CAMÕES: Senhora...

FRANCISCA DE ARAGÃO: Vede-me esta ingratidão. Venho do paço, corro à Mouraria, subo ao Castelo, trago boas novas, e Luís Vaz só tem para me dizer: Senhora...

LUÍS DE CAMÕES: Estais zombando... Sabeis o que sinto...

FRANCISCA DE ARAGÃO: Isso então me basta. Tanto mais, saibam-no agora estes senhores, que as minhas alvíssaras me foram pagas adiantadas...

LUÍS DE CAMÕES: Senhora, que irão pensar Damião de Góis e Diogo do Couto?

FRANCISCA DE ARAGÃO: Pensarão o que quiserem. No que pensarem se enganam, ou acertam, mas não nas alvíssaras.

DAMIÃO DE GÓIS: Senhora, não pensamos.

FRANCISCA DE ARAGÃO: Muito pasmo.

LUÍS DE CAMÕES: Se quiserdes ficar a fazer-nos companhia...

FRANCISCA DE ARAGÃO: Deixo-vos a pensar. Mas antes direi a Damião de Góis e a Diogo do Couto que as alvíssaras que Luís de Camões me deu foram estas glosas que sempre trago comigo, a um mote que lhe dei. Diga ele as glosas, e falem por si, que eu não declararei o que vim a saber por elas.

DIOGO DO COUTO: Outros mistérios.

FRANCISCA DE ARAGÃO: Que, esses, não digo. Deixo o descobrimento deles às adivinhações do paço. Luís Vaz, dar-me--íeis grande gosto se lêsseis as glosas que fizestes. *(Entrega-lhe um papel.)*

LUÍS DE CAMÕES: Ordenais. *(Lê.)* Glosa Primeira a mote alheio. A D. Francisca de Aragão, mandando-lhe esta regra que lha glosasse:

*Mas porém a que cuidados?*

*Tantos maiores tormentos*
*Foram sempre os que sofri,*
*Daquilo que cabe em mi,*
*Que não sei que pensamentos*
*São os pera que nasci.*
*Quando vejo este meu peito*
*A perigos arriscados*
*Inclinado, bem suspeito*
*Qua a cuidados ou sujeito.*
Mas porém a que cuidados?

*Glosa Segunda ao mesmo.*

*Que vindes em mi buscar,*
*Cuidados, que sou cativo?*
*Eu não tenho que vos dar.*
*Se vindes a me matar,*
*Já há muito que não vivo.*
*Se vindes porque me dais*
*Tormentos desesperados,*
*Eu, que sempre sofri mais,*
*Não digo que não venhais.*
Mas porém a quê, cuidados?

*Glosa Terceira ao mesmo.*

*Se as penas que Amor me deu*
*Vêm por tão suaves meios,*
*Não há que temer receios,*

*Que vale um cuidado meu*
*Por mil descansos alheios.*
*Ter nuns olhos tão formosos*
*Os sentidos enlevados,*
*Bem sei que em baixos estados*
*São cuidados perigosos.*
Mas porém, ah! que cuidados!

DAMIÃO DE GÓIS: Formoso engenho é o de Luís Vaz. Era trabalhoso o mote, e mais ainda trabalhoso nos três sentidos tomados. E vós Diogo do Couto, não achais que os mistérios o não são?

DIOGO DO COUTO: Se eu convosco isso achar que dizeis, vai Luís de Camões enfurecer-se comigo.

FRANCISCA DE ARAGÃO: Mas eu não. Luís, acompanha-me à minha liteira. *(Saem.)*

*(Damião de Góis e Diogo do Couto olham-se, começam por sorrir, depois riem abertamente, tanto que Damião de Góis há de sufocar-se e tossir, e por isso não poderão falar até que Luís de Camões regresse.)*

LUÍS DE CAMÕES: Estáveis falando na minha pele?

DIOGO DO COUTO: Não, apenas ríamos dos vossos mistérios.

LUÍS DE CAMÕES: Já não os há.

DAMIÃO DE GÓIS: Enfim, termina em bem o nosso dia. E em tempos de tanta insegurança, um dia bem acabado é um presente do céu. Pendeu a balança para o lado de el-rei, agora convirá equilibrá-la para o lado do Santo Ofício. Falarei a meu genro Luís de Castro, que, conforme já vos disse, é tesoureiro e fidalgo da casa do inquisidor-mor.

## SEGUNDO QUADRO

*Palácio da Inquisição, Março de 1571. Luís de Camões, Frei Bartolomeu Ferreira.*

FRADE: *(Fazendo passar adiante Luís de Camões.)* Esteja Vossa Mercê a seu gosto. Frei Bartolomeu Ferreira não tardará. Já está avisado de que chegou Vossa Mercê.

LUÍS DE CAMÕES: Eu esperarei. *(Sai o Frade. Luís de Camões passeia um pouco, senta-se, torna a levantar-se.)*

FREI BARTOLOMEU FERREIRA: *(Entrando.)* Deo Gratias! *(Dá a mão a beijar.)* Sentemo-nos, senhor Luís de Camões. É mister que conversemos tranquilamente sobre os vossos Lusíadas, que estou lendo e anotando com toda a prudência que o melindre do caso requer.

LUÍS DE CAMÕES: É Vossa Reverença o revedor do meu livro...

FREI BARTOLOMEU FERREIRA: Eu sou. E hei de vos dizer, posto que não tenha concluído ainda a segunda leitura, que não encontro nele coisa contrária à nossa santa fé. O mesmo, porém, não ousaria dizer no que toca aos bons costumes. Vossa Mercê por todo o lado introduz nudezas, e em tal excesso que fará da leitura um constante alarme aos sentidos.

LUÍS DE CAMÕES: São elas muito necessárias à minha fábula. Vossa Reverença bem sabe que os antigos deuses cuidavam pouco de roupagens, em particular as deusas, consoante as vemos costumadamente representadas em pinturas e estátuas. Também Eva, nossa primeira mãe, e Adão, nosso primeiro pai...

FREI BARTOLOMEU FERREIRA: Mais devagar, senhor Luís de Camões. Adão e Eva viviam nus quando em estado de inocência. Logo que caíram em pecado, determinou o Senhor, enfim, não o determinou o Senhor, eles foram que viram que estavam nus e vestiram-se. Por forte razão, como vedes. Distinguo.

LUÍS DE CAMÕES: Tem Vossa Reverença razão.

FREI BARTOLOMEU FERREIRA: Ora pois.

LUÍS DE CAMÕES: Mas o meu livro em nada vai contra a nossa fé, foi Vossa Reverença quem o declarou...

FREI BARTOLOMEU FERREIRA: Em primeira e segunda leitura, não encontrei. Posto que de ambas as vezes me chocou aquele passo em que Vasco da Gama invoca a Divina Guarda para que o proteja e defenda no transe aflito em que está, e quem o ouve e lhe acode é Vénus. Dizei-me logo. Por que não fizestes vós intervir a Virgem, ainda por cima Domina Maris, Senhora do Mar? O trágico passo haveria de ter assim uma unção religiosa, um fervor, que dessa maneira lhe faltam, tudo se resolvendo entre ninfas que vão a seduzir os ventos, e assim acaba a tempestade. Que me dizeis a isto?

LUÍS DE CAMÕES: Divido em duas partes a minha resposta. A primeira, é que tendo eu começado por me servir duma ficção dos deuses e das musas, seria contra a boa ordenação da obra fazer repentinamente intervir a Virgem Santíssima, quando até aí não fora invocada. Vindo eu a escrever de falsas religiões e falsos deuses, como poderia, sem cair em grave escândalo, e talvez pecado, chamar a terreiro a verdadeira fé? Basta que terminada a tempestade agradeça Vasco da Gama. E a quem agradece? Ao único e verdadeiro deus.

FREI BARTOLOMEU FERREIRA: E a segunda parte da resposta?

LUÍS DE CAMÕES: A segunda tira-se da primeira. Deus, Nosso Senhor Jesus Cristo, a Virgem e todos os santos, é por sua vontade própria que se manifestam, e não por lho requererem os poetas e os seus caprichos. Já pensou Vossa Reverença como seria o meu livro se em vez de deuses e das musas dos antigos romanos, as intervenções do divino estivessem a cargo da Virgem, de Nosso Senhor Jesus Cristo e dos santos?

FREI BARTOLOMEU FERREIRA: Com efeito. É bom argumento o vosso.

LUÍS DE CAMÕES: Ainda bem que o reconhece Vossa Reverença. Imaginemos um concílio dos deuses que tivesse, em vez das divindades pagãs, Júpiter, Marte, Neptuno, Vénus, Baco, Mercúrio, os santos e as santas da nossa fé. Destes, quais os que ajudariam os portugueses na sua navegação? Mais grave ainda: quais os que estariam contra?

FREI BARTOLOMEU FERREIRA: Tendes um espírito arguto, senhor Luís de Camões. Em tal coisa vos confesso que não tinha pensado.

LUÍS DE CAMÕES: E mais vos poderia argumentar. Tomai este exemplo, e basta. É bem certo que a armada foi à busca da especiaria, mas também foi a dilatar a fé. Agora meditai um pouco. Se foi a armada a dilatar a fé, como encontraria eu santo ou santa para estorvar a navegação, como faz Baco? Então, sim, seria a minha obra contrária à nossa santa fé.

FREI BARTOLOMEU FERREIRA: Agora que sobre isto me fizestes pensar, outra pergunta ainda vos faço: por que não vos haveis servido de Satanás para inimigo dos portugueses e das suas obras? Mostraríeis, assim, uma vez mais, o triunfo da fé sobre as malícias do inimigo.

LUÍS DE CAMÕES: Não cuidei. E também ofenderia a lógica juntando Satanás ao panteão dos deuses romanos. Além disso, lembre-se Vossa Reverença de que Satanás é o extremo da fealdade. Queríeis que em estilo poético eu tratasse o Maligno, o adornasse enfim com as galas que a poesia sempre lança sobre as suas figuras? Melhor foi servir-me desta ficção dos deuses.

FREI BARTOLOMEU FERREIRA: Dos deuses dos gentios, acentuai.

LUÍS DE CAMÕES: Dos deuses dos gentios.

FREI BARTOLOMEU FERREIRA: Assim fica sempre salva a verdade da nossa santa fé.

LUÍS DE CAMÕES: Isso foi o que pensei.

FREI BARTOLOMEU FERREIRA: E que me dizeis do canto nono, senhor Luís de Camões?

LUÍS DE CAMÕES: Em verdade, já eu estava estranhando que Vossa Reverença me não falasse do canto nono.

FREI BARTOLOMEU FERREIRA: Estou falando agora. Respondei.

LUÍS DE CAMÕES: Que vos responderei? Vossa Reverença bem sabe que o prémio das grandes ações, ou vem tarde, ou não chega nunca. Por isso me pus a imaginar um lugar do mundo, uma ilha, longe das terras habitadas pelos homens, onde os heróis fossem recebidos de acordo com o seu merecimento, coroados de flores, satisfeitos em seus gostos.

FREI BARTOLOMEU FERREIRA: Gostos que, em vosso critério e imaginação, seriam principalmente os dos sentidos.

LUÍS DE CAMÕES: Não poderia esquecer os sentidos. Com os sentidos do corpo e da alma conheço o mundo e reconheço a Deus.

FREI BARTOLOMEU FERREIRA: Bem sabeis que a outros sentidos me estou referindo.

LUÍS DE CAMÕES: Sim, bem o sei. Mas não posso dar-vos outra resposta.

FREI BARTOLOMEU FERREIRA: Essa resposta, senhor Luís de Camões, primeiramente não dizia tudo. Agora diz de mais.

LUÍS DE CAMÕES: Vossa Reverença assim o entende.

FREI BARTOLOMEU FERREIRA: *(Após silêncio.)* Quero dizer-vos, senhor Luís de Camões, que a vossa obra me foi entregue com muitas recomendações. Se delas tendes conhecimento, não precisais que as mencione. Se não sabeis quem vos recomendou, não será da minha boca que o ficareis a saber.

LUÍS DE CAMÕES: Do sigilo que a Vossa Reverença impõe o seu ministério, não poderia eu contar com outra coisa.

FREI BARTOLOMEU FERREIRA: Neste livro mostrais muito engenho e muita erudição, não há que negar. Porém, viésseis vós menos recomendado, e estou que não deixaria passar tão em claro não só aqueles pontos que há pouco defendestes com muito brilho, como também a insistência e a pertinácia com que lisonjeais os gostos sensuais. Porque, enfim, fica entre nós entendido que não me convencestes completamente.

LUÍS DE CAMÕES: Devo compreender que estais forçando a vossa consciência?

FREI BARTOLOMEU FERREIRA: Não é assim que o deveis compreender. A minha consciência não é parte neste pleito. Se um dia vos faltarem as proteções que trazeis, ou razões mais fortes prevalecerem contra elas, e se nesse dia eu tiver de ser outra vez o revedor do vosso livro, ficais sabendo que não me achareis tão complacente.

LUÍS DE CAMÕES: Podereis, então, censurar o meu livro segundo o vosso pensar.

FREI BARTOLOMEU FERREIRA: Continuais a não me compreender. De cada vez censurarei o vosso livro de acordo com o pensar da Santa e Geral Inquisição.

LUÍS DE CAMÕES: Assim, não se chegará a saber nunca o que vós pensais do meu livro. Digo vós, não o Santo Ofício.

FREI BARTOLOMEU FERREIRA: E que importância tem o que eu pense do vosso livro, senhor Luís de Camões?

LUÍS DE CAMÕES: É justo e necessário que ao poeta se diga que juízos merece a sua obra.

FREI BARTOLOMEU FERREIRA: O padre Bartolomeu Ferreira guarda para si esse juízo. Contentai-vos com saber o juízo do Santo Ofício agora, como havereis de contentar-vos se esse juízo for amanhã diferente. *(Outro tom.)* Por hoje, temos conversado. Ainda haveremos de examinar certos outros pontos, tenho algumas propostas de correção a fazer-vos, é do vosso interesse que concordeis com elas. Conviria, dou-vos só este exemplo, que dissésseis, logo veremos em que passo do poema, que os deuses servem apenas para inspirar versos, e nada mais. Assim ficaria ainda mais bem ressalvada a verdade da nossa santa fé. *(Dá a mão a beijar.)* Quando for mister vos

mandarei chamar. Esperai aqui, virá um irmão para vos acompanhar. *(Sai.)*
*(Luís de Camões fica de pé, cruza os braços. Aparece um frade à porta. Camões sai.)*

## TERCEIRO QUADRO

*Casa de Luís de Camões, Abril de 1571. Camões, Ana de Sá, Diogo do Couto. Luís de Camões, sentado à mesa, manuseia os seus papéis, escreve. Ana de Sá está costurando.*

ANA DE SÁ: Quando tornarás a frei Bartolomeu Ferreira?
LUÍS DE CAMÕES: Não sei, minha mãe. Ele me mandará chamar.
ANA DE SÁ: Muito paz de alma é esse frade, Deus me perdoe. Não sei para que lhe serviram tantas letras e tantos estudos, se para ler o teu livro precisa de semanas e meses. E ainda bem não, lá vais, e de cada vez vens triste. Há quanto tempo isto dura!...
LUÍS DE CAMÕES: Ainda não fez dois meses.
ANA DE SÁ: Pouco lhe falta.
LUÍS DE CAMÕES: É preciso ter paciência, minha mãe.
ANA DE SÁ: Ainda mais paciência? Voltaste há um ano, todo o teu tempo se tem gasto em caminhadas para o paço, e a falar com pessoas que te ajudem no teu livro, e só agora, vá lá, que a Deus graças, está o frade a catar nos teus versos. Que procura ele?

LUÍS DE CAMÕES: Procura o que quer achar. E quando se quer achar o que se procura, encontra-se sempre. Mas talvez eu ainda venha a gabar-me de não ser dos mais desafortunados nesta matéria, minha mãe.

ANA DE SÁ: Deus o queira. Que neste ano que passou não foi muito abundosa a tua fortuna. Todos me dizem que és um grande poeta, o maior que há em Portugal, que nunca houve outro como tu, e eu bem o creio, que mãe seria eu se duvidasse? Às vezes, estou cá nestes meus trabalhos da casa, e de repente vem-me ao pensamento o que se diz de ti, e eu sou que não caibo em mim de felicidade.

LUÍS DE CAMÕES: Dizei o resto do vosso pensamento.

ANA DE SÁ: Se tu és tão grande poeta, e eu acredito, oh se acredito, que faz o paço, ou lá quem teria obrigação de te ajudar? Como foi que viveram Luís de Camões e sua mãe Ana de Sá durante estes doze meses?

LUÍS DE CAMÕES: Viveram em grande aperto, e assim continuam. Tiveram fome, talvez.

ANA DE SÁ: Fome, não. Fome, não tivemos.

LUÍS DE CAMÕES: A mim me valeram os amigos, convidando-me para comer em suas casas. E a vós, valeu-vos quem?

ANA DE SÁ: Eu como pouco.

LUÍS DE CAMÕES: Porque não tendes mais que comer.

ANA DE SÁ: O futuro será melhor.

LUÍS DE CAMÕES: É o que se diz sempre, se o presente não é bom. Mas quando é bom o presente, ou aceitável, então levamos o tempo a temer o dia de amanhã.

ANA DE SÁ: Cada dia deveria ter a sua parte de bem e de mal. E Deus que cuidasse de equilibrar o mal e o bem, para não se orgulharem em demasia os fartos, nem perderem de todo a esperança os pobres.

LUÍS DE CAMÕES: Nós somos pobres, minha mãe. Conservemos a esperança.

ANA DE SÁ: Luís de Camões é pobre. O maior poeta português é pobre, o meu filho quase não tem que comer.

LUÍS DE CAMÕES: E porque haveria o vosso filho de ser rico? Quem não soube enriquecer na Índia, não merece que a fortuna o favoreça em Portugal.

ANA DE SÁ: Estás conformado, Luís.

LUÍS DE CAMÕES: Não, minha mãe, não estou conformado. Vivo em Portugal. Sei o que a experiência me ensinou. Que assim como se diz que não há dinheiro que pague o talento e o engenho, também se deveria dizer que por isso mesmo ninguém os quer pagar. Enfim, não percamos nós o ânimo. Quando o meu livro estiver publicado, talvez que el-rei mande dar-me uma tença. Ficaremos, vós e eu, defendidos de maiores cuidados.

ANA DE SÁ: Quando o teu livro estiver publicado, talvez el--rei te dê uma tença. Quando... talvez... São sapatos de defunto que não servem aos pés de quem ficou vivo neste mundo.

LUÍS DE CAMÕES: Têm-se visto outros casos, minha mãe. Olhai vós João de Barros. À viúva dele deu el-rei uma tença de 50 mil-réis, e Jerónimo de Barros, pelos serviços do pai, recebe uma tença de 150 mil-réis.

ANA DE SÁ: Abastada vai viver Ana de Sá quando seu filho morrer. Queres que me deite aqui aos gritos?

LUÍS DE CAMÕES: Acalmai-vos.

ANA DE SÁ: Falas-me de tenças para depois de morto, e pedes-me que me acalme?

LUÍS DE CAMÕES: Há de ser-me paga em vida, sossegai.

ANA DE SÁ: Em vida, sim. Mas não amanhã, nem para o ano que vem. É hoje que te devem dar a tença, era ontem que ta deviam ter dado. E não é por mim que falo, castigue-me Deus se à verdade falto. É por ti, é pelos teus merecimentos. Eu não vou ao paço, mas acredito no que me dizem Diogo do Couto e a senhora D. Francisca de Aragão, e outras pessoas honradas que me dão notícia. Já na Mouraria se diz que eu sou a mãe de Luís de Camões, do poeta, as pessoas falam-me com respeitos de dama, e até aqueles que não leram nada do que escreveste, dizem que és um grande poeta. Todo o mundo está contente e da mesma opinião. Porque espera, então, el-rei? Que lhe vão dizer um dia que morreu Luís de Camões à míngua?

LUÍS DE CAMÕES: A tença virá antes que chegue esse dia, minha mãe.

ANA DE SÁ: Pois que venha, para que enfim comecem a pagar-te o que já te estão devendo. *(Pausa.)* Mofina sou eu por não me terem ensinado a ler. Luís, diz-me alguns versos do teu livro.

LUÍS DE CAMÕES: Alguns versos? Quereis que vos diga uns versos? Esperai, então, que eu encontre uns que venham ao pintar da situação. Deixai-me aqui procurar... Estes não servem... Estes... Estes... Ora cá está... Princípio do canto décimo. Folgaram já os navegantes na ilha de Vénus, e agora, dai atenção. *(Lê.)*

> *Quando as fermosas Ninfas, cos amantes*
> *Pela mão, já conformes e contentes,*
> *Subiam pera os paços radiantes*

> *E de metais ornados reluzentes,*
> *Mandados da Rainha, que abundantes*
> *Mesas de altos manjares excelentes*
> *Lhes tinha aparelhados, que a fraqueza*
> *Restaurem da cansada natureza.*
> *Que dizeis a esta fartura?*

ANA DE SÁ: Digo que jantei e ceei de uma só vez. E que também amanhã não haverei de comer. Já nem precisamos de tença. *(Riem ambos. Batem à porta. Ana de Sá vai abrir. É Diogo do Couto.)*

DIOGO DO COUTO: Luís Vaz, está preso Damião de Góis no Santo Ofício.

LUÍS DE CAMÕES: *(Levantando-se bruscamente.)* Quê? Preso Damião de Góis?

ANA DE SÁ: Virgem Santíssima! Pobre homem...

LUÍS DE CAMÕES: Como soubeste?

DIOGO DO COUTO: Disseram-mo no paço. Está preso desde ontem. Ah, Luís Vaz, preso aquele homem admirável!... Que terra desgraçada esta em que vivemos!

LUÍS DE CAMÕES: Quem o denunciou?

DIOGO DO COUTO: Não se sabe.

ANA DE SÁ: E de que erros o acusam?

DIOGO DO COUTO: Senhora Ana de Sá, como quereis que vos diga? Daqueles a quem o Santo Ofício deita a mão, só vêm a saber-se notícias quando a sentença for publicada. Nem os denunciantes se gabam na praça pública de terem denunciado, nem os inquisidores usam a boca para falar dos processos fora das paredes do palácio dos Estaus.

LUÍS DE CAMÕES: Damião de Góis, preso.

ANA DE SÁ: Mas, porquê? *(Chora.)* Porquê?

DIOGO DO COUTO: Viajou muito.
ANA DE SÁ: E é isso razão? Também vós viajastes, vós e Luís Vaz.
LUÍS DE CAMÕES: Nós? Nós só fomos à Índia.
DIOGO DO COUTO: Damião de Góis estudou e ensinou na Europa. Lá tem os seus grandes amigos. Lembras-te, Luís Vaz, de como ele nos falava de Erasmo de Roterdão?
LUÍS DE CAMÕES: Lembro-me. Por isso o prenderam?
DIOGO DO COUTO: Quem sabe? Quem sabe há quantos anos o Santo Ofício esperava esta hora? Damião de Góis dava-se com luteranos, é homem de coração ao pé da boca, pouco misseiro, quanto basta para cair em desagrado dos inquisidores.
ANA DE SÁ: Que irá acontecer-lhe? Tão velho, mais velho do que eu. Porque não o deixaram morrer descansado, já com tão poucos anos para viver? *(Para Luís de Camões.)* E tu, tem cuidado, Luís. Lembra-te de que ainda somos parentes de Damião de Góis. Tem cuidado com as palavras que disseres, resguarda-te dos inimigos. E vós, Diogo do Couto, com esse vosso coração insofrido...
DIOGO DO COUTO: Estamos todos à mercê de denúncias, de alguém que nos queira mal, esta é a miserável verdade. Mas Portugal não terá os meus ossos.
LUÍS DE CAMÕES: Que queres dizer?
DIOGO DO COUTO: Isto mesmo. Vou voltar à Índia. Já to havia dito, e agora decidi-me.
LUÍS DE CAMÕES: Por causa de Damião de Góis?
DIOGO DO COUTO: Sim... Não sei... É tudo isto, Luís Vaz... Esta tristeza tão grande. Portugal morre de tristeza. Na Índia, não somos mais alegres, é verdade, mas a terra é outra, não terei mais obrigações para com ela, apenas viver.

ANA DE SÁ: Esta peste...
LUÍS DE CAMÕES: De que peste falais, minha mãe? Já não há mais peste em Lisboa...
ANA DE SÁ: Quando Diogo do Couto voltou contigo da Índia, disse-me um dia, aqui, que a Índia é uma doença de que padece Portugal. Cuido eu que lhe pagámos bem a doença.
LUÍS DE CAMÕES: Descansai. Damião de Góis não tarda que seja solto, e Diogo do Couto mudará de tenção.
DIOGO DO COUTO: Não mudarei. E quanto a Damião de Góis, seria esta a primeira vez que alguém entrou inocente nos cárceres da Inquisição, não saísse de lá culpado. Tão cedo não o veremos, e eu não o verei certamente, porque parto antes.
LUÍS DE CAMÕES: Quando frei Bartolomeu Ferreira me mandar chamar para tornarmos a discutir acerca de deuses e deusas, e do preciso que é ressalvar a verdade da nossa santa fé... *(pausa)* condenado eu me veja às penas do inferno se por um só instante me esquecer de que naquele mesmo palácio, num cárcere que não sou sequer capaz de imaginar, está Damião de Góis!...
ANA DE SÁ: Esta peste!

## QUARTO QUADRO

*A mesma sala do Palácio da Inquisição. Frei Bartolomeu Ferreira, Luís de Camões.*

FREI BARTOLOMEU FERREIRA: Entrai, senhor Luís de Camões. Cheguei, enfim, ao termo do meu trabalho, e vós ao cabo da vossa impaciência. Tenho já pronto o parecer, de que logo vos mandarei passar traslado, para que possais requerer licença de imprimissão.
LUÍS DE CAMÕES: Dá-se então Vossa Reverença por satisfeita com as alterações que fiz? Não haverá mais que suprimir e acrescentar? Não terei mais que torcer o sentido para o sujeitar ao vosso desejo sem sacrificar insuportavelmente a minha intenção?
FREI BARTOLOMEU FERREIRA: Agradecei a Deus e às circunstâncias não terdes que praticar maior violência sobre a vossa obra. Estais lembrado da nossa primeira conversação...
LUÍS DE CAMÕES: Estou.
FREI BARTOLOMEU FERREIRA: Não sejais pois desagradecido. Lembrai-vos de que poderíeis ter bem maiores motivos para vos declarardes queixoso.

LUÍS DE CAMÕES: Se bem vos entendo, devo agradecer o mal que me fazem, à conta de não mo terem feito maior.

FREI BARTOLOMEU FERREIRA: Assim é. E sobre a matéria não vale a pena que discorramos mais. *(Outro tom.)* Vou ler-vos o parecer e depois podeis ir. Quanto ao traslado, vireis por ele a semana que vem. Escutai. *(Lê.)* "Vi por mandado da Santa e Geral Inquisição estes Dez Cantos dos Lusíadas de Luís de Camões, dos valorosos feitos em armas que os portugueses fizeram em Ásia e Europa, e não achei neles coisa alguma escandalosa, nem contrária à fé e bons costumes, somente me pareceu que era necessário advertir os leitores que o Autor, para encarecer a dificuldade da navegação e entrada dos portugueses na Índia, usa de uma ficção dos deuses dos gentios. E ainda que Santo Agostinho nas suas Retratações se retrate de ter chamado, nos livros que compôs, *De Ordine*, às Musas deusas, todavia como isto é Poesia e fingimento, e o Autor, como poeta, não pretenda mais que ornar o estilo poético, não tivemos por inconveniente ir esta fábula dos deuses na obra, conhecendo-a, por tal. E ficando sempre salva a verdade da nossa santa fé, que todos os deuses dos gentios são demónios. E por isso me pareceu o livro digno de se imprimir, e o Autor mostra nele muito engenho e muita erudição nas ciências humanas. Em fé do qual assinei aqui. Frei Bartolomeu Ferreira." *(Outro tom.)* Aqui está. Haveis reparado que fecho louvando o vosso engenho e a vossa erudição.

LUÍS DE CAMÕES: Reparei, e devo beijar-vos as mãos por isso. *(Pausa.)* Dizei-me, padre, como está Damião de Góis?

FREI BARTOLOMEU FERREIRA: Que nome dissestes?

LUÍS DE CAMÕES: Damião de Góis. Como está Damião de Góis?

FREI BARTOLOMEU FERREIRA: Senhor Luís de Camões, sois

bem servido de erudição e engenho, mas não de prudência.

LUÍS DE CAMÕES: Será imprudência querer saber notícias de um parente encarcerado?

FREI BARTOLOMEU FERREIRA: Em geral, dir-vos-ia que esse cuidado é mesmo um dever de misericórdia. Porém, não quando o cárcere for o Santo Ofício. Senhor Luís de Camões, permiti que vos dê um conselho. Retirai-vos, já tendes o meu parecer, que vos é favorável, publicai o vosso livro, eu esquecerei a pergunta que fizestes, o interesse excessivo que mostrais por Damião de Góis.

LUÍS DE CAMÕES: Vossa Reverença não há de impedir-me de praticar isso que concordais ser dever de misericórdia.

FREI BARTOLOMEU FERREIRA: Impedirei. Basta que me retire desta sala e vos mande acompanhar fora. Não façais com que me arrependa da minha benevolência.

LUÍS DE CAMÕES: Padre, por que está no cárcere Damião de Góis? Que erros foram os seus? Um homem quase de setenta anos...

FREI BARTOLOMEU FERREIRA: Senhor Luís de Camões, isto é já escândalo. Quem sois vós para quererdes devassar as razões da Santa Inquisição, quando muito bem sabeis que o fim último deste Santo Tribunal é extirpar as heresias, perseguir o judaísmo, a feitiçaria e os luteranos? Estareis por acaso contra estas ações? Olhai que podeis vir a chorar amargamente pelo que estais dizendo.

LUÍS DE CAMÕES: É Damião de Góis herético, judaizante, feiticeiro, luterano? Não o conheço por tal. Poderei testemunhar...

FREI BARTOLOMEU FERREIRA: Meu filho, tende mão nesse arrebatamento. Tomai este conselho de pai.

LUÍS DE CAMÕES: Mandais que me modere. Porém, debaixo deste chão, estará Damião de Góis...

FREI BARTOLOMEU FERREIRA: Basta. Ouvi-vos mais do que aquilo que devo ao respeito. Senhor Luís de Camões, uma palavra só. Sabeis como é representado o santo fundador da nossa ordem? Tem na mão direita um ramo de oliveira, que representa a paz e a misericórdia, na mão esquerda uma espada que representa a justiça. Neste momento mesmo e durante todo o tempo que durar o processo, estarão os inquisidores estendendo a Damião de Góis a espada e o ramo. Depende dele vir a receber o ramo ou a espada. Confesse as suas culpas, depois o Tribunal julgará.

LUÍS DE CAMÕES: E se culpas não tiver?

FREI BARTOLOMEU FERREIRA: Todos têm culpas. Basta ter paciência e procurar.

LUÍS DE CAMÕES: Como Vossa Reverença fez no meu livro.

FREI BARTOLOMEU FERREIRA: Praza a Deus que Damião de Góis escape com tão pouco dano como o vosso livro.

LUÍS DE CAMÕES: Assim terei de me retirar sem nada saber?

FREI BARTOLOMEU FERREIRA: Esperáveis outra coisa?

LUÍS DE CAMÕES: Em verdade, não.

FREI BARTOLOMEU FERREIRA: Andai. E, além disto, que sabeis vós de Damião de Góis? Voltastes da Índia há um ano... Quantas vezes com ele falastes?

LUÍS DE CAMÕES: Três vezes, não mais. Visitei-o na sua casa do Castelo.

FREI BARTOLOMEU FERREIRA: Nada podeis, portanto, saber de Damião de Góis. E, no vosso interesse, melhor é que o não saibais. Não tenteis a Deus, senhor Luís de Camões. Estivestes dezassete anos na Índia, nada sabíeis lá de Damião de Góis...

LUÍS DE CAMÕES: Mas depois li os seus livros, conversei com ele...

FREI BARTOLOMEU FERREIRA: Não sabeis nada de Damião de Góis, torno a dizer. Mas tudo se saberá quando este processo terminar.

LUÍS DE CAMÕES: E quando terminará?

FREI BARTOLOMEU FERREIRA: Isso só Deus sabe.

LUÍS DE CAMÕES: Fique Deus convosco, padre Bartolomeu Ferreira. Depois virei pelo traslado.

FREI BARTOLOMEU FERREIRA: Uma palavra ainda. Quando alguém entra numa quinta sem acordar os cães, haverá de redobrar de cuidado para não os acordar à saída.

LUÍS DE CAMÕES: É uma ameaça?

FREI BARTOLOMEU FERREIRA: Não. É um aviso que vos faço. Com muita caridade. *(Toca uma campainha.)* Não tarda aí quem vos acompanhe.

LUÍS DE CAMÕES: Padre, quem é dono da quinta? *(Sai.)*

## QUINTO QUADRO

*Ar livre. Luís de Camões. Francisca de Aragão.*

FRANCISCA DE ARAGÃO: Agora não haverá mais obstáculos, Luís Vaz. Já o Santo Ofício aprovou, e Jorge da Costa, com quem hoje falei, me disse que não tardam muitos dias que te seja passado o alvará. Depois apenas tens de fazer imprimir.

LUÍS DE CAMÕES: Apenas, disseste. Um ano e metade levo neste esperar e desesperar, e não tenho a certeza de que não haverei de esperar outro tanto.

FRANCISCA DE ARAGÃO: Não irá assim ser. O que importava ganhar nesta batalha, está ganho. A aprovação do Santo Ofício, o privilégio que te vai ser concedido por el-rei. Poderás...

LUÍS DE CAMÕES: Eu conheço os termos em que as licenças são passadas. Que por tantos anos se não possa imprimir nem vender em meus reinos e senhorios sem licença do dito, sob pena de quem o contrário fizer... Tenho licença de imprimir, tenho o privilégio de guardar a propriedade da minha obra. E isto o tive de pagar propondo-me a el-rei para cantar os seus feitos futuros em Marrocos.

FRANCISCA DE ARAGÃO: Não desmereceste por isso.

LUÍS DE CAMÕES: Hei de sabê-lo um dia, se viver tanto. Porém, não choremos o leite derramado. Agora só me falta o dinheiro para pagar ao impressor o seu trabalho.

FRANCISCA DE ARAGÃO: Havemos de encontrar maneira de o conseguir.

LUÍS DE CAMÕES: Como? Irei pôr-me à porta do paço, de mão estendida, pedindo a quem entre e saia: Uma esmola, pelo amor de Deus, uma esmola para Luís de Camões poder mandar imprimir os seus Lusíadas, que da Índia não trouxe dinheiro e vive às pobres sopas de sua mãe Ana de Sá e graças à proteção de D. Francisca de Aragão.

FRANCISCA DE ARAGÃO: Perdeste o juízo? Não é graças à minha proteção que vives, é pelo merecimento da tua pessoa.

LUÍS DE CAMÕES: Vale mais que não nos enganemos com palavras, Francisca. Por mim, sozinho, nada poderia ter feito. Nem sequer vir de Moçambique. Se não fossem os meus amigos, quem sabe se ainda lá estaria. Heitor da Silveira, que ajudou a pagar a minha passagem, morreu no mar. Antes tivesse morrido eu.

FRANCISCA DE ARAGÃO: Heitor da Silveira apenas fez falta aos seus parentes.

LUÍS DE CAMÕES: E eu nem a minha mãe teria feito falta.

FRANCISCA DE ARAGÃO: Devias envergonhar-te do que disseste.

LUÍS DE CAMÕES: Envergonho-me. Mas que importa que eu me envergonhe ou não? Onde vou encontrar os trinta ou quarenta mil-réis que me custará mandar fazer o livro?

FRANCISCA DE ARAGÃO: Tudo se conseguiu até agora. O dinheiro também não faltará.

LUÍS DE CAMÕES: Não vejo como. Quererás ser tu a dar-mo?

FRANCISCA DE ARAGÃO: E se assim for? Ofende-se Luís de Camões de aceitar dinheiro duma mulher? Desta mulher?

LUÍS DE CAMÕES: Já não tenho muito por que me ofenda. Mas o meu livro terá de ser publicado graças ao seu próprio mérito, não por caridade, mesmo de amor.

FRANCISCA DE ARAGÃO: Há pouco dizias que te irias pôr à porta do paço a pedir esmola. Aceitarias essa e não aceitas o que esmola não é nem pode ser, mas amor, como tu próprio declaraste?

LUÍS DE CAMÕES: Não saberei explicar. Se eu fosse esmolar pelas ruas e praças, talvez me dessem dinheiro para comer. Mas não mo dariam se eu dissesse que o destinava a pagar ao livreiro que me imprimisse o livro.

FRANCISCA DE ARAGÃO: Então eu estarei no Rossio quando passares de mão estendida, e dir-te-ei, ao contrário desses de quem falas: Este dinheiro, Luís Vaz, não é para que comas, mas sim para o teu livro.

LUÍS DE CAMÕES: E eu responderei: Guardai o vosso dinheiro, senhora, que este livro não é soneto ou redondilha que se possa pagar com uma galinha ou duas camisas. O meu devedor não sois vós, mas el-rei, ou ninguém.

FRANCISCA DE ARAGÃO: Para que é tanto orgulho? Tresvarias, Luís Vaz. Julgaste que poderias entrar no paço com o teu livro adiante e que todas as portas se abririam diante dele e de ti, e que quando entrasses na câmara real, Sua Alteza se levantaria donde estivesse sentada e te viria receber à entrada, e a ti te mandaria sentar, e assim teria Luís de Camões o que lhe era devido.

LUÍS DE CAMÕES: Forte zombaria é essa, mas muito verdadeira.

FRANCISCA DE ARAGÃO: Talvez nas cortes de Itália, ao que ouço dizer, tais fortunas aconteçam, porém nós vivemos em Portugal...

LUÍS DE CAMÕES: E el-rei é D. Sebastião...

FRANCISCA DE ARAGÃO: Que muito aborrece a leitura...

LUÍS DE CAMÕES: Que não quis nem quer ler o meu livro...

FRANCISCA DE ARAGÃO: Nem ordena que lho leiam.

LUÍS DE CAMÕES: A corte é como um mosteiro de portas e janelas fechadas. Quando alguém dentro se lembra dos que vivem fora, lança um osso por cima do muro e não cura de saber se o mordem os homens ou o roem os cães.

FRANCISCA DE ARAGÃO: Já muito tempo dentro desse mosteiro viveste, e agora queixas-te porque estás fora. Publica o teu livro e a corte se abrirá outra vez para ti.

LUÍS DE CAMÕES: Não o creio. Damião de Góis tinha razão. O meu livro é uma barca em que muitos querem navegar, desde que não embarquem nela outros. Se el-rei me quiser, não me quer o cardeal; se me quer o cardeal, não me há de querer a rainha; se a rainha disser que sim, dirão os Câmaras que não. *(Pausa.)* Fala-se de Damião de Góis no paço?

FRANCISCA DE ARAGÃO: Não fala. E porque se falaria? Damião de Góis está preso...

LUÍS DE CAMÕES: Há cinco meses.

FRANCISCA DE ARAGÃO: Deixemos Damião de Góis. Trata-se agora do teu livro.

LUÍS DE CAMÕES: Sim, deixemos Damião de Góis. Deixemos que Damião de Góis apodreça nos cárceres da Inquisição, deixemos que se encha de bichos e de sarna, deixemos que o Santo Ofício lhe conte os erros e as denúncias... Sabes que se diz que Luís de Castro, o próprio genro de Damião de Góis, o foi denunciar? Lembras-te de que ao mesmo Luís de Castro pediu Damião de Góis que por mim intercedesse junto do inquisidor-mor? Já observaste, Francisca de Aragão, como para favorecer o meu livro se juntaram tantas pessoas, e tão opostas?

FRANCISCA DE ARAGÃO: Cuida então dele e de ti, e deixa que os assuntos alheios se resolvam. Nada podes fazer por Damião de Góis. Onde ele está, nem el-rei o pode defender, se em tal pensou.

LUÍS DE CAMÕES: Não pensou, não, que el-rei é mais inquisidor do que o inquisidor-mor.

FRANCISCA DE ARAGÃO: Cuida do teu livro. Falarás ao livreiro e depois me dirás o que ele te declarar sobre o preço. Veremos como se há de resolver este negócio.

LUÍS DE CAMÕES: Francisca, fizeste por mim tudo quanto podias. Nada te obriga a mais. O resto, agora, é comigo. Procurarei um livreiro, talvez António Gonçalves, que este ano imprimiu o livro do bispo de Silves, D. Jerónimo Osório, *De rebus Emmanuelis*. Tratarei dos meus negócios.

FRANCISCA DE ARAGÃO: Proíbes-me que te ajude?

LUÍS DE CAMÕES: Fizeste muito mais do que eu poderia esperar de alguém. Deixa que eu faça também alguma coisa. A nau fabricam-na os carpinteiros e os calafates, mas quem no fim a há de governar é o capitão.

FRANCISCA DE ARAGÃO: Assim não nos entenderemos, Luís Vaz.

LUÍS DE CAMÕES: Entendidos temos vivido nós, mas não em todas as coisas.

FRANCISCA DE ARAGÃO: E essas coisas, que são elas?

LUÍS DE CAMÕES: Tu, no paço, eu na Mouraria; tu, formosa, eu cego e velho; tu, de seda, eu de mau pano; tu, de mesa farta, eu de mesa escassa.

FRANCISCA DE ARAGÃO: E o amor?

LUÍS DE CAMÕES: Não nego o amor. Não negues os desencontros.

FRANCISCA DE ARAGÃO: Encontrados nos achámos. Luís Vaz, não o negues tu.

LUÍS DE CAMÕES: Até quando? Casará Francisca de Aragão com Luís de Camões? Tem Luís de Camões mais do que versos para dar a Francisca de Aragão?

FRANCISCA DE ARAGÃO: Tenho o que posso. Não peço mais.

LUÍS DE CAMÕES: Nem o aceitaríeis, se eu vo-lo quisesse dar. Bons são os amores do paço, que partem sempre pelo mais fraco.

FRANCISCA DE ARAGÃO: Falas de experiente.

LUÍS DE CAMÕES: Assim é.

FRANCISCA DE ARAGÃO: A mim mesma pergunto a que palavra queres pagar com tais rodeios. Acaba aqui o nosso amor?

LUÍS DE CAMÕES: Não digo tanto. Acabará o vosso, amanhã ou depois de amanhã. Ou para o mês que vem. O meu não acaba, nem tinha acabado quando vos tornei a ver.

FRANCISCA DE ARAGÃO: Estás zombando? Fui eu que quis que nos amássemos outra vez.

LUÍS DE CAMÕES: Assim é. Mas quando eu parti para a Índia foram comigo os meus amores de Portugal. Cuidais que o vosso me caiu à água? Comigo fostes, comigo viestes. Quando me aparecestes, reconheci-vos na memória do coração. E amei-vos.

FRANCISCA DE ARAGÃO: E agora?

LUÍS DE CAMÕES: Agora? Estou tão cansado, Francisca. Será por isso que não tenho outras palavras.

FRANCISCA DE ARAGÃO: Quereis fazer-me chorar, Luís Vaz? Quereis dar-me desgosto?

LUÍS DE CAMÕES: Não é isso que quero. Por este amor...

FRANCISCA DE ARAGÃO: Vós não amais ninguém.

LUÍS DE CAMÕES: Enganai-vos. Amo as imagens do amor. Não as amasse, e não me serviria de muito ser um homem de carne e de sentidos.

FRANCISCA DE ARAGÃO: Deus, que nos vê, sabe que não quero deixar-vos.

LUÍS DE CAMÕES: Assim o creio. Mas Deus saberá se podeis amar amanhã o velho que estou prestes a ser. Olhai bem para mim. Se eu vergar os ombros, se deixar pender a cabeça, se dobrar os joelhos, que será do vosso sentimento? É como eu serei, é como já estou sendo, mas que faço por esconder, sobretudo se estou diante de vós. E como poderei amar-vos então?

FRANCISCA DE ARAGÃO: Isso é orgulho, Luís Vaz, e muito grande. Hoje não há remédio para vós. Que direis amanhã quando me virdes?

LUÍS DE CAMÕES: Senhora.

FRANCISCA DE ARAGÃO: O meu nome é Francisca.

## SEXTO QUADRO

*Tipografia de António Gonçalves, Outubro de 1571. Luís de Camões, António Gonçalves, Servente.*

LUÍS DE CAMÕES: *(Entrando.)* Guarde-vos Deus, mestre António Gonçalves.
ANTÓNIO GONÇALVES: Boa seja a vinda de Vossa Mercê.
LUÍS DE CAMÕES: Já saberei se foi a vinda boa ou má, consoante as notícias que aí tiverdes para me dar. Tirastes as contas do meu livro? Podeis-me dizer agora quanto custará a imprimissão, e as mais despesas?
ANTÓNIO GONÇALVES: Nenhum outro livreiro de Lisboa vos faria melhor preço, senhor Luís de Camões.
LUÍS DE CAMÕES: Estais-vos louvando antes do tempo, mestre Gonçalves. Mau é já isso.
ANTÓNIO GONÇALVES: Tranquilizai-vos. Tenho aqui apontadas todas as verbas, o papel, a tinta, o meu ganho e de quem me ajuda, enfim, compor, imprimir, dobrar e coser trezentos volumes, Vossa Mercê haverá de pagar quarenta mil-réis.
LUÍS DE CAMÕES: Quarenta mil-réis?

ANTÓNIO GONÇALVES: E creia Vossa Mercê que não é exagerado.

LUÍS DE CAMÕES: E vós sabeis se tenho quarenta mil-réis?

ANTÓNIO GONÇALVES: Vossa Mercê perdoará. Nem Vossa Mercê mo disse quando veio aqui perguntar quanto lhe custaria o livro, nem eu fui tão atrevido que o quisesse averiguar de vós ou de outrem.

LUÍS DE CAMÕES: Perdoai-me antes vós, mestre António Gonçalves. Todas as coisas neste mundo têm o seu preço. Fico sabendo quanto vale o vosso trabalho, porém assim não chegarei a saber quanto vale o meu.

ANTÓNIO GONÇALVES: Sabereis, quando tiverdes vendido os livros. De mais, tendes o privilégio de venda por dez anos, é o que está escrito no alvará de el-rei.

LUÍS DE CAMÕES: Para vender, é preciso ter o quê. E eu, por enquanto, o que tenho é saber que haverei de pagar quarenta mil-réis, se quiser que tantos anos gastos a compor o meu livro deem seus frutos em obra impressa.

ANTÓNIO GONÇALVES: É este o costume. Não podemos mudar o mundo. Eu não posso. Vossa Mercê traz-me o livro para imprimir, paga-me a minha despesa e o meu ganho, e eu imprimo. É como ir comprar sardinhas à Ribeira. Dinheiro nesta mão, pescado na outra. Figure-se Vossa Mercê que isto não é negócio de livros, mas que eu sou pescador, fui ao mar e trouxe peixe.

LUÍS DE CAMÕES: Gentil é a comparação. Dizei-me, mestre: quando fostes ao mar, não vistes por lá um náufrago? Esse era eu.

ANTÓNIO GONÇALVES: Vossa Mercê, que resolve? Podeis dar-me uma parte por conta, e o resto quando o livro estiver impresso. Por exemplo, dais-me agora vinte mil-réis...

LUÍS DE CAMÕES: Não tenho vinte mil-réis.
ANTÓNIO GONÇALVES: Que esperais então de mim? Não está na minha mão decidir do que só vós podeis. *(Pausa.)* Senhor Luís de Camões, permitis que vos fale com franqueza?
LUÍS DE CAMÕES: Dizei.
ANTÓNIO GONÇALVES: Vejo aqui o alvará de Sua Alteza, o parecer do Santo Ofício, mas não vejo o que é costumado ver: a dedicatória a pessoa de grandeza e influência.
LUÍS DE CAMÕES: Que pagasse ou ajudasse a pagar o livro.
ANTÓNIO GONÇALVES: Assim é. Vossa Mercê perdoará se me excedi...
LUÍS DE CAMÕES: Não tenho nada que perdoar-vos, António Gonçalves. Em verdade, irá o meu livro sem padrinho, já que o não mereceu.
ANTÓNIO GONÇALVES: Li o vosso livro, e digo que ninguém lhe poderá negar merecimento.
LUÍS DE CAMÕES: Já outros o disseram, mas isso, como vedes, não lhe bastou.
ANTÓNIO GONÇALVES: Que faremos, então, senhor Luís de Camões? Que quer Vossa Mercê fazer?
LUÍS DE CAMÕES: Não tenho com que vos pagar. Podereis esperar até que o livro se publique e venda? Tudo quanto dele se apurar até ao montante da minha dívida será vosso...
ANTÓNIO GONÇALVES: Três meses é quanto eu levaria a compor e imprimir o vosso livro. Quantos meses mais, ou anos, para cobrar a vossa dívida? Senhor Luís de Camões, não posso.
LUÍS DE CAMÕES: Dai-me cá esses desgraçados papéis, que a vontade me está vindo de os lançar ao mar, por onde já

andaram. Melhor seria se lá tivessem ficado, mais quem os escreveu.

ANTÓNIO GONÇALVES: Pecado seria.

LUÍS DE CAMÕES: Descansai. Mais fácil seria lançar-me eu às águas. Se tal vos vierem dizer que aconteceu, ide ao lugar e encontrareis o meu livro na praia, debaixo duma pedra, à vossa espera. Quero crer que então vos não recusaríeis a imprimi-lo.

ANTÓNIO GONÇALVES: Bom desenfado é o vosso.

LUÍS DE CAMÕES: Será. Mestre António Gonçalves, cá vos deixo. Quem sabe se nos voltaremos a ver?

ANTÓNIO GONÇALVES: Quem sabe? *(Sai Luís de Camões.)*

SERVENTE: Mestre, que queria o senhor Luís de Camões dizer com aquelas palavras tão graves?

ANTÓNIO GONÇALVES: Talvez nem ele o saiba. Está calado, e trabalha.

*(Mutação. As mesmas personagens, dias depois.)*

LUÍS DE CAMÕES: *(Entrando.)* Guardou-vos Deus desde a última vez que nos vimos, mestre António Gonçalves?

ANTÓNIO GONÇALVES: Nada me aconteceu de mal. E a vós?

LUÍS DE CAMÕES: Nada me aconteceu de bem. Aqui tendes o meu livro.

ANTÓNIO GONÇALVES: Haveis despachado o vosso negócio? Então sempre vos aconteceu alguma coisa boa...

LUÍS DE CAMÕES: Olhai com atenção. Está aí o alvará, está aí o parecer do Santo Ofício... Vedes a dedicatória?

ANTÓNIO GONÇALVES: Não senhor.

LUÍS DE CAMÕES: Nem vos trago quarenta mil-réis.

ANTÓNIO GONÇALVES: Não sei que vos diga.

LUÍS DE CAMÕES: Digo-vos eu. Quereis comprar o meu privilégio, compor e imprimir o livro, e vendê-lo em vosso proveito? Declarando eu que nada mais tenho que receber de vós senão o que tivermos ajustado pela venda do privilégio e pela primeira tiragem?

ANTÓNIO GONÇALVES: Esperai, esperai. Que é isso que propõe Vossa Mercê? Que eu lhe compre o privilégio e fique com a propriedade do livro pelos dez anos que no alvará se dizem?

LUÍS DE CAMÕES: Sim.

ANTÓNIO GONÇALVES: Se o vosso livro se vender...

LUÍS DE CAMÕES: Não fareis mau negócio.

ANTÓNIO GONÇALVES: Mas, se não se vender?

LUÍS DE CAMÕES: Fá-lo-eis péssimo.

ANTÓNIO GONÇALVES: Agradeço-vos a franqueza.

LUÍS DE CAMÕES: É o que tenho para dar.

ANTÓNIO GONÇALVES: E quanto é que quereis pelo privilégio?

LUÍS DE CAMÕES: Cinquenta mil-réis.

ANTÓNIO GONÇALVES: Pedis demasiado, senhor Luís de Camões. Vede que juntando-lhe os quarenta mil-réis que custa imprimir o livro, teria eu um gasto somado de noventa mil-réis.

LUÍS DE CAMÕES: Assim é.

ANTÓNIO GONÇALVES: Que talvez não me reembolse por inteiro.

LUÍS DE CAMÕES: É como dizeis.

ANTÓNIO GONÇALVES: Não sei se me interessa o negócio.

LUÍS DE CAMÕES: Nunca o sabereis se o não fizerdes. Mestre António Gonçalves, não há porta nenhuma a que eu possa bater. Esta é a única. Poderia dar-vos mesmo o meu livro, apenas com a condição de que o imprimísseis. Mas preciso de comer, precisamos, minha mãe e eu. Dai-me cinquenta mil-réis e eu entrego-vos o meu privilégio, fazei do livro o que quiserdes, vendei o que puderdes. Haverá decerto quem o leia, e se ele vale quanto de mim pus nele, talvez o futuro vos conheça por terdes composto, letra por letra, página por página, os Lusíadas de Luís de Camões. *(Pausa.)* Perdoai a vaidade do autor.

ANTÓNIO GONÇALVES: Senhor Luís de Camões, deixai-me ficar o vosso livro. Passai por cá amanhã para conversarmos com mais sossego sobre o assunto. Terei de pensar, fazer as minhas contas. Amanhã vos direi.

LUÍS DE CAMÕES: Até amanhã, mestre António Gonçalves. *(Sai.)*

SERVENTE: Por esta é que vós não esperáveis. Que ides fazer?

ANTÓNIO GONÇALVES: Sei lá bem! Está calado, e trabalha.

## SÉTIMO QUADRO

*Sala do Paço, Dezembro de 1571. D. Catarina de Áustria, cardeal D. Henrique, padre Luís Gonçalves da Câmara, Martim Gonçalves da Câmara.*

D. CATARINA: Fale Martim Gonçalves da Câmara.

MARTIM DA CÂMARA: Falarei. Sua Eminência o cardeal Alexandrino já saiu de Madrid, entrará em Portugal depois de amanhã. Se o nosso embaixador as recolheu, espero que um correio nosso nos traga notícias ainda antes da chegada de Sua Eminência. Saberemos então que resposta lhe deu el-rei Filipe de Espanha.

CARDEAL: *(Para D. Catarina.)* Vossa Alteza poderá imaginar que resposta terá Filipe II dado ao cardeal?

D. CATARINA: Não tenho saído de Lisboa, tal como Vossa Eminência, nem uso correios privados. E se os tivesse, decerto não seriam mais rápidos do que os vossos. Quanto a imaginar, saiba Vossa Eminência que imagino muito, mas não tanto. Isso já seria adivinhar, e o futuro pertence a Deus.

CARDEAL: Perguntarei então doutra maneira. Pelo que sabeis de vosso sobrinho e da política de Espanha, acreditais que tenha sido bem recebida em Madrid a proposta de Sua Santidade?

D. CATARINA: A que proposta vos referis?

CARDEAL: À de se unirem Portugal, a Espanha e a França contra a Turquia. A segunda proposta que o cardeal Alexandrino trará, importa somente à corte portuguesa.

D. CATARINA: Não tarda muito que o saibamos. Mas duvido que el-rei Filipe tenha concordado.

MARTIM DA CÂMARA: Se me permitis... Estamos numa situação que tem suas dificuldades. Saber a que vem Sua Eminência foi-nos fácil, a Santa Sé não faz segredo do seu empenho em ver reunidas as três grandes potências católicas em luta contra o Turco. Porém, não sabemos nem o que decidiu a corte de França, nem...

D. CATARINA: Henrique de França tem outras guerras em sua casa. Não acredito que possa, mesmo querendo, juntar os seus exércitos aos exércitos portugueses e espanhóis. A França anda em guerras de religião, protestantes contra católicos. Quem iria lutar contra a Turquia? Os católicos? Os protestantes? Ou só para isso fariam a paz que ainda não puderam fazer?

LUÍS DA CÂMARA: Assim é. Mas importará tanto sabermos o que decidiram os reis de Espanha e França? Ainda que tivessem concordado com a proposta de Sua Santidade o Papa Pio V, faltaria sempre o acordo do rei de Portugal. E esse não virá.

CARDEAL: Como sabeis?

LUÍS DA CÂMARA: El-rei também não faz segredo. Diz que Portugal lutará sozinho contra o Turco.

D. CATARINA: É impossível.

LUÍS DA CÂMARA: É o que diz el-rei.

D. CATARINA: Que é impossível?

LUÍS DA CÂMARA: Não, Alteza. El-rei diz que Portugal lutará sozinho contra a Turquia.

MARTIM DA CÂMARA: Quanto à segunda proposta...

CARDEAL: Talvez os irmãos Câmaras tenham igualmente informações de boa fonte...

LUÍS DA CÂMARA: Eminência, afastai as vossas suspeitas. Deveis saber que nem meu irmão nem eu afluímos no ânimo de Sua Alteza sobre essa arrastada questão do casamento.

CARDEAL: Deveria saber, mas não estou tão certo disso. Seja como for, dizei-me, vós que sois confessor de el-rei: vai Sua Alteza recusar a proposta que o cardeal Alexandrino trará, de casamento do rei de Portugal com Margarida de Valois, filha de Henrique III de França?

LUÍS DA CÂMARA: Se el-rei não mudou de tenção desde ontem, recusará.

D. CATARINA: Por quanto tempo mais teimará el-rei nesse propósito?

LUÍS DA CÂMARA: Não sei, Alteza. Também, como vós, não sei adivinhar. E o futuro pertence a Deus.

CARDEAL: Quando disse el-rei que voltaria da caça?

MARTIM DA CÂMARA: Quando o nevoeiro levantasse. E o nevoeiro não levanta.

## OITAVO QUADRO

*Rua de Lisboa, entardecer de um dia de Março de 1572. Luís de Camões, o servente de António Gonçalves. Ao fundo, estão e passam homens e mulheres do povo.*

SERVENTE: Senhor Luís de Camões, agora mesmo ia eu a vossa casa. Mas, já que vos encontrei, aqui tendes o que vos manda mestre António Gonçalves. É o primeiro que acabámos. *(Retira-se.)*
LUÍS DE CAMÕES: *(Segurando o livro com as duas mãos.)* Que farei com este livro? *(Pausa. Abre o livro, estende ligeiramente os braços, olha em frente.)* Que fareis com este livro? *(Pausa.)*
VOZ FEMININA: *(Leitura soletrada.)* Os Lusíadas...
VOZ MASCULINA: *(Idem.)* ... de Luís de Camões...
VOZ FEMININA: *(Idem.)* ... Canto Primeiro...
VOZES EM CORO: *(Idem.)*
    As armas e os barões assinalados
    Que, da Ocidental praia Lusitana,
    Por mares nunca dantes navegados, ...

*(As vozes ir-se-ão sumindo de modo que mal seja ouvido já o*

*verso seguinte, ao mesmo tempo que a luz vai baixando, até à escuridão, ficando apenas um projetor a incidir no livro que Luís de Camões continua a segurar.)*

FIM

# A noite

*À Luzia Maria Martins, que me achou capaz
de escrever uma peça*

*Todos faremos jornais um dia.*

(AUTOR DESCONHECIDO)

## Personagens

ABÍLIO VALADARES, chefe da Redação
MANUEL TORRES, redator da província
FAUSTINO, contínuo
MÁXIMO REDONDO, diretor
RAFAEL, contínuo
ESMERALDA, secretária da Redação
JERÓNIMO, chefe da tipografia
FONSECA, redator parlamentar
GUIMARÃES, redator do estrangeiro
JOSEFINA, redatora
CARDOSO, redator da cidade
CLÁUDIA, estagiária
PINTO, redator desportivo
BALTASAR, fotógrafo
AFONSO, linotipista
DAMIÃO, compositor manual
MONTEIRO, redator
FIGUEIREDO, administrador

A ação passa-se na redação de um jornal, em Lisboa, na noite de 24 para 25 de Abril de 1974. Qualquer semelhança com personagens da vida real e seus ditos e feitos é pura coincidência. Evidentemente.

## Primeiro ato

*A Redação está em atividade, o que não significa necessariamente que toda a gente esteja a trabalhar. Alguns redatores escrevem à mão ou à máquina, dois ou três conversam em voz natural, mas abafada: não interessa o que digam. Profunda impressão de tédio, de rotina, de noite igual a outras. Ao fundo, um contínuo interrompe uma qualquer operação de arrumar papéis, para ligar e sintonizar um transístor, portátil mas de tamanho razoável. Ouvem-se pedaços soltos de música e de palavras. Também se distingue, de maneira remota, o barulho das máquinas de compor, e mais próximo, mas por intermitências, o das máquinas de telex, invisíveis, que se presume estarem num recanto. No seu gabinete, o Diretor conversa com um visitante, escuta mais do que fala. Estão sentados em sofás. Voz baixa mas não segredada nem murmurada: porém, não se ouvirá o que dizem. A sucessão destes diversos movimentos será a que convier: nenhuma imposição é aqui feita.*

VALADARES: *(Falando para o telefone.)* Ligue-me ao exame prévio, se faz favor. *(Pousa o auscultador. Passa os olhos por um papel entre muitos que tem sobre a secretária.)* Torres! *(Aproxima-se Torres, homem de meia-idade, sóbrio de gesto.)* Ficou-me aqui esta notícia. É do correspondente da

Guarda. Se ainda houver tempo, entra hoje. Se não, fica para amanhã. Dê-me um jeito nisso. *(Torres, sem uma palavra, volta ao seu lugar. O telefone de Valadares toca.)* Está? É do Exame Prévio? Fala Valadares, do... Ligue-me ao senhor coronel Miranda. É só para saber das provas. Obrigado. *(Pausa maior.)* Coronel Miranda? Boa noite. Como vai? Ainda não tínhamos falado hoje... Como estamos de provas? Vistas até à 85. Ótimo. E cortes? Temos muitos? Ainda bem. Então diga. 13, 17, 22, 26. Não é 26? Ah, 27. Diga, diga. Estou a tomar nota: 35, 52, 53, 54, 55... Que artigo é este? Deixe, não se incomode. Eu vejo aqui nas minhas. Ah, 71, 82. Mais nada?

*(Neste momento, o Diretor e o Visitante levantam-se, despedem-se com um aperto de mão, e o Diretor, depois de tocar uma campainha, acompanha o Visitante à porta A. Nota-se uma nítida, embora não acentuada, mostra de dependência do Diretor em relação ao Visitante.)*

VALADARES: *(Que tem continuado a falar ao telefone.)* Provas todas cortadas, há alguma? Ótimo. Vou mandar já o rapaz. Leva mais umas tantas e traz essas. Não, não. O material que vai seguir agora não tem nada de especial. Convinha-me despachar isto depressa, temos o jornal quase fechado. Pois claro, sempre contámos com a sua boa vontade. Muito obrigado, senhor coronel Miranda. Daqui por meia hora, mais ou menos, volto a falar. Acha que dá tempo? Três quartos de hora, então, veja lá. *(Risinho.)* Ótimo. *(Pousa o telefone, separa papéis, toma notas.)* Faustino!

*(O Contínuo levanta-se calmamente, vem à mesa do Chefe da Redação.)*

FAUSTINO: Faça favor de dizer, senhor Valadares.

VALADARES: Leva estas provas ao exame prévio e traz as que lá estão. Depressa, que quero fechar o jornal.

*(Faustino sai pela porta E. Entretanto, o Diretor tem passeado pelo gabinete, vincando um ar de concentração, e assim continua por alguns segundos mais após a saída de Faustino. Toca a campainha. A porta A abre-se e aparece outro contínuo com aspeto de superior hierárquico de Faustino.)*

DIRETOR: Ó Rafael, chame-me cá o senhor Valadares.

RAFAEL: Sim, senhor diretor.

*(Rafael sai, para vir a entrar pela porta C. Durante esse tempo, o Diretor prossegue o seu passeio. Rafael entra na Redação. A subserviência diminui.)*

RAFAEL: O senhor diretor pede ao senhor Valadares que vá ao gabinete.

*(Valadares não responde. Levanta-se, sem pressa, mas sem qualquer má vontade. É um estilo, não é uma contestação. Rafael sai pela porta C. Valadares bate à porta B.)*

DIRETOR: Entre.

VALADARES: O senhor diretor mandou-me chamar?

DIRETOR: Chamei. Afinal vamos modificar a primeira página. Estive a pensar, troquei umas impressões, e cheguei à conclusão de que vale a pena publicarmos hoje um fundo. Enquanto o ferro está quente, é que convém malhar-lhe.

VALADARES: Já escreveu?

DIRETOR: Ainda não, homem. Mas será coisa rápida. Tenho os tópicos gerais.

VALADARES: E o tamanho? É extenso?

DIRETOR: Aí umas cinquenta linhas, ou pouco mais... *(Sorridente.)* Deixe, que não lhe atraso o jornal.

VALADARES: O senhor diretor nunca atrasa o jornal, o senhor diretor é o jornal.

DIRETOR: *(Agradado.)* Está-me a lisonjear. *(Mudando de tom.)* Então, já sabe... Cinquenta linhas.

VALADARES: Surgiu algum problema de repente, senhor diretor?

DIRETOR: Meu caro Valadares, nunca há problemas, mas há sempre problemas. A política, você bem sabe, é como a terra, nunca para de tremer. Umas vezes tão pouco que nem se dá por isso, outras vezes é o diabo, vai tudo raso. Pior que 1755. Mas na política, se não consentirmos que nos distraiam a atenção, pode-se fazer o que não é possível fazer à terra: deitasse-lhe a mão, agarra-se bem agarrada, até passar o abalo. Veja você o 16 de Março: um pequeno sismo imediatamente dominado. E a nossa contribuição, naqueles dias, foi fundamental! Fundamental e apreciada. Este jornal é uma força, meu caro Valadares, é uma força. Não se dá por isso, a olhos desatentos até parece que nos limitamos a sair todos os dias, mas somos uma força!

VALADARES: É como diz, senhor diretor. Então umas cinquenta linhas...

DIRETOR: Isso. Tenho as ideias arrumadas. É só escrever. Antes de mandar compor, dê-lhe uma vista de olhos. E veja a prova, porque eu saio logo a seguir.

VALADARES: Muito bem, senhor diretor.

*(Retira-se pela porta B. O Diretor senta-se à secretária e começa a escrever. Na Redação não se verificou qualquer perturbação. Tem-se escrito, falado em voz baixa, fumado. Tem havido deslocações de um lado para outro. Valadares senta-se à mesa.)*

VALADARES: Faustino!

ESMERALDA: O Faustino foi ao exame prévio.

VALADARES: Ah, é verdade! Ó Esmeralda, mande-me chamar o Jerónimo. Ele que traga a primeira página. *(Esme-*

*ralda serve-se do seu próprio telefone, a conversa é em voz baixa, ouvi-la distintamente seria repetitivo.)* Torres, essa notícia da Guarda, ainda demora?

TORRES: Cinco minutos.

VALADARES: O homem escreve mal.

TORRES: É, o homem escreve mal, mas, também, em troca do nada que lhe pagam, não tem obrigação de escrever melhor. A mim, o que me espanta não é que os correspondentes da província escrevam quase todos mal, é a santíssima e inesgotável paciência que têm. Mandam vinte notícias, publica-se uma. Escrevem cem linhas, reduzimos a dez. Ou são masoquistas, ou têm vocação de mártires. Mas olhe que, quanto a escrever mal, não falta por aí quem escreva tão mal ou pior do que eles, e com muito maiores responsabilidades.

VALADARES: E você que não viesse defender o seu quintalzinho. Ainda um dia acaba por ser eleito presidente dos correspondentes de aquém e além-mar.

TORRES: Ora aí está uma coisa que não poderá acontecer. Os correspondentes de além-mar não vêm pousar na minha secretária. Isso são aves de grande porte, de muita arribação e alimento. Eu vivo com a arraia-miúda do marco fontanário e do caminho vicinal.

VALADARES: Deixe-se mas é de dissertações e acabe-me o trabalho.

TORRES: Como é que alguém pode chamar dissertação a meia dúzia de frases desalinhavadas, é que eu gostava de saber. Ainda um dia destes lhe faço uma boa dissertação para você ver a diferença.

VALADARES: Bom! Bom! Acabe-me lá isso depressa, ou então não entrará hoje.

*(A porta D, da tipografia, abre-se. Entra o chefe da Oficina, Jerónimo. Move-se naturalmente, não precipita o movimento nem o retarda. Ao passar por Torres, este levanta a cabeça e faz-lhe um aceno. Uma rapariga que está sentada ao lado de Torres sorri rapidamente. Cria-se um halo de cumplicidade.)*
JERÓNIMO: *(Para Valadares.)* Há alguma alteração?
VALADARES: Há. O diretor acabou por decidir escrever o fundo. Serão cinquenta linhas, mais ou menos. *(Estende a maqueta da primeira página sobre a secretária.)* Resolve-se assim. Este título, aqui, passa a quatro colunas. Esta fotografia pode ser cortada em cima, não faz diferença, e, para aliviar, esta notícia entra em caixa e em itálico, em medida estreita... Está a perceber?
JERÓNIMO: Estou. E o artigo do diretor, quando é que vem?
VALADARES: Não demora.
TORRES: *(Do seu lugar.)* Pronto! A Guarda já pode seguir. O Jerónimo leva... *(Jerónimo vai estender a mão para receber o papel.)*
VALADARES: *(Com autoridade.)* Não. Fica para amanhã. *(A Torres.)* Dê cá a notícia. *(Torres, dominando a irritação, entrega-lhe o papel. Valadares finge que lê.)* Afinal de contas, isto não tem interesse nenhum. Está resolvido: a Guarda não sai amanhã. *(Dobra bruscamente o papel e enfia-o no prego.)*
TORRES: Tem a certeza de que essa maneira de proceder é correta? Dá-me a notícia, diz-me que a prepare para entrar ainda hoje, se houver tempo, dou-lha a tempo, como se acaba de ver, e na minha frente... Não tem o direito!
VALADARES: *(Levantando-se.)* Você não me vem ensinar o direito que eu tenho. Nesta Redação quem manda sou eu. Eu é que resolvo o que se publica ou não se publica. A notícia da Guarda não tem interesse para o jornal, já há

pouco me tinha querido parecer e agora confirmei. Precisa de mais explicações? *(Para Jerónimo.)* Pode ir. Daqui a pouco lhe mando o artigo do diretor.

JERÓNIMO: *(Ao afastar-se, bate no ombro de Torres.)* Deixa lá, não te rales tanto. O verbo é sempre o mesmo: eu obedeço, tu obedeces, ele manda. E para quê? Para fazer uma coisa que de jornal só tem o nome e o papel... *(Encaminha Torres para o seu lugar.)*

VALADARES: O senhor Jerónimo far-me-á o favor de não vir para aqui indisciplinar a Redação. Guarde esses entendimentos lá para fora. Aqui não admito. Para cumprir a sua obrigação profissional, só tem que falar comigo ou com os redatores que eu designar para o efeito. Percebeu?

JERÓNIMO: *(Volta a Valadares.)* Ouça, senhor chefe da Redação, estou pouco interessado em discutir consigo, nada interessado até, mas uma vez que me pediu por favor que não indisciplinasse a Redação, não lhe vou ficar atrás em delicadeza. Portanto, faça por sua vez o favor de admitir que eu, como trabalhador deste jornal, ou prefere que diga funcionário?, tenho tanto direito como o senhor a dar opiniões sobre o que neste jornal se passa e o que este jornal faz. E se o senhor é o chefe da Redação e está a dizer-me que me lembre disso, lembro-lhe eu que sou o chefe da Oficina...

VALADARES: Da Oficina, não. Do turno da noite.

JERÓNIMO: Coitado de você, se não fosse o turno da noite, coitado do seu lindo jornal, se não fosse o turno da noite. *(Para Torres.)* Não faças caso. *(Vai dirigir-se para a porta da tipografia, mas volta atrás subitamente.)* Apesar de tudo, também sou leitor deste jornal. *(Sorri.)* Que é que vocês querem, ele é mauzinho, mas a gente quer-lhe bem.

(*Aproxima-se da secretária de Valadares e tira do prego a notícia da Guarda.*) E como isto vai daqui para o lixo, sempre gostava de saber que notícias nos dava hoje o correspondente da Guarda.

VALADARES: Ponha lá isso! Você não tem o direito...

JERÓNIMO: Ora essa! Então não tenho o direito de andar a apanhar papéis dos caixotes do lixo? Querem ver que o governo resolveu dar o emprego à concorrência!...

VALADARES: Eu ainda não decidi definitivamente se a notícia sai ou não sai!

JERÓNIMO: Está a dar o dito por não dito. Mas, sendo assim, ainda melhor! Se decidir que sai, só tem de me mandar avisar. Se decidir que não sai, no lixo estava, para o lixo vai. Até rimei... Mas antes ficarei eu a saber o que diz o correspondente da Guarda...

VALADARES: (*Furioso.*) Vejam todos a questão que se está aqui a levantar por causa duma porcaria duma notícia!...

JERÓNIMO: Não é por causa da notícia, é por causa das atitudes que o senhor toma. Aqui e lá dentro, se precisa que lho lembre.

VALADARES: E se eu participar de si à Administração? Fique sabendo que é a vontade que tenho...

JERÓNIMO: (*Serenamente.*) Faça isso, faça. A pasmaceira é tanta nesta casa que até serviria para distrair a rapaziada. (*Sai.*)

[*Valadares fica sufocado. Os redatores vão reagir diversamente. Esmeralda (secretária da Redação), Guimarães (redator do estrangeiro), Fonseca (redator parlamentar), Cardoso (redator da cidade), e Josefina (sem responsabilidades particulares), estão claramente e explicitamente do lado de Valadares; Torres e Cláudia, a estagiária, apoiam silenciosamente o Chefe da Tipografia.*]

FONSECA: Eu, realmente, não sei como permites comportamentos destes. Pelo andar da carruagem, não tarda que a Redação esteja às ordens dos senhores tipógrafos. Ou então, eles aqui, e nós na Oficina.

GUIMARÃES: Eu percebo. O Valadares quer levar as coisas a bem, não criar conflitos. Mas tudo tem o seu limite. Além disso, é uma falta de respeito, estas discussões em frente de toda a gente. Pode vir por aí o diretor, e depois, ó Valadares?

VALADARES: Que é que vocês querem, este tipo irrita-me. Faz-me perder as estribeiras. E você, Torres, tenha lá muita paciência, mas as nossas relações começam a ficar muito prejudicadas. Se um dia estiver aqui no meu lugar, então faça o que lhe apetecer, mas por enquanto quem manda sou eu.

JOSEFINA: *(Do fundo.)* Estávamos bem aviados com o Torres no lugar de chefe da Redação. O que vale é que primeiro hão de as galinhas ter dentes...

TORRES: *(Como quem pensa em voz alta.)* Algumas galinhas já têm dentes...

JOSEFINA: Essa é comigo?

TORRES: Que ideia! A minha querida colega Josefina é alguma galinha?

CARDOSO: *(Rindo.)* Ai, boa piada!

JOSEFINA: Queres levar um estalo, ó Cardoso? E você, seu Torres, não se meta comigo...

TORRES: *(Cortando.)* Qualquer de nós está velho de mais para se meter com o outro.

ESMERALDA: Parece impossível, as coisas que se estão a passar neste jornal...

*(Valadares grita: — Chiça! — Passeia de um lado para outro, furioso. Todos se calam.)*

VALADARES: Ó Esmeralda, chame aí o Rafael!

*(Esmeralda toca uma campainha que se ouve no interior da porta C, que dá para as instalações administrativas. Aparece Rafael, o Contínuo que já atendeu o Diretor.)*

RAFAEL: Quem chamou?

ESMERALDA: Foi ali o senhor Valadares.

RAFAEL: Diga, senhor Valadares...

VALADARES: Veja se está alguém da Administração.

RAFAEL: *(Espantado.)* A esta hora?...

VALADARES: *(Caindo em si.)* Está bem, está bem, volte para o seu lugar... *(Fica ainda mais furioso.)* E veja-me lá quando o Faustino chega do exame prévio! Já tinha mais que obrigação de cá estar!

*(Rafael sai. Silêncio.)*

CARDOSO: *(Incapaz de segurar a piada.)* Nestas coisas, sou sempre pelo exame prévio. O Faustino está para casar, nada mais natural do que ir primeiro ao exame prévio. Assim, a noiva até fica mais descansada, com todas as garantias. *(Risos.)*

ESMERALDA: Tens muita gracinha. O pior é quando as noivas começarem também a ir ao exame prévio.

CARDOSO: Começarem? Ai, filha, estás muito atrasada, pelos vistos. Ou andas a fingir que não sabes?

VALADARES: Vamos lá a acabar com o divertimento. Quero o jornal fechado.

TORRES: *(Tranquilamente, para Cláudia.)* Se há coisas que eu aprecie, é o espírito, a ironia subtil, o humor intelectual.

CLÁUDIA: *(Compreendendo.)* Eu também, mas não tenho muitas oportunidades. Talvez o defeito seja meu, não alcanço...

VALADARES: *(Com rancor.)* Olhe, menina, tenha lá cuidado,

que às vezes, quando menos se espera, sucedem desgraças, cai um vaso do telhado. Meta-se no seu trabalho, e esteja calada. *(Muda de tom.)* Guimarães, como é que estamos de internacional?

GUIMARÃES: Falta-me só preparar estes três telegramas. O resto já não cabe. Mas fiz uma boa escolha.

VALADARES: Eu cheguei a ler a crónica? Não me lembro. Sobre que era?

GUIMARÃES: Leste, leste. Era a propósito da situação no Médio Oriente.

VALADARES: Ah, pois... o Médio Oriente... já me lembro. E tu, ó Fonseca?

GUIMARÃES: O relato da Assembleia já foi para dentro. Estou só a adiantar o trabalho de amanhã. O diretor pediu-me que lhe sugerisse umas perguntas para uma entrevista com o Marcelo...

VALADARES: Pediu-te umas perguntas? Como é isso? Não me disse nada...

FONSECA: Talvez se tenha esquecido...

VALADARES: Quando foi que te pediu?

FONSECA: Ontem. Com certeza ter-se-ia esquecido...

VALADARES: Esquecimento ou não, não vai perder pela demora... E tu devias ter-lhe dito que falasse comigo...

FONSECA: Ó Valadares, não exageres. Afinal, eu sou o redator parlamentar...

VALADARES: Está bem, mas hei de dar-lhe o toque. *(Aproxima-se, confidente.)* De mais especial, temos alguma coisa?

FONSECA: Não. Disse-te tudo quanto sei. O costume. Muitos boatos, muitos papéis, um certo ambiente de conspiração.

VALADARES: Mas, lá pela Assembleia?...

FONSECA: Andam um bocado nervosos, sempre aos grupinhos. Parecem mesmo conspiradores, salvo seja. Desde o 16 de Março que ficaram assim, embora já vão serenando. *(Em segredo.)* O que eu sei de fonte segura, é que daqui até ao fim do mês ainda haverá mais duas ou três vagas de prisões. Tudo no mesmo meio. Intelectuais, sobretudo. O pretexto é o Primeiro de Maio. *(A voz descontrola-se e sai-lhe mais alta nas últimas palavras. Torres e Cláudia entreolham-se.)*

VALADARES: E acerca dos militares? Há novidades? Continuam a fazer reuniões?

FONSECA: Por aí, é que não sei, estou tapado. Diz-se muita coisa... Não se sabe o que é verdade e o que é mentira. Mas não acredito que eles se vão meter noutra. Papéis fazem eles, mas isto não vai abaixo com balas de papel.

VALADARES: Pois. É que o diretor pareceu-me preocupado. Veio com aquela de a política ser como a terra.

FONSECA: Outra vez?

VALADARES: Outra vez. *(Ambos sorriem com displicência, depois ficam subitamente sérios.)* Mais isto, Fonseca, não vai nada bem.

FONSECA: Não me estejas outra vez com medo.

VALADARES: Eu não estou com medo. *(Mostra-se de mau humor, e passa adiante.)* Como é que vamos de cidade, Cardoso?...

*(Durante estes diálogos, o Diretor tem continuado a escrever. Concluirá e chamará Rafael, em tempo que este possa interromper naturalmente Valadares, assomando à porta C.)*

RAFAEL: O senhor diretor chama o senhor Valadares.

*(Valadares atravessa a Redação, bate à porta B, entra desta vez sem esperar resposta.)*

DIRETOR: Já está pronto, Valadares. Creio que não ficou mal. Você depois verá se falta qualquer vírgula, ou coisa assim. Quer ouvir?

VALADARES: *(Tom neutro.)* Com certeza, senhor diretor. *(Hesita, depois decide-se.)* O senhor diretor disse ao Fonseca que lhe desse umas sugestões para uma entrevista com o chefe do governo, com o professor Marcelo... Em geral, esses assuntos são tratados comigo. Não percebo por que não mo disse a mim. Fico mal colocado perante a Redação.

DIRETOR: *(Preocupado.)* Tem razão, Valadares. Tem toda a razão. Você sabe como eu sou escrupuloso com a hierarquia da Redação. Encontrei o Fonseca, você tem andado muito sobrecarregado de trabalho. Foi isso.

VALADARES: *(Sossegado.)* Claro que o senhor diretor nunca o iria fazer propositadamente, nem semelhante coisa me passava pela cabeça. Mas sabe como são os jornalistas, com um pormenor de nada, uma insignificância, enchem-se de vento, e depois é difícil agarrá-los. Dá-se-lhes a mão, tomam logo o pé...

DIRETOR: Tem razão, Valadares.

VALADARES: Depois vêm para o senhor diretor com histórias, com invenções, com mexericos. O senhor diretor tem de estar defendido disso. Eu sou uma espécie de para-choques entre a Redação e o senhor diretor.

DIRETOR: Tem toda a razão, Valadares. *(Aliviado.)* Então sente-se, sente-se, vou ler-lhe o artigo.

*(Valadares senta-se. O Diretor vai ler o seu texto, passeando pelo gabinete, fazendo gestos, acentuando enfaticamente. Nem tudo se ouvirá distintamente porque haverá sobreposição de outros sons na Redação. Valadares acompanhará a leitura com gestos e palavras de aprovação. Alguns redatores caem em entorpecimento, outros saem por instantes. Faustino entrará e porá as provas sobre a secretária de Valadares. Vai sentar-se à sua mesa, onde li-*

*gará o transístor. Grande parte da leitura terá acompanhamento musical, de preferência valsas. Ao mesmo tempo, em ocasião oportuna para começar e em ocasião oportuna para acabar, Rafael e Faustino aproximar-se-ão da boca de cena e falarão sobre apostas do Totobola, num diálogo à vontade: consultar o concurso da época para maior exatidão. É este diálogo que cobrirá, de vez em quando, a leitura feita pelo Diretor. Cardoso poderá intervir também na conversa dos dois Contínuos.)*

DIRETOR: *(Depois de aclarar a voz.)* Chama-se "Cultura e águas turvas". Ora ouça: "Quando se pergunta, como um vespertino de Lisboa há pouco fazia, 'Quem tem medo da cultura', conviria começar por esclarecer qual a aceção considerada do vocábulo. É que, segundo ninguém tem o direito de fingir que ignora, tantos significados lhe são atribuídos que, em última análise, se acaba por não saber qual o preferido pelo preopinante. Ou então sabe-se bem de mais, mas a indeterminação serve para mistificar o leitor comum que desleixa o enquadramento subjacente para atender apenas a uma terminologia viciada pela ambiguidade.

"Com efeito, falar de 'cultura' sem maiores especificações tornou-se um dos processos mais utilizados pelos que pretendem impor certos estilos de pensamento e acham preferível mascarar os intuitos prosseguidos sob uma designação cujo prestígio lhes pode servir de gazua. É que, além disso, se lhes não for aparado o jogo, desde logo serve para romper em alta grita contra os pretensos atentados de que seria alvo a *atividade cultural,* como se a realidade desta devesse constituir para-vento da intoxicação e do destrutivismo. Ora, evidentemente, não se pode admitir que um valor desta natureza e importância sirva de pretexto a malabarismos interesseiros de alguns que somente cuidam de condicionamento, e isso tanto nos vetores escondidos quanto nas formas privilegiadas. Mas, está claro!, isso é precisamente o que se não consegue encontrar nos cozinhados propostos: definir seria pôr a descoberto a viciação mental homenageada — e bem se entende que, salvo em determinadas circunstâncias, isso não é tido por conveniente. Ou então, na coerência do monismo ideológico, postula-se que a 'cultura' só pode ser o que a 'cartilha' repetida apresenta como tal, em perfeita beatitude se excluindo a possibilidade sequer de eventual discordância, identificada com medo, ódio ou manifestação de classes condenadas. Sem esquecer a intervenção de papagaios que falam sem perceber, mas não deixam passar a oportunidade de se exibirem como chavões ou grandes consciências.

"No caso vertente, parece verificar-se flagrante mistura de tudo isto, mas com a diligência confusionista a prevalecer — facto tanto mais compreensível quanto a busca das águas turvas constitui processo muito expedito para quem procura sobretudo embair docemente. Não será de mais, todavia, recordar que, em se favorecendo, ou ao menos não contrariando a confusão, de modo algum será possível obter resultados positivos, pois é regra de sabedoria que ela só aproveita a quem não alimenta boas intenções. Porque, tudo ponderado, as invocações pretextuais sempre representam processos de ludíbrio e é indispensável tomar consciência de que, por seu intermédio, se veiculam as mais perigosas toxinas, com tanto maior proveito para os que o fazem quanto geral-

mente a intoxicação não chega a ser compreendida a tempo..."* *(Pausa maior, silêncio grave.)*
Então, meu caro Valadares? Que lhe pareceu? Procurei não ir muito além das cinquenta linhas, mas creio ter dito tudo quanto era preciso, nesta altura...

VALADARES: Pareceu-me excelente, como de costume. No entanto, supus que se tratasse de um fundo mais diretamente político... Não sei se na situação atual não haveria conveniência em ser mais explícito...

DIRETOR: Também não convinha, Valadares, também não convinha. Politicamente, é um erro queimar pontes que não temos a certeza de não precisar de vir a passar. É certo que importa ampliar a denúncia dos senhores intelectuais progressistas e dos jornais que lhes dão espaço. Mas essa denúncia, na complicada situação que estamos a viver, não pode ir longe de mais. Temos de conciliar alguma coisa. As línguas andam demasiado soltas, isso é verdade, mas por enquanto a política é travá-las, não é cortá-las. O meu fundo vai precisamente nesse sentido. Esperam-se mais prisões, estou informado disso, e o nosso dever é preparar a opinião pública. Mas com tato. Com habilidade. Está a ver?

VALADARES: Estou a ver, estou, senhor diretor. *(Levanta-se e recebe o papel.)* Mas julguei que iria ser outro o tema do fundo. Há por aí montanhas de boatos...

DIRETOR: Pois há. É o que não falta. Alguns, até somos nós

---

* Este editorial é transcrito do jornal fascista *Época*, de 26 de Abril de 1973. Não deve porém o leitor imaginar que é na *Época* que a ação da peça se passa. O Autor entendeu ter alguma legitimidade para usar o texto, uma vez que ele responde a um artigo seu, não assinado, então publicado no *Diário de Lisboa*.

que os pomos a correr. *(Comenta o dito com um sorriso algo cínico.)* Está a referir-se aos militares, não é?

VALADARES: Também a eles.

DIRETOR: Creio que tudo isso não vai além de boatos.

VALADARES: Deus o oiça, senhor diretor.

DIRETOR: *(Abre a porta A e fala para dentro.)* Rafael! Tire aí o meu sobretudo. *(Fala para o Chefe da Redação.)* Mas você, hoje, parece preocupado...

VALADARES: Tenho alguns problemas lá dentro, com o Jerónimo, da tipografia, e o Torres. Há uma certa indisciplina...

DIRETOR: Não admita, não admita. Corte a direito. Processo disciplinar, suspensão. Se não lhes apara as asas, eles começam logo a voar alto. O Torres é incorrigível, e o Jerónimo é um velho problema... Mas são competentes. Vá aguentando, Valadares. Um dia resolveremos esses casos. Os furúnculos só devem ser espremidos quando estiverem maduros. *(Muda de tom.)* Se precisar de alguma coisa, estou em casa. Tinha um convite aí para uma ceata, mas hoje o corpo está-me a pedir descanso. Mas não vai haver nada. E se houver, você cá resolve... Até amanhã. *(Sai.)*

VALADARES: Até amanhã, senhor diretor.

*(Valadares entra na Redação. Vem passando os olhos pelo texto. Ao dar pela presença de Valadares, Faustino baixa precipitadamente o som. Entretanto, o grupo que discutia o Totobola desfizera-se.)*

VALADARES: *(Depois de algumas emendas, rápidas, sugerindo que é de vírgulas que se trata.)* Faustino! *(O Contínuo acode.)* Leva isto à tipografia. É o artigo do diretor. O Jerónimo está à espera. *(Folheia as provas que Faustino trouxe. Depois levanta o telefone.)* Ó Esmeralda! Traga-me a agenda de amanhã. Quero ver se os serviços estão todos distribuídos. E para depois de amanhã, que é que temos apontado?

ESMERALDA: *(Aproximando-se meneante.)* Para amanhã está tudo distribuído. Só temos de escolher para onde vão os fotógrafos. *(Conversa em voz baixa. Modos íntimos, mais por parte dela do que dele.)*

*(No momento em que o telefone toca, entra de rompante pela porta E o redator esportivo, Pinto.)*

PINTO: *(Jovial.)* Boa noite, rapaziada. *(Os outros mal levantam a cabeça.)* Há bronca? Está tudo com cara de credor a quem pregaram o calote! *(Vaia para Valadares.)* Ganhou o Benfi...

VALADARES: *(Detém-no com um gesto impaciente.)* Está lá? Senhor coronel? Sou eu, Valadares. Aqui estou outra vez a maçá-lo. Não há mais cortes? Ainda bem. Sendo assim, só mando buscar as provas amanhã. Obrigado. Exceto umas coisas do estrangeiro, limpas, e umas do desporto, não tenho mais composição para hoje. É seguro, não dá problemas. E há o fundo do diretor. Se estiver de acordo, para ganharmos tempo, leio-lho daqui pelo telefone, mais logo. Claro, a prova não deixará de ir. Sei o que são responsabilidades. Tem toda a razão, sem disciplina nada se faz. Boa noite, senhor coronel. *(Pousa o telefone. Dirige-se a Pinto.)* Então, diz lá...

PINTO: Ganhou o Benfica. Vou fazer o relato num rufo. O Baltasar ainda ficou mais um bocado para bater umas chapas do segundo jogo, a enfeitar. Como só vamos dar o resultado e a constituição das equipas, o boneco sempre ajuda...

VALADARES: Está bem, está bem. Despacha-me isso depressa. E olha que estou a contar com uma boa chamada na primeira página. Com fotografia. *(Para Esmeralda.)* A agenda está boa.

ESMERALDA: Se não precisa mais de mim, vou andando.

VALADARES: *(Paternal, equívoco.)* Precisar, precisava eu, mas agora não pode ser. E você é uma relapsa.

ESMERALDA: Credo! Que vocabulário! *(Tom baixo.)* Tenha mas é juízo. *(Falando para a Redação.)* Boa noite a todos!

PINTO: Espera aí, ó Esmeralda! Não queres ouvir aquela do Agostinho Neto e do Samora Machel? Olha que é boa!

ESMERALDA: Ó filho, não me venhas para cá chatear com pretos. Só de lhes ouvir o nome, fico com erisipela! *(Sai.)*

PINTO: *(Volta-se para os outros.)* Vocês querem ouvir? *(De costas para a sala, debruçado por cima duma secretária, conta de modo que não se ouve. Torres e Cláudia mostram-se indiferentes. Gargalhadas. Pinto vem para Valadares e repete. Gargalhada. Pinto mostra um ar triunfante.)* É boa, ou não é? Já sabem: em as querendo frescas, é só vir falar comigo. Ó Faustino, empresta-me aí o transístor, que é para me inspirar. Para o trabalho, não há melhor estimulante que a música. Não achas, Josefina?

JOSEFINA: Estás farto de saber que não acho. Se. não fosse essa tua mania, não andava sempre o Faustino aqui de transístor nas unhas, de um lado para outro. Já é cisma. Uma Redação decente não é esta algazarra, quer-se com silêncio.

CLÁUDIA: E quanto mais silêncio, melhor. *(O tom é de quem pensa noutra coisa.)*

*(Pinto mexe nos botões do transístor. Ouvem-se, mais uma vez, pedaços de palavras e farrapos de música. Depois a sintonização torna-se firme, o som sobe.)*

VOZ DE LOCUTOR: Faltam cinco minutos para as onze horas. Paulo de Carvalho canta "E depois do adeus".

*(A canção será ouvida quase até ao fim. Logo aos primeiros compassos, Josefina levanta-se arrebatadamente e sai pela porta C. Pinto escreve entusiasticamente à máquina.)*

VALADARES: Põe-me essa música mais baixa, Pinto. E vê se não demoras a notícia, que isto está no fim. *(Boceja.)* Quem quiser ir ao bar, pode ir. Não comam tudo, que eu também hei de precisar. *(Mostra-se distendido, mas há certa artificialidade no tom.)*

*(Guimarães, Fonseca e Cardoso saem, conversando e rindo. Torres e Cláudia levantam-se igualmente.)*

VALADARES: Ó Torres, se não se importa, fique mais uns minutos, que eu gostaria de conversar um pouco consigo. *(Para Cláudia.)* Vá, vá jantar.

*(O silêncio tem um fundo musical: o transístor de Faustino, que, baixinho, ajuda Pinto a trabalhar. Cláudia sai, inquieta. Torres não a olha. Ouve-se o matraquear dos telexes, mas abafado.)*

PINTO: Já está! Uma obra-prima do jornalismo desportivo! O grande relato do século! Pinto à cabeça do pelotão! *(Vem a Valadares.)*

VALADARES: Leva isso à composição, mas não faças asneiras, entrega ao Jerónimo. E deixa-te ficar por lá a dar uma ajuda na paginação.

PINTO: O. K., chefe! *(Sai cantarolando.)*

*(Faustino, ao fundo, recupera o transístor. Sintoniza, muda de estação. O transístor ficará a tocar até ao fim desta parte. Durante o diálogo seguinte, há de aparecer Rafael, que conversará algum tempo com Faustino, sem que se ouçam as falas. Perto do fim, dois dos jornalistas regressarão do jantar e irão para os seus lugares.)*

VALADARES: *(Levantando-se.)* Vamos aqui para o gabinete do

diretor, para estarmos mais à vontade. *(Faz um gesto convidativo para Torres.)* É só uns minutos. Não irei atrasar muito o seu jantar.

TORRES: *(Encaminhando-se para o gabinete.)* O apetite é pouco. Que não seja a minha fome a tirar-lhe o apetite a si.

*(Estão no gabinete. Torres senta-se num dos sofás, acende um cigarro, estende as pernas, recosta-se. Valadares fica de pé.)*

TORRES: Estou ao seu dispor.

VALADARES: Homem, não comece já a falar assim. Isso é linguagem que não se usa. Estou ao seu dispor, ouviram esta? Somos camaradas de profissão, conhecidos de longa data, não nos vamos pôr com cerimônias. Somos ou não somos camaradas?

TORRES: *(Relutante.)* Somos...

VALADARES: Camaradas. E entre camaradas, pode-se conversar. Pode ou não pode?

TORRES: *(Decidindo-se a ser claro.)* Num ponto você tem razão. A minha frase foi tola. É um daqueles trastes que herdámos dos antepassados, sem saber como nem de quem, uma frase que não significa nada. É uma pequena hipocrisia. Estou ao seu dispor... imagine... Até parece a Eva, obediente, a falar ao Adão... *(Pausa.)* Quanto ao resto, há que dizer que não somos precisamente camaradas. Você é o chefe da Redação, e eu sou o redator da província. Faz uma boa diferença. Eu sou perito em S. Bento da Porta Aberta, você é especialista em S. Bento da Porta Fechada.

VALADARES: Deixemo-nos de ironias. Nesse campo, não conte comigo para o acompanhar. Pedi-lhe esta conversa para falarmos a sério, e mais no seu interesse do que no meu, note bem.

TORRES: Conversemos, então.

VALADARES: *(Com certa solenidade, imitando involuntariamente o passear do Diretor.)* Torres, você sabe que no plano estritamente profissional é um dos redatores mais competentes desta casa, não sei mesmo se o mais competente, sem desprimor para o Fonseca e para o Guimarães. Não diga que não, porque é a verdade pura. Penso eu assim, pensa o diretor, e, no fundo, creio que todos os colegas são da minha opinião. Se assim não fosse, aposto que estariam pouco dispostos a aturar as suas ironias. Você provavelmente não dá por isso, mas olhe que fere muito as pessoas...

TORRES: Dou por isso.

VALADARES: Ah! Dá por isso... E não se emenda, e insiste, e refina... E então fica muito admirado por continuar a ser apenas o redator da província...

TORRES: Alto aí! Quem lhe disse que eu fico muito admirado por ser apenas o redator da província? Já se esqueceu de que a única vez que estivemos todos de acordo, eu, você, o diretor, a Administração, foi quando pedi para passar a este lugar? Já se esqueceu?

VALADARES: Não me esqueci. Mas sei muito bem que você poderia ter responsabilidades muito diferentes neste jornal, se não fossem as suas... as suas manias... Um profissional como você é, cheio de experiência, com uma sensibilidade do ofício, um tato, que pouca gente tem que se lhe compare. Às vezes, estou ali sentado, olho para si, e vejo-o a corrigir prosas de regedores, barbeiros e boticários. Lá de longe em longe, uma reportagem que eu preciso de ter debaixo de olho, porque você não perde qualquer oportunidade de meter o seu veneno. E depois tenho o diretor à perna, e a Administração a fazer perguntas. *(Pausa.)* Por que é que você, Torres, não põe de parte, de uma vez para sempre, esses seus escrúpulos de idealismo mal compreendido, essa espécie de superstição política de quem acredita em D. Sebastião e em manhãs de nevoeiro, e se decide a fazer a carreira jornalística que merece? Outros, muito menos competentes, passam-lhe à frente, e quem é que fica a perder? O jornal!

TORRES: Com mais palavra, menos palavra, creio que esta deve ser a centésima vez que você me vem com o disco da minha competência, do meu idealismo, da minha teimosia... Para abreviar, poderá dizer-me, já, qual vai ser o remate desta conversa de hoje. É que, ponto sem nó, nunca lho vi eu dar.

VALADARES: Estou a falar a sério. Faz-me pena um homem que...

TORRES: *(Interrompendo.)* A primeira coisa que vai já registar na sua memória, e definitivamente, é que não preciso da sua pena para nada. E é só porque eu hoje me sinto muito benevolente que não lhe faço engolir doutra maneira a palavrinha. Ande lá, e não repita. *(Pausa.)* A segunda coisa é que não me deu nenhuma novidade quando me disse que sou um homem. Devo dizer-lhe, muito em confidência, que tenho reparado. Sou-o desde que nasci, mas, felizmente, creio que não me contentei com os sinais exteriores: dei um jeito para ser um bocadito mais homem quando comecei a pensar.

VALADARES: O assunto é outro, com menos literatura. Não se ponha a divagar.

TORRES: Tem toda a razão, o assunto é outro. Se sou redator da província, se escolhi ser redator da província, se vocês todos ficaram felicíssimos porque eu decidi ser redator da província, a razão é não querer eu escrever uma linha só que seja que, diretamente ou indiretamente, faça o joguinho do regime, pois é para isso que existe este jornal...

VALADARES: *(Ironia fácil.)* Que lhe paga...

TORRES: Mais uma vez tem razão. Parabéns. Mas acontece que o único dinheiro que recebo é o que no fim do mês vou buscar lá abaixo, à tesouraria. Nem mais um tostão. Não tenho cheques de embaixadas, nem gratificações especiais e secretas de ministérios, nem sobrescritos misteriosos, nem outras ajudas de custo que não sejam as fixadas no regulamento do jornal, etc., etc., etc. E não desejo outra vida.

VALADARES: Você está a fazer insinuações?

TORRES: Vejo que não me compreendeu. Estou a fazer afirmações.

VALADARES: Se é a mim que pretende atingir...

TORRES: Sentiu-se atingido? Se se sentiu atingido, tome a afirmação como tendo que ver consigo. De qualquer maneira, não faltará por aí quem enfie esta carapuça e outras que eu não disse. *(Mudando de tom.)* Ouça, Valadares, esta conversa é estúpida, e eu embirro com conversas estúpidas. Nem eu lhe estou a dar novidades, nem você a mim. Diga aonde quer chegar, e acabemos com o paleio...

*(Valadares agita-se no gabinete, já de maneira pessoal: deixou de imitar o Diretor. A pausa aqui feita tem de ser lógica, explicar-se por si própria. É durante ela que Baltasar, o fotógrafo, entra pela porta E. Não tem que manifestar qualquer surpresa por ver a Redação deserta. Dirige-se a Faustino.)*

BALTASAR: O chefe está no bar?
FAUSTINO: Não. Está aí no gabinete do diretor com o senhor Torres. Parece que há fita.
*(Baltasar vai bater à porta B.)*
VALADARES: Entre!
BALTASAR: Boa noite. Vou revelar as fotografias. Quer depois escolhê-lhas, ou...
VALADARES: Não. O Pinto que veja isso. Fala com ele. Mas são precisas duas: uma para a primeira página e outra para dentro. Fala com o Pinto. *(Baltasar retira-se pela porta C.)*
TORRES: Voltando ao assunto...
VALADARES: Onde é que eu ia?
TORRES: Você não ia. Eu é que lhe disse que não sabia aonde você queria chegar...
VALADARES: É isso. *(Muito compostamente.)* Torres, vamos pôr de parte irritações e entender-nos como dois amigos, conversar como amigos...
TORRES: *(Ironicamente resignado.)* Pois sim...
VALADARES: Você sabe muito bem que a Administração não o vê com bons olhos. Não é de hoje, não é de ontem, é desde há muito tempo. Não vamos agora pôr-nos a discutir as razões que você tem ou julga ter. Nem discuto as suas convicções políticas. Mas o que eu queria era que você compreendesse que tenho um trabalho dos diabos todos os dias para convencer o diretor a resistir às pressões que vêm lá de cima. Vejo-me constantemente a servir de para-choques entre a Administração e o diretor, por sua causa, e você não facilita as coisas, não facilita mesmo nada... Se não quer ser mais do que redator da província, se quer ficar na cepa torta, então fique, bom proveito lhe faça, mas não me arranje dificulda-

des... A si, tudo lhe serve de pretexto. Ainda há bocado, aquela história da Guarda. Irritou-me, obrigou-me a perder o sangue-frio. E por causa disso ainda preciso de ter uma conversa com o Jerónimo. Se ele julga que se pode permitir... Provocador! *(Pausa.)* E agora veio para aí essa moça estagiária, a Cláudia, e o que eu vejo é a péssima influência que você está a ter nela. Se um diz mata, o outro diz esfola. Ainda acabo por tirá-la dali e pô-la a trabalhar com o Guimarães, no estrangeiro...

TORRES: De castigo? Como se faz às criancinhas?

VALADARES: Tenho responsabilidades. *(Gesticula muito.)* Tenho grandes responsabilidades, e você já anda nisto há bastantes anos para o saber. O diretor foi para a cama, regalado. Que faz o diretor? Escreve o fundo, dá umas bocas, de tempos a tempos passeia-se pela Redação para receber os cumprimentos. Mas quem se aguenta é cá o rapaz. Ele é que tem o nome no cabeçalho do jornal, mas eu é que ando com o jornal às costas. Ora aí está a diferença. *(Tom quase patético.)*

TORRES: Cuidado, olhe que eu não sou de confiança. Ponha na sua ideia que amanhã digo todas essas coisas ao diretor...

VALADARES: *(Sobressalto, logo dissipado.)* Primeiro, você tem muitos defeitos, mas não tem esse, não é intriguista. Segundo, o mais certo era o diretor não acreditar, e, se lhe desse para tal, eu me encarregaria de lhe tirar a denúncia da cabeça. *(Brutal.)* E você é que se lixava.

TORRES: Não há dúvida. Estamos realmente a conversar como dois amigos...

VALADARES: Obriga-me a dizer coisas que não quero. Não vê a minha responsabilidade, não me ajuda a manter aqui uma boa relação. Repito: quem é que aguenta isto, quem? A noite está tranquila, sim senhor. E se não estivesse? Enquanto o diretor não chegasse, quem segurava as rédeas? Eu.

TORRES: É mesmo para isso que lhe pagam, que eu saiba. Para segurar as rédeas.

VALADARES: Não há ordenado que compense esta responsabilidade, sou eu que lho digo. Isto não é uma folheca de província, é um grande jornal. Veja o nosso peso, a nossa influência. Como posso eu permitir-me tolerar a presença de elementos nocivos numa Redação que quero coesa, ligada por amizade, por interesses comuns, por um ideal, até? Ponha você uma maçã apodrecida num cesto de maçãs boas, e veja o que acontece: não tarda nada, está tudo podre. É isso que eu tenho de evitar... *(Tem vindo a entusiasmar-se.)* Já viu missão mais responsável que a do jornalista? A objetividade, o rigor, o respeito pelo público... O nosso comportamento tem de ser exemplar, se não, como é que o leitor vai acreditar em nós?

TORRES: Isso, francamente, não sei.

VALADARES: Deixe-se de piadas. A questão é muito simples, e vou pô-la com toda a clareza. Depois não me diga que não o avisei. Ou muda radicalmente de procedimento dentro da Redação, ou deixo de o defender junto do diretor e da Administração. Se amanhã se encontrar desempregado, não vá por aí queixar-se de mim, que bem o preveni. Quanto à Cláudia, é estagiária, está com um pé dentro e outro fora. É só esperar a oportunidade.

TORRES: *(Levantando-se suavemente.)* Estive a ouvi-lo com toda a minha paciência, que é muita, quando me dá para isso. Mas como você já está a repetir-se, chegou a altura de lhe propor duas ou três respostas. Amizade paga-se com amizade. *(Pausa.)* Já lhe tenho dito o que penso desse seu respeito pelo público, quando tal respeito se exprime nas páginas deste jornal. Não vou recomeçar. Apenas lhe quero contar uma história típica da cidade. Posso até dá-la ao Cardoso, se gostar dela. Dantes, quando ainda não havia recipientes de plástico para o lixo, as donas de casa costumavam usar folhas de jornais para forrar os caixotes. Quando a carroça vinha, ou a camioneta, os almeidas deitavam o lixo para o monte, e com o lixo ia o jornal. Embora eu seja jornalista, foi sempre um espetáculo que me deu prazer. Quer que lhe diga porquê? Porque tudo aquilo era lixo.

VALADARES: *(Indignado.)* Você não tem nenhuma consideração pela classe a que pertence!

TORRES: Que consideração? Que classe? Consideração, tenho-a por alguns homens que estão nesta profissão. Mas a classe, como lhe chama, ainda está para nascer como tal. Acha você que eu pertenço à mesma classe que o Guimarães, que quase todos os dias vai receber ordens à embaixada ame...

VALADARES: *(Interrompendo.)* Como é que você se atreve a insinuar...

TORRES: Torno a dizer-lhe que não insinuo. Afirmo. E esta carapuça, no sujeito de quem falamos, fica-lhe enterrada até aos queixos. O pior é que a nós é que querem tapar os olhos. Mas não conseguem, senhor chefe da Redação.

VALADARES: *(Incisivo.)* Terminámos a conversa. O que tiver de acontecer, acontecerá. Depois não se lamente. *(Dirige-se para a porta B.)*

TORRES: *(Cortando-lhe o passo.)* Esteja descansado, não sou homem para lamentações. Mas já que estamos com a mão na massa, ainda lhe vou dar mais um bocado de fermento. Não torne a cantar-me as loas da objetividade, e da neutralidade, que é outra palavra que você usa muito. Digo-lhe eu que não há objetividade. Digo-lhe eu que não há neutralidade. Quantos acontecimentos importantes para o mundo se dão diariamente no mundo? Provavelmente milhões! Quantos deles são selecionados, quantos passam pelo crivo que os transforma em notícias? Quem os escolheu? Segundo que critérios? Para que fins? Que forma tem essa espécie de filtro ao contrário, que intoxica porque não diz a verdade toda? E notícias falsas, quantas circulam no mundo? Quem as inventa? Com que objetivos? Quem produz a mentira e a transforma em alimento de primeira necessidade? A informação não é objetiva, e quanto a neutralidade, é tão neutral como a Suíça. Ou será possível que você ignore as primeiras letras deste alfabeto? O dono do dinheiro é sempre o dono do poder, mesmo quando não aparece na primeira fila como tal. Quem tem o poder, tem a informação que defenderá os interesses do dinheiro que esse poder serve. A informação que nós atiramos para cima do leitor desorientado é aquela que, em cada momento, melhor convém aos donos do dinheiro. Para quê? Para que lhes dêmos mais dinheiro a ganhar. Servem-se de nós, e nós servimo-los a eles. *(Pausa.)* Mas, que faço eu, a pregar-lhe sermões? Você sabe isto tão bem como eu, você não é parvo, faço-lhe essa justiça. Mas finge que não sabe, fecha os olhos, assina o recibo e diz que cumpriu o seu dever. E eu não sou daqueles que tiveram a coragem de voltar as costas ao sistema. *(Apaixonadamente.)* A quem tudo isto deveria ser explicado, não era a você, era a toda essa gente que anda na rua, que compra o jornal e o lê, e acaba por acreditar mais no que ele diz do que naquilo que os seus próprios olhos veem. Abrir as janelas *(aponta para a plateia: supõe-se haver ali uma parede, a parede invisível do palco, com janelas igualmente invisíveis)* e gritar lá para fora esta verdade tão clara e tão bem escondida! *(Pausa.)* Com certeza, seria a primeira vez que a verdade sairia deste edifício. A única verdade possível.

VALADARES: *(Frio.)* Tem mais alguma coisa a dizer? A partir de hoje, e enquanto você continuar a trabalhar neste jornal, as nossas conversas ficam limitadas aos assuntos de serviço. Com licença.

*(Valadares contorna Torres e sai pela porta B. Torres segue-o.)*

TORRES: Não há nada como uma boa discussão para abrir o apetite. Vou ao bar. *(Sai pela porta C. Os jornalistas olham, perplexos.)*

VALADARES: *(Num berro.)* Faustino!

*(Faustino, que está na Redação, dá um salto. Quer desligar o transístor, mas engana-se, e aumenta bruscamente o volume do som.)*

VOZ DO LOCUTOR: Grândola, vila morena / Terra da fraternidade / O povo é quem mais ordena / Dentro de ti, ó cidade.
*(Ranger forte das botas na terra. A voz de José Afonso começa a cantar.)*

VALADARES: *(Que primeiro pareceu aturdido, vem à boca de cena, desvairado, tapando os ouvidos.)* Desliga-me isso!
*(É um grito de quem não sabe, seria o grito de quem soubesse.)*
*(Corte súbito do som. Escuridão.)*

FIM DO PRIMEIRO ATO

## Segundo ato

*(A Redação está tranquila. Não é o tédio habitado do princípio do primeiro ato, é antes o abandono fatigado de alguma coisa que se acabou. Dois grupos conversam. A um lado, próximos da boca da cena, estão Torres e Cláudia. Mais para dentro, Guimarães, Cardoso e Fonseca. Isolada, Josefina tenta ouvir a conversa de Torres e Cláudia.)*

TORRES: *(Tom de quem prossegue um diálogo.)* No fim de contas, tanto se me dá. Estar aqui neste jornal, estar noutro, qual é a diferença? É verdade que há dois ou três mais limpos, pequenas ilhas de decência que vivem dificilmente, mas, no fundo, cá bem no fundo de todos nós, existe uma corrupção, uma espécie de apodrecimento. Nem os melhores escapam à contaminação. Não se pode trabalhar num esgoto sem cheirar a esgoto. E o nosso querido chefe de Redação tresanda a dez passos de distância.

CLÁUDIA: *(Preocupada.)* Arrisca-se a ficar sem emprego.

TORRES: Não seria a primeira vez. Aliás, é bom que vás aprendendo estas coisas, estar desempregado pode, em certas condições, tornar-se estimulante. De repente, encontramo-nos fora do sistema, não fazemos parte do mundo, ninguém nos quer, batemos às portas e as portas não se abrem, os conhecidos mudam de passeio quando nos veem a tempo, ou então enchem-se de piedade, o que ainda é pior. É uma boa altura para sabermos se somos apenas o que fazemos, ou se vamos mais longe do que esse pouco. Mas é um luxo moral que não se pode aguentar muito tempo. Mesmo um homem sozinho como eu.

CLÁUDIA: O melhor seria evitar mais conflitos com o Valadares. Está visto que ele o tomou de ponta.

TORRES: É história antiga. Ainda não tiveste tempo de ver, mas os jornalistas são parentes diretos das comadres de soalheiro. Andam aos abraços, e isso significa pouco. Descompõem-se, e isso não significa muito. É uma raça especial, cruzada, às vezes híbrida. É bicho da terra e bicho da água, um anfíbio. *(Muda de tom.)* Tu é que deves ter cuidado. Não alinhes sempre pelas minhas atitudes. Eu sou, por feitio, e eles sabem-no bem, um osso duro de roer, mas tu podes ser facilmente queimada. Estás no princípio, deitam-te fora sem dó.

CLÁUDIA: Mas se eu estou de acordo consigo em tudo!...

TORRES: *(Sorrindo.)* É agradável ouvir dizer isso, é uma boa música, e ainda seria mais agradável se fosse verdade. Julgas que é verdade, mas não é. Nunca poderias estar de acordo comigo em tudo, era o que faltava. Nem eu estou, que faço coisas que deveria ter a coragem de rejeitar, e fujo a outras que talvez sejam o meu primeiro dever. Entretanto, o tempo vai passando. Vou para velho.

CLÁUDIA: Ficou deprimido com a discussão.

TORRES: Provavelmente, fiquei. Primeiro, divertiu-me. Depois, aproveitei a oportunidade para dizer umas pequenas verdades elementares. Mas, no fim, era inevitável, veio a náusea. Aquele tipo a falar-me de objetividade, de ideal, de isenção, de respeito pelo público, quando nos limitamos a assinar aqui um jornal que já vem feito das mãos dos coronéis da censura!... Os maviosos, os suaves coronéis, ternos avós dos seus netinhos... Fica sabendo que os verdadeiros, os autênticos jornalistas deste país desgraçado são os coronéis da censura: nós somos simples copistas, passamos a limpo. E quando eu vejo aí o Valadares a pedinchar o levantamento de cortes, ou dou pela combinação de estratégias que levam o pobre diabo do leitor a engolir o isco, o anzol e a chumbada, apetece-me morrer. Pedir o levantamento de cortes, é o mesmo que estarem a amputar-me o braço por altura do ombro, e eu implorar que mo cortem pelo cotovelo! *(Outro tom.)* Tem cuidado, arranja-te de maneira a não darem sequer por ti. Estás no princípio, se te queimam neste jornal, em princípio de vida, dificilmente arranjarás trabalho.

CLÁUDIA: *(Desanimada.)* A gente sonha, sonha, e depois a realidade é o que se vê, não é o que sonhámos. Vim tão contente para o jornalismo! Às vezes, até me punha a rir sozinha. Pensar que ia escrever nos jornais, e que as pessoas iriam ler-me, iriam pensar no que eu tinha pensado...

TORRES: Pensar o que tu tinhas pensado?...

CLÁUDIA: Não, não é isso, não está a perceber. Eu disse: pensar *no* que eu tinha pensado. Faz muita diferença. Eu não queria que o leitor fosse pensar *como* eu, mas sim que ficasse a pensar *naquilo* que eu tinha pensado. Depois ele lá resolveria como havia de pensar. *(Sorri de si própria.)* Ingenuidades! *(Com desalento.)* Agora já sei como as coisas são. Passei para o lado de dentro e não gostei do que vi, não gosto do que vejo. Mas o mais certo é que não quererei outra vida que não seja esta. Pode ser que o mundo dê uma volta.

TORRES: Das habilidades que o mundo sabe, essa ainda é a que faz melhor: dar voltas. Se calhar é por isso mesmo que os homens não conseguem estar quietos. Mas aqui, neste Portugalzito que faz doer tanto, nem parece que estamos vivos.

CLÁUDIA: Não acredita no que está a dizer. Você, por exemplo, vejo eu que está bem vivo. Essa acidez, esse azedume, a mim não me enganam. É uma pessoa... *(Interrompe-se, hesita, depois conclui, aprumando o corpo.)* ... é uma pessoa que eu admiro muito.

TORRES: E tu és uma boa rapariga, Cláudia. Vais crescer, vais viver neste meio, pobre de ti se não conservares a verticalidade que tens hoje. E não te deixes prender por admirações. Ninguém merece ser admirado vinte e quatro horas por dia. A nossa vida é uma contínua resistência à fraqueza, à renúncia, ao conformismo, e até, algumas vezes, às pequenas e grandes traições. E não há ninguém que não possa afirmar que não errou nunca. Se fazes muita questão de admirar-me, admira-me só de cada vez que eu acertar. Por intervalos.

CLÁUDIA: Então, passa a ter obrigação de acertar sempre.

*(Ambos riem. Neste momento, Rafael entra pela porta C e aproxima-se a meio caminho.)*

RAFAEL: Senhor Torres, está lá fora uma pessoa à sua procura. Está na sala de espera.

TORRES: Uma pessoa? A esta hora? Quem é?

RAFAEL: Só disse que era o Carlos, um amigo seu.
TORRES: *(Levantando-se e saindo.)* O Carlos...
*(Josefina abandona o seu lugar e chega-se a Cláudia, mansamente. Guimarães, Cardoso e Fonseca passam a dar atenção ao diálogo que se seguirá.)*
JOSEFINA: *(Insinuante.)* Sim senhor, sim senhor. É o maior espanto da minha vida. Até me dava gosto estar ali a ver o Torres tão conversador, tão amável, tão simpático de modos. Grandes milagres! O Torres, imagine-se, com a cara que tem, de quarta-feira de Cinzas, a rir-se. Até parecia um daqueles namoros à antiga, muito tradicional. *(Para os outros.)* Vocês repararam? *(Os outros riem.)* Quem havia de dizer? *(Outro tom.)* Menina, tem cuidado. Olha que o Torres não é de confiança. E tu, se te deixas ir nas conversas dele, ainda podes prejudicar-te. Houve aí uma questão com o chefe...
CLÁUDIA: Bem sei. O Torres contou-me.
JOSEFINA: Claro, o senhor, para nós, colegas antigos, não soube ter uma palavra. Não dá confiança. Mas talvez ainda acabe por partir o nariz. E nessa altura não será bom para ti que estejas perto. *(Boa conselheira.)* Põe-te na defesa, Cláudia.
CLÁUDIA: Obrigada pelos conselhos. Eu cá tratarei de mim.
JOSEFINA: Olha que é para teu bem.
CLÁUDIA: É o que sempre se diz. Até nas cartas dos serviços oficiais, lá vem o estribilho...
JOSEFINA: *(Sem compreender.)* Que é que se diz nas cartas dos serviços oficiais? Que estribilho?
CLÁUDIA: *(Sorrindo.)* A bem da Nação.
FONSECA: *(Do fundo.)* Deixa-te ir por esse caminho, que vais mesmo bem. Olha que quando a cabeça não tem juízo...

CLÁUDIA: *(Secamente.)* ... o corpo é que paga.
*(Entra Torres pela porta C. Josefina junta-se apressadamente ao grupo dos homens. Murmuram. Sente-se que Torres faz um tremendo esforço para se dominar. É como um motor que procurasse reprimir a vibração que resulta do seu próprio movimento.)*
TORRES: *(Tenso, parando junto de Cláudia, mas sem a olhar.)* Vem comigo até à janela. Não digas nada, vem.
*(Torres chega-se à boca de cena. Cláudia aproxima-se e fica ao lado dele. Ambos muito direitos. Podem falar alto porque houve uma mudança de nível, um salto no tempo, a história moveu-se. Por enquanto ninguém os ouvirá na Redação.)*
TORRES: Vieram dizer-me que há deslocações de tropas em quase todo o país. Lisboa está a ser cercada.
CLÁUDIA: *(Após um silêncio de voz estrangulada.)* Que tropas? Contra quem? Tem a certeza de que é verdade?
TORRES: Quem mo veio dizer, sabe o que diz. Desta vez, o governo vai-se abaixo.
CLÁUDIA: É outro 16 de Março...
TORRES: Não creio. Agora é a sério.
CLÁUDIA: E nós? Que vamos fazer? Dizemos aos outros, ao Valadares, ou ficamos calados?
TORRES: Ainda não sei. Tenho de pensar. Recomendaram-me que procedesse consoante as circunstâncias. Mas pelo seguro.
CLÁUDIA: A vontade que dava era desatar já aos gritos, só para ver a cara deles.
TORRES: A questão não é essa. A questão é o jornal.
CLÁUDIA: O jornal?
TORRES: Sim, o jornal. Não julgues que vai ser fácil. Voltemos para os nossos lugares. O melhor ainda será meter a tipografia no caso. Sem ela tudo será mais difícil. Mas

preciso de arranjar maneira de fazer sair de lá o Valadares. O Pinto é o menos, não tem importância, não desconfia.

*(Deixam a janela e aproximam-se das secretárias, com o ar de quem fala de assuntos vagos, talvez de serviço, talvez particulares. Guimarães e Josefina riem com malícia. Guimarães atira uma frase.)*

GUIMARÃES: Não há dúvida. O namoro pegou de estaca. Temos Romeu e Julieta. Quando vai ser o casamento, ó Torres?

*(Torres e Cláudia, absortos, nem ouvem. Ela senta-se, mexe nervosamente em papéis, abre e fecha a saca de mão. Ele passeia-se de um lado para outro, refletindo. Vem à janela, olha ansiosamente para o exterior, para o público.)*

TORRES: *(Murmurando.)* Como é que eu vou resolver isto? Como é que eu vou tirar aquele tipo lá de dentro? *(Volta-se bruscamente, vai ao telefone de Valadares, levanta devagar o auscultador e pousa-o sobre a secretária. Faz um gesto a pedir silêncio a Cláudia. Depois avança para a porta da tipografia. Sai. Exceto Cláudia, ninguém se apercebe do manejo.)*

*(Há um momento de tensão maior, transmitida pela rigidez de Cláudia. Os outros conversam em voz baixa, agora alheados. A porta da tipografia abre-se e entra Valadares. Vem à secretária, pega no telefone.)*

VALADARES: Está lá? Está? Está!? O telefone desligado... Que diabo?... *(Bate repetidamente no descanso do auscultador.)* Está lá? Está lá? Ó menina, que chamada era esta para mim? Ninguém ligou? Ora essa! Então dizem-me que há uma chamada para mim, e ninguém ligou? Que disparate de serviço vem a ser este?... Veja mas é se dá mais atenção ao que está a fazer! *(Desliga o telefone, irritado.)*

*(Torres, entretanto, apareceu ao fundo, vindo da tipografia. Tem um ar distendido, muito sereno.)*

VALADARES: *(Para Torres, com certa secura.)* Não percebo. A telefonista teima que não havia nenhuma ligação.

TORRES: Não havia nenhuma ligação?... Você julga que eu me divirto a chamar pessoas ao telefone, como se isto fosse o átrio de um hotel? *(Aproxima-se, olha os dois telefones, simula uma rápida reflexão.)* Já sei o que aconteceu. Desculpe. O erro foi meu. Troquei os telefones, o da rede interna e o direto. É isso mesmo, a chamada veio pelo telefone direto. Que estupidez a minha! Desculpe. *(Outro tom.)* E logo era uma voz feminina. Parecia ter pressa.

VALADARES: Seria a minha mulher?

TORRES: Acho que não. Não parecia a voz. Pelo menos, não disse: "Daqui fala de casa do senhor Valadares." Fez uma voz de rola e perguntou: "És tu, Abílio?"

*(Toda a Redação larga a rir. Torres tem dificuldade em dominar o nervosismo. Emenda.)*

TORRES: *(Para Valadares.)* Não faça caso.

VALADARES: *(Severo.)* Não acho graça nenhuma à brincadeira. Você parece ter-se esquecido depressa da nossa conversa de há bocado. Pois olhe que eu tenho presentes todas as palavras que disse, principalmente as últimas: entre nós, relações, só de serviço. *(Outro tom.)* Vamos a saber, falou alguém para mim, ou não falou?

TORRES: *(Mentindo serenamente.)* Falou. E, como era serviço, fui chamá-lo.

VALADARES: Bom. *(Olha em redor, com ar desprendido, para ocultar o embaraço. Tenta recuperar o domínio da situação.)* O jornal está fechado. Podem-se ir embora, se quiserem. Ficam o Pinto e o Fonseca para qualquer questão de última hora.

*(Não têm, praticamente, tempo de se pôr em movimento. A porta D, da tipografia, abre-se. Entram Jerónimo, chefe da Oficina, Afonso, linotipista, e Damião, da composição manual. Avançam até ao meio do palco, Jerónimo no meio.)*
VALADARES: *(Surpreendido.)* Que se passa? Há algum problema? Três já fazem comissão...
JERÓNIMO: *(Com serenidade que cobre uma exaltação profunda.)* Está uma revolução na rua. Que é que o jornal vai fazer? Quando é que começam a ir originais para dentro?
*(Toda a gente se põe de pé, estupefacta. Torres e Cláudia simulam o melhor que podem. De todos os lados rompem exclamações, e as pessoas aproximam-se do centro. Os três tipógrafos estão sereníssimos.)*
VALADARES: O quê? Uma revolução? *(Olha para os jornalistas, desconcertado.)* Vocês não... Que raio quer isto dizer? Se é brincadeira, fiquem sabendo...
JOSEFINA: É capaz de ser outro boato.
AFONSO: Não é boato. É verdade.
JERÓNIMO, DAMIÃO: *(Ao mesmo tempo.)* O que é que o jornal vai fazer?
VALADARES: Esperem lá... esperem lá... Deixem-me pensar. Como foi que vocês tiveram conhecimento? Quem foi que lhes disse?
DAMIÃO: Soubemos. Quem foi, ou donde foi, não interessa. Não é boato, nem brincadeira. É verdade. E a sério.
FONSECA: *(Aproximando-se mais.)* Muito bem. Admitamos que há uma revolução. Que a tipografia tem fontes de informação que nós desconhecemos. Que nós, jornalistas, fomos apanhados em falso, e portanto a tipografia vem aqui dar-nos lições. Admitamos tudo isso. Não se ouvem tiros, não se veem tropas na rua *(aproxima-se da*

*janela)*, mas há uma revolução. Muito bem. A primeira coisa que seria preciso saber é de que revolução se trata. Alguém sabe? Alguém está informado? *(Para os tipógrafos.)* Vocês sabem? Estou a ver que não. Ora, se há revolução, é contra o Marcelo, ou a favor do Marcelo? É a esquerda que o quer deitar abaixo? Duvido. A esquerda, toda a gente sabe, não tem força. Ou é o golpe da direita? Da direita mais à direita, quero eu dizer... *(Perde-se um pouco no fio do raciocínio, ou teme que ele o leve a conclusões perigosas.)* Vocês entram por aqui dentro de rompante, armados em comissão, e perguntam que é que o jornal vai fazer. Sim senhores, bem perguntado. E quem é que responde às minhas perguntas? Vocês respondem?

VALADARES: *(Ciumento da intervenção de Fonseca.)* Um momento, ó Fonseca, deixa-me tratar do assunto. Que diabo, não te metas. Essas perguntas, ia eu justamente fazê-las. Responda-me a elas, Jerónimo.

JERÓNIMO: Não tenho nada que responder. Digo que está uma revolução na rua, e, como chefe da Oficina, venho perguntar que é que o jornal faz. O resto é com os senhores jornalistas. Eles é que são pagos para saber as notícias.

VALADARES: A tipografia já tem conhecimento?

JERÓNIMO: Por enquanto, ainda não. Só nós três. Mas quando voltarmos lá para dentro, vamos dizer a todos. Isto não é segredo que se guarde. *(Pausa.)* Responda à pergunta que fizemos, o tempo está-se a passar.

VALADARES: *(Aflito.)* Não respondo, não digo nada. Tenho de falar com o diretor, com a... *(Suspende-se, sem saber como continuar.)*

TORRES: Com a PIDE!

VALADARES: *(Esbraceja, furioso.)* Olhe que eu... Olhe que não lhe admito! Eu nunca tive relações com a PIDE!
TORRES: Não falta aqui dentro quem tenha. Pode pedir ajuda.
FONSECA: Isto é uma provocação intolerável!
VALADARES: *(Gritando.)* Não me faça perder a cabeça! Já lhe aturei demasiado! *(Domina-se com dificuldade, vira-se para os tipógrafos.)* Vamos com calma. Voltem para dentro, que eu já os chamo. Vou ver o caso, informar-me, mandar gente para a rua. É preciso ter a certeza, estas coisas não se fazem levianamente, do pé para a mão. Isto é um jornal responsável, não é nenhuma folha de couve... *(Trava o arrebatamento em que já se deixava arrastar.)* Mas, ó Jerónimo, peço-lhe que não diga nada lá dentro, pelo menos por enquanto. É só o tempo de ter a certeza.
JERÓNIMO: Digo, sim senhor...
VALADARES: Mas se o golpe for de direita...
JERÓNIMO: Se o golpe for de direita, ainda mais de direita, temos de estar preparados. Se for da esquerda... *(Interrompe-se, quebra pela primeira vez a sua aparente impassibilidade, apoia-se nos ombros dos companheiros.)* Se for de esquerda, será a noite da nossa festa, e isto de festas, o melhor é começá-las o mais cedo possível. *(Outro tom.)* Dou-lhe um quarto de hora para nos dizer o que pensa fazer. O jornal tem de começar a andar, e não há notícias na tipografia, nem vejo que as estejam a preparar aqui. Um quarto de hora.

*(Retiram-se os três. Toda a gente na Redação fica suspensa, à espera. O silêncio torna-se insuportável. E de repente vem das oficinas um clamor, palmas, gritos.)*
VALADARES: *(Como se acordasse.)* Tenho de falar com o dire-

tor. *(Corre para o gabinete. A meio caminho, para.)* Fonseca, Guimarães, Cardoso, telefonem aí para os outros jornais, averiguem o que se passa. O quartel-general, a polícia, a guarda, investiguem, investiguem... Liguem para o SNI, acordem os ministros...

TORRES: E eu?

CLÁUDIA: E eu?

VALADARES: Vocês? Vocês, o melhor é não fazerem nada. Hoje, o jornal paga-lhes para estarem quietos. Ficam aí, à minha vista, que eu estou cá com umas certas desconfianças... Tu, Josefina, chamas o pessoal que puderes apanhar, mas só gente segura, ouviste? Para confusão, já a temos aqui de sobra. Trabalhem com calma, nada de excitações. E sejam objetivos. *(Entra no gabinete.)*

PINTO: *(Irrompendo da porta da tipografia.)* Eh pá, eh pá! Vocês já sabem? Está a revolução na rua... as tropas... *(Fica parado, ao ver que ninguém lhe liga importância. Torres e Cláudia têm-se aproximado da janela. Pinto, desorientado, regressa à Oficina, onde o alvoroço continua.)*

CLÁUDIA: Manuel Torres, queres a minha opinião? Queres a opinião de quem acaba de viver um ano nestes últimos cinco minutos? Deves ir para a rua, saber o que se passa. Esta gente vai enganar-nos. Percebi o que me querias dizer. Sim, a questão é o jornal. Vai para a rua, não irás ganhar a revolução, mas vai para a rua. Sai enquanto ele está ao telefone.

TORRES: E tu aguentas-te sozinha com eles?

CLÁUDIA: Hei de aguentar. E a Oficina ajudará. Não estou sozinha.

*(Momento de suspensão. Torres decide-se e sai pela porta E. No último instante, Fonseca dá por ele, grita.)*

FONSECA: Eh! Aonde é que vais?
CLÁUDIA: Vai comprar fósforos. *(Fica olhando para a plateia, fixamente, como se estivesse a ver nascer o sol.)*
*(Entretanto, Valadares tem-se debatido com o telefone, há dificuldade na ligação. Marca, desliga, torna a marcar, torna a desligar. "Está lá? Está lá?" Enfim.)*
VALADARES: Está lá? Está lá? É o senhor diretor? Daqui fala Valadares! Estava a dormir, desculpe. Provavelmente isto acabará por não ser nada, é a boataria do costume, mas tinha obrigação de o avisar. Recebi informação de que há tropas na rua. Sim, uma revolução. Sabe alguma coisa? Está no segredo? Não, que ideia, não é isso. É se lhe constou. Sim, acho melhor que venha. O mais depressa que puder. Isto aqui está um pouco complicado. Não, não. É a Oficina. Entraram-me pela Redação dentro. Já sabe como eles são. Uns exaltados. O Jerónimo, o Damião, o Afonso... E ainda por cima cheira-lhes a desforra. Não se demore, peço-lhe. Claro, tem de se vestir... Está? Está? O senhor diretor não acharia conveniente avisar-se a Administração? Não vão gostar, se lhes não dizemos nada... Avisa o engenheiro Figueiredo? Ótimo. Temos de estar juntos, solidários.
*(Do outro lado desligam abruptamente. Valadares, meio aparvalhado, fica a olhar o telefone. Pousa-o no descanso e sai do gabinete. Os outros continuam a agitar-se, num exaspero. Cláudia não se moveu. Valadares torna ao gabinete do Diretor, tenta nova ligação. Do outro lado atendem.)*
VALADARES: Senhor general, desculpe a hora tardia, o abuso... É Valadares, Abílio Valadares... Sabe quem fala? Sim, sim, do jornal... Como está? Acordei-o, claro? Não? Ainda bem, ainda bem... *(Baixa a voz.)* Chegou-me a notícia

de que há movimentos de tropas. Que tropas sejam, não sei. Tem informações que me possa dar? Sim... sim... sim... sim... sim... Então, segundo o seu parecer, é boato? As Forças Armadas apoiam o regime... claro... claro... sem dúvida... Pois, nós demos a notícia... Com o relevo que merecia... Foi uma grande manifestação de solidariedade com a política do governo... Importante, pois... Acha que não há motivos para alarme? Em todo o caso, se vier a ter outras informações, diga-me para aqui... Bom, bom... Boas noites, senhor general, desculpe tê-lo acordado a estas horas. São os deveres da nossa profissão. É, também é uma linha de batalha. Agradeço-lhe muito. O senhor general merece todo o reconhecimento, sempre mostrou apreciar o nosso trabalho. Patriótico, claro... Boa noite, senhor general. Muito obrigado.

*(Desliga, passa a mão pela testa. Volta à Redação. O tumulto continua, embora diminuído. Sente-se que faltam informações, que ninguém sabe nada, que ninguém quer dizer nada.)*

VALADARES: Então? Há notícias?

FONSECA: *(Que não está utilizando o telefone.)* Ninguém sabe nada. Ou então preferem não dizer. Mas aposto o que quiseres: passa-se qualquer coisa de sério.

VALADARES: E os outros jornais?

FONSECA: Estão como nós. Às aranhas. Não é, Cardoso? Ele é que falou...

CARDOSO: Ouviram uns zunzuns, nada de concreto.

FONSECA: *(Para Valadares.)* E o diretor?

VALADARES: Vem aí. Apanhei-o completamente de surpresa. *(Outro tom.)* Também falei com um general, mas ele acha que é boato.

FONSECA: E esse general?

VALADARES: É bom, é dos bons. Fez parte do grupo que foi cumprimentar o Marcelo no outro dia... Pareceu-me estar bastante seguro do que dizia. Que com eles nunca se sabe...

FONSECA: Não estás a ver o jogo. Se o golpe é desses, é claro que ele não te iria confirmar a notícia, sem mais nem menos, antes de estar garantido... E se o golpe é dos outros, dos tais capitães, dos tipos dos papéis... está-se mesmo a perceber que o teu general não está no segredo. Falou por falar, sabe tanto como tu ou eu...

VALADARES: Achas?

FONSECA: Parece-me evidente. Mete-se pelos olhos dentro.

VALADARES: Que é que nós podemos fazer?

FONSECA: Ou conseguimos averiguar alguma coisa, e logo se verá que posição se há de tomar, ou apostamos às cegas. Mas, se apostamos às cegas, corremos o risco de nos tramarmos. O melhor ainda talvez fosse aguentar, até as coisas começarem a fazer sentido. Deixa assentar mais a poeira.

VALADARES: Tens razão. Ó Guimarães *(baixa a voz),* e se telefonasses para a embaixada? Lá, devem saber.

GUIMARÃES: *(Retraindo-se.)* Pelo telefone não me vão dizer nada. Julgas que eles são parvos?

VALADARES: *(Desorientado.)* Então, dá lá um pulo, perguntas, com certeza haverá alguém... Ou vais a casa do adido...

GUIMARÃES: É, vou aí para a rua brincar aos alvos das carreiras de tiro. Não, isso não faço, comigo não contas. Manda outro. Eu sou redator do estrangeiro, as questões da política interna não são da minha competência.

VALADARES: O Fonseca não pode ser, preciso dele para os contactos. Não queres que mande a Josefina para a rua... O Pinto... o Pinto não dá para isto... A ver se chega gente...

Já chamaste, Josefina? E tu, ó Cardoso... mas não, as pessoas que interessam não te conhecem... Como é que eu vou... *(Interrompe-se bruscamente.)* O Torres, onde é que está o Torres?

CLÁUDIA: *(Afasta-se da janela, caminha para Valadares.)* Foi comprar fósforos. *(Senta-se rigidamente à secretária.)*

VALADARES: *(Fica um instante sem compreender.)* Fósforos... Ah, já percebo. Sua Excelência foi para a rua sem que eu o mandasse. Decidiu pela sua própria e inteligente cabeça, desobedeceu à ordem que lhe tinha dado. Pois muito bem. Veremos as notícias que o senhor redator da província vai trazer. É homem para inventar uma revolução se a não conseguir encontrar pelo caminho. Eu lhe darei amanhã a revolução. Pelo menos, revolução na vida dele, vai haver. Despedido por má conduta profissional, e depois que se vá queixar ao sindicato, que lá lhe pegarão com panos quentes. Acabou-se, fartei-me, transbordei! *(Agita-se.)* Uma coisa são as diferenças de opinião, isso respeito eu. Mas dentro dos limites do razoável. Não é esta indisciplina permanente, esta contestação. *(Olha para Cláudia.)* Fósforos... Você também me saiu uma boa prenda, deixe lá... Fósforos... Não vai perder pela demora, amanhã lhe dou os fósforos...

CLÁUDIA: E se a revolução ganhar?

VALADARES: Se calhar, é você a revolução, não? Armada em padeira de Aljubarrota... Pois fique sabendo que para mim tanto se me faz. Sou um profissional da informação, não sou um político. Defendo a objetividade, a neutralidade da imprensa não estou comprometido com o poder... *(Cláudia sorri.)* De que é que está a rir? Não lhe admito que ponha em dúvida a minha palavra!

JOSEFINA: Parece impossível, Valadares. A discutires dessa maneira com uma estagiária...
VALADARES: *(Dá um soco na mesa, vai para responder.)* Eu... Raios! Ficaram aqui as provas com os cortes. Faustino! *(O Contínuo acorre.)* Leva isto já ao chefe da tipografia. Rápido!
*(Atmosfera geral de desorientação. Pela porta E, entra Esmeralda, esbaforida, sem fôlego.)*
ESMERALDA: Que é que se passa? *(Avança para Valadares.)* Sabe-se alguma coisa? Não vi nada pelo caminho. A cidade parece sossegada. Que é que eu faço?
VALADARES: *(Perplexo, já sem cólera.)* Não sei, não sei. Sente-se, deixe-se ficar por aí, a ver o que aparece.
*(Faustino tem entrado, aproxima-se. É evidente o seu embaraço.)*
FAUSTINO: Senhor Valadares, o senhor Jerónimo...
VALADARES: O senhor Jerónimo, o quê?
FAUSTINO: O senhor Jerónimo diz que não faz os cortes...
VALADARES: Não faz o quê?
FAUSTINO: Os cortes.
VALADARES: Ele disse isso?
FAUSTINO: Disse. E também disse que já aí vem, para saber que é que o senhor Valadares resolveu acerca do jornal.
*(Valadares deixa pender os ombros, vencido. Mas de súbito endireita-se, como que se esporeia a si mesmo, vai demonstrar a sua autoridade.)*
VALADARES: Pois não vem já aí. Vem aí já. Vai lá dentro dizer-lhe que venha imediatamente falar comigo. Sempre quero ver...
*(Faustino executa, mas a meio do seu percurso a porta da tipografia abre-se e aparece Jerónimo, desta vez sozinho. Valadares, visivelmente, perde a segurança.)*

VALADARES: Ó Jerónimo, diz que você não quer fazer os cortes. Que diabo de ideia é essa? ... Não me arranje sarilhos... O exame prévio...

JERÓNIMO: Nesta altura, o exame prévio que se lixe, a censura que se lixe. Nós lá dentro queremos é saber que jornal sai para a rua. As horas estão-se a passar e não temos uma palavra sobre o que acontece. Falámos para os outros jornalistas, estão na mesma. Até parece que há combinação.

VALADARES: Ó homem, temos de averiguar primeiro, temos de saber... O Torres já anda a investigar...

CLÁUDIA: *(Interrompendo.)* O Torres foi por sua livre vontade. Ninguém lhe deu ordem nem instruções. E o senhor Valadares já ameaçou aí que o vai despedir por má conduta profissional.

VALADARES: Cale-se, sua parva! Desapareça-me da minha vista! Quem amanhã vai mesmo para a rua, é você. Despedida, pois. E o seu querido Torres da província irá fazer-lhe companhia tão depressa eu possa. Não me vão ficar aqui a empestar a Redação.

JERÓNIMO: *(Calmo.)* O mais certo é que ninguém seja despedido. Voltemos ao assunto, senhor Valadares.

VALADARES: *(Procurando dominar-se.)* Ouça, Jerónimo, garanto-lhe que não está mais preocupado do que eu...

JERÓNIMO: Acredito. Mas provavelmente não estamos preocupados da mesma maneira nem pelas mesmas razões. Desconfio que seria a primeira vez que tal aconteceria desde que nos conhecemos.

VALADARES: Não é isso. Estou à espera do diretor. Telefonei-lhe, disse-lhe o que se passava, ele vem já, não tarda, e eu trato do assunto com ele. Entretanto, o Torres há de chegar, vai trazer notícias, a gente vê como as coisas evoluem... *(Dá por Baltasar, o fotógrafo, que entrou pela porta C, com a máquina ao ombro. Ordena.)* Ó Baltasar, siga para a rua, ande por aí, vá à Emissora e ao Rádio Clube, à Televisão, gire pelos sítios da tropa, e veja se tira uns bonecos... Se encontrar o Torres, diga-lhe que estamos à espera dele... Vá, vá depressa!... *(Para Jerónimo.)* Está a ver? Estamos em cima do assunto. O jornal não irá ficar mal colocado, nunca ficou, podem confiar na Redação, e em mim pessoalmente... Tudo correrá pelo melhor, e com satisfação para todos.

JERÓNIMO: *(Olha-o firmemente.)* Confiar, não confiamos. Mas vamos esperar. *(Faz um movimento para retirar-se, e emenda.)* Quando o diretor chegar, a tipografia quer ser informada. *(Sai.)*

FONSECA: *(Irónico.)* Os frangos já cantam de poleiro, como se fossem galos. O mais certo é tramarem-se e perderem o pio. Muito me hei de rir.

VALADARES: Deixa-te disso, agora. Não ganhamos nada com provocações. Precisamos de os ter do nosso lado.

FONSECA: *(Vem para Valadares.)* Provocações? Quem vem aqui fazer provocações é o Jerónimo, não sou eu. E tu amochas, tu calas-te, tu contemporizas. Havia de ser comigo! Este jornal está a precisar de um pulso firme, ou vai tudo por água abaixo. Ou se lhe deita a mão, ou caímos na anarquia.

VALADARES: *(Sentindo-se vexado diante dos redatores.)* Fonseca, não te admito que me fales nesse tom. A nossa amizade não te dá o direito. A responsabilidade é minha, eu é que sei o que devo fazer. Mete-te no teu serviço!

FONSECA: *(Em voz mais baixa.)* É justamente como amigo que te estou a falar. Já no 16 de Março te aguentaste mal nas canetas. Mas, enfim, o que lá vai, lá vai. Que neste momento não nos devemos precipitar, isso compreendo eu e estou de acordo, já to disse, mas daí a consentir que aqueles gajos nos venham aqui pôr a pata em cima, vai uma distância que eu não estou disposto, pessoalmente, a consentir que ultrapassem. Cada um no seu lugar. Eu também não vou dar ordens aos linotipistas. *(Voz alta.)* E tu até consentes que a Cláudia te desminta em frente do Jerónimo. Uma candidata, uma estagiária, ou lá que é, sempre aqui a conspirar com o Torres, aos segredinhos, às piadas, desconsiderando a hierarquia. E tem o atrevimento de desmentir o chefe da Redação! *(Volta-se para Cláudia.)* Olhe lá, ó menina, você sabe o que é um chefe da Redação, sabe?

CLÁUDIA: *(Fremente, mas segura de si.)* Não sabia, mas agora sei. Está à vista de toda a gente.

*(Fonseca fica desconcertado, hesita, encolhe os ombros, vai para o seu lugar.)*

ESMERALDA: *(Para Josefina.)* É bem feito. E nós é que temos a culpa, que as aceitamos. Vêm para o jornalismo estas lambisgoias de blue jeans, ainda a cheirar à mãezinha delas. Malcriadas. Se calhar, até se drogam. Não me admiraria nada.

CLÁUDIA: *(Que ouviu.)* Não se admire, que é verdade. Fiquei drogada desde que aqui entrei.

VALADARES: Silêncio!

*(Valadares pega no telefone, torna a pousá-lo, olha o relógio de pulso, levanta-se, dá uns passos sem destino, regressa à secretária. Está à beira da crise de nervos. Abre a porta do gabinete do Diretor, espreita para dentro, regressa ao vaivém. Entra pela porta E um jornalista, precipita-se, excitado.)*

MONTEIRO: Cá estou! Então rebentou a bomba?! O diretor vem aí, subiu comigo no elevador... E o engenheiro Figueiredo... De cara enfiada, os dois. Isto está mau, não?
*(Abre-se a porta A e entra o Diretor, seguido pelo Administrador. Vêm preocupados. O Diretor abre a porta B e fica à entrada.)*
DIRETOR: Boas noites, meus senhores! Ó Valadares, chegue aqui, queremos falar consigo. *(Dirigindo-se a todos os jornalistas presentes.)* Parece que há qualquer alteração da ordem. Fala-se em tropas... Vou reunir com o chefe da Redação e com o senhor engenheiro Figueiredo, mas entretanto quereria dizer que contamos inteiramente convosco. Estamos juntos há muito tempo, pelo menos refiro-me à maior parte da Redação, e sempre temos trabalhado em harmonia, de mãos dadas. A nossa primeira preocupação deverá ser o jornal. Vou ficar aqui ao vosso lado até que tudo se resolva. Afinal, isto também é uma frente de batalha. E agora vamos conversar, Valadares.
*(Enquanto entram, Guimarães fala para Fonseca, levanta-se.)*
GUIMARÃES: O diretor parece sereno. Talvez as coisas estejam a correr bem... Um regime como este não cai assim, sem mais nem menos, só porque uns tantos tropas... Não achas?
FONSECA: *(Reticente.)* Acho, acho...
*(Cláudia dará mostras de desânimo. A Redação está expectante. Ouvem-se monotonamente os telexes.)*
VALADARES: *(No gabinete.)* Boa noite, senhor engenheiro.
ADMINISTRADOR: Boa noite, Valadares. Que situação, hem?
VALADARES: É verdade, senhor engenheiro. Que situação!
DIRETOR: *(Outra vez inseguro, mas querendo dominar o diálogo.)*
Então, Valadares, dê-me novidades, diga-me o que sa-

be. Já se averiguou quem foi que deu o golpe? Vem do movimento dos oficiais? Ou trata-se de um golpe de antecipação de forças afetas ao governo? Eu não consegui saber nada, e esforcei-me por isso. Ainda fiz três chamadas. Ninguém estava ao corrente, sabiam tanto como eu. E de dois sítios nem sequer me atenderam. Achei estranho, para falar francamente. Eram sítios importantes. Nem quero pensar que a debandada já tenha começado...

VALADARES: Por aqui estamos na mesma. Não há informações. O Torres anda na rua...

DIRETOR: O Torres? Por que é que mandou o Torres? Não me pareceria ele o mais conveniente, num caso destes...

VALADARES: Depende do ponto de vista... E também mandei um fotógrafo. Tenho aí pessoal para distribuir, mas por enquanto faltam-me referências. Não posso despachá-los ao acaso. Mas não escondo que me sinto preocupado. Desconfio...

ADMINISTRADOR: Desconfia de quê?

VALADARES: Desconfio de que o golpe é mesmo do movimento dos oficiais, senhor engenheiro.

ADMINISTRADOR: Oh diabo!

DIRETOR: Oh diabo!

VALADARES: Pois é. O golpe deve ser mesmo contra o governo e contra o regime. Todos os indícios apontam para aí.

DIRETOR: Admitamos então que é contra o governo. Mas se é contra o governo, é a favor de quem? A verdade é que os comunicados, os papéis que por aí têm andado, são, nesse ponto, um bocado vagos. *(Pausa.)* Que posição vamos nós tomar?

*(Em momento adequado deste diálogo, Cláudia levantar-se-á*

*da sua cadeira e, num passo firme, avançará para a porta da tipografia. Sai.)*
VALADARES: Esse é que é o problema. A Oficina agita-se, já andaram por lá aos vivas, nem quis saber a quê.
ADMINISTRADOR: A Oficina meto-a eu na ordem. Deixe-os comigo... E quanto à Redação?
VALADARES: Umas certas tensões, mas nada de particularmente grave.
DIRETOR: *(Pensando noutra coisa.)* Bom. A primeira coisa que haverá a fazer, creio que estarão de acordo comigo, é retirar o meu fundo. Nesta situação, com um golpe militar na rua, ou revolução, ou lá o que seja, um artigo como o que eu escrevi deixa de ter sentido. Vamos a imaginar, é só uma hipótese, que o golpe é do movimento dos oficiais e os oficiais ganham: ficávamos queimados. Estão a acompanhar-me? Agora imaginemos que eles perdem. Também o artigo teria de ser outro, uma boa, uma sólida e indignada condenação do ato sedicioso. Não há mais alternativas.
VALADARES: E se o golpe for do outro lado? Se for para reforçar o regime, com o governo que está ou com outro?
DIRETOR: É o mesmo. O meu artigo visava um certo objetivo, tinha uma intenção. Tudo isso está agora ultrapassado. Em resumo, meu caro Valadares *(fala com maior segurança)*, se o golpe for derrotado, note bem, se o golpe for derrotado, nós teremos que o condenar, venha ele donde vier. Com maior ou menor indignação, com mais ou menos habilidade, temos de condená-lo. Se o golpe vencer, aí ainda precisaremos de ser mais cautelosos. Pode ganhar hoje, para perder amanhã, ou vice-versa. Não nos vamos comprometer às cegas. *(Pau-*

*sa.)* Seja como for, a primeira coisa é retirar o meu artigo de fundo.

ADMINISTRADOR: Como administrador, não tenho competência para interferir na linha política do jornal. Em todo o caso, a análise parece-me muito correta. *(Tom descuidado, para Valadares.)* De resto, o senhor diretor e eu viemos a falar nisto pelo caminho...

DIRETOR: *(Embaraçado e com irritação mal disfarçada.)* Claro, claro, conversámos... Eu expus a minha ideia...

VALADARES: *(Sem tomar posição.)* Então, retira-se o artigo de fundo. Mas a questão principal não era essa...

DIRETOR: *(Subitamente.)* Uma ideia que eu tive mesmo agora... E se nós não fizéssemos sair hoje o jornal? Poderíamos arranjar mil e uma explicações. Dizer que recebemos ordens imperativas do governo... Ainda há governo, não é?... Inventar uma avaria na rotativa, provocá-la mesmo... um curto-circuito... qualquer coisa. Bem sei que envolve certos riscos, mas é uma hipótese a estudar...

VALADARES: *(Refletindo.)* É um bocado complicado... Está lá a Oficina... A Oficina endureceu...

ADMINISTRADOR: Além disso, não publicar é sempre um prejuízo...

*(Abre-se a porta da tipografia. Aparecem, outra vez, Jerónimo, Damião e Afonso, seguidos por Cláudia. Vem também Pinto. Se possível, outros operários.)*

JERÓNIMO: O diretor já chegou. Queremos falar com o diretor.

*(Toda a gente se mostra desentendida. Faustino e Rafael, que entretanto tinham aparecido, desaparecem pela porta C. É Cláudia quem avança para a porta B. Bate, abre a porta sem esperar resposta, e anuncia.)*

CLÁUDIA: Senhor diretor, estão aqui da tipografia para lhe falar.
*(Diretor, Administrador e Valadares ficam perplexos, momentaneamente paralisados por uma situação que para eles é nova. Afonso adianta-se um passo.)*
AFONSO: Sugiro ao senhor diretor que falemos aqui na Redação, onde há mais espaço. E também o senhor administrador, uma vez que cá está. A não ser que queiram ir para a Oficina...
ADMINISTRADOR: Eu preferiria, nesta altura, ficar fora da vossa conversa. Não quero invadir as competências do senhor diretor e do chefe da Redação...
*(Diretor e Valadares passam para a Redação.)*
AFONSO: O senhor diretor quer que falemos na Oficina?
DIRETOR: Não, não é preciso, ora essa. Podemos conversar aqui, pois com certeza.
JERÓNIMO: O tempo vai passando, senhor diretor, e ainda não há decisões. O chefe da Redação, no nosso modo de ver, tem estado a empatar o andamento do jornal. Sabemos que há um golpe militar nas ruas, e não temos uma linha escrita sobre o assunto... Que pensa o senhor diretor, uma vez que a responsabilidade principal lhe pertence?
VALADARES: Mas eu já disse que o Torres anda na rua...
JERÓNIMO: Um momento. A nós, parece-nos um pouco estranho que, numa situação tão séria como a que, pelos vistos, se está a viver neste momento, apenas um jornalista tenha ido para a rua. E mesmo esse, sabemos que foi por sua vontade, não porque o tivessem mandado.
DIRETOR: *(Virando-se para Valadares.)* Mas você disse-me... *(Emendando, e agora paternal.)* Bem, vamos examinar o assunto como pessoas adultas que todos somos. Em pri-

meiro lugar, e isto é muito importante, faço questão de recordar que temos vivido aqui como uma família, e quero afirmar a minha inabalável convicção de que, seja o que for que aconteça nestas próximas horas, assim continuaremos a viver...

DAMIÃO: A altura não nos parece a melhor para um discurso de confraternização, senhor diretor. Família sim, ou família não, não se trata de averiguar parentescos...

DIRETOR: *(Enervado.)* Sei muito bem, percebo muito bem. Não preciso que me deem lições. Há um golpe militar, ao que consta, que certezas ainda não temos, mas não sabemos que o deu...

AFONSO: É de esquerda. O golpe é da esquerda.

DIRETOR: Como é que soube? O golpe é militar, não se ouve falar em civis, como é que se pode saber, assim de repente, se é da esquerda, se é da direita? O nosso primeiro dever, a nossa obrigação primordial, é não cair em precipitações que possam vir a prejudicar-nos no futuro...

CLÁUDIA: A nossa primeira e única obrigação é ir averiguar o que se passa e dizer. Não temos outro dever.

FONSECA: *(Do fundo.)* Lá está aquela gaja a dar lições!

DIRETOR: Silêncio! *(Dominando-se.)* Por enquanto, nada apurámos ainda de verdadeiramente seguro. A minha ideia... a minha ideia... já a comuniquei ao chefe da Redação, que está de acordo, seria não fazer sair o jornal. Ponderadas as circunstâncias, apresenta-se como a melhor solução. O senhor engenheiro Figueiredo...

JERÓNIMO: *(Violentamente.)* Isso não! O jornal há de sair, e sairá com a notícia do que se está a passar. Tanto faz que o golpe seja de esquerda como seja de direita.

DIRETOR: Mas, ó Jerónimo...

JERÓNIMO: Mas, ó diretor... Se o senhor tivesse a certeza, mesmo a certeza, sem nenhuma dúvida, de que o golpe servia os seus interesses, já tinha os jornalistas todos na rua, já estariam a preparar uma grande reportagem, se calhar até teriam sido avisados com antecipação, para que o jornal fizesse uma boa cobertura. A conversa do costume: não nos poupámos a esforços, etc. ... etc. ... E até teriam vindo algumas das suas importantíssimas visitas para lhe darem as notícias que conviria publicar. Se nós não tivéssemos outras razões para acreditar que o golpe é contra o fascismo *(a palavra provoca uma certa perturbação)*, bastava vê-lo como está, aí encolhido, a tentar abrandar-nos, a querer levar-nos pelo sentimento. Não vale a pena. Em nome da tipografia, informo-o de que o jornal sairá. E se não houver jornalistas para saberem o que se está a passar, vão os tipógrafos para a rua. Alguma vez teremos de começar.

VALADARES: *(Derrotado.)* Mas o Torres deve estar a chegar... E o Baltasar foi bater umas chapas...

*(Sem esperar resposta do Diretor, fulminado, Jerónimo e seus companheiros retiram-se. Pasmo e abatimento geral na Redação. O primeiro a recuperar o sentido é Fonseca.)*

FONSECA: *(Para Cláudia.)* Com que então definitivamente feita com eles?! Sua vendida! Seu refúgio de calças!

JOSEFINA: *(Aproximando-se.)* Não te ponhas a cantar vitória, menina, que ainda não ganhaste. Aposto quanto quiseres... Amanhã vais-te arrepender das atitudes que andas a tomar. Há testemunhas.

*(O Diretor recolheu-se ao gabinete, juntamente com Valadares. Os redatores formam grupos, discutem. Cláudia está outra vez isolada, de pé, junto da janela.)*

DIRETOR: *(Senta-se, quase prostrado, num sofá.)* Esta agora! Esta agora! Os rapazinhos estão cheios de força, pelos vistos! *(Para o Administrador.)* Imagine que...

ADMINISTRADOR: *(Interrompendo.)* Não diga, não diga. Ouvi tudo, praticamente...

DIRETOR: De vez em quando, levantam a crista. Sempre o fizeram. Mas, desta maneira, não me lembro. Um ultimato, um verdadeiro ultimato. Que é que você diz, Valadares?

VALADARES: *(Completamente sem ânimo.)* Não sei, não sei, senhor diretor... Estou desorientado, desculpe. Nunca imaginei que as coisas chegassem a este ponto.

DIRETOR: Meu caro Valadares, não há dúvida de que você não conseguiu dominar a situação. E eu tentei, mas cheguei tarde... o mal já estava feito...

VALADARES: *(Afundando-se.)* Senhor diretor, ponho o meu lugar à sua disposição. Outra pessoa melhor do que eu...

DIRETOR: Ora, ora, que lembrança a sua! Nem isto é altura para tratar desse assunto... *(Para o Administrador.)* Então que achou da minha ideia? Não publicar o jornal... Com o seu apoio, acho que nos conseguiremos impor à tipografia...

ADMINISTRADOR: *(Tom ponderado.)* Olhe que não sei... Tenho estado aqui a pensar. Não basta dizer que recebemos ordens do governo. Seria preciso que todos os outros jornais fizessem o mesmo que nós: não sair. E além disso, veja como está o pessoal... Desmentir-nos-iam imediatamente. Resultado: descrédito público... e talvez futuras represálias. Quanto a uma avaria na rotativa, quem vai avariá-la?... Não tenho dúvida de que conseguiríamos encontrar alguém na Oficina disposto a ajudar-nos, mas como é que, nesta situação, poderíamos estabelecer contacto? E com os ânimos como estão, lá dentro, até começo a duvidar que mesmo um homem da nossa confiança se dispusesse a correr o risco...

DIRETOR: Isso é verdade.

ADMINISTRADOR: E ainda há outro aspeto que não podemos desprezar. Os anunciantes... Já pensou nos anunciantes? O prejuízo material, a falta de garantia moral... Como administrador, sou obrigado a preocupar-me com estas coisas rasteiras, o anúncio, o mercado... Aconteça o que acontecer, amanhã é dia de vender muito papel. Vamos perder a oportunidade?

DIRETOR: Mas então acha que devemos publicar a notícia...

ADMINISTRADOR: Não vejo maneira de evitar. Uma notícia simples, nada opinativa. Uma notícia que deixe a porta aberta para qualquer retificação de sentido explícito ou implícito, se vier a mostrar-se necessário.

DIRETOR: É arriscar muito. A minha ideia, então, seria outra. No fundo, consiste em reunir as duas: essa sua ideia de agora e a minha primeira ideia. Ora repare, começaríamos por fazer uma primeira edição sem qualquer referência ao golpe. Era uma espécie de balão de ensaio, não nos comprometíamos, nem para um lado, nem para o outro. Entretanto, íamos recolhendo todas as informações que pudéssemos para uma segunda edição. Assim, jogávamos pelo seguro. Eu aguento o pessoal da Redação. Fala-se com os que merecem mais confiança... O Fonseca, por exemplo, que é sólido... Não acha, ó Valadares?

VALADARES: *(Vencido.)* Sim, senhor diretor, o Fonseca... O Fonseca é sólido...

DIRETOR: *(Triunfante.)* Desta maneira, damos um rebuçado à tipografia, com a promessa da segunda edição, e ao mesmo tempo recuperamos o domínio de uma situação que parecia perdida!

ADMINISTRADOR: Dou-lhe os parabéns, meu caro. É o ovo de Colombo. Uma ideia sua, uma ideia minha... Excelente! Aliás, é sempre o melhor método. Escolher a solução mais proveitosa, mesmo que ela pareça impossível à primeira vista. Depois é só ter o talento de torná-la possível. Mas isso é que já não é trabalho para subalternos... *(Riem ambos, distendidos. Valadares não parece partilhar do entusiasmo. O Diretor faz um gesto largo, demonstrativo, eloquente.)*

DIRETOR: Portanto, está encontrado o caminho. O jornal sai, mas sem notícias do golpe. Quanto à segunda edição...

VALADARES: Mas, a Oficina...

DIRETOR: Oh, Valadares, por favor, não me venha outra vez com a Oficina, não o posso ouvir já! A Oficina faz o que se lhe ordenar, e cala-se. Se você não é capaz de restabelecer a disciplina, eu me entenderei com eles. Até é melhor, você não está em condições de os enfrentar...

VALADARES: Oh, senhor diretor...

DIRETOR: Não está, homem, não está, permita-me que lho diga. Isto é uma guerra, e na guerra não se pode estar a poupar o inimigo.

VALADARES: Sim, senhor diretor.

ADMINISTRADOR: Precisamos de salvaguardar a nossa autoridade, senhor Valadares. Tem de compreender...

VALADARES: Sim, senhor administrador.

DIRETOR: *(Levanta-se com ar marcial, vai vencer uma batalha.)* Rafael! *(Toca a campainha.)* Faustino! *(Insiste no toque, como se fosse um clarim.)*

*(Os dois Contínuos precipitam-se, e automaticamente obedecem ao hábito. Rafael vai assomar à porta A e Faustino à porta B. Surgem ao mesmo tempo.)*

RAFAEL, FAUSTINO: Senhor diretor!

DIRETOR: *(Virando a cabeça, mecanicamente, de um para o outro.)* Vão-me chamar o chefe da tipografia!

*(Os Contínuos repetem o percurso, ao contrário. Também ao mesmo tempo, encontram-se à porta da tipografia e saem juntos.)*

DIRETOR: Este abcesso vai ser cortado. *(Olha para Valadares com severidade definitiva.)* Levou-se demasiado tempo, contemporizou-se excessivamente, caiu-se na anarquia.

VALADARES: Fiz o que pude, senhor diretor, garanto-lhe que fiz o que pude. Não era nada fácil, e mesmo agora, creia que não tenho a certeza... A Oficina...

DIRETOR: *(Com benignidade irónica.)* Não tarda cinco minutos. Em cinco minutos temos as indisciplinas corrigidas, e o jornal sairá como nós queremos. Venha comigo. *(Para o Administrador.)* Venha também, meu caro. Agora, os seus escrúpulos já não têm razão de ser. *(Saem todos para a Redação. Valadares sucumbido, os outros confiantes.)*

ADMINISTRADOR: *(Para o Diretor.)* Fale-lhes com firmeza.

*(Cláudia desloca-se para o seu lugar, ao aperceber-se da entrada do grupo. No mesmo instante aparece Jerónimo, acompanhado, mais uma vez, por Afonso e Damião.)*

DIRETOR: Eu mandei chamar apenas o chefe da tipografia. Os outros dois voltam para o serviço.

*(Os três homens só por um instante interrompem o passo. Recomeçam a avançar e param diante do grupo encabeçado pelo Diretor.)*

JERÓNIMO: Não voltam para o serviço, senhor diretor, porque justamente estão em serviço. Se nos encontramos aqui os três, não é por capricho nosso, mas porque representamos a tipografia. Ou prefere que a Oficina venha toda para aqui? Tem de escolher: ou nós três, ou a tipografia em peso.

DIRETOR: Fique sabendo, Jerónimo, que não costumo ceder a ameaças... Só para não perdermos tempo é que consinto que fiquem, não porque me assustem as invasões do pessoal da tipografia. *(Muda de tom.)* Tome lá então nota de que o jornal sai como está, em primeira tiragem, exceto o meu fundo, que é retirado por não corresponder às circunstâncias. Entretanto, iremos recolhendo informações para uma segunda edição... Faça favor de explicar, Valadares!

VALADARES: *(De manso.)* Olhe, Jerónimo, a primeira página volta a ficar como eu lhe tinha dado. Com o título como estava, a fotografia, etc., etc. É simples, não atrasa nada.

JERÓNIMO: É muito mais simples do que diz e do que o senhor diretor pensa. Vemos que o senhor diretor mudou de ideias: já concorda que o jornal saia, e fala numa segunda edição. Mas continuamos na mesma. É evidente que não temos nada contra uma segunda edição. Até faremos terceira, se for preciso. O que nós dissemos ao senhor diretor, mais do que uma vez, e tornamos a repetir, é que o jornal sairia com a informação sobre o que se está a passar, pouca ou muita. Agora que vem com essa ideia, explicamos melhor: a primeira edição sairá com notícias, dê por onde der. Volto a perguntar-lhe: quer que os tipógrafos vão para a rua recolher informações?

AFONSO: Senhor diretor, faça um esforço por compreender, se não consegue doutra maneira. O jornal é escrito aqui, na Redação, mas é feito lá dentro. Temos feito jornais

passivamente, às vezes a chorar de raiva, temos transformado a vergonha em linhas de chumbo, e temos derretido as linhas de chumbo à espera de que chegasse o dia em que fundiríamos linhas novas. Linhas novas, entende? Chegou esse dia. É hoje. Não nos obrigue a atitude diferente desta que estamos a tomar.
DAMIÃO: Estamos a falar-lhe a sério, senhor diretor. Ainda não percebeu que estamos a falar a sério? Parece que está esquecido daquela noite em que a PIDE veio aqui para nos obrigar a trabalhar, pouco faltou para nos apontarem armas... Acha que nós podemos esquecer?
DIRETOR: Mas estas ordens vêm da Administração. *(Volta-se para o Administrador.)* Estivemos a estudar o assunto, e a Administração considera que este é o procedimento que melhor defenderá os interesses do jornal e de todos os que trabalham nesta casa. Estamos ao serviço do...
CLÁUDIA: *(Numa explosão irreprimível.)* Do fascismo!
ADMINISTRADOR: Que linguagem é essa, que atrevimento? Onde é que está o fascismo, onde é que veem o fascismo? Não há fascismo! Isto é um jornal, e um jornal honrado. Valadares, tome nota de que esta senhora deixa de ser nossa empregada. Despedida com justa causa. *(Muda de tom.)* Pronto, temos conversado. Voltem lá para dentro e façam o que o diretor lhes disse.
*(Jerónimo, Afonso e Damião avançam um passo, vão para o Administrador. Há um movimento geral de fluxo e refluxo, de súbito interrompido pela entrada violenta de Torres.)*
TORRES: *(Exultando.)* Aconteceu! Aconteceu! *(Suspende-se diante do ajuntamento inesperado, é como se visse, não as pessoas que ali estão, mas o que está dizendo que aconteceu. Cláudia vai para ele, mas para a meio caminho.)* É tudo ver-

dade! Há tropas na Emissora, na Televisão, no Rádio Clube. E o Quartel-General, em S. Sebastião, está cercado. E outros locais. Fora de Lisboa, também. Eu escrevo a notícia, tenho aqui os apontamentos, eu escrevo. Esperem, é só um bocadinho, vai ser rápido. Eu não demoro... eu não demoro... *(Não vê mais nada, vê a sua alegria, vê o que lhe mostram as palavras que agitadamente escreve. Ninguém se atreve a fazer um movimento.)* Pronto, já está. Querem ouvir?

DIRETOR: *(Estendendo a mão.)* Dê-me isso, Torres. Não vai para a tipografia sem que eu veja.

TORRES: *(Como se despertasse.)* Não vale a pena, senhor diretor. Só escrevi o que acabei de dizer. Nem sequer afirmo que as tropas saíram à rua para derrubar o governo. Nem sequer isso, imagine. Esteja descansado. Sei muito bem que o senhor procura um pretexto.

DIRETOR: *(Intimativo.)* Ordeno-lhe que me entregue esse papel! Olhe que se arrepende!

JERÓNIMO: *(Tirando simplesmente o papel da mão de Torres.)* Não se arrepende, não, senhor diretor. Cuide o senhor de si, que bem vai precisar. *(Para Afonso e Damião.)* Vamos, rapazes. Já ganhámos a nossa noite. *(Saem.)*

*(Torres e Cláudia abraçam-se, rindo, ela também chora, ele lança palavras precipitadas, descreve o que viu, e não é nenhuma descrição que se aproveite: apenas um tropel de frases. Os restantes vagam, aturdidos. Sentam-se, estão de pé, não compreenderam nada, já compreenderam tudo. Sabem que perderam. Mas nota-se uma espécie de movimento coloidal. Começam a formar-se grupos, há uma ondulação balética, e neste passar e repassar os iguais encontram-se com os seus iguais. Perto do gabinete, reunidos, acabarão por se encontrar o Diretor, o Administrador, Fonseca,*

Guimarães, Josefina, Esmeralda. *A meio caminho entre este grupo e o do meio, Valadares, como perdido no espaço. Ao centro estarão Pinto, Cardoso, Faustino, Monteiro, Rafael. No extremo, como vontade que precisamente se quis extrema, Torres e Cláudia. Neste entretanto, ouvem-se palmas e vivas, a alegria confirmada da Oficina. No momento certo exigido pela dinâmica dos grupos em formação, o Diretor esgueira-se para o gabinete. Consulta uma agenda, marca um número pelo telefone direto. Até ao fim, falará ao telefone, gesticulará, ligará números após números.)*

DIRETOR: Está lá? Sou Máximo Redondo. É o doutor Luciano de Carvalho? Já sabe o que aconteceu? A revolução está na rua. Os militares. Contra nós, sim, contra nós. Tenho a certeza... Isso mesmo... queime... queime... queime... Está lá? Está lá? É da casa do engenheiro Matos Pimentel? Fala Máximo Redondo. Os militares estão na rua... Contra o governo... contra nós... queime... queime... queime...

*(Começa a ouvir-se um barulho surdo, ainda longínquo, como um trovão no horizonte. Irá crescendo aos poucos, sem abafar as palavras derradeiras, e só depois da última se tornará atroador. É a rotativa. Pelo fundo, pela porta da tipografia, entram os operários, com Jerónimo, Damião e Afonso à frente.)*

JERÓNIMO: *(Avançando com os companheiros na direção de Torres e Cláudia.)* A máquina já está a andar!

TODOS JUNTOS: *(Em tons diferentes.)* A máquina já está a andar!

GRUPO DO ADMINISTRADOR: *(Começando em surdina e alternando com o grupo de Torres.)* Há de parar! Há de parar! Há de parar! Há de parar!

GRUPO DE TORRES: *(Mesmo jogo.)* Andar! Andar! Andar! Andar! *(O ruído da rotativa cresce.)*

GRUPO DE PINTO: *(Ansiosamente.)* E se parar? E se parar?

GRUPO DE TORRES: *(Levantando o punho cerrado e logo a seguir estendendo o braço obliquamente para o chão, com o dedo indicador apontando.)* Tornará a andar! *(A frase será seca, cortada, decisiva, sem réplica.)*
*(O barulho da rotativa cresce bruscamente, até se tornar insuportável. Corte súbito. Escuridão. Luz forte sobre o grupo de Torres.)*
GRUPO DE TORRES: *(Voz natural, mas intensa.)* Tornará a andar!

FIM

# A segunda vida de Francisco de Assis

> — Ó Pedro, que é do livro de capa verde,
> que te deu o avô?
> — Já o dei ao Jorge a guardar.

JOÃO DE DEUS, CARTILHA MATERNAL

## Personagens

ELIAS, presidente da companhia
BERNARDO, membro do conselho
GIL, membro do conselho
LEÃO, membro do conselho
JUNÍPERO, membro do conselho
RUFINO, membro do conselho
MASSEO, membro do conselho
PICA, mãe de Francisco, chefe das secretárias
FRANCISCO, fundador da companhia
CLARA, secretária
INÊS, secretária
JACOBA, secretária
PEDRO, pai de Francisco, diretor-geral
PEDRO, representante dos pobres

# Primeiro ato

*Grande sala. Ambiente geral discreto e severo. Mesa comprida, cadeirões, cofre, telex, vários telefones, um terminal de computador. Sete cabides de pé estão alinhados a um lado. Ao fundo, suspenso, outro cabide, de grandes dimensões, composto de um ramo superior curvo e de uma haste vertical. Está reunido um conselho.*

ELIAS: Embora, em minha opinião, não haja motivos de alarme, somos obrigados a reconhecer que as conclusões da sondagem não são tranquilizadoras. Nota-se uma curva tendencial que aponta a possibilidade duma perigosa redução das nossas áreas tradicionais de influência. Mas aquilo que deverá, talvez, preocupar-nos mais é o desequilíbrio percentual entre os dois motivos principais alegados pelo universo consultado. Setenta e um por cento dos inquiridos declaram que estamos a perder o domínio da situação porque a qualidade do nosso produto básico se tornou, em maior ou menor grau, insatisfatória. Vinte e três por cento insinuam ou chegam a afirmar francamente que o mal resulta da incompetência dos agentes e dos métodos que empregamos, inadequados aos tempos novos que vivemos. Os restantes seis por cento distribuem-se por várias opiniões, sem relevância especial que mereça análise.

BERNARDO: À primeira vista, o remédio seria fácil, deveríamos melhorar a qualidade do produto, uma vez que é para aí que a maioria se inclina. Facultando bons produtos ao consumo, até a suposta falta de competência dos agentes e a alegada desatualização dos métodos seriam desculpadas. Escusado será acrescentar, para que não me acusem de ingenuidade, que tenho perfeita consciência do carácter meramente teórico deste ponto de vista.

GIL: Absolutamente teórico. Por muito que nos custe aceitar a evidência, o certo é que, humanamente falando, não temos qualquer possibilidade de fabricar um produto melhor. Há muito tempo que atingimos o nível mais alto de qualidade a que poderíamos aspirar. Agradeçamos antes à publicidade o esforço que faz todos os dias para convencer os consumidores de que em todos os exercícios vamos ultrapassando as metas proclamadas. Infelizmente, os publicitários não podem fazer milagres, ou não podem repeti-los infinitamente. Setenta e um por cento das pessoas não estão satisfeitas com o que lhes damos.

LEÃO: Vendemos. Que dar, não damos nada.

GIL: Sim, vendemos, se fazes tanta questão de ser rigoroso.

JUNÍPERO: Gostaria que Gil me explicasse, por palavras simples, o que foi que queria dizer quando afirmou que, humanamente falando, não temos possibilidade de melhorar o produto. Tirando a maneira humana, existe outra?

GIL: Em tempos que já lá vão (mas será preciso lembrá-lo?), acreditámos que sim. Dê-se portanto desconto ao atrevimento da afirmação. As palavras é o que têm: se não temos cuidado, tornam-se num falar por falar. Limito-me a dizer, sem rodeios, que o produto principal não pode ser melhorado, e isso todos o sabemos.

ELIAS: *(Tom condescendente.)* Permito-me pedir a atenção de todos vós para a inutilidade de um debate sobre o fundo da questão, por muito aliciante que nos pareça. Outras vezes caímos nessa tentação. O que nos deverá importar, acima de tudo, é encontrar soluções quando elas forem necessárias. São-no agora. Tornemo-nos práticos e diretos, queridos companheiros.

RUFINO: Eu faço o possível por ser prático, sempre tive essa preocupação na vida, mas o aperfeiçoamento da qualidade do que vimos dando...

LEÃO: Vendendo.

RUFINO: ... deveria ser o nosso principal objetivo. Não faz sentido prometer mil e oferecer cem.

MASSEO: *(Brusco.)* Elias tem razão. Estas discussões servem apenas para fazer perder tempo. Os factos estão diante dos olhos, embora eu, se me autorizam a observação, não tenha a certeza de que se possa dar, propriamente, o nome de factos aos resultados duma sondagem. A nossa influência diminui, e esse, sim, é um facto. Indubitável.

BERNARDO: Mas é um facto bruto, que requer estudo, análise, interpretação. É o que estamos a fazer.

GIL: Pois sim, mas por muito que analisemos e interpretemos, sempre iremos dar aos números. Setenta e um por cento não gostam do que fazemos, vinte e três por cento não apreciam o modo como fazemos. Daqui não há que sair.

LEÃO: E seis por cento, segundo ouvi dizer a Elias, têm opiniões irrelevantes. No entanto, talvez fosse interessante e elucidativo conhecer que opiniões vêm a ser essas.

ELIAS: *(Secamente.)* São irrelevantes, e basta. Podem verificá-las depois, se quiserem, e tenho a certeza de que concordarão comigo. *(Pausa.)* Faço notar que a sondagem que estamos apreciando é a que incidiu sobre aqueles aspetos da nossa atividade que temos de considerar negativos. Tenho aqui uma outra sondagem com dados que, não podendo classificar-se como positivos, são, digamo-lo assim, pacíficos.

RUFINO: E essa outra sondagem, diz o quê?

ELIAS: As conclusões não são totalmente explícitas. Mas os inquiridos exprimem, sobretudo, um sentimento de perplexidade, que deve ser, imagino, o menos quantificável dos sentimentos.

JUNÍPERO: Falando claramente...

ELIAS: Eu falo sempre claramente.

JUNÍPERO: Nem eu me atreveria a dizer o contrário. Apenas gostaria de ver traduzida aqui, por palavras simples e para nossa informação, essa perplexidade.

ELIAS: De um modo geral, o que as pessoas respondem é mais ou menos isto: se eles lá estão a mandar, por alguma razão há de ser. Ou ter sido, é a outra fórmula também usada.

JUNÍPERO: Ah.

MASSEO: Eles, somos nós que aqui estamos, claro.

RUFINO: Não há outros. Nós é que governamos.

LEÃO: Fabricamos.

JUNÍPERO: Administramos.

GIL: Gerimos.

BERNARDO: Contamos.

MASSEO: Pesamos.

ELIAS: E às vezes dividimos. *(Pausa.)* Uma primeira qualidade de quem chefia é saber quando deve pôr ponto final num debate e chamar a si a responsabilidade da decisão. Tenho, claro está, a minha própria ideia sobre este assunto, mas gostaria de conhecer a vossa. Ainda que muito discutíssemos, não creio que viesse a ser possível chegar a um consenso. Votemos, pois. Porém, permito-me lembrar-vos que, nestes casos, o resultado da votação é meramente indicativo, não me vincula mais do que mo consinta a minha própria consciência, considerando a autoridade que me assiste. É um poder que me foi conferido pelo grau superior de que estou investido. Gil?

GIL: Sobre que vamos votar? Quais são os termos da alternativa?

ELIAS: Tentar melhorar a qualidade, mesmo sendo tão humanamente duvidoso, ou preparar os agentes para que consigam vender melhor o produto tal qual é.

GIL: Voto pelos agentes.

ELIAS: Leão?

LEÃO: Fazer por melhorar a qualidade. Mesmo apenas humanamente falando, ainda não sabemos até que ponto será possível melhorar humanamente. Fui bastante claro, ou devo explicar?

ELIAS: *(Desdenhoso.)* Estão dispensadas as declarações de voto. Todo o vosso falar, diz a palavra, seja sim sim, não não. Bernardo?

BERNARDO: Que se preparem os agentes.

ELIAS: Junípero?

JUNÍPERO: Que se melhore a qualidade.

ELIAS: Parece haver por aqui quem tenha grande confiança nos aperfeiçoamentos da humanidade e na edificação do mundo. Masseo?

MASSEO: Voto por que se preparem os agentes.

ELIAS: Ficou restabelecido, com o teu voto, o equilíbrio entre os céticos e os crentes. Três para um lado, três para o outro. Há empate. É a mim que cabe, portanto, decidir. Não irei usar de autoridade, uma vez que me limito a votar como qualquer de vós. *(Silêncio.)*

LEÃO: Estamos à espera.

ELIAS: Supus que não seria necessário expressar o meu voto em voz alta. Seja assim então. A minha opinião é de que se instruam, ou preparem, ou industriem, ou reciclem, os agentes. O verbo fica à escolha, o que conta é o resultado. Tudo pode ser vendido se se conhecer a arte, esta é a regra de ouro. Está encerrada a sessão.

*(Levantam-se e despem os hábitos que têm vestidos, aparecendo de fato civil, comum. Vão pendurar os hábitos nos cabides. Fazem, cada um por sua vez, uma rápida reverência ao cabide suspenso. O telex funciona. Elias manipula o teclado do terminal do computador. Acena a cabeça, satisfeito.)*

ELIAS: Felizmente não temos só más notícias. A carteira de títulos, no conjunto, valorizou-se em dois por cento de ontem para hoje. *(Pausa.)* Fizemos bom negócio vendendo parte das ações do petróleo. É bem possível que dentro de um mês consigamos comprar igual número delas e arrecadar, na operação, um lucro líquido de alguns milhares de contos.

LEÃO: Que vamos fazer com esse dinheiro? Distribuímos? Investimos?

ELIAS: Na próxima reunião veremos o que mais nos convém. Entretanto pedirei aos serviços que façam um estudo de conjuntura.

*(Elias toca uma campainha. Entra uma mulher.)*

*nos cabides. O telex funciona. Pica, como quem emenda um esquecimento, faz uma reverência ao cabide suspenso. Sai. Entra Francisco. Traja à civil, roupa comum, de época indefinível. Vê-se que nunca esteve aqui. Olha os móveis, os objetos, as máquinas. Não faz reverência ao cabide suspenso, olha-o mesmo com estranheza, como se o não reconhecesse. Observa e toca nos hábitos. Veste um deles, contempla-se a si próprio, abre os braços em cruz. Aproxima-se da mesa. Senta-se na cadeira que antes estivera ocupada por Elias. Mexe no gravador. Ouve-se a última parte da gravação.)*

ELIAS: Felizmente não temos só más notícias. A carteira de títulos, no conjunto, valorizou-se em dois por cento de ontem para hoje. Fizemos bom negócio vendendo parte das ações do petróleo. É bem possível que dentro de um mês consigamos comprar igual número delas e arrecadar, na operação, um lucro líquido de alguns milhares de contos.

LEÃO: Que vamos fazer com esse dinheiro? Distribuímos? Investimos?

ELIAS: Na próxima reunião veremos o que mais nos convém. Entretanto pedirei aos serviços que façam um estudo de conjuntura.

PICA: *(Entrando.)* Voltaste? Esqueci-me do gravador. *(Francisco tem os cotovelos assentes na mesa, apoia a cabeça nas mãos.)* Estás doente? Parece que ficaste incomodado com a conversa, Elias.

FRANCISCO: *(Levantando a cabeça e olhando em frente.)* O meu nome não é Elias.

PICA: *(Vem do fundo, confundida.)* Que voz é esta? Esta é a voz de...

FRANCISCO: *(Sob o capuz.)* Diz o nome.

PICA: Não sou capaz. É impossível...

FRANCISCO: Diz o nome. Diz o nome. Pode ser que apareça a pessoa.
PICA: Francisco.
FRANCISCO: Apareceu. Eu sou esse. *(Levanta-se.)*
PICA: Francisco.
FRANCISCO: Bom dia, minha mãe.
PICA: És tu, e não podes ser tu. Não te vi morto, mas um dia foram-me dizer que tinhas morrido.
FRANCISCO: Foi tanto o tempo que passou que até tu já não deverias ser deste mundo. Se eu não me espanto, não te espantes tu, mulher. E agora? Deixaram as mães de abraçar e beijar os filhos reencontrados?
PICA: A mesma pergunta se deverá fazer aos filhos quando reencontram as mães. *(Abraçam-se.)* Mas talvez eu não devesse abraçar-te.
FRANCISCO: Porquê?
PICA: Tu não és um comum mortal.
FRANCISCO: Que sou então? Um mortal raro, ou um imortal comum?
PICA: Cresceste muito, mal te reconheço. Não tenho braços que cheguem para ti.
FRANCISCO: Nunca os tiveste suficientes. E não por ser eu grande, mas por ser curto o amor.
PICA: Amei-te como se ama um filho.
FRANCISCO: Não podes saber como se ama um filho. Apenas soubeste como amaste este filho. E talvez nem sequer isso tenhas sabido.
PICA: Seria esta a ocasião de perguntar se amaste os teus pais.
FRANCISCO: Claro que amei. Quanto em mim podia caber. Depois detestei meu pai. Acaso não chegou a ser ódio,

porque mal nunca lhe quis. Mas foi desespero. Não lhe pedia mais do que compreensão, ao menos aceitação, e nem isso me deu. Melhor é que não falemos de amor, querida mãe.

PICA: Teu pai está aqui.

FRANCISCO: Se tu estás, por que não estaria ele?

PICA: É diretor-geral.

FRANCISCO: Que quer dizer isso? Dirige as consciências? Aponta a direção? Diretor-geral é o mesmo que superior?

PICA: Não, o superior é Elias, mas agora não lhe damos esse nome. Chamamos-lhe presidente. Presidente da companhia.

FRANCISCO: Presidente não me parece mal, e companhia parece-me bem. Uma companhia forma-se de companheiros, a própria palavra o está a dizer.

PICA: Certas palavras perderam os seus significados. Entretanto não faltam por aí significados que mudam todos os dias de palavras ou que as usam como se pusessem disfarces.

FRANCISCO: Quem mais cá está?

PICA: Todos. Gil e Bernardo, Masseo e Junípero, Leão e Rufino. E os agentes, que não conheces. Vieram depois.

FRANCISCO: Que fazem esses...?

PICA: Agentes. Andam pelo mundo, a vender. É o ofício deles.

FRANCISCO: Dantes não vendíamos.

PICA: Isso era dantes. Agora vendemos. Vendemos tudo, até aquilo que poderíamos dar de graça: esperança, fé, caridade.

FRANCISCO: Não há mais ninguém?

PICA: Há. Inês, Jacoba. E Clara. Fazem todo o trabalho de expediente. São secretárias, datilógrafas, arquivistas. Eu dirijo-as.

FRANCISCO: É justo, tens experiência de criados. E o diretor-geral, esse que dentro de ti me engendrou, que extraordinária ideia foi a sua, sendo homem rico, de juntar-se a uma companhia de pobres?

PICA: Estás enganado. A companhia não é pobre.

FRANCISCO: Eu fi-la para ser pobre. Ou crês que a teria feito para ser rica?

PICA: As coisas já não são o que eram. Houve muitas mudanças, e nem todas elas estão à vista. Algumas nunca saem daquele cofre. São as que convém manter em segredo.

FRANCISCO: Segredo é o mesmo que mistério?

PICA: Chama-lhe como quiseres. As palavras, dentro da companhia e na língua da companhia, só têm a importância que tiver aquele que as disser. Algumas palavras, por não serem usadas, não têm nenhuma importância, ou, quando o sejam, variam entre o tudo e o nada, conforme a oportunidade e a vantagem.

FRANCISCO: A cruz. Por que tem aquele feitio?

PICA: Não é uma cruz. É um cabide. Ainda conserva certas parecenças com uma cruz, mas até uma criança perceberia que se trata dum cabide.

FRANCISCO: Por que é que está de braços caídos? É defeito da madeira? Puseram-lhe peso a mais? Pelo jeito, deve ter sido isso.

PICA: Suponho é que já não as sabem fazer doutra maneira.

FRANCISCO: Doutra madeira?

PICA: Doutra maneira.

FRANCISCO: Então, a companhia enriqueceu, está rica?
PICA: Sim.
FRANCISCO: Muito rica?
PICA: Tão rica que não seria possível contar o dinheiro que tem. *(Pausa.)* Mas está aí o terminal do computador que te poderá informar, se souberes mexer nele e conheceres o programa. Eu não conheço, apesar de ser chefe de escritório e mulher do diretor-geral.
FRANCISCO: *(Impulsivamente.)* Vai-me chamar Elias.
PICA: Porquê esse tom? Que queres fazer?
FRANCISCO: Não é da tua conta. Não pertences à companhia.
PICA: Pertenço, oh, se pertenço. Nem imaginas a que ponto. Vivo dela.
FRANCISCO: Vai-me chamar Elias.

*(Pica sai. Francisco volta-se para o cabide suspenso, abre outra vez os braços, hesitante, como se estivesse comparando. Entra Elias. Pica entra também, para sair logo.)*

FRANCISCO: *(Para Pica.)* Peço-te que saias. Se precisar dos outros...
ELIAS: Aqui não podes dar ordens, Francisco. Não te esperávamos, mas és bem-vindo. As nossas portas estarão sempre abertas para ti, porém, ordens não as podes dar.
FRANCISCO: Invoco a regra, apelo para a obediência.
ELIAS: São palavras vãs. Falta-te a autoridade para usá-las. A regra é outra, da obediência decido eu. Donde vieste? Não me parece que seja este o teu lugar.
FRANCISCO: Fundei esta...
ELIAS: Esta, quê?
FRANCISCO: Esta companhia, se assim lhe chamam agora.
ELIAS: O que fundaste não tem qualquer semelhança com o que existe hoje. O mundo mudou enquanto estiveste

ausente. E tu és ingénuo se esperavas encontrar aquele quase nada que fomos, aquela ínfima porção.

FRANCISCO: O mundo mudou porque nós não soubemos mudar doutra maneira o mundo. Agora teremos de mudar-nos a nós próprios para que o mundo possa ser mudado.

ELIAS: Nós, quem?

FRANCISCO: A companhia. Tu. Todos.

ELIAS: Eu não mudarei. E a tua vontade, é bom que o vás compreendendo já, não é suficiente para mudar a companhia. Não vou ao ponto de te dizer que sou a companhia, digo-te apenas que não podes mudar a minha vontade.

FRANCISCO: Queres mandar, ter o poder.

ELIAS: Não quero o poder, tenho-o já, e conservo-o. Porque sou aquele que aprendeu a servir, não o poder que é e que tem, mas a simples ideia de poder.

FRANCISCO: Obedece-me.

ELIAS: Não obedeço.

FRANCISCO: Obedece.

ELIAS: Que farias da minha obediência se eu ta desse? Ocuparias o meu lugar? Passarias a mandar? É isso que queres?

FRANCISCO: A companhia nasceu para ser pobre, e pobre deve voltar a ser. Não tenho outra aspiração.

ELIAS: A companhia dispõe de bens, recebe legados, administra e faz render o dinheiro, investe em setores produtivos. Em tais condições, achas que é possível empobrecer por capricho ou vontade? Ignoras que a riqueza tem a sua lógica própria, se não é antes uma espécie de fatalidade ou de necessidade orgânica que a faz crescer?

FRANCISCO: Ouvi umas palavras naquela máquina. Duas vozes.

ELIAS: Uma é a minha. A outra é de Leão.

FRANCISCO: Foi ele quem falou em distribuir o dinheiro?

ELIAS: Garanto-te que não fui eu. Leão continua a ser o inocente sonhador que conheceste.

FRANCISCO: A minha alma alegra-se com isso. Faremos o que propôs Leão. Mas não apenas essa parte dos bens. Distribuiremos todas as riquezas da companhia.

ELIAS: A quem?

FRANCISCO: Aos pobres. A quem mais poderia ser?

ELIAS: Se entregarmos tudo quanto temos, ficaremos mais pobres que os pobres.

FRANCISCO: Então será como nascer outra vez. No instante do nascimento todos somos iguais em pobreza. Vimos ao mundo nus, fracos, inocentes.

ELIAS: Por que vidas, por que mundos tens andado que esqueceste o pecado original? Leão é inocente, mas não nasceu inocente. Porém, não quero discutir contigo dogmas ou pontos de doutrina.

FRANCISCO: Repito que somos iguais. Nascemos nus.

ELIAS: Se olhasses com atenção perceberias a diferença que há entre a nudez de um pobre e a nudez de um rico. Tu próprio foste rico. Compara o que és com o que foste.

FRANCISCO: Do que fui, envergonho-me, mas o que fui está morto. *(Pausa.)* Afastaste-me do assunto. Insisto. A companhia foi fundada por mim, tenho sobre ela autoridade.

ELIAS: E eu fui eleito para as funções que desempenho. Essas funções conferem-me autoridade sobre ti, se pretendes voltar para nós.

FRANCISCO: Tenho uma autoridade moral.

ELIAS: Acata-se a autoridade moral quando ela não esteja em contradição com a autoridade material e possa servir de caução aos interesses que a fundamentam. Desculpa-me por usar uma linguagem a que os teus ouvidos certamente não estão habituados. Direi doutra maneira: não queres ou não podes compreender que o que está agora em causa são os interesses materiais de uma entidade, digamos, ainda espiritual, mas não apenas espiritual. Não te salvas se não entendes isto.

FRANCISCO: Precisamente para me salvar foi que me fiz pobre.

ELIAS: Falamos de salvações diferentes. E eu, afinal, sou mais humilde do que tu, Francisco. Sim, eu sou capaz de ver o céu, mas está alto de mais para que lhe possa chegar. Somos desgraçados, carregados de vícios, de crimes, de horrores. Por isso não esperamos mais que salvar-nos na terra, esta, que está entre paraíso e inferno.

FRANCISCO: Basta de conversa. Exijo que se reúna o capítulo.

ELIAS: Também já não lhe chamamos assim. Mas, para o caso, tanto faz. Com o tempo, aprendemos a não dar às palavras excessiva importância, às vezes nem a que merecem. Queres uma reunião, não é? Tê-la-ás, embora eu pudesse permitir-me recusar a exigência. Por não teres direito, só por não teres direito. Enfim, és o fundador, há que levar isso em consideração.

*(Francisco está deitado, vestido. A cena sugere um quarto, mas pode ver-se o cabide grande. Ouve-se bater à porta.)*

FRANCISCO: *(Sentando-se.)* Entre.

CLARA: *(Entrando.)* Tanto tempo ausente, ainda te lembrarás de mim? Que tinhas morrido, que já não pertencias a este mundo, que andavas em colóquio com os anjos eloquentes nas alamedas do paraíso, e de repente apareces sem avisar, entras e dizes "aqui estou". Se tens um coração de ferro, bom proveito. O meu fizeram-no de carne, e sangra todo o dia.

FRANCISCO: *(Levantando-se.)* Mas não vieste a correr ver-me.

CLARA: Também tu não me procuraste a correr. Claro, é mais próprio e mais bonito uma mulher a correr para um homem, mas eu tinha de acabar o último relatório do diretor-geral.

FRANCISCO: Não escreverá outro.

CLARA: Que ideia! Enquanto viver, Pedro escreverá relatórios após relatórios. Neste momento, provavelmente, o último já se tornou penúltimo.

FRANCISCO: Talvez esse seja o derradeiro. Não precisamos de diretor-geral. Já compreendi que houve mudanças. Outras haverá. E a primeira delas será demitir Pedro. Onde eu estiver não pode estar meu pai.

CLARA: Duvido que consigas pô-lo fora. Pedro e Elias são mão esquerda e mão direita.

FRANCISCO: Vou tomar o lugar de Elias. Tão cedo se reúna o capítulo. Com levantar-se um homem e sentar-se outro se apagarão erros e mentiras.

CLARA: Nunca ouvi que causa tão simples pudesse produzir tão grandes efeitos. *(Pausa.)* Nem me disseste se te deu contentamento ver-me.

FRANCISCO: Não me daria maior contentamento ver outra pessoa.

CLARA: Não parece.

FRANCISCO: A regra não mo permitiria, mas hoje é o dia da minha chegada. Só por isso sou capaz de te dizer que estás muito bonita. É a primeira vez. Nem naqueles tempos passados, quando, pensando em ti, o corpo me atormentava, nem então te disse que eras bonita. E só eu sei quanto me custou calar-me, que para castigar o corpo e afastar o demónio me deitava a rolar sobre espinhos ou me atirava para um buraco de neve.

CLARA: Aqui não encontrarás neve nem espinhos.

FRANCISCO: O meu corpo está tranquilo.

CLARA: O meu sempre o esteve.

FRANCISCO: Afortunada. Ou terás perdido a memória, quem sabe? A minha não pode ajudar-te a recordar, nunca fui teu confessor.

CLARA: Mesmo a confessores não se declara tudo. Afasta-te de mim.

FRANCISCO: Porquê?

CLARA: Porque o teu corpo já não está tranquilo e o meu se inquietou de repente.

FRANCISCO: Saberá de ti o teu corpo, mas do meu, como soubeste?

CLARA: O ar moveu-se.

FRANCISCO: Clara.

CLARA: Não digas o meu nome. Deve-se ter muito cuidado com os nomes das pessoas. Chama-se por um nome, e ele leva consigo a pessoa que o usa, mesmo não querendo ela.

FRANCISCO: Feitiçarias, superstições.

CLARA: Francisco.

FRANCISCO: Que é isto? Fizeste-me estremecer.

CLARA: Foi o teu nome que te sacudiu e empurrou. Se eu te chamasse outra vez, virias para mim. Lembra-te: não cai neve dentro desta casa, e os espinhos não crescem aqui. *(Pausa.)* Acreditas, realmente, que virás a tomar o lugar de Elias?

FRANCISCO: Claro que acredito. Deixa que o capítulo se reúna, e verás. Não por mim, mas pela razão que tenho.
CLARA: Não é capítulo.
FRANCISCO: Não é, mas voltará a ser. Tudo voltará a ser como foi.
CLARA: Como foi, quando?
FRANCISCO: No princípio.
CLARA: Quando foi o princípio?
FRANCISCO: Quando, para sempre, decidi ser pobre. Quando por ti própria o decidiste também.
CLARA: Um minuto depois de o termos decidido, tu e eu, já deixara de ser princípio. Só não têm fim as coisas que não chegam a começar. Que vais fazer se conseguires destituir Elias do seu cargo, das funções para que foi escolhido? Não creio que tenhas competência para administrar a companhia, desenvolvê-la, fazê-la prosperar.
FRANCISCO: Está fora das minhas intenções desenvolver a companhia. Para o que quero fazer dela bastará a minha incompetência. A companhia continuará, mas pobre.
CLARA: Para quê?
FRANCISCO: Para que viva segundo a sua vocação.
CLARA: A tua vocação.
FRANCISCO: A vocação que foi minha e se tornou comum a todos nós. Lembra-te da pureza, do entusiasmo dos primeiros dias, quando nos lançávamos nos braços da pobreza e encontrávamos nela a alegria mais perfeita, essa espécie de santidade que nos enchia de júbilo, até ao êxtase.
CLARA: Lembro-me de tudo isso, mas olha que sofremos muito, Francisco.
FRANCISCO: Ninguém chega ao céu se não for pela estrada do sofrimento.

CLARA: Eu nunca cheguei ao céu. Chegaste, tu?
FRANCISCO: Não sofri o suficiente. Acaso me falta uma última prova, acaso ainda me espere a primeira. Um dia vencerei, venceremos um dia, e então ficará o sofrimento vencido. Seremos alegres como crianças.
CLARA: Tu não conheces as crianças de agora. Provavelmente não há maior tristeza que a duma criança. É certo que riem, brincam, mas é tudo um jogo. A mim não me enganam, por mais que disfarcem.
FRANCISCO: Perdeste a fé. Ouvirias Deus nesses risos se a não tivesses perdido.
CLARA: E tu conserva-la porque tens estado longe.
FRANCISCO: E tu perto de mais. Também enriqueceste. Até os teus cabelos são de ouro. Deixaste-os crescer, és rica.
CLARA: Foste tão pobre que nem sequer és capaz de imaginar um rico. O tempo mudou para os pobres, mas muito mais mudou para os ricos.
FRANCISCO: Sou apenas um pobre.
CLARA: E eu apenas sirvo a riqueza.
FRANCISCO: Vou defrontar-me com Elias. Será uma guerra.
CLARA: Elias não te quer mal. Pertence a outro tempo. As eras mudam, o falar não é o mesmo, hoje nem o amor seria capaz de entender o amor.
FRANCISCO: Espero que fiques do meu lado, se as opiniões se dividirem.
CLARA: As mulheres não têm voz no capítulo dos homens. A minha opinião de nada te servirá. Como provavelmente de nada te serve dizer-te que já perdeste a tua guerra antes de a começares.
FRANCISCO: Serás obrigada a dizer o contrário quando eu

me sentar na cadeira de Elias. Ainda não respondeste à minha pergunta.

CLARA: Qual?

FRANCISCO: Se ficarás do meu lado.

CLARA: Ficarei do teu lado, ao teu lado, foi sempre aí que estive, mesmo quando não sabia de ti. Por favor, por favor, diz o meu nome.

FRANCISCO: Clara. *(As luzes baixam enquanto se aproximam um do outro. Escuridão quando se vão tocar.)*

*(Sala das reuniões. Entram Pica, Clara, Inês e Jacoba. Executam os movimentos de quem prepara as coisas para a reunião. Colocam-se ao lado das cadeiras que irão ocupar e donde apenas se levantarão para atender qualquer solicitação. Entram, por esta ordem, Gil, Bernardo, Masseo, Rufino, Junípero e Leão. Esperam de pé, atrás das respetivas cadeiras. Entram Elias e Pedro.)*

ELIAS: *(Para os homens.)* Sentem-se, por favor. *(Para Pica.)* Vai chamar Francisco. *(Para as outras mulheres.)* Podem sentar-se.

PEDRO: Preferiria não estar aqui. Encarar com ele é mais do que podem aguentar as minhas forças.

ELIAS: És o diretor-geral. Em questão desta importância não dispenso a tua presença. Nem o teu conselho.

PEDRO: Julguei que nunca mais o veria.

ELIAS: Também eu. Mas o que tem de ser continua a ter tanta força como tinha antes. Não é saudável ignorar o que tem de ser. Francisco resolveu voltar. Muito bem. A nós compete-nos lutar contra ele e vencê-lo. Depois dir-se-á da nossa vitória o que é costume: tinha de ser.

PEDRO: *(Apontando disfarçadamente os outros homens.)* Desconfio de alguns deles. Tem cuidado.

ELIAS: *(Sorrindo.)* O meu princípio é desconfiar de todos.

*(Francisco entra, seguido de Pica. Vai primeiro saudar Inês e Jacoba, toca com os dedos o rosto de Clara, depois vira-se para os homens. Finge que não vê Pedro. Espera.)*

ELIAS: O nosso companheiro Francisco, após uma longa ausência que geralmente lamentámos, veio visitar a companhia. Em nome de todos dou-lhe as boas-vindas. E, honrando a sua qualidade de fundador, convido-o a ocupar a cadeira principal durante o tempo desta cerimónia. *(Para Pedro.)* Sentemo-nos nós aqui.

CLARA: *(Em aparte.)* Não precisaste de lutar para teres a cadeira que querias. Começou já a tua derrota. Mais cedo do que imaginei.

FRANCISCO: *(Dá mostras de contrariedade, mas senta-se.)* Obrigado. Primeiramente, saúdo os companheiros que estão sentados a esta mesa. Saúdo-os a eles, a ninguém mais, ainda que a outra pessoa tenha sido dito que se sentasse. *(Pedro agita-se, furioso.)* Saúdo minha mãe, saúdo Jacoba, que me recebia em sua casa quando, nos tempos passados, eu tinha de ir a Roma tratar dos nossos assuntos, saúdo Clara e sua irmã Inês. *(As mulheres levantam-se quando são nomeadas.)* Se mais alguém aqui se encontra, não conheço. Decerto saudaria meu pai, quem o duvida, mas o único pai que tenho é o que está no céu, e a esse tenho outro modo de exprimir a minha reverência, não com as gastas e costumadas palavras do comércio humano.

PEDRO: *(Arrebatado.)* Morto fosses outra vez, se a esta escapaste.

FRANCISCO: Quando, para me entregar à pobreza, renunciei à minha herança, também renunciei a um pai que nada mais tinha para dar-me que esses bens de vaidade. Para ele, herança e filho eram o mesmo. Porque o filho não quis a herança, a herança deixou de querer o filho. Ouçam a palavra do dinheiro: "Para me seguires deixarás aqueles que me não adorem, ainda que teus filhos sejam." Eu, companheiros, sou o filho deixado.

PEDRO: Mas não podes imaginar a que ponto o vais ficar. Serás expulso, apagar-se-á de ti a última lembrança.

ELIAS: Calma. *(Para Francisco.)* Não te cedi o meu lugar para que insultasses o diretor-geral da companhia, pessoa da minha amizade e confiança. Diz-nos o que tens a dizer, sem outras divagações.

FRANCISCO: Saúdo-te a ti, Masseo, com quem, naqueles gloriosos dias, fiz tantas caminhadas ao sol e à chuva, a ti, Leão, a quem sempre pude confiar-me e confessar-me, a ti, Rufino, que a nada estimavas tanto como viver em contemplação, a ti, Gil, viajante infatigável, incansável apóstolo, a ti, Junípero, a quem chamávamos meio tonto porque tudo davas, fosse teu, ou não, a todos vos saúdo, com todos quereria alegrar-me. *(Pausa.)* Porém, não vejo aqui a irmã pobreza, não sei onde se terá escondido, de vergonha, a caridade. Quereis ajudar-me a encontrá-las? *(Silêncio.)* Que é isto a que hoje dais o nome de companhia? É possível que haja companhia e não haja companheiros? Por que foi que vos desviastes do caminho? Por baixo desse traje que parece de pobre, que roupas tendes? E, se estais nus por baixo dele, poderia eu confundir-vos com um pobre?

BERNARDO: Também não é de pobre a tua roupa.

FRANCISCO: Esta roupa é emprestada. Qualquer um me pode tirar o que trago vestido. Não tenho nada que me pertença. Lembrai-vos da palavra: "Não queirais possuir ouro, nem prata, nem dinheiro em vossa bolsa, nem alforges, nem duas túnicas, nem sapatos, nem bordão."

MASSEO: O mundo mudou, os tempos mudaram.
FRANCISCO: Isso me têm dito. Mas quando tu escolheste ser pobre já havia riqueza no mundo. E não a procuraste nem quiseste. Não te desculpes, pois, com a mudança dos tempos. É o mesmo que desculpar-se com a morte para não ter de viver.
GIL: Hoje, só com riqueza se pode combater a riqueza.
FRANCISCO: Não vim aqui para te ofender, Gil, mas essas são as palavras da hipocrisia. A não ser que consigas demonstrar-me que a companhia, ao tornar-se rica, ficou mais pobre. Ter não é igual a não ter.
ELIAS: O nosso tempo e as nossas pessoas estão ao teu serviço, Francisco, mas é teu dever ser breve. Retribuirás assim, discretamente, a caridade com que te recebemos e estamos ouvindo. As obrigações chamam-nos, não podemos fazê-las esperar.
FRANCISCO: Em mim sempre encontraram os companheiros quem os escutava com atenção e amor. Paguem-me hoje na mesma moeda, se não com amor igual, ao menos com atenção suficiente.
ELIAS: Continua.
FRANCISCO: Multiplicaram-se os erros. O reto pensar e o reto proceder foram retorcidos. Chegou, portanto, a hora de voltar ao que fomos. Restabeleçamos a regra, regressemos à candura do princípio e à claridade dos princípios. Amanhã será demasiado tarde.
RUFINO: Regra, temo-la.
FRANCISCO: Se é ainda a que vos dei, não creio que a pratiqueis. Basta-me olhar em redor, ver aqueles braços derrubados. *(Aponta o cabide suspenso.)*
BERNARDO: Tu próprio nos darias hoje outra regra.

FRANCISCO: Admito. Mas, qualquer que fosse, escrita ontem, hoje ou amanhã, uma coisa não lerias nela: enriquecei, irmãos, para poderdes entrar no paraíso do céu.

LEÃO: Nós não somos ricos. A companhia, sim.

FRANCISCO: Estranho caso, esse, querido Leão. Vós, que sois as partes, mantende-vos pobres, mas o todo, que é a companhia, composto pelas partes que vós sois, tornou-se rico. Porém, que eu me lembre, da soma das nossas antigas pobrezas não soubemos fazer uma riqueza. Ou nos faltava o talento para amontoar dinheiro, ou sobejava-nos a verdadeira humildade.

JUNÍPERO: É verdade que então eu dava tudo, tanto fazia que fosse meu ou pertencesse a outra pessoa. Lembro-me da história das campainhas de prata...

FRANCISCO: Apareceu-te uma velha muito velha a pedir esmola, e como não tinhas ali mais nada à mão, foste às campainhas do altar e resolveste a dificuldade. Não faziam falta nenhuma, disseste, e tinhas razão. Em verdade, de que servem campainhas de prata se alguém tem fome diante delas?

JUNÍPERO: E à velha fizeram grande jeito, coitada. Mas depois repreendeste-me em capítulo, como estás a fazer agora.

FRANCISCO: Pela razão contrária. Porque não queres dar.

JUNÍPERO: Repreendido porque dei, repreendido porque não dou. Não é fácil satisfazer-te. Que queres tu que façamos, afinal?

FRANCISCO: Que voltemos a ser como fomos. Mesmo que tenha de vir a repreender-te outra vez por teres dado. Os erros que cometermos serão erros de quem nasce, não de quem morre. Reconsideremos tudo. Examinarei convosco...

PEDRO: *(Com violência.)* Se estás a pensar em meter o nariz nas contas, tira daí o sentido. Nos meus livros ninguém mexe sem autorização minha e ordem de Elias.

FRANCISCO: Para ti, livros são apenas os de contas.

PEDRO: E para ti, de orações.

FRANCISCO: Só olharei os teus livros quando neles pudermos escrever um zero final. Entretanto, guarda-os, com o mesmo rancor e a mesma ganância com que os vais escrevendo. Queira Deus, para teu sossego de alma, se apesar de tudo a conservas, que nunca tenhas falsificado os balanços, como fizeste com o meu nome, trocando o João que eu era pelo Francisco que tenho de ser.

PICA: Não foi o teu pai. Eu é que te dei o nome de Francisco por ser de França a minha família.

PEDRO: Fui eu. Por causa dos bons negócios que com a mesma França ia fazendo. Como vês, sou uma pessoa capaz de gratidão. Tanto como tua mãe, ainda que por diferentes razões. Ela lembrou-se da terra donde veio, eu lembrei-me do dinheiro que ganhava.

FRANCISCO: Por muito que te esforçasses, não conseguirias ter outros pensamentos. Ficai nesse debate. É João o meu verdadeiro nome, mas para vós continuarei a ser Francisco. Porque a Francisco deveis obediência.

ELIAS: João, ou Francisco, ou lá quem és, obrigas-me a repetir que ninguém aqui te deve obediência. Qualquer um dos que estão sentados a esta mesa tem mais autoridade do que tu. Mesmo Pedro, que é só diretor-geral, um funcionário, te poderia mandar sair. Até as mulheres, apesar de estarem fora da hierarquia. É verdade que regressaste,

mas não foste readmitido, nem como Francisco nem como João. Não me obrigues a tratar-te como a um intruso.
FRANCISCO: *(Para os antigos companheiros.)* Apelo para vós, votai. Ponho nas vossas mãos o destino da companhia e o meu. Levanto-me desta cadeira, onde enganado me sentei, sem ver que era uma armadilha, e se a ela voltar será por vossa expressa vontade, com os meus direitos restabelecidos e a força da vossa própria convicção.
ELIAS: Tu não conheces os limites do meu poder, Francisco. Talvez nem mesmo eu os conheça. Ainda que a decisão te fosse favorável, nada me obrigaria a acatá-la imediatamente. Não imaginas o que se pode fazer jogando com oportunidades e conjunturas, com prazos e recursos, com ressalvas e interpretações.
FRANCISCO: Não poderás, diante de nós, enganar os números.
ELIAS: Não te esqueças de que em caso de empate disponho de um voto de qualidade.
FRANCISCO: Sendo parte na demanda, é teu dever renunciar a ele. Não insultes mais a justiça.
ELIAS: *(Tendo refletido.)* Muito bem. Concedo. Quero ver aonde conseguirás chegar.
FRANCISCO: E que a votação seja secreta.
ELIAS: *(Hesita um segundo, olha os membros do conselho.)* De acordo. *(Para Pica.)* Corta seis pedaços de papel iguais. *(Todas as mulheres se levantam. O telex começa a funcionar. Pedro vai ver, regressa sorridente.)*
PEDRO: A tendência para a alta mantém-se. *(Com um riso escarninho.)* Em cada minuto que passa vamos sendo mais ricos. Não se pode evitar. Quando o dinheiro resolve fazer dinheiro não há nada que o segure.
PICA: Aqui tens os papéis. *(Entrega-os a Elias.)*

ELIAS: *(Distribuindo.)* Deverão escrever ou o meu nome, ou o de Francisco.

*(Os membros do conselho escrevem. Depois vão dobrando os papéis. Pedro recolhe-os, entrega-os a Pica. Esta passa-os a Clara, que os desdobra e lê.)*

CLARA: Elias. Elias. Elias. Francisco. Francisco. Elias.

PEDRO: *(Exultando.)* Perdeste. Dobra a tua manta e volta aos caminhos do mundo. Vai pregar a pobreza aos pobres. Some-te da minha vista, não tornes mais aqui. Talvez seja por não poder amar-te que te odeio. Desaparece, criatura.

ELIAS: Silêncio. *(Para Francisco.)* Foste vencido. Fez-se tudo como pediste, e foste vencido. Quiseste uma reunião geral, tiveste-a. Quiseste uma votação secreta, tiveste-a. Não te podes queixar. Deves retirar-te. Não te queremos.

FRANCISCO: Ainda não. Agora peço humildemente que me readmitam, peço a minha readmissão na companhia. Como simples agente. Não me podem recusar.

*(Surpresa geral. Pedro fala precipitadamente com Elias, que faz gestos a pedir calma. Os companheiros murmuram entre si, as mulheres também. Clara aproxima-se de Francisco. Faz-se silêncio.)*

ELIAS: *(Para Clara.)* Volta para o teu lugar. *(Pausa.)* O fundador não pode entrar como um simples agente. Proponho que seja votada a sua readmissão, com acesso direto a este conselho e todos os direitos inerentes.

PEDRO: *(Em voz baixa.)* Estás doido. Metes a raposa no galinheiro.

ELIAS: *(Em voz baixa.)* O dono do galinheiro vigiará a raposa. *(Alto, para as mulheres.)* Mais seis papéis. *(Para Francisco.)* Se o resultado for desfavorável para ti dás-me a tua palavra de que te afastarás?

FRANCISCO: Dou.

ELIAS: Sem nenhuma reserva mental?
FRANCISCO: Sem nenhuma reserva mental.
*(Os companheiros escrevem. Pedro recolhe os papéis, entrega--os a Pica. Esta passa-os a Clara, que vai ler.)*
CLARA: Sim. Não. Não. Sim. Não. Sim.
ELIAS: *(Surpreendido.)* Três votos a teu favor, três votos contra. Que achas que devemos fazer contigo depois deste resultado? O conselho está dividido.
FRANCISCO: Tens voto de qualidade, usa-o.
ELIAS: Agora pões o teu destino nas minhas mãos? Estás a desafiar-me.
FRANCISCO: Não podes fugir.
ELIAS: Não fugirei. *(Pausa.)* Voto a teu favor.
FRANCISCO: Não tinhas outra saída.
ELIAS: Pois não. *(Dirige-se aos outros.)* Reunir-nos-emos amanhã. Teremos de decidir sobre novos investimentos, mas a questão principal será a preparação dos agentes. Francisco estará connosco. Graças a ele terei de recorrer menos vezes ao voto de qualidade. Aliás, nunca mais, a não ser que um de vós falte ao conselho, por doença ou outro motivo de força maior. *(Para Francisco, apontando a cadeira em que estivera sentado Pedro.)* Esta é a tua cadeira. *(Para Pedro.)* Entregarás a Francisco um hábito e mandarás pôr ali mais um cabide.
PEDRO: Antes o poria a ele numa cruz.
ELIAS: Não deves perder o sentido das proporções, Pedro. Um cabide é quanto basta. Por que teria Francisco mais do que nós? Vamos.
*(Saem Elias, Pedro e os membros do conselho. Ficam Francisco e as mulheres.)*
JACOBA: Não acredito que possas fazer voltar as coisas ao

que foram, a vida não anda para trás, mas ao menos estarás connosco. Tenho pena é de não te poder ajudar. Pouco valho aqui dentro.

FRANCISCO: Já é muito que me conserves a tua amizade, Jacoba. Ainda que venhas a estar contra mim.

*(Sai Jacoba.)*

INÊS: Tens de descobrir quem são os teus inimigos, quem esteve contra ti na votação.

FRANCISCO: Primeiro, Inês, preciso saber quem são os meus amigos.

*(Sai Inês.)*

PICA: Entre ti e teu pai, que vou eu fazer?

FRANCISCO: Sabê-lo-ás quando chegar a hora de escolheres. Por enquanto não te metas entre nós, seria o mesmo que estares posta entre o martelo e a bigorna. *(Sai Pica.) (Francisco para Clara.)* Então, que tens a dizer-me? Reconheces que venci?

CLARA: Não, Francisco. Porque a verdade é que perdeste. *(O telex começa a funcionar.)* Vamos embora daqui. Vou contigo para onde fores.

FRANCISCO: Não irei enquanto não for inteira a vitória. E então só terei razões para ficar.

CLARA: Sempre perderás alguma coisa. Talvez só comeces a ganhar quando tiveres perdido tudo.

FRANCISCO: Tudo?

CLARA: Tudo, não. Eu sou a tua única e definitiva vitória.

*(Gabinete de trabalho de Pedro. Pica recebe instruções.)*

PEDRO: Esta parte será datilografada por Inês, esta por Jacoba, esta por Clara. Durante o trabalho deverás estar presente, proibirás qualquer conversa ou simples observação sobre as questões aqui tratadas. Se tiveres de ausentar-te, recolherás e guardarás, fechadas à chave, todas as folhas, que só devolverás quando regressares. Estas ordens são estritas, não admitem exceções, sejam quais forem os pretextos e as pessoas que os invoquem.

PICA: Este não é o primeiro relatório confidencial que mandas fazer, mas nunca com tantas precauções. Não posso impedir que as datilógrafas se encontrem depois para reconstituir, de memória, e ligar entre si as diferentes partes.

PEDRO: Para o conseguirem precisariam de ter uma memória nada menos que prodigiosa. Repara nas folhas, a numeração. Vê as de Inês, por exemplo.

PICA: Um, quatro, sete, dez...

PEDRO: E Jacoba tem a dois, a cinco, a oito, a onze... E Clara a três, a seis, a nove, a doze... Assim sucessivamente, com intervalos de três páginas. Não é difícil imaginar a confusão que reinará naquelas aéreas cabecinhas quando chegarem ao fim do trabalho.

PICA: É urgente?

PEDRO: Para mim, que sou escravo dos meus deveres, tudo é urgente. Quero esse relatório amanhã de manhã. Se for preciso, façam serão.

PICA: Terás o teu relatório. *(Afasta-se, mas volta atrás.)* Pedro, agora o Francisco veio para nós...

PEDRO: Para ti, talvez, não para mim. Não quero ouvir esse nome nem falar dessa pessoa.

PICA: Não o poderás evitar. É membro do conselho, portanto teu superior, terás de tratar com ele dos assuntos da companhia.

PEDRO: Já pedi a Elias que lhe atribuísse responsabilidades que não interfiram com o meu campo de ação.

PICA: És o diretor-geral, tudo tem que ver contigo.

PEDRO: Abdico de parte da minha autoridade. Não posso evitar vê-lo e ouvi-lo, mas vou fazer de conta que não o vejo nem ouço. Elias fez muito mal quando votou pela admissão. Vai arrepender-se, tão certo como eu chamar-me Pedro e ter experiência de negócios.
PICA: Aceita o teu filho.
PEDRO: Recusámo-nos um ao outro um dia. Todas as águas do mar não poderão apagar as palavras que dissemos então. "Não és meu pai", disse ele. "E tu nunca mais serás meu filho", disse eu.
PICA: Foram apenas palavras. Podemos recomeçar do princípio. Francisco voltou. Tomemos o seu regresso como uma segunda vida, sua e nossa.
PEDRO: Ninguém vive duas vidas.
*(Abre-se uma porta. Entra Francisco.)*
FRANCISCO: Não é preciso pôr outro cabide na sala do conselho. Tenciono usar sempre o hábito, não terei que andar a vesti-lo e a despi-lo consoante as ocasiões.
*(Pedro não dá mostras de ter ouvido.)*
PICA: *(Nervosa.)* Teu pai está ocupado, espera um pouco.
PEDRO: Tomei boa nota, mas a ordem será cumprida, salvo se vier a ser anulada por quem a deu. Ter ou não ter o cabide serventia é questão que não me interessa.
FRANCISCO: No meu quarto há coisas a mais. Necessito apenas duma cama para dormir, duma mesa para trabalhar e duma cadeira para me sentar.
PEDRO: Muito bem. Tomei nota. Serão retiradas as superfluidades.
FRANCISCO: E não receberei salário.
PEDRO: Não usamos aqui esse nome. Chamamos-lhe remuneração mensal.

FRANCISCO: É indiferente. Não quero dinheiro.
PICA: Mas, Francisco, como irás viver assim?
FRANCISCO: Como dantes vivia. De esmolas.
PEDRO: Tomo nota.
FRANCISCO: Então toma também nota de que, por decisão do conselho que agora terminou, fui encarregado de coordenar o trabalho de reciclagem dos agentes. Confia-se na minha habilidade de doutrinação, tendo em conta os bons resultados conseguidos no passado. *(Para Pica.)* Elias teve mesmo uma frase muito bonita, qualquer coisa como o passado penhor do presente e o presente promessa do futuro. Ou talvez tenha sido o contrário.
PEDRO: Espero que consigas que os agentes passem a vender melhor os produtos da companhia. Até seria capaz de fazer as pazes contigo, imagina.
FRANCISCO: Não haverá paz entre nós. Antes queria morrer. Ou saber-te morto. Então, sim, haveria paz. Ainda que me roesse de remorso.
PICA: Não podes dizer isso ao teu próprio pai.
PEDRO: Cala-te. Esse teu filho tem razão. Também eu, quando ele renunciou à herança, quando nos deixou para ir viver a sua vida de pobre, também eu lhe desejei a morte. Porque nos desonrava perante o mundo. Desejei-lhe a morte, mas, como se vê, não morreu. Está aí, vivo, diante de mim, que estou vivo. Mas um de nós terá de morrer primeiro. Ele? Eu? Será o pai a matar o filho, ou o filho a matar o pai? É que aquele que morrer, ainda que seja da sua natural morte, terá sido assassinado pelo outro.
PICA: Estais doidos, ambos. Tanto desamor por coisa nenhuma. *(Para Pedro.)* Só porque um ao outro se desiludi-

ram. O filho não obedeceu ao pai, o pai não aceitou a vontade do filho. Loucos, cegos, orgulhosos. São pai e filho, e não sabem.

FRANCISCO: Este não é o meu pai.

PICA: É teu pai, mesmo que não o queiras. É teu pai pela natureza, foi ele quem te fez aqui *(indica o próprio ventre)*, sem ele não existirias. E esse outro pai que escolheste, como se tu próprio o tivesses inventado, já antes era pai nosso, de mim, de Pedro. Vives em contradição, Francisco. Julgas ter renunciado a tudo, e tudo te seguirá até ao teu último dia.

FRANCISCO: Pois que assim seja. É verdade que não pude vencer definitivamente a tenacidade de alguns sentimentos, e também a memória, coisas humanas que entorpecem a alma. Mas nasci para ganhar essa batalha, e nela continuo, não para condescender. O homem será homem plenamente quando, tendo atingido a suprema pobreza, a suprema desnudez, ainda for capaz de sobreviver como homem.

PEDRO: *(Subitamente compreensivo.)* Talvez venhas a aprender então que não é possível chegar aí e continuar a ser homem.

FRANCISCO: *(Apaixonado.)* Eu cheguei.

PEDRO: *(Lentamente.)* Homem, é o que tu já não és. *(Pausa.)* Sai daqui. Ao pé do teu orgulho, sou a mais humilde das criaturas. A mim é que deverias chamar irmão pai. Some-te da minha vista, demónio.

FRANCISCO: És realmente meu pai. *(Sai.)*

*(Francisco está no seu quarto, a escrever. O mobiliário é apenas aquele que pediu a Pedro. Entram Leão e Junípero. Trajam à civil, ao contrário de Francisco, que veste o hábito.)*

LEÃO: Gostaríamos de conversar um pouco. Mas, estás a trabalhar. Não queremos interromper.
FRANCISCO: Para que são as cerimónias? O que faço pode esperar. Estava a alinhar umas ideias para a reciclagem dos agentes. Não consigo habituar-me a esta palavra reciclagem. Que vocês tenham vindo procurar-me, é o melhor que poderia acontecer-me hoje.
LEÃO: Espero que não tenhas de mudar de opinião. Queríamos perguntar-te se não estranhaste que o conselho, por unanimidade, te tivesse encarregado da preparação dos agentes, com as consequentes responsabilidades.
FRANCISCO: Não, de facto não estranhei. Achei mesmo natural. Sempre fui muito bom a doutrinar pessoas, lembras-te? O próprio Elias teve a bondade de o recordar quando apresentou a proposta. É isso, sempre fui muito bom. Com perdão da imodéstia, claro está.
JUNÍPERO: Mesmo assim, não percebo como é que, defendendo tu o regresso à pobreza do nosso primeiro instituto, vás agora conceber e pôr em prática métodos para que os agentes vendam mais e mais depressa, fazendo, portanto, aumentar as riquezas da companhia. Desde que me conheço, as pessoas dizem que não sou muito inteligente. Se todas o dizem, tenho de aceitar que têm razão, mas a minha diminuta inteligência chega para me aperceber da contradição.
FRANCISCO: Tenho os meus planos. E as minhas razões. O que te parece agora contraditório aparecer-te-á coerente dentro de pouco tempo. Então verás que não me afastei um milímetro do meu próprio caminho. Podendo escolher, iria por campo aberto e raso, mas se é pre-

ciso atravessar um pântano ou subir a uma montanha não volto a cara. Faço alguns rodeios, e é tudo.

LEÃO: Também não percebo. E, sem querer ofender-te, não acredito no que acabas de dizer. A questão, para mim, é simples. Ou mentias quando exigiste que a companhia voltasse a ser pobre, ou mentes agora. Foi da tua boca que ouvi dizer: ter não é igual a não ter. Se, com as mesmas artes com que nos levaste a sermos pobres, industrias agora os agentes de modo a baterem os recordes de venda...

JUNÍPERO: Nunca sentiste curiosidade de saber quem teria votado em ti para o lugar de Elias? Recebeste dois votos, lembras-te? Esses votos significavam, podiam significar, quero dizer, que as pessoas que escreveram o teu nome estariam de acordo com a tua proposta de regresso à pobreza, ou se ofendiam, no fundo do seu coração, com o alarde de riqueza da companhia, ou tinham, simplesmente, saudades do passado. Que terias tu para dizer a essas pessoas?

FRANCISCO: Quem são elas? Onde estão?

LEÃO: Aqui, naturalmente. Como se tu o não soubesses já...

FRANCISCO: Fui bastante ingénuo para imaginar, na altura da votação, que todos se declarariam a meu favor. Mas se só dois se colocaram do meu lado, esses teriam de ser Leão e Junípero. Obrigado. Foi a única vez em que não me enganei. *(Pausa.)* Mas houve uma segunda votação, e nela tive três votos. Quem terá sido o terceiro?

JUNÍPERO: Rufino, provavelmente. Mas não te iludas. Tenho algumas razões para crer que a solidariedade dele começou ali e ali acabou. Quanto à nossa, apetece-me dizer que ainda bem que para nada te serviu, se agora te desmentes a ti próprio, aceitando a responsabilidade de doutrinar os agentes. Dás o dito por não dito, não és o Francisco que eu conheci.

LEÃO: Depressa te rendeste às razões de Elias.

FRANCISCO: Não é verdade que me tenha rendido às razões de Elias. Compreendi, isso sim, que não conseguiria fazer voltar a companhia à integridade dos seus velhos princípios.

JUNÍPERO: Resolveste portanto aplicar o ditado: se não podes vencê-lo, junta-te a ele.

FRANCISCO: Com uma pequena modificação: se não podes convencê-lo, destrói-o.

JUNÍPERO: Destróis, quem?

FRANCISCO: A companhia.

LEÃO: Queres destruir a companhia que tu próprio criaste?

FRANCISCO: Sim, porque não há outra maneira de destruir aquilo em que ela se tornou. Se não é possível extrair o veneno da serpente, mate-se a serpente. *(Para Junípero.)* Acrescenta este novo ditado à tua coleção.

JUNÍPERO: Houve um tempo em que nem mesmo uma serpente serias capaz de matar. Chamar-lhe-ias irmã serpente e dirias que Deus lhe tinha dado o veneno para que os homens fugissem de pisá-la.

FRANCISCO: Esta é a mais venenosa de todas, e é a que nos pisa.

LEÃO: E como pensas tu que vais destruir a companhia? Que maneira de armas inventaste? Ou talvez não tenhas em nós confiança bastante para nos revelares os teus planos de batalha.

FRANCISCO: Ao votarem em mim, ficaram comprometidos comigo. Se Elias conhece as pessoas com quem lida, sabe certamente que foram vossos os meus votos.

JUNÍPERO: Elias fala-nos como se nada se tivesse passado.

LEÃO: Mas nós, imagina que para recuperarmos inteiramente a confiança dele, lhe íamos contar o que sobre os teus projetos nos dissesses.

FRANCISCO: No meio de tanta confusão ainda vejo algumas claridades. Tenho a certeza de que não o fariam.

LEÃO: Porquê? É nosso primeiro dever defender a integridade da companhia.

FRANCISCO: Nem tu nem Junípero poderiam suportar a ideia de que, inevitavelmente, eu o viria a saber. Quando Elias me acusasse diante de todos, eu limitar-me-ia a olhar para vós.

LEÃO: Creio que gostava mais de ti quando eras inocente.

FRANCISCO: A única maneira de ficar inocente é morrer cedo. Eu ainda estou vivo, a inocência não podia viver tanto. E fui eu, realmente, inocente? Pode-se ser inocente e aborrecer o próprio pai?

JUNÍPERO: Se teu pai, no momento em que lhe anunciaste a tua decisão de adotar a pobreza, a tivesse aceitado pacificamente, se te tivesse louvado e beijado as mãos, não teria esse ódio nascido entre vós.

FRANCISCO: É possível que tenhas razão, mas minha mãe aceitou-a, e nem por isso depois lhe demonstrei amor, sequer gratidão. Deixaram de existir para mim, nada mais. Meu pai ainda ganhou o meu rancor, minha mãe apenas a indiferença e o esquecimento. Para que servem pai e mãe terrestres, se com esta facilidade os desprezamos. E eles a nós. Apetece que morram para sabermos se afinal os amávamos.

JUNÍPERO: Aí está o que nunca poderemos dizer do pai do céu. Sendo eterno, não morre. Não morrendo, não chegaremos a saber se o amámos verdadeiramente.

LEÃO: Blasfémia.

JUNÍPERO: Fazes mal em dar importância ao que eu disse. Eu sou Junípero, o simples. Posso dizer o que me passar pela cabeça, mas se ao que eu disser chamas blasfémia, não sou eu o que blasfemei. Eu apenas disse as palavras, tu é que as classificas de blasfémia. A questão é entre ti e quem há de decidir sobre as verdades e as mentiras.

FRANCISCO: Chamei ao lobo irmão lobo, e a meu pai natural retirei-lhe o nome. É a blasfémia maior. Mas não há remédio. O lobo nunca soube que lhe dei nome de irmão. E esse a quem não chamo pai sabe tudo de mim.

LEÃO: E dos teus projetos, afinal, que queres que saibamos?

FRANCISCO: Vou destruir a companhia retirando-lhe a sua única atual razão de ser: o dinheiro. Se não aceita regressar voluntariamente à pobreza, levá-la-ei à ruína. Empobrecerá, não para viver, mas para morrer.

JUNÍPERO: E como farás o milagre? Arrombarás os cofres? Queimarás as ações e as obrigações? Reduzirás os diamantes a pó? Atirarás ao mar os lingotes de ouro? Deitarás fogo às fábricas? Pedirás um dilúvio que afogue o conselho?

FRANCISCO: Industriarei os agentes de modo que cada vez mereça menos crédito a sua palavra. Virarei a arma contra o peito de quem a usa.

LEÃO: Volto a dar-te o nome de inocente. Há séculos que a palavra vem perdendo crédito e a companhia cada vez está mais rica. Como queres com uma mesma causa produzir o efeito contrário? E, ainda que o conseguisses, do que duvido, quanto tempo pensas que irás levar a reduzir de um avo a imensa riqueza da companhia?

Foram mal empregados os nossos votos, Francisco. Não sabes o que queres, não sabes sequer o caminho que te levaria ao simples querer.

JUNÍPERO: Irmão Francisco...

FRANCISCO: Chamaste-me irmão...

JUNÍPERO: Apesar do teu exemplo, não daria a um lobo este nome. Dou-o a ti porque me fizeste ver, nos tempos passados, que um homem pode ser irmão doutro homem, ser realmente irmão, sem que uma única gota de sangue lhes seja comum. E que só a riqueza separa os homens. Agora estou pronto, se quiseres, a voltar a ser pobre contigo, eu, tu, sem pensarmos mais na companhia. A companhia vive da sua própria vida, não podes dar-lhe nem tirar-lhe nada. Tu, para ela, não existes, pura e simplesmente não existes. Não és mais do que um pequeno rumor. Distrais a atenção por um momento, apenas isso.

FRANCISCO: Assustei a Elias.

JUNÍPERO: Como a ti te pode assustar uma sombra. Se de facto assustaste a Elias, repito, foi por um momento. Agora ele segue todos os teus movimentos, adivinha todas as tuas atitudes, prevê o teu próximo gesto. Nada poderás fazer já que o surpreenda.

LEÃO: Também te acompanharei, se decidires fazer o que Junípero disse. Começaremos uma fraternidade nova. Proclamaremos as virtudes da pobreza, praticaremos essas virtudes, seremos pobres, seremos virtuosos, seja-me perdoada a presunção. Mas não te esqueças de que isso a que um dia chamaste pobreza tem hoje nome de miséria. Para sermos reconhecidos como pobres, teremos de ser miseráveis. Teremos de rebaixar-nos para que nos tomem a sério. E então o mais provável, que digo eu, infalivelmente seremos eliminados. Duma maneira ou doutra. Mas estou pronto a seguir-te, se quiseres.

FRANCISCO: Primeiro destruirei a companhia.

JUNÍPERO: Por esse caminho nunca o conseguirás. Ainda que deitasses fogo a tudo isto, com todos os que aqui estão dentro, nem sequer alguém poderia dizer depois que a companhia tinha renascido das cinzas. A companhia, irmão Francisco, está sempre noutro lado. Queimarias uma imagem, não um corpo.

FRANCISCO: *(Após uma pausa.)* Se eu morresse...

LEÃO: Que ideia é essa? Que absurdo...

FRANCISCO: Se a minha morte, agora, pudesse ser um protesto, se pela dor do meu desaparecimento, pelo amor das lágrimas, se abrissem os olhos dos que vivem enganados...

LEÃO: Disseste que tens dúvidas sobre a tua inocência. Não tenhas. És a suprema inocência, a ingenuidade suprema. Não acredites que aquilo que um vivo não fez o possa fazer um morto. Por cada vivo que se vai embora, sempre uma outra vida começa. Mas sem ele, que morreu, e quase sempre contra ele. Tinhas obrigação de o saber.

FRANCISCO: Alguém deverá morrer, é preciso um sinal. *(Pausa.)* Que morra então meu pai, que morra já.

JUNÍPERO: Ler o futuro no sangue que brotou da ferida e alastrou no chão. Decifrar o desenho, interpretar os salpicos. Essa ciência não a temos, Francisco. E nunca soubemos o que devíamos fazer com as cinzas, a não ser espalhá-las ao vento.

*(Silêncio prolongado. Suspensão. Abre-se violentamente a porta. Pica entra, fala surdamente.)*

PICA: Pedro morreu. Pedro morreu. *(Para Francisco.)* Teu pai está morto. Assassinado. *(Pausa.)* De morte natural.

FRANCISCO: Em paz esteja, se a merece aos olhos de quem já o julgou. *(Para Leão.)* Disseste que a vida nova começa contra aquele que morreu. Foi-nos dado o sinal. Vou destruir a companhia.

LEÃO: Pobre Francisco.

FIM DO PRIMEIRO ATO

# Segundo ato

*Sala de trabalho das mulheres.*

INÊS: Já se sabe quem vai ser o novo diretor-geral?
PICA: Não. Suponho que o assunto ainda não foi discutido no conselho. Mas deve estar para breve.
INÊS: Espero que quem vier não me obrigue a escrever relatórios de quatro em quatro páginas. Sem querer ofender a memória do teu competente marido, essa invenção de Pedro era realmente diabólica. Que ideia fazia ele de nós?
PICA: Tratava-se de uma simples precaução, que até deverias agradecer-lhe. Não sabendo, não poderias revelar. Não podendo revelar, não corrias o risco de sofrer as consequências de uma divulgação de segredos da companhia que tivesse saído daqui.
INÊS: Teria preferido correr esses riscos. Por nada. Ou por uma questão de honra, se as palavras dizem exatamente o que penso e se uma simples empregada tem direito a honra.
JACOBA: Realmente, era humilhante ser tratada como suspeita.
PICA: Oxalá o novo diretor-geral que vier não vos faça escrever relatórios de cinco em cinco páginas.

CLARA: Talvez te nomeiem a ti. Seria bom, já nos conhecemos.

PICA: Não tenho as habilitações necessárias nem a competência que se espera de um diretor-geral.

CLARA: E se as tivesses e fosses escolhida para o cargo, procederias como? É bom saber, para nos irmos preparando. *(Risos.)*

PICA: Da mesma maneira.

INÊS: Naturalmente. Nem era de esperar outra coisa. Aprendeste em excelente escola. Pedro era um mestre.

CLARA: Não sejas desagradável, Inês. Quem tem de dar ordens faz coisas que antes não sonharia. Sabes tu lá como te comportarias.

JACOBA: Para não ter de o saber, prefiro estar como estou.

INÊS: Subalterna.

JACOBA: Os subalternos também são precisos. Alguém tem de ser subalterno.

CLARA: Não exatamente por ter de o ser. Querem um exemplo? A razão de Francisco, apenas por ser razão, deveria prevalecer contra a força de Elias. Prevalecerá? É certo que David venceu Golias, mas se Golias também tivesse uma funda e pudesse atirar de longe, quem nos diz que não seria David o vencido? Todas as histórias têm o seu reverso.

JACOBA: David venceu por vontade do Senhor.

CLARA: Teremos de acreditar que por vontade do Senhor é que David tinha uma funda e Golias apenas uma espada? E se a espada de Golias fosse tão comprida como o alcance da funda de David? Se a razão é uma espada curta e o poder uma pedra atirada de longe, estão trocados aqui os papéis de David e Golias.

PICA: Muito interessante, o debate, apesar de me cheirar a heresia. Mas gostaria que fizessem um intervalo nas ideias e se lembrassem de que o trabalho tem de ser acabado.

INÊS: Já não há um Pedro a quem te vás queixar.

PICA: Se não há Pedro, há Elias, que pode mais.

INÊS: Elias pertence àquela espécie de homens que não entram na cozinha. Se calhar, também por uma questão de honra. A honra tem muitas maneiras de exprimir-se. *(Pausa.)* Tu dizes, Clara, que a razão de Francisco deveria prevalecer contra a força de Elias. Mas eu não estou tão certa como tu de que Francisco tenha razão. E não deves deixar que os sentimentos te influenciem.

JACOBA: Que sentimentos? De que sentimentos estás a falar?

INÊS: Estas coisas estão acima da tua compreensão...

CLARA: A razão de Francisco é uma só: se a companhia quer continuar a ser o que é hoje, então que renuncie às suas origens, deixe de vangloriar-se do espírito antigo. Não deve dizer: eu sou porque fui, mas sim: eu sou porque deixei de ser. Quanto aos sentimentos, é a falta deles que pode cegar a razão.

JACOBA: Bem dito.

INÊS: Será bem dito, será. Mas os factos são os factos, e o facto que neste caso importa é que a força tem-na Elias.

CLARA: Elias só tem a força.

INÊS: A força e as razões da força. A força nunca precisou da razão, bastam-lhe as suas próprias razões. Sem nenhuma espécie de sentimento.

PICA: Então és contra Francisco.

INÊS: Não se trata de ser contra Francisco ou a favor de Francisco. Nós estávamos aqui, íamos vivendo a nossa vida, achávamos natural que a companhia fosse o que é, aos poucos fomo-nos habituando. De repente chega Francisco, entra por aí dentro, e só por isso hei de pôr-me do seu lado, assim, sem mais nem menos? Veio ele perguntar-me o que eu pensava? Não. Quem julga ele ser para que a sua simples presença ou uma simples palavra determinem os atos dos outros, de mim, de todos?

PICA: Francisco foi o fundador da companhia. Tem direitos.

INÊS: Também Pedro fundou a vida de Francisco, e Francisco não reconheceu a Pedro nenhuns direitos.

CLARA: A comparação é forçada.

INÊS: A exigência de Francisco também o é.

JACOBA: Essa discussão deixou de ter razão de ser, Francisco já não fala em mudar a companhia. Agora anda a doutrinar os agentes. Voltou a paz e todos vamos ser muito felizes.

INÊS: Duvido. Ainda veremos Francisco disputar o lugar de Elias para continuar a obra de Elias.

CLARA: Quem já leva duas batalhas perdidas, também poderá perder a terceira.

PICA: Quem sabe? Talvez Francisco só tenha de começar a escrever a partir da quarta página.

*(Entra Elias.)*

JACOBA: *(Aparte.)* Afinal Elias desceu à cozinha.

PICA: Grande surpresa. Que eu me lembre, esta é a primeira vez que entras na sala das mulheres.

ELIAS: É o resultado de me faltar Pedro. Desde que ele morreu sinto uma espécie de vazio à minha volta. Como se de repente nada mais estivesse a acontecer, e bem sabemos como isso não pode ser verdade.

CLARA: Talvez recebesses dele informações de mais.

ELIAS: Talvez. Mas agora recebo-as de menos. E não gosto. Que têm estado a fazer aqui?
PICA: Nada de que não tenhas conhecimento, direto ou indireto. Se julgas que andam a esconder-te informações, não será deste serviço. Sou leal, não jogo por baixo da mesa nem atrás das portas.
ELIAS: Por isso é que não darias um bom diretor-geral. *(Para Inês.)* Que estás a escrever?
INÊS: O mesmo que elas. As instruções de Francisco aos agentes.
PICA: Pediu urgência porque, segundo me disse, vai apresentá-las para aprovação no próximo conselho.
ELIAS: Quero ler.
PICA: Mas com certeza ele entrega-tas antes da reunião, para que tomes conhecimento...
ELIAS: Quero lê-las agora.
PICA: Pronto, aqui estão. Se ele me perguntar...
ELIAS: Se ele te perguntar dirás que te limitaste a cumprir uma ordem de quem tinha autoridade para dá-la. *(Lê.)* "Meus irmãos, à primeira palavra, executai a ordem recebida, sem esperar que vo-la repitam. Nunca apresenteis a impossibilidade como pretexto, porque se eu vos ordenar coisas acima das vossas forças, a obediência vos dará as forças que vos faltam."
PICA: Como vês, é tudo muito claro. Deste uma ordem, e eu obedeci.
ELIAS: *(Lê.)* "Quando o Senhor se retirou para o deserto para orar e jejuar durante quarenta dias, não fez construir nem casa nem cela, abrigou-se simplesmente debaixo duma rocha da montanha. Devemos imitá-lo segundo as prescrições da regra, nada possuindo em plena pro-

priedade e conservando apenas o uso das coisas, uma vez que não é possível passar sem elas."

CLARA: Não precisas de continuar a ler, se confias na minha palavra. Francisco não faz mais que repetir as regras da companhia. O resto segue a mesma conformidade, palavra por palavra.

ELIAS: *(Perplexo.)* Que quer isto dizer? *(Lê ainda.)* "Que ninguém obedeça a uma ordem em que haja matéria de falta ou de pecado." É isto que vai ser enviado aos agentes?

PICA: Depois de aprovado pelo conselho.

CLARA: E o conselho terá de aprovar, uma vez que as instruções não fazem mais do que repetir, torno a dizer, palavra por palavra, os estatutos da companhia.

ELIAS: Mas os estatutos da companhia são fornecidos a todos os agentes na altura da sua admissão. Porquê repeti-los agora?

INÊS: Por que será, presidente? Usemos a nossa privilegiada inteligência. Os agentes recebem os estatutos, mas poucos são os que os leem. E se os leram uma vez, não voltam a olhar mais para eles. Passam a dar atenção só às instruções práticas, às orientações de serviço, às tarefas do plano, aos objetivos, às normas, às pautas, às correções de conjuntura, aos ajustamentos táticos, às estatísticas...

CLARA: Cala-te, Inês.

INÊS: Pois sim, mana. Mas ninguém negará que é verdade o que eu disse.

CLARA: Melhor seria que tivesses mentido.

ELIAS: *(Para Jacoba.)* Vai dizer a Francisco que quero falar com ele.

JACOBA: Digo-lhe que te procure no teu gabinete?

ELIAS: Não. Que venha aqui mesmo.

PICA: E nós? Ficamos, ou saímos?
ELIAS: Podem ficar, se quiserem. Não. É melhor que saiam. *(Saem, exceto Clara.)* És diferente das outras? *(Sai Clara.) (Pausa. Entra Francisco.)*
FRANCISCO: Disseram-me que queres falar comigo.
ELIAS: Disseram-te bem. Vim até aqui, não é costume, mas vim, para ver como estava a correr o trabalho. Falta-me o Pedro, e noto que há pequenos atrasos, incompreensões, alguma preguiça. Enfim, nada de grave, basta que dêmos um pouco de atenção enquanto não for nomeado outro diretor-geral. Não te parece?
FRANCISCO: Sou da mesma opinião.
ELIAS: Estava aqui a falar com Pica acerca duma ordem de serviço, e distraidamente agarrei nos papéis que as raparigas estavam a passar à máquina. Disseram-me que eram as tuas instruções aos agentes. Mas logo verifiquei, com grande surpresa, que te tinhas limitado a copiar os estatutos.
FRANCISCO: Assim é.
ELIAS: Se a tua intenção foi refrescar a memória dos agentes, acho que seria suficiente fazer uma nova distribuição dos estatutos, juntando-se-lhes uma circular a lembrar e recomendar a necessidade da leitura do nosso documento fundamental. Assim, como queres fazer, é tempo perdido e dinheiro atirado à rua. Pelo menos é o que me parece, a não ser que a tua ideia seja outra e eu não a tenha entendido bem. Acontece muito a quem está de fora, não ver todos os aspetos duma questão.
FRANCISCO: Acho que compreendeste tudo, não tenho nada a acrescentar. Quando muito apenas isto: os agentes receberiam com indiferença a nova distribuição dos estatu-

tos. Reconheciam o documento e punham-no de parte, e lá se perderia, como dizes, o tempo e o dinheiro.

ELIAS: Então, a tua intenção é de que o leiam outra vez.

FRANCISCO: Evidentemente. Não é para ser lido que ele existe?

ELIAS: Mas não te parece trabalho desnecessário? Claro que não estou a pensar em imiscuir-me numa tarefa de que foste encarregado e de que passaste a ser responsável. Mas é óbvio que o conselho vai ficar surpreendido se lhe apresentares, como teu primeiro passo, em vez de verdadeiras e eficazes medidas de ação, a simples repetição de um documento antigo, de valor e significado, por assim dizer, simbólicos. Naturalmente, não estou a antecipar-me ao juízo do conselho.

FRANCISCO: Esse documento antigo é a regra da companhia.

ELIAS: Vamos a ver se nos entendemos, se compreendo bem a tua ideia. Não há dúvida de que o conselho não irá votar contra o seu próprio estatuto, mas poderá, por razões várias, discordar da oportunidade duma nova publicação e distribuição. Com certeza não ignoras esta eventualidade.

FRANCISCO: Não ignoro. Mas se o conselho decidir como dizes, e acredito que assim vá acontecer, se é essa a tua opinião, estou pronto a fazer a distribuição à minha própria custa.

ELIAS: Não tens dinheiro, disseste no outro dia.

FRANCISCO: Quem não tem, pede. Poderei começar o peditório pelos próprios membros do conselho, logo depois da decisão. Decerto não irão recusar-me uma esmola para que possa ser repetida e divulgada a palavra em que acreditam e afirmam praticar.

ELIAS: Parece teres esquecido que o conselho votou contra a proposta que apresentaste, de regresso à pobreza original.
FRANCISCO: Permite-me que te corrija. Em rigor, o conselho nunca votou sobre essa questão. Houve duas votações, lembras-te? Uma para decidir se eu ocuparia ou não o teu lugar. Perdi. Quatro votos contra dois. A outra para decidir se deveria ser ou não readmitido na companhia, com acesso imediato ao conselho. Ganhei.
ELIAS: Com o meu voto.
FRANCISCO: Sim, com o teu voto. Nunca te agradeci, desculpa-me. Agradeço-te agora. Sem esse voto não teria eu agora o privilégio de manter contigo esta conversação.
ELIAS: Seja como for, ao confirmar-me no lugar de presidente, o conselho confirmou a minha orientação, e essa está contra o teu projeto de regresso à pobreza. Não podes negar isto.
FRANCISCO: Não nego.
ELIAS: Sendo assim, por que teimas na tua ideia?
FRANCISCO: Julguei que tivesse ficado claro que já desisti disso a que chamas a minha ideia.
ELIAS: No entanto, estes papéis proclamam, ao repetirem o estatuto, que a companhia deve respeitar e cumprir o seu antigo ideal de pobreza. Dizes o mesmo da mesma maneira, e cobres-te com a legitimidade de o dizeres. Há aqui uma malícia subjacente que me escapa, mas pressinto-a. Quase lhe consigo tocar com os dedos. Conheci-te puro e inocente, todas as palavras que então pronunciavas eram transparentes, tudo exprimias por direito e por claro, agora vejo sombras demoníacas.
FRANCISCO: Pedro chamou-me demónio.

ELIAS: Exageros de pai. Eu apenas falo de sombras demoníacas.
FRANCISCO: Tenta reconhecê-las. Para ti não deveria ser difícil, vives entre elas há tanto tempo.
ELIAS: Cala-te. *(Pausa longa, tensão.)* Compreendo, enfim. Os meus parabéns, irmão Francisco. Querias levar os agentes a retomar o discurso dos primeiros tempos para assim afastares ainda mais as pessoas de nós, querias que os nossos clientes, no sentido técnico da palavra, colocados diante duma doutrina radical, sem concessões, nos virassem definitivamente as costas, querias, em três palavras simples, destruir a companhia. Não o podes negar, confessa.
FRANCISCO: Não sei como poderia ser motivo de destruir-se a companhia a repetição das palavras que a construíram, que são seu fundamento e justificação de vida.
ELIAS: Nunca ouviste o ditado: "Num lado se põe o ramo, no outro se vende o vinho"? Nunca ouviste?
FRANCISCO: É isto taberna?
ELIAS: Aí está uma pergunta irónica e altiva. Mas insignificante. Terei de explicar-te que, na matéria que estamos a discutir, o ramo é os princípios e o vinho a prática?
FRANCISCO: Deles? Dos princípios?
ELIAS: Ou contra eles, sempre que for preciso.
FRANCISCO: Como agora.
ELIAS: Como sempre. Estás descoberto, Francisco. Vou convocar o conselho para o informar da tua ação contra a companhia.
FRANCISCO: Vão expulsar-me?
ELIAS: Não o permitiria, ainda que fosse essa a decisão do conselho. Tenho muitos poderes, e poder suficiente para

BERNARDO: Votei duas vezes contra Francisco, olhando às necessidades do presente, não às circunstâncias do passado. Se todos tivessem votado como eu, não teríamos agora estas dificuldades. E não posso deixar de lembrar-te, Elias, que votaste a favor dele.

ELIAS: Sim, votei a favor de Francisco e tornaria a votar. Digo mais: se neste conselho for necessário recorrer a nova votação, votarei outra vez a favor dele, se votar a favor significar mantê-lo aqui. Quero continuar a cruzar-me com ele nos corredores, quero vê-lo sentado a esta mesa, diante dos meus olhos, numa palavra, à minha vista.

MASSEO: Melhor faríamos se o expulsássemos.

GIL: Algumas vezes aconteceu destruir o criador a sua obra. Não seria de mais, neste caso, destruir a obra o seu criador.

ELIAS: Não admitirei que a companhia destrua Francisco.

GIL: Mas Francisco quer destruir a companhia.

ELIAS: Reconheço que, remotamente, ele tem esse direito. Um direito moral, claro, de pouca eficácia.

MASSEO: E vamos tolerar que continue a viver connosco alguém que nos quer fazer mal?

LEÃO: Alguém que, segundo os seus critérios, tenta salvar-nos.

JUNÍPERO: Alguém que pôs na sua ideia que um dia hei de tornar a dar campainhas de prata.

RUFINO: Antes que a discussão prossiga quero fazer uma declaração. Votei uma vez a favor de Francisco. Não votarei outra.

ELIAS: Sempre pensei que é tempo perdido fazer votações secretas. Tudo acaba por saber-se. Mas a tua declaração, Rufino, não era cá precisa. Eu já sabia.

FRANCISCO: Podem portanto decidir o meu destino sem mais exames e considerações. Desta vez, Elias, nem terás de usar a qualidade do teu voto de presidente. Não terás de debater com a tua consciência as obscuras razões que determinariam o teu voto.
ELIAS: Obscuras ou não, obrigá-las-ia a inclinarem-se para o teu lado.
FRANCISCO: Continuo a não compreender porquê. Aliás, estás colocado numa situação difícil. Dizes e insistes que não queres expulsar-me, mas terás de explicar ao conselho que destino pretendes dar-me, se, conforme é previsível, os votos se inclinarem para a expulsão. Seria tudo mais fácil se impedisses o conselho de votar e decidisses sozinho...
ELIAS: O teu melhor talento, Francisco, não é a ironia... Não irei propor a tua expulsão da companhia. Nem sequer a tua demissão do conselho. Proponho, apenas, que te sejam retirados todos os poderes. Ficarás aqui pelo tempo que quiseres, mas não poderás participar em qualquer discussão nem decidir sobre nenhum assunto. A tua cadeira não te será retirada, mas é indiferente que nela te sentes ou não. Se falares, ninguém está obrigado a responder-te. As tuas palavras não serão registadas na ata. Simplesmente, não existes. Tens um lugar à nossa mesa, comerás do que nós comermos, essa é a nossa caridade, não precisarás de andar à esmola. *(Pausa.)* Disse que, se falares, ninguém é obrigado a responder-te. Mas a ninguém estará proibido falar contigo. Proibido, sim, é cumprirem ordens ou satisfazerem pedidos teus, desde que, direta ou indiretamente, o cumprimento dessas ordens ou a satisfação desses pedidos envolvam os interesses da companhia, qualquer que seja o ponto de vista por que

esses interesses sejam encarados, teu ou nosso. Quer isto dizer que mesmo uma ordem tua que servisse os interesses materiais da companhia não seria atendida. De ti, nem a centuplicação da nossa riqueza aceitaríamos.

FRANCISCO: Em conclusão: crias o deserto à minha volta.

ELIAS: Pior que um deserto. Acho mesmo que virás a ter saudades do deserto. Lá, talvez um milagre, teu ou de alguém mais santo, fizesse com que um escorpião te falasse. Aqui, não será preciso picar-te um escorpião para saberes que estás envenenado.

FRANCISCO: Tenho alguma alternativa?

ELIAS: Só as que tu próprio descobrires ou inventares. Não as esperes da nossa benevolência. Claro que uma alternativa existe, definitiva e radical. A de te ires embora. Mas não o farás.

FRANCISCO: Tens a certeza?

ELIAS: Quando digo que não o farás, não quero dizer que não tenhas essa tentação. Quero dizer simplesmente que não consigo adivinhar como o farás e para quê.

FRANCISCO: Disseram-me que eras capaz de prever todos os meus gestos e passos, que nada que eu fizesse poderia surpreender-te.

ELIAS: Até certo ponto, apenas até certo ponto.

BERNARDO: Para mim, a questão está esclarecida. Continuar o debate seria perda de tempo e gasto de palavras inútil. Voto a favor da proposta de Elias.

MASSEO: Eu também.

GIL: E eu.

RUFINO: Abstenho-me.

FRANCISCO: *(Para Rufino.)* Tens assim tanta dificuldade em viver em paz com a tua consciência?

RUFINO: Não posso votar contra ti.

FRANCISCO: Então vota a meu favor, se fores capaz.

RUFINO: Não quero.

FRANCISCO: Gostaria que, por palavras claras, me explicasses o que é abster-se. Não é que eu não saiba, claro, mas gostaria de ouvi-lo da tua boca.

RUFINO: Abster-se é não tomar partido. Não há nada mais claro.

FRANCISCO: Quer dizer, tens uma opinião, mas decides não a manifestar, sem teres que explicar as razões. É isto?

RUFINO: Sim.

FRANCISCO: Diz-me: sem com isto pretender devassar o fundo do teu pensamento, essa opinião é uma das duas que aqui estão em causa, ou uma terceira que não tenha sido admitida?

RUFINO: Não tenho terceira opinião.

FRANCISCO: Então, se compreendo bem o que queres dizer, no teu foro íntimo sabes qual das duas escolherias...

RUFINO: Sei. Mas a abstenção é um direito que me é reconhecido e que posso usar sem estar obrigado a outras explicações.

FRANCISCO: Eu tenho vivido longe, não entendo muito destas subtilezas, mas parece-me que o teu único verdadeiro direito seria teres uma terceira, ou uma quarta, ou uma quinta opiniões. Não o de calares a única que tens. Ou estarei eu enganado, e o teu mundo não se governa segundo a lógica?

RUFINO: Mesmo que a minha opinião fosse contra ti?

FRANCISCO: Sobretudo se for contra mim. Não quero ser enganado por ti à custa de fingires que a ti próprio enganas.

RUFINO: Assim o quiseste, assim o terás. Voto a favor da

proposta de Elias. Não podes mais acusar-me de não ter opinião.

FRANCISCO: Beijo-te as mãos, Rufino. Se um dia for chamado a testemunhar numa causa em que sejas réu, jurarei que foste capaz de ser leal e verdadeiro com a tua consciência. E se o juiz objetar que hesitas muito antes de tomares uma decisão, dir-lhe-ei que não é defeito teu. Pelo contrário: a tua hesitação é um sinal de sofrimento.

RUFINO: Se apenas ao teu testemunho devesse ser absolvido, pediria ao juiz que me condenasse. Porque com as tuas palavras me terias condenado a bem maior pena.

ELIAS: Imagino que a faculdade de falar foi dada ao homem para que ele nunca pudesse ter paz. Faltam ainda dois votos. Leão?

LEÃO: Voto contra a proposta.

ELIAS: Junípero?

JUNÍPERO: Eu também.

ELIAS: Não invejo o teu destino, Francisco. Sempre que ganhas, perdes. E quando perdes, é sem remédio. *(Para as mulheres.)* Ouviram o que o conselho decidiu. A partir deste momento, Francisco não está autorizado a dar-vos qualquer ordem, e se, apesar disso, as der, não deveis obedecer-lhe. Esta conclusão, repito, não admite exceções.

CLARA: Não tenciono cumprir a decisão do conselho.

ELIAS: Terei ouvido bem?

CLARA: Ninguém tem melhores ouvidos que tu.

ELIAS: Desobedeces ao conselho?

CLARA: O meu voto não foi pedido. Ninguém senão eu pode decidir do que só da minha vontade dependa.

ELIAS: O conselho é a autoridade.

CLARA: Exceto quando a minha vontade se opuser. Que ninguém obedeça, diz a regra, a uma ordem em que haja matéria de falta ou de pecado.
ELIAS: Que falta ou pecado vês tu na decisão do conselho?
CLARA: A de ter sido tomada contra o sentimento de humanidade. Nenhum homem deve ser apartado dos homens, seja por prémio, seja por castigo.
ELIAS: Vejo que me conheces bem, Clara. Sabes que estaria de acordo contigo se a minha primeira responsabilidade não fosse defender o poder. *(Pausa.)* Suponho que não tens dúvidas sobre as consequências da tua atitude.
CLARA: Haverá consequências. Não sei quais.
ELIAS: Podes ser demitida, podes ser expulsa. Escolhe o que preferires.
CLARA: Escolhe tu por mim. É o que sempre tens feito em relação a todos nós.
ELIAS: *(Sorrindo.)* Para o vosso bem, sempre para o vosso bem. Trataremos do teu caso depois. Não é ele tão importante que justifique a alteração da ordem dos trabalhos.
LEÃO: É a minha vez de informar que também não acatarei a decisão do conselho. Pelas mesmas razões.
JUNÍPERO: Nem eu.
ELIAS: *(Pausa.)* Muito bem, Francisco. No último momento, conseguiste dividir-nos. Ou fui eu que nos dividi? *(Pausa.)* De toda a maneira, começas, enfim, a ganhar alguma coisa. Falta saber até quando e até onde. *(Pausa.)* E tu, Jacoba, vais tomar para ti o exemplo de Clara?
JACOBA: Não.
ELIAS: Aceitas a decisão? Obedeces?
JACOBA: Obedeço.
ELIAS: E tu, Inês?

INÊS: Não concordo com a decisão, mas obedecerei.
ELIAS: Excelente. São essas as palavras que mais gosto de ouvir. Não concordo, mas obedeço. *(Pausa.)* A ti não pergunto, Pica. És a mãe. A voz do sangue sempre reclamará que te coloques ao lado de Francisco. Porém, quero acreditar, pela amizade que me ligava a Pedro, que, na hora em que fores obrigada a escolher, talvez os teus deveres para com a companhia sejam mais fortes.
PICA: A minha hora de escolher, tal como disseste, ainda não chegou. Por enquanto, Francisco está aqui. Ainda aqui estamos todos.
ELIAS: Divididos.
PICA: Mas não separados.
LEÃO: E agora que vais fazer, Elias? Estás diante duma revolta. Junípero, Clara e eu desobedecemos ao conselho. Se não reages à insubordinação, tens de reconhecer a derrota. E depois, que irá acontecer depois? Disseste que estamos divididos. Podemos dividir-nos ainda mais. Quem te garante que Rufino não estará amanhã connosco? E depois Bernardo. E depois Masseo. E depois Gil. *(Pausa.)* E depois tu próprio, para que outra vez estejamos reunidos. Quem sabe se, voluntariamente, não oferecerás, depois de amanhã, a tua cadeira a Francisco?
FRANCISCO: Não a quereria.
JUNÍPERO: Quiseste-a, não a queres agora.
FRANCISCO: É demasiado tarde. Seria a maneira de Elias triunfar, ele que neste momento se sente tão perto de perder.
ELIAS: Não estejas tu tão certo disso. Durante alguns minutos estiveste sentado nesta cadeira, porque eu o quis então, para mais rapidamente te vencer. Estou pronto a

ceder-ta por dias, por meses, por anos, para vencer-te definitivamente.
FRANCISCO: Grande é a confiança que tens em ti próprio para assim mo anunciares com antecipação.
ELIAS: Estás enganado. Não é em mim que tenho confiança, mas nas tuas contradições. Queres a cadeira?
FRANCISCO: Não.
ELIAS: Pela última vez: queres o meu lugar?
FRANCISCO: Não.
ELIAS: Tens medo?
FRANCISCO: Sim, mas não esse que julgas. Tenho medo de vencer-te por me haver transformado naquilo que és.
ELIAS: De um momento para o outro tornaste-te inteligente. Mas, se eu estivesse na tua situação, esse medo de que falas seria uma razão mais para aceitar. A luta passaria a ser não entre duas opiniões contrárias, mas sim entre duas pessoas iguais. Não entre ideias, mas entre vontades. Entre vontades de poder, a tua e a minha.
FRANCISCO: Já te disse, é tarde de mais, mesmo para isso. Porque eu não sou nem chegaria a tornar-me no que tu és, ainda que digas que estou mais inteligente, e deve ser verdade, uma vez que és tu a dizê-lo.
ELIAS: Tarde de mais, porquê?
FRANCISCO: Quis reconduzir a companhia à sua primeira verdade, e falhei. Quis destruir a companhia quando compreendi que a sua reconversão não era possível, e não fui capaz. Provisoriamente. *(Pausa.)* Julguei que poderia fazer tudo isto sozinho, que a minha autoridade de fundador seria suficiente, que aquele mesmo que dissera "Faça-se" poderia dizer "Desfaça-se", e com esta pa-

lavra se apagariam todas as outras que, passando o tempo, fizeram da virtude vício.

ELIAS: Gabas-te de virtuoso?

FRANCISCO: Apenas me louvo de ser pouco imaginativo nos vícios.

BERNARDO: Fiquei a pensar numa palavra que disseste antes. Por que dizes que perdeste apenas provisoriamente na tua tentativa de destruíres a companhia? Que outra ideia tens na cabeça?

FRANCISCO: Estás preocupado, Bernardo? Acertou Leão quando disse que amanhã poderias estar do nosso lado? Tanta pressa foi a que te deu que não pudeste esperar até amanhã? Dou-te um conselho. Não te juntes a mim. Porque onde eu estiver não estará a companhia.

ELIAS: Fala claro.

FRANCISCO: Falarei. *(Pausa.)* Vou mandar entrar um homem que está à espera lá fora. Chama-se Pedro. Que a coincidência do nome não vos perturbe. Que igualmente vos não perturbe qualquer semelhança que encontreis nos traços e na figura. Todos os seres humanos, quando inteiros, se compõem de cabeça, tronco e membros. Por isso mesmo são possíveis as parecenças. Mas, sobretudo, não penseis que se trata de Pedro disfarçado. Pedro, o outro, está morto. Este é um Pedro vivo.

ELIAS: Que estás a insinuar?

FRANCISCO: Subitamente, ficaste pálido, Elias. Acreditas em almas de outro mundo? Que alma julgas tu ou temes que vá entrar por aquela porta? A do teu diretor-geral? Mas essa seria uma alma boa para ti, viria auxiliar-te nesta dificuldade. Então? Terás no teu pensamento um outro Pedro, primeiro fundador, que aí viesse pedir-te contas em nome de um sonho? Mas tu, Elias, não és pessoa para teres medo de um simples sonho. Tu sonhas, suponho que sim, como toda a gente, mas depois acordas e fazes o contrário do que sonhaste. Se assim não fosse, a companhia seria diferente.

ELIAS: A quem vais mandar entrar?

FRANCISCO: A um homem que vem em nome dos pobres. Compreendes, tu que já eras inteligente antes de mim, os pobres são muitos, não poderiam caber nesta sala. Além disso, os pobres, quando estão juntos e apertados, cheiram mal, fedem, eu que o diga, houve dias em que não suportava o meu próprio cheiro. Um por um, pobre a pobre, o cheiro aguenta-se, mas em multidão são insuportáveis. Por isso é que veio só um. Se não se aproximarem muito dele, nem darão por nada.

ELIAS: Chamaste aqui o rei dos pobres? *(O tom é irónico.)*

FRANCISCO: Em tempos responder-te-ia que todos os pobres serão reis no céu. Hoje a minha certeza não sobe tão alto. Rei dos pobres só poderia ser o rico que fosse rei dos ricos.

ELIAS: Jogas com as palavras.

FRANCISCO: É possível que a tua grande inteligência não seja capaz de te mostrar que o rei dos ricos é também o rei dos pobres?

ELIAS: Mostra-nos lá esse teu pobre. Tenho grande curiosidade de saber o que irás fazer com ele.

FRANCISCO: Destruir-te. A ti e à companhia. *(Levanta a voz.)* Pedro!

*(Tensão. A porta abre-se e entra Pedro. Tem realmente semelhanças com o outro.)*

PICA: É ele.

FRANCISCO: Não é ele, mãe. Seria a primeira vez que, tendo chamado meu pai, ele viria. *(Para Pedro.)* Vem cá, Pedro. Estas pessoas que aqui vês reunidas são a companhia. Calculo que não as conheces. Os agentes sem graduação, encontra-los lá fora, mas estes são os que mandam.

PEDRO: Nunca os tinha visto.

FRANCISCO: Aquele da cadeira mais alta, além, é Elias. Elias é o chefe, o superior, o presidente. Ele sozinho tem mais autoridade que todos os outros juntos. Dois deles já não têm nenhuma autoridade, pagam as culpas de se terem posto do meu lado. Os nomes? Este chama-se Leão, este Junípero. As mulheres não fazem parte do conselho. São subalternas. Claro que os homens também o são. Subalternos de Elias, que é, de certeza, por sua vez subalterno de alguém que não conheço. Mas voltemos às mulheres. Conheces a história do homem que comprou um cão para ter em quem mandar? Até hoje as mulheres têm sido o cão do homem, sem ofensa. Minha mãe, por exemplo, aquela, que me gerou e pariu, foi o cão de meu pai.

PEDRO: Chamaste-me, e eu vim, por memória e mérito do teu nome. Que esperas de mim? Que queres que eu faça?

ELIAS: Vieste, e não sabes para quê? Antes de entrares, Francisco tinha-nos dito que tu e ele, juntos, destruiriam a companhia. Ignoravas que vieste aqui para destruir a companhia?

PEDRO: Francisco só me disse que queria que eu visse e ouvisse.

ELIAS: Já começaste a ver.

FRANCISCO: A ouvir, já tinhas começado. Há séculos que ouves os louvores da pobreza, e não apenas da boca dos ricos, a quem só falta lamentarem-se de não poderem ser pobres, mas também da boca de quantos dizem amar os pobres. Por amar os pobres, ou dizer amá-los, é que eu, rico, me entreguei à pobreza. Vivi e fiz viver outros de esmolas, dei o que tive e o que me davam, fui, ou quis ser, o mais pobre dos pobres. Não recebi a pobreza como uma herança, procurei-a, conquistei-a, devo-a ao fogo da vocação e ao gelo da vontade. Olhei o mundo e disse: "Serei pobre." Tornei pobres os que vieram a mim. Vivemos juntos em pobreza, muitas vezes sem vestidos, sem pão, sem teto. Desdenhámos as riquezas. É certo que Deus, ao criar o universo, criou as riquezas que há nele, mas Deus não chamou riqueza àquilo que criou. Para Deus não há riqueza nem pobreza, Deus não mede nem pesa, Deus apenas olha.

LEÃO: Contudo, é mais fácil entrar uma corda no buraco duma agulha do que um rico no reino dos céus.

FRANCISCO: Essa é a palavra. Mas até hoje ninguém, que se saiba, conseguiu enfiar essa corda nessa agulha.

ELIAS: A Deus nada é impossível.

FRANCISCO: Ainda bem que és tu a dizê-lo. Espero que a vontade de Deus torne possível o que a tua vontade de homem ainda não consentiu.

ELIAS: A que te referes?

FRANCISCO: Já o sabes. Pela última vez, deixa que a companhia volte a ser o que foi. O mundo ainda tem emenda. Não porque a pobreza seja boa, mas para que alguns homens sejam pobres entre os pobres apenas porque assim o escolheram, em vez de se alimentarem da própria pobreza, como doutra maneira, talvez mais franca, fazem os ricos.

JUNÍPERO: Estás a dizer heresias.
FRANCISCO: Direi outras. Pela última vez, que respondes, Elias?
ELIAS: Pela última vez, não.
FRANCISCO: Então, chegou a tua hora, Pedro. Se a companhia não quer ser pobre como tu és, se a companhia enriquece louvando-se duma pobreza que não pratica e que abomina, então que tu e os pobres a destruam. Estarei contigo e convosco até que não fique pedra sobre pedra.
PEDRO: Como queres tu que os pobres destruam os ricos? Como queres que os fracos vençam os fortes? Como queres que os inermes arredem os poderosos? Que armas nos dás, Francisco?
FRANCISCO: Um formigueiro pode vencer um leão.
PEDRO: Nunca tal vi, mas admito que seja possível. Metade do formigueiro morrerá na luta, mas a outra metade talvez possa vencer, se não aparecer outro leão.
ELIAS: Muito bem. Este Pedro pobre parece-me tão subtil e prudente como o que foi meu diretor-geral.
FRANCISCO: Deixemos as formigas e os leões.
PEDRO: Foste tu o da fábula.
FRANCISCO: Os pobres são muitos.
PEDRO: Também os ricos são muitos. É um engano supor que os ricos são poucos. É preciso ser-se pobre, estar colocado no ponto de vista do pobre, para ver como os ricos são numerosos. Há dias em que andamos na rua e só vemos ricos.
FRANCISCO: Abandonas-me? Tornei-me pobre para estar contigo, e abandonas-me a quem é meu e teu inimigo? Peço a tua ajuda para que comigo destruamos este egoísmo e esta ambição, e recusas-te?

JUNÍPERO: Pobre com pobre, rico com rico, cada qual com o que for seu igual. Assim provavelmente deverá ser, foi erro nosso querermos modificar os equilíbrios do mundo.

FRANCISCO: Pedro, é um pobre que pede auxílio a outro pobre.

PEDRO: Não somos pobres iguais. Tu tornaste-te pobre para poderes ganhar o céu, e nós, que pobres fomos e pobres continuamos a ser, nem a terra conseguimos conquistar. Nenhum pobre te agradeceu quando abandonaste as riquezas de teu pai.

FRANCISCO: Não esperava agradecimentos. Tratava-se de salvar as almas.

PEDRO: Não sei se salvaste alguma. Mas, ao louvares a pobreza, afirmaste a bondade do sofrimento dos pobres. Este é o pecado de que nenhuma absolvição te lavará.

ELIAS: Tenho ouvido com grande atenção. Se bem entendi, Pedro recusa-se a ajudar Francisco a destruir a companhia, quaisquer que sejam os meios em que Francisco estaria a pensar, não sei quais.

FRANCISCO: Todos os meios.

ELIAS: Tu, Francisco, exemplo de mansidão, tu matarias?

FRANCISCO: Nunca matei.

ELIAS: Darias matador por ti?

FRANCISCO: O próprio Cristo não pôde impedir que o matassem.

LEÃO: Heresia.

FRANCISCO: São heréticas todas as palavras que aqui têm sido ditas. Perseveremos nelas, digamos outras ainda mais ousadas, talvez no fim de tudo cheguemos a uma verdade que ninguém possa negar durante o tempo da sua vida.

PEDRO: Não tenho mais nada a fazer aqui. Não me leves a mal, Francisco, se te faltei. Foste pedir a pobres o que pobres não podem fazer: acabar com os ricos. Se tal fosse possível, crê que já estaria feito. Desde que o mundo é mundo que há pobreza e há riqueza. É certo que de vez em quando um pobre torna-se rico. Quando isso acontece, e é uma coisa que os ricos gostam que aconteça, o pobre esquece a pobreza. Nunca reparaste? Evidentemente, este rico não se esquece de que foi pobre, mas a pobreza deixou de existir para ele. Mesmo que a sua riqueza seja uma pobre riqueza, insignificante se comparada com outras, não importa, ele já é rico, pertence aos ricos, os ricos pertencem-lhe.

ELIAS: Eu não saberia dizer melhor, Francisco. Fugiu-te a vitória. Tudo voltou a ser como era no dia em que chegaste. Acabou-se.

PEDRO: *(Para Francisco.)* O que de ti só depende está nas tuas mãos. Eu vou-me embora. Mas toma cuidado. Para onde quer que vás, deves ser tão bom como é a tua fama, porque ainda há muita gente que tem confiança em ti. Por isso te deixo esta advertência: nunca faças nada que possa enganar a esperança. *(Sai.)*
*(Pausa.)*

ELIAS: Falhaste em tudo, Francisco. Agora, por nenhuma razão ou sentimento, meus ou alheios, te pediria que ficasses. És o fundador da companhia, mas és somente o que então foste. Olho-te daqui, sentado nesta cadeira que continuará a ser minha, vejo-te ao longe, entre fumo, como um fantasma. És um fantasma. Passo através de ti, não existes. Se viesses tocar-me não te sentiria.

FRANCISCO: Tu também és um fantasma. No futuro és um fantasma.

ELIAS: Não chegarei ao futuro.
FRANCISCO: Vou fazer-te a vontade, Elias. Vou-me embora.
ELIAS: Vais tentar reunir forças contra nós? Talvez ainda consigas convencer Pedro e os pobres.
FRANCISCO: Não o tentarei.
ELIAS: Então?
FRANCISCO: Agora vou lutar contra a pobreza. É a pobreza que deve ser eliminada do mundo. A pobreza não é santa. *(Pausa.)* Tantos séculos para compreender isto. Pobre Francisco. *(Para os outros.)* Algum de vós quer vir comigo? Tomarei o nome de João, que é o meu nome verdadeiro. Se vou para outra vida, outro homem serei. Alguém me acompanha? Clara?
CLARA: Eu vou. Como poderia não ir?
LEÃO: E eu.
JUNÍPERO: E eu.
*(Afastam-se para a porta. Quando passa diante da mãe, Francisco olha-a sem dizer uma palavra. Ela olha-o também. Saem.)*
ELIAS: *(Pausa.)* Nós continuamos. O segundo ponto da ordem dos trabalhos é a nomeação de um novo diretor-geral. Proponho que para o cargo seja designada a viúva do nosso querido Pedro, refiro-me ao outro, evidentemente. São muitas as razões que justificam a escolha... *(Pica levanta-se.)* tanto de ordem objetiva como subjetiva... *(Pica encaminha-se para a porta.)* Aonde vais?
PICA: Vou ajudar João a escrever a sua primeira página.

FIM

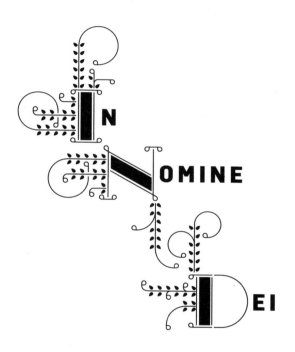

# SUMÁRIO

Primeiro ato
Primeiro quadro.................................1005
Segundo quadro...............................1005
Terceiro quadro ................................1006
Quarto quadro ..................................1014
Quinto quadro ..................................1020
Sexto quadro.....................................1022
Sétimo quadro..................................1029

Segundo ato
Primeiro quadro.................................1042
Segundo quadro...............................1053
Terceiro quadro ................................1059
Quarto quadro ..................................1070

Terceiro ato
Primeiro quadro.................................1079
Segundo quadro...............................1089
Terceiro quadro ................................1098
Quarto quadro ..................................1106
Quinto quadro ..................................1115

Cronologia sumária do movimento
anabatista em Münster
A Reforma em Münster
(1530-1533) ....................................... 1125

Radicalização até ao
batismo dos adultos ..................................1127
A "Nova Jerusalém"
(Fevereiro-Abril de 1534) .......................... 1130
Jan van Leyden, profeta e rei
(Abril de 1534-Janeiro de 1535) ................. 1132
Fome, derrota, castigo
(1535-1536) ............................................. 1134

*A Pilar*

*A Mimma Guastoni*
*A Azio Corghi*
*A Will Humburg*

*Entre o homem, com a sua razão, e os animais, com o seu instinto, quem, afinal, estará mais bem dotado para o governo da vida? Se os cães tivessem inventado um deus, brigariam por diferenças de opinião quanto ao nome a dar-lhe, Perdigueiro fosse, ou Lobo-d'Alsácia? E, no caso de estarem de acordo quanto ao apelativo, andariam, gerações após gerações, a morder-se mutuamente por causa da forma das orelhas ou do tufado da cauda do seu canino deus?*

*Que não sejam estas palavras tomadas como uma nova falta de respeito às coisas da religião, a juntar à* Segunda Vida de Francisco de Assis *e ao* Evangelho segundo Jesus Cristo. *Não é culpa minha nem do meu discreto ateísmo se em Münster, no século XVI, como em tantos outros tempos e lugares, católicos e protestantes andaram a trucidar-se uns aos outros em nome do mesmo Deus —* In Nomine Dei *— para virem a alcançar, na eternidade, o mesmo Paraíso. Os acontecimentos descritos nesta peça representam, tão-só, um trágico capítulo da longa e, pelos vistos, irremediável história da intolerância humana. Que o leiam assim, e assim o entendam, crentes e não crentes, e farão, talvez, um favor a si próprios. Os animais, claro está, não precisam.*

## Personagens

BERNDT KNIPPERDOLLINCK, chefe da oposição anticlerical em Münster, anabatista
BERNDT ROTHMANN, pregador anabatista
SÍNDICO DE MÜNSTER, antes de Von der Wieck
FRANZ VON WALDECK, bispo católico de Münster
VON DER WIECK, síndico de Münster
UMA MULHER
JAN MATTHYS, "apóstolo" anabatista
JAN VAN LEIDEN, "apóstolo" anabatista, depois "rei" de Münster
GERTRUD VON UTRECHT, ou DIVARA, mulher de Jan van Leiden
JAN DUSENTSCHUER, o "profeta coxo"
HUBERT RUESCHER, ferreiro
HILLE FEIKEN
HEINRICH MOLLENHECK, antigo mestre do grémio dos ferreiros
UM SOLDADO ANABATISTA
HEINRICH KRECHTING, anabatista ex-sacerdote católico, conselheiro do "rei"
ELSE WANDSCHERER, mulher de Jan van Leiden
HANS VAN DER LANGENSTRATEN, mercenário ao serviço de Münster

HEINRICH GRESBECK, anabatista que deserta com Langen-
   straten
UM CAPITÃO DO EXÉRCITO CATÓLICO
BERNDT KRECHTING, irmão de Heinrich Krechting
Povo de Münster (católicos, luteranos, anabatistas)
Eclesiásticos, soldados do exército de Waldeck

A ação decorre em Münster (Alemanha), entre maio de 1532 e junho de 1535.

# Primeiro ato

*PRIMEIRO QUADRO*

*Anoitecer. O chão está coberto de cadáveres, homens e mulheres. No meio deles, alumiando-se com lanternas, vão e vêm soldados armados. Procuram, entre os corpos, os que ainda dão sinais de vida. Quando encontram algum, acabam-no com uma punhalada. Pouco a pouco, a luz tem vindo a diminuir. Um atrás de outro, terminada a tarefa, os soldados retiram-se. A escuridão torna-se total quando o último vai desaparecer.*

*SEGUNDO QUADRO*

VOZ RECITANTE: *(Soando nas trevas.)* Eis a palavra de Daniel: "E ouvi jurar o homem vestido de linho que estava sobre as águas do rio, levantando ao céu a mão esquerda assim como a mão direita: 'Por Aquele que vive eternamente, isto será num tempo, tempos e metade de um tempo. Primeiro, a força do povo há de quebrar-se inteiramente. Então todas estas coisas se cumprirão.'"

*(A luz regressa lentamente. A música prolonga e sustenta, por algum tempo, a ressonância ameaçadora da profecia. O cenário — o mesmo em toda a peça — representará a praça do mercado, porém alterada em relação à realidade, de maneira a mostrar, à esquerda, a Catedral, ao centro, a Câmara Municipal, à direita, a Igreja de S. Lamberto. Entre elas, apenas algumas casas.)*

### TERCEIRO QUADRO

*Entram* KNIPPERDOLLINCK *e* ROTHMANN, *acompanhados de alguns homens e mulheres.*

KNIPPERDOLLINCK: O tempo em que se cumprirão as profecias é chegado.

Eis que o ouço, imperioso, bater às portas de Münster.

Vão já distantes os dias em que mal ousávamos protestar e combater os mosteiros onde os frades exercem as artes e os ofícios que só a nós competem.

Uma religião não é uma guilda de mesteirais.

Mas o tempo, justiceiro, bate às portas da cidade e traz outras notícias.

Os camponeses que os príncipes alemães andaram a matar no Sul ressuscitam agora no Norte, mas, desta vez, não exigem somente o pão e a justiça.

A língua morta deles reencarnou na nossa língua viva, e eis que uma e outra estão reclamando o trabalho constante de Deus no meio dos homens.

Porque é hora de tornar-se cada homem num enviado e num profeta do Senhor.

ROTHMANN: A reformada palavra de Deus soprou o ar dos meus pulmões e tomou o caminho da minha boca quando ainda andava pregando fora das muralhas de Münster, na Igreja de S. Maurício.

Dali me foi expulsar nefandamente Waldeck, o bispo dos católicos, cometendo violência contra a minha liberdade e a minha alma.

Mas os mercadores da cidade, esses que na minha juventude, para benefício da comunidade, me mandaram estudar em Wittenberg, deram-me abrigo e proteção, e hoje a minha voz ressoa aqui, no coração de Münster, nesta Igreja de S. Lamberto.

Porém, Mestre Knipperdolinck, não tomes por profeta ou enviado de Deus aquele que é apenas um portador da Sua palavra.

KNIPPERDOLLINCK: O tempo, servo obediente de Deus e executor das Suas ordens, dirá quem tu és e quem nós somos, Rothmann, que trabalhos nos esperam, que pena e glória nos tem reservadas, desde o primeiro dia, a sabedoria eterna do Senhor.

Escuto, como o retumbar de uma imensa porta de ferro, o virar da página em que foram escritos os nossos nomes no Livro do Mundo.

ROTHMANN: Todos seremos chamados, disse o Senhor.

KNIPPERDOLLINCK: Obremos de modo que todos sejam escolhidos.

A mão direita de Deus nos acolherá, a Sua mão esquerda precipitará no abismo os nossos inimigos.

ROTHMANN: Que a cidade de Münster seja como um altar na terra.

Lembremo-nos do que Gedeão disse ao Senhor:

"Se hás de salvar realmente Israel pela minha mão, eis que eu estenderei um velo de lã sobre a eira:

Se o orvalho cair só nele, ficando toda a terra seca, reconhecerei que é por minha mão que livrarás Israel.

E Gedeão, antes do amanhecer, espremeu a lã e encheu um copo de orvalho.

Mas Gedeão disse de novo a Deus:

Não se acenda contra mim o Teu furor, se Te falo ainda outra vez para pedir-Te mais uma prova:

Que só o velo fique seco e que toda a terra seja molhada pelo orvalho.

Foi o que Deus fez naquela noite: só o velo ficou seco, enquanto toda a terra ficou coberta de orvalho."

Gente de Münster, aproxima-se o dia em que o orvalho de Deus cairá sobre as nossas cabeças.

Sejamos como o velo de lã de Gedeão, impregnemo-nos da palavra do Senhor, para que, quando chegar a hora de serem espremidas as nossas almas, possa encher-se de Deus o copo de Deus.

KNIPPERDOLLINCK: Mas aos católicos achá-los-á o Senhor secos da alma e do corpo, pois o sangue que nas veias lhes corre é como o sangue do Demónio, frio e amargo.

*(Da Catedral saem teólogos católicos acompanhados de fiéis.)*

CORO DE ECLESIÁSTICOS: Um dia pagarás por essas palavras infames, Knipperdollinck.

KNIPPERDOLLINCK: Pagarei por todas as palavras, as que disse e as que disser, pagarei também pelos atos, todos eles, os que cometi e os que cometerei, mas o meu credor é só Deus, ao passo que vós deveis-vos inteiros ao Diabo.

CORO DE ECLESIÁSTICOS: Detestado sejas tu, sequaz de Lutero.

Ofendes a Igreja do Senhor e isso é como ofender o próprio Deus, porque se é certo que o Senhor, sendo Deus, pode, se for essa a Sua vontade, perdoar as ofensas que Lhe fazem, a Igreja, Seu baluarte e Seu castelo, sempre há de exterminar os ofensores.

ROTHMANN: Porquê? Será a Igreja, a vossa, maior que Deus?

KNIPPERDOLLINCK: Se Deus perdoa, como é possível que a Igreja não?

CORO DE ECLESIÁSTICOS: Em nome de Deus, a Igreja perdoaria, mas, se o ofendido é o próprio Deus, então, no tempo do pecado cometido, o castigo da Igreja será inevitável,

Qualquer que, na eternidade, venha a ser a sentença última de Deus.

ROTHMANN: Deus é perdão.

CORO DE ECLESIÁSTICOS: Até quando teria a Igreja de ficar à espera de que o perdão de Deus se manifestasse?

Bem vemos a malícia que ocultais nos vossos corações.

Dizeis que vos entregais nas mãos de Deus e dessa maneira imaginais poder escapar às nossas.

ROTHMANN: Deus, no fim do tempo, escolherá entre nós e vós.

Mas hoje, aqui, no chão predestinado de Münster, seremos nós a implantar a bandeira do desafio.

Negamos que a missa tenha carácter sacrificial, mas cremos e protestamos que Cristo está, nela, em presença real.

Defendemos que os serviços religiosos, todos eles, incluindo o batismo das crianças, não devem ser celebrados em latim, mas na língua do povo.

Proclamamos que...

CORO DE ECLESIÁSTICOS: Não continues, Rothmann, por de mais conhecemos esses e outros artigos com que tu e os teus acreditais poder reduzir a Igreja Católica.

Falas de língua do povo, e nós perguntamos-te: Que vem a ser isso a que chamas língua do povo, se está escrito que Deus confundiu em Babilónia, para que não se compreendessem uns aos outros, as línguas dos que construíam a torre?

Não deveremos concluir daqui que Deus queria que as suas criaturas Lhe falassem numa só língua?

ROTHMANN: Não há poder que prevaleça contra a vontade do Senhor.

Bastaria o mais ligeiro sopro Seu para que se derrubasse a torre em Babel e ficassem sepultados debaixo dela os presunçosos construtores.

Mas Deus, misericordioso, só quis confundir-lhes as línguas,

Para que em todas tivessem os homens de adorá-Lo no futuro,

E não no vosso latim, que nenhum povo fala.

CORO DE ECLESIÁSTICOS: Os teus argumentos são sofismas, Rothmann.

De nada te servirá a retórica quando formos chamados à presença do Deus que nos julgará.

ROTHMANN: Quando estivermos diante de Deus, até o meu silêncio soará mais alto que todo o vosso latim.

KNIPPERDOLLINCK: Há um tempo para ser novo e um tempo para ser velho, um tempo para discutir e um tempo para decidir.

Bem vedes, católicos, que as vossas razões não nos convencem, depois do mau uso que delas andais a fazer há mil e quinhentos anos e da perversa maneira como as defendeis hoje.

CORO DE ECLESIÁSTICOS

Não temos do nosso lado só a autoridade da Igreja, temos também o favor dos príncipes e dos ricos.

ROTHMANN: Esse favor não o teve Jesus nunca, nem na vida nem na morte.

CORO DE ECLESIÁSTICOS: E o Imperador protege-nos.

KNIPPERDOLLINCK: O dever de um imperador na terra é proteger por igual a todos os seus súbditos, seguindo o exemplo de Deus, Imperador do Universo.

Mesmo que fôsseis aqui em maior número que nós, ficai sabendo que o vosso direito não seria maior que o nosso.

O direito de um só é igual à soma dos direitos de todos, o direito de uma cidade é igual ao direito do reino de que faz parte, o direito de Münster é igual ao direito do Império.

CORO DE ECLESIÁSTICOS: Lembra-te do que agora disseste, se algum dia vierdes a ser em maior número que nós.
Que não o há de querer Deus.

KNIPPERDOLLINCK: Os homens só começam a saber o que Deus quer, quando trocam a palavra pelas ações.
Enquanto os homens não agem, Deus apenas ouve.
Mas, porque soou nos relógios de Münster a hora de decidir e agir, Deus toma a Sua lança e vem para o meio de nós.

ROTHMANN: Nada podeis contra a nossa razão, teólogos, nada podereis contra a nossa força, se vos atreverdes a desafiá-la.

CORO DE ECLESIÁSTICOS: A loucura entrou nas vossas cabeças.

KNIPPERDOLLINCK: Deus foi quem entrou em nós, não a loucura.

ROTHMANN: Basta de controvérsia.
Se quiserdes assistir à vossa humilhação, ficai.
Vêm chegando os conselheiros municipais, ouvireis o que temos para dizer-lhes.

SÍNDICO: Qual é o vosso requerimento?

KNIPPERDOLLINCK: Um vento novo sopra nas terras baixas da Holanda e por todo o Norte da Alemanha.
A nossa alma escuta as palavras novas de Deus, o sopro da Sua boca queima-nos o rosto.

O tempo é chegado de introduzir-se em Münster a Reforma.

CORO DE ECLESIÁSTICOS: Não fareis tal, o Conselho Municipal não tem poderes religiosos, e nós não permitiremos o abuso.

Devemos obediência ao bispo Franz von Waldeck, a ele é que tereis de levar a vossa pretensão, e dele é que recebereis resposta.

KNIPPERDOLLINCK: Conhecemos de antemão o que nos diria Waldeck.

Mas, em Münster mandam os habitantes de Münster, e nós queremos a Reforma.

ROTHMANN: Sim, a Reforma, já.

SÍNDICO: A maioria dos conselheiros é católica.

Não esperes, pois, que o Conselho tome uma decisão que iria contra a vontade e a fé da maior parte dos seus membros.

ROTHMANN: Pois se assim é, nós vos obrigaremos pela força.

*(Tumulto. Os teólogos refugiam-se na Catedral. À entrada da Igreja de S. Lamberto trava-se luta entre católicos e protestantes. Os católicos fogem, assim como os membros do Conselho Municipal. Vencedores, os protestantes entram na Igreja de S. Lamberto, levando* ROTHMANN *e* KNIPPERDOLLINCK *em triunfo.)*

## QUARTO QUADRO

*O povo está reunido na praça do mercado. Encontram-se também ali* KNIPPERDOLLINCK *e* ROTHMANN. *O Conselho Municipal sai da Câmara para fazer um anúncio público.*

SÍNDICO: Aqui tendes o resultado das vossas imprudências.

Aqui tendes como responde o bispo Waldeck à introdução da Reforma nas igrejas paroquiais, que pela força haveis ocupado.

Todas as mercadorias destinadas a Münster, onde quer que se encontrem e donde quer que provenham, serão confiscadas.

Estão cortadas as estradas que dão acesso à cidade.

Não será levantado o bloqueio enquanto não for restituído à Igreja Católica o pleno magistério das paróquias.

Estas são as ordens do bispo Waldeck.

KNIPPERDOLLINCK: E as tuas, quais são?

SÍNDICO: Como representante do povo, e tendo em conta o interesse da cidade, ordeno que seja imediatamente satisfeita a reclamação do bispo, entregando-se à Igreja as paróquias tomadas por violência.

Assim a paz voltará a Münster.

KNIPPERDOLLINCK: Podes considerar-te nosso representante, mas não pretendas ser defensor da nossa paz.

Porque isso a que vós chamais paz é a pior das guerras, esta que agora mesmo nos estais fazendo, ao querer que nos submetamos, como escravos, às ordens de Waldeck.

ROTHMANN: Vede bem no que vos meteis, ó conselheiros. Olhai que não será mais difícil mudar de representantes na Câmara do que foi mudar de pregadores nas paróquias.

SÍNDICO: Ameaças-nos?
Fomos eleitos pelo povo de Münster, só o povo de Münster poderá retirar-nos a vara do mando.

KNIPPERDOLLINCK: Mandai dizer ao bispo Waldeck que se ele pretende render a nossa vontade pela falta de alimento, os primeiros a jejuar serão os teólogos, cónegos e outros mais eclesiásticos da sua Catedral.
Povo de Münster, prendei e trazei para aqui, atados de mãos, e cada um a todos pelo pescoço, quantos encontrardes, seja qual for a hierarquia.
Bispo não haverá lá, mas podeis imaginar que o é cada um dos que prenderdes, e assim mais vos animareis.

*(ROTHMANN e um grupo de homens entram na Catedral.)*

SÍNDICO: Enlouqueceste?
Pôr mão violenta em ministros do Senhor é um pecado terrível.
A ira de Deus cairá sobre a cidade.

KNIPPERDOLLINCK: Deus tem, para O servirem, cónegos a mais e homens a menos.
Se estes teólogos vierem a morrer de fome, podes ter a certeza de que o mundo não notará a falta, e eles, quando no inferno entrarem, só poderão queixar-se do seu bispo amantíssimo.

*(Para o SÍNDICO.)* Já mandaste um mensageiro avisar Waldeck de que os cónegos da Catedral ficam reféns da cidade?

SÍNDICO: Da cidade, não, de um punhado de insurretos.
Porque a cidade, essa, representamo-la nós.

KNIPPERDOLLINCK: Não me representais a mim e a muitos como eu.
Mas basta já de conversa, aí vem quem nos há de reabrir as estradas e desembargar as mercadorias.
*(Para os teólogos atados.)* Se o bispo vos quer tanto como imagino, não tardareis a recuperar a liberdade, entretanto podeis ir-vos gabando da importância que vos damos, fazendo de vós reféns da cidade.

CORO DE ECLESIÁSTICOS: Maldito sejas.

KNIPPERDOLLINCK: O Diabo não pode amaldiçoar um cristão, seria como se estivesse a abençoá-lo pela sua fé.
Tomo portanto essa maldição como uma homenagem.

CORO DE ECLESIÁSTICOS: Excomungados.

ROTHMANN: Excomungar-nos da vossa Igreja, sim, podeis fazê-lo, mas não da fé em Cristo.
Cuidai antes que talvez esteja Cristo, neste momento, separando as águas, e que seja o nosso rio, não o vosso, aquele em que virá ordenar a nova purificação.

CORO DE ECLESIÁSTICOS: Falas de batismo?

ROTHMANN: Poderia ser.

CORO DE ECLESIÁSTICOS: Heresia, heresia, heresia.
O sacramento do batismo é indelével, não se pode repetir.

KNIPPERDOLLINCK: Outro dia, se ainda não tiverdes morrido de fome, debateremos esses pontos de teologia.
Agora *(Para os companheiros)* levai-os vós para a prisão, e já sabeis, nenhuma comida, água, quanta queiram, embora protestem que não precisam de novo batismo.

SÍNDICO: Como autoridade civil eleita que somos, os presos devem ficar à nossa guarda.
KNIPPERDOLLINCK: Dizeis bem, sois a autoridade civil.
Mas este caso é de diferenças religiosas, e portanto não tendes nada que fazer com ele.
Arredai-vos para lá, e deixai-nos com a nossa guerra.

SÍNDICO: Já aí vem quem verdadeira guerra vos vai fazer.

*(Entra o bispo WALDECK, acompanhado de religiosos e homens de armas. Vem armado ele próprio. Tornar-se-á patente, neste momento, a divisão da cidade entre católicos e protestantes. Enquanto os católicos dão mostras de respeito diante do bispo, os protestantes fazem questão de evidenciar a sua hostilidade.)*

WALDECK: Quem foi que ousou afrontar com violência o sagrado recinto da minha Catedral?
Quem carregou de cadeias os meus teólogos e quer levá--los presos?

KNIPPERDOLLINCK: Eu dei a ordem.

WALDECK: Liberta os que prendeste.

KNIPPERDOLLINCK: Desembarga as nossas mercadorias, abre as nossas estradas.

WALDECK: Não, enquanto não tiverdes restituído à Igreja as paróquias que lhe foram roubadas.

KNIPPERDOLLINCK: Torno a dizer: Liberta as nossas estradas, desembarga as nossas mercadorias.
Não o faças, e tem por certo que não tardarás a receber teólogos mortos em vez de paróquias vivas,
Porque a partir deste momento nenhuma comida entrará nas suas bocas.

ROTHMANN: Não penses em ordenar a esses soldados que nos ataquem.
Aqueles de nós que morressem tornar-se-iam em arma e escudo nas mãos dos vivos, e contra ti iríamos todos juntos, os vivos e os mortos.

SÍNDICO: Busquemos uns com os outros uma solução justa para este conflito.
Embainhai as espadas e os punhais.

KNIPPERDOLLINCK: Que o façam primeiro os soldados.

(WALDECK *levanta a mão. Os soldados recolhem as armas. Os outros fazem o mesmo.*)

SÍNDICO: Sabeis que a alma, o corpo e a fé da maioria dos conselheiros de Münster pertencem à Igreja Católica.

Mas é nossa obrigação de conselheiros tudo fazer para poupar a cidade aos sofrimentos duma contenda como esta.

Tanto mais que por Carlos, nosso Imperador, foi em Nuremberga determinado que, até à realização do anunciado concílio, ninguém pudesse ser molestado nas suas crenças religiosas.

Tomai então, para a resolução deste caso, vós, bispo Waldeck e nosso príncipe, e vós, protestantes da cidade, o espírito da Paz de Augsburgo.

E usemos uns com os outros de boa vontade suficiente e suficiente tolerância.

Até que o Imperador outra coisa ordene.

KNIPPERDOLLINCK: Vem aqui comigo, Rothmann. *(KNIPPERDOLLINCK e ROTHMANN conversam em voz baixa. Depois)* Eis as nossas condições:

Desembargue o bispo as mercadorias e faça abrir as estradas, e nós libertaremos os teólogos.

Quanto às paróquias, o que está, está, e assim continuará.

O bispo que tome conta da Catedral e dos conventos.

WALDECK: Há malevolência e atrevimento diabólico na vossa proposta, mas, tendo em conta a vontade soberana do Imperador e a força das presentes circunstâncias, condescendo em aceitá-la.

A Igreja esperará o seu dia, pois devíeis saber que o tempo lhe pertence.

E vós pagar-me-eis três vezes e trinta vezes esta ofensa.

Em mim, nem o príncipe esquece, nem o bispo perdoa.

*(WALDECK retira-se com os soldados. Os teólogos são libertados e correm para a Catedral, fechando com estrondo as portas. Os conselheiros, cabisbaixos, entram na Câmara Municipal. Os protestantes celebram a vitória.)*

## QUINTO QUADRO

*O povo, na praça, elege novo Conselho Municipal. A divisão entre católicos e protestantes será manifesta, mas deverão, também, começar a notar-se diferenças entre protestantes luteranos conservadores e protestantes radicais.*

SÍNDICO: Cidadãos de Münster, quem de vós ainda não votou?

*(Aproximam-se alguns, trazem um papel na mão, que introduzem na urna, perante o Conselho Municipal.)*

SÍNDICO: Ninguém mais se quer apresentar?
Expressaram a sua vontade quantos podiam e desejavam fazê-lo?
Que ninguém se queixe depois por não o ter feito quando devia, porque tão responsável é esse pelo resultado da eleição como aquele que entregou o seu voto.
Vamos proceder à contagem.

*(Os votos são despejados sobre a mesa e contados. Formam-se dois montes desiguais. Perceber-se-á, pela atitude do SÍNDICO, que o monte de votos maior vai contra os seus desejos. Terminada a contagem, o SÍNDICO anuncia o resultado.)*

SÍNDICO: Cidadãos de Münster, o Conselho Municipal da vossa cidade passou a ter maioria de protestantes.
Assim foi que o quisestes, assim o ireis ter.
Se para vós tiver de chegar a hora do arrependimento, queira Deus não seja então demasiado tarde.

*(Os protestantes aclamam o novo Conselho. Os católicos aplaudem timidamente os seus poucos representantes. O antigo Conselho dispersa-se na multidão. O Conselho eleito entra na Câmara Municipal. Todos se retiram, exceto KNIPPERDOLLINCK e ROTHMANN.)*

KNIPPERDOLLINCK: Abençoemos este dia, Rothmann.
Já não é só nas sete paróquias da cidade que é pregada a palavra reformada de Deus.
A partir de hoje, também na assembleia do Conselho ela será escutada e obedecida.
O trabalhoso caminho da Reforma tornou-se fácil em Münster.
A fé o endireita, o poder dos grémios o fortalece, a autoridade em que fomos investidos o consolida.

ROTHMANN: Abençoemos este dia, Knipperdollinck.
Porém, crê em mim, ainda agora estamos no princípio da jornada, porque é muito mais o que Deus reclama de nós.
Deus não quis câmaras municipais no céu, mas quer, isso sim, que toda a terra seja um espelho do Seu reino.

KNIPPERDOLLINCK: Deus depende, para esse fim, das forças do homem, e essas sabemos que não são grandes.

ROTHMANN: Deus criou todos os animais da terra e a cada um fez conhecer a força que lhe havia dado.

Mas, o último ser criado, o homem, não sendo animal, não conhece a sua própria força.

Porque a força do homem é de Deus que lhe vem, e só Deus sabe quando, como e para quê dará ao homem forças que ele antes não sonhava ter.

KNIPPERDOLLINCK: Que pensas fazer?

ROTHMANN: Mostrar a Deus que talvez mereçamos mais forças do que as que tínhamos até agora.

KNIPPERDOLLINCK: E como lho mostraremos?

ROTHMANN: De todas as maneiras.

Depois, Ele julgará e se encarregará de escolher as boas.

Deixemos de batizar as crianças recém-nascidas, comunguemos no pão e no vinho, disciplinemos a vida civil, religiosa e moral da cidade segundo uma regra eclesiástica.

Reformar a Reforma, eis a nossa palavra.

Deus dirá a sua.

*(Saem.)*

### SEXTO QUADRO

*Multidão em frente da Igreja de S. Lamberto. Ambiente de tensão e expectativa. Sobre uma mesa, alguns pães e um jarro de vinho. Os católicos murmuram. Também os protestantes luteranos conserva-*

*dores, entre os quais está o novo síndico,* VON DER WIECK, *parecem contrariados.*

VON DER WIECK: Cuidado, cidadãos de Münster.
O homem não tem à sua espera um só destino, mas muitos.
O passo que demos encaminhou-nos para um fim, o passo que dermos a seguir poderá desviar-nos para outro.
A vida é uma linha torta que Deus só endireita e torna legível na hora de morrermos.
O último instante da vida é o que revela o sentido e a razão de toda a existência.
Cidadãos de Münster, vivei pois cada momento como se fosse o último, pois melhor do que corrigir o erro é evitá-lo.

KNIPPERDOLLINCK: Melhor do que evitar o erro é ousar cometê-lo, se esse for o preço para chegar à verdade.
Ao ouvir-te, Von der Wieck, mais me pareceu que estavas do lado dos católicos do que da gente da tua própria fé.

VON DER WIECK: Temo os excessos.
Que fazem aí esse pão e esse vinho? Quem os trouxe?

ROTHMANN: Esta mesa é a da ceia do Senhor, o pão e o vinho são a Sua carne e o Seu sangue.

VON DER WIECK: Demasiado longe levas a tua audácia.

CORO DE CATÓLICOS: Heresia, heresia.

ROTHMANN: Aproximai-vos, irmãos, comunguemos no pão e no vinho.

CORO DE CATÓLICOS: Só na hóstia consagrada está o corpo de Cristo.

ROTHMANN: O Senhor partiu o pão e disse: Tomai, isto é o meu corpo.
Tomou depois o cálice e disse: Isto é o meu sangue, sangue da aliança, que vai ser derramado por muitos.
E eu digo: Aqui está o pão, aqui está o vinho, aqui estão, pois, o corpo e o sangue de Cristo.

CORO DE CATÓLICOS: Heresia, heresia.

*(Da Catedral saem sacerdotes católicos acompanhados de fiéis. Trazem os cálices e as hóstias.)*

CORO DE ECLESIÁSTICOS: Este é o pão da comunhão, criado e amassado na terra para ser o recetáculo do céu.
Vinde, católicos, recebei sobre a vossa língua o corpo sublimado de Cristo.
Que esta hóstia se derreta contra o vosso palato e percorra todos os caminhos do sangue até se confundir com a vossa alma.

ROTHMANN: Este pão que parto é o corpo de Cristo, este vinho que sobre ele derramo é o Seu sangue.
Pois esta é a única e verdadeira e solene eucaristia, que o Senhor celebrou com os discípulos na última Ceia.
Vinde, protestantes, vinde todos, comei do corpo de

Cristo, bebei do Seu sangue, tornai-vos em discípulos do Senhor.

*(Católicos e protestantes radicais, de um lado e do outro, comungam das duas diferentes maneiras. Os protestantes conservadores hesitam, mas, ainda que não comungando, tendem a aproximar-se dos católicos.)*

KNIPPERDOLLINCK: *(Dirigindo-se a* VON DER WIECK.*)* Dizeis-vos luteranos, dizeis-vos protestantes, mas agora vejo que o vosso interesse e gosto se inclinam mais para os católicos.

Temei o castigo do Senhor se nos traírdes em atos, como já nos está traindo o vosso pensamento.

CORO DE RADICAIS: Somos os discípulos do Senhor, às nossas mãos foi entregue, a partir de hoje, o poder de pesar, contar e dividir.

Tomai, pois, nota.

A ira do Senhor será a nossa ira, e em Seu nome julgaremos.

CORO DE CONSERVADORES: Tanta presunção vos matará, tanto orgulho vos dará segunda e eterna morte.

CORO DE CATÓLICOS: Uni-vos a nós, contra esses que querem a destruição da Igreja de Cristo.

Expulsemos da cidade os prevaricadores, os insolentes, os temerários que pecam contra a palavra do Senhor.

CORO DE CATÓLICOS E CONSERVADORES: Fora, fora.

ROTHMANN: Se quereis a guerra, agora mesmo a tereis.

*(Surgem armas nas mãos dos dois grupos. O enfrentamento parece estar prestes a resultar em conflito quando, saindo da multidão, uma* MULHER *se apresenta, trazendo um filho ao colo.)*

MULHER: Guardai as espadas, todos vós, que venho a batizar o meu filho.
Porque sobre a sua frágil e delicada cabeça não é o sangue que deve correr, mas a água.
Tardará ainda muito, para ele, o tempo do pão e do vinho, a sua boca ainda sabe ao leite que do meu peito mamou, o cheiro do seu corpo não é diferente do meu próprio cheiro.
Batiza-o *(Dirige-se a* ROTHMANN*)* e será como se novamente me batizassem a mim.

ROTHMANN: Batizar-te-ia a ti, se a tua fé merecesse tanto, mas ao teu filho, não.

MULHER: Porquê?

ROTHMANN: Porque uma criança não tem entendimento nem fé.

MULHER: De memória minha, de memória de meus pais e avós, sempre as crianças foram batizadas.

ROTHMANN: Com a minha recusa começará uma memória nova.
Tudo quanto aprendemos será apagado, o nosso espírito

tornar-se-á em página branca onde a mão de Deus escreverá o Seu nome, aquele que nunca poderemos ler,
Mas que levaremos dentro de nós como a presença viva do Senhor.

MULHER: Batiza o meu filho para que não morra.

ROTHMANN: Não.

MULHER: Porquê?

ROTHMANN: O batismo é um banho de água que o catecúmeno deseja e recebe como sinal verdadeiro de que morreu para o pecado,
De que foi sepultado com Cristo e de que ressuscita para uma nova vida,
Para caminhar, daí em diante, não nos prazeres da carne, mas sim na obediência à vontade de Deus.
*(Noutro tom.)* Achas que podemos esperar que o teu filho, aí onde está, no teu colo, manifeste estas ou semelhantes disposições?

MULHER: Não, não podemos.

CORO DE CATÓLICOS: Vem para este lado, mulher.
Batizaremos o teu filho como tu própria: foste batizada, a tua fé nos basta,
Tal como aos nossos antecessores bastou a dos teus pais quando, poucos dias depois de nascida, te levaram à igreja.
Vem para este lado e o teu filho não morrerá.

MULHER: Que devo fazer? Meus pais foram católicos, eu não o sou.
A quem entregarei o meu filho para que não morra?

CORO DE LUTERANOS: Vem para este lado, mulher, esta é a tua fé escolhida, aquela a que deves obediência.
Batizaremos o teu filho e ele gozará da vida eterna.

MULHER: *(Para ROTHMANN.)* Batizas o meu filho?

ROTHMANN: Não estamos num mercado em que se rebaixem os preços nem num leilão em que se subam.
Só o Senhor sabe o que quer do teu filho.
Nós não o quereremos enquanto não for ele a querer o Senhor.

*(Saem todos os radicais, com eles retiram-se KNIPPER-DOLLINCK e ROTHMANN. Ficam os católicos e os luteranos conservadores.)*

CORO DE CATÓLICOS: *(Para a MULHER)* Vem e traz o teu filho.

MULHER: Se o meu filho tiver de ir a vós, por seu pé é que há de ir, não que eu o leve.
A minha fé não está na vossa Igreja, como poderiam os meus próprios passos levá-lo a ela?

*(Os católicos retiram-se, irritados.)*

CORO DE LUTERANOS: Tens-nos aqui a nós para batizar o teu filho.

MULHER: Não vos quero.

CORO DE LUTERANOS: Porquê?

MULHER: Porque ao dizer palavras que nunca tinha dito antes, aprendi o que antes não sabia.

CORO DE LUTERANOS: Quê?

MULHER: Que se também a vós o meu filho tiver de ir alguma vez, sejam os seus passos a levá-lo, não os meus.

CORO DE LUTERANOS: Teu filho nunca verá Deus se vier a morrer sem batismo.

MULHER: Deus vê-o a ele.
E muito maus teólogos sois vós se realmente pensais que Deus possa viver sem que O olhe uma só das Suas criaturas.

*(Saem os luteranos, indignados. A* MULHER *fica sozinha, com o filho nos braços. Lentamente, destapa a criança, como se quisesse que ela visse alguma coisa.)*

## SÉTIMO QUADRO

*Multidão na praça. Hostilidade entre os diferentes grupos de católicos, luteranos e anabatistas. Agitação difusa.*

CORO DE ANABATISTAS: Como um lobo raivoso que rondasse as muralhas de Münster, mostrando as fauces venenosas e uivando ameaças terríveis,

Eis que o bispo Waldeck se aproxima da cidade para tirar desforra da humilhação e vergar-nos à obediência da sua Igreja.

Ai dele, ai dele, que imagina não ter em Münster mais adversário que as escassas forças humanas dos seus moradores.

O Senhor fará das nossas mãos o instrumento da Sua divina justiça, e o gume das nossas armas desafogará a Sua cólera.

Vem, pois, bispo Waldeck, bispo dos católicos, apressa-te a chegar aonde te espera a horrenda morte. *(Levantam as espadas.)*

CORO DE CATÓLICOS: Como o vingador arcanjo que acorre, implacável, a executar a vontade de Deus, e já ergue a lança contra os sequazes do Demónio.

Eis que Waldeck, nosso bispo e nosso príncipe, avança contra a cidade pestífera para cumprir a promessa. Livrar-nos da perversão e da heresia luterana em que vivemos, deste anabatismo duas vezes perverso e herético duas vezes.

O Senhor fará das nossas mãos o instrumento da Sua divina justiça, e o gume das nossas armas desafogará a Sua cólera.

Vem, pois, bispo Waldeck, vem, e dá, a quem oprimidos nos tem, merecida e horrenda morte. *(Levantam as espadas.)*

CORO DE LUTERANOS: Como a nuvem plúmbea que do horizonte cresce, trazendo no negro ventre todas as tempestades do céu,

Eis que o bispo Waldeck se aproxima da cidade para tirar desforra da humilhação e vergar-nos à obediência da sua Igreja.

Temamos a sua fúria, mas, tal como a nuvem depois de descarregar os terríveis coriscos derrama sobre a terra a chuva benfazeja,

Queira o Senhor que pela porta da guerra entre a paz em Münster, que nós, com estas armas, defenderemos a Sua vontade.

Vem, pois, bispo Waldeck, e dá, se Deus o quer, a quem o mereça, horrenda morte. *(Levantam as espadas.)*

CORO GERAL: Vem, bispo Waldeck, vem.
Armas, armas, armas, horrenda morte.

*(Sendo idênticas as palavras, deve tornar-se clara a expressão com que são pronunciadas: ódio dos anabatistas, esperança dos católicos, ambiguidade dos luteranos.)*

VON DER WIECK: Ó Münster, ó infeliz cidade, que desgraças trará o dia de amanhã aos teus divididos filhos,

*(Atravessa a praça um grupo de habitantes levando os seus haveres às costas.)*

Quando o medo do futuro faz partir, em dolorosas caravanas, abandonando casas e mesteres, tantos dos teus moradores.

A tal chegámos, a tal nos reduziram a intolerância dos católicos e os excessos dos anabatistas.

E agora, pelas culpas de uns e outros todos pagaremos, mesmo aqueles que, como nós, luteranos, só a paz querem e recusam reformas radicais.

CORO GERAL: Vem, bispo Waldeck, vem.
Armas, armas, armas, horrenda morte.

KNIPPERDOLLINCK: Não uma, mas duas serpentes se enroscam, rastejam e assobiam nesta cidade de Münster.
Demasiado bem conhecíamos as perfídias e as manhas da serpente católica.
Agora sabemos que outra serpente, maligna vivia dentro da nossa própria casa e comia à nossa mesa.
Ei-la, nua e sem disfarce, a cobardia destes luteranos, dispostos a trair Deus para proteger a sua mesquinha vida.

VON DER WIECK: Não abuses das minhas palavras, não falseies o meu pensamento.

KNIPPERDOLLINCK: O teu pensamento é ainda mais falso do que as tuas palavras.
Habitantes de Münster, o bispo Waldeck prepara-se para cercar a cidade e fazer-nos guerra.
Acreditais que este Conselho Municipal, com este síndico, nos defenderá?

VOZES: Não, não.

KNIPPERDOLLINCK: Não é antes de temer que nos entreguem ao primeiro assalto?
Não se lê já na cara deles a vontade de capitular?

VOZES: Sim, sim.

KNIPPERDOLLINCK: Que faremos então?

VOZES DISPERSAS: Elejamos um Conselho Municipal capaz de defender-nos.

Que sejam Knipperdollinck e Rothmann os novos síndicos.
Nem tréguas nem perdão para os inimigos.

ROTHMANN: Quereis, verdadeiramente, que o poder passe às nossas mãos?

VOZES DISPERSAS: Sim, sim.

VON DER WIECK: Nós, luteranos, seremos candidatos à nova eleição, se o povo a reclama, e seremos fiéis aos nossos deveres de conselheiros,
Acatando a vossa autoridade em tudo quanto não for contra a nossa consciência.

KNIPPERDOLLINCK: Espero, para o bem de todos, que a vossa consciência possa estar sempre de acordo com a nossa autoridade. *(Risos.)*

ROTHMANN: Silêncio, cidadãos de Münster, chegou agora o momento de vos comunicar uma notícia, a mais estupenda de todas.
Ao pé dela, as ameaças, os cercos e as guerras do bispo Waldeck não passam de vento, fumo e insignificância.
Sabei, então, que, neste mesmo instante, está entrando as portas da cidade, vindo da Holanda, o profeta dos anabatistas, Jan Matthys.
Que, tendo ouvido dizer que em Münster ensinamos que o batismo das crianças não está de acordo com a Bíblia, se determinou a vir até nós,
A esta santa cidade de Münster, onde o povo da Nova

Aliança se multiplica, e onde já o último Dia está alvorecendo.

Aproxima-se a hora do regresso de Cristo Nosso Senhor, aproxima-se o Juízo Final.

Irmãos, preparai-vos.

*(Manifestam-se no céu fenómenos meteorológicos que são interpretados pela multidão como confirmação dos anúncios apocalípticos feitos por* ROTHMANN. *Uma exaltação religiosa apodera-se dos anabatistas, e mesmo dos protestantes luteranos. Assustados, os católicos acolhem-se à Catedral.)*

VOZES DISPERSAS: Os nossos olhos verão, enfim, Cristo.

Sejamos bons, puros, honestos, santos.

Preparemos os caminhos do Senhor.

*(Entram* JAN MATTHYS, JAN BEUKELS VAN LEIDEN *e a mulher deste,* GERTRUD VON UTRECHT, *a que chamarão* DIVARA. *Acompanham-nos os que com eles viajaram desde a Holanda.)*

MATTHYS: Salve Münster, cidade da esperança, morada da justiça de Deus.

Das províncias da Holanda, onde tão cruelmente nos perseguem os que se negam a receber a mensagem de renascimento e restituição que é a nossa doutrina,

Lá onde está sofrendo prisão e enxovalho o mestre de todos nós, o grande Melchior Hofmann,

A ti viemos, Münster, para que a palavra de Deus, de que somos portadores e profetas, faça crescer dentro dos teus muros os mais perfeitos frutos, como foram os do paraíso.

Quis a vontade do Senhor que entrássemos na cidade sãos e salvos e para isso nos abriu os últimos caminhos,

Ocultando-nos, como dentro de uma nuvem, pelo tempo necessário, aos olhos de Waldeck e dos seus soldados.

E agora, como demonstração benévola do Seu poder, para que pacificamente se Lhe rendam os céticos e inimigos, eis que cobre de luzes e movimentos, de sinais prodigiosos, o céu e a terra.

Em verdade te digo, Münster, que és, de todas as cidades do mundo, a mais feliz e afortunada, porque te escolheu o Senhor para seres a Nova Jerusalém dos Eleitos de Deus.

*(Aplausos gerais.)*

ROTHMANN: Bem-vindo a Münster, Jan Matthys.

Com estas tantas vezes repetidas palavras, mandaria o uso que te acolhêssemos, se fosses, como um outro qualquer, visitante entre visitantes.

Mas, Münster, em verdade, não te recebe, tu és quem veio receber a Münster.

E, recebendo Münster, recebes-nos ao mesmo tempo a nós, que te esperávamos e não sabíamos que te esperávamos.

Já nos tens, Jan Matthys, e, porque enfim nos juntamos, ficou completa a figura do nosso destino comum, que hoje começa.

*(Repetem-se as aclamações.)*

KNIPPERDOLLINCK: Dá-me então as tuas boas-vindas, Jan Matthys.

MATTHYS: Sei quem és, Berndt Knipperdollinck, de ti, como de Berndt Rothmann, me chegaram à Holanda notícias e fama.

Colunas da fé, tu e ele, sobre vós assentará o novo altar de Cristo, que em Münster, juntos, levantaremos.

Mas, assim como tiveram de ser quatro os evangelistas, também quatro hão de ser as colunas que irão suportar o peso do pão e do vinho, o peso de Cristo.

Eis-me, pois, aqui, que venho oferecer os meus ombros à parte que da carga me couber, seja ela, de todas, a mais pesada e dolorosa.

E eis, também, para connosco cumprir a vontade de Deus, este que veio comigo, Jan van Leiden, a quem batizei por minhas próprias mãos e fiz meu apóstolo.

CORO DE MULHERES: *(Em surdina e aparte.)* Ó beleza sem par, ó mais formoso dos homens. Que mulher afortunada partilhará o teu leito, que cabeça escolherias, entre as nossas, para lhe impores as tuas mãos e acariciares?

GERTRUD VON UTRECHT: *(Mesmo jogo.)* Olhai para este lado, mulheres de Münster.

Eu sou aquela que invejais, sou eu a que se deita na cama onde gostaríeis de dormir, meu é o homem que sem nenhum recato estais cobiçando.

Querereis, uma por uma, oferecer-vos a ele?

JAN VAN LEIDEN: Deus leva-nos, pela Sua mão, aonde quer.

Faz da criança imperfeita um homem acabado, transforma em força suprema a extrema debilidade.

E tal como deu a Seu filho, por pai terrestre, um simples

carpinteiro, assim nos trouxe, a nós, dos baixos mesteres que antes exercíamos, à dignidade dos apóstolos.

Vede que Jan Matthys, espírito de profecia, anunciador do último tempo, foi padeiro em Haarlem.

E Jan van Leiden, se consentis que pronuncie aqui o seu insignificante nome, foi alfaiate ambulante, andou de terra em terra a cobrir os corpos dos homens,

Antes de compreender que só a despida alma deve cobri--los.

ROTHMANN: Os cegos não veem, os surdos não ouvem, mas aqueles que não ouvem dizem àqueles que não veem como o céu se move em todas as direções, e como as cores do arco-íris se multiplicam setenta vezes sete.

Enquanto dos olhos mortos dos cegos caem lágrimas vivíssimas que os surdos tocam com os dedos e levam à boca, dessa maneira entendendo o que os ouvidos não perceberam.

Cidadãos de Münster, fiéis do Espírito, irmãos em Nosso Senhor pelo Seu precioso sangue derramado, eis que demos o último passo nas veredas do mundo velho.

De par em par, já se abrem os portões do novo mundo, a ponta do nosso pé aproxima-se do limiar, a grande luz deslumbra-nos, porém não podemos entrar.

CORO GERAL: Porquê? Porquê?

ROTHMANN: Porque nos falta o batismo.

CORO GERAL: Batizai-nos, batizai-nos.

ROTHMANN, KNIPPERDOLLINCK: Batizai-nos, batizai-nos.

MATTHYS: Quem o pede, a vossa língua ou a vossa fé?

CORO GERAL: A fé, a fé.

MATTHYS: Trazei água.

*(Agitação. Trazem-se pequenas tinas de água. Os primeiros a receber o batismo são ROTHMANN e KNIPPERDOLLINCK. A água é derramada sobre as cabeças. As cores do céu, até aqui diversas e cambiantes, mudam para um vermelho sanguíneo que se manterá fixo até ao fim do quadro.)*

MATTHYS: *(Enquanto derrama a água.)* A graça e a paz de Deus Nosso Pai esteja contigo e com todos os homens de boa vontade.

*(Durante algum tempo sucedem-se os batismos. As pessoas colocam-se em fila para receberem o sacramento, administrado não apenas por MATTHYS mas também por JAN VAN LEIDEN, e logo por ROTHMANN. A alegria espalha-se, esboçam-se movimentos de dança.)*

CORO GERAL: A graça e a paz de Deus está comigo e com todos os homens de boa vontade.

*(Entra JAN DUSENTSCHUER. Dirige-se a MATTHYS.)*

JAN DUSENTSCHUER: Tenho a fé, batiza-me também a mim.
Mas, antes, vem ver o que ninguém se lembrou de te mostrar e que muito te importa conhecer, para que, isto sabendo, possas dizer que sabes tudo de Münster.

MATTHYS: Quem és? De que falas?

JAN DUSENTSCHUER: O meu nome é Jan Dusentschuer, e chamam-me "o profeta coxo".
Que coxo sou, um simples olhar o diz, que profeta seja, só teremos de esperar o dia em que todas as profecias se cumpram.
Entre elas hão de estar, com certeza, as minhas, pois nesse dia todas serão cumpridas, as verdadeiras e as falsas.

MATTHYS: Coxo és, e louco também, mas de profeta não tens nada.

JAN DUSENTSCHUER: Não são profetas apenas aqueles que anunciam o que há de ser, são-no também os que explicam o que é.

MATTHYS: Fala claro.

JAN DUSENTSCHUER: Falarei, mas tu não entenderás. Vem.

*(Aponta sucessivamente os cinco pilares em que assenta a fachada da Câmara Municipal.)*

JAN DUSENTSCHUER: Sabes tu, Matthys, como chamamos nós, os de Münster, ao pilar da direita e ao pilar da esquerda?

MATTHYS: Não.

JAN DUSENTSCHUER: De um, dizemos que é a Palavra de Deus, do outro, que é a Firmeza da Fé.
E o nome do pilar do meio, sabe-lo, Matthys?

MATTHYS: Como poderei sabê-lo, se nunca estive em Münster?

JAN DUSENTSCHUER: Esse nome é Cristo, e Cristo sempre esteve onde tu estiveste.

MATTHYS: Cristo?

CORO GERAL: Cristo!

JAN DUSENTSCHUER: E sabes como se chama aquele outro pilar, o que está entre Cristo é a Firmeza da Fé?

MATTHYS: Por que continuas a fazer-me perguntas a que não sei responder?

JAN DUSENTSCHUER: Troquemos então os papéis.
Faz tu as perguntas e eu dar-te-ei as respostas.

MATTHYS: Que nome dais ao pilar que está entre Cristo e a Firmeza da Fé?

JAN DUSENTSCHUER: Diabo.

MATTHYS: Diabo?

CORO GERAL: Diabo!

MATTHYS: E o outro, o que está entre Cristo e a Palavra de Deus?

CORO GERAL: Morte!

MATTHYS: Morte?

JAN DUSENTSCHUER: Sim, Morte.
    E agora que já sabes tudo de Münster, batiza-me.

          FIM DO PRIMEIRO ATO

# Segundo ato

**PRIMEIRO QUADRO**

*Tempo frio, prenunciando neve. O cerco da cidade começou. O ambiente é sombrio, carregado de inquietação. Passam grupos armados, de homens e mulheres, que vão defender as muralhas.*

CORO GERAL: Assim como, na batalha celeste, naquela que foi a primeira de todas as guerras, os anjos do Senhor lutaram contra os demónios de Lúcifer e os venceram,

Assim nós, os eleitos de Deus, pelejaremos e defenderemos Münster dos diabólicos assaltos de Waldeck e do seu Lúcifer, o papa.

Mas se Deus, no princípio do mundo, para que o homem, ser mortal, pudesse ficar sujeito à tentação, não quis que o Mal fosse exterminado,

Agora, porque o fim dos tempos é chegado, quer o Senhor a destruição definitiva de quantos se oponham à Sua vontade.

A fim de que a terra fique limpa de pecado e somente os justos nela vivam quando Cristo voltar.

As mãos que empunham as nossas espadas e disparam os nossos canhões são as mãos dos anjos, não as nossas.

Pois esta é a última batalha de Deus, e Ele concedeu-nos a Sua força.

*(Saem todos, com exceção de MATTHYS, KNIPPERDOLLINCK, JAN VAN LEIDEN e ROTHMANN.)*

MATTHYS: Haveis ouvido o que eles disseram: Esta é a última batalha de Deus, e Ele concedeu-nos a Sua força.

Mas, sendo ela, a força de Deus, infinita, falta-nos ver que parcela desse poder infinito serão as vontades humanas capazes de tomar, para depois a pormos ao serviço da Sua causa.

Deus precisa saber até onde, em fé e coragem, podem chegar os Seus eleitos.

Não vá dar-se ainda o caso de ter de cuspir alguns deles da Sua boca.

ROTHMANN: Que queres dizer?

Estamos em Deus e com Deus, os nossos corpos e as nossas almas pertencem-Lhe, não temos outra vontade que não seja a Sua.

Somos a Sua língua e o Seu palato, e é com os Seus dentes que morderemos e degolaremos os Seus inimigos.

KNIPPERDOLLINCK: *(A MATTHYS.)* Deus não te trouxe a Münster para que salvasses a cidade, mas para que te salvasses nela.

Lembra-te das palavras que tu próprio disseste acerca das quatro colunas em que assentará o novo altar de Cristo.

As duas que de fora nos vieram, tu e Jan van Leiden, seriam nada sem as outras que a vontade de Deus já tinha suscitado aqui.

Não venhas agora lançar dúvidas sobre aqueles em quem o Senhor pôs a Sua confiança.

JAN VAN LEIDEN: Ambos haveis entendido mal as preocupações de Matthys, pois eu sei, de muito seguro saber, como seu principal discípulo e apóstolo, que de vós não pensa senão bem.
O que ele teme é que os laços de parentesco, as relações de amizade e de vizinhança, todos os hábitos duma vida,
Possam vir a confundir o vosso juízo e enfraquecer o vosso braço quando chegar a hora de marcar, cortar e lançar fora as ervas más de Münster.

ROTHMANN: Não te ordeno que nos ponhas à prova, Jan Matthys, porque só Deus, extremamente, o pode fazer.
Porém, se realmente é Sua vontade seres tu o instrumento que medirá a nossa firmeza, diz-nos já o que quer Deus que façamos.
Mas mudo te torne Ele neste mesmo instante, se para o erro e o engano usares o dom da profecia que te outorgou.

MATTHYS: Deus não pode enganar-se a si mesmo, por isso não sereis vós enganados quando Ele pela minha boca falar.
Que a língua me caia no chão e aí se retorça como a serpente que enganou Eva e a fez depois enganar Adão, se o que vos disser não for verdadeiro e justo.

KNIPPERDOLLINCK: asta de rodeios, fala.

MATTHYS: Eis o que Deus quer: Que mortos sejam, imediatamente, quantos em Münster se negarem a abraçar a aliança do batismo.

Porque Deus quis fazer aliança com eles, mas eles não O quiseram receber.

Se somos filhos de Deus e fomos batizados em Cristo, então todo o mal deve desaparecer de entre nós.

Lembrai-vos do que disse o profeta: "Todos os pecadores do meu povo morrerão à espada."

JAN VAN LEIDEN: O Senhor não te emudeceu, o Senhor não te fez saltar a língua, o Senhor falou pela tua boca.
*(Para ROTTHMANN e KNIPPERDOLLINCK.)* Que dizeis depois disto?

ROTHMANN: Digo que Deus restaurou a faculdade de querer o bem e o mal.

Digo que a salvação está na decisão de querer ser batizado dentro da igreja disciplinada de Jesus Cristo.

Digo que, pelo livre arbítrio, qualquer pessoa pode tornar seu o dom de Deus, submeter-se ao batismo e converter-se verdadeiramente em membro da igreja de Cristo.

JAN VAN LEIDEN: Muito bem.

ROTHMANN: Mas também digo que deveremos ter em conta as circunstâncias, para nada empreendermos demasiado cedo nem demasiado tarde.

MATTHYS: Os inimigos do Senhor não são só aqueles que nos sitiam as muralhas e as tentam romper.

Os inimigos do Senhor vivem também ao lado das nossas casas e quem sabe se dentro delas.

Que queremos ser então, cavaleiros puros de Deus, ou servos abomináveis do Diabo?

ROTHMANN: Somos os quatro pilares do altar de Cristo.

KNIPPERDOLLINCK: Não o somos ainda, porque não creio que alguém possa levar sobre si o peso de Cristo se antes não tiver sofrido tudo por Ele, e nós ainda mal estamos no princípio.

Escutai a minha proposta.

Se agora chegasse notícia de que Waldeck tinha levantado o cerco e se retirava com as suas tropas, que faríamos?

Correríamos às muralhas, em festa, e deixá-los-íamos ir, com a sua impiedade e a sua vergonha.

Façamos o mesmo com estes inimigos que temos dentro da cidade, ordenemos-lhes que saiam dela agora mesmo, e se, depois de intimados a partir, teimarem em ficar, então, sim, matemo-los sem hesitação, por desobediência.

JAN VAN LEIDEN: Melhor seria acabar com eles sem mais avisos.

Afinal, o Senhor chamou-os e eles taparam os ouvidos, estendeu-lhes a Sua mão e eles cuspiram Nela.

Se permitirmos que se retirem, Münster ficará limpa da peste, mas o mal irá daqui para continuar a infetar o mundo.

Se Deus falou pela boca de Matthys, quem sois vós para O pretenderdes contrariar?

KNIPPERDOLLINCK: Nada e menos que nada, e eu menos que todos.

Porém, lembro-te que se a morte dos católicos acirraria, ainda mais, contra a cidade, a fúria de Waldeck,

A morte dos protestantes que se recusam a repetir o batismo deixar-nos-ia desamparados do auxílio que os luteranos devem uns aos outros.

ROTHMANN: Job, a quem o Senhor afligira, disse: "Vou interrogar-Te e Tu responder-me-ás."

É lícito, pois, fazer perguntas a Deus, mesmo quando pareça que Ele já exprimiu a Sua vontade.

Pergunte então Matthys ao Senhor se Knipperdollinck falou com retidão e se o que propõe é do Seu agrado.

MATTHYS: Também está escrito: "Não tentarás o Senhor teu Deus."

Porém, tal como o carpinteiro não talha uma perna de mesa que não esteja conforme com as restantes,

Também eu, coluna do altar de Cristo como vós, me conformarei com a expressão do vosso querer.

JAN VAN LEIDEN: Morte, já.

ROTHMANN: Morte, sim, e já, se o Senhor novamente o ordenar.

MATTHYS: E tu, Knipperdollinck?

KNIPPERDOLLINCK: Queira-o de facto Deus, e a minha espada já estará cortando antes que as vossas saiam das bainhas.

*(MATTHYS afasta-se a um lado e, olhando para o alto, com os braços meio levantados, procede como se aguardasse a comunica-*

*ção divina. As atitudes dos outros são distintas: dúvida em* KNIP-PERDOLLINCK, *impaciência em* ROTHMANN, *expectativa irónica em* JAN VAN LEIDEN. *Ao fundo aparece* GERTRUD VON UTRECHT.)

MATTHYS: O Senhor deteve no ar a mão da Sua justiça e a Sua voz disse: "Apressai-vos porque o tempo do sangue é chegado, já se ouve a lâmina do cutelo rangendo na pedra de amolar, o terror faz correr os animais condenados, mas o Meu braço os alcançará onde quer que se acolham, nem antes nem depois da hora marcada por Mim no princípio dos tempos."

NIPPERDOLLINCK: Isso disse o Senhor?

MATTHYS: Sim.

KNIPPERDOLLINCK: Como deveremos interpretá-lo? A hora é chegada, ou ainda não?

ROTHMANN: Se o Senhor quisesse que morressem os que até agora têm recusado o batismo, teria dito uma só palavra: "Matem-nos já."
 Não o entendes assim, Jan van Leiden?

JAN VAN LEIDEN: O costume é dizermos que o Senhor fala pela boca dos profetas quando os profetas dizem que o Senhor falou pelas suas bocas.

MATTHYS: De quem duvidas? Da profecia, ou do profeta?

JAN VAN LEIDEN: Nem de um nem de outro, sendo tu o profeta e tua a profecia.

Apenas vos lembro que, tirando a vinda de Cristo ao mundo, que só Deus decidiu, sempre foi no relógio dos homens que soou a hora marcada pelo Senhor.

E que bem pode ser que vos enganeis se pensais que ainda não é chegado o tempo de matar.

GERTRUD VON UTRECHT: *(Adiantando-se.)* Se Deus quer que o sangue corra em Münster, saberá encontrar a maneira de nos dar a conhecer a Sua vontade sem necessidade de intermediários.

Não viemos, Jan, meu marido, da Holanda aqui, para seres um anunciador da morte.

JAN VAN LEIDEN: Não apenas um anunciador da morte, se é preciso, mas também o seu executor.

E tu, mulher, não te intrometas no que é pertença daqueles a quem o Senhor chamou para serem os Seus anjos de justiça.

GERTRUD VON UTRECHT: Conheço-te como homem, não como anjo.

JAN VAN LEIDEN: Conhecer-me-ás como aquilo que, em cada momento, eu te diga que sou.

GERTRUD VON UTRECHT: Não te cansarás a dizer-mo, pois não te verei nunca senão como o que realmente és, filho do Deus que te concedeu a vida e vivo te mantém,

Portanto em tudo igual a mim, que filha sou também de Deus.

JAN VAN LEIDEN: Retira-te.

GERTRUD VON UTRECHT: Ir-me-ei quando tiveres retirado a condenação à morte que ouvi da tua boca.
   Lembra-te que a morte sempre atraiu a morte. Não seja o caso que a chames para matar os que consideras teus inimigos e ela venha por ti.

MATTHYS: *(Para JAN VAN LEIDEN.)* Consentes que uma mulher, a tua própria, desprezando os seus deveres de casada, incluindo o dever de obediência, te fale com atrevimento?

JAN VAN LEIDEN: Guarda as tuas perguntas para Deus, se te as ouve, como eu guardo para Ele as minhas respostas.
   *(A GERTRUD.)* Só os inimigos do Senhor são inimigos meus, e eles e eu receberemos a morte quando o Senhor quiser, que ela é ao Seu serviço que está e não ao meu.
   *(Aos outros.)* Que vamos fazer, se poupamos a vida aos "sem Deus" que há em Münster?

ROTHMANN, KNIPPERDOLLINCK: Expulsemo-los a todos da cidade, tanto aos católicos que ainda restam como aos protestantes que se recusaram a deixar-se rebatizar.

GERTRUD VON UTRECHT: Quereis matá-los doutra maneira.
   Olhai como o céu se está carregando cada vez mais e já a neve começa a cair.
   Antes que esses desgraçados possam encontrar um abrigo, cairão gelados, se logo os não degolarem, às portas da cidade, os soldados de Waldeck.

MATTHYS: Em nome de Deus, mulher, ordeno-te que te cales.
Não provoques a minha ira, ou terei eu de usar, para punir-te, a autoridade que a lei divina e a lei humana outorgaram a teu marido.

JAN VAN LEIDEN: Retira-te, Gertrud, obedece-me.
E tu, Jan Matthys, não te esqueças de que os profetas só são úteis a Deus enquanto as suas línguas estão vivas.

MATTHYS: Ameaças-me?

JAN VAN LEIDEN: Não, só digo que a voz do Senhor continuaria a ouvir-se em Münster mesmo se a língua te fosse cortada.

MATTHYS *(Furioso.)*: Não me ameaças em vão, Jan van Leiden, voltaremos a falar de línguas e de espadas, de mortes e de palavras.
Mas primeiro é preciso limpar esta cidade dos ímpios católicos e dos luteranos rebeldes.
*(Gritando.)* A mim, anabatistas! Juntai na praça quantos, papistas ou protestantes, recusaram o batismo novo, e expulsemo-los como a cães danados,
Antes que a ira de Deus desça do céu e os queime a todos, e também a nós por nos mostrarmos compassivos e tolerantes.
*(Olhando para o alto.)* Senhor, Senhor, se é essa a Tua vontade, vem e destrói-nos a todos, faz depois a Tua escolha, que os corpos já damos por perdidos, pois que Tu só as almas queres, para as receber ou desprezar.

*(Começa a juntar-se gente. Medo, lágrimas, confusão.)*

MATTHYS: Lançai-os fora, lançai-os fora!

GERTRUD VON UTRECHT: *(Indo do marido para* ROTHMANN *e* KNIPPERDOLLINCK.*)* Salva-os, salva-os, olha esses velhos, olha essas crianças. *(Os dois homens, sucessivamente, retraem-se e recuam, em silêncio.)*

*(A multidão começa a ser empurrada para fora da praça. A neve cai agora em turbilhões. O quadro é desolador.)*

HUBERT RUESCHER: *(Saindo da multidão.)* Jan Matthys, és um embusteiro.

MATTHYS: Que disseste?

HUBERT RUESCHER: Que és um embusteiro, um falso profeta. Deus, de certeza, preferiria ser mudo toda a eternidade se pela tua boca é que tivesse de falar.

MATTHYS: *(Para* KNIPPERDOLLINCK.*)* Quem é este?

KNIPPERDOLLINCK: Hubert Ruescher, ferreiro.

MATTHYS: Pois que morra já aqui o mentiroso, o sacrílego, o inimigo de Deus.

*(*MATTHYS *puxa de um punhal e crava-o em* HUBERT RUESCHER, *que cai morto. Estupefação geral.)*

MATTHYS: Moisés disse: "O Senhor Deus suscitar-vos-á um profeta como eu dentre os vossos irmãos.

Escutá-lo-eis em tudo quanto vos disser.

Quem não escutar esse profeta será exterminado no meio do povo."

*(KNIPPERDOLLINCK e ROTHMANN entreolham-se indecisos, GERTRUD VON UTRECHT mostra-se horrorizada, JAN VAN LEIDEN aproxima-se do cadáver e toca-lhe com o pé, como para se assegurar de que o ferreiro está morto. A neve continua a cair. No meio de gritos e lamentações, os habitantes expulsos são levados para fora.)*

## SEGUNDO QUADRO

CORO GERAL: Toda a alma piedosa beberá do cálice da amargura o vinho vermelho e puro, mas Deus fará com que sejam os ímpios a apurar as fezes.

E eles vomitarão, e arrotarão, e cairão na morte sem fim.

Escuta, amado cristão.

Conserva-te firme, propaga a honra de Deus. Prepara-te todo o tempo para morreres.

JAN DUSENTSCHUER: Estais firmes?

CORO GERAL: Sim.

JAN DUSENTSCHUER: Para quê?

CORO GERAL: Para propagar a honra de Deus.

JAN DUSENTSCHUER: Estais preparados?

CORO GERAL: Sim.

JAN DUSENTSCHUER: Para quê?

CORO GERAL: Para morrer.

JAN DUSENTSCHUER: Então também vós haveis de beber até às fezes o cálice da amargura.
 E apenas vos distinguireis dos vossos inimigos porque no paraíso do Senhor, onde a eternidade vos espera, não está permitido vomitar nem arrotar.
 De arrotos e vómitos, sim, vos fartaríeis no inferno se lá caísseis.
 Sinal de que teríeis esquecido a lição que os pilares da Câmara proclamam.
 Cristo, só, é nossa salvação, porque se colocou entre a Morte e o Diabo, e assim os separou.
 Onde Cristo não estiver, a Morte dará a mão ao Diabo.

*(Entram, no meio de aclamações, MATTHYS, ROTHMANN, KNIPPERDOLLINCK e JAN VAN LEIDEN.)*

MATTHYS: Eis a vontade do Senhor.
 Que o povo eleito viva em Münster como em Jerusalém viveram os primeiros cristãos.
 Que as portas das casas, tanto de dia como de noite, permaneçam abertas de par em par.
 Que os bens de cada um sejam os bens de todos e ninguém mais ouse dizer: "Isto é meu."

Que todas as dívidas sejam perdoadas e esquecidas. Que se acabe o dinheiro, que se confisquem as moedas.

Porque aos olhos de Deus não há avesso nem direito, nem alto nem baixo, nem perto nem longe.

Porque o mais rico dos homens é um mendigo diante do Senhor, e um pobre de pedir o Seu tesoureiro.

Irmãos, esta é a palavra do Senhor: "Não tenhais outra medida para medir-vos senão a minha."

JAN VAN LEIDEN: Sabeis vós, irmãos, donde saiu o dinheiro?
Das tripas do Diabo.

Isso que trazeis nas bolsas e guardais nas arcas é o excremento do Maligno.

Esvaziai, pois, arcas e bolsas, os cofres e os mealheiros, livrai-vos do fedor infernal,

Para que as vossas mãos se tornem brancas e perfumadas como o maná que Deus fez chover sobre os israelitas no deserto.

*(JAN VAN LEIDEN tira a capa, fazendo-a rodopiar, e estende-a no chão. Tomados de frenesi religioso, os habitantes começam a lançar para cima dela o dinheiro que trazem consigo. Esvaziam as bolsas, e há quem, das janelas das casas, despeje cofres e arcas.)*

JAN VAN LEIDEN: Purificai-vos, purificai-vos.

CORO GERAL: Para que as nossas mãos se tornem brancas e perfumadas como o maná que Deus fez chover sobre os israelitas no deserto.

KNIPPERDOLLINCK: Julgais que é bastante?

Que, tendo assim renunciado ao dinheiro e à sua malícia, haveis feito tudo aquilo a que, como filhos de Deus, estais obrigados?

Eu olho-vos e vejo-vos divididos em credores e devedores, e se é certo que da riqueza de uns e da pobreza de outros se formou esse monte de moedas,

Também é certo que os títulos de dívida, cepo de quem deve, machado de quem emprestou, são como sentenças de morte suspensas, à espera do seu dia.

Queimai, pois, esses papéis malditos, se aspirais a ser donos da maior riqueza do céu e da terra, que é a pobreza de Cristo.

*(Acende-se uma fogueira onde começam a ser queimadas as declarações de dívida, algumas delas lançadas também das janelas.)*

KNIPPERDOLLINCK: Queimai, queimai, que nunca, desde Adão, os homens atearam tão santo lume.

CORO GERAL: Seremos donos da maior riqueza do céu e da terra, que é a pobreza de Cristo.

ROTHMANN: Eis a palavra do Senhor no sermão da Montanha: "Não vos preocupeis, dizendo: Que comeremos nós, que beberemos, ou que vestiremos?

Os pagãos, sim, afadigam-se com tais coisas; porém, o vosso Pai Celeste bem sabe que tendes necessidade de tudo isso.

Procurai primeiro o Seu reino e a Sua justiça, e tudo o mais se vos dará por acréscimo.

Não vos inquieteis, portanto, com o dia de amanhã, pois o dia de amanhã já terá as suas preocupações. Bem basta a cada dia o seu trabalho."

CORO GERAL: Louvado seja o Senhor.

ROTHMANN: Irmãos, agora que se estão consumando nesta santa cidade de Münster o tempo, os tempos e a metade do tempo de que falou o profeta Daniel, recebei por inteiro a palavra do Senhor.
Olhai que Jesus não nos disse: "Tudo quanto precisares para comer, beber e cobrir o corpo, eu to venderei."
Jesus disse: "Procura o Meu reino e a Minha justiça, e tudo o mais te darei por acréscimo."
Chegou pois a hora de dizermos ao Senhor: "Senhor, haveis visto como renunciámos ao nosso, é a Vossa vez, agora, de nos dardes o Vosso."

JAN DUSENTSCHUER: Mas o Senhor pôs as Suas condições.

ROTHMANN: Quais?

JAN DUSENTSCHUER: Que procuremos o Seu reino.

MATTHYS: Procuramo-lo todos os dias.

JAN DUSENTSCHUER: Que procuremos a Sua justiça.

ROTHMANN: Não se chega ao reino de Deus senão pela Sua justiça.

MATTHYS: Queres tu dizer, Jan Dusentschuer, que em Münster não procuramos a justiça do Senhor?

JAN DUSENTSCHUER: Decerto não sempre, com certeza não em tudo.

KNIPPERDOLLINCK: Combatemos das nossas muralhas o exército de Waldeck.

JAN VAN LEIDEN: Expulsámos os católicos, expulsámos os protestantes que não quiseram batizar-se.

JAN DUSENTSCHUER: Porém, não varremos o rasto envenenado que atrás deles ficou, os seus livros, as suas imagens, as suas figuras.

MATTHYS: Vi mexerem-se os teus lábios, mas não ouvi o que disseste.
Porque nesse instante as minhas orelhas estavam cheias da voz do Senhor que me dizia: "Matthys, queima todos os livros que encontrares na Minha cidade, para que, nela, só a Minha palavra possa ser lida e escutada. Eu sou o Senhor."
Irmãos, executemos a ordem de Deus, atiçemos o lume em que arderam as nossas dívidas e queimemos esses livros infames que faziam de nós, sem o sabermos, servos e devedores do Diabo.

JAN DUSENTSCHUER: E as pinturas? E as estátuas?

MATTHYS: Usai o fogo, usai o machado, usai o martelo, que

não reste uma só palavra mentirosa, um só fingimento de pedra, um só engano pintado.

Na casa de Deus só pode haver lugar para Deus.

*(Furor, delírio, iconoclasmo. A praça transforma-se num lugar de loucura.)*

### TERCEIRO QUADRO

*MATTHYS e JAN VAN LEIDEN na praça. Depois entrará JAN DUSENT-SCHUER.*

MATTHYS: Quando, no meio da noite, acordas sem saber porquê e ficas de olhos abertos à espera de um sono que não voltará,

O silêncio e a escuridão, se a tua fé desfalece, povoam-se de medos mortais, e tu és como uma criança perdida na floresta e rodeada de lobos.

Mas, se não foste deixado pelo Senhor, o silêncio torna-se na Sua voz e a escuridão na página obscura do Livro onde o Seu dedo escreve, a branco, o Seu sinal.

Então levantas-te, como se levantou Lázaro à ordem do Senhor, porque também o homem vivo é um cadáver enquanto Deus não vem para lhe dizer: "Levanta-te e caminha."

Levantaste-te e abriste a tua janela, não sentiste o ar frio que te cortava a pele, porque estavas olhando o céu e as estrelas.

E quando os teus olhos desceram para a terra, viste, para lá das muralhas da cidade, as fogueiras do exército de Waldeck.

E ouviste outra vez Deus que te dizia: "Levanta-te e caminha."

JAN VAN LEIDEN: Tiveste um sonho, Matthys.

MATTHYS: O que para os homens comuns é sonho comum, Jan van Leiden, é inspiração de Deus para os profetas.

JAN VAN LEIDEN: Como interpretas, então, a ordem do Senhor?

MATTHYS: O Senhor quis que eu abrisse a janela.

JAN VAN LEIDEN: Para que olhasses as estrelas no céu e adorasses a Sua grandeza.

MATTHYS: Sim, mas também para que pudesse ver as fogueiras do exército de Waldeck.

JAN VAN LEIDEN: Não compreendo.

MATTHYS: O Senhor mostrou-me as fogueiras dos católicos e só depois ordenou: "Levanta-te e caminha."

JAN VAN LEIDEN: *(Impaciente.)* Já sei, já o disseste antes.

MATTHYS: Apenas julgas que sabes.
Mas eu, sim, sei que a ordem do Senhor, parecendo a mesma, é outra.
Enquanto estivermos no mundo, Deus só nos falará com as palavras que disse no mundo.

Porque às palavras novas de Deus não as poderemos ouvir enquanto não formos recebidos no Seu paraíso.

E é por isso que temos de procurar e achar nas palavras antigas do Senhor os novos sentidos da Sua vontade.

JAN VAN LEIDEN: Que novos sentidos, que vontade?

MATTHYS: "Levanta-te e combate", eis o que o Senhor quis que eu ouvisse.

"Porque não poderão nunca ser eleitos Meus os que, sem resposta, permitem o insulto de um cerco à Minha morada."

Devemos, pois, reunir e fazer sair os nossos soldados e, em campo aberto, travar batalha contra os católicos.

Deus já está connosco, mas, por esta ação, que Ele próprio nos ordena, obrigá-Lo-emos a pronunciar o Seu último Juízo.

JAN VAN LEIDEN: Crês que é essa a vontade do Senhor?

MATTHYS: E tu, duvidas?

JAN VAN LEIDEN: *(Cautelosamente.)* Ninguém, em Münster, está mais perto de Deus do que tu.

MATTHYS: O Senhor exalta a quem quer, para os fins que quer e durante o tempo que quer.

Nós somos, ao mesmo tempo, a seara do Senhor e a foice com que Ele nos ceifa.

Eis que hoje sou o Seu profeta, quem sabe se amanhã não serei o Seu capacho.

JAN VAN LEIDEN: *(Tom reflexivo, insinuante.)* Sem dúvida, é vontade claríssima do Senhor que de Münster saiamos a dar definitiva batalha aos soldados de Waldeck.

Mas repara, Matthys, que Ele não disse: "Levantai-vos e caminhai", como seria o próprio se fosse Seu desejo que saíssemos, todos juntos, a lutar contra os papistas.

A Sua palavra foi clara e imperiosa: "Levanta-te", disse Ele, e a ti o disse, "Caminha", e era a ti que falava.

MATTHYS: Assim é, mas um só homem não pode vencer um exército inteiro.

JAN VAN LEIDEN: Sim, se Deus o quer.

Recorda o que tu próprio disseste: que este é o momento de obrigar Deus a pronunciar o Seu último Juízo.

Vençam Deus e tu esta batalha, e muitas dores e sofrimentos poderão ser poupados a Münster.

E tu não tens por que ir sozinho à luta, pois todo o capitão dispõe da sua escolta e todos por igual combatem.

Tendo, desta vez, por invencível general, o Senhor dos Exércitos.

MATTHYS: Deus iluminou o teu espírito e mostrou-me o que, por humildade, o meu não tinha sabido compreender.

Agora mesmo vou reunir alguns soldados e com eles farei a surtida derradeira e fulminante que libertará a cidade.

Como um raio desferido pela irada mão do Senhor, reduziremos a pó e a cinza o poder de Waldeck.

Tal como a cinza e pó reduzimos os livros e as imagens que ofendiam a palavra e a face do Senhor.

JAN VAN LEIDEN: Queres tu, Matthys, que convoquemos o povo aos parapeitos para que seja testemunha da tua glória?

MATTHYS: Ver-me-ão a mim os soldados que lá estiverem, não à minha glória, porque só a de Deus é glória verdadeira.
O resto é nuvem que passa e fumo que se desvanece.
Adeus, Jan van Leiden.

*(Sai MATTHYS. Ouvem-se rumores de vozes e tinido de armas. Acompanhado de alguns soldados, MATTHYS afasta-se ao fundo.)*

JAN VAN LEIDEN: Adeus, Jan Matthys.
Ainda não chegaste à porta da cidade e já o Senhor decidiu sobre a sorte da batalha a que te chamou.
E tão inescrutáveis são os Seus desígnios que Ele não deteria os teus passos, mesmo estando tu destinado a morrer no combate.
Porque assim como Deus quis tudo quanto sucedeu até hoje, assim o que ainda está por suceder é já efeito da Sua vontade.
Terrível engano o teu, Jan Matthys, terrível engano o de nós todos, se pensamos estar em nosso poder obrigá-Lo a pronunciar o Seu último Juízo.
Todos os juízos de Deus são definitivos, mas nenhum será último.
Que faria Deus depois dele?
Disseste: "Adeus, Jan van Leiden." Deus já sabe porquê.

*(Entra JAN DUSENTSCHUER.)*

JAN DUSENTSCHUER: Aonde ia Matthys com aqueles soldados?

JAN VAN LEIDEN: Deus inspirou-o a fazer uma surtida.

JAN DUSENTSCHUER: Meia dúzia de homens contra um exército?

JAN VAN LEIDEN: Meia dúzia de homens e Deus.

JAN DUSENTSCHUER: Sem dúvida está Deus com o homem, e é por isso que dez mil homens têm dez mil vezes mais Deus num campo de batalha do que um homem sozinho.
   Jan Matthys vai ao encontro da morte.

JAN VAN LEIDEN: Todos vamos.

JAN DUSENTSCHUER: Por que não lhe fizeste ver os perigos que ia correr?

JAN VAN LEIDEN: Deus tinha-lhe dito: "Levanta-te e caminha."
   Quem era eu para dizer a Matthys "Não vás, senta-te"?
   Quando o Senhor ordenou a Lázaro que se levantasse do túmulo e andasse, Lázaro obedeceu-Lhe, e mais prendiam-no as ataduras da morte.

JAN DUSENTSCHUER: Começo a suspeitar, Jan van Leiden, que tu próprio terás ajudado Matthys a desprender-se das ataduras da vida.

JAN VAN LEIDEN: Não passará muito tempo antes de sabermos se era essa, afinal, a vontade de Deus.

JAN DUSENTSCHUER: Ou a tua.

JAN VAN LEIDEN: Foi para ser o executor da Sua vontade que o Senhor me trouxe a Münster.

Será bom para ti que não o esqueças e, sendo profeta, como dizes, o proclames em todas as ocasiões.

*(Ouvem-se gritos e choros ao longe. Depois, à frente da multidão que entra, um soldado levanta, espetada num pau, a cabeça de* JAN MATTHYS. *Aparecem* KNIPPERDOLLINCK *e* ROTHMANN.*)*

JAN VAN LEIDEN: O Senhor quis levar para junto de Si o nosso irmão Jan Matthys, louvado seja, pois, o Senhor.

Não soubemos, nem Matthys nem eu, compreender a palavra que Ele lhe dissera.

Agora, à vista deste trágico despojo, tudo se torna claro.

JAN DUSENTSCHUER: "Vem a mim", eis o que o Senhor disse a Matthys, e Matthys pensou que Deus o estava chamando para Lhe servir de braço e, em Seu nome, dar final batalha aos católicos.

Ora, Deus ainda não está prestes a fazer soar a hora em que venceremos o bispo Waldeck.

CORO GERAL: Estávamos nas muralhas, vigiando o acampamento de Waldeck, quando Matthys apareceu ao pé de nós e disse: "Vereis como aqui pronto se vai acabar a guerra."

Abriu a porta da cidade e saiu para o campo, à frente dos poucos soldados que trouxera consigo.

Logo lhe saíram ao encontro os católicos e, em menos tempo do que leva a contá-lo, foram os nossos desbaratados e mortos.

Deixaram este soldado com vida para que trouxesse para a cidade a cabeça de Matthys.

Ainda estremecemos de horror quando recordamos o instante em que, com um golpe de acha, o pescoço lhe foi cortado e a cabeça rolou pelo chão, espirrando sangue e gritando o nome do Senhor.

Como terá gritado a cabeça degolada do Batista quando a levavam à presença de Salomé.

KNIPPERDOLLINCK: Fortaleçamos os nossos espíritos, irmãos, e imitemos, em cada dia da nossa vida, o exemplo de fidelidade que a ação de Matthys representou.

Deus só nos dará a vitória quando, no Seu livro de contas, na página de Münster, tiverem sido inscritas tantas provas de uma fé igual quantos os habitantes tem a cidade.

ROTHMANN: Que faremos agora?

JAN DUSENTSCHUER: Surpreendido ficaria se Jan van Leiden não tivesse uma resposta para essa pergunta.

JAN VAN LEIDEN: Não creio que vás ficar surpreendido, Jan Dusentschuer, porque, às vezes, chego a pensar que és capaz de ler no meu pensamento.

JAN DUSENTSCHUER: Não é no teu pensamento que eu leio, mas no teu coração.

ROTHMANN: Falais um com o outro como se ambos conhecêsseis algo que nós ignoramos.

JAN VAN LEIDEN: *(Irónico)* Porque, ao contrário de Jan Dusentschuer, nem tu nem Knipperdollinck sabeis ler em corações.

*(Depois duma pausa.)* Devo, portanto, abrir-vos o meu, como entre irmãos se deverá usar sempre.

E mais ainda nesta hora trágica em que nos está contemplando o nosso irmão Jan Matthys.

Não apenas o que dele resta na terra, essa cabeça e esses olhos mortos, mas o que dele agora vive no céu, o seu inteiro corpo e os seus olhos lúcidos e eternos.

KNIPPERDOLLINCK: Aonde queres chegar?

JAN VAN LEIDEN: O trespasse do nosso irmão Jan Matthys foi um sinal, e não a consequência de ter trocado umas palavras do Senhor por outras.

ROTHMANN: De que sinal queres falar?

JAN VAN LEIDEN: Estamos, ou não estamos de acordo em que Münster é a cidade de Deus?

CORO GERAL: Sim, Münster pertence a Deus.

JAN VAN LEIDEN: Como é possível, então, que homens eleitos por homens governem aquilo que a Deus pertence?

KNIPPERDOLLINCK: O Senhor iluminou o espírito de Münster quando da eleição, por isso o Conselho Municipal nos é favorável.

JAN VAN LEIDEN: Agora mesmo o Senhor iluminou o meu

espírito, e os vossos irá iluminar para que em mim passeis a ver o sucessor de Jan Matthys, e como tal me proclameis.

JAN DUSENTSCHUER: Sucessor de Matthys te proclamo eu já, e de mais te proclamaria ainda se para tanto fosse chegada a hora.

ROTHMANN: Reconheço que és o sucessor de Jan Matthys.

KNIPPERDOLLINCK: Também eu te reconheço como sucessor de Jan Matthys.

JAN VAN LEIDEN: Pela força da vontade de Deus e do vosso reconhecimento, declaro ímpio o Conselho Municipal, que a partir deste momento fica abolido.
No lugar dele, e sob meu poder, a cidade será governada, em todos os assuntos, públicos e privados, terrenais e espirituais, por doze homens que nesta hora escolherei e a que dou o título de Juízes das Tribos de Israel.
*(Começa a nomear)* Tu serás Ruben, tu serás Simeão, tu serás Levi, tu serás Judá, tu serás Dan, tu serás Neftali, tu serás Gad, tu serás Aser, tu serás Issacar, tu serás Zabulão, tu serás José, e tu, finalmente, serás Benjamim.
Ver-me-eis como vosso chefe e vosso pai, tal como viam a Jacob aqueles de quem vos dei os nomes.

KNIPPERDOLLINCK: E eu, que faço?

JAN VAN LEIDEN: Tu, Knipperdollinck, serás o meu porta-espada, aquele que, em autoridade e em poder, vem depois de Jan van Leiden.

ROTHMANN: Terei de perguntar sobre mim?

JAN VAN LEIDEN: Tu és Rothmann, e, sendo Rothmann, não precisas ser mais.

CORO DOS JUÍZES DAS TRIBOS DE ISRAEL: Jan van Leiden é a boca e a língua do Senhor, a sua vontade será a lei de Münster.

JAN VAN LEIDEN: Só os que forem justos têm lugar na Igreja Regenerada, por isso castigarei terrivelmente a quantos, tendo pedido e recebido o novo batismo, voltarem a cair em pecado.
 Morrerão, pois, os blasfemos, os que proferirem palavras sediciosas, os que levantarem a voz contra os próprios pais, os que desobedecerem às ordens dos seus amos, os adúlteros, os licenciosos, os murmuradores, os que espalharem o escândalo, os que se queixarem sem motivo.
 Esta é a minha lei e estes são os Juízes da minha justiça.
 Pois bastaria perder-se uma só alma em Münster para que Münster fosse perdido.

CORO DOS JUÍZES DAS TRIBOS DE ISRAEL: Povo justo de Münster, expulsa de ti o pecado, lembra-te do que foi dito pelo profeta:
 "Eis que os olhos do Senhor estão abertos sobre o reino que peca;
 Exterminá-lo-ei da face da terra.
 Mas não destruirei completamente a casa de Jacob — diz o Senhor,
 Porque vou dar ordens,
 Vou sacudir a casa de Israel entre todas as nações,

Como se sacode o grão no crivo,
Sem que um só grão caia por terra.
Todos os pecadores do
Meu povo morrerão à espada,
Eles que dizem: 'Não seremos atingidos,
Não virá sobre nós o mal.'"

JAN VAN LEIDEN: Não andeis por aí a gabar-vos: "Não seremos atingidos, não virá sobre nós o mal."
Porque também eu vos hei de sacudir como o grão no crivo, e deixarei cair e pisarei os grãos apodrecidos e imperfeitos que entre vós forem encontrados.
Lembrai-vos do que disse o profeta: "Todos os pecadores do Meu povo morrerão à espada."

## QUARTO QUADRO

VOZ DENTRO: Holofernes, o chefe dos assírios, não caiu diante de jovens,
Nem foram heróis nem gigantes corpulentos
Que se lhe opuseram,
Mas foi Judite, filha de Merari,
Que o perdeu com a formosura do seu rosto.
Despiu o seu vestido de viúva,
E vestiu-se com aparato,
Para o triunfo dos israelitas.
Ungiu o seu rosto com perfumes,
Arranjou as madeixas dos seus cabelos com um turbante,
E vestiu-se com um vestido novo para o seduzir.
As suas sandálias arrebataram-lhe os olhos.

A sua beleza cativou a sua alma.
Ela cortou-lhe a cabeça com a sua própria espada.

*(Pausa. Da Igreja de S. Lamberto começam a sair homens e mulheres que vêm de escutar a pregação. Pouco a pouco, vão-se dispersando e retirando. Apenas ficam* GERTRUD VON UTRECHT *e* HILLE FEIKEN.*)*

GERTRUD VON UTRECHT: O Senhor quer e pode quanto quer, impenetráveis ao entendimento dos homens são os caminhos do Senhor.
Que, tendo Ele dentro dos muros de Betúlia um exército de israelitas, determinou que os assírios fossem vencidos por Judite, uma simples mulher.

HILLE FEIKEN: A minha alma está confusa.

GERTRUD VON UTRECHT: Porquê?

HILLE FEIKEN: Porque não sei se, dentro dela, é a voz do Senhor que me está ordenando que vá salvar Münster,
Ou se foram os demónios do orgulho e da presunção que em mim penetraram para tentar-me.

GERTRUD VON UTRECHT: Que queres dizer? Fala claro.

HILLE FEIKEN: Se Deus quis que a viúva de Manassés matasse Holofernes, general de Nabucodonosor,
Por que não haveria de querer que a donzela Hille Feiken matasse o bispo Waldeck, general do papa?

GERTRUD VON UTRECHT: Enlouqueceste, Hille Feiken? Como crês tu que conseguirias chegar viva ao campo dos católicos?

E, supondo que lá chegavas, és capaz de imaginar-te a levantar uma espada contra o bispo e cortar-lhe a cabeça?

Lembra-te do que sucedeu a Jan Matthys, que também acreditou que o Senhor o tinha chamado, e acabou ele degolado.

HILLE FEIKEN: Se Rothmann nos falou de Judite e Holofernes foi porque o Senhor assim o quis, hoje, não ontem, nem amanhã.

O Senhor experimentou em Jan Matthys a nossa fortaleza, quem nos diz que não quererá, em mim, prová-la definitivamente?

GERTRUD VON UTRECHT: Mas tu és ainda como uma criança.

HILLE FEIKEN: David não tinha mais idade do que eu quando venceu Golias.

GERTRUD VON UTRECHT: David atirou uma pedra de longe, e tu não poderás seduzir Waldeck se não te chegares a ele.

Então estarás despida e desarmada, pois sendo a nudez a tua arma de sedução, não poderá ser a tua arma de matar.

HILLE FEIKEN: Estrangulá-lo-ei.

GERTRUD VON UTRECHT: Com esses braços? Com essas mãos?

*(Começa a ouvir-se um grande ruído de batalha. Estrondos de canhões, gritos, entrechocar de espadas. Os católicos tentam, uma vez mais, assaltar os muros da cidade. No meio da confusão, entre a gente que corre, perdem-se* GERTRUD VON UTRECHT *e* HILLE FEIKEN. *Longe, ao fundo, veem-se os clarões dos incêndios. Lentamente, como uma tempestade que se afasta, o ruído vai diminuindo. Os defensores de Münster reaparecem, mostrando sinais da ferocidade da luta. Com eles estão* JAN VAN LEIDEN, KNIPPERDOLLINCK, ROTHMANN *e* JAN DUSENTSCHUER.*)*

JAN VAN LEIDEN: Tivésseis vós cometido algum delito diante do Senhor, que Ele vos teria abandonado hoje às mãos do inimigo, a quem ficaríeis subjugados.

Mas o povo de Münster, obediente ao poder de Deus e à minha autoridade, não ofendeu o seu Senhor.

E assim Deus vos defendeu hoje, e os nossos inimigos serão, para sempre, o opróbrio de toda a terra.

JAN DUSENTSCHUER: Proclamo-te, Jan van Leiden, general de Deus.

KNIPPERDOLLINCK: *(Para* ROTHMANN.*)* Generais de Deus são os que, por defenderem a cidade, perderam hoje a vida.

ROTHMANN: *(Para* KNIPPERDOLLINCK.*)* Tem cuidado, Knipperdollinck, não seja que venhas tu a perder a tua.

JAN VAN LEIDEN: Que murmurais vós lá?

ROTHMANN, KNIPPERDOLLINCK: Que mereces, sobre todos nós, o título que Jan Dusentschuer acaba de dar-te.

JAN VAN LEIDEN: Dizer que o mereço sobre todos vós é pretender comparar o que comparação não poderia ter.

Porque se, em Münster, eu sou aquele que vem depois de Deus, vós, de mim, estais tão longe quanto de Deus eu estou.

Não porque vos tenha afastado eu do meu poder, mas porque Deus fez a sua escolha.

ROTHMANN, KNIPPERDOLLINCK: Assim é, Jan van Leiden. Deus o quis, Deus o há de querer.

JAN DUSENTSCHUER: *(Aparte)* Desta maneira convém que falem os que desta maneira não pensem.

JAN VAN LEIDEN: Outra vez o bispo Waldeck, serpente do pecado, veio cuspir fogo e veneno contra as nossas portas.

Santificadas estão, porém, as muralhas de Münster, pois o Senhor assentou sobre elas o Seu pé esquerdo,

Enquanto, posto firmemente sobre as nossas almas, o Seu pé direito toma um último impulso para nos levar à vitória final contra os malvados.

Endureçamos os nossos corações, sejamos os mais justos entre os justos.

Um esforço ainda, povo de Münster e de Deus, e venceremos.

CORO GERAL: Endureçamos os nossos corações, sejamos os mais justos entre os justos.

Um esforço, um esforço ainda, povo de Münster e de Deus, e venceremos.

*(Saem todos. Tal como antes GERTRUD VON UTRECHT e HILLE*

FEIKEN *haviam desaparecido entre a multidão, assim reaparecem agora do meio dela, ficando depois, uma vez mais, sozinhas em cena.* HILLE FEIKEN *traz nas mãos o que parece um pano.)*

GERTRUD VON UTRECHT: O meu coração está contente, a minha alma rejubila porque o olhar de Deus desceu complacentemente sobre a cabeça de Jan van Leiden, meu marido.

Um esforço mais e venceremos, disse ele, e é como se o tivesse dito o Senhor.

HILLE FEIKEN: Descansem nas muralhas os soldados, sem cuidados apoiem-se nas lanças e nas espadas, que esse esforço final o farei eu.

O pé esquerdo de Deus buscou o meu coração, o Seu pé direito a minha alma, e eis-me flecha do Seu arco, pronta a ser disparada.

GERTRUD VON UTRECHT: Esta guerra não é só de homens, Hille Feiken, também nós, mulheres, vamos à batalha e lutamos como podemos.

Mas querer imitar Judite neste tempo, levantando uma espada contra o bispo, é uma loucura, é correr ao encontro de uma morte certa.

HILLE FEIKEN: Não matarei Waldeck com espada ou punhal, não lhe porei fogo, não lhe lançarei uma corda ao pescoço.

GERTRUD VON UTRECHT: Usarás as mãos, como disseste.

HILLE FEIKEN: Estarei, como estava Judite, vestida de aparato, não com trajes de viúva, que não sou, mas com as galas ingénuas e sedutoras duma donzela.

Perfumarei os braços, os cabelos e o colo, e as palmas das minhas mãos.

Assim ele respirará o olor da tentação quando eu, de joelhos, lhe implorar piedade para Münster.

GERTRUD VON UTRECHT: Waldeck manda-te pôr fora, se não fizer coisa pior.

HILLE FEIKEN: Com olhares expressivos e meias palavras, dar-lhe-ei a entender que serei dócil aos seus desejos.

Jurarei, se for preciso, que a sorte de Münster me é indiferente, que renuncio à minha fé.

Que me ofereço para sua barregã, que me recolherei a um convento, que a porta da minha cela, como a porta do meu corpo, sempre estarão abertas para ele.

GERTRUD VON UTRECHT: Muito bem, já o seduziste, já o tens rendido, já estás só com ele.

Matá-lo, como?

HILLE FEIKEN: Com esta camisa.

GERTRUD VON UTRECHT: Quê?

HILLE FEIKEN: Quando ele se dispuser a deitar-se comigo, pedir-lhe-ei que, como prova do seu bem-querer e do seu desejo, ponha esta camisa, por minhas próprias mãos talhada e bordada.

E quando ele a tiver vestida não viverá mais do que um minuto.

Pois o veneno com que impregnarei o tecido só dará sinal do seu efeito quando for já tarde demais.

GERTRUD VON UTRECHT: Veneno?

HILLE FEIKEN: Este. *(Mostra um frasco que contém um líquido incolor.)* Vê como é límpido, dirias que é água pura, e contudo a pele que lhe tocar tornar-se-á em pouco tempo negra como carvão.

Assim morrerá o bispo Waldeck, queimado antes de entrar no inferno dos católicos.

GERTRUD VON UTRECHT: Temo pela tua vida, se te descobrem.

HILLE FEIKEN: Eu vou morrer, Gertrud, tanto fará que mate, ou não mate, Waldeck.

Morrerei ainda antes de chegar ao pé dele, se os guardas suspeitarem da minha intenção.

E morrerei se o matar, porque certamente não conseguirei fugir da sua tenda.

Judite tinha consigo uma serva e, nas três noites que esteve no campo de Holofernes, foi com ela ao vale de Betúlia para adorar o seu Deus e fazer as abluções numa fonte que ali havia.

Mas eu estarei sozinha no vale da morte, não terei mais água para as abluções que as lágrimas que me derem tempo de chorar,

E receio bem que, então, a minha primeira palavra para adorar a Deus seja também a última.

GERTRUD VON UTRECHT: Não procures a morte, Hille, afasta da tua cabeça essa loucura.

HILLE FEIKEN: Não posso.
 Se foi Deus quem o quis, cumpro a Sua vontade.
 Se é uma tentação do Demónio, e Deus não a contraria, é ainda a vontade de Deus que vou cumprir.
 Basta de palavras, ajuda-me.

*(HILLE FEIKEN desdobra a camisa, que GERTRUD VON UTRECHT segura pelas mangas. HILLE FEIKEN derrama o líquido uniformemente sobre o tecido. Depois a camisa é envolvida num pano grosso.)*

HILLE FEIKEN: Se te lembrares, pensa um pouco em mim. *(Sai.)*

GERTRUD VON UTRECHT: *(Ajoelhando-se.)* Meu Deus, diz-me, precisas realmente de tudo isto para nos mostrares a Tua grandeza?

FIM DO SEGUNDO ATO

# Terceiro ato

*PRIMEIRO QUADRO*

*JAN VAN LEIDEN está esperando. Entra ROTHMANN.*

ROTHMANN: Mandaste que viesse, Jan van Leiden. Em que posso servir-te?

JAN VAN LEIDEN: Os lobos, os tigres e as serpentes quiseram assaltar os nossos muros, mas o Senhor combateu ao lado do Seu povo e as feras católicas foram repelidas.
   Em defesa de Münster, e seu governo, instaurei e faço cumprir as leis que Deus me inspirou, por isso esta vitória nos foi dada.
   Outras muitas o Senhor virá a outorgar-nos no futuro, desde que guardemos inteira obediência aos exemplos dos patriarcas,
   Particularmente em época de tanta necessidade como esta que vivemos.

ROTHMANN: Entendo-te e não te entendo, as tuas palavras são, ao mesmo tempo, claras e obscuras.

JAN VAN LEIDEN: Observa, Rothmann, como, por efeito dos constantes combates, vem diminuindo na cidade o número de homens, em comparação com as mulheres.

ROTHMANN: Sim, há, em Münster, muitas mais mulheres do que homens.
Mas o mesmo acontece em todas as cidades longamente sitiadas, como é o caso.
Já de seu natural as mulheres duram mais, e a morte, na guerra, ainda que não as poupando, é aos homens que mais de costume leva.
Porém, voltando a paz, em pouco tempo ficam uns para os outros.

JAN VAN LEIDEN: Tu próprio disseste: vivem mais as mulheres, de modo que, com guerra ou sem guerra, sempre os homens são menos.

ROTHMANN: Assim é.

JAN VAN LEIDEN: Deus não faz nada sem uma razão, e se, desde o começo do mundo, quis que as mulheres fossem em maior número do que os homens,
Foi para que cada homem pudesse ter mais do que uma mulher, e mesmo tantas quantas pudesse alimentar,
Como patente ficou na vida dos patriarcas, que não tinham uma nem duas, mas muitas.

ROTHMANN: Creio compreender a tua ideia.

JAN VAN LEIDEN: Não serias Rothmann se não a compreendesses.

ROTHMANN: Que queres que faça?

JAN VAN LEIDEN: Que pregues a poligamia às mulheres e aos homens de Münster, invocando o exemplo dos antigos patriarcas, que em todos os atos da vida devemos seguir,
Porque somos o povo eleito de Deus,
E também por causa desta necessidade em que nos achamos, havendo tanta mulher sem homem por essas ruas e praças, com grande perigo das almas,
Como já se nota pela concupiscência dos olhares que trocam uns e outros.

ROTHMANN: Melhor será que peque o pensamento, e não a carne.

JAN VAN LEIDEN: Aos olhos de Deus não há diferença, Rothmann.
E tu esqueces que em Münster, cidade santa, o pecado não pode existir, e todo o homem que se aproximar duma mulher carnalmente só o deverá fazer com o fito de procriar.
Pelo que, quando as mulheres forem distribuídas pelos homens, excluir-se-ão da partilha as estéreis e as grávidas porque elas não poderiam dar ao homem senão prazer,
E esse, sim, é pecado, se não for para gerar.

ROTHMANN: Queres que pregue em favor da poligamia depois de mil vezes termos execrado a promiscuidade e o adultério?

JAN VAN LEIDEN: "Frutificai e multiplicai-vos", disse o Senhor, e isto significa que não há promiscuidade onde a vontade de Deus for cumprida.
Quanto aos adúlteros, tão certa terão eles, de futuro, a pena de morte como já a têm agora.

ROTHMANN: Sendo assim, pregarei segundo o que dizes.

JAN VAN LEIDEN: Não percamos tempo, então, convoca o povo para a praça e usa o teu poder de persuasão, mas como se tivesse sido uma ideia tua.

*(Sai JAN VAN LEIDEN. ROTHMANN fica pensativo, como se duvidasse, mas, pouco a pouco, a sua expressão anima-se.)*

ROTHMANN: *(Batendo palmas.)* Vinde, vinde todos, cidadãos de Münster, homens e mulheres do povo eleito, vinde.

*(Entra gente em tropel, ansiosa. Entre ela estão GERTRUD VON UTRECHT e KNIPPERDOLLINCK.)*

CORO GERAL: Que é, que é, por que nos chamas?
Outra vez nos vem assaltar o bispo?

ROTHMANN: Tranquilizai-vos, irmãos, o lobo Waldeck lambe as suas feridas.
Chamei-vos para vos falar duma nova ordem do Senhor, que, vendo como prosperamos na obediência à Sua vontade,
Quer que sigamos, de agora em diante, passo por passo, o exemplo dos antigos patriarcas.

Porém, antes, permiti que vos recorde o que, no Apocalipse escreveu o apóstolo João.

Disse ele: "Não danifiqueis a terra, nem o mar, nem as árvores até que tenhamos assinalado os servos do nosso Deus nas suas frontes, e esses são cento e quarenta e quatro mil, de todas as tribos de Israel."

Esses serão os eleitos, doze mil por cada uma das doze tribos, e todos serão assinalados nas suas frontes,

Mas não antes de poderem ser contados cento e quarenta e quatro mil, nenhum mais e nenhum menos.

Ora, nós temos claro que Münster é a Nova Jerusalém, a cidade justa e santa, e portanto aqui serão assinalados os eleitos.

Porém, irmãos, não há em Münster cento e quarenta e quatro mil almas, nem tão cedo as haveria se o Senhor não me tivesse anunciado a sua nova vontade.

*(Pausa. A multidão mostra-se nervosa, impaciente.)*

CORO: Que vontade? Que vontade?

ROTHMANN: Que se restabeleça em Münster a poligarnia, para que o anjo com o selo do Deus vivo não demore a subir do Oriente e a marcar-nos na fronte,

E, assim assinalados, de vestidos brancos e palmas nas mãos, clamaremos em voz alta, dizendo: "A salvação pertence ao nosso Deus que está sentado no trono, e ao Cordeiro."

CORO: A salvação pertence a Deus que está sentado no trono, e ao Cordeiro.

ROTHMANN: Todas as pessoas núbeis ficam obrigadas a contrair matrimónio,
As mulheres solteiras aceitarão por marido o primeiro homem que as solicitar.
Na pureza da aliança e sem luxúria carnal.
Assim constituiremos o Reino de Deus.

CORO MASCULINO: *(Alegremente.)* O Senhor o quis, cumpra-se a vontade do Senhor.

CORO FEMININO: *(Tom de protesto.)* Seremos nós como o gado no curral, que não se lhe pergunta com quem quer acasalar?

ROTHMANN: Cuidado, mulheres, e homens que estiverdes do lado delas, pois todo aquele que resistir a esta ordem será considerado réprobo e estará sujeito a ser executado.

KNIPPERDOLLINCK: A quem anunciou o Senhor a sua vontade? A ti, ou a Jan van Leiden?
Se a ti, por que não está Jan van Leiden aqui presente para sabê-lo, sendo ele, como sucessor de Matthys, o chefe reconhecido de Münster?
Se a ele, por que foste tu encarregado de fazer este anúncio ao povo, sendo eu o porta-espada, aquele que, em autoridade e em poder, vem depois de Jan van Leiden?

ROTHMANN: A palavra de Deus procurou-me e achou-me, eu fui aquele a quem o Senhor escolheu para proclamar a poligamia em Münster.
Deus não se sujeita a hierarquias e respeitos humanos.

GERTRUD VON UTRECHT: Hille Feiken, se o não sabeis, mulheres de Münster, saiu da cidade para ir matar Waldeck, como Judite matou Holofernes.

Se o Senhor quiser que ela volte com vida, permitiremos que um homem qualquer a tire para mulher contra sua vontade?

CORO FEMININO: Não.

Nem a nós.

GERTRUD VON UTRECHT: O anjo do Apocalipse já assinalou Hille Feiken na fronte.

Não pode ser elegida por um simples varão aquela que o Senhor elegeu.

Se o Senhor quiser que Hille Feiken contraia matrimónio, não será justo que seja ela a escolher o homem com quem for casar?

CORO FEMININO: Sim.

Como nós.

ROTHMANN: Insurges-te contra a vontade do Senhor, Gertrud von Utrecht?

Não o faças diante de mim, mas do teu marido.

E não creias, depois do que tenho anunciado, que continuarás a ser mulher única dele.

GERTRUD VON UTRECHT: Adão teve apenas uma mulher, Eva teve apenas um marido, mas eles nasceram diretamente das mãos do Senhor,

Ao passo que nós não somos mais do que filhos de pais e pais de filhos.

Se o Senhor assim o quer, meu marido terá outras mulheres, mas há de o mesmo Senhor permitir que elas sejam como minhas irmãs,

Porque cada uma de nós irá estar mais só tantas vezes quantas as outras forem,

E só juntas seremos o que for cada uma.

KNIPPERDOLLINCK: Se os constrangimentos duma lei, mesmo vinda de Deus, viessem a ter mais força do que a lei da liberdade, que de Deus nos veio,

Então Deus estaria contra Deus.

Direi a Jan van Leiden que nenhuma mulher pode ser obrigada a entregar-se a um homem que ela não queira.

ROTHMANN: Dir-lho-ás depois, agora cabe-me a mim informá-lo da nova vontade do Senhor.

*(Entram JAN VAN LEIDEN e JAN DUSENTSCHUER.)*

JAN VAN LEIDEN: Que se passa? Por que estais todos reunidos aqui?

ROTHMANN: O Senhor falou-me.

JAN VAN LEIDEN: Que te disse o Senhor?

ROTHMANN: Que determinou restabelecer a poligamia na Sua cidade de Münster para mais depressa chegarmos a ser, doze mil por cada tribo, cento e quarenta e quatro mil,

E assim vir o anjo do Apocalipse contar-nos e assinalar-
-nos.

JAN VAN LEIDEN: Cumpra-se a vontade do Senhor.

A primeira escolha será minha, a seguir escolherá Knipperdollinck, depois Rothmann, e finalmente todos os outros homens.

Mas nenhum homem de Münster poderá ter mais mulheres do que Jan van Leiden.

KNIPPERDOLLINCK: Por mim, não temas, Jan van Leiden, que mais estimaria eu ser escolhido do que escolher,

Sinal de que em mim teriam sido encontrados méritos que nem sempre estou certo de ter.

JAN DUSENTSCHUER: *(Rindo-se e saltando sobre a perna sã.)* Que nenhuma mulher que eu queira se atreva a dizer que não me quer,

Coxo sou, mas profeta, e também homem completo, como não poucos gostariam de o ser.

Deus mandou, e vós não tendes mais que obedecer, a Ele e aos homens que representam na terra o Seu poder.

JAN VAN LEIDEN: *(Para GERTRUD VON UTRECHT.)* Serás a primeira entre as minhas mulheres, compartilharás comigo os privilégios e as honras do meu cargo,

Mas deverás considerar-te, a ti mesma, como igual a elas.

Grãos de areia que o mar revolve e leva aonde quer.

GERTRUD VON UTRECHT: Todos estamos, e não só as mulheres, nas mãos de Deus, o Senhor é o mar e a maré.

Que Ele não se retire nunca da praia que somos, deixando-nos ressequidos e deixados uns dos outros.

CORO MASCULINO: Escolhamos as mulheres, já perdemos demasiado tempo.

CORO FEMININO: Pela boca dos homens é que sempre nos tem chegado, Senhor, a expressão da Tua vontade.
  Quando virá, Senhor, o dia em que, diretamente, cara a cara, nos dirás o que a nós sobretudo importa?

JAN VAN LEIDEN: Silêncio.

*(JAN VAN LEIDEN toma GERTRUD pela mão e vai percorrendo a fila das mulheres. Escolhe as mais belas e mais jovens. A cada uma GERTRUD beija e recebe. Seguem-se ROTHMANN e DUSENTSCHUER. Apenas KNIPPERDOLLINCK não se move. Toda esta ação será lenta. Há mulheres que se deixarão levar com satisfação, mas mesmo a resistência das outras será silenciosa. Antes que JAN VAN LEIDEN acabe de escolher, irrompem em cena quatro soldados transportando uma padiola onde há um corpo coberto por um pano.)*

CORO GERAL: Quem trazeis aí?

SOLDADO: Os católicos deixaram-na junto de uma das portas e nós recolhemo-la.

CORO GERAL: Quem é?

*(GERTRUD VON UTRECHT aproxima-se e levanta o pano. Aparece HILLE FEIKEN morta, escurecida pelo veneno e vestida com a camisa destinada a WALDECK.)*

GERTRUD VON UTRECHT: Hille Feiken!

CORO GERAL: Hille Feiken!

GERTRUD VON UTRECHT: Homens de Münster, aqui tendes a mulher que vos faltava.
 Quem de vós a quer agora, quem a vem levantar em braços deste esquife para a levar ao leito nupcial?
 Quem quer beber dos seus lábios o veneno que a matou?

*(O horror faz calar e recuar todos. GERTRUD chora e ri histericamente. JAN VAN LEIDEN puxa-a para trás e empurra-a para junto das outras mulheres. Saem todos. O último será JAN DUSENTSCHUER. Antes de ir-se, roda em volta do corpo como se estivesse fascinado pela desfigurada beleza. HILLE FEIKEN fica só. Pausa. Começam-se a ouvir os ruídos inconfundíveis duma batalha. Os católicos atacam uma vez mais a cidade.)*

### SEGUNDO QUADRO

*O povo reunido na praça espera JAN VAN LEIDEN. À frente do povo estão KNIPPERDOLLINCK, ROTHMANN e os doze JUÍZES DAS TRIBOS DE ISRAEL, cada um destes com a espada que é símbolo da sua autoridade. JAN VAN LEIDEN entra, acompanhado das suas dezasseis mulheres, GERTRUD incluída, e de JAN DUSENTSCHUER.*

JAN DUSENTSCHUER: Calai-vos todos, vai falar Jan van Leiden.

JAN VAN LEIDEN: Àqueles que, no segredo da sua alma, ou talvez conspirando, alguma vez ousaram duvidar da verdade da revelação que fez de mim a autoridade suprema de Münster,

O Senhor veio agora mostrar-lhes o seu traidor engano.

Pois se não fosse essa revelação e o poder que ela me outorgou, o povo de Münster não teria podido vencer o furibundo ataque de Waldeck.

Ali se viu como os nossos homens fuzilaram, bombardearam e queimaram os católicos e os seus mercenários,

Fazendo cair sobre eles o fogo dos mosquetes e da artilharia,

E também como lutaram as nossas mulheres nos parapeitos,

Lançando contra os malvados uma chuva de flechas, pedras, trapos a arder, ensopados em pez negro, e cal viva.

Louvado seja, pois, o Senhor, vencedor das batalhas justas e aliado dos homens justos.

CORO GERAL: Louvado, louvado seja.

JAN VAN LEIDEN: Louvada e exaltada seja também a Sua revelação.

CORO GERAL: Louvada e exaltada seja.

JAN VAN LEIDEN: O tempo é chegado de tornar-me vosso rei,

Porque assim como no Universo não há outro poder senão o de Deus,

Também em Münster, imagem terrenal do céu, não deve haver mais do que um senhor,

Este que vos fala, Jan van Leiden, a quem Deus tem escolhido para ser Seu braço e Sua voz.

*(Movimentos diversos no povo. Perceber-se-á que alguns estão*

*de acordo, que outros duvidam, e que outros, embora disfarçadamente, discordam. Porém, os aplausos são gerais.)*

JAN VAN LEIDEN: Jan Dusentschuer, tu que, desde que cheguei a esta cidade de Münster, sempre me tens bem aconselhado,
Tu serás quem me há de ungir e coroar.

JAN DUSENTSCHUER: De mim, quero só que o futuro recorde que para isso mesmo vim ao mundo.
Porque sendo, como todos os que aqui nos encontramos, testemunha da tua glória,
Serei, também, o instrumento da tua glorificação.

JAN VAN LEIDEN: Vai buscar as vestiduras régias e as insígnias da minha realeza que tenho preparadas. *(JAN DUSENTSCHUER sai.)*
E vós, Juízes das Tribos de Israel, entregai-me as vossas espadas,
Porque a partir de hoje não haverá em Münster outro poder que não seja o meu,
Pois duas vezes sou o vosso rei, segundo a carne e segundo o espírito.

*(Dois a dois, os JUÍZES depõem as espadas no chão, aos pés de JAN VAN LEIDEN. Quando os últimos acabam de entregá-las, entra JAN DUSENTSCHUER à frente de alguns homens, uns transportando uma arca, outros um trono. Dois homens retiram da arca as vestiduras. GERTRUD e outra das mulheres de JAN VAN LEIDEN vestem-no. JAN VAN LEIDEN senta-se no trono.)*

JAN DUSENTSCHUER: Por decreto do Pai, eu te unjo para que sejas Rei do povo de Deus no Novo Templo, e em presença de todo o povo te proclamo guia da Nova Sião.

*(Sucessivamente, JAN DUSENTSCHUER unge e coroa JAN VAN LEIDEN. Depois entrega-lhe o cetro e uma maçã de ouro, símbolo do império universal. A maçã, atravessada por duas espadas, está rodeada por uma faixa horizontal que sustém uma cruz, e é rematada por uma coroa.)*

JAN VAN LEIDEN: Gertrud, minha primeira mulher, a quem chamo para vir sentar-se à minha direita, será a vossa rainha.
Tomará o nome novo de Divara, que é mais próprio do seu novo estado.
E vós, minhas outras mulheres, vinde também para aqui, disponde-vos a um e outro lado do trono para servir-me, como os anjos no céu estão servindo o Senhor.

JAN DUSENTSCHUER: Homens e mulheres de Münster, aclamai o vosso rei.

CORO GERAL: Real, real, por Jan van Leiden, rei de Münster.

*(De súbito, alguns homens avançam de entre a multidão. Dirigem-se ao trono, e um deles, HEINRICH MOLLENHECK, põe a mão em JAN VAN LEIDEN.)*

HEINRICH MOLLENHECK: Cidadãos de Münster, se esta foi a cidade escolhida por Deus para ser a Nova Sião,
Por que haveria de querer o Senhor que o rei dela fosse alguém que não é de Münster?

E, se como rei aceitarmos este, por que terá ele de sê-lo segundo a carne e segundo o espírito?

Que mantenha o governo da cidade e o comando da sua defesa, bem está, mas muito melhor seguiriam as nossas consciências a Berndt Knipperdollinck do que a Jan van Leiden.

JAN VAN LEIDEN: *(Em tom sereno.)* Tu és Heinrich Mollenheck?

HEINRICH MOLLENHECK: Sim.

JAN VAN LEIDEN: E tu, Berndt Knipperdollinck, meu porta-espada, que pensas tu do que este acaba de propor,
De seres tu o rei segundo o espírito, e eu segundo a carne?

KNIPPERDOLLINCK: Penso que tem razão, que dessa maneira serviríamos melhor a Deus e a Münster.

JAN VAN LEIDEN: Pois eu digo-te que o melhor para ti será não o pensares, se quiseres continuar a merecer a minha confiança.

E que não te ocorra invocar qualquer suposta revelação, que o Senhor te tenha feito ou venha a fazer, em favor de tão perigosa ideia,

Porque Deus, em Münster, só a mim fala, e a ninguém mais.

*(Mudando de tom, mas conservando ainda a serenidade, e dirigindo-se à multidão.)*

Quem mais, entre vós, está de acordo com a proposta de Heinrich Mollenheck?

*(Alguns homens adiantam-se e vão juntar-se a Mollenheck.)*

JAN VAN LEIDEN: *(Gritando, furioso.)* Ides morrer todos!

Soldados, prendei e levai daqui a quem ofendeu a Deus ofendendo-me a mim, a quem, por ter-me desobedecido, desobedeceu a Deus.

Levai-os e matai-os já, quero ouvir-lhes os gritos.

*(Os soldados levam para fora os insurretos. Ouvem-se sons de golpes, mas nenhuma voz. Os soldados regressam.)*

JAN VAN LEIDEN: Então?

SOLDADO: A tua ordem foi cumprida.

JAN VAN LEIDEN: Mas eu não ouvi gritar.

SOLDADO: Não gritaram.

JAN VAN LEIDEN: *(Tom de despeito.)* Gritarão no inferno. *(Rindo.)* E já gritam, já gritam.

Abriram-se as portas da casa do Diabo para os receber, as chamas queimam-nos, as forquilhas dos demónios espetam-lhes as carnes.

São as penas eternas a que, pelas suas próprias ações, se condenarão aqueles que se rebelarem contra a minha autoridade.

Ah, que não sabeis ainda, vós todos, até onde pode chegar o meu poder!

KNIPPERDOLLINCK: Sabemos que não chegará aonde só o

poder divino chega, sabemos, também, o que tu nunca deverias ter esquecido:
Que somos, todos juntos, o povo eleito de Deus, e que, perante Ele, qualquer de nós é igual a todos os outros.

JAN VAN LEIDEN: Deixam de ser iguais quando se lhes separa a cabeça do tronco, Knipperdollinck.

KNIPPERDOLLINCK: Não te iludas, Jan van Leiden.

JAN VAN LEIDEN: *(Interrompendo.)* Rei.

KNIPPERDOLLINCK: Não te iludas, rei.
O que Deus faz mais facilmente é colar cabeças cortadas.

ROTHMANN: Cuidado, não dividamos nós o que Deus quer manter unido.
Tu, Knipperdollinck, tens razão quando protestas a nossa igualdade diante daquele Senhor
A quem todos daremos contas finais no Dia do Juízo.
Mas Jan van Leiden, sendo o nosso rei, é quem, em cada dia da vida, terá de responder por nós perante o trono de Deus.

JAN VAN LEIDEN: Não voltes a este assunto, Knipperdollinck, não quero ter de dar a Deus o trabalho de colar a tua cabeça.

KNIPPERDOLLINCK: Proibiste-me de falar das minhas revelações, mas não me podes impedir de tê-las.
Fica então sabendo que morreremos juntos, Jan van Leiden.

JAN VAN LEIDEN: Quando? Onde?

KNIPPERDOLLINCK: Tudo quanto sei dizer-te é que, onde e quando aconteça, estaremos juntos.

JAN DUSENTSCHUER: Observa, ó rei, como Knipperdollinck é subtil.
Ou tu não crês na revelação que ele te acaba de anunciar, e então poderás, se quiseres, agora mesmo, mandá-lo matar.
Ou, pelo contrário, acreditas que ela é verdadeira, e nesse caso temerás perder a vida no instante preciso em que a tirares a ele.

JAN VAN LEIDEN: *(Tendo sombriamente refletido.)* Permaneçamos juntos.
*(Outro tom, voz mais forte.)* Em substituição dos Juízes das Tribos de Israel, cujas espadas me foram entregues,
Nomeio, para me ajudarem no governo da cidade, como é de uso na Flandres, quatro conselheiros reais.
Tu, Knipperdollinck, porque quero ver-te morrer quando chegar a minha hora,
Tu, Rothmann, porque a minha língua sempre precisará das tuas palavras,
Tu, Jan Dusentschuer, porque és como o cautério que faz uma ferida onde outra já existia e assim cura a ambas.
*(Pausa.)* E tu, Heinrich Krechting, que foste sacerdote católico, para que não me esqueça de como pensam os nossos inimigos.
Esta é, povo de Münster, a corte real anabatista, a que deveis obediência.

CORO GERAL: Viva Jan van Leiden, viva o rei dos anabatistas de Münster!

ROTHMANN: *(Pregando.)* Amados irmãos, soou a hora da vingança.

Demasiado temos suportado a insolência da besta de três cornos de que falou Daniel, e que é o Papado com a sua tiara de três coroas.

Mas Deus, em Jan van Leiden, exaltou o David prometido e armou-o para a vingança e o castigo de Babilónia e seus moradores.

Por conseguinte, amados irmãos, armai-vos para a batalha,

Não só com a humilde arma dos apóstolos, o sofrimento, mas também com a armadura magnífica de David, a da vingança,

Para extirpar, com a potência e a ajuda de Deus, todo o poder de Babilónia e todas as instituições dos ateus.

Que Deus, Senhor dos senhores, que determinou e predisse pela boca dos Seus profetas tudo isto desde o princípio do mundo,

Desperte o vosso coração com o poder do Seu espírito e vos dê armas, assim como a todo o Seu povo de Israel.

*(Aclamações. Com JAN VAN LEIDEN e DIVARA à frente, seguidos dos quatro conselheiros e das restantes mulheres do rei, organiza-se e desfila um cortejo. Notar-se-á que ROTHMANN, entre outros, exibe as suas próprias mulheres.)*

**TERCEIRO QUADRO**

*Na praça, JAN VAN LEIDEN e os seus conselheiros, ROTHMANN, KNIPPERDOLLINCK, DUSENTSCHUER e KRECHTING.*

JAN VAN LEIDEN: Irmãos conselheiros, a notícia de que Waldeck, após as duas derrotas que lhe infligimos, decidiu apertar o bloqueio e fazer render a cidade pela fome,
Mostra que deixou de confiar na sorte das armas.
Deus está connosco.

KNIPPERDOLLINCK: E nós estamos com Deus.
Mas a situação torna-se mais difícil cada dia que passa, as vitórias que alcançámos custaram-nos muitas vidas.
Ameaçados agora de fome, quando são já tantas as privações que vimos sofrendo, deveríamos pedir auxílio aos nossos irmãos, onde quer que estejam.
Se a Waldeck se aliaram os príncipes, é a hora de o povo de Deus acudir a Münster.
Muitos, seremos vencedores, poucos, seremos mártires.

KRECHTING: Knipperdollinck tem razão, precisamos de ajuda urgente.

JAN VAN LEIDEN: Antes que o bloqueio se torne intransponível, enviarei apóstolos aos quatro cantos da terra.
Eles levarão a mensagem da Nova Sião, o apelo para que se juntem a nós os nossos irmãos da Alemanha, dos Países Baixos, da Bélgica e da Suíça.
Jan Dusentschuer, tu irás com eles.

JAN DUSENTSCHUER: Duas pernas sãs não andariam mais depressa.

JAN VAN LEIDEN: Ouvistes a resposta de Jan Dusentschuer.
Sem a ajuda de Deus, Münster seria como uma perna sã e uma perna coxa, com a graça de Deus caminhamos gloriosamente sobre duas pernas e os nossos passos fazem tremer a terra.
*(Pausa.)* O povo de Münster demonstrará, diante dos nossos olhos, a sua lealdade para com o Pai Celestial.
Que nada do que virdes vos surpreenda, porque nada, neste mundo, poderá ser mais surpreendente do que a existência de Münster e a sua fé.

ROTHMANN: Que queres que façamos?

JAN VAN LEIDEN: Nada, contentai-vos com olhar.

*(JAN VAN LEIDEN bate palmas. Perceber-se-á que se tratou de um sinal, porque imediatamente aparece um homem trazendo uma trombeta. A um gesto de VAN LEIDEN, o homem faz soar o instrumento longamente. Acorrendo de todos os lados, o povo irrompe na praça. Há inquietação e ansiedade no ar.)*

CORO GERAL: Que se passa? Por que nos chama assim a trombeta, como se este fosse o Dia do Juízo Final?
Diz-nos, ó rei, a que viemos, tão imperiosamente convocados, que para responder ao teu apelo abandonámos as nossas ocupações e a própria defesa da cidade.

JAN VAN LEIDEN: Não o teríeis feito se não tivésseis confiança no poder de Deus e em mim.

Deus ficou de guarda às nossas muralhas, e eu anuncio-vos a chegada iminente de muitos irmãos, membros da Aliança, que vêm em nosso auxílio.

CORO GERAL: Viva! Viva!

KNIPPERDOLLINCK: Não é verdade.

JAN DUSENTSCHUER: Lembra-te do que ele disse: contentemo-nos com olhar.

Vejamos aonde quer levar-nos com esta nova perna.

ROTHMANN: *(Extático.)* Jan van Leiden é o trono de David, e David humilhará a todos os inimigos.

Então, o pacífico Salomão, o Rei eterno e Deus ungido, Cristo, ocupará e possuirá o trono de Seu pai, e o Seu Reino não terá fim.

JAN VAN LEIDEN: O exército de Waldeck e dos príncipes seus aliados rodeia a cidade, para cá apontam as bocas dos seus mosquetes e dos seus canhões,

Mas o Senhor ordenou-me que saíssemos a receber em campo aberto os nossos irmãos,

E isso faremos, levando como únicas armas as bandeiras de Münster desfraldadas,

Porque o Senhor é a nossa força e o nosso escudo, e Ele nos livrará de todo o mal.

KNIPPERDOLLINCK: Não permitirei que o povo saia.

Já se esqueceu Jan van Leiden de Jan Matthys e de Hille Feiken?

Também eles saíram e foram mortos.

Quantos cadáveres mais quer este rei ver a seus pés?

KRECHTING: Cala-te, talvez que tudo isto não passe de uma comédia.

JAN VAN LEIDEN: Quem quer vir comigo, ao encontro dos nossos irmãos?

*(O povo hesita. Alguns braços levantam-se timidamente, outros imitam-nos. Por fim, num movimento que se veio acelerando, todos os braços aparecem levantados.)*

JAN VAN LEIDEN: Assim alçadas, as vossas mãos estão mais perto de Deus.

Formai como soldados, erguei as bandeiras.

Que alguns de vós vão adiante para abrir as portas da cidade.

Deus já encravou os canhões e os mosquetes dos nossos inimigos, nenhuma das espadas do exército de Waldeck poderá sair da bainha, porque as mãos dos anjos do Senhor acorrerão a suspender as mãos dos soldados.

Deus de Israel, grande é o Teu poder, infinita a Tua misericórdia.

*(O povo, embora sem excessivas demonstrações de entusiasmo, dispõe-se numa longa coluna de marcha. JAN VAI LEIDEN vai colocar-se à frente dela e faz sinal de avançar. Dão alguns passos.)*

JAN VAN LEIDEN: Alto! Aonde ides?

CORO GERAL: Aonde nos mandaste, a receber os nossos irmãos.

JAN VAN LEIDEN: *(Levantando as mãos ao céu.)* Senhor, Tu viste como o Teu povo acaba de dar-Te, se precisa Te era ainda, definitiva prova da sua lealdade,
 Pois bastou que a minha voz, que Tua é, o convocasse, sendo tão evidente o perigo duma saída dos muros da cidade,
 Para que, com alegre coração, fiado no Teu poder e na Tua misericórdia, se dispusesse a ir, sem armas, aonde só com elas prevalece a esperança de sobreviver.
 *(Para o povo.)* Descansai, não tereis de sair a receber irmãos nossos, vós sois os que acabais de ser recebidos pelo Pai Celestial,
 Pois a lealdade é o mais direto caminho para chegar ao Seu coração.
 Contudo, não o esqueçais nunca: ser leal ao Pai do Céu significa ser também leal a quem é vosso pai na terra e vosso rei. *(Aplausos da multidão.)*

KRECHTING: *(Para KNIPPERDOLLINCK.)* Eu bem te tinha dito que se tratava duma comédia.

KNIPPERDOLLINCK: Não se pode jogar desta maneira com a fé das pessoas, proíbem-no o respeito e a caridade.

KRECHTING: Ele é o rei e fala em nome de Deus.

KNIPPERDOLLINCK: Se Deus, apesar de todo o Seu poder, está obrigado a respeitar a fé que Nele temos,
Muito mais obrigados a respeitá-la estarão aqueles que falam em Seu nome.

*(Aproximam-se ROTHMANN e JAN DUSENTSCHUER.)*

ROTHMANN: Ouvi o que disseste, Knipperdollinck.
Deverei concluir das tuas palavras que não reconheces nem acatas a autoridade?

KNIPPERDOLLINCK: Concluirias erradamente.
Reconheço e acato a autoridade da consciência, que é filha de Deus.

ROTHMANN: Deus tem um Filho só, não dois.

KNIPPERDOLLINCK: São seus filhos todos os homens, e a irmã dos homens é a consciência.
Deus no-la enviará, mais tarde ou mais cedo.

JAN DUSENTSCHUER: Discutireis essas teologias novas noutra ocasião.
Jan van Leiden faz sinal de querer falar, ouçamo-lo.

*(Durante o diálogo de KRECHTING, KNIPPERDOLLINCK, ROTHMANN e JAN DUSENTSCHUER, desenvolvido rapidamente, JAN VAN LEIDEN andou entre a multidão a receber saudações e homenagens do povo que vai ajoelhando à sua passagem.)*

JAN VAN LEIDEN: Arauto, faz soar a tua trombeta.

*(Ao som da trombeta começam a entrar homens e mulheres transportando grandes mesas. Outros homens e outras mulheres colocam comida sobre elas. O povo aplaude o aparecimento dos manjares, mas não se aproximará enquanto não lhe for dada permissão.)*

JAN VAN LEIDEN: Descrentes já de poderem vencer-nos pelas armas, Waldeck e os príncipes querem agora reduzir-nos pela fome,

Mas o Senhor multiplicará mil vezes a comida que vedes sobre essas mesas porque em Seu nome a tomaremos.

Aproxima-te, povo de Deus, vem comer deste alimento da alma, pois este é, verdadeiramente, o banquete messiânico do monte Sião, o Paraíso do Corpo de Cristo.

*(Alegres, de uma alegria solene e mística, homens e mulheres sentam-se às mesas. JAN VAN LEIDEN e DIVARA servirão pessoalmente os manjares, enquanto o povo entoa salmos.)*

CORO GERAL: O que habita sob a proteção do Altíssimo e mora à sombra do Omnipotente, pode exclamar ao Senhor:

"Vós sois o meu refúgio e a minha cidadela, o meu Deus em que confio!"

Ele te há de livrar da armadilha do caçador, como peste maligna,

Com Suas penas te há de proteger, debaixo das Suas asas encontrarás refúgio, a Sua fidelidade é um escudo e uma couraça.

Não temerás o terror da noite, nem a seta que voa durante o dia.

Nem a peste que alastra nas trevas, ou o flagelo que tudo destrói ao meio-dia.

Podem cair mil à tua esquerda, e dez mil à tua direita, tu não serás atingido.

Basta que abras os olhos, logo verás a recompensa dos ímpios.

O Senhor é o teu único refúgio, o Altíssimo o teu único auxílio.

Nenhum mal te acontecerá, a epidemia não tocará a tua tenda.

É que Ele deu ordens aos Seus anjos para te protegerem em todos os caminhos.

Tomar-te-ão nas palmas das mãos, não aconteça ferires, nas pedras, os teus pés.

Poderás caminhar por cima de serpentes e víboras, calcar aos pés leões e dragões.

"Porque acredita em mim, salvá-lo-ei, defendê-lo-ei porque conhece o meu nome.

Quando me invocar hei de responder-lhe, aquando da sua angústia estarei ao seu lado, para o salvar e para o honrar.

Hei de saciá-lo com dias longos, hei de mostrar-lhe a minha salvação."

*(Terminado o banquete, segue-se uma comunhão solene em que JAN VAN LEIDEN, DIVARA e OS CONSELHEIROS do reino repartirão o pão e o vinho.)*

CORO GERAL: O meu coração, Senhor, está contente, quero cantar-Vos e louvar-Vos!

Avante, ó minha glória, despertai, harpa e cítara, quero despertar a aurora!

Louvar-Vos-ei, Senhor, perante os povos, cantar-Vos-ei perante as nações.

O Vosso amor é maior que os céus e a Vossa fidelidade chega até às nuvens.

Elevai-Vos, Senhor, sobre os céus! Sobre a terra inteira, o Vosso esplendor!

Para que sejam livres os Vossos amigos, que a Vossa direita nos socorra,

Respondei-nos!

## QUARTO QUADRO

*O ambiente, sombrio, contrasta com a alegria do final do quadro anterior. A falta de alimentos já começou a causar os seus terríveis efeitos. O povo está reunido na praça e entoa um salmo.*

CORO GERAL: Senhor, ouvi a minha prece, e chegue até Vós o meu clamor.

Não me oculteis o Vosso rosto no dia da minha angústia, inclinai para mim o Vosso ouvido, no dia em que Vos invocar apressai-Vos a responder-me.

Porque os meus dias esvanecem-se como o fumo, e os meus ossos ardem como um braseiro.

Fui abatido como a erva e o meu coração resseca-se.

À força de gemer apegam-se os ossos à carne.

Sou semelhante ao pelicano no deserto, sou como a coruja entre as ruínas.

Não durmo e suspiro como pássaro solitário sobre o telhado.

Os meus inimigos insultam-me todo o dia, como dementes, proferem imprecações contra mim.

Em vez de pão, como cinza, e aminha bebida mistura-se com lágrimas.

*(Entra JAN VAN LEIDEN acompanhado de DIVARA e das restantes mulheres. Entram também os CONSELHEIROS, exceto JAN DUSENT-SCHUER, que partiu já de Münster, juntamente com outros apóstolos. O povo ajoelha à passagem do rei.)*

JAN VAN LEIDEN: Que é isto, fiéis anabatistas? Que tristes palavras ouço eu das vossas bocas?
Esta dor que sofremos, esta escassez, não são, ao contrário do que vos parece, sinais de que o Senhor nos rejeitou.
Eu, vosso Rei, digo-vos que o Senhor está connosco, não nos abandonou, como não abandonou a Job na sua miséria.
A hora não é, pois, de lamentações, mas de júbilo, porque o dia da salvação vem perto e, com ele, chegará o castigo dos ímpios.

CORO GERAL: Não duvides, ó rei, da minha paciência, não duvides da fé que me guia, mas este corpo, de tão exausto e faminto que o levo, já mal pode reter o espírito.

JAN VAN LEIDEN: Ânimo, povo de Münster!
Cantemos ao Senhor um cântico novo, os Seus louvores.
Alegre-se Israel no seu Criador.
Os filhos de Sião exultam no seu Rei.
Celebram o Seu nome com a dança, cantam-lhe com as harpas e os tambores.
O Senhor, em verdade, ama o Seu povo e adorna os humildes com a vitória.
Aleluia!

CORO GERAL: Aleluia!

JAN VAN LEIDEN: Vamos, vamos, mexam-me esses braços e essas pernas, quero ver-vos dançar a todos.
 E essas vozes, soltai-me essas vozes, que as ouça, jubilosas, o inimigo, não vá ele pensar que estais morrendo de inanição.
 Knipperdollinck, dá tu o exemplo ao povo, não chega seres conselheiro, sê também dançarino.
 Dança, dança, diante do trono de David, diante do teu rei.

KNIPPERDOLLINCK: Não desperdicemos em bailes a força de que precisamos para a guerra.

JAN VAN LEIDEN: Dança, Knipperdollinck, dança, olha que não to direi três vezes.

 *(KNIPPERDOLLINCK hesita, mas obedece e começa a dançar. Pouco a pouco, a multidão vai-se movendo e acompanha-o. Ouvem-se os instrumentos. KNIPPERDOLLINCK para de dançar, o povo prossegue.)*

JAN VAN LEIDEN: Já te cansaste?

KNIPPERDOLLINCK: Não pude continuar a dançar porque me lembrei, subitamente, dos apóstolos que mandaste aos quatro cantos da terra, segundo o teu dizer.
 Vinte e sete foram os que partiram daqui, e, tirando um deles, de quem é lícito suspeitar que seja traidor, todos acabaram mortos.

Morto foi também aquele Jan Dusentschuer que te coroou, e eu não vi nos teus olhos uma lágrima de pena quando recebeste a notícia da sua morte, nem no teu rosto um sinal de dor.

JAN VAN LEIDEN: Já viste chorar algum carrasco, Knipperdollinck?
Os reis são como os carrascos, não choram, e queres saber porquê?
Porque não podem chorar por si próprios.

KNIPPERDOLLINCK: Talvez os carrascos e os reis consigam chorar por si próprios à hora da morte.

JAN VAN LEIDEN: Não sei, nunca vi morrer nenhum rei nem nenhum carrasco.
Sabes, Knipperdollinck, em que estou a pensar agora?
Que deveria ter-te mandado com os outros.

KNIPPERDOLLINCK: A estas horas estaria morto.

JAN VAN LEIDEN: Ou terias traído.

KNIPPERDOLLINCK: Tranquiliza-te, Jan van Leiden, eu sou daqueles que podem chorar por si próprios, mas que a si próprios não se traem nunca.
Guarda tu a tua realeza e cuida de ser sempre digno dela.
Entretanto, vai contando os teus mortos.

*(A dança, aos poucos, tem vindo a esmorecer. As forças do povo*

*já não são muitas. A atmosfera sombria volta a cair sobre a cena. Há no ar um pressentimento de tragédia.)*

JAN VAN LEIDEN: Um rei não conta mortos, conta vitórias.
*(Falando para o povo.)* E vós, haveis parado, porquê?
Se eu vos digo que danceis, deveis dançar, pois a tristeza e o desgosto não encontram graça aos olhos do Senhor.
Dançai, dançai todos!

*(Quase desfalecendo, aos tombos, o povo recomeça a dançar. Alguns caem, outros tentam reerguê-los e caem também. A cena é dolorosa.)*

KNIPPERDOLLINCK: Deus não pode querer esta violência.

ROTHMANN: O Senhor aceita o castigo justo, não a punição sem causa.

JAN VAN LEIDEN: Que sabeis vós do que aceita e quer o Senhor?
Eu sou aquele que decide em Seu nome, e eis o que tenho decidido,
Ao ver como miseravelmente se arrastaram na dança esses velhos, essas mulheres e essas crianças, de nenhuma utilidade para a defesa da cidade.
Precisamos, sim, de braços e peitos fortes, não de bocas inúteis que nem merecem o pão que comem.

KRECHTING: Tremo de imaginar o que decidiste.

JAN VAN LEIDEN: Tremerás ainda mais quando o souberes, e eles muito mais do que tu.

KNIPPERDOLLINCK, ROTHMANN: Fala.

JAN VAN LEIDEN: O Senhor o quer, eu o anuncio.
Bem mais do que a mesquinha vida de cada um, é a cidade que tem de ser salva.

Os velhos já não nos servem para nada, as crianças serviriam, sim, se houvesse tempo para deixá-las crescer, e as mulheres, aquelas que não encontraram quem as quisesse, é como se não existissem.

Saiam pois da cidade todos esses, mulheres, velhos, crianças, que o Senhor, se assim o entender, os salvará.

E se a justiça do Senhor os rejeitar, então que morram, para que, com o sacrifício do seu sangue, mais cedo possa salvar-se Münster.

*(Gritos de horror e protesto. As vítimas designadas, como se se tivessem procurado umas às outras, reúnem-se num lamentoso rebanho. As mulheres de JAN VAN LEIDEN rodeiam-no como para interceder junto dele.)*

KNIPPERDOLLINCK: Não sejas hipócrita, Jan van Leiden.
Sabes bem que se deitas fora estes desgraçados, a quem estás fazendo desesperar de Deus, eles serão trucidados pelos católicos mal ponham pé fora das portas.

JAN VAN LEIDEN: E daí?
Deus elegeu-nos a todos para Seu povo, mas nem todos poderão sentar-se à Sua direita.

ELSE WANDSCHERER: E onde te sentarás tu, Jan van Leiden?

(ELSE WANDSCHERER *desafia frontalmente* JAN VAN LEIDEN. *As outras mulheres reagem assustadas.* DIVARA *tenta dissuadir e afastar* ELSE.)

JAN VAN LEIDEN: Falaste comigo?

ELSE WANDSCHERER: Não há aqui outro Jan van Leiden, não há aqui outro a quem eu possa fazer a pergunta,
Porque de nenhum outro tenho tanto a certeza de que não virá a sentar-se à direita de Deus.

JAN VAN LEIDEN: Estou tentado a fazer-te sair da cidade com aqueles.

ELSE WANDSCHERER: Não tens mais que dizer-mo, ou nem precisarás, porque eu própria, por meu pé, me juntarei a eles.

JAN VAN LEIDEN: Farás só o que eu te disser, porque, sendo minha mulher, e neste momento já a última delas, não tens nem querer nem vontade.

ELSE WANDSCHERER: Tenho a vontade e o querer bastantes para dizer-te, homem cruel, que se foi Deus quem fez de ti nosso rei, e não, como creio, a tua ambição,
Então é porque Deus quer que se perca Münster, e mais vale que aqui mesmo nos percamos já todos.
Quisesse o Senhor que nos salvássemos, e não te teria trazido a Münster.
Não terá sido, antes, o Diabo que aqui te trouxe?
Um dia disseste que ofender-te a ti era o mesmo que ofender a Deus.

Pois eu respondo-te que Deus não se ofende senão quando a inocência é ofendida.
Porque Ele próprio estava inocente e foi sacrificado.

JAN VAN LEIDEN: Sabes tu, Else Wandscherer, por que não te mando para fora da cidade com esses de quem te apiedas tanto?

ELSE WANDSCHERER: Tu o sabes, tu o dirás.

JAN VAN LEIDEN: Porque por minhas próprias mãos te vou matar.

*(Confusão. DIVARA põe-se diante de ELSE WANDSCHERER, para a proteger.)*

DIVARA: *(Para JAN VAN LEIDEN.)* Sou a tua primeira mulher, escuta-me.

JAN VAN LEIDEN: Primeira, segunda ou última, sois todas iguais.

DIVARA: Todas iguais, sim, porque nos reconhecemos irmãs quando nos imaginavas rivais.
O teu gozo de homem, que vieste buscar a cada uma de nós, ficou fechado dentro de ti, mas o nosso, quando o tivemos, partilhámo-lo.
Tu, Jan van Leiden, não sabes quem nós somos.

JAN VAN LEIDEN: Sois mulheres, e isso basta-me.
Tira-te da minha frente.

DIVARA: Foge, Else, foge.

ELSE WANDSCHERER: Ninguém pode fugir da sua morte.

JAN VAN LEIDEN: Tens razão, mulher sábia.
Morre, pois.

(*JAN VAN LEIDEN, furioso, apunhala ELSE. DIVARA e as outras mulheres amparam-na. Murmúrios ameaçadores ouvem-se entre a multidão, mas JAN VAN LEIDEN faz um sinal aos soldados, que, imediatamente, rodeiam aqueles que vão ser expulsos e começam a empurrá-los para fora. Choros e lamentos que, aos poucos, se extinguem na distância. Longa pausa. Soam enfim gritos: os velhos, as mulheres e as crianças estão a ser mortos fora dos muros.*)

DIVARA: Deus tem na Sua mão direita uma taça e na Sua mão esquerda outra taça.
Na taça da mão direita guarda aquela parte do nosso sangue que os inimigos fizeram verter.
Na taça da mão esquerda está a outra parte do nosso sangue, a que nós próprios fizemos derramar.
Eis que a taça da mão esquerda deitou por fora com o sangue destas vítimas.
Eis que está chegando o dia em que a taça da mão direita receberá o sangue que ainda nos resta.
Senhor, por que foi que nos criaste? Senhor, por que nos abandonas?

*QUINTO QUADRO*

*O bloqueio reduziu a cidade aos últimos extremos da penúria. Apesar disto, e embora submetido à tirania de* JAN VAN LEIDEN, *o povo conserva o fervor religioso. Reunidos na praça, os habitantes de Münster dirigem uma súplica a Deus.*

CORO: Até quando, Senhor, me esquecereis tão duramente?
Até quando me escondereis a Vossa face?
Até quando trarei a minha alma em cuidados, com a tristeza todos os dias em meu coração?
Até quando prevalecerá o meu inimigo sobre mim?
Olhai-me, respondei-me, Senhor meu Deus!
Iluminai os meus olhos para que não adormeça na morte.
Que o meu inimigo não diga: "Venci-o", e os meus adversários se regozijem da minha queda.
Eu confiei na Vossa misericórdia.
Alegre-se o meu coração na Vossa salvação!
Que eu cante ao Senhor pelos benefícios que me concedeu!

*(O povo retira-se, repetindo os três últimos versículos. Em cena ficam apenas dois homens,* HANS VAN DER LANGENSTRATEN *e* HEINRICH GRESBECK.*)*

HANS VAN DER LANGENSTRATEN: A misericórdia de Deus voltou-nos as costas, a Sua salvação desprezou-nos, os Seus benefícios vão para outros.

HEINRICH GRESBECK: Não há comida em Münster, não se encontra na cidade cão ou gato porque já todos foram devorados,

E mesmo os grandes ratos têm de esconder-se bem fundo nas suas madrigueiras para escaparem à fome dos humanos.

HANS VAN DER LANGENSTRATEN: Deus, afinal, é católico, e nós não o sabíamos.

HEINRICH GRESBECK: Talvez Deus não seja católico, talvez não seja protestante, talvez não seja senão o nome que tem.

HANS VAN DER LANGENSTRATEN: Que fazemos nós aqui, então?

HEINRICH GRESBECK: Aqui, onde? Em Münster?

HANS VAN DER LANGENSTRATEN: Na terra.

HEINRICH GRESBECK: De certo modo, nada, de certo modo, tudo.
O nada é feito de tudo, mas o tudo é igual a nada.

HANS VAN DER LANGENSTRATEN: Sendo assim, todos os nossos atos são indiferentes, todos valem o mesmo.

HEINRICH GRESBECK: Sim, todos valem o mesmo.
Nada.

HANS VAN DER LANGENSTRATEN: Se nós abríssemos as portas de Münster ao inimigo, seria uma traição.

HEINRICH GRESBECK: Que é uma traição aos olhos de Deus?

HANS VAN DER LANGENSTRATEN: Disseste que talvez Deus não seja senão o nome que tem.

Seja Ele um nome, ou mais do que um nome, a traição, que é coisa de homens, não significaria nada aos Seus olhos.

HEINRICH GRESBECK: Significaria, sim, se, de cada vez que traíssemos, soubéssemos de que lado Ele está.

Não pode ser chamado traidor quem a Deus favoreceu.

HANS VAN DER LANGENSTRATEN: Deus não está do lado de Münster.

HEINRICH GRESBECK: Logo, trair Münster não seria trair Deus.

HANS VAN DER LANGENSTRATEN: Se Deus estivesse do lado de Münster, sim.

HEINRICH GRESBECK: Mas Deus não está do lado de Münster.

HANS VAN DER LANGENSTRATEN: Não.

HEINRICH GRESBECK: Que faremos, então?

HANS VAN DER LANGENSTRATEN: Trairemos Münster para não trair Deus.

HEINRICH GRESBECK: E se Deus não é mais do que o nome que tem?

HANS VAN DER LANGENSTRATEN: Um dia se saberá, mas nós não o saberemos.

HEINRICH GRESBECK: Todo o ato humano é cometido nas trevas, todo o ato humano é criador de trevas.
Deus não é luz suficiente.

HANS VAN DER LANGENSTRATEN: Não há, pois, outro Diabo senão o homem, e a terra é o lugar único do inferno.

HEINRICH GRESBECK: Traímos?

HANS VAN DER LANGENSTRATEN: Traímos.

*(Saem HANS VAN DER LANGENSTRATEN e HEINRICH GRESBECK. Pausa. Entra o cortejo real, e também o povo, cantando um salmo, ao mesmo tempo que se vai ajoelhando diante de JAN VAN LEIDEN.)*

CORO: Eu vos amo, Senhor, minha força.
Senhor, minha rocha, minha fortaleza e meu refúgio.
Meu Deus e meu abrigo em que me refugio.
Meu escudo, minha defesa e meu castelo.

JAN VAN LEIDEN: Assim me agrada ouvir-vos,
Que, dirigindo-vos ao vosso Pai Celestial, usais as palavras que igualmente deveis ao vosso Rei.
Pois eu sou, em verdade, na terra, o vosso escudo, a defesa vossa, o vosso castelo.

*(Irrompem subitamente os soldados do exército de WALDECK. Apanhado de surpresa, o povo de Münster mal pode defender-se. Homens e mulheres vão caindo mortos. Uns poucos fogem. Os soldados de Waldeck rodeiam JAN VAN LEIDEN, KNIPPERDOLLINCK, BERNDT KRECHTING, DIVARA e algumas das outras MULHERES DO REI. NA*

CONFUSÃO, ROTHMANN *é morto. Entra o bispo* WALDECK, *rodeado dos príncipes alemães seus aliados. Grande aparato militar.)*

WALDECK: Deus venceu, louvado seja Deus.
Eis que calcamos aos pés a hidra da heresia e lhe faremos pagar os seus crimes.
Não invoqueis, malditos, a misericórdia do Senhor, porque é Ele quem vos quer exterminados.
Eu sou apenas o braço da justiça de Deus.
Nenhuma lágrima vossa afastará o cutelo da vossa garganta.
Nenhuma súplica desviará do seu caminho a gadanha que vos ceifará e lançará fora.
Mas se quereis ainda esperar alguma mercê de Deus no outro mundo,
Abjurai dos vossos erros, aqui, diante de mim, como diante da Santa Madre Igreja Católica Apostólica Romana, que, seu bispo, represento.
Abjurai!

*(Silêncio.* WALDECK *vai e vem diante dos prisioneiros. Acompanha-o um* CAPITÃO. *Para diante do grupo das mulheres.)*

WALDECK: Quem são?

CAPITÃO: As mulheres de Jan van Leiden.

WALDECK: Tantas rainhas para um rei?

CAPITÃO: Só a esta *(Aponta* DIVARA.*)* é que chamam rainha.

WALDECK: *(Para DIVARA.)* Como te chamas?

DIVARA: Queres saber o meu nome de mulher, ou o meu nome de rainha?

WALDECK: Como não reconheço em ti qualquer dignidade real, diz-me como te chamavas quando eras mulher.

DIVARA: Gertrud von Utrecht.

WALDECK: Falaremos daqui a pouco.
*(Para as outras mulheres.)* Quanto a vós, concubinas de um falso rei, o meu desprezo é tanto que estou inclinado a poupar-vos a vida.
Abjurai e ide-vos daqui.
Os meus soldados estão desejosos de carne fresca, podeis prosseguir, com eles, a vossa carreira de prostitutas.

CORO DAS MULHERES: Não abjuraremos, não renunciaremos à nossa fé.
E não nos chames prostitutas, bispo, que não há maior prostituta que essa Roma a quem serves.

WALDECK: Matai-as.

*(Os soldados lançam-se sobre as mulheres e apunhalam-nas.)*

WALDECK: Onde está Rothmann?

CAPITÃO: *(Apontando o chão.)* Ali.

WALDECK: Morto?

CAPITÃO: Sim.

WALDECK: Teve sorte, protegeu-o o Diabo. *(Para BERNDT KRECHTING.)* Tu, quem és? Heinrich Krechting, o conselheiro deste rei de palha?

BERNDT KRECHTING: Heinrich Krechting é meu irmão. O meu nome é Berndt.

CAPITÃO: Heinrich Krechting não está entre os mortos. Deve ter conseguido fugir da cidade.

WALDECK: Então, morrerá este em vez do outro. *(Para BERNDT KRECHTING.)* Abjuras?

BERNDT KRECHTING: Não.

*(Desce do alto uma gaiola de ferro, para onde os soldados levam BERNDT KRECHTING.)*

WALDECK: *(Para KNIPPERDOLLINCK.)* Lembras-te de te ter dito que um dia me pagaríeis três vezes e trinta vezes as vossas ofensas?
 Esse dia chegou, espera-te uma gaiola como aquela onde vês esse Krechting, irmão do outro, espera-te a tortura antes da morte.
 Abjuras?

KNIPPERDOLLINCK: Não.

*(Desce a segunda gaiola.* KNIPPERDOLLINCK *é atirado para dentro dela.)*

WALDECK: *(Para* JAN VAN LEIDEN.*)* Glorificado sejas pelos teus mortos, ó rei de Münster, ó rei de nada, glorifiquem-te os diabos no inferno quando lá entrares.
Abjuras?

JAN VAN LEIDEN: Reconheço os erros.

WALDECK: Não te perguntei se reconheces os erros, perguntei-te se abjuras.

JAN VAN LEIDEN: Abjuro dos erros, aceito e confirmo que a missa tem carácter sacrificial.

WALDECK: Nada mais?

JAN VAN LEIDEN: Se me poupares a vida, bispo Waldeck, ofereço-me para convencer os anabatistas que restem em Münster,
E os mais que ainda se encontrem na Alemanha e nos Países Baixos,
A que renunciem às suas ideias e à violência e sejam fiéis ao imperador,
E, nesta cidade de Münster, à tua autoridade.

WALDECK: Vales menos do que essas mulheres que a ti se prostituíram, Jan van Leiden.
Elas preferiram a morte à abjuração, e tu abjuras delas e de todos estes mortos,

Abjuras de Krechting e de Knipperdollinck, que irão morrer sujos de pecado, mas limpos de consciência.
Desça outra gaiola para este cobarde.

(JAN VAN LEIDEN *é atirado para dentro da terceira gaiola.*)

WALDECK: *(Para* GERTRUD VON UTRECHT.*)* Saberemos agora se o rei era digno da rainha. Abjuras?

GERTRUD VON UTRECHT: Não.

WALDECK: Teu marido abjurou.

GERTRUD VON UTRECHT: O Senhor lhe pedirá contas, como mas vai pedir a mim, e a ti, bispo, quando chegar a tua vez.
Mas eu perguntarei ao juízo de Deus por que permite Ele esta mortandade dos homens que vem desde o princípio do mundo,
Estes ódios de crenças, estas vinganças de povos, esta interminável dor do mundo,
A quem não basta a morte natural.

WALDECK: Abjura.

GERTRUD VON UTRECHT: Abjuro da intolerância, abjuro dos males que pratiquei e permiti, abjuro de mim, quando culpada, e dos meus erros.
Mas não abjurarei da minha crença, porque só a tenho a ela.
Sem uma crença o ser humano é nada.

WALDECK: Matem-na.

*(Os soldados matam GERTRUD VON UTRECHT. O bispo WALDECK e a sua comitiva retiram-se. Escurece. Uma luz vermelha incide sobre as gaiolas, que começam a ser subidas lentamente. Os soldados vão e vêm, matando os feridos. A luz diminui cada vez mais. Um a um, terminada a tarefa, os soldados retiram-se. A escuridão torna-se total quando o último vai desaparecer.)*

VOZ RECITANTE: Eis a palavra de Daniel:
"E ouvi jurar o homem vestido de linho, que estava sobre as águas do rio, levantando ao céu a mão esquerda assim como a mão direita: 'Por Aquele que vive eternamente, isto será num tempo, tempos e metade de um tempo. Primeiro, a força do povo há de quebrar-se inteiramente. Então todas estas coisas se cumprirão.'"

FIM

# Cronologia sumária do movimento anabatista em Münster

## A REFORMA EM MÜNSTER (1530-1533)

*1500-1533*
População de cerca de 10 000 habitantes.

*1525*
Motins contra os conventos onde se exerciam artes e ofícios.

*1527*
Berndt Knipperdollinck torna-se chefe da oposição anticlerical em Münster.

*1531*
Berndt Rothmann prega a Reforma na Igreja de S. Maurício, a 1 km da cidade.

*Janeiro de 1532*
Expulso pelo bispo, Rothmann foge para a cidade, refugiando-se em casa de mercadores.

*23 de Fevereiro de 1532*
Rothmann começa a pregar na Igreja de S. Lamberto.

*19 de Maio de 1532*
Rothmann vence numa disputa contra teólogos católicos.

*1 de Junho de 1532*
Franz von Waldeck, bispo de Minden e de Osnabrück, é eleito, pelo Capítulo da catedral, bispo de Münster (os cónegos eram todos nobres).

*1 de Julho de 1532*
Criação duma comissão de 36 cidadãos com o objetivo de forçar o Conselho Municipal a introduzir a Reforma.

*10 de Agosto de 1532*
Introdução compulsiva da Reforma nas igrejas paroquiais.

*8 de Outubro de 1532*
O bispo ordena o sequestro de mercadorias de cidadãos münsterianos; bloqueio da cidade.

*25/26 de Dezembro de 1532*
Assalto dos münsterianos contra a vizinha cidade de Telgte: os cónegos do Capítulo e os conselheiros episcopais, que ali se encontravam reunidos, são levados como reféns.

14 de Fevereiro de 1533
Por mediação do conde de Hessen, a cidade e o bispo

assinam o "Tratado de Dülmen": o bispo aceita a Reforma na cidade. Apenas a catedral e os conventos continuarão a ser católicos.

*3 de Março de 1533*
Eleição do Conselho Municipal: os protestantes alcançam a maioria.

*17 de Março de 1533*
Eleição de curas para as paróquias. Os pregadores que se encontravam em atividade em 1532 são confirmados.

## RADICALIZAÇÃO ATÉ AO BATISMO DOS ADULTOS

*Março/Abril de 1533*
Rothmann elabora um regulamento eclesiástico para a vida religiosa. O Conselho Municipal faz publicar uma *Zuchtordnung* (regras morais), segundo a qual a fiscalização da vida moral e religiosa passa a ser uma obrigação sua.

*7/8 de Agosto de 1533*
Disputa pública na Câmara Municipal acerca dos sacramentos da ceia e do batismo. Rothmann pretende que a fé seja decisiva para o batismo.

*7 de Setembro de 1533*
O pregador Staprade recusa-se a batizar uma criança.

5/6 de Novembro de 1533
A ocorrência de motins leva o Conselho Municipal a or-

denar a expulsão dos pregadores radicais. A Rothmann é permitido continuar na cidade, não podendo, porém, pregar.

*22 de Outubro/8 de Novembro de 1533*
Impressão do primeiro tratado de confissão de Rothmann: *Confissão dos Dois Sacramentos, Ceia e Batismo.*

*11 de Dezembro de 1533*
Ordem de expulsão contra Rothmann, não acatada.

*Final de Dezembro de 1533*
Regresso dos pregadores expulsos.

*5/6 de Janeiro de 1534*
Rothmann e os seus aderentes deixam-se rebatizar por dois "apóstolos" de Jan Matthys, profeta anabatista.

*13 de Janeiro de 1534*
Chegada a Münster de Jan van Leiden, outro "apóstolo".

*23 de Janeiro/3 de Fevereiro de 1534*
Éditos episcopais contra os anabatistas. O bispo, de acordo com as leis do Império, tem o dever de combatê-los (conclusão do Reichstag de Spira, 1529).

*26 de Janeiro de 1534*
Rothmnann prega apenas aos anabatistas.

*31 de Janeiro de 1534*
O Conselho Municipal aprova um decreto de tolerância para os anabatistas.

*3 de Fevereiro de 1534*
O bispo convoca a nobreza.

*8 de Fevereiro de 1534*
Primeiros apelos à população para que faça penitência.

*9 de Fevereiro de 1534*
Correm rumores de que se aproximam as tropas do bispo, o que faz com que se armem católicos, protestantes e simpatizantes dos anabatistas. A guerra civil ameaça rebentar.

*9/11 de Fevereiro de 1534*
A manifestação de fenómenos meteorológicos reforça as expectativas apocalípticas.

*11 de Fevereiro de 1534*
O medo do castigo do bispo (como sucedera na cidade westfaliana de Paderborne, em 1532) leva os cidadãos de Münster a assinar um tratado. Mas o decreto de tolerância de que os anabatistas beneficiaram é renovado, o que significa a guerra contra Waldeck. A situação em que o bispo se encontra obriga-o a eliminar os anabatistas, uma vez que, não o fazendo, o Imperador lhe retiraria o principado, reduzindo-o aos deveres eclesiásticos. Também o receio do Imperador fará com que os príncipes decidam ajudar o bispo. Nestas condições, os anabatistas não tinham qualquer possibilidade de sobrevivência. Do seu lado, apenas a crença da proximidade iminente do fim do mundo e do Juízo Final.

## A "NOVA JERUSALÉM"
## (FEVEREIRO-ABRIL DE 1534)

*Fevereiro de 1534*
Atemorizados pelo cerco, muitos habitantes abandonam a cidade, havendo casos de famílias divididas. Imigração, em direção a Münster, dos anabatistas da Westfália, dos Países Baixos e da Renânia.

*17/18 de Fevereiro de 1534*
O bispo convoca a nobreza e começa a recrutar mercenários.

*23 de Fevereiro de 1534*
Eleição do Conselho Municipal. Os simpatizantes do anabatismo ganham quase todos os lugares.

*24 de Fevereiro de 1534*
Kibbenbroick e Knipperdollinck são eleitos síndicos. Chegada de Jan Matthys, profeta dos anabatistas, que proclama a cidade como a "Nova Jerusalém" dos "Eleitos de Deus". Para limpar Münster de toda a impiedade, Jan Matthys provoca o iconoclasmo. Destruição dos arquivos da cidade como modo de romper com a história.

*25 de Fevereiro de 1534*
Surtida contra o Mosteiro de S. Maurício. Destruição da igreja e pilhagem das casas. Esta ação teve dois objetivos: um, religioso, afirmar a força do anabatismo; outro, militar, inutilizar uma posição dos futuros sitiantes.

27 de Fevereiro de 1534
Princípio do cerco. No meio duma tempestade de neve, são expulsos os que se recusaram a deixar-se rebatizar. Outros, cerca de 300 homens e 2000 mulheres, são batizados à força. Desta maneira, a unidade religiosa da cidade é restabelecida. Contudo, há que distinguir, entre os anabatistas, *a)* os convictos; *b)* os que querem apenas defender a cidade contra o bispo; *c)* os indiferentes; *d)* os que ficam ou vêm para Münster por espírito de aventura.

*Princípio de Março de 1534*
Ameaça de morte contra os que, em 27 de Fevereiro, tinham sido batizados à força: chamados à Igreja de S. Lamberto, têm de prostrar-se no chão e implorar a misericórdia de Deus, depois do que, inesperadamente, são perdoados. Começa o terror contra os suspeitos de pouca fé. Jan Matthys quer organizar a vida segundo o exemplo dos paleocristãos em Jerusalém: comunidade de bens, como entre os cristãos primitivos, o que, neste caso, equivalia a uma economia dirigida de guerra. Os títulos de dívida são queimados na praça pública. Supressão do dinheiro e confiscação das moedas.

*Depois de 15 de Março de 1534*
Queima dos livros existentes na biblioteca da catedral, nas bibliotecas particulares e nas livrarias.

*Final de Março de 1534*
Jan Matthys mata o ferreiro Hubert Ruescher, que criticara os profetas anabatistas.

*5 de Abril de 1534*
Domingo de Páscoa. Fazendo uma surtida contra os sitiantes, Jan Matthys vai tentar provocar o último Juízo de Deus sobre a terra, mas morre no cometimento. Jan van Leiden proclama-se sucessor do profeta.

## JAN VAN LEIDEN, PROFETA E REI
## (ABRIL DE 1534-JANEIRO DE 1535)

*Abril de 1534*
Jan van Leiden decide abolir a constituição municipal e criar a "Autoridade dos 13 Juízes" (ele próprio e os correspondentes aos Doze Juízes das Tribos de Israel), segundo o modelo do Antigo Testamento.

*Maio de 1534*
Começa a ser cunhada uma moeda (táler) com intenções propagandísticas, sem imagens, apenas com versículos da Bíblia.

*25 de Maio de 1534*
Assalto geral à cidade, sem resultado.

*16 de Junho de 1534*
Hille Feiken, natural da Frísia, tenta matar o bispo Waldeck, como no Antigo Testamento Judite matou Holofernes.

*Final de Julho de 1534*
Introdução da poligamia. Razão: a sexualidade está reservada à procriação. Na cidade santa não pode haver

pecado, e portanto não pode haver contactos sexuais fora do casamento, com mulheres estéreis ou grávidas. Mas, porque existe muita gente não casada, impõe-se uma "liberalização", imitando, assim, a poligamia do Antigo Testamento.

*29 de Julho de 1534*
Heinrich Mollenhecke, antigo mestre do grémio dos ferreiros, e cerca de cinquenta outros cidadãos, adversários da poligamia, rebelam-se, manifestando intenção de entregar a cidade ao bispo.

*30 de Julho de 1534*
Os anabatistas retomam a Câmara Municipal.

*1/3 de Agosto de 1534*
Execução de Mollenhecke e de 46 rebeldes.

*31 de Agosto de 1534*
Repelido o segundo ataque geral à cidade.

*Princípio de Setembro de 1534*
Jan van Leiden deixa-se proclamar "Rei da Nova Jerusalém". Ao seu poder religioso juntam-se a autoridade política e o supremo comando militar.

*Princípio de Outubro de 1534*
Luta pelo poder entre Jan van Leiden e Knipperdollinck, que é preso, mas que aceita depois a autoridade do rei.

*13 de Outubro de 1534*
Envio de 27 "apóstolos" em missão aos quatro ventos: Osnabrück (Norte), Warendorf (Este), Soest (Sul) e Coesfel (Oeste).

*Outubro de 1534*
Berndt Rothmann publica o livro *Restituição da Justa Doutrina, Fé e Vida Cristã*.

*5/8 de Novembro de 1534*
A conferência dos príncipes aliados contra Münster decide continuar o cerco, aplicando uma tática de isolamento e de rendição da cidade pela fome.

*Outono/Inverno de 1534/35*
Diminuição dos combates e das ações militares. Jan van Leiden recorre aos divertimentos públicos (cavalhadas, danças, missas burlescas) para distrair os habitantes da gravidade da situação, ao mesmo tempo que procura mobilizar tropas auxiliares nos Países Baixos.

*2 de Janeiro de 1535*
Um novo regulamento concede ao rei poder absoluto.

## FOME, DERROTA, CASTIGO (1535-1536)

*10 de Janeiro de 1535*
O conde Wirich de Dhaun é nomeado comandante do exército sitiante.

*Fevereiro/Março de 1535*
Construção de um muro ao redor da cidade, a cerca de 1 km das muralhas.

*28 de Março de 1535*
Domingo de Páscoa. O resgate e a libertação, tão esperados e anunciados, não chegam.

*7 de Abril de 1535*
Um grupo de 500 anabatistas que se dirigia a Münster para auxiliar a cidade é vencido e destroçado em Oldekloster, na Frísia.

*5/25 de Abril de 1535*
A conferência dos Dez Círculos do Império Germânico, em Worms, decide ajudar o bispo Waldeck.

*Abril de 1535*
Assolada a cidade pela fome, autoriza-se a saída de quem queira abandoná-la. Mas, quando se trata de heréticos, as tropas do bispo e do Império não deixam que os fugitivos ultrapassem os muros de cintura, acabando os infelizes por morrer da mesma fome a que tentavam escapar.

*3 de Maio de 1535*
Eleição de 12 "Duques" para maior vigilância da cidade e da população.

*23 de Maio de 1535*
Fuga de Heinrich Gresbeck e do mercenário Hans van der Langenstraten, que são feitos prisioneiros.

*27 de Maio de 1535*
Else Wandscherer, uma das 16 mulheres do rei, critica-o e é por ele decapitada.

*24 de Junho de 1535*
Os dois desertores, Gresbeck e Langenstraten, guiam os sitiantes ao assalto da cidade.

*25 de Junho de 1535*
Münster é tomada pelas tropas do bispo e do Império, os anabatistas são chacinados. Apenas os chefes ficam prisioneiros.

*27 de Junho de 1535*
Fim dos combates na cidade.

*7 de Julho de 1535*
Execução das mulheres que se recusaram a renunciar à sua fé. Os chefes — Jan van Leiden, Knipperdollinck e Berndt Krechting, conselheiros do rei — são interrogados e torturados.

*22 de Janeiro de 1536*
Após condenação à morte, os três chefes são executados publicamente no mercado principal de Münster. O agravamento da pena consistiu — segundo o novo regulamento de Carlos v de 1532 ("Carolina") contra os rebeldes — em ser-lhes arrancada a carne com tenazes em brasa.

*1536*
O bispo Waldeck institui um novo regulamento e uma

nova constituição para a cidade. Nomeia 24 conselheiros municipais. As eleições para o Conselho ficam proibidas, assim como os grémios dos ofícios. A população não chega a 3 000 habitantes.

*1541/1553*
Waldeck restitui as liberdades à cidade, incluindo as eleições municipais e os grémios dos ofícios.

*1560/1570*
A população sobe para 10 000 habitantes.

# Don Giovanni
## OU O DISSOLUTO ABSOLVIDO

## SUMÁRIO

Prólogo ..................................................... 1153
Cena 1 ...................................................... 1158
Cena 2 ...................................................... 1166
Cena 3 ......................................................1174
Cena 4 ...................................................... 1184
Cena 5 ...................................................... 1192
Cena 6 ...................................................... 1197

Posfácio – Gênese de um libreto,
*Graziella Seminara* ....................................1199
Notas ....................................................... 1231

## NOTA DO EDITOR

A peça de teatro de José Saramago que agora se apresenta ao leitor tem uma história que merece ser conhecida. Daí a inclusão nesta edição, em posfácio, do texto do programa do Teatro alla Scala relativo à representação da ópera *Don Giovanni o Il Dissoluto Assolto*, onde essa história é relatada. A Companhia das Letras e a Editorial Caminho agradecem ao Teatro alla Scala e à autora do texto, Graziella Seminara, as facilidades concedidas para a sua reprodução e a Mário Vieira de Carvalho a tradução do original italiano para o português.

*A Pilar, meu pilar*

*Nem tudo é o que parece.*
PROVÉRBIO

*Primeiro, por causa do Golem, depois, muito depois, por causa de Kafka, sempre imaginei a cidade de Praga a preto e branco. Ao Golem, refiro-me ao filme de Paul Wegener, não ao livro de Gustav Meyrink, que nunca tive a paciência de ler até ao fim, devo tê-lo visto aí por 1929, quando nem sete anos havia cumprido ainda. Fui, como se vê, um cinéfilo dos mais precoces. A esse Golem de tosco barro e a outras parecidas assombrações do animatógrafo (dizia-se então assim) ficaria eu a dever os pesadelos mais horríveis da minha infância. O abalo foi tal que me curou deles para todo o resto da vida. A leitura do* Processo *e do* Castelo *veio muito mais tarde e não fez senão confirmar que aquela cidade onde o rabino Loëw havia modelado o Golem por sua mão, quer quisesse, quer não, era mesmo a preto e branco.*

*Até que chegou o dia em que fui ver Praga com os meus próprios olhos. Afinal, não era a preto e branco. É certo que o palácio fortificado de Hradcany podia muito bem ser aquele castelo aonde o agrimensor K. nunca conseguiu que o chamassem, é certo que pelos seus sombrios corredores poderiam ter retumbado os passos pesados do homem de barro, mas a cidade, cá fora, era colorida, nítida, precisa como uma gravura a buril, boa para passear. Passeei portanto. E eis que a prestante pessoa que me servia de guia diz em certa altura: "Agora vou levá-lo ao teatro onde se estreou o* Don Giovanni *de Mozart". Não exagero nada se digo que o coração me deu um salto dentro do peito. Se há uma ópera no mundo capaz de pôr-me de joelhos, rendido, submetido, é esta. Tinha-me esquecido, ou não lhe dera suficiente atenção se alguma vez o li, que* Don Giovanni *havia visto a luz da ribalta em Praga. E ali estava o edifício, o Ständetheater, com as suas colunas coríntias ornamentando uma fachada que nem assim alcançara a monumentalidade que o arquiteto devia ter tido em mente. Por aquela porta, num dia do ano da graça de 1787, entrou Wolfgang Amadeus Mozart com a partitura do seu* Don Giovanni ossia Il dissoluto punito *debaixo do braço para fazer ouvir à gente de Praga a música de cena mais sublime que alguma vez havia sido composta. E ali estava eu, com o pulso agitado e as mãos trémulas, rodeado de século XX por todos os lados, menos por aquele, desejando uma máquina de viajar no tempo para desandar num instante os quase duzentos anos que me separavam daquele momento, e sabendo, que remédio senão sabê-lo, que nem o tempo nem os rios podem voltar para trás. Dava-se uma outra ópera de Mozart (não recordo qual), mas não havia na bilheteira nem uma só entrada para os dias seguintes. Quando os houvesse já eu não estaria em Praga, e a mim nada mais poderia interessar-me que* Don Giovanni.

*Vim ouvi-lo em casa. Tinha-o escutado várias vezes, escutei-o depois não sei quantas, estou a ouvi-lo uma vez mais enquanto escrevo este prólogo à peça teatral que vai adiante, destinada a servir de fundamento dramático ao libreto de uma ópera de Azio Corghi a que pusemos, ele e eu, o título de* Don Giovanni ou O dissoluto absolvido. *Porquê absolvido, no fim se conhecerá. Fica por decidir se o autor do texto também virá a beneficiar de uma absolvição, ele que se atreveu a criar o seu próprio Don Giovanni, depois de Tirso de Molina, Cicognini, Giliberto, Dorimon, Villiers, Molière, Rosimond, Shadwell, Zamora, Goldoni, Lorenzo da Ponte, Byron, Espronceda, Hoffmann, Zorrilla, Pushkine, Dumas, Mérimée, e não sei quantos mais. Em meu abono, seja o dileto amigo Azio Corghi minha boa e leal testemunha, apresentarei as provas da resistência que desde o primeiro momento opus ao convite. Comecei por argumentar que sobre as malas-artes de Don Giovanni tudo havia sido dito, que não valia repetir o que outros já tinham feito melhor, que qualquer coisa que escrevesse seria o mesmo que chover no molhado, etc. ... Era certo que sempre havia pensado que Don Giovanni não podia ser tão mau como o andavam a pintar desde Tirso de Molina, nem Dona Ana e Dona Elvira tão inocentes criaturas, sem falar do Comendador, puro retrato de uma honra social ofendida, nem de um Don Octávio que mal consegue disfarçar a cobardia sob as maviosas tiradas que no texto de Lorenzo da Ponte vai debitando. Azio Corghi insistiu, insistiu, e então, em desespero de causa, atraído pelo desafio, mas ao mesmo tempo intimidado pela responsabilidade da empresa, disse-lhe que se me ocorresse uma ideia, uma ideia boa, o intentaria. Passou o tempo, meses, Azio perguntando, e finalmente a ideia surgiu. Suspeito agora de que não será tão boa quanto ao princípio me tinha parecido, mas o resultado aí está. O pano já pode subir. Faltará a música, que é sempre o melhor de tudo. Oxalá o leitor possa escutar, chegando bem o ouvido à página, aquela outra música que as palavras têm e que estas talvez não tenham perdido por completo.*

José Saramago

# Prólogo

*Leporello e um manequim feminino que representa Dona Elvira.*

DONA ELVIRA: Il scellerato
   M'ingannò, mi tradì!

LEPORELLO: Eh consolatevi;
   Non siete voi, non foste, e non sarete
   Né la prima, ne l'ultima; guardate!
   Questo non picciol libro è tutto pieno
   Dei nomi di sue belle;
   Ogni villa, ogni borgo, ogni paese
   È testimon di sue donnesche imprese.

DONA ELVIRA: Também está aí o meu nome?

LEPORELLO: Com todas as letras, sucessos e circunstâncias.

DONA ELVIRA: Que horror! O teu patrão, além de traidor, é vaidoso, além de leviano, é indiscreto.

LEPORELLO: É um homem, nasceu com defeitos de homem e gostou deles.

DONA ELVIRA: Dou-te dinheiro se me deixares arrancar a folha onde está escrito o meu nome.

LEPORELLO: Não posso.

DONA ELVIRA: Porquê?

LEPORELLO: Porque nessa folha estão escritos os nomes doutras mulheres. Se cobrasse de uma, teria de cobrar de todas. E vá lá saber-se por onde andarão elas nesta altura! O mais provável é estarem todas casadas... Os maridos não ficariam nada contentes.

DONA ELVIRA: Descarado!

LEPORELLO: Também nasceu com esse defeito, sim senhora.

DONA ELVIRA: É de ti que estou a falar, não de Don Giovanni.

LEPORELLO: A cada um o seu papel. Aos criados mandam--nos que sejamos descarados, medrosos e cobardes. Não podemos ser outra coisa.

DONA ELVIRA: Dá-me esse livro.

LEPORELLO: Sou um cão de guarda fiel, senhora. Descarado, medroso, cobarde, mas fiel.

DONA ELVIRA: Se eu fosse homem arrancar-to-ia das mãos agora mesmo.

LEPORELLO: Em tal caso o seu nome não estaria escrito aqui. No livro só há nomes de mulheres.

DONA ELVIRA: Insolente! Que o céu te castigue!

LEPORELLO: Assim seja.

DONA ELVIRA: Vou-me embora.

LEPORELLO: Não vá, senhora. Deixe que lhe explique melhor o que está no livro.

DONA ELVIRA: Não quero.

LEPORELLO: Tem medo de sentir ciúmes?

DONA ELVIRA: Não.

LEPORELLO: Ou sim?

DONA ELVIRA: Não. Talvez. Sim.

LEPORELLO: Só há uma maneira de sair dessa dúvida. Escute.
    Madamina, il catalogo è questo
    Delle belle che amò il padron mio.
    Un catalogo egli è che ho fatt'io,
    Osservate, leggete con me.

    In Italia seicento e quaranta,
    In Lamagna duecento e trent'una

Cento in Francia, in Turchia novant'una,
Ma in Ispagna son già mille e tre.

DONA ELVIRA: E eu, pobre de mim, sou uma delas.

LEPORELLO: V'han fra queste contadine,
Cameriere e cittadine,
V'han contesse, baronesse,
Marchesane, principesse,
E v'han donne d'ogni grado,
D'ogni forma, d'ogni età.

DONA ELVIRA: Todas lhe servem a esse monstro promíscuo!

LEPORELLO: In Italia seicento e quaranta, *ecc.*

Nella bionda egli ha l'usanza
Di lodar la gentilezza,
Nella bruna la costanza,
Nella bianca la dolcezza.
Vuol d'inverno la grassotta,
Vuol d'estate la magrotta;
È la grande maestosa,
La piccina è ognor vezzosa...
Delle vecchie fa conquista
Per piacer di porle en lista;
Ma passion predominante
È la giovin principiante.

DONA ELVIRA: Como eu, que lhe dei a minha virgindade.

LEPORELLO: Non si picca se sia ricca.
　　Se sia brutta, se sia bella:
　　Purchè porti la gonnella,
　　Voi sapete quel che fa.

　　*(Sai.)*

DONA ELVIRA: In questa forma, dunque,
　　Mi tradì il scellerato! È questo il premio
　　Che quel barbaro rende all'amor mio?
　　Ah, vendicar vogli'io
　　L'ingannato mio cor: pria ch'ei mi fugga...
　　Si ricorra... si vada... Io sento in petto
　　Sol vendetta parlar, rabbia, e dispetto.

　　*(Sai.)*

# Cena 1

*Don Giovanni, depois o Comendador. Don Giovanni, sentado a uma mesa, folheia o catálogo das suas conquistas amorosas. Deve-se perceber que está dividido entre o prazer da recordação e a melancolia do passado. Faz contas num papel.*

DON GIOVANNI: Espanha, Turquia, França, Alemanha, Itália, tudo somado dá duas mil e sessenta e cinco mulheres... Quem delas terá sido a primeira? Como se chamava? Seria das louras? Seria das morenas? Era alta? Ou era baixa? Não consigo recordar-me. Depois de ter duas mil e sessenta e cinco mulheres deitadas, quem seria capaz de se lembrar da primeira? Tantas, tão poucas, demasiadas. Como poderá saber-se? A orgulhosa Dona Ana teria neste livro o número dois mil e sessenta e seis, a ingénua Zerlina seria a dois mil e sessenta e sete, mas as ingratas não me deram tempo, resistiram, gritaram por socorro, obrigaram-me a fugir, a dar confusas e ridículas explicações. Antigamente era mais rápido na conquista, mais veloz no triunfo, mais conclusivo na retirada. E ainda por cima tive de matar o idiota do Comendador. Don Giovanni está a fazer-se velho.

*(Batem à porta com violência.)*

DON GIOVANNI: Quem chama? Leporello! Leporello! Onde

te meteste tu, alma condenada? Vai ver quem está a bater à porta! E diz-lhe que isto é casa de gente, não é portão de quinta nem cancela de estrebaria! Leporello! Ah, tinha-me esquecido de que o mandei às compras... *(Batem de novo, com mais força.)* Pois que batam até se cansarem, o filho do meu pai não veio a este mundo para abrir portas. *(Mais pancadas.)* Quem será o grosseiro, o estúpido, o mal-educado? *(Agarra num bastão e vai abrir.)* Espera aí que já te ensino!

COMENDADOR: *(Entrando.)* Aqui estou.

DON GIOVANNI: Isso vejo eu, mas custa-me a crer ser verdade o que os olhos me mostram. Uma estátua andante é um prodígio que nunca mais se repetiu desde que o homem foi feito de barro.

COMENDADOR: Convidaste-me a jantar e aqui me tens. Eu prometi que viria, agora é a tua vez. Cumpre a tua palavra, recebe-me à tua mesa e abre-me a tua consciência.

DON GIOVANNI: Leporello foi fazer compras à vila e ainda não regressou. Se quiseres esperar que ele volte e nos prepare o jantar, senta-te por aí, mas tem cuidado com a cadeira, pesas demasiado. Ou então passa por cá outro dia.

COMENDADOR: O dia é hoje.

DON GIOVANNI: Como queiras. Mas senta-te, por favor, não gosto de ver ao meu lado pessoas mais altas do que eu.

COMENDADOR: Não posso sentar-me.

DON GIOVANNI: Porquê?

COMENDADOR: Uma estátua tem de ficar para sempre como a fizeram. A mim fizeram-me em pé, por isso não me posso sentar. É uma questão de articulações.

DON GIOVANNI: Vais estar em pé por toda a eternidade? Isso cansará muito, suponho.

COMENDADOR: Não sei. A eternidade, para mim, só agora é que começou.

DON GIOVANNI: E como foi que vieste até aqui? Não deve ter sido fácil, com essas pernas rígidas, tesas. Quero dizer, sem articulações.

COMENDADOR: Trouxe-me pelos ares o meu espírito. Não havia outra maneira.

DON GIOVANNI: E onde está ele agora?

COMENDADOR: Ficou lá fora, à espera.

DON GIOVANNI: Se queres, manda-o entrar, não faças cerimónia, onde cabemos dois, cabemos três. E mesmo quatro, se contarmos com Leporello.

COMENDADOR: Não te incomodes, o espírito esperará o que for preciso, cedo e tarde são expressões sem sentido para ele.

DON GIOVANNI: Curioso. E vai ficar lá fora até que acabemos de comer?

COMENDADOR: Os mortos não comem, os mortos são comidos.

DON GIOVANNI: Não é preciso estar morto para saber isso. Em todo o caso, tu encontras-te a salvo, os vermes são bichos delicados, respeitam o bronze. Mas, agora reparo, se por te faltarem as articulações não te podes sentar, comer também não poderás. Para comer é preciso dar ao queixo.

COMENDADOR: Já te disse que não vim para comer.

DON GIOVANNI: Para que vieste, então?

COMENDADOR: Para que te arrependas.

DON GIOVANNI: De quê?

COMENDADOR: Da infâmia que cometeste.

DON GIOVANNI: Que infâmia?

COMENDADOR: Forçaste a minha filha, violaste-a.

DON GIOVANNI: Não é verdade. Ela resistiu aos assaltos como uma leoa e Don Giovanni teve de retirar-se. Foi humilhante, mas não houve outro remédio.

COMENDADOR: Não acredito.

DON GIOVANNI: Pergunta-lhe. Se já não é virgem será outro o responsável.

COMENDADOR: Um pai não fala desses assuntos com uma filha. O respeito impede-o.

DON GIOVANNI: Isso é lá contigo e com ela. Seja como for, não podes vir aqui exigir-me que me arrependa de uma falta que não cometi.

COMENDADOR: Cometeste outras.

DON GIOVANNI: Duas mil e sessenta e cinco, se queres sabê--lo.

COMENDADOR: Quê?

DON GIOVANNI: Duas mil e sessenta e cinco disso a que chamaste faltas ou infâmias. Mas toma nota nessa tua dura cabeça de que o estupro nunca foi uma atividade sexual do meu gosto. Don Giovanni é um cavalheiro, não viola, seduz.

COMENDADOR: A minha filha...

DON GIOVANNI: A tua filha abriu-me a porta. Admito, em seu abono, que julgasse tratar-se do noivo querido, do etéreo Don Octávio, a quem, pelos vistos, costuma receber no seu quarto, às ocultas do pai. Ou tu sabias, e calavas? Também por respeito?

COMENDADOR: És um miserável pecador, mereces ser castigado.

DON GIOVANNI: Primeiro falavas como um cura, agora vens de carrasco. E tu quem és para quereres castigar-me?

COMENDADOR: Um homem de bem.

DON GIOVANNI: Nunca o afirmes de ti mesmo, presunçoso, espera que to digam.

COMENDADOR: Disseram-mo muitas vezes quando estava vivo.

DON GIOVANNI: E acreditaste? Nunca viste o pérfido rosto da hipocrisia de cada vez que te olhaste ao espelho? És o pai, o marido, o amante ou o irmão de todas as mulheres com quem me deitei? E queres vingá-las? E vens pedir-me contas? És Deus? Na verdade, penso que seria capaz de tornar a matar-te se não fosses de bronze, Comendador...

COMENDADOR: Arrepende-te.

DON GIOVANNI: Nunca perante ti, hipócrita. Conheço bem os da tua espécie. Andais pela vida a distribuir palavras que parecem joias e afinal são enganos, colocais com fingido amor a mão sobre a cabeça das criancinhas, desviais das tentações da carne os vossos olhos falsamente pudicos, mas lá por dentro roeis-vos de despeito, de ciúme, de inveja. Alimentais-vos da vossa própria impostura e quereis fazê-la passar por virtude sublime. A gente como vós cospe-a Deus da Sua boca.

COMENDADOR: Não sabes nada de Deus, incrédulo, não

ofendas o Seu santo nome. Fica-te com o teu único senhor, fica-te com o Demónio. Ao inferno, maldito.

DON GIOVANNI: A minha hora ainda não chegou, e se o meu destino for realmente o inferno, espero, se há justiça, encontrar-te lá quando entrar.

COMENDADOR: A tua justiça não é a de Deus, eu já estou no paraíso. Pela última vez, arrepende-te.

DON GIOVANNI: Não.

COMENDADOR: Arrepende-te.

DON GIOVANNI: Não.

COMENDADOR: Assim o quiseste, assim o terás. Que as portas da morada do Demónio se abram então para ti, que te abrasem as chamas do castigo eterno, que sofras mil anos de torturas por cada uma das vítimas da tua concupiscência. Vai, maldito, o inferno espera-te, tu já não és deste mundo. Vai!

DON GIOVANNI: Estás louco varrido.

COMENDADOR: Vai!

*(Uma chama alta brota do chão para imediatamente se apagar.)*

DON GIOVANNI: Continuo aqui, Comendador. Experimenta outra vez, mas com mais força. Grita para que o Demónio te ouça e mande abrir a porta.

COMENDADOR: *(Gritando.)* Vai!

*(Levanta-se uma chama mais pequena que a primeira e logo se apaga.)*

DON GIOVANNI: Falhaste, Comendador, pelos vistos não tens nenhuma influência no governo do inferno. Talvez seja por estares no paraíso, talvez não haja linhas de comunicação. Dou-te mais uma oportunidade, a última. Costuma-se dizer que às três é de vez.

COMENDADOR: *(Com desespero.)* Vai, maldito, vai! Ordeno-te que vás!

*(Uma terceira e insignificante labareda sobe e desaparece.)*

DON GIOVANNI: Acabou-se o gás.

*(Don Giovanni ri às gargalhadas enquanto o Comendador, lentamente, como se todo o corpo lhe doesse, se vai tornando rígido, imóvel.)*

## Cena 2

*Os mesmos, depois Leporello, depois Masetto. Leporello entra com um cabaz onde traz as compras. Tendo a atenção atraída pelas gargalhadas de Don Giovanni, não repara na estátua do Comendador.*

LEPORELLO: Muito alegre vos venho encontrar, senhor patrão. Alguma nova conquista para o catálogo? Alguma outra dona ou donzela a ponto de cair na vossa rede? Ou caiu já, enquanto eu fui às compras? Não perdeis tempo, senhor.

DON GIOVANNI: Olha para o que está atrás de ti.

LEPORELLO: *(Assustando-se.)* Céus! O Comendador!...

DON GIOVANNI: O Comendador está morto. Isso é a estátua dele.

LEPORELLO: E como foi que chegou até aqui?

DON GIOVANNI: Trouxe-o o espírito.

LEPORELLO: Também espíritos vamos ter agora? *(Põe o cabaz no chão.)* Senhor, neste passo das nossas vidas nos separamos, se quer, pague-me o que ainda me está a dever pelos meus serviços, mas se não quiser pagar-me, tanto me faz, numa casa com fantasmas é que eu não fico nem mais uma hora.

DON GIOVANNI: Que casa com fantasmas, estúpido?

LEPORELLO: Esta, a vossa, senhor.

DON GIOVANNI: Cabeça de burro, ignorante, um espírito não é a mesma coisa que um fantasma, aos espíritos não é possível vê-los, são invisíveis, enquanto os fantasmas, esses, se estão para aí virados, se lhes apetece, deixam-se ver pelos viventes. Os fantasmas são divertidos, gostam de pregar sustos. O espírito do Comendador não fez mais do que trazer a estátua ao colo. Ficou lá fora à espera.

LEPORELLO: Mas eu não o vi.

DON GIOVANNI: Já te disse que os espíritos não se veem.

LEPORELLO: Então, quer dizer que, quando eu entrei, ele estava ali à porta...

DON GIOVANNI: Suponho que sim.

LEPORELLO: Que passei juntinho a ele...

DON GIOVANNI: Provavelmente.

LEPORELLO: Ou que o atravessei de lado a lado...

DON GIOVANNI: É bem possível. Salvo se se afastou quando te viu aproximar.

LEPORELLO: Senhor patrão, prefiro os fantasmas. Ao menos posso ver onde estão e passar de largo.

DON GIOVANNI: E eu prefiro que vás fazer o jantar. Agora, já, imediatamente. A estimulante conversa que tive com o Comendador abriu-me o apetite.

LEPORELLO: Ele também jantará?

DON GIOVANNI: Não pode comer. Falta-lhe a articulação dos maxilares.

LEPORELLO: Senhor?

DON GIOVANNI: Dos maxilares. A articulação dos maxilares.

LEPORELLO: Ah... *(Olha a estátua, abana a cabeça com comiseração e vai para retirar-se levando o cabaz. Detém-se ao ver umas manchas negras no chão.)* Estas manchas pretas não estavam aqui quando saí para ir às compras. *(Aspira.)* E cheiram a queimado, senhor.

DON GIOVANNI: Ideias do Comendador, que julga que ainda está na idade de brincar com o lume.

LEPORELLO: Perdoe-me que o contradiga, senhor, uma

estátua nunca poderia brincar com o lume. Uma estátua não seria capaz nem de riscar um fósforo.

DON GIOVANNI: *(Como falando consigo mesmo.)* O pobre velho ainda era dos que acreditavam no poder justiceiro das maldições. Eu te amaldiçoo, filho ingrato... Que lhe havemos de fazer? *(Para Leporello.)* Ao trabalho, senhor Leporello, em cinco minutos quero ver aqui o meu jantar. Para algo terá de me servir despender uma fortuna em pré-cozinhados.

LEPORELLO: Senhor, já vou, já fui, já não estou. *(Sai.)*

DON GIOVANNI: *(Aproxima-se da estátua.)* Quem és tu agora? Uma estátua que fala, ou um homem que se cala? Ainda crês na existência do inferno? Dirás que sim, que à tua simples ordem saltaram do solo três labaredas para devorar-me, e eu digo-te que elas não foram mais do que uns mesquinhos fogos-fátuos, como se veem à noite nos cemitérios. Que aqui não há nenhum cemitério? Como te enganas, estátua! A terra é toda ela um sepulcrário, é mais a gente que se encontra debaixo do chão que aquela que em cima dele ainda se agita, trabalha, come, dorme e fornica. Parece que os anos que viveste não te ensinaram muito, estátua. A morte dos malvados não é para o inferno que se abre, mas para a impunidade. Ninguém poderá ferir-te nem ofender-te se já estás morto. Que eu tenha sido na vida um desses malvados? Como agora se costuma dizer, é uma questão de ponto de vista, seria para mim uma perda de tempo discutir com um comendador tão melindroso assunto. Se queres saber a minha opinião, o ser humano é livre para pecar, e a pena, quando a houver, aqui, ouves-me?, aqui na terra, não no inferno, só virá dar razão à sua liberdade. Nunca se pronunciaram palavras mais vãs do que quando se disse: "Deus te dará o castigo." Seria para chorar se não fosse para rir.

COMENDADOR: *(Saindo do seu silêncio de estátua.)* Di rider finirai prima dell'aurora.

DON GIOVANNI: Veremos. O último a rir será sempre o que ri melhor. Tu já estás fora da comédia. Não passas de um adereço.

*(Leporello entra trazendo o jantar. Don Giovanni senta-se à mesa. Música.)*

DON GIOVANNI: *(Levantando o copo.)* Como não posso brindar à tua saúde, Comendador, brindo à tua eternidade. Que vivas por lá muitos anos. Todos. *(Gargalhada.)*

COMENDADOR: Di rider finirai prima dell'aurora.

DON GIOVANNI: Nunca te disseram que a repetição faz perder o efeito dramático?

*(Batem à porta, Leporello vai abrir. Regressa com Masetto.)*

LEPORELLO: Senhor, aqui está Masetto.

DON GIOVANNI: *(Irónico.)* E que veio fazer o bom Masetto a esta sua casa?

LEPORELLO: *(Para Masetto.)* Responde, homem, não sejas acanhado.

MASETTO: *(Tímido, balbuciando.)* Ando à procura de Zerlina.

DON GIOVANNI: Perdeste-a? Levava-la à trela e ela soltou-se?

MASETTO: Não, senhor.

DON GIOVANNI: Tinha-la fechada em casa e ela saltou pela janela?

MASETTO: Não, senhor.

DON GIOVANNI: Por que pensaste que a tua Zerlina tinha vindo para aqui?

MASETTO: *(Tomando coragem.)* Porque enquanto existir Don Giovanni, tudo é possível neste mundo.

DON GIOVANNI: Lisonjeias-me, meu caro Masetto, não sei como to agradeça. Nem nos meus sonhos mais complacentes, e tenho tido muitos, havia alguma vez imaginado que chegasse a alcançar semelhante reputação. A partir de agora vou passar a ter mais respeito pela minha pessoa.

LEPORELLO: *(Aparte.)* É bem certo o que os sábios modernos afirmam, ninguém se conhece a si mesmo.

MASETTO: *(Ganhando outra vez coragem.)* Zerlina está aqui?

DON GIOVANNI: Não respondo a perguntas de camponeses estúpidos. Diz-lhe tu, Leporello.

LEPORELLO: Vai tranquilo, Masetto, ela não está aqui.

MASETTO: *(Desconfiado.)* Não está, ou já não está?

LEPORELLO: Nem está, nem esteve.

MASETTO: Nem virá a estar?

LEPORELLO: *(Lírico.)* O futuro é um mar contido na concha das mãos de Deus, normalmente vai caindo sobre as nossas cabeças como o contínuo fluir de uma cascata, mas, de vez em quando, sempre há um pedacinho maior que se solta.

MASETTO: *(Confuso.)* Estás a divertir-te à minha custa?

DON GIOVANNI: Não, caro Masetto, o que Leporello quis dizer é que o futuro só a Deus pertence. Mas não te preocupes, quando uma mulher desaparece, geralmente vai para casa dos pais... Conheci muitos casos.

MASETTO: *(Ameaçador.)* Se estais a enganar-me...

*(Sai.)*

DON GIOVANNI: *(Para Leporello.)* Não saio do meu assombro. Leporello, poeta.

LEPORELLO: O mérito não é meu, senhor, é das serenatas que vos tenho ouvido cantar à lua.

DON GIOVANNI: Nunca cantei serenatas à lua. À luz da lua, sim, mas nunca à lua. Não gasto o meu tempo com satélites. Tragam-me estrelas, e então cantarei.

LEPORELLO: Mulheres.

DON GIOVANNI: Dizer mulheres é o mesmo que dizer estrelas, senhor Leporello.

COMENDADOR: *(Como se despertasse subitamente.)* Falso, mentiroso, pérfido, intrujão, vigarista, embaucador...

DON GIOVANNI: Sonhavas comigo, Comendador? Sabes? Agora mesmo me acaba de ocorrer que o fato de não ter conseguido seduzir a doce Zerlina foi talvez o que me salvou de cair há bocado no inferno... Que te parece? Imagina que há lá uma balança que vai registando o peso das vítimas das nossas maldades e que a nossa alma só começa a estar em perigo quando excedemos um número convencionado de toneladas de culpa... Que te parece? Não crês que uma medida destas poderia haver sido pactuada entre Deus e o Demónio por causa do exagerado crescimento demográfico do inferno nos últimos tempos? Que te parece?

COMENDADOR: Falso, mentiroso, pérfido...

DON GIOVANNI: *(Falando enquanto se retira.)* Já sei, já sei... Intrujão, vigarista, embaucador... Regressa ao teu sonho, Comendador. Deixo-te com Leporello.

## Cena 3

*Leporello e o Comendador. Depois Dona Elvira, Don Giovanni, Masetto.*

LEPORELLO: *(Dirige-se ao Comendador, enquanto vai recolhendo o serviço do jantar.)* Agora que estamos sozinhos, com as paredes por únicas testemunhas, e uma vez que, contrariamente ao dito, elas não terão ouvidos enquanto não forem inventados os microfones, dá-me Vossa Comendadoria licença que lhe faça uma pergunta?

COMENDADOR: Fala.

LEPORELLO: Com todo o respeito que devo a Vossa Comendadoria, tenciona a estátua de Vossa Comendadoria ficar em casa do meu patrão para sempre?

COMENDADOR: E a ti, imbecil, que te interessa? Por que queres tu sabê-lo?

LEPORELLO: É que se Vossa Comendadoria veio para ficar, então eu rogaria à estátua de Vossa Comendadoria, por alma de quem lá tenha, o favor de se afastar um pouco para aquele lado porque está a empatar o caminho.

COMENDADOR: Semelhante atrevimento, semelhante insolência não se pagariam nem com cinquenta chicotadas. A ti o que te vale é eu estar morto.

LEPORELLO: Felizmente, senhor.

COMENDADOR: Felizmente, quê?

LEPORELLO: Felizmente que Vossa Comendadoria está morta. São menos cinquenta chicotadas no lombo de um criado.

COMENDADOR: *(Dirigindo-se ao público.)* A minha filosofia sempre me ensinou que é um erro tratar com demasiada confiança esta gentinha, dá-se-lhes o pé e tomam logo a mão. Em verdade, o único benefício que encontrei no meu passamento foi não ter de aturar mais a criadagem. Se cantam bem ainda servem para os coros. Para o resto não valem nada.

LEPORELLO: *(Após um silêncio.)* Vossa Comendadoria deu-me licença que lhe fizesse uma pergunta, mas não me deu a resposta. Não é maneira de um Comendador se comportar, se me autoriza o reparo.

COMENDADOR: *(Contrariado,)* Sim, devo esse respeito aos meus antepassados. Qual foi a pergunta?

LEPORELLO: Se a estátua de Vossa Comendadoria vai ficar para sempre em casa do meu patrão.

COMENDADOR: Ficará até que seja feita justiça.

LEPORELLO: E isso será quando, senhor? Quando as galinhas tiverem dentes?

COMENDADOR: Nunca ouviste falar dos dinossauros? Houve um tempo em que até as galinhas tinham dentes e garras, e esse tempo pode bem voltar.

LEPORELLO: Antes que tal aconteça, o mundo terá tido tempo para morrer de velho. E sem juízes, nem tribunais, nem comendadores...

*(Batem à porta, Leporello vai abrir. Entra Dona Elvira. Traz um embrulho na mão.)*

DONA ELVIRA: Don Giovanni está em casa?

LEPORELLO: Sim, senhora.

DONA ELVIRA: Vai chamá-lo. Preciso de falar com ele.

LEPORELLO: Mas, senhora...

DONA ELVIRA: Mas, senhora, quê?

LEPORELLO: Ele disse... disse que não quer ser incomodado.

DONA ELVIRA: Pois então diz-lhe que se trata de uma questão de vida ou de morte. Ele que decida.

*(Leporello sai.)*

COMENDADOR: Quem é a senhora?

DONA ELVIRA: E o senhor, quem é?

COMENDADOR: Sou o pai de Dona Ana, o Comendador. Quer dizer, sou a estátua dele.

DONA ELVIRA: Realmente tinha-me parecido que era uma estátua, mas pensei que fazia parte da decoração. E que veio fazer aqui, se não é indiscrição?

COMENDADOR: Não me disse como se chama...

DONA ELVIRA: Dona Elvira, Elvira para os amigos. Uma das pobres vítimas de Don Giovanni.

COMENDADOR: Tal como a minha filha. Dona Ana na sociedade, Aninhas para a família.

DONA ELVIRA: Conheço a sua filha, mas a nossa situação é muito diferente. Eu sou vítima mesmo, no sentido literal do termo, enquanto ela lá conseguiu salvar-se do assalto.

COMENDADOR: Quem não se salvou fui eu. De uma estocada o malvado mandou-me para o outro mundo.

DONA ELVIRA: Por isso veio invadir-lhe a casa.

COMENDADOR: Não exatamente, vim cá para vingar a ofensa feita à minha filha, a mancha na minha honra de pai.

DONA ELVIRA: E conseguiu?

COMENDADOR: *(Com tristeza.)* Não. O método de que me servi estava desatualizado, perdeu a eficácia sem que eu me tivesse apercebido. É o que sucede quando não se leem os jornais todos os dias.

DONA ELVIRA: Que método era esse?

COMENDADOR: A maldição.

DONA ELVIRA: Isso foi chão que deu uvas, Comendador.

*(Entra Don Giovanni.)*

DON GIOVANNI: *(Para Dona Elvira.)* Que queres? Que questão é essa de vida ou de morte que te trouxe aqui?

DONA ELVIRA: *(Exagerando o dramatismo da frase.)* A minha vida, a minha morte.

DON GIOVANNI: Em que ficamos? Vida, ou morte?

DONA ELVIRA: Dás-me a vida se me devolves o teu amor, rouba-la se não me recebes nos teus braços.

DON GIOVANNI: E na minha cama.

DONA ELVIRA: Sim, na tua cama. Recorda as horas deliciosas que gozámos na minha, ouvindo os sinos da catedral de Burgos. Não posso ouvir um sino sem me arrepiar toda.

DON GIOVANNI: Cuidado com as expansões. Esse senhor que aí está, mal-encarado, pertence à seita dos puritanos ortodoxos. Quanto a nós, já te disse que está tudo acabado.

DONA ELVIRA: *(Fazendo menção de ajoelhar-se.)* Queres que te implore de joelhos? Queres que me arraste aos teus pés? O amor aceita tudo, e eu amo-te.

DON GIOVANNI: Noutro tempo, talvez sim, mas agora os teus discursos soam a falso. Se não te retiras, terei de retirar-me eu. É inútil tudo quanto aqui se diga.

DONA ELVIRA: Cruel! Pariu-te uma fera, não uma mulher entre as mulheres.

DON GIOVANNI: *(Saindo.)* Adeus. Se calhar por isso é que as procuro tanto.

LEPORELLO: *(Para Dona Elvira.)* Não poderá dizer que eu não a avisei, senhora. Conheço o meu amo como as palmas das minhas mãos.

DONA ELVIRA: *(Fingindo que se sente mal.)* Ai, parece-me que vou desmaiar. Um copo de água, Leporello, um copo de água, por amor de Deus. Melhor uns sais. Ou as duas coisas.

*(Leporello sai correndo.)*

*(Dona Elvira abre o embrulho. Aparecerá um livro igual ao catálogo das conquistas amorosas de Don Giovanni. Substitui um por outro, refaz o embrulho.)*

DONA ELVIRA: *(Para o Comendador.)* Nem uma palavra sobre o que acabou de ver.

COMENDADOR: Descanse, serei mudo como uma estátua.

*(Leporello entra. Traz um copo de água e um frasco de sais.)*

LEPORELLO: Por qual quer começar, senhora?

DONA ELVIRA: A água, primeiro. *(Bebe um gole. Deve poder notar-se que não tem sede.)* Agora, os sais. *(Aspira rapidamente.)*

LEPORELLO: Está melhor, senhora? Já lhe passou o fanico?

DONA ELVIRA: Estou melhor, sim. Mas ordeno-te que sejas mais respeitoso, não chames fanico ao desfalecimento de uma dama que esteve a ponto de cair redonda no chão. Podia ter morrido.

LEPORELLO: Sim, senhora.

DONA ELVIRA: Vou-me embora para sempre. Murchas, deixo aqui as minhas esperanças, caducas, as minhas ilusões. A vida deixou de ter sentido para mim. Quem sabe? Talvez vá acabar os meus dias num convento. *(Sai.)*

LEPORELLO: Desconfio que se fosse atriz ninguém a chamaria para lhe oferecer um contrato... Que opina Vossa Comendadoria sobre a representação de Dona Elvira? Pareceu-lhe sincera?

COMENDADOR: Sincera como representação, ou como realidade?

LEPORELLO: Como representação, a realidade não conta aqui para nada.

COMENDADOR: Pensando melhor, prefiro não opinar. O próprio das estátuas é não falar. Os seus lábios estão selados.

LEPORELLO: Pois não se pode dizer que Vossa Comendadoria tenha falado pouco até agora...

COMENDADOR: Sou uma exceção, mas só falo quando quero.

*(Entra Masetto.)*

MASETTO: *(Inquieto.)* Diz-me a verdade, Leporello. Zerlina está aqui? Não a encontro em nenhuma parte.

LEPORELLO: Queres saber a verdade, toda a verdade?

MASETTO: Sim...

LEPORELLO: *(Dá-lhe o frasco de sais.)* Toma, vais precisar deles. Zerlina está na cama com Don Giovanni.

MASETTO: Quê?

LEPORELLO: É como te digo. Na cama com Don Giovanni.

MASETTO: Ah, infame, mulher sem vergonha, desgraçada causa da minha perdição! Eu mato-a, eu mato-a! E mato-o a ele! Aos dois, aos dois! *(De navalha em punho, corre à porta que dá para o interior da casa, mas Leporello interpõe-se.)*

LEPORELLO: Aonde queres ir, estúpido?

MASETTO: *(Desesperado.)* A matá-los, a matá-los!

LEPORELLO: Tranquilo, homem, tranquilo, foi só uma brincadeira, Zerlina não está aqui.

MASETTO: Não queiras enganar-me agora. És o criado dele...

LEPORELLO: Pela alma dos meus defuntos, juro-te que Zerlina nunca entrou nesta casa.

MASETTO: *(Forcejando.)* Não acredito em ti.

LEPORELLO: Se não acreditas em mim, pergunta a essa estátua.

MASETTO: As estátuas não falam.

LEPORELLO: Esta, sim. E dir-te-á a verdade porque as estátuas não podem mentir.

*(Masetto duvida, mas a ansiedade tem mais força que o ceticismo.)*

MASETTO: Senhor, não sei quem sois, mas tirai-me desta aflição. Zerlina está aqui?

COMENDADOR: *(Com voz de estátua.)* Não.

MASETTO: Desculpai, senhor. É certo o que me dizeis?

COMENDADOR: A minha palavra é só uma. Palavra de estátua não volta atrás.

MASETTO: Obrigado, senhor, obrigado, Deus vos pague. *(Sai.)*

COMENDADOR: *(A Leporello.)* Como sabias tu que as estátuas não podem mentir?

LEPORELLO: É muito simples. Não têm nada dentro da cabeça.

## Cena 4

*Don Giovanni, Leporello, Comendador, depois Dona Elvira, Don Octávio e Dona Ana.*

*Don Giovanni, sentado, lê o jornal. Leporello limpa e puxa o brilho à espada do amo. A estátua do Comendador continua no mesmo sítio.*

LEPORELLO: O pobre Masetto, coitado, anda com a ideia fixa de que a sua Zerlina veio para aqui. Já são duas vezes que vem cá perguntar. Imagino que algum motivo ela lhe terá dado para que ele pense assim.

DON GIOVANNI: Seja ele qual for, não a trouxe a esta casa.

LEPORELLO: Até agora, senhor, até agora.

DON GIOVANNI: Leporello, és um ignorante, não entendes nada de psicologia feminina. Uma mulher que se negou uma vez poderá não negar-se segunda, mas nunca o faria por iniciativa própria, esperaria até que a rodeassem de novas súplicas, de novas implorações, em suma, de novas manobras de sedução. Então, sim, içaria a bandeira branca que já tinha preparada.

LEPORELLO: Quer dizer que Dona Ana, por exemplo, também estaria disposta a deitar abaixo as muralhas do rancor que lhe tem?

DON GIOVANNI: Isso é diferente. Matei-lhe o pai.

COMENDADOR: Sim, mataste-me, mas a justiça não tarda aí, já tem o pé no primeiro degrau da escada.

DON GIOVANNI: Sendo assim, devemos recebê-la com a consideração que merece. Virá nua? Ou é a verdade que é representada despida? Leporello, vai abrir a porta. Seria uma falta de respeito obrigar a justiça a tocar a campainha...

LEPORELLO: *(Resmungando enquanto executa.)* Esta estátua ainda será a nossa perdição. Se não fosse de bronze já lhe teria dado uma boa martelada. De passagem, como quem não quer a coisa.

*(A porta está aberta. Pausa. Don Giovanni volta à leitura do jornal. Leporello hesita, mas, reparando na serenidade do amo, retoma a limpeza da espada.)*

LEPORELLO: *(Para o Comendador.)* Vossa Comendadoria enganou-se. Não vem ninguém.

COMENDADOR: Vai ver.

*(Leporello vai à porta e olha para fora. Recua no mesmo instante.)*

LEPORELLO: Não é a justiça, é...

*(Não termina a frase. Entram, sucessivamente, Dona Elvira, Dona Ana e Don Octávio.)*

DON GIOVANNI: *(Baixando o jornal.)* Dona Elvira, Dona Ana, Don Octávio... Em que vos posso ser útil a estas horas já tardias da noite?

DONA ANA: *(Dirigindo-se a Leporello.)* Que faz aqui a estátua do meu pai?

LEPORELLO: Senhora, eu sou Leporello... O dono desta casa é Don Giovanni. Pergunte-lhe a ele.

DON GIOVANNI: Não perguntará, Leporello, tu não conheces o orgulho desta dama. Perguntou-te a ti porque és o criado, mas não perguntará ao amo. Ou talvez sim. Demos-lhe tempo.

*(Silêncio.)*

DONA ANA: *(Sem olhar para Don Giovanni.)* Que faz aqui a estátua do meu pai?

DON GIOVANNI: Como viste, Leporello, a pergunta foi lançada ao ar. Portanto, o ar que lhe responda.

DONA ANA: *(Olhando finalmente Don Giovanni.)* Que faz aqui a estátua do meu pai?

DON GIOVANNI: Não a chamei, veio pelo seu pé. Se quer saber mais, pergunte-lhe.

DONA ANA: As estátuas não falam.

DON GIOVANNI, DONA ELVIRA, LEPORELLO: *(Juntos.)* Esta, sim. Maravilha da nossa idade, prodígio jamais visto, assombro das gerações vindouras, fenómeno que todos os circos do mundo disputarão, eis aqui uma estátua que fala.

DONA ANA: Pai, meu querido e chorado pai, por que foi que vieste do campo-santo a este antro ignóbil onde a maldade se multiplica como a rainha da colmeia às abelhas? Que foi que te fez abandonar o silêncio e a fatal imobilidade da morte?

COMENDADOR: Vim para amaldiçoar e condenar às penas do inferno o infame que te ofendeu. Mas as maldições parece que já não caem sobre as cabeças dos culpados e o inferno talvez não exista ou talvez tenha fechado para sempre as suas portas. As chamas apagaram-se, o mal é livre.

DONA ANA: Enganas-te, pai, o inferno existe mesmo. Don Giovanni não precisará de morrer para cair no inferno, o inferno será a sua própria vida a partir deste momento.

COMENDADOR: Que queres dizer? Dás-me uma alma nova!

DONA ANA: *(Para Dona Elvira.)* Elvira, minha amiga, conta-me, alguma vez amaste a Don Giovanni?

DONA ELVIRA: Não.

DONA ANA: Alguma vez foste para a cama com ele?

DONA ELVIRA: Nunca.

DONA ANA: Ele afirma que sim.

DONA ELVIRA: Mente.

DON GIOVANNI: Que comédia é esta? Aonde quereis chegar, demónios?

DONA ELVIRA: Ana, minha amiga, conta-nos agora o que realmente se passou no teu quarto.

DONA ANA: Ao princípio, pensei que se tratava do meu noivo, Don Octávio aqui presente, e o desejo dispôs-me logo para os jogos do amor, mas não tardei muito a aperceber-me de que o homem que me apertava nos braços era impotente. Ora, devo esclarecer, com o meu saber de experiência feito, que o meu Don Octávio, de impotente, não tem nada. Empurrei de cima de mim o desgraçado e então vi quem era. O resto já sabem. Fugiu, meu pai cortou-lhe o passo e isso custou-lhe a vida. Para matar um velho, Don Giovanni ainda serviu, mas não para levar uma mulher ao paraíso.

DON GIOVANNI: *(Rindo.)* E que diz Dona Elvira, que veio de Burgos para suplicar-me que lhe desse atenção e voltasse para os seus braços?

DONA ELVIRA: Fingimentos meus para divertir-me à tua custa, filho dileto da mentira.

DON GIOVANNI: Tu és a mentirosa, tu e essa mulher que acaba de contar uma história em que não há nem sequer a sombra de uma verdade.

DONA ANA, DONA ELVIRA: A tua apregoada vida de sedutor é que é uma falsidade do princípio ao fim, um invento delirante, nunca seduziste ninguém, farejas como um cão fraldiqueiro as saias das mulheres, mas nasceste morto entre as pernas.

DON GIOVANNI: *(Encolhendo os ombros.)* Duas mil mulheres dirão o contrário.

DONA ANA, DONA ELVIRA: Quando souberem que te fizemos cair do pedestal, passarão a dizer o mesmo que nós. Podes ter a certeza.

DON OCTÁVIO: *(Para Don Giovanni.)* Por falso e caluniador o que merecias era que eu te atravessasse com a minha espada, mas o desprezo das pessoas honestas te matará, cada dia que vivas será como uma morte para ti.

DON GIOVANNI: Leporello, o livro. Abre-o e atira-lhes com a verdade à cara.

LEPORELLO: *(Tendo aberto o livro.)* Senhor, senhor Don Giovanni, os nomes desapareceram, as páginas estão brancas...

DON GIOVANNI: Quê? *(Arranca o livro das mãos de Leporello. Folheia-o desesperado.)* Que aconteceu? Que aconteceu? Para onde foram os nomes que aqui estavam escritos? *(Para Leporello.)* Que fizeste tu, maldito?

LEPORELLO: *(Tremendo.)* Eu, nada, senhor... Não fiz nada, senhor... Como poderia eu fazer algo? O livro estava ali... Seria a má qualidade da tinta...

DON GIOVANNI: A maldição!

COMENDADOR, DONA ANA, DONA ELVIRA, DON OCTÁVIO: Sim, a maldição!

*(Os quatro riem, o Comendador em gargalhadas estentóreas, como se supõe que seja próprio de uma estátua de bronze.)*

DON GIOVANNI: Leporello, a minha espada. Vou matar um idiota que desde que isto começou não tem feito outra coisa que esconder-se atrás das saias da sua mentirosa amásia... *(Entrega o livro a Leporello e recebe a espada.)*

DON GIOVANNI: *(Para Don Octávio.)* Defenda-se, senhor!

DON OCTÁVIO: Não cruzarei o ferro com um falso e um caluniador, seria envergonhar os meus antepassados. Não mancharei a minha honra.

DON GIOVANNI: A minha espada é que vai ser manchada pelo teu sangue de poltrão. Se não te defendes, escarro-te na cara, miserável. Pode ser que com essa última provocação a tua honra se digne dizer-te o que é tua obrigação fazeres. Pela última vez te ordeno, defende-te!

*(Don Octávio desembainha a espada e avança sobre Don Giovanni. Este apara os golpes e contra-ataca lançando uma estocada*

*ao coração do adversário. Don Octávio cai. Dona Ana precipita-se para Don Octávio, soergue-o, ampara-o. É inútil, Don Octávio está morto.)*

DONA ANA: Monstro! Que todas as feras da terra te devorem mil vezes e mil vezes te vomitem! Mataste o meu pai, agora o homem que eu amava, que mais te falta ainda para que o céu te castigue?

DONA ELVIRA: Nós já o castigámos. O céu esperará a sua vez, mas não fará pior.

DON GIOVANNI: *(Quase murmurando, como se estivesse em transe.)* Haveis mentido... Haveis mentido...

*(Dona Ana e Dona Elvira arrastam o cadáver para fora, Leporello ajuda-as. Saem. Don Giovanni pega no livro que Leporello tinha deixado em cima de uma mesa. Olha-o. Com a espada numa mão e o livro na outra, Don Giovanni está só.)*

COMENDADOR: Agora, sim, caíste no inferno.

## Cena 5

*Comendador, Don Giovanni, depois Zerlina.*

*A porta está aberta. Leporello ainda não regressou. Don Giovanni está sentado, com a cabeça descansando entre as mãos. A espada e o livro, no chão.*

COMENDADOR: Vencido, Don Giovanni?

DON GIOVANNI: Confundido. Não consigo compreender o que se terá passado com o maldito livro.

COMENDADOR: Talvez tenha sido culpa da qualidade da tinta, como disse o teu criado.

DON GIOVANNI: Não acredito. Algum resto deveria ter permanecido no papel, uma sombra, um vestígio, um nome que fosse, um simples nome. *(Expressão sonhadora.)* Laura, Beatriz, Heloísa, Julieta, Helena, Margarida...

COMENDADOR: Se a memória não me engana, esses nomes que disseste não são simples nomes. E, se os tinhas escritos no teu livro, não podiam corresponder às mesmas pessoas.

DON GIOVANNI: Como sabes tu dessas coisas? Supunha que por aí não se chegava a comendador.

COMENDADOR: Quando jovem fiz as minhas leituras.

*(Pausa.)*

DON GIOVANNI: É a altura de te ires embora. O pano ainda não caiu, mas o espetáculo já terminou.

COMENDADOR: Não posso ir-me daqui sozinho. Preciso do espírito que está lá fora. Foi ele que me trouxe, só ele me pode levar.

DON GIOVANNI: Dou-te uma hora para saíres. Se esse espírito que era o teu te tiver abandonado, como começo a suspeitar, Leporello empurra-te lá para fora.

COMENDADOR: Sou muito pesado.

DON GIOVANNI: Não é nada que um pé de cabra e uma boa alavanca não possam resolver... Parece-me ouvir passos, aí vem Leporello.

*(Entra Zerlina. Para à entrada da porta.)*

ZERLINA: Don Giovanni.

DON GIOVANNI: Zerlina. Que fazes aqui?

*(Don Giovanni corre à porta, traz Zerlina pela mão.)*

DON GIOVANNI: Não esperava tornar a ver-te. *(Mudando de tom.)* Masetto tem andado à tua procura. Já veio duas vezes perguntar por ti. Não sei por que se lhe meteu na cabeça que poderias estar em minha casa...

ZERLINA: Não precisa fingir, todos sabemos porquê. Tentou seduzir-me e eu estive a ponto de ceder. E ele teve medo de que eu tivesse vindo entregar-me por minha livre vontade.

DON GIOVANNI: *(Desconcertado.)* E não é o caso?

ZERLINA: Não. Tinha saído de casa porque precisava de estar sozinha. O que ele pensou, com o seu ciúme, não tem nada que ver com a realidade.

DON GIOVANNI: Mas agora estás aqui...

ZERLINA: Sim, estou aqui.

DON GIOVANNI: Porquê?

ZERLINA: Encontrei no caminho Dona Ana, Dona Elvira e Leporello. Levavam o cadáver de Don Octávio em cima de um cavalo. Perguntei como tinha morrido e disseram-me que o matador havia sido Don Giovanni.

DON GIOVANNI: Em duelo leal. Morreu ele, podia ter morrido eu. *(Pausa.)* Foi por isso que vieste?

ZERLINA: Não. Depois falaram-me de um livro onde se

encontravam escritos os nomes de todas as mulheres que havia seduzido até hoje...

DON GIOVANNI: *(Apontando.)* Este livro.

ZERLINA: O livro não é esse.

DON GIOVANNI: É este, sim.

ZERLINA: Esse livro foi trazido por Dona Elvira.

DON GIOVANNI: *(Ansiosamente.)* E o outro?

ZERLINA: Levou-o. Queimou-o à minha frente.

DON GIOVANNI: *(Deixando-se cair numa cadeira.)* Enganado! Miseravelmente enganado! *(Mudando de tom.)* E então resolveste vir aqui para te rires de Don Giovanni... Tu também.

ZERLINA: Não vim para me rir de ti. Vim porque havias sido humilhado, vim porque estavas só, vim porque Don Giovanni se tinha tornado de repente num pobre homem a quem haviam roubado a vida e em cujo coração não restaria senão a amargura de ter tido e não ter mais.

DON GIOVANNI: Já viste esse homem, agora podes ir-te. Don Giovanni está tão morto como Don Octávio.

ZERLINA: Não irei.

DON GIOVANNI: Que queres que faça contigo?

ZERLINA: É tempo de que eu te conheça e me conheça a mim.

DON GIOVANNI: E Masetto?

ZERLINA: Não amo Masetto, amo-te a ti.

DON GIOVANNI: Tremem-me as mãos. Este não é Don Giovanni.

ZERLINA: Este é Giovanni, simplesmente. Vem.

*(Saem abraçados. A estátua do Comendador cai desfeita em pedaços.)*

# Cena 6

*Entra Leporello. Depois Masetto.*

*Leporello levanta do chão a espada e o livro. Limpa cuidadosamente a espada suja de sangue. Interrompe o trabalho para pegar no livro e abri-lo. Folheia-o, abana a cabeça como quem renunciou a discutir com o irremediável. Lança o livro às chamas que ardem na chaminé. Fica a olhar uns momentos, depois volta à limpeza da espada.*

*Entra Masetto.*

LEPORELLO: Não me digas que vens perguntar outra vez por Zerlina...

MASETTO: Sim, essa é a pergunta.

LEPORELLO: Se está cá, não a vi entrar.

MASETTO: Fala claro. Está, ou não está?

LEPORELLO: Já respondi. Ajudei a levar daqui o corpo de Don Octávio, que Don Giovanni matou em duelo. Não posso jurar sobre o que se passou durante a minha ausência.

MASETTO: Então é verdade que Zerlina está aí dentro?

LEPORELLO: Talvez sim, talvez não. Já te disse que não sei. Mas se ela está onde decidiu, então, caro Masetto, tira o sentido dela, não lhe tornarás a tocar nunca mais.

MASETTO: Hei de vingar-me.

LEPORELLO: Não vale a pena, Masetto, não percas o teu tempo. Deus e o Diabo estão de acordo em querer o que a mulher quer.

*Sai Masetto. Leporello volta à limpeza da estátua.*

CAI O PANO

## Posfácio
# Gênese de um libreto

*Graziella Seminara*

O encontro artístico entre Azio Corghi e José Saramago deu-se em fins dos anos 80, com a ópera *Blimunda*, inspirada numa das mais significativas obras do escritor português, o romance *Memorial do convento*, e foi encenada pela primeira vez no Teatro Lírico de Milão, em 20 de maio de 1990. Essa não foi a primeira experiência do compositor com teatro musical: Corghi já tinha feito a sua estreia havia alguns anos com *Gargantua* (1984, sobre libreto de Augusto Frassineti, extraído de *Gargântua e Pantagruel* de François Rabelais), cumprindo desse modo um árduo itinerário de reapropriação da cena operística, conduzido em oposição à resistência intelectualista da vanguarda pós-weberniana, com os seus preconceitos e reservas quanto ao próprio estatuto estético da ópera.

Na obra-prima de Rabelais (lida à luz do ensaio Mikhail Bakhtin, *A cultura popular na Idade Média e no Renascimento: o contexto de François Rabelais*), o compositor descobrira a exaltação de uma abordagem livre e jovial da vida, captada na linguagem e no imaginário da cultura popular, do riso carnavalesco da praça pública e do ideário mais avançado do pensamento renascentista, celebrado por Erasmo de Roterdã no *Elogio da loucura*. No romance de Saramago, Corghi encontrava, por sua vez, a sentida meditação sobre a trágica violência da história, captada nos seus dolorosos reflexos sobre vidas humanas envolvidas na monumental empresa da construção do convento de Mafra, tendo como pano de fundo os terrores da Inquisição e a violência do absolutismo no Portugal das primeiras décadas do século XVIII. Também na ópera seguinte, *Divara* (1993), derivada do drama sombrio *In nomine Dei*, Corghi reencontrou a impiedosa desumanidade da história, na reconstrução saramaguiana da revolta anabatista ocorrida em Münster entre 1532 e 1536 e concretizada com a implantação de um cruel e sanguinário regime teocrático, por fim destruído pelo feroz regresso dos católicos à cidade alemã, após um cerco terrível e devastador.

Além dessas duas óperas, o catálogo das composições de Corghi contém outros trabalhos inspirados na produção literária de Saramago. O romance *O evangelho segundo Jesus Cristo* é a fonte das cantatas *La morte di Lazzaro* (1995) e *Cruci-verba* (2001), nas quais o compositor faz sua a sentida interrogação do escritor sobre o significado último da existência em face da presença iniludível da morte e do escândalo intolerável do "mal". No poema musical "... *sotto l'ombra che il bambino solleva*" (1999) [sob a sombra que o menino suspende], composto a partir de uma seleção dos poemas em prosa com o título *O ano de 1993*, Corghi cruza-se com uma problemática que também atravessa os últimos romances de Saramago: a questão bem moderna das novas formas de controle das consciências exercido pelo poder na sociedade contemporânea, a que o escritor opõe o nostálgico desejo de um mundo diferente, a esperança de uma ainda possível redenção.

No universo poético de Saramago, pleno de desespero filosófico tanto quanto de humanística tensão para a utopia, Corghi viu, pois, refletidas as mesmas razões que estão na base da sua própria pesquisa artística: "Você me possibilitou dizer, através da música, aquilo que penso dos acontecimentos do mundo", escreveu a Saramago em 8 de outubro de 1998, após ter recebido a notícia da atribuição do Prêmio Nobel ao escritor português. Mas também para Saramago foi importante o encontro com Azio Corghi, marcando profundamente a sua aventura existencial e literária: "A arte, a amizade, a generosidade de Azio Corghi trouxeram à trajetória da minha existência uma riqueza que eu jamais teria adquirido sozinho. Graças a Azio Corghi, a urdidura de palavras que criei tornou-se música, tornou-se canto. Foi um feliz encontro, o nosso. Creio que vale a pena conservar o entrelace que somos, ele e eu", declarou o escritor no prefácio ao *Catálogo das obras* do músico, publicado pela Ricordi em 1995.[1] E numa carta enviada, juntamente com a mulher, Pilar, a Corghi em julho de 2001 por ocasião da composição de *Cruci-verba*, Saramago confidenciou-lhe com gratidão: "Não sei como lhe agradecer por tudo o que você fez (e continua a fazer), elevando a minha literatura ao céu da música [...] Temos plena consciência de ter vivido, graças ao seu trabalho e à sua amizade, momentos que se inscrevem entre os mais belos da nossa vida".[2]

Com *O dissoluto absolvido* Corghi e Saramago encontraram-se para enfrentar uma teatralidade de novo tipo e contudo não completamente estranha aos seus respectivos trajetos pessoais. A ópera foi encomendada a Corghi pelo

Teatro alla Scala de Milão em 2003 e concebida por Saramago em resposta a uma solicitação precisa do músico. A própria gênese de *O dissoluto absolvido* decorreu, por isso, na base de um diálogo cerrado entre escritor e compositor. Da progressiva e trabalhada elaboração dos dois textos — o teatral de Saramago e o libretístico, fixado por Corghi, mas ratificado pelo escritor português —, dá testemunho uma abundante correspondência, trocada entre novembro de 2003 e outubro de 2004, através do novo meio de comunicação "em tempo real", o correio eletrônico.

A possibilidade de seguir *in progress* a elaboração de *O dissoluto absolvido* permite não só conhecer por dentro uma relação de grande intensidade afetiva e intelectual, que não evita o confronto e a ironia, mas também entrar nos "laboratórios" privados dos dois artistas e descobrir na gênese desta ópera da autoria de ambos alguns dos aspectos mais significativos das respectivas pesquisas. As cartas de Corghi são todas em língua italiana, enquanto Saramago escreve a maior parte das vezes em francês, uma vez por outra em espanhol ou em português. O texto teatral original de *O dissoluto absolvido* é em língua portuguesa, e a versão italiana foi, de novo, confiada a Rita Desti, preciosa intermediária — com seu trabalho de tradução — nos momentos de debate mais intenso entre os dois artistas. Como aqueles em que a relação epistolar, reforçada pela urgência da discussão, se tornou tão intensa que deu lugar a seis cartas num só dia: como aconteceu em 20 de maio e 29 de junho de 2004, coincidindo com marcos fundamentais no complexo percurso de elaboração da ópera.

Uma primeira missiva relativa a um possível projeto data de 7 novembro de 2003, quando Azio Corghi comunica a Saramago ter recebido do diretor artístico do Scala a encomenda, para a temporada de 2005, de "um 'ato único' para juntar à escandalosa ópera *Sancta Susanna* de Hindemith": "Lembrei-me imediatamente", prossegue Corghi, "de você ter me falado, na sala do Auditório de Santa Cecília, da ideia de escrever um libreto sobre *A verdadeira morte de Don Giovanni*. Ainda te interessa? Penso numa história que se inicia com o convite ao Comendador para a ceia, provavelmente só com homens em cena (também porque na *Sancta Susanna* só tem mulheres) [...]". A resposta de Saramago é confiada, no dia seguinte, à mulher: depois de ter manifestado "a alegria que nos deu a notícia",[3] Pilar faz saber a Corghi que o escritor está empenhado na finalização do seu *Ensaio sobre a lucidez* e que só depois da conclusão do romance poderá dedicar-se à nova ópera. Uma mensagem pessoal de Saramago chega em primeiro de dezembro e deixa entrever já a ideia que o escritor faz do "novo 'Don Giovanni'":

> A ideia de um novo "Don Giovanni" interessa-me muitíssimo, ainda que neste momento não possa pensar em nada mais senão no romance em que estou a trabalhar. Se tudo me sair bem até o final, conto poder terminá-lo nos primeiros dias de janeiro. A seguir terei que rever as provas, a seguir terei que fazer as viagens de "promoção", e então ficarei mais ou menos livre. A minha ideia é que Don Giovanni, ao contrário do que sempre se diz, não é um sedutor, mas antes um permanente seduzido. A simples presença de uma mulher perturba-o. Mas isto não é o importante. O importante é a dignidade de quem é capaz de dizer NÃO quando não só a sua vida mas também a salvação da sua alma se encontram em perigo. É certo que

Don Giovanni é um fraco com as mulheres, mas "compensa-o" bem com a sua força ética no momento em que é tentado pela facilidade hipócrita do perdão. Estamos perante um paradoxo: Don Giovanni, o sujeito imoral por excelência, é um homem fiel à sua própria responsabilidade ética. Eis o que gostaria de ver salientado no texto.[4]

Fiel à sua posição fundamental nos confrontos com todas as "verdades" constituídas, Saramago pensa numa releitura do "mito" de Don Giovanni, que — como já sucedeu com outras obras suas sobre a história ou o Evangelho — quer provocatoriamente "reescrever": para pôr em discussão as versões "oficiais" e as leituras simplistas e para consubstanciar uma nova, e alternativa, visão do mundo. O próprio Saramago, numa carta de 12 de janeiro de 2004 em que anuncia ter terminado o *Ensaio sobre a lucidez*, confirma indiretamente — fazendo referência ao *Evangelho segundo Jesus Cristo* — a continuidade dessa abordagem, relativamente às obras literárias precedentes:

> Acabo de terminar finalmente o meu *Ensaio sobre a lucidez* e para o fazer precisei de fechar todas as portas que dão para o mundo exterior. Eis-me agora livre para te dizer que me encarregarei com todo o gosto de um texto sobre a morte de Don Giovanni (já tínhamos uma morte de Lázaro...) a respeito do qual a ideia condutora ainda não está bem clara na minha cabeça, mas isso virá.[5]

Na carta de 2 de março de 2004 o escritor português demonstra ter já amadurecido um primeiro esboço do argumento. Corghi propusera-lhe conceber a nova ópera a partir da cena final do *Don Giovanni* de Mozart e limitar-se à utilização de "três personagens masculinas (Don Giovanni, Leporello, o Comendador) e o Coro". Saramago discute o problema do "sentido" de tal operação:

> Você há de concordar comigo sobre a impossibilidade de escrever qualquer coisa de novo a propósito de Don Giovanni. Será que ainda haverá lugar para uma abordagem que, sem voltar completamente as costas às expectativas "legítimas" do espectador que conhece a história, seja capaz de abanar o *déjà vu*? De o abanar ao menos um pouquinho?
> Você me disse que tinha necessidade para a nossa ópera dos seguintes papéis: Don Giovanni, o Comendador, Leporello e também um Coro. Para fazer o quê? Eis o grande problema. O fato de essas personagens serem as mesmas da cena final de Lorenzo da Ponte obrigaria a glosar mais uma vez (e a um nível muito inferior...) a queda e a condenação de Don Giovanni aos infernos.
> A minha ideia é um pouco mais complexa. Haverá um "Coro" mas será reduzido a Dona Anna, Dona Elvira, Don Ottavio e Masetto. O Comendador estará lá, Leporello também. Que querem eles? A única maneira de "vencer" Don Giovanni é negar, contra toda a verdade, as suas vitórias amorosas: Don Giovanni é um mentiroso, não seduziu uma única mulher em toda a sua vida. E quando o pobre Don Giovanni, para se defender, para se justificar, ordena a Leporello que exiba o famoso catálogo, vê-se que todas as suas folhas ficaram em branco... Eis, pois, o nosso Don Giovanni vencido, humilhado, desprezado. O sarcasmo cai sobre ele como uma maça, os bem-pensantes triunfaram. Mas...
> Mas há alguém que chega. É Zerlina, a moça camponesa que

Don Giovanni não teve tempo de seduzir, ela chega para repor as coisas da vida no seu lugar, por sua própria vontade ela será a sedutora... Deitam-se, vão fazer amor. A estátua do Comendador desfaz-se em pedaços. Cai o pano.
Que lhe parece? Crê que se poderá trabalhar nessa direção?[6]

As hipóteses de trabalho de Saramago interessam a Corghi, que se mostra consciente do desafio lançado pelo escritor: "repensar" ironicamente um dos mitos mais radicados do imaginário da cultura europeia, do qual Mozart nos legou uma interpretação ambígua e problemática na sua ópera mais ousada e complexa. "O seu projeto é 'perigoso', mas fascinante", admite numa carta de 7 de março de 2004, "e, se eu conseguir encontrar o 'ritmo justo' graças ao seu texto, o resultado pode ser divertido (mas mais próximo do tom do *Falstaff* do que do da ópera-bufa). Portanto, vale a pena correr o risco." O músico orienta-se assim para uma ópera distante das paisagens trágicas e devastadas de *Blimunda* ou *Divara* e da sua sonoridade lívida, que lembra a lição expressionista, e imagina *O dissoluto absolvido* "mais próximo do tom" da derradeira obra-prima operística de Verdi, que com superior ironia apresentou no *Falstaff* uma "leitura implacável do jogo da vida, da constante convivência, nesta, do sério e do burlesco, do trágico e do ligeiro, do sublime e do vulgar".[7]

Definida a "tinta" fundamental da nova ópera, Corghi começa a definir as bases da dramaturgia musical e faz a Saramago diversas propostas. Sugere a introdução de um Prólogo em que Leporello cante a sua famosa ária "do catálogo": "Substancialmente", escreve, "devemos tornar compreensível a reviravolta de um arquétipo cultural (o mito de

Don Giovanni) aceitando de saída o *déjà vu* (ária de Leporello) a fim de evidenciar melhor a sua primeira ideia". E pensa em traduzir musicalmente a figura do Comendador ("É um monumento à hipocrisia?", interroga-se) com um "coro masculino", que valorize por contraste "a 'feminina' entrada em cena da 'humilde' Zerlina". Também essas resoluções de Corghi estão na continuidade da sua pesquisa dramatúrgica: aquilo em que pensa é na possibilidade de criar um jogo de refrações e remissões para a partitura do *Don Giovanni* mozartiano, retomando aquela reapropriação "crítica" do passado musical que caracteriza o seu modo de compor[8] e que encontra correspondência no olhar "oblíquo" com que Saramago afronta as grandes questões levantadas através do seu engajamento literário. Por outro lado, ao confiar a "voz" do Comendador a um "coro masculino", o compositor propõe-se a tomar distâncias para com o universo representado na ópera. Renova assim a irrenunciável tendência para um teatro de tipo "épico"[9] em que o autor afirma a sua "presença estética" tanto no plano linguístico como no "ideal": mediante o emprego de processos de escrita que lhe são diretamente reconduzíveis, Corghi comunica a sua própria posição sobre os eventos desenrolados em cena e ao mesmo tempo torna evidentes "os métodos que estão na base da criação da ópera",[10] permitindo ao ouvinte partilhar da complexa riqueza do processo compositivo e conferindo ao próprio teatro uma dimensão autorreflexiva tipicamente do século XX.

Resta uma dúvida a Corghi quanto às "páginas em branco" do catálogo de Leporello: "apagadas de que modo e por quem?", pergunta ao escritor. Num primeiro momento Saramago prevê — na carta de 12 de março de 2004 — que os "nomes do catálogo de Leporello [...] desapareçam muito simplesmente, sem intervenção de ninguém. Para ser mais preciso, eles não desaparecem, jamais foram escritos. É tudo uma ilusão. Creio que é possível fazer-se um Don Giovanni um pouco borgiano, um pouco kafkiano..."[11] parece, pois, conjecturar uma vida levada sobre o fio do absurdo, indo de encontro à ideia de um Don Giovanni "iluminista" evocada por Corghi no início do projeto do Teatro Scala. Mas já no "resumo" do texto dramático que envia a Corghi a 29 de março, e que Rita Desti se apressa logo a traduzir para o músico, o escritor atribui a Dona Elvira a responsabilidade da substituição do catálogo de Leporello por um "livro" em que "nada está escrito". O entrecho da ópera segue assim uma outra trajetória, e a eliminação das provas das seduções do protagonista é apresentada como uma vingança de Dona Anna e Dona Elvira, que inexoravelmente se atiram contra Don Giovanni para o condenar a um "inferno" completamente terreno, desvinculado das dimensões metafísicas que Mozart tinha condensado na condenação final do "dissoluto" impenitente. A laicização do universo de *Don Giovanni*, a reintegração dos temas essenciais da responsabilidade moral, da culpa e do castigo no horizonte existencial da pessoa humana acabam por constituir, portanto, um nó central da releitura saramaguiana do mito: "Esta cena", afirma o escritor referindo-se à primeira cena do seu texto teatral, "retoma o choque final entre o Comendador e Don Giovanni, quando este, na versão de Lorenzo da Ponte, é precipitado no inferno. Na nova versão, porém, não haverá inferno algum onde cair. No máximo, uma pequena e ridícula chama que se extinguirá de imediato [...]".

O esboço de *O dissoluto absolvido* que Saramago submete a Corghi antes de se lançar ao trabalho prefigura amplamente a versão definitiva do texto teatral. No *incipit* do seu "resumo" o escritor declara acolher a proposta — feita pelo músico — de um Prólogo centrado na dapontiana ária "do catálogo", que será recuperada em ambas as partes que a compõem: a correspondente ao *allegro* e a correspondente ao subsequente *andante con moto*, na partitura de Mozart. E Saramago prevê ainda a possibilidade — sempre no Prólogo — de a figura de Dona Elvira ser substituída por um "manequim feminino": o que é talvez um reflexo daquela problemática do "duplo" que constitui outro dos temas presentes na produção literária do escritor português (basta pensar no recente *O homem duplicado*), e que permitirá, por sua vez, ao músico explorar o jogo de espelhos entre a figura de Dona Elvira e o "manequim", para construir o seu próprio percurso dramático.

Não obstante dispor ainda somente daquilo que na ópera italiana do século XIX era definido como *la selva* (designando o esboço do argumento), Corghi se põe a trabalhar e começa a imaginar a grande arcada sobre a qual tenciona construir a arquitetura musical da ópera, e que deverá assentar em duas colunas: o Coro introdutório e o conclusivo. Em 7 de maio comunica ao escritor:

> [...] tinha uma enorme necessidade de "palavras" para o Coro Introdutório e para o Coro Final. Permiti-me criá-las parafraseando uma poesia sua: "Aprendamos o rito". O jogo que pretendo fazer, em língua italiana, é entre "rito" e "mito" ou seja *"apprendiamo il rito"* contraposto a *"distruggiamo il mito"* [destruamos o mito] [...] E depois ainda me vêm à mente tantas

outras coisas (como a especulação fonética sobre as palavras "*dissoluto*" e "*assolto*" [absolvido] ou o espelho entre interrogação? e exclamação!) que lhe envio em anexo. Diga-me se posso continuar assim [...].

Saramago reage com surpresa à proposta de reempregar no *Dissoluto* outro texto poético seu, distante daquele argumento delineado para a ópera; um tal procedimento é absolutamente congenial ao músico, sempre propenso a ressuscitar numa composição outras ideias e materiais temáticos, não raro plenos de alusões metafóricas. "Parece-me bem o aproveitamento do poema 'Aprendamos o rito'. Nunca imaginei que pudesse servir para este caso",[12] comenta o escritor na resposta de 10 de maio. E exprime uma concepção linear da trajetória dramática, que não pertence à sua inquieta escrita narrativa, retalhada por contínuas deslocações dos planos temporais, mas que caracteriza a sua abordagem do teatro declamado:

> A minha maneira de trabalhar não me permitirá dar "saltos" na ação dramática. Preciso absolutamente de seguir o fio dos acontecimentos por considerar que cada situação terá forçosamente de sair da anterior para encontrar o modo de entrar na seguinte. Peço-te portanto que tenhas paciência. Antes de chegar à última fala não poderei dizer-te qual é a penúltima.[13]

Por seu lado, Corghi move-se segundo uma lógica compositiva diferente, ditada pela necessidade de "reconstruir o sentido [do texto dramático] na articulação formal, lógica, discursiva, de um meio artístico — a música — dotado de razões, faculdades e dificuldades próprias":[14] tende a elaborar uma visão de amplo alcance da estrutura global deste Ato único e propõe-se construir uma densa rede de relações internas na ópera, através da idealização e da retomada de temas com relevância simultaneamente musical e dramática.

Saramago está agora em condições de avançar com a redação do texto. De fato, em 11 de maio envia o Prólogo, "um pouco mais longo do que eu previra, mas que, se me não engano, funciona bastante bem",[15] e dois dias depois a primeira cena, que considera "muito importante porque será ela a dar o 'tom' de todo o resto da intriga".[16]

Mal o texto de Saramago — passando pela tradução de Rita Desti — chega à sua escrivaninha, Corghi encontra a direção comum: "Saberei te dizer rapidamente como 'montarei' o libreto definitivo, parte por parte", avisa em 14 de maio. E é interessante a utilização da ideia de "montagem", que reaparece várias vezes nas sucessivas cartas de Corghi. Com efeito, desde *Blimunda* que o músico tem recorrido a processos de composição que apresentam indubitável semelhança com as operações usadas na arte cinematográfica e lhe permitem criar uma pluralidade de perspetivas e correspondentes horizontes sonoros: a presença simultânea de múltiplas dimensões teatrais surge — com soluções por vezes diferentes — em todas as composições de Corghi e parece constitutiva do seu modo de trabalhar, envolvendo todos os materiais postos em jogo no complexo hipertexto que é a ópera.

A reflexão sobre o texto de Saramago determina importantes ajustamentos no desenrolar da composição. Em 19 de maio, Corghi informa o amigo das decisões que estão amadurecendo:

> À medida que leio o seu libreto ganha corpo a ideia de que o Coro será uma entidade abstrata, uma voz que comenta e que ironiza: não o Comendador!
> Visto que Leporello se identifica com o amo, ao ponto de roubar-lhe a *Canzonetta*, pensei em — na segunda parte da sua ária — Leporello tocar o bandolim (obviamente realizado pela orquestra, mas querendo... também podia ser ele a tocá-lo). Amanhã te digo mais.
> Ah! Ia me esquecendo: pensei num "vento caluniador" (acompanhando o Coro Masculino) que traz consigo a ária *"la Calunnia è un venticello"* [a calúnia é uma brisa] de Rossini.
> Pois bem, será casual, mas: a ária de Leporello, a *Canzonetta* de Don Giovanni e a ária "da calúnia" estão na mesma tonalidade (ré maior). Às vezes, as contas dão certo!

Muitos aspectos da composição estão, pois, terminados. Cada vez mais o Coro se configura, para Corghi, como "uma entidade abstrata, uma voz que comenta e que ironiza: não o Comendador!". Como já acontecera com os coros "madrigalísticos" de *Blimunda*, *Rinaldo*, *Tat'jana*, também nesse caso o músico se cinge ao emprego do coro num espaço "imaginário" disposto "visivelmente *fora* do espaço cênico com técnicas e artifícios que o tornam estranho ao espaço real".[17]

Assim, o compositor pensa em sobrepor ao Coro a citação de um fragmento da ária "da calúnia" cantada pela personagem de Don Basilio no *Barbeiro de Sevilha* de Rossini: o recurso a uma das árias mais famosas da célebre ópera rossiniana permite-lhe apelar para a memória musical dos ouvintes, predispondo-os desde o início da ópera a interpretar as vicissitudes de Don Giovanni como resultado de um ato de difamação, como consequência de um implacável embuste.

Por fim, Corghi pensa apresentar Leporello com o bandolim na mão e atribuir-lhe musicalmente (na segunda parte da sua ária) o acompanhamento da "*canzonetta*" que, no *Don Giovanni*, é cantada pelo protagonista à maneira de serenata, numa das suas tantas "investidas" de sedutor; a intenção é a de reforçar na percepção dos espectadores a ideia — sugerida também por Mozart na sua partitura — de que o servo se identifica plenamente com o amo num inconsciente processo de *transfert* [transferência], que tornará Leporello renitente em aceitar a transformação final de Don Giovanni, a sua profunda mudança interior.

A carta de Corghi, todavia, inquieta Saramago. Apreensivo, o escritor replica algumas horas depois da chegada da mensagem em sua caixa postal. Manifesta o receio de que o texto teatral possa perder na partitura do compositor o seu "sentido" original e reclama a necessidade de os dois "discursos" da ópera — o literário e o musical — manterem uma relação de coesão no plano dos significados fundamentais:

> Estou trabalhando agora na quarta cena, que espero terminar amanhã. A sua mensagem de hoje provocou-me uma certa perplexidade. É o fato de você falar do Comendador como se ele fosse o Coro, quando ele é uma verdadeira personagem até o fim da comédia. Começo a pensar que o meu texto não "colará" àquilo que você tem em vista. É preciso que Rita Desti avance depressa na tradução (não é longo, não é complicado). Você só tem o Prólogo, e o Prólogo não é nada ao lado de tudo quanto vem depois. O meu texto é uma história em que as personagens vivem os seus conflitos e as suas contradições. Será que tudo isso ainda estará lá quando terminar o seu trabalho? Compreendo bem que o texto existe para servir a mú-

sica, mas não deve ser reduzido a um pretexto. É preciso que possas ler toda a história com urgência, senão nos arriscamos a cair numa situação insustentável em que haverá duas narrativas (a musical e a literária) que nada terão a ver uma com a outra. Confesso que estou muito inquieto.[18]

Ao reivindicar a plena autonomia e dignidade do "seu" texto teatral, para além do destino musical, Saramago pretende que se mantenha a fisionomia da própria "história em que as personagens vivem os seus conflitos e as suas contradições": quer continuar vinculado a uma teatralidade entendida como confronto, e choque, de individualidades concretas e claramente definidas e não considera aceitável a "despersonalização" da figura do Comendador, que viesse a ser determinada pelo emprego do Coro. No dia seguinte, 20 de maio, Corghi tranquiliza o escritor. Na realidade o músico já tinha colhido *no* texto literário essa exigência de Saramago e tratado de separar o Coro da figura do Comendador:

> Foi isso mesmo que intuí, caro José!
> Talvez não me tenha expressado claramente quando escrevi: "À medida que leio o seu libreto ganha corpo a ideia de que o Coro será uma entidade abstrata, uma voz que comenta e que ironiza: não o Comendador!".
> Na verdade, o Comendador é uma personagem. O Coro fará parte do "vento musical" que retoma fragmentos sonoros do texto (ou o sublinha ironicamente).
> Enfim, o Coro pode só comentar externamente: o seu Coro será o formado por Elvira, Anna, Ottavio e Masetto. O meu — o das referências musicais — será o Coro masculino (que

ficará muito bem fora de cena). Portanto, estamos perfeitamente de acordo. Envio esta noite o texto do Prólogo a você (montado para a música).

Corghi reconduz expressamente a "voz" do Coro masculino à sua própria responsabilidade "estética": "O meu coro", declara, é "o das referências musicais", dadas pelas diversas "citações" introduzidas na partitura. Graças a essas invocações, e aos significados que geram, o Coro assume uma função dramatúrgica fundamental e surge como presença metatextual, fazendo-se porta-voz da intrusão divertida e dessacralizante do autor e determinando um descompasso de perspetiva nos confrontos do desenvolvimento dramático.

À personagem do Comendador o compositor dará voz de outro modo, ligando o seu tema ao madrigal "*A un dolce usignolo*" [A um doce rouxinol] de Adriano Banchieri, que faz parte da "*commedia madrigalistica*" *Il festino della sera del giovedì grasso avanti cena* [A festa da noite de sexta-feira gorda antes da ceia]. Já usado por Corghi na *Rapsodia in Re (D)* (1998), o tema quinhentista reveste do espírito "carnavalesco" de *Gargântua* a burlesca desentronização do poder, que Saramago completa com o perfil irrisório desse medíocre representante dos valores dominantes: na sua imponente aparição como "estátua de bronze" o Comendador é impotente para dar a sua própria lição moral e punir com a maldição o "libertino" culpado. De grande eficácia teatral é em particular a ideia saramaguiana dos "fogos-fátuos do Comendador" (como os define Corghi numa carta subsequente de 24 de junho), as chamas que deviam escancarar a Don Giovanni "as portas da morada do demônio" e que se revelam clamorosamente insuficientes para desencadear os terrores escatológicos suscitados na época do cristianismo medieval (ao qual, e não por acaso, se reconduz a origem do mito de Don Giovanni).[19] Corghi os restituirá musicalmente recorrendo a um dos *topoi* mais desgastados da tradição melodramática, o uso "ameaçador" dos tímpanos e da folha de latão para a figuração sonora de eventos atmosféricos "medonhos": o inferno evocado pelo Comendador transforma-se assim num jocoso "espantalho cômico",[20] diante do qual Don Giovanni pode erguer-se com orgulho proclamando a sua própria rebelião ética, afirmando a sua própria condição de homem liberto dos sufocantes constrangimentos da boa conduta conformista e das convenções sociais, e capaz de incorporar os seus próprios princípios morais.

"Você me deixou mais tranquilo, agradeço-lhe infinitamente",[21] escreve de imediato Saramago ao músico, que com os seus esclarecimentos soubera desfazer a sua perplexidade; mais tranquilo, o escritor português trabalha a toque de caixa. "Trabalhei com alegria. É engraçado, isto",[22] nota na mesma carta de 20 de maio, e poucas horas depois — já noite avançada — pode anunciar a Corghi a conclusão do seu trabalho com uma exaltação que se manifesta também no alegre jogo da rima: "Vitória, vitória, acabou-se a história!".[23] O testemunho passa então para o compositor, que pode intervir na versão italiana do texto teatral, fornecida em tempo por Rita Desti, para adequar a escrita de Saramago à sua própria tradução dramático-musical.

Numa das missivas do movimentado dia 20 de maio, Corghi submete a Saramago "o libreto do Prólogo que montei e que amanhã (cinquenta páginas de partitura) entregarei ao editor. Espero que esteja de acordo". Saramago responde no dia seguinte, aprovando integralmente a operação conduzida pelo músico: "O 'dissoluto' começa bem. Você rachou a ária do 'catálogo' e isso pareceu-me muito boa ideia",[24] registra com prazer.

As "rachaduras" da ária "do catálogo" a que se refere o escritor são duplas. Por um lado, a ária de Leporello é distribuída entre o servo de Don Giovanni e o "manequim feminino que representa Dona Elvira" e é transformada numa espécie de dueto, adquirindo um *ductus* mais ágil e rápido. Por outro lado, é introduzido o Coro masculino a quem é confiada a "pronúncia" do título da ópera, submetido a processos de desarticulação dos fonemas — com ênfase nos "ss" sibilantes — que produzem efeitos de "estranhamento". Com a sua "alteridade" de linguagem relativamente à das personagens, o Coro age num plano teatral sobreposto ao plano propriamente cênico e contribui para a ação desmistificadora conduzida por Saramago quanto aos acontecimentos representados. Além disso, o jogo de interrogações e exclamações com que Corghi restitui a pronúncia de *O dissoluto absolvido* insinua de imediato uma dimensão dubitativa: desvanece-se a ideia — no fundo tranquilizante — de que se vai assistir a uma mera reviravolta do "mito" originário, e a dúplice versão do título ("*Il dissoluto è assolto? No, è punito!/ Il dissoluto è assolto! Non è punito?*" ["O dissoluto é absolvido? Não, é punido!/ O dissoluto é absolvido! Não é punido?"]) predispõe a uma aproximação problematizante da peripécia que nos prepara para a cena seguinte.

Entretanto, a tradução integral do *belíssimo Dissoluto* (Rita Desti em carta de 14 de junho) chega à mesa de trabalho de Corghi e o músico comunica-o a Saramago:

> Caro José, ontem à noite, à hora tardia, recebi a esplêndida tradução do nosso "Dissoluto absolvido" feita pela Rita [...] mas só esta manhã li rapidamente (de um fôlego) o seu texto. Percebi finalmente os "matizes" tal como a sua forma "musical" que vai das recorrências às variações temáticas: é osso duro de roer! Em certos pontos parece até que, à distância, pensamos as mesmas coisas em conjunto, trocando de papéis. Outras vezes digo para mim que isso não era possível, mas desta vez sucede qualquer coisa de novo que vai nessa direção.
> Obviamente que lhe enviarei a minha adaptação conforme as exigências do libreto e você me dirá se está de acordo ou não.

Em 24 de junho o músico consegue transmitir ao escritor a primeira cena e anuncia-lhe ter feito diversos cortes no texto original, "devido sobretudo a exigências de caráter rítmico-musical". Corghi continua a trabalhar simultaneamente no libreto e na música: "Caro José, que trabalho imenso vou ter de enfrentar", confessa, "mas estou contente porque, à medida que componho, fica cada vez mais claro para mim o aspecto da forma musical".

As intervenções de Corghi sobre o texto literário da primeira cena são relevantes. Além dos cortes, que favorecem uma maior concentração dramática, o músico acentua, com repetições calculadas, situações já presentes em Saramago: como o aviltamento parodístico da autoridade do Comendador, cuja entrada em cena — com a insistente afirmação "Aqui estou" — já não comporta qualquer das terríficas ressonâncias ultraterrenas da figura mozartiana; ou como o tom cético e amargo do protesto de Don Giovanni, cheio de raiva reprimida, na réplica do cáustico "virtuosos sois", assente no texto de Saramago. O Coro afirma, pois, plenamente a sua presença com inserções todas elas do punho do compositor: comenta com exclamações sonoras e trocistas as vãs tentativas do Comendador de condenar Don Giovanni ao fogo eterno; cita com o seu "Do Comendador aprendamos o rito", a poesia de Saramago ("Aprendamos o rito"), que Corghi já tinha referido ao escritor; declama em *Sprechgesang* [canto falado] a evocação de uma presença obscura, que condensa todas as coações que oprimem e ameaçam a dignidade da pessoa humana ("Comendador... é algo que não vedes, mas intuis").

Nesta primeira cena, o compositor introduz o tema musical associado a Don Giovanni: a proveniência deste tema de cantos populares da Emilia Romagna — já recuperados no bailado dedicado a Mazapegul, o inquieto diabrete cujas travessuras amorosas são evocadas em tantas histórias rústicas — não é casual, antes tem profunda ressonância no itinerário existencial e no imaginário artístico do músico. Precisamente graças à riqueza da cultura popular e das suas tradições musicais, Corghi conseguiu redescobrir no *Gargantua* o valor da palavra "significante" e escapar da aridez do estruturalismo, recuperando o sentido e a responsabilidade ética da "comunicação". A origem étnica dos dois cantos "de aboiar" que constituem o tema de *Don Giovanni* combina-se, além disso, com a raiz emiliana do compositor, com a partilha de uma cultura rural fundada na alegria da corporalidade, da fruição dos prazeres terrenos, na espontânea recusa de qualquer refúgio na transcendência. É uma visão do mundo que humanisticamente reivindica uma "nova seriedade audaz, livre e humana"[25] já celebrada por Corghi na releitura de Rabelais e que o músico reconduz à figura do pai: a dedicatória de *O dissoluto absol-*

*vido* ao pai, falecido aos noventa anos, parece-lhe a melhor maneira de recordá-lo, bem mais adequada do que "um 'réquiem' qualquer em memória". "Ele amava a vida através da admiração da beleza", recorda o compositor, "e, tirando as consequências desta releitura que humaniza o mito de Don Giovanni, achei finalmente as razões para uma dedicatória *ad hoc*."

"O prólogo e a cena primeira parecem-me excelentes. Está lá o essencial das minhas propostas relativas às situações e aos diálogos, a ação permanece fluida, por isso a minha satisfação é completa",[26] nota em 25 de junho Saramago, que mostra assim o seu apreço pela capacidade de o músico encontrar o "justo" ritmo dramático — conciso e dinâmico — e aprova os cortes, que não afetam "o essencial das minhas propostas relativas às situações e aos diálogos".[27] Nessa carta, o escritor responde ainda a Corghi quanto à questão, que este colocara, da atribuição conjunta da autoria do libreto:

> Quanto ao título, se você não vir qualquer obstáculo incontornável, a minha preferência vai para o "modelo" *Blimunda*, em que o libreto apareceu com duplo autor, isto é, você e eu. A sua generosidade quis então dar-me um lugar ao seu lado, e você é que tinha feito todo o trabalho... Penso que a minha participação na tarefa que nos ocupa agora (o nosso "dissoluto") justifica, por motivos redobrados, a permanência da dupla de autores do libreto. Eis, com toda a franqueza, como é hábito, a minha opinião.[28]

Saramago faz referência às experiências teatrais precedentes em colaboração com Corghi, que constituem um caso particular de *Literaturopern*, isto é, óperas compostas diretamente sobre textos literários: nos frontispícios, seja de *Blimunda*, seja de *Divara*, os "libretos" são atribuídos a ambos os artistas, no reconhecimento do seu comum empenho de reflexão sobre a dimensão mais especificamente dramático-musical das duas obras. No caso de *O dissoluto absolvido* — "o nosso 'dissoluto'", reclama Saramago — a dupla assinatura do texto libretístico ("Libreto de Azio Corghi e José Saramago" é o que está escrito na partitura) parece ainda mais justificada, pois tanto a versão teatral originária como a destinada à música foram concebidas e elaboradas sob o impulso de um diálogo ininterrupto — simultaneamente artístico e humano — entre os dois responsáveis pelo espetáculo operístico.

Disso é testemunho, aliás, a intensa troca de ideias que ocorre pouco depois, a 29 de junho, outra jornada frenética no laborioso itinerário da obra. Corghi transmite a Saramago a quinta cena, na qual trabalhara antecipadamente "para firmar a arcada temática geral". O músico decidira antecipar o diálogo entre Masetto e Leporello, com que se conclui o texto teatral de Saramago, e colocá-lo "em simultaneidade com o encontro entre Don Giovanni e Zerlina" de tal modo que "o colapso da estátua do Comendador feche a ópera". Essa "simultaneidade dos eventos que devem ocorrer no final (sedução, regresso de Masetto e Leporello, explosão da estátua)" leva-o a inserir, desde a primeira cena, "um 'divã da época' na penumbra" e sobretudo a modificar a conclusão programada pelo escritor. Se Saramago imaginava pôr fim ao único ato com a triste saída de cena de Masetto, Corghi concebe um final mais movimentado: "A estátua do Comendador explode em mil pedaços", lê-se na última rubrica cênica, "Masetto foge amedrontado enquanto Leporello entra sorrateiramente, apanha o novo Catálogo e se prepara para escrever [...]". A reação do escritor é imediata:

> É bom e mau. Bom, porque isso funcionaria perfeitamente na lógica do que parece ser a sua interpretação do texto, mau porque a minha intenção, na hora de escrever, era completamente diferente.
> De acordo com a sua ideia, no fim, Masetto vai escrever no "novo catálogo" o nome de Zerlina. Mas você se esqueceu de que aquilo que chama de "novo catálogo", isto é, o livro de páginas brancas, foi queimado [...]. Tal "auto de fé" significa que, para Don Giovanni, vai começar outra vida. Acabaram-se os catálogos com os nomes das mulheres. No lugar de Don Giovanni vai nascer Giovanni, outro homem, que o amor perdoou. É por isso que o "dissoluto" se tornou "absolvido". Na sua interpretação tudo vai continuar como dantes. Não posso estar de acordo. Decidimos criar um novo Don Giovanni, e não uma reedição do Don Giovanni de toda a gente.[29]

Saramago alude à sua ideia pessoal da "morte" de Don Giovanni, em torno da qual construiu a *pièce*: é uma morte simbólica, que ocorre na profundidade da psique e que dá lugar a um renascimento no sentido da libertação do peso do "mito". É lida nesse sentido a supressão — confiada a Zerlina — daquele título de "Don" que o escritor interpreta como a verdadeira e própria "sigla" da imagem arquetípica do "sedutor" e que Corghi trata musicalmente — por sugestão onomatopaica — com o dobre dos sinos tubulares, fazendo sua a intenção desmitificadora de Saramago. Transformado tão-só em "Giovanni", o protagonista liberta-se do ícone sobre o qual construiu a sua própria identidade, agora pode ser simplesmente ele mesmo e abrir-se a uma autêntica relação de amor.

Ciente da discordância de Saramago, o músico replica prontamente, para precisar a sua posição:

> Você tem razão, caro José, em pensar desse modo, sobretudo se aceitarmos o princípio de que pode iniciar-se outra vida para Don Giovanni. Mas eu imaginei que o Catálogo de Dona Elvira (o das páginas em branco) fosse compilado, desta vez, por Leporello (não por Masetto), que inconscientemente desejaria que o amo voltasse a ser o Don Giovanni de sempre.
> Talvez não tenha conseguido ser claro no meu propósito. Não é Don Giovanni quem registra, no Catálogo de Elvira, a conquista de Zerlina, é Leporello quem finalmente — só por escrito — consegue substituí-lo. A ideia de que Leporello admira as conquistas do amo (a ponto de ser obrigado por este a usar as suas vestes) tornou-se um lugar-comum no campo da musicologia tradicional. Desejaria deixar uma margem de "dúvida" ou, ao menos, de ambiguidade quanto a este ponto. Estaremos bem seguros de que um Don Giovanni pode "mudar de pele" definitivamente? [...] Se não estiver de acordo, pode-se muito bem evitar o gesto de Leporello escrever o nome de Zerlina no catálogo e encontrar uma solução diferente. Eu gostaria, todavia, de saber o que você acha de uma coisa: que pensa da organização formal da cena?
> Hoje repensarei o final com outras possibilidades, a fim de encontrar um ponto de convergência.

Sem esperar pela resposta, o compositor modifica o final e decide regressar à primitiva ideia de Saramago:

Pensei que se podia mudar o gesto final de Leporello retomando aquele que você indica na sexta cena. Em vez de apanhar o "catálogo em branco" de Elvira — abandonado por Don Giovanni no chão — para escrever nele, Leporello apanha-o para o lançar nas chamas do fogão. [...] Seria como dizer: "agora o catálogo já não serve". Que me diz disso?

O escritor toma conhecimento com alívio da "correção" decidida por Corghi:

> Estou de acordo, sem reserva alguma, com o novo final. E creio mesmo que o ato de queimar o catálogo no fim da função tornará mais clara a mudança psicológica de Don Giovanni. Decerto, eu não apostaria, porém, que tal mudança fosse total... A meu ver, a ambiguidade podia ser salva se acrescentasses à frase final do coro masculino uma interrogação, qualquer coisa como isto: "Por quanto tempo?". É verdade que tenho muito empenho na ideia de que Don Giovanni viveu uma experiência nova para ele, mas bem sabemos até que ponto a carne é fraca... Quanto à organização final da cena, uma só palavra: perfeita.[30]

Em 30 de junho, Corghi faz chegar a Saramago a versão corrigida dos "últimos compassos do libreto": "Aceitei a tua sugestão mas preferi pôr na boca de Leporello (não do Coro) a dúvida sobre quanto pode durar a absolvição". O músico pensa em concluir o ato único com as palavras de Leporello, que — depois de ter lançado o "Catálogo abandonado no chão [...] para as chamas do fogão" — "talvez arrependido do gesto se interroga: '... quanto durará a absolvição?'". Todavia, na versão definitiva da última cena, enviada a

Saramago em 23 de agosto, antes da entrega da partitura, Corghi muda de ideia e prefere recorrer à "ideia surreal do manequim" para selar a conclusão da ópera. Enquanto — como dispõe da rubrica cênica — "a estátua do Comendador se contorce e vacila, caindo, despedaçada, ruidosamente", o crescendo e precipitando da orquestra para o tema do Comendador em *fortissimo* restitui o "estranho rumor de ferragem" que acompanha a queda do simulacro de bronze, e o Coro escande a absolvição de Don Giovanni *("Il dissoluto è assolto")* sobre um ré repetido que parece o parodístico reverso das inflexíveis injunções da estátua mozartiana. Mas, entre as chamas do fogão, "aparece o manequim de Dona Elvira" que pronuncia — sobre o rossiniano tema da calúnia — os últimos compassos do *Dissoluto ("Assolto ma ... per quanto tempo?"* [Absolvido, mas por quanto tempo?]*)*, a que o músico faz suceder o eco da *canzonetta* de Don Giovanni e um instantâneo (e acançonetado) aceno final ao tema do Comendador. A "margem de 'dúvida' ou, ao menos, de ambiguidade" sobre a "nova vida" de Don Giovanni, invocada por Corghi e aprovada por Saramago, é assim afirmada também musicalmente e torna "aberto" o epílogo da ópera, a lembrar que os fantasmas do passado podem voltar, que nenhuma libertação está completa para sempre.

Corghi confirma mais uma vez a sua extraordinária intuição dramatúrgica: é justamente um fantasma do passado, o manequim de Dona Elvira, que o músico introduz também na quarta cena a declamar — "invisível", como "voz que provém do fogão" — fragmentos textuais da ária "do catálogo", enquanto Don Giovanni e Leporello se afligem desesperadamente à procura das provas perdidas das conquistas amorosas do "libertino". Naquela cena crucial, a lenhosa rigidez do manequim é uma figura simbólica de morte, evocada pelo tema que Corghi define "do medo" (derivado de um canto fúnebre popular siciliano), e virá a condensar todas as forças que contrastam com a infinita liberdade e mobilidade da vida, e a sufocam; fazendo-o reaparecer na última cena da ópera, Corghi atribui ao manequim a advertência sobre a frágil regeneração do protagonista e evidencia a respectiva função metatextual, coerente com a concepção de teatralidade do compositor.

Mas, se essa solução é aceita por Saramago, já a proposta — feita por Corghi na referida carta de 23 de agosto — de confiar a uma única intérprete todas as partes femininas de *O dissoluto absolvido* encontra a decidida oposição do escritor. Após ter composto o prólogo e as cenas fundamentais da ópera — a primeira e a quinta — o compositor estava trabalhando nas cenas intermediárias. Decidira "inverter — para obter o mesmo resultado — as soluções concretizadas em *Divara*. Naquela dizia-se: '*gli uomini parlano, le donne cantano*' [os homens falam, as mulheres cantam]. Aqui o exato oposto: na verdade, sobre o fundo dos homens que cantam, existe apenas um 'coro masculino'".

A certa altura [prossegue Corghi] pensei: e se fosse uma só mulher, a falar por todas? Tendo à disposição uma grande atriz (que também possa cantar), não seria interessante realizar uma peça virtuosística? Seria teatralmente divertido assistir às suas metamorfoses! [...] É claro que tive de levar em conta a dramaturgia do texto original e, particularmente, a quarta cena, o único ponto em que estão presentes duas mulheres.

O músico aventa a possibilidade de contornar tal obstáculo suprimindo naquela cena a personagem de Dona Elvira e confiando as suas palavras a uma carta dirigida a Don Giovanni:

> Se a mesma [carta] fosse lida por uma mulher, não faria qualquer sentido (uma mulher não pode dar voz suficiente à fúria de outra mulher). Se, porém, um homem, o destinatário, ler em voz alta (no nosso caso, cantando) uma carta "intencionalmente destruidora" de uma mulher, então a *"parola scenica"* ganha maior significado. E isso é o que tentarei fazer através da música.

Saramago rejeita resolutamente essa proposta, mais uma vez com base em motivações de natureza artística:

> A meu ver, essa carta faria cair a tensão dramática. O espectador espera uma "grande cena" em que as duas amazonas, Dona Anna e Dona Elvira, tendo colocado entre parêntesis a sua "rivalidade" (Dona Anna não suportaria a ideia de que Dona Elvira acabasse por se apoderar de Don Giovanni...), põem-se de acordo para o destruir. No meu texto, as mulheres, ambas (e não uma mulher e uma carta), são como harpias que se encarniçam no corpo (ou no espírito) a sangrar do pobre diabo. É preciso que as mulheres — ambas — estejam lá, para que a situação possa chegar a uma espécie de *mise à mort*. Por outro lado, o espectador sabe que Dona Elvira está lá, por isso a sua ausência feriria a lógica dramática. Se se propõe a execução de um assassinato moral, os carrascos devem estar presentes, e os carrascos, meu caro Azio, são dois, Dona Anna e Dona Elvira, as irmãs gêmeas unidas por uma vontade de vingança. O que elas não sabem é que essa vingança vai des-

fazer-se em migalhas pela mão de Zerlina. Não é Don Giovanni quem, no final, triunfa sobre Dona Anna e Dona Elvira, é Zerlina... Zerlina, na minha conceção da personagem, não é uma jovem estouvada que decidiu perder desse modo a virgindade porque Masetto é um imbecil. A um nível completamente diferente, creio mesmo que Zerlina é um pouco Divara, um pouco Blimunda [...].[31]

A recusa de Saramago é aceita sem demora por Corghi ("Seja como for, você sabe que não irei em frente sem o seu consentimento", tinha-lhe confirmado), que se convence das razões "teatrais" do escritor. Por sua parte, Saramago aceita a inserção metatextual de um *Intermezzo*, que é encaixado antes da última cena de *O dissoluto absolvido* e que — de *Gargantua* a *Tat'jana* — representa uma constante estilística da dramaturgia musical de Corghi. O *Intermezzo* é confiado somente ao coro masculino *a cappella* (sem suporte da orquestra) e reafirma a dupla perspetiva que o compositor quis conferir à concepção dramatúrgica da ópera. Se, por um lado, o tema dito "do pressentimento" — também ele radicado na tradição popular de Emilia Romagna e apresentado quase sempre em vivos movimentos de dança — prenuncia, com as suas múltiplas recorrências ao longo de *O dissoluto absolvido*, o jubiloso resgate do protagonista, é, por outro lado, a intervenção coral do *Intermezzo* que pressagia o *coup de théâtre* final, após a aparente vitória dos inimigos de Don Giovanni ("Agora, sim, caíste no inferno" — apostrofa-o o Comendador na conclusão da quarta cena). Enquanto o texto, fornecido a Corghi, denuncia a crise de identidade de Don Giovanni perante o desaparecimento dos "nomes das suas belas" ("Quem és tu agora?/ Tu não és uma estátua que fala,/ mas um homem que cala"), a música retoma o tema de Zerlina que, em forma de *berceuse*, é empregado pelo músico desde a primeira cena como luminosa contraparte à "voz" do Comendador. Fazendo-se porta-voz da posição do compositor, o coro prenuncia assim a função libertadora que Saramago, no seu trabalho teatral, atribui a Zerlina: como em *Blimunda* e como em *Divara*, também nesta ópera — aparentemente centrada nos homens — cabe a uma mulher o gesto final que abre a dimensão da esperança e da utopia.

Obra de "teatro musical em um ato", como reza o frontispício da edição da Ricordi, *O dissoluto absolvido* representa ao mesmo tempo um momento de continuidade e de fratura no percurso artístico comum de Corghi e Saramago. Na sua produção musical, Corghi deu espaço à dimensão do divertimento e do jogo, tanto em obras teatrais, como *Rinaldo* (1997) e *Isabella* (1998), como em composições camerísticas, entre outras, *This is the List* (1996) ou a referida *Rapsodia in Re (D)* (1998); por sua vez, Saramago imprimiu a todos os seus escritos literários a sua ironia trágica, ao mesmo tempo acutilante e desencantada. Todavia, a divertida parábola moral do *Dissoluto* introduz na arte de Corghi e Saramago uma "ligeireza" nova, em que o ceticismo não impede o sorriso, e em que a severa reflexão sobre as misérias humanas não suprime a projeção para o futuro, o sonho de uma terra redimida pela poderosa força de transformação atribuída às mulheres que habitam as suas obras.

Também no plano da escrita *O dissoluto* constitui para ambos os artistas uma ocasião para se defrontarem com novos desafios. Se Saramago se confronta com a dimensão lúdica requerida pela teatralidade "pura" de uma trama construída a partir do *dramma giocoso* de Mozart e Da Ponte, Corghi resiste à complexidade linguística e estrutural que marca as suas vastas paisagens sonoras e que nos seus momentos de extrema abstração trai a impressão indelével dos princípios estruturalistas. É como se o imenso material musical precedente e o indiscutível ofício do compositor funcionassem nesta ópera como húmus fecundo e, no entanto, oculto, conduzindo-o a uma nova transparência da escrita, que é um legado dos "clássicos".

# Notas

1. Sobre a relação artística entre Saramago e Corghi, cf. Graziella Seminara, "The litterary works of José Saramago in the musical theatre of Azio Corghi". *Colóquio/Letras*, janeiro/junho de 1989 (número monográfico especial, "José Saramago: o Ano de 1998", por ocasião da atribuição do Prêmio Nobel de Literatura).

2. Em francês, no original: *"Je ne sais pas comment te remercier de tout ce qui tu as fait (et continues à faire), en élévant ma littérature jusqu'au ciel de la musique. [...] Nous sommes très conscientes d'avoir vécus, grâce à ton travail et à ton amitié, des moments qui s'inscrivent parmi les plus beaux de notre vie"*. (N. E.)

3. Em espanhol, no original: *"la alegría que nos dio la noticia"*. (N. E.)

4. Em espanhol, no original: *"La idea de un nuevo 'Don Giovanni' me interesa muchísimo, aunque en este momento no puedo pensar en nada más que en la novela en que estoy trabajando. Si todo me sale bien hasta el final cuento poder terminarla en los primeros días de enero. Luego tendré que revisar las pruebas, luego tendré que hacer los viajes de 'promoción', y entonces quedaré más o menos libre. Mi idea es que Don Giovanni, al contrario de lo que siempre se dice, no es un seductor, sino más bien un permanente seducido. La simple presencia de una mujer le perturba. Pero esto no es lo importante. Lo importante es la dignidad de quien es capaz de decir NO cuando no sólo su vida sino la salvación de su alma se encuentran en peligro. Es cierto que Don Giovanni es un débil con*

*las mujeres, pero lo 'compensa' bien con su fortaleza ética en el momento en que es tentado por la facilidad hipócrita del perdón. Tenemos delante una paradoja: Don Giovanni, el sujeto inmoral por excelencia, es un hombre fiel a su propia responsabilidad ética. Eso es lo que me gustaría que sobresaliera en el texto.* (N. E.)

5. Em francês, no original: *"Je viens de terminer finalement mon Essai sur la lucidité et pour le faire il m'a fallu fermer toutes les portes qui donnent au monde extérieur. Maintenant me voilà libéré pour te dire que me ferais charge volontiers d'un texte sur la mort de Don Giovanni (nous avions déjà une mort de Lazare...) au sujet duquel l'idée conductrice n'est pas encore très claire dans ma tête, mais ça viendra".* (N. E.)

6. Em francês, no original: *"Tu seras d'accord avec moi sur l'impossibilité d'écrire quelque chose de nouveau à propos de Don Giovanni. Est-ce qu'il y aura encore lieu pour une approche qui, sans tourner le dos complètement aux expectatives "légitimes" du spectateur qui connait l'histoire, soit capable de secouer le déjà vu? De le secouer au moins un petit peu?*

*Tu m'as dit que tu avais besoin pour notre opéra des rôles suivants: Don Giovanni, le Commandeur, Leporello et aussi un Choeur. Pour faire quoi? Voilà le gros problème. Le fait que ces personnages soient les mêmes de la scène finale de Lorenzo da Ponte obligerait à gloser encore une fois (hélas, à un niveau très inférieur...) la chute et la condamnation de Don Giovanni aux enfers.*

*Mon idée est un peu plus complexe. Il y aura un 'Chœur' mais il se trouvera réduit à Dona Anna, Dona Elvira, Don Ottavio et Masetto. Le Commendatore sera là, Leporello aussi. Que veulent-t-ils? La seule manière de 'vaincre' Don Giovanni c'est de nier, contre toute vérité, ses victoires amoureuses: Don Giovanni est un menteur, il n'a pas séduit une seule femme dans toute sa vie. Et quand le pauvre Don Giovanni, pour se défendre, pour se justifier, ordonne à Leporello d'exhiber le fameux catalogue, on verra que toutes ses feuilles sont devenues blanches... Voilà donc notre Don Giovanni vaincu, humilié, méprisé. Le sarcasme tombe sur lui comme une masse, les bien-pensants ont triomphé. Mais...*

*Mais il y a quelqu'un qui arrive. C'est Zerlina, la jeune fille paysanne que Don Giovanni n'a pas eu le temps de séduire, elle vient pour remettre les choses de la vie à sa place, par sa propre volonté elle sera la séductrice... Ils se couchent, ils vont faire l'amour. La statue du Commendatore tombe en morceaux. Rideau.*

*Qu'en penses tu? Crois-tu qu'on puisse travailler dans cette direction?"* (N. E.)

7. Pierluigi Petrobelli, "Una lettura implacabile del gioco della vita", in *Un ballo in maschera*. Catania: Teatro Bellini, Temporada Lírica 1994-1995, programa, p. 17.

8. Já no *Gargantua* Corghi pôs em prática uma abordagem semelhante à da música do passado: a ópera é toda construída com base em operações carnavalescas do "mundo às avessas", similares às do romance de Rabelais e realizadas através de uma sarcástica e dessacralizante "reviravolta" dos mais austeros processos da tradição culta europeia. Assim, todo o patrimônio musical integrado pelo compositor em *Gargantua* é "desconsagrado" e, simultaneamente, libertado dos ônus da elevação e da seriedade.

9. Cf. Carl Dahlhaus, "Il teatro epico di Igor Stravinskij", in Gianfranco Vinay (ed.), *Stravinskij*. Bologna: Il Mulino, 1992, pp. 81-114. A noção de "teatro épico" é empregada por Dahlhaus para definir a experiência teatral de Stravinsky, mas pode ser utilizada também para explicar outras orientações dramatúrgicas do século XX.

10. Id., ibid., p. 93.

11. Em francês no original: *"noms du catalogue de Leporello [...] disparaissent tout simplement, sans intervention de personne. Pour être plus précis, ils ne disparaissent pas, jamais ils ont été écrits. Tout est illu-*

sion. Je crois que c'est possible de faire un Don Giovanni un peu borgien, un peu kafkien..." (N. E.)

12. Em português no original. (N. E.)

13. Em português no original. (N. E.)

14. "Introduzione", in Lorenzo Bianconi (ed.), *La drammaturgia musicale*. Bologna: Il Mulino, 1986, p. 26.

15. Em francês no original: *"un peu plus long que j'avais prévu, mais qui, si je ne trompe pas, fonctionne assez bien".* (N. E.)

16. Em português no original. (N. E.)

17. Assim Corghi define na partitura de *Blimunda* o "espaço imaginário", que se justapõe ao "espaço real", coincidente com o espaço cênico tradicional do teatro de ópera, e se entrecruza com um espaço puramente "acústico". Enquanto no "espaço real" se desenrolam os eventos representados, o "espaço acústico" e o "imaginário" acolhem os sentimentos e os pensamentos que se manifestam nas personagens, fazendo assim reverberar sobre a dimensão da realidade cênica uma outra dimensão, onírica e fantástica.

18. Em francês no original: *"Je travaille maintenant dans la Scène 4, que j'espère terminer demain. Ton courrier d'aujourd'hui m'a produit une certaine perplexité. C'est le fait de que tu parles du Commandeur comme s'il était le choeur, quand il est un vrai personnage jusqu'à la fin de la comédie. Je commence à penser que mon texte ne 'collera' pas à ce que tu as en vue. Il faut que Rita Desti avance vite dans la traduction (ce n'est pas long, ce n'est pas compliqué). Tu n'as que le Prologue, et le Prologue c'est rien à côté de tout ce que vient après. Mon texte est une histoire où les personnages vivent leurs conflits e leurs contradictions. Est-ce que tout cela sera encore là quand tu termineras ton travail? Je comprends bien que le texte existe pour servir la musique, mais il ne doit pas être réduit à un prétexte. Il faut que tu puisses lire toute l'histoire avec urgence, sinon on risquera de tomber dans une situation insoutenable où il y aura deux*

*récits (le musical et le littéraire) que n'auront rien à voir un avec l'autre. Je l'avoue, je suis très inquiet"*. (N. E.)

19. O nascimento do mito de Don Juan remonta a uma *piéce* teatral escrita em 1630, o *Burlador de Sevilla y convidado de piedra*. Oculto sob o pseudônimo de Tirso de Molina, o autor era o clérigo espanhol Gabriel Telléz, que nas suas obras dramáticas buscava pregar em conformidade com o espírito da Contra-Reforma.

20. Cf. Mikhail Bakhtin, *L'opera di Rabelais e la cultura popolare*. Turim, Einaudi, 1979, p. 47.

21. Em francês no original: *"Tu m'as tranquilisé, je te remercie infiniment"*. (N. E.)

22. Em francês no original: *"J'ai travaillé dans la joie. C'est joli, ça"*. (N. E.)

23. Em francês no original: *"Victoire, victoire, c'est finie l'histoire!"*. (N. E.)

24. Em francês no original: *"Tu as rompu l'aria du 'catalogue' et cela m'a paru une très bonne idée"*. (N. E.)

25. Cf. M. Bakhtin, op. cit., p. 18.

26. Em francês no original: *"Le prologue et la scène première me semblent excellentes. L'essentiel de mes propositions concernant les situations et les dialogues est là, l'action reste fluide, donc ma satisfaction est complète"*. (N. E.)

27. Em francês no original: *"l'essentiel de mes propositions concernant les situations et les dialogues"*. (N. E.)

28. Em francês no original: *"Au sujet du titre, si tu ne vois pas quelque obstacle insurmontable, ma préférence va au 'modèle' Blimunda, où le libretto a parut avec double auteur, c'est-à dire, toi et moi. Ta générosité a voulu, alors, m'accorder une place à ton côté, toi qui avais fait tout le travail... Je pense que ma participation à la tâche que nous occupe maintenant (notre "dissoluto") justifie, avec beaucoup plus de motifs, la permanence du couple d'auteurs du libretto. En toute franchise, comme d'habitude, voilà mon opinion"*. (N. E.)

29. Em francês no original: *"C'est bon et c'est mauvais. Bon parce que cela fonctionnerais parfaitement dans la logique de ce qui apparaît comme ton interprétation du texte, mauvais parce que mon intention à l'heure d'écrire était tout à fait différente.*

*Selon toi, à la fin, Masetto va écrire dans le 'nouveau catalogue' le nom de Zerlina. Mais tu as oublié que ce que appelles le 'nouveau catalogue', c'est-à-dire le livre de pages blanches, a été brûlé [...]. Cet 'auto da fé' signifie que pour Don Giovanni une autre vie va commencer. C'est fini les catalogues avec des noms de femmes. Au lieu de Don Giovanni va naître Giovanni, un autre homme que l'amour a pardonné. Et c'est pour ça que le 'dissoluto' est devenu 'assolto'. Selon ton interprétation tout va continuer comme avant. Je ne peux pas être d'accord. Nous avons décidé de créer un nouveau Don Giovanni, non une réédition du Don Giovanni de tout le monde".* (N. E.)

30. Em francês no original: *"Je suis d'accord, sans aucune réserve, avec le nouveau finale. Et je crois même que l'acte de faire brûler le catalogue à la fin de la fonction rendra plus clair le changement psychologique de Don Giovanni. Bien sûr je ne parie pas que ce changement-là soit pour de bon... À mon avis l'ambiguïté pourrait être sauvée si tu ajoutais à la phrase finale du coro maschile une interrogation, quelque chose comme ça: 'Par combien de temps?' C'est vrai que je tiens beaucoup à l'idée de que Don Giovanni a vécu une expérience nouvelle pour lui, mais nous savons bien à quel point la chair est faible... Quant à l'organisation finale de la scène, un seul mot: parfait".* (N. E.)

31. Em francês no original: *"À mon avis, cette lettre-là ferait tomber la tension dramatique. Le spectateur s'attend à une 'grande scène' où les deux amazones, Dona Anna et Dona Elvira, ayant placé entre parenthèses le fait de leur 'rivalité' (Dona Anna ne supporterais pas l'idée de que Dona Elvira finissait pour accaparer Don Giovanni...), se mettent d'accord pour le détruire. Dans mon texte les femmes, toutes les deux (pas une femme et une lettre), sont comme des harpies s'acharnant sur le corps (ou l'esprit)*

*sanglant du pauvre diable. Il faut que les femmes, les deux, soient-là pour que la situation puisse arriver à une espèce de mise à mort.*

*D'autre part, le spectateur sait que Dona Elvira est-là, donc son absence blesserait la logique dramatique. Si on se propose l'éxécution d'un assassinat moral, les bourreaux doivent être présents, et les bourreaux, mon cher Azio, sont deux, Dona Anna et Dona Elvira, les soeurs jumelles unies par une volonté de vengeance. Ce qu'elles ne savent pas c'est que cette vengeance va tomber en miettes par la main de Zerlina. Ce n'est pas Don Giovanni qui à la fin triomphe sur Dona Anna et Dona Elvira, c'est Zerlina... Zerlina, dans ma conception du personnage, n'est pas une jeune fille étourdie qui a décidé de perdre comme ça sa virginité parce que Masetto est un imbécile. À un niveau tout à fait différent, je crois même que Zerlina est un peu Divara, un peu Blimunda".* (N. E.)

## SOBRE O AUTOR

José Saramago nasceu numa pequena vila da província do Ribatejo, Portugal, em 1922. Filho de camponeses, aos dois anos mudou-se com a família para Lisboa. Foi obrigado a interromper os estudos secundários devido a dificuldades econômicas, mas conheceu os clássicos da literatura na biblioteca da escola técnica onde depois fez um curso de serralheria mecânica. Trabalhou como desenhista, funcionário público, editor e jornalista, e publicou seu primeiro livro, *Terra do pecado*, em 1947. Após a Revolução dos Cravos, assumiu o cargo de diretor adjunto do *Diário de Notícias*, principal jornal de Portugal, do qual foi demitido por suas posições políticas. Em 1976 passou a viver exclusivamente da literatura, primeiro como tradutor, depois como autor. Romancista, contista, teatrólogo e poeta, escreveu mais de trinta livros, entre os quais *A jangada de pedra* (1986), *História do cerco de Lisboa* (1989), *Ensaio sobre a cegueira* (1995), *Todos os nomes* (1997) e *A caverna* (2000). Em 1992, após o governo português recusar-se a inscrever *O Evangelho segundo Jesus Cristo* (1991) num prêmio literário europeu, Saramago mudou-se com a mulher, a espanhola Pilar del Río, para a ilha de Lanzarote, nas Canárias. Em 1998, tornou-se o primeiro autor de língua portuguesa a receber o prêmio Nobel de literatura. Faleceu em 2010.

Obras completas de José Saramago,
em seis volumes

**VOLUME 1**
Memorial do convento
Levantado do chão
Manual de pintura e caligrafia
O ano de 1993
As pequenas memórias

**VOLUME 2**
Ensaio sobre a cegueira
Ensaio sobre a lucidez
Que farei com este livro?
In nomine Dei
Don Giovanni ou O dissoluto absolvido

**VOLUME 3**
O evangelho segundo Jesus Cristo
A jangada de pedra
História do cerco de Lisboa
Todos os nomes
Objeto quase

**VOLUME 4**

O ano da morte de Ricardo Reis
As intermitências da morte
Viagem a Portugal
Claraboia

**VOLUME 5**

A caverna
O homem duplicado
Caim
O caderno
A bagagem do viajante

**VOLUME 6**

O conto da ilha desconhecida
A viagem do elefante
Cadernos de Lanzarote
Cadernos de Lanzarote II

ESTA OBRA FOI COMPOSTA PELA PÁGINA VIVA EM VELINO TEXT E IMPRESSA
PELA GEOGRÁFICA EM OFSETE SOBRE PAPEL PÓLEN SOFT DA SUZANO PAPEL
E CELULOSE PARA A EDITORA SCHWARCZ EM OUTUBRO DE 2014